ギャスケルで読む
ヴィクトリア朝前半の社会と文化

――生誕二百年記念――

松岡光治 編

溪水社

Society and Culture in the Times of Elizabeth Gaskell:
A Bicentennial Commemorative Volume

目次

巻頭言

J・ヒリス・ミラー

これは多くの点で注目すべき、極めて野心的な本である。昨今、ヴィクトリア朝文化研究における論文の大半は、個別に出版されている。そうした論文は焦点をかなり絞っている場合が多い。それに対し、本書は序章と多くの信頼できる研究者による三十章の論文を取りまとめ、一冊だけでヴィクトリア朝の社会と文化の全容を対象に論じたものとなっている。さらに、それぞれの論文の対象はある程度の広がりを持っており、その特徴はタイトルに現れている。各章はギャスケルの作品に焦点を定めてはいるが、ヴィクトリア朝の社会と文化のすべてと関連づけて所定のトピックを論じているのである。例えば、それぞれの章の主題は「衣」や「食」や「住」であって、「『ルース』における衣」、「『クランフォード』と食文化」、「『メアリ・バートン』にみる住環境」といったような限定されたものではない。本書に対する私の最初の反応は称賛と感謝であった。これは素晴らしい本であり、広範囲に及ぶ研究者、学生、一般読者にとって計り知れない価値を持つ本となるであろう。

しかし、この種の本に関する問題、特に現代にしかない問題について少し考えさせていただきたい。私たちより前のどんな時代においても、このような本を書くことは多分できなかっただろう。その理由の一つは、本書で各章を担当した研究者たちが、これまで蓄積されて厖大になった研究図書館の一次資料やオンライン上のデータベースはもちろんのこと、ヴィクトリア朝の社会と文化に関する従来の研究を収めた巨大なアーカイヴ——かつては「ヴィクトリア朝研究」と呼ばれていたもの——を自由に利用できたことにある。本書の執筆者たちはこの貴重な遺産を拠り所にしただけではない。例えば、六十年前のヴィクトリア朝研究では思いも寄らなかったような「女同士の絆」、「女性虐待」、「父親的温情主義」といったトピックを含めた全五章からなる「ジェンダー」を本書の一部として入れることにより、いわゆる「カルチュラル・スタディーズ」の（ずっと最近になって発展した）概念体系《プロトコル》にも依拠しているのである。

もう一つの注目すべき現代的な特徴として、三つを除いた章のすべてが様々な日本の大学の日本人研究者によって書かれているという顕著な事実がある。このような共著は、当節、アメリカやイギリスやヨーロッパの学者の場合には、うまく行きそうもない。その理由として、一つには、こうした地域の学者は本書のように大がかりな学術的共同作業に対して相当に不慣れであることが挙げられる。また、別の理由として、ヨーロッパやアメリカのヴィクトリア朝文化研究は日本の場合のように集団として完全には制度化されていないことがある。かつては存在していた、そういった集団的な制度は、財政危機のみならず、ヴィクトリア朝文化研究は一体どうあるべきか、何をすべきかについての意見の相違も原因となって、このところ少し混乱してしまっている。日本におけるイギリス研究やアメリカ研究の学会としての制度化、例えばディケンズ・フェロウシップ日本支部、日本ハーディ協会、日本ウィリアム・フォークナー協会など、特定の作家についての活気あふれる学会の創設を成し遂げさせた歴史的要因については、いくらか海外でも知られている。この歴史的要因には、第二次世界大戦とその直後の余波だけでなく、遠距離通信テクノロジーと経済の分野における最近のグローバル化と、それに付随した形で善かれ悪しかれ——私の判断では、いつも善い方へとは限らないが——世界に広がっている英語覇権主義も含まれるだろう。

こうしたことが要因となって本書ができたわけだが、それでもなお、少し考えてみると、不思議に思える点がある。日本の研究者たちは、現在の合衆国の学者と比べると、自国の文化がヴィクトリア朝の文化からずっと遠く離れている。従って、ヴィクトリア朝の社会と文化について包括的な、権威ある書物を共同作業として結実させる可能性のもっとも高いのが、ほとんどすべて日本人研究者からなるグループだという点は不思議に思えるのだ。確かに、本書のほとんど全部が日本の学者の手で書かれたことは、テクノロジー、言語、経済、制度の区別が曖昧になった複雑なグローバル化を示す注目すべき証拠だと言えよう。

今の時代、『ギャスケルで読むヴィクトリア朝前半の社会と文化』のような本には、どんな利点があるだろうか。すなわち、日本と世界の両方の潜在的な読者にとって、どんな価値があるだろうか。おそらく私たちはそれを愚問と思うかも知れない。大学の学者が歴史に関する何らかの知識を見出すことは、ちょうど生物学者や物理学者における自然科学の知識の場合と同様に、それだけで有益だと思うように私は教えられた。人文科学の知識は特に正しさを立証する必要がない。これまで私が深く関わった四つの大学のうち、三つは「真理（*Veritas*）」というラテン語をモットーとしていた。ジョンズ・ホプキンズ大学は「真理はあなたがたに自由を得させる（*Veritas vos liberabit*）」（「ヨハネによる福音書」八章三二節）、イェール大学は「光と真理（*Lux et Veritas*）」、ハーヴァード大学は単に「真理」だけである。「光よ、あれ（*Fiat Lux*）」というカリフォルニア大学のモットーは、私が思うに、啓発、啓蒙、真理への傾倒についての別の表現に他ならない。そのモットーはもちろん旧約聖書の「創世記」でヤハウェが天地創造に際して発した言葉からの引用だ。この引用は大学が、神の場合と同じように、蒙を啓く創造力の主であることを意味している。これらのモットーが暗示するように、どんな時代の、どんな地域の大学であれ、その機能はあらゆることの真理を見出し、その真理を記述して教えることにある。大学教授であれば誰でも、それぞれ特定の専門分野で——例えばヴィクトリア朝の文学、社会、文化で——できるかぎり同じことをするように努めなければならない。

いかなるトピックであろうと、真理を見出すことには疑いのない価値があるという世間一般の通念のもと、それに付随した特殊な考えが文学研究で、とりわけ最近また気運が高まっているカルチュラル・スタディーズで優勢になりつつある。これはある文学作品の歴史的・社会的コンテクストを知ることが、その作品だけが持つ真理の理解に絶対必要だという考えである。そうした考えは、「ギャスケルで読む」にもかかわらず、各章に「教育」、「貧富」、「階級」、「衣」、「食」、「住」、「娯楽」、「病気」といったタイトルが付された本書の存在意義を基本的に正当化している。ギャスケルの長篇と短篇を正しく読むためには、彼女が生きた時代と場所の特別な社会的、歴史的、文化的な状況について、広範な知識を持たねばならない。こういった状況は多少なりとも、その時代と場所に――本書の場合は「ヴィクトリア朝前半」であるが――特有のものだからである。

しかし、そうした考えには奇妙なアポリアというか、パラドックスが見られる。一方では、ヴィクトリア朝前半の衣、食、病気、売春、階級などに関して提示される証拠に、文学外（新聞、書簡、日記、最新流行スタイル画、料理本、雑誌評論など）の場合がかなりある。これに対し、ヴィクトリア朝文学に専門的な受益を見出さないヴィクトリア朝イングランドの歴史家のような学者の間でさえ、ヴィクトリア朝の小説、詩、演劇は、当時の社会と文化がどうであったか――当時のイギリスでは階級、ジェンダー、恋愛、結婚などにおいて、どんなイデオロギー的な信念が優勢であったか――を示す貴重な資料だと考える傾向があるが、それはさもありなんと思われる。ヴィクトリア朝の小説がその文化についての真理を語っているという証拠は、やや不安を覚える循環論法になるが、かなりの部分が小説それ自体から得られるのである。ヴィクトリア朝前半におけるイングランド北部の田舎町に住む年輩の未婚女性の生活状況がどうであったか、彼女たちが何を考え、どう感じていたか、何を食べていたか、どんな服を着ていたか、階級の厳格な区別が彼女たちに与えた影響はどうであったか、そういったことを知りたければ、ギャスケルの『クランフォード』を読めばよい。

しかし、先ほどの一方の問題に戻るならば、新聞、書簡、日記、最新流行スタイル画、料理本、その他、つまり小説や詩が到底かなわない記録文書には、直接の指示性、すなわち真実を語っていると主張できるものがある。小説とは「虚構」の作品であるから、歴史的に正確であるだろうとか、正確であるはずだとか、そういったことを保証するものは何もない。「ゴシック小説」、「恋愛小説」、「歴史小説」、「推理小説」、「演劇的要素」についての論考からなる本書の第五部「ジャンル」が示しているように、ヴィクトリア朝前半の小説群は、ジャンル、物語論、現象学、テーマに関する様々な全く揺るぎのない通念によって支配されていた。この時代の小説の相当数は恋愛と結婚、すなわち女性の境遇についてのもの（例えば『ミドルマーチ』）か、あるいは精神的成長の物語、すなわち教養小説《ビルドゥンクスロマン》の一種(例えば『ヘンリー・エズモンド』、『リチャード・フェヴァレルの試練』、『大いなる遺産』)か、そのどちらかである。ヴィクトリア朝前半の小説の大半はハッピー・エンディングで終わっているので、読む人はそれを次第に期待するようになる。ちょうどハーディやコンラッドやヘンリー・ジェイムズの小説の読者が、つまりヴィクトリア朝後半の読者が、何らかの形の不幸な結末を予期するようになるのと同じである。ヴィクトリア朝前半の小説はほとんど、たとえ世間一般の通念に対してどんなに挑戦的なものであろうと、結婚し、子供を持ち、夫のために幸せな家庭を作ることが女性の本分であると考えるようなイデオロギーの再確認で終わっている(例えば、『荒涼館』、『北と南』、『ミドルマーチ』)。

このような約束事に従っているからと言って、読者がヴィクトリア朝文学の歴史的、社会的、文化的コンテクストについて、真実をできるだけ多く見出してはいけないということにはならない。しかしながら、それはヴィクトリア朝前半の文学におけるテクストとコンテクストの関係が複雑で曖昧であることを意味している。言い換えるならば、ヴィクトリア朝前半の小説はコンテクストを陳述的《コンスタティヴ》に、つまり表象的に反映しているだけではない。それは社会的な通念をいっそう明確にし、創造しさえする行為遂行的《パーフォーマティヴ》な力を持ってもいるのだ。当時の若い男女は小説を読むことによって恋愛と結婚の行儀作法を学んでいた。ヴィクトリア朝の読者は小説を読むことでイデオロギー的な信念を余すところなく教え込まれていたのである。アントニー・トロロプの小説に組み入れられたイデオロギーのレパートリーたるや驚くほどである。とはいえ、ヴィクトリア朝前半の小説のすべてがすべて同じことばかり言っているわけではない。かなり多種多様な通念を、例えば人間の個性は不変であるとか変化しやすいとか、ある人物が仲間たちの精神や感情をどのくらい見抜いていたかについての通念を、そうした小説群の中に突き止めることができるのである。

最後にもう一度、最初の問題へ戻ってみよう。ギャスケルの小説を深く読み込む目的で、「ヴィクトリア朝前半の社会と文化」についての真理を発見することに、昨今、どんな効用があるだろうか。「昨今」というのは、つまり、グローバルな宗教戦争の時代、遠距離通信を使ったテクノロジー、メディア、経済における自己破壊的な資本主義が世界で覇権を握る時代、大部分が銀行や他の金融機関の貪欲と愚行によって引き起こされる世界的な景気後退の時代、私たちの海岸を水没させて世界中の種を(おそらくホモ・サピエンスさえも)絶滅させる運命にあると思われる破滅的な気候変動の時代のことである。少なくとも合衆国では、これらの悲劇的結末に付随するかのように、私たちの大学では人文科学に対する予算が削減され、ますます多くの高等教育機関が「結果責任(accountability)」を目的として、すなわち各部局の価値を収益性で計ることを目的として運営される法人のような存在へ転換されている。こうした新制度の下では人文科学は立ちゆかない。例えば、カリフォルニア大学は最悪の財政危機に陥っている。理事たちはカリフォルニア大学サンタクルーズ校のディケンズ・プロジェクトへの資金援助を完全に撤回してしまった。このプロジェクトは、非常に重要な学術的・教育的企画としてディケンズ研究とヴィクトリア朝研究を活気づけることで、何十年にもわたって学生と教員のために国内外で大いに役立っていたのだが。ヴィクトリア朝前半の社会と文化についての真理を学ぶことに、多くの恐ろしい側面を持つ苦境に対処する助けとなるような、理事たちを説得して人文科学の教育・研究にもっと資金を出させるような、そうした目に見えるような効用はないのである。

　本書が有しているような価値について主張できる点を一つ示してみよう。文学作品では、その社会的・文化的コンテクストに関して本書が見事に提示している事実とともに、将来における様々な読みを決定するようなプログラム化や記号化が――どんな方法になるかは予測できないが――行われていると、私は思っている。このことはジュール・ミシュレの「それぞれの時代はそれに続く時代の夢を見る」という見解や、パーシー・ビッシュ・シェリーの『詩の擁護』における「詩人は未来が現在に投げかける巨大な影を写し出す鏡である」という主張の実例となる。詩人は「現在をあるがままに鋭く見つめ、現在の事物が秩序づけられる際に準拠すべき法則を見出すだけでなく、現在の中に未来を見てもいるので、彼の想念ははるか後の時代の花と実の萌芽なのである」とシェリーは言っている。(1) そういう前提に立って読むことは、小説や他の文学作品によって未来がどのように写し出されているかを突き止めようとする営みとなるだろう。当然の結果として、そのような読みは時代を超越した営為になる。古い作品を現在の使用目的のために捉えることは新しいコンテクストで捉えることだからである。

　断定できるわけではないが、詩は将来いつか別のコンテクストで偶然に読まれ、新たな状況で――ジャック・デリダが『マルクスの亡霊たち』で言っているように、「解釈しようとする対象そのものを変容させてしまう解釈(2)」で――読者の心に刻まれる時に生まれるかも知れない効果を暗号化しているのだ。そうした変容の力を持つ読みの効果は、小説家や詩人が言葉を紙に書き付ける際に、その心の中にあったかも知れないような、いかなる意図や意図された意味をも超えている。文学作品は未来のある時点で意欲的な読みを受けた時に完成されるものである。タンゴが一人では踊れないように、作家と読者が必要なのだ。さらに、たとえ同じ読者が同じ作品を読むにしても、別々の時に別々の読みをするならば、それは独自の読みとなるだろう。そういった読みは遡及的に、すなわち一種の代替用法《メタレプシス》やフロイトのいう事後性（*Nachträglichkeit*）――原因と結果や馬と馬車における順序の逆転――によって、意味を創造することになる。フロイトによれば、心の痛手となる最初の出来事がトラウマとなるのは、その影響を誘発する出来事がずっと後になって起こることで、最初の出来事が呼び起こされ、反復して再現される時である。換言すれば、文学作品は（作者は、ではない）それがやがて持つようになる意味と効力を予言し、予告し、予示し、行為遂行的にもたらしさえする。しかし、こうした類の読みを的確かつ正確にするためには、作品とそのコンテクストについて知ることができるものはすべて知る必要がある。本書『ギャスケルで読むヴィクトリア朝前半の社会と文化』は、そういったヴィクトリア朝文学にとって救いとなる真理を提示してくれるだろう。

このように古い作品を現在の使用目的に充てるとしたら、どのような形態をとることになるだろうか。それについては紙面の都合でほんの少し仄めかすことしかできない。有名な例の一つとしては、ディケンズの『荒涼館』における大法官裁判所や『リトル・ドリット』の（マードル氏は言うまでもないが）繁文縟礼省がある。これらのおかげで、現代でさえ、ナスダック元会長バーナード・マドフのような当代きっての金融詐欺師、司法制度や政治制度における遅延や不正、いかに「それをなさざるべきか（not to do it）」の方法や（ディケンズが当初『リトル・ドリット』のために考えていた原題を借りれば）困ったことに「誰の責任でもない（nobody's fault）」ようにする方法を見つけてしまう官僚たちについて、読者は理解できるはずだ。ギャスケルの『北と南』から最後の例を挙げてみよう。この作品をコンテクストに照らして読むことは、例えば現在の合衆国の自動車産業において、労働者と資本家が衝突している力学を理解する手助けとなる。私たちは、古い作品を当時と似たような新しい状況のコンテクストに照らして読めば、そこに新しい「光」を発見するという、聖書を踏まえたカリフォルニア大学のモットーが提示した約束を果たすことになるだろう。

右に列挙した作品や他のヴィクトリア朝文学の数百もの作品が、今では検索可能なデジタル版として利用できる。そのことは現代の私たちにとって作品の意味と有用性に極めて重大な影響を及ぼすことになると私は確信している。しかし、その影響がどんなものであるかは難解な問題であり、この短い巻頭言をはるかに超える詳細な調査が必要となる。ここでの私の主たる目的は、この立派な新刊書に敬意を払い、現代の世界中の読者にとっての本書の意味と有用性について少し考えてみることである。

註

（1）Jules Michelet, "Avenir! Avenir!," *The Arcades Project*, trans. Howard Eiland and Kevin McLaughlin, ed. Walter Benjamin (Cambridge, MA: Belknap-Harvard UP, 1999) 4; Percy Bysshe Shelley, "A Defence of Poetry," *Shelley's Poetry and Prose*, ed. Donald H. Reiman and Sharon B. Powers (New York: Norton, 1977) 508, 482-83. 私はベンヤミンとシェリーの引用をラッセル・サモルスキーの素

晴らしい新刊書『黙示録的未来』（Russell Samolsky, *Apocalyptic Futures: Marked Bodies and the Violence of the Text in Kafka, Conrad, and Coetzee* [New York: Fordham UP, 2010]）から取っている。

（2）Jacques Derrida, *Specters of Marx*, trans. Peggy Kamuf (New York: Routledge, 1994) 51.

まえがきに代えて

西暦二〇一〇年（平成二二年）はヴィクトリア朝の小説家、エリザベス・クレグホーン・ギャスケルの生誕二百年にあたる記念すべき年である。その記念事業として編者が企画した本書の主たる目的は、ギャスケルの思想と感情が表白された作品に多角的なアプローチで迫り、テクスト内部に再現されたヴィクトリア朝の時代精神と社会思潮を複合的に分析しながら、従来の社会史や文化史で提示された言説の傍証を固めるとともに、今までヴィクトリア朝研究において看過されてきた点を独自の立場から照射することにある。そして、この企画のもう一つの目的は、そうした作業によってギャスケルの世界観や人生観の現代的意義を浮かび上がらせ、混迷を極める昨今の日本社会が囚われている閉塞感や虚脱感を打破することにある。

　このような時宜を得た企画となるように、編者はギャスケル文学にとって重要なヴィクトリア朝の社会的・文化的コンテクストから三十のテーマを選び、これまで国内外のヴィクトリア朝研究で高い評価を受けてこられた学界の泰斗に加え、今まさに最前線で活躍している中堅・若手の研究者を含め、総勢三十名に記念事業への参加を依頼した。そして、参加者の過去の著書や論文に従って適材適所の配置を考え、三十のテーマをそれぞれ担当してもらった。こうした量才録用の苦心が実った研究成果として、本書が読者諸賢に多少なりとも評価され、結果的にギャスケルの英知と勇気と情熱が十分に認識されるならば、編者としては本望である。

ヴィクトリア朝の時代区分

　伝統的に歴史学者の大半はヴィクトリア朝を三つの時期に区分してきた。すなわち、ヴィクトリア女王の即位からハイド・パークで世界初の万国博覧会が開催されるまでの前期（一八三七〜五一年）、ヴィクトリア朝大好況期の嚆矢となるロンドン万博からドイツやアメリカなどの工業化によって大不況が始まるまでの中期（五一〜七三年）、大不況の到来からボーア戦争が終結する直前のヴィクトリア女王の崩御までの後期（七三〜一九〇一年）である。それらは、本書の序章を担当された歴史学者・村岡健次氏の定義を借りて、それぞれ「改革の時代」、「繁栄の時代」、「帝国主義の時代」と呼ぶことができる。[1]最近の研究者の間でも、例えば歴史学関係ではハル大学のK・セオドール・ホッペンが『中期ヴィクトリア朝の人々』で、文学関係ではコーネル大学のジェイムズ・E・アダムズが『ヴィクトリア朝文学史』で同じように三分割法を採用している。[2]

　今回のギャスケルの場合、作家としての出発点と言える「貧しい人々のいる風景」という詩を夫ウィリアムとの共同執筆で出版した一八三七年から、突然の死によって家庭小説『妻たちと娘たち』が辞世《スワン・ソング》の作となった六五年まで、その二八年に及ぶ執筆時期はヴィクトリア朝の前期および中期とおおよそ重なっている。それゆえ、ギャスケル生誕二百年を記念する本書は、前期と中期を合わせた期間をヴィクトリア朝の前半として捉えることにしたい。

　このようにヴィクトリア朝を前半と後半に分けることは、村岡氏が序章で指摘されているように十分に可能である。二分割する場合、多くの歴史学者たちにとって最も妥当だと思える年は、第二次選挙法改正で都市労働者階級の上層まで選挙権が拡大された——日本では〈御一新〉と呼ばれた大政奉還・王政復古以降の明治維新が始まった——一八六七年のようだ。もちろん、ビッグ・ベンの時計台の完成によって新しい時代の夜明けが象徴的に告げられた一八五九年を、つまり、自然科学のみならず宗教や思想にも甚大な影響を及ぼしたダーウィンの『種の起源』と政治や世論の専制に対して個人の自由を主張したJ・S・ミルの『自由論』の出版年を、ヴィクトリア朝の文化的な転換点と考えることも可能であろう。また、教育改革の点では、子供の就学義務や公費による初等学校の設立と維持を規定したフォースター教育法が成立する一八七〇年を転換点と主張する学者もいる[3]。とはいえ、この初等教育法も第二次選挙法改正による労働者への選挙権拡大に呼応した施策に他ならない。さらに、ギャスケルに魅せられて彼女の生涯の文通相手となったアメリカの著述家・編集者・教育者、チャールズ・E・ノートンの評伝を最近出版したリンダ・ダウリングは、「一八六六年七月におけるハイド・パークの暴動が非常に重要なのは、それが第二次選挙法改正案を下院に通過させた点よりも、マシュー・アーノルドに『教養と無秩序』（一八六九年）を書かせた点にある」と述べ、その出版年を知識人の関心がヴィクトリア朝前半の政治改革や社会批判から後半の審美批評や想像力の解放へ移り始めた象徴的な時として捉えている[4]。しかしながら、本書では、このように特定の歴史的事件によってヴィクトリア朝を画然と二分することはせず、第一次選挙法改正の一八三二年前後から大不況が始まる七三年前後までを射程に入れ、ギャスケルの執筆活動である三七年から六五年まであたりの時期を「ヴィクトリア朝前半」として扱うことにした。

変化の時代

　ヴィクトリア朝前半の最大の特徴は変化である。いつの時代も転変常なき世の中ではあるが、産業革命の影響を受けたヴィクトリア朝前半と同じように人々のライフスタイルが大きく変化した時代があるとすれば、それは一九八〇年代の情報革命を経てインターネットの普及が工業社会を情報社会へ変えてしまった九〇年代後半以降の現代をおいて他にないだろう。この時代的な共通点こそ、本書を企画した編者の次のような固い信念の拠り所となっている。すなわち、時代の変化を描いた作家と言われるギャスケルの作品を通して、ヴィクトリア朝前半の社会と文化を読み解く作業は、二十一世紀の現代が抱える多種多様な問題を考察するのに大いに役立つはずだという信念である。

一七六〇年代から始まった産業革命は、アンシャン・レジームを崩壊させたフランス革命のような華々しさに欠けるとはいえ、その後の政治や経済をはじめとする可視的な表層部分だけでなく、社会の構造や文化の性格など目に見えない深層部分にも大きな変革をもたらした。産業革命の諸相としては、紡績機の四大発明による繊維革命、蒸気機関の発明による動力革命、蒸気機関車が完成したことによる運輸革命を挙げることができる。特に蒸気機関車によって一八二五年にストックトン・ダーリントン間に、続いて三〇年にリヴァプール・マンチェスター間に開通した鉄道（図①）は、四〇年代に一種のバブルとも言える熱狂的な投資がなされ、主要都市を結ぶ大鉄道網が形成された点で、産業革命後の激動する世相を象徴的に反映した科学技術《テクノロジー》の代表格であった。ギャスケルの中篇小説『ラドロウ卿の奥様』の年老いた語り手、マーガレット・ドーソンは激変した昨今の社会情勢と比較し、若い頃を懐かしみながら「あの当時の私たちは、六人乗りの四頭立て四輪馬車で旅をしていましたので、今であれば耳を聾さんばかりの鋭い汽笛を聞きながら、ピューッと瞬く間に二時間で行けるところを二日もかけておりました」と述べている。また、昔の郵便は配達が週三回だったので手紙や葉書が本のように熟読玩味されていたのに、今は一日二回なので要点だけを述べた無愛想なものが多くなったと嘆いている。こうした鉄道と郵便の関係を現代社会のウェブ

図① 1825年9月27日に開通したストックトン・ダーリントン間の世界初の公共鉄道

とメールの関係に置き換えるならば、年輩の人たちから同じような嘆息が漏れるに違いない。時代と社会がどんなに大きく変化しても、皮肉なことに、人間の感覚や感性に変化がないのは世の常である。

鉄道が馬車に取って代わったヴィクトリア朝前半に、身分と年齢の違いにもかかわらず、ヴィクトリア女王とギャスケルの間に趣味の共通項があったことは興味深い。女王は公務でも私生活でも日記を克明につけていたし、鉄道旅行が大好きだった。ギャスケルも毎日のように手紙を書き送っているし、マンチェスター・ロンドン間の往復のみならず、晩年の大陸旅行（特にフランスとドイツ）でも、頻繁に鉄道を利用していた。(5) 鉄道に対するギャスケルの考えは、デビュー作『メアリ・バートン』の中で彼女の考えを代弁する職工のジョウブ・リーによって示される。力織機や鉄道のような発明品を神様の贈り物として捉える一方で、それらがもたらす苦しみを天の配剤として甘受しようとする彼の考えから判断して、ギャスケルが新しい科学技術の功罪を見抜いていたことは間違いない。それを裏づけるように、『従妹フィリス』の語り手ポール・マニングは、鉄道技師ホウルズワスの豊富な科学知識とコスモポリタンで都会的な外見に魅了されながらも、その冗談半分な言動に利己主義の危険性を読み取っている。このように時代のブームに乗った男に対するギャスケルの矛盾した性格づけには、以下に述べる理由からも、特段の注意を払う必要がある。

ヴィクトリア朝前半のパラダイム・シフトとして、科学技術の鉄道と双璧をなすのが自然科学における進化論であることに異論はあるまい。ギャスケルが属していた非国教徒のユニテリアン派は、同派の牧師で酸素を発見した有名な化学者ジョゼフ・プリーストリーに代表されるように、オックスブリッジが軽視していた自然科学に目を向け、楽観的な進歩史観からラマルク以降の進化論を受け容れていた。一八三一年に科学の進歩・発展を目的として設立された英国学術協会の第一回大会がヨークで開催された際には、ギャスケルの母の従姉と結婚したウィリアム・ターナー師が参加しているし、三十年後のマンチェスター大会の準備には彼女の夫が深く関わっている。また、『妻たちと娘たち』ではギャスケルの遠縁の従兄にあたるダーウィン自身が、前途有望な科学者ロジャー・ハムリーに投影されて好意的に描かれている。とはいえ、ここで見落としてならないのは、ギャスケルの一連の社会小説では、進化論の〈適者生存〉の考えを正当化する自由放任主義《レッセ・フェール》が産業資本家の要求を思想的に代弁したものとして批判され、そこから発生する様々な社会問題が進化論に神を殺されたキリスト教とイエスの教えによって解決されていることだ。この点からもギャスケルが進化論に対して両価感情《アンビヴァレンス》を抱いていたことは明白である。そうした類の両価感情は、奴隷制反対、女性解放、クリミア戦争といったカレント・トピックに関しても、はっきりと彼女の書簡から読み取ることができる。(6)

しかし、逆説的に言うならば、このような最新の自然科学や科学技術、いわゆるモダンと呼ばれる時代精神や社会思潮に対する両価感情こそ、良識的な考え方の基盤となっているのではあるまいか。人間は曖昧さを徹底排除された二値的なデジタル回路からなるコンピュータではないのだ。結婚後のヴィクトリア女王は優秀なアルバート公の感化のもと、控え目で慎ましやかな家庭生活を送ることで、中産階級の良識的な思想と感情を忠実に代表していたと言われる。謹厳実直で学者肌の夫の影響を受けて常識的な考え方をしたという点では、ギャスケルもヴィクトリア女王と同断である。そうした思考は繊細なバランス感覚から生まれるものではなかろうか。ギャスケルは、仏教の中道を実践していたかのように、相互に対立した二つの極端な世界観や人生観を超越する立場にいたのである。ただし、キャサリン・ウィンクワスに宛てた一八四八年一一月の手紙で明言しているように、彼女は政治的には中道右派であり、分度器で言えば四五度と九〇度の間を絶えず揺れ動いていたことを忘れてはならない。

　結婚後のギャスケルは、一ヶ月に及ぶウェールズでの新婚旅行のあと、二二歳の誕生日に現在のマンチェスター大学正門の近くにあるドーヴァー・ストリートに居を構えた。そして、十年後に転居したアッパー・ラムフォード・ストリートも、一八五〇年六月に年百五十ポンドで中産階級の中流にふさわしい家を借りたプリマス・グロウヴ（図②）も、最初のドーヴァー・

図② プリマス・グロウヴ84番地のギャスケルの家
2004年に「マンチェスター歴史建造物トラスト」が購入し、現在は「エリザベス・ギャスケル・ハウス」として修復されている。2009年4月にはイングリッシュ・ヘリティッジから修復の補助金として26万ポンドを受けた。

ストリートに近かった。これらの場所が当時は新興産業都市マンチェスターのはずれ——都会と田舎が接する境界線上——にあったことは、彼女のバランス感覚を考える上で重要である。また、彼女は牧師の妻として、四人の娘の母として、そして慈善活動家としてマンチェスターで励んでいたが、そうした他者のための生活は娯楽も兼ねた旅行、休暇、執筆という田舎や外国における自己のための生活と均衡を保っていた。親友イライザ・フォックスに宛てた一八五〇年二月の手紙でギャスケルは、女性が家事を優先しなければならない時は芸術家としての生活を諦めざるを得ないが、日常生活の義務に追われる女性が芸術なる秘密の世界に避難できるのは精神衛生的によいことで、個性を伸ばす皿と家庭の義務を果たす皿との天秤は釣り合うことが望ましいと述べている。しかし、彼女の良識は両極端のバランスに立脚すると同時に、幾つも存在する人格の相互バランスにも基づいていた。イライザに宛てた二ヶ月後の手紙では、相容れない複数の自己《ミー》——例えば、真のキリスト教徒としての自己、妻や母としての社会的な自己、美や趣味に興じる自分のためだけの自己など——が自分の中で争っていると告白している。有能な女性であっても、どの自己を優先させるか、自分で決定できないストレスは現代と比較にならないほど強かったはずだが、ギャスケルは矛盾する幾つもの自己を首尾一貫した自己に還元しようとせず、それらを共存させたままで矛盾を芸術活動に昇華することができた。その意味で彼女はポストモダン的な作家と言えなくもない。[7]

ギャスケル文学の現代的意義

このようなギャスケルのバランス感覚や良識は、彼女が生きたヴィクトリア朝前半を批判するだけでなく、二十一世紀の今の時代を批判する上でも、非常に有効な手段となり得る。産業革命が始まって間もなく出版されたアダム・スミスの『諸国民の富』は、各個人が自由に利益を追求しても、市場法則という自然法的な〈神の見えざる手〉が働き、社会全体としては公共の利益と一致して国富の増加になると唱えた点で、まさに工業生産力の増大に対応する理論を提供した。そうした社会で立身出世した新興ブルジョアジーの倫理観によれば、富裕は勤勉という美徳の結果、貧困は怠惰という悪徳の結果となり、英国民の伝統とも言うべきピューリタン的な〈自助の精神〉に欠ける貧者の窮状はすべて自己責任として放置された。自由放任主義が有産階級と無産階級という〈二つの国民〉からなる格差社会を固定化させてしまった原因はまさにそこにある。この自由放任主義なるイデオロギーの現代版があるとすれば、それは〈規制緩和〉であろう。一九九一年のソ連崩壊による冷戦終結以降、米国一極支配のグローバリズムが世界を席巻するとともに市場原理主義が顕著となり、国際的な自由競争体制が市場開放を求めて各国に規制緩和を迫ったことは、まだ記憶に新しい。日本では、二〇〇一年に発足した小泉政権が聖域なき構造改革を推進し、市場競争による経済の活性化のために規制緩和を導入した。特に、労働者派遣法の規制緩和で多くの企業が生存競争に勝ち抜くために非正規雇用を最優先したので、ワーキング・プアやプレカリアートといった階層が生まれ、今では社会の二極化による格差問題が緊切な事態に立ち至っている。

ギャスケルはヴィクトリア朝前半の格差社会の原因となった自由放任主義や自助の精神そのものを否定していたわけではない。そうした否定は現存する社会システムを実質的に支えていた中産階級の人間である彼女を自縄自縛の状態に陥らせるだけである。彼女は、二極化した階層の人間が断絶して交わらないことの危険性、そして相互依存の認識と相互扶助の実践の必要性を訴えているのだ。現代の日本でも、資本主義がもたらした以上の格差社会が共産主義や社会主義の陣営にあることはよく知られているし、政治家が規制緩和による自由競争を完全に否定することはない。最大の問題は、いわゆる勝ち組と負け組という階層的な固定化や〈貧困の文化〉の世代的な再生産によって、二極化した社会に流動性がなくなってしまった点にある。現在は壺型をしている日本の人口ピラミッドも、少子高齢化に抜本的な対策が講じられない限り、いずれ近いうちに逆三角形となるはずだ。そうなると、今の格差社会はますます不安定になり、ヴィクトリア朝の〈飢餓の四〇年代〉のように、言い換えれば、チャーティスト運動とともに労使の抗争が激化して第二のフランス革命勃発という累卵の危機に瀕していた時代のようになるだろう[8]。

ギャスケル生誕二百年を前に、日本では二〇〇九年八月末の衆議院議員総選挙で、戦後初めて野党第一党の民主党が過半数を獲得して政権交代を実現した。これは有権者が二大政党の対立軸を求めた結果である。一八三二年の第一次選挙法改正後に脱皮したイギリスの自由党と保守党は、ヴィクトリア朝後半になるとグラッドストンとディズレイリのもと、交互に政権を担当しながら二大政党制による議会政治を進展させていった。これからの日本が当時のイギリスと同じ道を歩むか否かはさておき、政権交代に伴う政策転換は国民生活に良くも悪くも大きな影響を及ぼすので、その行方を見守る意味においても、二大政党制が熟していくまでのヴィクトリア朝前半の社会と文化を分析することの意義は大きい。

なぜ、今、ギャスケル文学を通してヴィクトリア朝前半の時代精神と社会思潮を照射する必要があるのかと問われれば、彼女の小説は昨今の日本における格差社会の種々相に見られる問題を分析するために格好の材料を提供してくれるばかりか、問題解決の糸口を見出すのに有益なアイディアを示唆してくれるからだ、というのが編者の答えである。当時の社会問題を考察する上で、マンチェスターを拠点に活動したギャスケルの作品は、ロンドンを舞台として書かれたディケンズの作品に負けず劣らず、第一級の歴史資料なのである。

ここまで、ギャスケルの社会史家としての存在意義を述べてきたが、彼女の作品の文化史的な価値も見過ごしてはならない。以下、彼女の生涯と本書の章立てに即して当時の文化の諸相について触れておこう。

ユニテリアニズムの影響

一八一〇年九月二九日（土曜日）、エリザベス・スティーヴンソンはロンドン・チェルシー地区の当時は村だったリンズィ・ロウ（図③）――現在のチェイニ・ウォーク九三番地――で、ユニテリアン派の両親の第八子として生まれた。エリザベスの子供時代を特徴づけているのは相次いで彼女を襲った肉親・近親の死である。母親は産後の肥立ちが悪くて一年後に昇天。エリザベスはマンチェスターの南西約二十キロにある田舎町ナッツフォードに住む母方の伯母で寡婦のハナ・ラムに引き取られたが、その数ヶ月後には伯母の一人娘メアリアンが結核で急逝。エリザベスの兄と姉は六人がすでに夭折しており、生存していた唯一の兄で心の支えだったジョンも彼女が十八歳の時にインド航海中に行方不明となり、そのショックがもとで父親のウィリアムもほどなく死んでしまった。

一八三二年八月三〇日（木曜日）、二二歳になる直前にユニテリアン派の牧師ウィリアム・ギャスケルとナッツフォードのセント・ジョンズ教区教会で結婚した彼女は、[9] すぐ妊娠した第一子の長女を死産してしまった。悲劇は幕を下ろすことなく、三三歳の時には待望の長男に恵まれたにもかかわらず、その子

図③ ギャスケルが生まれたロンドン・チェルシー地区のリンズィ・ロウ（W・W・バージェスが描いた絵）

も十ヶ月後に猩紅熱で失っている。こうした現世における絶望の淵で人間を救済することができる最たるものは宗教への帰依であろう。長男を失った直後に書かれた短篇「リビー・マーシュの三つの祭日」で、心の拠り所にしていた少年フランキーが死ぬと、リビーは即座に彼の母親に尽くすことで人生に新たな目的を見出している。ギャスケルがリビーのように孤独による悲観的な状況にあっても希望を失わず、すべての事態をよい方に考えることができたのは、典型的な救済宗教であるキリスト教の中でも楽観的な運命論・終末論を奉ずるユニテリアン派の教義のおかげであった[10]。

ギャスケルが長男喪失の悲しみを紛らわすために夫に勧められて『メアリ・バートン』を書いたのは有名な話である。この小説には読者を憂鬱にする人間の死についての描写と言及が二十回以上もなされる。しかし、読者の胸を張り裂くような、そうした陰鬱なペーソスは作者が戦略的に配備した喜劇的息抜き《コミック・リリーフ》と融合して、絶妙なユーモアを生み出している。この作品をチャップマン・アンド・ホール社に推薦してくれたジョン・フォースターは、彼女の短篇「モートン・ホール」における感傷と喜劇の融合を称賛したが、この種の融合こそギャスケルが好んで使うユーモアの最大の特質である。彼女は、娘のメアリアンとミータが喧嘩で仲違いしたとき、自分の髪型と胃袋しか気にならない末の娘ジュリアに注意をそらし、その場の沈鬱な空気を吹き飛ばしたことがあった。それは静観の態度と寛容の精神で人間の欠点をすべて赦すというキリスト教に根ざしたユーモア——チョーサーからシェイクスピアを通して脈々として絶えない英文学特有のユーモア——である。

ユニテリアン派は国教徒のように権威に頼ることができない非主流派なので、人間のつながりによるネットワークを非常に発達させていた。ギャスケルの伝記を読んで驚くのは彼女の友人・知人に（特に女性の）有名人が多いことだ。ユニテリアン派では、貧しい子供たちのために改革運動を推進したメアリ・カーペンター、肖像画家のイライザ・フォックス、社会改良や民衆啓蒙に貢献したハリエット・マーティノー、近代看護を確立したナイチンゲール、ユニテリアン派以外の文学者では、エリザベス・バレット・ブラウニング、ジェラルディン・ジューズベリー、シャーロット・ブロンテ、ジョージ・エリオットなど、数えればきりがない。特に、ギャスケルが旅行や執筆で滞在したパリのマダム・モールの存在意義は大きく、文化人が集まる有名なサロンだった彼女の家は、中産階級と上流階級をつなぐ〈女同士の絆〉の形成に重要な役割を果たした。ギャスケルの交友関係は実に広く、手紙のやり取りがあった男性の同時代作家だけでも、J・S・ミル、ディケンズ、J・フォースター、キングズリー、ラスキンなどがいる。

また、こうした人的なネットワークは、産業革命後の富の再配分が不公平な格差社会において、労働者階級に対する（純然たる善意のためか自己満足のためかはさておき）慈善活動の基盤となった。貧困者や病人に対する扶助行為としての慈善は福音主義者の使命《ミッション》である。一八二八年にマンチェスターのクロス・ストリート・チャペルの牧師となったウィリアム・ギャスケルは、ヴィクトリア朝後期から始まるセツルメント運動の先駆けとして、宗派に関係のないマンチェスター国内ミッショナリー協会の事務局長として救貧活動をしたり、職工会館で夜間クラスの労働者たちに（主要科目である科学技術ではなく）詩を教えて喜ばれていた。[11] ギャスケル自身は夫と一緒に都市スラムで慈善活動を行うことはなかったものの、代わりに日曜学校で労働者階級の娘たちの教育に携わっていた。最初の日曜学校はグロスタシャーの慈善家ロバート・レイクスによって一七八〇年に設立されたが、その主たる目的はスラム街の子供たちが犯罪に走るのを防ぐことにあった。ディケンズが『クリスマス・キャロル』の現在の幽霊を通して示した「無知」と「貧困」という名の孤児たちは、彼らを放置した人間どもに逆襲する犯罪者の予備軍として描かれている。この無知と貧困はギャスケルにとっても相即不離の関係にあり、彼女が日曜学校に情熱を注いだのも、労働者階級の娘たちに自助の精神を涵養させ、悪の誘惑を拒ませるために教育がいかに重要であるか、誰よりも悟っていたからであろう。

ヴィクトリア朝前半の生活

ヴィクトリア朝のカリスマ主婦、ビートン夫人はベストセラーとなった『家政書』の冒頭で、「家族の幸福を左右する家政の知識ほど高く評価すべき女性の技能はない」と断言した。中産階級の中層（晩年は上層）に属していた牧師の妻、ギャスケルも小説家よりは女主人としての仕事を優先し、使用人アン・ハーンに的確な指示を与え、訪問客が異常に多い家を取り仕切っていた。彼女の書簡には家庭生活についての関心の高さを示す文章が頻繁に見られ、[12] 小説には当時の生活を彷彿させる衣・食・住や病気や娯楽に関する詳しい描写があふれている。

衣服について言えば、現実生活でのギャスケルにはユニテリアン派に共通する実践的合理主義者としての道徳観に従って美装を避ける傾向があり、娘たちに対しても実用的な服を買うように忠告していた。一方、彼女の小説世界における衣服は、情報と意味を伝達する記号として読まれることが想定されている。それゆえ、例えば『クランフォード』のミス・マティーや『ルース』のヒロインの喪服の描写では、自己表現として喪服を着用したヴィクトリア女王とは逆に、自己表現を制約された女性の感情の暗示に読者は気づかねばならない。記号としての衣服の使用は、ボロ着の程度によって組合代表者の有能さが判断される『メアリ・バートン』やフォレスター夫人の（華やかな時代を示す唯一の形見としての）立派な古いレースにレディー・グレンマイアが感心する『クランフォード』の例からも分かるように、全階級に配備された作者の戦略となっている。

食事は慈愛と相関関係がある。聖書では普通の食事でも人間味にあふれた行為として記され、食事を一緒にすることは人間の絆を結ぶことを意味する。『北と南』の改心した工場主、ソーントンが労働者のために食堂を作ったのは、「食事という行為ほど人間を平等にするものはない」からだ。そして、社会問題小説で活写される貧窮者の飢えに関しては、その対象がオリヴァー・トゥイストの求めたものと同じように決して食物だけでないことに留意すべきである。そこには「もう少し」の愛情や同情の必要性が示唆されているのだ。食事を出すという行為が慈愛を与える行為として女性に特化されているのは、父権制社会が女性を〈家庭の天使〉や〈白衣の天使〉として理想化した結果だが、この慈愛供与の仕事をギャスケルは自分以外に食事を出す必要のない未婚女性《スピンスター》の天職や使命という独創的な形で描いている。

住居について特筆すべき点は、ギャスケルが自分の主たる読者（中産階級の人々）に馴染みのない労働者の生活の悲惨さを知らせるべく、住環境の詳しい細部描写というドキュメンタリー的手法を取ったことである。『メアリ・バートン』におけるダヴンポート家の地下室が最も有名な場面であるが、同じ効果を狙った描写は『ルース』の冒頭におけるメイソン夫人の徒弟たちが住む部屋や『北と南』の主人公マーガレット・ヘイルの目を通して見たヒギンズ家やバウチャ家の部屋でもなされている。アメリカの労働者の住宅にも興味があったギャスケルは、実生活では我が家に並々ならぬ関心を示している。マンチェスターは天気も空気も悪く、来客の多いプリマス・グロウヴの家はプライバシーを保てず、「英国人にとって家は城である」と言えないほどだった。それで、彼女は自分の死期を悟っていたことも動機になったのだろうが、娘たちや弁護士や出版者の協力を得て、借金の嫌いな夫には内緒で南イングランドにあるホリボーン村の家、ザ・ローンを購入した。しかし、引退後の夫や結婚しない娘たちの住まいとして購入したにせよ、マンチェスターのユニテリアン派の拠点クロス・ストリート・チャペルに対する愛着から半世紀以上も引退せずに牧師を務めることになる夫にとって、この妻の行為はありがた迷惑だったのではなかろうか。[13] 夫に相談もしなかった彼女の決断は、「相手の気持ちを考えずに何かしてやるのは利己的な行為だ」という短篇「ベッシーの家庭の苦労」の教訓と齟齬を来していると言わざるを得ない。

ギャスケルは、このような女主人としての多忙さに加え、『シャーロット・ブロンテの生涯』の資料収集や執筆による過労とストレスで四六歳の誕生日を前に倒れて以来、健康を害することが多くなった。もともと頭痛持ちだったが、インフルエンザや気管支炎にたびたび悩まされていた。本人は自分の病気を自宅の下水のせいにしていたが、ザ・ローンを娘たちと見に行った数日後の一八六五年一一月一二日（日曜日）、そこの居間でアフタヌーン・ティーを楽しんでいた五時四五分に心臓発作で急死したのは、明らかに過労とストレスが原因であった。

最期に発した言葉は偶然にも彼女の憧憬の地「ローマ」であったが、家族の意向で野辺の送り先は彼女が子供時代を過ごしたナッツフォードのユニテリアン派の教会、ブルック・ストリート・チャペル（図④）になった。

ギャスケルの産業小説において、病気はバートンの息子の猩紅熱やヒギンズの娘の肺病に見られるように、目を覆いたくなる労働者階級の凄惨な生活という物理的側面の強調のために利用される。一方、新興ブルジョアジーのカーソン夫人や階級的に凋落したヘイル夫人の病気は、新たに参入した階級に適応できない心理状態の可視化となっている。ヒル大尉と婚約解消したあとの娘ミータのヒステリーを観察し、ホウルズワスの裏切りにショックを受けたフィリス・ホルマンの脳熱を描いたギャスケルは、心身医学《サイコソマティックス》の時代に先んじて、心理的要因が病気の発症や進行に大きく関わることに気づいていたはずである。父権制社会が求める女性性によって真情を抑圧された結果としての病気の事例も多く、『妻たちと娘たち』の主人公モリー・ギブソンの発熱はその典型例である。

ギャスケル自身は過労によるストレスを発散するために海外旅行によく出かけた。ハイデルベルクでは持病の頭痛を吹き飛ばすような食事をしたことについて一八五〇年一〇月の手紙に書き記している。夫は食事が合わないという理由で一緒に海外へ行くことを拒んでいたが、実際には毎年のように親友と国内外へ長期休暇に出かけており、父権制社会のホモソーシャルな

図④ ナッツフォードのユニテリアン派の教会、ブルック・ストリート・チャペルとギャスケルの墓

関係を楽しむという気随なところがあった。娯楽と言えば、「リビー・マーシュの三つの祭日」のディクソン家のように労働者階級の上層でも高尚な趣味がなければ、お金は食事に使われることになるが、『クランフォード』の御婦人方のように「上品な節約」——悪く言えば、落ちぶれても体面を維持しようと虚勢を張る中産階級の自己欺瞞的な処世術——の必要があれば、お金を飲食物に費やすのは下品と見なされる。ある程度の金銭的余裕があったギャスケル家では、夫が総責任者になったポーティコ図書館から新刊書を借りたり、メアリアンが音楽のレッスンを受けたチャールズ・ハレによる一八五八年創設のハレ管弦楽団のコンサートに行ったり、中産階級なりに高尚な趣味を持っていたようである。

ジェンダーの問題

ヴィクトリア朝の女性たちは選挙権もなく、法的権利が制限された〈第二級市民〉として扱われていた。さらに、経済的に二極化した格差社会の中では、家父長制の既成のパラダイムが女性を、さながら二者択一の商品であるかのように、天使と娼婦という二つのカテゴリーに分類した。特に中産階級の女性は、男性が保護しなければならない家庭の天使として極端に理想化され、純潔と従順を求められていた[14]。同時に、このカテゴリーから逸脱すると、女性はイヴの娘として生来的に誘惑を受けて堕落しやすいというキリスト教社会の固定観念によって、たとえ何も悪いことをしなくても、〈堕ちた女〉の烙印を押される可能性があった。このように女性を生活の私的領域に拘束する価値観や性に関する二重規範《ダブル・スタンダード》について、ギャスケルは作品の中で明示的・暗示的に批判している。

女性の権利を擁護したフェミニズムの草分け、メアリ・ウルストンクラフトが一七九八年の『女性の虐待——マライア』で告発したのは、「女性を生まれながらの奴隷として監禁する巨大な牢獄としての社会」であった。それは偏った法律と慣習で女性だけに悲惨な抑圧を強いる社会である。この先覚者の影響を強く受けたギャスケルの〈女性のゴシック〉としての短篇「灰色の女」は、ドイツの若い女性が紳士の仮面をつけた残忍な山賊と結婚して断崖絶壁の城に監禁されるという内容から、ペローの「青ひげ」のように女性の虐待の寓話として読むことができる。同一延長線上にある中篇『暗い夜の事件』のエリナも男性支配の受難者である。また、ルースは家父長制における性の二重規範の被害者、『シルヴィアの恋人たち』と『従妹フィリス』のヒロインはそれぞれ男性の虚偽と不実の犠牲者だと言える。とはいえ、シルヴィアが夫に対して、フィリスが父親に対して、反抗する女として描かれている点は注目に値する。

自由放任主義下の市場は賃金の面で女性労働者を虐待していたが、その典型的な犠牲者として『ルース』のメイソン婦人服店で働く徒弟の針子たちがいる。ヘンリー・メイヒューの一八四〇年代の調査によれば、当時はロンドンの針子の「おそらく全体の四分の一、あるいは生活を支えてくれる夫か親のいない者の半分」[15]が売春婦だったそうだが、低賃金で重労働ゆえに副業として売春をする針子がいたのはマンチェスターも同じである。美貌の針子メアリ・バートンは叔母のエスタのように淪落の道を突き進む運命から最終的に逃れることができたが、それは女同士の絆があったことに加え、唯一の肉親として父親がまだ生きていたからに相違ない。ルースのように完全な孤児であったならば、性の免罪符を持つ青年紳士に誘惑されて捨てられていたはずだ。親子関係であれ、労使関係であれ、人間同士が断絶せずに絆を保つことの重要性はギャスケル文学に通底するライトモチーフである。例えば産業小説の『メアリ・バートン』で、ギャスケルは家族的な絆が非常に重要視された前近代的な父親的温情主義《パターナリズム》に労使問題の解決策を求めている。そこには、自然法に基づく人間の権利や自由主義経済を標榜する時代よりも、中世の修道院のような共同社会《ゲゼルシャフト》に共鳴したカーライル――手紙で彼女を激励してくれた心の師――の影響が見られる。

　ヴィクトリア朝前半は魔女ロイスのような孤児やリジー・リーの赤ん坊のような捨て子が数多く見られた。孤児や捨て子は救貧院や孤児院で育てられるか、親類がいる場合は院外扶助《アウトドア・リリーフ》を受けていたが、年端も行かぬうちに安い労働力として工場労働、炭坑労働、煙突掃除、街路販売などで働かされた。イングランドとウェールズの救貧院では、一八四四年に一万八千人ほどの子供が収容されていたが、その数は五一年に四万を超え、この約五二%は孤児か捨て子であった。[16]悪名高い一八三四年の新救貧法によって最下級の労働者以下の待遇が施された救貧院で、子供たちがどのような状況にいたか、それはディケンズの『オリヴァー・トゥイスト』に詳しく描かれている。このように救貧税の抑制を目指した新救貧法は、貧者に対する無関心が端的に現れたものであり、善きサマリア人についてのイエスの教えに反する道徳的な〈不作為の罪〉を犯していたと言える。ギャスケルは短篇「手と心」で「孤児は誰にとっても親類だ」と述べているが、その延長線上で孤児のルースを考えるならば、彼女が悪の誘惑を受けて淪落した原因もまた、自由放任主義の社会で利己主義に陥っている周囲の人々の無関心ということになる。

　ギャスケルは淪落した針子パスリの存在について監獄訪問慈善家トマス・ライトから教えてもらい、その件でディケンズに相談したことが縁で、彼の週刊雑誌『ハウスホールド・ワーズ』の創刊号に、堕ちた女とその母の愛をテーマにした短篇「リジー・リー」を連載することができた。それ以後、ギャスケルは「親愛なるシェヘラザード様」という甘言を弄したディケンズに誘惑され、しばらくは彼と懇意にしていたものの、反抗する女として捨てられる前に自分の方から仕事の関係を断ってしまった。彼女が絶縁した表面的な理由は小説家としての自分の信念が彼の商業主義的な編集方針と合致しなかったことにあるが、本当の理由は彼の〈愛人問題に気づいていたとは思えないが）倫理的・道徳的に許容できない別居問題にあったのではあるまいか。ギャスケルはジョージ・エリオットの小説には脱帽していたが、彼女がルイス夫人であってほしいと願うほど、ミス・エヴァンズの反社会的な私生活に対して首肯しかねていた。確かに、小説家としてのギャスケルはフェミニスト批評が好んで取り上げたくなるような、[17]父権制と資本制が協調的な共犯関係にあった近代社会に見られる男性／女性の二項対立の矛盾を数多く描いている。しかし、私生活におけるギャスケルには、デイヴィッド・セシル卿が彼女に「夫人」の冠を付けたように、その倫理観や道徳観に中産階級特有の保守反動的な傾向が見られるのである。

　神に派遣されたイエスにせよ、イエスに派遣された使徒にせよ、そのミッションは福音の宣布と病気の治癒にある。私生児を産んで堕ちた女として指弾されるルースは、キリスト教信者の使命として病人を区別なく看護することで、やがて天使のような女性として尊敬される。ギャスケルはルースの中に罪の女としてのマグダラのマリアと処女の聖母マリア（図⑤）の両方のイメージを併存させることによって、女性を二項対立で捉える父権制社会の独善的で旧約聖書的な厳しい道徳観・倫理観を疑問視しているのである。女性は、古代ローマの父権制の伝統を教理に内面化させたキリスト教によって、人々の救済のためにイエスと同じ自己犠牲的な使命を与えられる一方で、中産階級のドメスティック・イデオロギーに従って家庭の天使としての役割を求められた。ギャスケルが未婚女性や寡婦といった〈余った女たち〉の使命に着眼したのは、こうした矛盾を解決するためだったと考えられる。彼女たちは自立した生活の中で他の女性の世話をし、神に与えられた使命を女同士の絆によって果たそうとする。前述のリビー・マーシュ、「ペン・モーファの泉」で凶暴な知恵遅れの女の面倒をみるネスト・グウィン、知的障害のある弟だけでなく自分を拒絶した男の寡婦までも世話する「イングランドの一世代前の物語」のスーザン・ディク

図⑤ ロレンツォ・ペシュー『キリストの磔刑——聖母マリアとマグダラのマリア』（1800年頃）

ソン、昔の求婚者の娘を養子にする『ラドロウ卿の奥様』のミス・ガリンドウ――彼女たちは伝統的な父権社会の価値観に代わって、ユニテリアン派の合理主義と人道主義に根ざした新しい共同体の価値観を体現している。そうした価値観が生まれた背景には、孤児も同然だったギャスケルをナッツフォードの自宅に引き取ってくれ、一人娘の死後は実の娘のように育ててくれた寡婦、ラム伯母の影響が大きかったように思えてならない。

余った女たちの問題は一八二〇年代から六〇年代にかけて約五百万人（ほとんどは男性）がアメリカに移住したことで社会問題化し、次第に深刻化していった。そして、同じように余った資本の投下によって国際市場の独占を図った侵略的な帝国主義の時代とともに、六〇年代から一九二〇年代にかけてカナダとオーストラリアへの女性の移民が増大した[18]。それに先立つかのようにギャスケルは『メアリ・バートン』の結末でメアリとウィルソン母子をカナダに移住させている。現実世界で堕ちた女パスリをオーストラリアへ送ったように、ギャスケルがエスタ叔母をメアリと一緒に移住させずに死なせた理由は定かでない――おそらく矯正不可能な彼女の飲酒癖が理由だろう――が、堕ちた女のセクシュアリティがヴィクトリア朝イングランドにとって周縁化の対象であったことは確かだ。ルースの誘惑・妊娠・遺棄がなされるウェールズに対しても植民地主義的な視線が注がれている。ウェールズという名前は、アングロ・サクソン人がケルト系ブリトン人を追放し、彼らを「ウェラス（他所者）」と呼んだことによるが、ヴィクトリア朝イングランドの中産階級から見れば、ウェールズは支配を正当化される国境外の他者であり、ルースは紳士による略奪が正当化される周縁化された他者の身体にすぎないのである。

ジャンルの多様性

ギャスケルの短篇小説は長篇の陰に隠れて目立たないが、いかに彼女が短篇小説家として多芸多才であったか、それはジャンルの多様性を見れば明らかである。ディケンズがギャスケルを「親愛なるシェヘラザード様」と呼んだのは、幾つものジャンルで作品を書くことができる彼女の能力を高く評価していたからであろう。実際、彼女の短篇には本書で取り上げるゴシック、恋愛、歴史、推理をはじめ、犯罪、教養、幽霊、ピカレスク、パストラル、ファンタジーなど、いろいろなジャンルの作品がある。また、ホーム・コメディーの「クリスマス、嵐のち晴れ」、舞台よりは映像表現に向いた「貧しいクレア修道女」と「グリフィス一族の運命」のように演劇的要素に富む作品も多い。ノンフィクションとしては、我が子の成長を綴った「日記」、「フランスの生活」のような紀行文、「イングランドの一世代前の人々」のような随筆、「ランカシャーの教訓」のような書評などがある。

十八世紀後半から流行したゴシック小説は多くの女性読者を獲得したが、ギャスケルも幽霊や恐怖の話が大好きで、就寝前にシャーロット・ブロンテを怖がらせたこともある。『メアリ・バートン』におけるフランケンシュタインのようにゴシック小説への直接の言及がしばしば見られるだけでなく、ルースがベリンガムと最初に会う公会堂や改名した彼と再会する教会のように、亡霊や怪物の出そうなゴシック風の情景描写がなされる場合もよくある。ギャスケルの世界では、幽霊のような超自然的現象は無意識に抑圧されたもの（ルースの場合は女性のセクシュアリティ）の意識の世界における具象化として、あるいは抑圧された過去の現在における蘇りとして描写されることが多い。ヴィクトリア朝幽霊物語のキャノンとなっている「婆やの話」は、女性が受けた虐待とその復讐による罪悪感が現在において外在化した話である。

　ギャスケルはハリー・カーソン殺しを扱った『メアリ・バートン』で「謎を解き明かすことは常に楽しいものだ」と語っている。彼女の作品には探偵が実際に登場する「終わりよければ」や「マンチェスターの結婚」に加えて、一八六〇年代におけるセンセーション・ノヴェルの流行を予告するかのような、サスペンスに富む犯罪を扱った推理小説《ミステリー》（「地主物語」や「クロウリー城」など）も少なくない。探偵小説については、ディケンズの『荒涼館』のバケット警部が英文学における最初の探偵と言われているが、その五年前の『メアリ・バートン』で殺人事件に使用された銃の所有者を突き止めさせるために、ギャスケルが捜査課の有名な探偵を描いている点は特記に値する。[19]

『メアリ・バートン』で労働者階級の娯楽として言及されるエインズワスの『ジャック・シェパード』は、一八二〇年代後半から四〇年代にかけて一世を風靡したニューゲート・ノヴェルの絶頂期に連載されたものである。この作品はクルックシャンクが描いた挿絵の劇的場面《タブロー》と相俟って爆発的に売れ、連載終了前に脚色されてアデルフィ劇場で大成功を収めたほどだった。映像メディアではどうかと言えば、ギャスケル作品で最初に映画化されたのも、やはり演劇的要素に富む犯罪ミステリーの「父の罪」と「心の琴線」（共に一九二三年）で、それぞれの脚本のオリジナルは「終わりよければ」と「マンチェスターの結婚」である。犯罪ミステリーはテレビでも好まれ、六四年にはＢＢＣスコットランドが『メアリ・バートン』を「火事」、「暴力」、「殺人」、「裁判」という煽情的な四話構成のドラマとして放映した。一方、九九年以降のＢＢＣが特定の時代の風俗習慣を考証した『妻たちと娘たち』、『北と南』、『クランフォード』のテレビドラマ化は、当時の衣装を着けて演ずるコスチューム・ドラマ（時代劇）としても楽しむことができる。

　歴史小説はヴィクトリア朝で最も流行した文学ジャンルである。科学の進歩による将来への期待と進化論に神を殺された未来への不安が共存した激動の時代にあって、過去を学ばずに過ちを繰り返してきた人間の意識が歴史に向かったのは当然かもしれない。当時、歴史小説専門のスコットやエインズワスは一般大衆の間でも人気を博し、カーライルやマコーリーといった歴史家の作品もよく読まれていた。ほとんどの作家が少なくとも一度は歴史小説に挑戦しており、ギャスケルにもジョージ・ヤングの『ウィットビーの歴史』に依拠してナポレオン戦争時代の英国海軍による強制徴募隊《プレス・ギャング》を描いた『シルヴィアの恋人たち』がある。歴史小説のジャンルに含まれる彼女の短篇に至っては枚挙にいとまがない[20]。

『シルヴィアの恋人たち』は歴史小説であると同時に、ヒロインが歴史的な事件に翻弄されて純愛を踏みにじられる波瀾万丈の恋愛小説《ロマンス》でもある。シルヴィアの恋路の邪魔をしたフィリップ・ヘップバーンの愛情もまた、その本質が彼女の一切を所有するために虚偽を働くという利己主義と彼女のために自分の一切を忘却できるという愛他主義との両方にある点で、読者の関心を引かずにおかない。現実の恋愛は自分の欲望を満たすために自分を忘れて相手を愛するという自己矛盾の営為であるからだろう。同様に、ギャスケルが描く女性の恋愛で見逃せないのは、自分の意志を神の意志に一致させる努力としてキリスト教のアガペーが強調される一方で、近代ブルジョア社会が女性に強いる沈黙を語りの積極的な戦略として使うことで、当時の結婚制度や倫理観が女性のエロスに加えた抑圧を批判している点である。

ギャスケルの文学を巨視的に眺めると、彼女は笑劇的ファンタジー作品「本当なら奇妙」に代表されるように短篇で幾多ものジャンルの実験をし、長篇小説では科学・技術の進歩やコントの実証主義などの影響を受けたリアリズムに従っていることが判然とする。そのことは彼女の文体や言語に端的に現れている。『クランフォード』には守旧的なジョンソン博士派のデボラ・ジェンキンズと時好を追うディケンズ派のブラウン大尉との有名な文体論争がある。性格的に言えば、ギャスケルは広い学識と温かい人情で誠実を尊んだ点においてジョンソン博士に似ているが、少なくとも社会小説における文体の面では、既成観念や道徳に反抗したディケンズやG・エリオットのようなリアリズムの作家たちと軌を一にする[21]。事実を忠実に再現しようとするギャスケルの文体でひときわ目を引くのは、その道の権威であった夫の影響を受けた方言の使用である。それは話者が生活する地域や階級の真実をそのまま再現するための方策に他ならない。ただし、現実生活でのギャスケルは中産階級の主婦らしい保守的な言語観の持ち主で、ゆったりしたワンピースの「シフト」をフランス語で「シュミーズ」と呼ぶのは身分の低い洗濯女だけだから、できるだけ簡単な英単語を使うように娘のメアリアンに命じている。

前述のミス・ジェンキンズに言わせれば、ディケンズのように分冊で出版することは文学の品位を下げる俗悪な行いである。これはギャスケルの本音であったはずなのだが、彼女は『クランフォード』のあともディケンズの週刊雑誌に『北と南』を連載し、始終この出版形式に苦しめられた。一八五〇年から五九年創刊の『オール・ザ・イヤー・ラウンド』を経た六〇年代初頭まで、ギャスケルは作品の長さや分割方法などでディケンズと対立し、幾度か絶縁を決意したにもかかわらず、短篇やノンフィクションを彼に提供し続けた。しかし、このような自己撞着は複雑な価値体系を持つ人間の性《さが》であり、恋愛の世界だけに限定される現象ではない。ギャルケルの自己撞着は、旅行その他の用度を整える必要があったことに主たる原因があるものの、結果的に彼女の創造的想像力が様々なジャンルで結実することで昇華されたことを考えると、むしろ歓迎すべき天の恵みであったと言ってよい。

＊＊＊＊＊

最後に本書の構成と各章の概要を述べておきたい。本書では、序章でヴィクトリア朝前半の時代を「歴史」の観点から概説し、「社会」、「時代」、「生活」、「ジェンダー」、「ジャンル」、「作家」という六つの枠組の中で、それぞれに関連する五つのテーマを章として配置した。

第一部の「社会」では、ギャスケルの作品に反映されたヴィクトリア朝の教育の成果や歪み、新興産業都市マンチェスターの貧富を代表する〈二つの国民〉の現実性と真実性、ヴィクトリア朝社会における階級観（特に労働者階級と中産階級）の理想と現実、自由貿易主義の国家と帝国に潜む問題とその解決法、農耕詩としてのギャスケルの牧歌的な小説におけるロマン主義と労働者詩人の伝統の継承が、それぞれ論考の対象となっている。

第二部の「時代」が分析しているのは、科学技術の未来永劫の進歩と神不在への存在論的不安という科学の光と影、随処に散種された宗教的言説が相互につながったギャスケル作品の多方向性・多面性、鉄道の発展と郵便改革によって当時の社会が経験した世界認識の変化、親の愛を受けて幸せに子供時代を過ごした中産階級と悲惨な環境下で生活した貧民層の子供たち、レッセ・フェールという楽観主義的なイデオロギーが生み出す社会問題に提示された解決策の楽観性である。

第三部の「生活」では、労働者階級女性の衣服の役割と効果および作中人物のキャラクター構築における衣服の活用、ギャスケルの書簡に見られる不足・充足・過剰へと富裕化した時代の食事情と生活、十九世紀前半のイギリス社会における住環境にまつわる文化的意味、労働者の娯楽に関する議論とギャスケル作品の労働者が選び取った楽しみ、貧困・不衛生・病に関する言説とマンチェスターに住む労働者の病の諸相が、各章で分析されている。

第四部の「ジェンダー」で明らかにされているのは、スピンスターの増加が社会問題化した時代における女同士の絆に対するギャスケルの姿勢、父権制社会において女性たちに対してなされた残酷な虐待・抑圧とその抑圧に抵抗する女性の姿、J・バトラーの活動とギャスケルの堕ちた女の表象や性の二重規範に対する抵抗の様相、女性作家の仕事を正当化するための戦略的な概念としてのミッション、父親的温情主義を信条とする主人公が公的領域での経験による変容を通して労使関係を改善するプロセスである。

第五章の「ジャンル」では、ゴシック小説の成立と批評および短篇小説における語りの特質と女性のゴシックの手法、他の作家の恋愛小説との（キリスト教道徳を視点にした）比較とギャスケルが描く恋愛の特徴、ヨーロッパで歴史意識が喚起された十九世紀前半におけるギャスケルの歴史認識とその表象、ヴィクトリア朝の人々の殺人事件への異常な関心を通して見たギャスケル作品の推理小説的要素、ヴィクトリア朝特有の演劇的特徴に乏しいギャスケル作品における現代のメタ・シアター的な要素が、それぞれの章で考察されている。

最後の第六部「作家」が解明しているのは、ギャスケルがオースティン小説の枠組を介在させることで逆説的にリアリスティックな自伝を書くに至った過程、彼女の方言使用における新リアリズムとディケンズへの影響、ギャスケルを含む三人の女性小説家に見られる作家とジャーナリズムとの関係の変化、多面的なギャスケル文学の伝統的な位置づけと本質的な魅力としてのユーモア、ギャスケルと三人の同時代作家との交流や交渉を通して炙り出される時代の特性である。

註

（1）村岡健次・木畑洋一編『イギリス史3――近現代』（世界歴史大系、山川出版社、一九九一年）七一、一一九、一六九頁。

（2）K. Theodore Hoppen, *The Mid-Victorian Generation: 1846-1886* (Oxford: Clarendon, 1998); James Eli Adams, *A History of Victorian Literature* (Malden, MA: Wiley-Blackwell, 2009).

（3）教育行政学の研究者の多くは一八七〇年のフォースター教育法をイギリス近代公教育制度の起点と見なしているが、この法律が規定した「国家と教育との関係は基本的には一八六二年の改正教育令によってすでに打ち立てられたものであった」とする学者もいる。大田直子『イギリス教育行政制度成立史――パートナーシップ原理の誕生』（東京大学出版会、一九九二年）一一頁。

（4）Linda Dowling, *The Vulgarization of Art: The Victorians and Aesthetic Democracy* (Charlottesville: U of Virginia P, 1996) 1.

（5）Alan Shelston, "Opportunity and Anxiety: Elizabeth Gaskell and the Development of the Railway System," *The Gaskell Society Journal* 20 (2006): 92.

（6）例えば奴隷制反対に関して、ギャスケルはイギリスに来たストウ夫人に会って彼女の性格に魅了され、『アンクル・トムの小屋』（一八五二年）の奴隷解放問題に対してシャーロット・ブロンテのように心を動かされた。しかし、奴隷制の恐怖について講演行脚していたアメリカの雄弁家、サラ・R・レモンドがイギリスに来ると聞いて、ギャスケルが夫とともに大反対した（*Letters* 530）のは、実際の行動が伴わない言葉だけの奴隷制反対のうさんくささを嗅ぎ取っていたからである。

（7）『クランフォード』第一四章で、暇を出されて泣き叫ぶミス・マティーの女中マーサは、語り手メアリ・スミスの命令に対して

「道理なんかに従いません（I'll not listen to reason）……道理は、いつも他人様の言い分ってことですからね」と言い返す。この道理が秩序性と普遍性を有する近代社会における男性権威の象徴であるならば、そのアンチテーゼとして彼女の懐疑的な反論はフェミニスト批評のポストモダン的な言説として捉えることができるだろう。

（8）ある意味で労働者階級の飢餓と苦悩の産物だったと言えるチャーティスト運動は、一八四八年に三度目の議会への請願が失敗したあとも十年ほど続いたが、それも徐々に下火になって、イギリスは革命を回避することができた。中産階級が要求していた穀物法と航海法の撤廃が四六年と四九年に実現し、自由主義貿易によってイギリスが〈世界の工場〉として五〇年代から大好況期を迎えると、「労働者たちの賃金と生活水準が改善され、政府の抑圧も弱まり、失業者数も次第に少なくなって、チャーティスト運動が消滅した」のである。David Thomson, *England in the Nineteenth Century, 1815-1914* (Harmondsworth: Penguin, 1991) 144-45.

（9）イングランドとウェールズでは、一七五四年のハードウィック法によって、国教会の定めた牧師が行った結婚以外は無効であった（クエーカー教徒とユダヤ教徒を除く）。このような宗教儀式によらず公吏が執行する民事婚（civil marriage）が可能になったのは一八三六年である。Sally Mitchell, ed., *Victorian Britain: An Encyclopedia* (New York: Garland, 1988) 477.

（10）マイケル・ウィーラーはユニテリアン派の教義を、神は本質的に慈悲深い、いかなる罪人も死後は永遠の罰を受けない、新約聖書は日常の道徳の基礎となって良心を鍛えるための倫理体系を与える、慈善行為は真のキリスト者であることを外面的に示す、という四つの項目に要約している。Michael Wheeler, "Elizabeth Gaskell and Unitarianism," *The Gaskell Society Journal* 6 (1992): 26-27.

（11）マンチェスターの職工会館（Mechanics' Institute）は一八二四年四月七日の会合でクーパー・ストリートに設立されることが決まった。目的は工場労働者に科学の基礎、特に機械学と化学を教える（最終的には彼らを知識ある熟練工に育てて資本家の利益を上げる）ことであった。職工会館は労働者が飲酒や賭博の代わりに読書をするように図書館の役割も果たすようになり、やがて科学系以外の科目も授業に多く組み込まれるようになった。

（12）エリザベス・ラングランドが指摘するように、ギャスケルの書簡では家政を切り盛りする中産階級家庭の有能な女主人としての姿が際立っているので、彼女は相容れない複数の自己に悩まされていたのではなく、実際には三面六臂の活躍ができる自分自身に満足していたのではないだろうか。Elizabeth Langland, "Elizabeth Gaskell's Angels with a Twist," *Nobody's Angels: Middle-Class Women and Domestic Ideology in Victorian Culture* (Ithaca: Cornell UP, 1995) 114-17.

（13）結局、ウィリアムはザ・ローンを引き継ぐことなく、未婚のミータとジュリアと一緒にプリマス・グロウヴの家に住み続けた。現在、ザ・ローンは老人用の在宅介護ホームとなっている。

（14）中産階級の理想的な女性像を「家庭の天使」として称揚したのがコヴェントリ・パットモアによる一八五四年の同題の連詩であることは人口に膾炙しているが、それをさらに「神仙女王(queens of higher mystery)」として神話化したのはラスキンであり、彼は一八六五年に発表した講演論文『胡麻と百合』の第二講「女王の庭の百合」で女性の教養や義務を熱く語っている。

(15) ヘンリー・メイヒュー『ヴィクトリア朝ロンドンの下層社会』(松村昌家・新野緑編訳、ミネルヴァ書房、二〇〇九年)八九頁。

(16) Laura Peters, *Orphan Texts: Victorian Orphans, Culture and Empire* (Manchester: Manchester UP, 2000) 7.

(17) フェミニスト批評の立場からギャスケルと彼女の作品を本格的に論じたのはパッツィー・ストーンマンである。彼女は一九八七年の『エリザベス・ギャスケル』で最初にデイヴィッド・セシル卿を血祭りに上げた。それは、彼が因襲や規範に反抗した鷲派のC・ブロンテやG・エリオットと区別して鳩派のギャスケルに「夫人」の冠を付け、「穏和で、家庭的で、如才なく、知性に欠け、涙もろく、すぐにショックを受ける」(Lord David Cecil, *Early Victorian Novelists* [London: Constable, 1934] 198) 彼女を見下した(ように見えた)からである。フェミニスト批評が流行する前の一九五〇年にアイナ・ルーベニアスが上梓した『ギャスケル夫人の生涯と作品におけるウーマン・クエスチョン』を等閑視することはできないが、実際に五〇年代まではセシル卿のようなギャスケル観が支配的であった。しかし、書き手としての女性に関心を持ったエレイン・ショウォールターによる一九七七年の『女性自身の文学』以降、ギャスケル研究ではストーンマンに続いてヒラリー・M・ショー、フェリシア・ボナパルト、ジェイン・スペンサー、ケイト・フリント、ディアドリ・ダルバーティスといったフェミニスト研究者たちが成果を上げている。

(18) 余った女の移民に関しては、Carmen Faymonville, "'Waste Not, Want Not': Even Redundant Women Have Their Uses," *Imperial Objects: Essays on Victorian Women's Emigration and the Unauthorized Imperial Experience*, ed. Rita S. Kranidis (New York: Twayne, 1998) 64-84が詳しい。

(19) ロンドン警視庁はロバート・ピールによって一八二九年に創立され、四二年に探偵捜査課が新設されたので、ギャスケルがディケンズより前に警察の探偵を描いたとしても不思議ではない。

(20) 代表的なものでは、清教徒革命以降に屋敷を継いだ歴代の女性たちが描かれた「モートン・ホール」、中世のフランス西部とスペイン北部で迫害・差別された少数民族カゴを扱った「呪われた種族」、姿を消しつつあるヨーマンの性質を書き留めた「一時代前の物語」、一六九二年のセーレムにおける魔女裁判を素材にした「魔女ロイス」などがある。

(21) ただし、ギャスケルの社会小説におけるリアリズムは、テリー・イーグルトンが「より正確に見ることを可能にする乱視のようなもの」と言ったディケンズのグロテスク・リアリズムとは違う。例えば同じストライキの場面を描写するにせよ、『ハード・タイムズ』でのディケンズが現実の醜悪な面を強調して戯画化したのに対し、『北と南』におけるギャスケルは自分自身の目で見たものの真実を美醜にかかわらず忠実に再現し、見たことがない工場の中については描写を避けている。Terry Eagleton, *The English Novel: An Introduction* (Malden, MA: Wiley-Blackwell, 2004) 149.

ギャスケルで読む
ヴィクトリア朝前半の社会と文化

生誕二百年記念

序　章

歴　史

――ヴィクトリア朝前半の時代とギャスケル――

村岡　健次

東北方面から見た水晶宮の全景――ディキンソン・ブラザーズ『1851年大博覧会の絵画総覧』
世界最初の万国博覧会は、1851年にロンドンのハイド・パークで開催された。口絵はその展示館で、全館ガラスと鉄骨からなり、クリスタル・パレスと称された。設計者は庭園師であったジョゼフ・パクストンで、この建物は温室のアイディアから生まれた。イギリスはこの博覧会で百業種を超える出品物の多くで賞を獲得し、世界経済の覇者としての偉容を内外に示した。

History: Gaskell and the First Half of the Victorian Era

Kenji MURAOKA

第一節　十九世紀ヴィクトリア朝の概観

ヴィクトリア朝とは、正式には、ヴィクトリア女王が統治した一八三七年から一九〇一年までの時期を指す。だが歴史研究の分野では、一八三〇～三二年から五〇～五一年までを初期ヴィクトリア朝（Early Victorian）、五〇～五一年から七〇年代初頭までを中期ヴィクトリア朝（Mid-Victorian）、七〇年代初頭から一九〇一年（場合によっては第一次世界大戦が始まる一九一四年）までを後期ヴィクトリア朝（Late Victorian）とする三時期区分法が慣行として定着している。そのもっとも早い例は、わたしの知るかぎりではルイ・カザミアンで、『イングランドの社会小説――一八三〇～五〇年』（一九〇三年）はこの区分にもとづいている。また一九六〇年代から八〇年代にかけて学界を風靡した社会史研究においては、E・J・ホブズボウムが監修し、今も一つの標準たりえているシリーズがあり、J・F・C・ハリソンが『初期ヴィクトリア朝の人びと（一八三二～五一年）』（一九七一年）を、G・ベストが『中期ヴィクトリア朝のブリテン――一八五一～七五年』（一九七一年）をそれぞれ執筆している。とはいえ、わたしたちの本研究が採用しているような区分、すなわちヴィクトリア朝の初期と中期をヴィクトリア朝前半、後期をヴィクトリア朝後半とする区分もないわけではなく、たとえばG・M・ヤングの『ある時代の肖像』（一九三六年）はこの区分を採用しており、G・M・トレヴェリアンも『イギリス社会史』（一九四四年）においてヴィクトリア朝の初期と中期を「二つの選挙法改正の中間時代（一八三二～六七年）」、後期を「ヴィクトリア朝の後半期（一八六五～一九〇一年）」とする二分法で叙述している。だがヴィクトリア朝を前期、中期、後期の三期に分けて考える時期区分は、とりわけ社会史の見地から見る場合、きわめて妥当性に富み、有効でもあるので、わたしも以下、ヴィクトリア朝前半の歴史を初期と中期に区分する視点から見ていこうと思う。

十九世紀のヴィクトリア朝の歴史を考える上でまず頭に入れておく必要があるのは、この時期が工業化の時代である、ということだろう。十八世紀後半からの産業革命によって綿工業に始まった生産の機械化と工場制度は、その後十九世紀から二十世紀にかけて他のすべての工業部門へと拡大し、それとともに都市化も漸次進展してイギリスの社会は、農業社会から今日もそうである工業社会へと変貌をとげた。イギリスのヴィクトリア朝は、そういう世界最初の工業化を経験した時代で、この時期のイギリスは、一八七〇年代には「世界の工場」と称えられ、世界の経済最先進国の地位を確立した。

ところで工業化とはもともと経済学の概念で、経済成長の過程を意味し、その成長は年々の国民総生産（GNPあるいはGDP）ないし国民総所得の成長の比率（＝経済成長率）で示される。経済史家のP・ディーンとW・A・コールの推計によると、十九世紀におけるグレート・ブリテンの国民総所得は、一八一〇年代以外、一貫して年一・五ないし四パーセントの比率で成長をとげ、一八〇一年には二三〇万ポンドほどであったものが一九〇一年には実に一、六四〇万ポンドにも増大した。このディーンとコールの推計は、過大に評価されているので割り引いて考える必要がある、というのが近年の学会の定説ではあるが、そうだとしても十九世紀を通じてイギリスは、全体としては明らかに今述べたペースで着実に豊かになったのである。

このことの重要さは、十九世紀イギリスの人口の推移を見るとき、一層明らかとなる。工業化時代は概して人口の増大期でもあり、十九世紀のイギリス（ただしアイルランドは除く）は、一八〇一年の一、〇六八万人から一九〇一年の三、七〇九万人へと実に三・五倍も増加した。一七九八年にロバート・マルサスは『人口論』を著してすでに始まっていた人口の増加傾向を危惧し、将来にわたっての人口制限の必要を訴えた。なるほど十九世紀の一時期（たとえばヴィクトリア朝初期）、社会の最下層が飢餓に苦しむことはあったが、世紀全体として見れば、彼の心配は杞憂に終わった。そしてそれが今述べた十九世紀を通じての着実な経済成長のお陰であったのは、もはや言うまでもあるまい。

それではこのように成長をとげた国民総所得は、主要産業部門の間でどのような比率を占めていたのだろうか。図①はこれもP・ディーンとW・A・コールの推計に従って十九世紀グレ

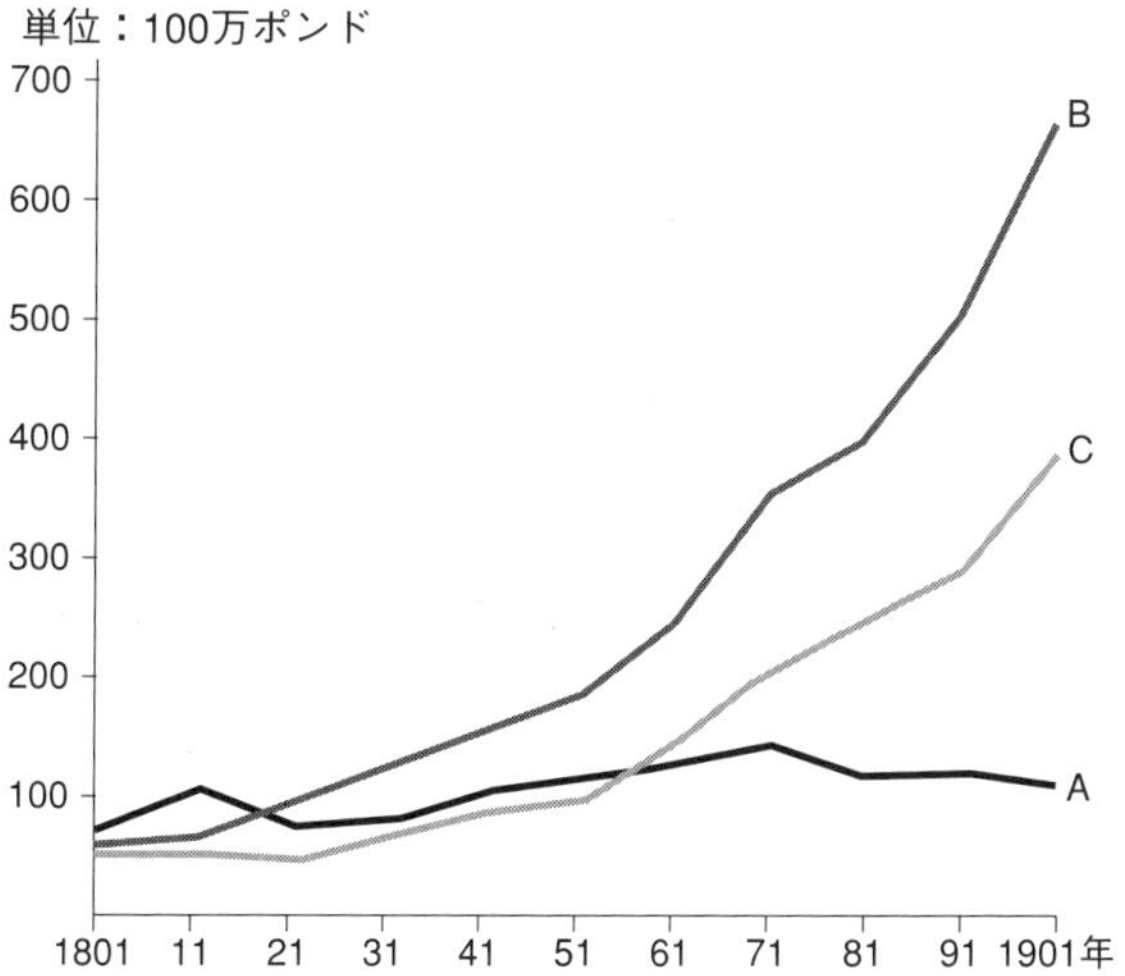

図① グレート・ブリテンの産業別国民所得の変化（1801～1901年）
A：農業部門（農業・林業・漁業）の国民所得
B：工業部門（製造業・鉱業・建設業）の国民所得
C：商業部門（商業・運輸業）の国民所得
出典：P・ディーン＆W・A・コール『イギリス経済の成長、1688-1959』（1962年）

ート・ブリテンにおける国民総所得の変化を農業（A）、工業（B）、商業（C）の三大部門について示したものである。この図にはヴィクトリア朝前半の工業化の様態が示されていて興味深い。ここではこの図から大きく次の二点を指摘しておきたい。

（1）初期ヴィクトリア朝においては、工業国民所得はすでに農業のそれを上回ってはいたが、その成長はなお緩慢であったのにたいし、五一年後の中期ヴィクトリア朝になるとそれが急上昇に転じ、商業の成長も農業のそれを追い越して工業化の趨勢がいまや決定的となった。このことは何を意味するのかというと、一言でいうなら、五一年後のイギリスは高度経済成長の段階に入ったということで、そのため次節以下に述べるように、ヴィクトリア朝の初期と中期とでは、社会の様相はきわめて対照的な性格を帯びることになった。ちなみに都市人口が農村人口を凌駕するようになるのも、五一年からであった。

（2）農業部門の成長について。たしかに農業国民所得は、ヴィクトリア朝中期には工業に大きく差をつけられ、商業のそれにも追い抜かれてしまった。だが農業部門自体としては、緩やかだがプラス成長を続け、七一年にその頂点を極めたのであって、実際ヴィクトリア朝中期はイギリス農業史上、「農業の黄金時代」といわれるほどの空前の農業繁栄期でもあった。ということは社会的にいうなら、農業に経済的基盤を置く諸階級、とりわけ産業革命以前の前工業化時代（農業中心の社会）からこの国の支配層を形成した地主（＝貴族とジェントリー）の支配も、一八七〇年代までは、工業化の決定的趨勢にもかかわらず相変わらず持続されえたということを意味しており、このこともヴィクトリア朝、とりわけその前半期を特徴づける重要なことがらであった。[1]

図①の説明を離れて、次に十九世紀ヴィクトリア朝の歴史を考える上で重要なのは、産業革命以後工業化という社会の産業構造の根本的変化が漸次進行する中で、それに伴い社会階級が成立した、ということである。十九世紀のイギリスは、そういう意味での典型的な階級社会となった。レイモンド・ウィリアムズによれば、クラス（class）という言葉が階級という意味をもつようになるのは、一七七〇年代以降十九世紀初頭にいたる時期からで、下層階級（lower classes）の早い用例は一七七二年に見られ、中流階級（middle classes）の用例は、一七八〇年代から一八一〇年代にいたる時期には早くも頻出した。上層階級（higher classes）の用例は一七九〇年代から、上流階級（upper classes）は一八二〇年代から現われた。また労働者階級（working classes）という言葉の出現は一八一〇年代（たとえばロバート・オーウェンの用例）からで、一八四〇年代には中流階級とともに一般的な用語となった。[2]

これらの階級の中でもっとも重要な階級は、言うまでもなく中流階級、中でも工業化の趨勢を主導したブルジョア階級（工場主、産業資本家、商人、金融業者など）であった。この階級は十九世紀を通じて拡大発展を続けた階級（rising middle classes）で、十九世紀イギリスの支配的文化である自由（放任）主義の中心的な担い手となった。そしてヴィクトリア朝後期には、国権の最高機関である議会（下院）で中流階級出身者が地主階級出身者を凌駕するようになり、その上層部は資産階級化して伝統的な地主階級と融合を遂げ、二十世紀の支配層を形づくった。

また労働者階級も中流階級と並んで、むろん重要な存在であった。彼らは工業化の進展とともにその数を増大させ、しかも本来的な民主主義の主張者であった。だが彼らが国家の政権に参与するようになるのは、労働党が成立する二十世紀になってからで、十九世紀のヴィクトリア朝の間は、終始被支配階級の地位に留まった。

第二節　初期ヴィクトリア朝の社会

この時期は、産業革命以来の工業化・都市化のもたらす社会的な歪みと矛盾が噴出し、いまや全国規模で確認されるようになった上流階級（地主貴族を中心とする支配階級）、中流階級、そして労働者階級の間で激しい階級闘争がたたかわれたときであった。まず十九世紀の主役ともいうべき中流階級だが、この時期に時代をリードしたのはその中のブルジョア階級、わけても綿業資本家たちであった。彼らの突出した興隆は、工業化を主導したのが綿工業であったからで、またその綿工業の発展によりランカシャーが一大綿業地帯へと変貌した（図②）。ボウルトン、オールダム、ロッチデール、プレストン、ブラックバーンなどの綿業都市が生まれたが、その中心に位置したのが、コットノポリスといわれたマンチェスターであった。その人口は三一年には十八万、五一年には三十万を凌駕した。そしてギャスケルが三二年に結婚して、以後住んだのが、このマンチェスターであった。

工業化とともに台頭した中流階級には、二つの大きな不満があった。その一つは国家の権力が地主階級に完全に握られていて、彼らが政治権力から疎外されているという不満で、それゆえに参政権獲得が彼らの階級的要求となった。イギリスでは十七世紀の名誉革命以来、議会が国制の中心機関となっており、上院が貴族を、選挙で選ばれる下院が民意を代表し、十八世紀前半からはそれを基盤に議院内閣制が行なわれていた。だがこの議会制度、とくに下院議員を選ぶ選挙制度は、農業社会の前工業化時代につくられたため、その後工業化によって台頭した中流階級を容れる余地をほとんどもたず、かくして彼らの多くは参政権から疎外されていた。たとえば選挙区には州選挙区（カウンティ）と都市選挙区（バラ）の二種類があり、イングランドには二百ほどのバラがあったが、その多くは南部農業地帯に偏在し、工業化によって成長したマンチェスター、バーミンガム、リーズ、シェフィールドなどの北部・中部の工業都市

図② ランカシャーの力織機工場（1835年）
女性の織工と工場監督の姿が見える。

は、十万規模の人口を擁しながら、いまだ都市選挙区にも指定されていなかった。いっぽう政界では、十八世紀末の対フランス革命戦争この方、保守のトーリー党が政権の座にあって終始選挙法の改正には反対して来たが、革新のホイッグ党はかねてからその改正を公約していた。それゆえ一八三〇年にホイッグ党が四十年ぶりに政権の座につき、三二年に選挙法改正法案を議会に上程すると諸階級の主張が激突して国内は騒然となった。中流階級はバーミンガム政治同盟に結集して法案支持の運動を展開し、これに普通選挙を要求する労働者階級急進派の運動が合流した。いっぽうトーリー党、とりわけその守旧派の牙城である上院は改正に断固反対で法案を通そうとはしなかった。そのためブリストルで民衆の大暴動がおこるなど事態は緊迫したが、最後に上院が譲歩して法案は成立し、ほぼ全中流階級に選挙権が与えられた。だが労働者階級が要求した普通選挙は認められず、そのため彼らは自らの要求を実現すべく三八年からチャーティスト運動に挺身することになった。

中流階級の（といってもすぐれてブルジョア階級の）もう一つの要求は経済的なもので、それは自由貿易を確立することであった。とくに工業化を先導する綿工業は、原料の綿花を百パーセント輸入に、また製品の販路も多く輸出に頼っており、自由貿易はまさに綿業資本家の鬨の声であった。こうして彼らは自由貿易運動の先頭に立ち、マンチェスター派と呼ばれた。いっぽう議会を支配する地主階級も工業化のための自由貿易の必要性は承知しており、二〇年代には関税引き下げ、航海法の規制緩和などの自由貿易政策を遂行してブルジョア階級の要求に応えた。だがこの地主・ブルジョアの蜜月は三〇年代末から崩れ始め、両者は残された最大の保護立法である穀物法をめぐって対立するようになった。徹底した自由貿易と工業立国を持論とするマンチェスター派は、穀物法の廃止を主張して止まなかったが、地主階級にとって穀物法は、彼らの経済的基盤である農業を外国との競争から護るものであったから、これぱかりは廃止するわけにはいかなかった。ブルジョア階級は史上空前の圧力団体といわれる反穀物法同盟（Anti-Corn Law League）に結集して攻勢を強め、四〇年代に地主・ブルジョアの対立は一大階級闘争の観を呈するにいたった。だが四五年にアイルランドにジャガイモの大飢饉が発生すると形勢はブルジョワの側に傾き、四六年に穀物法は廃止された。イギリス自由貿易の大勢はここに定まり、中流階級はその経済的要求も実現することができた。

次は労働者階級についてである。一口に労働者階級といってもその内容は一様ではなく、週給が四十シリングにもなり、教育のある最上層の熟練労働者と、週給が十シリングにも満たず、教育もない不熟練労働者とでは、中流階級と労働者階級の違い以上の違いがあった。また都市の工場労働者と農村の農業労働者、さらには召使として働く家内労働者とでは、そのライフ・スタイルに著しい違いがあった。このように多岐にわたる労働者階級の中で、ヴィクトリア朝初期にもっとも世人の注目を集め、また実際この時期の階級闘争を主導したのは、ランカシャーの工場労働者をはじめとする都市の労働者であった。フリードリッヒ・エンゲルスが『イングランドにおける労働者階級の状態』（一八四五年）の中で描いているように、彼らの生活環境は不衛生で汚く悲惨をきわめた。四二年に出版されたエドウィン・チャドウィックの『英国の労働者の衛生状態に関する報告書』によれば、ジェントルマンや中流階級の家族の平均死亡年齢は四十歳代から五十歳代であったのにたいし都市労働者のそれは、何と十五歳から二十歳でしかなかった。こうしてこの時期、彼らは、この生活状態を改善するために労使の階級闘争に、また史上最初の大規模な労働者階級の政治闘争といわれるチャーティスト運動に立ち上がったのである。

ギャスケルの出世作である『メアリ・バートン』（一八四八年）は、工業化の最先端を行くマンチェスターの綿工場における労使対立をその重要な背景としている。物語の準主役ともいうべき織工のジョン・バートンは、組合指導者にしてチャーティストでもあり、まさにこの時期の時代的特色を一身に体現した人物であった。そこで以下彼に因んで労働組合運動とチャーティスト運動につき一言しよう。

まず組合運動について。同業労働者の共済を目的とする組合は、十八世紀後半にはすでに存在した。だが労働者の組合活動や政治活動は、ナポレオン戦争中は一七九九～一八〇〇年に成立した団結禁止法によって厳しく弾圧された。状況が大きく変化するのは、一五年に戦争が終わり、二四年に団結禁止法が廃止されてからで、これを契機に二〇年代後半から労働組合が雨後の筍のように叢生し、共済もさることながら、すぐれて資本家（雇い主）にたいし労働者の利害を護る組織として立ち現われた。そして三三～三四年にはロバート・オーウェンの協同組合運動と結びついて、十ヶ月の短命に終わったとはいえ、一時的に全国労働組合大連合といわれる全国的な統合組織をさえ生み出した。こうして四〇年代に工業都市では組合活動が日常化したが、労働組合の法的立場はいまだ不安定なものであった。

チャーティスト運動について。この運動は三六～三七年ごろから四〇年代初頭にかけての不況を背景に展開された。この運動は労働者階級の議会改革（＝参政権獲得）運動で、三八年に採択された人民憲章は、先の選挙法改正闘争における労働者急進派の意向をうけつぎ、①成年男子普通選挙権、②秘密投票、③毎年改選される議会、④議員にたいする財産資格の廃止、⑤議員の歳費支給、⑥平等な選挙区の六項目の要求を掲げた。運動は、第一回と第二回の請願デモがなされた三九年と四二年にもっとも高揚し、議会で請願が否決されると、三九年の場合はウェールズのニューポートで労働者の蜂起があり、四二年の場合にはランカシャーを中心に工場労働者のかなりの範囲にわたるストライキが行なわれた。だが四二年以後運動は、景気の回復と鉄道建設ブームの到来の中で徐々に衰退し、四八年の第三次請願で最後の火花を散らした後（このときの請願書は沢山の偽署名を含んでいることが判明し、議会で採決されるにいたらなかった）、事実上、ほとんどその力を失ってしまった。なおジョン・バートンがマンチェスターの労働者の代表としてロンドンに赴き、議会への請願行進に参加したのは、三九年の第一回請願であった。

第三節　中期ヴィクトリア朝の社会

五一年の第一回ロンドン万国博覧会に始まる中期ヴィクトリア朝は、すでに一言した通り、産業革命この方の工業化が高度経済成長の段階にはいったときで、「繁栄の時代」とも言われている。前期ヴィクトリア朝を特色づけた激しい階級間の対立と闘争は嘘のように消え去ってしまい、社会の様相はきわめて穏やかなものとなった。むろんこの時期のイギリスも、上流、中流、労働者の三階級からなる階級社会であるのに違いはなかった。だが経済成長による繁栄により、階級間の関係は対立から協調へと向かい、それがこの時期の社会に穏やかな様相をもたらすことになったのである。

工業化の主役ともいうべき中流階級は、前期ヴィクトリア朝で参政権と穀物法廃止（＝レッセ・フェール原則の支配）を獲得するとすっかり満足してしまい、この時期にはひたすら自分たちの社会的地位の改善、より端的にいえば、自らも上流支配階級のジェントルマンになりたいと思うようになった。たとえば五一年にジョン・ラスキンはこう述べている。

かつて社会の諸階級を分かっていた重い鉄柵が取り払われていったとき、愚かな人びと——というのは大抵の人びとということであるが——の間で、低い社会層に属することを恥とする意識が異常なまでに強められることになった。……一財産こしらえて成功し、かつては手のとどかなかった上位の人びとと付き合うことができるようになるや、その人にとって自分が生まれついた状態にとどまっていることは正真正銘の恥となった。こうして今日では、すべての人がジェントルマンたらんと努力するのは義務なのだと考えるようになっている。[3]

では上流階級のジェントルマンとはどういう存在なのか。次にその要点を確認しておこう。

社会的実体としてのジェントルマンは、大きく二つの範疇からなっている。一つは地主のカントリー・ジェントルマン（有爵貴族とジェントリー）で、彼らは議会の上下両院を牛耳る政治の支配者であった。田舎に広大な所領と館を構え、その巨大な影響力によってその地方における選挙の動向を左右した。またジェントリーは、治安判事（justice of the peace）に任命され、当該地域の司法・行政権を掌握した。ジェントルマンのもう一つの範疇は、国教会聖職者、法廷弁護士（＝裁判官）、上級官吏、陸海軍士官、内科医など、ジェントルマン・プロフェションと呼ばれる職業に従事する人びとを意味した。彼らは、内科医を別にすれば、体制宗教、司法、行政、軍事等の国家の支配装置を担当し、カントリー・ジェントルマンの政治支配を助けていた。

またジェントルマンには階級イデオロギーというか、独特のライフ・スタイルがあった。それは一口で言えば、イギリス的な有閑階級の理念で、[4]マシュー・アーノルドはその著『教養と無秩序』（一八六九年）において、それを「教養（culture）」と表現した。この「教養」は上記のジェントルマン階級を育成するパブリック・スクールとオックスブリッジの教育によって養われた。その教育は、今では死語となった古典のギリシャ語・ラテン語の学習、さらには集団スポーツにもとづく人間教育をその特色とした。というわけで、これらの学校・大学の教員はもちろん、これらの学校・大学の卒業生も通常ジェントルマンと見做された。

いっぽうこのジェントルマンにたいし、中流階級、とりわけブルジョア階級の固有のイデオロギーは、商工業と技術が与える実学の思想、自助の精神、ピューリタン的心情等からなるセルフメイド・マンの理念であった。だがこの理念は、アーノルドによるなら、「教養」ではなく「無秩序（anarchy）」というべき性質のもので、それゆえジェントルマンが支配するヴィクトリア朝の社会では、富裕なだけの中流階級、とくにブルジョア階級は「成り上がり者」として軽蔑される傾向があった。

　ジェントルマンになりたいという中流階級の欲求は、端的にジェントルマンのライフ・スタイルを模倣するという形で現われた。この行為はしばしばスノバリーあるいはスノビズムと呼ばれ、揶揄の対象ともなった。そのよい例はサッカレーで、彼はすでにヴィクトリア朝初期において中流階級にこの種の欲求があるのに気付き、四六～四七年に『俗物記』を、四七～四八年に『虚栄の市』を著した。中流階級のジェントルマンの模倣は、単にジェントルマンの服装や身振りを真似するとか、女中を一人雇い入れるという安上がりなもの、馬と馬車を購入し、馬丁と御者を雇うというかなり金のかかるもの、そして果ては選挙区民を買収して下院議員の選挙に打って出るとか、田舎に所領と館を購入し、執事以下大勢の召使（図③）を雇用してカントリー・ジェントルマンの外貌をすっかり整えてしまうといったものまで、中流階級の資力に応じてじつにさまざまな様態があった。

　またヴィクトリア朝中期には、ジェントルマンになりたいという中流階級の欲求に応えてジェントルマン教育やジェントルマン・プロフェションの門戸を開き、彼らをジェントルマンの体制内に取り込む改革も行なわれた。オックスブリッジの改革と公務員試験制度の採用は、その顕著な例といいうる。

　それまでのオックスブリッジは、国教会聖職者の育成機関でもあったので、入学者ないし学位取得者を国教徒に制限し、非

図③ スマートな男性召使を自慢する中産階級の奥方（ジョージ・クルックシャンクの画）
召使の雇用はヴィクトリア朝を特色づける代表的なスノバリーの風習であった。召使がいるかいないか、それが中産階級を表示する端的なステイタス・シンボルとなった。

国教徒を閉め出してきた。だがこの宗教による差別は、非国教徒の多いブルジョア階級のいたく不満とするところで、五四年のオックスフォード大学法、五六年のケンブリッジ大学法によってほぼ完全に撤廃された。また七一年には大学審査法が成立し、非国教徒はオックスブリッジの教員や理事にもなることができるようになった。

次に官僚制度について見ると、それまでのこの国の文官の任用は、ジェントルマン社会における縁故と政治家たちの推挙による推薦制（patronage system）によって行なわれてきた。だがこの制度にたいしては四〇年代から中流階級の不満が高まり、五〇年代以降、漸次、公開の筆記による公務員試験制度へと切り替えられ、七〇年代初頭には、外務省など一部の官庁を除き、推薦制はその跡を絶った。

以上、中期ヴィクトリア朝を特徴づける上流ジェントルマン階級と中流階級の親和的関係、さらにはそこから生まれるスノバリーといった社会現象について述べてきた。さてそこでギャスケルだが、上に述べたようなジェントルマン階級と中流階級の関係は、彼女の作品にもそれなりに反映されているように思える。たとえば『クランフォード』（一八五一～五三年）には、ミス・マティーをはじめとして、ジェントルウーマンの沽券にこだわる女性たちが何とも微笑ましく描き出されているが、彼女たちの行動と態度は、スノバリーであるのに違いあるまい。だがこの際より注目に値するのは、『北と南』（一八五四～五五年）ではないだろうか。『メアリ・バートン』と同様この作品もまた、マンチェスターの綿工場における労使対立を物語展開の重要な一契機としている。だがその物語は、イングランド南部の農村に国教会牧師の娘として育ったマーガレット・ヘイルがマンチェスターに移り住んで綿工場主のジョン・ソーントンと知り合い、初めは互いに違和感を抱きながらもやがて理解し合って結婚にいたるというもので、それはもはや『メアリ・バートン』のような単純な労使対立の筋立てではない。初めに南の牧師館の文化（ジェントルマンの文化）と北のブルジョアの文化の対比があり、その二つの文化が最後はその相違を乗り越えて融和にいたるという話の展開は、まさに中期ヴィクトリア朝におけるジェントルマン階級と中流階級の関係を象徴してはいないだろうか。わたしにはそのように思えて仕方がない。

次に労働者階級についても一言しておこう。

この時期の労働者階級もまた、繁栄の恩恵を受けて穏やかな存在となった。なるほどストライキなどの労働争議はこの時期にもなくなりはしなかったが、チャーティスト運動のような大規模な政治運動はもはや起こらなかった。この時期の労働運動を指導したのは、「労働貴族」と呼ばれるようになる富裕な機械工、ボイラー工、石工、大工などの熟練職人労働者であった。彼らの収入は、年収に換算すると七十～百ポンドにも及び、その組合は組合費が高く、従来にない高い共済機能を誇った。彼らは労働運動の目標を組合の法的地位の向上と定め、自助と労使の協調を唱えて七一年にはその趣旨に沿った労働組合法を獲得した。また六八年には、その後の労働運動の統合組織となる労働組合会議を結成した。なお六七年に第二次選挙法改正法案が成立し、労働者階級の上層部が選挙権を獲得したことも注意される必要がある。こうして彼らは、後期ヴィクトリア朝の七〇～八〇年代には、リブ＝ラブ主義（Lib-Labism）――自由党と協力し、議会政治を通じて自らの主張を実現して行くという立場と戦略――へと向かうことになった。

第四節　ギャスケルと慈善

ギャスケルの小説を通じて、そこに思想というものが表明されているとすれば、それはキリスト教にもとづく神の愛（アガペー）と言っていいのだろう。それによって堕ちた女ルース（『ルース』一八五三年）が救われるのはいうまでもなく、労働者も貧困による悲惨から救われ、資本主義の矛盾である労使の対立さえもが解決されるのである。また私生活においても彼女は、ユニテリアン牧師の妻として日ごろから貧民救済の慈善活動に携わった。囚人教化運動や売春婦更正運動にも係わり、六二～六三年にアメリカ南北戦争による綿花飢饉がマンチェスターを襲ったときには、織工たちの妻や娘を助けるために裁縫場を開設したりもした。

このように彼女は、小説においても日常においても、キリスト教にもとづく慈善の精神に生きたのである。それゆえ最後にヴィクトリア朝における慈善について述べておこうと思う。

他のヨーロッパ諸国と比べてイギリスは、社会福祉の点でも進んでおり、一六〇一年に制定されたエリザベス救貧法この方、国費によって身体障害者や困窮した人びとを救済する救貧制度が実施されてきた。この制度は、国教会の教区を単位に救貧税を徴収し、それを財源に各教区の窮民を救済するというシステムであった。それに加えてヴィクトリア朝の前半期には、工業化と都市化の進展がもたらす貧困や不衛生等の新たな社会的悲惨に対応して、工場法（とくに一八三三年の法律と四七年の「十時間労働法」）、鉱山法（四二年）、公衆衛生法（四八年）といった国家による規制政策が相ついで打ち出され、救貧法も三四年に抜本的な改正を見た。こうして十九世紀の中ごろには、国家による公的な救済が社会福祉のかなりの部分を占めるようになった。

だが、実際はといえば、このような公的救済は、なお事態の半面をなしたに過ぎなかった。ヴィクトリア朝、とりわけ七〇年代にいたる初期と中期は、元来中流階級の要求であった自由放任が政治的・社会的に広く容認されて「安価な政府」が国家の政策基調となり、いうなれば自由主義が社会全体の文化となった時代でもあった。この時代の雰囲気の中で上記の国家による諸政策も、概して言えば、それによる社会的自由の規制は必要最低限に止めるという性格をもった。たとえば工場法の規制は、もともとは綿などの繊維工場における児童労働の禁止、年少者や女性の労働時間の制限といった社会的弱者の保護を主目的としていたものが、十九世紀の進行とともに新たに制定される工場法によってその規制を成年男子労働者に、また他の職種や仕事場に漸次拡大して行くという経過をたどった。また救貧行政では、その自由主義的性格はより一層徹底していた。三四年に改訂された救貧法によって労働能力のある困窮者・失業者の救済は、救貧院に収容して行なうのがその建前となったが、この改訂救貧法では同時に、彼らが国家によるその救済を当てにすることがないようにと、救貧院の生活水準は救貧法に頼らずに生活する労働者の最低水準を上回ってはならないとする「劣等処遇の原則」(後のフェビアン主義者ウェッブ夫妻の言)が採用されていた。つまりこの政策は、明らかに、工業化が必要とする低廉かつ自由な労働力の産業界への潤沢な供給を意図しており、まさに中流階級のレッセ・フェールの主張を体現するものであった。

というような次第でヴィクトリア朝前半期における国家による公的福祉政策は、必要最低限に止まる傾向にあり、こうしてその他の、今日であれば当然国家の重要な仕事となっている公共福祉の広大な領域がいまだ民間の自発的な自助努力に委ねられていたのである。そしてそれが言うまでもなく、社会の富裕階級が行なう慈善活動であった。(5)

富裕階級の一般大衆にたいする慈善活動は、すでに前工業化時代からジェントルマン社会のパターナリズムとキリスト教の精神を支えに行なわれてきた。十九世紀にはその活動は、charity(神の愛にもとづく慈善行為)とも philanthropy(人類愛にもとづく慈善行為)とも言われたが、この二つの言葉は、実際にはほとんど同義語のように使われた。その活動の及んだ範囲はきわめて広く、貧困家庭の援助、貧困者・浮浪者にたいするスープ給食の実施、都市の総合病院の運営、施薬所の開設、民衆教育と出版などの各種啓蒙運動、身体障害者の援助と救済、青少年の非行防止、売春婦の更正、禁酒運動、労働者のための住宅供給事業、さらには動物の生体解剖の禁止を求める動物愛護運動などもその中に含まれた。事業・活動の担い手となったのは貴族・ジェントルマンと中流階級の人びとであったが、貴族やジェントルマンは概して名目的・ないし広告塔的役割が主で、活動を直接担ったのは中流階級の人びとであった。なかでも目に付くのは女性の活躍で、その意味ではギャスケルも特別な存在ではなかった。これは彼女たちが、女性として慈悲と同情心に富んでいただけでなく、余暇に恵まれ、しばしばジェントルウーマンの生き方を理想としていたからだとよく言われるが、まずは妥当な見方といえるだろう。次に例を二、三紹介しよう。

(1) アンジェラ・ジョージナ・バーデット＝クーツ。十九世紀最大の慈善事業家の一人。改革派の代議士フランシス・バーデットの六女。ロンドンの銀行家であった母方の祖父トマス・クーツの莫大な遺産を相続した大金持でもあった。彼女はその生涯を通じて数々の慈善事業を行い、その功績によって七一年に女性でははじめて男爵に叙せられた。その慈善活動は、貧民学校（ragged schools）[6]の建設、貧民の海外移住援助、癌病院の設立、植民地での国教会主教区（アデレイド、ケープ・タウン、ヴァンクーヴァー）の設立等々、じつに多岐にわたるが、その中には売春婦更正の事業もあり、これにはギャスケルも関係していた。バーデット＝クーツは四七年に、ディケンズの援助も得て、売春婦を更正させて海外に移住させる施設ユレイニア・コテージを設立した。いっぽうギャスケルも売春婦更正の事業に関心をもち、『ルース』のモデルとなった売春婦の更正に尽力した。そして彼女はその更正した売春婦を、ユレイニア・コテージを通じて海外に移住させることができたのであった[7]。

（2）メアリ・カーペンター（図④）。彼女にはギャスケルと一つ共通点があった。それは彼女がユニテリアン牧師の家庭に育ったユニテリアンであったということで、そこで培われた宗教的義務感が後の彼女の慈善活動を支えることになった。彼女は、貧しくて行き場を失い、路上をさ迷って犯罪に走る児童や少年少女の救済に生涯を捧げた人、として知られている。彼女はそういう子供たちのために、その幼少児には貧民学校（彼女はこの言葉を好まなかったが）を、十四歳以下の犯罪歴のない少年少女には産業技能学校を、同じく十四歳以下の犯罪歴のある少年少女には更正学校をという三層の学校システムを提案し、実践した。議会の調査委員会にしばしば出席して証言を行い、やがて名声が広がると海外から招聘され、インドで刑務所改革、教育、女性の地位向上をめぐって当局者を指導し、またドイツやアメリカを講演してまわった。彼女は「女の固有の領域」に執着する保守主義者ではあったが、女性の解放には関心をもち、晩年には女性参政権運動や女性の専門教育を推進する

図④ メアリ・カーペンターの晩年の肖像写真

運動にも協力した。

（3）オクタヴィア・ヒル。彼女は、衛生改革の草分けとして知られる医師サウスウッド・スミスの娘を母に、社会改良家の家庭に生まれた。若いころから貧困労働者の教育にかかわったが、二十代後半から労働者住宅の供給・改善事業に取り組み、この分野の慈善家として名をなした。彼女は、一八六四年にラスキンの資金援助を受けてロンドンのメリルボーンに三軒の労働者専用住宅を購入してその活動を始めた。彼女の住宅事業は、慈善であるとはいえ、自助・自立というヴィクトリア朝のレッセ・フェール哲学に立脚しており、同時に労働者の人格教育を指向する性格のものであった。住宅の給付を受ける労働者は、自助の精神の持ち主であることが前提とされ、厳格な家賃の納付が義務付けられた。この原則に立つことによって三軒の労働者住宅による彼女の実験的事業は、確実な収益をあげることができ、その利益を事業の継続と住宅改善に再投資することで見事な成功を収めた。このモデル事業にもとづく経営のノウハウは、その後一つのシステムとしてビジネス化され、その実績が一つの根拠となって七五年に労働者住宅法が成立した。そして彼女は八四年に、ロンドンのサザックで四千人規模のスラム・クリアランスにともなう住宅供給事業の責任者となった。また彼女はナショナル・トラストの運動にもかかわり、その先駆者の一人としても知られている。

なお彼女の姉ミランダ・ヒルも、カール協会（十七～十八世紀の慈善家ジョン・カールに因む）と称する団体を設立し、街や住宅を花と緑で飾る労働者の生活美化運動を推進した慈善家であった。

註

（1）中期ヴィクトリア朝の農業と農業社会については、James Caird, *High Farming, under Liberal Covenants: The Best Substitute for Protection*, 5th ed. (Edinburgh: William Blackwood, 1849); Lord Ernle, *English Farming: Past and Present*, new ed. (London: Frank Cass, 1961); F. M. L. Thompson, *English Landed Society in the Nineteenth Century* (London: Routledge, 1963) を参照。

（2）レイモンド・ウィリアムズ『キイワード辞典』（岡崎康一訳、晶文社、一九八〇年）六七～七八頁。

（3）E. Ryns, ed., *Pre-Raphaelitism, and Other Essays and Lectures*, by John Ruskin (London: Everyman's Library, 1906) 8.

（4）有閑階級の理念については、ソースティン・ヴェブレン『有閑階級の理論』（小原敬士訳、岩波文庫、一九六一年）を参照。

（5）ヴィクトリア朝の慈善については、David Owen, *English Philanthropy, 1660-1960* (Cambridge, MA: Harvard U.P, 1964)、金沢周作『チャリティとイギリス近代』（京都大学出版会、二〇〇八年）を参照。

（6）ストリート・チルドレンのために基礎教育と給食を行なった慈善学校。彼らの非行と犯罪を防止するのがその目的であった。一八四四年には広く運動を統括する貧民学校連盟（Ragged Schools Union）が結成された。この学校は当初は日曜日のみの開催であったが、やがて週日の夜間にも開かれるようになり、四九年ごろには日曜日の生徒が一万一千人、週日夜間の生徒が八千人を数えたといわれている。次に述べるメアリ・カーペンターは、ブリストルでこの事業を展開して有名になった。

（7）波多野葉子「マグダレニズムと福音主義」『ギャスケルの文学——ヴィクトリア朝社会を多角的に照射する』（英宝社、二〇〇一年）九六～九七頁。

第一部　【社会】

第一章

教　育

――その変革の波のなかで――

アラン・シェルストン／猪熊 恵子 訳

ギャスケルが1820年代初めに寄宿していたバイアリー姉妹の学校

Chapter 1

Education: In the Wave of Reform

Alan SHELSTON, trans. Keiko INOKUMA

ギャスケルは一八六五年に亡くなるまでの生涯を通じて、自身の家庭内でも、より大きな社会の枠組みのなかでも、教育とはいかに重要であるかを熱心に主張し続けた。その彼女が亡くなった五年後の一八七〇年、ヴィクトリア朝社会のあまねく人々に教育の機会を与えようとするフォースター教育法が制定された。ここから明らかなように、ギャスケルの生きた時代のイギリスでは、教育を普及させるための様々な取り決めが実行に移されていった。そしてギャスケル自身の経験と作品群は、こうした社会の動きを見事に写し取っている。

十九世紀に至るまで、イングランドにおける教育は伝統を重んじる精神と実用主義的な精神の双方によって成り立っていた。オックスフォードとケンブリッジという中世から続く古い大学は古典教育の中心であり、この二大学で学ぶ学生のほとんどは、実際に聖職者になるか否かに関わらず、聖職位を授かって卒業するのが慣習であった(1)。当時はまだ、裕福な家庭の子弟ばかりが大学で学んでいたわけではなかった。アイルランドの貧しい学校教師であったパトリック・ブロンテがケンブリッジで学んだという例からもわかるように、十九世紀初め頃まではパトロンからの経済的支援さえあれば誰でもそのチャンスを手にすることができたのである。一方、町のグラマー・スクールの場合、中世から続く古い伝統を持つものもあったが、さらに十七世紀、十八世紀頃にかけて「イギリス中の市場町に次々と出現した(2)」ことが、最近の批評家の研究によって明らかになっている。しかしいずれにしても、個々の学校ごとにその質は大きく異なるものであった。例えば、若き日のエラズマス・ダーウィンが学んだチェスタフィールドのグラマー・スクールのように、因襲的とはいえ十分な教育を施し、恵まれない家庭の子供達に広く開かれた学校もあったし、またその一方で十八世紀頃までにすっかり衰退してしまったものもあった。十八世紀を通して、様々な宗教組織、なかでも特に非国教徒《ノン・コンフォーミスト》は、自分達の信者の教育を重点課題とし、それに多くの力を注ぐようになった。例えばメソジスト派は特定の活動地域において、恵まれない人々に教育を施す宗派として認知されていたし、ユニテリアン派は独自の学校組織や研究組織のネットワークを張り巡らせながら、その存在感を顕著なものとしていった。後者のユニテリアン派による教育は、科学・実学指導の分野での中核的位置を占めるほどの規模へと発展し、その基礎教育を受けた生徒のうちから、産業革命期に活躍した名高い科学者や技師が幾人も生まれることとなったのである。

こうした点に関連して、ジョゼフ・プリーストリーの経歴を見ておくのがよいだろう。一七三三年生まれの彼は、ギリシャ語とラテン語をヨークシャー地方のバトリー・グラマー・スクールで学んだのち、会衆派の牧師からヘブライ語の教えを受け、また父の商売を助けるために独学でフランス語、ドイツ語、イタリア語を身につけている。独立してのちは神学に傾倒するが、その結果逆に理性主義へと目覚め、最終的には宗教的懐疑に至った。一七六一年、彼はウォリントンにあるユニテリアン派の学校で個別指導教員に任ぜられており、またジェニー・ユーグローの研究によれば、同じ時期にその近隣に学校を設立し、「女子と男子の双方を対象とした画期的な新カリキュラムを作り、密かに科学の授業も行っていたらしく、おかげで『二、三冊の本や、小型エアポンプや電気機械などといった科学装置』を買うことができた」[3]ようである。こうしたプリーストリーの経歴が当時の社会において例外的なものであったことは否めない。それでも、強い決断力を備えた独立独歩の人間であれば、啓蒙主義的な時代の流れの中でいかに多くのことが可能であったかを如実に示していることは確かである。

続いてイングランド国教会を考えると、大人と子供双方が利用できる教育の場として、ロバート・レイクスによる日曜学校の活動が一七八〇年にグロスターで始まっている。これは、すべての子供達に一定の範囲内で教育を受ける権利を保障しようとするものであった。その後すぐに、非国教徒達のための同じような学校設立運動も相次いだ。様々な宗派間の競争心理は教育を普及させていく駆動力として大いに利するところがあり、特に産業化によって拡大していく地域ほどその傾向が顕著だったのである。しかしそうはいっても、十九世紀を目の前にした多くの人々にとって、教育とは決して簡単に手の届くものではなく、家庭で学ぶか、または国中に何の法則性もなしに配置された低水準の私立学校《プライベート・スクール》に通うくらいの選択肢しかなかったし、しかもこのプライベートというのは、単に公的資格がないというだけの意味だった。そこで指導を受け持つ教師のほとんどは教員資格など持っておらず、デイム（夫人）と呼ばれる女性教師などが、限られた知識でおぼつかない授業をする代わりに、つましい授業料を取っていた。十九世紀以前の教育状況について論じているコールとポストゲートの言葉を借りれば、「貧しい家庭の子供達は、仮に学校に行けたとしてもせいぜい女教師学校《デイム・スクール》かそれに類する学校に行くのがやっとであり、そこではほとんどまともな教育を受けていない教師が教鞭を取り、その給料は雀の涙であった」[4]のである。もちろん、こうした酷い状況ばかりだったとは言えないだろう。村の学校教師は通常、教区牧師が勤めており、彼らは十八世紀小説などによく出てくるタイプの人物だっただろうし、また当時の記録を紐解けば、貧しい家の子供が他の家庭に引き取られた事例も確かに残っているため、そこで初等教育を受けた可能性も考えられる。しかしながらとにかく、当時の識字率《リテラシー》の一般的水準を見定めることは困難である。現在我々が手にできる資料には、地域、ジェンダー、そしてもちろん社会的階級などの問題が絡んでくるため、どうしてもその透明性が疑わしく、非常に扱いづらいのである。結局のところ、最も信頼できる資料は当時の個々人の生活を描いた記録だろう。十九世紀文学に顕著な文学形式である自伝的作品群は多くの場合、成功を収めた人物が自らの半生を振り返って書き記している。[5]

ここまでの議論から明らかなように、ギャスケルが生きた時代のイングランドの学校教育は、性格的にも質的にも個々の学校ごとに異なる恣意的なシステムから、一連の議会決定によって国家的規模で組織されたシステムへと変化を遂げ、一貫した包括的な教育制度の確立をその究極的な目標として掲げるようになった。この発展は、まさに当時のイギリスの産業・商業上の繁栄と、その結果起こった初期の都市社会発展に起因している。したがってその教育は、有能な労働力を育てあげて近代社会へと送りだすことを目的とし、同じくパブリック・スクールは、そうした社会を導く指導者を育成することを目指したのである。

ディケンズはスピーチや雑誌記事のなかで、労働者階級のための教育というテーマを取り上げ、教育は個人を資するのみならず、何よりも社会発展の重要な歯車となりうるという考えに基き、一貫してその教育を奨励している。しかしディケンズの小説内部では、組織化された教育が生む成果について、あまり希望に満ちた絵が描かれてはいない。まさにこれこそ、教育がきちんとした形で組織化されればされるほど、被教育者に対する締め付けが厳しくなってしまうという、十九世紀教育が抱えた矛盾の一端を示している。

右記の矛盾に絡んでくる重要な要因が、階級格差であった。貧しい家庭の子供達を教育するために何世紀も前に設立された学校が、時代の流れに洗われるうちに中産階級と上流階級の子弟に占拠されてしまうのは珍しいことではなく、とかくするうち、労働者階級の子供達の初等教育は国が行うこととなったのである。つまり、十九世紀の当時も現在と同じく、社会の上を目指そうとする上昇志向が様々な格差や不平等をもたらしていた。ちょうどこの頃、オックスフォードとケンブリッジもまた、講義内容を古典のみに限定せず、もっと広く開いていく一方で、恐ろしく高額な学費を要求するジェントルマン教育の最終段階へと変容していた。こうした時代を生きたギャスケル一家の経験は、当時の教育の実情、とりわけ女子教育にまつわる多くの特徴的な側面を、見事に映しとっている。なにしろギャスケル家には四人の娘がいたわけで、その娘達を教育していく経験から学んだ多くは、ギャスケル作品の内部に取り込まれているのだから。こうした背景に鑑み、本論ではギャスケルの作品内部に見られる教育にまつわる問題や主題をより包括的に論じるため、まずは簡潔にギャスケル一家の個人的な経験を振り返ってみたい。

第一節　ギャスケル一家と教育

若き日のエリザベス・スティーヴンソンは、同じ階級の子女の例にもれず、物心ついた頃から一緒に暮らしていた叔母のラム夫人によって、家庭で初等教育を受けていたと考えられる。短篇「私のフランス語の先生」（一八五三年）のなかでギャスケルは、同じような形で教育を受ける地方都市の若い女性の経験を描き出している。

お母さまは、私たちの教育の大部分を引き受けてくださいました。私たちは午前のうちにお母さまの家事をお手伝いして、それから古いやり方に則ったお勉強の時間が始まるのでした。つまりお母さまご自身が小さい頃にお勉強したような、ゴールドスミスの『イングランド史』や、ロランの『古代史』、リンジー・マレーの文法書、たくさんの縫い物、それに刺繍などを教えていただくのでした。[6]

「私のフランス語の先生」は厳密な意味で自伝的作品ではないとはいえ、明らかにギャスケル自身の経験に根ざして書かれている。またこの作品は、老いた人間が若い人間を教育する際、どうしても自らの過去を懐かしむような振る舞いをしてしまう様子を浮き彫りにしている。つまり、ヴィクトリア朝の教育論において過去と現在の対立は非常に重要な問題であったことを、この短篇が端的に示しているのである。引用部でヒロインが母と読んでいる作品群はどうしても時代遅れの感が否めない。しかしこれはむしろ、彼女達の学習範囲が、現在の基礎教材と呼ばれるものよりも幅広い範囲をカバーしていた、ということだろう。当時、特にギャスケルと同じ階級の子女は、幼少期に家庭で初等教育を受けた後、専門家からきちんと教育を受けるのが一般的であった。やはり「私のフランス語の先生」においても、名前を明らかにしない語り手が後の部分で語るように、ヒロインは家庭教育ののち、フランス革命によって国を追放された移住者からフランス語を習っている（図①）。このあたりの描き方もギャスケル自身の経験に基いているのかもしれない。外国語と音楽は、当時の女性のたしなみとして重要視されていた。ギャスケル家の娘達も父親にドイツ語を習ったし、またギャスケルは自らの長女メアリアンをチャールズ・ハレという音楽家につかせている。このハレはのちにマンチェスターのハレ管弦楽団を設立することになるほどの著名な音楽家であ

図① ジョゼフ・スウェインの彫板とジョージ・デュ・モーリアの挿絵による「私のフランス語の先生」

った。さらに、裕福な家庭では家庭教師《ガヴァネス》を雇い入れて、もっと包括的な形で子供の教育プログラムを任せることもあった。

　エリザベス・スティーヴンソンは十一歳になると、バイアリー姉妹の寄宿学校《ボーディング・スクール》に送られ、最初はウォリック、次にウォリックシャーのバーフォード、そして最後にはストラトフォード・アポン・エイヴォンと転々としながら教育を受けた。[7] こうした学校は、個々にレベルは異なるものの通常は限られた数の生徒を受け入れており、十九世紀を通してギャスケル家のような階級の子女を教育するのには一般的なものであったし、学校の経営者側は当然、その運営によって経済的基盤を得ていた。例えばシャーロット・ブロンテとエミリ・ブロンテがハワース牧師館に作ろうと試みた学校なども、実現していればおそらくこの種の学校になっていただろう。そこでは学識と社会的たしなみの両方が教育され、なかでもバイアリー姉妹の学校は非常に高い評判を得ており、名の知れた学生も何人か在籍していた。学校では、イタリア語、フランス語などを含む外国語教育に加え、作文、作曲、算術、ダンスに音楽などが教科として教えられていた（Chapple, *Early Years* 24）。十六歳になる頃には、エリザベス・スティーヴンソンの学校教育はほぼ終了していたと考えられる。

　このように、女子教育に関しては家庭での初等教育後に何らかの教育機関（多くの場合寄宿学校）で学ぶのが標準的なパターンとして確立され、そのパターンが十九世紀後半まで顕著に見られた。ギャスケルはある手紙のなかで、「私たちはガヴァネスを雇い入れて、家族のプライバシーが壊されるのは望ましくないと考えています」と書いている（*Letters* 212）。ギャスケル家では四人の娘達それぞれに違う学校を選んでおり、例えば一番上のメアリアンは十六歳になるとロンドンのハムステッドで学校を経営していたレーラー夫人という女性のもとに寄宿している。長女である彼女は、家を出る前に一番下の妹二人を教える役目を任された。次女のミータ（マーガレット・エミリ）はメアリアンとほぼ同じ年頃になると、リヴァプールの教師レイチェル・マーティノー女史のもとへ送られており、そこの先生から「ダンスやイタリア語、ドイツ語、音楽」などを習っている（*Letters* 214）。下の二人の娘達はどちらも、小さな頃には両親の悩みの種であったらしいのだが、うち一人のフローレンスは、ギャスケル一家の友人でナッツフォードのユニテリアン派教会の牧師をしていたヘンリー・グリーンが経営する学校へ入り、もう一人のジュリアのほうは家庭で教育を受けたのち、家から近い「ミス・ミッチェルの通学学校《デイ・スクール》」に五年間通った。このローザ・ミッチェルは、自らの学校を設立する以前にもプリマス・グロウヴのギャスケル家で上の娘達を教えていた人物である（*Letters* 217, 544）。

　同じような階級の男子教育について考えてみると、やはり家庭教育の後で学校教育というパターンが多く見受けられる。もし家庭に経済的余裕があれば、ジョージ・エリオットの『フロス河の水車小屋』（一八六〇年）のトム・タリバーのように、まずは教区牧師のもとで古典の勉強を始め、それから当時の裕福な中産階級の間で人気のあった寄宿学校のうちのいずれかに進学するか、またはトマス・ヒューズ作品の主人公トム・ブラウンのように、名門のパブリック・スクールに進み、そこからさらにオックスフォードかケンブリッジへというコースがあった。ヒューズは『トム・ブラウンの学校生活』（一八五七年）に続いて『トム・ブラウンのオックスフォード生活』（一八六一年）を出版しており、当時どちらの作品も熱狂的ファンがつくほど大変な評判を呼んだ。

パブリック・スクールとグラマー・スクールについて、いずれの学校形態であっても、古い伝統校と十九世紀半ばにあちこちに姿を現した新設校とを明確に区別する必要がある。十九世紀になる頃には、多くの伝統校、すなわち十六世紀やそれ以前からの古い伝統を誇るパブリック・スクールやグラマー・スクールが、その評判を落としていた。そのため新たに就任した校長達は、ラグビー校校長のトマス・アーノルドを模範として競い合うように学校改革に着手したのである。また新設校のほうも、同じくアーノルドのやり方を手本に設立されていった。[8] ギャスケルは晩年、そうした学校教育を受けて世に出た人々と親しく付き合うことになる。『荒野の家』（一八五〇年）においてエドワード・ブラウンは街で下宿を借りて一人住まいをし、その近くの学校（おそらくは古くからの伝統あるグラマー・スクール）に通っている。これとは対照的に「曲がった枝」（一八五九年）では、さんざん甘やかされて育ったベンジャミン・ハントロイドが、彼を手放すに忍びないという年老いた両親によって、地元の通学学校に入れられる。彼が通う学校について語り手は、「ひどい状態で打ち捨てられたグラマー・スクールで、三〇年前の一般的水準を彷彿とさせるような学校」であると語る。ベンジャミンの両親は、教育を受けて立派な紳士となってほしいと息子に願うが、その期待は当然ながら、空しい幻想に終わる。このように、教育を受けた子供が次第に親の世代から分かたれていくというテーマは、ディケンズの『大いなる遺産』（一八六〇〜六一年）からエリオットの『フロス河の水車小屋』、ロレンスの『息子と恋人』（一九一三年）に至るまで、多くの十九世紀小説が繰り返し取り上げた主題である。『クランフォード』（一八五三年）に出てくる不良少年ピーター・ジェンキンズは、シュルーズベリー校に送られるが、いみじくもこの小説が執筆された当時、同校は規律が乱れた学校として悪名高かった。また『妻たちと娘たち』（一八六四〜六六年）に登場するハムリー家のオズボーンとロジャーの兄弟はラグビー校からケンブリッジへ進学しているが、二人の父親は自分が見下されるかもしれないと恐れるあまり、息子の友人達を快く思っていない（第二二章）。

ウィリアム・ギャスケルの個人的な経験に目を転じると、小説内部の世界とは若干異なっていたようである。彼はまず、ジヨゼフ・プリーストリーも通ったユニテリアン派のウォリントン・アカデミーで学んでおり、この学校は当時非常に評判が良かった。ユニテリアン派の信者であった彼は、イングランドの大学に進学することが叶わなかったため、かなり若い年齢での入学が可能であったグラスゴー大学へ入学し、そこからマンチェスター・ニュー・カレッジへと進む。このカレッジは当時ヨークに拠点を置いていたユニテリアン派の教育機関であり、そこで彼はユニテリアン派牧師としての教育を受けている。したがって、ウォリントン・アカデミー卒業後の彼の修学期間は全部で八年間ということになる。こうした経験を通してウィリアムは、マンチェスターの労働者達を教え導くのに十分な資質を培っていった。そして、彼の妻と娘達は社会的に恵まれない者達を教えようとする彼の志を、日曜学校その他の教育によって助けたのである。日曜学校の責任は単に宗教的な領域だけでなく一般教養の領域にもあると考えられており、そのため労働者階級の子供の教育における重要な供給源となっていた。より公的な教育に目を転じると、ウィリアムは自ら通ったマンチェスター・ニュー・カレッジで教鞭を取っており、そこで教えた生徒を自分の牧師館の聖職に就かせている。また、オーエンズ・カレッジを大学へ昇格させることにも非常に意欲的で、のちに同校がマンチェスター・ヴィクトリア大学となった時には、英文学を教える最初の教員陣の一人となった。また同時に、新興の産業化社会における労働者教育という問題に対して、教区の監督者としても一教師としても、非常に広範な領域にわたって取り組み、その過程で心身をすり減らすことも珍しくなかったと言われる（Brill 44-71）。ここから明らかなように、十九世紀半ばのマンチェスターにおける様々な教育普及の試みを、ギャスケル家の人々は身をもって経験し、その経験の範囲は非常に多岐に渡るものであった。しかしその一方で、彼らの経験がカバーしきれない側面も確かに存在したことを忘れてはならない。そして、ギャスケルの作品群に目を向ける時、それがどんなものであるかが明らかになるだろう。

第二節　産業小説のなかの教育

初期の短篇「リジー・リー」（一八五〇年）でギャスケルは、労働者であるリー一家から尊敬のまなざしを向けられる若き学校教師、スーザン・パーマーを登場させている。スーザンが教える学校の詳細が物語のなかで明らかにされることはないが、おそらくは国民学校《ナショナル・スクール》か、工場法の条例下で作られた新設の工場学校《ファクトリー・スクール》のひとつだろう。スーザンは規則的な勤務形態と日雇い賃金体制のもとで教えており、その学校が地域社会に深く根ざしたものであることは明らかであるが、それでもリー家の人々は、彼女を社会的に上の階級に属する人間として扱っている[9]。この短篇のなかで、生徒達が毎日四時きっかりに学校を終えて帰っていくこと、そしてリー夫人がスーザンを「生まれながらの貴婦人」のように考えていること、などが描き出される。これらは、新しく興った産業社会の需要を満たすべく、教育の世界でも進められた職業化や専門化の初期例と言えるだろう。したがって「リジー・リー」が、一八五〇年三月三〇日に出たディケンズの『ハウスホールド・ワーズ』創刊号の冒頭に掲載されたのは、いかにも作品に相応しい位置づけであった。既述したように、ディケンズもまた労働者階級の人々を教育する重要性を熱心に説いた人物であり、これを裏付けるように一八五〇年代には、教育に関する多くのスピーチや雑誌記事を残している。そのひとつでは、「私があまり好ましく思わないタイプの学校があちこちに目につくようだ[10]」という見解を述べている。当時実践されていた様々な教育の試みに対して、ディケンズがいかに批判的であったかは『ハード・タイムズ』（一八五四年）のみならず、後期作品『互いの友』（一八六四～六五年）に出てくる助教生制度の実践者、ブラッドリー・ヘッドストンとピーチャ女史という二人のキャラクターにも見て取ることができる。この助教生制度（図②）とは、教師の総合的な監督のもと、年長の生徒が年下の生徒に自分の教わった内容を教えるという、厳格に組織化された機械的反復学習法のことである。

　一八三三年と四四年に相次いで制定された工場法では、工場で働く子供達に一定水準の教育を与えることが義務化されている。皮肉にも興味深いのは、工場で働いていない子供達にとって、その水準の教育が必ずしも手の届くものではなかったとい

図② ホワイトチャペルのセント・ジュードにあるジョージ・ヤードの貧民学校（ragged school）で実施されていた助教生制度

う事実である。一八三三年の法律では、学習用に作られた建物内にある学校に子供達が通い、そこで一日三時間勉強する旨が明文化され、[11]これによって、ブライアン・サイモンの言うように、「アダム・スミスが目の当たりにしたような、知的な営みに通じるものなど一切存在しない労働者の生活に追いこまれるよりも前に、読み書きの初歩的な知識を身につけるものが現れた」[12]のである。サイモンはこの記述に先んじて、一八三三年の法律制定以前にも立派に読み書きができた労働者が相当数存在したという事実を取り上げ、詳細な議論を展開している。例えばギャスケルの『ラドロウ卿の奥様』（一八五八年）において若いジム・グレグソンがホーナー氏にしてもらったように、パトロンやスポンサーの力添えによって家庭で教育を受けたり、女教師学校《デイム・スクール》や慈善学校《チャリティー・スクール》に通ったりして、知識を身につけた者もいた。しかし、新しい法律制定によって初めて、工場で働く子供達に正規の教育を施すことを政府がきちんと明文化し、労働者階級全体の教育環境整備に向けた布石が打たれたのである。無論この新しい法律は、遵守されたというよりは多くの違反があったことで悪評高かったのだが、それでもこの進歩は否定できない。

　ディケンズはランカシャーとチェシャーの組合連合の集まりに授賞者として出席した際のスピーチで、「朝から晩まで炭鉱で働き、週に三回どんなに厳しい天候でも暗い夜道を八マイル歩いて学校に通い、素晴らしい成績を修めているチョーリー近郊出身の貧しい二人兄弟」について話し、また「ベリー出身の石膏職人、同じくベリー出身の荷馬車職人、それから非常につましい生活を送っている鎖職人」についても触れ、最後に「溶鉱炉の前で一日一二時間も働く鋳造所の鋳型工が毎朝四時起きで製図を学んでいる」[13]ことを称えている。こうしたエピソードは、ディケンズお得意の美談としていささか出来すぎの感もあるものの、労働者が学ぶ機会が当時の社会に存在したことを示す確かな証である。社会監視官のアンガス・B・リーアックは、十九世紀中頃のマンチェスターでの教育の普及具合を以下のように記録している。

　昨今の若者達が、仕事を終えたあとの夕刻の時間をどのように過ごしているかについて、私はかなりの量のデータを収集した。それに基づいて言えば、読み書きや計算・縫い物などを習う若い男女の数は、日を追うごとに倍加倍増する傾向にある。

　私はこれまで工場学校や複合学校など、多くの子供達の学校を訪れ、その現状を視察してきた。ライシーアム工場学校には、三千冊規模の蔵書を誇る図書館がある……子供達の教育費は、半日学級に所属するか一日学級に所属するかによって、週三ペンスか四ペンスと決められている。大人が学校に入ろうと思えば、二・二五シリングで、授業の聴講、図書館の使用その他すべてが認められる。

しかしリーアックの記録は右に続けて、教育環境が根底から依存しているものを明らかにする。

学校に行ってみるといつもと違って、生徒でひしめきあう状態ではなかった。ユニオン通りの蒸気機関のひとつが壊れてしまったらしい。

「だけど蒸気機関と学校とどんな関係があるというのだね？」私は当然の疑問を口にした。

「関係おおありですよ」これが返ってきた答えである。「ここでは蒸気機関が止まったらすべてがストップするんです――給料が支払われないから学費が払えなくって、それで学校に行けなくなるってわけですよ」(14)

『メアリ・バートン』（一八四八年）や『北と南』（一八五四～五五年）のなかで最も明確に示されているように、ギャスケルは労働者階級の人々に心を寄せ続け、その精神は今日に至るまで、その価値に見合った正当な形で評価されてきた。このように、時代の社会的良心を問う同時代の作家達のなかで、ギャスケルがひときわ抜きん出た存在であることは確かである。しかしその一方で彼女の作品には、例えばフランシス・トロロプが『マイケル・アームストロング――工場少年』（一八四〇年）で描いたような産業革命期の子供達がほとんど姿を見せないのである。『メアリ・バートン』では、そうした子供の姿は確かに描かれているものの、基本的に脇役登場人物の子供という役回りしか与えられていない。これは最下層階級のダヴンポート家の子供達を思い出してみればすぐにわかる。同じく皮肉なのは、小説の始めから終わりまで、職を失った人々の貧困が脅威として描かれる反面、本当に貧困にあえぐ人々は作品世界の片隅に追いやられていることである。例えばダヴンポート家の人々の描かれ方や、自暴自棄になったジョン・バートンが殺しのために出掛けていく際に出会うアイルランド人の子供やその母親の描かれ方などを思い浮かべてみればよい。『メアリ・バートン』のなかでギャスケルが描き出す労働者達のうち、完全に読み書きができない者はほとんどいないし、またジョウブ・リーや盲目のマーガレットなどの人物造型に明らかなように、彼らはむしろ彼らなりの文化的素養を備えた人物として描き出される。ジョウブは、サミュエル・バムフォードやギャスケルのその他の知人達のように独学で身を立てた人物であり、目が見えないマーガレット・ジェニングズも、その生まれつきの声の美しさから一人の音楽教師の目に留まりレッスンを受けることができる。ジェム・ウィルソンのような技師は、師匠に付いて見習い期間を過ごすか、工場で訓練を受けるかして仕事を始めるのが慣習であったため、学校教育を受けるチャンスに恵まれないものも少なくなかった。

サミュエル・スマイルズは、著書『技師たちの生涯』（一八六二年）のなかで、運河設計者のジェイムズ・ブリンドリーについて次のように語っている。

マックルズフィールドで働く傍ら、ブリンドリーは独学で字を書く訓練をしていたが、それを完全にマスターすることはついになく、死ぬ間際まで字を書くことがひどく苦手であった。そのため彼が書いたものはほとんど判読不能である。綴りはひどく間違っているし、そのうえまるで古代文字のように読みづらい字で書くものだから、彼が折々書きつけたメモの内容を判読するのは極めて困難なのである。(15)

ブリンドリーは十八世紀の人間なのだが、彼の人生が示すように、読み書きよりも労働を優先させざるを得ない状況は世紀を超えて存在した。だからこそスマイルズは著書の冒頭で、自らが取り上げて論じた人物達が、学校教育を受けられなかった過去に打ち勝ったことに、大いなる功績を認めたのである。スマイルズが英雄として描き出したこうした人物たちは、ギャスケル作品のなかでは、あくまでも反体制的な文化集団のなかに身を置く者として描き出される。もちろんギャスケルとて、多くの手紙のなかで、独学で身を立てる労働者達への称賛の言葉を書き残している。しかしやはり、そうした労働者の実情について微細に描き出す記述は、仮にあったとしても極めて少ないため、当時のマンチェスターにおいて増加の一途にあった最下層階級の人々とギャスケルとは、ほとんど交流がなかったと考えざるを得ない。『メアリ・バートン』にしても、小説全体としては確かに、社会の内に潜む大きな矛盾を暗示している。つまり、労働者階級の人々のなかには様々な素養を身に付けたものが存在しているのに、当時まさに導入されようとしていた学校教育体制によって、そうした能力が伸ばし育てられるよりも逆に抑圧されてしまいかねない、という矛盾が描かれている。それでもやはり、作品内に公的な教育システムについての具体的な言及は見られないのである。

これとは対照的に、『北と南』には教育についての言及が数多く見られる。良心の呵責で国教会の牧師の職を辞したヘイル氏は、イングランド南部での快適な田舎暮らしを捨てミルトン・ノーザンという北部の町に出てくる。この町はほとんどあからさまにマンチェスターそっくりに描かれているが、そこで彼は家族を養うための手段として、個人指導の生徒探しをする。町では折よく教育の普及が進んでいたと語られるものの、ヘイル氏が教えられるのはどうしても古典の知識に基づくものであるため、彼の生徒探しには若干の制約がつく。ヘイル氏は、工場経営者のジョン・ソーントンに古典の手ほどきをする傍ら、おそらくなんらかの形で将来進学を考えているのであろう「生徒を数名」取るが、「そうした生徒達のほとんどが、年齢的にはいまだ学校に通っているはずの年頃」である（第八章）。夫のグラスゴー大学での経験を知っていたギャスケル自身の知識が、この作品で活かされているのは明らかである。スコットランドの大学制度では入学年齢がイングランドに比べて早いため、必然的に卒業年度も早くなり、したがって生徒達は父親の商売を手伝うべく早い段階で世に出るのだ、と彼女は注釈を付けている。ジョン・ソーントンの例を考えれば、やはり彼もヘイル氏に会う前に古典を学んでいたが、父親の工場を継ぐためにその勉強を途中で諦めざるを得なかったという経緯がある。つまり、ソーントンがヘイル氏から受けているのはリカレント教育であり、ギャスケルはこの点によって、ソーントンがヘイル氏から習う勉強は双方の男性にとっての個人的な道楽に過ぎないことを示そうとしている。「古典というものは、田舎や大学でぶらぶらと人生を過ごされる殿方には結構なものでしょう。けれどもミルトンの男達は、思考と活力のすべてをその日その日の仕事に注ぎ込む必要があるのです」（第一五章）というソーントンの慧眼な母親の言葉が、それを裏付ける。

道楽としての勉強と厳しい労働という対立軸は、その後ヘイル氏の大学時代の恩師ベル氏が登場することによって一層際立ったものとなり、小説のメインテーマとして浮かび上がってくる。生き馬の目を抜く産業社会のなかで、そして何よりもヴィクトリア朝というより広いコンテクストのなかで、人間存在そのものを豊かにするための契機として教育が存在するという旧来的な考えは、教育とは人の豊かさのためではなく有能な技術力を備えた労働力を確実に生み出すためのひとつの手段である、という新しい機能主義的な考えとの間で、齟齬を生じるようになった。ベル氏はマーガレット・ヘイルに対して、自分は「あの美しさ、あの学識、そしてあの誇り高き長い伝統を誇るオックスフォードに恥じないものでありたい」（第四〇章）と言う。この言葉は明らかに、のちにマシュー・アーノルドが『教養と無秩序』（一八六九年）において描き出す次のような情趣を、そのまま先取りしていると言える。

オックスフォード、とりわけ過去のオックスフォードには多くの欠点があり、その欠点を購うために、ときに敗北、ときに孤立、そしてときに現代社会への支配力を欠くという形で、多くの代償を払ってきた。しかしそれでも、オックスフォードに身を置く我らは、かの麗しの地の美しさとかぐわしさの中で育てられた我らは、たった一つの真理を変わらず信じ続けてきた。それは、美とかぐわしさこそ全面的な人間的完全の本質である、という真理である。こう主張するとき、私は自らのすべてを、オックスフォードの信仰と伝統に預けている。（第一章）

この部分でのアーノルドの言葉は、ベル氏の考えと内容的に共鳴しあうだけでなく、オックスフォードが美しいのは、少なくとも部分的にではあれ、すでに失われてしまった大義がいまだ宿る場所であるからだ、という氏の告白ともぴったり一致する。したがって、仮に現代の我々がアーノルドの遺志を継いで、イギリス文学の古典の代わりにヘイル氏が教えたようなギリシャ語やラテン語などを学んだとしても、教育の根本に関わる大きな問題が解決するわけではない。

もちろん、一般大衆の教育における実用主義という概念が、この議論でおざなりにされているわけではない。ヘイル氏とベル氏は確かに、彼らの主義主張を明確にするにあたって、社会一般の人々への影響をきちんと考慮している。そして、ウィリアム・ギャスケルと同じく、ヘイル氏はライシーアム学校のひとつで教鞭をとっている。ライシーアム学校とはその名前から一見してわかるように、イギリスの教育がギリシャ・ローマの古典をいかに重んじてきたかという事実を体現しているが、実のところ労働者とその子供達を対象とした学校であった。しかし、この学校でヘイル氏が教会建築というテーマを選んで講義を行うエピソードは、おそらくギャスケル自身が意図したよりも一層鮮烈に、その教育機関の限界を示している。小説の終わり近く、ヘイル氏の考えに影響されるようになったソーントンは、友人の工場主達の反対を押し切って、労働者の子供のひとりふたりを学校に入れている（第四〇章）。しかし、新しい学校教育が労働者階級の子供達に与えた影響にまつわる最も興味深いエピソードが展開するのは、実のところ北部産業地域のミルトン・ノーザンではなく、むしろヘルストンの村の学校に、マーガレット・ヘイルがベル氏と一緒に戻ってくるシーンなのである。そこで彼女が目の当たりにするのは、まるでディケンズの『ハード・タイムズ』さながらに、功利主義的管理教育のなかに絡め取られている子供達の姿である。全く理解できない文法規則をなんとか片付けようとする生徒達を尻目に（彼らは「独立形容詞」のことをマーガレットが「不定冠詞」というと混乱してしまうのだが）、教師であるはずの牧師の妻は生徒そっちのけでベル氏を「引き留め、長話をし、そしてずっと音声学の体系を説明し、そのことで以前に彼女が視学官と交わした会話をそっくりもう一度話して聞かせる」（第四六章）有様である。サミュエル・バムフォードは伝記のなかで、「教育者とはつまるところ最高の改革者である」[16]という言葉を残した。そして、この理想化された教育の姿を多くのヴィクトリア朝の人々は固く信じていた。しかし残念ながら、現実は常にその理想に追いつくことができたとは限らなかったのである。

第三節　変わりゆく地方社会と知のあり方

農業労働者を指導した人物の先駆けとして知られるジョゼフ・アーチは、自伝『ジョゼフ・アーチ――その人生の物語』（一八九八年）のなかで、十九世紀初頭に田舎で育った自身の経験を振り返り、身近にあった教育とはどんなものだったかについて、次のように語っている。

当時、子供は六歳になるまでは学校に通う資格がないとされていた。また、幼児教育機関などといった恵まれたものなど、影も形もなかった。子供はただ「貧困と無知、そして埃」にまみれて、法定年齢を迎えるまで村中をあてもなく走り回るばかりだったし、その年齢を迎えたのちも状況に変化はなかった。当然、寄宿学校などというものはなかったし、学校の視学官制度や奨学金制度など、当時は考えられなかった。村の子供達には、ごく初歩的な知識をほんの少しだけ習えるチャンスが、ギリギリあるかないかといったところだった——その初歩的知識というのが、当時よくいわれた3Rというものである。3Rを習ったら、ちゃんと身につける子もいれば、そのまま忘れてしまう子もいた。どちらにしろ、普通の田舎の子供というのがどんなものか知っていたら、彼らの教育の顚末は誰にだって予測できたろうと思う……つまり彼らは、わずかに覚えた知識をそのうち完全に忘れてしまうか、またはたいていの場合、何もかも間違って覚えてしまったのである。ありていに言って、田舎の学校で行われている教育は多くの場合、想像を絶するほど酷い状況だった。[17]

アーチは一八二六年生まれであり、したがってここで彼が振り返る幼年時代とは一八三〇年代前半に当たる。この水準に照らせば、『北と南』に出てくるヘルストンの子供達は比較的恵まれた環境にあると言わざるを得ないだろう。しかし一方で、そんな恵まれた環境の子供達ですら教えられることのほとんどを理解できていない、という皮肉な含意がギャスケルの描写からは読み解ける。アーチはさらに「当時の学校はほとんどが牧師学校《パーソンズ・スクール》であった」と書いているが、この牧師学校、すなわち教会学校《チャーチ・スクール》も、ヘルストンの学校に当てはまる。アーチはそれらの学校に対して極めて批判的であるが、それは学校で与えられる教育の質に対してというよりもむしろ（事実アーチ自身「私達の村の学校はまぎれもなく良いところ」で、教師も「貧しい子供達が教えてもらう分には誠に素晴らしい」[18]人であると認めている）、教会そのものが人々に振りかざす権威に対して怒っているのだ、と言ってよい。当時のイングランドの地方社会では、地主や牧師が絶対的な権力を振るっており、そのため農村地域にあった学校は、非常に保守的な体制で管理されることが多かった。

地主と牧師という二大権力のありようは、『ラドロウ卿の奥様』のなかに描き出される。貴族階級のレディー・ラドロウは、最終的には進歩的な牧師グレイ氏に説得されて認めることになるものの、村の学校設立に反対する（図③）。しかしグレイ氏は、この学校設立に対して夫人を説得する際、自分の聖職録任命権を握っている彼女の絶対的権威にきちんと敬意を払わねばならないことを常に意識しながらも、粘り強く持論を展開する。そしてレディー・ラドロウの側から見れば妥協という形であったにせよ、最終的に学校設立を成し遂げるのである。それでも依然として彼女は、女子は読み書きを習うよりも前に裁縫を教わるべきだ、と主張する。この短篇の語り手は鉄道の時代を生

図③ ヴィクトリア朝の村の学校
先生は手に鞭を持ち、子供たちは退屈そうな、あるいは不安げな顔をしている点に注意。

きる老女であり、はるか昔を振り返って、レディー・ラドロウの所有する屋敷で過ごした自らの若かりし日々を回想している。その時代設定を正確に特定することは困難だが、レディー・ラドロウがフランス革命期の記憶とともに生きているのは確かだし、やはりギャスケルによって書かれた他の「回想」型の短篇群と同じく、十九世紀の初め頃の設定と考えてよいだろう。そのため物語は、社会的にも政治的にも大きな変化が起こる十九世紀という時代を常に予見しながら語っていく、予知的な視点で構成されるのである。

ギャスケル作品のなかでも、最も緻密な構成と説得力を持った描写とともに、イギリスの田園地帯が描き出されるのが中篇『従妹フィリス』（一八六三〜六四年）である。ギャスケルはこの作品で、ホープ・ファームという自給自足的農村共同体を描きだしているが、物語の冒頭部分で描かれるこの地は、まるで時の流れに洗われることのない不変の場所であるかに見える。しかし、タイトルにもその名がついているヒロインの「フィリス」は、外の世界からやってきた技師であるホウルズワスと恋に落ち、その結果農園主である父親のホウルマンから次第に離れていく。もちろん、このような荒いまとめ方では、物語の持つ繊細さを全く汲み取ることができない。実際、出来事を謎めいた形で与えていく語り口において、『従妹フィリス』はヘンリー・ジェイムズのそれに近い繊細さを有している。人物や場所の名前も明らかに象徴的である。「ホウルマン」、「ホープ・

ファーム」、「ホウルズワス」のあたりは一見してわかる通りだし、「フィリス」はギリシャ語で「木の葉」の意味で、愛のために自らの命を絶ったのち、木に姿を変えられた乙女の名前である。これは他の名前に比べて目に留まりにくいし、もしかすると単なる偶然の結びつきに過ぎないかもしれない。それでも、古い牧歌的な響きを持つ名前が選ばれているというのは、『従妹フィリス』がリアリズム小説というよりもむしろ、牧歌的で田園詩的な作品であることを、それとなく示唆するようである。ここで言う「牧歌的」とは、そのジャンル特性として連想されるすべての約束事を物語が描き出している、という意味である。その一方で『従妹フィリス』におけるリアリズムは、ある一瞬の間だけその世界の美しさが永遠に続くかに思われるような、そしてそういう意味において極めて自己完結的な、ホープ・ファームという世界を描きだすのに都合が良いように、その形を変容させる。

しかしその永遠性は当然、永遠ではあり得ない。自己完結していた共同体には、外側の世界が（例えば最もわかりやすい例をあげれば鉄道という形で）その存在を割り込ませ、大きな位置を占めるようになる。物語全体に流れるテーマは、個人・家庭・共同体のどのレベルにおいても変化は避けられない、というものである。しかし前述のような自己完結的な世界を描き出す際には、その描写は本質的に物語そのものに関わることのみに限定されてしまう。したがって社会それ自体を詳細に描き出すことは、『従妹フィリス』という作品にとっての優先事項ではない。そのため一見したところ、当時の教育がいかなるプロセスをたどって変化したかについて、この物語はほとんど何も語っていないように思われるだろう。しかしもっと深いレベルまで物語を掘り下げれば、読書や学習についての言及が繰り返し見られる点からも明らかなように、そこには教育に関するテーマが数多く書き込まれている。また同時に物語は、ヴィクトリア朝文化のなかで起こった様々な変化にまつわる、より大きな問題に迫ろうとしており、新しく興った産業社会のなかでの価値観のあり方を模索しようともしている。

物語は、鉄道技師見習いである十九歳の若き語り手ポール・マニングが、どちらかといえばあまり気の進まぬまま、田舎でひっそりと父親の農園ホープ・ファームに暮らす従妹のもとを訪ねてくるところで幕を開ける。彼を驚かせるのは、二歳年下の従妹が自分よりも大人びており、自分よりも高度な教育を受けていること、そして多少不規則にではあれ、折にふれて「ウェルギリウスやシーザー、ギリシャ語の文法」などの本で、古典作家の作品を学んでいることである。彼女は一日の仕事が終わった夕方になると父親と一緒にそれらの書物を紐解いており、そんな日々に心から満足している様子が描かれる。これらの古典のほかに、彼女の父の少ない蔵書のなかには「多くの専門用語、なかにはかなり高度な数学的用語を駆使するような難解な力学の本も入って」おり、ポールは「これらの数学的用語は私にはかなり難しそうだったが、彼には至って易しそうであった。彼が知りたがっているのは、技術的な用語だけだったので、こちらについては私が簡単に説明できた」（第一部）と語る。ここから読み解けるように、外界との接触が少ない農園内部の環境には、二つの異なる文化の存在が見られる。ひとつは過去を振り返る古典の学習であり、もうひとつは未来に目をむける科学技術であるが、ホウルマンの柔軟で寛容な精神のなかで、これら二つは生産的に結び合わされている。この意味でホウルマンという人物は、前世紀に数々の発見や技術革新などの偉業を成し遂げた人物達を彷彿とさせるような、地方の雄の一人と言ってよいだろう。加えて、伝統的な宗教上のしきたりを遵守する様子も見られる。例えば、ホウルマンは一日の労働の終わりに労働者達とともに賛美歌の斉唱を行っているし、また安息日の習慣を厳粛に守っている。これらはすべて、外の世界からきたポールにとって全く馴染みのないものであり、フィリスは彼が賛美歌の歌詞さえ知らないことに驚かされる。

こうしたエピソードのなかでは、古いものと新しいものが単純に並置されているわけではない。ホウルマンの経験は完全に農業社会に根ざしているが、彼は技師兼発明家であるポールの父の作品にも大いに興味を示す。実際に二人が直接会った時には、「その瞬間までそれぞれ全く異なる人生を送ってきた二人の男が、まるで本能に導かれるように一緒に語り合う様子を見て、奇妙なようでもあり快くもあった」（第二部）というポールの言葉が綴られる。ホウルマンという人物のうちに見て取れるのは、知識や感情、信仰などのすべてが渾然一体となった真の意味での「完全人間」の実像である。その一方で、彼の住むホープ・ファームを通してギャスケルが読者に示してみせるのは、流れゆく時のなかの一瞬であり、その切り取られた瞬間のなかに、人間の経験の諸相すべてを包み込むようなある種の文化的融合の可能性が示唆される。無論、男達が機械その他の談義に夢中になっている間、フィリスの母はほとんどその輪に加わることができていないため、この経験は男性的な経験のみに限られていると言ってもいいだろう。ただし忘れてならないのは、娘のフィリス自身が父親の試みすべてを完全に理解し、共感する能力を見せていることである。

しかしながら、作品を支える文化的枠組みのなかで明らかになるように、フィリスの内部には鬱屈したフラストレーションが存在し、それによってホープ・ファームという牧歌的世界はほどなく終焉を迎えることになる。フィリスはなるほど古典言語を読むことはできるかもしれないが、ヴィクトリア朝の人々にとっての究極の恋愛物語であるダンテを読めるほどにはイタリア語を習得していない。そしてそこに、近代的なものすべてに夢中になっている鉄道技師ホウルズワスが訪れると（彼はフィリスに近代イタリア小説、マンゾーニの『婚約者』（一八二七年）を与え、彼女のイタリア語学習を助ける）、物語は宿命的に破滅へと導かれていく。ジェイムズ・ネイスミスのような人物とも親交があったギャスケルは、ヴィクトリア朝作家のなかでは例外的な形で作品中に技師を登場させ、そしてホウルズワスの名前が示唆するように、それらの技師達を価値のある人物として描いている。『メアリ・バートン』のジェム・ウィルソンもこのタイプの登場人物に数えられる。しかしホウルズワスは、自分を他人より優れた人間として安易に考えている傾向があり、その意味では新しい技術そのものを体現しているだけではなく、エネルギッシュでいながら文化的には不和を起こしがちな、個人主義の出世第一主義（または企業精神）といったものをも体現している。

このように『従妹フィリス』では、教育という問題は広範な文化的コンテクストのなかに見出される。ホープ・ファームを作りだすことによってギャスケルが提示して見せた、進歩と伝統を結び合わせるような文化のありようは、フィリスがホウルズワスとの恋に破れる脆さを露呈しても揺らぐことはないし、また物語内の牧歌的世界が外界の変化の波に洗われていくなかでも、決してその力を失うことはない。むしろそうした文化は、近代社会の様々な文化的発展が自らを引き比べる際の理想として静かに存在し、日常的な現実のなかに姿を現すのである。しかしその裏でフィリスの経験が映し出すのは、変化のない停滞感のなかでは生きていけないという拒みがたい真実である。物語の最後は、フィリス自身の次のような言葉によって締めくくられる。「私たち、昔のように穏やかな日々に戻りましょう。必ずそうしてみせるし、きっとそうなるに違いないわ」（第四部）。しかし読者にとって、このフィリスの言葉は説得力に欠けるし、ギャスケル自身、もっと長くてもっと曖昧な形のエンディングを予定していたのである。[19]

第四節　新しい時代に向かう大学

一八六〇年二月、ギャスケルは夫と上の二人の娘達とともにオックスフォードを訪れ、「オックスフォード流の放蕩に身を任せた楽しい一週間」[20]と呼んだ時間を過ごしている。滞在中は、大学の副学長と食事をしたり、ラグビー校校長トマス・アーノルドの伝記を書いたスタンリー博士の講義を聴きに行ったり、またほかの名高い教授陣とともに過ごしたりして、大学の仕組みやその政治の一端に触れ、すっかり魅了されてしまう。晩年のギャスケルは、学問の世界とその道に身を捧げる人々への関心をますます深めていく。義理の息子チャールズ・クロンプトンについて、彼女は幾分誇らしげに「家で教育を受けたのち、ケンブリッジに進み、非常に優秀な成績を修めた」（*Further Letters* 251-52）のだと書いている。実際、このクロンプトンはのちに法曹界にその名を知られる人物となる。他にもギャスケルが目をかけていた大学出の若者としては、ラグビーからケンブリッジに進んだ双子のひとり、ヴァーノン・ラッシントンのような人物や、チャールズ・ボーサンクートなどがおり、この二人はどちらも弁護士で、また双方とも強い博愛主義的傾向を持っていた。したがって最後の小説『妻たちと娘たち』の主人公に、由緒ある地主階級ハムリー家の子息である二人の大学人、オズボーンとロジャーを描いていた頃には、ギャスケルはこうした世界の事情に十分通じていた。さらに、彼女はアーノルド一家とも友人関係にあり、特にラグビー校校長としてその学校改革に努めたトマス・アーノルドの未亡人とは親交が深かった。ディーン・スタンリーによる伝記『アーノルドの生涯』（一八四四年）や、トマス・ヒューズの『トム・ブラウンの学校生活』（図④）などによって、様々な形でアーノルドの名声は確立されていったのであり、ギャスケルがハムリー家の兄弟をケンブリッジに入学する前にラグビー校に通わせたというのも、至極当然の設定として納得できる。[21]

学校制度と同じく大学の世界においても十九世紀は大いなる変革の時代であった。スコットランドには四つの古い大学があり、その四つを中心に確固たるシステムと独自の伝統を築くことでイングランドの二大大学に対抗していた。一方のイングランドでは、オックスフォードとケンブリッジ、さらにダラム大学という伝統校のみならず、ロンドンに大学付属のカレッジ群が設立され、産業都市にも大学設立の動きが相次いだ。ギャスケルはこれら改革派の人々と知り合いであったが、心を惹かれたのはやはり、古い伝統校とその世界であったようである。イングランドの歴史を振り返ればどんなときも、階級の違いによって教育格差の溝が一層深まる傾向が見られる。したがって十九世紀には、パブリック・スクールへの入学とその後のオックスブリッジへの進学は、息子に輝かしい将来を期待する親たちが望む典型的なコースであった。

図④ アーサー・ヒューズ自身の手による挿絵「ラグビー校の少年たち」『トム・ブラウンの学校生活』(1857年)

『妻たちと娘たち』でも二人の若者はケンブリッジで学んでおり、特に父親は兄オズボーンに期待をかけ、優秀な成績を取ってほしいと望んでいる。しかし弟のロジャーのほうにはそれほど野心的な期待をしていない。二人は共に、当時古典科目以外で唯一試験科目として選択が可能であった数学を選んでその道を志す。しかし、オズボーンは全く父の期待に応えられず、ひどい成績でなんとか卒業するが、弟のロジャーは数学専攻の学生に与えられる最も栄誉ある称号（のちに大学に残り教授となるための登竜門とも言えるシニア・ラングラーの称号）を受ける。二人のケンブリッジ生活はテクスト内で実際に描写されないため、その詳細が読者に明らかになることはないが、ギャスケルは学閥の世界の難解な言葉によく通じており、その世界にまつわる専門用語を正確に使いこなすことができている。

当然、小説の主人公として生き残るのはロジャーのほうである。小説から読み解くことのできるロジャーについての知識は、チャールズ・ダーウィンの大学時代を考えることでさらに補足することが可能である。実のところ、ダーウィンはギャスケルの遠縁にあたっており、[22]彼女は出版社のジョージ・スミスに小説の概略を説明する際に、ロジャー・ハムリーのモデルがダーウィンである点をはっきり認めている。「ロジャーは粗野で洗練されていない少年です。けれども自然科学の世界に自力で分け入り、そこで成果をあげて名を残すのです。そして博物学者として（あのチャールズ・ダーウィンのように）世界を旅してみないかという大きなチャンスを与えられ、それを受けるのです」（*Letters* 732）。ダーウィンが生まれたのはギャスケルよりも一年早い一八〇九年で、九歳になると、荒れた学校として当時は悪名高かったシュルーズベリー校に入学している。ダーウィンはのちにこの学校生活を振り返って次のように書いている。

私の考え方や知性を育むにあたって、バトラー博士の学校はまさに最悪としか言えない場所であった。あの学校はひどく古臭いやり方を守るところで、少しだけ古代史と地理を習った以外には何も教えてもらわなかった。

ダーウィンは通常よりも幾分早くこのシュルーズベリー校から解放され、医学を学ぶためエディンバラ大学に入学した。ダーウィンの父親は地方の外科医であり、『妻たちと娘たち』のギブソン氏のように社交界への出入りも許されていたが、息子のほうはその学問を研究してみたものの好きになれず、「将来は牧師になるよう決められた」ため、エディンバラ大学を去ってケンブリッジへと移っている。この時点で彼に与えられた選択肢は、数学か古典学かのいずれかであったが、数学が「大嫌いだったため、「必修科目をいくつか受けた以外は何も知らなかった」にも関わらず古典学のほうに進む。しかし、ケンブリッジに落ち着いたダーウィンが実際に始めたのは、博物学の分野での科学的研究であった。そして彼の『自伝』（一八八七年）には、当時の彼がカブトムシなどの標本を集め、自らの意志で博物学を専攻し、その世界の研究者である大学の先輩達と親交を深めた様子が非常に熱っぽく綴られている。この研究の日々について、ダーウィンは「自然科学の崇高なる体系に、たとえほんの僅かでも、自分なりの貢献をしたいという熱望に身を焦がさんばかり」であったと述べている[23]。

既述したように、ギャスケルはロジャー・ハムリーのモデルとしてダーウィンを念頭においていたことを認めている。しかしそれにしても、二人の経験が細部までぴったり一致するというのは驚くべきことである。ロジャーはダーウィンと同じようにパブリック・スクールからケンブリッジというコースを辿り、ケンブリッジではダーウィンに勝るほどの優秀な成績を修める。しかし、やはりダーウィンと同じように決められたレールの上を歩くのではなく、自分で選んだ博物学の研究を志す。当時、博物学研究をはじめ、ほぼすべての科学系の研究は、伝統的な大学カリキュラムの外側に位置しており、その領域は小説中でロジャーが高く評価された科学論文を発表したような、ある特定の学界内に限定されていた。もちろん科学者であっても大学教授になれる可能性がないわけではなかった。しかしやはり十九世紀初期の段階では、伝統的なカリキュラムの枠を離れた道を志すダーウィンの背中を押した著名な研究者のうち、正規の大学組織で自らの学問分野を教えている人間は一人もいないのが実情であった。つまり、イングランドにおいては（スコットランドとは異なり）、科学的な発見というのは正規の大学教育の外側で、ひとつひとつ個別に起こったものだったのである。

二人の兄弟の対照的な経歴は、急速に変化する社会に見合った教育の形は何か、という当時繰り返し取り上げられた問題をいま一度問い直してみせる。依然として古典学の影響力が強かったことは、なにかと古典の知識を引き合いに出しては知識人として一人前になった気分に浸る傾向が二人の兄弟にある点からも明らかだろう。より深刻な形で古典が描かれるのは、オズボーン・ハムリーが挫折感を味わって大学を卒業したのち詩を書くことに夢中になり、フランス人の若い女中と結婚し、そして「心臓に悪いところがあった」（第五二章）ために世を去る一方、弟ロジャーのほうが、新しい時代を牽引する科学の世界でどんどん成功していく、というエピソードである。しかし、兄弟の対照的な描かれ方にも関わらず、作品全体に見られるのは文化的変化に対する楽観的な姿勢である。これに比べれば、約十年後に出版されたジョージ・エリオットの『ミドルマーチ』（一八七一～七二年）に出てくる、よぼよぼの古典学者カソーボンと、一度は野心に燃えた医者リドゲイトの姿は、時代の文化的変化に対してもっと悲観的なトーンを宿している。オズボーンの転落を書くギャスケルの筆運びが、エリオットのそれに比べて思いやりに欠けるというのでは決してないのだが、それでもやはり、ギャスケルの初期作品に出てくる技師達と同じく、ロジャーには明らかに新しい時代を切り開く開拓者という役回りが与えられている。そして小説の終局で、彼の科学への情熱を理解してずっと寄り添い続けたモリー・ギブソンとの結婚の前に、彼はアフリカ大陸へと二度目の航海に出る。

イギリスの教育にまつわるギャスケルの経験は、教育を授かるものとしても授けるものとしても、彼女自身の社会的立場に縛られた制約付きのものであったが、その関わりようは積極的であり、また幅広い領域に渡るものであった。たとえ彼女の経験が時代の大勢を包括的に体現するものではなかったとしても、彼女なりの制限された領域のなかで、その経験と描写は十分に正確かつ詳細なものだったし、彼女が教育問題に示した関心は、より広範な社会や文化の諸問題に対して持っていた大きな関心のほんの一部分にすぎなかった。仮にギャスケルが自らの階級内部の価値観を（人生行路やその過程での交友関係、しがらみなどによって）一層強固なものとして身につけたのだとしても、彼女は自分の住む都市に生きる労働者達が抱える様々な問題に気づいていないわけでは決してなかったのである。さらにまた、四人の娘達の教育を通して、若い人々が何を習得するのが望ましいのか、そしてひとりひとりの人間がそれぞれ別の形の教育をいかに必要としているのか、ということに常に目を向けていたはずである。

＊　＊　＊　＊　＊

最後に、ギャスケルの作品にみられる教育問題への多くの言及を読み解くことで、その含意するところや因果関係などに深い洞察を得ることができることを確認して、本論を締めくくりたい。ギャスケル作品を読むことにより、教育と社会的階級との間には相互に影響しあう関連性があること、そして階級とジェンダーの双方が関わると、教育に関する期待の地平は様々に異なってくることがわかる。また、楽観的に考えれば社交的なたしなみを身につけるための道具であるはずの教育が、実際には個人を社会の歯車としてしまう抑圧的な道具にもなりうるといった例から、教育にまつわる様々な矛盾や皮肉を理解していくことができる。さらに、教育によって知識を身につけることが、世代間の断絶へとつながりうる過程も読み取ることができる。慣れ親しんだ故郷を後にした人達は、ハーディらの後期ヴィクトリア朝の作家が描き出してみせたように、簡単に元の場所に戻ることはできないのである。教育というテーマは、ギャスケルと同じ時代を生きた人々が好んで取り上げた主題であった。しかし彼女が、その細部を明らかにする力において他を抜きん出ているのは、時代の抱える明らかな矛盾に正面から立ち向かい、受け入れ、そしてその改革の波に柔軟に対応していくような、実にしなやかな精神の持ち主であったからであろう。その人生を通して彼女が目にしたのは、子供の頃には想像だにできなかった変化であった。この変化を前に、ギャスケルは過去が持つ価値についての自分の考えを大切にしながら、一方で新しい時代には新しいやり方が必要とされるのだという事実をきちんと受け入れたのである。そして何よりも彼女は、教育とその周りを取り囲む広い世界との間の関係をよく理解していた。だからこそ、彼女が描く科学者や医者や技師は、伝統的な古典の学者や詩人と全く同じように、その作品全体の眺望のなかで重要な景色を織り成すものとして存在するのである。

註

（1）この慣例は十九世紀まで続いた。一八三四年の段階でも、オックスフォードとケンブリッジの全卒業生のうち約四分の三が、聖職に任ぜられていたのである。Boyd Hilton, *A Mad, Bad, and Dangerous People: England 1783-1846* (Oxford: Clarendon, 2006) 533.

（2）Anthony Fletcher, *Growing Up in England: The Experience of Childhood, 1600-1914* (New Heaven: Yale UP, 2005).

（3）Jenny Uglow, *The Lunar Men: The Friends who Made the Future* (London: Faber and Faber, 2003) 72.

（4）G. D. H. Cole and Raymond Postgate, *The Common People* (1938; London, Methuen, 1963) 39.

（5）Peter Laslett, *The World We Have Lost* (1965; London: Methuen, 1968) 194-98.

（6）リンドリー・マレーの『英文法』（一七九五年）は、家庭教育の際によく用いられる標準的な英語の文法書である。例えばジョージ・エリオットの『ミドルマーチ』のガース夫人は、「社会の大波に揉まれながらも、波のうねりの上に『リンジー・マレー』を掲げようとする」（第二四章）人物である。

（7）バイアリー姉妹の学校でのギャスケルの生活、および彼女の受けた様々な教育にまつわる側面について、包括的に論じたものとしては、Chapple, *Early Years* 236-61 を参照。また、Edward Chitham, "Elizabeth Stevenson's Schooldays," *The Gaskell Society Journal* 5 (1991): 1-15 も参照。

（8）Brian Simon and Ian Bradley, introduction, *The Victorian Public School*, by Brian Simon and Ian Bradley (Dublin: Gill and Macmillan, 1975) 6. サイモンは続けて、「こうして改革された学校が人気を呼んだことによって、一八四〇年代と五〇年代には新しいパブリック・スクールの創設が相次いだ」としている。同書に収録されたJ・R・デュ・S・ハニーの「トム・ブラウンの宇宙」の統計によると、十九世紀の終わり頃には、互いに顕彰を競い合うパブリック・スクールが、四三七もの数に上っていたらしい（Simon and Bradley 24）。

（9）国民学校の最初のものは一八一六年に設立され、これが国家単位で貧しい階級の子供達に教育を行おうとする一番初めの試みである。『クランフォード』では語り手が「背が高くて痩せており、干からびた感じの埃っぽい教区牧師が、国民学校の生徒たちに囲まれて座っていた」（第九章）と語っている。十九世紀に貧しい家庭の子供達を教育するための様々な学校が設立されたという事実は、国家規模での教育システム確立を目指した多くの試みを反映したもの、と捉えてよいだろう。

（10）K. J. Fielding, ed., *The Speeches of Charles Dickens* (Oxford: Clarendon, 1960) 240.

（11）一八四四年の法改正により、三日間の全日授業または六日間の半日授業確保が義務づけられた。これらの条例はのちに織物工場以外の工場や作業場にも適用されることとなった。H. C. Barnard, *A History of English Education from 1860* (London: U of London P, 1947) 115.

（12）Brian Simon, *The Two Nations and the Educational Structure 1780-*

1870 (London: Lawrence and Wishart, 1976) 185.

（13）Fielding 281.

（14）Chris Aspin, ed., *Manchester and the Textile Districts in 1849*, by Angus Bethune Reach (Helmshore: Helmshore Local History Society, 1972) 3.

（15）Samuel Smiles, *Lives of the Engineers with an Account of Their Principal Works*, 4 vols. (1861) 1: 320-21.

（16）Tim Hilton, ed., *Passages in the Life of a Radical*, by Samuel Bamford (1884; Oxford: Oxford UP, 1984) 17.

（17）John Gerard O'Leary, ed., *The Autobiography of Joseph Arch* (London: McGibbon and Kee, 1966) 28.

（18）Joseph Arch 29.

（19）ギャスケルは出版社のジョージ・スミスに宛てた手紙のなかで、長い年月ののちフィリスが流行病のコレラに倒れた者達を看病し、その後、排水設備を作るためにホープ・ファームに戻る、というエンディングにするつもりであったと書いている（*Further Letters* 259-60）。そして、最終的にフィリスは養子を迎えることになっていたが、作家自身によれば、このエンディングは幸運なことに却下されることになった。

（20）この表現はエドワード・エヴァレット・ヘイルに宛てられた手紙のなかの言葉である（*Further Letters* 217）。ギャスケルのオックスフォード滞在に関する記述は、チャールズ・エリオット・ノートン宛ての手紙（*Letters* 606-11）がもっと詳しい。これはギャスケルにとって二度目のオックスフォード訪問であり、一度目は一八五七年である。

（21）一八二〇年代後半から三〇年代前半にかけての時期を舞台とする『妻たちと娘たち』の時間設定は、ハムリー家の兄弟がラグビー校で学んだ時期が、トマス・アーノルドの一八二八年の着任とその後の改革よりも前であったことを示唆している。

（22）ジョン・チャプルはダーウィンとギャスケルの関係を「礼儀正しいものであったが、決して親しい間柄ではなかった」としている。John Chapple, "A Tangled Bank: Willets, Wedgwood, Darwin and Holland Families," *The Gaskell Society Journal* 21 (2007): 96.

（23）Gavin de Beer, ed., *Charles Darwin and T. H. Huxley: Autobiographies* (Oxford: Oxford UP, 1983) 12-38.

第二章

貧　富

――マンチェスターの〈二つの国民〉――

松村　昌家

「黒煙に覆われたマンチェスター」（1853年）

Chapter 2

Rich and Poor: The Two Nations of Manchester

Masaie MATSUMURA

第一節　マンチェスターの変容

トマス・アーノルドが言ったように、産業革命期の「三十年に、われわれはいわば三百年を生きた(1)」のだとすれば、その主要舞台となったマンチェスターは、十八世紀末からの三十年間に、三百年に相当する大変革を遂げたと考えなければならない。

産業革命の推進力となったリチャード・アークライトの紡績機械がマンチェスターで作動しはじめたのは、一七八〇年代初期であった。以後それはブームを呼んで続々と新しい工場が建設され、一七九九年頃までには、五十一棟の紡績工場が出現していた。一八〇二年にはそれが倍増して、百十一棟を数えるまでになった(2)。

蒸気機関の適用と、専門知識の向上によって著しい発展を遂げてきた紡績・綿織物産業は、十九世紀に入ると、力織機の登場によって、マンチェスターの綿製造業都市としての地位は一段と高まった。のちに「コットノポリス」(綿都市)の異名が生じるゆえんだが、歴史的に重要なのは、マンチェスターの製造業都市としての発展は、リヴァプールの貿易港としての役割を決定づけ、一八三〇年における両都市間の鉄道の開通につながった、ということである。鉄道の開通は、まさに産業革命のシンボルともいうべき出来事であったのである。

このような急激なマンチェスターの発展ぶりと照らしてみると、ギャスケルが『メアリ・バートン』(一八四八年)とほとんど同時期に発表した短篇「マンチェスターの生活——リビー・マーシュの三つの祭日」(一八四七年六月五日、一二日、一九日付の、『ハウイッツ・ジャーナル』に「コットン・マザー・ミルズ」というペンネームで連載)が、穏やかで牧歌的な雰囲気を漂わせているのは、不思議に思える。リビー・マーシュは孤児で貧しいお針子ではあるが、ルースとは異なり、貧しさのなかにある種の幸福感さえ保っている。いわゆる苦汗労働は影も形も見えず、工場から響く機械の騒音もなければ、汽車も存在しない。『メアリ・バートン』執筆の直前までも「田舎への深い郷愁や憧れはやみ難く、最初に考えたのは、どこかの田園風景を取り入れて、物語の枠組を作りたかった」(序)という、ギャスケルの気持ちを如実に読みとることができるのである。

ではギャスケルが創作の方向転換を決めた、というよりは決めざるを得なかったのは何故か。それは彼女が住んでいる「都市のはげしい人通りのなかで、日々わたくしを押しのけて進む人たちの生活には、どんなに深いロマンスが潜んでいるかを考え」るようになったからである。そして「労働と貧困との不思議な因縁で、生涯を通じて苦闘することを宿命づけられているかのような、苦悩にやつれた人たちに、心からの同情を感じずにいられなかったから」(『メアリ・バートン』序)である。

マンチェスターの大通りにひしめく「苦悩にやつれた」労働者たちの群れ――それはあまりにも急速な発展がもたらした負の面を表象する光景だったといってよいだろう。

一八〇一年に七万五千三百人であったマンチェスターの人口は、一八三一年には十八万二千人で、約二・四倍になり、一八四一年には、二十三万六千人で、約三倍に膨れ上がっている。因みにこれをロンドンの人口の増加率と比較してみよう。一八〇一年におけるロンドンの人口は、九十五万五千人であったのに対し、一八三一年と一八四一年では、それぞれ百六十五万五千人と、百九十四万九千人――すなわち約一・七倍と約二倍で、マンチェスターの方が高い増加率を占めているのである。

マンチェスターにおける人口の急増は、もちろん労働力の需要によるもので、その結果が貧困層の増大につながるのも、自然の成り行きであった。そのような現象が早くも一八三〇年代半ば頃に、はっきりあらわれていたことについて、二人の重要な人物からの証言を聴くことにしよう。まずは、『アメリカの民主制論』（一八三五～四〇年）で有名なフランスの歴史家・政治学者トクヴィル。

トクヴィルは一八三五年五月から九月にかけて二度目にイギリスを訪れた。そして七月二日と三日の二日間マンチェスターを視察し、その生きた姿を見事に写し出している。

一種の黒煙が空を覆っていた。それを通して見る太陽は光線のない円盤だ。この半日光のもとで三十万（ママ）の人びとが切れ目なく働きつづけている。何千もの騒音が、このじめっとした暗い迷路に鳴り響いている。だがそれらは、大都市で耳にする普通の音とは、全く異なっている。

忙しく動きまわる群衆の足音、耳ざわりな機械の回転の音、ボイラーからシュー、シューと吹き上がる蒸気、規則的に響く織機の音、ごろごろとなる荷馬車の鈍い音、マンチェスターの大通りのくすんだ半日光のなかには、これらの騒音が広がって、それを逃れることは絶対にできない。(3)

次はディケンズである。ディケンズは一八三八年一一月に初めてマンチェスターを訪れた。そして一二月二九日付のE・M・フィッツジェラルドあての手紙のなかで、次のような注目すべきことを述べている。

数週間前にマンチェスターへ行き、最悪の綿工場を見学しました。それから最善の工場を見学しました。*Ex uno disce omnes.* いずれも似たりよったりでした。……来月一一日には、僅か三日間の予定でもう一度当地へ出向くつもりでおります［実際には約一週間滞在することになる］。そのときこそ敵陣を訪れて、現行の工場制擁護者たちの本部へ乗りこむつもりです。……見ることに関する限り、私は目的のために十分なだけのものを見ました。見たものすべてが名状し難く、胸がむかつき、驚かされるものばかりでした。これら不幸な労働者たちのために、私は力の限り一大鉄槌をふるう所存です。ただ、『ニクルビー』でそれを行うか、他の機会を待つかは、未定です。[4]

ディケンズはこの書簡のなかで珍しくラテン語の句（「一つ［の罪］からすべてを学べ」の意。ウェルギリウス『アエネイス』第二巻六五～六六行に基づく）を用いているのは、特別の感情があったからであろう。その心はあとに続く「一大鉄槌をふるう所存」に通じると、読みとってよい。そしてディケンズのこの決意は、やがて『ハード・タイムズ』（一八五四年）の構想へとつながって行くのである。

　この時期におけるマンチェスターの状況は、「イングランドの現状問題（Condition-of-England Question）」を冒頭に揚げた、カーライルの『チャーティズム』（一八三九年）の背景になったことも思い出しておこう。そして以上のようなことを総合して考えると、ギャスケルが、田園風景への郷愁を捨てて、マンチェスターの現実へ踏み込んだのは、まことに当を得た判断であったのである。

　あとから述べるように、『メアリ・バートン』における貧富の対立の描き方については、異論の余地があったかもしれない。しかし、貧困労働者に対する同情から紡ぎ出された「マンチェスター生活の物語」が、ディズレイリの描いた「二つの国民」の物語『シビル』（一八四五年）に勝るとも劣らぬ衝撃的なリアリティをもっていることは疑う余地がない。シーラ・M・スミスがいうように、この作品に描かれたマンチェスターにおける諸々のローカリティの特徴についても、間然するところがない。「当時におけるその都市の地図の上に、主な人物の住所を書き入れたり、彼らの行動の足どりをたどることができる」くらいである。[5]

　その代表例が『メアリ・バートン』第六章のベリー・ストリートのシーンである。ジョン・バートンとジョージ・ウィルソンとが連れだって、職を失い病に冒されたダヴンポートを見舞いにベリー・ストリートの彼の住まいを訪ねるのだが、それは想像を絶する貧困の奈落なのだ。

二人が歩いて行くと、女たちが家庭内のあらゆる種類の汚水を溝に捨てていた。すると汚水はすぐ近くの水溜りへ流れこんで溢れ、そして淀んだ。灰の山［糞便を意味する］が飛石になっていたが、清潔さなどと無縁の通行人でさえも、それを踏まないように用心するのだ。この二人もきれい好きではない。けれども彼らは足の踏み場を選びながら、小さな地下勝手口へ降りる数段の階段のところまでたどり着いた。下へ降り立つと、頭部が通りの高さから約一フィートほど低くなり、同時に体を全く動かさなくても、すぐ反対側の地下室の窓や湿った泥壁に手を触れることができるようになる。そのむっとするような地下勝手口から地下室へ一歩踏み入れると、そこが人間たち一家の住みかとなっているのである。

バートン一家が住むグリーン・ヘイ・フィールズを特定することはできないが、『メアリ・バートン』第二章の文脈から考えて、これがアンコーツの近隣であることは間違いない。アンコーツとは、マンチェスター東北部にある工場地域[6]。一八一五年以来、アンコーツはマンチェスターで指折りの綿工場と、工場労働者の住宅地として知られるようになった。周辺地域からだけでなく、アイルランドからの移民で、人口が急激に膨れ上がったことでも有名である（図①）。

ジョン・バートンとウィルソンとが訪ねて行ったダヴンポートの地下室住居の所在地は、アンコーツから南西へ下ってメドロック川湾曲部のなかにあった、リトル・アイルランドという名のスラム街であったと思われる。

その理由は、ダヴンポートというケルト系の姓によって、この惨めな人物がアイルランドの移民であることが示唆されており、またその晩、バートンが病人の手当ての助言を求めるために出かけた先が、ロンドン・ロードであったからである。ロンドン・ロードは、ピカデリーの南反対側にあり、その通へ出るのに、最も近くて最もひどい状態のスラム街が、リトル・アイルランドであったのである。

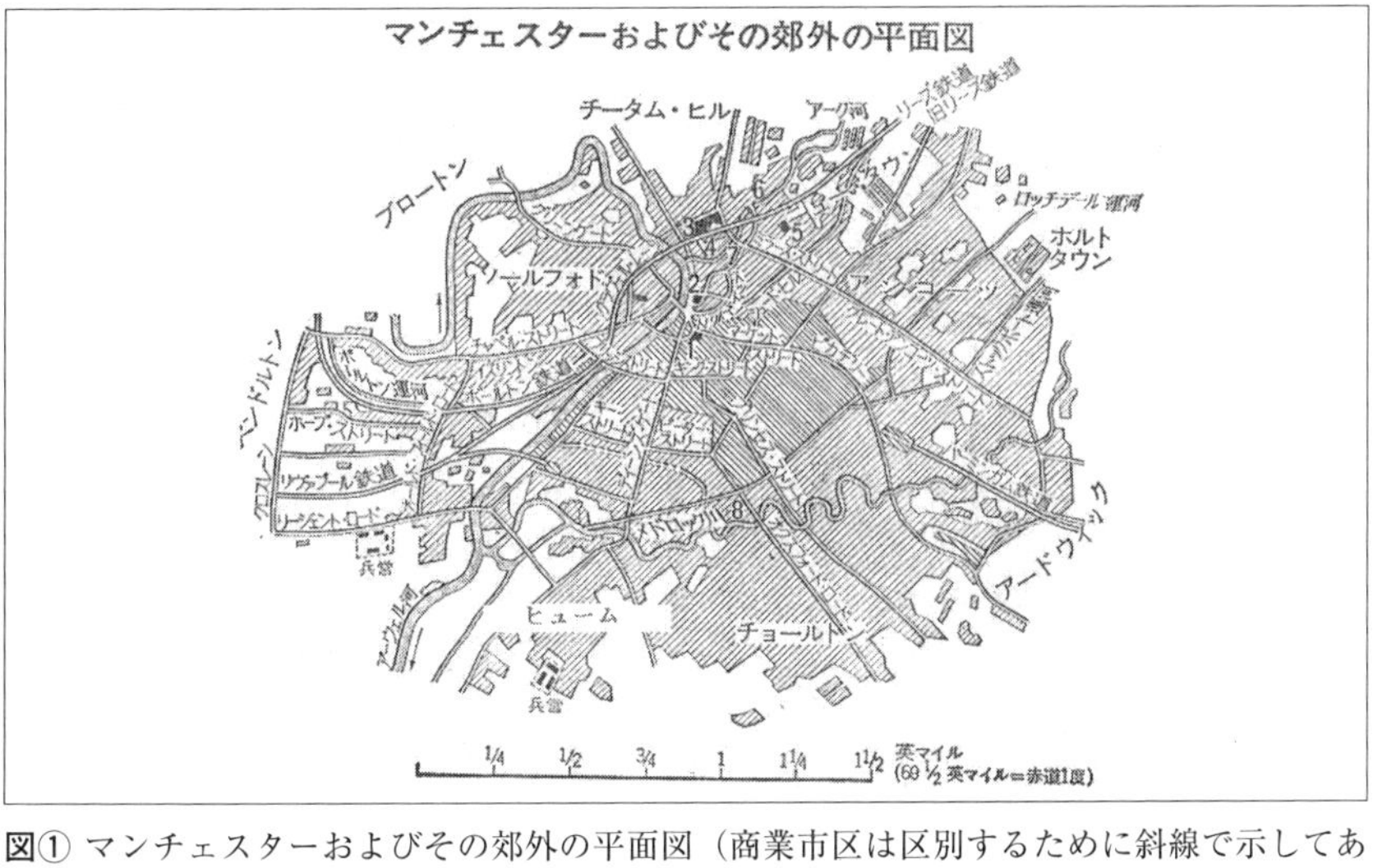

図① マンチェスターおよびその郊外の平面図（商業市区は区別するために斜線で示してある）1. 取引所 2. オールド・チャーチ 3. 労働者住宅 4. リヴァプール鉄道駅とリーズ鉄道駅とのあいだにある貧民墓地 5. セント・ミカエル協会 6. アーク川のスコットランド・ブリッジ（2.から6.への街路はロング・ミルゲートといわれる）7. アーク川のデューシ・ブリッジ 8. リトル・アイルランド

第二節　貧富のコントラスト

エンゲルスの『イングランドにおける労働者階級の状態』(一八四五年)によれば、リトル・アイルランドは高い工場の建物や高い川岸、あるいは堤防で囲まれた深い低地にあって、約二百対の背中合わせの小屋の集団から成り立っていた。街路はほとんど舗装されておらずでこぼこであり、「おびただしい汚物、廃物、胸のむかつくような糞便が、淀んだ水たまりのあいだに、散在していた」。

この地域の住人は、約四千人。「せいぜい二つの部屋[7]と、屋根裏部屋以外は、地下室しかないこれらの小屋に、それぞれ二十人の人間が住んで」いた(図②)。ギャスケルの描いたベリー・ストリートを彷彿たらしめる光景だが、エンゲルスの緻密な実態調査に比べれば、彼女の当時の読者に配慮した控え目な描写ぶりも、察するに難くはないのである。

ここであらためて、ジョン・バートンが、ダヴンポートの地下室からロンドン・ロードへ出たときの状況に注目しておく必要がある。そこにマンチェスターの貧富の問題と関わる、きわめて重要な示唆がなされているからだ。

ロンドン・ロードには明りのついた店々が並んでおり、陳列の品々はガス灯によって、輝かしく照らし出されている。とりわけ薬屋の光景は、子どもの頃に読んだアラディンやロザモン

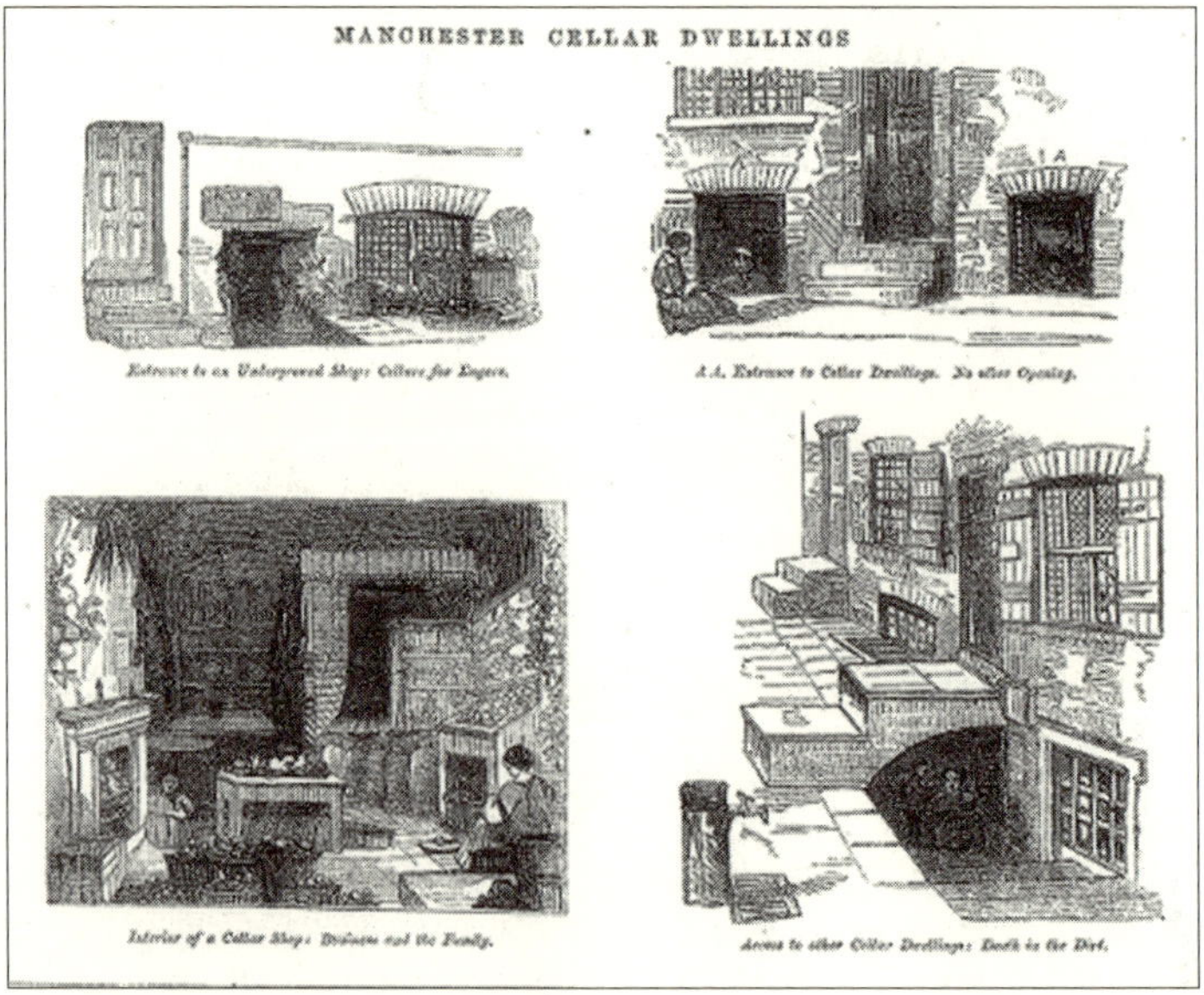

図②「マンチェスターの地下室住居」『ビルダー』(1862年)

ドの幻想的な物語を思わせるものがあった。バートンには、そのような連想が働く背景はなかったが、「彼は商品で満たされ、明るく照らされた商店の列と、あの暗い陰鬱な地下室とのコントラストを痛感し、そのようなコントラストがこの世にあり得るのが、わびしく感じられた」（第六章）。

これは単に一つのエピソードたるにとどまらず、貧富の「二つの国民」から成るマンチェスター全体の縮図を作り出しているのだといってよい。

マンチェスターの中心部は、数本の大通りが交差し、多くのオフィスや倉庫[8]が立ち並ぶ商業地域になっていたが、その周囲はほとんど全域が労働者の居住地域になっていた。平均一マイル半の広い帯状をなして、商業地域を取り囲んでいたのである。

そしてその労働者階級の居住地の外側に、中流と下層中流階級の居住地域があり、さらにそこから離れた閑静な地域や高台に、上層中流階級の高級な住宅があった。興味深いのは、中流・下層中流階級の住人たちは、表通りに沿って商店や小規模の商社を構えることによって、背後のむさくるしい労働者階級の居住地域を覆い隠す役割を果たしていたということである[9]。そしてそれは明暗二つの世界の緩衝地帯にもなっていた。ジョン・バートンがベリー・ストリートからロンドン・ロードへ出たときに感じた「コントラスト」は、このような事態から生じたコントラストであったのである。というわけで、郊外の高級住宅地に住む上層中流階級の製造業者たちは、日常的に労働者階級の居住地域のすぐ傍を抜けて、中心部商業地区のオフィスへ往き来しながら、彼らの生活の実状に触れることはなかった。

そもそもマンチェスターに貧困労働者が住みつきはじめたのは、中心部から北のほう、アーウェル川とアーク川が合流するあたりだ。ここに旧市街地はあったのだが、工場が建ちはじめると、かつての住人たちは、次々とより住み心地のよい住宅を求めて郊外へ越して行った。そして後に残った空家は、仕事を求めて押し寄せる労働者たちに引き渡されて、純粋な労働者居住地が形成されたのである。

これら工業時代以前の家屋は、時とともに荒れ放題となり、加えて少しでも余地さえあれば、無秩序に雑居家屋が建てられるようになった。そして遂には「家と家とのあいだには、建物でふさげるような空間は一インチも残らなくなった」。不潔と衛生の悪化がひどくなるのは当然で、アーク川沿いのある囲い地には、汚物と隣り合わせの不衛生この上ない、劣悪住宅がひしめき合っていたのである[10]。このような労働階級の生活圏が、帯状にマンチェスター中心部の商業地域を取り巻いて拡張するにつれて、裕福な製造業者たちは、より遠くの郊外に、住み心地のよい住宅をもつようになる。それがまた、次に見るように、マンチェスターにおける貧富の格差の要因となったのである。

この憐れな織工［バートン］にとって、いつも不思議に思えるのは、彼の雇主が次々と住処を変えて、変えるたびに家が豪華になり、最後には今までのどれよりも立派な家に移り住むということである。場合によっては企業から資金を引き出したり、工場を売却したりして、田舎に土地を買うこともある。

それに反していつまでたっても織工は、自分と仲間たちがその富の真の生産者だと思っているにもかかわらず、賃金の削減、労働時間の短縮、被雇用者べらし等、さまざまな境遇を通じて、子どもたちに食べさせるパンのために、骨身を削りつづけているのだ。そして景気が悪化して、市場で製造品の買い手がつかず、これ以上商品の需要がないのだということが理解できて（少なくともある程度は）、苦情一ついわず、じっと我慢しているときでも、雇用者たちは、自分たちの取り分だけは取っているのが見え見えなのだ。（第三章）

どんな不景気のときにも、工場主たちはふだんと全く変わらないのが、バートンには不思議だったし、「腹立たしかった」。紡績工や織工たちが小屋を引き払って貸間や地下室住宅に入らざるを得なくなっても、工場主たちは、大邸宅に住み、大通りに馬車を走らせながら、依然として安楽を貪っているのだ。というわけで、貧富の「コントラストはあまりにも大きすぎる」という、バートンの内なる嘆きが出てくるのである。

それから『メアリ・バートン』第六章「貧困と死」におけるバートンとウィルソンとの対話には、もう一つ見逃すことのできない問題が含まれている。彼らとは対照的に安楽な生活を送っているカーソンもダンカムもメンジーも、マンチェスターへ働きに出てきたときは、着の身着のままだったのに、今では「おれたちの労働のおかげで、何万ポンドもの財産家」になっているというのだ。

ヴィクトリア朝社会における「ボロ着から金持ちへ」のロマンティシズムは、何ともアイロニカルな貧富のコントラストと階級的対立の構図を作り出していたのである。

第三節　製造業者批評家の反駁

以上述べてきたような富裕層と貧困層とのコントラストを原型として構成された「マンチェスター生活の物語」は、出版早々に大きな反響を呼んだ。いくつもの主要雑誌に『メアリ・バートン』評があらわれたが、なかでも注目すべきは、『フレイザーズ・マガジン』第三九巻（一八四九年四月）の書評であろう。もしも貧乏人たちが「なぜ法律や秩序を憎み、女王、上下院議会、……要するに金持ちを憎むのか」を知りたい者には、『メアリ・バートン』を読ませればよい」。また「勇敢で正直で勤勉な北国の男たちが、なぜ自ら好んで自殺的なストライキに飛びこんだり、……真夜中に殺人を犯すようになるのか」、それを知りたい者には「『メアリ・バートン』を読ませればよい」[11]という風に、この書評は、『メアリ・バートン』の社会小説としての価値を全面的に評価しているのである。

しかしこれとは対照的に、製造業や貧富間の対立に関する認識不足や偏見、経済原理に関する無知等をあげて、まっ向からギャスケルに挑んだ『メアリ・バートン』評が、同じく一八四九年四月発行の『エディンバラ・レヴュー』(第八九巻)にあらわれた。当時の製造業者批評家、ウィリアム・ラスボウン・グレッグ (William Rathbone Greg, 1809-81) によって書かれたものである。

グレッグは、一七八四年にマンチェスターの南西十七キロのチェシャー州スタイアルに、クォリ・バンク (Quarry Bank) 綿紡績工場を建設して有名になったサミュエル・グレッグの末男だ。

綿産業の発展に伴い、近隣の諸地方から押し寄せてくる、文明・文化とはおよそ無縁な労働者たちを、まっとうな働き手に育て上げるのに、サミュエル・グレッグは骨身を惜しまなかった。そして「徒弟の家《アプレンティス・ハウス》」を設けて、ロンドンやリヴァプールの救貧院から募った子どもたちを住まわせて、職業訓練を行うなど、良い形での父権体制を整え、工場主と被雇用者との共同体を創り出して、注目を浴びた。

一八一六年には、二百五十二人であった工場労働者は、一八三三年には、二千人を越えていたという。そして村には、学校やチャペル、商店、職工学校などが加えられて、一八四〇年代にクォリ・バンク工場は、工場制度の長所のすべてを具備した模範例と見なされるようになった。[12] スタイアルが一九三九年にナショナル・トラストに委託されて保存されるようになったのも、このような歴史的背景によるものである。

クォリ・バンク工場で実現された理想的な父権体制は、ジョン・モーリーが指摘するように、原風景としてW・R・グレッグの記憶のなかで生きつづけ、彼の社会的な発想や行動を特徴づけるようになった。[13] だから、貧富のコントラストや、工場長と労働者との対立が、マンチェスター社会の現実として書かれた『メアリ・バートン』に、彼は不満を感じずにいられなかった。

W・R・グレッグは一八二八年にエディンバラ大学を卒業し、翌年からはマンチェスター北方十三キロの工業地帯ベリーにあった父親の紡績工場の経営を受け継いだが、一八三三年には、ベリーで彼個人の独立した事業をはじめた。したがって、製造業者歴十六年目にグレッグは、『メアリ・バートン』評を書いたことになる。

グレッグはこの作品に描かれた「貧困労働者たちの聖なる忍耐力」や「彼ら相互の助け合いと無限の親切心」に対して相応の敬意を表しながらも、その他の諸問題に関しては、辛辣である。

バートンのような知性と省察と論議の習性をもった人物の描

写については、芸術的な意味での誤りと、事実に関する誤りとで、二重の誤謬があるように思える。そんな彼が商業や経済の基本原理に関しては、まるで無知蒙昧な人間として描かれているのだ。その原因として考えられるのは、作者自らも認めているように、彼女自身が社会的・政治的経済の知識に疎いからであり、またこの広いマンチェスターには、これらの学問の基礎知識を幅広く身につけた、多くの思慮深い、教養豊かな、有能な職人たちが大ぜいいることを、知らないからである。[14]

グレッグはこのように、まずギャスケルのバートンという人物の設定のし方を標的にして、攻撃を開始している。そのなかで彼が特に力説するのは、不況は労働者のみならず、むしろ彼ら以上に雇用者たちを苦境に追いこむ、という「実情」である。

例えば「物語の背景となっている一八四二年」の不況のなかでも、大もの製造業者たちは安泰であったと思うのは、事実に反する。「被雇用者たちの眼に直接に映らないからといって、雇用者たちの苦しみが、彼らほど深刻でなかったわけではないのだ。……それがさほど深刻なものとして目立たないのは、一に雇用者のほうは、景気のよいときに儲けの一定部分を蓄えているのに対して、労働者たちはそれを怠っているからである」(Greg 415)。

このような理屈をバートンと工場主カーソンとに当てはめれば、もとは同じく貧困者でありながら、カーソンが勝ち組になるのは、当然ではないか、とグレッグはいうのである。

労働組合やチャーティスト運動（図③）に対しても、彼の批評はきびしい。時の話題として、またバートンの人生とより深く関わる問題として、ここではチャーティスト運動について、グレッグがどのような見方をしていたのかを、見ておくことにしよう。

労働者にとって人民憲章はなるほど望ましいものであり、参政権もあったに超したことはないかもしれない。しかし、「労働者の幸せや人生における地位は、参政権や憲章によって決まるものでもなければ、議会のなすことや雇主のなすべき行いの怠慢によって左右されるものでもない。それはただ偏へに、労働者が一週間に稼げる十五ないしは十六シリングを如何に有効に使うかにかかっており、また結婚年齢を二十歳とするか二十八歳とするか、そして結婚相手として、なまくらでふしだらな女を選ぶか、それとも分別のある働き者の女を選ぶかにかかっている」(Greg 421)。

したがってグレッグは労働者に向かって、「諸君が繁栄を望むなら、外部によりどころを求めるな。自力で己の幸福を成し遂げよ。己の有する道具をもって、それを成し遂げるのだ」という説教を掲げないと、気がすまないのである。言い換えれば、彼はギャスケルの『メアリ・バートン』におけるカーソンとバートンの関係のあり方を否定することによって、彼の視点からの労働者対製造業者のパターンを、新たに作り出しているので

図③ ケニントン・コモンにおけるチャーティスト最後の大集会

ある。

グレッグの『メアリ・バートン』評は、一般的な意味での小説批評ではない。しかし、貧困労働者の社会的問題に関して、工場主カーソンの側に立つマンチェスター製造業者の生の声を聞きとることができる。そこに私は大きな興味を感じるのである。

グレッグの父親がスタイアルのクォリ・バンクに工場を設立し、工場村のモデルを実現したことについては、すでに述べた。彼の長兄のサミュエルもまた、チェシャーのボリソンにあったロウワー・ハウス工場の支配人の地位につくと、父親の理念に倣って、労働者や家族たちのために運動場をつくり、日曜学校を設立し、図書館や夜間学級を開くなどして、モデル村を実現させた。この村は一八四六年まで順調であったが、労働争議のためにサミュエルは退かざるを得なかった。

ウィリアム・グレッグの労働者階級に対する関心も、父や兄に劣らなかった。一八三三年に彼はベリーに紡績工場を開設すると同時に、ジェイムズ・P・ケイ（のちのサー・ジェイムズ・ケイ＝シャトルワス）やウィリアム・ラングトン、ベンジャミン・ヘイウッドらとともに、マンチェスター統計協会の創設に加わったのも、その一つのあらわれであった。

この協会は、マンチェスターやリヴァプール、その他のランカシャーの諸都市における下層労働者階級の生活実態の調査と、彼らのための初等教育を普及させるのに必要な調査を行うことを目的として組織された。中流や上流階級が調査の対象になるとしても、それは比較の手段としてであって、協会の関心は、あくまでもマンチェスター下層社会における生活の状態の問題であった。因みにマンチェスター統計協会は、数字や科学に関わる抽象的な問題は、いっさい論外としていた。

ベリーにおける工場主としてのグレッグと対労働者関係が、父と兄との路線に倣いつつ、マンチェスター統計協会の方針に沿ったものであったことは、いうまでもない。そしてまた、一八三六年に開館したマンチェスター・アシニーアムのような、民衆向けの文化事業を起こした製造業者、商人、銀行家、実業家等を含む〈マンチェスター・メン〉の心意気に、彼は彼なりの矜持をもっていたに違いない。

マンチェスター・メンの創意と実力は、一八五七年にマンチェスター美術名宝博覧会の開催を実現させて頂点に達するが、彼らのエネルギーによって活気づきつつあったマンチェスターは、ディズレイリを強く引きつける魅力の都市となった⑮。

このような実情に照らして、グレッグはギャスケルが描いたマンチェスターの貧富の構図に、「ノー!」を突きつけずにはおれなかったのだろう。この作品が読者に与える「印象は、まったく根拠のない不当なもので、作者にはその見逃し難い過失に対して、責任を問いたいくらいだ」(Greg 425)といった、個人的感情をあらわにして酷評が出てくるのである。

グレッグの考えによれば、「マンチェスターほど組織化が進み、行き届いた慈善事業が行われている都市は他にない。加えて医療教育機関、診療所、薬局、眼科病院、産科病院などすべてが整っている。……さらに地域訪問協会が長年間機能しているので、ダヴンポートの事例として書かれているように、救済の埒外に置かれて苦しむ貧民は、ほとんどあり得ない」(Greg 425)ことであった。

なおも長々と続く抗議のなかから、マンチェスターにおける貧富の問題に関して、絶対に見逃すことのできない部分を、あと一つだけ選んでおくことにしよう。

> ダヴンポート一家のように、着実で信仰心の厚い人たち「彼らは熱心なメソジスト」が、作者が描いているように、行き場のないどん底の悲惨な状態に陥るなんて、マンチェスターの貧困社会の実情を知る人なら、到底信じ難いことである。バートンやウィルソンの家族が生活に困っているときに、もとの雇主から援助がなかったことに関しても、同様である。だから言いたいのだ。雇主から労働者たちに向けられたあらゆる親切や、心からの積極的な支援のすべてを頑に無視することによって、『メアリ・バートン』の作者は、雇主全員に対して、虚偽の証言を行い——無分別にも、ある一部の者たちの間に広がっている、彼らへの悪意を増長させている——そしてもちろん意図的だとは思えないが、貴族階級の先入観と民衆の情念の両方を煽っているのである。(Greg 426)

注意すべきは、「ある一部の者たち」と「貴族階級の先入観と民衆の情念」という言葉である。前者は、労働組合運動の煽動者やチャーティストたちを指す。そして後者は、貴族階級と下層労働者たちとの間に挟まれた、新興中流階級の製造業たち――ウィルソンはその典型例――の心理的不安を見事にあらわしているといえるだろう。グレッグ自身の本音も顔をのぞかせているように思える。

現実的な立場でギャスケルの貧富の描き方に反駁を加えてきたグレッグは、リトル・アイルランドやアーク川流域のスラムを厳然たる事実として描き出したエンゲルスにはどう応えたのだろうか。興味をそそられる問題だが『イングランドにおける労働者階級の状態』がイギリスで出版されたのは、彼の死後一二年がたって一八九二年になってからであった。

第四節　貧困と「大社会悪」

W・R・グレッグの製造工場は一八五〇年に財政難に陥って破産し、以後彼は評論活動に本腰を入れるようになった。『ウエストミンスター・レヴュー』第五三巻（一八五〇年）に掲載された「売春」"Prostitution"は、彼のそういう転換期を画する評論であると同時に、イギリスにおける売春論としても画期的なものであった。

ギャスケルとの関連で興味深いのは、惨めな境遇の「売春婦たちの心情を如実に表現した」モデル・ケースとして『メアリ・バートン』第一四章におけるエスタとジェム・ウィルソンとの対話を長々と引用していることだ。ギャスケルの描く貧困の問題に関しては、あれほど厳しかったグレッグが、貧困の生み出す「大社会悪」――売春に関しては、彼女の写実力を無条件に受け入れて、高く評価しているのである。

しかしわれわれには、ヒロインのメアリ・バートンこそ、マンチェスターにおける売春婦の問題に関して、より現実的で示唆に富んだ役割を果たしているのを見落としてはならない。

彼女は、エスタの轍を踏むことを恐れた父親によって、女工ではなく、お針子の見習いに行かされるが、ハリー・カーソンの接近により、危うく誘惑→棄てられ→転落（売春）といったお決まりのパターンにさらされそうになる。工場主たちの横暴に対する報復として実行された、ジョン・バートンによるハリー・カーソンの暗殺は、事実上父親によるメアリの救済であったのである。

一八四九年末から一八五〇年初めに、ギャスケルは慈善家トマス・ライトの勧めにより、ソルフォード（マンチェスター中心部より三キロ西方）のニュー・ベイリー監獄を訪れて、収監中のパスリという名の「堕ちた女」と面会している。そのときのパスリは十六歳。ダブリンでお針子をして雇われていたときに病気で倒れ、診察にきた医者に陵辱されて絶望し、寄る辺のない身でマンチェスターへ渡り、盗みの罪で監獄入りとなっていたのである（*Letters* 61-62）。

ギャスケルにおけるこのような堕ちた女に対する関心は、彼女とディケンズとの友好関係を発展させる直接の動機となった。

一八五〇年一月八日付と一二日付の手紙で、彼女はディケンズが「ユレイニア・コテージ」[16]の運営を通じて直接に関わっていた売春婦の救済事業についてのノウハウを、いろいろと問い合わせているのである。それがきっかけになって、彼女はディケンズの要請を受けて、一八五〇年三月三〇日付で創刊されたディケンズ主宰の週刊誌『ハウスホールド・ワーズ』誌上に、「リジー・リー」を、三回にわたって連載することになる。

そしてパスリとの出会い以来、ギャスケルのなかでほとんど強迫観念と化していた売春婦への関心は、やがて『ルース』（一八五三年）の創作へとつながるのだが、注意したいのはメアリ・バートン、リジー・リー、ルース・ヒルトンが、針仕事を通じて一本につながっているということだ。お針子と売春婦というテーマによって、ギャスケルの小説世界は、一八四三年に社会問題となったビデル事件（後述）やヘンリー・メイヒューの『モーニング・クロニクル』書簡八（一八四九年、一一、一三）の「既製服仕立職人とお針子」や、書簡一一（一八四九年、一一、二三）の「街の女になったお針子」などと問題を共有するようになった。言い換えれば、ギャスケルは、お針子に関わる深刻な社会問題を抱えこむ点において、マンチェスターもロンドンと変わりはなかったことを、認識するようになっていたのである。

アンとロジャー・カウエン共著『英国人の眼から見たヴィクトリア朝のユダヤ人』によれば、一八三二年に、ロンドンとマンチェスターの両都市でモーゼズ父子商会とハイアム兄弟商会がそれぞれ既製服仕立業をはじめた。労働者階級向けに古着に代えて安い値段の衣服を量産しようというのが、そもそもの彼らの狙いであった。[17]この既製服仕立業の産業化が進むにつれて、針仕事の需要は高まる一方であった。そして生産を高めるために取り入れられた「苦汗労働制」によって、雇用者たちは目ざましく発展と上昇をつづけたが、その反面労働者たちはどん底の窮乏に喘ぐ生活を強いられるようになった。

そんななかでビデル事件は発生したのである。二人の幼児を抱えたお針子ビデルが、困窮のあまり、モーゼズ商会から預かった仕立生地を質に入れてパン代に替えてしまった。その罪で彼女は裁判にかけられたが、情状を酌量した治安判事は、彼女を刑務所へ送りこむ代わりに救貧院に収容する判決をくだした。

一八四三年一〇月二五日に起きたこの出来事は、翌二六日と二七日付の『タイムズ』紙に取りあげられ、既製服仕立業者の苛酷な搾取に対する非難キャンペーンが展開された。[18]これを受け継いで『パンチ』（一八四三年一一月四日号）は、「飢餓とファッション」と題して、モーゼズ商会の冷酷さに対する辛辣な風刺をぶっつけている。それに添えられた「モーゼズ商会」という題の韻文の一部分を引いて、「飢餓とファッション」の意味する貧富のコントラストが、いかに巧みに活かされているかを見ることにしよう。

お子さま用の刺繍入りチュニックをつくり――
モールを編んだ眼も今は視力を失い、
この店に並ぶ豪華なビロードのヴェストには、
どれにも憐れな寡婦の涙の粒が光り、
令嬢や奥方のために仕立てた乗馬服は、
みんなお安い――そう、ご婦人方、貧者の命同様に安い。

そしてこの年の『パンチ』のクリスマス号には、お針子哀歌というべき、トマス・フッドの「シャツの歌」が発表されることになる。

働いて！　働いて！　働いて！
遠くで雄どりが鳴くときも、
働いて！　働いて！　働いて！
星の光が破れた屋根から見えるまで！

これがキリスト教徒の仕事なら、
女の魂が救われようのない、
むごい異教徒とともにいて、
ああ、奴隷になると同じこと！（第三連）

とうたわれる「シャツの歌」は、「飢餓とファッション」の姉妹編であると同時に、『ルース』第一章におけるミセス・メイソンのお針子仕事場の光景を思わせるものがある。

ニュー・ベイリー監獄を訪れて「堕ちた女」パスリと面会し、「彼女を励まし、再生を決意させる」（*Letters* 62）ための行動を起こしたギャスケルである。『ルース』を書くに当たっては、パスリに関する事実はもちろんのこと、フッドの「シャツの歌」や「嘆きの橋」（一八四四年）などがその刺激剤となったとしても、不思議ではない。

一八四三年頃からお針子と「堕ちた女」あるいは売春のテーマが『ルース』につながる文学的トポスを形成していたことを示すために、もう一つ重要なことをつけ加えておこう。エリザベス・ストーンという女性作家によって、『若き婦人帽子屋』(19)（一八四三年）という作品が書かれていたということである。今では全く知られざる作家であるが、ストーンには、ほかに『針仕事の技術』（一八四一年）という著書があり、針仕事の文化史にも造詣の深い女性であったと思える。

『若い婦人帽づくり』には、孤児のエレン・カーダンと、ベッシー・ランバートという二人の若い女が主役を演じる。ともに婦人帽製造業のマダム・ミノーに雇われているお針子だが、ベッシーはエレンの分身と見なしてよい。この二人の若い帽子づくりとルースとを対比してみると、興味深いアナロジーが成り立つ。そしてマダム・ミノーと『ルース』のミセス・メイソン、それから誘惑者としてのゴッドフリーとベリンガムについても、同じことがいえるのである。

では売春婦培養の土壌になっていたともいうべきお針子達の仕事場は、どうだったのか。

夜の九時に夕食をすませて仕事に取りかかったエレンは、真夜中がすぎてもせっせと働きつづける。「一時半になり――二時――二時半、……時計が三時を打ち、やがて四時――五時――あと一、二時間で夜が明ける」（第五章）。ミセス・メイソンの仕事場を彷彿たらしめ、また「シャツの歌」の情景にも通ずる。

お針子の労働についてさらに驚くべきことには、この作品にはエレンが「連続七十時間以上も働いた」ことが書かれている。そしてもし「このような状況を途方もない誇張だ」などと疑う読者がいるならば、「最近議会に提出されたばかりの『児童雇用委員会の報告と補遺』［一八四三年の第二次「報告」であろう］がその疑問のすべてを晴らしてくれるだろうと、テクストに脚注をつけているのである。（第二〇章）

そしてロンドンのシーズンが最高潮に達すると――

お針子たちは、その週の三晩ないし四晩、場合によっては一週間ぶっ通しで仕事をつづけることがある。交替制で休めるのは、二十四時間のうち、二時間だけ。（第二三章）

そのような苛酷な状況におかれたエレンを狙った、そして実際にはベッシーを犠牲にした誘惑者ゴッドフリーの登場は、必要な変更を加えれば、ルースに近づくベリンガムにもなるであろう。

エレン・カードンが誘惑者を頑として退けた、百パーセント「貞淑」な女であったとするならば、ルースはそうではなくて、エレンの素質をもちながら、ベッシーの轍を踏んでしまった女である。ルースはベリンガムの誘惑にのって、私生児を産んだ。ヴィクトリア朝のコンヴェンションのもとでは、私生児を産んだ女は、「その永遠の堕落の証拠」によって、売春婦と同一視され、家庭からも社会からも追放されていた。このような堕落に対する無情な切り捨てが、逆説的に売春婦の増加を後押しする結果になっていたことは、ケロウ・チェズニーが指摘するとおりだ。[20]

ギャスケルは、ルースがブラッドショーの家から追放されたにかかわらず、売春婦ではなかったことを主張することによって、ヴィクトリア朝社会のコンヴェンションに逆らった。これはもちろん、ダブル・スタンダードに対する挑戦であったことを意味する。

ダブル・スタンダードがヴィクトリア時代のセクシュアリテ

ィを支配した社会的規範であったことは、強調するまでもないが、それに対する反論の流れもあった。先に述べたW・R・グレッグの「売春」論には、それが歴然とあらわれていて、興味深いのである。

［女を陥れた］罪の張本人が、厳格な言葉を弄して純潔な心を苦しめ、同じ過ちを犯していながら自分にあっては些細なこと、許されることと思う一方で、自分が狂わせた、それこそ邪心のない相手の女には、許されない、取り返しのつかないものだと決めつけるとすれば、それは理性と宗教とをともに踏みにじる行為だといわざるを得ない。（Greg 504）

この部分に特に興味を感じるのは、それがあたかも『ルース』における誘惑者ベリンガムの再出現を予兆しているように思えるからだ。

　ルースが北ウェールズで置き去りにされてから九年の空白ののちに、ベリンガムは、ミスター・ダンという名の国会議員候補者として、彼女の前に現れる。だが、二人のあいだには、和解が成り立つべくもなかった。なぜなら、ミスター・ダンは、ルースが恋い慕ったことのある昔のベリンガムではなくて、まるで一方的な誘惑者（図④）でしかなくなっていたからである。

　ルースとベリンガムとの「砂浜での対決」（第二四章）の場面で見逃せないのは、ダブル・スタンダードと貧富の問題とが、表裏一体をなして、彼の言動にあらわれているということである。再び堕ちるのを恐れて、ルースは彼の誘いを頑なに退ける。予想を裏切られたベリンガムが彼女に投げかけた言葉――「きみは、どれだけぼくに握られているのか、分からないんだね」の一言は、ダブル・スタンダード、貧富のいずれかの面からみ

図④J・E・ミレイ『貞淑と悪徳』（1853年）

ても、まさに「理性と宗教をともに踏みにじる」ようなショッキングな発言として、ルースに響いたに違いないのである。

註

（1）Cf. Raymond Williams, *Culture and Society, 1780-1950* (Harmondsworth: Penguin, 1966) 123.

（2）Clare Hartwell, *Manchester: Pevsner Architectural Guides* (London: Yale UP, 2002) 14.

（3）Alexis de Tocqueville, *Journey to England and Ireland*, trans. G. Lawrence and K. P. Mayer (London: Faber and Faber, 1957) 107.

（4）Madeline House and Graham Storey, eds., *The Letters of Charles Dickens*, 2 vols. (Oxford: Clarendon, 1965) 1: 483-84.

（5）Sheila M. Smith, *The Other Nation: The Poor in English Novels of 1840s and 1850s* (Oxford: Clarendon, 1980) 87.

（6）ワールズ・クラシックス一九八七年版『メアリ・バートン』第二章の**註**にはマンチェスターの西側となっている（四七七）が、誤認である。

（7）F・エンゲルス著、全集刊行委員会訳『イギリスにおける労働者階級の状態』I（大月書房、一九七三）一四六～四七頁。

（8）ポートランド・ストリートにあるブリタニア・ホテルは、マンチェスター商業地区を代表するウォッツ・ウェアハウスを転用したもので、当時の面影を残している。

（9）エンゲルス、一二三～二四頁。Steven Marcus, "Reading the Illegible," *The Victorian City*, ed. H. J. Doys and Michael Wolff, 2 vols. (London: Routledge & Kegan Paul, 1973) 1: 257-58.

（10）エンゲルス、一二六～二七頁。

（11）*Fraser's Magazine*, vol. 34 (April, 1849): 430. この書評は無署名になっているが、ジェニー・ユーグロウによれば筆者はチャールズ・キングズリーであった（Uglow 643）。

（12）Clifford Lines, *Companions to the Industrial Revolution* (Oxford: Facts on File, 1990) 169.

（13）John Morley, *Critical Miscellanies*, 3 vols. (New York: Macmillan, 1904) 3: 226.

（14）W. R. Greg, "*Mary Barton: A Tale of Manchester*," *Edinburgh Review*, vol. 89 (April, 1849): 412. 以下、本文中の括弧に頁数を記入。

（15）Benjamin Disraeli, *Coningsby or the New Generation* (1844), bk. 4, chaps. 2-3, and his Address at the Manchester Athenaeum, 3 October, 1844.

（16）慈善事業家アンジェラ・バーデット＝クーツ女史の依嘱により、ディケンズが一八四七年にロンドン西郊シェパーズ・ブッシュに設立した売春婦厚生施設。拙著『十九世紀ロンドン生活の光と影』（世界思想社、二〇〇三）一四二～四三頁参照。

（17）Anne and Roger Cowen, *Victorian Jews through British Eyes* (Oxford: Oxford UP, 1986) xii.

（18）Alwin Whitley, "Thomas Hood and *The Times*," *TLS*, 17 May 1957.

（19）"Milliner" は一般的に婦人帽製造業者・職人だが、ファッショナブルな衣裳の製造販売も行っていた。もともとはミラノ製服飾業者の意味。

（20）Kellow Chesney, *The Victorian Underground* (London: Temple Smith, 1970) 315.

第三章

階　級

——理想と現実——

新井　潤美

フォード・マドックス・ブラウン『労働』（1852-65年）
当時のイギリスの様々な階級が描かれている。

Chapter 3

Social Classes: The Ideal and the Reality

Megumi ARAI

第一節　複雑な階級制度

> 村とあまり変わらない規模の小さな町でさえも、社会の様相はめまぐるしい変化を遂げており、たとえ一世代前のことであっても、私たちには不思議に思えることが多いのではないかと思う。（「イングランドの一世代前の人々」）

イギリスの小説を論じる際に「階級」という要素を無視することはできないが、特にヴィクトリア朝においては、ミドル・クラスが変化をとげ、新しい、細かい区分ができていったことから、階級制度、および、階級意識が複雑化し、それが当時の小説や演劇の題材として使われている。ギャスケルは一八四九年にアメリカの雑誌『サーテインズ・ユニオン・マガジン』に「イングランドの一世代前の人びと」と題したエッセーを寄稿している。その中で、このエッセーを書いた理由として彼女は冒頭の引用にあるように、小さな田舎町でも社会の様相がめまぐるしく変わっているため、一世代前のことでもとても不思議に感じられることがあるから、それを記録したいと思ったからだと書いている。

ギャスケルはある田舎町に住む人々の階級を上から細かく描写している。まず一番上にいるのは代々続く家柄の大地主たちである。そしてそういう家柄の未婚の娘たち、長男以下の兄弟の未亡人たちと続き、その下に位置するのは、医者や事務弁護士（attorney）といった、専門職（professional）の人びととその妻である。そしてさらにその一段下に来るのは「ある階級の未婚あるいは未亡人のご婦人方」（「一世代前の人々」）で、彼らは経済的には大地主の未婚のお嬢さん方よりは豊かであるが、実はこれらの大地主の家のハウスキーパーだったり、家令[1]の未亡人だったりする。その下は小売商人たちで、そのさらに下は「お決まりの、品行方正な（respectable）」貧しい人々と、「堕落した（disrespectable）」貧しい人々、そして最後には、「社会の底辺にぶらさがっていて、悪さと暴力に身を任せたくてうずうずしており、時には底辺から犯罪へと落ちていく若者たち」（「一世代前の人々」）がいる

「一世代前の人々」といっても、この階級の枠組みそれ自体は大きな変化を遂げていない。イギリスでは階級を扱った書物は常に書き続けられているが、例えば最近の例では、リンダ・リー＝ポッターというジャーナリストが書いた『一流の人びと』という本では、階級は七つに分けている。

> アッパー・クラス、自分の力で富を得た人たち（the self-made rich）、アッパー・ミドル、ミドル、ロウワー・ミドル、ワーキング・クラス、そしてわが国とその経済から血を吸い取ることしかしない、あの忌まわしい、たかりの階級。[2]

呼び方に違いはあれど、基本はギャスケルが描写する階級とそう変わりはない。まずアッパー・クラスはもちろん、「代々続く家柄の大地主たち」である。彼らは貴族の称号を持つ者と持たない者に分かれるが、貴族の称号を持たなくても、土地の収益だけで生活していくことができれば、アッパー・クラスとみなされる。ただし、長子相続制度によって、土地や屋敷は長男が相続するが、次男以下の兄弟は、父親が数箇所に土地・屋敷を持っていない限り、何らかの職につかなければならなくなる。とは言え、もちろんどんな職でも良いというわけではなく、基本的には聖職者になるか、法律家になるか、あるいは陸軍か海軍の士官という道を選ばなければならなかったのである。彼らはこうして、人から報酬をもらう身分になるという意味では、「ミドル・クラス」であるわけなのだが、アッパー・クラスとの繋がりが強い。もちろん、小地主や商人の階級の出身でありながら、富を築き、教育を受けることによって、「下から上ってきて」これらの職につく人びともいたわけだが、これらの人びとも含めて、この階級はアッパー・ミドル・クラスと呼ばれるようになった（図①）。

ただし、ギャスケルのエッセーで興味深いのは、この階級については、「大地主の次男以下の兄弟」の「未亡人」にしか触れていないことである。アッパー・クラスについても、家の主人よりも、その家の年金で暮らす、「未婚の娘」の記述の方が長い。ギャスケルが描写する田舎町は、彼女自身が娘時代を過ごした、チェシャーのナッツフォードであり、この町の様子は、後にディケンズが編集長を務める雑誌『ハウスホールド・ワーズ』に連載された『クランフォード』（一八五一〜五三年）に詳しく描かれることになる。そもそもこのような小さな田舎町で、ギャスケルのようなアッパー・ミドル・クラスの女性にとって、日常的な社交の場で接するのは、主に女性であった。しかし、ここで描写されているのが、既婚者ではなくて、「未婚の娘」と「次男以下の兄弟の未亡人」なのは、彼らの社会的地位が曖昧で、不安定なものだからということもある。じっさい、イギリスの十九世紀の小説において、階級をめぐる細かい話が

図①「お小遣い（Pin money）」『パンチ』（1849年12月22日号）
アッパー・クラスかアッパー・ミドル・クラスの若い娘が、自分専用のメイドに髪を結ってもらっている。

多いのは、大きく変化していく社会の中で、階級の定義や意識が実に多様になり、些細なことでも、階級が上に見られたり、下に見られたりといったことが起こってくるからである。また、従来ならばアッパー・クラスやアッパー・ミドル・クラスと一緒の社交の場にはいなかったはずの、いわばミドル・クラスの新参者たちに対して、自分たちの階級が彼らより間違いなく上であることを理解させる必要もあった。したがって、アッパー・クラスの家の娘であっても、いつまでも結婚せず、しかもまとまった遺産をもらうわけでなく、家の年金で暮らす女性と、称号や財産の相続権のない息子の嫁とではどちらが地位が上かといったことがらも、決してあなどれない問題なのである。

「一世代前の人々」で次に触れられている階級は「専門職の人びと」であるが、ここでは「専門職」と言っても、上に挙げたような、アッパー・クラスの子弟がつくことのできる「聖職、法律、軍隊」の職とは少し違い、医者と事務弁護士である。この場合は、彼らの妻たちだけではなく、夫も取り上げられているのは、職業柄、彼らがアッパー・クラスやアッパー・ミドル・クラスの女性と接する機会が多いからであろう。つまり、ビジネスの場で接することが多いわけだが、こういった、仕事で接する相手と社交の場で出会うということも新しい傾向だった。そもそも医者の社会的地位は高いものではなく、ロンドンで王家や貴族の主治医となっているような著名な医師を除けば、彼らの地位は極めて曖昧なものだったのである。例えばオースティンは、姪に宛てた手紙で、「田舎の外科医は貴族には紹介されないものです」（一八一四年八月十日付け書簡）と書いている。オースティンの長兄の娘アンナは、叔母の成功に触発されたのか、自分も小説家をめざしており、当時執筆中の原稿をオースティンに見せて、アドバイスを得ていた。その書きかけの小説の中で、ある外科医が貴族に紹介される場面を、「現実的でない」とオースティンは批判しているのである。しかし一方では、牧師の娘であり、アッパー・ミドル・クラスに属するオースティンの家では、かかりつけの医師をディナーに呼ぶことがめずらしくないことは、その書簡集からもうかがえる。医学の進歩とともに、医者という職業の専門性が高まるにつれて、彼らの地位も高まり、徐々にアッパー・ミドル・クラスだけでなく、アッパー・クラスとも社交の場を共有するようになっていった。ギャスケルの最後の作品『妻たちと娘たち』（一八六四〜六六年）でも、主人公の父親のギブソン医師が、アッパー・クラスの家に客として招かれていながらも、完全に対等に扱われているわけではなく、だからこそその妻が、見栄をはって、食事の時間などに関して、アッパー・クラスの真似事をするさまが描かれている。

事務弁護士の地位も同様である。法廷に立ち、法律の知識だけでなく、弁舌をふるうことが要求される法廷弁護士（barrister）と違って、事務弁護士は下の階級の者でも、勉強と努力でなり得る職業だった。例えばアーノルド・ベネットが一九〇八年に書いた小説『二人の女の物語』には、ロウワー・ミドル・クラスの両親が、自分たちの息子の将来に夢を抱き、医者か事務弁護士になってほしいと思いを馳せる。そして一瞬は法廷弁護士も、と思うのだがすぐに、「いや法廷弁護士はだめだ。あまりにも大それた夢だ」（第四章）と反省するように、同じ弁護士でも、法廷弁護士と事務弁護士には、簡単には越えられない溝が存在したのがわかる。(3)

したがって、ギャスケルが「一世代前の人々」で描く「専門職」は、アッパー・ミドル・クラスからは一段下で、後に、「ミドル・ミドル・クラス」と呼ばれるようになった階級に属しているのである。そしてそのさらに下に位置するのはまた「未婚あるいは未亡人のご婦人方」と、女性に限定されている。アッパー・クラスの家の使用人、あるいはその妻だったこれらの女性たちは、その次に挙げられている「小売店主」と共に、リー＝ポッターの定義にもある、「ロウワー・ミドル・クラス」(4)と呼ばれる人びとである。このように細かく分かれているミドル・クラス内部での見栄の張り合いや上昇志向が、小説や芝居、特に喜劇の格好の材料となるのは言うまでもない。(5)そしてさらにその下に位置するのが、当時は「貧しい人びと（the poor）」とためらいもなく呼ばれていた、今でいうワーキング・クラスである。

第二節　さまざまなワーキング・クラス

時には私たちは貧しい人びとのおかす罪に驚愕せざるをえないことがある。しかし、すべての人びとの胸のうちがわかるようになったら、これらの人びとの美徳にはもっと驚愕するのではないかと私は確信している。（『メアリ・バートン』第六章）

牧師の妻としてギャスケルは日曜学校などでワーキング・クラスの若者の教育に携わっており、特に一八四〇年代には、若い娘たちの家を訪問したり、自分の家に招いたりしていた。(6)「一世代前の人々」でギャスケルが「品行方正な貧しい人びと」と呼ぶのは、このようにまじめなワーキング・クラスである。彼らは経済的に苦しい生活を送りながらも、できる限り家を居心地の良い、清潔な場所に保ち、家族の絆も保ち、近所づきあいも怠らない。友人が訪ねてくれば、少ない食料を惜しみなく提供し、客をもてなす。日曜には一張羅を着て教会に行き、時には家族や友人でちょっとした遠出をする。『メアリ・バートン』（一八四八年）はマンチェスターの工場で働く人びととその家族が、郊外の野原で、たまの休みを楽しんでいるのどかな情景から始まる。そこには主人公メアリの家族、そして友人のウィルソン一家の姿も見られる。やがて帰宅する時間になると、メアリの父親のジョン・バートンは、ウィルソン一家をお茶に誘う。

ワーキング・クラスの家族にとってのティーとは、じっさいは夕食のことである。午後の四時頃に、ディナーの前の軽食としてお茶を飲んで、野菜のサンドウィッチなどをとるアッパー・クラスやアッパー・ミドル・クラスのティーとは違って、ワーキング・クラスにとってのティーは、ハイ・ティーやミート・ティーとも呼ばれ、一日の仕事が終って、帰宅してゆっくりと味わう、重要な食事なのである。一行はこうしてバートン家へと向かう。そこは貧しいながらも、手間がかけられ、手入れの行き届いた住まいだった。

入ってすぐ右に、幅の広い枠のついた長めの窓があった。その両脇には青と白のチェックのカーテンが下がっていたが、こうして集まった友達を外から守るかのように今や閉じられた。窓枠に置かれた、自然のままの、葉の多いゼラニウムによって、部屋の中にいる人はさらに、外からのぞこうとする目から守られているのだった。(7) 窓と暖炉の間の隅には棚があったが、その中には皿や茶碗や受け皿がところ狭しと置かれているようだった。さらには、持ち主にとってはとても使い道はないだろうと思われるような雑多なものも入っていた。例えば肉を取り分けるナイフとフォークをじかにテーブルクロスに置いて汚さないようにするための、三角形のガラスのナイフ置きのようなものさえあった。(8) しかし、バートン夫人がこの食器やグラスを誇らしく思っていることは、彼女がこの棚の戸を開けっ放しにしており、内部を満足げで嬉しそうな表情で眺めたことからも明らかだった。（第二章）

ここでバートン夫人はメアリを脇に呼んで、金を渡しながら小声で買い物を頼む。

長いことひそひそ声が聞こえ、硬貨を数える音がしたが、ウィルソン夫妻は礼儀正しく聞こえないふりをしていた。それが自分たちをもてなすためであることを充分承知していたからであり、自分たちの番になったら彼らも、同じように喜んで客をもてなす用意があったのである。そういうわけで夫婦は子供たちに注意を払い、バートン夫人がメアリに言っている言葉など聞かないようにしていたのである。

「メアリ、かどまで走っていて、ティッピングの店で新鮮な卵を買ってきておくれ（一人に一個買っていいよ。全部で五ペンスだね）。それからおいしそうなハムを一ポンドね」

「けちけちしないで二ポンドにしなさい」と夫が口を挟んだ。

「そうね、じゃあ一ポンド半よ、メアリ。それからカンバーランド・ハムを買いなさいよ。ウィルソンさんはあっちの方の出身だから、故郷を思い出すでしょう。それからメアリ（娘がすぐに飛び出そうとしているのを見て）、ミルクを一ペニー分と、パンを一斤、焼きたてのを買ってくるんだよ。それからえ

ーっと、まあ、これで全部よ、メアリ」(第二章)

ギャスケルのこの描写からは、貧しいながらも夫婦が客に喜んでもらおうと精一杯の努力をしている様子がうかがえる。少ないお金をうまくやりくりし、家を小奇麗に、清潔に保ち、客に対してホスピタリティをおしまない。これはギャスケルが初期の短篇小説や『シルヴィアの恋人たち』(一八六三年)などで描いてきた、「良い」労働者階級の典型である。

このような「品行方正な」労働者階級の姿を描き、彼らがおのれの与えられた地位《ロット》に満足してその中で精一杯に生きる様子を書くことによって、階級制度をいわば正当化しようという試みが小説においてなされていたのは特に新しいことではない。貧しいこと自体が不幸なわけではなく、その中で立派に働き、家族を養っていくことは充分にできるはずであり、それができないのは、本人に問題があるからだという考え方である。その意味で「貧しい人びと」は "respectable poor" と "disrespectable poor" に分けられ、後者には同情の余地がないということになる。しかしギャスケルは、『メアリ・バートン』や『ルース』(一八五三年)などの作品で、「貧しい人びと」の堕落は必ずしも彼らの責任ではないことを強調する。

例えば『メアリ・バートン』では、メアリの父親のジョン・バートンは次第に酒とアヘンに依存していき、「堕落した労働者階級」となっていくが、それは彼を雇っていた工場主の責任でもある。それまで雇われていた工場が不景気で閉鎖になって職を失ったバートンは次の職が見つからず、貯えも底をつき始めた頃に、最愛の息子が猩紅熱にかかる。息子を救うためには十分な栄養を与えることが必要だと医者に言われるが、食べ物を買う金が無い。町の食料品店の前に立ち止まり、そこに陳列されている贅沢なご馳走に目を奪われていると、店の中から、もとの雇い主の妻が出てくる。パーティーのためのご馳走を山ほどかかえた店員を従えて彼女は自分の馬車に乗り込み、ドアがばたんと閉められる。それを苦々しい思いで見ていたバートンが帰宅すると、息子はすでに息絶えていた。バートンはその時から、彼の雇用者の階級の人間に敵意を抱き始める。

どんな時でも、この貧しい織工にとって、自分の雇い主が次々と家を引っ越し、引っ越すたびに家が大きく、立派になり、最後には、これまでのどの家よりも立派な家を建てるのを見ること、あるいは、雇い主が商売から手を引くか、工場を売るかして、田舎に屋敷を構えるのを見ることはじつに理不尽なことに思えた。というのも、この雇い主の富を作っているのは実は自分と仲間たちであり、その間、自分たちは、賃金が引き下げられ、労働時間が短くなり、職工の数が減らされる中、自分たちの子供たちに食べ物を買ってやるために四苦八苦しているからである。(第三章)

この雇い主たちは、第一節に挙げたリンダ・リー＝ポッターの階級の定義の中の「自分の力で富を得た人たち」である。マンチェスターなどの工業都市では、このような新しい階級が出てくることによって、新たな階級間のテンションが生まれてきたのである。農村地域では地主が、自分の土地に住む農民の面倒を見るのが当然であり、また、アッパー・ミドル・クラスでも、自分たちより貧しい人間の面倒を見るのが当然の義務と考えられていた。ジョン・バートンは友人のウィルソンを相手に、自分たちの雇い主のような金持ちを非難し、彼らが自分たちが困っているときに何の手も差し伸べてくれないと、息巻く。

「俺が病気で寝ているときに看病に来てくれるか？　俺の子が死にかけているときに（可哀想なトムにろくな食べ物を与えてやれなくて、あいつが真っ蒼な唇をふるわして寝ていたときのように）、金持ちがぶどう酒かスープを持ってきて子供の命を救ってくれるか？　不景気で何週間も仕事がなくて、冬になって、霜が降りて、冷たい東風が吹いてきても暖炉には石炭がなくて、ベッドに掛ける布もなくて、ぼろぼろの服の下からやせ細った骨が見えているようなときに、金持ちが自分のものを分けてくれるか？（第一章）

ここでジョン・バートンが言っている事柄は実は、従来の農村社会ではアッパー・クラスやアッパー・ミドル・クラスの人びとが、「ノブレス・オブリージュ」として行なってきたことなのである。例えば『北と南』（一八五四～五五年）で、ハンプシャーの村ヘルストンからマンチェスターに移ってきた主人公のマーガレットが、職工のニコラス・ヒギンズとその娘と初めて道で話をした際に、マーガレットは彼らの名前と、どこに住んでいるか訊ねる。ヒギンズは答えるが、「どうしてそんなことを聞きたいんだ」と問い、マーガレットを驚かせる。

マーガレットはその質問に驚いた。というのもヘルストンでは、貧しい人々に住所や名前を聞くということは、後に彼らを訪問することだということは分かりきったことだったからである。（第八章）

マーガレットがヘルストンで貧しい人びとを訪問していたのは、彼女が牧師の娘だったからだということだけではない。それが上の階級の者の当然の義務だったからなのである。

こうしたパターナリズム的な従来の階級間の関係が、北の工業都市ではまったく違ったものとなっていく。とは言え、『メアリ・バートン』や『北と南』では、ギャスケルはこれらの都市の新興中産階級の工場主を一方的に非難しているわけでもない。『メアリ・バートン』における、ハリー・カーソンの死の場面や、『北と南』における、若い工場主ソーントンの描写などには「自分の力で富を得た」階級の限界が、むしろ同情的に描かれているのである。

こういったパターナリスティックな考えはさらに、『メアリ・バートン』のエスタや、『ルース』の主人公のように、下の階級の娘が身をもち崩すのも、教育を受けていないがために無知でナイーヴな彼らを誘惑する、上の階級に責任があるという見方にも発展する。メアリ・バートンは工場主の息子のハリー・カーソンに言い寄られ、向こうは結婚の意思が無いのに、自分は玉の輿に乗って「淑女」になれるのだと勝手に思い込み、貞節の危機に陥るが、自分が実は古くからの友人のジェム・ウィルソンを愛していたと気づくことで、おばのエスタのような堕落の道を歩むことを免れる。メアリが最初は工場主の妻になることを夢見たのもあながちとんでもない勘違いとも言えないのは、ハリー・カーソンの母親はもともとは工場で働く、ワーキング・クラスの出身だったのである。このように、これらの工業都市において、従来の階級の常識はくつがえされ、上昇志向もとがめられないものとなっていく。メアリ自身、働き口として、当時のワーキング・クラスの娘の最も多くがついた仕事である、大きな家の、住み込みの使用人という選択を拒否し、婦人服仕立屋に勤めることを選ぶが、それも婦人服仕立屋に勤めたほうが、「淑女」になるという自分の夢をかなえられると想像したからだった（図②）。メアリはこの選択によって、早くも「良い」ワーキング・クラスからはずれる第一歩を踏み出したとも言えるかもしれない。大きな家の住み込みの使用人は「良い」ワーキング・クラスの典型的な職であり、また、きちんと勤めを果たしていれば、そこから「ロウワー・ミドル・クラス」に登っていく道も開けていったからである。

図②「針仕事の報酬（Needle money）」『パンチ』（1849年12月22日号）
第一節の図①「お小遣い」と対になっている図。同じ年頃の、ワーキング・クラスの若い娘が、お針子として働いている。

第三節　使用人という階級

例えばフォレスター夫人が、あの小さな、小さなお家でパーティーを開いたときに、若いメイドが、ソファーに座っているご婦人方に、ソファーの下に置いてあるお茶用のお盆をとりたいのでと言いに来ても、皆このめずらしいことがらが、あたかもきわめて当然のことのように振る舞い、その家独自の習慣やならわしについて話を続けます。まるで夫人が、多くの使用人を置いていて、ハウスキーパーと家令が取り仕切る、使用人用の食堂まで備えているかのように私たちは振る舞うのです。実は慈善学校から来た若いメイドが一人だけなのに。奥様がそっと手助けしなければ、彼女の短くて血色の良い腕ではとてもお盆を上の階まで運ぶことはできなかったでしょう。奥様は今堂々とした様子で私たちの前に座っていて、今日のお茶のケーキが何なのかご存知ない風を装っていました。（『クランフォード』第一章）

小さな田舎町クランフォードのご婦人方は、互いの家の経済状態と規模を十分に承知している。それにもかかわらず、相手の家が、何十人もの使用人の住む、大きなカントリー・ハウスであるかのように振舞って見せている。じっさい、たった一人であっても、使用人を雇っていることが、ミドル・クラスのぎりぎりの条件だったのである。しかしアッパー・クラスのカントリー・ハウスでは、百人以上の使用人を雇っているところもあった。そして使用人の世界にもはっきりとした階級制度が存在していたのである。ワーキング・クラスの若い男女が、早ければ十二、十三歳で仕事につく。覚えが早くて勤勉であれば、彼らはじょじょに上の地位につくことができ、女性ならばハウスキーパー、女主人つきのメイド（lady's maid）、あるいは乳母、男性ならば家令か執事となって、特権と力を与えられ、引退する頃にはロウワー・ミドル・クラスとして楽に暮らせるくらいの財力を持つようになるのである。これらの使用人は「アッパー・サーヴァント」と呼ばれ、原則として私服を着る権利があったが、例えば執事は、「紳士」と区別をつけるために、ホワイト・タイを着用すべきときにブラック・タイを着けるといった風に、服装のどこかに一部「誤り」がなければならなかった。彼らはしばしば、女主人つきのメイドかハウスキーパーと結婚し、引退後は下宿屋か居酒屋を営業することが多かった。ハウスキーパーは家の鍵をすべて任されており、未婚者でも"Mrs"という敬称で呼ばれていた。

使用人の中でも、どの仕事につくかは、本人の適正やそれまでの経験、そして容姿も大きな要素だった。例えば女主人つきのメイドになるための必須条件は裁縫が上手なことと、容姿端麗であること、言葉遣いや振る舞いなどにもある程度の洗練が要求されたし、下男（footman）の場合は、まず背が高いこと、そしてその家のお仕着せをひきたたせるために、すらっとした体つきと、見栄えのよいふくらはぎを持つことが要求された。こういった若い男女が一つ屋根の下に寝泊りするのであるから、恋愛沙汰を起こさないように、女性の使用人はハウスキーパーに、男性の使用人は家令か執事に、きわめて厳しく監督されていた。女性使用人と男性使用人の部屋は離れたところに置かれ、食事は使用人部屋《サーヴァンツ・ホール》と呼ばれる使用人用の食堂で一緒にとるが、それ以外は交流をもたないように、執事やハウスキーパーが目を光らせていた。それでも若いメイドが妊娠する例は後を絶たず、そうして解雇されて行方のわからなくなった娘を探すワーキング・クラスの母親の話は、「リジー・リー」(一八五〇年)など、ギャスケルの初期の短篇にも見られる。

彼らは早朝から夜までほとんど働きづくめで、休みもほとんどなく、かなり過酷な労働条件だったが、それでも当時の労働者階級の生活を思えば、暖かい食事と住まいを保証されており、さらに、基本的なマナーや、家事の訓練を受けることができ、恵まれた環境にいたと言える。しかし同じ使用人でも、冒頭の引用に挙げた小規模のミドル・クラスの家で、たった一人の使用人というと、条件はずいぶん違った。大きな家ではあらかじめ手順が決まっていて、何人もが手分けをするからこそ効率的にこなされている仕事を、全部一人でしなければならなかった。さらに、新たに富を築いてミドル・クラスの仲間入りをした新参者たちはそもそも使用人を雇うこと自体に慣れておらず、指図や監督もろくにできなかったのである。この時代は使用人用のマニュアルが多く書かれているが、その多くはじつは、雇い主のために書かれていたのである。この種のマニュアルの最も有名な例は、イギリスで一八六一年に出版された、『ビートン夫人の家政書』(図③)である。正確な題名は『女主人、ハウスキーパー、料理人、台所つきメイド、執事、下男、御者、従者、上級ハウス・メイドと下級ハウス・メイド、レディーズ・

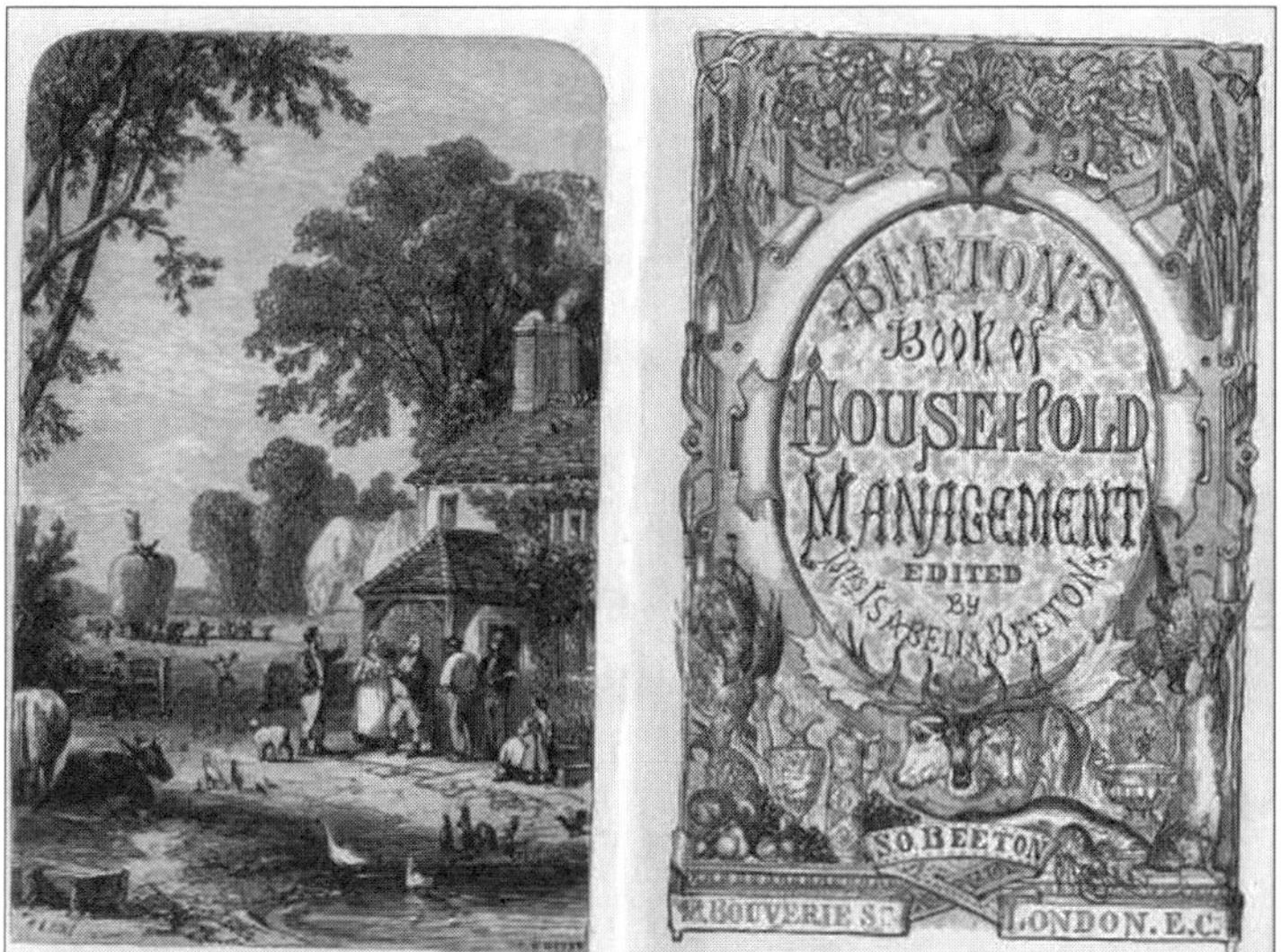

図③『ビートン夫人の家政書』の初版本の表紙と口絵

メイド、一人ですべてをこなすメイド、洗濯係のメイド、乳母と乳母つきのメイド、母乳係、子供の病気を見る係り、等々のための情報からなる、ビートン夫人の家政書——さらに、衛生学、医学と法律に関する知識を含み、家庭の生活を安楽にするためのすべてのものの由来、性質そして用法を含む』というものだった。題名のとおり、それぞれの使用人の役割と仕事が細かく書かれており、子供の病気とその治療法、そして巻末には地主と借地人との間の契約、出入りの商人への借金、遺言書の書き方といったことに関する法的な説明の箇所がある。この本は最初に出版されたときには六万部以上売れ、数年後にはミリオン・セラーになっていた。改訂版や縮小版はビートン夫人の生前にも死後にも次々と出版され、二十世紀後半にはパロディ版も多く出されるようになった(9)。この本がこれほどまでにも売れた理由の一つは、それが、この時代に新たにミドル・クラスの一員となり、家事や使用人の管理に不慣れだった、いわゆるロウワー・ミドル・クラスの女性の読者を狙って書かれたことにある。

『クランフォード』や『妻たちと娘たち』でも、いかにして良い使用人を雇うか、どのように彼らを監督するかは、家庭の主婦の大きな関心事である。このような「使用人問題(servant problem)」は、使用人を雇う家庭の規模が小さくなり、雇い主と使用人との階級の差が縮まれば縮まるほど、当然厄介な問題となってくる。ギャスケルの小説には、主人とほとんど同等に振舞うばかりか、主人に頼りにされる使用人が多く登場する。例えば、一八五二年に『ハウスホールド・ワーズ』に発表された短篇小説「婆やの話」に登場するアッパー・クラスの女性ミス・ファーニヴァルのレディーズ・メイドは「スターク夫人」と、苗字で呼ばれており、「メイドかつコンパニオン」と描写されている。

彼女は二人ともまだ若かった頃からミス・ファーニヴァルと一緒に暮らしていたが、もはや今は使用人よりは友人に近い存在だった。非常に冷たく、色褪せて、感情を持たない様子であり、まるで生まれてこの方、人を愛したり、好意を抱いたりしたことがなかったかのようだった。じっさい、女主人を除いては、誰をも愛したことはないのだろう。(「婆やの話」)

スターク夫人はミス・ファーニヴァルにとって、実の姉よりも親しく、信頼できる存在なのである。じっさい、カントリー・ハウスのアッパー・サーヴァントにはそのような人物もめずらしくないし、執事や従僕、おつきのメイドを相談相手にして頼りにすることは、イギリスに限らずボーマルシェの『フィガロの結婚』(一七八四年)やラシーヌの演劇などに見られる伝統である。しかしギャスケルの作品における主人と使用人の関係は、「階級を超えた」関係というよりは、そもそも雇い主と雇われる側の階級が、第二節に述べた、工場主と職工のように、もともとそれほどかけ離れたものではないというところから来る親しさなのである。ギャスケル自身、手紙に使用人の話題をしばしば書いているが、例えば昔からの使用人のアン・ハーンについて、「彼女はとても大事で貴重な愛しい友人です」と書いている（義妹アン・ロブソン宛書簡、一八六五年五月十日頃？）。

ギャスケルの作品において、「使用人問題」が、ジョン・バートンと工場主のカーソンとの間のような敵対関係ではなく、友人関係となっていることは興味深い。『ルース』では、最初は未婚の母であるルースに対して厳しい態度をとるが、次第にルースを愛し、守ろうとするサリー、『クランフォード』では、取引をしていた銀行がつぶれて、破産したミス・マティーを救うマーサ、『シルヴィアの恋人たち』では、シルヴィアの父親代わりを務める使用人のケスターなどは、主人やその家族に対して忠誠だけではなく、親のような力を持つのである。一見立場が逆転しているように見えるが、じっさいは、たとえ小規模のミドル・クラスの家でも、使用人に対しては、食事と住居を提供し、マニュアルに頼りながらも、仕事を教え、訓練することによって、従来のアッパー・クラスやアッパー・ミドル・クラスが、下の階級に対して果たすノブレス・オブリージュを果たしており、その結果として、使用人との関係が、アッパー・クラスの雇い主とアッパー・サーヴァントとの間に見られるような、親しいものとなっているのである。つまり、新しく使用人を雇うようになったミドル・クラスの場合でも、その雇用関係は実は、伝統的な、パターナリスティックなものであり、工場主と職工の関係とは違うのである。

第四節　上昇志向のもたらす脅威

昼食の席でギブソン夫人は、伯爵がこの食事は彼女のディナーであると思い込んでいることに密かに心を痛めていた。伯爵はテーブルの端の席からしきりに彼女に料理を勧め、その理由として、これは彼女にとってはディナーなのだからと言っていたのだ。彼女が柔らかな、高い声で「私はお昼にはお肉はいただきませんのよ。昼食はたくさんいただきませんの」と答えても無駄だった。彼女の声は他の人の耳には届かず、公爵夫人［伯爵家の客の一人］は、ホリングフォード町の医者の妻はディナーを早い時間にとるのだと思ったに違いない。と言ってもそれは、公爵夫人がこのことに関して少しでも思いを馳せていればの話であるが。そしてそのためには、公爵夫人が、ホリングフォード町に医者が存在すること、その医者に妻がいること、その妻が、同席している、料理を一口も食べない、綺麗だが色褪せた、優雅な女性であることが分かっている必要があるのだが。そしてその女性は、ここに来るまでに長時間馬車にゆられ、一人で待たされたのできわめて空腹であり、何か食べたくてしかたがなかったのだった。（『妻たちと娘たち』第二五章）

ギャスケルの最後の、未完の小説『妻たちと娘たち』には、下は使用人のワーキング・クラス、上は大地主や伯爵であるアッパー・クラスまで、伝統的なイギリスの階級の横断面が見られる。時代設定は一八二〇年代から三〇年代となっており、舞台はホリングフォードという小さな田舎町である。そこには、一八三二年の選挙法改正法案の前の時代の、昔からの農村社会が、カムナー伯爵と大地主のハムリー氏の、二つの大家を中心に築きあげられている。しかしここにも階級に関する変化は起こっており、階級をめぐるスノバリーが、この小説の喜劇的要素の大きな部分を占めている。

冒頭に挙げた引用は、主人公モリーの継母となった、ハイアシンス・クレア[10]が、伯爵家に食事に呼ばれて、自分の階級を上に見せようと、必死で見栄をはる様子を面白おかしく描いたものである。貴族や大地主がご馳走を食べるということならば、金持ちの誇示的消費として何の不思議もないことだが、イギリスの場合はそれだけではなく、昼食や夕食を何時ごろにとるかいうことも、その人間の社会的地位や階級を示す要素ともなるのである。このことは特に、上昇志向のミドル・クラスの人々にとって、重要なことがらだった。クレアはもともとはカムナー伯爵家の家庭教師であった。彼女がその職につく前は何をしていたのか、両親はどのような地位にあったのかといったことにギャスケルはいっさい触れていないが、伯爵家の家庭教師という職から考えると、貧しい牧師、事務弁護士、あるいは町の医師といった仕事につく、財産の無いミドル・ミドル・クラスの家に生まれ、ある程度の教育を受けていたことが想像される。優雅で美しく、誰にでもそつのない態度で接する彼女は、カークパトリックという名の副牧師に見初められて結婚するが、夫に先立たれる。妻を病気でなくし、年頃の娘の教育に頭を悩ましていたモリーの父親、ギブソン医師は彼女の優雅さと優しそうな風貌に惹かれ、娘にとってよい母親となってくれるだろうと信じて、クレアと結婚する。しかしその後、クレアは実は教養が無く、視野が狭く自己中心的で、とんでもないスノッブであることが判明する。

同じように階級意識を喜劇的に扱った小説でも、例えば、主人公も含めて登場人物すべてを風刺の対象としているオースティンの作品と違って、ギャスケルは『妻たちと娘たち』の中では、特にその風刺の矛先をクレアに絞り、彼女の見栄と上昇志向、そして俗物根性を読者に対して繰りかえし強調する。彼女自身の出身階級がいまひとつはっきりしない上に、結婚相手の医者という職業も、第一節に書いたように、その社会的地位もまだそう高くない。伯爵や地主階級と親しく付き合いながらも、社交的な場での対等な相手とは言えない。当のギブソン医師も、モリーも、そんなことには頓着しないが、クレアはなんとかして自分たちを、せめてアッパー・ミドル・クラスの仲間入りをしたいと願って、策略を練るのである。

クレアのこうした上昇志向は、様々な弊害をもたらす。例えば、夫が午後の早い時間にディナーをとることに抗議し、ディナーの時間を午後六時まで遅らせるが、その結果ギブソン医師は患者の往診の時間を変えなければならないし、昔から雇われていた料理人は、「遅いディナー」には対応できないと言って辞めてしまう。「遅いディナー」に対するクレアのこのこだわりは、彼女の隣人たちの、古くからの社交生活にも大きな影響を与えることになる。

じっさい、ギブソン夫人が自分の家に導入した遅いディナーの習慣は、ホリングフォードの小規模なティーの集まりに大きな弊害をもたらしたのであった。午後六時にディナーをとる人々を、その時間にティーの時間によぶことはできるだろうか？　午後八時半にケーキとサンドウィッチを勧められても手をだそうとしない人びとを前にして、かれらの冷静な、嘲るようなまなざしのもとに、その時間に空腹を感じている人々が品のない行動をとるようにしむけることはできるだろうか？　そういうわけで、ギブソン家の人々がホリングフォードのお茶会に招かれることは随分少なくなったのである。（第四〇章）

ここでいうティー（図④）は、早い時間にディナーをとった人々が、夕方に空腹を満たすためにとるお茶と軽食のことである。ギブソン家のディナーは、遅くても午後六時だったが、カムナー伯爵家のディナーは午後八時だった。午後の早い時間に

図④「いい気味！」『パンチ』(1859年1月15日号)
6時半のディナーに招かれたのに、わざわざ気取って8時半にやってきた男性が、すでにディナーは終わったので、ティーをとるようにと言われている。

軽い昼食をとった後、ディナーまでは長い時間がある。そこで上流階級では、午後五時頃に、再び軽い食事とティーをとる習慣が生まれた。これがアフタヌーン・ティーである。この習慣は十九世紀半ばに、七代目ベッドフォード公爵夫人が流行らせたと言われており、キュウリなどの野菜のみを使ったサンドウィッチや菓子などの食べ物がだされた。

一方、ワーキング・クラスはミドル・クラスの人びとのように、昼間にたっぷりとディナーをとる暇はないので、昼食は簡単にすまし、その分、仕事が終った夕方に、お茶とともにたっぷりとした食事をとる。この食事が第二節で挙げたハイ・ティーである。この食事は彼らの間ではたんに「ティー」と呼ばれたが、このような、きちんとした食事という意味でのティーは、アッパー・クラスやアッパー・ミドル・クラスの家庭でも、大人と一緒にディナーをとるには幼すぎる子供たちの夕食のかわりとして導入され、「アフタヌーン・ティー」と区別するために「ハイ・ティー」という呼び名を使うようになったと言われている。

クレアの上昇志向は、食事の時間や呼び名をめぐるこだわりに表われているだけではない。大地主のハムリー氏の長男のオズボーンに、娘のシンシアか、モリーを嫁がせたいと願い、最初はオズボーンを家に招いてちやほやするが、次男のロジャーには冷たい態度をとる。ところが、ある時からクレアが、急にロジャーをちやほやし、シンシアに好意を抱いている彼を奨励するような態度をとる。不審に思ったギブソン医師が問いただすと、クレアはギブソン医師が別の医師と話しているのを盗み聞きし、オズボーンが実は危険な病気にかかっていたことを知って、彼の命がそう長くは無いと判断したことを知る。オズボーンが亡き後、ハムリー家の跡継ぎとなるロジャーに、手の平を返したように愛想を振り撒き始めたのは、そのためだったのだということが判明するのである。この時点で、クレアの上昇志向はもはや喜劇的な事柄ではなくなっている。『妻たちと娘たち』は、『メアリ・バートン』、『ルース』、『北と南』などの作品に比べて、登場人物たちは比較的平穏無事な生活を送り、登場人物の何人かが病死するほかには特に大きな不幸に見舞われないように見える。(11) しかし、父親がクレアと再婚してからのモリーと、その周りの人々の生活は、クレアの自己中心的な上昇志向によって、かき乱されていく。クレアの嫉妬心のせいで、モリーは、病気になって、自分を必要としているハムリー夫人のもとにも自由に行けず、また、家にいても、父親と共に、常にクレアの言動に苛立ち、平穏を乱される。クレアの見栄や気取りは、もはや笑いとばされるものではなく、それが積み重なっていって、そばにいるものをどんどん不幸にしていくのである。『メアリ・バートン』や『北と南』でギャスケルは、敵対心を抱く、破壊的な労働者の脅威を描いた。そして『妻たちと娘たち』では、肉体に対する脅威ではないが、同様に危険な、精神的な脅威をもたらす、上昇志向のミドル・クラスの姿を描いている。ギャスケルは「一世代前の人々」に書かれた、従来の農村型の階級制度を、時代錯誤的なものとして風刺の対象にしていながらも、やはりそこに、階級のあり方の一つの理想をみいだしているのである。

註

（1）家令（steward）は、大規模な邸宅で、家の管理、使用人の監督などを行なう。家令のいない家では、その仕事は執事（butler）が行なった。

（2）Lynda Lee-Potter, *Class Act: How to Beat the British Class System* (London: Piatkus, 2001) 26. 最後の「たかりの階級（the wretched scrounging class who do nothing but suck the life blood out of the country and the economy）」とはこの場合、働く気がないのに、失業手当を引き出して暮らしている若者たちのこと。

（3）ただし、現在では法廷弁護士と事務弁護士にはこれほどの階級の違いはない。

（4）「ロウワー・ミドル・クラス」という呼称は十九世紀後半頃から使われるようになった。職人や小規模の商店主、ワーキング・クラス出身者で、教育を受けて、事務員などのホワイト・カラーの職についた人びとを指す。

（5）詳しくは拙著『階級にとりつかれた人びと——英国ミドル・クラスの生活と意見』（中公新書、二〇〇一年）第三章～五章を参照。

（6）例えば、友人のキャサリン・ウィンクワスに宛てた手紙（一八四八年一一月二九日）には、日曜学校の娘たちを家に呼んだときに、サー・ウォルター・スコットの小説の話をしたことをうっかり知り合いの牧師の妻にしたところ、日曜日に小説の話をしたことを非難されたという記述がある。こういったワーキング・クラスの若い娘たちに良いお手本を見せるのも、上の階級の者のノブレス・オブリージュなのである。

（7）窓枠に葉蘭（aspidistra）のような観葉植物を置いて、外から見られないようにするというのは、ヴィクトリア朝後期には、郊外の小さな家に住むロウワー・ミドル・クラスの習慣と見なされるようになる。

（8）このような道具は、テーブルに大きな肉の塊が置かれ、それを一家の主人が切り分ける場合に使われるもので、本来ならばバートン家には無縁のものであるはずである。

（9）有名な例としては一九五六年にギネスが、自社のビールの宣伝用に『これが本当にビートンか——ギネスの寄せ集め』（*Can This Be Beeton? A Guinness Gallimaufry*）と題された、一連の色刷りのパンフレットを出している。例えば「レディーズ・メイド」の箇所では、「奥様にペチコートを着せるとき、レディーズ・メイドは腰のまわりでしっかりとめることに注意を払わなければなりません」という、ビートン夫人の原文からの引用が掲げられている。その後に、この決まりをまもらなかったために、「ひどいことになっちまった」（恐らく奥様のペチコートが公衆の面前ではずれたものと思われる）と嘆くメイドが、「でもギネスさえあればなんとかなるわ」と自分を慰める、といった具合である。

（10）名前も階級を示す重要な要素である。リンダ・リー＝ポッターは自分の名前について、「テリーやシャーリーなんていう名前はリンダと同じで、ひじょうにロウワー・ミドル・クラス的な名前である」と書いている。名前と階級のイメージの関係は、時代によって変化するし、人によってずれもあるが、一般的には、妙に派手な、あるいは小説からとってきたような名前、花の名前などをつけるのは、「ロウワー・クラス」的と見なされる傾向にある。これはその名前自体が「ロウワー・クラス」ということよりも、「名前くらいは立派にしたい」という「上昇志向」的な名前だとみなされるということである。モリーの父親のギブソン医師はハイシンスを「こんな馬鹿げた名前は聞いたことがないが、そう呼ばなければ仕方がないのだろう」と嘆息し、その娘がシンシアという名前であることについては、「最悪なことに、あの人は自分の気取った名前を娘につけて、存続させようとしているんだ」（「シンシア（Cynthia）」は「ハイアシンス（Hyacinth）」の後ろの部分からとられている）と嘆いている。一九九〇年代にイギリスの国営放送ＢＢＣで放映されたシチュエーション・コメディー『世間体（*Keeping Up Appearances*）』で、上昇志向の塊のようなロウワー・ミドル・クラスのヒロインの名前がハイアシンスであるのも、決して偶然ではないのである。

(11) 登場人物を次々と怪我をさせたり殺していくのは、ギャスケルの悪癖とも言われている。ディケンズは「あの人の書く人物に、後生だからもっと足元に気をつけてくれと言いたいものだ！」（W・H・ウィルズ宛書簡、一八五〇年一二月一二日）と手紙で不満をもらしたことがあった。

第四章

国　家

——自由貿易主義の帝国のなかで——

玉井　史絵

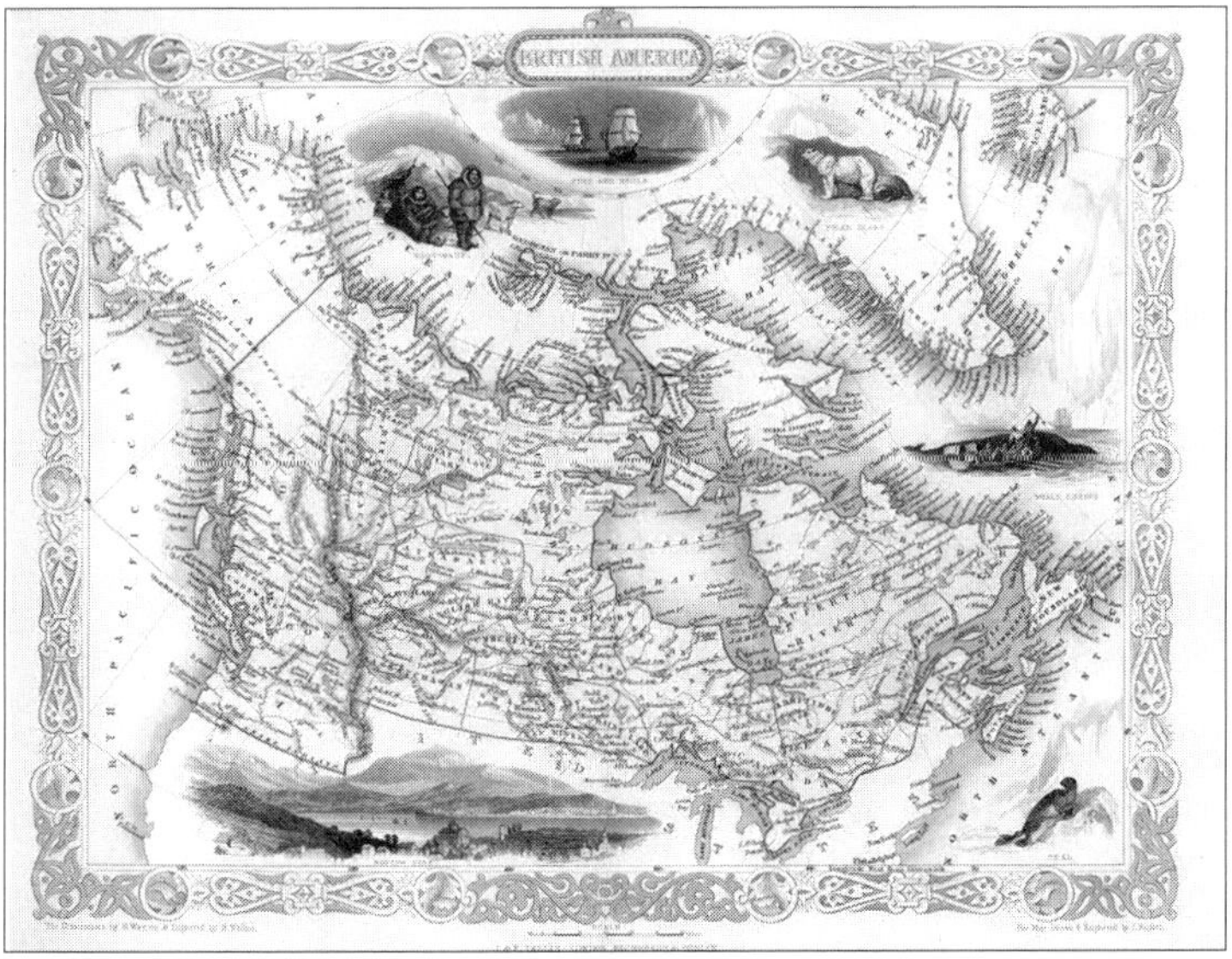

ジョン・ラプキンが描いてロンドンのジョン・タリス社が1853年頃に出版したカナダの地図

Chapter 4

The Nation: In the Empire of Liberalism

Fumie TAMAI

第一節　ギャスケルと帝国

そして、メアリが目をこらすと、埠頭に停泊する船の、森のようにそびえるマストの合間から、光り輝く河が見えた。河にはあらゆる国の旗をかかげた船舶が航行していた。それらの船舶は勇ましく戦いに出陣した様子などはない。そのかわりに、巨大な港に暮らしを快適にする品々やぜいたく品を求めてやってくる、はるかかなたの香料の香る国々や、凍てつく国々の様子を、見るものに伝えてくれるのだ。……船員の叫び声や、行きかう人々の様々な言語を聞き、今まで見てきたどんなものとも比べようもないぐらいに目新しい風景を目のあたりにして、メアリはひとりぼっちで心細く感じた。

これは『メアリ・バートン』（一八四八年）第二七章の一節である。物語のヒロイン、マンチェスターのお針子メアリはリヴァプールへ行き、港に停泊する様々な国の船舶を見て、鮮烈な驚きを覚える。それまで工場都市のなかの小さなコミュニティで日々の生活を営んできた女性が、生まれて初めて外の世界の多様な文化と接触した瞬間の興奮と不安がこの一節に凝縮されている。

この章ではギャスケルの小説における国家と帝国について考察する。ヴィクトリア朝前半は〈帝国主義〉以前の時代であるという考え方もある。実際〈帝国主義〉という言葉がイギリスのメディアで使われ始めるのは、列強の植民地争奪戦が激しくなっていく一八七〇年以降、いわゆる〈新帝国主義〉の時代に入ってからだ。バーナード・ポーターのような歴史家は、帝国はほとんどのイギリス人にとって十九世紀の大半は縁遠い存在であり、世紀も終わりに近づきイギリス政府が積極的に帝国に関する宣伝や教育に乗り出してはじめて身近なものになったのだと主張する。[1]だが、ヴィクトリア朝前半の人々はけっして帝国に無関心だったわけではなく、逆に帝国は文化のあらゆる側面に大きな影響を与えていたというのが、多くの批評家や歴史家の一致した意見である。[2]ギャスケルの小説においても、帝国の存在を読者に意識させる記述は枚挙に暇がない。遠くインドから運ばれてきたショールや敷物といったぜいたく品が中流階級の人々の生活を彩り、労働者階級の人々の日常生活でも紅茶やアヘンといった植民地からの産物が消費される。また商船の船乗りや兵士、探検家、植民地の技師や移民といった、本国と植民地を行き来したり植民地に移住したりする人々が数多く登場する。ギャスケルの小説のなかに帝国は確かに存在しているのだ。

ギャスケルの生きた時代は、今日の言葉でいう〈グローバル化〉の時代である。他の国々に先駆けて産業革命を成し遂げたイギリスが〈世界の工場〉として君臨し、物資の流通や人々の移動のネットワークによって世界は一つに結ばれた。帝国に関する主な出来事を概観してみよう。一八四六年に保護主義の象徴的存在だった穀物法が撤廃され、イギリスは自由貿易の時代を迎える。一八五一年、ハイド・パークで万国博覧会が開催される。水晶宮には世界中の文物とともにイギリスの工業製品が展示され、帝国の偉大さとイギリスの高い技術力を知らしめる機会となった。この後、一八七〇年代後半までの期間は社会的、経済的に比較的安定した時代で、しばしば〈均衡の時代（Age of Equipoise）〉とも呼ばれているが、帝国ではその均衡を破る事件も起きている。一八五四年三月、南下政策をとりトルコに進軍したロシアに対してイギリスとフランスの連合軍が宣戦を布告、クリミア戦争が始まる。一八五四年九月、クリミア半島の兵士たちを襲ったコレラの猛威に対するイギリス政府の無策のために戦争は長期化、政府に対する国民の不信感が高まることになる。アジアでは、一八五七年五月一〇日、デリーの北方メラートで東インド会社のインド人傭兵が蜂起、反乱はたちまちインド北部全域に広がった。インド大反乱（セポイの乱）と呼ばれるこの事件はイギリスのメディアでも大きく報じられ、社会に強い衝撃を与えた（図①）。またギャスケルの亡くなる一ヶ月前の一八六五年一〇月には、ジャマイカの解放奴隷たちによる反乱、いわゆるジャマイカ事件も起こっている。

中流階級以上の社会に属する人々ならほとんどの場合、自分の身内、または親しい知り合いのなかに、軍の士官や役人、商人など、何らかの形で植民地に関わる人がいて、そのような人

図① ジェイムズ・キャンベル「息子からの手紙」（1859年、リヴァプール ウォーカー・アート・ギャラリー蔵）
老人が手にしている手紙には「ラクナウ 五月／お父様／お父さんはおそらくこの手紙をあの懐かしいお店で読むことになるのでしょうけれど、僕はインドの灼熱の太陽の下にいます」と書かれている。ラクナウは1857年9月、セポイの反乱軍に対してイギリス軍の大規模な反撃が行われた場所。つつましくも静かで平和なイギリスの生活の背後にある帝国の存在を視覚的に表現している。

から遠く離れた植民地や異国のことを聞き知っていた。ギャスケルも例外ではない。父方の祖父は海軍大佐だったといわれており、父の二人の兄弟も海軍士官であった。二人ともナポレオン戦争で戦死している（Uglow 8）。また、イギリス海軍の測量船ビーグル号に乗ってガラパゴス島はじめ世界各地で自然調査を行い、のちに『種の起源』（一八五九年）を出版したチャールズ・ダーウィンは母方の従兄にあたる。ギャスケルの一二歳年上の兄ジョン・スティーヴンソンは伯父たちの影響からか、幼いころから海への憧れを抱き、二四歳でインドへ行く商船に乗り込んで初めての航海に出た。そして、インド、中国、ビルマなど行く先々から妹に手紙を送り、船員の生活や各地の食べ物、風習、衣服、経済、政治の状況などを伝えている。その後、彼はいったんイギリスに戻り作家になることを試みるが失敗、一八二八年、インドに移住する決意をしてイギリスを離れる。しかし、インドに向かう航海の途上か、またはインドに上陸後、彼の身の上にいったい何が起こったのかは定かでないが、突然消息が途絶えてしまう。失踪した兄は、その後のギャスケルの小説において、ピーター・ジェンキンズはじめ様々な登場人物となってよみがえることになる。さらに、クリミア戦争で〈白衣の天使〉として兵士の看護にあたり、イギリス軍の危機を救ったフローレンス・ナイチンゲールはギャスケルの親しい友人である。ギャスケルの夫ウィリアムは、一八五六年五月四日のクリミア戦争の戦勝感謝礼拝で彼女の功績について触れ、「あえて快適で洗練された優雅な家庭の暮らしを離れ、想像を絶するような困難で悲惨な状況のなかで傷病兵の介護にあたり、［男性に劣らない］勇気と勇敢さを示した」(3)と述べて褒めたたえている。ギャスケルが植民地に一番強い関心を抱いた時期は、おそらく娘ミータがインド駐在の技師、キャプテン・チャールズ・ヒルと婚約していた一八五七年から一八五八年にかけての一年余りの期間であろう。二人が婚約した時期、インドでは大反乱が勃発、休暇中だったヒルは召還命令を受けてインドへ戻っていった。ヒルが発つその前日、ギャスケル一家の知人であるエヴァート大佐とその妻、幼い娘がカーンプルで反乱軍によって殺されたという知らせが入り、一家に強い衝撃が走る。ギャスケルは、娘が近い将来住むことになるかもしれない土地に強い関心を抱いたのであろう。ジェイムズ・ミルの『インドの歴史』などインドに関する書物を読みあさっている。「まったくの無知蒙昧の淵から、私はとても強く真剣な関心に目覚めました」一八五七年八月初旬、出版社のジョージ・スミスに宛てた手紙に彼女はそう記している。しかし、このヒルとミータの婚約は結局のところ解消され、インドはギャスケルの実生活からは遠ざかっていくことになる（Uglow 437-39, 445-49）。

以上のギャスケルの伝記的事実からもわかるように、ヴィクトリア朝前半の社会にあって、帝国は常に人々の意識にあるものではなかったかもしれないが、少なくとも折にふれ話題にのぼり、関心を向けざるをえないものだったことだけは確かである。ギャスケルの小説はそうした社会を反映している。いや、単に反映しているだけはない。小説は〈帝国主義〉という文化を形成する一翼を担っていたのだ。サイードは次のように述べている。

私は小説——もしくは広義での文化が——帝国主義の〈原因となった〉と言いたいのではない。ブルジョワ社会の文化的産物としての小説と帝国主義はお互いそれ抜きにしては存在しえなかったと言いたいのだ。……帝国主義と小説は、一方を考察せずにもう一方を語ることはできないぐらい、互いに強く結びついているのだ。(4)

〈帝国〉は政治的支配や抑圧、経済的交易関係という事実として存在していた。だが、概念としての〈帝国〉の形成には小説を含めた文化が大きな力を及ぼしている。人々は見たこともない、はるかかなたの土地をどのように思い描いたのだろうか？〈イギリス人〉をどのような民族だと定義し、また〈イギリス人〉の責務とはどのようなものだと考えていたのだろうか？——こうした問いに答えるには、文化が果たした役割を考察しなくてはならない。以下の議論では、文化の一部としてのギャスケルの小説が、どのように〈帝国〉を反映し、またどのように〈帝国〉という文化を形成していったのかを見ていくことにする。

第二節　自由貿易主義のはてに

ヴィクトリア朝前期から中期にかけての時代は〈自由貿易帝国主義〉の時代と呼ばれている。軍事的、政治的圧力で積極的に植民地を拡大していった一八七〇年以降とは異なり、この時代のイギリスは関税を撤廃して貿易を促進することで、いわゆる〈非公式の植民地〉を築いていった。自由貿易主義の推進役となったのは、マンチェスターの綿織物業を営む工場主たちが中心となって一八三九年に結成した反穀物法同盟（Anti-Corn Law League、前年に設立されたAnti-Corn Law Association から発展した）である（図②）。彼らは、国内農業の保護を目的に外国産の穀物に高い関税をかけることを定めた〈穀物法〉の撤廃を要求、安価な穀物の輸入を促進して労働者に安いパンが行き渡るようにすべきだと主張した。このように、自由競争の原理にもとづく貿易を推進することで、保護貿易主義の政策を支持する地主階級と対立し、さらには、政府の庇護を受けた一部の特権商人が支配する旧植民地主義を打破しようとしたのである。(5)自由貿易主義は、世界の市場の開放と自由競争こそが、国家間の戦争にかわる平和的世界秩序を生み出すとの理想のもとに成り立っている。一八四六年に穀物法を撤廃した首相ロバート・ピールは、ドイツのエルビング市民に宛てた手紙のなかで、「貿易は文明を促進し、国家間のねたみや偏見を取り除き、平

図② 反穀物法同盟の会員証
二つの絵の上には「穀物を差し押さえているもの、災いあれ」とある。また、左の絵の下には「高いパン」、右には「安いパン」と書かれている。穀物法のもとで「高いパン」を買わされて貧しい生活にあえぐ人々と、穀物法の撤廃後安価なパンを買い、豊かな生活を楽しむ人々の対比が示されているのである。

和を維持するための適切な手段なのです[6]」と書いている。この章の冒頭に引用した『メアリ・バートン』の一節をもう一度見てみると、リヴァプールに停泊する船は戦争のための軍艦ではなく、貿易のための商船であることがわかる。自由貿易主義の帝国を象徴する風景なのだ。

　だが、一方で自由貿易主義の暴力的な側面を告発する声もあった。カール・マルクスとフリードリッヒ・エンゲルスは『共産党宣言』（一八四八年）のなかで、「中産階級は……一つの無節操な自由を――自由貿易主義を――打ち立てた。ひとことで言えば宗教的、政治的幻影のヴェールに覆われた搾取ではなく、あからさまで、恥知らずで、露骨で、容赦のない搾取が取ってかわったのである[7]」と弾劾している。熾烈な海外との競争のために、国内の労働者が不当に搾取されるのではという懸念もあった。反穀物法同盟に対立する陣営の一人、ジョージ・ゲーム・デイは同盟の人々を非難して、「これら同盟の輩の企みを暴き、彼らの目的が実際に公言しているのとは反対だということを示してみましょう。つまり、彼らの本当の目的は、貧しい人々の賃金を下げて、工場主や製造業者が外国と競争できるようにするということなのです」（強調は原文[8]）。反穀物法同盟と同じ時期に起こった労働者階級の運動、チャーティズムが概して反穀物法同盟に対して敵対的であったのも、自分たちが自由の名のもとに低賃金で過酷な労働を課されているのではないかという不信感が根底にあったからだ。マンチェスターでは一八四〇年代前半、数回にわたって反穀物法同盟支持者とチャーティストとの衝突が起きている（Uglow 138-39, 145）。自由貿易主義は国外、国内双方で大きな矛盾をはらんだものだったのだ。

個人の独立と自由を尊重するユニテリアンは自由主義経済の信奉者だったため、反穀物法同盟でも中心的な役割を果たした。だが、ギャスケル夫妻は政治的運動からは一線を画し、教会本来の役割の一つである慈善活動に没頭していた（Uglow 87, 140）。エリザベスの同情はむしろチャーティストの側にあったといえるかもしれない。社会小説と呼ばれる二つの作品『メアリ・バートン』と『北と南』（一八五四～五五年）では、自由貿易主義の社会が生み出す様々な問題が明らかにされている。

ギャスケルは、自由貿易主義が工場主、労働者の双方にとっていかに過酷なものであるかを二つの小説を通して訴えている。まず、国際市場での商品の流通が促進されることにより、工場主は厳しいコスト削減をしなくてはならない。『メアリ・バートン』では、新しい外国市場からの注文を受け、大陸の工業都市と競うため、「できるだけ速く、できるだけ低い値段で受注すること」（第一五章）を迫られる工場主たちの苦境が描かれている。また、『北と南』において、工業都市ミルトン・ノーザンの工場主ソーントンは、アメリカからの安い織り糸の流入に対抗するには、それよりも低いコストで生産するしかないと考える（第一八章）。先に引用したデイがいみじくも指摘したように、低コストを争う国際競争で生き残る唯一の方法は、労働者の賃金削減だ。自由貿易主義の世界では、商品の流通とともに労働力の流通も活発となる。二つの小説の工場主たちは、アイルランドからのより安い労働力を受け入れることで、人件費を可能な限り低く抑えようと努力する。その結果、イギリスの労働者たちは職を失い、劣悪な生活環境へと追い込まれていかざるをえない。「あたかも商業がすべてで、人間は無に等しいかのような」（『北と南』第一九章）社会にあって、労働者たちの苦境をかえりみる工場主は皆無に等しい。小説では「飢え死にする（clem to death）」という言葉が数え切れないぐらい何度も繰り返される。激しい国際競争に巻き込まれた労働者たちは、その生存権すら脅かされていくのである。

自由貿易主義の害悪を象徴するのがアヘンである。『メアリ・バートン』でヒロインの父ジョン・バートンが空腹を紛らわせるためにアヘンを食む場面は、現代の読者にとっても衝撃的であるが、労働者のアヘンの消費は当時の人々も強い関心を抱いていた社会問題だった。ヴァージニア・ベリッジはこの問題への関心が、一八二〇年代から三〇年代の前半、一八四〇年代から五〇年代の初め、そして一八七五年以降の時期に高まったと指摘している。そして、その理由の一つとして、工業化、都市化に伴い、労働者階級に対する中産階級の不安が高まったことを挙げている[9]。一八三〇年代から始まった労働者階級の生活に関する様々な調査は、貧しい労働者のアヘン使用の実態を次々に明らかにしていった。たとえば、『モーニング・クロニクル』が一八四九年に行った全国の都市労働者の生活実態調査で、イングランドの北部を担当したアンガス・リーアックは、マンチェスターにおける幼児へのアヘン投与について詳細に記述している[10]。またリーズで行った調査では、幼児への投与は見られないとしながらも、アヘンの使用が広まっている状況を伝え、次のように述べている。

> リーズではアヘン鎮痛剤がしばしば小さな商店でも売られている。すべての工業都市の成人は多かれ少なかれ麻薬を使用しているし、（しばしば女性も）アヘンを食んでいる。多くの貧しい人々の治療に当たってきた医者は、特に不況の時期に多くの人々が通常のアヘンチンキを購入することができないために、譫妄状態に陥っているのを見たと語ってくれた。（強調は原文）[11]

注意すべきは、このアヘンのイギリス国内への流入は自由貿易主義の産物だということである。国内で消費されるアヘンのほとんどはトルコ、ペルシャ、エジプトといったアジア諸国からの輸入だった[12]。また、インドで生産されるアヘンは中国で密売され、中国との貿易の不均衡を補って、イギリス商人に莫大な富をもたらしていた。中国政府が一八三九年、アヘンの密輸を阻止しようと、広東にあるイギリス商社のアヘンを没収したことが第一次アヘン戦争（一八三九～四二年）の引き金となったが、この戦争はまさに自由貿易主義の旗印のもとで戦われたのであった。メルボーン卿率いる当時のホイッグ内閣がイギリスのアヘン密輸業者を保護するため戦争に肯定的だったのに対し、トーリー党は戦争を非難した。一方、反穀物法同盟の柱となったリベラル派やラディカル派はしばしば、戦争ばかりではなく、アヘン貿易をも熱心に擁護した。カルカッタ生まれのリベラル派、チャールズ・ブラーは、イギリスと中国との「真の自由な交易」の十分な恩恵を取り戻すべく、「交易を完全に新しく、確かで、かつ進歩的な基盤のうえに据える」には、戦争が不可欠だと論じている[13]。ベンジャミン・ディズレイリの『シビル』（一八四五年）のなかにも、自由貿易主義とアヘン戦争との結びつきを示唆する一節がある。トーリー党の国会議員立候補者マーニー卿が、反対陣営の候補者について語る場面だ。「ああ、あの嫌な男か！　クロイサスよりも金持ちのスコットランド人で、マクドラギーって男だよ。広東から両方のポケットいっぱいに山ほどアヘンを持ち帰って、腐敗を批判し、自由貿易って大声でまくしたてているのだよ[14]」。

このようなコンテクストのなかで『メアリ・バートン』を読むと、ジョン・バートンのアヘン依存にはとりわけ深い意味が込められていることがわかる。ジョンは労働組合の中心人物として活動しているが、彼が常日頃抱いていた貧富の差への疑問は、徐々に富めるものへの激しい憎しみへと変わっていく。小説の語り手は、ジョンがこのような「病んだ考え」に取り付かれた原因をアヘンに求めている。「(病んだ考えの持つ) 異常な力のほとんどは、アヘンの使用に起因している」(第一五章) と語り手は分析する。そして、このアヘンこそは自由貿易主義体制のもと、商人たちによってイギリスに運ばれていた商品なのである。それゆえ、自由貿易の恩恵を享受して富を築いた工場主の息子ヘンリー・カーソンが、アヘンにその心を蝕まれたジョンの銃弾に倒れるというのは、きわめて皮肉な結末であると言えるだろう。自由貿易主義が行きつく悲劇的な破局を作品は描いているのだ。

第三節　移動する人々

前節で見たように、ギャスケルは社会小説のなかで、自由貿易主義が社会に及ぼす悪影響を分析している。彼女が提示した解決法の一つはヒロインたちを工業化以前の牧歌的な別天地、カナダへ移住させることだったが、このような解決が可能であったのは、イギリスが広大な植民地を持っていたからである。ギャスケルの作品の多くは、ある特定のコミュニティのなかで生きる人々の生活を描いているが、そうしたコミュニティにも、外の世界へ出ていったり、外の世界から帰ってきたりする登場人物たちがいる。第三節ではこれら移動する人々に焦点をあて、帝国の表象について考えてみたい。彼らを単純に類型化することは困難だが、ここでは便宜上三つの部類に分けて考察していくことにする。

まず、第一に『メアリ・バートン』(一八五一～五三年) のインドウィルソン、『クランフォード』(一八五一～五三年) のインドの兵士ピーター・ジェンキンズ、『シルヴィアの恋人たち』(一八六四年) の捕鯨船の船員チャールズ・キンレイドや若い頃のダニエル・ロブソンなど、冒険物語の系譜に属する登場人物がいる。「冒険は帝国に活力を与える神話である」[15] とマーティン・グリーンは指摘する。ヴィクトリア朝を通じて、冒険物語は人々、特に少年たちに広く読まれ、ギャスケルの生きた時代にはキャプテン・フレデリック・マリアット、W・H・G・キングストン、キャプテン・メイン・リードといった作家たちが活躍していた。冒険家は様々な危険に遭遇しながら、未知の領域を開拓していく。ギャスケルの小説に登場する冒険家たちは、冒険物語のヒーローのように〈未開の〉土地の〈野蛮人〉を征服することはないが、そのかわりに人魚、天使、鯨といった実在や虚構の生き物を捕らえようと奮闘する。彼らはまた、小さなコミュニティに生きる人々にその奇想天外な冒険譚を語り聞かせて、単調な生活に変化をもたらし、遠い世界への想像力をかきたてる。たとえば、『クランフォード』のピーターは、長い年月を経てインドから帰ってきたとき、たちまち町の女性たちの人気者となる。

女性たちは競ってピーターをほめそやしました。無理もありません。彼女たちの静かな生活がインドからの帰ってきた人によって活気づいたのですから——それに、船乗りシンドバッドよりもすばらしい話をする人が帰ってきたのですから、なおさらのことでした。（第一六章）

冒険物語は、人々が〈今、ここ〉にある日常生活をこえて、〈今、ここ〉にはない未知の領域へと思いを馳せるよう誘う。ピーターの語る冒険譚は、様々な制約のなかで生きていかざるをえないクランフォードの女性たちに、想像力の翼に乗って世界を自由に移動する機会を与えたのである。

ギャスケルの冒険家たちが想像力によって人々を外の世界へ導くとするなら、科学探検家たちは知による世界の支配に貢献する。この第二の部類に属する登場人物としては、『メアリ・バートン』のジョウブ・リーや、『妻たちと娘たち』（一八六四～六六年）のロジャー・ハムリーが挙げられる。ジョウブは世界各地からやってくる船員から譲り受けた昆虫の標本作りに夢中になり、物語の最後には自らカナダへ昆虫採取の旅に出発しようとする。また、ロジャーはある資産家の遺志を受けて、博物館に展示する動植物の標本を採集するためにアビシニア（現在のエチオピア）へ探検に出かける。十八世紀は海軍が探検隊を世界各地に送り、地図の作成や地質学調査を行ったが、十九世紀になると様々な科学的調査が政府、貴族に加えて、熱意ある篤志家の援助のもとで遂行されるようになった。また、十八世紀から十九世紀にかけては地質学会（一八〇七年）、動物学会（一八二六年）、植物学会（一八三六年）などが次々に設立され、探検の成果がこれらの学会の発行する学会誌に発表された[16]。

自然界の標本を集め、名前をつけ、百科全書的に分類することは世界秩序の再構築であり、征服する側は常にその権威をつかさどる。『メアリ・バートン』で、ウィルが人魚の話をする場面がある。それを疑い深く聞いていたジョウブに対して、ウィルは「それならジャックの見た人魚にもっとたいそうで難しい名前をつけてやるよ。マーメイドィカス・ジャック・ハリセンシスでどうだい？　最新式の名前だろう？」（第一三章）と言う。人魚の実在性はともかくとして、名前をつけるという行為の権威性をこの言葉は的確に表している。科学者たちは自らが権威となって世界の体系的なカタログを作ろうとしたのである。『妻たちと娘たち』のロジャーのモデルとなったダーウィンは、ブラジルの熱帯雨林の探検のあと妹キャサリンに出した手紙のなかで、次のように述べている。「私は多くのまだ命名されていない動物を採取しました。そのうちのいくつかは自然科学者にとってとても興味深いものです。私は動物の種ごとに分類わけを試みているので、近い将来すべてを網羅できるようになるでしょう[17]」。この「すべてを網羅する」という欲求こそが、十九世紀の科学者たちをアジア、オセアニア、アフリカ、南アメリカなど、世界のあらゆる土地の探検へと駆り立てていったのであった。

科学者の知による世界の征服のあとに続くのが、移民による世界の〈改良〉であり、〈文明〉の移植である。物語の最後にカナダへ移住をする『メアリ・バートン』のメアリとジェム・ウィルソンの一家、鉄道技師としてやはりカナダに赴任する『従妹フィリス』（一八六四年）のホウルズワスがこの最後の分類に属する登場人物である。『メアリ・バートン』最後の場面で語り手は次のようにカナダを描写する。

細長く、屋根が低く、十分にゆとりのある、木造の小屋が見える。原生林は何マイルにもわたって切り倒され、なくなってしまったが、一本の樹だけが小屋の切妻屋根に木陰を作るために残されている。小屋の周りには庭があり、その向こうには果樹園が広がっている。（第三八章）

科学探検家たちを夢中にさせたにちがいない原生林が、ここではただの障害物として切り倒され、そのかわりにイギリスから移り住んだ一家のための農場ができている。そして、そこに住むウィルソン一家は、「十分にゆとりのある」住居で豊かで平和な暮らしを営んでいる。

自由貿易主義支持者たちのなかでもエドワード・ギボン・ウェイクフィールドの一派は、イギリスが社会的に安定した状態で成長し繁栄し続けるには、自由貿易だけでは不十分で、植民地化が不可欠だと主張した。人口の増加に食料の生産が追いつかないというマルサスの『人口論』（一七九八年）の悲観的な予測にしたがえば、戦争や飢饉、疫病といった方法で人口が抑制されるのを待つしかない。だが、ウェイクフィールド派の考えによれば、植民地はイギリスの余剰労働力を吸収し、その労働力で豊富な食料を生産して本国へ供給することができる。また、植民地に本国の余剰資本を投資し、本国の余剰生産物を輸出することも可能となる。彼らは自由貿易の条約で結ばれた〈非公式の植民地〉と、入植による植民地の両方の必要性を訴えたのである。[18] 一八二〇年代から三〇年代にかけて、経済的な不況と農業の不作が重なり社会が不安定になった時期、植民地に関する議論が盛んに行われ、植民地への入植を奨励するパンフレットも数多く出版された（図③）。

ウィルソン一家が移り住んだカナダでは一八二五年にカナダ会社が設立され、イギリス政府の後ろ盾のもと五大湖北側のアッパー・カナダへの入植事業が進められた。科学探検家にとって自然は未知の種の宝庫だが、入植を推進する人々にとって自然は、人間の手による開発を待つ広大な空白でしかない。「（アッパー・カナダの）十分の九の土地は、ほぼあらゆる農作業に適しており、これほど成功する確率が高い土地は、大陸のほかのどこの地域を探してもない」[19] とパンフレットの一つには書かれている。ウィルソン家の周りの原生林が、入植者に必要なたった一本の樹だけを残して切り倒されている風景に象徴される

図③「こちらとあちら——移民という解決」『パンチ』（1848年7月15日号）
左側にはイギリスで貧しく困窮している一家が描かれ、右側には同じ一家が植民地で豊かな生活を営んでいる。子供もさらにひとり増えた様子で、国内の〈余剰人口〉も植民地では貴重な労働力となり、活躍する余地のあることを示している。

ように、カナダはイギリス人が目的に合わせて変えることができる便利な空間だった。カナダ会社の設立をイギリス政府に働きかけ、自ら初代の総督となったスコットランド出身の小説家ジョン・ガルトは、『自伝』（一八三三年）のなかで開拓のため原生林の最初の樹を切り倒した瞬間を次のように記している。

> 樹は徐々に強くなっていく雷のようなとどろきとともに倒れた。それはあたかも太古の自然がおののいているかのようであった。悲哀と愚かさと罪深さを抱えた俗世の人間が、自然の汚れなきひとり住まいに、ずかずかと入り込んできたのだから。[20]

この記述には自然を征服する側の罪の意識が垣間見られるが、それと同時に自然を意のままに操る人間の傲慢さも表れている。「太古の自然」が消えていくのは文明の進歩のためには避けられない——ヴィクトリア朝のイギリス人は自分たちが文明を世界中に広げていく民族であるという強烈な自負心を持っていた。科学的探検が世界のあらゆるものを自らの知の大系に取り込み、把握するプロセスであるとするなら、移民は自らの構築する秩序にしたがって世界を変容させていくプロセスである。〈文明化する使命〉という意識はヴィクトリア朝を通じて、演説、随筆、新聞・雑誌記事、小説、詩など様々な媒体で表現されたが、入植奨励のパンフレットにもしばしばそうした意識が反映されている。「（移民は）昔から文明の重要な原動力であったし、今もそうである。文明はある国でその任務を完了すると、そこからまた次の国に広がり、さらにまた他の国々へと広がり、ついには地球全体にその恩恵が広まるのである」[21]とあるパンフレットには記されている。

征服されたのは自然ばかりではない。当然のことながら、イギリス人の流入によってそこに住む先住民の多くは住む場所を追われていった。だが、入植奨励のパンフレットにおいて、先住民に関する記述は驚くほど少ない。『メアリ・バートン』の最後の場面でも、もとの原生林に暮らしていたに違いない人々の存在は完全にかき消されてしまっているが、これは〈文明化する〉民族であるという自意識を持ったヴィクトリア朝の人々のごく平均的なものの見方であったと言えるだろう。最後の節では、このような視点を可能とした国家アイデンティティの問題について詳しく見ていきたい。

第四節　国家アイデンティティの構築

自由貿易主義の結果起きる貧困や階級間の対立といった社会問題に対して、ギャスケルが移民という解決法を提示したことは前節で見たが、彼女はもう一つの解決法を示している。そして、それはディズレイリが『シビル』のなかで〈二つの国民〉と呼んだ富めるものと貧しきものとの和解である。「彼らのあいだには交流も共感もない。異なる地域か異なる惑星の住人であるかのように、お互いの習慣や考え方や感じ方について無知である」[22]とディズレイリは述べる。『メアリ・バートン』においても、ジョン・バートンが「(金持ちと貧乏人は)二つの世界に住んでいるぐらいに隔たりがある」(第一章)と言う場面がある。ヴィクトリア朝の文学やメディアでは労働者階級の人々はしばしば異人種や動物のイメージで表象され、中産階級との差異が強調された[23](図④)。こうした時代にあって、ギャスケルの小説を特徴づけるのは、労働者に対する同情的な眼差しである。『メアリ・バートン』で語り手は、「工場労働者にしばしば見られる表情の鋭さと知性」(第一章)について言及している。「奴らは人間というより獣だ」(第一六章)というひとりの工場主の言葉が当時の多くの人々の認識であったことを思えば、この語り手の言葉がいかにラディカルなものであったかがわかるであろう。

ギャスケルはこの分断された〈二つの国民〉が一つになることの重要性を主張した。『北と南』でヒロインの父ヘイル氏が工場労働者ニコラス・ヒギンズと面会する場面は、中産階級と労働者階級の理想的関係を表している。

まず最初に、上品かつ親切で、飾り気がなく古風な紳士であるヘイル氏が、その洗練され丁寧な物腰で知らず知らずのうちに、相手の内に秘めた礼儀正しさを引き出していた。ヘイル氏はすべての人間を等しく扱った。階級が違うからと

図④ ヘンリー・メイヒュー『ロンドンの労働とロンドンの貧民』(1851年) の挿絵
「煙突掃除の家」と題されたこの挿絵では煙突掃除の少年たちの皮膚の黒さが強調されている。

いって差別するなどということは彼の考えのなかには微塵もなかったのだ。(第二八章)

工場主ソーントンは物語の最後に、このヘイル氏とヒギンズのように、労働者と対等な立場で対話することを学ぶ。「いったん、大勢の人々のなかのひとりと一対一 (man to man) で差し向かい、雇用主と労働者の垣根をこえて関心を持つと、彼らはお互いすべての人が一つの人間の心を持っていることに気づき始めたのであった」(第五〇章)。国家を〈想像の共同体〉と呼んだベネディクト・アンダーソンは、「現実にはびこっているかもしれない不平等や搾取とは関係なく、国家はいつも強く水平的な仲間関係として意識される」[24]と論じている。中産階級と労働者階級、富めるものと貧しきものが「一対一」の対等な関係で結ばれ、互いを尊重しあうギャスケルの理想的社会は、アンダーソンの言う〈想像の共同体〉としての国家像なのである。

労働者階級をも包摂した国家をその作品のなかで構築していくために、ギャスケルは彼らがアングロ・サクソン文化の正統な継承者であることを強調する。『メアリ・バートン』のなかで、労働者たちがランカシャーの方言を使う箇所にギャスケルの夫ウィリアムが注をつけているのだが、その多くにはチョーサーやウィクリフ、シェイクスピアなどの出典が記されている。たとえば、ジョン・バートンが「もうこれ以上このことについては何も言うまい（I'll not speak of it no more.）」と言った箇所の注には「似たような二重否定の用例はチョーサーによく見られる」とあり、『カンタベリー物語』の「粉屋の話」からの引用が付されている（第九章）。このような数多くの注によって、読者は労働者たちが中世から連綿と続いている文学の伝統を引き継いでいるのだと意識する（Uglow 202）。[25]ギャスケルはまた、エベニーザ・エリオットやサミュエル・バムフォードなど、労働者階級出身の独学の詩人たちの詩を作品に取り入れることによって、労働者の声を包摂した新しい文学の伝統を創造しようとした。ウィリアムは後年、勤労者学校（Working Men's College）の講義で、「多くの人たちは、労働者や事務員や生活のため懸命に働く人々が文学などに関心があるのかと思われるかもしれない。だが今も昔も、最良の作品の真価をもっとも鋭敏に見抜くことができるものは、働く人々、とりわけ懸命に働く人々のなかに存在するのだ」（Uglow 116）と述べている。エリザベスもウィリアムも、中産階級と労働者階級が等しく国民文化を共有し、そして継承していく社会を理想としたのだった。

このような平等主義的理想はヴィクトリア朝の多くの著作に見られた。たとえば、この時代の精神を表した記念碑的著作とも言えるサミュエル・スマイルズの『自助論』（一八五九年）では、「詩人、哲学者、政治家」と並んで、「田畑を耕すものや炭鉱で働くもの、発明家や発見家、熟練工や機械工、職人」といったすべての労働者が、「偉大なる成果に貢献し」、次世代を「さらに高い段階へと導く」人々として列挙されている。スマイルズは続けて次のように述べる。

この気高い労働者たちが――文明の職人たちが――産業、科学、芸術の分野で混沌の中から秩序を創造したのだ。そして、この脈々と続く民族は自然のなりゆきとして、先祖の技術と勤労によって培われた豊かな財産を継承し、維持し、さらに豊かにして、次の世代へと引き継ぐのだ。[26]

ここには、文明が労働と結びついたものであり、共有財産としての文化は労働者を包摂した国民全体によって継承されるべきだという思想が表明されている。ギャスケルの最後の小説『妻たちと娘たち』は中産階級の世界を描いた作品だが、労働を伴わない文化の不毛さが、貴族的な気質を持ったオズボーン・ハムリーを通して示唆されている。「俗に言う上品な人だった。服装や身のこなしはほとんど女性的といっていいぐらいに繊細で、ごく些細な習慣まで注意深く守った」（第二二章）と描写されるオズボーンは、詩人として生活の糧を稼ごうとするが、成功しないままに早世してしまう。

『妻たちと娘たち』のヒーローは弟のロジャーだ。彼はオズボーンとは対照的に「完全な健康」（第三三章）に恵まれ、「実際的で、戸外での仕事に興味を持ち、父が森や農場で目にした日常のごくありふれた細々としたできごとを話すのを楽しんで聞く」（第二二章）ことができる人物である。オズボーンとロジャーとの差異は、前者がオーストラリア移住を考えるも実現できないでいるのに対し（第二三章）、後者がアビシニアへ科学探査の旅に出かけて成功するという点にも表れている。労働を厭わない強靭な身体の持ち主は、世界を制する可能性を秘めているのだ。

モデルとなったダーウィンのように、科学という〈知〉による世界秩序の再構築を試みるロジャーの目には、アフリカの広大な土地に住む人々の存在は無に等しい。ロジャーはシンシアへの手紙のなかで「この野蛮な国で、自分の愛情や研究や旅のこと以外、いったい何を書けるのだろう？　ここには社交界もなければ、華やかな行事もない。アビシニアの未開地では何かコメントできるような新しい本があるわけでもないし、ゴシップもない」（第三七章）と書いている。アビシニアはロジャーにとって自然の宝庫である一方で、文化的には何も書くべきものもない空白地帯なのである。イギリス人による科学探査のあとには、土地の〈改良〉と〈文明〉の移植が続くと先に述べた。そして、その担い手はメアリやジェム・ウィルソンのようにアングロ・サクソン文化の正統な継承者であるイギリス人の労働者たちだったのだ。

＊　＊　＊　＊　＊

以上見てきたように、ギャスケルの文学は帝国と密接に関連していた。ギャスケルは自由貿易主義の世界のなかで過酷な競争にさらされる人々の苦しみを描いたが、その解決法として彼女が提示した移民は、限りなく拡大する帝国を前提としたものであった。そして、その帝国を支えたのは〈文明化する使命〉を帯びた民族としての自負を抱いたイギリス人だったのだ。ギャスケルの文学は〈帝国〉という文化の反映であると同時に、その文化を形作る一翼を担っていたと第一節の最後で述べた。読者が登場人物の苦しみに同情を寄せ、植民地への移民に希望を見出したとき、ウィル・ウィルソンやピーター・ジェンキンズの冒険譚に心躍らせたとき、そして、ロジャー・ハムリーの科学探検の旅に思いを馳せたとき——このような一つ一つの瞬間を積み重ねて、読者は〈帝国〉をイメージしたのだ。また、ギャスケルの作品を読むことで、読者は労働者階級との和解の重要性を認識し、彼らを包摂した民族のアイデンティティを築いていったのだ。無論、作品と読者との関係はこのように単純なものではないという反論もあるだろう。実際、当時の人々の読書経験を検証していくことはほとんど不可能に近いぐらいに困難なことだ。だが、サイードの「帝国主義と小説は、一方を考察せずにもう一方を語ることはできないぐらい、互いに強く結びついている」というコメントは、『文化と帝国主義』の出版から二〇年近い歳月を経た今日においても、その重要性を失ってはいない。ギャスケルは一八六五年、イギリスがより積極的な植民地拡大政策に転換する新帝国主義の時代の幕開け以前にこの世を去った。サイードが述べたように、「小説——もしくは広義での文化が——帝国主義の〈原因となった〉」わけでは決してない。けれども、ギャスケルの文学が新帝国主義へと向かっていく国家の文化を構成する一つの要素であったことだけは確かなのだ。

註

（1）Bernard Porter, "What Did They Know of Empire?" *History Today*, October 2004, 42-46.

（2）Bernard Semmel, *The Rise of Free Trade Imperialism: Classical Political Economy, the Empire of Free Trade and Imperialism 1750-1850* (Cambridge, Eng.:Cambridge UP, 1970) 1-13; Patrick Brantlinger, *Rule of Darkness: British Literature and Imperialism, 1830-1914* (Ithaca: Cornell UP, 1988) ix-xi, 3-13.

（3）*The Examinar*, 14 June 1856: 371.

（4）Edward W. Said, *Culture and Imperialism* (London: Vintage, 1994) 84.

（5）Semmel 205.

（6）Anthony Howe, "Free Trade and Global Order: The Rise and Fall of a Victorian Vision," *Victorian Visions of Global Order: Empire and International Relations in Nineteenth-Century Political Thought*, ed. Duncan Bell (Cambridge, Eng.: Cambridge UP, 2007) 26.

（7）Karl Marx and Friedrich Engels, "The Communist Manifesto," ed. David McLellan (1848; Oxford: Oxford UP, 1998) 5.

（8）"Defeat of the Anti-Corn Law League in Huntingdonshire: The Speech of Mr George Game Day, on That Occasion, at Huntingdon, 17 June 1843" (London: J. Olliver, 1843) 12.

（9）Virginia Berridge, "Opium Eating and the Working Class in the Nineteenth Century: The Public and Official Reaction, *British Journal of Addiction* 73 (1978): 107.

（10）Angus Bethune Reach, *A Cotton-Fibre Halo: Manchester and the Textile Districts in 1849*, ed. Chris Aspin (Hebden Bridge: Royd, 2007) 49-62.

（11）Angus Bethune Reach, *The Yorkshire Textile District in 1849*, ed. Chris Aspin (Helmshore, Lancashire: Helmshore Local History Society, 1974) 34.

（12）Barry Milligan, *Pleasures and Pains: Opium and the Orient in 19th-Century British Culture* (Charlottesville: UP of Virginia, 1995) 20.

（13）Semmel 153.

（14）Benjamin Disraeli, *Sybil: Or the Two Nations* (1845; Oxford: Oxford UP, 1986) 46.

（15）Martin Green, *Dreams of Adventure, Deeds of Empire* (New York: Basic Books, 1979) xi.

（16）Peter Raby, *Bright Paradise: Victorian Scientific Travellers* (London: Chatto & Windus, 1996) 5-7.

（17）Raby 20.

（18）Semmel 10-11.

（19）William Cattermole, *The Advantages of Emigration to Canada*

(London: Simpkin and Marshall, 1831) 1.

(20) John Galt, *Autobiography*, vol. 2 (London: Cochrane and M'crone, 1833) 59.

(21) Robert Mudie, *The Emigrant's Pocket Companion* (London: James Cochrane, 1832) 34.

(22) Disraeli 65-66.

(23) Tim Barringer, "Images of Otherness and the Visual Production of Difference: Race and Labour in Illustrated Texts, 1850-1865," *The Victorian and Race*, ed. Shearer West (Aldershot: Ashgate, 1996) 34-52.

(24) Benedict Anderson, *The Imagined Communities: The Origin and Spread of Nationalism*, rev. ed. (London: Verso, 1991) 7.

(25) Gordon Bigelow, *Fiction, Famine, and the Rise of Economics in Victorian Britain and Ireland* (Cambridge, Eng.: Cambridge UP, 2003) 146.

(26) Samuel Smiles, *Self-Help* (1859; Oxford: Oxford UP, 2002) 20.

第五章

自　然

――牧歌から農耕詩へ――

大田　美和

ピーター・デ・ウィント『川辺の村』（1824年頃）

Chapter 5

Nature: From Eclogues to Georgics

Miwa OTA

第一節　ロマン主義と小説における自然描写

ロマン主義がイギリス小説に与えた最も大きな影響は、自然の風景と人物の感情との呼応関係である。ロマン主義以前には自然描写はあくまでも背景であって、それが人間の感情を代弁するということは考えられなかった。ゴシック小説は崇高の概念を小説というジャンルに導入することに貢献したが、初期の段階では、自然を描写する際にはプロットが停止し、登場人物は自然の前で単なる鑑賞者になっていた。その後、人物の心境と自然が呼応するものとして描かれるまでには時間がかかった。小説における自然描写のロマン主義以前と以後の興味深い変遷は、オースティンのテクストに見ることができる。オースティンの『説得』（一八一八年）では、それまでの彼女の小説には見られなかった自然と人間の感情の呼応関係が見られ、十八世紀の小説からヴィクトリア朝小説への接近が見られる(1)。ギャスケルはゴシック小説や幽霊物語を書いていても、通常はブロンテ姉妹のようにロマン主義的な作家とはみなされていないが、「墓掘り男が見た英雄」（一八四七年）の満潮によって水没するモアカム湾の流砂や「異父兄弟」（一八五九年）の猛吹雪のような、襲いかかる自然の脅威と、そのような危険に出会ったときに神ならぬ人間にもようやくわかる優れた人間性は、ロマン派の詩人たちが好んで取り上げたテーマでもあって、彼女がロマン主義以後のヴィクトリア朝の作家であることを示している。自然と人物の呼応関係という問題について、『ルース』（一八五三年）を例にして検討してみたい。

『ルース』は美しい少女の恋と駆け落ち、恋人の裏切りというロマンスの枠組をそのプロットの一部に持つ小説である。恋人の裏切りのショックによる発狂や急死、不義の子の出産による社会的制裁に代わる死というようなロマンティックな結末はルースには用意されていないが、彼女はロマンスのヒロインにふさわしく、最初からロマンティックな衝動を隠し持つ少女として提示される。第一章の物語の開始直後に、かごの鳥にたとえられたお針子ルースは、冬の夜空の美しさに魅せられ、単調で長い針仕事に疲れて窓の外に目をやり、夜の冷たい空気にあたりたいと願う（図①）。

これは表向きは子どもの頃田舎で味わったような自由への希求として語られるが、もはや幼児ではないルースが、狭い空間の同性の年長者の監視（ここでは婦人服屋のミセス・メイソン）から逃れて、屋外に出たいと望むところには、エロティックな欲望が暗示されている。しかしながら、もちろんこれは上品な暗示である。たとえば、エミリ・ブロンテの『嵐が丘』（一八四七年）のキャサリン・アーンショウが冬の夜風に身をさらすときすでに常軌を逸していることや、ヒロインが雷の電光に興奮し、夜の街を彷徨するシャーロット・ブロンテの『ヴィレット』（一八五三年）を読んだマシュー・アーノルドやハリエット・マーティノーがそこに作者の「病的な」結婚願望を読み取った[2]ことを思えば、この欲望の慎ましい暗示は、正常な女性の性のめざめとして許容できる範囲内で描かれていることがわかる。当時の読者が許容できなかったのは、この後明らかに「堕ちた女」になるルースが「淪落」の後も、彼女を取り巻く美しい自然描写によってその美しさと無垢を賞賛されたことである。

図① アナ・エリザベス・ブランデン（マリノ夫人）『お針子――シャツの歌』（1854年）

ベリンガムと恋愛関係になり、彼と久しぶりに自分の生家を訪れたとき、ルースは付き添いなしには外出しないというミドルクラスのマナーからはすでに逸脱しているが、庭の草花の美しさは彼女の無垢な美しさを盛り立て、かつてルースの父母の使用人だったトマス老人が悪い予感にかられながら何もできないところには、ルースの無思慮よりも不運を強調しようとするロマンス的な運命観が窺える。

　ギャスケルのテクストにおける自然と人物の呼応関係は、この後、第二四章のルースとベリンガムの砂浜での対決という、ヒロインの精神的危機にあたって、より洗練された形で表れている。この章でルースはベリンガムと再会し、彼の結婚の申し出を拒否する。この直後の自然描写はきわめて現実的だが、その後、気力を使い果たしたルースが気絶してからの自然描写は、ヒロインの精神的危機の高まりと連動して、背景としての自然にとどまらない、心象としての自然、象徴としての自然に変貌する。意識をすぐに回復したルースは、ベリンガムをもう一目見たさに岩の先端によじ登る。しかし、目に入ったのは、いざというときの助けとして配された漁師のみであり、涙に暮れる。そして、肉体と魂の限界に達したと思われて目を閉じた後、壮麗な日没の風景に目を開かれる。

　彼女は目を閉じたが、閉じたまぶたを通して、真っ赤に燃える光が感じられて、目を開いた。雲がわれて、真紅に光り輝く太陽が、遠くの紫色の丘の陰に沈もうとしていた。西の空全体が一つの炎となって燃えていた。その華麗な眺めにルースは我を忘れた。彼女はじっと見つめながら起き上がって、なおも見つめているうちに頬の涙は乾き、どういうわけか人間的な心配や悲しみは、無意識に感じられる神の無限性の中に呑みこまれてしまった。入り日が、賢く優しいいかなる言葉もなし得ないほどに、彼女の興奮をなだめたのである。入り日は彼女に力や勇気さえ与えるように思われた。どのようにしてか、なぜなのか、彼女にはわからなかったが、とにかくそうなったのだ（第二四章）。

「どういうわけか」「どのようにしてか」「なぜなのか」と繰り返されるのは、ロマン主義的な自然の力だけではなく、人には計り知れない神慮というものを強調し、さらにはルースの無知と同義語に近い無垢を強調したいからであろう。その後、ルースは夢遊病者に似た状態を経て回復したと語り手は語るが、夢遊病の症状の詳細については語らず、正常の側に踏みとどまる。ロマン主義の影響があっても、ギャスケルのテクストにおいては、自然と超自然の間には越えがたい境界があり、ギャスケルが超自然を描くのは、ゴシック小説と明らかにわかる短篇においてのみである。そして、理性では統御しきれない性愛の問題については、未来を見ようとすると、闇の中に赤い光の点が見えると語るにとどまる。この赤い点は言うまでもなく、ホーソーンの『緋文字』（一八五〇年）に通じる姦淫の隠喩である。

ロマン派の男性中心的な自然観からギャスケルも免れてはいない。ギャスケルの女性たちは花や小鳥に彩られ、男たちは海や嵐と結びつけられる。女性は囲われた自然であり、女性という自然は馴化される。堕ちた女たちは、傷ついた獣にたとえられる。『メアリ・バートン』（一八四八年）の病み衰えた街娼エスタの心境について、宿の女主人は「遠い田舎なら野生の動物みたいに林の中か岩の割れ目の中に行ってひっそり死ねるけど、ここは通りにいると警察が放っておいてくれないから、静かに死ねる場所が欲しいって」と語り、瀕死のエスタは「傷ついた鹿が重い足を引きずって、自分の生まれた緑の涼しいねぐらに死ぬためにもう一度帰ってくるように」帰宅する。（第三八章）懸命の努力の末自立を遂げたルースも、最後は「狩りで追われた可哀想な獣のように、ランドゥー付近の高原で、打ちひしがれ、人目につかないようにうずくまった姿」（第三六章）が葬儀の際にミスター・ベンソンによって思い出される。『妻たちと娘たち』（一八六四〜六六年）も、女性という自然が飼いならされ、利用され、耕作され、踏査される物語である(Uglow 585)。

しかしながら、ギャスケルのテクストにおけるジェンダーやセクシュアリティが見かけほど単純ではないことは、異性装や夫婦を装う同性のカップルの頻出や、ジェンダー規範の揺らぎなどに注目することによって、すでにユーグロウやボナパルトが明らかにしている。ギャスケルと自然の問題を考えるときに欠かせない、ギャスケルが牧歌の名手であるという評価のしかたも、若干の修正が必要になっている。

第二節　旅とマンチェスターと自然描写

ギャスケルは、親戚・知人を長期にわたって訪問するというミドルクラスの慣習とイギリス全土に広がるユニテリアンのネットワークに支えられて、少女時代からロンドン、ニューカッスル、エディンバラ、リヴァプール、湖水地方、ウェールズなどをたびたび訪れた。さらに、好奇心と田園への脱出願望によって、ドイツ、フランス、イタリアなどの海外旅行を経験し、自らの観察に基づく自然描写を行うことができた。

彼女は、プロの作家となってからは旅費の工面のために執筆し、旅から得たその土地の魅力の発見を取り入れた作品を産み出している。『シャーロット・ブロンテの生涯』（一八五七年）をめぐる訴訟の最中にも、ストレス解消を兼ねて外国に出かけている。またオースティンゆかりのハンプシャー州に老後の住宅を購入するなど、工業都市から田園への脱出願望を常に持っていた一方で、拡大の一途をたどる工業都市の中で田舎の良さを実現する努力を重ねている。ギャスケルは、マンチェスターで二度転居しているが、最初の住まいであるドーヴァー・ストリートは、スラム街や工場に近い郊外であった。次の住居のアッパー・ラムフォード・ストリートは、窓から見える野原で搾乳や干し草作りが行われており（Uglow 84）、最後に移ったプリマス・グロウヴでは、彼女自身が広い庭で牛、鶏、豚を飼い、野菜を栽培している（Uglow 262）。自宅に不在がちなギャスケル自身が家畜の飼育や農作業に携わることは少なかったとしても、この都会におけるささやかな抵抗は注目に値する。近世においては、菜園管理や鶏の世話や卵類の販売は女の仕事とされており[3]、家計の足しにもなっていた。犬がペットとして普及する以前は、紳士が巨大な牛を飼育して品評会で賞を取ることが富と階級の誇示につながった時代もあった[4]。「イングランドの一世代前の人々」（一八四九年）と『クランフォード』（一八五一～五三年）に登場するフランネルのチョッキを着せられた牛は、その名残である。一方、ガーデニングや家庭菜園が都会人の趣味になったのは二十世紀に入ってからである。家庭内のアイドル・ウーマンが男性のステイタス・シンボルであったヴィクトリア朝前半のギャスケル家の家禽と菜園は、この中間の位置にある。言い換えれば、彼女は、ナッツフォードで親しんだ十八世紀的な自然とのつき合い方を工業都市マンチェスターでも継承しようと努力したと同時に、失われた自然との関係の回復に努める現代人のエコロジカルな姿勢を先取りしてもいるのである。

マンチェスター暮らしが反映された人と自然との関係は、短篇「リビー・マーシュの三つの祭日」（一八四七年）に見られる。聖霊降臨祭に、お針子のリビー・マーシュは、隣人で身体に障害を持つ少年フランキーとその母とともに、他のマンチェスターの労働者たちと同様に、郊外のダナム公園（図②）に出かける。ここでは、ロマン主義的な田園の風景が都会の人間の心を癒すという典型的な描写が行われている。

長い間ダナム公園は、マンチェスターの労働者たちにとって、お気に入りの行楽地であった。私が知っているよりもずっと長い間そうであった。おそらくあの公爵が自分の運河を造って安い旅のシステムを始めて以来ずっとであろう。マンチェスターの忙しさや騒がしさと完全に対照をなす公園の景色も、彼らのお気に入りであった。雷が落ちてところどころ白くなっている古い樹木や、（キーツが「ナイチンゲールのオード」で歌った）「緑の草木の壁」や、どこか遠く離れた林間の空き地に続いている草深い散歩道——そこでは去年生えたシダの間でかさこそと音を立てるウサギに驚いたり、モリバトの鳴き声がこの場に唯一ふさわしく調和した音に思えたりする——によって余すところなく森林地となっていて、確かに、この完璧な牧歌的な安らぎ、この容易に手に入る静けさ、魂を包み込む田舎の緑のイメージ、これこそが都会人にとって都会ともっとも完全な対照をなし、結果的にそのような人々に対して最大の魅力を発揮するのである。（第二の祭日）

図② 現代のダナム・マッシー・ディア・パーク

もっとも、ギャスケルも工業都市に対して外部から近づくというヴィクトリア朝前半のミドルクラスの視点を共有していた。工業都市のうす暗い地域や都市の富の裏面を原始的な荒地とみなしたジェイムズ・ケイ医師（のちのジェイムズ・ケイ＝シャトルワス）や恐るべき自然のエネルギーをもったものとみなしたカーライルと同様に、ギャスケルは『メアリ・バートン』第十九章で鋳物工場を火山や地獄の脅威のように描いている。「リビー・マーシュの三つの祭日」では、郊外から見たマンチェスターが次のように描かれる。

女たちはフランキーのハンモックをかつぐ男たちの後について草深い丘に上った。その頂上には松林があって、その幹は日の光を浴びて深紅がかった黄金のように見えた。彼らはフランキーをそこに連れてきて、かなたの青い平原の中にあるマンチェスターと、それを背景にして前景の森林地が丸みを帯びた、くっきりした線で横切る様を見せてやった。この平らな草原のはるかかなたに目をやれば、大都市の上にたれこめて動かない、雲のような煙が見えるかもしれない。それがマンチェスター——醜くて、煙でくすんだマンチェスター、忙しく、真面目に、気高い労働に従事する親愛なるマンチェスター——である。子供たちが生まれ、おそらく何人かはそこで死んで埋葬されている場所、彼らの家があった場所、神が彼らの人生を割り当て運命を切り開くように命じている場所なのだ。（第二の祭日）

労働者たちが休日に丘から眺めるマンチェスターの風景は、皮肉にも、支配階級（工場の雇用主と都市の中流および上流階級）の視点から見たマンチェスターと一致し、支配階級の見る黄金時代の復活の夢に同一化することでしか、自己実現ができない労働者の悲哀をあぶり出す。この同一化は、労働者が雇用主と一致団結して仕事に励むからこそ、共通の利益に向かって前進する力が生まれるというヴィクトリア朝前半の社会の信念の現れである。ギャスケルはマンチェスターで貧民の生活に接した作家として、「労働者は怠けるから、貯金をしないから貧しくなる」という偏見に基づく自己責任論を展開する支配階級の見方からは脱しており、労働者の状況に理解を示してはいたが、ストライキなどの労働運動による制度改革や法改正よりも、雇用者の道徳的目覚めにより労使の協調を進めるという点では、ディケンズら他のヴィクトリア朝前半の作家と同じ考えを持っており、それがこのマンチェスターの遠景の描写にも反映している。

この休日の描写には、また、工場でともに働く仲間が近くの野原で休日を楽しむという、かつての農村共同体的な余暇の楽しみ方が表れている。工場では男たちの逞しい腕力よりも女や子どもの従順で器用な労働力のほうが重宝され、[5] 綿織物工場では労働力の五分の三が女性であって、[6] それまでとは異なるジェンダー配置がなされていたのに対して、この休日ではショールで作ったハンモックでフランキーを頂上まで運んでくれる男たちの気前の良さと腕力が感謝されている点も、農村共同体に近い。現実のイギリス社会では、都市化の進行によって人々の生活は農村的伝統から切り離され、共同体的祝祭日の重要性も薄れていった(7)。したがって、この短篇小説に描かれる聖バレンタインデー、聖霊降臨祭（復活祭後の第七日曜日）、ミカエル祭（九月二九日）の三つの祭日は、地方工業都市に残る農村的伝統、ひとときの牧歌の夢の実現といえる。この後、ヴィクトリア朝後半になると、ミドルクラスだけでなく労働者も鉄道で日帰り旅行を楽しむようになる。たとえば、『日陰者ジュード』（一八九五年）では、ジュード一家が汽車に乗って農業展覧会に出かけるが、その時生活の場から離れた行楽地で出会うのは見知らぬ他人となるのである。

第三節　牧歌とヴィクトリア朝前半の社会

「牧歌（pastoral）」とは農村生活の美しさを都会の上流階級の視点から歌う様式であるが、ギャスケルの牧歌は、時代の変化、近代化を認識した上での複雑な語りから成り立っており、ジョージ・エリオットの『ミドルマーチ』（一八七一～七二年）やハーディのウェセックス小説の先駆けである、というのが現在定着した評価である（Matus 90-107, 148-63, 178-98）。

ギャスケルの身近な先輩著述家であったウィリアム・ハウイットは、ギャスケルが田舎の習慣や迷信について書いた手紙の抜粋を『イングランドの田園生活』の第二版（一八四〇年）に採用しているし、『名所歴訪』（一八四〇年）に一八三八年に彼に送ったクロプトン屋敷の記述を取り入れている（Uglow 118）。ギャスケルが農村生活の美しさのみを強調して、農民の労苦や自然の暴威や田園の野卑を排除したのであれば、それは牧歌にすぎないが、そうではない。ヴィクトリア朝後半の作家ハーディが有望な新人作家として認められるためにまず牧歌の達人としての地位を築いたように、ギャスケルも同時代人に自分の新しい作品世界を受け入れさせるために牧歌という形式を必要とした。

ヴィクトリア朝前半の作家たちは、都会の富裕な支配階級が直視しようとしない、貧民の現実という問題を彼らにうまく伝えようとした。たとえば、ディケンズは、読者と作家の大半が、品性を堕落させるものや、精神を高尚にしないから目にしたくないものがヴィクトリア朝前半の社会にはたくさんあることを熟知していた。そこで、「そんなことは知りたくない、議論したくない、認めない」と言う『互いの友』（一八六四～六五年）のポズナップ氏や、事故や不幸や犯罪など不愉快なことをその前で話してはならない『リトル・ドリット』（一八五五～五七年）のジェネラル夫人のような読者の偏見を突き崩す、衝撃的な描写を行った。首相までつとめたメルボーン卿が、ディケンズの『オリヴァー・トゥイスト』（一八三七～三九年）に対する賛辞を期待するヴィクトリア女王に向かって、「救貧院や棺桶職人やスリの話ばかり。こんな低級で品性を堕落させる話など読みたくない[8]」と酷評したことを思えば、工業都市の貧民の暮らしを小説に書こうとするとき、ギャスケルが牧歌の形式を使ったことは不思議ではない。たとえば、ミドルクラスの読者に対してもっとも大胆な一矢を放った第一作『メアリ・バートン』は、グリーン・ヘイズの緑の田園風景から始まり、カナダの町はずれの古い木が一本だけ残っている開拓地の家族の風景で終わるという牧歌の枠組を生かしたものになっている。「二つの国民」の格差問題に読者の注意を喚起したディズレイリも、初期のディケンズも、ミドルクラスの男性の位置から貧民を見下ろして戯画化していたのに対して、女性作家たちは女性にふさわしいとされた感情の力によって、時代の変化の中で苦しむ人々の暮らしを同情的に描いた。同時代の作家たちが時代の変化の中でどのように牧歌を描いたかを概観して、ギャスケルの描写と比べてみたい。

シャーロット・ブロンテの『シャーリー』（一八四九年）は、人生において積極的な役割を否定されている労働者と女性の置かれた状況の関係性を初めて明らかにしたが[9]、語り手が最後にこの現実の歴史的な場所を妖精たちが見捨てた工場地帯とみなすことで、遠い昔の牧歌として保存され、現在に続く時間の連続性は断ち切られてしまう。

ジョージ・エリオットの牧歌と言えば『アダム・ビード』（一八五九年）だが、時代の変化と牧歌という点では他の作品を見るべきだろう。『牧師たちの物語』（一八五八年）や『サイラス・マーナー』（一八六一年）では、忍び寄る変化から一時切り離された農村社会が人間性回復の場となるが、この世界にも早晩変化が訪れるという認識はテクストに示される。『ミドルマーチ』は、「地方生活のスケッチ」として、ジョシュア・リッグやブルック氏の借家人といった貧しい下層労働者の声を書き込んではいるが、ヴィンシーの経営する工場と労働者の姿は支配階級がそれを直視しないのと同じく、読者にも呈示されない。読者は、貧しい密猟者に対する厳罰を取りなすのに失敗するブルック氏や釣りを楽しむ教区牧師と同じレベルから、朝耕作を始める農業労働者を見て生の辛抱強い繰り返しに気づき励まされるドロシアのレベルまで引き上げられる。牧歌的な円環的時間は、三組の夫婦のうちメアリとフレッドの幸福に託されているが、それが鉄道敷設以前の親世代の幸福のあり方の踏襲であって、読者の生きる一八七〇年代のイギリスでは再現不可能な牧歌であることを読者は十分承知したままこれを失われた黄金時代への郷愁として読む。作品全体としては円環的時間を担保しながら、人間の努力による前進を希求している。つまり、人間性を置き去りにしているように見える進歩に対し、人間性こそ進歩を促進するという倫理観が打ち出されているのである。

ギャスケルも、このような倫理観を共有しているが、牧歌的枠組に対する意識が興味深い。ギャスケルのよく似た物語の変奏のうち、聖職者の娘が失恋の痛手から病に倒れ生死をさまようという点でよく似たプロットを持つ、「ハリソン氏の告白」（一八五一年）と『従妹フィリス』（一八六三〜六四年）を比べると、前者が牧歌的な枠組の美しさをそのまま作品の美しさとしているのに対して、後者がその枠組への批判の視点を内包しているという違いを持つことに気づく。「ハリソン氏の告白」は、母のいない家庭で長女としてのつとめを果たすヒロインのけなげな姿を強調しながらも、労働よりももっぱら田園の美しさを強調している。ソフィーの住む牧師館を初めて訪れたとき、語り手は、姉が弟に文字を教えている室内の風景（図③）と、窓の向こうの庭の咲き乱れる花々という、絵のような光景に魅了される。

「ソフィー、モーガン先生がいらしたわ」と彼女は奥の部屋に通じるドアを開けながら言った。あやうく転びそうになったのでよく覚えているが、私たちは階段を下りていき、私は内部の絵のような光景にとらえられた。少なくともドアの枠から見ると、それはまるで絵のようだった。室内には深紅と海緑色の混ざったような色があり、その向こうには日の当たった庭が見えた。部屋には低い開き窓があって、竜涎香のように香る外気に向かって開いていた。何房もの白薔薇が庭から部屋をのぞきこみ、ソフィーは床に置いたクッションの上にすわり、日の光は彼女の頭上から射し、健康そうで丸い目をした少年が姉のかたわらに膝まずいて、彼女にアルファベットを教わっていた。

（第三章）

図③ アーサー・ボイド・ホートン『本を読む母子』（1860年頃）

その後、ソフィーの弟が病死しても、語り手が村の女たちの噂によって田舎の面倒な人間関係に巻き込まれても、この牧歌的な風景は損なわれることがない。それに対して『従妹フィリス』では、語り手は、田園と少女の美しさに魅せられながら、それらが他者の視点によって美化され時には歪められるという自覚を養うようになる。このような自覚を「反牧歌」と呼ぶことは可能ではあるが、もはや「牧歌」という言葉だけでは説明しきれない問題が残る。この問題については次節で詳しく述べたい。

第四節　女性と労働者の農耕詩

家庭小説の作家と社会小説の作家の二つに分裂していたギャスケルのイメージを、パッツィー・ストーンマンがフェミニスト批評によって結びつけたように、牧歌ではなく、農耕詩という用語を使うと、ギャスケルの分裂したイメージを統合することができる。農耕詩とは、力強く辛抱強い労働の価値を強調する様式であり、安らぎの代わりに仕事を強調するため牧歌とは異なる。[10] 十九世紀には牧歌・農耕詩というジャンルは廃れたが、たとえばジョン・クレアは、囲い込みによる田園崩壊を経験した貧農として、かつての田園を懐かしむと同時に、牧歌的な自然観を諷刺する詩も作っているし、ギャスケルが引用したエベニーザ・エリオットやロバート・ブルームフィールドは反牧歌を作った。『メアリ・バートン』でマーガレットが歌い、メアリが父のために書き写したサミュエル・バムフォードの「貧者に神の助けがあらんことを」（一八四三年）や田舎のバラッド「オールダムの織工」（一八一五年）も、農耕詩の伝統に数えることができる。

ワーズワスが大学時代にウェルギリウスの『農耕詩』を翻訳して後の詩作に生かしたように、ギャスケルは作家となる前に繰り返しワーズワスを読んで、幼年時代の思い出と記憶の作用だけではなく、『逍遙』（一八一四年）に描かれた児童労働のような労働者の悲惨な状況への視点も学び取った。ワーズワスの「サイモン・リー、老いた猟犬係」（一七九八年）や「最後の羊」（一七九八年）が生活のために辛苦をこらえて労働する権利さえ奪われた社会が作り出した農耕詩だとすれば、[11] ギャスケルは工業化の進んだヴィクトリア朝前半の社会の農耕詩を描いたと言える。

ギャスケル夫妻の詩「貧しい人々のいる風景」（一八三七年）は「クラッブのやりかたで、しかしもっと美に注目した態度で」（*Letters* 12）書いてみたものであり、ワーズワスの『カンバーランドの老乞食』（一八〇〇年）のような美しい真実（*Letters* 12）を詩にしたいというギャスケルの認識は、牧歌の枠組の中にある。しかし、この詩は『メアリ・バートン』のアリス・ウィルソンの物語という形で牧歌から農耕詩に発展している。認知症になった後もアリスの語り続ける農村の思い出は、殺人犯の究明という主筋の深刻さを和らげる効果を第一とするために、失われた黄金時代への賛歌すなわち牧歌に見えるが、彼女がいつも幸せそうに見えたのは、辛くても誰かの役に立つという労働の喜びに輝いていたからである。

ウィリアム・ギャスケルの「みすぼらしい生活の詩人」の講

義には、女性詩人が含まれていなかったし、同時代の女性熟練工の詩人たちのギャスケルへの影響の詳細は明らかではない（Uglow 116）。ギャスケルのテクストでは、洗濯女（図④）やメイドや乳搾りの女性は可視の存在ではあっても、彼女たちの労苦を嘆く声はほとんど示されない。『メアリ・バートン』のアリスは洗濯を初めとした雑役婦（charwoman）だが、決して不満を述べない。「リビー・マーシュの三つの祭日」のマーガレット・ホールが、貧困ゆえに息子の葬式を出してすぐ洗濯に出かけなければならない苦しみを漏らすのみである。手動の洗濯機の発明後も高級衣類の洗濯には細心の注意が必要であり、洗濯女の労働の質と量は変わらなかった。

十八世紀の労働者詩人メアリ・コリアは『女性の労働――スティーヴン・ダック氏への書簡』（一七三九年）で、洗濯を頼まれた家に夜明け前に行き、汗と血を流して大量の洗濯物を洗う様子を歌っている[12]。コリアは女の気楽な労働態度を揶揄したダックを批判して、「夜が来てあんたたちが家路につく頃も仕事が終わるまで私らは働き続けなければならぬ／そしてつらい仕事が終わったあとで／やっともらえるのは六ペンスか八ペンスだけ／苦労をしても将来の見通しもない／あるのは老いと貧乏ばかり」と歌う。スティーヴン・ダックは「シジフォスのごとく、われわれの仕事は終わらない」と嘆いたが、ことわざが示すとおり「女の仕事は限りがない」のだ。

産業小説『北と南』（一八五四～五五年）は、南部出身のマ

図④ アルバート・ラザストン『洗濯する少女たち』（1906年）

ーガレットが、名付け親から相続した富によって、経済的支援者として北部の工場経営者ソーントンと結婚する物語である。南部の牧師館を取り巻く美しい自然描写に対して、北部の自然描写は少ない。工業都市ミルトンは最初、草とハーブの匂いがしないところとして認識され（第七章）、周りの野原には生垣の花や溝の花しかない（第八章）が、その香りのない野生のスミレやキンポウゲの花束が工場労働者のベッシーとの友情のきっかけを作る。ソーントンの家でマーガレットが労働者の襲撃に倒れたあと、第二四章の冒頭では珍しい自然描写が見られる。

暑い空気のなかでそよ風がかすかに動いた。そこには葉叢を抜ける風に吹かれて楽しげに揺れる木はなかったが、マーガレットは、どこか他の場所で、道ばたや雑木林や深い森の中で、木の葉たちがどんなふうに楽しくさざめきながら踊っているのか――音が激しくなったりやわらいだりする様子――がわかっていた。そしてそのことを考えると心の中で遠くの楽しい音がこだまするのであった。（第二四章）

この遠くの楽しい音は、追憶の中の故郷ヘルストンの田園の物音であろう。そこで彼女は前途有為の弁護士の求婚を断ったのだが、この自然描写は、彼女の人生二度目の求婚と拒絶を予感させるものとなっている。また、暑さをそよ風が和らげるという一文は、第一三章の章題「蒸し暑い場所へ優しいそよ風」を思い起こさせる。そこではそよ風は現実の自然描写ではなく、ベッシーの苦痛をやわらげるマーガレットの南部の物語の比喩として使われていた。それに対してこの場面は、そよ風は現実のそよ風の描写であると同時に、追憶の中のそよ風と周囲の自然を想起させ、牧歌的な穏やかな喜びの世界が男性の求婚によって陰らされた過去の記憶をよみがえらせる。都会の乏しい自然ならではの重層的な効果をあげているのである。この後、小説のプロットは、ソーントンとの感情の行き違いを経て最後の結婚に向かうが、その進み方は直線的ではない。現実から目を閉ざせば閉じた牧歌の世界に浸ることはできるが、マーガレットにはそのような逃避は許されず、悩み苦しみながら前進するのである。

自然の乏しい北部の工業都市に比べて、南部の美しさは圧倒的な印象を与えるため、ストライキを扇動して失業したニコラス・ヒギンズが、自殺した同僚バウチャの妻と遺児たちを養うために、南部で農業労働者として働こうと考えたのも、無理はないように思われる。マーガレットは、南部の労働の悲惨さを次のように語る。

「あなたは退屈な生活に耐えられないでしょう。あなたはそういう暮らしを知りません。それは錆のようにあなたをむしばむことでしょう。そこに一生暮らしている人たちは、よどんだ水に浸るのに慣れています。一人ぼっちで陽炎の立つ畑で口もきかず、うつむいた頭を一度も上げずに働き続けるのです」（第三七章）

しかし、これだけでは現代の読者には、あれほど強調された楽園の夢を否定するだけの説得力は乏しいように思える。マーガレットはハンプシャー州の農業労働者の賃金を週給九〜十シリングと見積もっているが、現実には、十九世紀の農業労働者の生活は工業都市から遠いほど貧しく、世紀の半ば頃でも南西州で働く労働者の賃金は八十年前と同じ、週に七シリング六ペンスであり、多くの工場労働者の給与の半額以下であった[13]。

このように前世紀から変わらない南部の農村事情を思えば、ここに十八世紀の農民出身の詩人スティーヴン・ダックの「脱穀夫の労働」（一七三〇年）を並べてみることは、現代人の理解を助けるだけではなく、ヴィクトリア朝前半の社会の人々が近い過去を振り返ったときに見えるものが、牧歌的な楽園だけではないことを教えてくれるだろう[14]。ダックは単純な労働の苦しさを「わしらの汗は幾筋もの塩辛い流れとなってすばやく流れ落ち／髪からぽたぽた、顔からぽたぽた滴り落ちる／わしらの仕事に休みなどない／やかましい殻竿は果てしなく動き続ける／旦那がいなけりゃ安心して遊べるかと言えば／殻竿が止まるからすぐばれるし／退屈な仕事を紛らし過ぎゆく時を楽しむために／羊飼いのように陽気な物語を語ることもできない／殻竿のたてる音に声がのみこまれて消えてしまうから」と歌い、搾取の現実を、「毎週毎週この退屈な仕事を続けるのさ／唐箕で殻や屑と実を振り分ける日が新しい仕事をくれないかぎりは／新しいと言ってもたいていはもっとひどい仕事なんだが／脱穀機も旦那の悪態には止まる／旦那は脱穀した量をはかり、一日あたりの出来高を計算して／半日も遊んでいたとののしる」と歌っている。

北部には、不況時の賃金低下と解雇による飢餓の怖れはあるにしても、好況期には南部より大きい労働の喜びと現金収入という利点がある。これは工業都市から見た南部の田園に対する新しい視点の確保である。マーガレットが語った楽園としての南部は、工場で綿毛を吸って肺結核を病むベッシーにとって苦痛を忘れるための虚構の装置でもあった。父と異なり、読書や講演会の聴講という知的な趣味を持たないベッシーも、人間的に生きるためには信仰が約束する天国だけでなく、この牧歌的な夢にすがらずにはいられなかった。そして、ニコラスは娘以上にこの虚構を夢見るしかないところまで追い込まれていたのである。この虚構の装置としての南部が瓦解すると同時に、北部を文化的に遅れた地域とみなす南部からの視点もまた覆される。

この後、南部は衝撃的なエピソードによって、血と暴力のイメージを与えられる。第四六章で、ヘルストン再訪時に聞かされる、ジプシーの占い師に貸した服を返してもらえないことが夫に露見しないようにするため、まじないとして猫を生きたまま焼いたという挿話である。この挿話では、ジプシーに負わされることの多い不気味さが、一時は理想化された農村のイギリス人女性に負わされていることが興味深い。実はこれ以前にも南部の野蛮は語られていないわけではない。第一六章では、召使いのディクソンが、二代前のジョン卿が小作人に対する搾取を批判した執事をその場で撃ち殺したと語っている。ここには、一つの国家の中に進歩と遅れ、野蛮と文明が同時に存在したヴィクトリア朝前半の社会の複雑さが表れており、ギャスケルは、南部の野蛮の描写によって迷信の後進性を非難するというより、猫の断末魔の苦しみに何も感じないことへの驚きと非難を示して、ディケンズやジョージ・エリオットと同様に、変化に苦しむ弱い他者への同情的一体化をすすめている（Matus 160-62）。

牧歌の傑作とされる『従妹フィリス』のフィリスも「農耕詩」として読むことができる。この小説は無垢な乙女が初恋に破れるという悲哀な牧歌ではなく、無垢な乙女と決めつけられたために苦しむ、知性をもつ女性の反牧歌である。結末の「私、生きるわ、生きてみせるわ」というフィリスの言葉には明るい将来の展望は見えないが、『コーンヒル・マガジン』の都合で断念された別の結末には、積極的な可能性が示されている。ギャスケルの手紙（*Further Letters* 259-60）によれば、この別の結末では、フィリスの父の死後、結婚した語り手が、チフスの蔓延する村からフィリスとその母を呼び寄せようとすると、彼女はホウルズワスから学んだ知識を実践して労働者の助けを借りて、治水と灌漑の工事を行っていた。彼女はチフスで親を失った孤児を抱き、もう一人の子が彼女の服の裾を引っ張っている。働くフィリスの姿には、男性の知識と女性の愛の結びつき（Uglow 552）という象徴的な意味だけではなく、時代の変化に伴い科学技術の進歩を積極的に受け入れて美しい田園を保とうとする前向きな姿勢が見られる。現実のイギリス社会では、一八四〇年代から水気の多い粘土質の土地も、安くて丈夫な円筒形のタイル・パイプを取りつけて排水できるようになったが、取りつけ方を間違える場合が多く、一八七〇年代になっても、この措置で恩恵を被ったはずの土地の五分の一しか排水ができていなかった。[15] こうした技術的な欠陥を補うために、ホウルズワスの近代的技術が『農耕詩』以来の知恵に付け加えられたのだ。

この小説は実は初めから「農耕詩」との深い関係を持っている。フィリスの父は、反牧歌を書いた詩人エベニーザ・エリオットと同名であるし、ウェルギリウスの『農耕詩』を愛読し、古代ローマと十九世紀のイギリスの農村の風景が変わらないことに感動している。「希望農場」というモデルはポープの『ウィンザーの森』（一七一三年）からトムソンの『四季』（一七二六年～四六年）に至る「イギリス農耕詩」の理想」（Uglow 541）であるとすれば、この別の結末には、農耕詩の辛抱強い労働への評価が見られる。このフィリスには、失恋、伝染病、愛する者の死を悲しむ暇はなく、苦しみながら労働し、神から与えられた〈課題〉を必死にこなして、哀れみを受ける対象から、他人の役に立とうとする主体に変貌している。『課題』（一七八五年）とはヴィクトリア朝作家に大きな影響を与えたクーパーの農耕詩の題でもある。

ギャスケルのテクストでは、いわば、女性と労働者の農耕詩とも言うべき世界が展開されている。「マーサ・プレストン」（一八五〇年）、「一時代前の物語」（一八五五年）、「リビー・マーシュの三つの祭日」では、独身の女が他人の子を育んだり、孤独な他者の世話を引き受けたりして、「空虚な心と炉辺を子どもたちで満たす」（Uglow 552）。この子どもたちは時に「ペン・モーファの泉」（一八五〇年）や『ラドロウ卿の奥様』（一八五八年）のミス・ガリンドウの召使いの場合のように、身心の障害を持つこともある。ヴィクトリア朝時代前半にますます女の「自然な」つとめとされた結婚の機会に恵まれなかった女たちが、結婚とは別の〈課題〉を見つけ、生きがたい人生の生き甲斐を見いだしている。労苦、離別、自然の脅威、死の後に、疑似家族との喜びの生や、悔恨の生が営まれるという物語の系譜には、女装して赤ん坊のマーガレットをあやしたジェニングズ老人（『メアリ・バートン』）、恋敵の自己犠牲によってこの世では返せない恩を一生背負う墓掘り男（「墓掘り男が英雄」）、妻の連れ子の自己犠牲によって一人息子を救われて、虐待を後悔する父親（「異父兄弟」）といった、無骨な男たちも入れることができるだろう。

また、ギャスケルのテクストでは、ディケンズが『ハウスホールド・ワーズ』の副編集長だったW・H・ウィルズ宛の一八五〇年一二月一二日の手紙の中で不満を述べたように[16]、不慮の事故や病死などの死が目立つ。当時の死亡率の高さを考慮しても、たとえばジョージ・エリオットの長篇『ミドルマーチ』よりも、ギャスケルの短篇や中篇の怪我人と死者は多い。これは出版社の要請に応じて次々に小説を書いた作家と、自分の美学に忠実に芸術を練り上げた作家という資質の違いだけでは説明できない。形式上の美学よりも、現実の人間の労苦に関心が向けられている。一回の死産と幼い息子二人の病死という自らの経験（Matus 21-22）だけでなく、女中の婚約者が機械に巻き込まれて大怪我をした事件や、楽しい家族の団欒が蠟燭の火の服への引火で母の死に暗転したという事件（チャールズ・E・ノートンから聞いたロングフェロー夫人の事故死）（Uglow 493-94）の見聞が、すべて生かされて、美しいだけの牧歌的な世界ではなく、豊かな農耕詩として結実したのである。

以上のように、ギャスケルのテクストの十八世紀への視線と自然描写は、ナッツフォードの思い出という過去へのノスタルジアだけではなく、十八世紀の農耕詩という伝統、その伝統の中の労働者詩人の流れを、二十世紀の労働者階級の小説家の誕生にまでつなげる連続性を示している。ギャスケルを農耕詩として読むと、ワーズワスのロマン主義だけではなく、農耕詩的側面の継承、農耕詩の末裔たるクラッブのヴィクトリア朝前半的変奏、クラッブが模範とした男性労働者詩人の陰画としての女性労働者詩人の密かな継承もたどることができるのである。

註

（1）A. Walton Litz, "New Landscapes," *Persuasion* by Jane Austen, ed. Patricia Meyer Spacks (London: Norton, 1995) 219.

（2）Unsigned [Harriet Martineau], rev. of *Villette*," *Daily News*, 3 February 1853 in *The Brontë Sisters: Critical Assessment*, ed. Eleanor McNees, vol. 3 (Mountfield, East Sussex: Helm Information, 1996) 589-91. Matthew Arnold to Mrs Forster, 14 April 1853 in *The Brontë Sisters: Critical Assessment*, vol. 3, 601.

（3）井之瀬久美恵『イギリス文化史入門』（昭和堂、一九九四年）一二九頁。

（4）Harriet Ritvo, *The Animal Estate: The English and Other Creatures in the Victorian Age* (Cambridge, MA: Harvard UP, 1989) 45-81.

（5）V. T. J. Arkell, *Britain Transformed: The Development of British Society Since the Mid-Eighteenth Century* (Harmondsworth: Penguin, 1973) 72.「ランカシャーの紡績工場では、男は通常、機械の点検と他の作業員の監督を行ったが、大半の仕事は女、子どもが行った。そのほうが賃金が安く、従順で、指先も器用で、新しい工法をより早く習得したからである」

（6）井之瀬　一三〇頁。

（7）井之瀬　一五四頁。

（8）Queen Victoria, "from her diaries 1838-9," *Dickens: The Critical Heritage*, ed. Philip Collins (London: Routledge & Kegan Paul, 1971) 44.

（9）Donald D. Stone, *The Romantic Impulse in Victorian Fiction* (Cambridge, MA: Harvard UP, 1980) 143.

（10）Anthony Low, *The Georgic Revolution* (Princeton: Princeton UP, 1985) 12. 海老澤豊『田園の詩神』（国文社、二〇〇五年）一三頁。これまでの英国詩論や小説論では、牧歌の中に反牧歌はもちろん農耕詩も含めていた。これに対して、植月恵一郎ら日本の英文学者たちが、ウィリアム・エンプソンの『牧歌の諸変奏』（William Empson, *Some Versions of Pastoral* [London: Chatto and Windus, 1950]）にヒントを得て、エコクリティシズムの視点からも、「農耕詩の諸変奏」という題のシンポジウムを行い、同名の論集を出版した（植月恵一郎他『農耕詩の諸変奏』［英宝社、二〇〇八年］）。この議論が今後、小説というジャンルにまで波及するかはわからないが、「反牧歌」や「工業的田園詩（industrial idyll）」（Lynette Felber, "Gaskell's Industrial Idylls: Ideology and Formal Incongruence in *Mary Barton* and *North and South*," *Clio* 18.1 [1988]: 55-72）という用語では説明しきれないギャスケルのテクストの問題を解明するには、「農耕詩」は重要なキーワードとなるだろう。

（11）大石和欣「老いた猟犬係と羊飼い——ワーズワスと戦争詩人の反農耕詩」『農耕詩の諸変奏』一五二頁。

（12）Mary Collier, *The Woman's Labour: An Epistle to Mr Stephen Duck* in *Eighteenth-Century Poetry: An Annotated Anthology*, 2nd ed., ed.

David Fairer and Christine Gerrard (London: Blackwell, 2004) 268-73.

この他に、キッチン・メイドのメアリ・リーポア、乳搾りのアン・イアズリーが有名。

(13) Arkell 151.

(14) Stephen Duck, "The Thresher's Labour," *Eighteenth-Century Poetry: An Annotated Anthology*, 2nd ed. 261-67.

(15) Arkell 142.

(16) Graham Storey, Kathleen Tillotson, and Nina Burgis, eds., *The Letters of Charles Dickens*, vol. 6 (Oxford: Clarendon, 1988) 231.

第二部　【時代】

第六章

科　学

――その光と陰――

荻野　昌利

水晶宮で博覧会開会を宣言するヴィクトリア女王（1851年）

Chapter 6

Science: Light and Shadow

Masatoshi OGINO

第一節　科学信仰と科学教育

ヴィクトリア朝は矛盾に満ち満ちた時代である。かつてない物質文明の繁栄のなかで、科学の未来永劫の進歩を謳い、限りない人類進歩の夢を追いつづける楽天主義が横行する一方で、来るべき神不在の世界の到来におびえ、信仰の滅亡を深刻に憂うる、いわゆる存在論的不安感（*Angst*）が、ひそかに社会に蔓延していった時代である。一方でマモンの富を享受し、わが世の春を謳歌するブルジョア階級がはびこり、一方でスラムの汚泥の中で、飢餓に苦しみ明日をも知らぬ生活を営んでいる貧民の群れがいる。「神、そらに知ろしめす。すべて世は事もなし」（ロバート・ブラウニング『ピッパが通る』［一八四一年］、上田敏『海潮音』より）と歌う詩人がいる一方で、やがて彼の妻となる人は、「おお、兄弟よ、ごらん。幼い、幼い子供たちが、激しく泣いている、この自由の国で、ほかの子供たちが遊んでいるさなかに」と、飢餓と虐待に喘ぐ貧しい子供たちの悲惨さを訴える（エリザベス・バレット・ブラウニング「子供たちの泣き声」［一八四二年］）。このような矛盾が、渾然一体となってまかり通っていた時代、光と陰の交錯する、それがギャスケルの活躍したヴィクトリア朝前半期の姿なのだ。

ただこの価値観の入り乱れる混沌とした世界のなかで圧倒的な優位の座を占めていたのが、合理主義という名の大義名分だった。G・K・チェスタトンがいみじくもこう言っている。「ヴィクトリア朝文学の研究は、合理主義という勝利者と、それに向かってなされる数々の反撃のロマンスに始まり、進行をする」[1]と。合理主義精神は、理性的見地に基づいて、あらゆる負と見なされる概念を捨象し、正と見なされる概念のみを抽出して容認しようとする思想である。この思想信奉者が、すべての不純物と信じたものを捨象して蒸留した合理主義精神の究極が、人類の限りなき「進歩」という思想だった。彼らにはそれを否定するいかなる論拠も存在しないように思えたのである。そして、いつしかそれは当時の人々の理想《ボー・イデアール》となり、好んで口にする常套句《クリシェ》となった。だれもが人類の無限の「進歩」を信じ、「進歩」という言葉に酔っていた時代だった。アルフレッド・テニスンの名作「ロックスリー・ホール」（一八四二年）のこの一節は、まさにその時代精神の要約《エピトミ》と呼ぶにふさわしいものだった。

遠くで信号灯が差し招いている。それを無駄にはすまい。進もう、
　さあ、進もうではないか。
この大世界を、永遠に疾走しようではないか
　変わりゆく鉄路の上を、轟音をひきずりながら。（一八一～八四行）

この汽車の響きにのせた、文明進歩の夢が将来いかなる挫折をもたらすことになるか、詩人はやがて「六十年後のロックスリー・ホール」（一八八六年）で苦い幻滅の悲哀とともに知ることになる。だが彼はまだそれを知らない。

本論の主題である「科学」は、この「進歩」の概念のいわば双子の兄弟だった。彼らは一心同体、前者は進歩の思想に乗って発達し、後者は科学の強力な支持のもとに成長をつづけた。同じ線路上を驀進しつづける双頭の機関車の勢いの前には、カーライルなど、この科学文明の到来によって生じる精神の枯渇に危機感を抱き、彼らの暴走を止めようと立ち上がった批判勢力の声など、ものの数ではなかった。機械によって支配されている「機械の時代」の恐怖をすでに予見して、それに対する警鐘を鳴らし、「今や外的、物質的事物だけではなく、内的、精神的なものまでが機械によって操作されている。……すべてのものに、巧妙に工夫された道具とか、既存の器具が用意され、手によるのではなく、機械によってなされるのである[2]」と訴えるカーライルの良心の叫びに、少なくともヴィクトリア朝の初期のころには、聞く耳をもつものは、あくまで少数派でしかなかった。

一方、「進歩」の双子の兄弟、「科学」は自信満々、極めて饒舌である。まず当時のホイッグ党的進歩思想の理論的主導者であったマコーリーが、一八三七年『エディンバラ・レビュー』に掲載した長文の評論「ベイコン卿」のなかの有名な「科学」礼賛の一節を見てみよう。

ベイコンの信奉者のだれかに聞いてみるがよい。この新哲学〔科学〕……は人類になにをもたらしたかと。すると彼は即座にこう答えるであろう。「それは寿命を延ばした。苦痛を和らげた。数々の病気を滅ぼした。土壌をより豊かなものにした。水夫に新たな安全の保障を与えた。戦士に新たな武器を提供した。われわれの先祖が見たことのない形の橋を大河や河口洲に渡した。雷光を天上から地上へ無難に導いた。夜を昼の輝きで満たした。人間の視野を拡大した。人間の筋肉の力を増大させた。運動を加速させた。距離を喪失させた。交際、文通、あらゆる友好的職務、事務的な文書の流通を容易なものとした。人が深海に潜り、空中高く舞い、有毒な地下に安心して潜入し、馬の力を借りずに回転する車に乗って大地を渡り、風に逆らって一時間一〇ノットで走行する船に乗って大海を横断することを可能なものとした。これらはその果実の一部に過ぎないのである。なぜなら、それは、けっして休むことのない、けっして到達することのない、けっして完全ではない哲学であり、その法則は進歩であるからだ。昨日は見えなかった点が、今日はゴールであり、そして明日は出発点となるであろう[3]。

ここではマコーリーは「新哲学（new philosophy）」と言っているが、十九世紀の前半では、“science”は元々「学問」全般を表す言葉であって、いまだ今日言うところの「科学」という意味で、単独で用いられることはほとんどなかった。とくに「科学」を表そうとするのには、「自然哲学（natural philosophy）」と言うか、より頻繁には「自然科学（natural science）」と、形容詞を冠することが通常であった。『ＯＥＤ』によると今日的な「科学」の意味での初出例は一八六七年である。ただし、一般にはもう少し早く、一八五〇年前後から用いられていたようである。それでもこのマコーリーの科学礼賛は、当時の人々の科学の進歩に寄せる信仰めいた期待感を、もっとも率直に表明したものであろう。

　こうした科学信仰がいかばかり根強いものであったか、十九世紀末から二十世紀初頭にかけて夫シドニーとともに社会主義運動に挺身した、ビアトリス・ウェッブの『私の修業時代』（一九二六年）という、彼女の前半生を綴った回顧録の中に引用されている、ウィンウッド・リードなる作家の狂信的な科学信仰の一文『人間の殉教』を読むとよい。マコーリーのそれと比して遜色のない、いや、はるかにその上をゆく実に印象的な記述である。

　科学が、われわれが理解できない、かりに説明されても、野蛮人が電気、磁気、蒸気を理解できないのと同様に、今は理解できないような手段で、人体を改造するときがやがて来るだろう。病気は根絶されるであろう。腐敗の原因は取り除かれるであろう。不滅が発明されるであろう。そうなったとき、地球は小さいものだから、人類は宇宙に入植し、惑星と惑星を、太陽と太陽とを分け隔てている大気なき宇宙の砂漠空間を横断することであろう。地球は聖地となり、宇宙のあらゆる方面から巡礼の訪れる場所となるだろう。最後には人類は自然の力を征服し、全宇宙の体系の建築者となり、製造者となるであろう。人間はその時完全なものとなり、創造者となり、そのゆえに現人神《あらひとがみ》として崇拝されるものとなるであろう。[4]

　その本が出版されたのは一八七二年のこと、マコーリーの時代からさらに三〇年の年輪を重ねても、科学に寄せる信仰心がいささかの衰えの兆しを見せていないのは、実に驚くべきことである。このＨ・Ｇ・ウェルズでも想像することを憚るような狂信的世界を、果たして当時の人々がどこまでまともに信じていたかは疑問だが、科学信仰の行き着くところは、結局そこにまで到達することもあり得るということであろう。

　こうした科学信仰の全国的な風潮に乗って、イギリスに科学の進歩・発展を目的として「英国学術協会（BAAS, "The British Association for the Advancement of Science"）」なる"science"を標榜した学会が結成されたのは、一八三一年のこと、それが地方都市のヨークにおいてであったということが、いかにも象徴的である。そもそもこの学術団体は、マンチェスターやバーミンガム、グラスゴーなどの新興の産業都市で個々ばらばらに活動していたものを、こうした都市の強い関心の高まりを受けて、ひとつにまとめられた組織であり、産業革命の成長と発展と深いかかわりのある産業テクノロジーの技術的バックアップを目的とした機関であった。いまや科学技術《テクノロジー》の振興は、上記の新興都市の産業革命の担い手たちにとって、時の声であった。産業競争を勝ち抜くためには、個々の技術革新・発明に待つのではなく、ひとつの統一された組織体として、自らの意思を発揚しなければならないということが、絶対に避けては通れない緊急の課題となっていたのである。そのためには科学者、とりわけテクノロジーの専門技術者の養成がなににもまして切実・緊急の課題だったのである。

事実、これまでイギリスにおける科学研究は、すべ個人の手に委ねられていたと言ってよい。たとえば酸素の発見者と言われるジョゼフ・プリーストリーは、化学者であると同時に、本業はユニテリアン教会の牧師であったし、原子重力表や「分圧の法則（Dalton's Law）」の作成者として国際的に知名度の高かったジョン・ドールトンは、マンチェスターの小さなカレッジの物理、数学の教師として生涯を終わった。またチャールズ・ダーウィンの祖父でイギリス進化論の草分け的存在だったエラズマス・ダーウィンは、生涯専門的職業に就くことはなかったし、のちのチャールズも同様であった。多少例外的と言えるのが『ろうそくの科学』（一八六一年）で日本でも知られるマイケル・ファラデーだろうか。彼は「王立研究所」（一七九九年設立）というイギリスで、当時唯一の王立の科学研究機関に所属し、そこで「ファラデーの法則」（一八三三年）など科学史に残る数々の業績を残している、草分け的プロの科学者と言えるかもしれない。しかし彼とてもほとんど横のつながりをもたない、一匹オオカミ的存在であったことに変わりはない。その間、公的な組織的科学研究は、十九世紀に入っても、かけ声ばかりで、いまだほとんど手つかずの状態だったのである。

だがこの英国学術協会の設立をひとつのきっかけにして、「昆虫学会」（一八三三年）、「植物学会」（三六年）「顕微鏡学会」（三九年）、「化学会」（四一年）、「民族学会」（四三年）など、専門別学会が次々に誕生し、それぞれの学術雑誌も発行され、少なくとも研究者同士の学問的交流の場は次第に整いつつあった。[5]

一方科学教育振興の動きはと言えば、これは遅々として進んでいなかった。一方で人類の限りない進歩を謳い、科学への限りない信仰心を抱きつつ、この現実との乖離、これもヴィクトリア朝の大きな矛盾のひとつだろう。オックスフォードやケンブリッジはこうした地方から上がってくる切実な声に、いたって鈍感であって一向に動く気配を示さなかった。そうした彼らの無関心ぶりに、業を煮やしたわけではないだろうが、イギリス功利主義哲学の総師ジェレミー・ベンサムやJ・S・ミルの父親で強力なベンサムの支持者であったジェイムズ・ミルなどが設立発起人となって、ようやく一八二六年、時代のニーズに即応する形で、科学や実用的な職業教育を重点的にカリキュラムに加えた新大学、ユニヴァーシティ・カレッジ（略称ＵＣＬ）が、国王の勅許を得られないままに、どうにか発足する運びにいたった。そもそもこの大学が設立されるに至った背景としては、オックスフォードやケンブリッジが国教会の信徒の子弟以外のものに門戸を頑に閉ざしていたことにある。ところが、産業革命を通じて新たに台頭した中産階級の大多数は非国教徒であり、当時大学と名のつくところはこれら二つしかなかったから、大学教育を受けたくても受けられないことへの不満が急速に高まり、それが新しい大学設立の引き金になったということである。

もう一つの理由は、中産階級が、オックスブリッジなどの伝統校にはない、彼らのより切実なニーズを満たすことのできる高等教育の場を特に強く欲していたことである。大学の発起人の顔ぶれからもわかるように、新大学は脱宗教的であり、リベラル的であり、なおかつ医学や化学、法律など、より実学的科目を採択したことが特色だった。そして、幾多の困難と戦い、試行錯誤を重ねて、ようやく国王勅許も得られることになり、ここに法律と理工化学系の科目、また医学の学位授与の資格を有する大学として、一八三六年ロンドン大学が正式にスタートすることになった。医学部の付属病院も同時に開設されている。また四〇年代に入ると、化学実験室の開設、土木工学、建築の学科も新設され、ここに従来の人文科学に合わせて、イギリス

図① オックスフォード大学科学博物館
チャールズ・L・イーストレイク『ゴシック建築復活史』（1872年）から。

初の本格的な理工化学の研究機関がその活動の緒に就いたということになる。産業革命の時代から強く叫ばれつづけてきた科学の総合研究機関の開設の願望が、ここにひとまず達成されることになった。

このように科学への関心が高まる中、オックスブリッジも安閑としてはいられなかった。一八五〇年、オックスフォード大学に科学博物館建設の話が浮上し、ちょうど第二次ゴシック・ブームの最中だったこともあって、十年の歳月をかけて一八六〇年、ネオ・ゴシック教会風の堂々たる博物館（図①）が完成した。皮肉なことだが、結局伝統を誇るオックスフォードが、こうして科学の信仰のための神殿造りに奉仕することになったのである。ちなみにこの建物が、一八六四年、サミュエル・ウィルバフォースとT・H・ハックスリーのダーウィン学説に決定的勝利をもたらすことになる有名な進化論論争の行われる会場となるのである。

第二節　科学技術の勝利

イギリスの科学・テクノロジーの歴史において、欠かすことのできないシンボリックな記念塔が、一八五一年、世界初の万国博覧会のため、ロンドンのハイド・パークに建設された水晶宮《クリスタル・パレス》（図②）であったことは、間違いがないところであろう。今にして思えば、この万国博覧会こそがヴィクトリア朝と

図②水晶宮開幕記念祝賀行事（1851年）
クリスタル・パレスの建築には293,655枚ものガラスが使用された。

言わず、長いイギリスの歴史の栄華の絶頂を極めようとするまさにその瞬間を刻む画期的イベントであった。だが何といっても、このイベントの花形は、ヨーロッパ列強の当時としてのそれぞれ自慢の近代科学技術の粋を極めた最新鋭の機械・器具類を館内に収蔵・陳列した巨大な水晶宮であった。これこそが、産業革命以後、つねに世界の先頭に立ち着々と築き上げてきたイギリスの産業・科学技術の成果を天下に誇示するための、国家のプライドを賭けた最高の見世物となったのである。

この水晶宮の誕生の歴史とそこで開催された万博の経緯については、松村昌家氏の『水晶宮物語』[6]に詳しいので、ここで多言を弄することはさし控えるが、この水晶宮が従来の建造物と異なるところは、何と言っても建物全体を覆う透明平板ガラスの屋根と壁と、その重量を支える堅牢な鉄筋の支柱であった。木材や石材にいっさい頼らず、すべて最新のテクノロジーから生産された建築材料が、全長五六三メートル、幅一二四メートル、高さ三三メートルという巨大建造物を土台から築き上げているのである。そして、そのような建築を可能にしたものは、十九世紀に入ってからの板ガラスと鋳鉄精製技術の急速な発達であった。

しかし、そのような板ガラス造りの工法がこの時代突然に開発され、その成果としてかかる巨大建築物があるとき忽然と誕生したというわけではもとよりない。均一化した透明な平面、とりわけ水晶宮に用いられたような幅広の平面ガラスを精製するのは、実は極めて高度な技術を要する。それを作り出すには、そこに至るまでのガラスの精製法の改良の積み重ねがあって、初めて大量生産が可能となったのである。[7]それと同時に忘れてならないのは、水晶宮の巨大建築を支える鉄骨材の精錬技術の発達である。産業革命によって鋳鉄の製造は飛躍的に進み、大量生産が可能となった。並行して圧延技術も目覚ましく向上した。余分な木材などの梁桁を用いずに、細い骨格によって重量を支えることができるという、この鉄骨建築の利点が最大級に発揮されたのが水晶宮である。それは透明な板ガラスとその重量を支えるのに十分なだけの頑丈な鉄骨、この世界の最先端をゆく二つの最新のテクノロジーの見事なマッチングだった。まさしくイギリス科学技術文明の勝利の証となる月桂冠であった。そして、この水晶宮こそが、あるいは当時の「科学信仰」の神殿であったのかもしれない。

もちろん、この超近代的な建物を、屋内に展示されている機械・工芸品と合わせて、物質文明の悪しき象徴と見なし、（たとえばラスキンやモリスなど）眉をひそめる識者もないわけではなかったが、所詮それは少数派に過ぎなかった。一般庶民にはそんな難しいことはわからない。人々はこの超モダンな物質文明の粋にあやかりたいものと、全国津々浦々からわれ先にとばかりハイド・パークめがけて殺到したのだった。そして、この大量の人的輸送を可能にしたのも、忘れてはならない、これも近代物質文明の象徴、鉄道だった。

第三節　もうひとつの世界

しかし、あらゆる光輝くものは、かならずその背後に影を引きずっている。とりわけ前期ヴィクトリア朝の社会は、冒頭に述べたように矛盾の混淆体であった。水晶宮が、光輝燦然たるイギリスの誇るテクノロジー文明の歴史的モニュメントであっただけ、当然、その影も鮮明な暗い輪郭を刻むものであった。それは物資文明の勝利者たちが、けっして表に晒しだしたくはない暗い闇の世界、人目に触れないようにそっと隠しておきたい、産業革命の流し出したいわば産業廃棄物であった。ロンドンだけではない、マンチェスターやバーミンガムなどの新興産業都市は、必ずと言ってよい、そうした澱《おり》のような部分をかかえていたのである（図③）。

その物質文明の恥部と言うべき暗い部分に光を当て、とかく表の華やかさにばかり目を奪われ、忘れられている世界にスポットを当て、世に知らしめたのが、ギャスケルの『メアリ・バートン』（一八四八年）である。彼女は一八四〇年代初めのマンチェスターの貧民街で繰り広げられる庶民たちの生きるために必死に戦う姿を小説に克明に描きだして見せた。

それはちょうど「飢餓の四〇年代」と呼ばれる大凶作が、一八三九年、四〇年、四一年と波状攻撃のようにイギリス全土に襲いかかった時代（第八章を参照）。またテクノロジーの進歩

図③「陰惨な路地裏生活者へのブリタンニアの無関心ぶり」『パンチ』（1849年）

で、機械化が進み、従来の家内工場で働いていた職工たちの手から仕事を容赦なく奪い取ってゆく時代。土地を追われた農民と、職を追われた職人たちが、雇用主の搾取に甘んじ、最低賃金で食うために必死に職にありつこうとする、それでも職にありつけない失業者が街にあふれだし、飢えと戦いながらの悲惨などん底生活を強いられている時代。日の当たる表通りには、物質文明の恩恵に浴し天下泰平、進歩の夢に酔い痴れているブルジョワ中産階級が安楽な生活を満喫している一方で、暗い裏通りでは、食うに事欠く極貧の人々が、明日の命もわからぬままに、ドブネズミの生活を強いられている、そんな矛盾がまかり通っている歪んだ世相の時代だった。

『メアリ・バートン』冒頭の部分、ヒロインの父親ジョン・バートンの言葉は、こうした二極に分裂したヴィクトリア朝世界の矛盾への、闇の世界の住人の抗議であり、弾劾である。

「おれんところに、金持ちは貧乏人の苦しみなんかなんにも知らねえなんていう古ぼけた話など、持ってこようなんて思わんでくれ。いいかい。やつらが知らないのなら、知りゃいいんだ。おれたちは働けるあいだは、やつらの奴隷さ。このひたいに汗して、やつらの財産をせっせと積みあげてゆくのさ。でもな、別世界の住人のように、おれたちは結局離れ離れに暮らすことになっているってこと。そう、金持ち（Dives）と貧乏人（Lazarus）のように〔聖書「ルカ伝」一六章一九節への言及〕、たがいに離れ離れに、深い溝をはさんでな」（第一章）

だがこの言葉、たしかどこかで聞いたことがある。そう、当時青年文士として華々しく活躍していたベンジャミン・ディズレイリの社会批判小説のひとつ、『シビル』（一八四五年）の中心主題の、これはまさしく受け売り、コピーしたものなのである。あるいはその発想のルートをカーライルの『過去と現在』（一八四三年）にまで遡って求めてもよいだろう。イギリス社会が「富裕層（The Rich）」と「貧民層（The Poor）」との二層に分断された国家になり果てているという嘆きは、当時の心ある人々の等しく共有するところだったのだ。ジョンは、まず小説の冒頭で、そうした社会的弱者の心の叫びの、いわば代弁者の役を務めたのである。

事実、この小説の登場人物は、紡織工場の経営者カーソン一家を除けばすべて「貧民の国」に帰属する人々である。とりわけ非熟練の労働者たちは、産業革命以後の激しい産業構造の変革の直接の被害者となった人たちだった。ジョン・バートンは綿織物工として長いあいだ真面目に働いてきたが、彼の働いていた工場が時代の波に乗り遅れ倒産し、失職してしまった。また彼の友人のジョージ・ウィルソンは勤め先のカーソン綿紡績工場が火災で焼失し、これも失職する。その一方で火災に遭った工場主のカーソンには、火災保険がたっぷりおりて、それを元手に時代遅れになっていた工場の織機類を、新鋭の機器に買い替え、人件費の削減もできるという、富めるものには優しく、貧しきものには過酷な、まさに天国と地獄の構図である。こうして過去の家内工業的な産業は着実にすたれゆき、その労働者は職を追われ、家族ともども路頭に迷うことになる。このように凋落する産業がある一方で、例えばジョージの息子のジェムの働いている工場のように、（あの水晶宮の鉄骨材となった）時代の先端をゆく鋳鉄の製造技術を有している工場は、繁栄の道を着実に上ってゆく。このテクノロジー革命のもたらす栄枯盛衰、その波をまともに食らうのは、いつも彼ら弱者たち、「貧民の国」の住民たちなのである。こうした冷酷な市場原理の犠牲になる彼らの鬱積した不満が行き場を失って、この小説のように、結局チャーティスト運動や労働組合運動の尖兵となって、ときに過激で血なまぐさいテロリズム行為へと暴走させる結果を生むことになるのである。

小説『メアリ・バートン』についてここで踏み込んで詳しく語る余裕はないが、ただひとつ強調しておきたいことは、ギャスケルは、テクノロジー革命そのものを、社会を貧富二極に分裂させた元凶として、必ずしも考えているわけではないということである。物語の終末近く、この小説のもっとも重要なわき役であるジョウブ・リーという老職工が、カーソンに述懐する言葉は、作者の思想を代弁するものであろう。

「たしかに動力織機が入ってきたときは、手織り機の職工にはつらいときでした。こうした新式の機械ってやつは、人の命なんかまるで富くじみたいにしちまいますんで。でも、わしは動力織機や鉄道や、そんなこんなの発明は、みんな神さまの贈り物だってこと、けっして疑ったりはいたしません。わしもずいぶんと長生きをさせてもらったおかげで、不幸な目にあうのも、神さまのご配慮の一部で、みんながよりいっそう幸せになれるようにするためだってこと、わかるんです。だが、神さまの思し召しで幸せに満足して暮らせる境遇の人たちが、苦しんでる連中の重荷をできるだけ軽くしてやることも、神さまのご計画の一部だってことは、たしかなんです」（第三七章）

科学技術の進化によって社会にもたらされた亀裂も、すべては神の摂理、神の御志《みこころざし》と信じて、その責苦に耐えて生きる以外にはない。それが究極幸せにつながることだ。ユニテリアン派の牧師の妻としては、おそらくこれ以上の解決策は到底思いつかなかったことであろう。ただユニテリアン教会が同じプロテスタント系であっても、もっともリベラルな宗派であり、テクノロジーの侵略に極めて寛大な姿勢を維持しつづけたことは銘記しておくべきであろう。以前に言及したように、酸素の発見をはじめ、数々の物理・化学の発見に尽くしたジョゼフ・プリーストリーは、そもそもユニテリアン派の牧師だった。彼らにとって科学と宗教の対立は、教理的にさして深刻な問題ではなかったようである。

第四節　「進歩」か「進化」か

長広舌を揮って小説の締めくくりをしたジョウブ・リーという老人は、また動植物の標本採集という独特の趣味の持主でもあった。この当時マンチェスターの労働者の中には、小説の語り手によると、彼のように貴重な休日を割いて、近郊の田園を駆け巡り、植物や昆虫の採集に熱中している昆虫学や植物学に通暁した素人博物学者が無数いたという（第五章）。ラスキンが「もし地質学者どもが私をそっとしておいてくれたら、結構なことなのだが、この恐ろしいハンマーの音ときたら！」(8)と、化石の採集に熱中して周囲の自然を至るところ心なく傷つけている素人地質学者に怒りの声を上げるほど、当時、趣味としての化石や植物標本の採集がブームとなっていた。ジョウブもそうしたブームの一翼を担っていたひとりだったのだろう。動植物をつぶさに観察したり、古い地層から化石を発掘することで、種が旧約聖書に記述されているような不変のものではなく、絶えず進化を続けているということを目の当たりにすることは、彼ら素朴な信仰者にとっては、難解で抽象的な教義などより、はるかに神の創造の秘跡にふれる喜びがあったに違いないのである。

また「オールダム〔マンチェスター近郊の工業地域〕近辺には、ニュートンの『プリンキピア』を織機の上に開いたままで、杼《ひ》を絶えず音を立てて動かしながら、作業中に盗み読みをしたり、食事中や夜中に読みふけっている織工、ごく普通の手織り機職人（複数）がいる」（第五章）と、これも『メアリ・バートン』の語り手の証言である。これは学問としての科学への関心が、社会の最底辺にまで浸透していたことのなによりもの証拠である。

ここで興味深いことは、同じ科学に関心を抱きつつも、『プリンキピア』のような物理学の純理論を追求する学徒と、より具体的実証を旨とする動植物学に没頭するアマチュア研究者たちと、関心の行く手が二手に分かれていることである。そして、十九世紀科学思想史にとって、この後者の関心の急速な台頭と普及拡大は、極めて重要な展開なのであった。

そもそも同じ科学を基調としたものではあっても、「進化」の概念を「進歩」のそれと同列に論ずることは、本来正しいことではない。「進化」はギリシャ哲学にまで起源を遡り、プラトニズムやネオプラトニズムの世界では、善なるイデア、さらには究極のイデア＝神に向かっての人間精神のたゆみなき上昇運動を表現する言葉として、ヨーロッパ宗教・哲学思想史で長い伝統と歴史を有する概念である。その人間精神の「進化」の概念が、十八世紀の終わりごろから、一方で「進歩」の思想を導き出し、一方で古生物学や地質学、動植物形態学の様々な発見を通して、自然界に起こりつつある生物進化の運動にも広く適用されるようになったということである。

ただこうした進化論生成の歴史について、ここでその紹介に頁を費やす余裕はない。これまでさんざん科学、特に進化論を扱った思想史で語られてきたことであり、私もかつて拙著の中で多少言及しているので、詳しいことはそちらに任せることにしよう。(9)

ただし、この新しい進化論にはひとつだけ、それも容易に看過できない厄介なことがあった。それは古生物学や地質学が、自然進化の研究の必然の過程として、旧約に記載されている天地創造の記述に真っ向から背反するような証拠を、次々に提出してきたことである。もし種が可変であるとするならば、果たして人類だけが例外でありうるのか。果たして人間の霊魂だけが不滅なものでありうるのか。この難問にいかにして対応するか。これはヴィクトリア朝の知識人が深刻に悩まなくてはならない難問中の難問であった。テニスンの『イン・メモリアム』(一八五〇年)の第五六節は、信仰か科学的真理か、その二者択一に迫られた当時の知性の苦悩の表白として読めるであろう。

神は愛なりと信じ、
　愛は創造主の究極の掟と信じ——
　たとえ自然が略奪に歯と爪を赤く染め、
彼の信仰に鋭い叫びをあげて歯向おうとも、
愛し、数えきれない災苦に耐え、
　真実と正義のために戦った人間は、
　砂漠の砂となって飛び散り、
鉄の丘に封じ込められてしまうのだろうか？

それだけなのか？　それでは怪物だ、夢まぼろしだ。(一三〜二一行)

テニスンがこの一節を書いたのは、正確にはわからないが、おそらく一八三〇年代の半ばごろ、チャールズ・ライエルの『地質学原理』(一八三〇〜三三年)が、当時の学会の話題をさらっていた最中であった。「砂漠の砂」、「鉄の丘」という詩句には、そうしたライエルの思想的影響がはっきりと読み取れるようである。そのころビーグル号に乗って世界一周の旅(一八三一〜三六年)を続けている最中だったダーウィンも、船上でこの書を読んで大きな影響を受けたと言われている。ただし、そのころ彼の学説の真価を決定づけることになる自然淘汰の思想は、いまだ胚芽期の状態にあった。『種の起源』(一八五九年)の発表までには、それから四半世紀の時を刻まなくてはならなかったのである。それでもダーウィンの衝撃波が全世界に広がってゆくまだ夜明け前の段階で、テニスンの詩がいみじくも証明するように、人間の魂が不滅か否かの問題は、科学と信仰の狭間に立たされ、いたずらに科学の進歩に浮かれることを許さず、逃げ場のないままに真剣に懊悩している精神の、避けては通れない難問中の難問となっていたということである。

そうは言っても、ライエルのような科学者による研究は所詮地味なもので、専門家たちなど限られた領域の人々の関心を呼ぶものでしかない。それに対して、アマチュアが珍説・俗説を織り交ぜて同じことを語ると、俄然センセーショナルな反響を呼び起こし、日常的な話題となるということは、いつの時代にも変わることのない現実である。有名な『チェインバーズ百科事典』（一八六〇～六八年）の初代編集者兼出版者で、素人博物学者のロバート・チェインバーズの『創造の自然史の痕跡』（一八四四年）は、まさにそんな素人受けのする本であった。

> 地球上の有機生命体の進歩について私の抱いている観念は……、それゆえ、もっとも単純かつもっとも原始的な型の生物（type）は、類似した生殖を営む型を支配している法のもとでは、次にそれより高等な新たな型を誕生させ、それがさらに高度な型を生成し、ついには最高級の型の生物を生み出してきた、ということである。ただ単にひとつの種から他の種に移行するだけであっても、その進歩の過程はあらゆる場合微々たるもので、結果、その現象はつねに単純であり、目立たぬものであった。[10]

莫大な時間をかけて変化を重ね、進化をしてゆく自然界の生命の営為が、作者は明言を避けてはいるが、単に下等生物だけの問題ではなく、論理的にはすべての高等動物、ひいては人間にも該当するという含みを持たせることは、当時としてははなはだ危険な言説であった。作者は作品の内容が聖書をあからさまに否定するものだけに、出版社の信用に被害の及ぶのを危惧して名前を伏して発表したのだが、初版から売れに売れ、版に版を重ね、十年間で二万四千部という、この種の科学書としては破格の歴史的大ベストセラーとなった。内容は、ラマルク的な斉一《さいいつ》説を基軸に据え、自然の法則下での種の発達を唱えつつ、それに何とかしてそれと神の創造の秘蹟を合体させようとする苦肉策で、信仰と科学思想の両立をねらった強引な妥協の産物だった。それだけにジャーナリズムや専門家たちからの批判の集中砲火を浴びることになったのだが、それが皮肉なことに、本の爆発的売れ行きにつながったのである。進化論がいかに当時の知識人を自認する階層の人々の関心を呼んでいたかを如実に示す例である。ディズレイリのその頃の小説作品のひとつに『タンクリッド』（一八四七年）という政治小説がある。そのなかで一人の婦人がタンクリッドに「カオスの啓示（"The Revelations of Chaos"）」という本を読むように薦める場面がある。

> 「よろしくって。なにもかも進歩する、この法則は絶えずつづいていますのよ。最初にはなにもなくって、それからなにか

になって、それから――次はなんだったか忘れたけど――貝だったと思うわ。それから魚になって、それから、ええと、なんだったかしら。まあ、どうでもいいわ、とうとう人間が現れて、その次に変化すると、今のわたしたちよりもずっと高級なものに変わるんですって。翼のあるなにかによ。ああ！　思い出したわ。わたしたち魚だったのよ。そしてそのうちにカラスになるんだと思うわ。でもね、あなた、この本をお読みにならなくてはいけませんわ[11]」

そして、彼女はこの本は立派な科学書であって、すべてが地質学で証明されているのだと、自信たっぷりに主人公の差し出す疑問を叩きつぶしてしまう。もちろん、これはロバート・チェインバーズの『創造の歴史の痕跡』（一八四四年）をパロディー化したものだが、つまり、それに賛成するしないは別として、それくらい人類が下等動物から進化してきた生物であるという意見は、人々のよく知るところとなっていたということである。チェインバーズの本は、素人学者らしい独断と偏見に満ち溢れ、矛盾の塊のようなもので、正確には擬似科学書と言うべき代物だったが、ダーウィンを含めて当時の進化論者の注目を集めただけでなく、進化論の知識の普及に絶大な貢献を果たした点で、忘れてはならない作品である。

　信仰と科学をいかにして両立させるか、苦労していたのはなにも俗人だけではない。チャールズ・キングズリーのような、れっきとした国教会の司祭だった人物が、その方面では名の知られた博物学の研究者でもあったということ、これもこの時代の特徴である。これは一八五四年に彼が知人に宛てた手紙の一節である。

　私は新しいポリプの分類をしたり、地層の地質学的問題を解いたり、ベイコンの難しい帰納法を少しかじったりする方が、小説を書くよりずっと幸せです。私の神学的信条は徐々に自然に私の形而下的信条から成長してまいりました。そして今ではキリスト教独特の教義が……、最高かつもっとも厳密な科学と一致するものであるということがわかりましたし、ますますそう信じております[12]。

　そんな彼が、のちに『種の起源』が発表されたとき、それを激しく非難し、神の創造の秘蹟を擁護したところに、彼の信仰の根本的矛盾、いやこの時代の共通した矛盾がはしなくも露呈することになる。ダーウィンの自然淘汰理論には、キングズリーのような半端な妥協を許さない厳しさがあったのである。

　その他にも進化論の歴史には科学と宗教の断層を埋めようと真剣に苦闘する精神が輩出する。そのなかにはフィリップ・ゴスのように、『オムパロス――地質学的難問解決のための試論』（一八五七年）と題する珍説を発表して、進化論の歴史に長く名前を残すことになる人物もいた。地質学的難問解決になぜへ

図④ フォスタン・ベトベデール「ディズレイリとダーウィン」『ロンドン・スケッチブック』(1874年)
サルとしてのダーウィンは別のサルに手鏡を見せている。

そが出てくるのか、これは科学史の世界ではあまりにも有名なことで、ここで改めて紹介することはやめておこう。今日でこそ笑い話で済ませることであるが、当時にあっては、信仰と科学の矛盾に苦しむ精神が、わらにもすがるような切実な願望を込めて、考えに考えたすえ編み出した理論だったのである。

いずれにしても、振り返ってみれば、一八四〇〜五〇年代というのは、『種の起源』発表前の、進化論の歴史のなかでは、大事件出来《しゅったい》以前のいわば空白期間《インテレグナム》だった。その間、地下でマグマは着々と大噴火のエネルギーを蓄積していたが、ただ人々はそれを知らなかった。進化論と戯れながら、いまだ進歩の夢を楽しむ余裕があったのである。時代も衰退の兆候を、その気配にすら示していなかった。しかし、この進歩の夢に浸れるのも、もう残り僅かである。もうすぐダーウィンの論文が非情な自然淘汰理論という溶岩となって、目立たないが静かに沸々と流れだして、裾野に緩やかに広がり、次第に人々の進歩の夢を蝕み、幻滅の悲哀へと追いやる力を揮う時代がやって来るのである(図④)。

註

(1) G. K. Chesterton, *Victorian Age in Literature* (1913; Oxford: Home Univ. Lib., 1947) 27.
(2) Thomas Carlyle, *Essays: Scottish and Other Miscellanies*, 2 vols. (London: Everyman, 1967) 1: 227.
(3) *The Complete Works of Thomas Babington Macaulay: Critical and Historical Essays*, 5 vols. (Boston: Houghton, Mifflin, 1910) 2: 468-69.
(4) Beatrice Webb, *My Apprenticeship* (1926; Harmondsworth: Penguin, 1971) 148.
(5) Robin Gilmour, *The Victorian Period: The Intellectual and*

Cultural Context of English Literature, 1830-1890 (London: Longman, 1993) 112-14.

（6）松村昌家『水晶宮物語――ロンドン万国博覧会１８５１』（リブロポート、一九八六年）。

（7）ガラス工法とその歴史については、拙著『視線の歴史――〈窓〉と西洋文明』（世界思想社、二〇〇四年）、第一〇章「ガラス・テクノロジー」が詳しい。

（8）Gertrude Himmelfarb, *Darwin and the Darwinian Revolution* (New York: Anchor, 1962) 239.

（9）十九世紀前半の進化論の歴史について、数えきれない研究書が出版されているが、なかで推奨できるのは、いずれも絶版だが、Charles Coulston Gillispie, *Genesis and Geology: The Impact of Scientific Discoveries upon Religious Beliefs in the Decades before Darwin* (New York: Harper Torchbooks, 1959) と John Greene, *The Death of Adam: Evolution and Its Impact on Western Thought* (New York: Mentor, 1961)、日本の著作では松永俊男『ダーウィン前夜の進化論争』（名古屋大学出版会、二〇〇五年）である。なお、拙著『歴史を〈読む〉――ヴィクトリア朝の思想と社会』（英宝社、二〇〇五年）の第九講「チャールズ・ダーウィン」も参照のこと。

（10）Gillispie 149.

（11）Himmelfarb 216.

（12）*Charles Kingsley: His Letters and Memories of His Life*, ed. his wife, 2 vols. (London: C. Kegan Paul, 1882) 1: 299.

第七章

宗　教

――なぜ宗教小説にならないのか――

富山　太佳夫

マンチェスターのクロス・ストリート・チャペル
1828年から84年まで、ウィリアム・ギャスケルが教育・執筆活動を組み入れながら聖職に携わったユニテリアン派の教会。

Chapter 7
Religion: Why Is It Not So Religious?
Takao TOMIYAMA

第一節　異種混在

『クリスマス・キャロル』（一八四三年）の独特の書き出しを軽く含み笑いをしながらなぞるようにして始まる『クランフォード』（一八五一～五三年）の書き出しのユーモアを楽しんでいるときはいいとして、問題はその先にある。『メアリ・バートン』（一八四八年）、『北と南』（一八五四～五五年）、『妻たちと娘たち』（一八六四～六六年）と読み続け、さらに数多くの短篇に手をのばし、そして勿論『シャーロット・ブロンテの生涯』（一八五七年）を読んでゆくと、私の頭の中にはある種の混乱が広がってしまう。ひとつのまとまりを持つ作家像が浮上してくるかわりに、焦点喪失、方向喪失とも言うべき感覚が私の体の中に広がってしまうのだ。確かにそれは、二十世紀後半のポストモダンの小説であればさほどの違和感はない未完結性の効果と呼べるものかもしれないが、何らかの明確な完結性を期待されていたヴィクトリア時代の小説としては、これは多少なりとも意外な展開法と言うべきであろう。

一体ギャスケルは、自分の案出した状況設定のもつ可能性を何処まで突き詰めて考え、その結末を考え出したのだろうか――『北と南』を読み了えて、そこに現前する決して不快ではないユーモアを前にして、私はそう考えてしまう。ジョージ・エリオット等の同時代の女性作家の小説群を読んでいるときには、読了したあとでまず生ずることのない疑問である。極端な話、『メアリ・バートン』と『ルース』（一八五三年）を書く小説家ならばまだしも理解できるのだが、そうした小説と『クランフォード』がひとりの小説家の中で共存するとはどういうことなのだろうか。しかも、ヴィクトリア時代の女性作家の中で。おまけに彼女はゴシック小説の枠組に分類されてもさほどの違和感のない短篇を幾つも書いている。ユーモラスな小説と労働小説とゴシック小説の併存――どこかしらディケンズの縮小型のようなところを持つ、この多面的な作家の特徴的な位置は何処にあるとすればいいのだろうか。

書簡における短い言及を別にすれば、彼女はみずからの文学的、思想的、宗教的な立場をまとめて表明するようなエッセイを残しているわけではない。多少なりとも異色な点と言えば、私的な面識のあったシャーロット・ブロンテの評伝をまとめていることだろうか。確かにメアリ・シェリーも評伝物には手をつけているし、溢れんばかりの異才を誇ったハリエット・マーティノーにいたっては、ハイチにおける黒人共和国の成立を率いた黒人トゥサン・ルヴェルチュールの評伝を書いているものの、それでも、同じ時代の女性作家の事実調査を踏まえた評伝の執筆は異例のこととしていいだろう（対照的に、彼女は、ディケンズやエリオットとは違って、歴史小説に本格的に取組むことはなかった）。そのような彼女を突き動かしていたのは一体何だったのだろうか。そこには何らかの統一的な力があって、それが結果としての多方向性を産出することになったのだろうか。もしそうだとすれば、そのような特徴を生み出すことになったその力とは何だったのだろうか。このような問いは、場合によっては、何らかの予定的な結論を曖昧なかたちで想定しながら立てることもできるだろうが、ギャスケルの場合にはそうもいかない——『北と南』を読み始めた読者にその後の展開、その結末を予測することができないように。彼女の小説を手にした読者は、物語の展開のつながりの薄い多方向化と、結末の予測不能性に直面せざるを得ないのである。そのような物語の中に〈宗教〉を定位することが果たして可能なのだろうか。

このようなバラバラのと言っていいほどのパターンは、実は作品以前に、その人生の構図の中にもはっきりと認められる。一歳と少しのときに母を失って、伯母（母の姉）の家で育てられるようになって以来、さまざまな土地や学校で学ぶことになったギャスケルには、所謂イングランド特有の故郷（ホーム）の意識はあまり強くは育たなかったのかもしれない（『北と南』の初めの部分では、故郷への想いがしきりと力説されながら、途中からそれが消えてしまう。『メアリ・バートン』のおけるホームや故郷への言及にしても、それが最終の結着点になることはなく、主人公たちはカナダに移住してしまう）。結婚して腰をすえたはずのマンチェスターを拠点としながらも、彼女は国内の各地を旅行し、訪問し、パリやフィレンツェを訪ね、ドイツやノルマンディー地方を旅したりする。そうしたさまざまの土地で出会った人々の名前の中にはディケンズ、カーライル夫人、J・A・フルード、シャーロット・ブロンテ、更にはワーズワスやナイチンゲールなどが含まれている。

マンチェスターのユニテリアン派の牧師であった夫ウィリアムを介して出会った知識人の数は多数にのぼるし、またそのつながりで数多くの聖職者や地主階級、法律関係者、商人、工場労働者、農業労働者などと接し、大なり小なりその生活振りを知っていたことも間違いない。『ルース』に登場するベンソンの原型となったとされるウィリアム・ターナー牧師（図①）は——彼はギャスケルの親戚であり、彼女は結婚前に二度ほどそ

図① ウィリアム・ターナー牧師
最初の妻はギャスケルの母親の従姉メアリ・ホランドで、長女メアリはクロス・ストリート・チャペルの主任牧師ジョン・ロバーズと結婚した。

の家で世話になっている——社会問題に強い関心を抱いていた人物で、日曜学校やチャリティー活動に関わるだけでなく、奴隷売買の禁止、カトリック教徒やユダヤ人への偏見の抑制なども主張した人物であった。彼は科学についての講演などもこなしたことが知られている。つまるところギャスケルは、新聞や雑誌やパンフレットなどを通して時代を知るだけでなく、みずからの個人的な出会いを通して時代の社会と交差できる場にいたということである。当然ながら、彼女はそのような体験をみずからの作品の中に利用しようとした。ところが、その結果としての作品は、しばしば唐突で、不自然で、強引と言うしかない展開を内在させることになってしまっているのである。ディケンズの誇る強烈なフィクションの構築力と比較するならば、それはある種の弱さと評するしかないものかもしれないが、その一方で、そのような弱さからしか見えてこないものもそこに内在しているという言い方もできるのだろうか。(1)

第二節　結ばない焦点

雑誌への分載というかたちで発表されたことを考えるならば、『メアリ・バートン』の筋の展開が多少なりとも右往左往するような印象を残すのは別段不思議なことではないのかもしれないが、それでも読者の中にはある種のためらいが残るだろう。マンチェスターでの労働争議を背景に持つこの小説は、なぜディズレイリの『シビル』（一八四五年）のような焦点の明確な労働小説、社会小説とならずに、あのような雑然とした構成になってしまったのだろうか。

場面をマンチェスターに設定し、そこに困窮する労働者の二つの家（バートン家とウィルソン家）を配し、成り上がりの経営者カーソン家を敵対者として置き、あたかもその三者によって構成される労働争議の外部にあるものとして、盲目に近い歌い手マーガレット・ジェニングズとその祖父ジョウブ・リーを置く。しかもそのような老人が、労働争議の外部にあることを示すためなのか、この老人は昆虫学と植物学に熱中している。しかも殺人があり、裁判の場面があり、リヴァプール港の船上での騒ぎがある。締括りではメアリとジェムが結婚してカナダに向かう——しかし、そうした展開のどの場面でも、牧師や宗教活動が大きな意味を持つものとしては浮上して来ないのだ。これは明らかに意図された不在のはずである。しかし、それにしても、なぜ『メアリ・バートン』には牧師も宗教活動も明確に浮上して来ないのだろうか。

このことが決して恣意的な疑問に尽きるものでないことを示すためには、当時の歴史の中には、労働者の不満とその政治的な動きになんとか対応しようとした聖職者たちがいたことを指摘すればいいのかもしれない。例えばジョゼフ・R・スティーヴンズ『政治的な説教者——貧しい人々のためにする説教壇からの訴え』（一八三九年）では次のようなことが語られる。

> 以下の「訴え」は、新年最初の安息日にあたる一月六日にアシュトン・アンダ・リンとステイリーブリッジの両会衆に対して筆者の行ったものであるが、それは救貧法改正法の実施を妨害しようとして他の人々と共謀したとの罪で拘束されていたマンチェスターのニュー・ベイリー監獄から解放された直後のものであった。このような事情が、日刊紙の何人かのレポーターがアシュトンでの午後の祈りに参加するきっかけともなったようで、日曜日の『サン』紙に、この説教のとても詳しい報告がのっていた。それがリプリントされて、実に広く流通しているということなので、著者としては初めて自分の説教を人々の前に公表することになった(2)。

この証言が物語っているのは、労働者と聖職者（と、更には刑務所）のネットワークが既知のものになっていたということである。そうであるとすれば、『メアリ・バートン』における聖職者の不在は逆に目立ってしまうはずではないだろうか。

更に、『女性のチャーティスト、教区教会をたずねる——チェルトナムの女性のチャーティストたちへの説教』（一八三九年）という小冊子（図②）もある(3)。私の手にしているその第二刷には一万部と表記されている。長老教会派の牧師ヘンリー・ソリーの『現在の苦境に対してキリスト教は何を語りうるか』（一八四二年）には、次のような言葉すら見られる。しかし、『メアリ・バートン』に登場するチャーティストが教会に足を運ぶ気配は見られない。

> この国の土地は不当に私有化されてしまっているし、イングランドの人々の多くは、イエスの教えや神の命令を踏みにじるようにして、その生得の権利を奪われ、その結果、体と心の、時間の中での、ひょっとすると恒久的な、予想だにしない苦しみに耐えるしかなくなってしまった(4)。

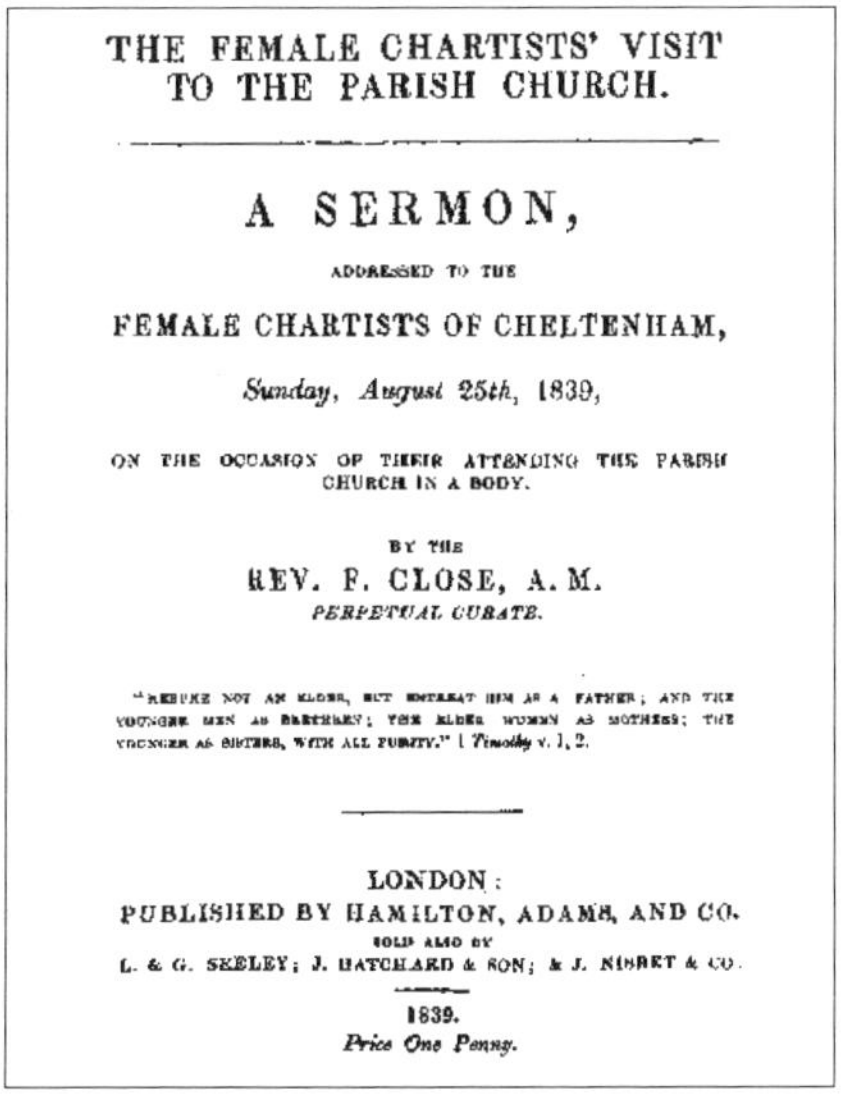
THE FEMALE CHARTISTS' VISIT
TO THE PARISH CHURCH.

A SERMON,
ADDRESSED TO THE
FEMALE CHARTISTS OF CHELTENHAM,
Sunday, August 25th, 1839,
ON THE OCCASION OF THEIR ATTENDING THE PARISH CHURCH IN A BODY.
BY THE
REV. F. CLOSE, A.M.
PERPETUAL CURATE.

"REBUKE NOT AN ELDER, BUT INTREAT HIM AS A FATHER; AND THE YOUNGER MEN AS BRETHREN; THE ELDER WOMEN AS MOTHERS; THE YOUNGER AS SISTERS, WITH ALL PURITY." 1 *Timothy* v. 1, 2.

LONDON:
PUBLISHED BY HAMILTON, ADAMS, AND CO.
SOLD ALSO BY
L. & G. SEELEY; J. HATCHARD & SON; & J. NISBET & CO.
1839.
Price One Penny.

図② 小冊子『女性のチャーティスト、教区教会をたずねる——チェルトナムの女性のチャーティストたちへの説教』（1839年）の表紙このような冊子の他にも、チャーティストの側から労働者に向けられた詩が多量に残っていることも知られている。小説家ギャスケルがそうした動きを知らなかったということは考えられない。

にもかかわらず、彼女は『メアリ・バートン』の中に次のような一節を挿入したのである。

教育のない者の行動というのは、私には、フランケンシュタインの行動をその典型とするように思える。人間的な特質をいくつも持ちながら、魂を、善悪の違いを見分けるだけの知識を持たない怪物の行動を。

民衆が立ち上がる、我々を苛々させる、恐怖させる。そのために我々は彼らの敵となる。そして我々の力が勝利した哀しい瞬間に、彼らはものも言わずに批難の眼を向ける。我々はなぜ彼らをあんなありさまにしたのだろうか。内なる安らぎと幸福を手にする手段をもたない恐ろしい怪物に?

ジョン・バートンはチャーティストに、コミュニストになった。（第一五章）

フランケンシュタイン云々について言えば、もし彼女が原作を一度でも読んでいれば、フランケンシュタイン博士と怪物を混同することは考えられない。しかし、それ以上に眼につくのは、この部分における論理のもろさではないだろうか。しかもジョン・バートンの生き方はチャーティスト、コミュニストのそれと何とも安易に短絡させられている。宗教問題などまったく絡む余地がないと言わんばかりに。フランケンシュタインとコミュニスト?――この小説の出版と同じ一八四八年に『共産党宣言』が刊行されているという偶然の符合はさておくとしても、この奇抜かつ不合理な近接は、しかしながら、ギャスケル的な言説のいたるところで出くわす異種混在のロジックのひとつのヴァリエーションではないだろうか。

筋の乱れと言うよりも、むしろ多方向性とでも言うべきものが――勿論ディケンズならば、最終的にはそれらにひとつの総括的な着地点を与えたであろうし、それだけの計算をした上で作品を書いたであろうが、ギャスケルにはそれだけの集中力はなかったと思われる――彼女の作品のいたるところに顔を出してくる。そのために、中核に謎を抱えこむはずのゴシック的な短篇などが十分には機能しないことにもなるのだ。そして『メアリ・バートン』におけるハリー・カーソンの殺害をめぐる挿話にしても、期待される合理的な推理性を発揮できないことにもなる。

この傾向はときには意外性そのものの展開に辿りついてしまうことにもなるが、『メアリ・バートン』の結末がその端的な例かもしれない。最後の章でメアリとジェムが結婚し、カナダへ旅立つように覚悟をするという展開は、結婚の実現は別として、それまでの展開から予測できるものではないだろう。更に、この二人に付き添う女の次のような発言も。

たしかに、メアリは行くには違いないですよ。ロンドンよりずっと先でしょ、それにとことん外国で。だけど私しゃイングランドなんていいと思っちゃいないしね。あんたのような大人しいひとをとっつかまえて、刑務所に放り込んだんだから。あんたの行かれるところなら、ついて行きますよ。ひょっとしたら、あのインディアンの国では行儀のいい人をちゃんと見分けてくれるかもしれんでしょ。(第三八章)

教養のない召使いの女の地理感覚が生み出す笑いと言ってしまえばそれまでの話であるが、その基本にあるのはこの作家特有の混線力と解すべきかもしれない。但し、どう考えても、この労働争議と労働者の困窮を焦点化しようとしたはずの小説がカナダへの移民を結末におく必然性は感じとれないのだ。このような展開では、教養の向上、地位の上昇、幸福な家庭の建設、故郷の発見と維持といったこの時代の定番的な目標となるテーマがすんなりとおさまる気配はない。作者はそうしたことのすべてを承知していたはずであるが、ただいずれかひとつの方向に舵を切ることはできなかったように思われる。

つまるところ、『メアリ・バートン』は数多くの脱線とそこにこびりつく数多くの挿話からできている。逆に言えば、それを労働小説とか社会小説、あるいはヒロインの教養小説といった単純な枠で囲うことはできないということである。ヴィクトリア時代の長篇小説は、とりわけ雑誌掲載のものは、その都度読者を満足させるためにそのような性格をもつことが多いけれども、ギャスケルの小説ではそれが際立っているのだ。たとえ『メアリ・バートン』と『クランフォード』のように極端に性格の重なる場合であっても。要するに、彼女の作品はひとつの枠組みの中には納まりきれない異種混在性をつねに持っているということである。恐らく彼女の生活環境ゆえに身についたと思われるこの特徴と向かい合わないかぎり、ギャスケルを読んだことにはならないはずである。

第三節　宗教小説になりそこねて

『北と南』(図③)はある意味では衝撃的な、しかも読み了えたあとに奇妙な未充足感の残る小説である。その中心になるのがイングランド北部の新興の工業の町における若い工場主とそこで働く者たちの対立であり(ストライキを含む)、それを乗り越えようとする葛藤であり、その工場主とヒロインの愛であることは否定のしようがないのだが、問題はこのように中心となる筋を抽出してみたところで、この小説について語ったことになるとは思えないという点である。勿論、労働争議の部分に的を絞り、この北部の工場の町ミルトンの劣悪な環境に注目し――必要とあれば、エンゲルスの『イングランドの労働者階級

図③ ジョージ・デュ・モーリアによる『北と南』（スミス・エルダー社、1867年）の表紙

の状態』（一八四五年）や、D・H・ロレンスの『息子と恋人』（一九一三年）における描写と比較し――そこに住む貧民の苦境を論ずることもできるだろう。そして、労働運動史に関わるあり余るほどの歴史資料と交錯させながら、この労働小説を論ずることもできるだろう。しかしながら、そのような読み方では、少なくとも私には納得できない点が残る、と言うか、残りすぎる。

　最後のところで、挫折した工場経営者のソーントンが次のような労使関係のとらえ方に辿りつくのは、確かに、十九世紀半ばの時代状況からしてポジティヴな妥当性を持つと考えることができるだろう。

　私の辿りついた結論は、ただ制度だけでは、それがどんな賢明なものであっても、それをまとめあげるのにどれだけ頭を使う必要があるとしても、そうした制度の働きによって、異なる階級のいろいろな人間が実際に接触できるようにならないかぎりは、階級と階級を望ましいかたちで結びつけることはできないということ。そういう交流こそ人生の核心ですよ。働く側からすれば、雇い主が自分の部屋で、働く人たちのためにいいプランを作ろうとしてどんなに悪戦苦闘しているのか、まず感じられない、分からないということになるのかもしれない。完全なプランというのはどんな緊急事態にも対応できる一種の機械のようなもの。しかし働く側は、それをそこまで完成させるのに必要だった強烈な思索や将来の計算のことなど理解もせずに、それを機械のように受け止めてしまう。それでも私としては、個人的な交流があれば実現するような考え方をとりたいと思う。初めはうまくいかないかもしれないけれども、何かあるたびに次第に大勢の連中がその利害を感じとるようになって、最後にはその成功をみんなが望むようになると思う。もともとのプラン作りにみんなが絡んでいたみたいに。……彼らの側もストライキを、これまでのように強烈な毒々しい憎しみのもとにやることは多分なくなる。もっと希望をもつ人間になると、階級間のもっと密接なおだやかな交流がストライキに終止符を打

つことになると思うかもしれないし。（第五一章）

おそらく小説家ギャスケルとしては、こと労働争議をめぐって辿りつける考え方としてはこれが限界であったかもしれないし、その社会思想史的な意義をここであえて云々する必要はないだろう。

　唖然としてしまうのは、次の最終章で、銀行に一八、〇五七ポンドの貯金を持つヒロインとこの苦境に立つ工場主の結婚が宣言されて、作品が終結してしまうということである。ところが、その彼女が少し前に失った名親はオックスフォード大学の教師であり、彼女の銀行貯金の大半はその遺産である。その名親からミルトンの土地も継承した彼女は、最後の場面では、ソーントンの工場がある土地の所有者というめぐり合わせになっている（――それは、どこかしら、ジェイン・エアとロチェスターの関係を想起させる設定である）、更にその少し前には父を、そして母を失っている。そこにあるのは、ヒロインが孤児としてスタートするのではなく、孤児の境遇に辿りつくという設定である。唯一血のつながった兄は、スペインでカトリックの女性と結婚しているし、かつて船上での反乱を指揮したかどで、イングランドの国内で逮捕されれば軍事法廷にかけられ、処刑される危険性がある。

　いや、それ以上に大きな問題を抱えたまま、作品の中で不安定な宙吊り状態に置かれているのが、ヒロインの父その人なのだ。彼はイングランド南部のある村で、国教会の牧師として充実した生活を送りながら、信仰上の悩みから牧師の職を辞し、北部の町ミルトンで、病弱の妻とロンドンから戻って来たヒロインを抱えたまま、家庭教師の仕事を始めてしまうのである。唖然としてしまうのは、作者ギャスケルがそのような父の国教会離脱の経緯を『北と南』の中に書き込んでいないということである。彼がオックスフォード時代の友人（ヒロインの名親）に会いに出向くとき、読者としては、ニューマンやピュージイに代表されるオックスフォード運動との関わりが作品中に導入される可能性も考えてしまうのだが、それへの言及はないし、非国教会の人々の姿も、はっきりと浮上してくることはない。なぜなのだろうか[5]。

　作家の周辺にユニテリアンの活動をする人々が多すぎ、そのためにそれを焦点化することも、他の宗派の活動を前景化することもためらわれて、例えば『クランフォード』に散見するようなどこかユーモラスな言及にとどめるしかなかったということだろうか。しかし、もしそうならば、国教会離脱という途轍もない局面を通過するヘイル牧師をなぜ作品の初めのところに置いたのだろうか――しかも、のちに彼はオックスフォードの友人を訪ねて、そこでひとり息を引きとるのだ。妻の眼から見れば、「ヘイル氏は彼女が聞いた説教者の中で最も楽しいひとのひとりで、教区の司祭の完璧なお手本であった」（第二章）。娘から見れば、「パパは主教さまに手紙を書いて、自分は大きな疑念を抱えてしまったので、良心上、イングランド国教会の司祭にとどまることはできない、ヘルストンを去るしかないと申し上げたそうです。それからベル先生にも相談して――ママ、ほら、フレデリック兄さんの名親の。私たちはミルトン・ノーザンに住むことになったのよ」（第五章）。いくら引越しが日常的なものであったヴィクトリア時代であっても、このようなかたちの引越しが文学作品に登場する例は他にはないかもしれない。長年この一家で働いてきた召使い女の理解は、「旦那さまは、あの年になって、非国教徒になろうなんて思いつかれて。国教会でうまくやっていらっしゃったとは言えないにしても、決してひどかったわけじゃないですし。お嬢さま、私のいとこに、五十歳すぎてからメソジストの説教者になったのがいるんですけど、ずっと仕立屋で」（第五章）というものである。端的に言えば、ギャスケルはきわめて重大な着想をもちながらも、作品の中でそれをしかるべきコンテクストに置き、深化させることをしていないということである。少なくとも『北と南』では、あり余るほどの挿話を着想しながら、それらをつないで深化させることに成功していないように見えてしかたがないのである。そして、そのとき、異種混在性は本来ならば実現するはずの広がりと深みを確保できないことにもなってしまう。

しかしながら、論理的な展開と深化の可能性を最もあからさまに妨害してしまうのは地理的な場の設定のしかたであるかもしれない。言うまでもなく、フィクションにおける空間の移動は作者の自由な裁量にまかされるものではあるが、それは決して野放図な自由ではなく、読者を納得させる義務に縛られた自由でもある。従って、次のように始まる物語が別の地理的空間につながってゆくとするならば、そこには説得的なつながりが、もしくは有意味なつながりの欠如がなくてはならないはずなのだ。

「イーディス！」マーガレットはそっと声をかけた。「イーディス！」

しかし、マーガレットの思った通り、イーディスは眠ってしまっていた。彼女はハーリー街にある家の居間のソファに体を丸めていた……（第一章）

十九世紀の小説としてはまったく思いがけないと評していい『北と南』のこの書き出しが、ロンドンの有名な医者の町ハーリー街からどのような地名に飛び火するかと言えば、イーディスの結婚相手となるレノックス大佐の勤務する地中海のコルフ島と、彼の故郷のスコットランドである。しかし、この二つの土地が作品の中で決定的な役割を果たす気配はない。物語が始まるとほどなくマーガレットが戻ることになるヘルストンという村にしても――彼女はこの村を繰り返し〈故郷〉と呼びはするけれども、両親と一緒に北の工業の町ミルトンに移住したあとは、そこに戻って、〈故郷〉というテーマを焦点化することはない――大都会と、そして北の工業の町と対比される以上の意味はもたない。「私にとってはヘルストンの教会やそこに歩いて行く道を考えることの方が自然なの、舗装された道の真ん中を馬車で教会に行くよりも。……ヘルストンは詩に出てくる村みたい――テニスンの詩に出てくる」（第一章）。北の町ミルトンは、美しい自然の村と対比される、空気の汚れた町となり、大都会ロンドン、南の美しい村、北の汚れた町という三角形の一翼を担うにとどまる。コルフ島、スペイン南西部のカディスは国外の地というにとどまり、オックスフォードにしても、ヒロインの父と名親に関係する土地というにとどまる。ストライキを実行した労働者に代わって、ソーントンが工場に雇い入れる労働者はアイルランド人と連呼されるのみで、その出身地の詳細への言及はいっさいない。物語はそのように稀薄な地理的なつながりの中で展開し、ヒロインは両親も、兄も、保護者も、そして故郷も失って、豊かな〈孤児〉となり、結婚するという結末になるのである。それを祝福する者の姿は見えない（おそらく、召使いのディクソンを除いては）。父の国教会離脱はそのようなコンテクストに埋め込まれ、その理由と結果は突き詰められることなく放置されるのだ。ミルトンの町における労働者と宗教の関係は、チャーティズムと宗教の関係が歴史的にはさまざまのかたちで論じられていたにもかかわらず、『北と南』では前景化されることがないのである。それには理由があるはずである。ギャスケルが直截的な宗教小説を書かなかった背景には、雑誌掲載という発表形式を利用したこの作家なりの計算も絡んでいるだろうが、それとは別の理由もあるはずである。

第四節　宗教は何処に

労働争議を正面から取り上げた、小説としての巧みさに欠けるだけに、逆にその分だけ問題を明示しているとも言えるハリエット・マーティノーの『マンチェスターのストライキ』（一八三四年）のような作品や――「著者はマンチェスターのいかなる工場、経営者、労働者とも接点がないので、特定の誰かとの関係を詮索されることはないように願う。登場人物はすべて抽象である」[6]という序言は、逆にその内容の事実性を訴える、当時としては珍しいものとなっている――J・A・フルードの『信仰のネメシス』（一八四九年）のように、組織宗教からの主人公の離脱をテーマとした宗教小説を始めとして、さまざまな宗教小説を眼の前にして、ギャスケルには何ができただろうか。彼女の小説における宗教の、ある意味では相当にひねくれた扱い方の意味を考えようとするときには、どうもその程度の警戒心を持つ必要はありそうである。

ともかくギャスケルにとって、主人公が聖職者であれ、それ以外の誰であれ、直線的に展開する宗教小説を書くことは不可能であった。信仰に関わるテーマを弁証法的に展開することもできなかった。彼女の場合、問題は、その小説の中のどのような場面で宗教が浮上し、どのようように機能してくるのかということになると思われる。

実生活においてはユニテリアンの信仰環境に囲まれていた彼女は、それを安定した場として、宗教的な言説を作品のあちこちに散種すれば十分であったのかもしれない。逆に言えば、そのようにして作品の随処に散りばめられた言説が相互につながることによって、彼女の作品はある意味ではつねに宗教文学になり得たはずだということである。会衆が牧師の説教の中から記憶に残る言葉を選び抜き、それを記憶することを求められるように、彼女の小説の読者は、その作品の中から大切な意味をもつ宗教的な言説を拾い出すことを求められるということになるのである。端的な例を『メアリ・バートン』の第三七章から引き出してみることにしよう。

> 要するに、キリストの愛を、双方の関係を正しく守る法であると認めること。
>
> 神の贈り物を得て、強い者は、弱い者を助けることになっている。

双方とは、労働者と雇用主のことであるが、特徴的なのは、この言葉が宗派を超える妥当性をもつ、宗派を超えて適用するという設定になっているということである。ギャスケルはこうした言葉を特定の宗派の教会やチャペルの場に限定することをせず、特定の宗派の聖職者の口を経由させることもしない。彼女の小説の中では教会やチャペルが特別の意味を持つことは殆どない。『北と南』におけるヘイル氏の牧師館にしても、その最大の意味は、それがヒロインにとってのホーム、故郷の象徴として機能するということに限定されている。ヘイル氏の体験する国教会離脱にしても、そのあとどの宗派に移るのかは示唆すらされていない（おそらく、無神論者となることはないはずである）。まわりの人々もその点について問い詰める気配はない。そのような構成の前提としてあるのは、狭い宗派の枠組をすり抜けてしまう信仰の言葉、聖書に由来する言葉こそが人々の眼前にあるというヴィクトリア時代の信仰観であるように思われる（この小説の各種の注釈版を参照してみると、聖書への言及が作品に多数埋め込まれていることが了解できる）。ギャスケルの作品における宗教的言説は、いずれかの人物に体現されて、そこに集中的に具現されるのではなく——つまり、特権化されて、何処かに集中するものではなく——他の諸々の言説の中に散種されるものとしてそこにあるということである。そのために、彼女の作品を宗教小説と呼ぶことは文学史的には困難である一方で、他方ではその側面を等閑視することもできないということになってしまう。

このような宗教者に託されることのない宗教的言説にわれわれが直面するのが、実は『メアリ・バートン』の結末に近い部分においてなのである。そこでは、労働争議に巻き込まれてしまわざるを得なかった人々と非国教会の各派の運動の交差する場——例えば、チャーティストとバプティストやメソジストの出会う場——に眼を向けることを、少なくとも小説の中では回避したはずの作者が、逆に次々と宗教的な言説を繰り出してみせることになる。ただ、それを口にするのはやはりいずれかの宗派の聖職者ではないし、教会やチャペルといった組織的な空間もそこには関与してこない。むしろ、脱宗教組織化された場が宗教的な言説をくっきりと際立たせることになるのである——ユニテリアンの信仰圏にいたはずの作者が、その外部に身を置いて信仰を焦点化するというこの手法は、無神論を経由したジョージ・エリオットが宗教的言説に対してみせたこだわりと、どこかしら共通するところを持ってはいないだろうか。この二人の作家が最後までこだわったのは、信仰（faith）という言葉ではなく、それをも包摂する共感（sympathy）という単純明快な言葉であった。みずからの死を目前にして、かつては貧しい仲間の労働者に向けていた共感の情を、かつての敵に向けるのは、殺人犯のジョン・バートンである。「かつては彼の体中にあふれていた苦しみへの共感が再びジョン・バートンの心を満たし、苦悶にふるえるこの厳格な男に真底やさしい言葉をかけるように迫ったとも言えるだろう」（第三五章）。殺人事件を間にはさんで向かい合う労働者と企業家をつなぐ言葉としてギャスケルが最後に選択したのが、この言葉なのである。

そして、結末近くになって、宗教的なものをはっきりと体現することになるのも、この殺人犯としてのチャーティストのジョン・バートンなのである。そこにあるのは、チャーティストから信仰を持つ者への、宗派の枠組に縛られることのない転向である。

> ジョン・バートンの両眼は涙でくもってしまった。金持ちも貧乏人も、使用する側もされる側も、心の奥の深い苦しみの中では兄弟なのだ。これこそ彼がかつて幼いトムに対して感じた、別の人生のように思える遠い昔に感じた、苦悶ではなかったろうか。
>
> 彼の前にいて息子の死を悲しんでいるのは、もはや雇い主ではなかった。絶えず敵対的な態度をとりつづける別の家系の人間でもなかった……敵でも、弾圧者でもなく、哀れで、みじめな老人でしかなかった。かつては彼の心の内を占めていた苦しみへの共感が再びジョン・バートンの心を満たした。（第三五章）
>
> 子どもだった頃、字の読み方は教えてもらったけれど、本をもらったことはなかった。ただ聖書はいい本だという話は聞かされたが。だから、ものを考えるようになって、分からないことがあると、それに手を伸ばした。……もし他の連中だってそれを信用するのをこの眼で見ていたら、自分でも聖書のルールを守ったと思う。でも、誰もがあの本をほめておきながら、正

反対のことをやってのけていた。（第三五章）

これと似た言葉は、息子を殺された企業家ジョン・カーソンの口からも、その他の人物たちの口からも引き出せるのだ。『北と南』もそうであるが、『メアリ・バートン』の場合にも、終わりに近いところでは、企業家と労働者の和解が提示されることになる。そのときの大きな差異と言えば、後者の場合には、宗教的な発想がその根底にあることがはっきりと示唆されるということであろう——またしても、宗派や聖職者のいっさいの介入なしに。

カーソン氏は最後の日にいたるまで、彼の姿をちらりと見かけただけ、表面的に知っているだけという人々からは、冷酷な人物とみなされていた。しかし、彼と打ち解けた関係になった人々は、何よりも彼の心にあるのは、自分と同じ苦しみを誰にも味わってほしくない、主とその下で働く者の間には申し分のない相互理解と、完全な信頼と愛があってほしい、ひとりの者の利害はすべての者の利害であって、だからこそ、すべての者の気遣いと心遣いを必要としていることが分かってほしい、そうであればこそ、機械のように無知な者ではなく、判断力のある、教育のある者が一番望ましいこと、そうした者をたんに金銭の多い少ないではなく、尊敬と愛の絆によって企業家のもとにおきたいという気持ちであることを承知していた。要するに、それは、双方の側をきちんとつなぐ掟としてキリストの精神を認めたいという気持ちであった。（第三七章）

終わりから二つ目の章に置かれたこの言葉は、ある意味では遅すぎるとも言えるだろうが、しかし、逆に強い効果をもつという印象も残るだろう。ひょっとすると、次の最終章に置かれたハッピー・エンドの結末よりも効果的であるかもしれないのだ。あるいは、次のような、短くはあるものの、決定的な言葉の中にこそ作者ギャスケルの想いは込められていると言えるかもしれない。

これこそが心からの敬虔さというもので、それを純粋で、汚れのない、真実の宗教にするために何かのテクストで飾る必要はなかった。（第三六章）

「確かに！」ヘイル氏はそう言って、溜め息をついた。「あなたたちの組合自体も美しい、栄光あるものになるね——キリスト教そのものにね——ただひとつの階級だけじゃなくて、みんなの幸福に役立つ目的を持っているのなら。……ヒギンズさん、一緒に家族の祈りをしましょう」……

国教会の女性マーガレットと、非国教会となった彼女の父と、不信心者のヒギンズは一緒にひざまずいた。それで害があるわけではなかった。（第二八章）[7]

これだけの言葉を書き込み得た作家にとって、たとえ夫がユニテリアン派の牧師であったとしても、何らかの宗教組織の活動に作品を収斂させてしまうことは不可能であったに違いない。終わりに近い数章の宗教的言説から言えることは、作者が各人物に、個人として、少しずつ違う方向から、少しずつ違う強度で宗教と直面させているということである。信仰をひとつの角度から一義的に規定してしまう姿勢は、そこには見られない。国教会の人々を含めて、保守的な宗派の人々には生温かいようにも見えかねないこのような立場こそが、ギャスケルの小説の足元にあったように、私には思われる。どちらが先行したのかを判断することはむずかしいかもしれないが、宗教に対するそのようなスタンスと、彼女の諸々の文学技法は対応しているはずであるし、また一度はそこまで下降してみないかぎり、ギャスケルの特異な文学世界は理解できないのではないだろうか。

確かに彼女の文学は幾つもの方向から考究してみることができるだろう。ただ、そのときにどうしても考えてみなければならないのは、幾つもの探求方向を可能にする、作品に内在する手法の問題ではないのかということである。この作家における宗教問題の特異な扱い方を可能にした手法は、他のテーマを扱うさいにもうごめいているように思えるのだ。更に言えば、そのような手法こそが、ときには統一性を欠くようにも見える彼女の作品を実は一貫して支えているという可能性すら考えてみなくてはならないということになるかもしれない。

そのような可能性を念頭におくならば、女だけの平和な町であったはずのクランフォードが、そこに永らく住む人々の交流を描く次元から次のような思いがけない話に展開してゆくというのは、勿論ある部分ではユーモアを志向したものでもあるだろうが、それと同時に最もギャスケル的な作品構成のパターンがそれとなく露出してくる場面であるかもしれない。

クランフォードは昔から正直で道徳的な町であることを誇りとしてきた。……そんな盗みをクランフォードの人間がやったはずがない。町の名前にこんな泥をぬり、やたらと用心深くなるようにしてしまったのは、ひとりか複数かは別にして、他所者に違いない。まるでインディアンかフランス人の間で暮らしているみたいだった。

われわれの夜毎の守備防衛（図④）をこのようにたとえてみせたのはフォレスター夫人であったが、彼女の父親はアメリカ独立戦争のときにバーゴイン将軍のもとで働き、夫はスペインでフランスと戦っていた。……［その彼女の考えでは］泥棒は他所者だと信ずるしかない……他所者となれば外国人ではないか……外国人と言えばフランス人じゃないかしら。グルノーニ氏はフランス人のように下手な英語をしゃべる。彼はトルコ人のようにターバンを頭にのせているけれども、フォレスター夫人はターバンをかぶったスタール夫人の絵を見たことがあると

図④「夜毎の守備防衛」（A・A・ディクソンによる『クランフォード』の挿絵）

いうのだ。（第一〇章）

歴史的な事実を巧みに埋め込んだ何とも珍妙な件と言うしかない。あまりにもシンプルな差別性を表面化した——その意味では、読者のもつ偏見に迎合するような——この部分のユーモアは何種類かの知識が、本来のありうべき歴史上の関係を黙殺してつながってしまっているところから来ているのだろう。明らかにディケンズのユーモアとは異質である。むしろギャスケルのそれの方が異種混在性を利用していて、ポストモダン的と呼びたくなるような性格を持っていると言うべきだろうか。

『クランフォード』の結尾には、それがまた別の思いがけない方向へ展開してゆく例も配置されている。

ジャミーソン夫人が思い出さなくてはならないのは、彼は長い間野蛮人の中で暮らしてきたということだ——すべて異教徒なのだ——その中にはまったくの非国教徒もいたかもしれないが。（第一六章）

「彼」と呼ばれているピーターはかつてこの町の牧師であった人物の息子であり、パブリック・スクールで学んだものの、親に勘当されてインドに渡り、今それなりの資産を手にしてこの町に戻って来たのである。『ジェイン・エア』（一八四七年）におけるジョン・リヴァーズのようにともかく使命感からインドに宣教師として赴く人物とはまったく別の道を歩むこの人物は、どう位置づければいいのだろうか。男性中心主義を体現する宣教師のパロディーとも読めるこの人物を、小説の冒頭から判断するならば、まったく想定外のかたちでここに挿入したとき、それはギャスケルの抱えていた如何なる対宗教の姿勢に対応していたのだろうか。

普通宗教小説を、あるいは宗教性の強い小説を論ずるにあたって自明の前提となるのは、そこに宗教絡みの問題が色濃く描き込まれているということである。読む側はそれをある種の呼び水として作品の宗教性の性格を考えてゆくことになるのであって、もしかりにそのような素材が作品の中に殆どないか、あるいはきわめて少ないとするならば、常識的にはそのような問題設定そのものがむずかしくなってくるはずである。ジョージ・エリオットの『牧師たちの物語』（一八五八年）では宗教者の日常生活をテーマとして設定することが、あるいはダイナ・モリスという女性の説教師の存在を手掛かりとして『アダム・ビード』（一八五九年）の宗教性をテーマとすることが可能であっても、『大いなる遺産』（一八六〇〜六一年）ではそうはいかないのは、そのためであるとも言えるだろう（可能性としては、ハヴィシャム夫人のそばに牧師を配置することも可能であったはずであるが、ディケンズはゴシック趣味の怪奇な場面は工夫しても、彼女をなぐさめる役としての牧師を配置することはなかった）。

そのように考えてみると、『クランフォード』の結尾に置かれた「……すべて異教徒なのだ……その中にはまったくの非国教徒もいたかもしれないが」（第一六章）といった台詞から、ギャスケルの小説における宗教性という問題を引き出すことは無理である、強引すぎると言うしかないだろう。しかし、その一方で奇妙な気もしないではない。「まったくの非国教徒もいたかもしれないが」云々のくだりはあまりにもバカバカしくないだろうか。かりにこれが読者を笑わせるための一行だとするならば、あまりにも品のないユーモアということになりはしないだろうか。

更に重大なのは、このクランフォードという町の人々の日常生活の中で、当時の人々には自明の行事であったはずの教会を経由した活動のことが、なぜきちんと主題化されていないかということである。総じてギャスケルの小説の際立った特色として目につくことのひとつは、当然そこにあることが予測され期待されるものが、この小説の場合にも排除され、除外され、それに代わる意外なものが、意外な状態が導入されるということである。その例ならば『クランフォード』のいたるところから引き出せるだろうが、何よりの例は書き出しの部分かもしれない。

何よりもまず第一に、クランフォードはアマゾンたちの手中にある。ある額を超える家賃の家を押えているのは女性たちなのだ。結婚した夫婦がこの町に落ち着く気でやって来ても、どうしたものか、旦那様の方が姿を消してしまう。クランフォードの夜のパーティーで男が自分ひとりであるのに気がついて、死にそうなほどふるえあがってしまう……（第一章）

女だけの町というのはいかにもユーモラスなアイディアではあるものの、そんな町が実在するとは考えられない。つまり、この想定外の町は男を排除することによって、正確には一度は排除したあとで、少しずつ男が再導入されてくることによって成立するのである。本来そこに在るべきものの排除と再導入――それは本来そこに在るべきものの意義を再確認するための〈異化〉の手法とでも評すべきものではないのだろうか。

家庭環境からして、またマンチェスターという町の社会経済状況からして、他の多くの作家よりもはるかに近距離から誠実に宗教問題を扱えたはずのギャスケルが、なぜもっと直截的な宗教小説を書かなかったのかを考えるとき、まず念頭におくべきは彼女のそのような〈異化〉の手法ではないかと思われる。それは、作品の中に宗教問題の扱いがあからさまに現前しないとき、その在るべきテーマに代わって何がそこに現前し、そこにどのような意味が込められているのかを考えてみることを読者に要求するものとなる。ヴィクトリア時代には宗教的なテーマを明示した作品がいくつも書かれている。そうした作品を――例えば、信仰か無信仰かで苦悩する聖職者を中心にすえた作品を――論ずるのは単純な充実感を伴うのに対して、ギャスケルの隠匿性をともなう宗教小説を扱うのが困難な、そして刺戟的なものとなる所以である。

ついでながら、『ラドロウ卿の奥様』（一八五八年）の初めのところからも引用してみることにしよう。

> あの殿方のことを話してみましょうか。ストーリーなんてものじゃないんですが。前にも言いましたように、初めも中間も終わりもないんですから。
>
> 私の父は大家族を抱えた貧乏な牧師でした。母の方は体の中をいい血が流れているって言われていましたが、一緒になったひとたちの間で――とくに自由とフランス革命賛成派の金持ちの民主的な製造業者の間で自分の立場を守りたいときには……
>
> （第一章）

なんとも不思議な、いかにもギャスケル的な語り口である（もちろん、それも作者の技巧のひとつではあるだろうが）、ラドロウ卿の奥様の紹介をすると言って始まった語りは、すぐに語り手の両親の話の方向に方向転換してしまい、しかも牧師を紹介するために必要なはずの彼の性格のこと、教区のこと、教区民との接し方の話をするのを忘れて、母の家柄のこと、「自由とフランス革命賛成派」のことに話が飛んでしまう――「初めも中間も終わり」もないと予告された話はこのあとどう展開するのだろうか。いや、そのような問いを抱えながら読み続けることこそ、ギャスケルの異種混在的な手法に、そして異化の手法を内包したギャスケルの作品が要求している読み方なのかもしれない。われわれの眼の前にあるのは単純すぎるとも、複雑すぎるとも言える作品群なのである。(8)

註

（1）ヴィクトリア時代の宗教については、Sheridan Gilley and W. J. Sheils, eds., *A History of Religion* (Oxford: Basil Blackwell, 1994) 277-

321 を参照。Liza Picard, *Victorian London* (London: Weidenfeld & Nicolson, 2005) 282-95 は簡潔に全般的なイメージを提供してくれる。E. C. P. Lascelles, "Charity," *Early Victorian England, 1830-1865*, vol. 2, ed. G. M. Young (1934; Oxford: Oxford UP, 1988) 315-47 は今でも参考になる。

（2）Joseph Rayner Stephens, "The Political Preacher (1839)," *Chartism and Christianity*, ed. Dorothy Thompson (New York: Garland, 1986) 2.

（3）Reverend Francis Close, *The Female Chartists' Visit to the Parish Church* (London: Hamilton, Adams, 1839).

（4）Henry Solly, *What Says Christianity to the Present Distress?* (London: J. Green, 1842) 14. なお、註（3）と註（4）の二つのパンフレットも註（2）に収録されている。

（5）Mark Knight and Emma Mason, *Nineteenth-Century Religion and Literature: An Introduction* (Oxford: Oxford UP, 2006) 52-119 を参照。

（6）Harriet Martineau, *A Manchester Strike* (London: Charles Fox, 1832) n. pag.

（7）John Chapple, "Unitarian dissent," *The Cambridge Companion to Elizabeth Gaskell*, ed. Jill L. Matus (Cambridge: Cambridge UP, 2007) 164-77 はユニテリアニズムとの関係を重視しすぎていて、私にはどうも承服しがたい。

（8）異化の手法については、R. H. Stacy, *Defamiliarization in Language and Literature* (New York: Syracuse UP, 1977) がシクロフスキーのこの理論について詳しく論じている。

第八章

郵　便

——鉄道と郵政改革が見せた世界——

宮丸　裕二

ロンドン・アンド・ノースウェスタン鉄道、ストックポートの高架陸橋

Chapter 8

Postal Mail: The World of the Railway and Postal Reform

Yuji MIYAMARU

ギャスケルが人生の大半を過ごしたマンチェスターは世界で最初に鉄道が実用化された都市であり、ギャスケルが住み始めたのがちょうど、鉄道の利用が始まって間もない頃のことであった。したがって、ギャスケルは鉄道など考えられなかった時代から鉄道が導入された時代へと移る、急激に変化する時代の最初の目撃者の一人なのである。さらにその中でもその様子について記述を残していることも考えると、稀にして貴重な位置づけにある作家であるといえる。同時に、この時代、急激な変化を見せていたものに、郵便がある。これはこの時代に発明されて人々が初めて知るようになったものではないという意味では鉄道と大いに異なっているが、しかし、郵便改革という政治改革により、それまでは考えられなかったほどの規模で郵便が流通することになるのがこの時代なのである。そこへ鉄道による郵便配達という後押しがあり、手紙が人々の生活の中で重要な意味を持つようになり、さらには手紙というものの意味が変化を見せるに至る。本稿では、ギャスケルの見た鉄道と郵便の姿を主にその小説作品の中にたどり、これら二つを手に入れた人々が迎えた社会の変容を考えてゆく。

第一節　鉄道普及と郵便改革の時代

蒸気機関は既に十八世紀に完成を見て、各所で実用化されていたが、これをもとにジョージ・スティーヴンソンが一八一四年に初の機関車を完成させてから、またたく間に鉄道の時代の幕開けへと進んでゆく。ストックトン・ダーリントン間の四十キロメートルに鉄道が敷設され、一八二五年に開業し、続いて一八三〇年リヴァプール・マンチェスター間の五六キロメートルの区間に本格的な鉄道の営業が開始される。

「本格的」というのは、ストックトン・ダーリントン間の鉄道とその意味を大いに違えていたからである。ストックトン・ダーリントン間の鉄道は有料道路の延長としての線路敷設といってもよいくらいのもので、機関車だけでなく馬車が貨車を引いて走っていたし、会社が所有する線路と駅を貸し出してそれを別の者が利用するという、現在の空港のようなあり方だったからである。その速度は速い場合で時速十キロメートル足らずであった。これに対し、リヴァプール・アンド・マンチェスター鉄道という、最初の企業体としての鉄道会社の開業に至って初めて、駅、線路、貨車を持ち、運行を一体で統制する鉄道がお目見えしたのである。このことの利点は計り知れない。つまり、この経営形態でこそ、定時発着、一定のダイヤによって保証される速度、安全性といったものが確保されたからである。実際、スティーヴンソンによるロケット号の開発もあり、速度は時速二七メートルに上がっていた。

したがって、リヴァプール・アンド・マンチェスター鉄道が実現しようとしたものは、一にも二にも速度であり、これこそが他の鉄道や他の交通機関との差別化を図りたい点でもあった。そのため、技術の粋を集中させるとともに、高低差を極力なくすために山にはトンネルや切り通しを作り、谷には高架をかけるという大工事を行った。日本では、これと同じことが行われるのは新幹線の敷設に際してのことである。そうそう山のない英国でも高低差のない平らな路線を造り出すというこの作業は相当なものであったが、出資金がいくらでも集まるという背景があってこれが実現したのである。

会社が速度を求めたことは、もちろん社会全体が持つ速度への希求があったからである。乗車料金が高くとも人々が利用し、株価が高騰し、それでも飽和状態を見ず出資者が増え続け、また配当金が極度に高かったことでもそのことが分かる。(1)

これを背景に、人々はそれまで見たこともない速度の物体が風景の中を通り抜けて行く光景を目にすることになるのである。同じ一八三〇年代にはロンドンにも鉄道が登場し、国じゅうに線路が敷設されてゆくことになる。早くも一八四〇年代には、それまでの移動手段の主役であった幹線道路はどこもかしこもがらがらで誰も利用していないという光景を見ることになるのだ。

ギャスケルは、こうした本格的な意味での鉄道が走り出し、利用が定着し始めて間もない一八三二年に、牧師の夫ウィリアムに嫁ぐかたちでマンチェスターにやってくることになるのである。

一方、一八三〇年代は、郵便改革が行われ、郵便事情に大きな変化が生じた時期にも相当する。これは一八三七年にロウランド・ヒルが先導して意図的に行われた改革であり、いわば上からの改革である。既に一定の安定を見ていた郵便制度であったが、重い腰を上げて改革に取り組んだのには、制度の中にある非効率が度を超えた悪影響を及ぼし、それが累積する赤字となって返ってきていたからである。

それまでの郵便制度では、郵便料金の先払いと後払いが共存しており、枚数や宛先など郵便物ごとに違う料金が配達してみなければ分からないことからも後払いを選ぶ者が多く、それを届けた先で受取人から集金することがほとんどであった。また、宛先不在で持ち帰る郵便に人件費は倍かかってもそれを払う者はいなかった。その非効率性が生む回収できない額が実に膨大なものになる。さらに無視できないのが国会議員特権である。一時代前、オースティンによって書かれた『マンスフィールド・パーク』(一八一四年)には、主人公ファニー・プライスが兄と離ればなれになって寂しがっているので、優しい従兄のエドマンドがファニーに兄宛の手紙を書かせて、「僕の父の名前で出しておくから」「受け取りの際に君の兄が支払う郵便料のことは気にしなくていいよ」(第一巻第二章)と言う涙ぐましい場面がある。エドマンドの父サー・トマスは准男爵であるから必然的に上院に議席を持っており、すなわち、国会議員として無料でいくらでも手紙を差し出すことができたのである。エドマンドの優しさは優しさとしても、この善意が積もり積もって、実に大変な分量の手紙を郵便局は無料で配達し、その割合は一八三〇年代には少なくとも郵便物総量の十二パーセントを占めていたのである。

これに対してヒルが打った手は、まず、切手を発行してすべてを先払いの制度にしたことである。例えばロンドンであれば、一八四〇年以降、半オンスまでの手紙はすべて一通一ペニー（ペニー・ブラックと呼ばれる切手）、一オンスまではすべて一通二ペニー（二ペニー・ブルーと呼ばれる切手）の料金で配達されることとなった。リチャード・メンキーによると、郵便局に行かなくても済むという簡便さ以上に、利用者に価格が可視的なものになり、値段があらかじめ分かることの効果が大きかったという。[2] 逆に言えばそれまではいくら払うか、相手に払わせることになるかを考えると、郵便はそうそう気軽に差し出せるものではなかったということだ。そして、それまで複雑だった郵便配達の仕組みの簡便化に取り組むことで、ヒルはこの改革でそれまでにない配達の速さが実現されることを目玉として掲げた。また、国会議員特権を大幅に制限するなどの改革を行い、郵便制度全体の経営の健全化を図っている。加えて、この改革について特徴的なのは、大々的に宣伝を行い、ヒル自らパンフレットを発行し、[3] 魅力的なデザインの料金付き便箋（図①）を売り出してもいることだ。かなりの人を郵便の利用者として見込み始めていたことが窺えるのである。こうした改革が郵便の利用者にとっては、簡便化、低料金化という利点を与え、折

図① 郵政改革で発売されたマルレディ便箋

しも社会全体の識字率が急激に上がりつつあり、郵便の利用者が大いに増えることになる。郵便物は最初の二年間だけでも優に倍を超える伸びを見せた。それによって郵便局はごった返し、カードが飛び交うヴァレンタイン・デーの郵便局の様子をチャールズ・ディケンズがW・H・ウィルズと一八五〇年に共作で発表したスケッチで活き活きと伝えているが、そこに描かれるように誰も彼もが郵便を利用するあり方は一八二〇年代までは見られなかった光景なのである。(4)

そうした郵便事業の拡大に加えて、さらに鉄道がそれぞれの地域で郵便物を輸送するようになると、その速度が増し、相乗効果を生んでさらに利用者の数を増やすことになる。それまで世の中で一番速い輸送・交通手段は郵便馬車であった。若き日のディケンズが記者として国じゅうを取材し回った際に、この特別速い郵便馬車に便乗して、夜中の幹線道路を疾走している。ところが鉄道が走り始めることで、郵便も鉄道を利用するようになる。その速度を最大限に活かすべく、やがて、郵便物を車両の中で仕分けして、郵便袋を運行中の車両を止めずに外へ放り投げるという仕組みを作り出す。(5)地域によっては、今日書いた手紙が明日届くようになると、郵便を利用する側でもその利用の仕方が変わってくる。例えば先述のオースティンが自身の手紙を書くときに、一度手紙を書いてから、さらに郵便として出す前に起きたことや思ったことを余白に書き足して、さらにまた余白に追加して、それからちょうど便利なタイミングで郵便として差し出すので、一通の手紙が複数回にわたって書かれるということが珍しくない。またこうすることで受取人が払う額に対する内容を増やそうと気遣ってもいたのである。ところがギャスケルの書く手紙には多少の追伸を除くと、こうした追記はずいぶんと減少している。このことは郵便を出すことが気軽に行えることになったことを示しているであろう。このように、それまでもずっと存在していた手紙ではあるが、この時代の改革を機に、頻繁に、何通も出し受け取れる、手軽なもの、珍しくはないものになり、人々の日常の重要な一部になってゆくのである。

郵便の大きな改革としては、次の大きな節目として、郵便局に勤めながら膨大な作品を残した元祖サラリーマン作家のアントニー・トロロプが一八五〇年代に郵便ポストを発明したこと、さらに電報が世紀末になって本格的に実用化されたことなどがあるが、やはりその影響の大きさにおいて一八三七年の改革に及ぶものとは言い難い。(6)そしてギャスケルはこの大きな改革のちょうどその時に立ち会った一人なのである。

第二節　鉄道にみる区分けされゆく世界

新たに自分の居住地となるマンチェスターに行き、そこで目にした鉄道というものを、ギャスケルはどのように眺めたのであろうか。鉄道とそれにまつわる職業が最も直接に小説の設定に関連して登場するのは、中篇『従妹フィリス』（一八六三～六四年）であろう。主人公ポール・マニングもその父親も鉄道の技師であるが、ギャスケルがここで技師という職業を登場させているのは、階級移動がある程度可能になった社会の中で、自らの技術知識と職能で未来を切り開いてゆける職業として典型的なものに映ったからだろうと考えられる。実際、ポールは父よりも少しだけ職位が上がったところにいる（第一部）。この作品が教えてくれることは、実はギャスケルは、鉄道が生まれた社会の中で生きながらも、鉄道については通常以上の知識を持っていたわけではないことである。ギャスケルは、この時代の女性としては、鉄道を使って国内外へ足を延ばしている、相当の乗車体験者である。しかし、この小説では、鉄道を核に据えていながら、鉄道について詳しいことは言及しておらず、せいぜい、しっかりした地盤の上に線路を建設しないといけないという当たり前の認識がある程度である。これがギャスケルの鉄道についての知識のおよそ限界であろうと考えられるが、それだけに、鉄道黎明期社会の目撃者として注目するに値する。つまり、ここでギャスケルを取り上げるのは、無論ギャスケルが鉄道マニアなどではなく、鉄道に関連するある側面に取り立てて通じていたからでもなく、むしろ鉄道の素人である一般人の視点から鉄道を眺めてくれているからである。

そうしたギャスケルが鉄道に対して抱いた印象は大きく二つ挙げられる。一つは破壊的な印象である。これは既に小池滋がギャスケルと鉄道に関する論考の中で指摘するとおりであるが、「責めは誰が、何が負うべき」なのかがはっきりしない、時代に現れた「不可抗力」としての歓迎しがたい「運命」であると、ギャスケルが感じたこと、そして、それを表現するに際してギャスケルは理性的な批判よりは、感性に依存する混沌とした敵意の表明というかたちを採っていることに、疑いはないだろう。[7] そしてギャスケルが鉄道（もしくは鉄道を生み出した時代そのもの）に対して抱く不条理は、『クランフォード』（一八五一～五三年）におけるブラウン大尉を突如襲う鉄道による人身事故に見る、因果応報や勧善懲悪とは無縁で、説明のつけがたい不幸というものの中に現れている（第二章）。ブラウン大尉の死は、一夜にして地方紙で記事として掲載されるが、実はこの速報性もまた鉄道の恩恵であり、その不気味さをさらに補うものであろう。ここに見る恐怖ないし敵意といったものは、ディケンズが長らく鉄道を描かなかったこと、あるいは後に『ドンビー父子』（一八四六～四八年）や「マグビー・ジャンクション」（一八六六年）の中で描いた不気味さと、表現の手法こそ違え、同質のものであると言ってよいだろう。

ただし、ギャスケルが鉄道を登場させる際に、すべて、恐怖、敵意、不気味さとして説明がつく描き方だけを用いているとも言い難い。『メアリ・バートン』（一八四八年）は、マンチェスターの工業都市を舞台に選んでいる。労働者階級に属するメアリは、リヴァプールへ向かうのに、生まれて初めて鉄道に乗り、鐘や警笛、蒸気や鋼鉄のきしみなど鉄道独特の雑音に圧倒される。

> 旅そのものが彼女には脅威的なことに思えた。彼女は進行方向と逆向きの座席に座り、工場の煙突やマンチェスターの町の上空をおおう煙の雲を眺めていると「郷愁」のようなものを感じた。子供の頃から見慣れている景色が、生まれて初めてだんだん小さく遠ざかって行った。たいていの人には不快な景色であろうが、彼女は移民した人たちが思い出にふけって感じるように感傷的な気分になって、それらを懐かしく思った。（第二六章）

鉄道が自分をマンチェスターから引き離してしまい、瞬時にリヴァプールに運んでしまう、その速度にメアリは驚愕しているが、しかし、故郷マンチェスターという都市の風景を作り出しているものには、工場や煙とならんで、鉄道もあったはずである（図②）。第一章の冒頭から、街を覆うエンジン音（鉄道のエンジンではないが）への言及があるとおり、メアリが郷愁を覚えるこの街は既に工業化が進んでおり、当然鉄道も当時では最も風景の中に当たり前なものの一つとして溶け込んでいた。実際、ギャスケルも「現在、鉄道はどこでも、特にマンチェスターでは普通の交通機関」（第二六章）であると語っている。メアリにとって、鉄道は未知のものである反面、現在の自分を成り立たせている風景の一つでもあるのだ。これはギャスケルにとっても同じことであり、本人が望むか否かに関わらず、鉄道がその暮らしの前提を作っていることは動かしがたい事実である。鉄道が直接間接に成り立たせている新しい世界に巻き込まれているという自覚があるのである。

　また、不安やことによると恐怖をもたらす鉄道は、実際に、メアリに少なからぬ利便をもたらしている。この場面では、ジエムのアリバイを唯一証明できる立場にあるウィル・ウィルソ

図② リヴァプール・アンド・マンチェスター鉄道、オリーヴ・マウントの切り通し

ンを探しにリヴァプールへ急行できるのは、鉄道の恩恵である。そして、鉄道はジェムの命を救うだけではない。労働者階級まで含めた多くの人々がその恩恵に与っていることもギャスケルは書き残しているのである。ジョウブ・リーは、工場の機械化で労働者が苦しんだことを知りつつも、鉄道を「力織機や、鉄道や、その手の発明品はみんな神からの授かりものだってことは、これっぽっちも疑わない」（第三七章）と言う。メアリが鉄道に乗ったことがなかったように、確かに労働者階級の人々にとって鉄道は直接乗車することによって移動手段としての便宜を与えてくれることは少なかったかも知れない。しかし、そうした人々にとっても、鉄道が物資を運ぶからこそリヴァプールのような工業都市を成り立たせ、自分たちに職を与えてくれることはよく分かる。さらにギャスケルには、鉄道やその基礎としての蒸気機関のおかげで三角貿易の一つの角を構成できることのメリットがよく見えていたはずである。(8) マンチェスターに限れば、鉄道は、階級を問わず広く人々にいくらかずつの恩恵を直接間接に分け与えてくれる有難いものであると考えられていた。乗車の機会の有無や座席の等級もありながらも、鉄道は社会の万人と関係し、社会を平準化する傾向を持つものであったのだ。

ただし、生活を取り巻く風景の一つとして定着してからも、ギャスケルにとって鉄道は新奇なものであり続けたと考えられる。『メアリ・バートン』、『クランフォード』、『北と南』（一八五四〜五五年）といった社会問題の現状を取り上げる作品の中では鉄道を多く登場させているギャスケルではあるが、一方で鉄道が登場しない物語も多く書いている。『シルヴィアの恋人たち』（一八六三年）は十八世紀末に時代設定をとっているので鉄道が登場しないことは時代考証からして当然のことであるが、他にもギャスケルが好んで書いた一連のゴシック譚でも鉄道はほんの少しの例外を除いて徹底的に排除されている。(9) これは、ゴシックというジャンルの定石である過去への指向を考えれば納得のゆくことである。しかし、ゴシックの過去指向性は普遍であっても、鉄道の排除についてはそうであるとも言い切れない。例えば、ディケンズは「マグビー・ジャンクション」で鉄道をゴシックというジャンルに持ち込んでいるし、今日では汽車は古いものでもあり得るし、不気味なものでもあり得ると考えられるが、ギャスケルにとっては鉄道はひたすら新しさを象徴していたらしい。たとえ実際の時代設定が現代であっても、過去という時間に根ざすゴシック的な世界を考えるとき、それはギャスケルには鉄道がない世界であったのだ。また、ギャスケルは他の点でも鉄道のある世界とない世界とで世界の切り分けを行っている。『北と南』で、鉄道的世界を代表するのが北部であるのは実に明確だが、この時代、ヘルストンにも鉄道は走っているし、マーガレットは鉄道で北部へ移るのだ。しかし、南部を出発する際の鉄道に関しては駅の描写を最低限に留めており（第六章）、帰郷した際は人が減った殺風景な場面を描くのに鉄道を用いているのに対し（第四六章）、北部ではその移住の最初から鉄道を強調して描いていることや事件のきっかけに用いていることは、ギャスケルが持っている新しいものとしての鉄道という印象をそのまま語っているだろう。さらに、『ルース』（一八五三年）がベリンガムとロンドンへ向かう手段が馬車であって鉄道ではないことにも同様に意味を見ることができる。後に痛い目を見て人生を大きく左右してしまう逃避行であるが、この限られた時間はかけがえのないロマンスとして一生意味を持ち続ける。[10] 旅行先で滞在するウェールズは、鉄道など発明される以前の世界のようであり、五日前の『タイムズ』紙がようやく読める場所であり（第五章）、その他の移動もすべて馬車によって行われ、ウェールズを出る時も郵便馬車に乗っている（第一二章）。[11] 現実には郵便の輸送などに鉄道が使われていたであろうが、それが見えない世界なのである。ギャスケルが、近代文明から遠く、ノスタルジックで、牧歌的、そして時に感傷的な世界を用意しようとする時、鉄道は遠ざけられている。新旧世界を区別する時、ギャスケルには鉄道はどこまでも新しい現実だったのである。

現実世界に新たに大きな恩恵を与えた鉄道であるが、その無視できない大きな特徴として、その不可視性がある。乗車している際には自分の移動プロセスは見えているだろうが、流通の詳細や、三角貿易が促進されてゆく全体像が見えるわけではなく、ただ自分の周囲に与えられた利便を享受するのである。労働者階級を含む万人がその利便を享受していた鉄道であり、郵便はその利便の代表的な一つに数えられるだろうが、この郵便も個人の手元から離れて個人の手元に届くところは見えていても、それ以外のやりとりや全体の流れは、見えないどこかで処理されている。この新しい輸送手段の定着は、この見えないプロセスに誰もがつながれ、関係させられ、大きな世界にくるみ込まれてゆく、大きなきっかけとなっているのである。

第三節　手紙にみる結びつけられゆく世界

先述の通り、郵便の配達が爆発的に増え始めたこの時代であるが、ギャスケルもまた個人個人にとって手紙の利便が増し、新たな役割を担うようになったことを作品の中に記録している。とりわけ、ギャスケルには、郵便制度の利便が変わったことに大いに動かされていたようで、時に登場人物の困惑をもって、時には利便への感嘆をもって、以前の郵便制度との違いを繰り返し書いている。『シルヴィアの恋人たち』に登場する十八世紀人であるフィリップは、郵便料金が高額であるためにほんの近くの人と連絡を気軽に取れないのを苦にする（第一九章）。『メアリ・バートン』のアリス・ウィルソンによれば、兄のジョージ・ウィルソンが母親の葬儀に間に合わなかったのは当時の郵便制度のせいだという（第四章）。短篇「曲がった枝」（一八五九年）では「田舎の郵便夫は今日でも時間に急かされてはいないし、当時に至っては配達するものがあまりなかった」ので、「手紙は週に一度配達された」とあり、さらに物語中ではせっかく受け取ったその手紙はこちらから差し出したものが宛先不在で戻ったものだったとある。このように、時代や地域による不便をギャスケルはそこここに描き込んでいる。一方、『北と南』では、マーガレットの名付け親のベルが翌日訪問する予定のオックスフォードに、滞在先での注文をつける手紙を書く場面が描かれている（第四二章）。訪問先に訪問前に手紙を届ける習慣は十九世紀初頭にはロンドンなどでは既に定着していたが、ここでは、鉄道で移動する自分よりも速く届けられる手紙という使われ方にまで発展しているのである。実際、郵便制度は日進月歩で発展していた。『クランフォード』の「古い手紙」と題される第五章にもやはり新旧の手紙のあり方の違いが意識的に描かれており、その中では、先述の郵便改革前の議員特権とその腐敗にまで触れているほどだから、この進歩は改革の結果であることも、ギャスケルにはよく分かっていた。そして、郵便を取り巻く急速な変化に立ち会ったギャスケルは、自分の経験として見聞きした範囲にとどまらず、恐らくは人から聞いて知った情報をも書き込むことで、手紙の利便性やその利用の仕方とが、新旧社会で対照的であることを強調している。ギャスケルにとって、郵便こそは、時代の変化を表す代表的なものであると映っていたことが分かるのである。さらに、ギャスケルは手紙の役割の変化にも触れて、中篇『ラドロウ卿の奥様』（一八五八年）の冒頭で次のように語っている。

その当時、手紙は一週間に三回しか届かないし、スコットランドの私が少女時代に過ごしたところでは、郵便は月に一度きりでした。ただ、当時の手紙はまさに本当に手紙だったのです。誰もが手紙を珍重しましたし、まるで本を読むように手紙を熟読、精読したのでした。今は郵便は日に二度も音を立ててやってきては、短く走り書きしたメモ程度のものを渡して行きます。挨拶文も結語もなく、単刀直入の文章も少なくありませんし、これが手紙でなければ性急な物言いだとそれなりの育ちの者であれば思うはずです。ええ、確かにおっしゃる通り。こういったことはみな進歩と呼ばれるのでしょうから、そういうことにしておきましょう。ただ、そうした進歩の時代にはもうラドロウ卿夫人のような方にはお目にかかれないのも確かなのです。（第一章）

かつて「手紙がまさに本当に手紙だった」時代と比べると、既にギャスケルの時代は「手紙が本来の手紙ではなくなっていた」ことになる。つまり、制度と技術という両面の改革を背景に郵便が発展した結果、手紙は便利になっただけではなく、その意味を変えていたのだ。

ギャスケルが書くところにしたがうと、その手紙に与えられた変化とは、即時性と大衆性であろう。まず右の文章が伝えている配達の速度と頻度は、改革による郵便制度の効率化と利用者の増加が背景にある。これにより、手紙で伝えている内容が即時性を持つことになる。例えば、『メアリ・バートン』で、殺人が起こってジェムが逮捕される場面から、ウィル・ウィルソンを探しに行き、やがて裁判が始まる場面までは、情報が人から人へと次々と伝えられ、そこでは、鉄道、船、徒歩による人の移動と口頭による伝言、『マンチェスター・ガーディアン』紙など新聞による伝達、ジェムの筆致とおぼしきメモ、警察の召喚状など、ありとあらゆる伝達手段がその速度を争って競争を展開することになるが、その速度競争に、手紙という手段が参入するのである。これと同じ情報合戦は『北と南』のフレデリック・ヘイルの国内潜入と逃亡を巡っても展開されている。基本的には書き手と受け手の一対一で交換される手紙ではあるが、内容やその効果次第では、新聞と並んで速報性を含むメディアとしての機能を持つことになるのである。

また、この時代の手紙が備えたもう一つの特徴として、大衆性がある。つまり、それまでとは比べものにならないほどの人々が比べものにならないほどの分量の手紙をやりとりすることで、多くの人が手紙のネットワークと無縁ではいられなくなることである。当初恋仲になるメアリ・バートンとヘンリー・カーソンの関係は手紙を介して進行するが（第八章）、身分違いの恋が可能になるのはメアリの識字があってこそだ。ただし、メアリのもう一つの人生の成り行きでもあり得たかも知れない叔母のエスタは、自分を誘惑した身分違いの男性に、同じ手紙という媒体で最後は徹底的に拒絶され、捨てられるのである（第一四章）。ここに、本来は結びつかないもの同士を一時的に引き合わせてしまうという手紙の強引なる引力を見ることができる。大衆化しゆく手紙は、文字世界の民主化を象徴するもので、世界を平準化し、世界を一つにつなぐ基盤たろうとするのである。ギャスケルが、「それなりの育ちの者であれば」手紙とは思えないような手紙が横行していると揶揄しているのも、手紙が大衆性を備えたからである。『クランフォード』では、新たに文字を手にした人々が手紙世界での旧体制を転覆しかねない様子さえ描かれている。[12] しかし同時にギャスケルは、そうした新たな基盤が作られるからこそ、そこにつながり損ね、こぼれ落ちてゆく層について書くことも忘れていない。『シルヴィアの恋人たち』の中で識字や手紙を巡って印象的なのは、フィリップ・ヘップバーンがシルヴィアに文字と手紙の書き方を教える場面である。なかなか真面目に取り組まないシルヴィアに教えながら、フィリップの頭には次の歌が去来する。

> 僕はあの子に手紙を書いた。
> なのに、まったく、読めないだなんて。
> それで、なおさら惚れちゃった。（第八章）

劣等生に根気よく教えるのも、この歌の通りの愛情があってこそだが、キンレイドと出会ってからのシルヴィアはいよいよ学ぶ気を失い、「自分に手紙を書く人がいないのに手紙の書き方を習ったって仕方ない」（第一〇章）と不平を言う。愛情という関係性への欲求がシルヴィアを文字の世界に誘うのだ。やがてそれなりに読み書きを身につけるシルヴィアではあるが、後年になっても手紙の利便を存分に引き出すには至っていない。遠方から身を隠してシルヴィアの様子を窺い、手紙を出すフィリップは「昔、君の文章や綴りに厳しくしたことなど気にしないで、数行でいいから返事を下さい」と懇願し、「大文字の使い方についてやかましかったのは自分が悪かった」と反省する。ここにも手紙が民主化する代わりにその質を落としてもやむを得ないという歩み寄りが見て取れる。手紙を持つ世界の人が、手紙を持たない世界の人を積極的に勧誘するのである。一方、識字を持たない人として未亡人のドブソン夫人がおり、兄クリストファーに手紙を書くことができないのをシルヴィアの前で悔いる。

「読み書きを習っとけばよかったわ」とドブソンは言った。「そしたらクリストファーに手紙を書いて安心させてあげられるでしょう。でもね、もし手紙を書いたとしても、クリストファーは読めないのよ。だから、読み書きができる文通相手がいなければ、読み書きを習ったって仕方がないと思って諦めてるの。でも下宿人が見つかったと知ったらきっと喜ぶわ」（第四五章）

下宿人とはフィリップのことである。フィリップがシルヴィアと出会えたのはドブソン夫人がいたからこそではあるが、ドブソン夫人が浮浪者同様のフィリップをも下宿に受け入れる立場にいたからでもある。ここで読み書きを習わない理由はシルヴィアが幼い頃に言っていたことと全く同じである。文通相手がいなければ手紙を書けても仕方がない。裏返せば、手紙を書ければ世界とつながることができる。やがて時代が進めば、手紙を書けない者は世間から置き去りにされ、新しい世界の中で勘定に入れてもらえなくなることを示唆している。

手紙が、それに関わる人数を増加させ、メディア性を備え、その内容を変えてゆくときに、手紙とは好対照をなす方法で綴られる書き物として日記がある。ギャスケルの文筆の内、日記と呼ばれるもので現存するのは、一八三五年から三八年まで三年間分の、主に子育てのことを綴ったもののみである。この日記にある記述は至って私的な内容の記述であり、何か目新しい出来事を含むとか、何かの考えを人に伝えるとかといった側面をおよそ含んでいない。日記であるなら人との伝達を意図していないのだからこのことは当たり前に響くかも知れないが、かつては手紙だってそうだったのである。ギャスケルの初期の手紙（図③）は誰にあったとかどういう体験をしたとかといったことが綴られていて、知らない人には情報性やニュース性を持ち得ないこともなかったかも知れないが、どちらかというとそうした体験を自分の中で反復するべく書き、あるいはその感情を読み手と分かち合うために書いており、後年の、相手が知らない何かを伝えることが主眼にある手紙と大きくその性質を違えている。手紙が何かを伝えて人と自分を関係づける方向へと導くのに対して、日記は元々ある性質として内に閉じたメディアであり続ける。ギャスケルの日記は上記の通り一部しか残存していないために、散逸した部分があるとしたらそれが読めないことは非常に惜しまれるという人もいるかも知れないが、ギャスケルがもう日記という媒体では文字を綴ろうなどと考えなかった可能性だってあるのではないだろうか。元々子を失った悲しみから心を整理するために小説の筆を執ったギャスケルであるだけに、そうしたメディアを持ったギャスケルに日記を書くという営みが必要なくなったとも考えられるのである。

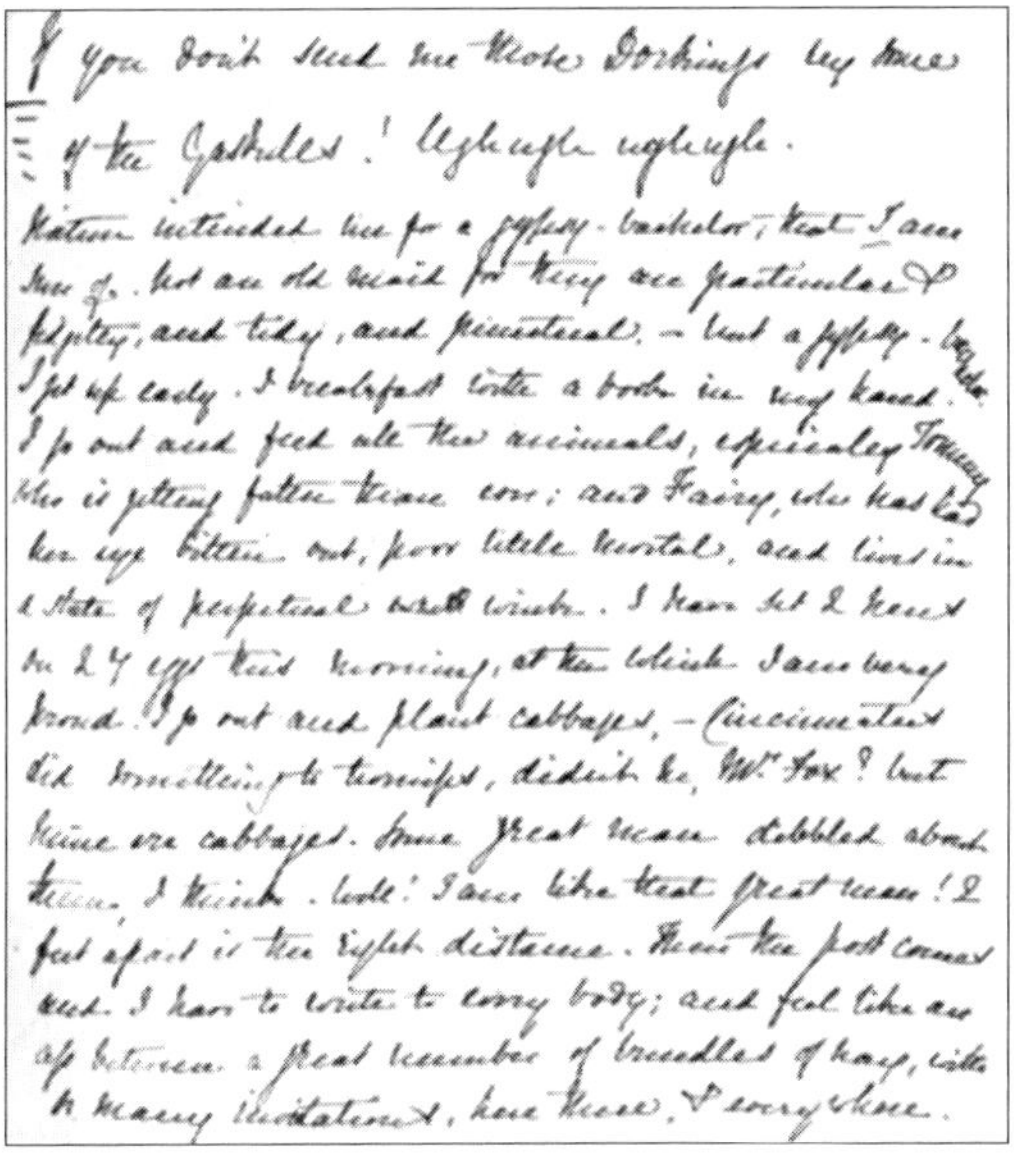
If you don't send me more Dorkings by [illegible] of the Gaskells! Ughugh ughugh.
Nature intended me for a gypsy-bachelor; that I am sure of. Not an old maid for they are particular & fidgetty, and tidy, and punctual, — but a gypsy-bachelor. I get up early. I breakfast with a book in my hand. I go out and feed all the animals, especially Tommy who is getting fatter than ever; and Fairy, who has had her eye bitten out, poor little mortal, and lives in a state of perpetual wink. I have set 2 hens on 24 eggs this morning, at which I am very proud. I go out and plant cabbages, — Cincinnatus did something to turnips, didn't he, Mr Fox? but mine are cabbages. Some great man dabbled about them, I think. Well! I am like that great man! 2 feet apart is the right distance. Then the post comes in. I have to write to every body; and feel like an ass between a great number of bundles of hay, with so many invitations, here there & everywhere.

図③ イライザ・フォックス宛てのギャスケルの手紙（1854年夏）

　こうして、即時性と大衆性を備えて、大きくその意味を変えた手紙は、その巨大でありながらしかし直接に見ることができない体系を一度くぐり抜けることで、その内容を保証されることになる。即時性や速報性は手紙にメディアとしての機能を付与し、他方、大衆の手に広く手渡され、民主化する手紙は書いた人そのものを代弁する存在となり、広い世界を映す鏡となり、すなわち世界にとっての真実性を代表するものとなる。それぞれの人が関わる手紙を介して、その関心に沿うかたちで真実は民主的に作り出されていることになるのである。

　例えば『メアリ・バートン』のクライマックスの裁判の場面で、ジェムの内心の状況をジョウブが知って安心するのに、ジエムが言付けた手紙が使われている（第三二章）。ここで物理的にも、情報の持つ信憑性の面でも、新聞などよりも手紙についての優位性が置かれており、手紙に想定されている真実性を用いて、ギャスケルが効果的に小説に用いたものと考えることができる。この場合は書記を通じて運ばれてくる手紙であるが、口頭での発言に次いで、あるいは時にそれを凌いで真実を伝えられるものが手紙であるという認識が、ここで手紙が登場することの前提となっている。つまり、メディアとしてもその発信者である当事者の一番近いところから出てくるものであり、それだけ当人を代弁するものと考えられるからである。しかし、本当のところ本人が嘘をついている可能性を考えたら、当人に近い媒体であることは何の保証にもならないはずだ。それでも、ここで手紙は流通の体系を経て保証されたものという認識がジョウブにも読者にも出来上がっているために、これが真実を告白する手紙として機能しているのである。実際、手紙が書き手に近いことから来る有り難みをギャスケルは再三描いており、多くの場合それは手紙へのフェティッシュとして表現される。『北と南』でマーガレットが母親から渡される、フレデリックが遠い洋上船で書いた「黄ばんで、海の痕があり、独特の香りがする」（第一四章）手紙を重宝し親しみを覚えているのはその最たる例だろう。本人の手を離れてから、その郵送経路が遠ければ遠いほど、多くの人の手を経て、その見えない体系をうまく潜り抜けて来れば来るほど、その信憑性は強まり、また書き手の代理物として物質的にも大事なものであると表現されるのである。

ギャスケルの文筆には、手紙が多用されるだけではなく、ここで手紙がそれまでよりも備えるようになった特徴を含むかたちで多く利用されている。『クランフォード』や多くの短篇の中で「これをお読みになる皆様方」と度々呼びかける語りは、手紙のそれを小説に持ち込んだものであろう。全体が手紙という真実性を含む個人的な手記として書かれたもので、それを読者が手紙を読むように読むという作品の提示のしかたを選んでいるのである。そして、手紙という媒体に信じられている信憑性に最大限に依拠した作品は、その実、『シャーロット・ブロンテの生涯』（一八五七年）であろう。伝記というノンフィクションに属するジャンルを書くに際してギャスケルが相当の不安を抱えていたことは数々の手紙から明らかであるが、その不安の源泉はいかにして「科学的な言語」を使って真実性を伝えるかという問題であった（*Further Letters* 148-50）。最終的に選んだ方法は伝記の主人公であるシャーロット・ブロンテ自身の手による書簡を大量に掲載するというものであった。書簡を用いること自体はこの時代の伝記には珍しくないことで、伝記の正統性を保証するため、また伝記作者の権威を裏付けるためにも、入手が可能であるなら書簡を持ち込んで引用として用いることはむしろ通例である。しかし、ギャスケルによる伝記では利用されている書簡の分量がまず膨大である。また書簡を必ず年代順に配列して用いることでそれが伝記全体の枠組みをなしている。そこへギャスケルが差し挟むかたちで書いてゆく地の文はむしろ書簡に対して従属的な位置に置かれている。そして、なにより、ギャスケルが本書を通じて常に繰り返すのは、一つひとつの手紙がいかに本当の事実を伝えるものであるかということを強調する、真実性の保証なのである。ここでも再び、一級の資料であることと、真実がより含まれていることは、本来別のことである。しかし、ブロンテ本人の手になり、その後世の中のよく見えない郵便体系を通過して再び一箇所に集まって残存した手紙の一つひとつは、ギャスケルにとっては疑いのない歴史を詰め込んだカプセルのようなものであり、なにごとに関しても真実を伝える決定的証拠となる文書として扱われている。少なくともギャスケルはそう提示することで伝記の内容を読者に信じてもらえると考えているのである。確かにギャスケルの伝記が強い批判を浴びた背景には、ギャスケルが強調するほどの真実味をもって読者が伝記を受け取らなかったことが大きな要素としてあるが、それでも、ギャスケルが採った、ブロンテ本人が亡き今、真実を最も伝える媒体こそが手紙であるという信条は、手紙が初めて民主化したヴィクトリア朝中期の人々に多かれ少なかれ共有されていたと考えるのは自然である。読者たちこそ、手紙の執筆や集積を通じて民主的な方法で新たな真実を作り始めるのに加担していた当事者だったのであれば、当然のことであろう。

第四節　変わりゆく小説の関心と人間の関心

鉄道をはじめとする技術や郵便制度の改革を経て、手紙はその質的な内容を変化させるに至った。そこにあった変化は先述の通り、即時性や速報性を備えてメディアの一端と化したこと、そして文字や手紙の大衆化により、文字世界が民主化してゆく傾向を持ち始め、やがて世界の構築に人々がつながり参加している意識を持ち始めたことである。手紙の体系が出来上がっても、直接の自分に関係する端末部分以外は手に触れられないし、全体像を鳥瞰することができないように、こうして新たに一つに結びつけられた世界は不可触性を同じく備え、誰も全体を眺望する視点は持っていない。しかし、誰もが世界につながっている感覚を持ち始めた意義は極めて深い。

この変化はこの時代の小説の関心の変遷がちょうどその後を追いかけてゆく動きである。ここでも好例を与えてくれるのがまさにギャスケルの小説、それも英国の国家的状況や社会問題を扱ったジャンルである社会小説である。中産階級の社会的台頭の申し子として生まれ、中産階級の日常を取り巻く生活を描くところから始まった小説は、この時代になって社会問題という別の新たな関心に向かうこととなり、その社会小説というジャンルを手がけた代表的な作家としてギャスケルは時代の寵児となった。ギャスケルの人生を通覧する時には社会小説を書いたことは一局面に過ぎないかも知れないが、世に出たギャスケルの最も意義深いものとして記憶されているのがこのジャンルに携わった時のことであることは疑い得ないだろう。ギャスケルが世の注目を集めた社会小説には、既に小説が一つのメディアとして機能するという新しい側面が付与されていた。すなわち、新たに社会の関心となっている重要事を小説を通じて、噛み砕いたニュースとして知るという機能である。同時にその社会的関心事というものは、多くの人々にとってこの時に生まれたものであったと言える。すなわち、自分の属する村の中で自分に直接関わる出来事やその比喩としての小説という範疇を出て、世界という一つだけ存在する基盤があって間接的にそれぞれの人がそこに関係しているような場が認識されたということである。それまで人々の関心事が、今年の畑が天候に恵まれなかったことや、隣の家の娘の縁談についてや、今度村に来た牧師補の容貌だったりしたところへ、これを機に、国の方向が決まる国会や、知り合いの誰が出兵するわけでもない戦争や、国の経済の動向といった、ちょうど現在では新聞の一面に書いてあるようなことが、新たな関心事として加わったのである。どれも遠くにいて間接的なつながりでしかないながらも必ずや自分と関係しているものとして、また辿り辿れば自分にやがて影響が及ぶものとして、こうした事柄が関心事となったし、また小説で描かれればそれを読んだのである。そして、これも識字の拡大と、新聞、小説の流通により、それまでまるでその意味での世界や現実と無縁だった人も、手紙がつなげる世界と同様、こうした関心からなる新しい社会に大規模に取り込まれて行ったのである。

『メアリ・バートン』に、国会議員が民の実情を見つめようとせず、何も対策を打たないならばと、チャーティストたちがその役割を「引き受けて」行動しようと、署名を集めて請願に向かう場面が描かれる（第八章）。ここで国の困った事情を解決する役目を自分たちの責任と考え、行動に移す労働者にとって、物理的には遠くとも国会は自分と無縁の場所ではなくなっている。まさにここに言う自分と関わりがある世界と考える範囲が大きく変わったことを示しているのである。また、同じく殺人に至るトラブルがあっても、人同士の不和から起こると考えるのでなく、労使対立という図式の中に置かれることになる（図④）。その新しい構図の中での一事件としての殺人ということになると、その意義は大いに違うのである。一通一通の手紙が次第に自分の手には直接届かない社会的な問題を扱っていったように、小説もまた社会的問題を扱うことで、その世界観は手紙の体系が作り出した新たな世界観を反復することになったと言えるだろう。そうした社会共通に抱かれる関心という観点からすると、『シャーロット・ブロンテの生涯』にさえジャーナリスティックな関心が大いに含まれるといえよう。手紙を重要な歴史の断片と扱いつつブロンテを描き出すギャスケルの筆致を見れば、ブロンテという人物がいたという現象を誰もが関心を抱いて当然な、歴史を語る上で省略できない重要な一事象として提示しようとしていることが分かる。鉄道は物理的に世界を狭くしたが、それが手紙を通じて与えた効果には及ばないと考えるべきだろう。手紙というものが持つメディアとしての

図④「ストライキに集まる人々」『イラストレイティッド・ロンドン・ニュース』（1853年11月12日号）中央はプレストン・ストライキの指導者、ジョージ・コウウェル。

性格によって、また自分に関係する関心を共有することで、その細かな経路の実態は大部分が見えなくとも、人々にとって世界は大きな一つにつながれていったのと、ちょうど同じ事態が小説において反復されていたことをギャスケルの小説を取り巻く環境は示している。そして、それまでも長らく存在はしていた手紙と小説がここで迎えた転機こそが、我々が描く自分がどこかでつながれているはずの大きな一体となって世に一つだけ存在している社会というものが立ち現れる上で、重要な契機となっているのである。今がどういう時代であるかという抽象的な認識は持てても、それが具体的にどのような経緯を経てそういうかたちを持つに至ったのかが詳らかになりにくい社会というものの性質もまたその時以来受け継がれ続けている遺産の一つと言ってよいだろう。

註

（1）小池滋「鉄道と英文学」『英米文学』（第六九号、立教大学、二〇〇九年）四八頁。

（2）Richard Menke, *Telegraphic Realism: Victorian Fiction and Other Information Systems* (Stanford: Stanford UP, 2008) 37.

（3）Rowland Hill, *Post Office Reform: Its Importance and Practicability* (London: Knight, 1837).

（4）Charles Dickens and W. H. Wills, "Valentine's Day at the Post-Office," *Household Words* 1 (30 March 1850) 6–12. ウィルズがヒルと個人的に知り合いだったため、ディケンズを中央郵便局に連れて行くかたちで取材が実現した。

（5）この様子を伝えるドキュメンタリー映画『夜行郵便列車』が一九三五年に製作されており、W・H・オーデンが同名の詩を提供している。

（6）電報のシステムは十九世紀に入ってまもなくドイツで発明され、一八三七年には英国で特許取得、三九年には鉄道の連絡のためには実用化されている。ギャスケルは『北と南』で、マーガレットの兄フレデリックを目撃する男レナードに「次の汽車を待つより、通報に電報を使えばよかった」（第三四章）と言わせており、概念としては広く知られていることが分かる。しかし、メンキーによれば一般市民が直接関わる郵便通信の一環として電報が使われ始めるのは、一八七〇年のことであり、さらに本格的に普及するのは無線化される一八九〇年代になってからのことである。Menke 70.

（7）小池滋「ギャスケルと鉄道」『ギャスケル小説の旅』（鳳書房、二〇〇二年）二六二〜六六頁。

（8）『北と南』、短篇「まがいもの」（一八六三年）などの記述から、ギャスケルが国際規模、世界規模の経済構造との関係で英国経済を考える視野を持っていたことが分かる。

（9）例外的に鉄道が登場するのは、短篇「本当なら奇妙」（一八六〇年）の中で、鉄道についての言及が一度あり、そこでは、まさに「鉄道という新しい方式」と表現されている。また、中篇『暗い夜の事件』（一八六三年）では、鉄道敷設工事がきっかけとなって死体が見つかるというかたちで鉄道が登場する（第一一章）。過去に埋められた死体が現在見つかるというかたちで、鉄道がここでも現在を代表する新しいものの典型として使われていると考えることができる。

（10）同じく誘惑から身を持ち崩す女性を描く、エレン・ウッドによる『イースト・リン』（一八六一年）では、逃避行に際して鉄道が使われており、この点、『ルース』と対照的である。

（11）ちなみにベリンガム改めダンは、事故に遭いルースの看護を受けることになるが、これも鉄道ではなくドーヴァー行きの乗合馬車の事故であった。

（12）『クランフォード』で、牧師たちの簡潔な手紙と違い、手紙を得意とするジェンキンズ嬢の手紙は「次の時代に属していて」、「正方形の紙に独特の筆跡でわざと難しい単語を使って紙面をすべて埋めるように書かれる」（第五章）とあり、これを読んでミス・マティーは困惑する。また、そのミス・マティーの手紙は「少々綴りがおかしいにもかかわらず」、「その人を表して一字一句が厳か」な文体で書かれたジェンキンズ嬢の手紙よりも「出来事を一番よく伝えていた」（第二章）とある。

第九章

子供時代

――天国と地獄の子供たち――

石塚　裕子

ジョージ・エルガー・ヒックス『「夜明け」フレディ・ヒックス（1850-55）』（1855年）

Chapter 9

Childhood: Children of Heaven and Hell

Hiroko ISHIZUKA

第一節　子供観の変遷

子供期の発見と言えば、近代家庭の成立と子供中心主義が十七世紀に定着したとするアリエス『子供の誕生』（一九六〇年）が有名だ。中世には子供期の意識が不在で、家庭生活や、あるいは子供を庇護すべきひ弱な存在とみなす考え方は近代社会になってからの産物であり、中世ではむしろ、子供は家庭の中ではなく、村落とか都市といった共同体の中で小さな大人として社会化されていった、と主張している。これには、一九八〇年代に入って各方面、とりわけ美術界から批評の声があがった。[1]様々な文学作品や、絵画・彫刻作品の中で、家庭の中で庇護される子供、母親に慈しまれる子供の姿が、あるいは当然の躾として体罰が奨励され、学校教育でも鞭は必需品である、そういう場面が多々描かれていたからだった。たとえどんなに死亡率の高い中世や近世にあっても、母親の母性というものが考慮されていないアリエスの主張には疑問を呈さざるを得ない。

子供は無垢な存在（性善説）なのか、それとも原罪の担い手（性悪説）なのか。イギリスではピューリタンの伝統から、十九世紀前半まで子供の教育は性悪説の立場に立つ教訓物が主流だった。たとえば、ハナ・モアとか、ミセス・メアリ・シャーウッドの『フェアチャイルド家物語』（一八一八年）シリーズにみられる聖書教育、とりわけ地獄の恐ろしさを教え込む道徳教育だ。ピューリタンにとっては、小説は嘘であり、邪悪であるから、危険なものだった。本当の話が尊ばれ、寓話が是認され、教訓は有益なものだった。また当時は裕福な家庭以外は本を所有していなかった。手にできたのは聖書、英国国教会の祈祷書、『デイヴィッド・コパフィールド』（一八四九～五〇年）第一六章にも登場しているアイザック・ウォッツの『子供のための聖歌』（一七二〇年）、そして綴り字の教本ぐらいなものだった。

聖書を読むことは死と地獄について考えることで、それは子供の生活の一部となった。聖歌は日曜日の日課として暗唱した。地方の貧しい子は教区で二〇～二五人単位での、主におばあちゃんが自宅で先生となって教えるデイム・スクールに通った。十九世紀前半では、信心深い人たちの活動で、より多くの貧困層の子供もサンデー・スクールでキリスト教が教えられるようになった。一七八〇年にロバート・レイクスが始めた頃には、通った子供の数も八〇人程度だったのが、一八一八年には四五万人に達している。サンデー・スクールでは宗教小冊子はご褒美本だったが、道徳的な教えを物語にして読みやすくしたものだった。

子供に対する考え方が転換するのは、十八世紀中期から末期にかけてだ。人生を送るということは、これまでの神を畏れ、死に備えるための期間と考えられていたのが、生きることも期待されるようになる。学校へ行くことはよき死を迎える準備をするため、キリスト教徒としての人生を全うするためであり、その実践の場が、質は悪かったものの、サンデー・スクールだったのだ。[2]ちなみに『ラドロウ卿の奥様』（一八五八年）では、サンデー・スクールの必要性を説き、下層階級の子供たちの教育を熱心に推進しようとする福音主義のグレイ牧師に対して、十八世紀の貴族主義者のラドロウ夫人はこういう運動に理解がないように描かれている。

さらに十八世紀後半に大人は子供から学ぶという考え方が登場し、子供は自然のシンボルとなった。産業革命以降のイギリスは機械が万能であり、芸術には無関心となっていったが、子供はイギリス人が忘れ去った想像力と感受性の源となった。これにはロマン派の影響が大きい。ルソーは『エミール』（一七六二年）を著わし、ロマン派詩人ブレイクやワーズワスらは子供を讃美する詩を描いた。

子供は大人とは別の存在である。無知であり、無垢であり、子供時代は賞賛された。ロックは、子供はタブラ・ラサ（*tabula rasa*）、つまり文字の書いていない全白紙の状態の書き板で、精神に何も刻まれていない白紙の状態だから、どんな考え方でも植えつけることができると考えた。さらにルソーは子供たちをそれぞれのペースで自然に育て、自分自身の手で世界を切り開いていくようにさせるのが最良の教育であり、そうすれば理性ある人間に育っていく、と考えた。（『ラドロウ卿の奥様』では、十八世紀的貴族の名残ともいうべき奥さまはここでも、ルソーのことを「悪名高い」（第五章）とし、「ルソーと著作とがフランス人を扇動し、「恐怖政治」や血なまぐさい事件をどれもこれも引き起こした」（第九章）と糞味噌に評している。）ただしここで主張されている子供とは、子供全体ではなく、たとえば、ワーズワスの「虹」の詩でも明らかなように、「子供は大人の父（The child is father of the Man.）」と、“mother”ではなく“father”であって、つまり、あくまでも男子だけを意味して、子供は子供でも女子は問題外だったのだ。

ワーズワスは、子供は自然界に本能的な親近感を、さらに自由闊達な想像力を持っているが、大人に成長するにつれ、その能力は弱まり、教育を受けると、その速度はさらに増す、と考えた。『オリヴァー・トゥイスト』（一八三七～三九年）などで、ディケンズは食と愛とに飢えている社会の犠牲者として子供を捉え、子供の恐怖心に付け込むことには否定的な立場を取り、子供に理想の姿を求めた。一八四〇年代の功利主義への反動として、人道主義的な考え方が広がりをみせ、その結果、子供に対する新しい意識が芽生え、子供たちや家庭に対する姿勢に変化が見られ出したのだ。もちろん両親への絶対服従を天国からの命令とする家庭生活の階級的な環境に変わりはないものの、地獄の恐ろしさを説くような子供への締め付けが緩やかになってきたのだ。

イギリスにおける子供向けの本に関しては、チャップブックが十七世紀中頃に登場し、安い値段で、薄い小冊子による昔話の本が行商人により販売された。「親指トム」のようなロマンスやドラマ、道徳、宗教的なもの、予言的なものなどがあった。またすでに十八世紀後半にニューベリーが上質な児童文学と新たなマーケットとを目指して、その発展に貢献していたが、本格的動きとしては、『グリム童話』の英訳が一八二三年、『アンデルセン童話』の翻訳が一八四六年と、次々にお伽噺が紹介され、教訓ものからファンタジーへの胎動が見られるのも、十九世紀の前半のことだった。これに刺激され、作家たちはお伽噺を書き始めた。ラスキンは『黄金の河の王さま』（一八五一年）を、サッカレーは『薔薇と指環』（一八五五年）を、ディケンズは『ホリデー・ロマンス』（一八六八年）を書いているが、それは昔話と現実の混じり合った、教訓であったり、パロディであったりした。ギャスケルも、短篇「本当なら奇妙」（一八六〇年）の中で、ペローなどのお伽噺を現実主義と相対させている。

十九世紀後半になると、子供向け文学も拡大する市場にあって、印刷技術と流通の向上と相まって、安価な児童文学書が可能になってきた。大衆の読書の質を高めようと競いあった時代でもあり、急激な人口増加と高度経済成長の中、出版業界は子供たちの要求に敏感に反応し、子供たちの側でも、大人たちの道徳の押し付けではなく、自分たちで自分たちの気に入る本を選ぶようになった。道徳や教訓は時代遅れとなり、中産階級の子供たちは、それよりも空想力を養うように奨励され出し、さらに遊びは学びの過程の中でも必要な要素と考えられるようになった。大人の手を借りなくても、自分たちの手で冒険を想像していく子供たちが描かれるようになったのだ。

ここにきて、一八五〇年代以降、ヴィクトリア朝の児童文学の黄金期を迎えることとなる。トマス・ヒューズ『トム・ブラウンの学校生活』（一八五七年）、キングズリー『水の子』（一八六三年）、ルイス・キャロル『不思議の国のアリス』（一八六五年）、スティーヴンソン『宝島』（一八八三年）、H・R・ハガード『ソロモン王の秘宝』（一八八五年）、ワイルド『幸福な王子』（一八八八年）、キプリング『ジャングル・ブック』（一八九四年）、ベアトリックス・ポッター『ピーター・ラビット』（一九〇〇年）、さらにバリ『ピーター・パン』（一九〇四年）、コナン・ドイル『シャーロック・ホームズ』物と、きら星のごとく子供向け作品群が続々登場している。けれどもここでも、出版業界が児童文学のターゲットとしたのは、子供全体ではなく、あくまでも中産階級の子供たちだった。

中産階級の子供というのは、ラスキンがいわば女性と家庭について描き出した理想像と同様の役割を果たし、つまり、大人たちが生存競争の場から避難し、明日への新たな再生を育める安らぎであり、実質的には、宗教の代償の役目であった。子供時代は、子供たちにとっても幸せの頂点だった。十九世紀後半に現れた児童文学の作家たちの多くは既成のキリスト教に懐疑的となり、そこでファンタジーの世界はこれに代わる、いわば天国の形態を取っていった。元気回復や明日への再生を求め、自分たちの子供時代を振り返った作家もいれば、バリのように、ずっと子供のままで、大人になろうとしないピーター・パンを生んで、本物の子供より、自らのファンタジーの世界に浸ろうとするものもいた。大人は性的にも社会的にも厄介な要求が多く、御免こうむりたい、アダムが禁断の実に手を出す前のエデンの園にとどまりたいと考えた[3]。

その理想の子供世界には、自然環境が重要であり、花や庭がその象徴になる。庭には二つの機能があり、一つは花が咲き乱れる自然環境で、もう一つは危険を排除した、囲い込んである安全な空間である。さらに付け加えれば、両親がそのそばに暮らし、親たちがそっと見守る中で、子供たちが自由に遊べることだ（図①）。『ハード・タイムズ』（一八五四年）の中で、功利主義教育の不毛さを非難する一方、幸せに充ち溢れ、夢のように楽しかった子供時代を思い出すルイーザ・バウンダビーは、両手を胸にあて、「ああ、お父さん、昔あんなに花が咲き乱れていたお庭が、こんなにひどく荒れ果ててしまって、どうしたというの」（第二部第一二章）と父に訴える。また『メアリ・バートン』（一八四八年）の中でも、産業革命によって形成された都会に暮らし、今では貧困の中、死を迎えようとするアリスもまた、田舎で幸せに過ごした子供時代を夢想した。児童文学の作家たちは子供時代の庭に回帰しようとするか、あるいはそういう世界を創造するかしたのだ。だから中産階級の子供時代が感傷的になったのとノスタルジーとは、切っても切れない関係にあった。

けれども労働者階級の子供たちはファンタジーの物語とは無

図① ウィリアム・ホガース『グラハム家の子供たち』（1742年）

縁のままであり、結局、サンデー・スクールで与えられる本しか手にできなかった。「手と心」（一八四九年）と「ベッシーの家庭の苦労」（一八五二年）の二つの短篇はサンデー・スクール向け雑誌『サンデー・スクール・ペニー・マガジン』に掲載された。

第二節　ギャスケルと児童文学

一八六〇年代に花開く華やかなファンタジーに比べれば、ギャスケルの子供向け文学はやはり見劣りがする。アリスのように、道徳やお説教から解放されて、動物たちや無生物が動きだす、摩訶不思議な別世界に行くわけでもないし、トム・ブラウンのようなエリート養成のラグビー校での学生生活体験話があるわけでもない。ましてや未開地でのスリル満点、ハラハラ・ドキドキの冒険があるわけでもない。前時代的教訓・道徳ものに属するのは否めない（図②）。児童文学では、親は病気だったり、仕事で忙しかったり、あるいはもともと親のいない孤児だったりして、ともかく一時は、親が不在になる。その親の居ぬ間に、子供たちは自分たちだけで様々な経験をし、その結果すこし大人に成長するが、自分たちだけで体験した世界によって、リアリズムか、ファンタジーかに分かれる。一口にファンタジーといっても、ピーター・ラビットやアリスのように別世界に入り込むものもあれば、『プークが丘の妖精パック』（一九〇六年）や『時の旅人』（一九三九年）、『トムは真夜中の庭で』（一九五八年）のように過去へ時間旅行するものもある。

図② アイザック・ウォッツ『子供のための聖歌』（1715年）

ギャスケルは、ファンタジーは手掛けなかった。それは「本当なら奇妙」を読めば明らかなように、むしろ逆にペローなどのお伽噺の主人公たちをリアリズムに置き換えようとしているかのようだ。たとえば、若かった時には絶世の美女だったにちがいないシンデレラも今は「ものすごく太っていて……歩けないほど足もぶよぶよに膨れていた」とか、その手は「かなりきめが粗く、さぞやと期待したほど清潔でもなく……すこしも上流階級のようには見えなかった」と描写することで、メルヘンの世界からリアリズムに引きずり下ろし、また狼に食べられた赤頭巾ちゃんが幽霊となってあらわれていたり、とお伽噺を茶化す姿勢を取っているのだ。

「手と心」では、まず母によって、息子トムにはお金より心が重要であることが教えられるが、その母もじきに亡くなる。健気で潔い心を持つ少年は伯父夫婦のもとに預けられることとなるが、母から教育されたその清らかな精神性で、粗野で荒っぽい伯父一家の心をやがて和ませ、みんなと幸せに暮らしていくという物語だ。ただこの作品では、トムがあまりに良い子過ぎて、少年特有の茶目っけぶり、腕白、悪戯といった、欠点・落ち度などマイナス面が、特に後半には描かれず、キリスト教の教えや教訓性ばかりがかなり濃厚で、宗教性から離れた、ストーリー自体が持つ面白さは希薄だ。

次に「ベッシーの家庭の苦労」に関して、一つの側面では、イーニド・ブライトンのパットとイザベル双子のセント・クレア学園ものが持つ、おしゃまな可笑しさとか面白さ、わがままと思いやり、スリリング、大事件、そして最後に後悔と反省、という戒めパターンを先取りしているようだ。こちらも児童文学界では、はしたなく低俗だと、なかなか認めてもらえないらしいのだけれども、少女たちに絶大な人気を誇り続けているシリーズだ。ちなみに、原作では、決して見目麗しくはなく、けれども笑顔と声は可愛い、濃げ茶色の髪の双子なのだが、日本語訳では美しい風貌に金髪と、典型的西欧人に対する日本人好みに意訳されていた。

『セント・クレア学園の双子』（一九四一年）では、寄宿学校で、窓ガラスを割った子が名乗り出なかったために、双子の在籍する一学年だけ、サーカスに連れて行ってもらえない。ところがそこは活発な少女たち、やはり双子を含め四人の子が寄宿を抜け出してサーカスに行く。帰宅時刻には門限が過ぎているため、寝室へ梯子を掛け、これをよじ登る予定だった。ところが、いざ掛けてみると、部屋まで届かない。そこで裏手の長い梯子をと考えるが、これは大きすぎて子供たちには運べない。窓に小石を投げてみても、そこは先生の窓。困惑し、寒さの中、震え、泣き出す子も出るが、運良く室内の少女が鍵を開けてくれ、急場をしのぐ（第一三章）。もちろん、翌朝は眠くて授業に身が入らないうえ、なんと落ちは、窓ガラスを割ったのは自分たちの学年の子ではないことが判明し、そこで学年みんなでサーカスに行くことになるという筋書きが待っている。いかにも子供たちのしでかしそうなお茶目ぶりと、その行き過ぎた行為に待っている報い、これを面白く描き、けれども神だの地獄だのといった大仰な宗教性のスタンスからではなく、身近な状況の中で、身の丈に合った、至極当然な教訓をきちんと与えている。

前時代の『フェアチャイルド家物語』を例にとってみよう。ここでは、フェアチャイルド家のお母さんは子供の頃、母親を亡くし、叔母たちに育てられるが、日曜日、叔母たちが留守の間に、登ること、そしてまた落ちているのはかまわないものの、木に生っているのは採ることを禁止されていた、さくらんぼの木に、これまた一緒に遊ぶことを禁止されていた（兄弟でない限り、男の子と女の子は一緒に遊んではならないと申し渡されていた）馬小屋の少年ビリーと登って、さくらんぼを採っていたところを、運悪く叔母たちが帰宅して、命令に背いたことがばれてしまうのだ。罰としてビリーは鞭打ちにされ、母自身も食事はパンと水だけで三日間暗い部屋に閉じ込められる。叔母さんはモーゼの十戒を持ち出し、第三の掟「安息日」と、第四の掟「父母を敬うこと」と、第八の掟「盗んではならないこと」の三つを破ったと諭すのだ。「お留守の間良い子にしているつもりだったけど、できなかった」と泣いて訴えると、次には牧師の叔父さんが登場して､アダムの禁断の果実を例に出し、神の助けなしに人間は良くはなれないと説くのだ。

「ベッシーの家庭の苦労」では、ベッシーは十五歳のちょっと思い入れ過多なしっかり者の賢い女の子で、お母さんが入院している間、主婦としてその留守を預かることになるが、兄弟それぞれに自尊心があるところから、ベッシー自身が良かれと思ってしたことがことごとく逆効果を引き起こす。まだいつもの就寝時間になっていないため、眠れない妹ジェニーを早くから寝かしつけ、泣かせてしまったり、お母さんのための膝かけを編む毛糸代稼ぎにアルバイトに精を出すあまり、家事を妹メアリに押しつけ、結果メアリは予習もできず、頭痛を抱え、夕食の準備もままならなくなったりするのだ。あるいは独りよがりの興味・関心を相手に押しつけ、つまり、兄が読みたくないと言っているのに、本を無理に読んでもらおうとして、相手を不愉快にさせ、兄弟たちとの間に軋轢を生じ、そこから、妹ジェニーがミルクをこぼし、緊張関係になるなど、様々な些細な小事件が派生する。いつもは無骨でとろいはずの妹メアリの、窮地の姉を優しく見守る姿が見逃せない一方で、自分の置かれた立場を忘れたベッシーの独善から、とうとう物語はクライマックスの火傷事件へとつながる。

ちょっとだけ物事を軽く見たり、詰めが甘かったり、相手が自分と同じ能力を持っているものと過信することによって、ほんの些細なことが大きな事件につながってしまう。たとえ善意の行為であっても、相手の意に染まぬことや相手の意向を無視したことは、翻って必ず自身に戻ってきて、その報いを受けることになる。物事がそうそう何でもめでたしめでたしではないこと、つまり、人間は修羅場をくぐり、痛い思いをしてはじめて反省し、そこから人と人との関係、お互いへの思いやり・いたわり、尊重を学ぶのだということを、この作品はふと想起させてくれる。それでいて、決して神だの地獄だのといった道徳や教訓の押し付けではなくて、お母さん代わりとしての期待と責任、そして手痛い失敗という、いかにも私たちの少女期にも心当たりのある似たりよったりの体験を彷彿とさせ、同時に当時の労働者階級の暮らしがどのようなものだったのかが手に取るように分かる、生活感溢れる、少女の苦い挫折と成長の清々しい物語に仕上がっているといえよう。両小品が紙表紙で出版された際、一八五五年七月付けの、宛て先は不詳とされている手紙の中で（たぶんF・D・モーリス宛てであろう）（Sharps 83）、ギャスケル自身は「手と心」は「気に入っていただけると思う」と書いているのに対して、「ベッシーの家庭の苦労」を「役に立たない」（*Letters* 365）と自身では満足していないことは明らかではある。けれども当時の労働者階級の子供たちからは人気を博したし、また人々に長らく愛され、共感を呼ぶ心温まる小品であることには間違いないだろう。

牧師の妻ギャスケルが描く児童文学には、やはりキリスト教に基づく善行礼讃といった道徳性・教育性が色濃い。これは、家庭で両親の愛を一身に受けて育ち、物質的に恵まれた中産階級の子供たちでは決してなく、ベッシーにしろ、トムにしろ、その日その日を貧しいながらも精一杯に生活している少年少女たちの姿を描いているからであるし、また、これらを実際に読書する少年少女たちもやはり同じく貧困層の、つつましやかに暮らし、僅かばかりの教育を受けている子供たちだったからだ。マンチェスターのユニテリアン派のサンデー・スクールで、夫のウィリアムとともに年齢は六歳から三十歳にわたり、女子クラスで百人、男女混合クラスでは四百人に及ぶという貧しい子供や青年らへの教育に直接従事し、また欠席した子供の家を訪問したり、少女たちを日曜日の午後に自宅に招いて裁縫を教えたりしたことで（Uglow 90）、ギャスケルは貧困層の子供たちの生活状況や家庭環境を目の当たりにしていた。だからこそ、こういう境遇に置かれた子供たちがお互い支え合い、助け合って生活している姿を生き生きとリアルに描けたのだ。また、貧困層の子供たちには、いわば贅沢なファンタジーよりも、まず人間としての基本的な礼儀や倫理・道徳観、思いやり・優しさ、厳しさ、善行などを説く必要性に迫られていたこともよく知っていたはずだ。

第三節　児童労働

ギャスケルは『北と南』（一八五四～五五年）で紡績工場の過酷な労働を強いられ、浮遊綿毛のせいで、肺を病み、わずか十九歳で命をおとすベッシー・ヒギンズのことを描いているが、十年ほど後に出版されるチャールズ・キングズリーの『水の子』においても、もともとは自身の息子のために書いた児童文学とはいえ、日々、貧しい子供たちに接する牧師という職業ゆえであろうか、主人公には劣悪な危険きわまりない労働環境下に置かれた極貧の子供の職業、煙突掃除の少年（climbing boy）を選んでいる。煙突掃除の子供は、親方に酷使され、空腹に苦しみ、ぶたれ、人々から浮浪児のように扱われたうえ、火傷や皮膚がんの危険も高く、そして肺に煤が溜まるため、概して早死にだったという。この作品は進化論とファンタジーと教訓とが結びついた不思議なお話だ。

煙突掃除人トムが煙突の通路を間違って転げ落ちてしまうお嬢さまの部屋の描写、すなわち貧富の差を訴えるキングズリーの筆は、ディケンズの『大いなる遺産』（一八六〇～六一年）のピップと、（高慢ちきさはないものの）エステラの初対面を彷彿とさせる。雪のように白い掛け布団の下、雪のように白い枕の上で、髪を、金糸を広げたようにして眠っているのは、トムが生まれてから一度も見たこともないほど美しい、天国から降りてきた天使のような小さな少女の寝姿であり、煤だらけのトムは、「からだをちゃんと洗えば、だれでも、こんなにきれいになれるのかな」と思う。

「おいらだって、こんな風に育てられていたら、もっともっとかわいく見えているだろうな」

そしてトムはあたりを見まわすと、突然、すぐそばに、うるんだ目で、白い歯をむき出しにした、小さな、醜くて黒いぼろをまとった人間が立っているのだった。トムはかっとしてそっちを見た。こんな真黒い子猿がなんだって若くて綺麗な女性の部屋に用があるっていうんだ。すると、おやまあ、それは大きな鏡に映ったトム自身の姿だった。これまで鏡なんか一度も見たことがなかったのだ。

トムは生まれて初めて、自分が汚いということを知った。そして恥ずかしさと怒りから、わっと泣き出したのだった。（第一章）

この作品でもそうだが、ヴィクトリア朝では、概して貧しい子供は犠牲者・奴隷といったロマンティックに哀れを誘うイメージで捉えられていた。産業革命の時代、子供は家族から引き離された。子供は売られたり、盗まれたりして煙突掃除人になったり、あるいは救貧院から見習い徒弟として紡績工場に送り出され、貧しさや子を顧みない親を持ったために、工場での長時間労働や厳しい規則に耐えなければならなかった。さらには炭鉱の真っ暗闇の中で劣悪な状況での労働を強いられた。機械は子供が操作しやすいように設計され、また子供は安価な労働力だったから、経営者は大人よりも子供を雇いたがった。とりわけ、通風調節弁付きストーヴには煙道を上る身体の小さな少年が適職だった。仕事の時には金持ちの家に入り込み、普段は通りでたむろした。

そもそも十八世紀後半から一八五〇年代までロンドンや南部の都市では、煙突掃除人は、春の到来を祝うメイ・デーの祭りの中心的役割を果たしていた。もともとは、田舎では乳搾り女が清らかさと多産性を表すものとして儀式の中心的存在だったという。（『従妹フィリス』（一八六三〜六四年）では、フィリスは五月一日の生まれだが、「メイ・デーの生まれ」という言い方を、親は嫌がっている。もともとは伝統的なキリスト教の行事ではなかったのだろう。）

ところが、メイ・デーのお祭りも都市部に広がるにつれ、その牧歌的起源は薄れ、一六八〇年代には、花冠は花ではなく銀に取ってかわり、さらに乳搾り女たちの行進もいわば認可をうけた物乞いの場に様変わりしたという。十八世紀の中頃には金儲けの機会として、街頭行商人たちとともに煙突掃除人もこれに割り込んできた。一七六三年には煙突掃除人たちがビュート卿の家の前でダンスをして、シャベルとブラシで拍子を取っているところが見られたという。この一団の服装は、大きな法律家が被る鬘に、紙のレース飾りの服、チョークで塗りたくった顔と、すっかりメイ・デーの晴れ着のいでたちだった。煙突掃除人たちの花冠での最初の登場は一七六九年だといわれている。これが後に、脚だけしか見えなくなり、それ以外は頭からすっぽり青葉で覆われ、リーダーが青葉の茂みの真ん中にいて、他のみんなとダンスを踊る「青葉のジャック（ジャック・イン・ザ・グリーン）」になっていったという。青葉の茂みはリボンで飾られ、以前はきらきら光るピューターのポットや皿で半ば覆われていたそうだ（図③）。

十九世紀初頭のメイ・デーを見物した多くの人々にとって、煙突掃除人たちの態度と外観は、紙で飾り立て、汚くて、奴隷

図③ 18世紀ロンドンにおけるメイ・デーの遊戯「ジャック・イン・ザ・グリーン」
煙突掃除人たちが木の枠を緑の枝葉で覆い、その中に若者や男児を入れ、メイ・デーに行う遊戯。

のようでもあり、陰鬱で、「どうか一ペニーを」と騒ぎ立てるその様子はまさに時代を表す権化であって、この伝統行事の占領と侮辱なふるまいに映ったようだった。十八世紀末までは、煙突掃除の子供というのは、忌み嫌われる、混沌の象徴であり、同情も共感もされず、どちらかというと犯罪と結びつく、悪党のイメージがつきまとっていた。やがて、煙突掃除の子供に対する同情が湧いてくるのと、ほぼ時を同じくして、メイ・デーのお祝いの中心的役割を担うようになった[4]。

これを喚起したのは、ジョーナス・ハンウェイだった。ハンウェイは、教区から煙突掃除人に多くの子供が年季奉公に出されていたところから、常日頃、教区の年季奉公人の実態に関心を持ち、注目していた。一七七〇年に煙突掃除少年年季奉公人のための支援を行い、一七七三年には煙突掃除人友愛協会設立の委員会を率い、さらにその現状を力説し、告発し、改善を求める本を書いた。これはおぞましい実態の事例研究ではなく、感情論、すなわち、キリスト教、敬虔、人道主義、同情、理性、感情、そして国家の伝統と名誉への訴えであったという。「たしかに煙突掃除人の子供の総数は多くはないが、課せられているそのむごたらしさには反論の余地はなく、揺るぎない自由とこの上もない清らかさを誇るキリスト教国、イギリスにおいては、これは途方もないことであり、もしこれを続ければ、天の罰を受けないまでも、必ずやわれわれは野蛮人と同一化されるであろう[5]」と語った。

ハンウェイは最後の重商主義の世代に属しており、その立場で、子供に価値を見出していた。「子供は国の繁栄をさらにもたらす神からの恩恵であり、遺産である。寿命を縮める数多くの職業が確かに世の中にはあるが、救いのない幼い子供たちがその神聖な命をこれほどまでに踏みにじられているものはない。煙突掃除の子供たちは私たちの慈悲と心からの思いやりの対象だ」。このように労働する子供に対する非道に、一考を促す文章を綴ったのであった。確かに捨て子養育院の子供や教区救貧院の子供には救済金が一七四〇年代から支給されたが、煙突掃除の子として働かされる子供たちには救済の道がなかった。さらに、一八〇六年に奴隷貿易廃止が決定したが、「白人の、全身真黒い煤のために疎んぜられた子供の奴隷はいまだ解放されていない、本来同胞であるはずなのに、真黒であるために忘れられてしまい、その運命は虐げられた黒人奴隷と同じだ[6]」とも説いた。このように、黒人奴隷と煙突掃除の子供を比較して告発することが当時一般的になっていった（本書第四章の図④参照）。

またさらに一八三〇年代にサミュエル・ロバーツは、「アフリカの黒人奴隷は見知らぬ人間にさらわれ、売られたが、これらの子供たちは、同郷の者に誘拐され、自分たちの親に売られたのだ[7]」と感情に訴え、奴隷とのこの類似比較が功を奏し、法案化への道を開くことになった。つまり、奴隷という汚点で、自由の国の価値を傷つけることになったら、神の天罰が英国にかならずや降るであろう、という考え方が大きかった。

煙突掃除の子供は、浮浪児か、あるいは貧しさゆえに売られた私生児が多かった。七年間の年季奉公に入るが、その値段は犬のテリアを買うのよりも安かったという。ブレイクも『無垢の歌』（一七八九年）の中で煙突掃除人への子供の売買のことを描いているし、議会でもこの問題が取り上げられ、一八一八年の記録によれば、子供は三ポンドから六ポンドで買われているが、親方によってはもっと安い場合もあると証言されている。この実態は十九世紀までずれ込むことになった。

育ちの良い子供たちも、多くジプシーに盗まれ、煙突掃除の親方に売り渡されたという。一番有名なのは、十八世紀末にポートマン・スクウェアにある自宅で煙突掃除人たちに食事を振る舞ったというブルー・ストッキングのミセス・エリザベス・モンタギューのものだ。まだ幼かった頃に、息子が人さらいにあい、煙突掃除に売り飛ばされてしまったのが、偶然自宅の煙突掃除にやってきたところを発見し、そこで息子を取り戻せたので、その感謝をこめて、食事をご馳走することになったという眉唾ものの話だ。エリザベスの従弟のエドワードが学業を嫌い、パブリック・スクールを逃げだし、煙突掃除人になって、行方をくらましたところを見つけられるという事件が実際にあったほか、この話にはいくつかのヴァージョンがあるが、それでも実しやかに人々の間で流布し出し、告発となっていった。

他にも一八一二年にメアリ・ディヴィスという女性は滞在していた宿で、誘拐された息子が煙突掃除をしているところ見つけたとか、ヨークシャーでは、見たところ良家の子供が物乞いの女の手で、八ギニーで煙突掃除の親方に売られるのが発覚したが、実の親は分からず仕舞い、結局レディー・ストリックランドが自宅にその子を引き取ったという。

さて、ミセス・モンタギューは、年に一度メイ・デーに煙突掃除の子供たちに（仕事が暇になる時期だ）、イギリスのもてなしの象徴であるロースト・ビーフとプラム・プディングというご馳走を振る舞うことで、思いやりを示したが、その後は煙突掃除の子の苦しみを和らげる機会として、他の篤志家たちが年に一度この職業に就く孤児たちを食事に招待する習慣を受け継いでいき、そこで一八二〇年代にはこの職業を容認する傾向が広まっていった。

ただし、これは、良い子の煙突掃除の子供たちに年に一度食事が振る舞われ（ほとんど全員がサンデー・スクール出席者）、世の同情を集める一方で、その中で自分たちに与えられた役割を受入れさせていくというものであり、この目的を果たしていたのが、サンデー・スクールでの教育でもあったともいう。そこではつまり、親方はみんないつも親切で善良であり、日曜日にはちゃんと煙突掃除の子は清潔にし、良い子はみんなサンデー・スクールへ通い、聖書を読み、そしてどんな境遇に置かれようとも、この世で唯一みんなを居心地良くさせてくださることができるお方が神さまだから、神さまを賛美しましょうと、学ぶのだ。明るく陽気な煙突掃除の子は沢山いるのだから、真黒で煤だらけだと、怖がってはいけないし、軽蔑してもいけないと、煙突掃除でない子供たちに教え、また煙突掃除の子の外見が真黒に見えるとしたら、それはきみたちのほうこそ内側が真黒だからだと、諭すのだった。

前時代の煙突掃除の子に付きまとうミステリアスで哀れを誘うような話が、ディケンズや同時代の人たちの脳裏には刻み込まれて、そこで、『ボズのスケッチ集』の「五月一日」では、当時の人々の煙突掃除人への好ましい印象と、パレードを目の当たりにしてその幻滅とが描かれることになったのだ。

『水の子』では、川は、じめじめして汚ない煤けた町の汚水を抜け、波止場や下水やぬるぬるする土手をどんどん通りすぎ、水かさが増すにつれ、トムの煤けて真っ黒い身体の汚れを洗い流すばかりでなく、その罪の汚れをも洗い流し、許しを与え、元のまっさらな清らかさを取り戻しているかのようだ。しかし同時に、産業革命以降の工場などで人々が汚してしまった水もまた大いなる海に注がれていって、ふたたびもとの透きとおった清い水へと再生されていく。トムも水の中でいろいろな魚や動物に遭遇したり、自らも悪い心を持てば身体じゅうにとげが生えたり、天地創造したマザー・ケアリにお目にかかったりと、様々な経験を積み、少しずつ大人に成長していくのだ。けれども予想を覆し、トムの進化論の旅の結果は、大地に育まれる無垢の自然児といった未来予想図ではなく、なんと最後には鉄道を敷き、蒸気機関や電信機を発明する偉大な科学者になるのだ。つまりは、トムはどん底から這い上がってヴィクトリア朝的立身出世をして、めでたしめでたしというわけだ。

一八一四年に子供を盗むことが犯罪となる法律が成立するが、子供を使っての煙突掃除を問題視する方は、健康面や人道的立場からの運動にもかかわらず、その後紆余曲折あり（子供の代わりに機械を使用するという運動、あるいは法案提出と利益・採算面から親方などの抵抗）、やっと一八四〇年代になって初めて、二十一歳以下のいかなる人間も煙道に上ることを一切禁止するという法案が議会を通過した。けれどもこれはあまねく無視され、そこで、一八五〇年代に新たな運動が展開されることとなり、ようやく一八六四年とそれを強化した形の一八七五年の法律が成立することになった。

第四節　捨てられた子と、子を亡くした母と

ギャスケルの作品には、リビーのような孤児や、リジーのように子を捨てたり、あるいはネストのように孤児を引き取ったりする女性たちがしばしば描かれており、キリスト教の人道的立場から、ギャスケルは温かい目で可哀想な孤児たちを見守っている。けれども世間では、貧困や未婚ゆえに子供を捨てる母親がいた。初期キリスト教会は捨て子や孤児に家庭を与えようとしたが、中世には修道院や病院がこれを継承した。捨て子養

育院の由来というのは、ルネッサンス期フィレンツェで成功を収めていた絹織物のギルドが捨て子の施設を建てたことに遡り、捨てられた子供を引き取って、育て、社会において有用な人材となるように教育した。したがって、主に捨て子養育院はヨーロッパではカトリックと結びついていた。一七三九年ロンドンにトマス・コーラム捨て子養育院が設立された時も、カトリックの養育院の伝統を受け継いだという。ただし、「社会において有用な人材」の他に、「定められた身分に甘んじなさい」という憲章文も付け加えられた。

トマス・コーラムは貿易商として成功し、アメリカの植民地運営に着手した後、船乗りを引退したが、産業主義と急激な人口増加により、下層階級の間で広まった貧困のためにロンドンの道端に捨てられている子供たちを見て、非常に衝撃をうけ、強い怒りと同情から捨て子養育院を設立した。もっとも当初は英国国教会からも、貴族たちからも経済的援助が得られず、行き詰まりをみせたものの、「高名で慈悲心溢れる」貴族の奥さまたちに目をつけ、そこから多額の寄付を取り付け、寄付金の拡大を図った。六〇人の孤児たちで、上流階級の行楽地ハットン・ガーデンでのスタートだったが、ブルームズベリ・フィールズの五六エーカーの土地をソールズベリ卿から手に入れ、ここで一七五六年まで穏やかに続いていた。全員を受入れていたため、じきに応募者が増え過ぎ、そこで政府に援助を求め、多額の補助金を交付されるようになったが、下院は希望者全員が入居できることを条件としたため、あっという間に国中のありとあらゆる病気の子供たちで溢れかえることとなった。望まれない子は門のところに置き去りにされ、また救貧院も機会を捉えて捨て子養育院に頼ろうとした。けれども多くの病気の嬰児は入居する前に亡くなり、死亡率は六六パーセントに上った。さて、補助金が膨らみ過ぎ、さらに不況期には国庫が窮境に陥って、政府は補助金を削減したため、受入れる子供の数も減らされ、そこでくじ引きで、捨て子養育院の入居者が決定されるようになった。男子は年季奉公に出されるように教育され、後には海軍や陸軍に入ったり、商船員になったりもした。女子はほとんどが召使の年季奉公に入っていった。

十九世紀では、生後十二ヶ月未満の私生児だけが入居を認められた。応募者の大半が、雇われたお屋敷の坊ちゃまの餌食になった女中だったという（ルースのことが想い出される）が、捨てられた赤ん坊は土曜日に到着し、日曜日に洗礼をうけた（図④）。（ちなみに開設当初の子供たちの命名には、まずベックフォードなど捨て子養育院に寄付を行った立派な貴族の名前が付けられ、それも尽きると、クロムウェルやドレイク、さらにシェイクスピアやミルトン、ベーコン、ミケランジェロなど、果てはトム・ジョーンズやクラリッサなどの名前まで付けられたという。）その後、赤ん坊は各地の乳母に預けられ、五歳になると、ここに戻ってくるのだった(8)。

この養育院には設立に協力したコーラムの友人ホガースや、

図④ エマ・ブラウンロウ『洗礼式』(1863年)

音楽家のヘンデル、レノルズやゲインズバラなど多くの美術家らが支援の手を差し伸べた。ホガースは、聖書から題材をとった、ファラオの娘のもとに連れて来られる捨て子モーゼの絵を描き、寄贈しているが、この子がやがて息子になり、モーゼと名付けられるところから、モーゼの物語はさらにヘイマン、ハイモア、ウィリスによって描かれ、展示され、捨て子養育院の象徴になっている。音楽では、ヘンデルは寄付金集めに毎年のように礼拝堂で音楽会を開き、オルガンも寄進し、自ら指揮棒も振り、またメサイアの楽譜を遺言で遺したところから、ここの付属教会の礼拝堂は有名になっている[9]。その伝統で、児童たちの間では、現在も聖歌隊やブラスバンドなどが組まれ、音楽活動が盛んだ。さらにホガースの思いつきで、寄付がより多く集まり、同時にイギリス同時代の美術家たちの作品が多くの人々の眼に触れるようにと、それら作品の展示をし、しかも作品も多く寄贈されたため、ここは美術品で飾られる美術館ともなっていった。ただしラングミュアは、美術品から判断するかぎり、コーラム捨て子養育院は「嬰児殺しの救済策や良心の呵責の癒しとしてではなく、捨て子も寄付者もともに一生懸命善きキリスト教徒、善き愛国者になろうとする機関として成功を収めている[10]」と指摘している。

　けれども、初年度コーラム養育院に入った一三六名の子供のうち、五六名が死亡している。全入時代の一七七五年から七六年にかけての十八ヶ月間では、入居児童は五、六一八名、そのうち死者は二、三一一名である。救貧院での死亡率が二歳未満までの子供で約六五パーセントだったから、少しはこちらのほうがましだった。その後の児童の制限入居もあいまって、少しずつ減少傾向になったものの、捨て子養育院での死亡率が十九世紀に入っても非常に高かったのは事実である。この養育院の近くに住んでいたディケンズも大いに関心を寄せ、『ハウスホールド・ワーズ』（一八五三年三月一九日号）に記事を書いた(11)ばかりでなく、『リトル・ドリット』（一八五五〜五七年）のタティコーラムの誕生となった。また、ディケンズ自身この養育院の礼拝堂に席を確保し、定期的に出席していた。

子供は信心深い人に与えられた神の恵みであり、子供の世話や教育は神から委託された聖なる仕事であると考えていたから、ピューリタンたちは子沢山だった。十七世紀までは子供の死亡率が高かったが、一七五〇年から十九世紀初頭には顕著に子供人口は増加した。一八二六年には大人一、〇〇〇人に対し、十五歳以下の子供は一、一二〇人となっている。天然痘は種痘によって生き延びることができるようになった。当時は結核、麻疹、猩紅熱、百日咳によって多くの子供が死亡していた。とりわけ都会は子供の死亡率が高かったが、地方の農村部では子供はまずまず発育した。

亡き子供を追悼する主題のヴィクトリア朝の絵画では『「夜明け」フレディ・ヒックス』（本章の口絵参照）が子供の死を悼むその代表格になっている。ヒックスは次男を一八五五年六月末に亡くしたが、この絵画は五月のロイヤル・アカデミーに出品されている。迫りくる死を予期して、ベッドのそばで詳細に我が子を観察して、仕上げたもので、その姿は地上の衣服を脱ぎ棄て、窓から燦々と降り注ぐ夜明けの光のほうに向かって起き上がろうとしている。

前の時代のホガースは、『グレアム家の子供たち』（図①参照）の等身大の肖像画で、亡き子を生きている兄弟姉妹と一緒に描いている。左下の、金色の幼児用カートに乗って、ヘンリエッタ・キャサリン姉さんのさくらんぼを欲しがっている元気溌剌とした末っ子トマスは、実はこれが描かれる数週間前に死亡しており、その時二歳にもなっていなかった。静物の果物、足許の短い茎のカーネーション、時計の上にある砂時計と大鎌を持つ天使が死の象徴だ。

ギャスケルも子供を二人亡くしている。最初は結婚して数ヶ月後、一八三三年七月に女の子を死産している。亡くなった子の顔は見たが、名前は付けられなかった。マンチェスターの牧師のもとに嫁ぎ、サンデー・スクールに日々忙殺されていた頃だった。三年後、この子の墓を訪れ、ギャスケルはソネット「死産した娘の墓参りをして」を詠んでいるが、その中で、「小さな顔の表情に、痛みが刻まれている、おまえの苦しみを決して忘れない」と綴っている。

メアリアン、ミータ、フローレンスと三人の女の子をもうけた後、ふたたび、ギャスケルは子供を亡くす。一八四四年一〇月、愛嬌があって健康に溢れる赤毛の、待望の長男ウィリアムが誕生するが、旅先で猩紅熱に罹り、一年足らずであっけなく亡くなった。心身とも衰弱しきった妻のために、夫ウィリアムは長篇小説を書くことを勧めた。当時マンチェスターで激しさを増していた労使の対立、そしてチャーティスト運動を、日々、つぶさに眺めていたところから、悲惨な状況下で子供を亡くした労働者階級の男の悲しみと怒りに重ね合わせた形で、『メアリ・バートン』の中でその悲しみがぶつけられることとなった。

どこの工場でも不況の兆しがみえていた。時間短縮の工場もあれば、人員削減のところもあって、もう何週間もバートンは仕事にあぶれ、つけで生活してきた。よりによってこんな時に、眼に入れても痛くない、ありったけの溢れる愛情を注いできた小さな息子が猩紅熱に罹った。なんとか危機は脱したが、命の露はいまにも消えいりそうだった。高熱で衰弱しておられる坊ちゃんがこれからさき頑張りとおすには、まず何をおいても、栄養のあるものをたらふく食べさせてあげることですよ、と医者は言った。ふざけやがって。家の中のごく粗末な食べ物だって、一食分にもなりゃしないっていうのに。……日々危篤状態になっていく小さな子供のことばかりが気にかかり、自分の飢餓のつらさなど平ちゃらで、贅沢な食べ物がところ狭しと飾ってある店のショー・ウィンドウの前に立っていた。……するとこの店からミセス・ハンターがでてきたではないか。道を横切り自家用四輪馬車まで行ったのだが、後にはパーティーの買い物を山と抱えた店員が従っていた。……憤怒が胸でおさまらず、家に帰ってみると、一人息子は息絶えているのだった。（第三章）

「異父兄弟」や「リジー・リー」、「ハリソン氏の告白」など数え切れないほど多くの他作品においても、さり気なく猩紅熱や他の病気で亡くなる子供が描かれており（Bonaparte 224-26）、ギャスケルは自らの亡くなった子供たちを作品の中で、このように追悼の形で、繰り返し蘇らせているが、それはたんに個人的に子供を亡くした母の立場で永遠に忘れまいとしているばかりでなく、芸術作品の中に昇華させて、永遠の存在としたのだ。

註

（1）森洋子『子供とカップルの美術史』（NHKブックス、二〇〇二年）一〇頁。

（2）イギリスにおける児童文学史については以下を参照。J・R・タウンゼント『子供の本の歴史――英語圏の児童文学』（岩波書店、一九八二年）、イーコフ、スタブス、アシュレイ編『オンリー・コネクト――児童文学評論選』（岩波書店、一九七八年）、ピーター・ハント編『子どもの本の歴史』（柏書房、二〇〇一年）。

（3）Hugh Cunningham, *The Children of the Poor: Representations of Childhood Since the Seventeenth Century* (Oxford: Blackwell, 1991) 152-53.

（4）煙突掃除人に関しては、Henry Meyhew, *London Labour and the London Poor* (Harmondsworth: Penguin, 1985) 249-56. 小池滋『ロンドン』（中公新書、一九七八年）一八八〜八九頁を参照。

（5）Cunningham 54.

（6）Cunningham 60.

（7）Cunningham 62.

（8）トマス・コーラム捨て子養育院に関しては以下を参照。Reginald Hugh Nichols, *The History of the Foundling Hospital* (London: Oxford UP, 1935); Gillian Pugh, *London's Forgotten Children: Thomas Coram and the Foundling Hospital* (Stroud, Eng.: History P, 2008); Erika Langmuir, *Imagining Childhood* (New Haven: Yale UP, 2006).

（9）Nichols 233-48.

（10）Langmuir 58.

（11）Nichols 36.

第一〇章

レッセ・フェール

――楽観主義には楽観主義を――

松岡　光治

ジョージ・クルックシャンク「イギリス蜜蜂の巣」(1867年)

Chapter 10

Laissez-faire: Optimism for Optimism

Mitsuharu MATSUOKA

本稿の口絵「イギリス蜜蜂の巣」は、ディケンズの初期作品に挿絵を提供したクルックシャンクが、ヴィクトリア女王の結婚を祝して一八四〇年に図案化し、六七年の第二次選挙法改正で都市労働者階級の上層まで選挙権が拡大された際に、ピラミッド型の段階構造を持つ英国社会の現状維持を願って制作した銅版画である。この蜜蜂の巣は、最上層で国王として君臨する女王蜂から、どん底生活をスラム街で送る最下層の蜜蜂まで、貴賤と貧富が厳存するイギリスの階級社会を視覚的に表象している。蜜蜂が伝統的に「秩序の本能」と「従順な労働」の象徴であった点を考えると、[1]遊惰放逸に日を暮らす特権階級の雄蜂を除き、国民はすべからく働き蜂として現存のヒエラルキーを支えるべし、各自の持ち場で忠勤の義務を果たすべしというメッセージが、この絵から読み取れるだろう。そうした社会システムの現状維持は、英国民の伝統とも言うべきピューリタン的な〈自助の精神〉で資本主義社会の梯子を登ってきた新興ブルジョアジーにとって、とりわけ自らのアイデンティティの確認とプライドの保持のために重要であった。しかし、彼らの経済活動を理論的に支えた自由放任主義《レッセ・フェール》が生み出す様々な社会問題に対し、ペンを武器に戦ったギャスケルのような小説家にとっても、「イギリス蜜蜂の巣」は解体することが許されない——せいぜい改修しかできない——ある意味で彼らと同じように大切なものだったのではないだろうか。

第一節　自助の精神と相互扶助

一八四二年に渡英して資本主義の現実と労働争議に接したエンゲルスは、三年後に上梓した『イングランドにおける労働者階級の状態』で、三四年制定の新救貧法（図①）をマルサスの『人口論』（一七九八年）と同様に「労働者に対する中産階級の最も目に余る挑発的な攻撃」[2]と呼んだ。この悪名高き法律は、貧困を犯罪と見なして貧民を救貧院に監禁するものであり、プロレタリアートの生活に対する積極的な干渉という点で、レッセ・フェールの理論的正当性を主張したブルジョアジーの言行の背馳と独善性を露呈させている。救貧院内の待遇を最下級労働者の生活以下に規定した新救貧法は、貧民を資本主義に必要な格安の労働力として供給するのに役立ったが、結果的に労働者階級を反抗的な闘争に駆り立て、チャーティスト運動を通して労使の抗争を激化させただけであった。

エンゲルスの本と同じ一八四五年に出版されたディズレイリの政治小説『シビル』では、カーライルが「イングランドの現状問題」と呼んだ目も当てられない窮状に苦しむ被支配階級と利欲に目がくらんだ支配階級とが、「二つの国民」として捉えられている。産業革命の揺籃期に『諸国民の富』（一七七六年）を出版したアダム・スミスの理論に従い、自由競争の市場経済だけに財の再分配を任せていると、〈収穫逓増の法則〉が働い

図① 新救貧法がイングランド北部で最初に導入された1837年の反・救貧法のポスター（制作者不詳）

て富める者がますます豊かに、貧しい者がますます貧困に陥るという流れができ、産業構造が二つの国民の間で固定化されてしまう。ここにこそ政府の介入を排したレッセ・フェールの最大の問題点がある。このイデオロギーは、自助努力だけでは最低限の生活さえできない労働者の貧困問題を自己責任において克服すべき個人的な問題へとすり替えてしまい、それが本来は社会的な問題であることを隠蔽したのである。

　ギャスケルの『メアリ・バートン』（一八四八年）を高く評価して彼女を自分の週刊雑誌へ寄稿させたディケンズの代表作『クリスマス・キャロル』（一八四三年）では、貧困で苦しむ者たちへの寄付を求めにきた二人の紳士に対し、主人公の守銭奴スクルージが「放任されること（to be left alone）」（第一章）を求めている。新救貧法によって極端に軽減されたとはいえ、未だ救貧院のために税金を払っているスクルージは、そんな施設に入るくらいなら死んだ方がましだと思っている貧民の多いことに怪訝な顔をする。「人間は自分自身の務めを理解するだけで十分、他人のことに干渉する必要はない」というのが彼の持論である。このように弱者の自己責任を強調する自由放任主義は、社会的な強者自身が意識的（あるいは自己欺瞞的）に犯している道徳的な〈不作為の罪〉を不問に付すための格好の口実となっており、そのことをギャスケルも一連の社会問題小説で批判している。

　『メアリ・バートン』で「あらゆる人間にとって助けを求め

ずに自分自身に頼る（independent of help, and self-reliant）ことがどんなによいか、事実が証明してきたし、今も証明している」（第三七章）と断言するジョン・カーソンは、昔は一介の労働者にすぎなかったが、自助の精神で事業に成功して工場主となった典型的な〈セルフメイド・マン〉である。「労働者の地位から身を起こした工場主が労働者に対して最も厳しく、その利益を最も顧みない」（第一五章）のは、貧困を怠惰の結果とするレッセ・フェールが自由競争下の産業資本家の要求を思想的に代弁していたからに他ならない。しかし、自分の経済活動を自由放任主義で正当化するカーソンの考えには、ギャスケルが当時の経済学《ポリティカル・エコノミー》の主潮に読み取った人間の自己欺瞞による醜いエゴイズムが見え隠れしている。

「……私たちは労働力の需要を調節することなんかできやしない。どんな人間にも、どんな団体にもできんのだよ。それは神様だけが左右できることなんだ。商品に買い手がなければ、私たちも君たちと同じように苦しむんだぞ」
「同じように、じゃねえでしょ、旦那。わしゃ、経済学は好かんが、そんぐれえは分かりますぜ。学問はねえけど、この目は見えるんじゃよ。旦那方が食料不足で骨皮筋衛門になっとる姿なんぞ、見たことねえからな……」（第三七章）

ギャスケルは「匿名組合員（sleeping partner）」（第一七章）のジョウブ・リーを昆虫や植物に造詣の深い博学に仕立てているが、その戦略が右の場面では功を奏して、労働者による経済学についての無知の表明が、資本家の依拠する経済学の理論と実際の食い違いを浮かび上がらせている。市場法則を〈神の見えざる手〉と考えて自然と神を同一視するカーソンの考えは楽観的すぎると言わざるを得ない。なぜならば、資本家の経済活動は個人の利益と社会の利益との自然的調和に向かって進むのではなく、結果的に様々な歪みや矛盾を生み出していたからである。市場と同じように人間社会も放置したままでは混沌状態が続いて秩序は生まれない。これがギャスケルの考えだ。神の摂理や秩序が本当に実現されるには人間の干渉が必要なのである。

　非国教徒は国家権力に激しい不信感を伝統的に抱いてきたが、神としてのイエスの超越性を否定する非国教徒のユニテリアン派は合理主義を堅持しつつ、十九世紀前半の進化論的な考え方を受け入れていた。しかし、ギャスケルは時代精神としての科学的合理主義を受容しながらも、それと結び付いた自由競争を是とするレッセ・フェールの副産物としての社会問題については、進化論に神を殺されたキリスト教とイエスの教えに、その解決策を求めている。人間の個性や尊厳を至上のものとする人道主義に根ざしたユニテリアン派にとって、家父長制の中で育まれたキリスト教の教義は合理主義と矛盾しないのである。従って、「神様が与えてくださる祝福を享受する時にゃ、一緒に与えられる義務も果たさにゃならんのじゃ。幸せな人間の義務ってのは、苦しんどる人間が悲しみを我慢できるよう、助けてやることじゃよ」（第三七章）というジョウブ・リーの信念に沿って、家父長としてのカーソンには高い身分に伴う義務《ノブレス・オブリージュ》としてキリスト教的な愛、すなわち多くの罪をおおう愛《カリタス》（「ペテロの第一の手紙」四章八節）が求められる。ルイ・カザミアンは「人間の友愛についての宗教的理想に基づいた同情的な干渉主義」[3]を『メアリ・バートン』のライトモチーフと考えたが、これは自由放任主義が主張した自己責任とは対極をなす〈キリスト教的干渉主義〉のことで、その象徴が慈愛《チャリティー》なのである。[4]

刻苦勉励によって父の借金を完済して工場主となった『北と南』（一八五四～五五年）のジョン・ソーントンもセルフメイド・マンの典型であるが、その立身出世の過程で彼は自分の経験を労働者たちに当てはめ、自助の精神に欠ける負け組の悲惨な状況に対する同情を失っていた。そうした思考は彼の工場の労働者を、ディケンズの『ハード・タイムズ』（一八五四年）の労働者よろしく、心の宿る身体から切断された単なる「（働き）手」（第一五章）にしてしまい、労使関係は工場の中だけの限定となる。ソーントンは自分と労働者を親子にたとえ、「幼年時代には自分を統治してもらう賢い専制が必要だ」から、自分は「彼らと接触する時間帯は必ず独裁者でなくてはならない」と言っている。その意味で彼の工場は父親的温情主義《パターナリズム》が支配していた前近代的な家内工業の世界のパロディーとして捉えることができる。[5]

ギャスケルが主人公のマーガレット・ヘイルを通してソーントンの信条を批判させる手段は、ここでもキリスト教的干渉主義である。「神様は私たちを互いに依存しなければならないように造られたのです。……あなたも他のどんな雇用主も、人に頼らずに自力でやって行くことなんかできません」（第一五章）と語るマーガレットは、労使関係を個人と個人の関係で見ている。彼女の見解は『チャーティズム』（一八三九年）の第六章「レッセ・フェール」で階級の相互依存や互恵的関係を特徴とする中世の封建的な考えに共鳴したカーライル――ギャスケルが『メアリ・バートン』で謝意を表した敬愛する作家――の思想を反映したものである。カーライルは『過去と現在』（一八四三年）の第三巻第二章で「私たちはどこにいても現金払いが人間の唯一の関係でないということを完全に忘れている」と警告を発したが、[6]金銭的結び付き《キャッシュ・ネクサス》としての労使関係とは別の次元で、ソーントンは工場の労働者に対して自分の同胞（すなわち同じ人間）という点で義務があるのだ。彼は労働者に対して自分の雇い人だから義務を負っているわけではない。ギャスケルがユニテリアン派の観点から資本家に求める義務とは、相互依存の認識に基づいた人道主義的な干渉なのである。

生物学者トマス・ハックスリーはレッセ・フェールが揺るぎない地盤を築くのにヴィクトリア朝で最大の貢献をしたダーウィンの進化論を生存競争説によって弁護した。この〈ダーウィンのブルドッグ〉に噛みついてロシアの思想家クロポトキンが書いた『相互扶助論』（一九〇二年）は、社会問題の解決策としてギャスケルが依拠した行動原理を浮き彫りにしてくれる。クロポトキンは動物と人間の社会にはダーウィンの相互闘争の原理とは異なる〈相互扶助〉の原理があることを発見し、原始人・古代人の社会や中世都市――地縁血縁で自然発生的に構成された共同社会《ゲマインシャフト》――に見られた相互扶助の慣習や制度が人間の本能に基づいていた点を指摘し、進化の要因としては相互扶助の方が重要であると説いた。ギャスケルは、ダーウィンの『種の起源』と同じ一八五九年に出版されてベストセラーとなった『自助論』で著者サミュエル・スマイルズが自助の精神を神話化する前に、カーソンやソーントンといったセルフメイド・マンの偶像破壊を試みたわけだが、決して自助の精神そのものを否定していたのではない。そこから発生する問題の解決には相互依存の認識と相互扶助の実践が必要だと考えていたにすぎない。ただし、この楽観的な考えはギャスケルにとって飽くまでも理想であり、相互扶助による対等な関係の構築がヴィクトリア朝前半の英国社会で実際に可能で、本当に最善だと思っていたかどうかは別問題である。

第二節　労働組合における個人と集団

産業革命後、レッセ・フェールで武装しながら経済界の主導権を握って政治的発言力を強めていた新興ブルジョアジーは、いくら労働者の弾圧を強めても効果がなく、逆に彼らの組織と闘争が強まるのを見て、一八二四年に団結禁止法をイギリス政府に撤廃させた。しかし、直後にストライキが続発したのを受け、翌年にはまた団結禁止法が通過し、労働組合の存在は認められたものの、その活動は厳しく制限されることになる。それでも、職人組合から職業別・地域別に分散して作られた労組は全国的組織へと急速に成長し、三四年にはロバート・オーウェンの指導下で全国労働組合大連合《グランド・ナショナル》が結成され、その加入者数は百万人以上に達した。ところが、二年後には脆弱な組織と拙劣な指導によって、これもまた産業資本家たちに切り崩されてしまった。

それ以後、労働運動は経済闘争から政治行動へと方向転換する。ロンドンの労働者と手工業者たちを指導したウィリアム・ラヴェットは、イギリスの政治体制の徹底的な民主化を要求する六ヶ条の人民憲章を起草した。それは一八三六年五月八日に合同委員会で可決され、四八年まで三回にわたって議会に請願されたが、結局いずれも失敗してしまう。このようにチャーティスト運動（図②）が労働者階級の政治運動として重要性を失った四八年に、ギャスケルの『メアリ・バートン』は出版された。これは不作が続いた三〇年代後半と〈飢餓の四〇年代〉のマンチェスターを舞台に工場労働者の苦難を描いた産業小説で、裏の主人公ジョン・バートンは労働組合に参加してチャー

TABLEAU I.
TABLEAU II.
Cochrusite. "HOORAY! VEEVE LER LIBERTY!! HARM YOURSELVES!! TO THE PALIS!! DOWN WITH HEAVERYTHINK!!!!"
Cochrusite. "OH, SIR—PLEASE, SIR—IT AINT ME, SIR—I'M FOR 'GOD SAVE THE KING' AND 'RULE BRITTANNIER.' BOO—HOO—OH DEAR! OH DEAR!!" (Bursts into tears.)

図② ジョン・リーチ「大チャーティスト運動（第9番）――最初と最後」『パンチ』（1848年3月18日号）／指導者（左）「フレー！ 自由、ばんぜー！ 皆の衆、武装するんじゃ！ 宮殿さ、向かえ！ 何でもかんでも、打ち倒せ！」／指導者（右）「ああ！ やめとくれ！ おいらじゃねえ――『女王陛下万歳』と『ブリタンニアよ、統治せよ』に賛成なんじゃ。ワーン、エーン、ああ、いやだ！（突如として泣き出す）」

ティスト運動に深く関わるようになるが、その経緯を通して読者はギャスケルの労組観を窺い知ることができる。不況の中で工場主ハンター氏の事業失敗によって解雇され、猩紅熱にかかった最愛の息子に滋養のある食べ物を買ってやることができないバートンは、パーティー用の買い物をして店から出てきた工場主の奥様を見た瞬間に激しい怒りを抱くが、彼が帰宅すると一人息子は死んでいた。ここでギャスケルは中産階級の読者に対し、バートンの「胸に秘めた雇い主に対する復讐心」（第三章）について想像できるのは、「労使双方に対して情け容赦ない目的で自分の知識を使う」労働組合の煽動者に昨今は事欠かないからだと語っている。注意を要するのは、牧師の妻である中産階級のギャスケルが、労働者階級の窮状から生じるバートンの激怒の原因を産業資本家の自己保存と私利私欲から巧みにそらし、労組および煽動者のそれへ向けていることである。

　こうした資本家に対する糾弾の微妙な回避は、読者を意識したギャスケルの潜在的な階級意識の顕現化だと言えよう。「善悪の両極端に対して強い決意を示す」（第一章）バートンは、彼を善につなぎとめていた妻が亡くなってから「労組の熱心な一員」（第三章）となり、娘のメアリがミス・シモンズの店員となって帰宅時間が不規則になってからは、以前にもまして「労組の活動的なメンバー」（第四章）となる。こうした経緯を考えると、ギャスケルは組合活動という悪に誘惑された原因が家庭の崩壊にあると言っているかのように思えてくる。彼女は短篇「ベッシーの家庭の苦労」（一八五二年）で主人公の母親に「自分たちの家が快適で楽しければいいけど、そうでなければ家にまっすぐ帰るのを避けるようになるかも知れない、そんな誘惑がたくさんある」と言わせているが、バートンにも家族の絆が断たれた悲しさを組合活動で紛らわせている側面が感じ取れるのである。

しかし、ギャスケルが描く労働者階級の場合、個人としての労働者は「労組の多くの会合の長を務め、自分も代表者でありたいという活動欲」（第三章）に目覚めたバートンであっても、決して非難されない。彼女の批判の主たる対象は集団としての労働者を象徴する労組である。同じ産業小説の『北と南』では、織工のバウチャが組合指導者で熟練工のヒギンズに対し、「あんたらはそれぞれ個人じゃ心が優しいけど、いったん団結すると飢えで気が狂った獰猛なオオカミみてえに、人間に対して情け容赦しねえ」（第一九章）と述べている。ギャスケルがヒギンズに対して手厳しいのは集団よりも個人が重要だという信念を伝えるためである。被支配者からなる組合は困っているメンバーから先に助けるのではなく、バートンのような「活動的で役に立つ構成員の機嫌を取る」のが得策という「世俗的な知恵」（第一〇章）に支配されている。自己保存と私利私欲のために労働者を虐待するという点で、組合幹部が工場主と同列に扱われていることを看過してはならない[7]。

『メアリ・バートン』と『北と南』では、労働組合は精神的に未熟で是非を合理的に判断できず、構成員の個も確立されておらず、ギャスケルが「あるイタリアの組織」（一八六三年）で扱ったカモラ党に似た不正秘密結社のようなものとして描かれる。組合活動に対するギャスケルの恐怖は、イングランド北部・中部の工業地帯でファーガス・オコーナーが指導したような、ゼネストや武装による暴動も辞さないチャーティストの実力派《フィジカル・フォース》に対する中産階級的な恐怖、つまり第二のフランス革命に対する恐怖だったと言ってよい。個人としての労働者に対しては共感と同情を示すことができるが、集団としての労働者に対しては恐怖と嫌悪を抱く傾向は、ギャスケルやディケンズといった中産階級の作家の大半に共通して見られる現象だ。それはフロイトが「ル・ボンの集団心理についての解説」の中で示した、「個人が集団の中で一緒になると個々の抑制が全部なくなり、個人の中に原始時代の名残りとして眠っていた残虐で、獣的で、破壊的な本能が呼び起こされ、我が物顔にふるまう[8]」という見解で説明できるだろう。

『メアリ・バートン』の労働組合は、工場主が労働者の窮状に対する不干渉を正当化するのとは逆に、労働者のことに容喙して「イギリス人としての自由」（第一七章）を奪い、組合活動を強制する集団としても批判の対象となる。それは共通の目的のために形成されたとはいえ、相互に独立した構成員の自由意志に基づいた利益社会《ゲゼルシャフト》ではない。レッセ・フェールの下で資本家が自分の意志決定や選択に干渉されない自由を持つのに対し、労働者に労組の決定と活動を拒絶する自由がないのは皮肉である。労働組合が労働者を放任してくれないのは、構成員の数を組合の力へと変換したいからに他ならない。このような本音は『北と南』において組合幹部のヒギンズと国教会の牧師を辞したヘイル氏との労組観の違いによって明らかにされる。

「……過去も、現在も、未来も、それ［労働組合］は不正に対する抵抗なんじゃ。……わしらに残されたチャンスは、共通の利害でもって労働者たちを団結させることだけなんじゃ。臆病な奴も馬鹿な奴もおるじゃろうが、そんな連中は同行させといて、大行進に参加させにゃならん。数だけが力なんじゃから」

「ああ！」とヘイル氏は言って、ため息をついた。「お前たちの組合はそれ自体りっぱな、輝かしいもの――キリスト教の精神そのものだろうな――その目的が、ある階級と対立する別の階級の幸福だけでなく、すべての人間の幸福に影響するものであればの話だが」（第二八章、傍点は引用者）

幹部として労働組合を体現するヒギンズは自分の目に見えるものしか信じない無神論者として設定されている。だが、「俺たちは組合を信じる以外に逃げ道はない」（第一九章）と断言する彼にとって、自ら神格化した組合は一種の救済宗教である。問題は、彼の労組観が「共通の利害」を労働者に限っている点で、典型的な救済宗教であるキリスト教に反していることだ。一方、国教会の意義に懐疑を抱いたとはいえ、ヘイル氏の労組観には隣人愛によって成立する人類という大きな家族像が想定されており、弱々しい声で披瀝されるので逆に説得力を持つ。ここでは、神の似姿に創造された人間は平等だという点から、一視同仁と相互理解が求められている。この考えを実践させるかのように、ヘイル氏は家族礼拝へ参加することをヒギンズに呼びかける。ギャスケルは「国教会の女性信徒マーガレット、非国教徒の彼女の父、異教徒のヒギンズが一緒に跪いたが、それは彼らにとって何の害にもならなかった」と語って章を結んでいるが、ここで最も重要な言葉は「一緒に」ではなかろうか。社会の階級や宗派の教義は取るに足らない問題で、大切なのは個人と個人の「一体感（togetherness）」なのである。

この点を読者に理解させるための事件がバウチャの入水自殺である。ヒギンズは、労働者階級との連帯感の欠如を理由に、組合を裏切ったバウチャを「役立たずのユダ」にたとえて厳しく叱責しているが、「労組は暴君だ」と言ったバウチャを放任せず、「彼の意志に反して組合への加入を強制した」（第三六章）ことが彼を自殺へと追いやったのは間違いない。この異教徒ヒギンズによるキリスト教を意識した発言については、バウチャを勇気に欠ける弱虫と非難した彼の言葉とともに、遺体を見た時の彼自身の「弱々しい泣くような声」が、その矛盾を逆照射している。ヒギンズがバウチャの死について彼の妻に伝えることを拒む場面は人間としての責任感の欠如を雄弁に語っているが、そうした態度は国教会の牧師という社会的権威を失ったマーガレットの父にも見られる。しかし、死を肉親に知らせることは人間に求められる当然の義務であり、団体の後ろ盾が必要な儀式的問題ではない。ここで、マーガレットはその役目をヒギンズや父に代わって引き受けるが、それは個人としての人間の実践的な行為が集団としての労組や国教会の厳格な理論に対して勝利を収めた瞬間だと言えるだろう。

第三節　不作為の罪としての無関心

アダム・スミスに始まるイギリス古典派経済学が体系化したレッセ・フェールは、各個人の自由な経済活動が自然的調和の世界を築き、国民全体の繁栄をもたらすはずであった。しかし、その約束された調和と繁栄は、利潤を追求する資本家の生産増大と搾取される労働者の消費制限とによる周期的な経済恐慌の中で、貧富の差の拡大と階級闘争の激化という現実によって裏切られた。産業資本家たちが自らの責任回避を掩蔽できる自由放任主義について、ギャスケルは社会問題を対岸の火事としてしか見ていない彼らの無関心を特に反キリスト教的な行為として批判している。

「愛の反対は憎しみではなく無関心である」と言ったのは、一九七九年にノーベル平和賞を受けたカトリック教会の福者マザー・テレサである。新約聖書は神への愛と不可分なものとして隣人愛を提示し、十字架上のキリストと一致して自己を放棄しながら互いに奉仕しあうことを求める。ギャスケルには、レッセ・フェールに立脚して労働者の窮状に無関心なカーソンやソーントンといった工場主たちが、善きサマリア人（図③）のたとえ話の中で強盗に襲われた者を無視して反対側を通り過ぎて行く祭司やレビ人に思えたはずである。商売に夢中になって神を忘れてしまった人間の自己過信の危険を説いた「ヤコブの手紙」（四章一三～一七節）がギャスケルの念頭にあったか否かはさておき、自由放任主義的な無関心が彼女にとってキリスト教に反する道徳的な〈不作為の罪〉であったことは間違いない。とはいえ、ギャスケルの世界において批判されるのは産業資本家だけではない。社会的弱者の窮状に関与しようとしない者は、そのほとんどが批判の俎上に載せられている。

『ルース』（一八五三年）でヒロインが姦淫の罪を犯した最大の原因は、両親のいない社会的弱者の彼女に愛情と援助を求める相手が誰もおらず、紳士階級の軽薄なベリンガムに頼るしかなかったことにある。ギャスケルは周囲の者たちの孤児に対する無関心という社会的な状況を詳述することで、[9] ルースが〈堕ちた女〉になる原因を読者に理解させている。父が遺言でルースの後見人に指定した男は羽振りのよい麦芽商人となっているが、この男は「実務的で世俗的な人間」で、彼女に「倹約と独立独行」（第三章）の説教をすることからも、レッセ・フェールを奉じる典型的な商人だと言える。彼は悲嘆に暮れるルースの気持ちには無関心で、孤児という社会問題に対する一般市民の不干渉主義を体現するかのように、彼女の働き口として婦人服店ミセス・メイソンの仕事場を事務的に見つけてあげただけだ。ここでも自由放任主義は経済活動の自由のみを擁護し、人格の尊厳に無関心を装うものとして批判される。性の二重規範《ダブル・スタンダード》に守られた紳士という免罪符を持つ若者が、労働者階級の美しい娘を誘惑して捨てる行為は、ヴィクトリア朝では日常茶飯事であった。従って、ギャスケルの批判の主たる対象はベリンガムではなく、作品終盤の第三三章で周囲の人々の関心がルースの贖罪をもたらす点を考えると、淪落する前後の彼女に対する社会的な無関心であるように思えてならない。

図③ ジョージ・F・ウォッツ『善きサマリア人』（1850年にロイヤル・アカデミーで展示、52年に慈善家トマス・ライトに敬意を表して王立マンチェスター会館に寄贈）
ギャスケルがイライザ・フォックスに宛てた1850年1月24日付けの手紙（*Letters* 101）を参照。

　ギャスケルは、堕ちた女に対する一般社会の態度はどうあるべきか、その判断を読者に委ねようとするが、ここでも一連の事件についての詳細な描写に頼っている。これらの事件は、罪を犯した人間の悪徳を攻撃することで、浅薄な美徳としての世間体《リスペクタビリティ》を保持しようとするヴィクトリア朝社会を反映している。例えば、宿屋では親から煽動されたに違いない少年が代行者としてルースを打擲し、「あっちに行け、性悪な女め！」（第六章）と叫ぶ。ベリンガムの母親は五十ポンド紙幣でルースとの絶縁を買い取るだけでなく、売春婦の更正所による彼女の監禁を願いさえする。こうした雇い主の態度が雇い人にまで伝染している点は実に興味深い。ベリンガム夫人が女中のシンプソンにルースの看病へ行くことを頼むと、この雇い人は「品のある御婦人に平気な顔して服をお着せすることが二度とできなくなりますわ」（第一〇章）と返答する。労働者階級の女中は裕福な中産階級の奥様の考え・感情・行動を無意識的に取り入れ、自分と雇い主を同一視すると同時に、労働者として自分の中にある否定的な属性や傾向をルースに投影し、自分とは異質なものと見なしている。女王を頂点としたピラミッド型社会の厳格な階級制度と家父長制度に支配され、進化学説によって社会システムとしてのキリスト教の基盤が脆弱化していたヴィクトリア朝前半には、このように上からの抑圧を下へ移譲することでしか精神的均衡を保持できなかったのである。

ギャスケルが考える社会的弱者に対する理想的な態度は、ルースを自殺から救った非国教派の牧師ベンソンや宿屋の優しい女主人ミセス・ヒューズのように、罪を犯したルースを無視するのではなく、「天の恵み（blessing）」（第九章）として受け入れることである。この章の最後にギャスケルは「慈悲は与える者を恵み、受ける者を恵む」という『ヴェニスの商人』四幕一場からの引用文を添えている。十九世紀前半のロンドンでは「ユダヤ人共同体の約半数の慈善金で残る半数の貧困にあえぐユダヤ人の生活を支えていた[10]」という事実を踏まえれば、このポーシャの言葉からは、強欲なシャイロックの無慈悲さが時空を超え、世間体のためにキリスト教徒の仮面をつけたヴィクトリア朝の商人たちに継承されているというアイロニーが読み取れるだろう。

弱者が罪を犯す状況に対する社会の責任はギャスケルの小説に頻出するテーマであるが、短篇「婆やの話」（一八五二年）の掉尾を飾る「一度してしまったことは取り返しがつかない」という『マクベス』五幕一場の教訓が示すように、犯した罪が生前に赦されることは決してない。『シルヴィアの恋人たち』（一八六三年）では、強制徴募隊《プレス・ギャング》の拉致に対する憎しみがダニエル・ロブソンたちの放火の原因になっているが、ギャスケルは彼らの気持ちへの共感にもかかわらず、その行為が正しいとは言っていない。これは『ルース』にも当てはまる点で、その証拠にルースは常に罪悪感を抱かされる。しかし、ギャスケルのキリスト教的な観点では、こうした作為の罪と同じくらいに（むしろそれ以上に）無関心という道徳的な不作為の罪は赦されないものなのである。

第四節　現状の道徳的改善

ギャスケル文学で自由放任主義が国家干渉主義との二元的対立の構図で議論されることはない。実際に、十八世紀末からヴィクトリア朝前半も終わりに近づいた一八六九年にロンドンで慈善組織協会（COS）が設立されるまで、貧民問題の解決に大きな貢献をしたのは非政府系の慈善団体で、その中心は非国教派の福音主義者たちであった。一八〇一年に七万五千だったマンチェスターの人口は七一年には三五万になっているが[11]、特筆すべきは五一年までの半世紀で四倍の三〇万に増えたことで、貧困労働者の急増は危機的状況になっていた。慈善活動家たちは定期的な家庭訪問という手段によって都市の貧者の事情を個別に調査していたが、これは資本主義体制以前の救恤活動とは違って金銭的支援を行わず、自助の精神を涵養するための道徳的支援であった。

結婚当初、ギャスケルの夫ウィリアムはマンチェスターの最も貧しい地区で善きサマリア人として慈善活動をしていたが、ギャスケル本人はスラム街での家庭訪問をしていなかった（Uglow 90）。彼女に中産階級の婦人としての自制が働き、慈善活動をするならば男性の補助役として、あるいは自分の家庭を中心に、と考えたことは想像にかたくない。事実、ユニテリアン派の牧師仲間の証言によれば、彼女は〈監獄訪問慈善家〉として知られるトマス・ライトの右腕であったし、サンデー・スクールの年長の少女たちを自宅に招いて教育活動に携わっていた（*Critical Heritage* 506-07）。しかし、ギャスケルが労働者階級でもリスペクタブルな熟練工——例えば、彼女が『メアリ・バートン』第九章の最後に引用した労働者詩人サミュエル・バムフォード[12]——と、この節の重要な鍵語となる「個人的接触（personal contact）」をしていたこと（*Letters* 94-95）は以下の点からも等閑視できない。

『北と南』の第八章で、北の産業都市ミルトンに引っ越してきた直後、帰宅途中のマーガレットが熟練工のヒギンズとその娘に会って彼らの名前と住所を尋ねたのは、あとで訪問するつもりだったからである。ヒギンズは彼女の訪問の意図を理解できないが、ここでは南部のヘルストンで暗黙の了解事項であった慈善のための家庭訪問が暗示されている。ヒギンズの自宅への訪問を許されてから、マーガレットにとってミルトンはその厳めしさにもかかわらず以前より明るい場所となる。ギャスケルは彼女がミルトンに「人間的関心」を見出したからだと語っているが、重要なのは南か北かという地理ではなく、同情や共感を誘う「人間的関心」によって階級の異なる者同士が実際に直接の触れ合いをすることである。南の牧歌的な自然の中にあるヘルストンでは、マーガレットの社会的地位から生じる貧者への恩人ぶった父親的温情主義ゆえに両者間の「個人的接触」は予め排除されていたが、ミルトンでは「ぶっきらぼうな態度の下に実に温かい心を持つ」（第三五章）ヒギンズが訪問を好意的に受け入れるので、中産階級のマーガレットにとっても自然な人間関係の構築が可能となる。それは、田舎のヘルストンでは人間が自然界に依存できていたのに対し、人工的な都市空間のミルトンでは人間関係そのものに頼らざるを得ないからである。

『メアリ・バートン』における労使の対立という社会問題は、（カーソンの息子を殺した）バートンの自責の念と（少年に怪我させられた少女が赦してやる姿を見た）カーソン自身による赦しを通して、家父長制社会のキリスト教にふさわしい解決がなされている。しかし、こうしたパターナリズムによる一方通行的な労使の和解には明らかに無理がある。その証拠に、ギャスケルは提示した社会問題から逃れるかのようにカナダでの新生活というエデンを創作し、そこにヒロインたちを追放している。そうした結末は社会問題の不自然な解決に対する補修作業のようにしか見えない[13]。

　このような処女作に対し、『北と南』ではギャスケルも現実から逃げることなく、社会問題と（そして産業都市とも）折り合いをつけている。そこでは社会風潮の変化が影響したと考えられる。時代が〈飢餓の四〇年代〉から五〇年代の〈ヴィクトリア朝大好況期〉へ移ると、チャーティスト運動が終息した四八年にフランスで起こった二月革命に対する恐怖と嫌悪という反動もあって、労働者階級の運動は過激で極端な行動から平和的・合法的な行動へと変わったのである。そういう社会風潮を受けて『北と南』を執筆する頃のギャスケルも中庸を得た作風へと変化している。『メアリ・バートン』出版後の書評（特に、『エディンバラ・レビュー』の四九年四月号におけるW・R・グレッグの書評）でマンチェスターの工場主を正しく理解していないと非難されたギャスケルは、『北と南』で工場主の立場についての議論を増やしたが、それに従って労使相互の和解についての説得力も増しているように思える。この工場主と労働者たちの和解について、S・ズロートニクをはじめ多くの批評家が精神的成長を踏まえたソーントンとマーガレットの婚約と関連づけて象徴的に解釈している。(14) 南部ヘルストンにおける田舎の因襲としての父親的温情主義が、北部ミルトンでは労使問題の解決策として効力を持たないので、マーガレットとソーントンの結婚による「私的領域と公的領域での協働というパートナーシップ」（Colby 61）が代替の解決策として出されているのだ。(15) だが、貧乏人《ラザロ》と金持ち《ダイヴィーズ》という「二つの国民」（図④）を

図④ ジョン・リーチ「資本家と労働者」『パンチ』（1843年7月29日号）

描いたジョン・リーチの戯画化された『パンチ』の有名な絵を知っている当時の読者にとって、労使の和解は個人と個人の問題である男女の結婚のように容易にできるとは思えなかったのではあるまいか。

確かに、労使の和解の前提となる工場主ソーントンの改心は、少年を赦した少女にイエスの姿を見たカーソンの劇的な改心とは異なっている。読者は、ソーントンが自助の精神で立身出世したプライドによって生来の愛情を抑圧していたことに関して第三九章で知らされるので、この高慢さがマーガレットに対する愛情の深まりとともに漸減し、労働者に対する彼の心的な態度が変化して行くプロセスに違和感を抱かずに済むのである。

> 「……私の唯一の願いは、単なる金銭的結び付きを超えるような、働き手たちとの交際を少し深める機会を持つことです。……異なる階級の人間同士が実際に個人的接触をしなければ、階級と階級を本来あるべき姿で結び付かせることなんかできません。そうした交わりこそ、まさに活力のもとなんです。……」
> （第五一章）

「個人的接触」によって結び付かせることができる階級と階級との「本来あるべき姿」とは何であろうか。例えば『クランフォード』（一八五一〜五三年）の女性たちは、訪問を受けた時は必ず三日以内に十五分以内の訪問で返報しなければならない（第一章）が、この訪問という「個人的接触」の意義は、「形式的・儀式的な種類の訪問のおかげで絶えず社会階級の境界を監視および維持できる」[16]ことにあるのかも知れない。このように当時の人々が取り憑かれていた階級意識を考慮すると、ギャスケルが右の引用文で暗示しているソーントンの「心的な変化がもたらす労使関係の変容」[17]はやはり信じがたく、これもまた現状（status quo）の道徳的改善による労使問題の楽観的な解決策だと言わずにおれない。

＊＊＊＊＊

ギャスケルの楽観主義は彼女を育てたユニテリアン派の影響が大である。「人間は最終的に現世で完璧な状態に達することのできる理性的な動物だ、と断言できる楽観主義」（Lansbury 二）が彼らの教養を支えていたのだ。彼女は社会に悲観して被支配階級の労働者たちと大同団結し、旧約聖書が教える〈目には目を〉という同害報復法によって、[18]時にはそれ以上の超法規的な手段によって、冠履倒易を望む革命的な作家ではない。当時の社会システムが生み出した各種の問題に対して常に批判的ではあるが、その批判の矛先は国家の体制やイデオロギーそのものではなく、社会問題を放置している支配階級の人間性に向けられている。ギャスケルは、『メアリ・バートン』出版後にキャサリン・ウィンクワスに宛てた手紙の中で、「私の政治的なスタンスは定まっておらず、極右から方向をぐるりと変えて――いいえ、極左まで行くことはありません」(*Letters* 60-61)と述べているが、時として労働者階級への同情から振り子のように心が揺れることはあっても、革命による体制の変更に理解を示すことは決してない。

E・ウィルソンが一九四一年に「二人のスクルージ」で精神分析学的にディケンズの二面性を論じてから半世紀後、F・ボナパルトは『マンチェスターの独身ジプシー男』でヴィクトリア朝の理想的な女性としてのギャスケル夫人の内面に隠された反社会的な分身《デーモン》を摘出してみせた。しかし、例えば『メアリ・バートン』における「デーモンが直ちに革命に応じるように見える」(Bonaparte 148)にせよ、そうした労働者の視点に立つ分身をボナパルトのように「真の自己」(6)と断じるならば、ギャスケル夫人の方は偽の自己ということになる。メアリたちが矯正不能な階級制度に見切りを付けながらも、移住先として立憲君主制の英連邦王国であるカナダを選んで共和国のアメリカを避けた作品の結末は、なるほどギャスケルの見解の曖昧性を示しているように思える。[19] また、「労働者階級の貧困への同情と社会階級の区別を保存したい気持ちとが混ざった両価感情《アンビヴァレンス》」[20]をギャスケルの作品に読み込むことも確かに可能である。しかし、彼女の立ち位置はあくまでも中産階級のギャスケル夫人の側にあり、彼女にとって階級社会の縮図としての「イギリス蜜蜂の巣」が大切であった理由も、まさにそこにある。ヴィクトリア朝の中産階級の良識ある人間にとって、現体制の基盤であるレッセ・フェールは倫理的な問題を抱えていても、それが存在しないと大きな混乱を招くので許容しなければならない、いわば必要悪なのだ。従って、個人の利益追求の自由競争で社会全体が繁栄するという楽観的なレッセ・フェールから発生する「イングランドの現状問題」に対してギャスケルが提示できる解決策は、同じように楽観的なキリスト教的干渉主義や父親的温情主義に即したものにならざるを得ないのである。

註

(1) Ad de Vries, *Dictionary of Symbols and Imagery* (Amsterdam: North-Holland, 1974) 41-42.

(2) Friedrich Engels, *The Condition of the Working Class in England*, trans. W. O. Henderson and W. H. Chaloner (Oxford: Basil Blackwell, 1958) 320.

(3) Louis Cazamian, *The Social Novel in England 1830-1850*, trans. Martin Fido (London: Routledge & Kegan Paul, 1973) 216.

(4) キリスト教的干渉主義の例として、『妻たちと娘たち』(一八六四～六六年)のカムナー伯爵が土地管理人と小作人たちとの冷ややかな関係の中へ「雑談」という形で「個人的に介入する欠点(the failing of personal intervention)」(第一章)がある。そのために伯爵がかえって小作人たちに好かれていることから判断すると、この「欠点」は中世の封建領主が農民の忠誠に対して示した父親的温情という美点を想定した作者ギャスケルの戦略的なレトリック（antiphrasis）としか思えない。

（5）『動物農場』（一九四五年）で全体主義を痛烈に批判したG・オーウェルのように、ギャスケルは第二のフランス革命が起こっても、社会システムが変わっても、ヘゲモニーを握った新しい支配者が旧制度と同じ（場合によっては、より冷酷な）独裁者になると思っていたはずである。

（6）『ラドロウ卿の奥様』（一八五八年）で未亡人の奥様が望んでいるのは物々交換で生活が可能な、「金の介入（intervention of money）がない原始的な制度への回帰」（第三章）であるが、村の娘たちの世話をする奥様の父親的温情主義と封建的な責任感は、人の介入による共同体の秩序が支配的な中世的世界観の産物だと言える。

（7）ソーントンが主張する似非パターナリズムは、イギリス帝国主義の伝道師キプリングが「白人の責務」（一八九九年）で表明することになる（科学技術の遅れた）植民地への文化的な啓蒙と同様に、父親的な教化という美辞麗句を用いた有無を言わせぬ強制の正当化に他ならない。

（8）Sigmund Freud, "Group Psychology and the Analysis of the Ego (1921)," *The Standard Edition of the Complete Psychological Works of Sigmund Freud*, trans. James Strachey, 24 vols. (London: Hogarth, 1981) 18: 79. 労組の集団的暴力に対するギャスケルの非難は、社会的不公平のせいで酌量はされるが正当化はできない暗殺というバートンの個人的暴力によって根拠を失っている。しかしながら、P・ジョンソンのように理性と計画が必要な暗殺を『北と南』の偶発的な暴動と区別するならば、ギャスケルは暴力を忌避しながらも「戦略的に暴力を利用し、弾薬筒の詰め綿として使用された詩片のように、自分の芸術を政治的な武器として展開している」というユニークな解釈も可能だ。Patricia E. Johnson, "Art and Assassination in Elizabeth Gaskell's *Mary Barton*," *Victorian Institute Journal* 27 (1999): 162.

（9）労働者階級の孤児や捨て子は貧民救助法施行委員会の管理下で救貧院や孤児院で育てられるか、他の家族や親類と一緒に生活しながら院外扶助《アウトドア・リリーフ》を受けるかであった。Laura Peters, *Orphan Texts: Victorian Orphans, Culture and Empire* (Manchester: Manchester UP, 2000) 7.

（10）Chaim Bermant, *The Jews* (London: Weidenfeld and Nicolson, 1977) 196.

（11）Shelston, Dorothy and Alan Shelston, *The Industrial City 1820-1870* (Basingstoke: Macmillan, 1990) 15.

（12）『メアリ・バートン』のランカシャー方言とウィリアム・ギャスケルの方言研究は、一八三八年以来のバムフォードとの「個人的な接触」に恩恵を受けている。詳しくは、Robert Poole, "'A Poor Man I Know': Samuel Bamford and the Making of *Mary Barton*," *The Gaskell Journal* 20 (2008): 99を参照。

（13）この結末は、実際に多くの若者が運を切り開くために渡米していた点からも、歴史的に不自然だとは言えない。例えば、のちにウィリアム・ギャスケルの学生となったナサニエル・ブラッドリーは、一八四九年にニューヨークへ渡って木彫師・石彫師として成功を収め、帰国後は化学の勉強をしてマンチェスターの下水と衛生について関心を持つようになった。Ernest Gaskell, *Lancashire*

Leaders: Social and Political (Exeter: W. Pollard, 1895-97) 2: 113-20.

（14）Susan Zlotnick, *Women, Writing, and the Industrial Revolution* (Baltimore: Johns Hopkins UP, 1998) 73.

（15）男女も労使も、個としての人間という観点から、ギャスケルはそれぞれの境界を取り払って対等なパートナーシップを掲げるが、それぞれの役割分担という観点ではジェンダーと階級の境界侵犯を（特にその逆転を）望んでいない。J・キューシッチの言葉を借りれば、「階級間の緊張状態を改善したいというギャスケルの気持ちは現存する性の境界線を保持したい気持ちと切り離せない」のである。John Kucich, *The Power of Lies: Transgression in Victorian Fiction* (Ithaca: Cornell UP, 1994) 141.

（16）Elizabeth Langland, "Women's Writing and the Domestic Sphere," *Women and Literature in Britain 1800-1900*, ed. Joanne Shattock (Cambridge: Cambridge UP, 2001) 126.

（17）P. J. Keating, *The Working Classes in Victorian Fiction* (London: Routledge & Kegan Paul, 1979) 228.

（18）『従妹フィリス』（一八六三～六四年）のホウルズワスは、冗談半分でヒロインの相互扶助的な善意を同害報復の「反キリスト教的な復讐」（第三章）として捉えるが、それは純粋な無償《アガペー》の愛と結び付いた、牧歌的なホープ・ファームでの滞在にも影響を受けることがない、彼自身の反キリスト教的な性格を逆照射している。

（19）Richard Gravil, "Negotiaing *Mary Barton*," *Master Narratives: Tellers and Telling in the English Novel* (Aldershot: Ashgate, 2001) 100.

（20）Josephin M. Guy, *The Victorian Social-Problem Novel: The Market, the Individual, and Communal Life* (New York: St. Martin's, 1996) 186.

第三部　【生活】

第一一章

衣

――ワーキング・クラス女性の個性――

坂井　妙子

「ユージェニー・マントと名付けられたファッショナブルなショール」
『イングリッシュウーマンズ・ドメスティック・マガジン』（1853年）

Chapter 11

Clothing: The Character of Working-Class Women

Taeko SAKAI

第一節　衣服の観相学

　ギャスケルの人物描写の特徴の一つは、ヴィクトリア朝期の階級、ジェンダー、モラリティーに関するステレオタイプの記述を積み重ねることで、その登場人物のキャラクター（性格付け、個性、心理）を組み立てていくことのように思える。このことは、彼女の服装描写にも端的に現れている。そこで本稿では、当時広く読まれていた観相学書やエチケット・ブック、聞き取り調査、回想録を参照しながら、ヴィクトリア朝期の女性の「ふさわしい服」を措定し、それが『メアリ・バートン』（一八四八年）の主人公メアリのキャラクター構築にどのように活かされているかを辿っていこうと思う。

　観相学者であるパオロ・マンテガッツァは著書、『観相学と表情』（一八八九年）の中で、情緒やキャラクターは顔だけでなく、衣服にも現れると主張している。[1]観相学とは、身体（主に顔）にあらわれる表徴を解読する学問で、表情からキャラクターを記述する方法の一つとして、十九世紀には大変人気があった。[2]また、ヨハン・カスパー・ラヴァターの著書、『観相学断片』（一七七五年）の出版以降、「観相学という言葉は『顔』または、『外見一般』を益々意味するようになった」とも言われている。[3]衣服に関して、マンテガッツァは次のように述べる。

> 情緒、激情、知的労働はすべて、衣服にその表現を見出し、身体表現、性別、年齢、キャラクター、健康状態、我々が環境と呼びならわしているその他の要素を修正するのと同じように、程度の違いで変化する。キャラクターは非常に幅広く、様々な統合だが、衣服の動かし方にある程度、表される。（Mantegazza 299）

「衣服の動かし方」で露見する具体的な情緒として、喜び、愛、悲しみ、憎しみ、痛みと怒りを彼は挙げる。さらに、「並の観察者」でさえ察知できるキャラクターとして、守銭奴、浪費家、率直な人、偽善者、几帳面な人、だらしのない人を挙げ（Mantegazza 299-300）、キャラクター分析における衣服の有効性を説いている。

　『観相学新体系』（一八六六年）の著者、S・R・ウェルズも、服の着方からキャラクターを推測できると考えた。たとえば、「隠し立てのほとんどない」タイプは、「概して浪費家で、正直な顔、だらしないネクタイ、開けっぴろげの胸元、留められていないボタン、部分的に開いたヴェスト、流行が許す場合には襟元の開いた服を伴う。金銭にだらしなく、それを隠そうともしない」[4]と、分析している（図①）。彼は服の好みからもキャラクターを推し量ることができると考え、「良心的な精神」は「特に人目を引くことのないようなやりかたで、最良の趣味を服装で表す」が、「下品な精神、または、教養のない人は見掛

図①「隠し立てのないタイプ」『観相学新体系』（S・R・ウェルズ、1866年）

け倒しの装飾で飾り立て、安物の宝石、フリルやフラウンス（裾飾り）、裾を引きずったドレスで、汚い通りを練り歩く」（Wells 330）と、述べる。似たような見解は、アレグザンダー・ウォーカーが著書、『解剖学および生理学原理』（一八四五年）の中で、ロバート・ロジャーソンが『人と動物のキャラクターに見るもの』（一八九二年）でも示しており[5]、衣服によるキャラクターの観察可能性が広く認められていたことを窺わせる。

第二節　モラリティーの符牒としての女性服

一方、エチケット・ブックは正しいふるまいや態度について記した指南書という性質上、キャラクターと服の関係がジェンダー別に、階層的に規定されている。当時、広く読まれたエチケット・ブックの一つに、『上流階級の習慣』（一八五九年）がある。主要読者層は、出身階級から一段ステップアップを目指す野心に満ちた下層、中層ミドル・クラス、また、その野望を果たし、上品な人々との交際を円滑に進めたいと願う上層ミドル・クラスである。これによると、たとえば「服を愛すること」は、すべての女性に開かれた才能を発揮する場であると同時に、真剣に取り組むべき義務と見なされたが、階級ごとに意味あいが異なるという。

> 裕福で地位の高い人にとって、服を愛することはある程度の努力を要し、趣味を披露し、下の者の工夫と勤勉を育む。ミドル・クラスでは、創意工夫、勤勉や手先の器用さを生み、身分の低い者にとっては、良い結果をもたらす。[6]

経済的、時間的に余裕のあるアッパー・クラス、ミドル・クラスの場合、服に興味を持ち、ほどほどに時間を費やすことは「有益」であるとする主張である。感傷に陥ることを避け、「病的なイマジネーション」を治療し、趣味と習慣を洗練させ、さらには、他者に満足と楽しみを与えるからである（*The Habits of Good Society* 161）。もっとも、実際に衣服を選ぶ際には、自分を経済的にサポートしてくれる父親なり夫なりの社会的地位と経済力を的確に表象するドレスを愛さなければならなかった。自らの労働で日々の糧を得ているワーキング・クラスの女性も、「良い結果をもたらす」ふさわしい装いが求められた。

ジャーヴィスによれば、十九世紀前半には生地屋は細分化されており、ウールを専門に扱うウール商、リネン、コットン、靴下や雑貨小間物を商うリネン商、上質のシルク、モスリン、紗やレースなどの高級品を扱うシルク商があった。それぞれ、仕える客層が異なったという[7]。また、仕立屋も四階層に分類され、貴族の宮廷用衣装を扱う最高級店、ミドル・クラスに仕える二流店、職人や商人の妻を相手にする三流店と四流店があった。三流店と四流店の違いは、シルクのドレスと綿のドレスの仕立て数で識別されたという[8]。

このように、特に、アッパー・クラス、ミドル・クラスの女性服は身内の男性の社会的地位や経済力との関係で規定される間接的社会指標として機能していた。一方、男性服はあくまで個人ベースで理解された。男性服の信条は、「こざっぱり、清潔、シンプル、ふさわしい」である（*The Habits of Good Society* 146）。「ふさわしい」とは、彼の職業とそれに伴う社会的地位に相応するという意味で、それは彼のキャラクターを明示すると考えられた。たとえば、知的職業人に不可欠なキャラクター、「如才なさと分別」（134）を示すスタイルとは、地味な色合いでまとめた仕立ての良いジャケット、ヴェストとトラウザーズの組み合わせで、清潔感に溢れ、目立たないことが重要だった。宝石などの装飾品は付けず、ピカピカの新品でもなければ、継ぎの当たった着古しでもない、中庸の美徳を体現した着こなしも必要とされた。まさに、現代のビジネススーツのように。

職業と社会的地位によって入念に階層化された当時のイギリス社会では、職業を示す服装を適確に着こなすことは没個性ではなく、キャラクターの表出と考えられたのである。もちろん、資力を上回る装いは「品がない」、「不実」と非難され、知的職業人に求められる「誠実」や「信頼感」とは正反対のラベルが貼られた。また、TPOを無視した着たきり雀は奇人扱いされ、装いが華美ならば「女々しい」と批判されることもあった。しかし、それは着用者個人の行動と態度に押された烙印だったのである。

これに対し、道徳的キャラクターの表出として女性服が語られる場合、他者／男性との関係で判断されたようである。『上流階級の習慣』は、女性が身繕いに無頓着なのは「学者ぶっており、独善的、または、怠惰であることをしばしば表す」（160）と非難する一方、服好きが嵩じると、「歯止めが効かなくなり、媚態や虚栄によって増長し」、「初めは誘惑に、そして次には呪いになる」（161）と警告する。特に非難されたのは、実用性の低いレースやトリミング（服に付ける装飾）類（図②）だった（162）。非実用的な装飾類はドレスの総コストを押上げるので、夫の不興を買い、家庭不和を招くと考えられたからである。

さらに、「贅沢に耽っている」と判断されると、性的堕落を

図②「レースとリボンで飾り立てられたジャケット」（C・ウィレット・カニングトン『19世紀イギリス女性服』から）

疑われた。

それは美徳のゆるみの原因ではないにしても、最初の兆候である。ともかく、そのように誤解されることが多い。几帳面で、良い趣味を伴った、簡素な服を纏った女性が悪くなることはまずない。とにかく、そう考えられることはほとんどないのである。服に贅を凝らすことは初めは道楽だが、後に不可欠になる。（162）

衣服への過度の関心は不誠実のバロメーターというわけである。このように、女性服は性のモラリティーの符牒でもあったのである。男性の場合、どんなに服装が乱れていても、それが家庭不和を起こすとは誰も考えなかったし、性的堕落の兆候など勘ぐられることもなかったから、[9]これは女性服特有のキャラクターと考えられるだろう。それでは、女性服に刻印されたこの性のモラリティーは、経済的にも社会的にも弱い立場にあったワーキング・クラスの女性にどのように強制されたのだろうか。

第三節　モラルとドレスコード

「派手な服」と娼婦

ヴィクトリア朝期のワーキング・クラス女性のファッションは「正直な服（honest dress）」と「派手な服（finery）」の二種類に記号論的に大別されるという。「派手な服」は人目を引き、どこか安っぽく、着用者の道徳的欠陥を暗示する。安っぽさは、着用者がアッパー・クラスの猿真似をしているためである。本物のレディーが着用すれば、エレガントで淑女にふさわしいと見なされるが、メイドが着ると、これ見よがしで、不誠実と映る。つまり、「派手な服」と判断されるかどうかは、着用者の社会・経済的、道徳的ステイタスに依存したのである。さらに、道徳的堕落は経済的没落と連繫し、社会的没落を伴う場合には、ワーキング・クラスに特有と考えられることが多かったとヴァルヴェルドは指摘している（Valverde 169-70）。ミドル・クラス以上の階級では、「贅沢に耽っている」ことは「美徳のゆるみ」の兆候にすぎなかったが、ワーキング・クラスでは、「派手な服を好むこと（love of finery）」は「虚栄心」と安楽な生活を求める「怠惰」という二大不道徳キャラクターに直結し、以下に述べるように、「堕ちた女」＝「娼婦」と短絡的に結びつけられた。「正直な服」はこの対極に位置し、善良で勤勉な労働者が着る質素で実用的な服である。

　このような単純な二分法道徳律に支配されたワーキング・クラス女性のドレスコードは、ロンドンの貧民の聞き取り調査に基づいて編纂したとされる『ロンドンの労働とロンドンの貧民』（一八五一年）が鮮やかに描き出している。著者、ヘンリー・メイヒューが捉えた娼婦像は、安っぽい服とけばけばしい化粧で飾り立てた、下品で不健康なあばずれである。「娼婦を特徴付ける服への情熱は、それは以前には女性に共通だったが、派手で安っぽい服に惑溺し、健康の盛りは破壊的で有毒なフランスの化合物と、有害な化粧品にとって代わられる」（図③）[10]。彼は、多くの女性が娼婦に身を落とさざるを得ないのは低賃金のためであるとしながらも、彼女らのモラルの低さと服への偏執の照応関係を繰り返し強調する。たとえば、十九歳の時に誘惑され、ロンドンで囲われの身になった娘は、「服が大好きで、家では大好きな見せびらかしが出来なかった」（Mayhew 4:

図③「深夜のヘイマーケット」（ヘンリー・メイヒュー『ロンドンの労働とロンドンの貧民』の挿絵）

216-17）と語る。彼女は父親の小商いを手伝っていたが、単調な仕事に飽きてしまい、逃れたいと思っていた。また、ちょっとした教育を受けたために、家事手伝いと店番以上のことをする「資格があると思った」。そこで、裕福な男性に誘惑されると、渡りに舟とばかりに出奔したという。彼女は「正直なところ、非は誘惑者同様、私にもある」と、認めている。その後、二三歳になる現在までに四人の男性の囲われ娼婦になった。「これからどうなるかって？　馬鹿げた質問さ。気が向けば、明日にだって結婚できるよ」と、彼女は言う。この娘は現在の境遇に満足している。その日限りの享楽に耽る人生を、「この階級の典型例だ」とメイヒューは評している。

一方、「冷血な、故意の誘惑の被害者」に分類される娼婦もいた。この種の「幾分、ステレオタイプ」としてメイヒューが挙げたのは、次の例である。不義の子供が生まれると、誘惑者は手切れ金を残して、女性の元を去る。乳飲み子を抱え、なんとか仕事を探すが、彼女はすぐに生活に困るようになる。子供は栄養失調と生活環境の悪さから病気になり、やがて死亡。彼女は遂に娼婦になる。「子供が死んで以来、泥酔しているか、感傷的になっている時以外は、一時たりとも幸福だったことはなかった」（Mayhew 4: 222）と告白し、子供を死なせた罪悪感と、現在の境遇に対する絶望を露にする。この不幸な娼婦には、虚栄心や怠惰の兆候は見られず、派手な服の言及もない。『ルース』（一八五三年）でも、身寄りのないお針子、ルースはその美しさゆえに、無責任な色男、ベリンガムに誘惑され、身を持ち崩す。しかし、彼女の晴れ着は「着古して、みすぼらしい」黒絹のドレス（第二章）と描写され、ベンソン姉弟の家庭に引き取られる時にしつらえてもらったのも、「黒い服」（第一二章）だった。黒服は未婚の母になるルースを未亡人に仕立て上げるための「変装」だが、彼女自身の策略ではなく、ミス・ベンソンの提案である。ルースはそれに従ったにすぎない。彼女は着るものにはほとんど関心を示そうとしないのである。ギャスケルはルースを無垢な心を持ち続ける清らかな女性と捉えており、ベリンガムという名の「冷血な、故意の誘惑者の被害者」として描いている。

メイヒューは、娼婦を「情熱に負け、貞操を失った女性すべて」と定義するが、「下層階級では、不貞は必ずしも非難の対象にはならない」（Mayhew 4: 221）と留保し、階級によっては、娼婦＝一生拭い去ることの出来ない道徳的・社会的スティグマとは考えなかったようだ。また、経済的に比較的安定した生活を送る熟練工でさえ、「ロンドンでは、三人に一人は不貞で、機会があればお金のため、より頻繁には享楽のために、売春する習慣がある」（Mayhew 4: 255）と述べ、大都市に住むワーキング・クラスの女性はだれでも娼婦（パートタイム／フルタイム）になる可能性を示唆している。「享楽のために」売春する彼女たちの多くは身分不相応な贅沢と虚飾に耽り、浅はかで節操がなく、時にずる賢く、厚かましい。彼女らの「派手な服」

――低俗な好みによって選ばれた職業服でもある――は、汚れた心と身体を隠蔽するどころか、汚辱の沁み渡った負の記号であり、「娼婦」のキャラクターを晒しだす実在（表情が内面の観察可能性を示唆するという意味で、衣服の観相学的解釈の明瞭な証）でもあったのである。後悔し、罪悪感に苛まれた「冷血な、故意の誘惑の被害者」に「派手な服」の言及が不在であることは偶然ではない。

「正直な服」

では、「派手な服」の対極にある「正直な服」とはどのようなものだろうか。メイヒューは、ロンドンの下町で布地を売る露店商の服装を次のように描写している。

> 彼女はぴったりフィットしたボンネットの下に、清潔で、しばしば魅力的な帽子を被り、それは、そのような装飾品を売る場合には造花を付ける必要がない。ショールは衿の下でピン留めされ、ドレスは古く、粗末な生地だが、清潔である。（Mayhew 1: 372）

極めて質素だが「清潔」な身なりと、自らマネキンを務めて販売促進に励む勤勉さを彼は評価しているようだ。彼女は街のものから「婦人帽子屋（milliner）」と敬意を込めて呼ばれる。メイヒューは、このような露天商の素性について、「メイド、婦人帽子屋、お針子や、職工の妻だったが、やむなく街頭に出ることになり、少数の他の階級の者たちとともに、自ら露店で商うことで家計の足しにしている」と述べ、「公正な商い人」の一つに数え上げている。

ところで、これまで示した例は、ミドル・クラスの視点で照射した都会に住むワーキング・クラス像である。これはワーキング・クラス自身が持つキャラクター・イメージと必ずしも一致するわけではない。フローラ・トンプソンの回想録、『ラーク・ライズからキャンドルフォードへ』（一九三九年初版）はこのことを部分的に示している。これは十九世紀末から二十世紀初頭における、オックスフォードシャーのワーキング・クラスの生活を記述したもので、一八七六年生まれのトンプソンは石工の娘なので、同時代の、同クラスの視点で書かれたものと考えてよいだろう。彼女は、都会に住むミドル・クラスの人々が田舎者に抱く幻想を多少の皮肉を込めて記している。

> よそから来た人が、ラーク・ライズで伝統的な田舎娘――サン・ボンネットを被り、干し草用のくま手を持ち、田舎風の媚態をした娘――を見ようとしたところで、無駄だっただろう。偶然、十代後半の少女を見かけたとしたら、彼女は街着で、手袋とヴェールで仕上げているだろう。彼女は奉公先から二週間の休暇を取って帰省したためだろうし、隣人たちに良い印象を与えるために、外出時には必ず晴れ着を着るよう、母親がしつ

こくせがむからであろう。[11]

都会仕立てのファッショナブルなドレスに、「手袋とヴェール で仕上げた」若い奉公人は、ミドル・クラスの基準では、「派手な服」に身を包んだ卑しい娘に違いない。しかし、オックスフォードシャーの辺鄙な地、ラーク・ライズでは、洗練された都会のファッションのサンプルとして、そして何よりも、都会でふさわしい職業に就いた娘の成功と勤勉の証として、隣人たちに披露すべき誇り高き「晴れ着（her best）」だったのである。

この少女は家事使用人と思われるが、ヴァルヴェルドによると、この職業では「派手な服」を巡る階級闘争がひときわ目立ったという。メイドは、奉公先でアッパー・クラスのドレスコードを学んだり、不要になった上等なドレスをもらい受けることもあったので、奥様やお嬢様のように着飾りたいと考え違いをする危険が極めて高いと考えられたためである。一方、女主人から「質素な服」の着用を命じられると、メイドはそれを「抑圧」と感じ、「立派な服をわずかばかりの楽しみのシンボル」と解釈したという（Valverde 182-83）。少し先回りするが、『メアリ・バートン』では、メアリが職業を選ぶ際に、家事使用人を真っ先に候補から外している。「使用人などというものは、ほとんどいつもあくせく働き、身ぎれいにしないことで、主人の家を訪れる人たちに使用人だと分からせるようでなければいけない」（第三章）と、工場労働者の娘、メアリは考えたためである。代わりに、彼女は「いつも見かけに気をくばり、身なりを整えるべき」おしゃれな職業と信じていたお針子になった。「美徳」対「悪徳」に繋がれた「派手な服」を巡る解釈は、「有閑」対「労働」の階級コード、さらに労働の質にも深く根ざしていたのである。

しかし、だからといって、「派手な服」がワーキング・クラスのドレスコードに希薄だったわけではない。トンプソンは、「細いウエストと作り笑いの力で、美人で通り」、「中篇小説を読むのが大好きで、突飛な考えをする」（Thompson 285）ガーティーという名の若い既婚女性の服装と村人の評価について、次のように書いている。独身時代に奉公先で開かれた家事使用人の舞踏会では、彼女は「白シルクのドレスを着て、本物のヘアドレッサーに髪をカールしてもらった」。恋人のジョンを尻目に、執事と四度も踊ったことを自慢する彼女は、結婚後も、「一年かそこらの間、村のお笑いぐさだった」。だが、子供が生まれると、「白シルクのドレスは子供の洗礼式用ローブに作り直され、過去の勝利をより最近の勝利の中に忘れて、模範になるほどだった」（286）と述べている。つまり、独身時代に身につけた白シルクのドレスは、虚飾と不誠実のキャラクターの暗示と見なされているのである。同じドレスは、出産後、母の慈愛と献身の輝きに満ちた「正直な服」に生まれ変わったのではあるが。

ワーキング・クラスにとっての「正直な服」は、クラス内での経済的、社会的序列を適切に反映し、着用者の気概を示す服でもあったようだ。トンプソンは、エーモス家に家政婦としてやって来た四十代のパティーについても、かなり詳細に回想している。彼女は救貧院出であるが、料理上手で、以前は居酒屋の主人の妻だったという。彼女はかなり年下の、エーモス家の息子と再婚すると、羽布団や革張りの椅子などの贅沢品をエーモス家に運び込んだ。比較的裕福な新婚生活を始めた彼らは、「模範的なカップル」と評され、村人から尊敬された。トンプソンは、土曜日の夜（多くの労働者が買い物をする日時）に買い物に出る彼女の姿を、「フラウンスが付いた黒シルクのドレスに、良質のペーズリー・ショールと象牙の柄が付いた傘、それはシルクのカバーを保護するためにつやのある黒の防水布に巻かれていた」（284）と、記している。「黒シルクのドレス」は、リスペクタブルな年配女性にふさわしい色と素材と一般に了解されていた。黒の防水布は質素の美徳と解釈されただろう。「良質」なショールや「象牙の柄が付いた傘」は、観相学者、ウェルズが主張するところの「良心的な精神」――「特に人目を引くことのないようなやりかたで、最良の趣味を服装で表す」――の具体例と考えられるかもしれない。パティーの服装は、彼女が以前享受した安楽な生活とそれが可能にした趣味の良さを偲ばせ、紆余曲折の後も、自尊心を堅持していたことを示すのである。

一方、「非常に貧しい」農業労働者の妻と、四十代の独身の娘が土曜日の夜に買い物に出る様子も「微笑ましかった」と、トンプソンは好意的に記している。彼らは、完全に「過去のファッション」になってしまった服装で外出し、母親は「脚を高く上げ、歩む度に傘で地面をつつき、ベス［娘］はショールの角を後ろスカートの裾より少し長く引きずって歩いた」（168）。トンプソンの同情的な視線には、この親子が纏う風変わりな服装も、パティーの黒シルクのドレス同様、ワーキング・クラスの人々に「正直な服」と認知されていたことを示唆している。

ギャスケルは、以上述べたような衣服に表出されるキャラクターとその関係性を人物描写に用いている。たとえば、『従妹フィリス』（一八六三～六四年）では、フィリスは子供用の白いエプロン服をなかなか脱がせてもらえないが、それは彼女の未熟な内面の表示であるとともに、男性／父親の庇護と抑圧が強過ぎるためである。一方、保護してくれる男性が不在の場合、『クランフォード』（一八五一～五三年）に登場する老婦人たちのように、極端に質素な生活を送らなければならず、それは俗物根性が奇妙に入り交じったドレスコードの成立を促す。これらは、ミドル・クラスが主要登場人物を占める作品例である。工業都市、マンチェスターを舞台にした『メアリ・バートン』は、ワーキング・クラス女性のキャラクターの輪郭を服装描写によって浮かび上がらせることに成功した作品の一つである。

第四節　ショールが示すキャラクター

幸せな労働者

『メアリ・バートン』は、マンチェスター郊外に住むギャスケルが実際に見聞きした経験に基づいて、産業化時代の大都市における工場労働者の過酷な生活をリアリスティックに描いた作品と一般に認められている。その作品の冒頭で目に留まるのが、休日を思いきり楽しもうとする若い女工たちの姿である。

楽しそうに少し大きな声で話しながら十二歳から二十歳位までの少女たちの一群が、快活な足どりでやって来た。彼女たちの多くは女工で、この階級の娘たちに特有の普段の外出着、ショールをかけていた。ショールは、日中や天気のいい時には単なるショールだが、夕方にかけてや、冷え冷えとした日には、スペイン風のケープかスコットランドの格子縞の肩掛けにもなった。それを頭からかぶりゆったりと下に垂らすか、あごの下でピンで留めると、それは人目を引くファッションでもあった。

（第一章）

彼女たちには、中流以上の「家庭の天使」には決して見られない、はつらつとした様子が窺われる。これは女工という職業に対する誇り、自らの意志で自らの収入の範囲内で遊びに来たという自負のためだろう。この活力に溢れた女工たちが共通に纏っているのが、ショールである。ギャスケルはショールを、「この階級の娘たちに特有の普段の外出着」と述べ、纏い方一つで質素な服に華を添える装飾にもなれば、防寒着、雨具にもなる、汎用性に優れた実用的なファッションとして描いている。彼女はショールの素材や品質について言及していないが、おそらくウール製で、工場で大量生産された廉価品だろう。ひょっとすると、ペーズリー産かもしれない。マックレルによると、スコットランドのペーズリーでは、他の生産地に先んじて大規模な機械化が進み、ペーズリー産の安価なショールは市場を席巻していたからである。[12]

ショールを纏った女工は絵画にも描かれた。エア・クロウによる『ウィガンでの食事時』（一八七四年）である（図④）。煙をモクモクと吐く工場を背景に、広場で女工たちが思い思いに休憩時間を楽しんでいる。彼女たちはチュニックにペチコートを付け、袖付きの、丈の長いエプロンを掛けている。木靴を履く娘もいれば、素足のものもいる。髪をネットで纏めあげているのは、ファッションのためではなく、機械に髪が絡みつくのを避けるためだろう。そして、何人かはショールを纏っている。右端に横向きに座っている女工、奥でコップから何かを飲んでいる女工は、大柄の格子縞のショールを掛けている。一人は顎の下で留め、もう一人は対角線に半分に畳んで肩に巻き付け、前中央で結ぶか、ピンで留めているようだ。左端で手紙を読ん

図④ エア・クロウ『ウィガンでの食事時』(1874年)

でいる少女はストライプの大判ショールをマンティラ風に被り、長いタッセルが石段に垂れている。彼女の脇に座っている女工も、タッセルが付いたショールを肩に掛け、前中央で留めている。ギャスケルが描いた女工たち同様、ショールは粗末な服に色を添えるアクセサリーであると同時に、実用的なファッションとして機能しているようだ。

　ウィガンはマンチェスターとリヴァプールのちょうど中間に位置し、ヴィクトリア朝期にはマンチェスター同様、紡績工場が立ち並ぶ、織物の重要な生産地の一つだった。クロウは歴史画や風俗画を得意とする画家で、『ウィガンでの食事時』は一八七四年にロイヤル・アカデミーに出展された。作品は、女工の生活を誇張なしに描いている点が評価される一方で、「つまらない素材に時間を浪費している[13]」、「ワーキング・クラスの、絵にならない生活を描写している[14]」と批判されたという。クロウは一八六九年にウィガンを訪れ、ワーキング・クラスの女性が質入れしたショールとペチコートを質屋で購入したという。彼はランカシャーの工業地帯で暮らすワーキング・クラスの生活に興味を持っていたのだろう。購入したショールは写実性に貢献する小道具として、『ウィガンでの食事時』に活用されたはずである。

　もっとも、現代の美術史家の中には、クロウが描いた女工たちは理想化されていると解釈する向きもある。たとえば、ランボーンは、この作品を「ジョージ・モーランドやフランシス・

ウィトリーの十八世紀の牧歌的なロマンスの名残と、はっきりした現代性が混ざっており、後者は弱い性［女性］が必ずしも弱いままでいる必要もなければ、売春婦になる必要もないことを示している」と評している。[15] マックラウドも、この作品は写実性が勝っているとはいえ、ミドル・クラスの視点で捉えたロマンティックなワーキング・クラス像であると主張する。女工たちは劣悪な環境の中、長時間労働を強いられたが、クロウは敢えて休憩時を描くことで厳しい現実を回避し、健康的ではつらつとした「幸福な労働者」という、ミドル・クラスが幻想するステレオタイプに甘んじたと述べている。[16]

ショールはワーキング・クラス専用の衣類だったわけではないが、どんなに質素な洗濯女でも一枚は持っている衣料品の一つだった。レディー・ドロシー・ネヴィルは一九一〇年出版の回想録の中で、「今は完全に消えてしまったが、大流行したもの」の一つにショールを挙げ、「四五年前には、階級の上下を問わず流行った」と述べている。彼女によると、若い女性の多くは小遣いの四分の一をショール代に充てるほどで、パリの売り子やロンドンのお針子は「腰に小さなショールをきちんとピンで留めて、仕事に出かけた」と回想している。小作農の娘でさえ、派手な縁取りが付いたコットンのショールを結婚式のために買い求め、それらは後に子供のおくるみにされ、最後には黒く染められて、未亡人の印になったという。[17] トンプソンも、貧しい中年女性のベスがフィアンセである農夫と出歩く時にはいつも、「ペーズリー・ショール」を纏い、ベルベットの紐が付いた黒のボンネットを被ったと記している（Thompson 168-69）。このカップルは大変貧しかったために、結婚を十年以上も延ばさなければならなかったが、遂に迎えた結婚式でも、ベスはこのショールを相変わらず掛けていた。

小説でも、ショールには様々な情緒が織り込まれた。『クランフォード』には、「まわりに狭い縁取りのついた、大きなやわらかい、白いインドの肩掛け」（第六章）が登場する。家出した息子がインドから母親に送ったものだが、ショール到着の前日に母親は事切れた。父親は「お母さんが見たらとても喜びそうなもの」、「あれが結婚の時、ちょうどこんな肩掛けを欲しがっていたっけ。あれの母親が買ってくれなかったのだ」と、妻がこのショールを見ずに亡くなったことをしきりに残念がる。カシミアショールはエキゾチックな高級品として十九世紀の間中、珍重された（Mackrell 66）。「白いインドの肩掛け」は、母への最高級のプレゼントであると同時に、運命が挫折させはするが息子が夢見た両親との心の融合を示すだろう。別の場面では、農夫が洋品店で三十シリングのショールを買う様子が描写される。この農夫は「きっと恋人か奥さんか娘さんを思う気持ちでいっぱいのあまり、きまりの悪さを乗り越え」て、ようやく一枚のショールを選ぶ。大枚三十シリングを払うその顔は「幸せそうに輝いていた」（第一三章）。このショールは、意中の人への愛情と誠実さを示すだろう。ところが、彼が持っていた五ポンド札は、発行元の銀行が倒産したために受け取りを拒否される。その場に居合わせたミス・マティーは茫然自失の農夫に同情し、自分が所持していた金貨との交換を申し出る。彼女は同じ銀行に全財産を預金していたので、状況はむしろ彼女の方が逼迫していたが、ミス・マティーは多大な自己犠牲を払って赤の他人に善行を施す喜びを味わうのである。ここでは、ショールは階級を超えた共感と苦悩の体験へと変奏されている。

一方、『従妹フィリス』では、ショールの不在が親密さを増大させる。フィリスら一行が共有地で測量をしていると、通り雨に見舞われる。「帽子もショールも持っていない」（第三章）フィリスに、ホウルズワスは上着を脱いで彼女を包み込む。土手で雨宿りをする彼女は、彼にも上着を着せかけようとするが、彼のシャツに触れてしまう。「『まあ、すっかり濡れてしまって』と、彼女は同情しうろたえた」とギャスケルは記述的に描写するが、繊細な感受性と魅惑が入り混じっていることに読者は気づくはずである。

総じて、質素なショールはワーキング・クラス女性の生活に密着した衣類と考えられる。ショールを纏った彼女たちの大半は自らの労働によって日々の糧を得ていたので、その意味で、職業服でもあろう。また、クロウの作品に見られたように、それは写実性と矛盾しない程度の「幸せな労働者」の必需品であり、ネヴィルが回想した小作農の娘が示唆するように、彼女たちの堅実な人生の軌道を照らし出している。本節冒頭で挙げた女工たちが纏うショールも、分をわきまえて幸福に暮らすワーキング・クラスの「正直な服」と思われる。それは女工としての気概と質素な趣味を満足させ、且つ、『上流階級の習慣』の著者が「良い結果をもたらす」と推断する類の衣料であろうからだ。このことは、娼婦に落ちたエスタの「派手な服」によって反証的に示される。

不幸な娼婦

彼女は質屋に行き、裏の部屋で派手な服を脱いだ。顔はよく知られていたし、正直者だったので、エスタは簡単にその店から洋服を手に入れることができた。黒い絹の帽子、柄模様の長上着、格子柄のショールなど労働者の妻にふさわしいもので、確かに薄汚れ、擦り切れてはいたが、エスタが二度と戻ることのできない幸せな階級にふさわしい身なりで、その姿は夜の女の目には一種神聖なものとして映っていた。（第二一章）

エスタは元女工で、安易な生活を求めて身分違いの男性と駆け落ちした。私生児を設けるが、ほどなく男に捨てられ、生活に困って娼婦になった。ヴィクトリア朝期の小説や絵画にしばしば登場する「堕ちた女」のステレオタイプである。引用は、殺人事件の真犯人に関する情報を姪のメアリに伝えるために、身なりを整える場面である。ここで注目すべきは、ギャスケルは

「幸せな階級にふさわしい身なり」として、「黒い絹の帽子、柄模様の長上着、格子柄のショールなど」を定置し、「派手な服」を着たエスタが「二度と戻ることができない」身なりと述べている点である。

ギャスケルは、エスタのキャラクター描写を「派手な服」のステレオタイプに依っている。エスタは、「あんなにきれいな娘はいなかった」と噂されるほどの美人だが、「プライドが高すぎ」て、貴婦人になりたいという野望を持っていた。彼女の「派手な服」の内容は、義兄のジョン・バートンの非難によって明らかにされる。「エスタ、飾りものや、ひらひらするヴェールをつけて、まじめな女たちが寝床に就いている時に外泊なんかしていると、おまえの行く末がどうなるか目に見えるようだ。娼婦になっちまうぞ」（第一章）。エスタは虚栄心を満足させるために、身分不相応な贅沢品を買い漁るのだが、それを可能にしたのは、彼女が工場労働者だったためである。「娘たちが工場で働いて一番悪いことは、仕事がたくさんあればそれだけ稼げるから、自分たちでどうにか暮らしていけることさ。……エスタは自分のかわいい顔を引き立たせようと服に金を使ったり、あんまり夜遅く帰るようになったので、ついに俺の考えを言ったんだ」と、説明される。つまり、彼女の「派手な服」は女性工場労働者の負の面も特徴づけているのである。不幸にも、彼女は「下品な精神、または、教養のない人」（Wells 330）であるために、正しいお金の使い方がわからなかったのである。

ギャスケルはさらに、エスタの「派手な服」を「堕ちた女」の経済的、社会的、道徳的零落の最下点を示すものとして容赦なく弾劾する。懲罰的道徳主義に染め上げられた描写は、ワーキング・クラスの女性服の解読コードに「正直な服」と「派手な服」の二種類しか想定されていないことを強調している。

……自分のそばに立っている女が明らかに夜の女だと分かった。そのことは無慈悲な激しい嵐には全く不向きな、その女の色褪せた派手な服装から分かった。紗のボンネットはかつてはピンク色だったが、今ではうす汚れ、綿モスリンの長上着もすっかり引きずられて、膝までずぶぬれになっていた。派手な色のバレージュ織の肩掛けで身体をぴったりと包んでいたが、女はがたがた震えながら囁いた。「あんたと話がしたいんだけど」。彼は口汚くののしって、立ち去れと言った。（第一〇章）

バレージュは半透明の薄い布で、シルクとウールの混紡である。明らかに、悪天候には不向きな薄物である。ボンネットは「色褪せ」、上着が「引きずられて」いることから、彼女が外を（客を捜すために）歩き回っていたことが示唆される。しかし、この服は彼女の基準によれば、「その夜の用向きのため、中でももっとも地味なもの」だった。彼女は浮ついたメアリの身を案じ、ジョンに忠告するために彼を訪ねたのである。だが、堅気の労働者であるジョンにとって、「派手な服」に程度の差などない。彼女の誠意は無惨にも踏みにじられる。この場面は、「正直な服」からの逸脱の代償がいかに高くつくかを印象づけている。

　メイヒューがインタヴューした古着露天商によると、中古のボンネットはほとんど売れなかったという。色褪せていたり、流行遅れの場合は全く売れなかった。ショールも、格子縞のものを除き、ほとんど売れないと証言している（Mayhew 2: 44）から、エスタの「派手な服」は、実のところ、質草にもならない代物だったのである。一方、彼女が質屋で入手した「柄模様の長上着（printed gown）」は、コットン製ドレスと思われる。露天商によれば、これは「貧乏人が買うもの」で、九ペンスから二シリング三ペンスで仕入れ、九ペンスから一八ペンスがもっとも一般的な売値だったという。「格子縞のショール」は「冬期限定商品」だが、一シリング六ペンスほどで売れたという。明らかに、これらは正直なワーキング・クラスの経済システムに取り込まれていた。

　こうして見ると、エスタの「派手な服」は、人、もの、道義の正当なシステムすべてから除外された不幸な服である。ギャスケルは、貧困と重労働に喘ぎながらも正しい生活を送ろうとする、都市労働者の質素な「格子柄のショール」をこれと対峙させ、「幸せな階級」が所有するにふさわしい「一種神聖なもの」として読者に呈示したのである。

真情を吐露するメアリ

「一種神聖なもの」としてのショールはメアリのキャラクター構築に応用される。美しいと自認し、貴婦人になりたいという野心を抱くメアリは当初、道徳的に危険なタイプとして描かれる。お針子という職業には「不道徳」神話がつきまとったとロジャーズは指摘するが[18]、彼女がこの職業を選んだのもファッション・コンシャスでいられるという浮ついた理由からだった。工場労働者の娘で、見習い中の貧しいお針子にすぎないメアリが、どんな程度であれ、服に興味を持つことは不道徳と隣り合わせである。彼女はマーガレットに会うために、「かなり新しい青色のメリノの服」を選ぶ。ギャスケルはその理由を、「メアリは人に強い印象を与えることが好きだったし」、「おとなしくて貧しいマーガレットをあっと言わせ」（第四章）たかったと、虚栄心に帰している。これは後に、父に対する反抗心や階級上昇の憧れとないまぜになって、カーソンへの屈折した恋愛感情へと成長する。

> そう、メアリには野望があった。だから、カーソン氏が金持ちであり紳士であるからといって、好意が減るものでもなかった。何年も前に叔母のエスタに仕込まれたパン種が、メアリの小さな胸の中で発酵し、そしておそらく、金持ちや家柄の良い人に対する父親の毛嫌いが、なお一層それをかき立てたのであろう。
> （第七章）

カーソンは、裕福だが軽薄な青年で、メアリの父親が雇われている工場経営者の息子である。

このまま彼女の虚栄心と野望が膨らみ続ければ、エスタの二の舞は免れなかっただろう。しかし、カーソンは何者かによって殺害され、幼なじみのジェムが逮捕されると、彼女はジェムへの真の愛情に目覚める。おもしろ半分に二人の男性の気を引いたことを深く悔い、ジェムの冤罪を晴らすべく（これには、真犯人である父親を庇う困難を含む）、証人探しのためにリヴァプールへ赴く。虚飾と不誠実から自制心と愛のキャラクターへの変貌である。ギャスケルはメアリの心情の変化をサリーの服を拒絶させることで示すが、それはメアリが「正直な服」を着る転換点でもある。サリーはメアリのお針子仲間で、ゴシップ好きな浮ついた娘である。彼女は「派手な色合いの晴れ着を身につけ、これみよがしに入ってきたので、その小さなうす暗い部屋はきらびやかで品のないものになった」（第二五章）と描写され、服の好みと低俗なキャラクターの呼応が強調される。その彼女が、出廷するメアリのために黒シルクのスカーフを貸そうと申し出る。しかし、メアリは「お願い、サリー、あれこれ言わないで。こんな時に、洋服のことなど考えられない。」と断り、青のメリノの服に「ひどく粗末な格子柄のショールを掛けて」（第二六章）、リヴァプールへ旅立つのである。サリーは、「あの古い格子柄のだけは止めてね。あたしが今しているこのスカーフの方があれよりもましだと思わない？」（第二五章）と批判するから、メアリの「ひどく粗末な」ショールが慎ましいワーキング・クラスの娘にふさわしい「正直な服」であることが一層、はっきりするのである。

「正直な服」であるメアリの「ひどく粗末な」ショールは、道理の分かるワーキング・クラスと私的な絆を結ぶ。老水夫は、「メアリが非常に貧しく、みすぼらしい服装をしていたのが気に入った」（第二七章）ので、証人探しに協力した。そして、このなりで、彼女はジェムの無実を証明すべく証言台に立ち、自己省察と愛の告白をする。こうして、一枚の「ひどく粗末な」ショールは、ワーキング・クラス女性の質素と勤勉の美徳を綴る「正直な服」から、ヒロインの真情を吐露し、内奥を映し出す言語となった。広く容認されたステレオタイプを抑制の効いた筆致で折り重ねたギャスケルの服装描写は、真実らしさと洗練された文学表現の関係のありようを提起しているように思う。

註

（1）Paolo Mantegazza, *Physiognomy and Expression* (London: Walter Scott, 1889) 299.
（2）Lucy Hartley, *Physiognomy and the Meaning of Expression in Nineteenth-century Culture* (Cambridge, Eng.: Cambridge UP, 2005) 1.
（3）Graeme Tytler, *Physiognomy in the European Novel: Faces and Fortunes* (Princeton: Princeton UP, 1982) 118.

(4) Samuel R. Wells, *The New System of Physiognomy* (New York: Fowler & Wells, 1866) 330.

(5) Alexander Walker, *Anatomical and Physiological Principles* (New York: Langley, 1845) 337; Robert Rogerson, *What the Eye Can See in Human and Animal Character* (Edinburgh: Menzies, 1892) 155-62.

(6) Anon., *The Habits of Good Society* (London: James Hogg, 1859) 161.

(7) Anthea Jarvis, *Liverpool Fashion* (Manchester: Merseyside County Museums, 1981) 9-10.

(8) Christina Walkey, *The Ghost in the Looking Glass* (London: Peter Owen, 1881) 14.

(9) Mariana Valverde, "The Love of Finery: Fashion and the Fallen Woman in Nineteenth-century Social Discourse," *The Victorian Studies* 32 (1989 Winter): 170.

(10) Henry Mayhew, *London Labour and the London Poor*, 4 vols. (London: Dover, 1968) 4: 214.

(11) Flora Thompson, *Lark Rise to Candleford* (London: Penguin, 1973) 155.

(12) Alice Mackrell, *Shawls, Stoles and Scarves* (London: Batsford, 1986) 68-72.

(13) *The Athenaeum*, 9 May 1874.

(14) *The Illustrated London News*, 23 May 1874.

(15) Lionel Lambourne, *Victorian Painting* (London: Phaidon, 1999) 384.

(16) Dianne Sachko Macleod, *Art and the Victorian Middle Class* (Cambridge, Eng.: Cambridge UP, 1996) 245-46.

(17) Lady Dorothy Nevill, *Under Five Reigns* (London: Methuen, 1910) 335-36.

(18) Helen Rogers, "The Good Are Not Always Powerful, Nor the Powerful Always Good," *The Victorian Studies* 40 (1997 Summer): 591.

第一二章

食

――書簡が語る食と生――

宇田　和子

ギャスケル肖像写真（1864年頃）

Chapter 12

Eating: Food and Life through Gaskell's Letters

Kazuko UDA

第一節　生活習慣病と食生活

本稿の口絵は、『妻たちと娘たち』（一八六四～六六年）の執筆に取りかかり始めた頃、すなわち一八六四年頃のギャスケルの写真である。白い襟の付いたフロックを着て、草葉模様のショールに包まれて、ゆったりした雰囲気で、しかし背中は伸ばして椅子に座っている。胸は豊かにふくらみを帯びている様子。額は広く、目尻はやさしく下りており、口元にはこれまたやさしい笑みを浮かべている。この写真を遠目から見た印象は、知的で穏和、ある程度のお金と地位を持つ中年のご婦人、であろう。

しかし同じ写真に目を近づけて、細部まで見てみよう。すると顔の細部が見えて来る。額にしわ、目の下にはたるみがある。肌にはしみとおぼしき斑点が、何と多いことだろう。下がった目尻も陰を含み、くぼんだ眼窩と合わせれば、ものうさがどこか匂い出す。ショールからちらりとのぞく片方の手は、ぷっくりとふくらんで、胸のふくらみと合わせれば、肥満の身体が推定される。実はこの写真、寄る年波と疲れを写す一枚ともなっている。

そして実際、この写真からわずか一年ほどの後、一九六五年一一月一二日、ギャスケルは突然に死去をした。まだ五五歳であった。ホリボーンの新居の客間で、娘たちと婿と友人たちと談話中、突然に言葉がつまり、前のめりになってミータの腕の中に倒れこみ、ほぼ即死した。駆けつけた医師は、死因は心臓病であるとした。心臓の不全が元となって、呼吸が停止したと言う。ギャスケルが心臓に病を持つことは、本人も誰も気がついていなかった様子なのだが、夫人の実父は心臓麻痺で亡くなっており、「ラム伯母さんが小さな血管を壊してしまい……それ以降、ずっと寝たきりになっています」（*Letters* 1）と、結婚間近のエリザベスは一八三二年三月二〇日付け書簡で書いている。循環器系の病に夫人の家系的要素を感ずるが、この系統の病で突然亡くなることは、夫人の周りで他にも例のあることだった。ディケンズは一八七〇年、公開朗読会で丸一日働いて、脳卒中に見舞われて、その翌日に五八歳で亡くなった。サッカレーは脳出血のため、書きかけの原稿を残して一八六三年、五三歳で亡くなった。そして図①は、サッカレーが創作への活気をもとめ、好んで行ったクラブの厨房模様である。

心臓が血液を循環させる要の臓器であることは、既に十七世紀のイギリスで発表されていた。チャールズ一世の侍医も勤めたウィリアム・ハーヴェイが一六二五年『動物の心臓ならびに血管の運動に関する解剖学的研究』を出版し、血液循環論を唱えていた。今日においては、心臓病や脳卒中や糖尿病、そしてこれらの疾病の元となる肥満や高血圧や高脂血症は、「生活習慣病」であるとされている。毎日の生活習慣、すなわち食事や行動における繰り返しが生活環境と絡み合い、加齢と共に発症

図① ジョン・タリング「リフォーム・クラブ厨房」(1842年)
左手にベレー帽をかぶったシェフ、アレクシス・ソワイエの姿が見える。

が増加する病である。ギャスケルを通して、ヴィクトリア朝前半を考察しようとする時に、夫人自身と夫人の血縁者や友人文学者において、生活習慣病が散見することは注目に値する。この種の病を検討することで当代社会が見えるだろう。中でも病の最大要因、食習慣を検討することは、我々にギャスケル時代の一端を知らせてくれるだろう。

そして本稿では、ギャスケルの食生活を検討する。検討の導入に用いるものは夫人の書簡である。書簡は読み手を大前提としているから、わかりやすさに配慮があり、客観性・論理性を有している。そして書簡は公的私的な種々のものを含むから、儀礼的な状況も、家族内といった打ち解けた状況も見て取れる。書簡は真実を知ろうとする時の良き入り口となるのである。そして本稿が依る書簡集は、チャプルとポラードが一九六六年に編集・出版して、一九九七年にマンチェスター大学出版局のマンドリンから再版した『ミセス・ギャスケル書簡集』、その中でも日付のある書簡を基盤とする。一八三二年三月二〇日付けから一八六五年一一月九日付けまで、すなわち結婚を半年後に控えた頃から死の三日前のものである。日付において編者たちが「?」を付しているものもあるが、本稿では疑問符付きでも、妥当な日付と編者たちが判断したものと解釈し、出典記載の際は「?」は省略して記述する。

第二節　飢えと渇望と

ギャスケル書簡に目を通して行くと、夫人は、実に良く食べていたと思われる。『書簡集』の中で第二番目に収録されているイライザ・フォックス宛の一八三二年九月一七日の手紙において、夫人は北ウェールズへ行ったハネムーンの食欲を書き記している。「私たちの食欲を見たとしたら、あなたは驚嘆することでしょう。……バラッドに歌われている伝説的な竜だって私たちに比べれば食べていませんよ」(*Letters* 2-3)。大きな食欲には、新婚旅行であることや山の空気が身体に合ったことも起因していただろう。しかし結婚から二十五年の後、一八五八年五月一〇日および一四日付けでエリオット・ノートンに宛てて書いた、シルヴァデイルの休暇でも元気に食べている。

私たちは中庭越しに、ベルなど使わないでとっても原始的なやり方で、台所へ向けて叫んでやるのです。「お湯を持って来て」とか、「ジャガイモをもっと」とかいった具合です。中庭は雨が降っていなければディナーを取るには良い所ですが、もともとシルヴァデイルは開けていない場所なので、羊の脚肉を手に入れることができるだけでも幸福としなければなりません。私は、猟犬みたいにお腹を空かせた十五人の人に小海老とバタ付きパンのディナーを出したことがありますが、パンをもっと欲しいと言われ、「パンを買うには六マイル離れたミルンソープまで行かなければなりませんので」と、オートケーキで我慢をしてもらいました。(*Letters* 504-05)

周囲の人の食欲もさかんだが、夫人が他の人とにぎやかに食べることが好きだったことが推定できる。

そして夫人の食欲は、死の直前まで衰えることがなかったと思われる。一八六五年一〇月に、優れぬ健康の回復を願い、夫人は娘たちを伴いフランスのディエップへ旅をした。「ニューへイヴンに午後の四時ころ到着し……宿屋でとても心地の良いディナーを食べて、そして寝ることにしました。八時に寝てそのままぐっすり眠り、目が覚めたら朝の八時となっていたので、いわゆる朝ご飯は食べませんでした。でも二切れの羊の厚切り肉を食べ、ビター・ビールを飲みました」(*Letters* 778)。そしてディエップに渡り、ホテルの快適な部屋に落ち着いて「朝食はコーヒーとパンとバターを自分たちの部屋で食べます。お昼はいつでも好きな時に食堂の小さなテーブルで、ココア、冷肉、パンにバター、ヌシャテル・チーズ、そしてブドウ。ディナーは大テーブルで、スープ、魚、お肉が二種類出されて、プディングがあってデザートがあって……ワインを飲むなら別料金がいります」(*Letters* 778)。十二時間眠って肉とビールを食べるという、成長期の年齢にあるかのような睡眠と食欲を示す夫人は、さらに、ホテルのビュッフェやコース料理にうれしそうな様子である。

夫人は食べることに積極的だったから、忙しさも手伝って、書きながら食べることもした。一八五四年五月、ジュリアに宛てて、「この手紙はお昼、いえディナーを食べながら書いています。ハムサンドイッチとビールよ」（*Letters* 293）と、四代目サンドイッチ伯爵に感謝をしなければならないような事を書いている。

食べるとは、夫人にとって天国であったらしい。「天国とは、すべての本と新聞が聖ペテロによって禁止されている所だろうと思い始めています。そこでの娯楽は、屋根なし馬車に乗ってハローへドライヴすることと、クリームをかけたイチゴを永遠に食べていることです」（*Letters* 746）。編集者のジョージ・スミスに宛てた一八六五年二月の手紙である。この頃夫人は『妻たちと娘たち』の原稿書きに苦しんでおり、同じ手紙に「頭を絞ることにとても疲れてしまいました。身体が決して強くないと感じている時ですし」とも書いているのだか、夫人が二つ挙げる娯楽の一つは永遠に食べることである。夫人にとって食は楽しみであり、食欲は肯定されるものなのである。

だが、ギャスケルのこの時代、食べたいという気持ちや食べるべきであるという考えは、一般のものであっただろう。飢えが蔓延していて、多くの人々が食べることを望んでいたからである。飢えの原因には社会的なものと自然的なものがあった。社会的な原因を考えてみれば、イギリス政府は一八一五年「穀物法」を制定し、輸入小麦に対する関税を操作して、国内の農業資本家の保護を図った。イギリス国内の小麦価格は国際市場価格と連動せず、結果として、国民は高いパンを食べる事を余儀なくされた。ところが一方、十八世紀を通して工業化が進行し、農地は工業材料を生産するために囲い込まれ、零細農民は共有地も小作農地も失って離農して、パンを買う身となってした。農村は疲弊をし、生活地周辺において自給自足で食料を調達することは困難だった。農村にいても農産物を満足に口にできない、という不思議が生じていたのであった。そして、工業化とは家内手工業から工場における機械生産への移行であったから、家内手工業者も職を失い、職のかたわら自家用食物を栽培することもできなくなっていた。食べる物はお金を出して買う時代となっており、離農農民も廃業手工業者も、新しい職業、すなわち工場労働と、そして工業化に伴って進展した商業に賃金を求めようとした。人々は工業都市・商業都市へ流入したが、過剰労働力は低賃金を意味する。都市にはパンさえ買えない人があふれた。

社会的な要因で食品価格が変動し、失業や低賃金で購買力が低下して、人々が飢えに陥ることもあった。が、自然の要因が大きく作用する場合もあった。不作である。イングランドにおいては、一八四〇年から四一年にかけて天候が不順で大凶作となった。いわゆる「飢餓の四〇年代」の始まりである。そしてアイルランドでは、一八四五年から四九年にかけて「ジャガイモ飢饉」が起きていた。アメリカ渡来の棒状菌によってアイルランドの土壌が汚染され、そこに天候の不順が重なって、アイルランドでは主食であるジャガイモが壊滅状態となったのだった。もっとも、自然の要因の背景には、社会的要因も存在していた。アイルランドは不在地主の土地だったから、農業生産技術も小作農の生産意欲も、もともと高いものではなかった。そしてジャガイモの根腐れ病が発生して以降、たとえ農作物の種が入手できても、小作農たちは植え付けようとしなかった。何かが採れても地主に取られ、自分たちの口には残らない。農耕の苦労をして取り上げられるより、農耕を放棄して不毛の地を逃れる方が、アイルランド人にはむしろ希望と感じられた。海を渡って移民して、イギリス本土や新大陸に食と職を求めたのである。イギリス本土を行く先と定めた場合、一番近い港はリヴァプールだった。移民はまずリヴァプールに渡り、そして他の都市へと流れて行った。[1] ギャスケルの住むマンチェスターはリヴァプールに近い工業都市であったから、流れて来た飢えた人々を見ることは、よくあることだったろう。そしてマンチェスターでは以前から、低賃金労働者たちが食べていけるかどうかの生活をしていたから、飢えと渇望は日常のことだった。『メアリ・バートン』（一八四八年）の第一章で、貧困と空腹に苦しむマンチェスターの人々が、寄り合い助け合ってつましいティーを営む風景には、食べることが大きな喜びであったことが示されている。

　そして、食べることができる人にとって、食は満足と優越を与えるものだった。図②はエドワード・リピンジルが一八二四年に描いた「旅行者たちの朝食」である。ワーズワスらロマン派詩人たちが旅館で朝食を取っている様子を描いた虚構画であるが、ギャスケルが十四歳であった頃の、食べることへの優越感、そして気取りが見て取れる。ギャスケルは幼い頃から身体が弱かった。育ててくれたラム伯母は、子の健康に気を遣い、体力を付けさせるために食べさせようと意を払っただろう。そしてエリザベスは結婚し、今度は夫の食事を気遣う身となった。自分の子どもが生まれ、夫人はさらに子たちに食べさせる責任を負う身となった。家には召使いもいたから、召使いたちに賄いをすることも仕事であった。その上さらに、夫人は牧師の妻であったから、教区民に慈善の食べ物を配慮することも仕事だった。「クリスマスが近いから、私たちの貧しい人々のために牛肉を注文してください。メアリ・ムアのために二ポンド、ファニー・ヒンドレーのために三ポンド……」（メアリアン宛、一八五三年一二月一三日付け手紙、*Letters* 258）。

　世の中が食べたがっている時代に生まれて育ち、妻・主婦・母として食べさせる仕事に就いたから、エリザベス・クレグホーン・ギャスケルが、食べたいと感じ、食べることは大切と考え、そして食べることは楽しみとする、食に積極的な基本姿勢を形成して行ったのは自然なことであっただろう。

図② エドワード・リピンジル「旅行者たちの朝食」(1824年)
ワーズワス兄妹やコールリッジ、ブリストルの名門チャールズ・エイブラハム・エルトン卿など、当時の各種有名人が盛り込まれている。

第三節　足りてなお

ギャスケルの周りに飢えは依然、存在していた。が、変化を見せていた。夫人の結婚生活は一八三二年から六五年の三十三年間に渡っている。三三年間を機械的に半分に区切ると、分岐の年は一八四九年となる。機械的な分岐なのだが、夫人においては実質的な分岐ともなっている。一八四八年の『メアリ・バートン』の出版以降、彼女は有名な作家となったからである。名声も収入も大きくなったが、執筆の負担や社交の義務が、夫人の生活に格段に重くなって加わった。一八四九年五月一九日、メアリアンとミータに宛てて書いたロンドン訪問の状況を読むと、作家ギャスケルのビジネス・トリップにおけるタイト・スケジュールが窺える。「日曜日は、私たちはハウイット家で朝食を取り、それから教会に行き……ヘンズリー・ウェッジウッド氏の所でディナーを取りました。月曜日は、かつて住んでいた家をもう一度見るためにチェルシーへ行き、カーライル夫妻に別れの挨拶をして……ディナーに出かけてディケンズ夫妻と会いました。……そして何とまあ、きのう、私たちはロジャーズの朝食に招待されたのですよ」(*Letters* 79-80)。

サミュエル・ロジャーズはイギリスの詩人であるが、芸術愛好家として知られていた。父の遺産と銀行業務を継承して莫大な資産を有し、自宅に美術品や骨董品のコレクションを展示して、地位・身分のある人や有名人を招きサロンを形成した。彼の朝食は有名で、これに招かれることは芸術を理解できる人として認められたことを意味したから、名誉なことだった。だから、ギャスケルに二年遅れて一八五一年六月二一日、シャーロット・ブロンテが彼の朝食に招かれて、大変素直に大きな喜びを持って父への手紙に書いている。「あの愛国詩人の、今は八七歳にもなるロジャーズ氏が朝食に招いてくれました。彼の朝食というのは（いいですか、パパ、わかってくれなければならないのですよ）、その特異な洗練と趣向のためにヨーロッパ中で称賛されているものです。彼は自分と三人の客というように、四人以上がテーブルに就くことを決して許しません」(2)。

作家としての名声が高まるにつれ、ギャスケルの食事は社交の場としての性格を強めて行った。一八五三年五月にロンドンへ行った折など、「私のためにここで大きな晩餐会が企画されています。――トマス・マコーリー、ヘンリー・ハラム、サー・フランシス・パルグレイヴ、そしてキャンベル卿が参加します。今晩は別の晩餐会があり、火曜日はモンクトン・ミルンズ家でディナー、木曜日はディケンズ夫妻の所でディナー、そして一日はカーライル氏のために出かけなければなりません」(*Letters* 232)。夫人の食事予定は、まるで当代名士人名録を読むかのようである。

そして、招かれれば招き返し泊まれば泊めるのが、当時のおつきあいだった。一八五七年の夏、マンチェスターで美術博覧会が開催された時期、プリマス・グロウヴは大変だった。家に見物客を泊めなければならなかったからである。

今、私はとても疲れています。……ああ、ベルが鳴る。あっ、来客だわ、という具合。私たちの家は一杯だったのに、もっと一杯になっています。誰でも博覧会を見たいでしょうから、閉会までの二週間はこれまで以上に混み合うでしょう。私は来る人皆をとても好きですが、でも自分に鞭打って、しかるべきもてなしの気持ちを奮い立たせるのは難儀です。メアリアンから「感じ良く振る舞おうとして、くたびれないの、ママ？　私なら、気を抜いて、不機嫌になって、黙りこくっていたいわ」と言われました。(*Letters* 475-76)

この手紙は、チャールズ・エリオット・ノートン宛、一八五七年九月二八日付けの手紙である。無理をしてホスピタリティーに努めているのが、実の娘には良くわかる。そして我々としては、夫人の一つ下の世代が、社交の義理から一歩自由になりつつあるのが良くわかる。

生来のやさしさと真の友情も加わって、ギャスケルはホスピタリティーに努めたのだが、夫人自身は料理ができたのだろうか？　料理人まかせではなかったのだろうか？　書簡には料理をした旨、書き送っている。一八五〇年八月、ケイ＝シャトルワス卿に招かれてウィンダミアに滞在したが、「K・S卿夫人が病気だったので、滞在中ずっと朝食を作りました」（*Letters* 124）。朝食は無冠詞となっていて「私の」といった限定もない。しかし、"made" であって "cooked" とは書いてない。

ギャスケルは、料理の腕を自慢してもいる。一八六四年七月三〇日、ジョージ・スミス宛である。「私の料理の腕前を軽く見ないで下さい。あなたはいつも、私は役に立つことは何もできない、と思っているようですが、もしもあなたが家へ来たら、大きな切り身の入った伊勢海老ソースを作って、たっぷりの溶かしバターを添えますわ。先日作ったようなマヨネーズは、言うに及ばずお出しします。あのマヨネーズは、食べた人すべてが口の中でころがしてくれました」（*Letters* 738）。夫人はこのように料理上手を宣伝しているが、夫人の実際的な料理の腕に関しては、「役に立つことは何もできない」としたジョージ・スミスの慧眼に敬意を表すべきと思われる。夫人は料理をしていたけれど、日常の料理を自分の本来業務と思っておらず、従って料理上手ではなかっただろう。

一八五三年一月のある金曜日に書いた、メアリアン宛の手紙が一つの証拠となる。

きのうの晩、私たちは食堂で、私たちだけのためのティーを作って始終笑いころげていました。セリアと私はハムエッグを作り、あなたが今まで食べたことのないくらい良い出来でした。私たちは脂を火にかけて、脂が火を吸って燃え上がったので、燃えるフライパンを手に、子どもたちが叫ぶ中、ドアから窓から部屋の外へ走って出ました。フライパンを階段に置いてやっと火は消えましたが、炎を上げる脂には決して水を掛けてはいけませんよ。それが私の経験です。トーストは一流ではありませんでした。私たちは道を極めたコックのようだったのですが、良く出来たのは一品だけ。（*Letters* 857）

親しい友人・家族と、食堂でティーを作るという状況ではあるが、結婚二十年のベテラン主婦であるはずのギャスケル夫人が、おままごとで遊んでいるかの雰囲気である。「あなたが今まで食べたことがないくらい」「私の経験」という記述から、子どものためなど料理をしていたことは確かであるが、このティーで良く出来たと判断するのは一品だけという腕である。しかしそれにしても、ジョージ・スミスへの自慢の手紙とメアリアンへの楽しそうな手紙の二通の中に、溶かしバター・マヨネーズ・ハム・卵・燃え上がるほどの分量の脂が記載してあって、夫人とその時代は高カロリー・高コレステロールがごちそうだったし好きだった様子である。

だが、料理ベタであったとて、夫人を責めてはいけない。夫人の姿は当時の中流家庭の普通であり、むしろ夫人は、当時の家政教本が教えるところを実践していたかに感じられる。ギャスケルの時代において、最も有名な家政教本は『ビートン夫人の家政書』である。イザベラ・ビートンは結婚して主婦業務を始めてみて、新米主婦に家事を教える適切な書物がないことに気がついた。それなら自分で書いてみようと、一八五七年から五九年の二年間、夫が編集出版する雑誌に家事指南を連載し大好評を得て、そして一八六一年夫の出版社から書籍として出版した。

ちなみにミセス・ビートンが亡くなったのはギャスケルと同年の一八六五年である。わずか二十八歳だった。原因は、第四子出産における産褥熱だった。出産には母子ともに死の危険がつきまとい、産後においても、親と子でどちらが先に死ぬかわからない、というのがこの時代だった。

そして『ビートン夫人の家政書』は、第一章を「女主人」に当てている。第一章第一項でまず述べられているのは、「家の女主人とは、軍の司令官・企業のリーダーです」。女主人は自らが働く人でなく、命令する人・主導する人なのである。続けてミセス・ビートンは、早起き、清潔、倹約を教え説き、そして第一章全五十四項目中の第八項で「もてなしは最上の美徳です」と述べ、第十七項では「家事使用人の雇用は、女主人の判断力が切に発揮されるべき分野の一つです(3)」と述べている。ミセス・ビートンに従えば、女主人自身が料理上手である必要はなく、料理人を巧みに使って日常やもてなしを行えば良いのである。そしてギャスケルは、アン・ハーンという、料理人ではないけれど、良き召使いを持っていたから、夫人の判断力も優れたものであっただろう。

『ビートン夫人の家政書』は千頁以上の大著であるが、その約九十パーセントが料理に関する記述であり、料理書としても有名である。料理関連は「台所設備と食経済」に始まって、スープ、魚、肉、そしてクリーム、ゼリー、スフレ、アイスクリーム、そしてディナー・メニューと四十人用のピクニック・メニューで終わっており、広い料理素材を対象に、倹約を旨とする料理から豪華な料理まで、多岐多様である。そして、図③はミセス・ビートンがイラストで示す、デザート類である。

しかし、一八五〇年代後半において、贅沢品や見栄を張る料理や海外から渡って来たおしゃれな食品の情報が、当時の中流女性に大人気で読まれたということは、飢えが蔓延していた十九世紀前半の状況から、英国が徐々に変化していたことを示しているのではなかろうか。

では英国の変化を思い出してみよう。一八二九年にカトリック解放令が出され、三二年には第一回選挙法改正が通り、三三年には工場法が成立していた。貿易に関しては、東インド会社が一八一三年にインド貿易独占権を喪失しており、一八三三年には中国貿易独占権を失っていた。チャーティスト運動があった。そして穀物法は一八四六年に廃止された。イギリスは自由主義・民主的な政治・経済・社会の方向を取り始めていたのだった。

イギリスの方向変化は、茶を例にしても見て取れる。十七世紀初頭にもたらされた中国からの珍しい飲み物、茶は、高価な品だった。しかし、高価であるがため利益も大きく、東インド会社を通して、あるいは密輸によって、輸入は積極的に行われ、十七世紀にコーヒー・ハウスで茶が提供されるに至って新興の商業人に普及した。一八世紀には、男性のみが入ることのできたコーヒー・ハウスに加えて男女が入れるティー・ガーデンが人気となり、そしてイギリス政府は一七八四年の法案で、茶税を一二〇パーセントから二〇パーセントへ下げたから、茶は家庭内へも入って行った[4]。茶器の発達も促され、ウェッジウッドが創業したのは一七五九年のことだった。十九世紀に入る頃には、茶は家庭の中へ浸透していた。しかし、依然、高価な品だった。エミリ・ブロンテ作『嵐が丘』（一八四七年）は、作品のオープニングを一八〇一年に設定している。そのオープニングで、ロンドンからヨークシャーの片田舎へ借家人としてやって来たロックウッドが、家主のヒースクリフを訪問している。嫁であるキャサリン・リントンは、客ならお茶を出さなければと考えて、茶入れに手を伸ばすのだが、茶入れは暖炉の上にあって、ほとんど彼女の手の届かない高さに保存されていた。茶は、イギリスの辺鄙な地方にまで浸透していたけれど、容易には手の届かないよう配慮される品だったのである。

図③ ミセス・ビートン「プディングとペイストリーに関する全体説明」『ビートン夫人の家政書』（1861年）第26章の口絵

しかし、お茶が十九世紀のイギリス人の生活シーンに浸透していたことは、前掲図②の、エドワード・リピンジルが一八二四年に描いた「旅行者たちの朝食」に見て取れる。ワーズワスと彼の妹と、サウジーやコールリッジといった友人たちが、旅館で朝食を取っている。テーブルの中央を占めるのは大きなティー・アーンであり、お茶はポットを用いて注がれて、そしてこの旅館の朝食メニューは、お茶にトースト、丸型のティー・ケーキ、ゆで卵であったと見える。テーブルは暖炉に接近して据えられており、暖炉に手・足をかざす人もいるから、寒かったのであろう。そして朝食の後一行は、窓の外で待っている駅馬車に乗り込むこととなっている。この画はリピンジルによる虚構画なので、一八二〇年代のイギリスの旅と食事の特徴が盛り込まれることとなっている。駅馬車時代の旅の難儀がしのばれる。宿の様、食べ物や給仕の状況が推察できる。

そして、十九世紀初頭では、茶よりもコーヒーの方が安かったと思われる。シャーロット・ブロンテ作『ジェイン・エア』（一八四七年）において、ジェインは三〇年前を回顧して、慈善学校ローウッドの生徒たちの食事が少量で品質の悪いものだったことを語っている。この学校では朝食に、お茶は「先生たちのため」にのみ出されている。午後五時を過ぎた頃に生徒たちに出される夕刻の食事は「小さなマグ一杯のコーヒーと、黒パンの半切れ」（第五章）となっている。実はイギリスは十九世紀前半に、茶の国へ転じたのであった。一八二三年インドのアッサムでロバート・ブルースが野生の茶種を発見し、国民飲料を開発しようとしていたイギリス政府は、タンニンが多く紅茶に適したこのアッサム種の栽培と紅茶製造に力を注ぎ、初のアッサム紅茶がロンドンで競売に付されたのは一八三九年のことだった。そして、七代目ベッドフォード公爵夫人アナによってアフタヌーン・ティーが始められたのは、丁度この頃、一八四〇年代と推定されている。

そして、英国の食生活の変化の象徴は、一八五一年の「大英博覧会」であろう。五月一日から一〇月一一日まで、一四一日の会期中、入場者の三分の二は最も安いシリング券で入場した。これは大英博の客の主体が庶民だったことを意味している。そして会場での飲食は、アルコール類が禁止されていたので、ソーダ水・レモネード・ジンジャエールが一一〇万本、小型丸パン九三万個、ハムが三三トン、肉類が一一三トン売れた。[5] 庶民は物見をして、ソフトドリンクを飲み、ハムや肉を食べていたのである。

大英博はまた、ヴィクトリア朝前半の食事情を凝縮するかの一人物を導入する。アレクシス・ソワイエ（一八一〇〜五八年）である。本稿の図①で示したソワイエは、一八三〇年のフランス七月革命を逃れてパリからやって来た。そしてリフォーム・クラブの名シェフとなり、クラブハウスの新しい厨房を設計し、新しいレシピや調理器具を編み出し、料理をして接客を楽しみ、そしてサッカレーの喜ばしき友人であった。ソワイエはイギリスの外食に、新たな娯楽性とグルメ性を創造した。彼は富裕者や美食を求める人々のために働いたがそれだけでなく、貧しい人々のためにも働いた。例えば一八四七年春、イギリス政府に請われ「ジャガイモ飢饉」のダブリンに渡り、無料のスープ配給所を設計してそれを運営し、難民の救済に尽力した。あるいはまた、一八五〇年、大英博間近の頃、アルバート公は大英博への関心を高めるため、三月二一日、各国大使や英国貴族、政界や財界の名士たち、そして英国大都市市長たちを、ロンドン市長公邸に招いて大宴会を催した。招かれた市長たちは返礼のため、今度はヨークのギルドホールに、アルバート公とロンドン市長を主賓に招いて大宴会を開催した。このギルドホール大宴会のケイタリングを請け負ったのはソワイエだった。しかし、彼は制約を嫌う人だったから、禁酒といった制約の多い大英博には入札を試みることとさえしないで、ハイド・パークに道一つ隔て、現在ロイヤル・アルバート・ホールが建つ所、ゴア・ハウスを借り切って「万国美食の饗宴」を経営した。大英博が大衆に目を注ぎ節度を強調したとするならば、通りの向こうは、富裕層を対象に、豪華・奇抜・酒・アトラクションといった娯楽性を強調したイヴェントだった。「万国美食の饗宴」は一日平均千人の入場客を得るという盛況だったが、道徳を重んじていたイギリス政府は快く思っておらず、イヴェントに更新許可を与えなかった。結局「饗宴」は、七千ポンドの赤字を出して閉じられた。ソワイエは自費で赤字を補填した。その後ソワイエは、政府に志願をしてクリミア戦争に派遣され、ナイチンゲールの良き友となって戦場を回り、戦士の給食改良のために働いた。が、クリミア熱に罹り、帰国後も十分に健康が回復しないまま、落馬がもとで一八五八年に亡くなった。

ちなみにソワイエが熱愛した妻エマは、一八四二年、わずか二十九歳で亡くなっていたが、死因は、臨月にあった彼女が雷におびえ急に産気づいたためだった。ここでもまた、産みが死だった。[6]ソワイエの生涯を見てみると、英国料理がフランス料理の影響を受けたこと、食べることのできない人もいたけれどグルメ層も増大したこと、外食が発達したことなど、イギリスのこの時代が見えてくる。そしてギャスケルは、ナイチンゲール一家と親しかったが、ソワイエの知り合いでもあった。一八五四年一〇月一七日、フローレンスの姉パーセノピに宛てて「ソワイエと一緒に、あの豚の所、そして温室へ行きました」(*Letters* 313) と書いている。

ソワイエは生涯で料理書を七冊出版している。彼の料理書もまた、貧しい人・中流の主婦・美食を求める層まで、幅広い人々を対象としている。そして料理書の歴史も、イギリスの食の変容を知る手掛りとなる。エリック・クエイル『古い料理書——挿絵入りの歴史』によれば、西洋において料理を書き記すことは歴史と共に存在し、古代エジプト人は焼いた粘土板にレシピを残している。英語を用いて初めて活字印刷された書は、リチャード・ピンソン『料理の本』(一五〇〇年) であった。古い料理書の多くは、身分の高い人々が、自分たちの食事内容を他者に知らせて富を喧伝することを目的とした。時代が進み、毎日の食事を作る主婦のために作り方が書かれるようになった。中流主婦を対象にした最初の料理書出版は、ミセス・ハナ・グラスの『料理の技術——質素に簡単に』(一七四七年) と考えられる。実用的な料理書として人気を集めたのは、イライザ・アクトン『個人の家庭のための現代料理』(一八四五年) であった。何オンス、何ポンド、何分間といったふうに、計量が記載してあるので使いやすさは増しただろう。[7]そして一八六一年のミセス・ビートンとなると、計量だけではなく、何人分であるかも費用金額も記載されており、そして、高価な料理と社交のためのメニューが多い。このような料理書の歴史が語るのは、料理情報を求める中心が中流階級へ移行したこと、中流階級が実用から贅沢へとゆとりを得ていったことである。

ゆとりをもって食べることができるのは、幸福とすべきことだろう。しかし、ゆとりをもった結果の、嬉しくはない側面も存在する。別面も見て我が身の全体像を知るためには、大きな姿見が必要である。往々にして異国は自国を知るための大きな鏡となるから、アメリカから来たナサニエル・ホーソーンの目に、イギリス人がどう映ったかを見てみよう。「中年のジョン・ブルほど、見て美しくないものは、まずないだろう。大きな身体に付き出た下腹、脚は短くて斑が出て、あごは二重……」『イギリス・ノート抄』（一八七〇年）の一八五三年八月四日付け記述である。[8] 大英博が終わって二年が経つ頃、イギリスは肥満が目立つ国となっていた。

食べ過ぎが続けば肥満は当然と、我々ならば考える。だが、ヴィクトリア朝の人々に適正な分量という概念はあったのだろうか？　イギリス人の食生活を中世から辿った書『イギリス人の食べ物』（一九五七年）において、J・C・ドラモンドは「生活するために基本的に必要な食べ物については、何も知られていなかった。必要量を推定する唯一の拠り所は、今現在の消費量を必要量とすることだった」[9]と述べ、そして十九世紀を、ヨーロッパにおいて、栄養科学が創起され成長していった時期とする。ドイツ人リービッヒを基として、栄養素を規定したり、食品の熱量を測定したり、労働に合わせて食品必要量を算定したり、といった試みが進行した。そして同時に、栄養学と化学が共同し、当時の食品偽装を摘発していった。

では、ヴィクトリア朝前半の一般人の栄養知識を、一般人向けの家政読本で見てみよう。J・H・ウォルシュ著『家庭経済マニュアル＝年支出百五十ポンドから千五百ポンドの家庭のために』（一八五七年）を検討すると、全十巻中の第六巻が食生活に当てられており、巻頭概論はまず「イギリス本土において活動的な男は、パン、チーズ、肉、野菜、乳という固体食品を約二ポンドの重さ消費するのが良いと推定される」[10]と述べている。現代の我々は、食品分類が粗雑で、乳が個体食品とされていることに驚かされる。続けてウォルシュは、多種の食品を摂取すること、牛肉と野菜を一緒に煮込むことなどを、自分の経験から、として教えている。この家政読本は、初版が一八五七年で再版が七七年であるから、ヴィクトリア朝前半の人々に「栄養」や「適正量」に関する知識が普及していたとは思えない。

食事情の変化をまとめて考察すると、この時代、食品供給は増大し購買力は上昇し、過剰摂取も可能となり食べる娯楽は普及したが、食生活を管理する科学や知識が不足の状態だったと言えるだろう。

第四節　不足と過剰の結果

飢えに囲まれて暮らしてきた人々が、ようやく足りて豊かに食べることができるようになった時、食べ過ぎを自主的に抑える力は弱かっただろう。逆の状況、食べることを嫌悪する精神的な拒食は、中世からの症例が文献に残っており、イギリス文学の作品の中にもそれらしき兆を見せる人物たちがいる。しかし、大きな問題となる病ではなかった。飲酒に関しては、既に悪が大きく叫ばれていた。十八世紀ではウィリアム・ホガースが「ジン横町」（一七五一年）で風刺をしている。十九世紀では、アン・ブロンテが『ワイルドフェル・ホールの住人』（一八四八年）において、酒に身を持ち崩した人々を神の道へ救済することを試みている。確かに「七つの大罪」はあった。しかし、食べ過ぎ・飲み過ぎに警告を発する科学は未発達で、人の知識も不足していた。

未発達は栄養科学のみではなく、医学も発達していなかった。例えばコレラは、結婚前のギャスケル自身がスコットランドへ避難した経験を持つのだが、伝染病であることは立証されていなかった。「気の毒なジョージ・ダックワースの死について書く人はすべて、コレラは伝染しないと言っています。サム・ギャスケルもそう言っています。そして最後の拠り所であるミス・フローレンス・ナイチンゲールが、コレラ患者を監督するために八月三一日にミドルセックス病院へ行きました。看護婦で罹患したのは二人だけで、一人は死亡しましたが、一人は回復したと言っています」（*Letters* 305）。キャサリン・ウィンクワスに宛てた一八五四年一〇月一一～一四日付けの手紙である。コレラ菌が認証されるのは、一八八四年、コッホによるドイツ政府報告を待たなければならなかった。

医学が医学なら、薬学もまた薬学だった。ギャスケルは長年こめかみのチックと神経痛に悩んでいた。しかし一八五三年のこと、夫人の従兄で幾分なりと良い評判を持つ内科医ヘンリー・ホランド卿が、トリカブト精油から作られるヴィラトリア軟膏を、傷付いた神経に相当する皮膚上に擦り込む療法を試みてくれた。それ以来ここ一年は、チックを経験していないとギャスケルは、一八五三年九月二九日ベントレーに宛てた手紙（*Letters* 250-51）に書いている。「薬も過ぎれば毒となる」と言うから、トリカブトの毒も微量ならば薬なる、と解釈できるかもしれない。そして一八五六年九月のこと、ギャスケルはあまりにも長時間、根を詰めて原稿を書きすぎて、長い時間の気絶の発作に見舞われた。医師が呼ばれたが夫人の具合は悪く、医師は海浜へ転地するよう命じ、読むことも小説を書くことも手紙をやり取りすることも禁じ、何もしないでただ食べて寝て、新鮮な空気を吸っているよう指示をした。転地を終えて夫人は家へ戻り、「身体がしっかりとして強くなったとは感じませんが、まあ大丈夫」（*Letters* 415）と、ジョージ・スミスに書いている。

医学・薬学・疫学・環境学・栄養学……すべて科学としての学問が（少なくとも今日の水準に比べれば）未発達であった時代、健康を維持したり健康を回復したりするために頼ることができるのは、転地をする、薬としてのワインを飲む、食べて動かず体力を温存するといったことだった。だから夫人が、自分や家族の健康を願い、当時の教えを忠実に守れば、マンチェスターの汚れた空気を逃れて国内・国外に旅したり、配水管から悪臭が上がってくるプリマス・グロウヴの家を離れて、気候穏和なハンプシャーに居を転じたのは自然なことだっただろう。旅に出て、仕事から逃れ、良い空気を吸ってたっぷりと食べて健康回復を図るのである。幸いに旅は、一九世紀初頭に比べれば、はるかに快適になっていた。交通手段は馬車から鉄道へ移行をし、ホテルが宿泊と食事を提供してくれた。図④は一八六二年に開業したロンドン橋終着駅ホテルのコーヒー・ルームの模様である。端麗な室内には各種飲み物が用意され、軽食を自由に取ることもできたし、うやうやしくボーイに給仕してもらうこともできた。図②で見たロマン派詩人たちの朝食風景と比較すれば、旅の変容がよくわかる。

転地・転居に希望を託し、一八六五年九月、夫人はハンプシャーの家を準備するかたわらスイス旅行を計画し、そしてメアリアンに書いている。「ああ、うんざり！　物事すべて、死にそうなほど大変。でもすべての事のストレスはほとんど終わり

図④ ロバート・ダドリ「ロンドン橋終着駅コーヒー・ルーム」（1862年頃）
この他に、同仕様で少し小さい「ご婦人専用室」があった。

ました」（*Letters* 772）。「ストレス」——長年の多務多重の夫人には、ストレスの重圧もあったのだった。カナダに帰化した生理学者ハンス・セリエが、「ストレス学説」を『ネイチャー』誌に発表したのは一九三六年のことだった。ギャスケルが七〇年以上もセリエの前にストレスを感じ、書き記していたことは興味深い。

そして夫人はストレスからの解放を他の人にも希望して、エドワード・サースタン・ホランドを、一八六五年一〇月二五日付け手紙でホリボーンの家へ招待する。「まだ整っていないけれど、新居へ来てください。パンとチーズと冷肉、オールトン村の名物ビール、お茶とバターを塗ったパンと素晴らしく美味しい牛乳、そして心からの歓迎を差し上げます」（*Letters* 779-80）。歓迎の食べ物は、チーズ、肉、アルコール、バター、そして牛乳。牛乳が「素晴らしく美味しい」のは、新鮮であることに加え、乳脂肪分が高いためと考えられる。これらの食品、現代の目からすると高カロリーと高脂質であるのが気にかかる。こうした食品が繰り返されれば肥満や動脈硬化を引き起こし、さらにそこにストレスが加われば、心臓病や脳梗塞・脳出血の危険が高まるはずである。……そして我々は、この手紙から一ヶ月もたたないギャスケルが、どのような姿だったかを知っている。

ギャスケル書簡を食の観点から検討してみると、ヴィクトリア朝前半に種々の不足と充足と過剰とが同時存在していたことが見えてくる。食べる物には不足と充足と過剰が混在していただろう。食べる意欲は過剰なままで、抑えようとする動きは不足していただろう。料理技術は豊かとなり、娯楽としての食行動はさかんとなって、外食産業は発展した。しかし、栄養学、医学、公衆衛生など、諸科学の発達と科学に関する知識普及は、絶対に不足したままだった。ギャスケルはわずか五五歳で死去したが、一因には、科学知識の不足があったと考えられる。

夫人は一八五二年一二月七日、メアリアンに宛てて「私は中途半端に物を言ったり、別の事を意味してこのように言ったり、ということは決してしてしまいません」（*Letters* 216）と書いている。夫人は真正に真実を語る人だった。そして、自己の死別の悲しみを契機に、自己の生活を素材にして率直な口を用いて書き語り、他者の生における悲しみ苦しみを軽減しようと努めた人だった。こうした人物の死去と、当時の科学の未発達が惜しまれる。だが、種々の不足・充足・過剰が種々の度合いで混在しつつ変容して行く過程、それが人間の歴史の本質だろう。二十一世紀にある我々が、歴史のプロセスに則って、夫人に関する知識を深めて広めようとするならば、知の拡充に資する端となりえよう。

註

（1）Cf. Cecil Woodham-Smith, *The Great Hunger: Ireland 1845-1849* (London: Hamish Hamilton, 1991).

（2）T. J. Wise and J. A. Symington, eds., *The Brontës: Their Lives, Friendships & Correspondence*, 4 vols. (Oxford: Basil Blackwell, 1932) 3: 252.

（3）Isabella Beeton, *The Book of Household Management* (London: S. O. Beeton, 1861) 1.

（4）春山行夫『紅茶の文化史』（平凡社、一九九一年）八〇頁。

（5）松村昌家『水晶宮物語』（リブロポート、一九八六年）二〇三頁。

（6）Cf. Elizabeth Ray, *Alexis Soyer: Cook Extraordinary* (Lewes: Southover, 1991).

（7）Cf. Eric Quayle, *Old Cook Books: An Illustrated History* (New York: Dutton, 1978).

（8）Elizabeth Burton, *The Early Victorians at Home* (Newton Abbot: Victorian and Modern History Book Club, 1973)161.

（9）J. C. Drummond, *The Englishman's Food* (London: Jonathan Cape, 1957) 344.

（10）J. H. Walsh, *A Manual of Domestic Economy: Suited to Families Spending from £150 to £1500 a Year* (London: George Routledge, 1877) 471.

第一三章

住

――住環境にみる産業革命の痕跡――

三宅　敦子

アレクサンダー・ジャクソン・ディヴィス『田舎の住宅』（1837年）より
「アメリカのコテージ」

Chapter 13
Housing: Traces of the Industrial Revolution in Living Environments

Atsuko MIYAKE

第一節　光を遮断されて

「……不潔で煙が立ち込めるむさ苦しいところなんだろう？　マンチェスターに住まなきゃいけないのかい？」
「ええ、そうよ、だってそこに家があるんですもの」
「ふーん、俺は煙が立ち込めるようなところに住めやしないな。……」

これはギャスケルがマンチェスターを舞台に描いた『メアリ・バートン』（一八四八年）第二七章に登場する主人公メアリとリヴァプールの少年との会話である。マンチェスターが煙だらけの都市だというイメージは、『北と南』（一八五四〜五五年）にも登場する。マンチェスターがモデルの「ミルトンは南では出くわさないほど煙たく汚い町だとお認めになりますね」という主人公マーガレットに、ミルトン出身の工場主ソーントン氏は「この町では清潔さは諦めなければならないでしょう」（第一〇章）と答えている。リヴァプールとマンチェスターは十九世紀に発展したイングランド北部の工業都市として十九世紀当時のみならず二十一世紀の今日でさえ、しばしばライヴァルとして比較の対象となる街だ。そのリヴァプールの人に煙しかない都市とけなされるマンチェスターという都市のおぞましさは、ヴィクトリア朝の人ならば誰もが聞き知っていたことだった。一八三〇〜四〇年代のマンチェスターには、経済的な富と新しい社会的価値観を形成する都市というポジティブな見方も存在してはいた。しかしイギリスでも革命が起きるのではないかという不安を抱いていたミドル・クラスの人々が、特にアイルランドから移民が流入し急速にスラム化が進んでいたこの都市に対して、社会的無秩序の都市というイメージを抱くのは容易なことだった。

二十一世紀の現在、十九世紀に支配的であったマンチェスターについてのこの見方を伝えてくれる著名な書物は何かと問われたら、エンゲルス著『イングランドにおける労働者階級の状態』（一八四五年）は間違いなくその一冊に入るだろう。紡績産業で成功を収めた父が経営するマンチェスターの綿工場に送り出されたエンゲルスは、そこで働く労働者たちが置かれた悲惨な状況に心を痛めこの本をドイツ語で執筆した。しかしながら一八四五年ライプチヒで出版されたこの本の英訳がロンドンで出版されたのは一八九二年のことだ。小説『メアリ・バートン』が出版された一八四八年当時、マンチェスターの様子を知るために比較的簡単に入手できたのは報告書やパンフレット、旅行記の類で、その多くには当時の人々であれば読めば身の毛もよだつようなワーキング・クラスの劣悪な住環境が列挙されていた。

ジェイムズ・P・ケイ(1)が書いた『マンチェスターの綿工業に従事する労働者階級の精神的・身体的状態』（一八三二年）は、

第一版が出版されたその年のうちに第二版まで出版されるほどの人気を誇ったパンフレットである。このパンフレットで繰返し描かれるワーキング・クラスの住居は、舗装されておらず水はけの悪い狭い通りに面して建つ換気の悪い湿った家や人目につかない地下室などだ。特に地下室という居住空間は当時のミドル・クラスの人々には衝撃的だったのだろう。ギャスケルの小説にも地下室は登場する。

『メアリ・バートン』で地下室に住んでいる登場人物は洗濯女のアリス・ウィルソンである。バーバー通り十四番地にある彼女の地下室の家をここでちょっと訪問してみよう。

それ［彼女の地下室］は清潔そのものだった。片隅には質素な感じのベッドがあり、枕元にはチェック柄のカーテンが掛かっていた。ちょうど反対側の足元のほうは全面漆喰塗りの壁になっていた。床にはレンガが敷いてあり塵一つないほど清潔だった。もっともあまりにも湿気ていたので、あたかもこの間洗った洗濯物が決して乾くことがないかのように思えるほどだった。部屋の窓は通りにある中庭に面しており男の子たちが石を投げつけるかもしれないので、外側に取り付けられた鎧戸で守られ、奇妙な格好であらゆる種類の生垣用の低木や溝や野原に生える植物で飾られていた。（第二章）

ケイのパンフレットでは湿って空気のよどんだ不潔な場所として描写される地下室が、この引用では非常に湿ってはいるものの清潔感漂う住居として描かれている。ここでアリス・ウィルソンの道徳的性質と彼女の住居との関係に目を向けてみたい。洗濯という清潔さを保つという行為で日々の生業を立てている彼女は、ことあるごとに「神のお恵みがありますように」や「神様お許しください」という表現を口にする信心深く道徳を堅固に守る女性である。現実的に考えれば、洗濯物が到底乾きそうにもない湿った部屋でカーテンを飾り、床を塵一つない状態に保つことは困難だろう。しかしここで考慮すべきことは、その状況が現実的にありそうなことかどうかということではなく、むしろ住人の道徳性と住居の間に相関関係があると認められている点である。

これは何もギャスケルの小説に限ったことではない。当時出版されたパンフレットや報告書等にも認められることだが、ここでは『マンチェスター国内ミッショナリー協会年次報告書、一八三三〜一九〇八年』に注目してみたい。というのもこの報告書と『メアリ・バートン』には共通点が多いからである。この協会は一八三三年にユニテリアン派の指導の下に創設された「マンチェスター貧民宅派遣牧師連」と呼ばれていた組織を母体としてできあがったものである。そして一八四〇年の第六次報告書の時からこの組織の秘書を務めたのは、他でもないギャスケルの夫ウィリアム・ギャスケルだった。この布教活動の動機は慈善ではあったが、貧民を助けてあげようという深い思いと後ろめたさが入り混じったもので、その気持ちは都市部の貧民たちの劣悪な住環境に対する恐怖感から引き起こされたものだった。『メアリ・バートン』に登場する貧しい工場労働者の家の描写は、この報告書に見られるスラム街の描写をあたかもパッチワークのように繋ぎ合せたものだと言っても過言ではない。この小説に登場するダヴンポート家の描写はそのよい例である。

メアリの父ジョン・バートンは親しい友人ウィルソンに声をかけられ、職を失い病の床に就くダヴンポートを見舞いに行くのだが、その場面でダヴンポート家の詳細が読者に明らかにされる。汚水の溜まった通り、明かりもなく換気が出来ないために異臭が漂う地下室、割れた窓ガラス、吸い込んだ通りの汚水の水分をじわじわと吐き出すレンガ敷きの床、そしてそんな床で転がっている子供たち。『マンチェスター国内ミッショナリー協会年次報告書』には訪問した家族ごとにその住環境が報告・記録されているのだが[2]、これらの要素はそこに描かれる状況と見事に一致する。例えば一八四〇年の第六次報告書を見てみよう。三月四日に訪問したある家庭では、派遣牧師が見た最も悲惨な状況として、出産後三、四時間しか経っていない女性が夫と住む真っ暗な下室の床の敷石の上でほとんど裸の状態で寝ころんでいて、そのそばに裸の赤ん坊と薄い布の下から這い出てきた幼い子供がいたという状況が報告されている。また四月一五日にはボードマン広場のある家では、排水溝が詰まったために汚水が地下室内に溜まってしまい、寒さと湿気で健康を損ねた夫が、汚水が床じゅうに広がらないようにその水を溜めるための穴を住居内に掘っていることが報告されている。

この報告書でマンチェスター国内ミッショナリー協会のバックランド師は「おお、こういった光景がどのような教訓を与えてくれることか！　この大都市の貧民街を歩いているときに、人間がこれ以上ないというほどぞっとするような衣食住の欠乏に耐え、誰にも気づかれず、また知られずに心身の非常に激しい痛みに苦しんでいるような住まいを、どれほど多く気づかずに通りすごしていることか。よく思うことなのだが豊かな人々が個別に、つまり直接個人的に貧民の困窮や苦しみを知ることは道徳的にみて役に立つだろう。知り合うことは結局のところ互いにとって利点があるのだ[3]」と述べているが、このイデオロギーこそギャスケルが『メアリ・バートン』の「序」で読者に訴えたものなのである。

一八三〇年代に色濃かった道徳的見地からのワーキング・クラスの住環境批判には一八四〇年代に入ると衛生という観点からの批判が見られるようになり、次第に風通しの悪い建築構造を見直そうという動きが出てくる。もっともそれまでワーキング・クラスの住環境への関心がなかったわけではない。F・M・L・トムソンが指摘するように「一七八〇年代に経済や都会が急速に拡大するまでには、確かにワーキング・クラスの大規模な住宅需要が主要な産業都市や港湾都市でかなり集中的に

図① ハイド・パークにアルバート公によって建てられたワーキング・クラスのためのモデルハウス

生じていた」[4]が、ワーキング・クラス向けの大規模な住宅市場というのはまだ確立されていなかった（Thompson 182）。このことは住環境に衛生という視点を導入した点で先駆者の一人でもあるエドウィン・チャドウィックが、一八四二年に『英国の労働者の衛生状態に関する報告書』を記した際に気づいたことでもある。[5]実際に建築されはしなくとも、労働者向けモデルハウスのデザインは各所で紹介されていた。例えばジョン・ラウドンの『コテージ、農場、ヴィラ建築と家具百科事典』（一八三三年）には、少数だが工場や炭鉱で働く労働者のための集合住宅のデザインが紹介されている。[6]しかしこういったモデルハウスは都市ではなく農村地帯に住むワーキング・クラスを対象にしたものが大半だった。最も有名なワーキング・クラスのモデルハウスといえば、アルバート公が一八五一年ロンドンで開催された第一回万国博覧会で展示したモデルハウス（図①）だろう。しかしワーキング・クラスの住環境が本格的に改善されるのは、地方自治体が通りの幅や建物の高さなどを定める条例を整備し始める一八六〇年代に入ってからだった。

第二節　光を集めて

ギャスケルの小説に登場するミドル・クラスの家の描写で、暗闇が支配するワーキング・クラスの住居と正反対にあるものといえば温室である。温室は『メアリ・バートン』では工場主カーソン氏の自宅にある。瀕死のダヴンポートの入院許可をもらいにウィルソンが来訪したとき、書斎にいた娘のエイミはちょうど温室に入っていき、ウィルソンの姿を見ることはない。一方『妻たちと娘たち』（一八六四～六六年）には主人公のモリーが、カムナー伯爵の園遊会に招待されて温室を訪問する場面がある。[7]

英国では既に一七世紀に温室は存在していた。『妻たちと娘たち』の時代である一八二〇年代に入るころには温室はかなり一般化していたようで、一八二〇年の『タイムズ』紙に掲載されている屋敷のオークション広告によれば、ヴィラと呼ばれる邸宅には温室がついている。[8] 一八二〇年代から四〇年代にかけての二十年間は温室が現在の形に発展していく重要な時期だった。ガラス・鉄の製造技術や温室のヒーティング・システムが改良されると、さまざまなことが可能になった。ヴィクトリア朝が始まる頃には園芸家ジョン・ラウドンは錬鉄のガラス窓用の桟の特許をとり、彼の協力者であるW&D・ベイリー社はヨークシャーにある高さ約一八・二メートル（六〇フィート）のブレトン・ホールのようなガラス張りの温室を複数建てた。一八三二年のバーミンガムでのルーカス・チャンスによるシリンダー・ガラス（円筒法板ガラス）の開発、一八四五年のガラス税の廃止、続くレンガや木材にかかる税の軽減の恩恵を受け、ガラス張りの温室建築は一挙にブームとなった。[9]

それに伴って指南書も多く出版された。一例を挙げるだけでも前述のジョン・ラウドンは一八二二年に『園芸百科事典』を出版し、一八三三年には上掲の『コテージ、農場、そしてヴィラ建築と家具百科事典』を出版した。後者では温室を、ミドル・クラスの人たちが郊外に邸宅を建てる際には付けるべきものとして薦めている。その理由として、温室が邸宅をエレガントに見せるのみならず、悪天候の時や冬場に運動やレクリエーションの機会を提供してくれる格好の場であることを挙げている（Loudon 975-76）。またギャスケルが『妻たちと娘たち』を連載していた一八六〇年代に出版された『ビートン夫人園芸読本』（一八六二年）では、温室は「きちんとしたカントリー・ハウスには基本的に必要な付属物」[10]と解説されるまでになっていた。

温室のデザインを手がけた最も有名なデザイナーは、ジョン・ラウドンのライヴァルであるジョセフ・パクストンだろう。一八四一年に完成したチャッツワスの大温室（図②）は、彼がデサマス・バートンと共同で建築したものだ。『オックスフォード庭園事典』によれば、当時のイギリスでは最大級のこの温室は全長約八四メートル（二七七フィート）、幅約三七メートル（一二三フィート）、高さが約一八メートル（六一フィート）もある巨大なもので、その建築費用は三三、〇九九ポンド、現在の貨幣価値にして優に一二〇万ポンドを超えるというものだった。中は二台の馬車が走れるほど広く岩や小さな池や木があり、いかにも自然そのものに見えたらしい。

図② チャッツワスの大温室の中

一八四三年にこの温室を訪れたヴィクトリア女王の様子は、同年一二月四日、五日の二日間にわたって『タイムズ』紙に掲載された。一八四五年にここを訪問したダーウィンは同年一〇月二八日付けのJ・S・ヘンズロウ宛の手紙で「ついにチャッツワスを訪問しました。子供のように喜びでいっぱいになりました。……本当にすばらしい温室で……とてもそんなことが可能とは思えないほど見事に熱帯の自然のように見えました。あそこでは人為が自然を完全に打ち負かしています」と喜びを綴っている。(11)

一二年後彼らと同じようにチャッツワスを訪れ歓待を受けた人物がいる。ギャスケルである。その喜びは一八五七年九月一三日、一四日付の長女のメアリアン宛てのギャスケルの書簡から窺い知ることができる。彼女は公爵の招待を受けることができたことを「まるでシンデレラのようです」(*Letters* 372) と表現している。同行していた次女ミータとともに招待を受けたギャスケルは、二時にランチを食べた後ジョゼフ・パクストンに紹介され、馬車で一緒にパクストン夫人を訪問し、キッチン・ガーデンや温室を馬車で駆け抜けたことが記されている (*Letters* 372)。

しかしジョゼフ・パクストンと聞いて多くの人の頭にまず思い浮かぶのは、第一回万国博覧会の開催場所、クリスタル・パレス（水晶宮）であろう。鉄とガラスが主な建材であるこの会場は当初さまざまな批判を受けたものの、最終的には一九三六年移築先のシデナムで焼け落ちるまで、ヴィクトリア朝の繁栄振りを今に伝えるシンボル的建築物となった[12]。

ガラス製品はこのように建築物として戸外で人々に大きなインパクトを与えただけでなく、室内装飾においても姿見や鏡という形で重要な調度品となった。イゾベル・アームストロングは『ヴィクトリア朝のガラスの世界——ガラス文化と想像力、一八三〇年～一八八〇年』の中で、一八二〇年代初期コバーグ劇場（現在のオールド・ヴィック劇場）にアクトドロップ（幕あいに下ろすたれ幕）として六十三枚の板ガラスからできた巨大な「姿見カーテン」が登場し、大いに物議をかもしたと指摘しているが[13]、同じく一八二〇年代が舞台の『妻たちと娘たち』でも姿見が主人公に変化を認識させる重要な小道具となっている。再婚準備として改装したモリーの父の寝室は、実母の臨終の記憶と結びついた大切な部屋だったのだが、「ほとんど全てのものが変わっていました——ベッドの位置も家具の色も。壁に備え付けた鏡を下向きにして箪笥の天板を利用した原始的な代用品の代わりに、今ではガラスがついた大きな化粧台が置かれていました。無くなった代用品は彼女の母が短い結婚生活で使っていたものでした」（第一三章）。地味で質素なモリーの実母と、流行にうるさく表面的なことを気にする未来の継母カークパトリック夫人をあたかも象徴するかのように、ここでは姿見が入れ替えられるのである。

『北と南』でも鏡は、保守的で伝統的な南を代表するかのようなヘイル家と、産業に支えられ新たな時代と価値観を象徴するようなソーントン家とを書き分ける際に、重要な家具として登場する。

どういうわけだか、この部屋［ヘイル家の小さな客間］は彼［ソーントン氏］がつい先ほど出てきたばかりの部屋と対照をなしていた。その部屋は見栄えのする重苦しい部屋で、母親が座っている場所を除けば女性が住んでいる気配もなく、飲食以外に使用するには不便な部屋だった。確かにそこは食堂だった。彼の母はそこに座っているのが好きだったし、彼女の意思は家庭を規定する法であった。しかしこの客間はそれとは違っていた。そこは二倍——いや二十倍は上品だが少しも快適（comfortable）ではなかった。ここには鏡はなかったし、光を反射し風景の中で水が果たすのと同じ効果を生み出すための小さなガラスさえも見当たらなかった。金色のピカピカしたものはまったくなかった。暖かく落ち着いた感じの色合いを、大切に昔からヘルストンで使っていたチンツのカーテンと椅子カバーがうまく引き立てていた。（第一〇章）

古風な田舎風の室内装飾はそこに住むマーガレットを初めとするヘイル家の人間を象徴しているようにも思える。この小さな客間と対比する形でソーントン家の客間のしつらえが述べられているが、「ここには鏡はなかった」という文章からもわかるようにソーントン家には鏡がある。ソーントン家の鏡に映るのは、ソーントン氏の妹で人間的に底が浅いファニーである。ファニーは「新しく手に入れた帽子が似合うかどうか、姿見で見ることを興奮して楽しむ」（第一二章）娘だ。鏡のない客間に客を迎えるマーガレットと流行というエフェメラを追いかけて鏡に映る自らの姿に楽しみを見出すファニーの違いは、実際に会った二人が交わす会話の中でさらに強調される。ピアノは音楽好きであることを示す生活必需品だと考える、見かけが大事なファニーに、実質を重んじるマーガレットは、自分はうまく弾けないし両親も別にピアノは好きではないから売ってしまったと話す（第一二章）。十九世紀にミドル・クラスに普及していくという意味で、時代を代表するピアノとガラス。産業革命の功績は登場人物の性質や状況の変化を象徴する小道具として、ギャスケルの小説にもその痕跡を残している。

第三節　コンフォートという概念

ところで、前節のヘイル家の客間の描写では、「快適な（comfortable）」という単語が用いられていたが、「そこは二倍――いや二十倍は上品だが少しも快適ではなかった」という表現は、奇異に響きはしないだろうか。また「光を反射し風景の中で水が果たすのと同じ効果を生み出すための小さなガラス」という表現のように、なぜ室内描写に風景という概念が入り込んでくるのだろうか。これらの不可解な表現の理解を助けるヒントが、ジョン・E・クロウリー著『快適《コンフォート》さという創造――初期近代英国と開拓初期米国における感性とデザイン』にある。彼によれば、この単語は語源的には肉体的かつ感情的な支えを意味する conforter/confort という中世フランス語に由来するもので、十八世紀半ばまでは名詞として身体的なものへの言及とともに使用された場合、医学的もしくは栄養学的な含みを持つ単語であった。十八世紀半ばには「快適さ・心地よさ（comfort）」という語は最低限の必需品があるという意味で使用された。しかし工業技術の発展に伴ってかつては贅沢品だったものが普及品へ化していく中で、当時の経済学者たちが贅沢品は文脈次第では必需品となるということを示し市場との係わり合いにおいて必需品を論じ始めると、人間にとっての基本的な必需品のスタンダードにはもっと改善の余地があると考えられるようになった。そこで「快適さ・心地よさ」という言葉はそういったスタンダードに適用されるようになり、その基準が満たされているかどうかを判断するものとなっていった。十九世紀初期には「快適さという究極的な目標がミドル・クラスの成立に欠かすことの出来ない価値観や消費パターン、行動を提供した」[14]のである。この論にしたがって平たく言えば、先の引用箇所については「上品だがミドル・クラスの室内にあるべき家具が揃っていない」という解釈が成り立つ。

「快適さ・心地よさ」という単語は十九世紀の住環境に関す

る文献の至るところで散見される。ギャスケルの作品でまずそれを見るならば、『メアリ・バートン』の中でアリス・ウィルソンがジョン・バートンの家に足を踏み入れたとき、その様子は「彼女の慎ましやかな地下室からやってくると、彼の居間はなんと言う快適さを示していたことだろうか。彼女は比較しようなどとは思いもしなかった。もっとももとても気持ちのよい赤々とした暖炉の火や部屋の隅々にも行きわたる明るい光、食欲をそそる香り、沸いているやかんの心地よい音、そしてシューという音を立てて縮んでいくハムの存在は感じたけれども」（第二章）と描写されている。また『北と南』には、主人公マーガレット・ヘイルが英国国教会の聖職者であった父の離職に伴いミルトンへ引っ越した後、意気消沈しているヘイル夫人のために「彼らは母親の部屋を快適にするためにあらゆる努力をした」（第八章）という表現がある。

『妻たちと娘たち』では、「快適さ」のほかに「ピクチャレスク（古風な趣のある絵のような美しさ）」という単語が使われているが、これも重要な概念である。『妻たちと娘たち』には「クロストン・ヒースに着くためには、モリーは木々が生い茂って影を投げかけている狭い小道を降りていかなければならなかった。急な砂地の斜面にはあちらこちらに古風な趣があり、絵のように美しい（picturesque）コテージが点在していた」（第四二章）という風景描写がある。「古風な趣があり、絵のように美しい」という語が風景そのものではなく、ここではコテージという建物を形容している。また「［ハムリー夫人専用の居間の］家具の特徴は彼女［モリー］の部屋とほぼ同じだった。古風でかなりよい材質のもので申し分ないほど清潔だった。その古びた異国風の感じが部屋全体に快適さと古風な趣のある絵のような美しさを与えていた」（第六章）という描写では、「快適さ」と並んでこの語が部屋を形容するために使用されている。このピクチャレスクという美的概念は十八世紀の後半に登場した概念で、主にイギリス式風景式庭園に見られるような自然美や風景に関する趣味を判断するのに使用された。なぜ風景や自然と結びついたこの単語がこれらの引用に見られるように、建築物を形容したり室内を描写するのに使用されているのだろうか。

クロウリーの前掲書はここでも謎を紐解いてくれる。ピクチャレスクの具現化とも言えるイギリス式風景式庭園に代表される一七五〇年以降に流行した造園法は、庭園の建物としてコテージに似た田園風の建造物を奨励した。ほぼ同じ頃（十八世紀の最後の四半世紀）に感受性文化が登場し、身体的快適さが人々の道徳的かつ技術的啓蒙状態を客観的に検証する課題となった。十八世紀的な感受性とは他人の感情に共感できるという道徳的な概念だったため、そこで「快適さ」を兼ね備えたモデル・コテージをデザインするという慈善的な意図が焦点化されるようになり、今度は「快適さ」の基準をそういったデザインが規定することになった。一七九〇年代には形式的な建築の絶対原理に束縛されないことにより、コテージがいかに快適なデザインを生み出す潜在力を持っているかを説明するために、ピクチャレスクという概念が用いられるようになった。このような一連の動きの中で、それまで貧困や窮乏とほぼ同意義であったコテージが「快適さ」とピクチャレスクという概念と結びつくようになるのだ。[15]

一七九〇年代から一八二〇年代にかけてイギリスではコテージデザインが挿絵入りで掲載された手引書が数多く出版されたが、「快適さ」とピクチャレスクという概念と結びついたコテージのイメージは挿絵で視覚化されることで、さらにそのイメージを強固なものとした。その影響はアメリカにも及んだ。本稿の口絵と「労働者の家」（図③）は、それぞれアメリカで出版された手引書アレクサンダー・ジャクソン・デイヴィスの『田舎の住宅』（一八三七年）とアンドリュー・J・ダウニングの『カントリー・ハウス建築』（一八五一年）に掲載されたイギリス領アメリカのモデル・コテージの挿絵であるが、特に前者は『メアリ・バートン』でカナダに移住したメアリの住居の描写とどこかにていないだろうか。

十分にゆとりのある細長く低層の木造住宅が見える。太古からある古木はあたり何マイルにもわたって伐採され、一本だけが残ってコテージの切妻壁に影を落としている。住居の周りには庭があり、そのずっと向こうには果樹園が広がっている。

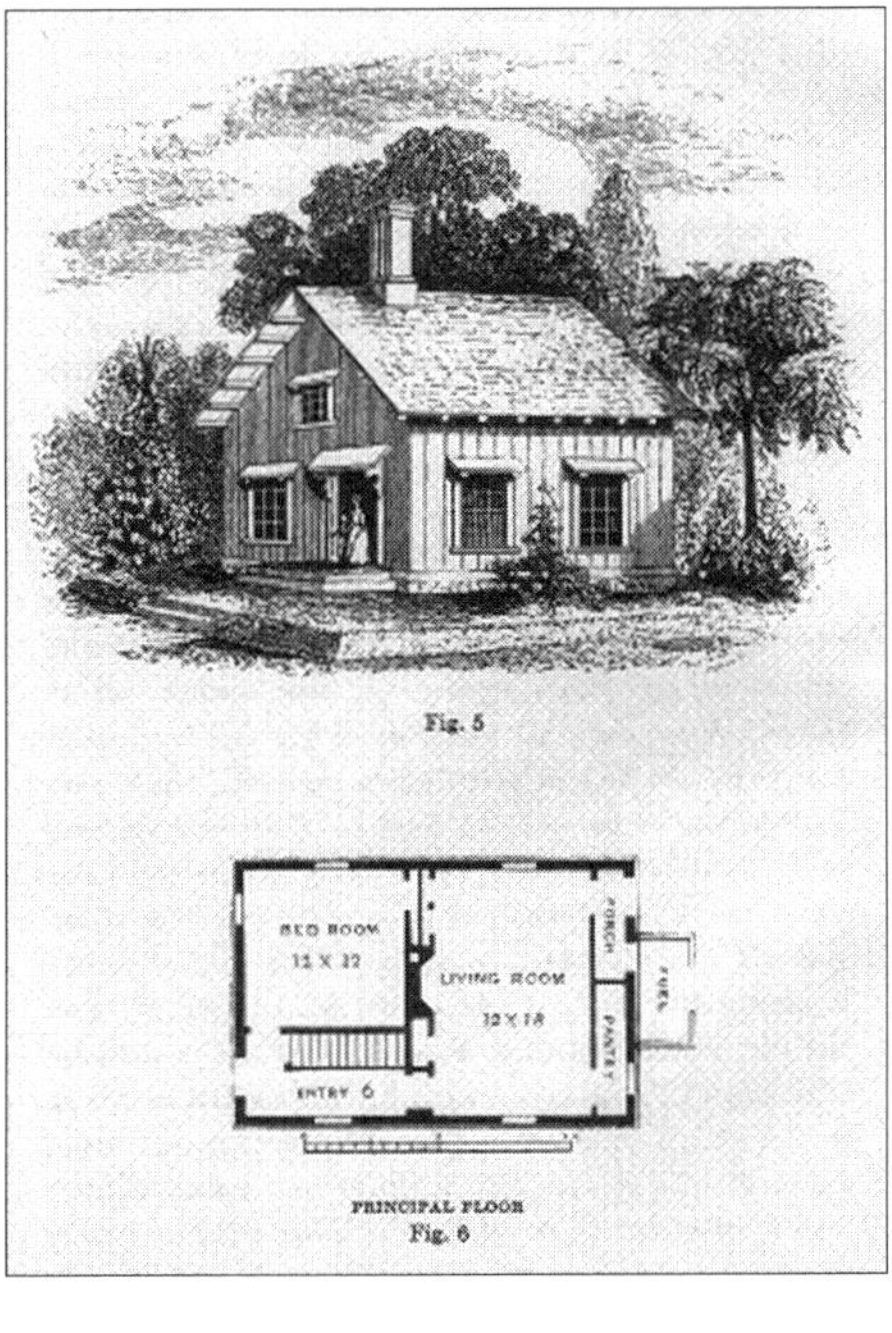

図③ アンドリュー・J・ダウニングの『カントリー・ハウス建築』（1851年）より「労働者の家」

（第二八章）

ギャスケルがこの挿絵を見たという証拠はどこにもないが二人とも当時大きな影響力を持った建築家であり、後者はロンドンでも出版されたことを考慮すれば、彼女がこの小説を書いた頃、既にアメリカ住宅の一つの典型としてピクチャレスクで快適なコテージのイメージがイギリスでも流布していたと考えることはできるだろう。

このように「快適さ」はヴィクトリア朝のミドル・クラスの人々にとって、住環境を考える際に欠くことのできない概念であった。一八六四年にはロバート・カーが著書『紳士の住宅』の第三章「快適さ」で、この語について以下のように述べている。

イングランドで快適な家と呼ぶものはイングランドの習慣と密接に一体化しているので、イングランド以外の国ではこの快適さという概念の要素は、完全には理解されないと言ってしまいがちである。いや、ともかく他の国で言う快適さはこの国で言う快適さではない。イングランド特有の天候、ほとんどすべての階級の家庭の習慣、家庭の貯えや安楽な生活を送るのに大きな役割を果たす収入や設備など、すべてが合わさって快適な家というものがイギリス人の所有するものの中で最も大切なものとなっているのかもしれない。(16)

したがってこの概念は、ミドル・クラスの人々がワーキング・クラスの住環境を考慮する際にも、その判断基準となっている。たとえば自由主義貿易者で反穀物法同盟のメンバーであるウィリアム・C・テイラーが、ひそかに同盟から資金の提供を受けて出版した『ランカシャー工業地方旅行の覚書――ダブリン大司教への手紙』（一八四二年）でも「快適さ」は住居の評価基準となっている。これは『北と南』に登場するソーントン氏のような良心的で労働者に共感できる工場主たちは実在しており、彼らが提供する労働者の住居がいかに優れたものであるかを述べた一種のプロパガンダなのだが、ここには「私はほぼすべてのコテージの室内を訪問した。気がついたことはその全てに申し分なく、また非常に多くのコテージには恥ずかしくない程度に必要なものがちゃんと揃っていたことだ。大体どこでもマホガニーのテーブルと箪笥はあった。……私は自分の身の回りの清潔感や快適さに現れた結果を非常に高く評価することが出来た(17)」という表現が見られる。また、マンチェスターのような工業都市で見られるさまざまな悪弊は、産業勃興の必然的な結果ではなく貧民自体が堕落しているからだと論じたジェイムズ・P・ケイの前掲書でも「（発疹チフス患者がでるような）住居は不潔で家具も揃ってはいない。むさくるしく、ひどく嫌な惨めな感じ、とまではいかなくとも不快な感じが充満している(18)」と「快適さ（comfort）」がないという意味の「不快

(discomfort)」という単語を使用している。しかし「快適さ」を満たすには「家具の備え付け（furnishing)」という作業が必要である。そこにはどんな文化的意味合いがあったのか、次の節で探ってみたい。

第四節　「家具の備え付け」に潜む文化的意味合い

『北と南』のヘイル一家が転地後まず苦労したのは家探しだった。ようやく探し当てた家もインテリアの趣味が問題だった。「ぞっとするような（hideous)」「黄色い葉っぱのついた桃色と青色のバラ」（第七章）の壁紙と天井に蛇腹の装飾が施されている部屋のある家に決めるのだが、マーガレットはこのインテリアを悪趣味だと酷評する。このどちらかといえばパステルカラー好みの趣味は、ソーントン家の趣味でもある。夕食会に招かれたマーガレットとヘイル氏が通された二階の客間は「壁が金色と桃色」（第一五章）で「黄色いシルクのダマスク織と明るい色調の花柄模様のカーペット」（第二〇章）があり「ガラスを被った」「アラバスターの置物」（第一五章）がある物で一杯の部屋だ。こういった様式はロココ・リヴァイバルと呼ばれ、特に一八三〇年代から四〇年代にかけて流行した。[19] ギャスケルがこの小説を書いていた一八五〇年代半ばは、第一回万国博覧会を率いた一人でありヴィクトリア・アンド・アルバート博物館の創設館長でもあるヘンリー・コールがデザイン改革を実践し、イギリスから悪趣味なものを追放しようと躍起になっていた時期だ。[20] マーガレットの趣味に対する執着心は、あたかもコールのそれと共通しているかのようだ。またクリスタル・パレスの内部塗装を手がけたオーエン・ジョーンズは『装飾の文法』を一八五六年に出版したが、この著書は瞬く間に人気を博し、二十世紀初期までイギリス美術教育を支配する美の基準として君臨した。

一方、『妻たちと娘たち』が連載された一八六〇年代には、初代ナショナル・ギャラリー館長であったチャールズ・イーストレイク卿の甥、チャールズ・イーストレイクが『家庭の趣味についての手引書』（初版は一八六八年）を出版した。これは十九世紀の家庭に関するデザイン史において最も重要な書物の一つである。この手引書は基本的にはそれまで流行していたロココ・リヴァイバルに反し、ラスキンが『建築の七燈』（一八四九年）と『ヴェニスの石』（一八五一〜五三年）で賛美した、堅固なオーク材の家具などに代表されるゴシック様式を推奨するものだった。

この時代はまた、一八六一年のモリスによるモリス・マーシャル・フォークナー商会の設立で始まるように、壁紙や家具の形で芸術がこれまで以上に家庭の中に流入していく時代でもあった。ハムリー家を初めて訪問したモリーが割り当てられた部屋は「書き物用テーブルやソファーや立見鏡といった最近見かける贅沢品はありませんでした」（第六章）と書かれているが、この描写は小説の舞台である一八二〇年代を執筆時の一八六〇年代の視点で振り返る形での言及だ。複数の様式が混在していた十九世紀初期を室内装飾への関心が高まった後の十九世紀中期から振り返ると、そこには大きな変化が生じていたと言えるだろう。

とはいえ、何も突然ロココ・リヴァイバル様式からゴシック様式へと室内装飾が変化したわけではない。特に『妻たちと娘たち』では、そういった複数の様式のせめぎ合いを垣間見るような場面が描かれている。ギブソン夫人は自分の連れ子であるシンシアをモリーの自宅に迎え入れる際に、シンシアとモリーの部屋の内装をやりかえる。「小さなフランス風ベッド、新しい壁紙、それにかわいいカーペット、それから化粧仕上げをした鏡つきの化粧テーブルを入れれば、うんと見違えるようになるでしょう」（第一六章）というギブソン夫人の言葉通りに内装が変えられた部屋を見て、ギブソン氏は「そうだね、若いお嬢さんたちはこんな風に飾りつけられた寝室が好きなのだろう！　確かにとてもかわいいが……」（第一九章）と感想を述べる。

ジョン・ラウドンの前掲書『コテージ、農場そしてヴィラ建築と家具百科事典』にはフランス風ベッドのモデルデザイン（図④）が掲載されている。ラウドンによれば当時流行していた家具の主要な様式はギリシャ（または現代風）様式、ゴシック様式、エリザベス朝様式、ルイ十四世様式の四種類である。一般的なのはギリシャ様式である。ルイ十四世様式はそもそもフランスの大邸宅の家具に用いられていた様式なのだが、フランス革命の結果それらの家具が売りに出されるようになり、それほど裕福ではないイギリスの紳士階級の間で注目を集めるようになった（Loudon 1,039）。そのような文脈の中でギブソン夫妻の相反する発言を眺めてみると、家庭教師として過ごした紳士階級の屋敷で見慣れた贅沢な生活様式に憧れるギブソン夫

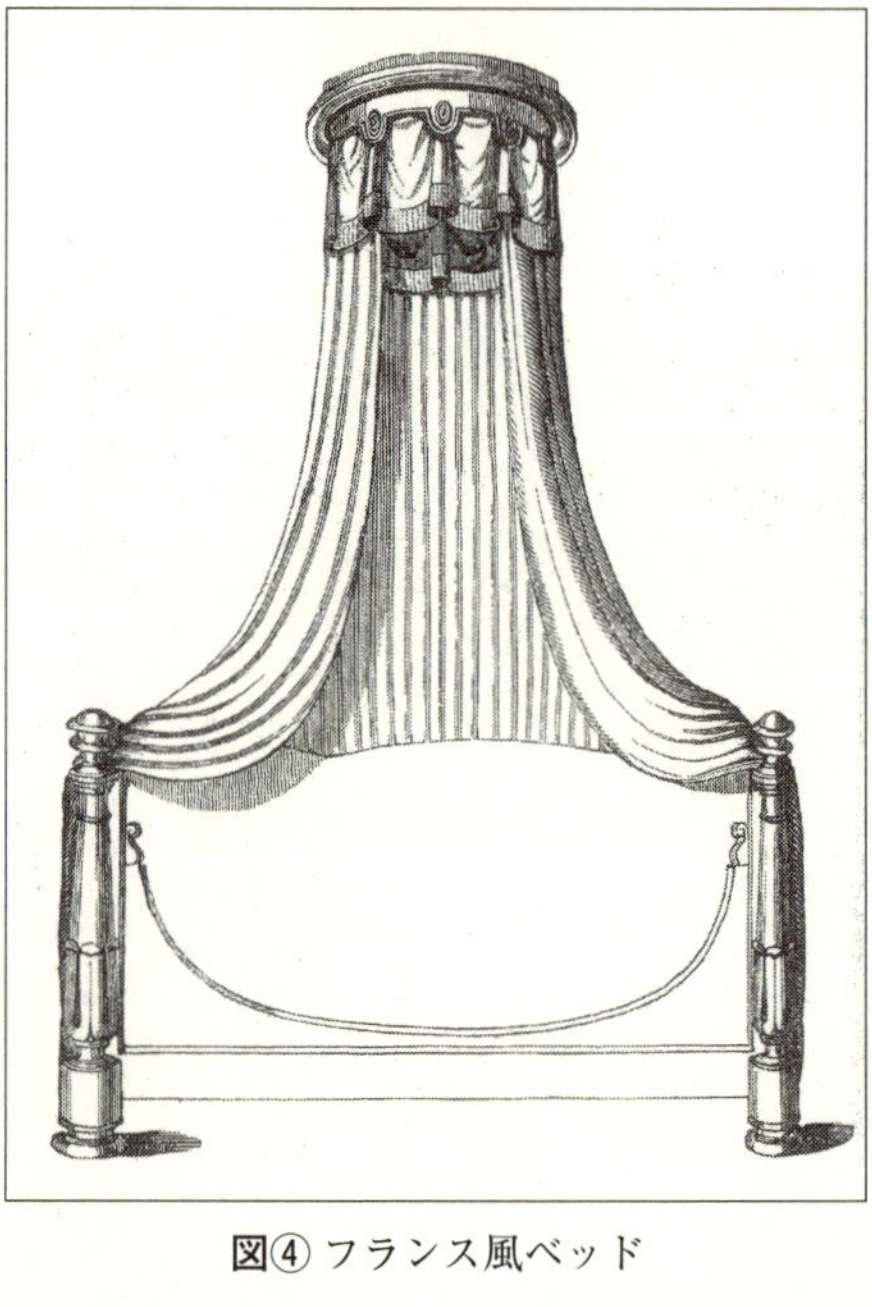

図④ フランス風ベッド

人と身の丈にあった生活を志向するギブソン氏との対比が、ここに現れていると見ることも出来るだろう。

十九世紀前半に重要視されたのはインテリアの様式だけではない。色のハーモニーも美しいインテリアを作り出すのに大事な要素と考えられていた。ラウドンによれば色のハーモニーは対照的な二色（たとえば赤と黄色）を並列する際に、それを一体化させるための中間色（たとえばオレンジ）を使うことで生み出すことができる。また部屋の機能によって部屋の色合いを使い分けることが重要だった。例えば書斎には比較的渋い色合いを用い、ダイニング・ルームにはくすんだ色を、客間には鮮やかな色を、そして寝室には淡い色を、というように（Loudon 1,014）。

ここで再び『妻たちと娘たち』を眺めてみれば、再婚のためにブラウニング嬢に依頼して内装をやり変えたギブソン氏のダイニング・ルームは、ラウドンの手引書に従って判断すると大失敗の一例である。「かすかに灰色がかったダイニング・ルームの壁は深紅のモリーン織のカーテンととてもよく調和していたし、よく掃除をすれば汚れているというよりはうっすらと光沢を施したように見えていたのに、今ではとても鮮やかなサーモン・ピンクに変わっていた。それにカーテンは流行りだしたばかりの淡い海緑色だった」（第一三章）。これでは色調のハーモニーが生み出されていないばかりか、ダイニング・ルームに使うべきではない色合いを使っていることになる。

こんな趣味の悪い女性に内装のやり変えを頼んだのは誰なのか。それはギブソン氏だ。第一二章の最後でギブソン氏はブラウニング嬢に、再婚する新妻のためにインテリアの新調を百ポンドでできないだろうかと頼みに行く。

「未来のギブソン夫人を迎える準備として家を整えるのに何かしなくてはなりません。恥ずかしながら、壁を塗り替え壁紙を張り替えなければいけませんし、新しい家具も必要でしょう。しかし何を買えばいいのかわからないのです。どうか一度家を見て百ポンドでどの程度できるか調べていただけませんか。ダイニング・ルームの壁は塗り替えなければなりません。客間の壁紙は彼女に任せましょう。それに彼女が客間のレイアウトをするのに少しお金をとってあるのです。しかしそれ以外はすべて、あなたにお任せします。もし昔の友人を助けようというお気持ちをお持ちなら、ですが」（第一二章）

十九世紀前半には家の内装や家具を決める際に、夫人は客間について意見を述べることはできても、それ以外の部屋を含めて最終決定権は男性にあったのだ。

デボラ・コーエンは『ハウスホールド・ゴッズ――英国人とその所有物』の中で、家具の備え付けはお金のかかる作業で、当時女性はそれを遂行するのに十分なだけの財力を持っていなかったと述べている。一八六〇年代に家一軒分に必要な調度品をそろえるのにはミドル・クラスの男性の年収分ほどのお金がかかった。したがって家具付の家は、そこに住む男性の金銭的な成功と社会的安定を意味していた。妻を求めて広告を出す男性は容姿だけでなく、職業や収入、持っている場合は「満足できる家か快適な家（‘nice’ or ‘comfortable’ home）」があると書いた。また、一八八〇年代以前に出版され流通した家の装飾に関する手引書はもっぱら男性向けのものであり、執筆者も男性であった。従ってその頃女性の間でよく読まれていた女性向けの雑誌には、家庭内の調度品をどう備え付けるかという話題についてのコラムがない。客間については女性の部屋と見なされていたために、ギブソン夫妻のように妻の好みでしつらえられることはあっても、最終的に支払いの権限は夫の側にあったため、室内装飾はもっぱら男性の仕事であったのだ[21]。

　ギャスケルにとって自分で家を買いそのために調度品を揃えるという作業が可能になったのは、作家としての成功を確立した晩年だった。彼女は一八六五年九月八日付のチャールズ・E・ノートン宛の書簡で、夫に内緒でハンプシャーのアルトン近くに一軒家と四エーカーの土地を買ったと告白している。この家は数年後に夫や未婚の子供たちと移り住む予定で購入したものだった。家の購入には二、六〇〇ポンド必要だったが、十分な資金がなかったギャスケルは出版社のスミス・アンド・エルダー社から抵当に入れるのと同じ条件で一、〇〇〇ポンドを前払いで借り入れ購入した（*Letters* 583）。夫のギャスケル氏は借金が嫌いだったらしく、この購入を夫には内緒にしていたのはそのせいかもしれない（Uglow 573）。同書簡の中でギャスケルは「今のところは（五〇〇ポンド以上かけて）その家の調度品を揃え、三年間誰かに貸せないかと思っているところです。その後はギャスケル氏を口説いて彼自身に住んでもらいたいです。その頃には抵当で借りた一、二〇〇ポンドを返済しているとよいのですが」（*Letters* 583）と書いている。『妻たちと娘たち』を書くことで彼女は家を買い、そこに調度品を備え付けるという男性の仕事を成し遂げようとしたのだ。

＊　＊　＊　＊　＊

　十九世紀前半、ジョージ四世、ウィリアム四世の時代を経てヴィクトリア女王とその夫君アルバート公が君主としての地位を国民の間で確実なものにするまでの約五〇年間は、イギリスの住環境においても大きな転換期であった。一八六〇年代以降徐々に、英国の都市部でスラム化していたワーキング・クラスの住環境は改善され、混在していた複数の室内装飾様式はウィリアム・モリスに代表されるアーツ・アンド・クラフツ運動へと集約していく。それはまた来たるべき「消費」という新たなキーワードを持つ時代への準備でもあったのだ。

註

（1）またの名をジェイムズ・P・ケイ＝シャトルワスとも言う。ギャスケルは彼と知り合いで手紙のやり取りがある上、湖水地方を旅した折にはケイ＝シャトルワス夫妻を訪問している。

(2) 詳細は Manchester Domestic Missionary Society, *The Annual Reports of the Manchester Domestic Missionary Society, 1833-1908* (West Yorkshire: EP Microform, 1981) microfilm を参照のこと。

(3) Manchester Domestic Missionary Society, "Sixth Report of the Ministry to the Poor," 29. 一八四〇年二月二四日付で年次報告会出席者に宛てた書簡形式で書かれている。

(4) F. M. L. Thompson, *The Rise of Respectable Society: A Social History of Victorian Britain, 1830-1900* (London: Fontana, 1988) 182-83.

(5) John Nelson Tarn, *Five Per Cent Philanthropy: An Account of Housing in Urban Areas between 1840 and 1914* (Cambridge: Cambridge UP, 1973) 2.

(6) J. C. Loudon, *An Encyclopaedia of Cottage, Farm, and Villa Architecture and Furniture* (1833; London: Longman, 1842) 244-45.

(7) 日本語にすれば「温室」としか表現できないのだが、ギャスケルは conservatory, greenhouse, hothouse という三つの英単語を使い分けている。この三つの「温室」は流行した時代や機能が異なるためその定義が微妙に異なるのだが、本稿ではすべてに対して「温室」という表現を用いることにする。

(8) 例えば一八二〇年二月二六日付けの『タイムズ』紙四ページDコラム "Sales By Auction" を参照のこと。

(9) Jenny Uglow, *A Little History of British Gardening* (London: Chatto & Windus, 2004) 190.

(10) Samuel Orchart Beeton, *Beeton's Book of Garden Management and Rural Economy* (London: Beeton, 1862) 242.

(11) Frederick Burhardt and Sydney Smith, eds., *The Correspondence of Charles Darwin*, vol. 3 (Cambridge, Eng.: Cambridge UP, 1987) 260.

(12) これについては松村昌家『水晶宮物語——ロンドン万国博覧会一八五一』(ちくま学芸文庫、二〇〇〇年) 第三〜六章および第一一、一二章が詳しい。

(13) Isobel Armstrong, *Victorian Glassworlds: Glass Culture and the Imagination 1830-1880* (Oxford: Oxford UP, 2008) 97-98.

(14) John E. Crowley, *The Invention of Comfort: Sensibilities & Design in Early Modern Britain & Early America* (Baltimore: Johns Hopkins UP, 2001) 292.

(15) John E. Crowley, 203-29.

(16) Robert Kerr, *The Gentleman's House; or How to Plan English Residences, from the Parsonage to the Palace; with Tables of Accommodation, and Cost, and a Series of Selected Plans* (London: John Murray, 1864) 77.

(17) W. Cooke Taylor, *Notes on a Tour in the Manufacturing Districts of Lancashire; in a Series of Letters to His Grace the Archbishop of Dublin*, 2nd ed. (London: Duncan and Malcolm, 1842) 31-32.

(18) James Phillips Kay, *The Moral and Physical Condition of the Working Classes Employed in the Cotton Manufacture in Manchester* (1832; Manchester: E. J. Morten, 1969) 28.

(19) Alan and Ann Gore, *English Interiors: An Illustrated History* (New York: Thames and Hudson, 1991) 138-39.

(20) このあたりのことは菅靖子『イギリスの社会とデザイン――モリスとモダニズムの政治学』（彩流社、二〇〇五年）が日本語文献としては詳しい。また『北と南』における壁紙については青木剛「〈見せる〉ことと〈使う〉こと――エリザベス・ギャスケルの『北と南』における〈家〉の条件」『〈インテリア〉で読むイギリス小説――室内空間の変容』（久守和子・中川僚子編、ミネルヴァ書房、二〇〇三年）がある。

(21) Deborah Cohen, *Household Gods: The Birth and Their Possessions* (New Haven: Yale UP, 2006) 89-104.

第一四章

娯　楽

——明日も働くために——

中田　元子

ウィリアム・パウエル・フリス『イングランドの百年前のお祭り騒ぎ』（1847年）
産業革命以前ののどかな休日の様子。

Chapter 14

Recreation: For Tomorrow's Work

Motoko NAKADA

第一節　都市労働者と娯楽

　産業革命以前のイギリスでは、農閑期の市、フェアなど、季節ごとの行事が娯楽として人々に楽しみを提供していた。しかし、十八世紀後半からの工業化の進展に伴って、都市への人口の移動、生活時間の変化などが起こり、従来の農村的、伝統的レクレーションは衰退した。工場労働には農繁期も農閑期もない。労働者は一年中規則的に働くことを要求される。また、従来大衆のレクレーションの場だった広場などは、工場用地・住宅地とするために囲い込まれた。このようにして、労働者からは娯楽の時間も場所も奪われてしまった。とはいえ、仕事の後に気晴らしが必要な事に変わりはない。

　労働者階級の生活の観察者たちは、娯楽の場を奪われた労働者たちが飲酒や動物いじめや賭事、暴力的なスポーツなどに一時の気晴らしを見出しているという報告をしている。ヘンリー・メイヒューは一八四九年のロンドンの呼び売り商人の生活を報告する中で、「その娯楽は、もっぱらビア・ショップ、舞踏場、そして劇場で行われる」と述べ、また彼らの賭博好きについて「一時間あれば、最初に考えるのは賭博をすることである」と報告している（図①）。しかしメイヒューは、そのような支配階級から見れば好ましくない状況については同情的で、「余儀なく働かされてうんざりし、おまけに生き延びるための

図① ジョージ・クルックシャンク『大酒飲みの子供たち』第2図版（1848年）
飲酒と賭博で憂さ晴らし。

奮闘で精一杯の人々が、仕事が終わったとき、少なくとも精神的・肉体的刺激が生む一時的享楽によって、やっかい事や疲れを忘れられるような場所を求めずにすませられると考えるのは浅はかだ[1]」と述べている。同様の証言は、一八四二年一一月下旬から二年足らずの間マンチェスターに滞在して労働者の実態をつぶさに観察したエンゲルスによってもなされ、またメイヒューと同じような同情も示されている。

> 労働者は仕事でへとへとに疲れて帰宅する。慰安も魅力もない住まいは、じめじめしていて不潔である。どうしても元気づけが欲しくなる。一日働いたことの報いとなり、次の日の退屈な仕事に立ち向かわせてくれる何かが欲しいのだ。……このような条件のもとでは、必然的に、多数の労働者は酒の誘惑を拒否できるだけの精神的・肉体的精力は持てない。……工場労働者の置かれた環境を考慮すると、飲酒癖は、飲んでいる本人が責任を負うべき悪徳ではなくなる[2]。

　このような労働者の状況を、雇用する側の支配階級が手をこまねいて見ていたわけではない。一八三〇年代から四〇年代にかけて、劣悪な都市の公衆衛生の問題をめぐって改革が叫ばれ、その一環として、労働者階級が息抜きに自由に散歩したり運動したりできる場所が失われている問題も議論された。下院議員ロバート・スレイニーは一八三三年のパブリック・ウォーク［公共遊歩道］小委員会の報告書で、「酒場、闘犬、ボクシングについて不満の声が上がっているが、他の娯楽が提供されなければ、労働者はそのような楽しみに向かうしかない[3]」と述べた。シェフィールド選出議員であったジェイムズ・S・バッキンガムは、一八三四年、下院議会の「飲酒委員会」の報告書で、労働者階級の飲酒に対してただちにとるべき対策として、パブリック・ウォーク、公園、オープン・スペースを作って戸外での運動を促進すること、また天気が悪いときでも利用できる図書館、博物館、読書室を開設し、できるだけ安く提供することを提案している[4]。

　また一八四四年八月にはマンチェスター市議会で次のような動議が出された。

> マンチェスターは人口過密で、大部分の住民にとって、清浄な空気と健康的なレクリエーションが容易に手に入れられなくなっていることを考慮すると、公園、パブリック・ウォーク、運動とスポーツのためのオープン・スペースを作ることは、労働者階級の健康、まともな娯楽、思いやりのある交際、品行の良さなどに大いに貢献するものと確信する[5]。

この動議は、国会議員や地元の名士から多くの支持意見を得て、満場一致で議決された。

　このように、雇用者側が労働者の娯楽を確保することの必要を説き、施策を立てたのは、もちろん労働者の健康に心を砕いたことの表れではあるが、労働者の福祉をはかることが彼ら自身の階級にとっても得策であると考えられた点も見逃せない。まず、仕事が効率をよく成し遂げられるためには労働者を健康な状態に保っておかなければならず、そのためには適度な娯楽が必要であった。また、労働者が不満をためて反抗的にならないようにするためにも娯楽が必要であると考えられた。とくに、一八三〇年代後半から四〇年代にかけては、チャーティスト運動のような暴力的行動を起こす可能性を持った集団の不満を、適度な娯楽によってガス抜きすることの必要性が強く意識されていた。一八四二年、エドウィン・チャドウィックは『英国の労働者の衛生状態に関する報告書』で、労働者階級に娯楽の場所や機会を与えることが、彼らの健康のため、また社会不安につながるような行為を抑制するためにも効果的であると述べた。娯楽が社会不安抑止効果を持つことの具体例として、チャドウィックは、マンチェスターで一八四〇年二月一一日の女王陛下の結婚を祝う休日にチャーティストの集会が計画されていたが、同じ日に植物園、動物園、博物館などを無料開放したため、集会に人が集まらず、暴動を防ぐことができた、という事例をあげている[6]。ジャーナリストで穀物法反対論者だったウィリアム・C・テイラーは一八四〇年代初期にランカシャーを視察し、その報告書の中で「精神にとっての安全弁が必要である。つまり心を傾けることで、楽しみ、利益、健康が得られるものが必要なのである」[7]と述べている。また、下院議員ロバート・A・スレイニーは一八四七年の『労働者階級のための嘆願』で、労働者階級のための娯楽は「労働という枷から自由になったときの浮き立つ気持ちとあふれるエネルギーの安全弁」[8]であると断言している。このように、労働者のための娯楽は、労働者自身にとってのみならず、支配階級の地位保全にとって重要なものと考えられていたのである。

支配階級が労働者階級に娯楽をあてがうことの目的のうち大きなものが、労働者を自分たちが管理しやすい集団にすることであることを考えれば当然のことだが、与えようとする娯楽は支配者側が容認できる娯楽でなければならない。それを示しているのが、労働者の娯楽に関する議論の中でしばしば用いられる「合理的娯楽（rational recreation）」[9]や「節度ある娯楽（regulated amusement）」という表現である。ディケンズは一八四三年一〇月、マンチェスター・アシニーアムのソワレに座長として招かれたが、そこでの講演の折、アシニーアムが提供している娯楽のことを「害のない、合理的な楽しみ」[10]と言っている。いわゆる「合理的娯楽」は、その意味を表す言葉が人によって少しずつ違っていることが示しているように、大文字で表記されるような統一的運動としてあるわけではなかった。しかし、労働者階級の娯楽について述べる人々が、申し合わせたように「合理的娯楽」に類する言葉を使っていることは、労働者階級に与えるべき娯楽について共通の認識があったことを示している。

以上、十九世紀前半の労働者階級の娯楽に関する議論を概観したが、そこで支配階級が労働者に与えるべき娯楽として想定していたものは、エネルギーを発散できる戸外での活動と知的・道徳的向上を促すことのできる娯楽であった。さらに、いままでの議論のなかには出てきていないものの、もうひとつ付け加えておきたいのは、鉄道旅行である。一八三〇年のリヴァプール・アンド・マンチェスター鉄道の成功後、鉄道網は急速に整備されていき、大量輸送によるコスト低減、「議会列車」[11]の運行などによって、鉄道旅行は労働者にも手の届く娯楽になった。『マンチェスター・ガーディアン』は一八四五年の聖霊降臨節の鉄道利用の人出について報告する中で、「この新しい安価な輸送手段の誕生は、工場に閉じこめられた工員、仕事詰めの職工、売り場に釘付けの店主に、風に乗る翼を与えたようなものである[12]」と表現し、鉄道による行楽は、健康に良い、楽しい、穏健・無害な娯楽であり、社会的・家庭的でもあると高く評価している。旅行は、戸外での活動であると同時に、見聞を広めるという意味で知的な活動でもあり、理想的な娯楽といえるだろう。

労働者階級の娯楽に関する議論をみるとき、マンチェスターがしばしば言及されていることに気付く。それはまさにその都市の状況が議論を必要としていたからにほかならない。マンチェスターでは工業化の進展とともに人口が急増し、一八〇一年に七万五千人だった人口は一八三一年には倍に、そして一八五一年にはまたその倍以上の三〇万人になった。このような急激な人口増加はスラムなどの深刻な都市問題を引き起こし、不衛生な住環境は住民の健康状態を悪化させた。また環境劣悪な工場での長時間労働によって労働者は健康を害し、平均寿命も非常に短かった[13]。このように、都市化・工業化が労働者階級にもたらす弊害が世界に先駆けて目に見えるようになったマンチェスターでは、それらの弊害を改善する一手段としての娯楽についての議論も他より早く起こったのである。

ギャスケルは一八三二年からマンチェスターに暮らし、自身はミドル・クラスに属しながらも、慈善活動をする牧師の妻として、貧しい労働者の生活をよく知っていた。そのような生活から生まれた作品には、当然のことながらマンチェスターの労働者の生活が生々しく描かれている。本節では支配階級が労働者の娯楽についてどのように考えていたか、どのような娯楽を与えるにふさわしいものとして考えていたかについて概観してきたが、このような議論はギャスケルの作品においてどのように反映されているのだろうか。また、支配階級の思惑を労働者階級がどのように受け止めていたか、個々の労働者がどのような活動を楽しみとし、明日への活力を得ていたかなどについて、ギャスケルの作品は何を教えてくれるだろうか。次節以降では、ギャスケルの作品に描かれた労働者の娯楽を、学問、園芸、散歩、ピクニック、鉄道旅行などを中心に考察していく。

第二節　学問・園芸

労働者階級のための知的な楽しみを提供する場として、一八二〇年代の都市には職工会館が次々に設立された。しかし、基本的に知識伝達の場である職工会館が、仕事に疲れた労働者にとって娯楽の場になりにくかったことは想像に難くない。職工会館設立者たちは、約一〇年後、その施設が当初集めようと思った種類の人々の関心を引くものではないということに気付き、ライシーアムという名の施設を造った。そこには新聞雑誌閲覧室、図書室があり、読み書き計算、音楽、描画などのクラスが提供されたり、お茶会が催されたりした。利用料金も職工会館の半額以下であった。ライシーアムは職工会館より気軽な社交の場としてもくろまれたが、それでも労働者たちはパブの方を好んだので、一八五一年の段階で「ライシーアムは当初の人気を失った」と判断されている[14]。

もっとも、一口に労働者といっても性向はさまざまであり、中には自発的に知的娯楽を選びとって追究する者もいた。チャーティスト運動に力を注ぐ労働者をよそに、労働運動ではなく勉強にエネルギーを費やす方が良いと考える者もいた。スコットランドの石工だったヒュー・ミラーは、独学で地質学・古生物学を研究し、学問上重要な著作も残したが、若い労働者に対して、「チャーティストの会合に参加しても何も得るところはない。……空いた時間は賢い人間になるために使うように[15]」とアドバイスしている。『メアリ・バートン』（一八四八年）では、ランカシャーの工業地帯には、織機の上にニュートンの『プリンキピア』（一六八七年）を置いて仕事の最中ものぞいている職工、数学の研究をしている工場労働者、植物学、昆虫学に造詣の深い労働者たちがいると紹介されている。彼らの中にはわざわざ休みをとって採集にでかけたりするほど研究熱心な者もおり、名高い学者に情報を提供できる場合もあった（第五章）。ジョウブ・リーもまた独学の労働者学者である。植物採集、昆虫採集に熱中し、家の中にも標本が所狭しと並んでいる。泊まりがけで昆虫採集に出かけることもあり、標本を買うためなら四、五シリング出しても惜しいとは思わない（図②）。彼は、孫娘マーガレットがメアリと友だちになった縁でジョン・バートンとつきあうようになるが、それによって組合運動に積極的に関わるようになることはない。いくら低い賃金でも働いた方がましだと考えている（第一七章）。ジョンが国会に請願を出しに行く前日、労働者たちが大勢ジョンの家に押しかけて、それぞれに国会で訴えてもらおうと自分たちの苦境を述べる。そのような人々の中にあって、ジョウブ・リーが提案するのは自由貿易推進を訴えることである（第八章）。自由貿易が周り回って繊維産業を振興させ、労働者の生活を楽にするという論理だが、日々の生活の苦しさを訴える他の人々の発言の中にあっては現実離れして響く。後にカーソンに対してジョン・バートンの考えを代弁するとき明らかになるが、ジョウブ・リー自身、「生きていくために必要なものをきりつめねばならない」（第三七章）ような経験もしている。それでも彼は学問をやめて労働運動をしようとは考えなかった。これらの労働者学者は、支配階級から見れば、エネルギーを趣味の世界で発散させ、労働運動には向けないですんでいる、理想的な例といえるかもしれない。

労働者学者の活動のうちでも昆虫採集や植物採集などは戸外での活動を伴う。支配階級が労働者に与えようとした娯楽は戸外での活動と知的・道徳的向上をもたらす娯楽だった。採集はその二つを兼ね備えた活動である。同じように二つの要素を兼ね備えていて支配階級が労働者に勧めた娯楽に園芸がある。十九世紀半ば、ミドル・クラスの家庭が郊外に出るのに伴って、庭は家庭に欠かすべからざるものとなった。[16] 園芸は、戸外のすがすがしい空気の中、生長する植物にふれて活動するという点で、時間や機械に縛られて生活する社会にあって好ましい娯楽とみなされた。庭仕事はまた、家庭的生活を大事にし、所有物を尊重し、社会的に協調していこうとする態度を醸成するとも考えられた。このような利点をもつ娯楽を労働者階級の間にも広めれば、彼らは自分の家での庭仕事にやりがいを見出し、楽しみと居場所を求めてパブに行くことはなくなるだろうと期待された。[17] このため、労働者の福祉に関心を持つ雇用者の間で、一八三〇年代から労働者の住宅に庭をつけようとする動きが広

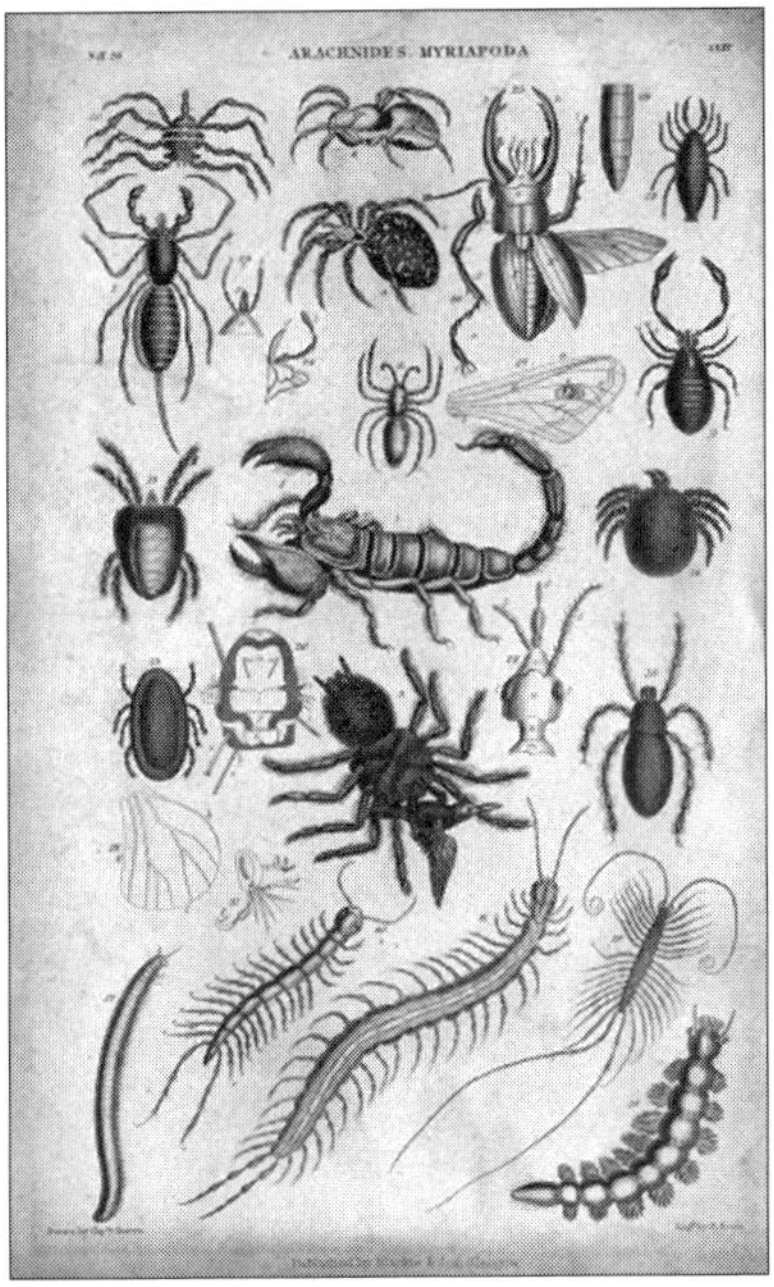

図②　T・ブラウン原画、R・スコット版画「節足動物および多足類18種」（19世紀半ば）ジョウブ・リーが夢中になって見ていたのはこのような図録だったかもしれない。

まった。庭の広さは半エーカーが適当であるという示唆もなされたほどである。[18] ロンドン・レッド・カンパニーという鉛採掘会社は、早い時期から従業員の住居は必ず庭付きにして、庭仕事することを促していた。会社は園芸協会を助成するほか、庭のコンテストも企画した。毎年、最もよく手入れされた二つの庭を選び、各に賞金として各十シリング六ペンスが与えられたとのことである。[19] チャドウィックの報告書にも、自分の工場の労働者のために快適な庭付き住居をあてがった工場主のことが記録されている。その庭は労働者に仕事後の娯楽を提供するとともに、できた花や野菜を売れば収入になるので、趣味と実益を兼ねたものになると評価されている。[20] ディズレイリの『シビル』（一八四五年）で、工場主トラフォードが労働者に与えているのもまさに同じような住居である（第三部第八章）。トラフォードは家庭の重要性を認識していたので、労働者たちに居心地の良い家を与えることに腐心した。そして各戸に小さな庭をつけ、庭仕事を奨励した。労働者たちは園芸協会に属し、育てたものを品評会に出して出来を競っていた。後にトラフォードの工場は群衆によって攻撃されそうになるが、労働運動の指導者であるジェラードが、トラフォードは労働者たちに対して思いやりのある工場主であるといって引き取らせる（第六部第一〇章）。庭付きの家を与える雇用者と、それを享受している労働者の間に友好的労使関係が築かれていることが証明される場面である。

しかし、雇用主から庭付きの家を与えてもらえるのは、労働者全体から見ればほんの一握りにすぎなかっただろう。とくに、都市に住む労働者にとっては、草花を育てるための土地など望むべくもなく、たとえ土地があったとしても、煤煙の中で植物を育てることは容易ではなかっただろう。[21] 園芸の利点と考えられた屋外の空気の中の活動自体不愉快なものとなったかもしれない。それでも、園芸のもうひとつの利点、すなわち生長する植物の世話をすることがもたらす楽しみは、室内でも手に入れられる。ささやかに鉢花を育てることなら都市の労働者階級の家庭でも可能だっただろう。

『メアリ・バートン』では、二軒の労働者階級の家の窓辺に鉢花が置かれていることが語られる。まず物語冒頭近くでは、ジョン・バートンの家の窓辺にゼラニウムが二鉢置かれていることが描写される。しかし、それらはしばらく剪定しなかったために、葉がのび放題になってしまっている（第二章）。ゼラニウムは丈夫で育てやすい花だが、小まめに丈を切り詰めていないとすぐに茎が伸びてしまい、脇芽も出ず、したがって花も少なくなってしまう性質を持っている。一家の主婦は身重である上に、妹の失踪に心を痛めていることもあって、鉢花の手入れは後回しになっているようだ。家庭の状況が悪くなる前は、バートンの妻も花の世話をすることに楽しみを見出し、手入れされた鉢花は家庭生活に潤いをもたらしたであろう。一方、バートン家と家族ぐるみでつきあいのあるウィルソン家の窓辺にも植物が飾られている。こちらでは主人のジョージが小まめに世話をしていた。しかし、この夫亡き後、妻は長い間水をやらずにいて、あげくの果て今度はやりすぎるという間違った世話の仕方をしたために、花はしおれてしまっている（第一〇章）。労働者の家庭にあっては、日々の生活のために草花の世話が後回しになるような場合が多かっただろうことも容易に推測できるが、『メアリ・バートン』において、二軒の家庭の窓辺に鉢花が飾られていることは、室内園芸が労働者の間で楽しまれていたことを示している。

室内でもっとも簡単に植物を楽しむ方法は切り花を飾ることである。「リビー・マーシュの三つの祭日」（一八四七年）第一章では、リビーの向かいの部屋に住む病気の少年フランキーが、母親が買ってくれたミクルマス・デイジー［アスター］の花束を大事に管理している。注ぎ口の欠けたティーポットを花瓶とし、熱が出たときのために母親が置いてくれている水差しの水を花瓶に補充しながら、花をできるだけ長くもたせようとしている。枯れた花殻をこまめに切り取り、最後には残った花を押し花にする。そして花がない冬の間はその押し花を眺めて楽しんでいるのである。フランキーは不自由な体でできる限り切り花の世話をし、そこから大きな楽しみを得ている。

学問をしたり園芸を楽しむのは、支配階級から見れば望ましい余暇時間の使い方である。それは労働者を政治運動から遠ざけてくれるものと考えられた。確かに『メアリ・バートン』の労働者学者ジョウブ・リーは昆虫学に没頭していて、労働運動にはのめり込んでいない。その意味ではギャスケルの描き方は支配階級の考え方を代弁しているといえるかもしれない。しかし、その趣味を選んだのは支配階級の意向を汲んだからではなく、労働者自身が自分で選んだ趣味なのである。いくら勧められても、性分に合わないものは長続きしないだろうことは、職工会館が敬遠されがちであったことが示す通りである。園芸に関して言えば、ギャスケルの作品には雇用主から庭付き住居をあてがわれて園芸を楽しめるような恵まれた労働者はいない。それでも、室内で鉢植えの草花を育てたり、切り花を丁寧に世話をすることが楽しみもたらすことは描かれており、園芸が労働者の娯楽のひとつとなりうることは示唆されている。

第三節　散歩・ピクニック

『メアリ・バートン』は工場労働者たちがグリーン・ヘイズ・フィールズへの長い散歩を楽しんでいる牧歌的な場面で始まる。若者たちや家族連れが三々五々集い、野原を歩いている中にジョン・バートンとジョージ・ウィルソンもいる。バートンの妻は臨月の体だが、最近妹が堕ちた女として失踪してしまったことで心を痛めている。バートンの妻に心配事を打ち明ける。彼女は牧草地に座ってウィルソンの妻に心配事を打ち明ける。夫同士は一緒に歩きながらやはり同じ話題について話している。バートンの妻は悩み事を話すと少し気が楽になり、自分の家でお茶を飲むことを提案する。自然の中での散策が気分を晴らす効用を持つものとして描かれている。ふだんは迷路のように密集し不衛生な都市で日々を過ごす労働者にとって、新鮮な外気を吸うことはそれだけで大きな気分転換になっただろう。バートンたちが歩いていたグリーン・ヘイズ・フィールズはパブリック・フットパスという公共自然歩道だったが、十九世紀前半のイギリスでは囲い込みによって立ち入り自由の野原などが少なくなってしまっていたため、一般に開放された屋外スペースの確保が火急の問題とされていた。マンチェスターでは一八四六年にイギリスで初めてとされる公共公園が三箇所開園したが、これは同市でいかにオープン・スペースが必要とされていたかを示すものである。

『メアリ・バートン』冒頭でバートンたちが歩いているのは五月の休日ということになっている。これは聖霊降臨節の休日と考えて良いだろう。マンチェスターではこの時期に競馬が開催されていたが、日曜学校はこの催し物から人々を遠ざけるために、聖霊降臨祭の行進（Whitsun walk）という行事を催した。これは晴れ着に身を包んだ子どもたちが、後ろに大人たちやブラスバンドを従えて近隣を行進し、その後、野外でゲームをしたりお茶を飲んだりする催し物だった。『メアリ・バートン』冒頭の散歩は組織されたものとは見えないが、聖霊降臨祭の行進の伝統が背景にあると推測することもできる。

この行事を十九世紀前半のマンチェスターの人々がどのように楽しんでいたかが生き生きと描かれているのが「リビー・マーシュの三つの祭日」である。この作品は『ハウイッツ・ジャーナル』の一八四七年六月五日、一二日、十九日号に掲載された。この作品で描かれる三つの祭日（聖ヴァレンタインの祭日、聖霊降臨祭、ミカエル祭）のうち、聖霊降臨祭の直後に発表されたことになる。[22]この作品の第二章には、聖霊降臨祭の休みに労働者がオールトリンガムにあるダナム森林公園に出かける様子が描かれているが、読者はつい最近現実に繰り広げられた聖霊降臨祭のにぎわいと作中の描写を重ね合わせ、臨場感を持って読んだことだろう。

この作品の第一回目の掲載日にあたる一八四七年六月五日、『マンチェスター・ガーディアン』は、その前の週の木曜日すなわち五月二七日に、一万人がダナム公園に繰り出したことを伝えている。行楽客の中心はマンチェスターや近隣の地域から日曜学校の遠足で来た生徒で、ブラスバンドも二つ出たとのことである。また、五月二九日土曜日付の同紙には、マンチェスター近郊の日曜学校が、聖霊降臨祭の週、生徒をどのように楽しませたかが細かく記載されている。ユニテリアン・チャペル附属の日曜学校は、子どもたちを、水曜日はクイーンズ公園、木曜日はヘブデン・ブリッジへ連れて行き、それぞれの地でお茶をふるまい、さらに金曜の晩にはチャペルで親にお茶を、子どもたちにはパンとミルクをふるまった。同じくユニテリアンのロウアー・モーズリー・ストリート・スクールの五五〇人の生徒は、その週三回の遠足に連れ出されている。まず水曜日にはドイツ出身の実業家、サリス・シュワーブ氏所有のオックスフォード・ロードにある野原へ、木曜日にはダナム公園へ、そして金曜日には『メアリ・バートン』冒頭で描かれるグリーン・ヘイズへ連れて行ってもらっている。この一八三六年に開校した日曜学校では、ギャスケルの夫が隔週日曜に説教をしていた。エリザベスも一八四〇年代には積極的に日曜学校の活動に関わっていた（Uglow 121-22）とすれば、『ガーディアン』に報道されたにぎわいの中に彼女がいたと想像することもできる。この他にも、ウェスリー派メソジスト教会の日曜学校では、合計一、七七一人の生徒と一六六人の教師たちが、やはり水曜日から金曜日にかけて、ダナム公園や植物園、クイーンズ公園などに行っている。マンチェスター日曜学校ユニオンに属する学校二九校（在籍生徒数七、六七七人、教師数九三八人）も、木曜日および金曜日に、鉄道会社や運河会社の特別運賃を利用して、ダナム公園、オールダリー・エッジ、グロソップ、モットラム、ヘブデン・ブリッジなどの場所に出かけたとのことである。植物園や学校の後援者の所有地などに行った学校もあり、またいずれの日にもお茶が出されている。不況にも関わらず、子どもたちはおおむねきれいな身なりをしていたと記されている。結局この週、マンチェスター・バーミンガム鉄道を利用した日曜学校の生徒は六、三九〇人、マンチェスター・シェフィールド・リンカンシャー鉄道を利用した生徒と教師の数は二二、八四八人と計算されている。日曜学校関係者以外にも多くの人がマンチェスターから鉄道を利用して旅行に出ており、また逆にマンチェスターで開催される競馬をめざして周辺地域からマンチェスターに流入する旅客も多かった[23]。

右の新聞記事から、聖霊降臨祭にマンチェスターの人々が大移動する様子がよくわかる。「リビー・マーシュの三つの祭日」第二章でも、まさに同じような光景が展開されるが、そこではさらに、この行楽が労働者に与える精神的影響が描かれ、娯楽がもつ道徳的意味合いが示唆されている。

待ちに待った聖霊降臨祭の休日、天気は良く、リビーの住む通りでは、大声での行き先談義から、早くも上機嫌な労働者たちの様子が見て取れる。孤独なお針子リビーにとっても、向かいの家の病気のフランキーを喜ばせる計画を実行する日が来た。運河沿いの土手の牧草地、ダナム公園の樹木の新緑は美しく、都会の人間を魅了する。そして美しい自然は人々を善良にする。「休暇、素晴らしい天気、かぐわしい朝が人を親切にする力を持っているかのように……だれの心もみなかわいそうなフランキーに対して優しくなっているよう」（第二章）で、フランキーは道中多くの見知らぬ人々の助けを受ける。リビーたちは、屋外での活動のため早くに空腹になり弁当を食べてしまうが、ひとりの男が食べ物の寄付を募ってくれ、帽子一杯の食べ物が集まる（図③）。

このように人々の心が大きくなるにあたっては、美しい自然

図③ フィズ「ピクニック」『イラストレイテッド・ロンドン・ニュース』(1848年6月24日号)

がもたらす影響とともに、フランキーの存在が重要である。体の不自由さと痛みを甘受し、精一杯この遠出を楽しもうとしているフランキーの姿は、人々の心を寛容にし、長年の敵対関係をも和解させるものとなる。リビーの下宿先のディクソン夫人とフランキーの母親は長らく反目し合っていたので、その二人がダナムで鉢合わせしたとき……

一瞬、この出会いは気詰まりなものになった。……けれど、こんな祭日に、しかもこんなに美しい穏やかな場所で、優しい母なる自然の慰めを無視することはできなかった。またたとえ自然の慰めは無視できたとしても、フランキーの姿を見れば、たちまち畏敬の念に打たれて、腹立たしい気持ちも穏やかなものになったであろう。(第二章)

フランキーを前にすると、人々は何をおいても彼を手助けしようとする。病気がもたらす苦痛に耐えて運ばれていき、ダナムの森に天国を見るフランキーは、人々を謙虚にし、良き者とする。死を目前にしていることが明らかな少年を前にして、争いや反目は姿を消し、優しく親切な心が前面に顔を出す。人々は、病気の子に、労働者階級にとって最高の楽しみを味わわせてやれたことに満足を覚えるだけである。一日の終わり、自然の美しさと心地よさを満喫し、フランキーを手助けすることによって喜びがもたらされた人々の顔は、天国に行った時の人々の顔と似たような表情を浮かべている。この作品では、ピクニックというレクレーションは、単に日々の疲れを癒すものとしてではなく、疲弊した精神を真に再創造《リクリエイト》するものとして描かれている。

「リビー・マーシュ」では、美しい自然を満喫した労働者たちが新しい友情を築いた様子が描かれているが、実はこの時期、現実世界では労働者の間に一触即発の状況があった。一八四七年の五月から六月にかけて、マンチェスターに住むアイルランド移民とイングランド人労働者の間の緊張が増していたのである。ギャスケルの夫が五月下旬に聞いたところでは、聖霊降臨祭前後にアイルランド人に対する暴動が起こることを恐れ、義勇騎兵団が秘かに訓練を行なっているということだった（Uglow 181）。ギャスケルは現実世界での争いに心を痛めながら、祈るように、この助け合い、赦し合いの物語を書いたのかもしれない。

第四節　鉄道旅行

ギャスケルは旅好きだった。煤煙のマンチェスターを逃れて気分転換をするために、しばしば外国も含めた旅行をしている。イギリスでは一八三〇年代から四〇年代にかけて鉄道網が全国に張り巡らされ、この時期、ミドル・クラスばかりではなく労働者階級にとっても、旅行がひとつの娯楽となりつつあった。トマス・クックをはじめとする労働者階級向けの団体旅行も興隆の一途をたどっていた。言うまでもなく、トマス・クックが初めて団体旅行を企画したのは禁酒運動の一環としてであった。ギャスケルは禁酒運動に熱心に取り組んだ牧師の妻として、旅行が飲酒に代わる娯楽となる可能性について考えたことだろう。すなわちギャスケルは、個人的に旅行の楽しみを享受していただけではなく、労働者階級の生活を改善する一方策としての旅行という側面も認識される場に生きていたのである。本節では、ギャスケルの作品において、鉄道旅行が労働者階級の生活改善に資する手段として描かれているかどうかを検証する。

『メアリ・バートン』では、旅行が労働者階級にとっても気分転換を促す娯楽となりうることが示唆されている。メアリが、ジェムの母親のリヴァプール行きの可否を尋ねたとき、医師は「そのくらいの短い旅行なら疲れないし、気晴らしになるかもしれない。是非行かせなさい」（第二四章）と強く勧める。旅行が持っている気分転換の効果を考えて、息子が殺人容疑で逮捕されるという辛い目に遭った母親の慰めになると思われているのである。もっともこの時は、メアリの真意がウィルソン夫人のリヴァプール行きを止めてもらいたいことにあるのを知って、医師は前言を撤回して旅行を禁ずるが、この場面での医師の最初の反応は、気分が塞いでいる人に旅行を勧めることが労働者階級に対しても常識的なアドバイスであったことを示している。

旅の楽しみは、旅行中のみならず出発前からもたらされる。それはジョン・バートンも感じることである。バートンはチャーティストの代表団の一員として請願を出しにロンドンに行くことになった。それは遊びのための旅ではなく、重要な任務を負った旅である。そうではあっても、出かける前のバートンには「ロンドン見物をするという子どもじみた喜びもあった」（第八章）。そして実際、ロンドンの通りでは「使命をすっかり忘れて子どもみたいにきょろきょろした」（第九章）。この日は女王の謁見の日で宮殿周辺は非常に混雑しており、バートンの一行はこのにぎわいに巻き込まれる。その騒ぎにただもまれていれば良いのであれば、土産話のひとつとなってすんだだろう。しかしバートンたちには議会で請願するという責務があった。人波をかきわけて議会に行く途中、一行は、謁見につめかけた紳士淑女を守ろうとする巡査に阻止され、暴力まで振るわれる。結局、一瞬使命さえ忘れさせかけたロンドン見物への期待は、マンチェスターにおけると同じく、持てる者と持たざる者との対立を思い知らせる出来事に打ち消されてしまう。ジョン・バートンのロンドン行きのエピソードでは、労働者階級にとって旅行が楽しみになりうることを示唆しながらも、実際には失望が強調されている。

『メアリ・バートン』は一八三〇年代終わりに舞台設定されているので、一八三〇年に開業したマンチェスター・リヴァプール間の鉄道はすでにマンチェスターの人々の日常生活に入り込んでいる時代ということになる。しかし日々の暮らしを徒歩圏内で送っていたメアリは、鉄道を利用する機会のないまま成長した。メアリにとっては、マーガレットが歌手として巡回して回ったヨークシャーやランカシャーの土地の名前を聞いても、オーストラリアと同じように遠く感じられる（第一二章）。そんなメアリが初めて汽車に乗るのは、愛するジェムの裁判で証言するためにリヴァプールへ行く必要が生じたときである（第二六章）。そのような事情によって乗ることになる列車は、乗る前も乗った後も楽しみをもたらすことはない。駅では「人々が急いでいる様子、喧騒、発車ベルの音、警笛、到着列車のシュッシュッいう音やピーと鳴る汽笛の音に戸惑った」（第二六章）。列車がマンチェスターを出るときにも、初めての経験に胸ふくらませるということはなく、移民が故国を離れるときのような郷愁を感じる。列車の走行中、視線は沿線の美しい田園風景にやっていたものの、裁判のことで頭がいっぱいで実際には何も見ていなかった。そしてついには同乗する弁護士の書記たちが「殺人事件」のことを話すのを聞かされる羽目になる。メアリにとって、初めての列車の旅は苦痛を味わうものでしかない。

また、鉄道は「普通の交通機関」（第二六章）とはいっても、その運賃は労働者にとって安いものではなかった。船員のウィル・ウィルソンは三シリング六ペンスの鉄道運賃が手元にないとき、マンチェスターからリヴァプールまでの三〇マイルを歩くことにする（第一七章）。また、汽車に乗ることは、初めてではなくても緊張を強いるものであった。ウィルは、リヴァプールからマンチェスターに向かう汽車に乗っている間、マーガレットの祖父に取り入るために用意した贈り物を盗まれまいと、その上に座って用心していた（第一五章）。リラックスして風景を楽しむどころか、隣の人が泥棒かもしれないと警戒していなければならなかったのである。（図④）たとえ貴重品を持っていなくても、見ず知らずの人と狭い空間に閉じこめられれば、道中神経を張りつめていることを余儀なくさせられただろう。

ジョウブ・リーは、産業の発展に伴って開発される新しい機械・装置類は、それが一時的に人々に苦しみをもたらすとしても、そのことも含めて神の贈り物であると明言する。

「確かに、機械織機が入ってきたときゃあ、手織工にとっちゃ辛かった。ああいった新式のもんは人の一生をくじみたいにしてしまう。けど、だからちゅうて、わしは、機械織機や鉄道やそういった発明品が神の贈り物だちゅうことを疑うことはしやしません。わしも長生きしたおかげで、苦しみをつかわされるんは、一層高い善を引き出すための神の御業の一部だちゅうことは分かっとります。」（第三七章）

『メアリ・バートン』での鉄道は、楽しみをもたらす贈り物と

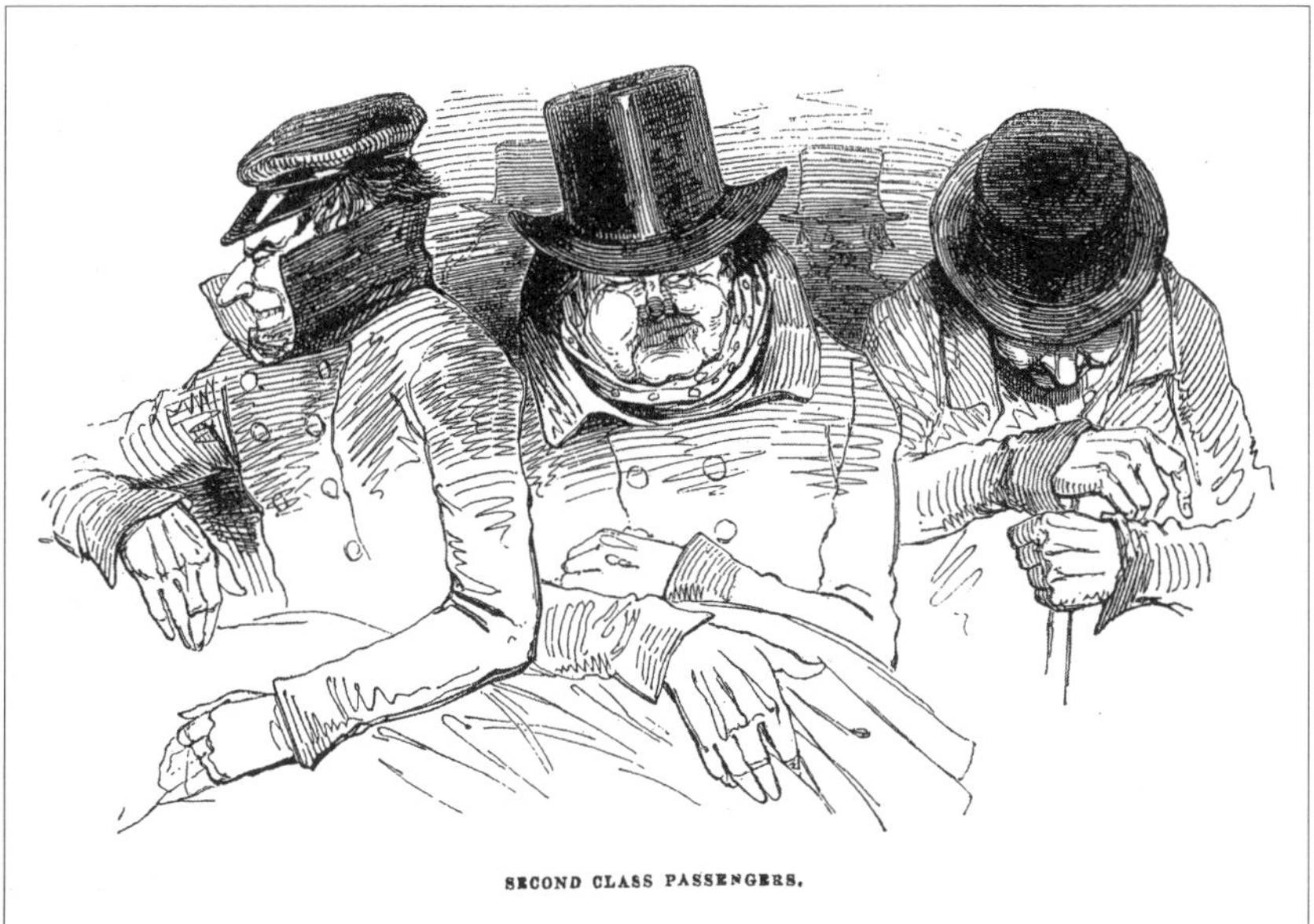

図④「二等車の乗客」『イラストレイテッド・ロンドン・ニュース』（1844年12月7日号）

しての側面より、不安、不満をもたらすものとしての側面の方が前面に出ている。ジョウブ・リーに言わせれば、そのような鉄道の持つ否定的側面は、多くの労働者階級の人々が鉄道によって楽しみを得られるようになるためにまず経験しなければならない苦しみ、ということになるのかもしれない。

ギャスケルの作品では鉄道への態度で新旧の対比が描かれることがある。『妻たちと娘たち』（一八六四～六六年）は、一八二〇年代から三〇年代を舞台にしており、鉄道が日常になった時代から見ると滑稽な鉄道初期の心配事などが描かれている。『クランフォード』（一八五一～五三年）では鉄道をめぐる新旧の対立がひとつの事件として現れる。静かで閉鎖的なクランフォードと鉄道がお互い相いれない性質のものであることは明らかだが、鉄道はこの村にとって単に反りの合わないものというだけではなく、村最大の事件、悲劇をもたらす。言うまでもなくブラウン大尉の轢死である。ブラウン大尉は、はじめ男性であること、また鉄道会社に職を得ていることでクランフォードの女たちにとっては目の敵のような存在だった。しかし、世話好きで屈託のない性格であることや、病気の娘に優しく接する態度などから、排他的なサークルに受け入れられるようになった。それがある日、駅で汽車を待っているとき、幼い女の子を助けようとして線路に入り、女の子は救ったものの自分は列車に轢かれて命を落とすのである。鉄道会社に勤めていたということを考えると実に皮肉な最期である。あたかも、鉄道に侵入されたクランフォードがブラウン大尉を代理にみたてて鉄道に復讐したかのようである。また、ブラウン大尉は事故直前『ピクウィック・クラブ』（一八三六～三七年）の新分冊を読んでいたとされ、そのために反応が遅れたと考えられている。物語の前段でクランフォードの主ともいえるミス・ジェンキンズとブラウン大尉の間に本の趣味をめぐって争いがあったが、『ピクウィック・クラブ』を読んでいたブラウン大尉の死によって、ミス・ジェンキンズと古い趣味に苦い勝利がもたらされたといえる。もっとも、この物語の語り手である若いメアリ・スミスはしばしばクランフォードとマンチェスターの間を列車で行き来しており、クランフォードの住人たちにとっても鉄道が日常生活の一部になるのは時間の問題であろう。

『従妹フィリス』（一八六三～六四年）でも鉄道敷設がそれまでの平穏な田舎生活を乱す様子が描かれている。この作品では、鉄道を導いてくる技師によって、平和だった家庭に波乱がもたらされる。鉄道建設は一刻一刻と場所を変えて進んでいくもので、それに携わる男も一箇所にとどまってはいない。建設中の路線が完成すれば、そこでは仕事がなくなり、まったく別の場所に移動することになる。本作品のホウルズワスはイギリス国内にさえとどまらず、野心を持って海を渡り、カナダに行ってしまう。そしてフィリスはすでに過去の人とばかり、行った先で出会った女と結婚してしまうのである。移動、前進する鉄道と鉄道技師が、通り過ぎる途中の土地で、地域・家族にしばられて容易に動くことのできない田舎娘とその周囲に苦しみをもたらすのである。

右に見た限りにおいては、ギャスケルの作品では鉄道が労働者階級の楽しみとなることがあまりない。作家ギャスケルにとっては、鉄道は新旧の価値の葛藤を生み出す装置、ジョウブ・リーの言葉を借りるなら「一層高い善を引き出すための神の御業の一部」であって、鉄道を描くときも、それがもたらす期待と失望の間の落差や不安、またそれによって共同体や家族などに生じる葛藤などが心をとらえていたようだ。

＊　＊　＊　＊　＊

十九世紀前半の支配階級が労働者階級にとって好ましい娯楽として考えたものは、大別して、知的向上をもたらすものと心身を解放させる屋外での活動だった。ギャスケルの作品に描かれている、職工が打ち込んでいる学問や労働者の家庭のささやかな園芸、野原の散歩、一日がかりの遠足などは、結果的には当時の支配階級の考える望ましい娯楽に合致している。とはいっても、ギャスケルの描く労働者たちはそれらを自ら選んだ楽しみとして享受している。恵まれない環境、限られた条件のもとに置かれても、人々はつねにどうにかして、今日の疲れを癒し、明日に生き延びるための楽しみを見つけてきたのである。

註

（1）Henry Mayhew, *London Labour and the London Poor*, vol. 1 (1861; New York: Dover, 1968) 11, 16, 42.

（2）Friedrich Engels, *The Condition of the Working Class in England*, trans. W. O. Henderson and W. H. Chaloner (1845; Oxford: Basil, 1958) 116.

（3）"Report from the Select Committee on Public Walks," *House of Commons Parliamentary Papers* (1833): 8.

（4）"Report from the Select Committee on Inquiry into Drunkenness," *House of Commons Parliamentary Papers* (1834): viii.

（5）*Manchester Guardian*, 10 August 1844: 7. 市議会の議決は八月八日になされた。この時期の『マンチェスター・ガーディアン』は水曜日と土曜日の週二回発行だった。

（6）Edwin Chadwick, *Report on the Sanitary Condition of the Labouring Population of Great Britain*, ed. M. W. Flinn (1842; Edinburgh: Edinburgh UP, 1965) 337.

（7）William Cooke Taylor, *Notes of a Tour in the Manufacturing Districts of Lancashire*, introd. W. H. Chaloner, 3rd ed. (1842; London: Cass, 1968) 133.

（8）Robert A. Slaney, *Reports of the House of Commons on the Education and Health of the Poorer Classes: A Plea to Power and Parliament for the Working Classes* (1840; New York: Garland, 1985) 138.

（9）心身ともに健康な労働者を確保したいという雇用者側の功利的な考えからすれば、仕事を遅滞なく進めるために能率の良い「合理的」な娯楽となるだろう。一方、支配階級が問題と考えていた飲酒・賭博・動物いじめなどの放縦な娯楽に対して「理にかなったまともな」娯楽という意味を際立たせたい場合は「理性的娯楽」という訳語のほうが良いように思われる。しかし、“rational recreation” の中には身体運動も含まれたので、知的側面を想起させやすい「理性的娯楽」は意味を狭めすぎることになるかもしれない。なお、“rational recreation” に関しては、Peter Bailey, *Leisure and Class in Victorian England: Rational Recreation and the Contest for Control, 1830-1885* (London: Routledge, 1978) が詳しい。

(10) *Manchester Guardian*, 7 October 1843: 6.

(11)「議会列車 (Parliamentary Train)」は、一八四四年成立したいわゆるグラッドストン鉄道統制法によって走ることになった列車である。同法は、三等客車の劣悪な設備が社会問題化したことを受けて制定されたもので、座席付き有蓋車を、時速一二マイル以上の各駅停車として、最低一日一本、一マイル一ペニー以下の運賃で走らせれば、鉄道会社に免税の特典を与えた。

(12) *Manchester Guardian*, 17 May 1845: 5.

(13) 一八四四年の大都市の状態に関する下院調査委員会報告によれば、ラットランドとウィルトシャーなど田園地帯の死亡時平均年齢が三六歳半であるのに対して、リヴァプール、マンチェスター、リーズ、ボウルトンなどの工業都市の平均は十九歳だった。“First Report of the Commissioners for Inquiring into the State of Large Towns and Populous Districts,” *House of Commons Parliamentary Papers* (1844): Appendix 12.

(14) J. W. Hudson, *The History of Adult Education* (1851; London: Woburn, 1969) 135-39.

(15) Hugh Miller, *The Old Red Sandstone, or, New Walks in an Old Field* (1841; London: Dent, 1906) 33.

(16) *The Gardeners' Chronicle*, 1841, qtd. in Stephen Constantine, “Amateur Gardening and Popular Recreation in the 19th and 20th Centuries,” *Journal of Social History* 14.3 (1981): 388.

(17) S. Martin Gaskell, “Gardens for the Working Class: Victorian Practical Pleasure,” *Victorian Studies* 23.4 (1980): 480; Constantine 390.

(18) John Burnett, *A Social History of Housing, 1815-1970* (London: David, 1978) 51.

(19) Arthur Raistrick, *Two Centuries of Industrial Welfare: The London (Quaker) Lead Company, 1692-1905* (Buxton, Derbys: Moorland, 1977) 27.

(20) Chadwick 309.

(21) ギャスケルは一八五七年の手紙で、「マンチェスターの煤煙の中ではどんな多年草が適当だろうかと考えなければならない」(*Letters* 489) と書いている。

(22) 一八四七年の聖霊降臨祭は五月二三日の日曜日で、その日に続く一週間が聖霊降臨節の週ということになる。

(23) *Manchester Guardian*, 5 June 1847: 8; 29 May 1847: 5.

第一五章

病　気

——工業都市の危険因子——

武井　暁子

マンチェスターの綿織工場で働く少女労働者たち（1851年）
『北と南』に登場するベッシー・ヒギンズのような少女たちは生計のため工場で働いた。

Chapter 15

Sickness: The Health Risks of an Industrial City

Akiko TAKEI

ギャスケルの作品の中で、マンチェスターを舞台もしくはモデルにした『メアリ・バートン』（一八四八年）と『北と南』（一八五四～五五年）は、ジョン・ルーカスの、両作品は「産業化が労働者階級と中産階級にもたらした影響の考察である」との指摘からもわかるように[1]、工業都市マンチェスターの暗部ともいうべき、貧困、住宅の密集化、不衛生、伝染病に翻弄される労働者階級の生活を重要なテーマとしている。

都市化の進行を問題とするなら、マンチェスターよりロンドンを筆頭に挙げるべきかもしれない。だが、ロバート・ウッズとニコラ・シェルトンの研究によると、一八四九～五三年、一八八〇年代、一八九〇年代のイングランドとウェールズ全土の平均寿命は五〇、五三、五四歳と、概ね五〇代の前半を推移しているが、マンチェスター、リーズ、リヴァプール等の工業都市が集中しているイングランド北部は一八六一～六三年の出生時の期待寿命がせいぜい三九・九歳で、全体の中で最も低い。さらに、イングランド北部と中部の工業都市では、乳児の死亡率が一八六一～一九〇〇年までを通じて、他の地域に比べて際立って高かった[2]。これらの地域での死亡率の顕著な高さは、自然の摂理というより、後天的要因にあると見るべきだろう。

ちなみに、マンチェスターの知的・文化水準の向上に貢献したマンチェスター統計協会（一八三三年設立）が一八四一年にマンチェスターと周辺の七つの町において実施した人口調査によると、工場労働者の中でも収入水準が最下位層が多く居住し、工場から恒常的に煤煙が排出されたマンチェスター市内の死亡率は三一・五九人につき一人なのに対し、人口が比較的少なく、富裕層が住むブラウトンの死亡率は六八・九八人につき一人であり、倍以上の差があった[3]。経済力と寿命には明白な因果関係がある。

工場労働者が人口のほとんどを占める工業都市というマンチェスターの特色は、識者の目を労働者の貧困と貧困に付随する不衛生、病、犯罪に向けさせる契機を生み出し、労働者階級の実態についての著作が続々と刊行された。イギリス全土の労働者階級の衛生状態を徹底調査し、大著『英国の労働者の衛生状態に関する報告書』（一八四二年、以下、『衛生報告書』と略記）を執筆し、公衆衛生運動の代名詞ともなったエドウィン・チャドウィックはマンチェスター近郊のロングサイトに生まれた。チャドウィックとともに公衆衛生運動に関わり、『マンチェスターの綿工業に従事する労働者階級の精神的・身体的状態』（一八三二年）を出版した医者・教育家ジェイムズ・P・ケイ＝シャトルワスはマンチェスター出身だった。

マンチェスターの労働者の貧困に目を留め、活字にしたのはイギリス人だけではなかった。『メアリ・バートン』出版の三年前に刊行されたエンゲルス著、『イングランドにおける労働者階級の状態』（一八四五年、以下、『労働者階級の状態』と略記）は一八四二年末から四四年八月までの間、エンゲルスが、父親が共同出資していた工場で働くかたわら、自ら観察したマンチェスターの労働者たちの実態に基づいて執筆したものである。

このように、『メアリ・バートン』と『北と南』が出版された時期は、労働者と雇用者との格差が社会問題となり、論争が最盛期に達していた時期と重なる。二つの作品において、ギャスケルもまた識者たちが問題視した労働者の貧困、不衛生、病の連鎖をリアルに描き出している。この章では当時の貧困と病に関する言説を検証しつつ、医療水準を明らかにし、ギャスケルの描いたマンチェスターの労働者たちの病の諸相を歴史的視点から考察する。

第一節　貧困、不衛生、病の連鎖

まず、ギャスケルについて論じる前に、ヴィクトリア朝中期までの衛生状態を概観してみたい。M・W・フリンによると、英国の多くの場所で、一八三一～三二年、一八四八～四九年、一八五四年、そして一八六七年にコレラ（図①）が発生し、一八二六～二七年、一八三一～三二年、一八三七年、そして一八四六年に発疹チフスが発生した。(4) 伝染病の頻繁な流行と、先に指摘した都市部での短命、貧困層での死亡率の高さは、劣悪な衛生状態と、病気を治すために有効な手段が皆無で、病気にかかったが最後、まず助からなかったことを例証する。ちなみに、

図①「コレラ王の裁判」『パンチ』（1852年）
この漫画では、コレラの正体について諸説あり、混乱を招いていたことが、人民法廷に集う大衆になぞらえられている。

『ルース』（一八五三年）第三三章では発疹チフス流行の一端を垣間見ることができる。

このような状況で、健康行政に携わる関係者の関心は、病気の治癒より環境改善を主体とした予防に向けられた。チャドウィックらを中心とする公衆衛生運動は予防を啓蒙する運動の中でも最大規模のものであった。歴史学者のエイサ・ブリッグズは、一八三〇年代から五四年は公衆衛生の歴史の中では、調査、混乱、法制化、行政の混乱の時期であり、もっともエキサイティングであると述べる(5)。

ヴィクトリア朝初期の公衆衛生運動は十八世紀の刑務所改善運動から環境決定論の主張を継承し、さらに貧困との関連を訴え続けた(6)。実のところ、労働者階級の貧困、不衛生、病の連鎖はチャドウィックら公衆衛生運動家たちの最大の関心事であり続けた。一八三八年にチャドウィックは、ケイ＝シャトルワス、ニール・アーノット、サウスウッド・スミスらにロンドンのいくつかの地域の健康状態を調査するよう命じ、ケイ＝シャトルワスたちは貧困と疾病の関連について報告書を提出した。ロンドン以外の工業都市でも事情は同じであった。例えば、マンチェスターの医師、リチャード・B・ハワードは「食料の不足から健康を害している人は、伝染病に対して無防備である」と述べている(7)。

チャドウィックの『衛生報告書』は新救貧法（一八三四年制定）の効果を調査したものであり、統計データとケイ＝シャトルワスたちに委託したような現地調査を多用する手法を用いた(8)。チャドウィックは数値と調査員から得た情報によって、汚く過密状態にある住居が伝染病の原因であることを立証した。病気を防ぐには、国家レベルの対策が必要であり、住環境を改善することは病人に給付金を払うより安上がりであるから、経済効率がよい、とチャドウィックは主張した(9)。

チャドウィックたちの環境改善への提言は、当時疫学で広く信じられていた悪臭説の影響が顕著に見られる。悪臭説自体は、ヨーロッパ大陸で公衆衛生の水準が最も高かったイタリア北部では十五世紀にすでに広まっており、目新しいものではない。悪臭説によると、伝染病発生のプロセスは汚れ→臭い→悪臭→伝染病となる(10)。チャドウィックたちは悪臭説を強く支持し、繰り返し上下水道の整備による汚物除去の効率化を強く訴えた。

> 様々な形態の伝染病、風土病、その他疾病は腐敗した動植物による汚染された空気によって、主として労働者階級の間に発生し、悪化し、ばら撒かれる。そして、湿気と汚物、狭く過密した住居を媒介して、イギリスのいたるところに住む人間の間に流行する。一戸建ての家であっても、大都市であっても、田舎の村であっても、小さな町であっても、ロンドンの最下層地域と同様に伝染病が蔓延する(11)。

悪臭説はウィルスや微生物の存在が明らかになり、疫病発生のメカニズムが解明される以前ならではのものだが、ヴィクトリア朝前期においては、一般大衆のみならず、医師も悪臭説を信じた。例えば、ブロンテ姉妹の父パトリックが愛読していたとされるトマス・ジョン・グレアム著、『現代家庭医学』（初版一八二七年）には、「囲いのないところに放置され堆積した都市の汚物によって、悪性熱［a malignant fever、発疹チフスのこと］は発生する」と書かれている(12)。この引用からもわかるとおり、ほこりと汚れた空気は数多くの病気を引き起こすものと考えられていた(13)。環境的要因によって病気が発生するとの論理は公衆衛生運動の骨子であり、チャドウィックら運動家たちのよりどころでもあった。

第二節　マンチェスター労働者階級の貧困と病

チャドウィックたちが強調した、労働者階級の貧困、不衛生、病の悪循環は、ギャスケルの最初の作品『メアリ・バートン』でも繰り返し描かれる。この小説の副題は『マンチェスター生活の物語（*A Tale of Manchester Life*）』であり、マンチェスターの労働者が居住する劣悪で不潔きわまる空間（図②）の写実的描写に富む。例えば、第六章「貧困と死（Poverty and Death）」では、工場労働者のひとり、ダヴンポートが住む下町の様子は、次の通り惨憺たる有様である。

図② ヘドリー・フィトン『マンチェスター、ロング・ミルゲートのスラム』（1894年）
『労働者階級の状態』出版から40年近く経っても、エンゲルスが糾弾したスラムは変わらず存在した。

この通り［ベリー通り］ほど、エディンバラの古くからの慣わしである「水に気をつけろ！」という叫び声が必要な場所はなかった。二人［バートンとウィルソン］が通りかかると、女たちが裏口から、家庭から出る汚水を何であれかんであれ、側溝にぶちまけていた。水は隣の側溝に流れ込み、あふれ、よどんだ。灰の塊［排泄物のこと］が踏み石のように並んでおり、清潔さには全く無頓着な通行人でさえもそれを踏まないよう注意した。（傍点は作者）

この描写から、マンチェスターの労働者が住む区域が下水設備を持たず、汚物を垂れ流しにし、不潔きわまる場所だったことがよくわかる。これこそ、伝染病が頻発する環境の典型として、チャドウィックたちが取り上げた事例だった。

不潔な狭い家屋だけではなく、食糧不足による慢性の栄養失調も病に対する抵抗力を損なう要因だった。ギャスケルは日々の食事にも事欠くほどの貧困を人々の風貌を通して描く。例えば、ジョン・バートンの体型と顔つきは「背は標準より低く、やせており、いかにも発育不良という感じだった。青白く血の気のない顔色は、子供の頃、不景気と普段の供えを怠ったために、窮乏生活に苦しんだことがわかるだろう」（第一章）とある。以降、飢餓と病気にかかりやすい環境の記述は続出する。

『メアリ・バートン』の最初の数章は、題名と同名のヒロイン、メアリの家族と知人に死が立て続けに起こり、まさに病と死の連鎖の様相を呈している。最初に、メアリを見舞うのは母親の出産による死である。イギリス小説において、出産による母親の死は枚挙に暇がない。ヴィクトリア朝小説では、例えば、ディケンズの『オリヴァー・トゥイスト』（一八三七～三九年）で、オリヴァーの母親はオリヴァーを生み落とすと同時に亡くなる。エミリ・ブロンテの『嵐が丘』（一八四七年）では、キャサリンは娘を産み、亡くなる。産科医の技術が低く、麻酔が普及しておらず、医療器具が未発達で、衛生管理が行き届かなかった時代は妊婦の出産時の死は虚構ではなく、悲しい現実であった。ディケンズが妻キャサリンとの間に一〇人の子供をもうけたことは有名な話だが（この他四回の流産があったといわれる）、J・A・バンクスの研究によれば、ヴィクトリア朝中流階級の間に産児制限の発想が芽生えるのはようやく一八七〇年代で、それ以前は、一家庭あたりの子供の数は概ね五～七人であった[14]。この数字からも明らかなように、ヴィクトリア朝イギリスでは、女性が出産の疲労から回復するゆとりもなく、妊娠、出産を繰り返すことはたびたびであった。出産は、女性に母になる喜びと共に生命の危険をもたらした。

バートン夫人の死は第三章の初めに描かれる。陣痛が始まり医者を呼びに行っても、支度に手間取り、到着したときはすでに手遅れになっている。バートン家の支払い能力を危ぶみ、往診を渋っているのが明らかに見て取れる。同時に、危険を伴う出産に立ち会う自信のなさや気後れが感じられる。「何をしても助からなかっただろう——体全体にショックを受けたようだ」（第三章）という言葉には、自己正当化と責任転換が感じられる。死は万人に訪れるが、貧乏人と富裕層では、医療の恩恵を受けられる度合いがそもそもまったく違い、診察と治療にあたる医者の資質と技量にも雲泥の差があった。

「弱り目にたたり目」と言われるように、バートン夫人の死後、バートンの失業、バートン夫人が命と引き換えに産み落とした男児の急死、と更なる不幸がバートン家を訪れる。幼児の死因は猩紅熱である。猩紅熱はジフテリアと並び、乳幼児がかかる確率が高い伝染病だった。ジョージ・ローゼンは、ヴィクトリア朝において幼児の死は階級を問わなかったが、労働者階級と貧困層のほうに件数が多く、しかも貧困と無知（病人を隔離しないなど）がそれに拍車をかけた、と指摘する。[15] ギャスケル自身も生後一年未満の長男を猩紅熱で亡くした。もっとも、ギャスケルと違い、バートン家の場合は貧困による食料不足が間接的な原因であることは明白で、バートンの工場主への怒りが掻き立てられる。

一方、労働者は失業したため、こうやって、のらくらせざるを得ない。店に陳列されたぜいたく品に目をやる。そして、家で待っている顔色が悪く文句一つ言わない妻、泣いてせがんでも食べ物をもらえない子供、そして愛する肉親の健康が衰え、死が迫っていることを考える。この差は大きすぎる。なぜ労働者だけが不況下で苦しまなければならないのか？（第三章）

医者からバートンへの助言は、「栄養があるものを食べさせ安静にさせ、猩紅熱の衰弱から体力を回復させる」（第三章）というものである。実際、「硝石か無害の液体で作った甘い水薬」（第六章）といった類のものしか薬がなかった時代は、[16] 健康維持のためには栄養を充分摂取することによって抵抗力をつけ、病気予防を心がけることがせめてものことだった。この医者のアドバイスはごく一般的なものであるが、バートンには食料を手に入れる術がなく、死期が迫っている子供に何もしてやれない。バートンが、工場主夫人が山のような食料品を買い込むのを目撃し、「苦い怒り」（第三章）を感じ、帰宅すると息子が息絶えている場面は、最初に指摘したとおり、健康と寿命は経済力に左右されるという冷たい現実を物語る。

バートン家の不幸からほどなくして、仲間のダヴンポートが腸チフスに罹患し、命を落とす。ダヴンポート一家が登場するのは第六章で、先にも述べた通り、「貧困と死」というタイトルは貧困と病の連鎖を明確に言い当てる。バートン家はむさくるしい下町にありながらも、家の中はきちんと整えられ、暖炉には火が燃え、団欒が感じられたが、ダヴンポート家は荒廃と不潔を絵に描いたような薄暗い地下室に暮らしている。

窓ガラスの多くは割れてぼろが詰めてあった。なるほど、昼間でも部屋は薄暗いわけだ。通りの状態について説明したあとだから、ダヴンポートが住んでいる地下室は悪臭がひどく、大の男二人［バートンとウィルソン］がぶっ倒れそうになっても、驚くにあたらない。二人はそんなことには慣れていたので、すぐにわれに返ると、暗闇を凝視した。二人の目に映ったのは、三、四人の幼い子供が、湿った、いや、ぬれたレンガの床の上で転げまわっているところだった。床には通りのよどんだ汚水が浸みこんでいた。（第六章）

悪臭、汚水、よどんだ空気、狭い空間、過密状態――チャドウィックたちが伝染病発生の要因と考えたものが、すべてこの地下室に存在する。ダヴンポートは、いわば不衛生な環境の犠牲者である。

腸チフス（typhoid）はコレラ、発疹チフス（typhus）と並んで、ヴィクトリア時代に多発した伝染病だった。一八二九年にピエール・ルイスが命名したtyphoidという用語は、「擬似チフス（-oid はギリシャ語の eidos = like に由来する）」の意味だったことからもわかるように、二つの病気は感染経路や病原体が全く異なるにもかかわらず、高熱、譫妄、発疹などの症状が共通しており、判別が難しかった。一八三六年にW・W・ゲラードが両者の識別を可能にしたが、一般的には両者を合わせて「チフス（typhus fever）」と称した。例えば、グレアムの『現代家庭医学』では、「チフス（typhus fever）」の項で、腸チフスと発疹チフス双方の説明をしており、腸チフスには"mild typhus," "low nervous fever," 発疹チフスには"malignant typhus," "putrid fever"という用語が使われている。[17] ましてや、一般大衆には両者の判別は不可能だった。『メアリ・バートン』原文では、ダヴンポートの病気は"putrid, typhoid kind"と書かれているが、"putrid fever"は発疹チフスの俗称である。バートンが薬屋でダヴンポートの症状を説明すると、店主は"typhus fever"と判断する。

腸チフスの病原体は腸内細菌の一種であるチフス菌で、感染経路は水や汚染された食物である。一八六一年にアルバート公が腸チフスのため四二歳で逝去し、一八七一年には皇太子も感染したことからもわかるように、この病気は必ずしも貧困層だけを襲ったわけではなかった。だが、先に指摘したように、富裕層と貧困層では受けられる治療と治癒率が全く異なった。皇太子は、後にヴィクトリア女王の侍医に任ぜられた著名な医師、ウィリアム・ガルの治療のおかげで回復したが、ダヴンポートは子供だましの薬しか与えられず、入院も出来ず、苦悶しながら死ぬ。語り手がいみじくも「貧乏人は伝染病に関しては宿命論者だ」（第六章）と言うとおり、ダヴンポートのような末端の労働者は伝染病に感染したら最後、死を待つしかなかった。腸チフスはダヴンポートを死にいたらしめただけでは足りぬとでもいうかのように、ウィルソンの双子の幼子の命までも奪う。

バートン夫人の死の時と同様、ダヴンポートの死の時にもまた、工場主たちの豊かな生活――中でも贅をつくした住居と食事が詳細に語られる。屋敷は金に糸目をつけず建てたのが明らかで、部屋には見事な調度品があり、書斎は立派である。工場主カーソン父子は料理がふんだんに並んだ食卓にごく当たり前のようにつき、夫人は、頭痛だと言いつつ、食欲旺盛で、調理法や盛り付けにまで細かく注文を出す。召使たちですら、バートンたちが口にできぬようなご馳走を当然のごとく食べている。召使もふくめてこの屋敷の住人は労働者の苦境にはまるで無関心であり、カーソンはダヴンポートの入院許可証を求めるウィルソンの訴えもまともに聞こうとはしない。工場主たちと労働者たちの生活にはまさに天と地ほどの開きがあり、富の不公平な分配をもっとも明確な形で体現する。

ダヴンポートの窮状は決して誇張ではなかった。エンゲルスの『労働者階級の状態』が、マンチェスターの労働者階級の生活の詳細な観察と記録に基づくものであることは先に述べた。例えば、次の一節はダヴンポートの陋屋と同様の悲惨な状況を語り、工場主による搾取を糾弾する。

町をさまよい歩いた結果を筋道立てて手短に述べるなら、マンチェスターとその周辺に居住する三五万人の労働者は、ほぼ全員、みすぼらしい、じめじめした、汚い小屋に住んでいると言わねばなるまい。小屋を取り囲む通りは、たいてい、もっともみじめで不潔な状態にあり、換気のことはまったく考慮せず、ひたすら建築主の利潤のためだけに設計されている。つまり、マンチェスターの労働者の住居では、清潔さも安楽もまったくない。その結果、快適な家庭生活もありえない。こういう住まいでは、肉体的に堕落し、人間性を失くし、堕落し、道徳的にも肉体的にも獣同然になりさがった人種だけが快適に、くつろぐことができるのだ。(18)

エンゲルスの客観的な描写とは異なり、「やつらは、俺たちから、逆さに振っても鼻血も出ないくらいに搾り取ったんだ。ひと財産作って、大きな屋敷を建てるためにだ。なのに、俺たちは飢えに苦しむだけだ。たくさんの仲間がな。世の中間違ってると思わんか？」（第六章）というバートンの訴えは、搾取される労働者の心からの叫びである。粗野な口調であるが、バートンの怒りはイギリスの労働者が共有するものであり、エンゲルスの主張を労働者階級の視点から表明したものである。

第三節　大気汚染と病

『メアリ・バートン』では、貧困、過密状態の狭い空間、不衛生が病気を誘発する要因として挙げられ、工場主と労働者間の格差が不平等の根源であった。だが、『北と南』の主人公マーガレット・ヘイルは元国教会牧師の娘であり、労働者の困窮をメアリより客観的に見られる立場にいる。北はマンチェスターをモデルとした工業都市ミルトンを表わし、南とはすなわちマーガレットの故郷の田舎町ヘルストンである。ミルトンとヘルストンの対比が表わすように、『北と南』は階級間格差に加えて、都会と田舎の環境間格差も重要な問題である。ヘイル家では、ミルトンとヘルストンの自然と空気の違いがことあるごとに比較され、故郷ヘルストンは郷愁の中で美化される。対照的に、ミルトンの騒音と汚れた空気はミルトンの住民全体の生活に影を落とす。

スティーヴン・モズレーの研究によると、石炭の燃焼時に排出される煙が呼吸器に与える害は、一六五九年にはすでに指摘されていた。だが、マンチェスターでは、一八四二年にマンチェスター煤煙防止協会が設立されるまで、煤煙と不健康との因果関係は人々の関心を引かなかった。一八四〇〜四二年の調査では、マンチェスターでは呼吸器と気管の疾患が死因の中で三〇パーセントを占め、首位だった。その後も状況は変わらず、一八七四年の調査では、マンチェスターでの呼吸器系の疾患（肺結核を除く）による死亡率は千人につき七・七人で、イングランドの都市の中で最も高かった。[19]

マンチェスターの住人が煤煙で汚染された空気が引き起こす健康被害にどちらかというと無関心だった事実とは矛盾するようだが、清浄な空気が健康維持には必要、との考えは決して目新しいものではなく、紀元二世紀までさかのぼることができる。ギリシャの医師ガレンは六つの後天的要素と習慣（空気、飲食物、睡眠、運動、排泄、精神状態）が健康を守るためには不可欠で、これらの均衡が崩れると体液のバランスが崩れ、健康を損なうと考えた。[20]十八世紀後半から印刷技術が進んだこともあって、一般向けの医学読本が数多く出版され、いずれもこの六つの要素について詳しく説明している。一例を挙げると、ウィリアム・バカン著、『家庭の医学』は一七六九年の初版からバカンが死去する一八〇五年まで十九版増刷され、その後も改訂版、重版、海賊版が二、三年ごとに出版され、一八四六年までイギリスで最もよく売れた医学読本だった。同書の本文計六五〇ページのうち、最初の一二八ページが第一部であり、病気の一般的原因を分析している。第一部のほぼ三分の二にあたる第三〜一一章の題名は順番に栄養、空気、運動、睡眠、不摂生、清潔、感染、感情、排泄である。[21]

六つの要素の中でも、空気への関心はとりわけ高かった。他の要素とは異なり、空気は人間が自在にできないものだからだ。きれいで新鮮で乾いた穏やかな空気がよく、湿って暑く有毒でよどんだ空気は有害とされた。そこで、田舎に住むことは健康によく、都市に住むと不健康になると信じてやまない人間が多かった。病原体や微生物の概念すらなく、伝染病発生と感染のメカニズムが判明していなかった時代においては、環境が健康を維持・改善するための絶対条件であり、転地療養はそうした考えの延長にあった。

ヴィクトリア時代でも、依然、環境によって健康状態が左右されると考えられていたことはギャスケルの作品からも立証できる。例を二、三挙げると、「ベッシーの家庭の苦労」（一八五二年）では、病弱な母親を海岸保養地サウスポートで療養させようと、ベッシーは必死に説得する。『クランフォード』（一八五一～五三年）第一〇章では、ジェイミソンの奥方が人気保養地のチェルトナムに療養に行くことが、しばしクランフォード住人のゴシップの種になる。『ルース』第三四章では、エクレストンの発疹チフス患者の看護に疲れたルースは、アバマスできれいな空気を吸って休養することを勧められる。これほどに、空気（土地柄）と健康の因果関係への信奉は根強かった。

『北と南』では、清浄な空気へのこだわりが、何よりもヘイル夫人の口を通して頻繁に語られる。ヘイル夫人は夫の社会的地位に不満を持ち、その不満は「きっとヘルストンの空気は私に合わないのと同様、あなた［ヘイル氏］にも合わないのよ、とパパに言ったの」（第三章）、「あなた［マーガレット］は風邪をひいたのよ、さもなければ、よどんだ池からの悪い空気で――」（第五章）等々、家の界隈の空気への不満と自身や家族の健康への危惧のかたちで語られる。ヘイル夫人は愚痴っぽく心気症の傾向があり、不満を持つことによって、自らの健康をいたずらに蝕み、さらに不満を増幅させるという悪循環を繰り返しているようにみえる。ヘイル氏はよき夫、よき父であるが、妻に対して負い目を持ち、毅然とした態度が取れない。両者を取り持つのがマーガレットの役目であり、マーガレットがよくいえば落ち着いて堅実であり、悪くいえばやや堅苦しい女性になったのもうなずける。

ヘイル氏が牧師職を辞し、北部の工業都市ミルトンへの転居を決定したときから、ヘイル一家は新たな不満の種を抱えこむ。ミルトンはダークシャー（Darkshire）という架空の州の一画にあるが、町のたたずまいはまさに「黒《ダーク》」である。例えば、一家が町に近づいたときの風景を見てみよう。

> 一家がミルトンに到着する数マイル前から、厚い鉛色の雲が目的地の方角に見える地平線に垂れ込めているのが目に映った。冬空の薄い青味がかった灰色との対比で、いっそう暗く見えた。ヘルストンには早くも霜が降りそうな兆候があったからだ。町に近づくと、空気はわずかに煙の味と臭いがしてきた。たぶん、結局のところ、何であれ実在する味や匂いというよりは、草地と牧草の香りがなくなっていったからだろう。小さな煉瓦作りで規則正しく建てられた家が立ち並ぶ、長く、真っ直ぐで、希望なき通りの上で、空気は勢いよく渦巻いていた。あちらこちらに、大きな長方形の窓がたくさんある工場が、ひな鳥に囲まれた雌鳥のように立ち、黒い「反議員法［一八四七年制定の都市改善条例法（Towns Improvement Causes Act）］」の煙をぷっぷっと吐いていた。マーガレットが明日は雨だと思った雲の色は、なるほど合点がいく。（第七章）

この描写はまぎれもなく典型的な公害のものであり、現代であれば、煤煙を排出した工場（図③）は責任を追及され、糾弾されるだろう。ところが、『北と南』が執筆された当時はよくも悪くも自由放任主義が横行し、上の引用からもわかるように、法は何ら強制力を持たなかった。ソーントンは法施行前に自身の工場の煙突の改良を行ったが、理由は一時的に費用がかかっても、石炭の削減になり経済効果が上がるからであり、環境や住民の健康に配慮したためではない。

工場主たち以上に、労働者たちにとっても法律は有名無実なものだった。一八〇二年に「徒弟の健康と風紀に関する法（Health and Morals of Apprentices Act）」が制定されて以来、九歳未満の児童の就労禁止（一八一九年）、工場法が遵守されているか監督のため工場監督官制度を制定（一八三三年）、婦人と児童の労働時間を一日十時間に規制（一八四七年）など、労働者保護と労働条件改善のために工場法の改定が重ねられたが、働かなければ食べていけない労働者にとっては、法規制や生活権は机上の空論でしかなかった。

ディケンズの『荒涼館』（一八五二～五三年）冒頭のロンドンの濃霧が法曹界の混迷を象徴するのと同様、ミルトンの煤煙はヘイル一家を心身両面から次第に蝕んでいく。ミルトンの新居に着いた途端、召使が「奥様はきっと長いことはありませんわ」（第八章）と断言するくらい、ヘイル夫人は意気消沈し、ミルトンへの以降健康が衰える。信念をもって牧師職を辞し、

図③ ハーウッド&マクゲイ『マンチェスター、オックスフォード通り、トゥイスト工場』（1860年）
工場の煙突からは黒煙が盛んに立ち昇っており、大気汚染が引き起こす健康被害に関して、工場主の意識が低かったことがわかる。

転居を決めたヘイル氏も同様に元気がなくなり、妻や娘におもねるかのごとく、ミルトンは健康によくない場所だと、しきりに言う。ひいては、ミルトン転居が妻の健康を損ねる原因になったという自責の念から自らを苛み、ヘイル夫人の死亡後、後を追うように亡くなる。平素気丈であったはずのマーガレットでさえも、ミルトンの空気は「元気の素が欠如している」（第一一章）との思いを抱き、疲労感、いらいら、頭痛に悩まされる。パッツィー・ストーンマンはマーガレットの強い性格を指摘するが（Stoneman［2007］84）、カーテンが一週間で真っ黒に汚れるミルトンの生活で、マーガレットが心身ともに消耗していることには全く言及しない。マーガレットと、ミルトンの申し子のような頑健そのもののソーントンとの結婚は、マーガレットがミルトンに順応したということなのだろう。だが、マーガレットのヘルストンへの変わらぬ愛着をみると、割り切れぬものを感じる。

ヘイル一家の健康の衰えは、とどのつまり、都市と田舎の環境格差に帰することができる。同時に、『メアリ・バートン』から引き続き、『北と南』でも労働者の苛酷な生活は重要な主題である。『メアリ・バートン』では労働者の衣食住に事欠く貧困がリアルに描かれたが、『北と南』では労働環境の劣悪さが問題視されており、ギャスケルの視点がより社会性を持ったものになっている。この点を明らかにするために、ベッシー・ヒギンズの肺結核罹患を検証したい。

ミルトンの工場労働者たちは、町全体を覆う煤煙に加えて、仕事場の汚れた空気によって、健康を蝕まれる危険に恒常的にさらされている。ベッシーはその犠牲者の一人であり、マーガレットとの初対面のときは、すでに肺結核が相当進行し、天国に行き安らかに暮らせることを想像するだけが楽しみという状況だ。ベッシーは母親の死後綿織工場で働き始めた時から健康が衰えたこと、工場内での騒音と換気設備の不備をマーガレットに訥々と話す。

「風を起こしてほこりを外に出すために、梳綿室の端に大きな車輪を取りつける工場主もいるよ。でも、その車輪はとっても高価なんだ——五、六百ポンドするよ、それに全然もうからないんだ。だから、車輪をつけようとする工場主はほんのわずか。あたい、車輪のある部屋で働きたがらない人たちがいると聞いたことがあるんだ。その人たちはずっと綿毛を吸いこみ続けてきたから、綿毛を吸わないとどんだけお腹がすくか、そして、そういう部屋で働くなら、賃金を上げてもらわなければならないと言ってるんだ。それで雇い主と労働者とのあいだで車輪の話はおじゃんになる。でも、あたいは自分たちの場所に車輪があったらと思うんだ」（第一三章）

たどたどしくはあるが、ベッシーは、『北と南』連載時に、マンチェスターの工場労働者たちが置かれた労働環境の真実を語る。ヴィクトリア朝前半において、肺結核は成人の死因の首位を占めた伝染病だった。[22] ベッシーのような工場労働者がとりわけ肺結核にかかりやすかった理由は、工場内に浮遊するちりとほこりで肺を冒されやすかったこと、栄養失調で病気への抵抗力が弱かったこと、狭い工場内は伝染が速く、しかも長時間労働だったこと、そして、ベッシーの語りからもわかるように工場主たちが換気対策を講じなかったことである。肺結核はキーツ、ブロンテ姉妹、ショパンらの芸術家が罹患したこともあって、往々にしてロマンティックなイメージを付与され、美化される傾向があった。だが、ギャスケルは上辺にごまかされず、肺結核は、労働者たちの貧困、工場主たちの無責任、有名無実な法が複合的に関連して発生する、いうならば社会的な病であることを鋭く描く。エンゲルスが、イギリス社会は「労働者が健康を保てず、長生きできないような状態においている。そして、労働者の生命力を徐々に蝕み、天寿を全うする前に墓場へ追い立てる」（C 107）と、断じた通りだ。

第四節　貧困と依存症

ベッシーの語りでもっとも哀れを誘うのは、労働者たちは空腹のあまり、有害な空気ですら吸い込まずにはいられなかったことだ。食べていくためには子供が年齢を偽って就労する、超過労働をするなどは日常茶飯事で、違法就労がかえって雇用者の利益と自分たちの人権侵害につながるとの認識はなかった。しかし､そこまで過酷な生活をしても食べていけないとなれば、労働者たちが自暴自棄になるのはむしろ当然といえよう。

チャドウィック、エンゲルスらは、困窮した労働者たちの堕落を一様に指摘する。チャドウィックは『衛生報告書』の最後で、「悪い環境は成人を短命にし、目先のことばかりしか考えず、向こう見ずで、不節制にし、みだらな快楽無しにはいられなくなる」（R 423）と締めくくる。エンゲルスもまた、次のように主張する。

労働者は獲物のように追いつめられ、心の安らぎも、静かな人生の楽しみも味わうことを許されない。労働者は酒池肉林以外のすべての楽しみを奪われ、精神的にも肉体的にも限界まで、毎日働かされる。だから、労働者は、自分の自由になるたった二つの快楽にしきりに駆り立てられる。そして、もしこういう状況に打ち勝ったとしても、不景気には失業し、それまでもったいなくも与えられていたわずかな楽しみさえ、奪われるのだ。（C 109）

チャドウィックとエンゲルスの記述は、統計によっても立証可能である。先に挙げたマンチェスター統計協会の一八四一年の調査によると、貧困労働者が多く住むマンチェスター市内と富裕層が住むブラウトンでは、私生児の出生率は、マンチェスター市内が一七・九三人に一人に対し、ブラウトンは五六・五人に一人という結果だった。[23]

一方、『メアリ・バートン』と『北と南』では、中産階級の読者を意識したのかもしれないが、メアリの叔母エスタが私生児を出産し、売春婦に身を落とすということはあるものの、労働者の性的放縦は描かれない。その代わり、絶望と悲痛を紛らわすために、アヘンや酒を常用し、現代の依存症患者と思しき人物が登場する。一例として、ジョン・バートンのアヘン中毒を考察しよう。

アヘンといえば、ド・クインシーの『アヘン常用者の告白』(一八二二年、以下、『告白』と略記)を筆頭に、ディケンズの『エドウィン・ドルードの謎』(一八七〇年)、ドイルの「唇のねじれた男」(一八九一年)のアヘン窟が思い浮かぶだろうが、古くから鎮痛剤として使われていた。十八世紀後半にはアヘンをアルコールに溶かしたアヘンチンキは家庭に常備され、病気の種別、患者の年齢を問わず無差別に用いられた。[24]クインシーは、一八〇四年秋、ロンドン滞在中に、リュウマチ性の痛みを頭部と顔におぼえ、三週間も苦しんだ末、知人の勧めでアヘンを服用したのをきっかけに、惑溺するようになっていった。アヘンを吸引した時、初めて感じた恍惚感は次のように描写される。

天よ！　何という激変だ！　内なる魂のどん底からの何という高揚だ！　内なる世界の何という啓示なのだ！　痛みが消えたことなど、今や瑣末なことに見えた——そんな消極的な効果は、私の前に開けた積極的な効果の無限の広がりの中に——突然現れた神聖な喜びの深淵に、呑みこまれてしまった。[25]

『告白』冒頭の読者への呼びかけでも明らかなように、アヘンは酒よりも廉価で、薬局で少量の単位から簡単に手に入った。顧客の中には、クインシーの言に従えば、低賃金で酒を買うゆとりがないマンチェスターの綿織工もいた。

クインシーは、アヘンの快楽を新鮮なものにするために、一定の間隔をおいて吸引する、いわば玄人を自負していた。だが、バートンのような一般大衆はささいなきっかけから手を出したものが、いつのまにか病みつきになり、中毒症を起こすケースがほとんどだった(図④)。バートンのアヘン服用が明らかになるのは第一〇章で、このときすでに大量に服用しても目ざましい効果が得られなくなっており、常習者になっていることが察せられる。アヘンを常用するようになってからのバートンは、常に情緒不安定で抑鬱と不機嫌のいずれかであり、クインシーとは対照的に、恍惚や愉悦が全く感じられない。バートンがアヘンを服用するのは、妻と息子を亡くした悲しみ、貧困、雇用者への怒りと不安等々からつかの間逃れたいためであり、現実逃避である。メアリが自分の食料を買う金を節約してバートンに渡す金もアヘンに消えてしまうのは父親としてあるまじき行

図④ ギュスターヴ・ドレ「アヘン吸引――『エドウィン・ドルード』のインド人水夫の部屋」(1872年)
『エドウィン・ドルードの謎』から着想を得たこの絵には、アヘンの影響と思しき、恍惚とした中にもどこか痴呆的な表情が描かれている。

為であり、チャドウィックやエンゲルスたちがいう堕落の兆候をここに見ることができる。

バートンのアヘン濫用は、ジル・L・メイタスが指摘するとおり、労働者階級の欠点とされた自制心の欠如と考えることもできよう[26]。確かに、アヘン濫用で「偏執狂」（第一五章）の兆候が表れ始め、公の場で工場主の息子殺害を口にし、自らに実行役が回ってきて、のっぴきならなくなり殺人を犯すのは、性格の弱さが招いたことである。だが、語り手はバートンがアヘンを服用するにいたった経緯について、同情を示す。

だが、アヘンの服用、いや、濫用を容赦なく責めたてる前に、日々肉体が食物に飢える希望のない生活を経験してみるがいい……そんな生活や重荷を忘れられたら嬉しいではないか？　アヘンは、つかの間それを忘れさせてくれるのだ。（第一五章）

労働者階級の堕落は徳性の欠如ではなく、彼らが人並みの生活ができない経済構造が元凶なのではないか。語り手の声はギャスケルや、労働者に理解を示す識者の声でもある。

＊　＊　＊　＊

ギャスケル、チャドウィック、エンゲルスなどのマンチェスターに縁が深い知識人たちは、マンチェスターの労働者を苛む貧困、不衛生、病、死の悪循環を鋭く見抜いていた。フィクシヨン、報告、社会正義への呼びかけ、と形態は違うが、いずれも階級間の富の不公平な分配、無責任な工場主、生活のために搾取に甘んじ、自分たちの生存権も守れない労働者の無権利状態を繰り返し強調する。ことに、ギャスケルとエンゲルスのマンチェスターの描写は実体験に基づいたものだけに説得力がある。メイタスは『メアリ・バートン』は中流階級の読者に、たとえ労働者階級に自制心が欠如するように描かれていても、彼らの心情に同情的な反応を求めていると論じるが、その通りである。[27]

だが、ギャスケルとチャドウィック、エンゲルスが決定的に違うのは、ギャスケルは自己もしくは他者の病への対応を通して、労働者階級の善なる一面を印象的に描写したことである。バートンは、仲間が病に倒れれば、自分の食料も手に入らないのに、わずかな所持金を全部はたいて食料を買い、病人を看護し、家族を力づける信義に厚い人間である。衣食が足りれば、アヘン濫用も殺人もなかったはずだ。ベッシーは工場の過酷な労働が祟って肺結核に感染し、最初はマーガレットにもふて腐れた態度を取るが、誰も恨まず、マーガレットに感謝して、従容として死を迎える。バートンとベッシーの病への対応は人格を表わす、いわば鏡の役割を果たす。

バートンとベッシーの一連の行動は、貧困が即堕落を招くわけではないことを例証し、人間が本来備えているはずの徳性を示唆する。ルーカスは「ギャスケルはある意図を持って理論はもちろんのこと、歴史を書くのを決して望まない」と、考察する。[28]小説家ギャスケルはマンチェスターの労働者階級の貧困と病を詳細に描き、読者の理解を求めるとともに、極限状態に置かれても失われることのない高潔な精神を書きたかったのだ。

註

（1）John Lucas, *The Literature of Change: Studies in the Nineteenth-Century Provincial Novel* (Brighton: Harvester, 1977) 1.

（2）Robert Woods and Nicola Shelton, *An Atlas of Victorian Mortality* (Liverpool: Liverpool UP, 1997) 28-29, 48, 51.

（3）Thomas S. Ashton, *Economic and Social Investigations in Manchester, 1833-1933* (Hassocks: Harvester, 1977) 36.

（4）M. W. Flinn, introduction, *Report on the Sanitary Condition of the Labouring Population of Great Britain*, by Edwin Chadwick, ed. M. W. Flinn (Edinburgh: Edinburgh UP, 1965) 8-9. 正確を期するため、本章では typhus の訳語として従来用いられていた「チフス」の代わりに「発疹チフス」という用語を使用する。

（5）Asa Briggs, "Public Health: The 'Sanitary Idea,'" *New Society* 15 Feb. 1968: 229.

（6）Briggs 229; Flinn 38-39.

（7）Flinn 23.

（8）チャドウィックの手法の特色については、Mary Poovey, *Making a Social Body: British Cultural Formation, 1830-1864* (Chicago: U of Chicago P, 1995) 117; Roy Porter, *The Greatest Benefit to Mankind: A Medical History of Humanity from Antiquity to the Present* (London:

Harper, 1997) 410 を参照.

(9) Anthony S. Wohl, *Endangered Lives: Public Health in Victorian Britain* (1983; London: Methuen, 1984) 147.

(10) Carlo M. Cipolla, *Miasmas and Disease: Public Health and the Environment in the Pre-Industrial Age*, trans. Elizabeth Potter (New Haven: Yale UP, 1992) 4-5.

(11) Edwin Chadwick, *Report on the Sanitary Condition of the Labouring Population of Great Britain*, ed. M. W. Flinn (1842; Edinburgh: Edinburgh UP, 1965) 422. 以下、引用には R の略号とページ数を括弧に入れて示す。

(12) Thomas John Graham, *Modern Domestic Medicine*, 6th ed. (London, 1835) 196.

(13) Flinn 62-63; Cipolla 4-6.

(14) J. A. Banks, *Prosperity and Parenthood: A Study of Family Planning among the Victorian Middle Classes* (London: Routledge, 1954) 3.

(15) George Rosen, "Disease, Debility, and Death," *The Victorian City: Images and Realities*, ed. H. J. Dyos and Michael Wolff, 2 vols. (London: Routledge, 1973) 2: 649.

(16) Lucas 41. ウィルソン家の子供たちが飲まされたのは「ゴドフリーの強心剤（Godfrey's Cordial）」というインチキ薬であると、ルーカスは推定する。この薬はアヘンを含んでおり、多量服用すると衰弱、昏睡を引き起こすことがあった。エンゲルスもこの薬の有害さを指摘する（Engels 115-16）。

(17) Graham 664-73.

(18) Friedrich Engels, *The Condition of the Working Class in England*, ed. David McLellan (1845; Oxford: Oxford UP, 1999) 75. 以下、引用には C の略号とページ数を括弧に入れて示す。

(19) Stephen Mosley, *The Chimney of the World: A History of Smoke Pollution in Victorian and Edwardian Manchester* (2001; London: Routledge, 2008) 61, 96.

(20) William Coleman, "Health and Hygiene in the *Encyclopédie*: A Medical Doctrine for the Bourgeoisie," *Journal of the History of Medicine* 29 (1974): 400.

(21) 筆者が参照したのは、William Buchan, *Domestic Medicine*, 18th ed. (London, 1803) である。ちなみに、ディケンズの『リトル・ドリット』（一八五五～五七年）に登場するティキット夫人は『家庭の医学』の愛読者である。同書が一八五〇年代でもよく売れていたことがわかる。

(22) F. B. Smith, *The People's Health 1830-1910* (London: Croom Helm, 1979) 288; Wohl 130. ヴィクトリア朝前半において、結核は伝染病であるとの概念はなかった。コッホが結核菌を発見したのは一八八二年である。

(23) Ashton 36.

(24) 十八世紀後半にアヘン、キニーネ、水銀等の劇薬が一般家庭で濫用されていた状況については、Akiko Takei, "Jane Austen and 'A Society of Sickness,'" *Persuasions* 27 (2005): 145 を参照。

(25) Thomas de Quincey, *Confessions of an English Opium-Eater*, ed. Jonathan Wordsworth (Oxford: Woodstock, 1989) 90.

(26) Jill L. Matus, "*Mary Barton* and *North and South*," *The Cambridge Companion to Elizabeth Gaskell*, ed. Jill L. Matus (Cambridge, Eng.:

Cambridge UP, 2007) 31.
(27) Matus 27.
(28) Lucas 15.

第四部　【ジェンダー】

第一六章

女同士の絆

――連帯するスピンスターたち――

田中　孝信

レディー・クレメンティーナ・ヘイウォーデン
『窓辺の姉妹――外を見るイザベラ、中を見るクレメンティーナ』（1860年頃）

Chapter 16

Female Bonds: Spinsters in Solidarity

Takanobu TANAKA

第一節　女同士の間に友情は存在するのか？

十九世紀の半ばには、はたして女性には友情を育んだり共同生活を営む能力があるのかという点について、活発な議論が巻き起こった。もちろん、それまでもこの問題が論じられたことがなかったわけではないが、十九世紀前半から女性の著述家が急速に台頭してきた状況を反映して、この議論に女性自身が初めて積極的に参加したのである。

女性が友情を育めるかどうかについて、彼女たちの主張は真っ向から対立した。一八六三年五月に創刊された女性による女性のための雑誌『ヴィクトリア・マガジン』は、女同士の友情が帯びる可能性や価値を高く評価する。女同士の間には「必然的により強い同情心、したがってより誠実な優しさ、より思いやり溢れる慈愛」[1]があると主張し、女性は互いに思いやりのある態度をはっきりと示すことができると結論づける。その一方で、例えばイライザ・リン・リントンは同性を糾弾し、一八六八年三月から保守系高級ジャーナリズムの一つ『サタデー・レヴュー』紙に連載された「当世娘」という女性嫌悪の評論で多大の成功を収める。彼女は女同士の間に「誠実な姉妹関係」を確立するのは可能であると一応認めつつも、女性の友情には「嫉妬心がつきものであり」[2]、女性の行動の大半は競争心によって決定づけられると強く主張する。

そうした否定的な見解が生じる背景の一つとして、一八五〇年の「教皇の侵略」以降ますます高まる反カトリシズムの動きが挙げられよう。盛んに出版された『囚われの尼僧アグネス——女子修道院の生活風景』（一八五四年）や「悪魔の尼僧ジェラルダ」（出版年不詳）のような反女子修道院フィクションは、女性が自律的に営む共同体が帯びる危険性を明らかにする。そしてそれは、一八六八年二月に慈悲の聖母童貞会の尼僧ソーリンが院長を名誉毀損の咎で訴えるという現実に起こったセンセーショナルな裁判によって実証されることになる。原告側の主席弁護人サー・ジョン・コールリッジによれば、この事件は「女性たちが他の人々から隔絶し、自らの本能に反したとき、彼女たちが何をしでかすか」[3]を示しているのである。

女性の友情を巡る議論の焦点となったのは未婚女性だった。一八五一年の国勢調査で、七五万人以上の寡婦に加えて二五歳以上の未婚女性が百万人以上いることが判明した。[4]特に、下層階級の未婚女性のように自ら進んで働くことを許されなかった中産階級の未婚女性たちが職業や住居の面で様々な困難を抱えていることが明らかになったとき、それは大きな社会問題として認識されるようになる。

未婚女性の増加の原因としては、一つには男性の戦争への参加や植民地への移住、それに男女間の死亡率の相違によって悪化した、人口統計上の男女数の不均衡が挙げられるが、それ以外にも幾つか考えられる。十九世紀に見られた経済不安は社会的地位にこだわる中産階級男性の晩婚化を促す。彼らは財政的基盤が整うまで結婚を先延ばしにし、売春婦によって自らの性的欲求を満たしていた。また、家父長制中産階級のドメスティック・イデオロギーに基づく、女性は皆結婚すべきであるという前提とは裏腹に、娘の一人を独身のまま家庭に残し、親の世話をさせる慣行があった。娘としての義務が結婚に優先したのだ（図①）。「娘がいなければ孤独をかこつことになる親にとってただ一人の子、連れ合いに先立たれた父もしくは母にとって唯一の支え、急速に老いゆく人生の一条の光として、多くの若い娘たちは、この世に生を授けてくれた両親の最期の時を慰めるために、自らを捨てて女性としての気高き献身さを発揮した」[5]のである。彼女たちは「ホーム・ドーター」として自己犠牲的に親を介護し、最終的に年老いた親が亡くなったとき、婚期を逸した中年女性として一人取り残されるのだった。結果として十九世紀はまさに「未婚のおば」の全盛期となった。こうした様々な要因ゆえに、世紀半ばに二五歳以上の未婚女性は全人口の約五・二パーセントをも占め、その数は年々増加していたのである。「余った（odd）」、言い換えれば「不必要な（redundant）」女性に対して、これほど注意が払われたことはかつてなかったのである。

男性を得られなかった女性たちは、彼女たちに同情的な批評家の間でさえ、「自ら進んで独身を選ぶ女性」はおらず、何かが欠けた「不自然な生存状況」に置かれていると考えられてい

図① ジョージ・エルガー・ヒックス『女性の使命——老齢期の慰め人』の習作（1863年）
父親を看病する若い娘。彼女は右手で彼に水を飲ませようとしており、左手は病人に読んでいたであろう本をしっかりと握っている。老人は弱々しげに娘を見上げている。

た[6]。女同士の友情は、たとえ次善の策であったにせよ、その問題を解決する適切な方法だったのである。ダイナ・マロックは、『女性についてのある一女性の考察』（一八五八年）の第一章冒頭で「こうした考えは既婚女性には関係ない」という但し書きをつけた上で、二人の女性の関係を次のように記している。

しかし、摂理によってより近い絆を結べなかった二人の女性が、別の賢明な形で、しばしば本当の姉妹以上に親密な優しさを抱きながら、運命を最大限利用し、愛し合い、お互いを支え慰め合う、なぜならそこには、夫婦の絆自体に備わっている選択の目新しさそのもの全てがあるからなのだが――こうした二人の様子は、立派で心惹かれる光景である。（第七章）

『サタデー・レヴュー』の「友情」という記事は、女性の友情は浅薄だと非難する一方で、ときおり「まさしく本当の」友情が存在するとしているが、それが生じるのは、二人の女性が「妻でも母でもないまま、中年にさしかかったとき[7]」であると、その範囲を明確に限定している。

ここで重要なのは、男女の関係があくまで基準とされていることだ。「友情」の記事は大抵の場合、女性間の友情は、男性との関係という「真面目な務め」の「リハーサル」に過ぎないと見なしている。『ヴィクトリア・マガジン』はそうした考えに異議を唱えるわけだが、女同士の友情を扱った大方の女性たちの考えはその記事に与しているのが実情である。「やがて訪れる本番の無意識裡のリハーサル[8]」だとすれば、二人の女性にも男性の役割を担う者と女性の役割を担う者とがいることになる。「友情」の記事は、女性間の友情は「一人がもう一人より強い性格を持ち、その結果互いによりよい影響を与え合い、保護と依存の魅力を両者の関係にもたらすことができるとき[9]」、すなわち両者の関係が常套的な異性愛の役割に倣った場合のみ可能である、と主張する。

このような未婚女性を中心とした女同士の絆の問題について、ギャスケルもまた多くの女性の作家や社会活動家との交友を通して関心を抱いた。十九世紀半ばの変化の著しいイギリス社会にあって、女性の地位や「余った」女性に係わる問題に、四人の娘の母として彼女が関心を抱いたのも当然と言えよう。本論では、まず最初に、未婚女性を表す用語として「スピンスター」を取り上げ、時代の中でそれがどのように位置づけられていたかを考察する。その上で、ギャスケル文学におけるスピンスターの描かれ方や、彼女たちが生きていくために女性の連帯に活路を見出している様を具体的に検証することで、ギャスケルのスピンスターや女同士の絆に対する見方を明確にしていきたい。

第二節　十九世紀半ばのスピンスター観

「スピンスター」という語は、『オックスフォード英語辞典』の定義によれば、元来「糸を紡ぐ女性（まれに男性）、特に、正規の職業として糸を紡いでいる女性」を指していたのだが、十七世紀からは未婚女性を指し示す法律用語となり、また広く未婚女性を表すのみならず、「通常の結婚適齢期を超えている女性」つまり「オールド・メイド」の同義語としても使われるようになった。

そうした「オールド・メイド」やその意味での「スピンスター」と呼ばれる未婚女性に対して、結婚こそが「女性の本分を神格化したもの[10]」と見なされていた十九世紀半ば、世間の評価は極めて低かった。それらの用語には、独身男性を表す「バチェラー」に比べれば遥かに強く、憐れみや嘲り・軽蔑の意味が込められていた（図②）。その一つの理由としては、家父長制が強化されていくにつれて、結婚しないということは夫たる男性の管理下から逃れた〈異質なもの〉と見なされる傾向が強まったからだと考えられる。ジャネット・ダンバーによれば、ヴィクトリア朝初期、三〇歳を超えた未婚の娘は、「家族の間で人生の失敗者としての位置を占めるようになり、家族の者全員に愛され尊敬されていたかもしれないが、彼らの愛情には普通、恩着せがましさという苦い一滴が混ざっていた[11]」のである。

図②「鉄道のモラル」『パンチ』（1864年9月17日号）
駅員「あの、この汽車にお乗りですか？」
レベッカ嬢「ええ。でもあたしに言い寄ったりしそうな若い男性がいない車両を選ばなきゃ」

「家庭の天使」から逸脱する彼女たちをどうするかという問題は、パンフレットや定期刊行物で広く論じられるようになる。ジャーナリストのウィリアム・R・グレッグは、「なぜ女性が余っているのか?」というエッセイの中で、「妻と母という本来の職分を奪われた」彼女たちは、「自立して一人きりの不完全な生活」を強いられることになったのだ、と述べる。そして、これを解決するために、政府が主宰し独身女性を植民地に移住させるようにすれば、そこでイギリス人女性は希少価値を持った商品であるから、夫を見つけることも可能であるかもしれない、と提案した。しかし彼は、女性の雇用機会の拡大に関しては、「独身生活が……かくも楽しく、輝かしく、快適な小道に囲まれ」ることにでもなれば、不自然な独身生活が称揚されることになるかもしれないとして反対した。[12] それに対してフェミニストの改革者フランシス・コッブは、女性が何らの職業訓練も受けていない場合、三〇歳になると「オールド・メイド」の問題が現実味を帯びてくると述べ、彼女たちに結婚できる可能性は減り始めており、「応急策としての仕事」に就くことを真剣に考えなければならないとしている。[13]

事実、こうしたジャーナリズムの動きと連動するかのように、一八四三年にガヴァネス互恵協会、一八五九年に婦人雇用促進協会、そして一八六二年には中産階級女子移民協会が設立された。また、大陸で長い間カトリックの娘たちの「避難所」であった女子修道会が、ドメスティック・イデオロギーの擁護派や反カトリック派・反高教会派から妻・母にならないのは「自然の法則」「神の定め」に反するものとして非難されながらも、一八四五年の英国国教会のパーク・ヴィレッジ修道女会を皮切りにプロテスタントの間でも次々に設立されていく。[14] 看護学校が創られ始めたのもこの時期である。

十九世紀半ばにおけるこうした未婚女性の問題は、その社会性からして当然文学テクストにも反映されている。報われない愛や、恋人の不実や死によって恋人を失ったために結婚できない女性が、女性作家の手によってしばしば描かれるのである。その中で、スピンスターの人生の空しさについて最も率直に訴えたのは、シャーロット・ブロンテだった。彼女は三〇歳のとき、ミス・ウラーに宛てた書簡の中で、まるで自分自身に言い聞かせるかのように、独り身でも幸せになり得るのだと記している。

あなたを見ていると、たとえ「独り者の女性」でも、夫に大事にされている妻や子供を誇りに思う母親と同様、幸福になれるのだと思えてきます。喜ばしいことです。最近は、未婚の女性や将来も結婚することがないだろう女性の存在についてよく考えます。そして、この世に未婚の女性ほど立派な者はいないと思うにまで至りました。彼女たちは人生を静かに、忍耐強く、夫や兄弟の助けもなく生きているのです。四五歳もしくはそれ以上の年齢に達しても、自制心、ちょっとしたことでも楽しむ性質、不可避の痛みに耐える不屈の精神、他人の苦しみへの同情、それに、資力の許す限り貧しい人を進んで救おうとする姿勢を持ち続けているのです。(15)

ギャスケルもまた『シャーロット・ブロンテの生涯』（一八五七年）の中で、ブロンテ像を通して女性の友情と共同体を営む能力を賛美する。しかし、ブロンテが結婚適齢期を過ぎた未婚女性の自立能力を高く評価すればするほど、逆に家父長制社会において彼女たちが普通一般に被っている不利な立場が浮かび上がる。そしてそれは、『シャーリー』（一八四九年）の第二二章でキャロラインが「オールド・メイドは家も仕事もない貧乏人と同じで、この世で地位や職業を求めてはいけないのよ」（傍点はブロンテ）と言って思い描く、暗くてネガティヴなオールド・メイドのイメージとなって表れてくる。そうした不毛なスピンスター生活に替わるべき生き方を見つけようとするキャロラインの姿勢には、ブロンテの全作品に共通する問題が最も悲痛で苦悩に満ちた形で表現されている。このときキャロラインがまだ一八歳か一九歳だったことからも分かるように、それは若い女性にとっても我が身に降りかかるかもしれない深刻な問題だったのである。

第三節　女だけの町

社会的弱者の立場に置かれたスピンスターと彼女たちを中心に寡婦も加わった女性たちの連帯へのギャスケルの関心は、『クランフォード』（一八五一〜五三年）に顕著に表れている。マーティン・ドッズワスはこの作品を、男性なしに世の中を生きていこうとする「女性たちの不十分さへの挽歌」と見なし、「フェミニズムを口実に性的欲求を抑圧しようとする試み」を読み取る。(16)確かに男女平等論を軽蔑する「男勝りの女性（strong-minded woman）」デボラ・ジェンキンズは、ラスキン的二元論を逆手に取り「平等だって、とんでもない！　女の方が上に決まっているじゃありませんか」（第二章）と唱える男女分離主義者である。それを裏づけるかのように作品冒頭では、女戦士アマゾンに譬えられた淑女たちを前に男たちは死ぬほどたまげてしまうとユーモラスに描写される。だが、そもそもデボラは「父の娘」であり、ジェンキンズ牧師によって宛てがわれた、ジョンソン博士の「堂々として厳かな」（第二章）文体、ヴァージニア・ウルフが『自分だけの部屋』（一九二九年）の中で十九世紀初期の「男性の文章」（第四章）と呼んだものを使って手紙を書く、男性の価値観の体現者なのである。彼女の急進的なまでのフェミニズムは上辺だけのものに過ぎない。

しかしデボラの死後、「上品さの厳格な規準」（第七章）に則ったクランフォードの秩序は弛緩し、共同体は徐々に優しさと相互扶助といった女性性を顕在化させ、階級の流動化現象すら生じる。貴族であるレディー・グレンマイアがデボラの妹マティーとは対照的に自らの意思に従い身分下の外科医と結婚したとき、規律の体現者としてデボラの後を継いだジェイミソンの奥方が規律に従って両者の結婚を認めずとも、町の淑女たちはレディー・グレンマイアを社会的地位ではなく彼女自身の価値ゆえに受け入れる。人間的価値が無意味で非人間的な社会規準に勝利するのである。タウン・アンド・カウンティー銀行の倒産後、破産したマティーを密かに救済しようと友人たちは集う。淑女が茶販売店を営むという規準からの大いなる逸脱が生じ、マティーの召使マーサが彼女を下宿人として迎え入れ世話するとき上下関係の逆転が起こる。マティーに対する淑女たちを中心とした一連の反応は、彼女たちが「上品につましく」する様がいくら滑稽に描かれようとも、「情け深い団結心」（第一章）の証なのである。確かにマティーの弟ピーターの帰国は彼女を以前の地位に戻す働きをするが、それが彼女の商売が軌道に乗ってからであるという点からは、女性が自分たちの生活の面倒を男性に頼るのを潔しとしない作者ギャスケルの姿勢が窺える。

クランフォードは、言語の面でも、デボラの死後「女性の言語」と言うべきものを際立たせる。それは特に口頭の場合に見られ、「ブランデーに浸されたマコロン」が「かわいいキューピッド」（第七章）と呼ばれるように実に想像力に富むものである。また、男性のロゴス中心主義における記号表現と記号内容の一致を嘲笑うかのように、記号表現は記号内容から話者の連想によって遊離する。ピーターがラマ教の高僧になったという噂から始まってミセス・フォレスターの連想は、『ララ・ルク』の中のヴェールを被った予言者、ローランドの美顔水、「化粧品や髪油一般の効能」（第一二章）へと飛躍する。そして、淑女たちの言語的特徴の中で最も行き渡った慣習は、相手を傷つけるかもしれない真実をありのままに述べるのを避けようとする姿勢である。P・N・ファーバンクは「ごまかしのためのクランフォードの大いなる共謀」に言及し、ギャスケルを「誰よりも見せかけの国をよく知っている」「ごまかしの詩人」と評価している。ただギャスケルは決して「女性らしい動機を皮肉っている」わけではない[17]。人生を生きていく上で、フィクションを分かち合い、ほのめかしや言い訳、それに警告の意味での咳や時宜を得たあくびが必要であることを認識しているのである。もちろん淑女たちが真実に盲目だというわけではない。ミセス・フォレスターがそのちっちゃな家でパーティーを開いたとき自分はどんなケーキが出されるのかまったく知らない振りをして堂々と座っていても、「午前中いっぱいかかって、パンやスポンジ・ケーキの準備に大わらわだったことはご本人が承知で、私たちも承知で、私たちが承知なことはご本人も承知で、私たちが承知なことはご本人も承知なことを私たちも承知だった」（第一章）のである。ブラウン大尉やホルブルックといった男性たちが真実を、それも大声で語るのとは対照的に、淑女たちは「その単調な生活をシャーロット・ブロンテが『空想による奇妙で魔術的な喜び』と呼ぶものでつなぎ合わせる」[18]。彼女たちの現実の生活は金銭面をはじめ多くの点で制限されている。だが、その分余計に自分たちの言語を使って複雑な口頭のフィクションを作り出すのである。

こうした淑女たちの言語に語り手のメアリ・スミスは惹きつけられる。メアリは若く、ビジネスマンの父を持つ商業都市ドラムブルの人間ゆえに世知にもある程度長けているが、「私たちは」や「私たちを」といった言葉の使用を通して、淑女たちと一体化する。しかし何も最初から心底一体化していたわけではない。メアリは優しく淑女たちを賞賛すると同時に、時には彼女たちと距離を置き、皮肉な眼差しでもって彼女たちの自己欺瞞の愚かさにメスを入れる。そうした彼女が時の経過とともに淑女たちの言語を学んでいくのだ。メアリはよそ者には曖昧で理解できないような仄めかしの術を覚える。「私はわざと音をたてて切っていたカードの束をぽんとテーブルの上に落とし、この慎み深い動作によって、『プリファレンス』をやるのが夜の集いのものの順序でありますよ、とミス・ポールに思い知らせてやりました」（第九章）。クランフォード独自の宇宙構造では、過去は抽象的な日付ではなく、「ウンブル大サーカス一座がクランフォードにやって来た年」とか「ミス・ポールがインド更紗の上着を買った年」（第一二章）といったように、むしろその町独自の出来事や個人的連想との関連で言及されることを学ぶ。マティーが開業する店で緑茶を販売するのをためらったとき、メアリはドラムブル流に直接反論するのではなく「エスキモー人は鯨油や獣脂の蠟燭をおいしがって食べるばかりか、よく消化するそうですよ」（第一五章）と言って婉曲にマティーに翻意を迫る。メアリのドラムブル的部分は「罪のない嘘」を非とするわけだが、破産したマティーを助けるための共謀を受け入れるようにまでなる。このような変化とともに最初は名前すら与えられていなかった語り手は、「メアリ・スミス」という名前を与えられ、マティー救済の相談を淑女たちから受けることからも分かるように、彼女たちと対等の個性を持った存在となってくるのである。それは、彼女が自らの判断で、父が嘲ると思いつつも、インドにいるピーターと思しき人物に手紙を書く行為からも明らかである。彼女の語りはこのとき父親の言説の束縛から解放される。その証拠に、マティーの欲得を離れた商売の仕方を父が「ああいう素直なのは、クランフォードでならばいいだろうけれども、世間じゃ通用しないよ」と言ったのに対して、メアリは「してみると世間というのは、よくよく邪悪なところに違いありません。というのは、父は取引相手の一人一人をああも疑い、あれだけいろいろ気をつけたのに、昨年だけで詐欺で一千ポンド以上損をしたのですから」（第一五章）と読者に向かってクランフォード流に遠回しに父を皮肉る。ギャスケルは、生き馬の目を抜くほどに「競争的、攻撃的、物欲的」な男性中心の公的領域の住人ミスタ・スミスは騙されると思い始終警戒することで、逆に詐欺を生じさせているると示唆するのである。語り手のこうしたクランフォードへの共感と父への反撥は、彼女が「メアリ」にしても「スミス」にしても実にありふれた名前を付与されている点から、女同士の絆や男性権力に対する女性一般の反応であるという意味をギャスケルは込めていることが窺い知れる。

そこに男性権力に盲従するのを潔しとはしないギャスケルの姿勢が反映されているのは否定できない。確かに彼女は、「ある朝目が覚めると、自分の人生は何て無益なのだろうという気持ちに突然襲われる多くの独身女性の試練」（*Letters* 117）に同情し、自分は「妻であり母であることを、そしてそれに伴う明確に定められた義務を果たす幸せを喜び、神に感謝していまず」（*Letters* 118）と述べる。しかし、女性の役割について考える彼女は、唯一の道徳的義務が夫への従属であるというのには承服できないという信念を披瀝する。「私は自分を消し去って、これら全てを決めることができるのはウィリアムであり、彼が正しいと思えばそれに私も従うべきだと思おうとしています。そして実際そうなのでしょうが、ただ完全にはそう思えないのです」（*Letters* 108）。

さらに彼女は、「明確に定められた義務」が創作活動を妨げることに言及する。「一つのことがかなりはっきりしています。すなわち、家庭の義務を最優先に考えるべきならば、女性だけが芸術家としての人生を諦めねばならないのです。男性にとって状況は異なります。なぜなら彼らにすれば家庭の義務は彼らの人生のほんのわずかな部分しか占めないからです」（*Letters* 106）。二重の負担から来る苦悩が、男性作家に比して女性作家が置かれた不利な状況を彼女に認識させる。文筆活動よりも家庭の義務を優先させるべきだと思いつつも、同時に彼女は、「つまらない心配事が日々リリパット人の小さな矢のようにあまりにたくさん放たれたとき、隠された世界である芸術という避難所」に強い愛着を覚え、「二つの事柄（すなわち、家庭の義務と個人の成長）が交じり合うことこそが絶対に望ましいのです。……どちらも推し進めていくことが、他方を健全な状態に保つことになると私は信じて疑いません」（*Letters* 106）と記す。シャーリー・フォスターはこの手紙に、家庭の義務への献身か、創作活動かに揺れるギャスケルの「相容れない葛藤」[19]を見て取るが、そこまで行かなくとも、ギャスケルが『クランフォード』を「書く」ことで一時なりとも家父長制の時空間から解き放たれ、男性の言説を模倣するのではなく、語り手メアリを通して女性自身の見方を「自分が使うのに相応しい、完全に自然な、釣り合いのとれた文章」[20]で書き記す女性作家の存在を現実のものにしたと言えるのではないだろうか。

しかし、ギャスケルが妻・母であることを捨ててしまったわけではない。彼女にとって独身は決して望むべき状態ではなかったことに変わりはない。特に、ポーリーン・ネスターの「エリザベス・ギャスケルにとって、母の愛以上に神聖な愛はなく、母である以上に崇拝すべき概念はない」[21]という指摘は重要である。それを裏づけるように『クランフォード』には母性愛が頻繁に描き出される。息子ピーターの出奔を知ったミセス・ジェンキンズの反応には、ほとんどヒロイン的なまでの悲劇性が見られる。唯一人生き残った我が子フィービーを死の魔手から引き離すために、ミセス・ブラウンはインドからの脱出という自己犠牲的な行動をとる。母性的欲求は、生まれ来ぬ子を夢見るマティーの姿に見られるように、未婚女性にも共通する。母性愛はあらゆる女性に潜在するものであり、読者は女性を「生来の」母と見なすことを求められているのだ。

だが「揺り籠を優しく揺り動かす献身的な母親」[22]を理想像とする十九世紀半ばにおいて（図③）、母たることとスピンスターであることとはまったく相容れない存在状態であり、『クランフォード』の未婚女性たちは、母性を注ぐ本来の対象を持てない不幸な者たちということになる。そうしたスピンスターたちにギャスケルは、次善の策として女同士の絆を付与する。そして「一緒に住み、自らの工夫によって『家族』を作り出そうとする女性たち」（Lansbury 87）を描き出すのである。その中心に位置するのが、「平和と思いやりを何よりも好む」（第一六章）六〇歳近いマティーなのである。彼女は子に向けられなかった母性愛をクランフォードという共同体に対して示す。そこ

図③ ジョージ・エルガー・ヒックス『女性の使命――子供の導き手』の習作（1863年）
図①と同じ女性が母として、生い茂った森の小道に沿って幼子を導く姿を描いたもの。彼女は肉体的・精神的に子を導くとともに、子の上にかがみこみ子を守る。

はフェミニズムではなく「非競争的、非攻撃的、自己犠牲的」な女性性に満たされた空間となる。結局のところ、『妻たちと娘たち』（一八六四〜六六年）の「だめな母親」ミセス・ギブソンの例からも分かるように、母性愛は出産によって保証されるものではないのである。

さらにクランフォードに住む男性もまたそうした女性性を帯びる。確かに作品中には男性性の帯びる脅威が外来性と結びつけて幾度も描かれている。町を「侵略」（第一章）するブラウン大尉をはじめ彼らの多くが東洋、特にインドで軍人として生活してきており、男性性は帝国主義を介して外来性と結びついているのである。それは、ミセス・ブラウンの六人の子供が夫の連隊がインドに駐屯したために死んだことからも明らかなように、母に悲しみをもたらすものとなる。ジェンキンズ少佐の「インド人の従者」はマティーにおとぎ話に出てくる妻殺しの「青髭」（第三章）を想起させ、魔術師ブルノーニは、ヨーロッパの人々に一夫多妻と男性支配を連想させる「トルコ皇帝」（第九章）に譬えられ、どちらの場合も男性への恐怖は外国人への恐怖に置換される。しかし、こうした恐怖は絶えず根拠のないものであることが判明する。ブラウン大尉は娘たちを優しく養育する、ギャスケルが熱心に描き出す伝統的な「母親的」役割を担う父である。ブルノーニは愛する妻と娘を養わねばならない貧しい病人のサミュエル・ブラウンに過ぎない。インド人の従者も、ミセス・ブラウンと赤ん坊に親切を施す原住民と人種的に同じ範疇に属するわけであり、外来性が帯びる潜在的脅威は消え去る。

ピーターもまた「母親的」役割を担う男性として描かれる。彼は少年の頃父や姉デボラへの反抗からいたずらで女装するわけだが、その行為は男女間の明確な区分に対する反逆とも解釈できる。異性装を体験した彼が、インドでブラウン母娘を救おうとする点も忘れてはならない。彼女たちに対する原住民の親切が母性愛は人種を超越することを示しているとすれば、彼の助力は母性愛がジェンダーを超えることを示唆する。ブラウン大尉が男性的力の象徴たる鉄道から女の子を救おうとするように、ピーターはフィービーが男性性を強く帯びた帝国主義のさらなる犠牲者になることを防ごうとするのである。事実、マティーはピーターとブラウン大尉との類似性に言及している。ギャスケルは帝国主義をもっぱら男性の活動として分離し、そのために女性、特に母親は多大の感情的犠牲を強いられると非難するが、一方で、帝国主義に対峙すると彼女が見なす母性愛は、男女双方に共通した弱者を救済する価値なのである。

ギャスケルが唱えるのは、別個の領域という考え方は誤りであり、攻撃的で非情な男性原理に対して、母性愛に根ざした優しさや相互扶助といった女性性を男女ともに分かち合うべきだということである。実際彼女は、デボラにもジェシー・ブラウンとゴードン少佐の恋を成就させようと粋な計らいをするだけの優しさがあり、ミスタ・スミスにもマティーを助けようとする淑女たちの取り組みやマーサのマティーに対する忠誠心に感極まるほどの感性が備わっていることを仄めかしていたのだった。町は分離主義者が唱えるような極端なまでの「女性だけの共同体」として賞賛されるべきではなく、また、ドッズワスが示唆したように男性化を必要とする不毛のお上品ぶりの世界と見られるべきでもないのである。

第四節　寄り添う女たち

『クランフォード』は女性による自己充足的な共同体を基本的には滑稽に描き出す。男性の暴力への恐怖は暗闇小路に出没するという幽霊となって現れるだけで何の害もない。女性の共同体への潜在的脅威を示唆しながら同時に打ち消すことで、ギャスケルは、男女間および階級間に利害の衝突はない、和解のためにはお互いを知ることだけが必要だとする心地よい神話を築き上げたのである。では、短篇や他の中篇小説ではスピンスターや女性の連帯はどのように表現されているのだろうか。

短篇に描かれたスピンスターたちも、マティー同様何も好きで独身生活を続けているわけではない。しかし、たとえ結婚できなくとも彼女たちは、自分と同じ弱者の立場に置かれた人間を見つけ出し、母性愛を注ぐ。「モートン・ホール」（一八五三年）に登場するアナベラ・モートンは若い頃貧しい牧師補との結婚を望んでいたが、家族の反対で断念する。そして、美しさが色褪せた今、昔ちやほやされた意趣返しとばかりに、積年の嫉妬心から姉妹によっていじめられる。そうした彼女は、両親を亡くした姪のコーディリアとの間に擬似母子関係を築き上げるが、「リビー・マーシュの三つの祭日」（一八四七年）では、体の不自由なフランキーという赤の他人との間にも同質の関係が成り立つことが証明される。彼を献身的なまでに世話するリビーは、「オールド・メイドの使命」とでも言うべきものを強く自覚する。その姿勢は、「ペン・モーファの泉」（一八五〇年）で虚栄に溺れたために体が不自由になったネスト・グウィンが、メソジスト派の老牧師の導きによって、一種の贖罪の印として知恵遅れの女の子の世話をするところにも見られる。この物語は幾つかの点で女性の自己滅却というヴィクトリア朝の正統派的信念を補強しているわけだが、同時に女性の自己構築をも示している。なぜなら、ネストの重荷は過酷なものだが、それは、外部の権力によって強いられたのではなく、彼女自身が選んだものだからである。

アナベラやネストに見られる同性の弱者に対する姿勢は、女同士の絆とも言い換えられる。リビーもまたフランキーの死後、彼の母親に同居を申し出て、気難しい彼女に道徳的変化をもたらす。ここに見られる未婚女性と他の女性との同居による連帯を支持する姿勢こそは、ギャスケル文学の大いなる特色であり、「一時代前の物語」（一八五五年）にも共通する。知能の劣った弟の面倒を一生見ると死の床についた母親と約束したスーザンは、熱病のせいで弟が狂ってからも彼の暴力に耐え母性愛を注ぎ通す。家族への義務に基づく彼女の自己犠牲は彼女に何ら奇跡的な幸福をもたらさないし、利他心ゆえに彼女の性格が美化されるわけでもない。ただ、婚約者マイケルとのロマンティックな愛を捨て、孤独で逞しい中年の独身女性になるだけである。だが彼女が弟の死後、頑なまでに周囲に対して敵意を抱くようになる一方で、父・婚約者・弟といった男たちの頸木から解放されて、初めて自分の人生に対して完全な支配権を握ったのも事実だ。自立した彼女が最終的に求めるのは、「まるで姉にするように」（第五章）スーザンを看病する、亡くなったマイケルの妻エレナとの共同生活なのである。彼女は、かつての婚約者の子供たちの世話をエレナと一緒に焼くことで、母性愛を注ぐ対象を再び見出したのである。

さらに「一時代前の物語」には、スピンスターの男性領域への進出が描かれている。スーザンは成功した農場主であり立派な地方の実業家として描き出される。そもそも農場の管理は、メアリ・ウルストンクラフトが『女性の権利の擁護』（一七九二年）において、「社会に根を下ろした不自然な差別」（第九章）を排して女性が進出すべき公的領域の職業の一つとして挙げているものである。したがってスーザン像にはウルストンクラフト的な一種のフェミニズム思想の穏やかな表れを読み取ることすらできる。彼女の経済的成功や自立は、感情の枯渇の代償という観点からのみ眺められるべきではないのである。

スーザンに見られるジェンダーの境界線の揺らぎは、中篇『ラドロウ卿の奥様』（一八五八年）に登場する五〇歳近いスピンスター、ミス・ガリンドウ像にも共通する。この作品には、伝統的階層社会から、下層階級の子供が教育を受け、パン屋が土地所有者となり、国教徒が非国教徒と結婚するといったような様々な面での境界の流動化が必然的な歴史の流れとして描き出されているのだが、特に女性の役割の変化は注目に値する。ラドロウ家の財産管理人の手伝いをすることになったミス・ガリンドウは、男性の仕事とされているものを立派にこなすことで、女性に関する因習的な見方を覆えさせる。確かに彼女は、幾つかの点で紋切り型のスピンスター像に則って描かれている。滑稽であると同時に奇妙な言動はその最たるものだが、彼女が病人に対して独自の処方を施し、村の外科医と対立している点は興味深い。なぜなら、彼女の治癒力は「ジョン・ミドルトンの心」（一八五〇年）に出てくる、魔女と見なされていた老婆エレナ・ハドフィールドを想起させるからである。規範から逸脱したスピンスターに対する恐怖は、女性の持つ奇妙な力への恐怖と結びつき、男性側に魔女として軽蔑心を、最悪の場合には、抹殺の衝動をも引き起こしかねない。一人身の女性としての弱者としての立場が分かっておればこそ、ミス・ガリンドウは、自分と同じ弱者である身体的・精神的に障害のある女の子ばかりを召使に雇うというよりは、むしろ彼女たちと一緒に暮らして世話をする。かつての恋人の私生児ベッシーを引き取るのも弱者としての立場を共有するからだ。そこには、若い頃にミス・ガリンドウがベッシーと静かに幸福に暮らすとき、そこには、若い頃に彼との結婚に身分の不釣合いを理由に反対する両親が与えた、誤った情報に基づいて彼の求婚を断ったことへの罪滅ぼしの気持ちと、彼の子供に母性愛を注げるという「一時代前の物語」のスーザンにも見られた女性としての喜びを読み取ることができる。しかし重要なのは、『ラドロウ卿の奥様』においてギャスケルは、ミス・ガリンドウを通してジェンダーの枠を超えた女性の才能を以前の作品にも増して積極的に評価し、階級や宗教のみならずジェンダー面においてもヘゲモニーは、よりよい未来のために、穏やかにではあるが、変化していかなければならないと訴えているということなのである。

『ラドロウ卿の奥様』におけるジェンダーの枠を超えたスピンスター像は、「灰色の女」（一八六一年）のヒロイン、アンナの小間使いで、四〇過ぎの「（母親になる）恵みを自分自身ではあきらめた独身女性」（第二章）アマントゥにおいて、より明確になる。「逞しい腕」（第二章）を持つ彼女の身体面での男らしさは、アンナの夫ムシュー・ド・ラ・トゥレルの「乙女のように繊細な」（第一章）、「男らしくない」（第三章）と形容されたほとんど女性のような外見との対比によって際立つ。さらにトゥレルが女性的な嗜好や、慣例的に女性の特質と見なされる激しい嫉妬心やむら気を帯びているのに対して、アマントゥは勇気や沈着冷静さといった男性性を備えている。ギャスケルは単にジェンダーによって性別を同定できるとは考えていなかったのである。

こうしたジェンダーの逆転は、盗賊団の首領と分かったトゥレルのもとから逃走する中、アマントゥが行商人として男性の役割を担い、アンナとの間に夫婦関係を演じることによってさらに強まる。異性装はすでに見られたアマントゥの両性具有性を明確にする。彼女はその服装、低い声、木炭で黒く塗った顔で男性として認識され、二人の女性は夜になると、「ベッドにそっと横たわり、しっかりと抱き合い」（第三章）、「夫婦の」床を分かち合う。しかし、二人の女性の関係をレズビアニズムと解釈するのは作品を読み誤ることになる。ギャスケルは、家父長制社会の暴力と圧制の中で肩を寄せ合う、女同士の広い意味での愛情を描き出したのである。アンナとトゥレルとの間にできた女の子に「父親」アマントゥがキスをするとき、そこには、女として生きていかなければならない幼い同性への愛情と憐れみが込められているのである。リリアン・フェイダーマンは、女同士の間で性的欲求はあり得ないという十九世紀に広まっていた考えによって「自由に愛情を表現したり示したりすることができた」[23]と論じている。家父長制の力が強い社会においては、女性は、男性と女性との異性間より、弱者たる女同士の間で、感情を遥かにより自由に吐露し、また身体的にも自由に接触することができたのである。

したがって、トゥレルの手先によるアマントゥ殺害はアンナを生きる屍にしてしまう。アマントゥと一緒にいることで「だんだん丈夫になった」（第三章）にもかかわらず、最終的にドクター・ヴォスと結婚したアンナは、灰色の髪をした、永遠に悲嘆に打ちひしがれた女性として提示される。そうしたアンナ像を通して、逆にアマントゥとの女同士の絆の重要性が照射されるのである。ドクター・ヴォスとの結婚は、いくら彼が優しいとはいえ、彼が医者である以上、前夫のもとから逃げ出すという規範から逸脱した行為をした女性を規範に沿うように矯正するという側面を拭うことはできない。なぜなら近代医学は、治癒力を持つ女性を魔女として排斥することによって成り立ち、医学学校で学んだ少数の男性の専門家が全ての人間の身体、それに精神を規範に沿うように制御し抑圧する力を持つものだからである。矯正のためにアンナはドクター・ヴォスの監視下に置かれているのである。

以上見てきたようにギャスケルは、温かいユーモアでくるまれた『クランフォード』の場合と大きく異なって、短篇や『ラドロウ卿の奥様』の中では男性側から見れば、スピンスターの地位に関して遥かに不穏な、また女性の連帯に関してより挑戦的な考えを示唆する。彼女たちの像を通して我々は、ギャスケルが単に温かい人間性や温和な愛情を描き出す作家ではなく、激情や強い心理的力や人間関係の暗くより複雑な側面を浮かび上がらせる作家でもあることを知るのである。

ただ同時に忘れてならないのは、どちらの場合でもギャスケルは、エレイン・ショウォールターの言う「フェミニン段階」に属しながらも、スピンスターの悲哀と強さを、時にはユーモアを交えて、時には赤裸々に描き出しているということだ。それは、女性を社会的・性的受動性を運命づけられた、社会の犠牲者として捉える彼女の姿勢の産物なのである。そして、苛酷な現実の中、彼女たちの枯れることのない愛情の捌け口を、純粋な意味での女同士の絆に見出す。オリヴ・バンクスは、ヴィクトリア朝の多くの女性たちは「男性を抜きにした、下劣で粗野な性質によって損なわれていない、女性だけの完璧な友情から成る世界」[24]を夢見ていたと指摘しているが、ギャスケル文学に描かれた空間こそは、家父長制の暴虐が渦巻く世界に生き、常に犠牲者であることを強いられる女性に（図④）、彼女たちを心身ともに再生させるために滋養と休養を与えてくれる一つの理想郷となる。当時理想とされた、家父長を中心とした親や兄弟姉妹から成る家庭空間は、必ずしも至福の避難所ではなく、女性を束縛するだけの、彼女たちに息の詰まるような、しばしば破滅的なまでの影響力を及ぼすものかもしれないのである。結婚し子を産み妻・母となることの幸せを標榜する一方で、既成の家族観に疑問を呈した点でギャスケルは、シャーロット・ブロンテやジョージ・エリオットと同じく非正統的な側面を有していると言えよう。彼女が幸福な家庭の代替物、いや時にはそれに匹敵するものとして提示したのは、スピンスターを中心とした女性たちの共同生活なのである。そのとき、ジェンダー

図④ チャールズ・ドジソン『アンドロメダに扮するケイト・テリー』(1865年)
ルイス・キャロルとして一般的に知られるこの写真家は、女性を犠牲者として描くヴィクトリア朝美術の傾向を映し出している。

の境界は流動化する。ギャスケルはスピンスターという立場に追い込まれた女性たちを敗北者として否定的に捉える社会慣習に異議を唱え、彼女たちの価値を積極的に評価しようとした点で時代に先んじたのみならず、彼女たちが構築する共同体を人間性豊かに描き出すことで、非情な男性原理に基づく社会において優しさや相互扶助といった女性性がいかに重要かを訴えるのである。

註

（1）"Friendship," *Victoria Magazine* Oct. 1871: 545.
（2）Eliza Lynn Linton, "Our Small Sins," *Ourselves: A Series of Essays on Women* (London: Routledge, 1870) 78; "Men's Favourites," *The Girls of the Period*, vol. 2 (London: Richard Bentley, 1883) 101.
（3）"Law Reports," *The Times* 4 Feb. 1869: 10.
（4）Michael Anderson, "The Social Position of Spinsters in Mid-Victorian Britain," *Journal of Family History: Studies in Family, Kinship and Demography* 9 (1984): 378.
（5）Eliza Cook, "Old Maids," *Eliza Cook's Journal* 3 (26 Oct. 1850): 404.
（6）Dora Greenwell, "Our Single Women," *Essays* (London: Alexander Strahan, 1866) 5; Dinah Mulock [Craik], *A Woman's Thoughts about Women* (London: Hurst & Blackett, 1858) 1.
（7）"Friendship," *Saturday Review* 15 Jan. 1870: 78.
（8）Linton, *Ourselves* 80.

(9) "Friendship," *Saturday Review* 78.

(10) Shirley Foster, *Victorian Women's Fiction: Marriage, Freedom and the Individual* (London: Croom Helm, 1985) 6.

(11) Janet Dunbar, *The Early Victorian Women: Some Aspects of Her Life (1837-57)* (London: Harrap, 1953) 22.

(12) William R. Greg, "Why Are Women Redundant?" *National Review* April 1862: 436, 455.

(13) Frances P. Cobbe, "What Shall We Do with Our Old Maids?" *Fraser's Magazine* 56 (Nov. 1862): 594.

(14) ギャスケルは、独身女性の様々な欲求に応えてくれる組織として、伝統的なカトリックの女子修道会を規範としながらもその閉鎖性を批判し、地域社会との係わりを持つといった、より柔軟性に富む、復活した国教会の女子修道会に一つの解決策を見出している。彼女の女子修道会に対する姿勢および作品との関係については、Tonya Moutray McArthur, "Unwed Orders: Religious Communities for Women in the Works of Elizabeth Gaskell," *The Gaskell Society Journal* 17 (2003): 59-76 に詳しい。

(15) T. J. Wise and J. A. Symington, eds., *The Brontë: Their Lives, Friendships and Correspondence*, vol. 2 (Oxford: Shakespeare Head, 1933) 77.

(16) Martin Dodsworth, "Women without Men at Cranford," *Essays in Criticism* 13 (1963): 139, 145.

(17) P. N. Furbank, "Mendacity in Mrs Gaskell," *Encounter* June 1973: 53, 55.

(18) Nina Auerbach, *Communities of Women: An Idea in Fiction* (Cambridge, MA: Harvard UP, 1978) 87.

(19) Foster 140.

(20) Virginia Woolf, A Room of One's Own *and* Three Guineas (Oxford: Oxford UP, 2008) 100.

(21) Pauline Nestor, *Female Friendships and Communities: Charlotte Brontë, George Eliot, Elizabeth Gaskell* (Oxford: Clarendon, 1985) 43.

(22) Sheila R. Herstein, *A Mid-Victorian Feminist, Barbara Leigh Smith Bodichon* (New Have: Yale UP, 1985) 48. ハースタインはまた、母は「揺り動かしている揺り籠に対しても、そこを占めている者に対しても何の法的権利」も持たないと、その像が帯びるアイロニーにも言及している。

(23) Lillian Faderman, *Surpassing the Love of Men: Romantic Friendship and Love between Women from the Renaissance to the Present* (London: Junction, 1981) 152.

(24) Olive Banks, *Faces of Feminism: A Study of Feminism as a Social Movement* (New York: Basil Blackwell, 1981) 97.

第一七章

女性虐待

――監禁、凍死、餓死、抑圧的な女子教育――

鈴木　美津子

トマス・ストザード『監禁されている女性』（1789年頃）

Chapter 17

Wrongs of Women: Confined, Frozen to Death, Starved and Educationally Repressed

Mitsuko SUZUKI

十八世紀後半に活躍した、フェミニズム思想の先駆者メアリ・ウルストンクラフトは、『女性の虐待――マライア』（一七九八年）において、夫の意向に従わなかったために精神病院に監禁される妻や、売春を余儀なくされる労働者階級の女性などを鮮烈に描き、家父長制社会における女性の苦境を声高に告発した。ギャスケルが、メアリ・ウルストンクラフトの作品に親しんでいたことはよく知られている（Rubenius 99-100, Bonaparte 245）。しかし、『メアリ・バートン』（一八四八年）や『ルース』（一八五三年）などが明白に示しているように、ヴィクトリア朝中期における社会的な制約の中では当然のことながら、長篇小説においては堕ちた女性や抑圧されている妻、独身女性の困窮などの当時の女性問題を充分には追及できなかったように思われる。だが、「婆やの話」（一八五二年）、「灰色の女」（一八六一年）、「クロウリー城」（一八六三年）などの短篇小説においては、ゴシック小説や歴史小説などの枠組みを巧みに用いて、妻たちや娘たちに対してなされた残酷な抑圧とその抑圧に抵抗する女性を、急進的でフェミニズム的な立場から率直に描いている（Uglow 120）。本章では、歴史小説の枠組みをもった短篇小説「モートン・ホール」（一八五三年）を手がかりにして、家父長制社会下における女性の虐待の一端を見てみたい。

第一節　女性の女性による女性のための歴史小説

「モートン・ホール」は、ユーグローが指摘しているように、女性の女性による女性のための歴史小説である（Uglow 316）。語り手は、モートン家の衰勢を見守ってきた使用人階級の未婚女性ブリジェット・サイドボサム[1]。彼女は、保守主義的な政治信条を抱いており[2]、その立場から必然的に生じる政治的偏見を随所に披露しつつ[3]、さらには使用人という立場上いたるところで自己卑下や謙遜を繰り返しながら、主人筋に当たるモートン家の女性たちの悲惨な人生を語る。作品全体には、語り手のブリジェットの人柄を反映して、ほのぼのとした滑稽さが仄かに漂っている。しかし、作品から立ち上がってくるものは、家父長制社会における女性の抑圧、狂気、渾沌である[4]。

「モートン・ホール」は、ロマン主義時代の本格的な歴史小説の嚆矢とされる[5]マライア・エッジワスの『ラックレント城』（一八〇〇年）（図①）の色濃い影響を受けている[6]。重層的な語りの構造（Forster 127）、信頼できない語り手の採用、屋敷の歴史と代々の主人の生涯を使用人が語るという年代記形式の枠組み、一族の衰勢を通して容赦のない歴史的変化・社会変化を描くという主題（Mitchell xxi）、家父長制社会に対する批判の内包など、まさに『ラックレント城』の特色をそのまま踏襲

図①『ラックレント城』の一場面
左からラックレント令夫人、第二代サー・マータ、後方に執事のサディ。抑圧的な夫であるサー・マータは、令夫人が衣装を購入したことを知って、「夫が死ぬまでは喪服を購入してもらいたくはないね」と皮肉る。

している[7]。周知のように、『ラックレント城』は、信頼できない語り手であるアイルランド人執事のサディが、地主のラックレント一族の四代にわたるおよそ二百年の歴史を、アイルランド方言を交えながら、訥々と語るという体裁をもつ。「モートン・ホール」の「小説の現在」は、ブリジェットが穀物法撤廃（一八四六年）やジェマイマ・ルークの『女性のイエズス会士』（一八五一年）に言及していることから、「モートン・ホール」が雑誌に掲載されたのとほぼ同時期、すなわち十九世紀中葉に設定されていることが推測される。ブリジェットもまた、およそ二百年間のモートン一族の歴史を語る。「モートン・ホール」のブリジェットは『ラックレント城』の語り手サディのまさに女性版と言えよう。

「モートン・ホール」は、三つのエピソードから構成されている。第一のエピソードは十七世紀中葉の王政復古の時代、第二のエピソードは十八世紀後半から十九世紀初頭にかけてのジョージ三世の治世、そして第三のエピソードは十九世紀中葉に設定されている。各エピソードの中心人物は、政治的・宗教的信条の違いから夫に監禁され最後は凍死するレディー・アリス・モートン（旧姓アリス・カー）、当主である兄の死後、甥の借金により破産して餓死するフィリス・モートン、老いた独身女性のモートン三姉妹と彼女たちの気紛れに翻弄される姪のコーディリア・マニスティー（後のコーディリア・カー）である。圧制的な夫に監禁され凍死する妻、保護者である兄を失って餓死する妹、兄弟の資力に依存して虚しく生きる三姉妹と混迷きわめる教育理論に脅かされる姪など、モートン一族の女性の生涯を描き出すことによって、階級、ジェンダー、政治、宗教間の対立・反目が炙り出されていく。

第二節　不従順、監禁、狂気、凍死

歴史的な大事件を背景に据えるという歴史小説の約束事に従って、第一のエピソードにおいては、清教徒革命（一六四二～四九年）と王政復古（一六六〇年）が歴史的背景として設定されている。女主人公のアリス・カーは、自己の政治的・宗教的信条にきわめて忠実であったがゆえに、体制の変革に翻弄され、蹂躙され、そのあげくに対立する政治的・宗教的見解を抱く夫サー・ジョン・モートンに精神的・肉体的に虐待される。アリス・カーの生涯にかんしては、語り手のブリジェットの誕生以前のことであるため、彼女が直接見聞きしたことを語っているわけではない。ブリジェットが幼い時に、モートン家の家政婦をしていたドーソン夫人から聞いた話を読者に語るという体裁をとる。

アリス・カーの不幸は、王政復古の二年後、サー・ジョン・モートンが国王に呼び戻され、帰国したことから始まる。王党派のサー・ジョンは、清教徒革命終結後オリヴァー・クロムウェルの共和制下で（図②）、先祖伝来の土地財産をことごとく

図②『ブリティンのロイヤル・オーク（オリヴァー・クロムウェル）』（制作者不詳、1649年頃）
清教徒革命の立役者クロムウェルの命令一下、英国王を象徴する樫の木が切り倒されようとしている。

没収され、後のチャールズ二世（在位一六六〇～八五年）に同行してブリュージュで亡命生活をおくる（一六五六年）。その後、サー・ジョンは、王党派の人々と植民地のヴァージニアに渡る。没収されたモートン家の土地財産を議会から購入したのが、リチャード・カーである。彼はスコットランド人で清教徒の共和主義者。当然のことながら、代々モートン家の小作人だった者たちは、新しく主人となったリチャード・カーを嫌い、「円頂派」（一六四二年から四九年までの議会派の別称）に地代を払う義務はないとして反抗する。一六五八年、オリヴァー・クロムウェルの死後一週間もしないうちに、リチャード・カーも死去。土地財産は娘のアリスが相続する。一六六〇年、王政復古となり、亡命していたチャールズ二世が帰国し、スチュアート王家の治世が復活する。王政復古と共に、共和制下で権勢を誇っていた清教徒たちは財産を失ったり、中には政治信条・主義を変えたりする者も出てくる。アリスは、母方の親戚のマンク将軍（後のアルベマール公）(8)のおかげで財産の没収を免れる。

アリスは、没収された先祖伝来の屋敷を見に戻って来たサー・ジョンと出会い、恋に落ちる。サー・ジョンは、彼女自身認めているように、「父の敵」（第一章）であり、政治的・宗教的には敵対関係にある。一方、サー・ジョンにとってアリスは「征服して言いなりにする価値のある女」である。サー・ジョンは彼女と結婚する決意を固める。彼女と結婚すれば、「地所の所有に関する複雑な法律上の問題がすべて、喜ばしい方法で容易に解決がつく」からである。周知のように、一八七〇年と一八八二年に妻に財産権を認める法律が制定されるまでは、既婚女性に財産権はなかった。(9)かくして、サー・ジョンは、アリスと結婚することによって、清教徒革命の時代に革命派によって没収された先祖伝来の所領を労せずにかつ合法的に奪回することに成功する。

アリスとサー・ジョンの結婚は、階級、民族、宗教、政治信条の異なる者同士の結婚である。先に指摘したように、サー・ジョンは、イングランド人でスチュアート家を支持する王党派であり、カトリック教徒。アリスは、スコットランド人の行商人の娘。清教徒で共和主義者である。二人の結婚は、ロマン主義時代の歴史小説、とりわけシドニー・オーエンソンの『奔放なアイルランド娘』（一八〇六年）やマライア・エッジワスの『不在地主』（一八一二年）などに描かれている結婚と、政治的意味合いはもちろん異なるものの、まさに同種のものである。『奔放なアイルランド娘』では、小説の最後で、イングランド人貴族M伯爵の次男でイングランド国教会のホレイショーとゲール系アイルランド人族長の末裔の娘で、カトリック教徒のグローヴィナが結婚する。グローヴィナは、ホレイショーと結婚することにより、かつてホレイショーの先祖に奪われた先祖伝来の土地と財産を、間接的にではあるが取り戻す。『奔放なアイルランド娘』のホレイショーが妻の背負っている文化的・政治的背景を理解し尊重しようとしたのに対して、「モートン・ホール」のサー・ジョンは妻アリスに政治的・宗教的信条を変えて、スチュアート王家を支持するようにと強制する。しかし、彼女は自己の政治的・宗教的な立場を変えようとはせず、二人は、政治、宗教、財産をめぐって激しい口論を繰り返す。というのも、彼女は、スチュアート王家に対して独身時代から終始一貫して強い憎しみを抱いており、王政復古後に政治化された祝日に対して公然と敵意を露にする筋金入りの清教徒であり、共和主義者である。毎年一月三〇日の殉教者チャールズ国王（在位一六二五〜四九年）を記念する祝日には、各教区で礼拝が行われ、祝日が祝われたが、共和主義者たちは、この祝日をグロテスクにも揶揄して、仔牛の頭を斬首されたチャールズ一世の首になぞらえて、仔牛の炙り肉を食べた（Mitchell 443）。アリスも、自分の政治的・宗教的信条に忠実な共和主義者として、「正餐に仔牛の頭を食べた」（第一章）。また、五月二九日の王政復古記念日に、村の少年たちはオークの葉を黄金色に塗って身に付け、祝日を祝ったが、アリスは「屋敷の窓を閉め、一日中暗闇の中で喪服を着て坐っていた」。さらには、チャールズ二世に対しても公然と反旗を翻し、国王が彼女の従兄弟アルベマール公爵を介して、宮廷に参内するようにと礼を尽くして請うたときも、アリスは「頑として行こうとしなかった」。

サー・ジョンの妻への精神的虐待は、彼が宮廷に戻る際、アリスが断固としてロンドンに同行することを拒んだときに本格化する。一六六四年と一六七〇年に施行された「秘密集会禁止法」により、五名以上の非国教徒の集会は禁じられていたが、アリスは法律を無視して非国教徒の集会に頻繁に顔を出すようになる。サー・ジョンはスパイを用いて妻の動向を監視し、妻が自宅で祈祷会と正餐を主催することを探り出す。サー・ジョンは妻が「清教徒然とした態度を見せたことに憎悪を募らせ…自分に反抗したことで妻を罰しよう」（第一章）と決意し、自分の意向に逆らう不従順で不遜な妻を殴り、両腕を縛りあげ、馬に乗せて連れ去る。[10]

家父長制社会において、女性の美徳が自己否定、自己犠牲、従順、慎み、柔和、受動性であると考えられていた時代に、[11]アリスは激しく自己を主張し、自己の政治的・宗教的信条を貫こうとした。語り手のブリジェットは、夫に逆らったアリスのその後の運命にかんして、二つの可能性を挙げる。ひとつは、サー・ジョンによって外国の女子修道院に連れて行かれたというもの（清教徒にとっては精神的拷問である）、もう一つは、サー・ジョンが妻を支配するために、発狂したという理由でロンドンの精神病院に監禁したというものである。いずれの場合も、アリスに対する精神的・肉体的虐待であることに変わりはない。

アリスが精神病院に監禁されたとすれば、彼女の姿には『ラックレント城』に登場するサー・キット・ラックレントの妻ジエシカの姿が投影されていると言えよう。サー・キットとジェシカの結婚もまた、民族、宗教、文化など背景の異なる者同士の結婚である。ジェシカは、ユダヤ人でユダヤ教徒であるがイングランド育ちで財産家の女相続人である。彼女は多額の財産をダイアモンドに変えて所有しており、結婚前はサー・キットに譲る素振りを見せていたが、いざ結婚すると夫に手渡そうとしない。財産目当てに彼女と結婚したサー・キットは、妻の思わぬ不従順に立腹し、「ソーセージ、ベーコン、豚肉を毎日食卓にあげ[12]」、ユダヤ教徒の妻を精神的に虐待する。妻が頑として屈しないのを見てとると、屋敷に七年間にわたって監禁する。夫による妻の監禁は、当時は合法であり、夫の権利の行使であり（Williams 6）、使用人も近隣の人たちも彼女を救出することはできない。結局、サー・キットが死去して、ジェシカはようやく監禁を解かれ、ロンドンに逃げ帰る。このエピソードに、マライア・エッジワスはわざわざ脚注を施し、二十年の長きにわたって夫によって幽閉されたキャスカート令夫人の実例を挙げて、妻の監禁は空想の産物ではなく女性の現実であることを示す（脚注六）。夫に監禁される妻は、十八世紀末の小説にもしばしば登場する。たとえば、先にも言及したメアリ・ウルストンクラフトの『女性の虐待——マライア』の女主人公マライア・ヴィーナブルズも、夫に不従順なため精神病院に監禁される。女性の監禁は、家父長制社会に順応しない女、支配されることを拒む女、すなわち父に反抗する娘、夫に従わない妻などを、家父長制度に従属させる手段であった。女性の監禁は、いわば、家父長制社会における専制と抑圧の象徴なのである。

結局、サー・ジョンはジェイムズ二世側に立って、スチュアート王朝とカトリックの大義のために戦い、ボインの戦い（一六九〇年）で戦死する。ボインの戦いは、イングランド王ウィリアム三世が、復位を狙ってアイルランドに侵略してきたジェイムズ二世とその支持者であるカトリック教徒を打ち破った戦いである。つまり、アリスの側から見れば、政治的・宗教的敵であったスチュアート王朝とカトリックの敗退が決定づけられた戦いである（Mitchell 444）。アリスは、『ラックレント城』のジェシカと同様、夫の死により自由の身となり、モートンに住む乳母の所に戻る。長期にわたる監禁で精神も肉体も衰弱しているが、アリスの憤怒は消えることなくしぶとく燻り続けている。彼女の怒りは「モートン家は死に絶え、モートン家の地所には自分の父のような行商人が住むことになる」（第一章）という予言・呪詛となって噴出する。結局、アリスはある冬の朝ドラムブルの非国教徒の礼拝堂で凍死しているのが発見される。アリスの生涯は、自己の政治的・宗教的信条にあくまでも忠実に生きようとすれば、すなわち夫に逆らって自己を主張すれば、当時の家父長制社会においては、行き着く先は狂気であり、死であるということを示している。アリスは、いわば、自己の信念に殉じた。しかし、彼女の予言は、二百年後に実現する。彼女は死してもなお、予言という形で、自己主張を続けたのである。

第三節　自己犠牲、忍従、餓死

第二のエピソードは、十八世紀末に設定されている。サー・ジョンとアリスの間には子供が無かったため、財産はサー・ジョンの遠縁のモートン氏に受け継がれる。モートン氏の孫娘のフィリス・モートンが、第二のエピソードの女主人公である。素晴らしい結婚をするだろうと周囲から期待されていた快活で陽気なフィリスが、結局は未婚のままで兄と甥に献身的に尽くしたあげく、見る影も無く痩せ衰えて餓死するまでのおよそ二十年間が描かれる。

彼女は十七歳の頃、当時十歳だった甥のジョン・マーマデュークと「長い金髪の巻き毛をなびかせ、美しいアラビア種の馬に乗って、笑いながら西風に突進して、村を駆け抜ける」（第一章）。笑いと風になびく金髪と疾走する馬がまさに示唆するように、十七歳のフィリスは自由で溌剌として光り輝いていた。フィリスがもっとも輝いていたこの頃、時の国王ジョージ三世（在位一七六〇～一八二〇年）の甥ウィリアム・フレデリック王子（後のグロスター公）を主賓とする舞踏会が開催され、彼女はこの舞踏会で社交界にデビューする。この舞踏会は、ウィリアム王子に関する言及、さらには髪粉、入れ毛の描写などから、おそらくは一七九六年頃に催されたと推測される（Mitchell 445）。この頃、語り手のブリジェットはまだ子供であったが、フィリスが舞踏会に着て行く衣装を見物するために、妹のエセリンダと二人で屋敷に出かけて行く。フィリスは、姉妹が緊張しているのを見て取ると、二人を笑わせるために、茶目っ気たっぷりに「ありとあらゆる滑稽な悪ふざけをして見せる」（第一章）。フィリスは、舞踏会では誰よりも美しく、魅力は群を抜いており、ウィリアム王子とダンスをしたらしいとブリジェットは語る。舞踏会の数日後、フィリスはいつものように「馬で村中を駆け巡る」。

フィリスの運命は、兄の妻が亡くなったことにより急転する。というのも、当時の家父長制社会において、女性たちには、父、兄弟、息子など家庭内の男性に献身的に尽くすことが求められていた。男やもめとなった兄を慰め、兄の傍に献身的に付添うことはフィリスの最優先の義務であった（Williams 24）。かつては馬で村中を活発に駆け回っていたフィリスは、「兄の馬に合わせて自分のポニーの歩調をゆるめ」（第一章）ざるを得なくなる。フィリスのこの姿がまさに象徴的に示すように、彼女の若い女性らしい溌剌とした雰囲気はしだいに影を潜め、あたかも娘時代に密かに別れを告げたかのように、態度は落ち着いたものとなる。フィリスが三十歳を越え、村人たちの期待も虚しく、婚期を逃がしかけていた頃、今度は大学在学中の甥ジョン・マーマデュークによって彼女の運命はさらに激しく狂わされる。賭事にのめり込んだ甥が、父親が返済不能なほどの多額の負債を負ったからである。息子の放蕩に失望し生きる張り合いをなくした兄に代わって、フィリスは、負債を返済すべく、限嗣相続の対象外の小規模な土地を売りに出す。しかし、屋敷の管理運営にかんして専門的知識も経験も持ち合わせていないフィリスには、傾きかけている財政をたてなおす術はない。

兄の死後、フィリスは、男性の後ろ盾を失った中産階級の女性の典型的な運命を辿る。債権者により屋敷内の換金可能な物はすべて押収され、弁護士の温情で、領地の外れの崩壊しかかった小さな家を無料で与えられる。しかし、収入を得る手段はなく、語り手のブリジェットは「お嬢様がどうやって暮らしを立てていたのか皆目見当がつかなかった」（第一章）と語る。無能な甥のジョン・マーマデュークと二人で、わずかばかりの粗挽き粉とお茶と庭先で収穫した二十個余りのキャベツだけで一冬を過すほどの困窮ぶりである。血色も悪く、衰弱しきって「死人のような顔」（第二章）をしたフィリスがサイドボサム姉妹を訪ねてきて、「私たちひもじいの……空腹で死にそうなのよ」と泣き崩れ、彼女自身飢えているにもかかわらず「あの子のために食べ物をもって帰らせて」と甥のために食べ物を所望する。自負心と中産階級の体面に縛られて、フィリスはこの時以外は、他人に助けを求めることはしない。『ラックレント城』の語り手サディと同様、ブリジェットは、ときに食料を届けたりはするが、フィリスの破滅をただ手をこまねいて見ているだけである。

図③ トマス・ローランドソン『ロウソクの明かりの下で縫い物をする女性たち』（制作年不詳、テイト・ブリティン蔵）
伏し目がちに縫い物をする姿は、従順さ、忍従、自己犠牲を示す記号であった。

結局、フィリスは、最初は兄のため、次いで甥のために、自己を犠牲にし、惨めなほど痩せ細って、飢えと寒さのために死ぬ。十八世紀の作法書の著者、たとえばチェスターフィールド卿、トマス・ギズボーン、ジョン・グレゴリーなどは、その著書の中で、自己否定、自己犠牲、献身、忍耐、自制を女性の美徳として推奨した[13]。その意味では、兄と甥に尽くし、心身をすり減らして女性の美徳を貫いたフィリスは、第一のエピソードのアリスとは異なり、家父長制社会の理想的な女性と言える（図③）。しかし、自己犠牲と献身の代償は餓死である。フィリスの生涯は、女性の美徳をあくまでも保持すれば、行き着く先は自己消滅であるということを象徴的に示している。

第四節　精神的虐待としての女子教育

第三のエピソードは二部に分かれている。前半の女主人公は、ソフロニア、アナベラ、ドロシーのモートン三姉妹であり、後半の女主人公は彼女たちの姪のコーディリアである。モートン家の現在の当主は、インドに駐在中のモートン将軍。彼は三姉妹の兄弟で、サー・ジョン・モートンよりも以前にまで遡る一族の遠い親戚である。モートン将軍は、末の妹ジェインの忘れ形見コーディリアを引き取り、姉妹に姪の教育を任せる。モートン三姉妹は、自分たちの身分に相応しい結婚相手を待ち望みつつ、気がついてみると婚期を逃し、すっかり年老いて、兄弟に依存して所在なげに日々暮している。この三姉妹は、シャーロット・スミスの歴史小説『古き荘園地主の屋敷』（一七九三年）に登場する准男爵家の共同相続人グレイス、バーバラ、キャサリンのレイランド三姉妹を想起させる。王党派としてクロムウェル軍と戦った先祖を持つレイランド三姉妹は、家門に対する過度の自負心から、いずれの求婚者も自分たちの社会的地位には相応しくないと不遜にも決めつけ、求婚されても憤然と拒絶し、未婚のまま虚しく老いて行く。彼女たちもまた、遠縁の少年と使用人の女の子の教育に当たることで退屈な日々を、束の間活気づけている。

第三のエピソードの前半では、混迷をきわめる教育システムを姪のコーディリアに強要するモートン三姉妹の姿が風刺的に描かれている（Forster 128）。三姉妹は、これといってすることがないので、一週間交代でそれぞれ異なった教育理論に基づいて亡き妹の娘コーディリアの教育に勤しんでいる。長女ソフロニアは六十歳。ソフロニアという名前は、ジャン＝ジャック・ルソーの教育小説『エミール』（一七六二年）に登場する女主人公ソフィーを想起させる。ソフロニアは、姪を十八世紀に一般的だった教育理論に従って教育している（Duthie 116）。彼女は、ジェイムズ・フォーダイスの『若い女性のための説教集』（一七六六年）、チェスターフィールド卿（図④）の『チェスターフィールド伯爵フィリップ・ドーマー・スタノップから息子への書簡集』（一七七四年）、ジョン・グレゴリーの『父から娘たちへの贈り物』（一七八八年）、トマス・ギズボーンの『女性の義務に関する一考察』（一七九七年）などの十八世紀に大流行した作法書を自己の指針としている（Rubenius 111）。これらの著作では、女性は魅力的であるが、愚鈍な生き物とみなされており、女性の理性は否定され、女性は感受性のみの存在であると捉えられていた。そして女性の唯一の役目は、男性に奉仕し、男性を喜ばせることであり、女性に必要な教育はこの目的にかなうもの、すなわち容姿の美しさや衣装の着こなしなどの外観を飾る方法、優美に媚を売ったり、しなを作ったりする術策の修得に重きをおく教育、具体的には、刺繍や縫い物などの手仕事、音楽、ダンス、絵画、外国語などのいわゆる「たしなみごと」に重点をおく教育であった。

図④『フィリップ・ドーマー・スタノップ、第四代伯チェスターフィールド卿』（制作者・制作年不詳、18世紀後半に彫版）

ソフロニアは、チェスターフィールド卿の『書簡集』を模倣して、『女性のチェスターフィールド、あるいは貴婦人から姪に宛てた書簡集』という作法書の執筆に目下取り組んでいる。コーディリアに、地名やフランス語の動詞などをやみくもに暗記させたり、背骨矯正と称して彼女の背中にまっすぐな板をくくりつけて、彼女が理解しようがしまいがお構いなしに、目下執筆中の『女性のチェスターフィールド』の朗読を聞かせたりもする。また「お腹が痛い」という言葉は品がないという理由で使用禁止にし、代わりに「胸が痛い」という言葉を使わせたり、外見を気にしてはいけないと言いながら、そばかすだらけになるのを避けるために、庭に出る時はボンネットを被るように命令する。ソフロニアの指導は、コーディリアにとって精神的・肉体的拷問以外のなにものでもない。

次女アナベラは五七歳。アナベラの名前は、シャーロット・レノックスの『女キホーテ』（一七五二年）に登場するアラベラ・グランヴィルを思い起こさせる（Rubenius 112）。『女キホーテ』の女主人公アラベラは、小説の中に描かれていることがそのまま現実のことであると錯覚し、滑稽な失敗を繰り広げる。「モートン・ホール」のアナベラもルソーの熱烈な信奉者で（Uglow 32）、ルソーの作品に描かれていることはすべて真実であると信じ込んでいる。彼女は、白い服、黒い羽飾りのついた縁を折り返したベルベットの帽子という、若い頃に流行した衣装をいまだに身にまとっている。彼女は物悲しい声で「自然、涙、苦悩の魅力について語り」（第二章）、文学作品や美術品などを用いて「感受性の陶冶」を図ることが教育においては肝要であると信じている。そこで、ルソーが『エミール』において主張した、男性を喜ばせることに主眼をおいた教育、感受性を豊かにする教育をコーディリアに施す。すなわち、ハープシコードの練習、キャサリン・カスバートソンの『サント・セバスティアーノ、あるいは若き護国卿』（一八〇六年）という五巻本の感傷小説の朗読、そして森の中での瞑想などを課すのである。

三女ドロシーは五五歳。彼女には姉たちと違ってこれといった確固たる教育方針があるわけではない。強いて言えば不可解な規則や理不尽な決まり事を決め、言葉遣いに極端なまでにこだわるというものである（Duthie 116）。「立ったまま食事をする」、「プディングを食べる前には必ず水を二杯飲む」という規則や、品がないとか礼節に反するという理由で日常的に使われている言葉を使用禁止にしたりする。たとえば、「赤」という言葉の代わりに「ピンク」か「緋色」か「深紅」という言葉を使うように命じ、幼い少女を精神的に脅かす。ヴィクトリア朝において、上品さや洗練ぶりを誇示するために、たとえば脚等の肉体に関する言葉を口にしないなどということがしばしば行われていた。ドロシーの途方もない禁止語の制定は、当時の馬鹿げた気取りや俗物根性に対するギャスケルの皮肉、揶揄であろう。また、ドロシーの被っている日の出の太陽光線を思わせる赤い絹の裏当ての付いた小さな黒い絹のボンネットも、彼女の精神の偏狭ぶり、視野の狭さを象徴的に示している。ヴィクトリア朝時代に大流行した、顔の大部分を覆い隠すボンネットは、競馬馬の目隠しと同様に視界を遮り、左右の物がよくみえないように作られていたからである。[14]

三姉妹の選択した教育方法は、過去の女子教育の歴史をそのまま辿っている。長女のソフロニアの作法書に則った教育は十八世紀に一般的だったものであり、次女アラベラの感受性の陶冶に主眼をおいた教育は十八世紀末から十九世紀初頭にかけて流行したもの、そしてドロシーの上品さと礼節に過度にこだわる教育はヴィクトリア朝前期、中期に特有のものである。ようするに、モートン三姉妹は、十八世紀から十九世紀中葉に至る約百五十年間に及ぶ女子教育を交代で一週間ごとに再現しているのである。家父長制社会が女性に相応しいと考える教育をコーディリアに強制する三姉妹が揶揄され風刺的に描かれていることから、ギャスケルがこのような抑圧的な教育に批判的なことは明白である。その意味では、メアリ・ウルストンクラフトと同じ立場に立っていると言えよう（Stoneman 55-56, Uglow 32, Duthie 116）。[15] 周知のように、メアリ・ウルストンクラフトは、『女性の権利の擁護』（一七九二年）の中で、男性を喜ばせることに主眼を置く女子教育を唱えたルソーやグレゴリー博士を激しく攻撃し、さらにチェスターフィールド卿をルソーに次いで有害な女子教育理論を唱えた人物として、痛烈に批判しているからである。(16)

第三のエピソードにおいて、ギャスケルは、過去百五十年間にわたって女性に施されてきた教育は、女性に対する精神的・肉体的拷問であるということを揶揄的に示し、当時の女子教育の欠陥を暴露して見せた。第三のエピソードで女性の教育を取り上げたのは、女性の窮状、苦境と密接な関係があるとギャスケルが考えているからであろう。女性も男性と同様知性の陶冶や職業訓練に力点をおいた実質的な教育を受けることができれば、男性に依存せずとも、生計をたてる手段を得ることができ、アリスやフィリスそしてモートン姉妹も、自立して生きることができたであろう、ということを示唆したかったのではないか。ようするに、実質的な女子教育こそが、女性が虐待から免れうる方法であるということを示そうとした。第三のエピソードの前半部で、女性の虐待に関する物語は終了する。

第三のエピソードの後半部分は、歴史小説としての枠組みを完成させるものとして機能する。このエピソードで物語られるのは、地主の姪で女相続人であるコーディリア・マニスティーと非国教徒で商業階級出身のドラムブルの綿糸工場主のマーマデューク・カーとの結婚である。彼は、清教徒革命の時代にモートン・ホールを購入したリチャード・カーの親戚の子孫である。コーディリアの伯父のモートン将軍は、初めコーディリアの夫になる人物は、モートンの姓を継ぐべしという条件を提示している。しかし結局は、コーディリアが結婚相手の姓であるカーを名乗ることを許す。マーマデューク・カーとコーディリアの結婚は、第一のエピソードで見た宗教的、政治的、階級的背景の異なる者同士の結婚であり、二人の結婚により、シドニー・オーエンソンが構築した歴史小説の枠組みは完結する。この結婚は二百年前のアリスとサー・ジョンの結婚の、繰り返し、再現である (Forster 128)。しかし、注意すべきは、コーディリアとマーマデュークの結婚はアリスとサー・ジョンの結婚とは異なるということである。というのも、コーディリアとマーマデュークの結婚には、より良き未来に向けての調和と新しい精神が示唆されている (Easson 210, Forster 128) からである。コーディリアとマーマデュークの結婚によって、二百年前の共和制下にまで遡る反感と不和は解消されることとなる。かくして、王政復古により、没収された一族の土地財産が、間接的にではあるが、奪回された。ギャスケルは、結婚という仕掛けを用いて、過去の対立に和解をもたらし、過去の喪失を象徴的に修復しようとする。(17)

モートン家とカー家の結婚が反復・再現されるというプロット展開は、シドニー・オーエンソンの『オブライエン家とオフレアティ家』(一八二七年) を想起させる。相対立する二旧家の三代にわたる歴史が語られる『オブライエン家とオフレアティ家』において、登場人物の名前や、状況、結婚などが何度となく反復・再現され、小説の結末では、反復の集大成として、同名の先祖たちには享受されなかった幸せな結婚が約束される。繰り返し・反復という技法は、循環的な時間性を喚起し[18]、かつ二代、三代にわたる話は、時間の推移を映し出し、歴史感覚を掻立てる（Ferris 90）。その意味で、歴史小説においてはきわめて効果的な手法である。反復と繰り返しの手法はまた、ギャスケルの歴史認識が、シドニー・オーエンソンのそれと同様のものであることを示唆している。ギャスケルもまた、シドニー・オーエンソンと同様ホイッグ的歴史観を抱いており、歴史は常に前に進むが、同時に何度も同じことを反復すると考えていたからである（Uglow 370）。

＊＊＊＊＊

ギャスケルが歴史小説というジャンルを選択したのはなぜか。そもそも、ロマン主義時代に出現した歴史小説という新たなジャンルは、フランス革命やアイルランド叛乱、ナポレオン戦争など当時の政治状況に対して意見表明をおこなうための媒体として生じた（Doody xiii）。ロマン主義時代の女性作家は、保守主義作家も急進主義作家も、こぞって近過去、遠過去に舞台を据えて作品を書いた。急進主義作家のシドニー・オーエンソンは、連合法成立後の衰退したアイルランドを舞台にした『オドンネル』（一八一四年）において、イングランドの過酷な植民地支配を激しく批判した。ジェイン・ポーターの場合には、『ヴァルシャヴァのサディウス』（一八〇三年）において、ポーランドを舞台に大国支配から政治的に独立しようとする小国の苦闘を描き、間接的にナポレオンの帝国主義的侵略戦争への批判を表明した。保守主義作家ジェイン・ウェストの場合は、清教徒革命時の混乱を描いた『王党員』（一八一二年）において、間接的にフランス革命批判を展開している。歴史小説というサブジャンルは、当時の女性作家たちにとって、自己の拠って立つ政治的立場・意見を表明する場を提供していたのである（Lew 42-43）。

ギャスケルはいかなる政治的な立場に立脚していたか。ギャスケルは、イングランドとその政治的・宗教的体制をユニテリアンの立場から見ていた（Mitchell xxi）。ギャスケルは、めったに彼女自身がユニテリアンであるということを公言しはしなかった（Mitchell xxii）。だが、「モートン・ホール」において、ギャスケルは、ユニテリアンとしてのメッセージを、歴史小説というジャンルの衣に隠して、巧みに発しているように思える。すなわち、コーディリアとの結婚によって、清教徒のマーマデューク・カーが、長らくモートン家が所有していた財産を奪回し、モートンという家名は消滅し、カーという家名が残り、モートン家のあったところに非国教徒のチャペルが立っているという小説の結末は、ギャスケルのユニテリアンとしての政治的・宗教的立場を間接的に表明していると言えよう。ようするに、ギャスケルは、歴史小説というジャンルを用いて、政治的・宗教的問題に巻き込まれたモートン家の女性たちの悲惨でもあり滑稽でもある人生を描きながら、実は、ユニテリアンとしての立場から、彼女が生きているヴィクトリア朝中期の政治・宗教・女性の状況に対する彼女の思いを語っているのである。

　ギャスケルは、短篇小説で意識的、実験的に小説の手法・技巧を磨き、その実験成果を長篇小説でさらに発展させるというプロセスをとったことはよく知られている（Uglow 255-56）。ギャスケルは、過去の時代を描きながら現代の問題に対する意見表明をおこなうというロマン主義時代の女性作家がとった戦略を「モートン・ホール」で実験的に試みた。実験成果は、無名の個人が歴史的事件に容赦なく巻き込まれていくさまを描いた『シルヴィアの恋人たち』（一八六三年）、政治的、宗教的、文化的背景の異なった男女の結婚を小説の枠組みとした『北と南』（一八五四〜五五年）、そして共同体の社会変化を描いた『妻たちと娘たち』（一八六四〜六六年）に結実したと言えよう。

註

（1）ちょっと滑稽な未婚女性の語り手というのは、ジェイン・ウェストの一連の小説に登場するプルーデンス・ホームスパンが最初であろう。Eleanor Ty, *Empowering the Feminine: The Narratives of Mary Robinson, Jane West, and Amelia Opie, 1796-1812* (Toronto: U of Toronto P, 1998) 89-90; Lisa Wood, "'This Maze of History and Fiction': Conservatism, Genre, and the Problem of Domestic Freedom in Jane West's *Alicia De Lacy*," *ESC* 23.2 (1997): 127. 語り手に使用人階級の人物を採用している小説には、ウィリアム・ゴドウィンの『ケイレブ・ウィリアムズ』（一七九四年）やエミリ・ブロンテの『嵐が丘』（一八四七年）などがある。Julie Nash, *Servants and Paternalism in the Works of Maria Edgeworth and Elizabeth Gaskell* (Aldershot: Ashgate, 2007) 28; Bruce Robbins, *The Servant's Hand: English Fiction from Below* (Durham: Duke UP, 1993) 92.

（2）Louise Henson, "History, Science and Social Change," *The Gaskell Society Journal* 17 (2003): 16.

（3）Charlotte Mitchell, introduction, *The Works of Elizabeth Gaskell*, vol. 3 (London: Pickering & Chatto, 2005) xii.

（4）Laura Kranzler, "Gothic Themes in Elizabeth Gaskell's Fiction," *The Gaskell Society Journal*, 20 (2006): 55.

（5）ロマン主義時代の歴史小説と言えば、サー・ウォルター・スコットの小説群がまず想起される。しかし、スコットの作品以前に、女性作家によって夥しい数の歴史小説が書かれている。代表的な作品を挙げれば、シャーロット・スミスのアメリカ独立戦争時代を舞台にした『古き荘園地主の屋敷』、マライア・エッジワスの一七八二年以前のアイルランドを舞台にした『ラックレント城』、ジェイン・ウェストのピューリタン革命時代を描いた『王党員』、フランス革命時に設定されたフランシス・バーニーの『放浪者』（一八一四年）、シドニー・オーエンソンのアイルランド叛乱を描いた

『奔放なアイルランド娘』、同じく『オブライエン家とオフレアティ家』、ジェイン・ポーターの十八世紀末のポーランドを活写した『ヴァルシャヴァのサディウス』、十四世紀のスコットランドを舞台にした『スコットランドの族長たち』（一八一〇年）、アナ・ポーターの『ハンガリーの兄弟』（一八〇七年）、『ドン・セバスチャン、あるいはブラガンザ家』（一八〇九年）など、実に枚挙にいとまがない。Gary Kelley, *English Fiction of the Romantic Period 1789-1830* (London: Longman, 1989) 94-95; Nicola J. Watson, *Revolution and the Form of the British Novel 1790-1825* (Oxford: Clarendon, 1994) 109-10; Joseph W. Lew, "Sidney [sic] Owenson and the Fate of Empire," *Keats-Shelley Journal* 39 (1990): 42-43; Margaret Anne Doody, introduction, *The Wanderer*, by Frances Burney (Oxford: Oxford UP, 1991) xiii; Wood 130; Katie Trumpener, *Bardic Nationalism: The Romantic Novel and the British Empire* (New Jersey: Princeton UP, 1997) 152.

（6）ロマン主義時代の歴史小説や作家のうち、ギャスケルが小説や書簡の中で言及しているのは、ジェイン・ポーターとアナ・ポーターのポーター姉妹、マライア・エッジワス、フランシス・バーニーなど。『クランフォード』（一八五一〜五三年）にはジェイン・ポーターの『ヴァルシャヴァのサディウス』、アナ・ポーターの『ハンガリーの兄弟』、『ドン・セバスチャン』に関する言及がある。ギャスケルがこれらの作品に親しんでいたと推測しても間違いではあるまい（Rubenius 317）。なかでも、マライア・エッジワスにかんしては、小説中で何度か言及されている。たとえば、『妻たちと娘たち』において「エッジワスさんの物語」という言及、『クランフォード』においては『愛顧』（一八一四年）への言及、『北と南』においては『シンプル・スーザン』（一七九五年）への言及がある。ギャスケルの母方の従兄弟ヘンリー・ホランドとメアリ・ホランドは、マライア・エッジワスと個人的な親交があり、互いに訪問し合う仲であった（Uglow 17）。

（7）Marilyn Butler, introduction, *Castle Rackrent*, by Maria Edgeworth (Harmondsworth: Penguin, 1992) 13, 53; George Watson, introduction, *Castle Rackrent*, by Maria Edgeworth (Oxford: Oxford UP, 1964) xv-xvi; Kathryn Kirkpatrick, "Putting Down the Rebellion: Notes and Glosses on *Castle Rackrent*," *Eire-Ireland: Journal of Irish Studies* 30.1 (1995): 77-90; Kit Kincade, "A Whillaluh for Ireland: *Castle Rackrent* and Edgeworth's Influence on Sir Walter Scott," *An Uncomfortable Authority: Maria Edgeworth and Her Contexts*, ed. Heidi Kaufman and Chris Fauske (Newark: U of Delaware P, 2004) 253; Sandra M. Gilbert and Susan Gubar, *The Madwoman in the Attic: The Woman Writer and the Nineteenth-Century Literary Imagination* (New Haven: Yale UP, 1979) 149-50.

（8）マンク将軍は王政復古を実現させた立役者であるが、王党派、共和派、王党派と政治的転向を繰り返したことで知られている。彼は、そもそもはチャールズ一世のために国王軍将校として戦う。敗北後、ロンドン塔に幽閉されるが、クロムウェルに見込まれてアイルランド征討軍司令官に任命される。その後、チャールズ二世と連絡をとって王政復古を実現させた（Mitchell 443）。

（9）Mary Poovey, *The Proper Lady and the Woman Writer* (Chicago: U of Chicago P, 1984) 6-7; Merryn Williams, *Women in the English Novel,*

1800-1900 (London: Macmillan, 1984) 6; Katherine M. Rogers, *Feminism in Eighteenth-Century England* (Sussex: Harvester, 1982) 7-8; Moira Freguson, introduction, *First Feminists: British Women Writers 1578-1799*, ed. Moira Ferguson (Bloomington: Indiana UP, 1985) 3-4.

(10) ギャスケルは「モートン・ホール」を発表した三年後の一八五六年に、既婚女性財産法の請願書に署名を求められ、「夫は妻をなだめすかしたり、甘言で騙したり、叩いたり、あるいは暴君になって、妻から何かを奪うことができるが、いかなる法律もこれには手の打ちようがない——私たち女性は充分ひどい扱いをされ、不利益な法律も制定されている。そのことには疑問の余地はない」(*Letters* 276) という但し書きをつけて署名している。この但し書きに記されている夫の横暴な振る舞いは、まさに、サー・ジョンの妻アリスに対する仕打ちそのものである。

(11) Poovey xv, 3-4; Kristina Straub, *Divided Fictions: Fanny Burney and Feminie Strategy* (Lexington: UP of Kentucky, 1987) 57, 59.

(12) Maria Edgeworth, *Castle Rackrent and Ennui*, ed. Marilyn Butler (Harmondsworth: Penguin, 1992) 79.

(13) Alan Richardson, *Literature, Education, and Romanticism: Reading as Social Practice 1780-1832* (Cambridge: Cambridge UP, 1994) 172-73.

(14) Alison Lurie, *The Language of Clothes* (New York: Random House, 1981) 64.

(15) Mary Waters, "Elizabeth Gaskell, Mary Wollstonecraft and the Conduct Books: Mrs Gibson as the Product of a Conventional Education in *Wives and Daughters*," *The Gaskell Society Journal* 9 (1995): 11-15.

(16) Mary Wollstonecraft, *A Vindication of the Rights of Woman*, ed. Miriam Brody Kramnick (Harmondsworth: Penguin, 1975) 116-17, 36.

(17) Terry Eagleton, *Heathcliff and the Great Hunger: Studies in Irish Culture* (London: Verso, 1995) 179.

(18) Ina Ferris, *The Romantic National Tale and the Question of Ireland* (Cambridge: Cambridge UP, 2002) 80-81; Trumpener 152.

第一八章

売　春

——混迷のボディ・ポリティクス——

市川　千恵子

ダンテ・ゲイブリエル・ロセッティ『見つかって』（1869-70年）

Chapter 18
Prostitution: Body Politics in Chaos

Chieko ICHIKAWA

ヴィクトリア朝の性の不均衡を支えた時代の精神構造を示す最たる例として性の二重規範が挙げられる。女性の社会・政治的脆弱性を維持し、身体という形態においても女性を搾取の対象と位置づけ、性差別を人々の心理に植えつけたのが性の二重規範であったと言えるだろう。その半生をヴィクトリア朝の性の二重規範との戦いに捧げたジョゼフィン・バトラー（図①）は、フレデリック・ハリソンに宛てた書簡（一八六八年五月九日付）において、「実証主義に基づく女性観はその学説の腐敗部分に他ならない」と痛烈に批判し、性病予防法廃止運動のパンフレットを同封した。[1] 道徳的に優越した存在と美化される女性が、真の意味では侮蔑の対象であり、いかに沈黙を強いられているかを力説するバトラーの手紙は、幾重にも交錯する社会的矛盾が女性に収斂されることを端的に示している。

バトラーは性病予防法が対象となる売春婦のみならず、全女性への冒瀆だという立場をとり、それゆえに中流階級女性が声をあげることの責務を指摘し続けた。女性の身体を管理する法を決定する際に、女性の声は完全に排除されるという不当性を、バトラーはその精力的な講演活動と執筆を通して世間に知らしめた。これまで論じられることは少ないものの、バトラーの仕事にはギャスケルの作品からの影響が見出せる。ギャスケルはドメスティック・イデオロギーの隆盛期に性の二重規範の欺瞞を問い、中流階級の読者に「堕ちた女」という社会現象に潜む根源的な問題の再考を促した。この章では、当時の性をめぐる言説、特に売春問題の議論が、女性の身体を強制的に管理しようとした様相を検証し、その暴力行為に対する抵抗としてのバトラーの政治活動とギャスケルの「堕ちた女」の表象を読み解いていきたい。

図① ジョージ・リッチモンド『ジョゼフィン・バトラー』（1851年）

第一節　ドメスティック・イデオロギーの闇

コヴェントリ・パットモアの連詩『家庭の天使』（一八五四〜六三年）や、サラ・エリスらの一連の女性向け指南書で提供された理想的女性像は、ドメスティック・イデオロギー（家庭崇拝主義）の産物であるばかりでなく、さらにその強化に寄与した。妻の務めとは、夫に慈愛に満ちたまなざしを注ぎ、周囲に希望を与え、己の苦しみを胸に秘め、耐え忍ぶことだとされた。このような存在はもはや血の通う人間ではなく、まさしく「天使」となるだろう。あまりにも神聖化された中流階級の女性たちは、男性たちにとって性的欲望の対象にはなり難い。さらに、ヴィクトリア朝は表面的には性道徳に厳格であったために、私的空間における性行為はあくまでも生殖を前提とし、抑圧された性の欲望は家庭の外へと向ったのであった。さらに晩婚化も売春産業の増加に一役を買った。売春をめぐる問題もまた、産業革命後の社会構造や社会通念の変革の所産なのである。

中流階級男性の抑圧された欲望は性道徳の網の目をくぐり抜け、過剰に快楽の場を求めた。その需要を満たすべく売春婦が増加したのである。意外にも、売春産業の組織化には女性が多く関与していた。[2] 文学作品を例に挙げれば、エリザベス・バレット・ブラウニングの『オーロラ・リー』（一八五七年）において、お針子のメアリアンを紳士階級男性にレイプさせ、パリの売春宿に追いやるのはレディー・ウォルダマーだし、こうしたホワイト・スレイバリーの斡旋をする女性がガートルード・コルモアの短篇「角の席に座った女」（一九一三年）には登場する。当時の統計から大都市における売春婦の増加の推移を正確に把握することは困難だが、その数はロンドンだけでも一七九七年に五万人、一八三〇年代から四〇年代にかけて八万人、五〇年代末には八万三千人へと増加の一途をたどった。[3]

こうした時代に性病が深刻な社会問題となるのは驚くに値しない。一八五〇年代に発表されたウィリアム・グレッグやウィリアム・アクトンの売春と性病をめぐる議論は、売春を法的に管理する動きを強化した。[4] 両者は男性の性欲過多を自然かつ制御し難いものと捉え、性病は国家の根幹を揺るがすがゆえに、売春を取り締まることで性病の感染を抑止すべきだという立場をとった。また、十九世紀中葉の婚外子の増加（一八五七年一一月七日付『ランセット』）も家庭崇拝主義を侵害する現象の一つであった。男性の放縦な性の営みを男らしさの表れだと容認する社会では、天使のごとき妻は家庭の外で犯した夫の罪に沈黙しなければならないとしても、神話化された家庭の道徳的清潔さは失われる。さらに、夫が性病に感染していれば、聖なる家庭の炉辺は文字通り汚染されることになるだろう。性の二重規範と伝染病への恐怖が連動し、公的権威による売春婦の身体の管理が正当化され、性病予防法の制定へと発展した。売春婦の身体は家庭を危険にさらし、社会・国家の秩序を破壊するものとして、排水路や道路の汚れのごとく、管理の対象になったのである。

性病予防法の制定の背景に、英国陸軍兵士の性病感染率の高さが大きな要因として存在したことも見逃してはならないだろう。一八四六年にアクトンが『ランセット』に発表した兵士の性病感染率統計報告や、クリミア戦争（一八五四～五六年）の兵士の性病率の高さが契機となって一八六四年に制定された性病予防法（一八六六年改正）では、警察の管轄下にあったのは英国各地の陸軍の駐屯地周辺だけであった。だが一八六九年の改正によって、その管轄範囲が市街地まで拡大した。特にバトラーらフェミニスト活動家が問題視したのは、女性のみに実施された身体検査（検黴）である。駐屯地周辺で登録した売春婦は定期検査を義務づけられ、さらに市街地において警察に嫌疑をかけられた売春婦は、指定の場所に出向き、検査を受けなければならず、拒否すれば投獄されることになった。執拗に検査を要求された女優が拒否を続け、自殺に追い込まれた事件は、バトラーの懸念が最悪のケースで現実となったのである。[5] 女性の身体を汚れた容器のごとく取り扱い、女性の尊厳を無視した法制度の影に、社会に根付いた女性への嫌悪が読み取れる。換言すれば、自分の身体、家庭、さらには社会・国家を蝕むほどの破壊力を秘めた子宮に対する恐怖心が、すべての女性を潜在的に監視の必要な売春婦と位置づけたのである。

社会不安を体現する売春婦の身体は、家庭崇拝主義の文化のなかで危険なものとして可視化され、道徳的堕落や病のメタファーとなった。十九世紀中葉に福音主義の影響下で展開した中流階級女性による下層階級女性に対する慈善的訪問活動には、フーコーが理論化した監視と統制の要素が含まれている。訪問の目的はその暮らしのなかに信仰心を芽生えさせ、道徳性と清潔さを育むことであり、究極的にはリスペクタブルな国民の形成へと連動していたのである。また、国教会の運営を中心に、一八四〇年代から主要な都市には必ず救済団体が組織された。だが、各団体のロビー活動もむなしく、売春宿の経営者や仲介人への処罰を実現するには至らず、少女の救済と更生が主たる活動内容となった（Walkowitz 39-40）。

一八五〇年代には家庭的な制度を模した救済施設が増加した。[6] 個人レベルでの救済活動はこの形態をとるものが多い。特にバトラーと富裕な慈善活動家アンジェラ・バーデット＝クーツ、ベッドフォード公爵夫人らの試みが有名であり、いずれも少数の若い女性たちを家庭的な空間に住まわせ、自尊心を育むことを目指した。バトラーの「安息の家」については第四節で論じるが、ここではクーツがディケンズの協力のもと一八四七年に実現化した「ユレイニア・コテージ」について触れておきたい。「気の毒な少女たち」に注ぐクーツのまなざしは、まさに共感と統制という様相を呈している。その教育目標は秩序、時間厳守、清潔さを教え、少女たちの健康を回復し、希望を与えて、植民地で新しい生活を始めさせることであった。クーツが制服の布地に地味な色を選び、ディケンズにたしなめられるエピソードは、彼女が少女たちの虚栄心の抑制を意図したことを物語る。[7] 一方ディケンズは一八六〇年代に監獄で採用された「マーク・システム」（善行を点数化し、昇級させる方法）の導入を提案した。[8] 収容された少女たちは「家」という制度のなかで、規制や拘束を通して自己を道徳的に統制し、やがて送られる植民地において、外から英国の繁栄を支える存在となることを要求されていたのである。[9]

第二節　都市の迷宮

G・F・ガードウッドによる女性の性的衝動の否定や、アクトンの「大半の女性はあらゆる類の性的感情にあまり煩わされることはない」といった発言は、女性には性的欲望が欠如しているというイメージを世間に浸透させた。[10] しかし一方で、同時代の女性のセクシュアリティをめぐる研究は世間の固定概念とは異なる見解も提供していた。ただし、女性の性の解放ではなく、性と知を抑圧する言説として機能し、性差別のイデオロギーを支えたのである。当時の女性の性に関する考察が、月経、出産、授乳という身体の営為から動物の雌の習性との類似を基盤になされることも少なくなかったということを鑑みると、[11] 医学は女性を生物学的な「人間《マン》」の範疇から排除して、その身体的差異から女性を未熟で不安定な性として捉えて再定義し、それゆえに性の規範から逸脱しやすい存在として捉えたのである。当時、女性特有の病とされたヒステリーは、性的欲望の耽溺の結果だとみなされていた。[12] 女性のセクシュアリティをめぐる議論は、性的に無垢な家庭の天使と性的欲望の過剰な売春婦という二項対立をつくりあげ、同時にすべての女性が潜在的に売春婦となる可能性を警告して、性道徳規範の強化をもたらしたのである。

ヴィクトリア朝において、性は各社会階層に属する人々を定義する重要な要因であった。フェティッシュに清潔さを信望する中流階級の人々の目には、下層階級の生活と性愛は不道徳さの汚染の源と映り、同時に階級間の文化的差異は見る快楽をかきたて、観察と記録の対象となったのだ。『イングランドにおける労働者階級の状態』（一八四五年）において、エンゲルスはマンチェスターの労働者の居住空間を次のように描写する。

> マンチェスターの労働者の居住空間は、不潔でみすぼらしく、また快適さに欠ける。こうした住居では、人間性を失い、堕落し、知的にも道徳的にも獣になりさがった人種だけが、くつろぐことができるのである。[13]

清潔さは中流階級家庭を中心に形成されたリスペクタブルな国民像の証である。エンゲルスは労働者階級を他者化し、性的な怪物として見ている。性的に早熟だとされた労働者階級の女性の身体には、男性の欲望の視線が交錯した。中流階級男性の性的幻想は、下層の女性を性的放縦さや性的逸脱と結びつけ、男性の欲望に消費される売春婦を連想したのだ。十九世紀に発行された政府の青書は、一貫して労働者階級女性を性的に不道徳だと位置づけた。[14]

労働者階級の若い女性は、労働の場においても常に性的な誘惑の危険にさらされていた。ヴィクトリア朝の前夜に『イングランドの工業人口』（一八三三年）を上梓した医師のピーター・ギャスケルは、熱気を帯びた狭い空間に若い男女が長時間身を寄せて労働する環境そのものが、動物的な情欲をかきたてるという見解を示した。[15] 少女たちは上司や同僚の男性から心身の性的嫌がらせを受けやすい環境におかれていた（Johnson 47）。ギャスケルの『北と南』（一八五四～五五年）において、中流階級のヒロイン、マーガレット・ヘイルがミルトンの工場付近を歩くとき、工場労働者の男性から性的な言葉を浴びせられる場面を思い起こせば、工場内の少女の性的脆弱さは想像に難くないであろう。

女性に対する差別は報酬にも反映されていた。賃金は常に低く抑えられ、女性は安い労働力として工業都市の発展に寄与してきた。それでも工場労働での賃金は、下層階級女性の仕事の選択肢のなかでは相対的に高いほうであった。したがって工場での労働は女性に経済的自立の可能性を提供する。だが、家庭崇拝主義が理想とする女性像からは大きく逸脱することにもなるのだ。『メアリ・バートン』（一八四八年）において、父親ジョン・バートンが娘のメアリを当時最も低賃金のお針子見習いとして働かせる選択をするのも、労働環境に配慮したからである。しかし、メアリを軽率な行為にかりたてるのは、長時間労働を強いる貧困から脱出して、シンデレラになりたいという虚栄心なのである。

トマス・フッドの「シャツの歌」（一八四三年）に代表されるように、世間には都会で道徳的に転落する女性の物語があふれていた。性的なイメージを付与された労働者階級女性は、低所得の機械工や兵士の欲望を満たす格好の相手だとみなされがちであったのだ。『ロンドンの労働とロンドンの貧民』（一八五一年）において路地裏の解放された性を記録したヘンリー・メイヒュー（図②）は、転落の道を歩んだ女性から直に話を聞きとり、複数の物語を再現した。彼は第一人称を使用して、売春婦自らに転落の物語を語らせる。一例を挙げておこう。ある売春婦は田舎の小さなパン屋の娘だったが、兵士に恋をして家を出た後は、連隊とともに各地を移動するようになった。彼女は一六歳から過ちを犯し続けたと告白し、三十歳を過ぎた今、これまでの生活を恥じ、平凡な結婚への憧れを語る。メイヒューはこの女性の語りをここで終え、彼女の「母性本能」がそういう思いに駆るのだというコメントを付け加えている。[16] 彼は転落の物語を自伝的に再構築することで過度な感情移入を避け、

図② ジャーナリズム、演劇など多方面で活躍したヘンリー・メイヒュー

淡々としたルポルタージュの語りのなかに臨場感をつくりだす。彼が言及する「母性本能」は、感傷的な文化装置として機能し、読者が女性に対して同情の念を抱くように仕向ける格好の道具なのである。

　ギャスケルの作品における転落の女性の表象においても、「母なる本能」が果たす役割は重要である。メイヒューが再現した女の物語は、『メアリ・バートン』のエスタがジェム・ウィルソンに語る物語（第一四章）と酷似している。エスタがあえて自らの過ちをジェムにさらけ出すのは、姪のメアリを危険な誘惑から救うためである。メアリの将来に対する危惧は、エスタの「母性本能」から生じている。

> 「私みたいなみじめな人間にならないようにするには、どうしたらいいんだ！　あの娘はちょうど私が聞いたのと同じような言葉に耳をかしているし、私と同じように愛している。だから私と同じような結果になるかもしれない。どうしたらあの娘が救えるだろう?」（第一〇章）

メアリと同様に、かつてエスタも自分の美貌に浴びせられる賞賛から、いつか「貴婦人」になれるという幻想を抱いていた。彼女は士官の誘惑に落ち、彼を追って住み慣れた街を離れ、愛人となる。やがて彼はエスタと生まれたばかりの娘を残し、去ってしまう。エスタは幼子の命を守るために、夜の街をさまようことになった。彼女の選択は「母性」からなされているのである。今や母なる感情を姪のメアリに寄せるエスタは、自己の転落の物語をメアリではなく、ジェムに語る。ここでエスタの「母性本能」は、誰に対して何をいかに語るべきなのかを察知する力として前景化する。

　派手な服と化粧からエスタにつけられた「蝶」（第三八章）という異名は、ジェムとメアリに言葉を運び、さらに街の至る所にそっと訪れ、メアリの言動を見守るという役割をも含意している。エスタはメアリの擬似的な母親の役割を果たそうとし、家庭の外でメアリの守護天使を演じるのだ。ジェムがハリー・カーソン殺害の容疑で逮捕された後、絶望の淵にいるメアリを訪れるとき、彼女の清らかさを守るためにエスタは身の上を偽る（第二一章）。己の道徳的な「穢れ」を伝染させまいと、エスタはメアリに触れることすらしない。エスタは殺人事件の重要証拠となる紙切れをメアリに手渡す。その紙に書かれたメアリ・バートンの名がジェムの筆跡だとエスタは勘違いしているが、実はメアリが一篇の詩を父親のために書き写したときに署名したものだった。本能のままに行動したエスタは、擬似的な母の声に包まれたメアリに「救ってくれたのだ」という感謝の念を抱かせて、守護天使の役を演じきるのである。

エスタの登場を機に、メアリは中流階級女性の徳目である慎ましさ、誠実さ、精神的強さをまとっていく。ギャスケルは「堕ちた女」であるエスタの表象に「母なるもの」をとりこみ、メアリの道徳的清らかさを回復する守護天使としてエスタを昇華させる。つまり、メアリに発揮される「母なるもの」は、エスタに自己の回復をももたらすのである。だが、ギャスケルがエスタに与えた「母なるもの」は、一見するとメイヒューの「母性本能」のように感傷的でありながら、家父長制に対する批判的で政治的な衝動であるとも言えそうだ。エスタの「母なるもの」は、無実の恋人を救うというヒロインの勇気ある行動を導くが、同時に父親の罪の告発、言い換えれば父の死を招く行為にもつながるからである。

第三節　「英国の母たち」の政治的欲望

短篇「リジー・リー」（一八五〇年）はタイトルに「堕ちた女」の名を冠しながらも、物語の中心を占めるのは母親の娘に寄せる愛の強さである。偶然が連続するプロットにメロドラマ特有の甘さがあることは否めない。だが、ギャスケルはこの作品において「ルカによる福音書」の「放蕩息子」を下地にし、過ちを犯した女性に対する男性の傲慢さを際立たせ、社会と個人の意識に根を張る性差別を明らかにする。娘に対するミスター・リーの怒り、妹へのウィルの嫌悪感、さらに幼子ナニーの死を招くミスター・パーマーの不注意な態度は、性の二重規範という社会の精神構造をつくり、維持していく男たちの意識に他ならない。

ミセス・リーの言動には性の二重規範に挑む厳しさと激しさが見出される。「私はおまえの母親だから思い切って命令しよう。だって、私は正しいのだし、神様も私の味方をしてくださっているから」（第三章）と息子に威厳ある態度で話すとき、ミセス・リーには何の迷いもみられない。彼女が息子に命令するのは悔悛した者への理解とキリスト教徒の精神に根ざした寛容さである。また、頑として妹を拒絶するウィルの意識をときほどいていくのが、スーザン・パーマーの存在である。彼女はリジーがマグダラのマリアのように立ち直ることができると信じ、ミセス・リーを勇気づける（第二章）。ここには性の二重規範を切り崩し、「堕ちた女」を救済するための女性の結束という形を見出すことができる。

娘を亡くして狂女のようだったリジーは、母親や義理の姉となったスーザンの愛と癒しによって、絶えず赦しを乞いながら、他者の悲しみを吸収し、人々の賛美の対象となる。だが、世間とは遮断されて、ミセス・リーとリジーが暮らす空間はユートピア的である。ギャスケルは家父長制社会批判のモチーフとして、『シャーロット・ブロンテの生涯』の第一版（一八五七年）においても義理の兄にレイプされ、子どもを身ごもり、家族と社会から追放された結果、母とひっそりと暮らす女性の物語を挿入した。「リジー・リー」での母による娘の救済というテーマは、女性だけに向けられる偏見や差別への抵抗という政治色を強く帯びながらも、結末ではその戦いから静かに撤退するかのように、母と娘だけの空間、すなわち家庭崇拝主義が規範とする家族から切り離された特別な空間が、社会的暴力から女性の身を護るシェルターとして提示されるのである。

ギャスケルの文学的想像力における「堕ちた女」を救う母親の愛と強さの表象は、フェミニスト女性による売春婦救済活動においても政治的な道具として利用された。性病予防法の改正の結果、女性の身体の監視体制の強化と警察の権威の肥大化に対して、ハリエット・マーティノーが「英国の一女性」と署名し、一八六九年の年末に三日連続で『デイリー・ニュース』紙に投稿した抗議書簡のなかで、特に「母」がレトリカルに使用されている一二月二九日付の書簡に注目したい。[17] ここでは「母」として性病予防法に異議を唱え、さらに「息子」としての全男性の性的放縦と利己主義を批判する。実質上売春を公認し、男性を性病の感染から守るために女性の尊厳の犠牲を前提にした予防法の暴力性を論証したうえで、マーティノーは自分自身と法の廃止を求める団体ＬＮＡ（Ladies' National Association）の女性たちを家庭、社会、国家の道徳的清潔さを守護する「母」として表象する。売春や性病はリスペクタブルな女性が公言するに不適切な話題だとしても、ヴィクトリア朝の母性崇拝を味方に、マーティノーらは警察や政府といった公の権威に挑む声を獲得するために、「英国の母」として政治的な場に介入するという戦略をとったのである。[18]

一八六九年からＬＮＡの指導的立場についたバトラーが講演や執筆活動で利用したのも「英国の母」としての自己表象であった。バトラーの活動のユニークさは、労働者階級男性を取り込むことに成功した点にある（図③）。いわば「母」としての女性表象が、ジェンダーとクラスを超えた運動の展開を可能にしたのだ。では、バトラーの議論がいかに中流階級女性の結束を訴え、労働者階級男性の良心に働きかけたのかを具体的に検証していく。そこには、理想的な国民像形成をめぐる女性の主導的役割を正当化し、さらに社会・国家を道徳的に再編すると

図③ 聴衆を前に演説するバトラー（制作者および制作年は不詳）

いう欲望を読み取ることができるであろう。

ＬＮＡの機関誌『シールド』（一八七〇年三月発行）で報告されたノッティンガムでの女性だけの集会において、バトラーは売春婦の救済をキリスト教徒の成人女性の務めだと位置づける。この講演で着目すべきは、インドではすでに廃止されていたサティへの言及である。サティ廃止運動は近代英国女性の政治的主体獲得の歴史に重要な位置を占める。バトラーは神へ女性を捧げる宗教儀式と、男性の欲望に女性を捧げることを公然と認める法律とを併置して、キリスト教信仰国で行われている女性に対する暴力と偽善を批判するのである。[19] また、まさに「女性の責務」と題したカーライルの集会において、四百人もの女性の聴衆を前に、バトラーはすべての女性を「神の代理人」と定義した。「神の代理人」としての女性が結束し、英国社会の道徳的浄化を請け負うというバトラーの宣言[20]は、男性優位の政治や警察組織に対する明白な挑戦である。バトラーは女性の尊厳を危険にさらす家父長的権威に抗う批判的で攻撃的な欲望を、人々の信仰と道徳によってもたらされる国家の再生構想に投影するのだ。そのようにして生まれ変わる国家をバトラーは「神の王国《クライスト・キングダム》」と名づけた。この名称によって、バトラーの活動の焦点が女性の性の解放ではなく、信仰と道徳の問題に当てられていたことが明白となる。敬虔さと道徳的清潔さといった徳目は、理想的な国民像に不可欠な要素でもあるのだ。

バトラーは自国の「虐げられた」女性の救済を中流階級女性

の責務だと主張していくなかで、ヴィクトリア朝の社会的言説において称揚された社会・国家に対する間接的な女性の影響力こそが家父長的社会に脅威を与えうると捉えていく[21]。間接的に社会を慈しみ、浄化する「力」は、社会の不正に対して直に政治的な声を上げ、「虐げられた」女性たちを救い、道徳的な国家を再建するために必要不可欠な「力」にかわるとバトラーは解釈を拡大させるのだ。実際にそうした感化力の発揮によって、バトラーは労働者階級男性を性病予防法廃止運動の協力者として巻き込むことに成功するのである。

性病予防法廃止を求める者からは、あらゆる階級の男性に放蕩が見出せるものの、買春行為は上層中流階級から上流階級の男性に多いという指摘がなされた[22]。特に売春婦の需要が高まるのは上流階級の社交シーズンと大学の学期中であったとされる（Walkowitz 36）。性病予防法廃止論者が敵とみなしたのは、女性を買い、さらにその身体を管理するという法律を制定した社会支配層の男性たちであった。それゆえにバトラーが労働者階級男性を重要な存在とみなして、その運動に巻き込んだことは、巧妙な戦略であった。英国のすべての階級に性的な放埓さが存在したならば、下の階級からの浄化は重要な意味を帯びてくるからだ。

リヴァプールの集会において、バトラーは「リスペクタブルで確固たる階級の男性のみ」と限定し、労働者階級の男性だけを集め、女性を隷属状態から救い、社会を道徳的に再生しえるのは、議会で国家の代表として立法に関わる有産階級男性の権力ではなく、「あなたたちの力」なのだと訴えた[23]。また、エディンバラでの演説では、「性病予防法によって失墜した大英帝国」を道徳的に再生するうえで、上層労働者階級男性が強力なパートナーであることが強調されている[24]。彼らとの協力体制の強化は、「性的にだらしない」有産階級男性の特権意識に対するバトラーの戦闘的な姿勢の表れなのである。

バトラーは男性優位の社会構造のなかで女性に対する抑圧や差別を暴露し、その不当性に抵抗するうえで、上層労働者階級男性を道徳的な人々と位置づけた。そのように呼びかけることで、彼らに自己変革をもたらし、道徳的な自画像を描かせたのである。個人の改革は国家の改革の基礎となるとバトラーは考えていた[25]。上層労働者階級男性の内なる変化は、有産階級男性の権力と欲望が支配する政治体制に挑み、撹乱するバトラーにとって、重要な援護となりえたのだ。一八七一年にバトラーは全国の労働者階級男性から寄せられた賛同の手紙を編集し、『ヴォクス・ポプリ』（ラテン語で「人々の声」の意）とタイトルをつけ、冊子にまとめた。例えばグラスゴーの男性は予防法の不道徳性を認め、この法を望むのが知識階級であるならば、労働者階級は教養を必要としないと言明する[26]。この手紙に貫かれているのは、法への不信感と有産階級男性への強い批判である。国家の道徳的堕落を生じさせているのは下層の人々ではなく、政治を司るエリート男性であるという書き手の見解は、まさにバトラーの主張そのものだ。さらに、この男性の自己表象である、信仰心と良心を兼ね備えた存在こそ、バトラーが運動の中で求め続けた理想的な国民像なのであった。

講演原稿であれ、出版物であれ、バトラーは怒りの感情をはっきりと表明した。その意味において、彼女は十九世紀女性の著述に新たなスタイルを切り拓いたのである。次の発言では、彼女の活動の原動力が怒りであり、女性の身体を支配する家父長的権威を転覆する野心が暗示されている。

私たち女性は残された僅かなもののために、つまり市民権のためではなく、私たちの炉辺、家庭、寝室、子どもたち、そしてまさに人々のために、今すぐに戦わなければならないようだ。わが国の法律制定にかかわる若き男性の知性の未熟さは、思慮深き英国の母の英知によって改められなければならない。

(“Address,” *JBPC*, 2: 312)

ギャスケルが性の二重規範批判において提示した威厳ある母親像は、ここで女性の解放、すなわち新たな自律性と自己表現の基盤となる政治的な声の獲得に結びつく。バトラーは性病予防法廃止運動のなかで「英国の母」という自画像を利用し、かつ社会の不正に声をあげ、政治の領域に直接介入する自らの姿を示すことで、「母なるもの」に付随する感傷性を書き直していったのである。

第四節　浮遊するセクシュアリティ

バトラーにとって、性病予防法廃止運動は過去の私的な活動の延長線上にあった。彼女はリヴァプールに移り住んだ一八六六年から売春婦の更正のための作業所を訪ね、様々な境遇の女性の内面に触れ、彼女たちを社会の犠牲者、救済すべき存在とみなすようになったのである。なかでも肺病（性病の説もある）を患っていたメアリ・ロマックスを自宅に迎え、亡くなるまで看病をしたという事実は、転落の女性の救世主にふさわしい逸話だ。バトラーは私的な書簡のなかで、メアリの魂が「天使のように清らか」であったと形容し（*JBPC*, 1: 84）、その聖性を象徴するかのように、棺に眠る白いドレス姿のメアリの回りを白い椿の花で飾ったと記している。(27)

メアリ・ロマックスをわずか三ヶ月で敬虔なクリスチャンへとかえ、その最期を看取ったバトラーの経験は、病気を患いながら身寄りのない売春婦に「家庭」を提供する施設の開設へと発展する。バトラーは財政的支援の獲得に苦労しながらも、一八六七年に「安息の家」を開設した。女性たちに信仰心を芽生えさせ、「ささやかな希望」を与えることを目指したバトラーの「安息の家」に、クーツの「ユレイニア・コテージ」の教育に顕在化した「統制」という要素が見出せないのは、バトラーには過去に「罪」を犯したすべての女性がマグダラのマリアのように再生しうる、つまり、すべての女性は本来「清らか」であるという信念があったからであろう。その後バトラーが中心的役割を担う性病予防法廃止運動は、女性の身体を公の権力から解放することを目指しながらも、女性の聖性を強調する彼女の活動全般において、女性が自らの身体を回復するという視点が見出せない。女性のセクシュアリティをめぐる問題への視座がバトラーの政治的想像力には欠けていたのである。

バトラーの書簡に示された「堕ちた女」の内なる聖性の表象は、ギャスケルの『ルース』（一八五三年）のヒロインの最期と重なる。小説の内容をめぐる物議をバトラーは「恐ろしく間違っている」と批判し、作品の社会的有益性を見出していた。当時オックスフォードに住んでいたバトラーは、嬰児殺しの罪で投獄された未婚の母を自宅にひきとっていた。その女性を誘惑したのは、オックスフォード大学の研究者であった。大学のある学者はバトラーに沈黙するよう忠告した。そのときの思いを彼女は「私のなかの母性本能のすべてが、社会で容認された意見に対し反乱を起こした」(*An Autobiographical Memoir* 31-32)と記している。ギャスケルとバトラーは偶然にも同時期に、女性だけに罪の烙印を押す社会的な風潮に対する苦々しい思いを共有していたのである。

「堕ちた女」の再生の機会を阻むのは社会の冷たい視線だと論じたのは、ウィリアム・グレッグであった。彼はその有名な論説「売春」（一八五〇年）において、『メアリ・バートン』のエスタとジェムの会話を引用し、性の二重規範批判を展開する。『ルース』のヒロイン、ルース・ヒルトンはエスタやリジーのような売春婦ではないが、それでもやはり「堕ちた女」の範疇に入る。彼女の誘惑者ヘンリー・ベリンガムの母親は、ルースに手切れ金として五十ポンド紙幣を送る行為によって、自分の身体を金と交換する女、すなわち売春婦というレッテルをルースに付与するのだ（第八章）。自己中心的なミセス・ベリンガムの描写がいささか紋切り型なのも、ごく一般的な社会反応の一端として示すためであろう。『ルース』は、むしろ犠牲者である女性に罪の烙印を押して、社会から排除する矛盾を描き出し、さらに「堕ちた女」の再生を不可能とみる社会的言説を修正しようとした作品である。本節ではあえてヒロインのセクシュアリティの萌芽に焦点を置き、性の二重規範に対するギャスケルの抵抗と挑戦としてのルースの表象を探ってみたい。

ルースの描写には、自然が多用されている。ベリンガムにとって彼女の純朴さは、「手なずけて、飼いならす」という快楽をかきたてる（第三章）。とりわけルースの美しさと無垢を際立たせるときには、咲き乱れる花や豊かな緑に囲まれる姿が描かれ、その姿はベリンガムの性的欲求と利己的な愛を刺激するのである（第四章）。したがって、ルースと自然の結びつきは、性的な欲望とも結びつくことになるのだ。ハーディの『テス』（一八九一年）と同様に、『ルース』にも性的な場面は直接描かれてはいない。だが、ウェールズの森の中でのルースとベリンガムの描写には、性的な行為が暗示されている。純白の服を身にまとい、白い花を髪に飾ったルースを眺めるとき、ベリンガムの性的な興奮は高みに達している。語り手の「緑の盆地で二人は完全に調和していた」という言葉には、二人の心のみならず、肉体の調和が含意されている。その後に描写されるルースの頬の紅潮や髪の毛の乱れは性的なものを示唆しているうえに、髪飾りのしおれた花はルースの無垢の喪失を意味するのである（第六章）。

性的な場面を暗示する程度に留めているため、ルースの妊娠はあたかもヴァージン・メアリの受胎告知のイメージを彷彿させる（図④）。ルースは自らの道徳的な罪を恥じることなく、子どもを身ごもったことを素直に喜ぶ。神に感謝を述べて、「きっと善良な人間になります」と、母親になることを自分の再生の機会だと無意識のうちに感じ取っているのだ。実際に母になることはルースのすべてを変える出来事である。生まれてくる子どものために彼女の素性は隠され、若き未亡人ミセス・デンビーという新たなアイデンティティが与えられる。ルースの再生の場としてのベンソン家は、擬似的な家族を彼女に提供する。また、聖職者という立場と身体の障害からミスター・ベンソンには男性的な欲望が消し去されており、ベンソン家は「堕ちた女」を更生させる「家」のごとく、ルースを男性の誘惑から保護する女性だけの空間とも言えるのである。

ベンソン家での教育はルースに教養、道徳、信仰を与え、厳格な中流階級家庭の子女のガヴァネスを勤めるほどの「レディー」へと変容させる。ルースがヴィクトリア朝女性に求められた美徳を身に付けていくのに比例して、彼女の贖罪の意識が強まることに注目しなければならないだろう。ルースの再生はその身を偽っているとはいえ、彼女が当時の女性の職業として最もリスペクタブルな仕事につくことで、表面的には達成されている。だが、内面的な再生はルースを恋敵として監視するジェ

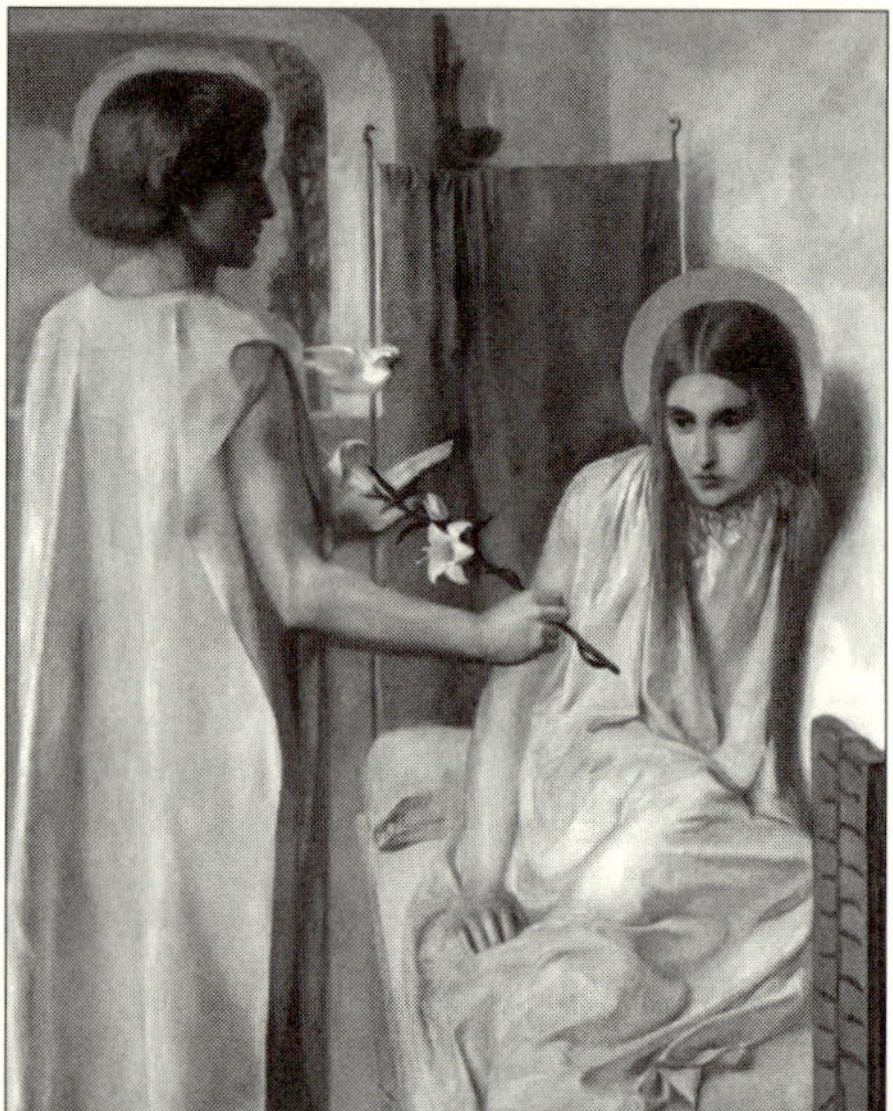

図④　ダンテ・ゲイブリエル・ロセッティ『受胎告知』（1850年）

マイマの心の変化によって証明されるのだ。ルースの秘密がミスター・ブラッドショーに知られたとき、ジェマイマは父親の憤慨に対してルースの美徳が偽りのないものだと弁護する。ルースが絶えず過去の罪の赦しを乞いながら、日々真摯に生きる姿はジェマイマに「憐れみの感情」や「心からの敬意の念」（第二六章）を芽生えさせる。ルースの内なる聖性の真価を見極めるのは、彼女を憎み嫉妬したジェマイマの突き刺すような視線なのだ。ジェマイマは境遇次第で自分も「同じ道をたどったかもしれない」（第二八章）と、社会的にも経済的にも脆弱であったルースの過去に共感を寄せるようになる。ルースを通して自己省察をするジェマイマは、愛を乞う人から愛される人へと変わる。彼女の自尊心の回復を導くのは、ルースの内なる聖性なのである。

もはやルースは、か弱い受動的な女性ではなく、他者に感化力を発揮しうる女性へと成長した。しかし最後まで彼女の力を発揮しえない人物がベリンガムなのである。階級、ジェンダーという力学において、ルースは常に彼に服従するポジションから抜け出せないのだ。彼女はベリンガムに再会したとき、彼に対する断ち難い愛情を神に告白した後で、夜にもかかわらず半身を窓の外の冷気に投げ出し、こみあげる官能的な興奮を抑えようとする（第二三章）。ここには確かにベリンガムへの愛と欲望がルースの心の底で息づいていることが示唆されている。息子レナードの親権をめぐって対峙する場面では、ルースの言葉はベリンガムの心には響かない。彼からの結婚の申し込みをきっぱりと断るルースには昔の従順さはないし、愛されることでのみ生きる喜びを感じていた頃の依存心もない。そして彼女はベリンガムに罪の意識や精神的な成長の痕跡が皆無であることを見抜くのである（第二四章）。

それにもかかわらず、ベリンガムへの愛をルースは理性で制御することができないのだ。ルースは熱病を患ったベリンガムの看護を申し出るとき、それが使命感にかられたものであったにせよ、病気で無力な彼に対して愛情を感じずにはいられない（第三四章）。看護はルースのような教養のある女性の仕事ではないとジェマイマが反対したとき、人の体に触れて、安らぎを与える特別な力が自分にはあるのだとルースは反論した（第二九章）。愛情を捨てきれない異性の身体に触れる行為は、エロティックな要素と切り離し難い。ベリンガムとの関係ではルースは常に従属的であったが、今や彼の命はルースの看護に委ねられており、支配と服従の関係は逆転している。つまり、ルースは無力な彼の肉体を支配する唯一の存在なのである。彼女の看護で一命をとりとめたベリンガムがうわごとで繰り返す「スイレンの花はどこ？　彼女の髪に挿してあったスイレンは？」（第三五章）という言葉は、ウェールズの森で二人が結ばれた場面を想起させるものだ。ルースが感染して、床に伏せる様子は「甘美なる狂気」と描写されている。[28] 彼女の看護が男女の権力関係の転覆と性の規範の侵犯にも似た行為なのであれば、彼女の病は狂気でしか表現しえないであろう。

しかしながら、ルースには最後まで聖なるイメージがつきまとう。「わたしには見えます、光が近づいてくるのが」という言葉を残して命の幕を閉じるルースの表情は穏やかさで満ちている。命の危険を顧みない、自己犠牲的な献身に潜む死への衝動は性的快楽の昇華でもある。ベリンガムを癒すルースの自己否定的な行為は、逆説的ではあるが、ルースに愛の成就と欲望の充足を、言い換えれば、自己肯定をもたらすのだ。それゆえに、その死によって彼女は贖罪の意識から解放されるのだと言えよう。このように考えると、ルースは無垢で肉体のない天使ではなく、むしろ自己犠牲、道徳的清らかさを内面化しながら、愛と欲望を秘め、自分の生を選択する行為者《エージェンシー》として描かれているのである。

＊　＊　＊　＊　＊

ギャスケルの作品に登場する「堕ちた女」のなかで、特に聖なるイメージを付与されたルースの成長の物語には、無垢で、優しく、受動的な「天使」という女性性の神話を書き直す試みとして、ヴィクトリア朝前半の家庭崇拝主義ではタブー視された知と性にアクセスする女性の心身の成熟が浮かび上がる。売春婦救済をめぐるバトラーの私的かつ政治活動における女性の聖性の過剰なる強調は、性の二重規範を支える家庭崇拝主義の再生産という陥穽に落ちる危険をはらんでいた。その目的は異なるものの、女性の聖性の重視や労働者階級男性への訴えという活動の戦略において共通項の多いエリス・ホプキンズの「性の浄化運動」は、性道徳の再強化を求めた。その結果、彼女は警察の監視体制とも連携を図ることになる。性の二重規範に対するギャスケルの視座は揺るぎない。『ルース』には女性のセクシュアリティをめぐる支配的な言説を切り崩す野心的な試みが書き込まれているのである。

註

（1）Jane Jordan and Ingrid Sharp, eds., *Josephine Butler and the Prostitution Campaigns: Diseases of the Body Politic*, 5vols. (London: Routledge, 2003) 1: 17. 以後この版からの引用は *JBPC* と略し、その巻数とページ数を記す。

（2）Judith Walkowitz, *Prostitution and Victorian Society: Women, Class and the State* (Cambridge: Cambridge UP, 1980) 25.

（3）A. N. Wilson, *Eminent Victorians* (New York: Norton, 1990) 165.

（4）William Rathbone Greg, "Prostitution," *Westminster Review* 53 (1850): 238–68; William Acton, "Prostitution in Relation to Public Health" (1851), *JBPC*, 1: 43-65.

（5）"An Address to Working Men and Women, Relative to a Recent Distressing Case of Suicide, at Aldershot, under Cruel, Oppressive, and Immoral Acts of Parliament" (1875), *JBPC*, 3: 36.

（6）Paula Bartley, *Prostitution: Prevention and Reform in England, 1860-1914* (London: Routledge, 2000) 26-29.

（7）Edna Healey, *Lady Unknown: The Life of Angela Burdett-Coutts* (New York: Coward, 1978) 82; Clara Burdett Patterson, *Angela Burdett-Coutts and Victorians* (London: Murray, 1953) 163–64.

（8）Amanda Anderson, *Tainted Souls and Painted Faces: The Rhetoric of Fallenness in Victorian Culture* (Ithaca: Cornell UP, 1993) 75–77.

（9）下層階級女子教育の専門家メアリ・カーペンターは、更正した女性の帝国移住企画には反対の立場をとり、下層中流階級の家庭で働くことを推奨した。Mary Carpenter, "Reformation for Convicted Girls," *Transactions of the National Association for the Promotion of Social Science 1857* (London: Parker, 1858) 340.

（10）G. F. Girdwood, "On the Theory of Menstruation," *Lancet* 7 (1844): 312–16; Acton, *The Functions and Disorders of the Reproductive Organs* (1857; Philadelphia: Lindsay, 1871) 162.

（11）Michael Mason, *The Making of Victorian Sexuality* (Oxford: Oxford UP, 1994) 196.

（12）Elaine Showalter, *The Female Malady: Women, Madness and English Culture, 1830-1980* (London: Virago, 1988) 74–98; Jeannette King, *The Victorian Woman Question in Contemporary Feminist Fiction* (Basingstoke: Palgrave, 2005) 68.

（13）Friedrich Engels, *The Condition of the Working Class in England*, trans. W. O. Henderson and W. H. Chaloner (1845; Palo Alte, CA: Stanford UP, 1968) 75.

（14）Patricia E. Johnson, *Hidden Hands: Working-Class Women and Victorian Social-Problem Fiction* (Athens: Ohio UP, 2001) 24–25.

（15）Peter Gaskell, *The Manufacturing Population of England: Its Moral, Social, and Physical Conditions, and the Changes Which Have Arisen from the Use of Steam Machinery* (London: Baldwin, 1833) 68–69.

（16）Henry Mayhew, *London Labour and the London Poor* (1851; London: Penguin, 1985) 487–88.

（17）Harriet Martineau, "The Contagious Diseases Acts," *Daily News*, 29 December 1869, *JBPC*, 2: 37–40.

（18）この法の廃止を求める嘆願書にはマーティノー、バトラー、ナイチンゲール、女性参政権運動家のリディア・ベッカーを含め、総計一二四名の女性が署名をした。

（19）"Great Meeting of Women," *Shield*, 21 March 1870, *JBPC*, 2: 115.

（20）Josephine Butler, "The Duty of Women" (Carlisle: Hudson Scott, 1870), *JBPC*, 2: 126-32.

（21）バトラーからＬＮＡ会員宛の書簡（一八七五年八月）、*JBPC*, 3: 150.

（22）Joseph Edmondson, "The Moral Forces which Defeat the Hygienic Regulation of Social Vice" (London: Dyer, 1882), *JBPC*, 1: 157-58.

（23）"Great Meeting of Working Men," *Shield*, 28 March 1870, *JBPC*, 2: 75.

（24）Josephine Butler, "Address Delivered in Craigie Hall, Edinburgh" (Manchester: A. Ireland, 1871), *JBPC*, 2: 305.

（25）Josephine Butler, "Some Thoughts on the Present Aspect of the Crusade against the State Regulation of Vice" (Liverpool: T. Brakell, 1874), *JBPC*, 3: 54.

（26）Butler, ed., *Vox Populi* (Liverpool: T. Brakell, 1871), *JBPC*, 2: 340-41.

(27) George W. Johnson and Lucy A. Johnson, eds., *Josephine E. Butler: An Autobiographical Memoir* (Bristol: J. W. Arrowsmith, 1909) 67.

(28) パッツィー・ストーンマンは『ルース』においてセクシュアリティは常に病として表出すると指摘する (Stoneman 74)。

第一九章

ミッション

——女性の使命と作家の使命——

田村　真奈美

ジョージ・エルガー・ヒックス『女性の使命——壮年期の伴侶』（1863年）
『子供時代の導き手』、『老年期の慰め人』（いずれも今は失われ、習作が残るのみ）とともに、『女性の使命』三部作の一部を成す。

Chapter 19

Mission: The Female Calling and a Writer's Vocation

Manami TAMURA

第一節　女性の使命

「ミッション」という概念は、ヴィクトリア朝全体を通じて、しばしば女性の役割に関して持ち出されてきた。「女性の使命（Woman's Mission）」なるタイトルの刊行物や雑誌記事がこの時代にはとくに目につく。例えば、一八三九年に出版されて以来、次々と版を重ねてベストセラーとなったサラ・ルイスによるコンダクト・ブックのタイトルは『女性の使命（*Woman's Mission*）』であった。また、世紀末の一八九三年には、シカゴ万国博覧会において過去六十年間の英国における女性の慈善活動の展示があり、そのための報告をまとめた本がアンジェラ・バーデット＝クーツ（図①）によって『女性の使命（*Woman's Mission*）』というタイトルで出版されている。一八五〇年一月の『ウェストミンスター・レヴュー』誌に載ったサラ・ルイスの『女性の使命』第一三版（一八四九年）の書評記事を見たシャーロット・ブロンテは、ギャスケルへの手紙のなかで、「女性の使命」という文句は使い古されて陳腐だと書いているが[1]、このことばがいかに人口に膾炙したかを物語っているだろう。

「女性の使命」は家庭での義務を果たすこと、とコンダクト・ブックは説く。一方で"woman's mission"は女性による宣教活動を意味し、さらにバーデット＝クーツの『女性の使命』がそうであるように、広く慈善活動一般に携わることをも意味した。ディケンズは『荒涼館』（一八五二〜五三年）において、そのようなミッションに没頭する女性、ジェリビー夫人を辛辣に描いている。アフリカへの英国人の移住を促進し、コーヒー栽培と現地人の教育に携わらせるプロジェクトに夢中のジェリビー夫人は、家庭を顧みず、一家は崩壊寸前である。ディケンズはヒロイン、エスタ・サマソンの口を借りて「まず家庭の義務から果たすべきで、それが蔑ろにされていては他のどんな義

図① アンジェラ・バーデット＝クーツの肖像画（制作者未詳、1840年頃）

務を果たしていてもうまくいかない」（第六章）と夫人を批判する。さらに、妻の「慈善活動」に長年悩まされてきたジェリビー氏は、結婚する娘にただ一言、「ミッションにだけは関わらないように」（第三〇章）と言うのである。

このように批判的に見られることもあったが、慈善活動に携わる女性は十八世紀後半から福音主義復興運動の高まりとともに増え、またその活動が一定の成果を上げていたことは、バーデット＝クーツのまとめた全四八五頁からなる報告書からもわかる。[2] その序文では、慈善が女性にとって「自然な」[3] ことであり、現在の慈善活動はかつて荘園の女主人が領地民に行っていた活動の延長線上にあることが説明される。さらに報告書の中には、海外での活動報告（"Philanthropic Work of Women in British Colonies and the East"）やフローレンス・ナイチンゲールによる看護についての報告（"Sick-Nursing and Health-Nursing"）など高度に職業的・専門的なものに混じって、「母親の責任（"The Responsibilities of Mothers"）」など家庭内での役割を強調するものも含まれ、「まず家庭での義務を果たすべき」という批判をかわしている。実際、慈善活動に携わる女性たちは「家庭の外の天使（Angel out of the House）」とも呼ばれ、いわゆる「女性の影響力」を家庭の中だけではなく家庭の外でも発揮しているとみなされることもあった。「女性の影響力」は、サラ・ルイスが『女性の使命』で賞揚して広く一般に受け入れられるようになり、道徳的に優れた女性の作る家庭が家庭外で経済活動に従事する男性の安らぎの場となるというドメスティック・イデオロギーを支えた考え方である。この「女性の影響力」を社会においても行使するのが女性に与えられたミッションである、というのが慈善活動に従事する女性たちの言い分であった。ミッションの概念は、女性が社会活動に積極的に参加し、公的領域（public sphere）へ出て行くことを正当化するのに役立っていたのである。

第二節　作家とミッション

女性が公的領域へ出てゆく際に弁明を必要とした、という点では女性作家もまた同様であった。ギャスケルは、親交のあった作家シャーロット・ブロンテの死後、その伝記の執筆を引き受けた。作家としてのシャーロット・ブロンテ、つまりカラー・ベルには「下品（coarse）」で女らしくない、という評判がつきまとっていたが、ギャスケルはそれを気にしていた。[4] 出版者ジョージ・スミス宛ての手紙には「できることなら、二度と"coarse"ということばが彼女の名前とともに使われることがないようにしたいのです」（*Letters* 417）とあり、ギャスケルの伝記執筆の目的はブロンテの「名誉」回復だったことがわかる。その一方で、娘メアリアンへの手紙に「『ジェイン・エア』を読んでも良いとあなたに言った覚えはありません」（*Letters* 860）と書いていることからもわかるように、ブロンテの作品自体を「女らしくない」という評判から救うことはギャスケルにはできなかった。実際、『シャーロット・ブロンテの生涯』（一八五七年、以下『生涯』と略記）においてギャスケルは、ブロンテの作品にはところどころ“coarseness”が見られる、と認めさえしている（第二六章）。ブロンテ本人を知るギャスケルは「彼女は作品よりずっと良い人」（*Further Letters* 90）だと考えていた。そこで『生涯』では、基本的には「作家カラー・ベル」を「一女性シャーロット・ブロンテ」（第一六章）から切り離す手法がとられた。カラー・ベルはともかく、シャーロット・ブロンテは「下品」などという非難にはあたらない、と示すための方策である。しかしながら、だからといってギャスケルが作家としてのブロンテを擁護しなかったわけではない。『ジェイン・エア』をどう読んでよいかわからない」（*Letters* 57）と言っていたギャスケルも、『生涯』においては「あれほど素晴らしい才能を持ち、その才能をあれほど強い責任感を持って働かせていた女性は他にはいないと信じる」（第一六章）と述べている通り、ブロンテの才能と創作への姿勢は評価しており、また何よりも同時代を生きた女性作家として二人は同じ困難を経験していた。ギャスケルによる作家ブロンテの擁護は、自らを含む女性作家という存在自体の正当化へとつながってゆく。

当時、女性が作家になるということがどう考えられていたのか、それを知るための格好の資料が『生涯』には見られる。桂冠詩人であったロバート・サウジーの手紙である。シャーロット・ブロンテは二十歳のときに自作の詩をサウジーに送り意見を求めたが、サウジーの返事は文学的野心に燃えるブロンテをがっかりさせるようなものだった。「文学は女性の一生の仕事（business）とはなりえないし、またそうなるべきでもない」（第一巻第八章）と、女性が文学を職業とすることを完全に否定した内容だったのである。文筆活動は「女性本来の義務」、すなわち女性が家庭内で妻・母・娘として果たすべき義務にとって妨げになるというのだ。しかし、同じ手紙の後半でサウジーがブロンテの才能を認め、「詩そのもののために、詩を書きなさい」と助言していることを考えれば、女性がものを書くこと自体が問題とされているわけではない。女性が書くことを「職業（business）」にすることが問題なのである。なぜ女性が職業作家となることが問題なのか。執筆は家庭内で行われるとはいえ、職業作家になるということは公的領域に出て行くということを意味する。前節でも述べたが、十九世紀の英国では公的領域は男性の領域であり、女性の領域は家庭（domestic sphere）であるべき、と一般に考えられていた。女性が家庭での役割を果たさずに公的領域に進出することは、ドメスティック・イデオロギーを揺るがすことになるのである[5]。

このような手紙に対して、まだ作家になる前のブロンテが「もう二度と自分の名前が活字になるのを見たい、などという野心は抱きません」と返事を書いたことをギャスケルは紹介し、ブロンテの「従順」、「女らしさ」を強調してはいるが、その一方で、女性作家は家庭での義務を疎かにしていると暗に匂わせるかのようなサウジーのことばに、彼女自身は反論を試みずにはいられなかった。女性の義務と作家の義務の両立についてのギャスケルの持論は『生涯』第一六章で展開される。そこではまず、『ジェイン・エア』（一八四七年）の成功で一躍人気作家の仲間入りをしてからのブロンテの生活は、「作家カラー・ベルとしての生活と一女性シャーロット・ブロンテとしての生活、という平行した二つの流れに分かれた」と説明される。そしてそのそれぞれに「別々の義務」があると続くが、そこから話は女性作家一般の問題へとシフトしてゆく。ギャスケルによれば、家庭における義務は代わりの効かないその人だけのものであるために「女性の生活における主要な義務」であり、他にどんな素晴らしい才能を有していようとも、女性にとっては家庭での義務が何より優先する（図②）。そして、女性の義務と作家の義務は相反するものではないが両立するのは難しいと認めたうえで、難しいからといって尻込みしてはならない、と次のように続けるのである。

　しかし、そのような才能を有しているという事実が示す特別な責任から尻込みしてはならない。自分の才能をナプキンのなかに隠してはならない、それは他の人々への役に立つよう奉仕のために与えられたのだから。[6] 謙虚に、そして誠実に、不可能ではないことをするよう努力しなければならない。さもなければ、神はその女性にそんなことをさせようとはしなかったであろう。

ここで彼女は、作家の才能は神から与えられたもので、作家はその才能を他の人々のために使っている、というレトリックを用いている。作家の活動が自分のためのみならず他人のためでもあるのなら、才能を与えられた者がその仕事に就くことは、

図② ブロンテ家の居間兼姉妹の書斎
女性作家の多くは専用の書斎を持たず、居間などで執筆していた。

いわば「神に与えられた使命《ミッション》」といえる。つまりギャスケルは、彼女自身にとってもシャーロット・ブロンテにとっても、文学はサウジーの言うような「ビジネス」ではなく「ミッション」なのだ、と主張することで、女性作家という存在を正当化しているのである。(7)

しかし、ここで注意しなければならないのは、作家という職業はビジネスではなくミッションだと主張することが、ギャスケルにとっては女性作家という存在を正当化するための単なる「戦略」とは言い切れないということである。ユニテリアンであったギャスケルは、小説を通じて社会における諸問題に人々の関心を引くことが作家としての自分のつとめである、と考えていた。つまり、実際に彼女にとって作家活動はミッションでもあったのである。ミッションとしての仕事について、一八五〇年二月、ギャスケルは友人イライザ・フォックスへの手紙に次のように記している。

もし仕事の目的が自分であったなら、その仕事が聖なるものではないことに疑いの余地はありません。そしてそれが個人の生活を深める際に気をつけなければならないことなのです。でも私は、われわれの誰もがみな何かなすべき定められた仕事を持っているのだと信じています。それは他の誰もその人ほど上手くはできない、その人自身の仕事です。神の王国の到来のためにわれわれがしなければならないことなのです。そしてわれわれはまず、自分が何をするためにこの世に生まれて来たのかを見つけなければなりません。そしてそれを定めて、自分自身にはっきりさせるのです（それが難しいところなのですが）。それから我を忘れて仕事に励み、そして最後には成し遂げられるように努力すべきなのです。(*Letters* 107)

ここに表れている仕事を聖なるものとする考え方は、実はユニテリアンのギャスケルに限ったことではなく、ヴィクトリア朝のミドル・クラスの人々に広く浸透していた。ウォルター・E・ホートンは、仕事に宗教的使命感を重ねる風潮の起源をピューリタニズムにたどり、またこれをヴィクトリア朝期に広く普及させた人物としてトマス・カーライルの名を挙げている。(8)一八三九年に出版されたカーライルの『チャーティズム』には「仕事はこの世における人間の使命《ミッション》である」（第三章）ということばさえ出てくる。このように広く仕事をミッションととらえるような雰囲気が当時はあった。そしてそのようなところでは、作家の仕事もミッションであるという考え方は受け入れられやすかったであろう。一八四七年にはG・H・ルイスも『フレイザーズ・マガジン』に寄せた記事のなかで、「もしわれわれが文学の偉大な目的を考えるならば、人々の俗人の教師である作家が、確かにその仕事への使命感（vocation）を持っていることがどれほど大切か、容易にわかるであろう」(9)と述べており、女性のみならず男性もまた作家の仕事を聖なる使命ととらえていたことが窺える。

また、先にギャスケルが「作家の才能は神に与えられたもので、作家はその才能を他の人々のために使っている」というレトリックを用いていたと指摘したが、神に与えられた才能を活かした仕事をするという考え方は、クリスチャンとしての理想(Christian perfection)に達する道として、これも広く受け入れられていた。[10]女性に与えられた仕事は家庭での義務を果たすことであるとされていたが、特別な才能を与えられた場合には、それを自分の楽しみのためだけに用いず人のために活かすべきであると、例えばすでに十八世紀末に福音主義者ハナ・モアが『女子教育批判』(一七九九年)で述べている。

女性の才能はより高いところへ達するための手段であって、それ自体を目的として満足してはならない。ただ名声を得るため、より快楽を得るための道具として用いることは、女性としての品位を貶めることであり、クリスチャンの精神に反している。このようなことを女性は注意深く教えられるべきだ。(第二巻第一四章)

「作家の才能は神に与えられたもので、作家はその才能を他の人々のために使っている」という考え方は、多くの女性作家に自分の仕事を正当化する根拠を与え、彼女らも単に戦略としてこの考え方を利用しただけでなく、実際にそう信じてもいたのである。[11]

第三節　宗教作家の影響

女性作家のなかでもとくにミッションとしての執筆活動を強く意識していたのが、いわゆる宗教作家と呼ばれる女性たちである。彼女らは自らの文筆活動を奉仕と捉えており、そこから収入を得ることを拒んだり、あるいは報酬を全額寄付したりすることも珍しいことではなかった。エレイン・ショーウォルターは、宗教作家シャーロット・ヤングが、父の勧めに従って、執筆による収入を全額寄付するようになったエピソードを紹介している。[12]また、「十九世紀の福音主義作家のなかでもっとも広く読まれた作家」[13]シャーロット・エリザベス(図③)は、経済的理由から一時は一般誌へも寄稿していたが、宗教的な目的を持たない物語を書くことは娯楽一般を信仰の妨げになるものと考えた福音主義の信条に反していたため、「むしろ無報酬でも良い目的(good cause)のために書くことにした」[14]と自伝『個人的回想』(一八四一年)で述べている。結果的には、彼女は作家として自活できただけでなく、二人の甥を引き取って育てることもできたのだが、それはすべて「神のおかげ」であり、自分は「ただわずかばかりの才能を神のために捧げたいと願っていた」[15]だけだ、と言うのである。

このシャーロット・エリザベスは、一八三九〜四〇年、自身

図③ シャーロット・エリザベス
アメリカで出版された『作品集』(1844年)
の口絵よりT・ボナーによる銅版画。

が編集していた雑誌『クリスチャン・レディーズ・マガジン』に『ヘレン・フリートウッド』（単行本は一八四一年）という小説を連載した。これはマンチェスター（作中ではただMと示される）の工場労働者の惨状を描いた小説で、ギャスケルがこの小説を読んだという客観的証拠はないのだが、しばしば『メアリ・バートン』との関連で言及される。すでに一九五〇年には、アイナ・ルービニアスが著書『ギャスケル夫人の生涯と作品における女性の問題』においてシャーロット・エリザベスの影響を論じており、エレン・モアズもこれを受けて、ギャスケルがシャーロット・エリザベスの影響を受けた可能性が強いとしている。[16] しかし、ギャスケルが『ヘレン・フリートウッド』に限らずシャーロット・エリザベスの作品を読んだという証拠はなく、イヴァンカ・コヴァチェヴィチもその点は認めているが、ギャスケルほど「マンチェスターを良く知っていて、そこの工場労働者の窮状に同情的だった人が、この先行する『マンチェスター生活の物語』を知らなかったということはありそうもないと思われる」と述べている。[17] また、ジョウゼフ・ケストナーは、『ヘレン・フリートウッド』以外にも『メアリ・バートン』に先行して工場労働者の問題を扱った作品がいくつもあったことを踏まえたうえで、執筆時と全く同時代に舞台を設定した工場小説は『ヘレン・フリートウッド』が最初であり、その点がやはり同時代を舞台にした『メアリ・バートン』と共通することを指摘している。[18] さらに中村祥子は『ヘレン・フリートウッド』が「魔女ロイス」（一八五九年）にいかに影響を与えているかを詳細に論じ、『メアリ・バートン』や『シルヴィアの恋人たち』（一八六三年）との類似は偶然の一致とみなせるかもしれないが、「魔女ロイス」を読めばギャスケルが『ヘレン・フリートウッド』を読んでいたと確信できる、と主張している。[19] 直接的な影響関係があったかどうかはさておいても、同じマンチェスターの工場労働者の問題を扱った『ヘレン・フリートウッド』と『メアリ・バートン』に類似点が見出せるのは自然なことであろう。ここでは、両作品のキャラクターやエピソードの類似ではなく、両作者が抱く使命感の類似に注目して、この二つの作品を見てゆきたい。

『ヘレン・フリートウッド』は田園地帯の村から工業都市Mへ移り住んだ一家（正確には、両親のいない子どもたちと祖母）の不幸を描いた作品で、一八三三年の工場法改正後も続く、子どもも含めた長時間労働や、病や死と隣り合わせの劣悪な労働環境を告発し、工場労働者の非人間的な生活が彼らのモラルの低下を招いていることを訴える社会問題小説である。彼らの置かれた状態は作者によって奴隷の状態に喩えられる。

自由国家であるイングランドの懐に抱かれている同胞のうちに、この保護という恩恵から除外される者がいるのだろうか。われわれの法律が認めていない、またイギリスの空気の中では生き延びられないはずの奴隷制が、非常によく知られた人口の多い都市に住みつき、何千という人々を支配しているのだろうか。この質問は事実に訴えることによって答えられなければならない。そしてその告発が提示された証拠によって立証されたなら、次の質問は、このような状態が続くことがあってよいのだろうか、ということだ。（第八章）

この「自由国家イングランドにおける奴隷状態」の比喩は何度も繰り返され、奴隷制を廃止したイングランドはこの「新たな奴隷制」も根絶しなければならない、と作者は訴える。

作者がこの問題解決の最大の障害としてあげるのが、人々の無関心である。国会議員の多くは「工場労働の問題が議会で取り上げられると、議場を出て行ったり、腕組みをして居眠りしたり、おしゃべりを続ける」（第一八章）と、彼女は登場人物の口を借りて説明する。また、議員に影響力を持つ階級の人々もこの問題には無関心だが、それは現状を知らないためだとされる。

「事実は議会に提示されている。証言者が委員会の前で宣誓したうえで、審問されているからね。その報告書は――報告書と呼ばれているんだが――印刷されて売られてもいるんだよ。だが、グリーン君、そんな報告書を覗いてみようというご婦人《レディー》は千人に一人もいないだろう。もっと下の階級の者は言うまでもない。報告書が読まれなければ、どうやって陳述が知られると言うんだい？」（第一八章）

シャーロット・エリザベスが、ここでとくに婦人たちに言及していることに注意する必要がある。彼女はこの小説を通して、とくに女性に呼びかけているからである。右の引用のすぐ前には次のような一節がある。

「もし小さな子どものいるご婦人が自分の子どもを見て、その子どもが工場で働く惨めな子どもたちのような状況に置かれたらどう感じるかを考えたら――あるいは、女の子のためのきちんとした学校で教えているか監督をしているご婦人が、生徒たちの快適で恵まれた境遇と、ここの小さな労働者たちに必要なものや彼らを苦しめているものとを比べたら――こういった婦人たちは、夫や父親や兄弟や友人に対する影響力を行使して、議会でわれわれの主張を支持してくれる候補者に投票するよう仕向けてくれるとは思わないかい?」（第一八章）

議員に影響力を持つのは選挙権のある男性であるはずなのに、作者が女性に呼びかけているのは、『ヘレン・フリートウッド』が女性向けの雑誌に連載されていたからである。奴隷制廃止運動でも世論を盛り上げるのに貢献したと言われる女性たちに、この問題にも目を向けて社会を動かしてほしい、というのが、シャーロット・エリザベスがこの小説を書いた理由であった。

『ヘレン・フリートウッド』の約十年後、ギャスケルもまた、工場労働者の窮状が十分に知られていないと考えていた。そして「この黙して語らぬ人々を身悶えさせるほどの苦痛をことばにする」（序章）ために『メアリ・バートン』は書かれた。第一章で、工場労働者ジョン・バートンは――やはり奴隷の喩えを用いて――こう言っている。「われわれは生きている限り奴らの奴隷だ。額に汗して奴らの財産を築いてやっているのに、まるで二つの別々の世界にいるみたいに離れて暮らすんだ。そうさ、ダイヴィーズとラザロみたいに、われわれの間には深い溝があるんだ」。ギャスケルはこうして貧困層の不満に声を与えるが、それは彼らの不満がそのまま事実を伝えているからというよりも、「労働者が何を感じ、何を考えているかを印象づけたい」（第三章）からである。そうしてこの問題に注意を喚起することで、「法律の制定という公的な努力でも、慈善活動という個人的な努力でも、また未亡人の抑えきれない愛情からのわずかな寄付でも」（序章）なされることを願ったのである。

『ヘレン・フリートウッド』においても『メアリ・バートン』においても、工場労働者の救済は何よりも人道的な問題とされるが、この問題を放置することでひき起される社会不安への懸念もまた、両者に共通して見られる。『ヘレン・フリートウッド』のトム・サウスは元工場労働者で、「工場システムを攻撃して日々過ごしていた」（第一七章）。そして、作者はしばしばこの人物の口を借りて工場労働の実態を暴く。一方で彼は、「怒りの感情を掻き立てるだけのリーダーを重んじるような輩のあいだで、影響力を増していた」とあるように、周囲の労働者の不満を掻き立てる煽動者でもあり、危険な人物とされる。「サウスは、われわれがみな何に苦しんでいるかを声高に訴えるが、彼の求める治療法は病そのものよりずっと悪い」（第一八章）のである。作者はまた別の人物のことばを通して、工場労働者の問題を英国政府が無視し続けた結果、「辛苦をなめ続けて自暴自棄になり、将来のことなどどうでもよくなってしまった者たち」による恐ろしい暴動が起こることへの懸念を表明する。『メアリ・バートン』では、労働組合の過激化がジョン・バートンの変化を通じて描かれる。彼の組合運動への過度の入込みは、家族や友人を不安にさせ、物語の展開に暗い影を落とす。そして彼の自暴自棄な行動は結局、誰にとっても不幸をもたらすだけで、何の解決にもならないのである。

シャーロット・エリザベスもギャスケルも、労働者の側からの改革の動きには不信感があり、解決策を経営者側の自発的な、あるいは法の改正による強制的な変化に求めている。『ヘレン・フリートウッド』では、一家の故郷の村の郷士とその領地民との関係が理想的に描かれ、工場主と労働者の関係と対照されるが、そこから伝統的な地主と領地民とのパターナリスティックな関係に解決策を求めていることが窺える。『メアリ・バートン』においても、先に引用した「法律の制定という公的な努力でも、慈善活動という個人的な努力でも、また未亡人の抑えきれない愛情からのわずかな寄付でも」ということばから、やはりパターナリズムに解決策を見出そうとしていることがわかるだろう。

『ヘレン・フリートウッド』と『メアリ・バートン』を比較すれば、前者が工場労働をめぐる問題についての資料を時にそのまま持ち込み、物語の枠組みを利用したドキュメンタリーのようであるのに対し[20]、後者において作者はこの問題の解決をストレートに訴えることはなく、またメアリをめぐる恋の物語と殺人事件の真犯人探しのプロットが全体の推進力となっている「小説」である点が、決定的に異なっている。シャーロット・エリザベスは物語を通して何度も読者の女性たちに行動を訴えるが、ギャスケルはもっと慎重であり、声高な主張はまず聞かれない。しかしながら、このクリスチャンの国でこのように非人道的な状況を許していてよいのか、という思いは熱烈な福音主義者のシャーロット・エリザベスだけでなく、ギャスケルにもある[21]。「クリスチャンの国でこの問題は、ことばが伝えうる程度にかすかにでも、知られていないに違いない、とも思う。そうでなければ、もっと幸福で幸運な人々が大挙して同情を寄せ、彼らを助けていたであろうから」（第八章）という逆説的なギャスケルのことばには、確かにシャーロット・エリザベスと同じ使命感が感じられるのである。

第四節　芸術と聖なる仕事

宗教作家が手がけたような教訓話や、十九世紀前半に盛んに書かれた社会問題小説は、作家の才能を他の人々のために使うという使命感がぴったり当てはまるジャンルであった。このジャンルに参入した女性作家は非常に多かったが、それは女性による文筆活動の正当化、「神に与えられた文才を他の人のために使っている」という使命感の強調が、とくにこれらのジャンルにおいてもっとも容易であったためであろう。しかしながら、このような「目的を持った小説（novel with a purpose）」が盛んに出版されると、その芸術性への疑問も呈されるようになってくる。「もしそうしたいのなら小説家が目的を持った本を書くのは自由である。しかし、そのような本を書いたときには、その目的がどのようなものか、そしていかに明確にその目的を展開したか、によって判断されることを受け入れなければならない[22]」。これは一八六四年の『ウェストミンスター・レヴュー』に掲載された「目的を持った小説」という匿名の記事からの引用だが、社会問題小説の場合、扱うテーマとその展開の仕方やメッセージ性で評価され、芸術性はあまり問題にされない傾向があったことがわかる。それより前の一八五三年、G・H・ルイスは『ウェストミンスター・レヴュー』ですでに芸術作品と道徳性について考察し、「芸術作品に教訓《モラル》が必要だろうか[23]」と挑発的に述べている。この記事はギャスケルの『ルース』（一八五三年）とシャーロット・ブロンテの『ヴィレット』（一八五三年）を取り上げた書評記事で、確かにルイスは『ルース』の道徳性を高く評価しているのだが、一方で道徳性よりも「力強さと情熱（power and passion）[24]」が顕著な『ヴィレット』を「読んだら忘れられない本」と評してもいる。冒頭の挑発的な一文に続いて、「芸術家は創作の間じゅう、気ままに彷徨う想像力を教訓物語の公式のなかに押さえ込んでいなければならないのか」と述べるルイスは、教訓物語を「宗教パンフレットが小説の頁の間に紛れ込んでいる」と、容赦なく批判する。小説を芸術と捉えるのであれば、「読者のためになる」かどうかは、小説の第一の評価基準ではなくなるのである。

「時事的な問題を扱った本は書けないし、教訓のためにも、また人道主義のためにも書けない[25]」と出版者ジョージ・スミスへの手紙に書いたシャーロット・ブロンテは、作家としての自分のやり方を貫いた。

有名になっても無名であっても――誤解されてもされなくても――違ったふうに書くことはしない、と決心しているのです。私は自分の才能の赴く先へ従うだけです。……書くことに関しては、私は自分の方法を貫かなければなりません。

……………………………………………

三ヶ月前に私が沈み込んでいたとき、想像力は私を引き上げてくれました。想像力が活発に働いてくれたおかげで、私は水上に頭を上げていられたのです。その結果は今、私を元気づけてくれます。というのも、そのおかげで自分が他の人々に喜びを与えることができた、と感じるからです。私にこの才能を授けてくれた神に感謝します。そして、この才能を守り、その才能を活かすことが私の信条の一つ（a part of my religion）なのです[26]。

相次いで弟妹を亡くすという悲劇の中で書かれた『シャーリー』（一八四九年）脱稿後のこのブロンテのことばには、作家の才能は神に授けられたものであり、その才能を働かせることで他の人に喜びを与えられる、という他の女性作家たちと共通の考え方が読み取れる。しかしながら、人にどう思われようと自分の才能の赴く先へ従っていく、という部分には芸術家としての強い自負がのぞき、宗教作家たちの「奉仕」としての執筆活動とは全く異質なものが感じられる。

ギャスケルもまた、自分の芸術を追求していたことは間違いない。たとえば、『北と南』（一八五四～五五年）を『ハウスホールド・ワーズ』に連載中、自分の原稿にあれこれと注文をつけてくる編集長のディケンズにギャスケルが抵抗し、あくまで自分の信念を貫こうとしたことは良く知られている（Uglow 360-61, 366-68）。しかし、その一方で、自らを芸術家と認めることにはためらいがあったようだ。例えば次の手紙（第二節で引用したイライザ・フォックス宛の手紙の前半部分）には、自分の芸術の世界よりも家庭における妻・母としての役割をことさらに強調するような記述が見られる。

一つだけ確かなことは、もし家庭での義務が優先するなら、女性は芸術家として生きることは諦めなければならないということです。毎日細々したつまらないことが、リリパット人の矢のように追い立ててくるのに耐えられなくなったときには、隠された芸術の世界という隠れ家を持っているのは、女性にとって健全なことでしょう。そうすれば、あなたも言うように、憂鬱に陥らずにいられるでしょうから。そして、彼女たちをアーサー王が人知れず横たわっている地へ運び、その静けさで落ち着かせてくれるでしょう。私は書いているときにこれを感じますし、音楽の中に感じる人もいるでしょう。あなたは絵を描いているときにそう感じるのでしょう。だから、確かに二つが（家庭の義務と個人の成長のことです）混在するのが望ましいと思います。（*Letters* 106）（図④）

ここでギャスケルは、自分の芸術の世界を「隠された芸術の世

図④ イライザ・フォックスによるエリザベス・バレット・ブラウニングの肖像画（1859年）

界という隠れ家」、つまり、家庭の義務の合間に逃げ込む世界、と述べている。作家としての彼女が公的存在であることは否定できない事実であるにも関わらず、ギャスケルは創作活動を「隠れ家」あるいは「隠された世界」といったことばを用いて矮小化し、メインであるべき家庭生活の陰に隠そうとするのである。

　さらに、他人に何と言われようとも自分が納得できるレベルの作品を作り上げようとする芸術家の姿勢には、どうしても利己的というイメージがついてまわる。ギャスケルもその点には気づいていた。次に引用するのは、一時プロの画家になることを考えた娘ミータについて書いた手紙の一部である。

> ミータは自分の芸術家としての良心に誠実で、一色塗りの水彩画を描くことを良しとしないのです。他人を喜ばせるために描くべきか、自分自身を高めるために描くべきか。問題の複雑さがお分かりでしょう。利己主義、ゲーテ流の自己開発。あらゆることにおいて最高の水準を目指すことは正しい、と信じてはいます。でも、良心と上手く折り合いをつけられないのです……。(*Letters* 633)

この手紙では、ミータの絵に対する姿勢を芸術家の姿勢と認めながら、ギャスケルは、それが利己主義につながるものではないか、とも考えている。常に高いところを目指す芸術家の姿勢は正しいと言いながらも、自分の良心とうまく折り合いをつけられないと漏らしているのである。ここからもわかるように、ギャスケルは自らを芸術家と認めることをためらっている。それも無理はないだろう。「仕事の目的が自分であったなら、その仕事は聖なる仕事とは言えない」(*Letters* 107) わけで、芸術家の創作への姿勢は、いくらそれをミッションといったところで、どうしても自己中心的に見えてしまうのだから。ギャスケルにとって作家の仕事は聖なる仕事であり、才能を人の役に立てるためのものであった。彼女に自分自身を芸術家と認めることをためらわせたのは、この使命感だったのである。

＊＊＊＊

　女性が公的領域へ出てゆこうとするときに、「ミッション」の概念が彼女らの行動の拠り所となったことは、慈善家の例を見ても明らかである。女性作家もまた、作家の仕事は文才を与えられた者のミッションであると主張することで自らの存在を正当化することができ、また実際に自分でも作家のミッションを信じていた。ギャスケルもまたそうした作家の一人であり、彼女の使命感は宗教作家にも通ずるものであった。そして、この使命感の強さは、実際には芸術への強い志向を持ちながら、自らを芸術家と認めきれないという態度につながっている。

　しかし、もちろん彼女の執筆活動は使命感に駆られただけのものではない。創作意欲、書きたいという衝動は使命感とは別のものであり、家庭の義務だけでは満たされない精神の渇望であったはずだ。『生涯』においてギャスケルは、親交のあった作家シャーロット・ブロンテを、家庭という私的な領域を主な舞台に描き出した。家庭での義務を果たしながらその合間を縫うようにして執筆する様子が描かれるのは、作家としてのブロンテにつきまとう「女らしくない」という評判を払拭するためである。例えば、姉妹による『詩集』（一八四六年）の出版は、自暴自棄になって身を持ち崩していた弟の行状に心を痛めながら、また病気がちな女中に代わって家事をこなしながら進められたものだった（第一四章）し、『ジェイン・エア』に取りかかったのは、眼の手術を受ける父に付き添って行ったマンチェスターにおいてだった（第一五章）。しかし、同時に、そうまでして書き続ける姿には、書かずにはいられないという焦燥感にも似た強い衝動が表れてもいる。『生涯』に描かれたこの女性作家の姿は、ブロンテというよりむしろギャスケルの姿、ギャスケルの自己投影ではないだろうか。使命感を強調することで女性作家を擁護したその作品には、宗教的使命感とはまた別の、書くことへの抑えきれない衝動もまた書き込まれているのである。

註

（1）Margaret Smith, ed., *The Letters of Charlotte Brontë*, 3 vols. (Oxford: Clarendon, 1995-2004) 2: 457.

（2）バーデット=クーツ自身も著名な慈善家であった。女男爵（baroness）の爵位を持ち、大変な資産家だった彼女は、ディケンズの友人でもあり、一八四四年に出版された『マーティン・チャズルウィット』の単行本は彼女に捧げられている。また、ジェリビー夫人の慈善活動には批判的なディケンズだが、バーデット=クーツの慈善活動には協力し、相談役も務めた。Paul Schlicke, ed., *Oxford Reader's Companion to Dickens* (Oxford: Oxford UP, 1999) 122-23.

（3）The Baroness Burdett-Coutts, ed., *Woman's Mission: A Series of Congress Papers on the Philanthropic Work of Women by Eminent Writers* (New York: Scribner's, 1893) ix.

（4）ギャスケルがとくに気にしていたのは一八四八年十二月の『クウォータリー・レヴュー』に載ったエリザベス・リグビーによる匿名の『ジェイン・エア』評で、そこには "coarseness" ということばが二度使われ、「この本の著者がもし女性だとしたら、何かもっともな理由から、その人は他の女性とのつきあいがないのだ、と考えざるを得ない」と述べられている。[Elizabeth Rigby,] "*Vanity Fair*—and *Jane Eyre*," *The Quarterly Review* 84 (December 1848): 153-85.

（5）女性による執筆活動と「別々の領域（separate spheres）」については、Mary Poovey, *Uneven Developments: The Ideological Work of Gender in Mid-Victorian England* (Chicago: U of Chicago P, 1988) 125 を参照。

（6）リンダ・ピーターソンは、この一文を新約聖書の「タラントンのたとえ」の書き直しであると指摘する。Linda H. Peterson,

"Elizabeth Gaskell's *The Life of Charlotte Brontë*" in Matus 66. タラントンのたとえ話では、三人の召使いが主人からそれぞれ数タラントン（talents）を与えられ、それを有効に活かして増やした二人は主人に褒められるが、失うのを恐れて隠していた召使いは「怠け者（slothful）」、「役立たず（unprofitable）」と叱られて外の暗闇へと追い出される（「マタイによる福音書」二五章一四〜三〇節）。

（7）ヴァレリー・サンダーズは、十九世紀の自伝や小説において女性が自分のなすべき仕事を決める瞬間に "vocation," "calling," "mission" などの宗教的な意味をもつことばがしばしば用いられることを指摘し、そこに宗教的自伝の影響を見ている。Valerie Sanders, "'Absolutely an act of duty': Choice of Profession in Autobiographies by Victorian Women," *Prose Studies* 9 (1986): 55.

（8）Walter E. Houghton, *The Victorian Frame of Mind, 1830-1870* (New Haven: Yale UP, 1957) 243-44.

（9）[G. H. Lewes,] "The Condition of Authors in England, Germany, and France," *Fraser's Magazine* 35 (March 1847): 285.

（10）註（6）参照。

（11）「文才を、文字通り聖書に出てくる意味での天賦の才能（talent）とみなす考え方は、当時の女性の執筆活動についての議論にしばしば現れる」。Inga-Stina Ewbank, *Their Proper Sphere: A Study of the Brontë Sisters as Early-Victorian Female Novelists* (London: Arnold, 1966) 11.

（12）Elaine Showalter, *A Literature of Their Own: British Women Novelists from Brontë to Lessing*, new rev. ed. (London: Virago, 1982) 56-57.

（13）Elisabeth Jay, *The Religion of the Heart: Anglican Evangelicalism and the Nineteenth Century Novel* (Oxford: Clarendon, 1979) 195. シャーロット・エリザベスはしばしばシャーロット・エリザベス・トナと呼ばれることもあるが、「トナ」は晩年再婚した夫の姓で、その前から彼女は「シャーロット・エリザベス」の名で文筆活動をしていた。熱心な福音主義者で、"tract" と呼ばれる宗教的小冊子の執筆から始め、一八三四年から亡くなる一八四六年までは『クリスチャン・レディーズ・マガジン』の編集者を務めた。彼女の著作はアメリカでも広く読まれた。二巻本の作品集（一八四四年）はイギリスではなくてアメリカで出版され、ハリエット・ビーチャ・ストウが序文を書いている。

（14）Charlotte Elizabeth, *Personal Recollections* (London: Seeley, 1841) 225.

（15）*Personal Recollections* 366.

（16）Rubenius 142, 281-83; Ellen Moers, *Literary Women* (1976; New York: Oxford UP, 1985) 26.

（17）Ivanka Kovacevic and S. Barbara Kanner, "Blue Book Into Novel: The Forgotten Industrial Fiction of Charlotte Elizabeth Tonna," *Nineteenth-Century Fiction* 25.2 (1970) 162n10.

（18）Joseph Kestner, *Protest and Reform: The British Social Narrative by Women 1827-1867* (London: Methuen, 1985) 61, 125.

（19）中村祥子「Charlotte Elizabeth の *Helen Fleetwood* に描かれた事実：新救貧法と1833年工場法の実態」『桃山学院大学総合研究所紀要』二六巻一号（二〇〇〇年）二六三頁。

（20）シャーロット・エリザベス自身が、『ヘレン・フリートウッド』

のなかでこの小説の虚構性を強く否定している。「たとえわれわれがはっきりと受け入れている大義を支持するためであっても、私が虚構《フィクション》の物語を書こうとしていると、熱を帯びた想像力の幻影を呼び出そうとしていると、思わないでいただきたい。ある程度自由に名前は変えられ、人物は分類されているかもしれない。しかし、どんなに良い目的であっても、そのためにできごとを作り出すことはしない。主題に関する限り、つまりこの自由で幸福なわれらがイングランドの工場に関する限りにおいては」（第四章）。

(21) ルービニアスはギャスケルの初期の作品群に、聖書からの引用が延々と続くシャーロット・エリザベスの道徳的な物語の影響があるかもしれない（Rubenius 282）と述べ、モアズもまた『メアリ・バートン』における工場労働の問題へのアプローチの仕方は、「マンチェスターの住人でキリスト教徒の女性のそれである」（Moers 26）と言う。

(22) "Novels with a Purpose," *Westminster Review* 82 (1864): 15.

(23) [G. H. Lewes,] "*Ruth* and *Villette*," *Westminster Review* 59 (1853): 474.

(24) "*Ruth* and *Villette*" 485.

(25) Smith 3: 75.

(26) Smith 2: 260-61.

第二〇章

父親的温情主義

――レディー・パターナリストの変容――

波多野　葉子

ヘンリー・ジョン・ボディングトン『スクワイアと小作人』（1849年）

Chapter 20

Paternalism: Transformation of a Lady Paternalist

Yoko HATANO

ヴィクトリア朝初期の一八四〇年代はそれ以前の二〇年間より生活水準が向上したとはいえ、「飢餓の四〇年代」という言葉が示すように社会不安や騒乱に満ちた時代であった。そしてチャーティスト運動に代表される労働争議は革命勃発への危機感を生み、その結果、上流、中流階級には社会の安定策として父親的温情主義《パターナリズム》に希望を託す傾向が見られた。これは工業化を誘因とする社会構造のみならず物理的な風景の劇的変貌に嫌悪感を覚えた人々が、中世への郷愁を募らせたことが一因であろう。そして失われた世界を理想化する中世主義が有力な社会思潮となり、様々な分野で中世復古主義の運動が起っていった。例えば宗教では三〇年代に始まったオックスフォード運動、政治ではヤング・イングランド運動、建築ではゴシック・リヴァイヴァル、文学ではテニスンの『国王牧歌』（一八五九年）、美術ではラファエロ前派などが挙げられる。このような中世回帰の風潮をかんがみれば、社会問題、中でも労使関係の改善策として、中世に範を仰ぐ父親的温情主義の必要性が喚起されたのも納得できよう。本稿ではギャスケルの『北と南』（一八五四～五五年）を中心に父親的温情主義の文学上の表象を検討し、同主義を理念とする「レディー・パターナリスト」のヒロインが、工業都市での経験を機に「私的な領域」から脱却し「公的な領域」で活躍する人材に変容する様を考察する。

第一節　父親的温情主義の復権

身分制度の歴然とした英国では階級間の関係を良好に保つ手段として、伝統的に父親的温情主義に頼ることが多かったが、産業革命によりチャーティスト運動が先鋭化したヴィクトリア朝初期には同主義ほど人心に訴えた概念はなかった。[1]それは領民を治める際に伝統的に父親的温情主義を理想とした地主階級や聖職者階級は勿論のこと、産業界での労使関係を円滑にしようとする資本家や、治安判事、国会議員、小説家など、様々な立場の人々に擁護された理念であった。同主義が明確な形で現れたのは中世であり、その基本は高い身分の者は恵まれない者の面倒をみる義務があるとするノブレス・オブリージュの理念である。それは「父親的《パターナル》」の語が示すとおり権威主義的で、階層的社会を神の創造物として肯定し、各々が神に与えられた地位を甘受することを求めていた。そして、そのような階層社会では「顔と顔」を合わせる「個人的」接触により、身分が異なる者達が社会的絆を結ぶことで「有機的」な社会が存在できるとされ、社会の多元的な身分関係の場でのノブレス・オブリージュの実践が要請された。「財産は権利と同様に義務も伴う」という基本理念は権利より義務を強調するものであり、支配階級と領民の間に「個人的接触」が存在することが父親的温情主義の必須条件であった（Roberts 4）。従って領主は逆境にあっては領民に手を差し伸べ、彼らの福利厚生に配慮した。この動機としてはノブレス・オブリージュのみならず、収穫高を向上させ自らの特権的地位を維持する必要性も挙げられよう[2]。

こうした義務は領主に留まらず村の牧師にも課されていた。領主と協力し田園の共同体を治めるのが牧者の務めとされ、聖職者は教会での説教や訪問により信仰心を高めさせると共に、従順、謙遜、節度等を説いて回った。もちろん貧者を救うのも役目で、しばしば妻と娘がその任に当たった。領主のみならず聖職者にも父親的温情主義の履行が求められたのは、元来イングランド国教会の聖職者は支配階級に属し、長子相続制の故に領地や爵位を継げない貴族やジェントリーの次男以下が就く地位であったことを考えれば当然である。文学上ではオースティン作『マンスフィールド・パーク』（一八一四年）のバートラム家次男の叙階が好例である。ヴィクトリア朝の国教会の牧師は、「昔のとおり出自が上流階級のジェントルマンであった。まさにそれが彼らを非国教の聖職者と明確に区別するものであった……大地主の親戚であることが多かったし、少なくともオックスフォードないしケンブリッジの出身者であった[3]」。従って領主と聖職者の協力関係は自然発生的なものと言えよう。実際、アントニー・トロロプの『ソーン医師』（一八五八年）でのトーリーの旧家グレシャム家の令嬢と高教会派牧師との結婚のように、彼らが婚姻関係を結ぶことも稀ではなかった。

同じくトロロプの『フラムリー牧師館』（一八六一年）では、高教会派で生粋のトーリーのレディー・ルフトンの父親的温情主義の理念が次のように描かれている。

彼女は明るく静かで暮らし向きの良い民が好きだった。それは自分の教会、国、女王を愛し、あまり世間で騒ぎを起こさない人達のことである。夫人の望みは周りの農家が苦労なく地代を払い、高齢の女達が暖かいネルのペチコートを身につけられ、労働者は体に良い物を食べ、湿り気のない家に住んでリウマチにならずに済むこと、牧師や雇い主には――霊的にも世俗的にも――従順であることであった。夫人はそれが国を愛することだと考えていたのである[4]。

このように父親的温情主義の義務は身分が上の者だけに求められるものではなかった。「秩序ある社会では万人が決められた義務を持つ」（Roberts 6）という教条が根幹であったため領民も義務を課され、彼らには恩恵を受ける代わりに統治者への恭順が求められたのである。

しかし、商工業で力を蓄えた層が地主社会に参入すると、野放しの資本主義により「有機的」な社会の均衡が崩れていく。十六、十七世紀の経済的変化は社会の統一を乱したばかりか、村をまとめていた組織や慣習を弱体化させた。E・P・トンプソンによると、十八世紀には地主と労働者は益々個人的な義務より金銭で結ばれる関係になり、支配階級は目下の者に自由主義的な考えで接するようになった。この自由主義は十八世紀の国教会の自由主義と呼応する。世俗的な聖職者と能天気な地主の下で、規律も信仰も十八世紀までに田園からは姿を消し、平等主義的宗教が平等主義的社会と融合していった（Roberts 18-19）。これがトンプソンが「父親的温情主義の幻想[5]」、ハロルド・パーキンが「支配者側の放棄[6]」と呼ぶものである。そして、地主は慣習であった手当てや恩典を廃止し、聖職者は貧しい信徒を顧みないため、メソジズムが急速に広まっていった[7]。

しかし、十九世紀初頭からはフランス革命に影響を受け、平等や民主主義などの革命的理念や階級問題が階層的秩序に脅威を与えると、支配階級も自己変革の必要性を認識していく。福音派の活動に触発されたこともあり、以前の自由奔放な生活を改め、父親的温情主義を統治の基本として取り戻していったのである。この変化には道徳的主導権が貴族から福音派を信仰する中産階級へと移行する様が窺える[8]。

さらに、一八三四年の救貧法改正条例が施行されると、困窮した貧民が地主階級に伝統的な義務の遂行を要求したばかりか、中産階級からも支配階級の無慈悲な行動と統治能力について批判の目が向けられた（図①）。既にフランス革命の影響を懸念していた支配階級は、伝統的社会の存続に更なる危機感を感じた。そこで貴族とジェントリーは自分たちの統治を正当化すべく自己改革の必要に迫られ、父親的温情主義を復活させたのである[9]。

図① 推定ジェイムズ・ロブリー作『地主と猟場番人』（1873年）
義務を果たさない地主に、番人が家畜用飼料で暮らさねばならない状況を抗議している場面と思われる。

一八二七年にアングロ・アイリッシュの地主ケネルム・ディグビーが封建主義をロマン化した『名誉の広石』を出版してから、一八四七年にアーサー・ヘルプスが富の社会的義務を論じた『語り合う友』を出版するまでの二十年間ほど、多数の文人が父親的温情主義を主張した時期はない。その中にはサウジー、コールリッジ、ワーズワスの他、トーリーや国教会派、長老派、カトリック教徒なども含まれていた。それは問題が蓄積した時代に、財産と教会を基礎にした中世の「有機的共同体」の再構築を希求したものであった。また十時間労働法成立（一八四七年）に尽力したオーストラーは、古来の信頼できる制度である王、教会、土地が工場、貧困、スラムの問題を解決できると説いた。こうした人々がヴィクトリア朝以前に父親的温情主義を擁護した知識人である（Roberts 25-26）。

ヴィクトリア朝初期にはこうした流れにトマス・アーノルド、カーライル、グラッドストン、ディズレイリ等が追随した。一八三九年の『チャーティズム』と一八四三年の『過去と現在』ではカーライルは社会階層のどのレベルでも権限のある者は治め、護り、導くように主張し、工業化社会で「ハンド」と呼ばれる労働者の窮状が伝えられると、雇用者と労働者の関係は「キャッシュ・ネクサス」により繋がれる非人間的な関係に堕落したと糾弾し、中世に存在した親方と職人の間の連帯感と対比した。こうして自由不干渉主義を糾弾したカーライルは、都市への伝統的農業世界の主従関係の導入を叫び、中世領主のように資本家が労働者を慈愛深く遇するよう求めていった。そして、社会全体に「古い社会的絆」（Roberts 3）の喪失感や危機感が蔓延し、二度と戻らない世界として中世を理想化し、父親的温情主義の復活を願う郷愁に満ちた声が高まっていく。他にも、ヘルプス等も多くの著作を世に出し、父親的温情主義の理論確立に重要な役割を果たした。出版に関すれば、一八四四年は父親的温情主義復権の絶頂期と言えるであろう（Roberts 27）。そして、伝統的な父親的温情主義の場であった田園地帯から工業化により労働者が移入した都市の資本家にも、父親の役割を求める声が増大していく。実際、一八四〇年にはヴィクトリア朝初期の父親的温情主義の著述家は資本家を理論に組み入れており、田園地帯ではないが工場という財産を所有する資本家にも義務の遂行を求めたのである。従って、労使関係が悪化したばかりか、穀物法の影響や不作で「飢餓の四〇年代」と呼ばれたヴィクトリア朝初期には、父親的温情主義の欠如を嘆き、その復活を願う声が上がるのは避けられなかった。

こうして父親的温情主義は一八三〇年代と四〇年代には支配階級の有力な社会概念になったが、同時に福音主義復興も同主義を支えた。福音派は富と力の不平等を是認していたが、弱者救済は信仰の証でもあったのである。そうした福音派の運動は上流階級にも影響を与えた。そして更にはオックスフォード運動、キリスト教社会主義、カトリックなども社会改革と慈善運動を擁護していく（Gerard, *Lady Bountiful* 188）。

文学界も例外でなく、フランシス・トロロプは『マイケル・アームストロング――工場少年』（一八四〇年）で労働者の悲惨な生活を描いたが、さらに新救貧法の非情さを暴いた『ジェシー・フィリップス』（一八四四年）では、ギャスケルが都市の貧困を描いたように田園生活の悲惨さを描き、その解決を父親的温情主義に求めた。『コニングズビー』（一八四四年）に続く『シビル』（一八四五年）ではディズレイリは富める者と貧者の乖離を「二つの国民」として糾弾した。また、ラダイト運動の頃を舞台としたシャーロット・ブロンテ作『シャーリー』（一八四九年）や、キングズリーの『オールトン・ロック』（一八五〇年）等、労働者階級の困窮を訴えると共に、父親的温情主義の復活を訴える作品が続出した。なかでもディズレイリの主張は、父親的温情主義の復活を願う一八四〇年代の小説家の中で際立っていたが、彼が由緒あるトーリーの貴族による父親的温情主義の統治を主張した「ヤング・イングランド」の主導者であったことを考えれば、それも首肯できよう。ギャスケルもフランシス・トロロプほど強い主張はしていないが、『メアリ・バートン』（一八四八年）で労働者に対して慈愛ある態度で接するよう工場主に求めている。また視座は異なるが、同様に労使間対立を背景としている『北と南』でも父親的温情主義が描かれている。

このように父親的温情主義が社会的問題の解決策として主張される中で、ディケンズは人道主義よりの立場をとっている。スクルージの改心など父親的温情主義と考えることもできるが、ディケンズは「本能的に権威、特に残酷で傲慢で恣意的な権威には敵対心を持っていた」（Roberts 95）。父親的温情主義が本来、農村地帯の顔見知り社会での統治理念であったことを考えれば、都市に文学的インスピレーションを感じ、都市の住民を主に描いてきたディケンズには自然の成り行きであろう。父親的温情主義は時代遅れの社会統制策であり、農村では存続可能でも都市が舞台の作品では機能しないと言える。おそらく彼は父親的温情主義が圧制と紙一重であることに気づいていたのであろう。とはいえ、彼は組織化された都市での中産階級による慈善運動にも賛同していないことが、『荒涼館』（一八五二〜五三年）のパーディグル夫人の描写にも窺える。彼女の活動は「工場での分業のように組織されていたのである」[10]。

産業革命により社会が土地を基盤とし、領主と牧師が協力して統治する農村中心の形態から、資本家が労働者を雇用する都市中心の形態へと変化するに従い、父親的温情主義の必須条件である「個人的触れ合い」は不可能になり、同主義の実行は困難になっていく。とはいえ、都市での慈善行為は顔が見えず、その結果、恩恵を施されても貧者は恩義を感じないという理由で、父親的温情主義者は都市での慈善行為を嫌った。「協会」からの救済と「私的な形の慈善」には差があり、私的な方が公的なものより全ての点で優れている、と一八三五年に出版された『イングリッシュ・ハウスキーパー』は指摘している[11]。都市はまた個人主義や改革派の中央政府という父親的温情主義に対抗する二大概念を熟成したが、そのことも父親的温情主義者が都市を嫌った理由である（Roberts 83）。

父親的温情主義はヴィクトリア朝初期に激化した都市の社会問題の解決策として期待されたが、問題の根本的解決策とはなり得なかった。そればかりかコールリッジやサウジーが多大の期待をした農村でさえ、父親的温情主義では領民の貧困と悲惨な生活を解決することはできなかった（Roberts 148）。実際、労働者の生活水準は地域により差があるが、気骨があり自立心に富む労働者が多い北部の方が高かったという（Mingay 92）。父親的温情主義は階層社会の安寧を保つための統治理念であり、内在する本質的な搾取形態を理想化した「有機的社会」など幻想に過ぎず、現実的な問題の解とはなりえないのは自明の理であろう。しかし、それにもかかわらず父親的温情主義が人心を捉えた理由に、社会の急激な変容にたじろいだインテリ層や支配階級の知的で心理的な要求に応えたことが挙げられる。前例のない社会変化に晒された人々に父親的温情主義は伝統的規範を伝え、増幅する緊張を解く社会のあるべき姿を提示したのである。

第二節　女性の領域

英国の地主階級は長子相続制により長男のみが遺産を相続したため、次男以下の息子や娘の将来に備え資力を増大させる必要があった。そうした事情は起業家精神に富み勤勉で才覚を発揮する地主を輩出し、なかでも有力地主は「炭鉱や鉄工所や工場を開き、運河を掘り港を開いたり、都市の不動産を貸し出した。さらに需要を見込み投機もし[12]」財産基盤の拡充に努めたが、そうした進取の気象は女性にも当てはまり、彼女達が「男性の領域である荘園の管理や政治にも関わる場合もあった[13]」。英国の支配階級の女性はアングロ・サクソン時代から所領でかなりの力を持ち重要な役割をこなしていたし[14]、ノルマン征服以後は彼女達の力は法的権利に支えられていく[15]。そして、中流階級のドメスティック・イデオロギーが浸透する十九世紀でも、上流階級の女性はかなりの自由や放縦が許される力を享受していた。さらに、長子相続制では制限されていたが、衡平法により「独自の収入と財産が持てるよう法的に保護されていた」ばかりか、「聖職禄や所領、工場、炭鉱での仕事の管理」（J. Perkin 5, 77）にさえ携わることもあった。当然、館の内外で自分の裁量で行動することは容易で、「レディー・バウンティフル」——ファーカーの喜劇『伊達男たちの策略』（一七〇七年）に登場する慈悲深い貴婦人——として領民の福利厚生の向上に貢献した。それは中世以来の「マナー・ハウスの夫人」の重要な義務であると同時に、貧民との個人的な接触による、階級問題や騒乱の軽減策でもあったのである。これには女性には慈悲深い行為の天賦の才と優れた倫理感があると考えられたことも影響していた。実際一八四〇年代には学校を創設したり、石炭や衣類互助会を組織し、領民の生活向上に努めた伯爵夫人も見受けられた（Gerard, *Country House* 123）。

ヴィクトリア朝のドメスティック・イデオロギーの生み出した「女性の領域」の概念がこれを助長したことは想像に難くない（Gerard, *Lady Bountiful* 189）。家の外ではあるが慈善は女性の仕事の延長と考えられ、「私的な領域」の延長として正当化されたのである。所領での慈善が「私的」な繋がりのある領民に「顔と顔」を合わせて施されることと、ドメスティック・イデオロギーが父親的温情主義同様に、家父長制と深く関わることを考慮すれば、妥当な展開と言える。このレディー・バウンティフルの役割は地主階級の未婚女性や未亡人にも求められ、その活躍が求められていく（図②）。彼女達は慈善活動を慣習的義務と考えていたが、特に熱心な福音主義やカトリック教徒は、宗教的動機の下に活発に活動した。また領民への慈善は十九世紀初頭には地主階級の未婚女性が外で働く唯一の機会であったため、精力的に義務を果たす女性の姿が多く見受けられた（Gerard, *Country House* 124）。この慈善を通じて館の外へ足を踏み出し、自分の才能を開花させ、さらに助力をした人々から感謝と恭順の意を示されることで、カントリー・ハウスの女性達は自信と自己評価を高めたのである。まさに「私的な領域」の延長線上での活動は、地主階級の女性達にとり格好の自己実現の場であったに違いない（127）。このようなレディー・パターナリストとしての役割は牧師の妻や娘にも求められ、彼女達にもレディー・バウンティフルと同様の義務の遂行が求められていた（Gerard, *Lady Bountiful* 190）。前述したように、国教会聖職者には地主階級出身者が多いことと、民の牧者として領主を支え田園の共同体を治めることが義務であったことを考えれば、理に適ったことである。

しかし、地主階級の女性のみが田園地帯の慈善に従事したわけではなく、地元の中流階級の女性も積極的に貧民救済に携わ

図② リチャード・レドグレイヴ『うら若きレディー・バウンティフル』（1860年）
支配階級の一員として、領民への慈善活動は幼い頃から伝統的義務とされていた。

った。既にヴィクトリア朝以前に福音主義者ハナ・モアが、父親的温情主義の義務を怠るジェントリーや聖職者を批判し、彼らに代わり中流階級の女性に活路を見出している（Tobin 108）。モアは特に時間や才能のある中流婦人に、学校で子供達に義務観を植え付けようとさせた（114）。旧来の晒し台などの体罰でなく自律による社会規制を目指し、宗教のみが従順を生み出せると説いたのである。しかし、この「全知の神」を社会規制の道具とすることは、常に見張られている状況を作り出すことになった。モアの教育法は監視と強制と取られかねない面を持っていたのである。さらに、中流階級の女性は単に伝道目的ではなく、監督や労働力獲得を目的に貧者に近づく場合もあった（Langland 56）。農村の娘はカントリー・ハウスではなく中流家庭で奉公を開始するのが一般的であったのである（Gerard, *Lady Bountiful* 190）。また、訪問者は「侵入者」と取られることもあり、歓迎されたとしても大方は物質的恩恵を当てにしてのことであった。『北と南』でのマーガレットの訪問の申し出へのヒギンズの反応（第八章）はこの文脈で考えれば合点がいく。

この様な点をかんがみて、ジェラードは日常的な個人的触れ合いに基づく地主階級の女性の慈善が、中流階級の女性による組織化された慈善と区別されず論じられてきたと批判している（Gerard, *Lady Bountiful* 184）。彼女達が参加する慈善団体は巡回区域を細分化し、会員が定期的に貧民を訪問するよう指定していた。また、団体により規則は異なるが、定期的な理事会への報告書提出が必要で、この組織性が地主階級婦人との相違点であった。さらに、地主層が貧民の依頼心を助長するのに対して、中流の慈善活動は貧民が道徳的にも経済的にも自立することを目的としていた（Tobin 132）。ならば、領民の支配階級への隷属が主目的である父親的温情主義が、中流主導の慈善活動とは異なるのは避けられまい。

そもそも地主階級の婦人の役割は中流婦人の活動に類似しているとはいえ起源と性格が異なる。ジェラードは十九世紀には父親的温情主義や宗教の復活、そして「真の女性」の理念により伝統的な義務感が再び鼓舞され、男性地主や中流の女性訪問者とは異なるカントリー・ハウスの女性の役割が醸成されたと指摘する（Gerard, *Lady Bountiful* 191）。地主階級の婦人は自分の裁量で食糧や衣料を与えることができ、時には夫の代理をすることもあった。このような財力に加えて地主階級の婦人には他にも都市のスラムを訪れる中流階級の婦人より利点があった。レディー・バウンティフルの活動範囲は安定し熟知した区域で、対象は顔見知りの領民であり、都市とは異なり領民が彼女達の訪問を拒否するなど論外であった。彼らは服従を旨としていたし、援助を受けるのを自分たちの「権利」と考えていたのである。実際、十九世紀初頭の騒乱では貧民は独裁的な父親的温情主義ではなく、その欠如を批判していた（200）。従って、女性達の慈善行為は特権を正当化し権力を強化し、田園社会の管理に貢献したと言える。

とはいえ、彼女達の活動が田園に限られており、絶対に組織化されなかったとは言えない。十九世紀には伝統的施しは貧民の自立に繋がらないと批判されたため、地主階級の女性はクラブの組織や村の学校の支援に関わった（Gerard, *Lady Bountiful* 196）。しかし田園地帯では彼女たちは組織の一部ではなく、自分達の「私的で地元に合った計画を立案した」（184）。また活動は都市にも及び、スラム訪問、堕ちた女の収容所の管理[16]、イースト・エンドでの夜の避難所の組織に携わる女性がいたのも事実である（Gerard, *Country House* 126）。こうしてヴィクトリア朝中期の地主階級の女性は、ロンドンで孤児院や障害児用保育所などを開設し、更に活躍の場を広げていく。しかし、彼女達はロンドンであっても田園と同様の「顔と顔」の関係を保ち続けた。そして世紀末には田園地帯では地主階級の女性は、国家的規模の組織の地方支部を結成していく。こうした変化は女性の社会的地位向上を考えれば容易に頷けよう。彼女達の活動は福音派の中流女性のように信仰心篤く、母のように「真の女性」の役割を全うしたが、資力と高い地位により影響力は大きかった。また、地主階級の女性はロンドンで中流階級の女性に協力したが、動機と興味範囲が異なる別個のグループであった。彼女達の役割は「不可避な公の義務」（Gerard, *Lady Bountiful* 184）であり、領民への伝統的責任があったのである。すなわち、彼女達の慈善は「社会管理」であり、伝統的社会の安定に貢献するものであった（209）。時代と共に活動の幅は広がったが、知り合いばかりの住む田園という「私的領域」で、レディー・パターナリストが伝統的階級社会の安定に腐心する姿は変わらなかった。そして彼女達の領地での伝統的な義務は私的な領域のことであり、女性の規範に抵触しなかったのである。

第三節　マーガレット・ヘイルとその変容

『メアリ・バートン』は労使問題の解決策として工場主の父親的温情主義を提起しているが、『北と南』ではそれを超える労使関係が模索されている。ここでは国教会牧師の娘として父親的温情主義を信条とするヒロインが、工業都市への転居により伝統的レディー・パターナリストから変貌する過程を考察する。

父親的温情主義は田園共同体を領主と協力し治めることを聖職者一家にも求めていたことから、当然ヘイル一家はその精神を自覚していた。精神が弱い夫人でさえ、冬に備え村人を助ける計画を練るばかりか、ミルトン転居後も自分の病にもかかわらず、バウチャ家の悲惨な状況を耳にすると直ぐに食糧を届けようとする。勿論、マーガレットも支配階級の一員としての義務を自覚しており、ヘルストンの住人を「マイ・ピープル」（第二章）と考え、ミルトンへの転居時には病弱な村人のことを思い煩う。このようなマーガレットがミルトンでもレディー・パターナリストの自覚を持ち続けるのは自然なことである。しかしヒギンズ父娘に名前と住所を尋ねる彼女にヒギンズは質問の意図を問う。ヘルストンでは訪問する前提で村人に名前と住所を聞くことは「了解済み」（第八章）のことであったためマーガレットはこの問いに戸惑い、自分の行為が「無礼」と取られたことを悟り狼狽する。「工場労働者は……小作人より服従心が少ない」（Roberts 176）せいもあるが、当時博愛団体のスラム街訪問は、善意の押し付けや監視と取られる場合もあったことを想起させる。一八四〇年代末には中流女性による田園や都市の貧民訪問は、益々組織化された事業になっていたのである。[17]とすればヒギンズが気乗り薄なのも納得がいく。しかし、彼は最終的には彼女には知り合いがいないようなので来ても良いと招待する。この労働者階級の訪問に許可が必要なばかりか、自分が労わられる側にいるという事態は、自己の優位性を疑ったことのないマーガレットには初めての経験であった。ここで、身分が上の者が貧民の面倒を看て両者の関係を良好に保つ、という父親的温情主義がミルトンでは通用しない状況ばかりか、伝統的身分関係の崩壊さえ暗示される。

また、国教会の牧師、つまりジェントルマンの娘であったマーガレットの階級意識もミルトンでは打ち砕かれる。「商売人は嫌い」（第二章）と偏見を持っていた彼女は、ソーントンの母親のミルトンへの誇りや北の優越性への自信、さらにジェントルマンへの侮蔑の情に接し、ミルトンでの階級意識が異なることに愕然とする。また、ヘイル父娘のソーントン家のパーティへの招待に驚くベッシーにも、階級観の違いを思い知らされる。これは元国教会牧師一家の特権階級としての誇りを崩すもので、自らの高い立場を自覚してノブレス・オブリージュを行おうとするマーガレットの存在基盤を根底から覆すものであった。しかし、彼女が苦しむベッシーに神の摂理をもとに諭す言葉（第一一章）は、彼女が不平等、身分の差、与えられた地位の甘受という父親的温情主義の根幹を、いまだ信条としていることを示す。

しかしながら、ソーントンとの議論では父親的温情主義理念の行き詰まりが露呈する。雇用者と労働者の関係を親子の関係にたとえ、幼児期にある労働者には「賢い専制」（第一五章）が最適な雇用形態であるとするソーントンに対し、幼児期を過ぎた労働者に服従を強いるのは無理と反論する父に続けて、マーガレットは父親に軟禁されていた結果、基礎的生存能力さえ身につかなかった男の例を話す。しかし、ここで彼女は父が子を庇護するように身分が下の者を扱う、という父親的温情主義に内在する問題を図らずも露呈してしまう。まさに父親的温情主義が社会に及ぼす危険性に触れているのである。[18]実に「父親的《パターナル》」と「専制」の差は紙一重と言えよう。[19]とはいえ、ソーントンも「賢い専制」を主張し父親的温情主義を擁護しているかのようにみえるが、労働者の自立も尊重すると自由放任主義を主張する。これは父親的温情主義者の特権を享受しながら義務は放棄する姿勢であるので、マーガレットは専制崇拝と独立心の両立は困難と言ってソーントンの矛盾を突く（第一五章）[20]。結局この議論で、父親的温情主義も自由放任主義も労資問題の解決策とはならないことが示される。

父親的温情主義の原則である階級差と不平等を認めていたマーガレットの変革はさらに続く。娘を亡くし落胆するヒギンズを慰めようと自宅に招待し、ヘイル氏はヒギンズと話し共に祈るのである。マーガレットは身分の差を基盤とするレディー・パターナリストから、人と人の絆を重んじる人道主義者に変貌したと言えよう。そして「神は私達をお互いに頼り支えあうよう創られた」（第一五章）とソーントンに述べた彼女の精神は彼にも影響を与え、彼は理想的な労使関係を作りあげていく。工場の食堂計画や、ソーントン破産の際にヒギンズ達が提出した事業再建時には再び彼の下で働く希望を綴った嘆願書が示すように、「父親的温情主義でも自由放任主義でもない雇用主と工員の関係」（Bodenheimer 58）に結実していくのである。ソーントンがショー家で語る「実際の個人的触れ合いがなかったら、どんなに優れていても……単なる組織では異なる階級を結びつけることはできない」（第五一章）、との言葉は彼が工場主として辿りついた信念を示している。ここで「単なる組織では」という件《くだり》が、組織化された活動である中流階級の慈善の否定であるばかりか、父親的温情主義の合言葉である「実際の個人的触れ合い」という言葉も、この場合、身分が上の者が下へと施すものではないことは食堂の協同計画から明らかである。この計画に寄付を申し出るベルに、チャリティーではないと寄付を断る（第四二章）ソーントンの言葉は労働者の自立を志向する姿を示し、下層階級を無知な子供の状態に留めようとする父親的温情主義とは一線を画す。ヒギンズに出会うまで従業員と「平行線上に……暮らしてきた」（第五〇章）彼は、従業員を「彼自身のピープル」と考え、双方を「男と男」の関係として捉えるまでに変貌したのである。これはまさに第一五章「雇主と従業員」での、彼とマーガレットの意見の欠陥を補い合ったものに他ならない。

このようにマーガレットの「個人的触れ合い」という父親的温情主義から出た考えに影響され、ソーントンは新しい労使関係を構築していくが、この「男と男」という言葉が示すように、それは伝統的な父親的温情主義の域を出た対等な互助関係であった。そしてマーガレットも父親的温情主義の私的領域から公的領域へと移動し成長していく。ヘルストンをいわばこの世の楽園と考えていた頃は、村人を「マイ・ピープル」と認識していたことから窺えるように、村は彼女の領域であり自分の階級的優位性を基盤に村人達に接していた。それは彼女の父親的温情主義者としての行為が限定された区域で、牧師の娘として許されていた私的領域のものであったことを示す。しかし、ミルトンではいかに父親的温情主義者としての自覚を持っていても、彼女の活動範囲は私的領域を超え公的領域に及ばざるをえなかった。ミルトンの街を歩くマーガレットは、自分が群集の一人でいつ攻撃されるか分からない脆い立場にいることに気づく。[21] 無遠慮な態度で向かってくる群集、平気でマーガレットの服に触り、気に入ったものについて質問さえする娘達、男達のあけすけな褒め言葉は彼女を圧倒する（第八章）。つまり、この場面は以前ヘルストンで享受していた牧師の娘としての特権がミルトンでは適用せず、自分が性的興味の対象でさえあることを痛感する公的な場所である。ロンドンでは叔母が下男の付き添いなしでは決してマーガレットと従妹の外出を認めなかったことは、都市の街が公の領域であり、娘の侵入すべき場所ではないとの認識を確認させる。ジェラードによると、上流婦人は一頭立て二輪辻馬車、パブ、ミュージック・ホールも禁止されていたが、それは身の安全を護り、身分違いの知人や求婚者から隔離し、はたまた高級娼婦として言い寄られないためであった（Gerard, *Country House* 303）。こうした大都市の公の場では、村民と顔見知りだったヘルストンでの恭順は望むべくもなかった。しかし、マーガレットは病気の母、軟弱な父の代わりに公的領域に出ざるを得なくなる。

そして、貧民を見舞うという父親的温情主義に沿った考えから出たものとはいえ、労働者階級地区のヒギンズ家の訪問も公の領域での行為であり、危険を伴うことは言を俟たない。一八五六年一月号の『エディンバラ・レヴュー』はマーガレットが貧民を訪れる件と関連づけて、素人婦人の労働者階級訪問に伴う危険性に触れている（Easson, *Critical Heritage* 369）。マーガレットの行為はその領域からすれば地主階級の父親的温情主義ではなく中流階級の慈善活動と言えよう。

さらにマーガレットはストの際に、ソーントン家で完全に私的領域から逸脱した行為をとる。罷業者の群れの前に立ち彼らの注視の的になること自体が公の場に晒されることであり、家庭が居場所である女性にとり既に性的放縦に近い（Harman 71）のに加えて、ソーントンを護ろうと彼に抱きつき、性的関係まで群集に想像させてしまう。まさに街を徘徊する堕ちた女との近接性さえ連想させる行為といえる。そして、母の死やフレデリックの帰国に伴い、彼女が公の場に出る必要性が増す。さらに、バウチャの死をヒギンズや父に代わり妻に告げる場面は、完全にマーガレットが男性以上の役割をこなし、女性の領域を超える行動をしていることを示す。またバウチャ死後は遺児の世話に貧民街を訪れる頻度が増す。「『レディー・バウンティフル』としての上流女性の伝統的な役割を書き直し、ギャスケルは田園の父親的温情主義にも工業の『キャッシュ・ネクサス』にも基づかない新しい社会関係を提示している」とのエリオットの指摘はまさに正鵠を射ている。[22]

こうしてドメスティック・イデオロギーに反する公の場に出るに従い、マーガレットは自己変革を遂げていく。彼女はミルトン転居直後に通りの活気に強い印象を受けるが、さらにソーントン家のパーティでは、旧弊な可能性の限界に挑戦する男達から好印象を受ける。そして遂には、人間は精神が鈍くなる田舎でなく町に住むべきだ（第三七章）、とヘルストンを偏愛していたマーガレットとは思えない言葉を父に投げかける。さらに失業中のヒギンズが南での就業斡旋を依頼した際には、南を理想化していると反対する。生活水準が低いばかりか、街では空気のように吸える「仲間意識」など村では生まれないと断言するのである（図③）。この意識変化は父親的温情主義の限界を認識し、新しい価値観を得た結果と言えよう。ベルの「ミルトンに住んで彼女は堕落しちゃったな。民主主義者でアカの共和主義者、平和協会の会員、社会主義者……」（第四〇章）との言葉がそれを物語っている。

また、父の死後ロンドンでは「泥を隠すために茶と灰色の服を着て」（第四九章）、一人で貧民街をうろつくマーガレットの姿が示唆されるが、それはミルトンでの辛い経験を乗り越えた後に辿りついた「権威に服従しながら、どの位働く自由を保持するか、という女性にとっての難しい問題」に「自分の人生を自分の手にする」との解を与えた後のことであった。ハーマンは「ギャスケルは最後にマーガレットが独力での訪問を仕事にし……訪問協会に加わることを暗示している」（Harman 74）と主張している。

しかし、マーガレットはベルの遺産でソーントンの工場再建を申し出る。銀行より高利を条件に資金貸与を提案するが、たとえ口実にせよ、これはまさに「銀行に眠っている」（第五二章）資本を投資する資本家としての姿であり[23]、この投資によりソーントンのみならず、彼に請願書を書いたヒギンズら工員を救済することが容易に予測できる[24]。そして結婚後の彼女を待つものは、工員を彼らの願いどおり再雇用し、「人間対人間」のヒューマニズムに基づく新しい理念の下に夫の工場経営を支える、いわば共同経営者としての未来であり、父親的温情主義でも不干渉主義でもない「神が定められたお互いに助け合う」（第一五章）平等な労使関係の実現である。ここに新しい関係

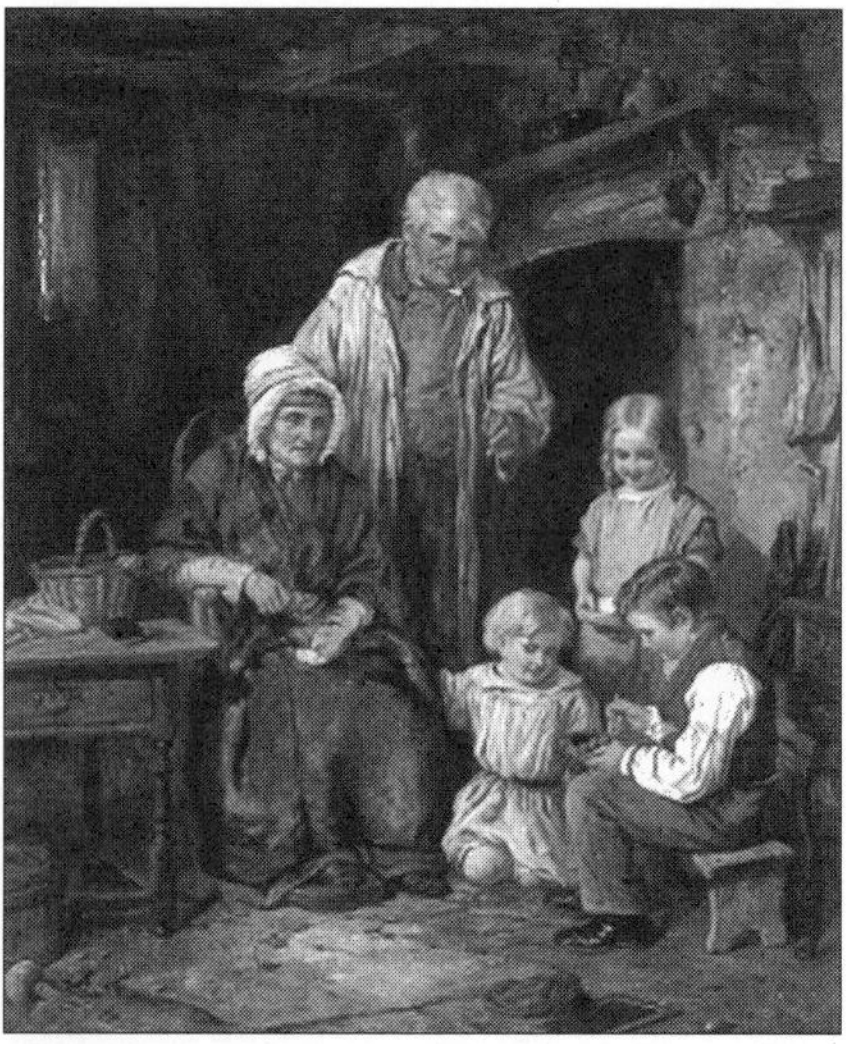

図③ ジェイムズ・ハーディ・ジュニア『フレジリング一家』（1861年）
牧歌的な団欒風景の中にも拭いようのない貧しさが窺える。

を構築し、人と人との関係を円滑にしていく彼女の未来が予測できる。まさに私的領域のレディー・パターナリストから、資本家として男性に伍して公の場で存在感を発揮する女性に脱皮するのである。

第四節　ギャスケルの模索

マーガレットの変容に見るように『北と南』は、非干渉主義はもとより父親的温情主義もドメスティック・イデオロギーも限界を露呈し、社会問題の解決策となりえないばかりか、女性の自己実現も阻むことを示す「伝統的社会秩序に対し進歩的で挑戦的」（Bodenheimer 53）な作品である。マーガレットにべルの遺産でソーントンとヒギンズ達を救済する決心を促したのは、ドメスティック・イデオロギーの禁じる公的領域での経験であった。この他にもギャスケルの作品では性別による公私の領域を逸脱した人物が大きな役割を担う。私的領域を飛び出した女性としては、疫病が蔓延し男性医師さえもが感染し看護者不在となった病院に志願し、救いの天使と崇められるルースが好例である。またヘスタ・ローズは洋品店の共同経営者になるが、後に私財を投じ身障者の水夫と兵士の救護施設を開設する。このような設定はギャスケルが一流の高等教育を受けており、夫と協同で労働者階級の男性用講義の原稿を執筆する等の活動を行い、女性の領域を超えて行動していたことと無縁ではあるまい。教育や女性の社会的役割に関する彼女の考えの裏には、メアリ・ウルストンクラフトが主張した合理的フェミニズムの伝統が存在すると言えよう（Stoneman 28）。ならば、父親的温情主義を解決策とし、ヒロイン二人が従順に夫に従う『シャーリー』の筋に不満を漏らしたギャスケルが、同じ労使問題を扱ってもトーリーのブロンテと異なる結末を模索するのは当然と言える。[25] ユニテリアン派牧師の妻として貧民救済に関わっていたギャスケルは、父親的温情主義の貧者や弱者を助ける点には賛同できても、その理念の前提となる階層的身分制度には疑義があったのではないだろうか。これは一八三九年にマンチェスターで結成された反穀物法同盟が、貧民の生活改善を目的としたユニテリアン派の主導であったことや、同派の聖職者には階級がないことを考慮すれば推察できよう。[26] また人間は出自ではなく能力で評価されるべきとの信念は、ギャスケルが同じくユニテリアンのウェッジウッド家やダーウィン家など英国の近代化を主導した「ルーナー協会」（図④）[27] と、強い繋がりがあったことと無縁ではあるまい。別のグループへの従属を否認し、性別や身分にかかわりなく、万人が持てる才能を開花させる権利を持つとのユニテリアンの精神が、本質的に人間の平等を否定し、才能と精勤による可能性の追求を阻む父親的温情主義と相容れないのは想像に難くない。『メアリ・バートン』に見られるように、父親的温情主義と完全に袂を分かつことはできなかったにせよ、ギャスケルは同主義に内在する圧制に無意識に

図④ 作者未詳『ルーナー協会の集い』(バーミンガム、18世紀後期)

せよ気づいており、それが『北と南』に自ずと現れたものと言えよう。その内なる視線は中世ではなく未来に向いていたのである。

註

（1）David Roberts, *Paternalism in Early Victorian England* (New Brunswick, NJ: Rutgers UP, 1979) 1. 当時は「パターナリズム」という言葉は存在せず、「家父長主義（patriarchal principles）」とか「父親的統治（paternal government）」という言い方をしていた。本稿のパターナリズムに関する記述は同書に負うところが大きい。

（2）G. E. Mingay, *Rural Life in Victorian England* (London: Heinemann, 1977) 45.

（3）Gillian Avery, *Victorian People* (London: Collins, 1970) 156.

（4）P. D. Edwards, ed., *Framley Parsonage*, by Anthony Trollope (1980; Oxford UP: Oxford, 1988) 16.

（5）E. P. Thompson, "Patrician Society, Plebeian Culture," *Journal of Social History* 7 (1974): 390. 一方、流動性のある賃金労働により領民もパターナリズムの支配から逃れていった(383)。

（6）Harold Perkin, *The Origins of Modern English Society* (1969; London: Routledge, 2002) 184.

（7）ロバーツは、こうした父親的温情主義の衰退は表面上のことで、当時の知識人や地主階級はほとんどが同主義に基づく社会を基本的に想定しており、社会は権威主義的、階層的、有機的、多元的であるべきと考えていたという（Roberts 21）。十八世紀の商業精神により地主が困窮した民を救おうという熱意を減らしはしたが、彼らは統治し導く望みは持ち続けたのである。

（8）Joan Perkin, *Women and Marriage in Nineteenth-Century England* (Chicago: Lyceum, 1989) 90.

（9）Jessica Gerard, "Lady Bountiful: Women of the Landed Classes and Rural Philanthropy," *Victorian Studies* 30.2 (1987): 187.

（10）Beth Fowkes Tobin, *Superintending the Poor* (New Haven: Yale UP, 1993) 131.

（11）Anne Cobbett, *The English Housekeeper* (London: W. J. Sears, 1835). Cf. Elizabeth Langland, *Nobody's Angels* (Ithaca: Cornell UP, 1995) 58.

（12）David S. Landes, *The Unbound Prometheus* (1969; Cambridge: Cambridge UP, 1989) 69.

（13）Jessica Gerard, *Country House Life* (Oxford: Blackwell, 1994) 115.

（14）Doris Mary Stenton, *The English Women in History* (London: George Allen & Unwin, 1957) 2.

（15）Ann S. Haskell, "The Portrayal of Women by Chaucer and His Age," *What Manner of Women*, ed. Marlene Springer (New York: New York UP, 1977) 4.

（16）その好例として、ギャスケルがルースのモデルとなったパスリの受け入れを、ディケンズを通じ依頼したユレイニア・コテージの創設者アンジェラ・バーデット＝クーツが挙げられる。

（17）Deirdre d'Albertis, *Dissembling Fictions* (New York: St Martin's, 1997) 58.

（18）Rosemarie Bodenheimer, *The Politics of Story in Victorian Social Fiction* (Ithaca: Cornell UP, 1988) 58.

（19）Julie Nash, *Servants and Paternalism in the Works of Maria Edgeworth and Elizabeth Gaskell*（Ashgate: Aldershot, 2007）104.

（20）北では南より自立を重んじ干渉を嫌う(第一五章)とソーントンが述べるように、北部の非国教徒やスコットランド出身の長老派、または自助の人は強硬な個人主義者で、自分たちの工員にも同じことを望んだ（Roberts 175）。

（21）Barbara Leah Harman, *The Feminine Political Novel in Victorian England* (Charlottesville: U of Virginia Press, 1998) 61. ハーマンはこの引用は階級とジェンダーの境界の問題を提起していると主張している。

（22）Dorice Williams Elliott, "The Female Visitor and the Marriage of Classes in Elizabeth Gaskell's *North and South*," *Nineteenth-Century Literature* 49.1 (1994): 25.

（23）Pamela Corpron Parker は「ギャスケルの最終的な空想は女性の現実的な経済力だ」と主張している。"From 'Ladies' Business' to 'Real Business': Elizabeth Gaskell's Capitalist Fantasy in *North and South*," *Victorian Newsletter* 91 (Spring 1997): 3.

（24）マーガレットと労働者の関係は、低い身分から大資本家になったサー・タイタス・ソールトがブラッドフォードに建設した製造業のモデル村、ソルテアの萌芽を感じさせる。Ian Campbell Bradley, "Titus Salt: Enlighted Entrepreneur," *Victorian Values*, ed. Gordon Marsden (New York: Longman, 1990).

（25）一八五〇年五月一四日付の手紙（*Letters* No. 72）を参照。ブロンテのトーリー主義については、Philip Rogers, "Tory Brontë: *Shirley* and the 'MAN'," *Nineteenth-Century Literature* 58 (2003) に詳

しい。

（26） Kay Millard, "The Religion of Elizabeth Gaskell," *The Gaskell Society Journal* 15 (2001): 7.

（27） John Chapple, "A 'tangled bank': Willets, Wedgwood, Darwin and Holland Families," *The Gaskell Society Journal* 21(2007): 97.

第五部　【ジャンル】

第二一章

ゴシック小説

――ヴィクトリア朝のシェヘラザード――

木村　晶子

ヘンリー・フューズリ『夢遊病のマクベス夫人』（1784年）

Chapter 21

Gothic Novels: Victorian Scheherazade

Akiko KIMURA

親愛なるシェヘラザード様
　というのも、あなたの物語の才能は一夜で尽きるはずはなく、少なくとも千一夜はもつに違いないからです。(1)

　これは一八五一年一一月二五日にディケンズが書いた手紙の冒頭だが、頭語の「親愛なるシェヘラザード様」は、『千一夜物語』の語り手に喩えられるほどのギャスケルの創作力を示すものとして有名である。そもそもこの手紙は、彼女が語った幽霊物語を無断借用し、自分の物語として創作したディケンズに対する非難の返信で、謝罪と弁明を目的としていた。

「シェヘラザード」が多分にご機嫌取りだったとはいえ、確かにギャスケルは天性の語り手であり、『シャーロット・ブロンテの生涯』（一八五七年）の第二六章には寝る前に幽霊物語を語ろうとしてシャーロットを怖がらせたというエピソードもある。労資問題を扱った処女作『メアリ・バートン』（一八四八年）をはじめとして、ギャスケルの長篇は主にリアリズム小説だが、ゴシック的中篇・短篇も多く、例えば二〇〇〇年のペンギン版『エリザベス・ギャスケル――ゴシック物語』には九篇が収録されている。豊かな想像力から生まれる非日常的事件や恐怖とサスペンスは物語の重要な要素であり、ゴシック物語はまさに語り部としてのギャスケルの真骨頂だったに違いない。ディケンズは恐怖の要素のある作品を書いた「センセーションの作家」であり、彼の雑誌『オール・ザ・イヤー・ラウンド』は、コリンズやギャスケル、また彼自身の超自然的な物語を載せる手段でもあったと言われるが、(2)ギャスケルもまた「センセーションの作家」だった。

　しかし、国王に「物語の続きはまた明日」と言って一夜ごとに延命する切実な目的などなかったヴィクトリア朝のシェヘラザードにとって、ゴシック物語はどのような意味をもっていたのだろうか。確かに、幽霊物語が定番だった雑誌のクリスマス特集号を思っても、ギャスケルのゴシック物語は「センセーションの作家」としての意味が大きかったに違いない。主婦・母としての役割をこなしつつ執筆を続ける多忙な彼女にとっては、工業都市マンチェスターを離れた地での休暇のために必要な資金源でもあった。

　だがこれらの物語には、大衆の興味への迎合を超えた、長篇には見られない文学的手法も見出せる。謎に満ちたプロットで読者を魅了するシェヘラザードの語りの背後には、ヴィクトリア朝のリアリズム小説の枠組みを超えようとする力があり、あたかも長篇作品の制約を脱ぎ捨てて、自由に物語と戯れるギャスケルの姿が浮かびあがるかのようである。また、ゴシック物語は、長篇執筆の合間の気晴らしでもあり、だからこそ自由に彼女の想像力が羽ばたいたと言える。ここでは、まずゴシック小説自体について考察し、ヴィクトリア朝小説におけるゴシック的要素を考えつつ、ギャスケルの三篇のゴシック物語を考察したい。

第一節　ゴシック小説とは

ゴシック小説は、本質的に越境の文学である。そもそも物語はさまざまな形で時間と空間を超えるものだが、ゴシック物語の起点は過去に遡り、現在と過去の境界は、呪いや幽霊などによって絶えず脅かされる。また、異形なものの出現、怪奇現象によって、現実と非現実、日常と非日常の境界は越えられ、真実と虚構が複雑に響き合う空間が構成される。そこでは、自己と他者、意識と無意識、理性と本能といった通常の境界も危うくなる。

一九九〇年代以降のゴシック文学批評の発展は、一層複雑化するポストモダンの社会で、この越境の文学という特質と重層的な主体の意識が注目されるからだろう。ゴシック小説は、恰好の精神分析批評の対象であるとともに、中産階級を主体に発展したリアリズム文学のアンチテーゼとして、その反体制的な政治性も指摘されてきた。また、現代の大衆文化の批評においてもゴシック的要素の考察は不可欠である。本来は傍流の文学がこれほど関心を集める二十一世紀においては、ゴシック文学が継子扱いされた長い年月を嘆き、偏狭なリアリズム信奉の限界を非難しつつ、その革新性と意義を主張すること自体がすでに主流になってしまったという指摘にも頷ける。(3)

とはいえ、やはりここでもゴシック小説の成立時にまで遡り、傍流の文学としてのゴシック小説の考察から始めたい。例えば十八世紀末のマシュー・グレゴリー・ルイスの『修道士』（一七九六年）に対するコールリッジの批判を見ても、当初からゴシック小説は低次元の思考力と想像力による扇情的物語で、その表面的な教訓は真の道徳性ではないと批判されたのがわかる。(4)理性が重視された十八世紀には、時代遅れのロマンスに対比される原義どおりの「新しい」文学として小説《ノヴェル》が誕生した。ジョンソンが『ランブラー』（一七五〇年三月三一日号）の有名なエッセーで、英雄たちが登場する過去のロマンスとは違う、新しい写実文学の重要性を説き、善悪の明確な区別による道徳性をその使命としたように、形式に則った文学のリアルな倫理性こそが高く評価された。ゴシック小説の娯楽性や非現実性と、現実社会でより善く生きる指針を示す道徳性は相容れないとされたのである。

ゴシック小説の成立は一七六四年のウォルポールの『オトラント城』とされるが、中世の城の支配権をめぐる奇想天外なこの物語には、偽りの由来が付されていた。北イングランドの古いカトリックの家柄の屋敷で発見され、十字軍時代の執筆と思われるが、一五二九年にナポリで出版された物語の翻訳だという序文である。二百年以上前の原作、さらに三百年近く前の物語の成立という二重の時間のずれ、北イングランドと南欧という空間的隔たり、カトリックという英国社会と隔たった精神的背景と、この序文にもすでに時間と空間の越境が見出せる。こうして幾重もの時間・空間の隔たりを騙《かた》ることで、作者は物語の非現実性を擁護しており、時間的・空間的・文化的境界を越える作品こそがゴシック小説だった。

ただし、実際にこの作品の副題に「ゴシック物語」が加わるのは、翌年の第二版からである。[5] 十七世紀初頭から、ゴート族・ゴート語の形容詞で建築用語でもあった「ゴシック」は、十八世紀初めには野蛮という含意をもつ中世を表す形容詞となるが、『OED』によれば一七六二年には否定的な意味をもたずに、古典（Classic）の対立項としてスペンサーの『妖精女王』（一五九〇～九六年）の批評に使われている。ゴシック建築の邸宅（図①）を建てたウォルポールにとって、『オトラント城』は中世趣味の遊びだったが、初版の好評を受けた第二版にはまったく異質の序文がつく。初版の物語の由来の偽りが告白され、「古いロマンスと新しいロマンスを融合させる試み」として、空想に満ちた非現実的な前者と、空想を抑えて日常生活を忠実に描く後者の対照的な長所を合わせもった作品こそが理想とされるのである。[6]

このあと、超自然的要素を生かしつつリアリティのある人物を創作したとして、シェイクスピアが手本に挙げられるのは、今日では奇異に響くが、その背景には亡霊や魔女などの超自然的要素を含む『ハムレット』や『マクベス』などに対するヴォルテールらの攻撃に対抗する愛国意識があった。E・J・クラリーは、一七五六～六三年の七年戦争の時代にシェイクスピア

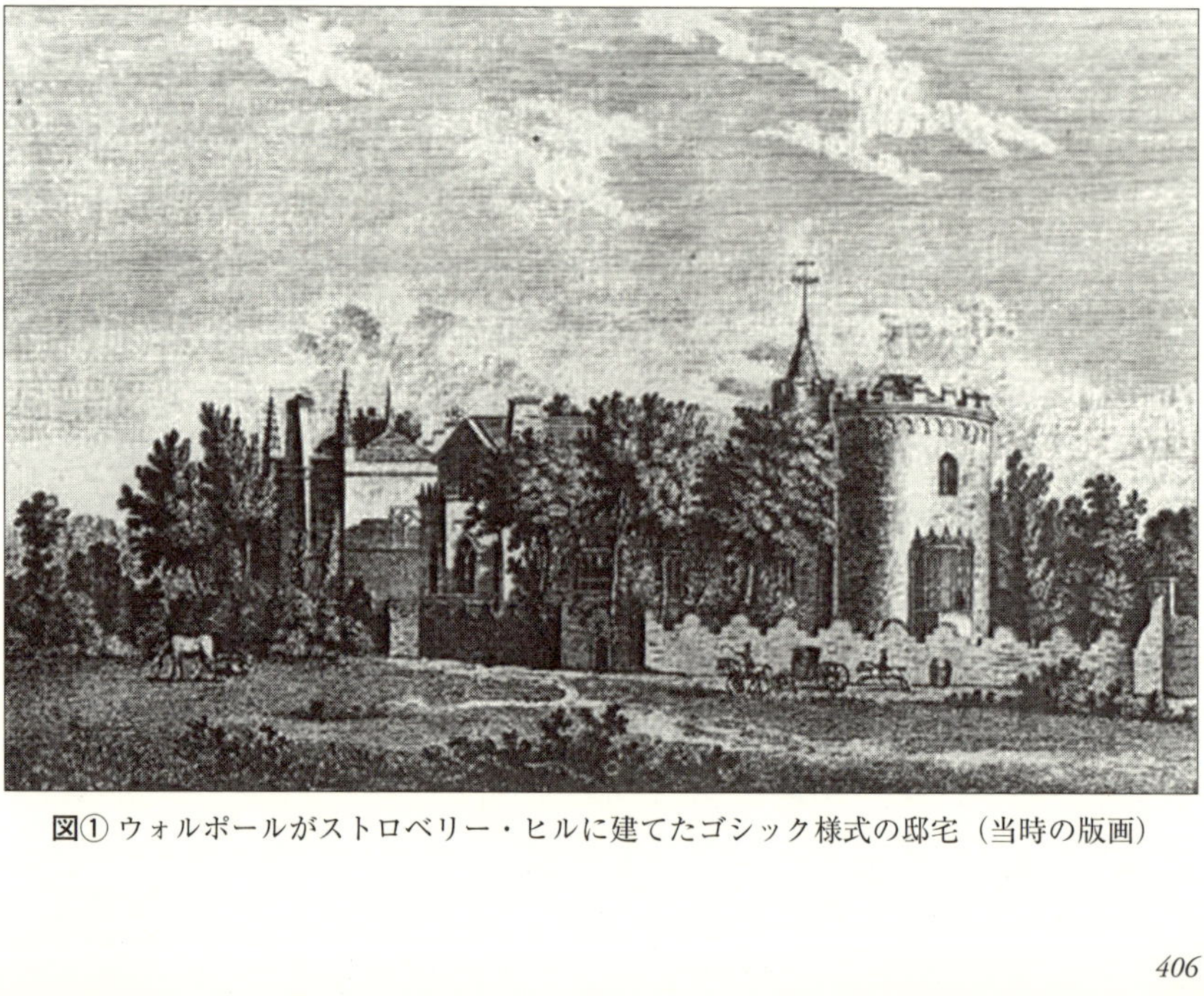

図① ウォルポールがストロベリー・ヒルに建てたゴシック様式の邸宅（当時の版画）

人気が高まったのは愛国心の表れで、民話やカトリック的迷信と、プロテスタンティズムやルネッサンスの近代的知識を融合した国民詩人である彼が、十八世紀のロマンス復興に重要な役割を演じたと述べ、ゴシック小説におけるその遺産の大きさを指摘する。(7)ゴシック小説は、単に超自然的要素をもつ作品ではなく、近代が捨て去ろうとした中世的世界観と新しい時代の要請を満たすリアリティのある人物描写の融合によって、リチャードソンらの教訓的リアリズムとは別の散文文学を目指したのである。また、自己保存に結びつく痛みや危険の感覚がもたらす恐怖こそがもっとも強い感情であり、「崇高さ（the Sublime）」の源だとしたバークを思い起こせば、ゴシックの恐怖は、新古典主義が重んじる秩序や理性と対立する、日常を超越した世界や想像力の極限の追求であり、ロマン派文学の理想に通じると言えるだろう。

だが、ゴシック小説が、とくに中産階級の女性を読者層とする大衆文学であったことも事実である。オースティンの『ノーサンガー・アベイ』（一八一八）のゴシック小説好きのヒロインを思い起こしても、その扇情的・類型的描写こそが魅力であり、産業革命以降の激変する出版事情の中で、主に女性の読者層を対象とした大量生産される流行小説の典型でもあった。ゴシック小説流行のピークは一七九六年から一八〇六年で、中でも一八〇〇年代には出版された小説全体の約四分の一を占めるが、一八一〇年代は一割強、一八二〇年代はさらにその半分以下となり、流行は下火となる。(8)当時の文学界に新風を吹き込んだのは確かだが、ヴィクトリア朝の前に狭義のゴシックブームは終焉し、現在まで英文学史に残るものはわずかである。とはいえ、巡回図書館の資料によれば、出版数が減ったにも関わらず、一八三〇年代においてもゴシック小説は人気を保っていたことがわかる。(9)ゴシック的なものに対する興味は衰えることなく、十九世紀をとおしてゴシックの要素が見出せる。次節では、ヴィクトリア朝に視点を移して、ギャスケルの作品を論じてみたい。

第二節　ヴィクトリアン・ゴシック

ヴィクトリア朝では、リアリズム小説に取り込まれた形でのゴシック的要素が発展した。近年のゴシック文学批評は、ゴシックをジャンルではなく文学様式としてとらえ、ディケンズ、ブロンテ姉妹、コリンズ、スティーヴンソンらの作品をゴシックとして考察する。例えばロバート・マイアルは、過去の負の遺産を描く独特の歴史意識をもって、非理性的・非文化的な場を舞台にする文学様式としてゴシックをとらえ、歴史・地理的視点に注目して分析している。(10)ゴシックと夢との関わりに注目してユング理論を用いるマシュー・C・ブレナンは、反新古典主義として出発したゴシックが、十九世紀には産業革命による悪夢のような変化の表象へと発展したととらえる。(11)またピーター・ギャレットは、十九世紀の作品に、孤立した個人と異常な経験を描く手法としてのゴシックの系譜と発展を見出す。ヘンリー・ジェイムズの『ねじの回転』（一八九八年）に至るまでのゴシック小説は、十九世紀リアリズム小説と同様に自己と社会との関係を中心的主題としつつ、狂気、犯罪などによって閉ざされた自我、疎外された個人など、否定的な形でその関係を描いていると指摘している[12]。

　ヴィクトリア朝においては、恐怖の舞台は古城や廃墟ではなく、都市や家庭の空間へ移り、個人の内面の闇に光が当てられる。恐怖ははるか彼方ではなく、ごく身近な空間にこそ存在することになる。こうしたゴシック的要素を身近な空間に描く傾向は、四〇年代から顕著になり見られ、六〇年代のセンセーション・ノヴェルの流行によって顕著になったという[13]。ギャスケルの短篇でも、昔の怨念が物語の起点となって、人里離れた地での怪奇現象や犯罪がしばしば描かれるが、真の恐怖は登場人物の抑圧された心理にある。シャーロット・ブロンテが内なる「悪（naughtiness）」のすべてを作品にこめているのに対して、自分は善良さのすべてをこめているとギャスケル自身が手紙（*Letters* 228）で述べたことはよく知られているが、ゴシック物語でこそ、ギャスケルは自らの内なる「悪」や、規範に収まらない欲望を表現できたのではないだろうか。ここでは、とくに過去の呪いが恐怖をもたらす「グリフィス一族の運命」（一八五八年）をとりあげて論じたい。

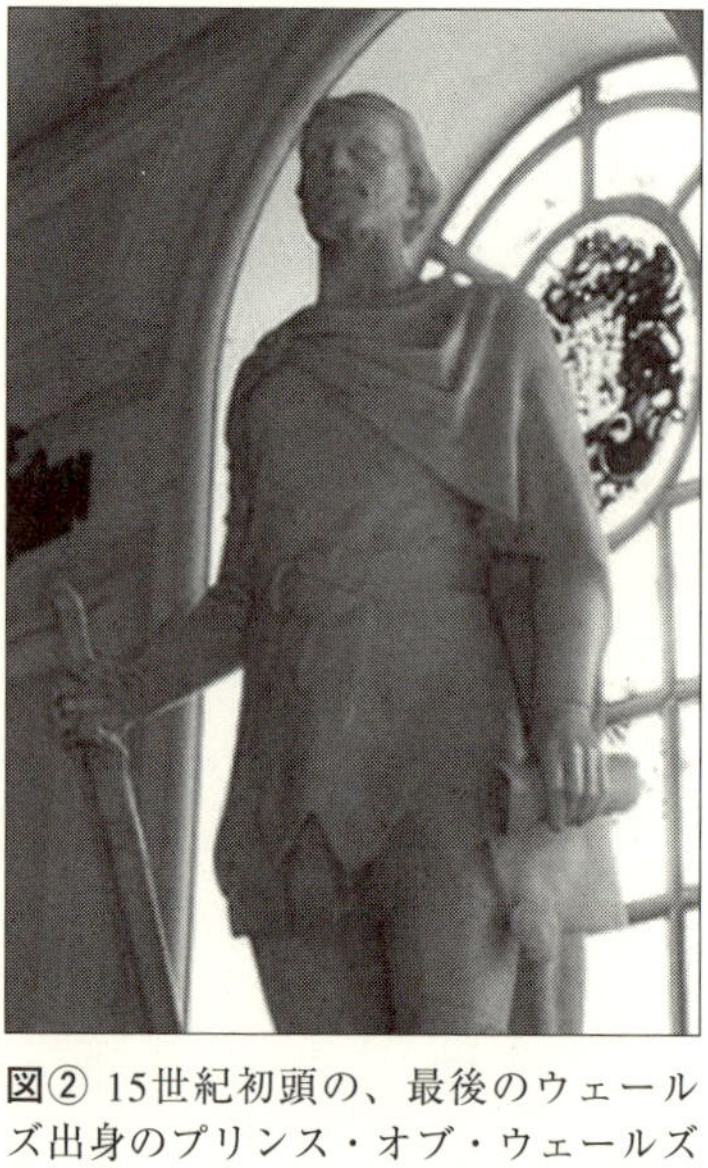

図② 15世紀初頭の、最後のウェールズ出身のプリンス・オブ・ウェールズとして、ウェールズの伝説の英雄であるオーウェン・グレンダウアーの彫像

「グリフィス一族の運命」は、十四世紀後半から十五世紀初頭のウェールズでイングランドの支配に対する最後の抵抗の指導者オーウェン・グレンダウアー（図②）の呪いという歴史的背景をもつ作品である。彼は実在の人物でありながら、ウェールズの人々の愛国心によってアーサー王に匹敵するほどの史実と異なる数々の伝説の英雄となり、ギャスケルもウェールズ滞在中にこうした民間伝説から着想を得たとされる（Uglow 122）。グレンダウアーにまつわる伝説には、高貴な勇者ではなく、執念深い復讐者としての物語もあり、この短篇はその系譜に基づく[14]。彼は、自分の暗殺計画に加わった裏切り者のグリフィス家

代々の不幸、さらに九代目の子孫ののちには血筋が途絶え、最後の息子が父親を殺すことで自分の代わりに復讐を遂げるという呪いをかける。主人公のオーウェンは九代目の子孫であり、その名からもグレンダウアーの復讐を果たす人物だとわかる。

しかし「グリフィス一族の運命」は、先祖の呪い自体の恐ろしさよりも、父と息子の愛の葛藤と、内面の暴力性を描いた作品であり、家庭空間における恐怖と疎外された自我を主題にする点でヴィクトリアン・ゴシックの典型と考えられる。ギャスケルはゴシックの枠組みを、ウェールズの伝説だけでなく、ギリシャ神話とも結びつけている。オーウェンがソフォクレスの『オイディプス王』を何年も愛読して、「心の奥にいまだにひそむ暗い伝説との不気味な符号」（第一章）によって自分の運命を重ね合わせることからも、物語の下地にオイディプス神話があるのは明らかである。[15] 半世紀あとに生まれるフロイトをギャスケルは当然知る由もなかったが、いびつな形のオイディプス・コンプレックスが描かれることによって、この作品は恐怖小説を超えた心理劇となっている。誕生直後に母を亡くしたオーウェンは、父の愛情に包まれて成長するが、父の人生の最愛の存在だった幸福な日々は父の再婚によって失われてしまう。「今や形ははっきりしないものの、あまりにもリアルななにかが彼と父親の間に永遠に入ってしまった」（第一章）ことに対してオーウェンは激怒するが、それを表現できない。この背後には美しい継母に対するオーウェンの無意識内の欲望があるという指摘も尤もだが、[16] むしろ美にひそむ危険な悪意が強調されている。母子一体の空間から、母に対する欲望によって父性的存在を脅威としつつも、社会性を獲得するのがオイディプス的関係とすれば、彼は父子一体の空間から、偽の母の存在によって大人になることを強いられ、社会性を獲得できずに鬱々とした状態に陥ってしまう。

父殺しは、父に対する究極の権力行使でもあり、父との一体感の破壊的な成就でもある。「怖がりながらもオーウェンは呪いの伝説を繰り返し聞きたがり、そのことばは愛撫や彼の愛情への問いかけとないまぜになった」（第一章）とあるように、呪いは、父との対話によって幼いオーウェンの心に埋め込まれる。とはいえ、実際にこの予言が現実となるのは、彼が村の美女ネストと秘密の結婚をして男児が生まれたと知って激怒した父が、ネストを売春婦呼ばわりして赤ん坊を邪険に扱った結果、打ちどころが悪くて赤ん坊が亡くなったからだった。呪いを思い出すオーウェンは、運命を避けるために家出を試みるものの監禁され、脱出したところを父につかまる。息子ともみ合いになって、父は海に落ちて溺死してしまう。

父（祖先）の罪の報いを子孫が受けるのは、『オトラント城』以来のゴシック小説の定番のテーマである。[17] 予言どおりに父を「殺した」オーウェンが、「何百年も前から定まっていた使命」、「自分の運命」（第二章）を再三強調するのはまさにこの伝統を感じさせる。先祖の呪いをヴィクトリア朝小説の中心的神話のひとつとするアラン・シェルストンによれば、先祖の呪いは道徳的レベルで因果応報と、経済的レベルで財産権と、人類学的レベルで進化論や遺伝学と結びつき、伝統的な体制を変えようとする新興中産階級にとって重要な意味をもったという[18]。過去の負の遺産の背景には、旧来の縦社会には収まらない近代的自我の意識も見出せるだろう。

とはいえ、呪いの成就は超自然的レベルとは別の、家庭内の悲劇の結末でもある。息子に「殺される」前に、父が自ら子孫を抹殺しており、殺人者はむしろ父の方だった。「しかし、呪いはかかっていた！　予言の成就は間近だった！」（第一章）という扇情的な語りの一方で、実はこの悲劇が、家庭内の愛憎と身分違いの結婚の帰結で、呪いとは別の不幸の連鎖であることも示されている。意図しなかった不幸の連鎖こそが呪いといえばそれまでだが、物語の焦点は母の喪失、愛されない者の孤独、親子の断絶、旧弊な価値観との衝突などの心理劇にあり、この短篇は、呪いを装置とした家庭劇と言える。

ネストと俗物的な父エリスは、こうした家庭劇の脇役にふさわしい凡俗さを備えている。娘が名家の女主人となることを夢見て秘密の結婚に協力したエリスは、オーウェンの父の死を知って隠蔽策を講じるが、その非常事態に際しても「それより上等の、ランルストの市で買った青い毛の靴下」を娘に持ってこさせる。「オーウェンの父の死は自分と縁のない恐怖にすぎなかったが、夫の不快感は現在の問題だった」と感じるネストは、父を殺したずぶ濡れの夫を必死で着替えさせようとする。こうした些細な日常感覚が、ウォルポールの目指した古いロマンスに欠けているリアリティだったはずで、結末でもエリスの現実感覚は効果的である。父の死体を載せた舟が流され、幼い息子と父の遺体を同じ墓に埋葬する「一種の和解」が不可能になったと感じるオーウェンは、絶望する。死後も父の霊が和解を拒んでいると信じて落胆するオーウェンと対照的に、「この事態を現実的に見る」（第二章）エリスは、舟の持主がオーウェンである以上、殺人の容疑者となるのは明らかで、逃亡するしかないと判断する。物語の超自然的要素が強まるとき、エリスやネストの存在は、三面記事的な犯罪事件としての現実と人間の欲望の卑俗さを明らかにするのである。

「グリフィス一族の運命」に迷信的な伝統の悪影響と理性を育てる教育の重要性を読みとるルイズ・ヘンソンは、ノスタルジアの対象だった迷信や呪いが、一八五〇年代以降は理性を奪う病理とされたと指摘し、ギャスケルの作品の超自然的要素に対する両義的な姿勢に、当時の社会思潮や心理学の言説、神秘主義的なものに対して否定的なユニテリアンの姿勢を見出す[19]。超自然的要素を核にしつつも、その力がオーウェンの特異な生育環境や内向的気質による病的な強迫観念となって悲劇を生むことを思えば、確かにこの作品は現代的な個人の内面の探求とすら言える。

だが、「彼らの舟は暗い波間に消え、そのあとだれも見た者はいなかった。ボドーエンの館は暗く湿った廃墟となって、見知らぬサクソン人がグリフィス家の土地を手に入れた」（第二章）という結末は、一気に人物たちから離れ、人間の争いや愛憎の空しさを印象づける。呪いの成就は、死の恐怖と魅惑を伴って、再び神話と伝説の世界に読者を誘い、近代社会において意識の深層に埋もれた恐怖と畏怖の念を呼び覚ます。さらにこの作品は、長篇とは別のギャスケルの物語の才能を示し、ヴィクトリアン・ゴシック自体の文学形式としての可能性も示唆する。それは、日常にひそむ非日常、あるいは非日常においても残る日常、現在によみがえる過去、無意識の欲求をもっとも鮮烈に描き得る形式としての可能性である。お決まりのテーマや人物のドラマ、同工異曲の反復の消費される物語でありながら、両義性をもつ越境する文学としてのゴシックは、リアリズムでは描けない〈現実〉を表現しうるのである。

また、身分違いの結婚が悲劇の原因であることから、古い社会体制の悲劇を描いたと考えれば、体制批判のメッセージすら見出せるだろう。とはいえ、ゴシックの表面的な教訓は当時のモラルに沿ったものであり、社会規範を逸脱する者の不幸によってその規範自体を強化する保守的な力にもなった。反体制的な力と保守的イデオロギーの共存も、ゴシックの両義的特質だが、ゴシックの反体制的な力の可能性を考える上で、次にジェンダーの視点から考察してみたい。

第三節　女性のゴシック

フェミニスト批評の古典となった一九七六年の『女性と文学』で、エレン・モアズが女性作家のゴシック小説を〈女性のゴシック〉と呼んで以来、この用語は女性性に注目する批評と結びついて定着した[20]。産業革命の進行に伴って仕事場と家庭が分離し、中産階級の女性の空間が家庭内に限定されて、男女の役割分担が明確化する十八世紀後半以降の英国社会において、反古典主義・反理性としてのゴシック小説が、抑圧された意識やセクシュアリティを表現する形式として「女性的」ジャンルとなったことは理解しやすい。先に述べたように、ゴシック小説の読者は女性が中心であり、アン・ラドクリフに代表されるように、女性作家が活躍するジャンルでもあった。

一八〇〇年から三〇年までの統計によれば、一八一八年までは小説家の半数以上が女性で、一八一四年には六五パーセント以上が女性である（性別不詳が平均二割前後いるため、さらに増える可能性がある）。この割合が逆転するのが一八二〇年で、これ以降男性の小説家の数が半数を超え、女性の小説家の数はほぼ下降線をたどる[21]。一八二〇年ごろの狭義のゴシック小説の終焉と女性作家の減少を結びつけるには資料不足だが、ゴシック小説の流行の時代は、女性作家の活躍した時代と重なる。リチャードソンやフィールディングからは、十八世紀の小説家のイメージが女性とは考えにくいが、実際はそうであり、男性作家が女性の筆名を使ったことも多かったという[22]。

時代が飛んで、一八六五年の国勢調査では、男女別の職業別就業人口が初めて明らかになり、〈著述業〉に従事する女性はこの職業全体のわずか八・七パーセントだった。小説の執筆を経済活動としての「職業」とは認めない女性もいた可能性が高く、この数字がそのまま女性作家の割合ではない。だが半世紀足らずで、小説が女性から男性のジャンルに変化したことは確かで、その背景には、中産階級の精神的支柱となり得る価値と巨大な市場を獲得していったヴィクトリア朝小説の発展がある。

こうした女性作家が置かれた社会状況の変化も、ゴシック小説を秘かな抵抗の場とする一因だった。反体制的な力を秘めつつ、資本主義社会で大衆に娯楽を提供する保守的な文学という〈偽装〉によって、ゴシックは男性のジャンルで経済活動をする女性作家の文学的戦略となった。〈女性のゴシック〉という本質論的分類自体に否定的意見もあるが[23]、ここでジェンダーの視点が必要なのは、嘘や秘密がプロットの鍵となるだけでなく、男女の境界を越える戦略としての複数の視点や重層的な意味、矛盾するメッセージの共存など、ディアドリ・ダルバーティスが「偽装」（d'Dlbertis 3-8）と呼ぶギャスケル文学の特質があるからである。ダルバーティスの分析は長篇を対象としているが、「貧しいクレア修道女」（一八五六年）はこの視点を含めた考察に適している。

「貧しいクレア修道女」（図③）も呪いを扱っているが、舞台は十八世紀前半で、屋敷に仕えるブリジットという女性の、娘の愛犬を射殺した名士に対する復讐の呪いである。彼女は知らなかったが、実はこの名士こそ娘に子供を産ませた末に自殺に追いやった人物で、彼の最愛の存在がだれからも忌み嫌われるという呪いは、孫娘が恐ろしい分身にとりつかれる形で現実となる。

ブリジットは、冒頭から英国社会の外の神秘的存在として描かれ、アイルランド出身のカトリック信者で、使用人ながら領主夫妻に強い影響力をもつ「秘かな権力者」（第一章）として召使から恐れられる。非英国的特質としてのカトリシズムは、当初からゴシック小説の定番だが、十九世紀では性的逸脱の象徴となって英国社会の道徳性の論議における特別のレトリックとなったという[24]。外国に奉公に出たまま音信不通になった娘を探す旅から、なんの成果もなく戻ったあと、彼女の容貌は「まるで地獄の業火で焼かれたように、色黒で醜く獰猛なようす」になり、悪魔と会話するかのような独り言や、凶眼と呼ばれた異様な眼差しからも、「魔女という恐ろしい噂を立てられる」（第一章）のだった。ヴィクトリア朝の女性像が、〈家庭の天使〉と〈堕ちた女〉に二分されたのはよく知られているが、ここでは　ブリジットが孫に呪いをかけたことを悔いて、修道女として自己犠牲を貫く点に二極化した女性像が見られる。

図③「聖クレアと修道女たち」（アッシジ、サンダミアーノ教会のフレスコ画）
ブリジットが修道女となる聖クレア修道会は、13世紀初めにアッシジの聖クレアによって創設された。

〈女性のゴシック〉は、男性によって非現実的な絶対的存在となる女性像を反映して、善良な女性と邪悪な女性の両極を描き、家父長制の価値観を投影したヒロインの自己分裂を特色とする、とジュリアン・E・フリーナーは指摘する。[25] ブリジットの魔女から聖女への変貌は、その一例だろう。さらにこうした両極端の女性像はセクシュアリティの表象として、孫娘ルーシーがとりつかれる邪悪な分身に表れる。ルーシーと恋に落ちる語り手が再三強調する清純さと正反対に、「嘲笑うような、肉感的な」まなざしをもつルーシーの分身は、良家の子女には許されない下品な行動をする。語り手が恐怖と嫌悪を感じつつも、「どうしてかわからないが、手を伸ばしてつかもうとしてしまう」（第二章）ことにもこの分身の性的本質が表れている。ひたすら忍耐強くおとなしいルーシーに対して、官能的存在の分身は、理想の女性像が排除した性的欲求の投影だろう。

スティーヴンソンの『ジキル博士とハイド氏』（一八八六年）やポーの「ウィリアム・ウィルソン」（一八三九年）で有名な第二の自我、もうひとりの自分である分身《ダブル》はゴシック的手法の典型である。もともと古代信仰では魂の象徴だった影や自己像の分離が死を意味したため、自らの分身との遭遇は死の前兆、個人の破滅の象徴となった。[26] ロマン主義時代以降は、この分身の手法が現実と非現実の乖離、個人と社会との乖離の効果的な表現として用いられる。〈女性のゴシック〉のダブルは、無意識の闇としての抑圧されたセクシュアリティを暗示することによって、社会が要請する女性像の不自然さを示している。この作品の魔女と聖女、淫乱さと純潔の二極化された女性像には、ヴィクトリア朝の性規範への密かな批判が読みとれるのではないだろうか。

　転落の原因をつくった張本人である男性を救う、という究極の自己犠牲によって過ちを償うというテーマは、長篇『ルース』（一八五三年）と共通しており、「貧しいクレア修道女」でも悲劇の源は身分違いの恋による女性の転落である。夫の欺瞞を知って投身自殺するブリジットの娘マリアは、冒頭で美少女として描写されるだけで、作品をとおしてテキストの空白に位置する隠れた手がかり《ミッシング・リンク》とも言える存在であり、その不在によって物語の要となる。呪いの物語の深層には『ルース』同様の「堕ちた女」の悲劇があり、娘・母・「堕ちた女」という三種の女性像の象徴となるマリアの不在は、改めて主体とはなりえなかった女性の立場を想起させる。最後に、同じく「堕ちた女」の悲劇である「婆やの話」（一八五二年）を考察したい。

第四節　家庭という牢獄と幽霊物語

　十七世紀の古い邸宅を舞台とした「婆やの話」でも、当時の女性の立場に関するギャスケルの問題意識が見られる。ヴィクトリアン・ゴシックにおいて、恐怖の舞台が都市や家庭に移ることは前述したが、この作品は「堕ちた女」の怨念とも言える幽霊によって家庭空間の恐怖を表現した〈女性のゴシック〉と呼ぶのにふさわしい作品である。〈女性のゴシック〉では、本来、悪から守られる避難所であるべき家（あるいは初期のゴシックでは城）が、悪者によって牢獄となるという指摘があるように[27]、この短篇でも牢獄としての家庭と家父長制度の暗部が描かれている。ファーニヴァル家の家族は、信頼し助け合う存在ではなく、専制君主の父、ライバルとなる姉妹、密告者となる妹であり、家庭は牢獄のような閉鎖空間となっている。

　地主階級の傲慢さ、冷酷さと対照的なのが、召使階級の女性の情の深さである。物語は婆やヘスターの昔話として語られる（図④）。かつて若き乳母として、両親を亡くした幼女ロザモンドと親戚の屋敷で暮らすことになった彼女は、幽霊の少女にとりつかれたロザモンドを「命を捨てる覚悟で」守る。母代りのヘスターの姿は、やはりゴシック短篇の「灰色の女」（一八六一年）の召使の女主人に対する献身と共通するだろう。ロザモンドを連れて実家に帰ろうとしても養育権がないため、屋敷を去ることもできず、日没前から「ドアに施錠し、鎧戸を閉め切って」閉じこもるしかないヘスターにとっても、幽霊にとりつかれたこの屋敷は牢獄だった。かといって、牢獄のような家の外に自由があるわけではない。少女の幽霊に誘われて外に出たロザモンドが行方不明になって危うく助かり、そのあとも中に入れてくれと幽霊が窓を叩くことからも、屋外は危険な幽霊の空間であり、厳冬に閉め出された少女の死の空間でもある。乳

図④ メアリ・カサト『少女に本を読む乳母』（1895年）
ヴィクトリア朝の中産階級の子供たちにとって、乳母は実の母親よりも密接な存在だった。

母の語り、窓辺に現れる少女の幽霊という点は『嵐が丘』（一八四七年）と似ているが、この物語の中心は、だれも弾かないのに音を奏でるオルガンや幽霊など、恐怖の情景そのものと屋敷の過去の秘密にある。物語のクライマックスは、屋外の死の空間から幽霊が屋内に侵入し、過去の亡霊によって過去が明らかになる場面である。

幽霊は常に過去からの訪問者、時空を超える存在だが、家にとりつく幽霊は、アイデンティティを確認し、安心できる場としての家庭を揺るがし、さまざまな境界を曖昧にする文学手法だとジュリアン・ウルフリーズは述べている。[28] 地主の長女ミス・モードの秘密の結婚によって生まれ、娘の不道徳な関係を知って激怒した地主によって家から追い出されて凍死した少女の霊は、すでに八十前後の老婦人になった次女ミス・グレイスの過去の非道な行為を現在のものとする。姉妹が同時に恋に落ちた外国人の楽師は、ゴシック的な異国の存在として、英国社会の性規範を侵して姉に子供を産ませながら、妹の恋心も弄んだ。ここでは過去と現在の境界だけでなく、現実と非現実、生と死、閉鎖的な家庭空間と外の世界との境界、さらにはミス・モードが侵した社会規範の境界、家族愛と恋愛の境界などいくつもの境界が曖昧になる。

初期のゴシックではほとんど登場しない子供が、十九世紀以降では重要な登場人物になる場合もある。「グリフィス一族の運命」同様この作品でも、秘密の結婚によって生まれた子供が祖父に殺されるが、とくに前者の場合には、ウェールズでの休暇中の最愛の長男の病死というギャスケルの自伝的背景がある。子供を失う親の悲痛さは、今回とりあげた三篇に共通しているが、「婆やの話」の子供は不幸な死を遂げる犠牲者であるだけでなく、ロザモンドにとりつく恐ろしい存在でもある。ロマン派以降、純粋無垢な存在として注目された子供は、ヴィクトリアン・ゴシック以降は、単なる犠牲者ではなく加害者ともなり、見かけと実体の乖離、未来の希望であるはずの存在の破壊性によって恐怖をもたらす。

亡霊が陰惨な過去を再現する最後の場面では、死者の幽霊だけでなく、姉の秘密を父に密告したミス・グレイスの分身と言える若い姿の生霊が登場し、現実の彼女を麻痺状態にする。ここでも分身との遭遇は、本人に破滅をもたらす伝統が守られている。作品の結末は「ああ！　ああ！　若い時にしたことは、年とっても消せないのだ！　若い時にしたことは、年とっても消せないのだ！」と、感嘆符の連続で描写される、老いたミス・グレイスの狂ったような呟きである。『マクベス』五幕一場の台詞（What's done cannot be undone）に似たこのことばには再びゴシックとシェイクスピアとの関わりを見出せるが、ここで強調される教訓的要素は一種の〈偽装〉にも思える。傲慢さ、嫉妬や悪意を戒め、姉妹の性道徳の規範からの逸脱に対する警鐘のようでいて、実はこの作品は、悲劇の元である家父長制による女性のセクシュアリティの統制・抑圧への批判としても読めるからである。

ヴァネッサ・D・デッカーソンは、娘と孫娘を虐待した父親の罪よりも、ミス・グレイスの残酷さが幽霊より恐ろしいと述べ、姉妹愛のないところには救いも自由もないことを強調する[29]。だが、生涯をこの屋敷で鬱々と過ごし、過去の亡霊に怯えて「地獄に堕ちた人よりも絶望的な」老婆ミス・グレイスを「とうとう気の毒にさえ思え、祈ってさしあげた」ヘスターの姿には、作者自身の憐れみも重なるだろう。ただ、確かに幽霊よりも恐ろしいのは、生身の人間たちである。実の孫娘を松葉杖で叩きのめし、娘とともに雪の屋外へ閉め出す父親、姉と姪に対するその仕打ちを喜ぶ妹、そして絶対助けてはいけないという命令に従わざるを得ない使用人たちの恐ろしさには、彼らの残酷さを生み出した社会制度への批判を感じずにはいられない。

若い時の過ちは二度と消せないという最後の教訓は、雑誌の要請でもあっただろう。クリス・ボルディックは、この短篇が『ハウスホールド・ワーズ』のクリスマス特集号の幽霊物語だったために、『クリスマス・キャロル』（一八四三年）的な明るいセンチメンタリズムと教訓臭があり、ゴシック物語としては物足りないと批判する。「婆やの話」では『クリスマス・キャロル』的な改心というテーマは否定されるものの、物語の枠組み自体が、ロザモンドの子供たちへの語りであるため、ファーニヴァル家の存続も最初から明らかであり、旧家の崩壊という暗いゴシック的要素は不十分だというのである[30]。

とはいえ、この作品からは、匿名のゴシック物語がギャスケルに与えた自由も感じられる。短篇という形式からも、時間の経過のなかで変化する人間性や、困難を乗り越えた末の成長を描く必要はなく、ミス・グレイスの最期のように紋切り型の教訓とともに登場人物を不幸のただ中に置き去りにもできる。個人が社会とどう対峙するかを探り、いかにより善く生きるかを示すというヴィクトリア朝のリアリズム小説の役割は、ゴシック短篇とは無縁である。ゴシックでは、超自然的要素が自由に駆使されて、過去の悪行は必ず暴かれ、謎は解かれる。祖先の罪が子孫に及び、過去の幽霊が現在の悲劇をもたらすという意味では過去が現在を規定するが、同時に過去は、物語という形で現在が切り取った型によって規定され、決まって因果応報の原理を示す。ギャスケルは、こうしたゴシックの意外性と予定調和、崇高さと凡俗さを巧みに織り交ぜたシェヘラザードだったに違いない。

＊＊＊＊＊

ギャスケルの長篇には、長期間にわたる個人の成長や変化が丹念にたどられた人間関係のドラマや、弱者に目を向けた社会的メッセージがある。長篇では、ユニテリアンとしての合理的精神や非国教徒としての自負、キリスト教的人道主義作家としての使命感が見いだせる。こうした自負や使命感はまた、文学形式や主題の選択に一定の制約を与え、さらに世間のまなざしもギャスケルの創作活動に何らかの制約を加えたはずである。ほとんどが匿名のゴシック短篇は、ギャスケルにそうした制約からの自由を与え、純粋に物語を語る楽しみを与えた一方、ゴシック的手法という〈偽装〉を用いて、家父長制度批判だけでなく、抑圧されたセクシュアリティと無意識の闇の表象も可能にした。

ギャスケルの作品には、例えばジェイン・エアやデイヴィッド・コパフィールドのような作者自身を投影した人物は見出せない。母の喪失、父の愛の渇望、親の愛の深さ、行方不明の兄、子供の死、継母への嫌悪感など、ギャスケルの伝記的背景の断片はさまざまな人物や場面から読みとれるが、『ジェイン・エア』（一八四七年）や『ヴィレット』（一八五三年）を読んでシャーロット・ブロンテを「知る」ように、読者はその作品からギャスケル自身を「知る」ことはできない。母、妻、クリスチャンなど、ときには矛盾し合う「たくさんの私」（*Letters* 108）を抱え、統合できないことを意識していたギャスケルにとっては、数々の登場人物をとおしてその多様な「私」に声を与えること、あるいは他者のさまざまな物語に「私」の断片を重ねることが創作活動だった。その意味では、ギャスケルの文学は、主観的世界を拡大して他者をその中に取り込むシャーロットの文学とは異質であり、他者の物語と自己との対話の文学という意味で、他者性に基づく文学と言えるだろう。

本論の冒頭に引用した手紙でディケンズは、彼自身の幽霊物語も他人に利用されたが、「幽霊物語は、特定の心理状態と想像力の働きを表すのですから、僕はいつも共有財産だと思っています」と語っている。しかし、他者の物語に「私」を拡散させ、重ね合わせる文学を創作するギャスケルにとっては、他者の物語は大切な自分の財産であり、ディケンズが「共有」した幽霊物語は「私の物語」(*Letters* 172) だった。ゴシック短篇は、ギャスケルの創作の特質を示すとともに、改めてヴィクトリア朝小説の奥行きの深さを表している。

註

(1) Graham Storey, Kathleen Tillotson, and Nina Burgis, eds., *The Letters of Charles Dickens*, vol. 6 (Oxford: Clarendon, 1988) 545.

(2) David Punter, *The Literature of Terror: A History of Gothic Fictions*, vol. 1 (Harlow: Longman, 1996) 189.

(3) Chris Baldick and Robert Mighall, "Gothic Criticism," *A Companion to the Gothic*, ed. David Punter (Oxford: Blackwell, 2000) 210.

(4) Samuel Taylor Coleridge, "Review of *The Monk* (1797)," *Gothic Documents: A Sourcebook 1700-1820*, ed. E. J. Clery and Robert Miles (Manchester: Manchester UP, 2000) 185-89.

(5) ただし、ゴシックが文学用語として定着するのは二十世紀以降である。Cf. Angela Wright, *Gothic Fiction* (Basingstoke: Palgrave, 2007) 1; E. J. Clery, "The Genesis of 'Gothic' Fiction," *The Cambridge Companion to Gothic Fiction*, ed. Jerrold E. Hogle (Cambridge, Eng.: Cambridge UP, 2002) 21.

(6) Horace Walpole, "Preface to the First Edition of *The Castle of Otranto*," ed. E. J. Clery (Oxford: Oxford UP, 1996) 5-6, 9-14. ただし、この作品をはじめとして、当時の「ゴシック小説」が保守的・愛国的だったことを検証し、近年の批評の主流である反体制的な文学としてのゴシックの枠組み自体を疑問視する批評家もいる。James Watt, *Contesting the Gothic: Fiction, Genre and Cultural Conflict 1764-1832* (Cambridge, Eng.: Cambridge UP, 1999) の序章を参照。

(7) Clery, "The Genesis of 'Gothic' Fiction" 28.

(8) Peter Garside, James Raven, and Rainer Showering, eds., *The English Novel 1770-1829: A Bibliographical Guide*, vol. 2 (Oxford: Oxford UP, 2000) 55-56.

(9) Franz J. Potter, *The History of Gothic Publishing, 1800-1835* (Basingstoke: Palgrave Macmillan, 2005) 14-36.

(10) Robert Mighall, *A Geography of Victorian Gothic Fiction: Mapping History's Nightmares* (Oxford: Oxford UP, 1999) xiv-xviii.

(11) Mathew C. Brennan, *The Gothic Psyche: Disintegration and Growth in Nineteenth-Century English Literature* (Columbia: Camden House, 1997) 4-5.

(12) Peter Garrett, *Gothic Reflections: Narrative Force in Nineteenth-Century Fiction* (Ithaca: Cornell UP, 2003) 1-2.

(13) David Punter and Glennis Byron, *The Gothic* (Malden: Blackwell, 2004) 26-28.

(14) グレンダウアーに関する記述は、R. R. Davies, *The Revolt of Owain Glyn Dŵr* (Oxford: Oxford UP, 1995) 325; Elissa R. Henken,

National Redeemer: Owain Glyn Dŵr in Welsh Tradition (Ithaca: Cornell UP, 1996) 130-33を参照。

（15）セジウィックはゴシックにおいてオイディプス的特色が絶えず前面に出ていると指摘する。Eve Kosofsky Sedgwick, *Between Men: English Literature and Male Homosocial Desire* (New York: Columbia UP, 1985) 91.

（16）Laura Kranzler, "Gothic Themes in Elizabeth Gaskell's Fiction," *The Gaskell Society Journal* 20 (2006): 56.

（17）「出エジプト記」二〇章五節、三四章七節、「申命記」五章九節参照。パンターは父（祖先）の罪の報いを子孫が受けることをゴシック小説のテーマの原型としている（Punter 46）。

（18）Alan Shelston, "The Supernatural in the Stories of Elizabeth Gaskell," *Exhibited by Candlelight: Sources and Developments in the Gothic Tradition*, ed. Valeria Tinkler-Villani et al. (Amsterdam: Rodopi, 1995) 144-45.

（19）Louise Henson, "'Half Believing, Half Incredulous': Elizabeth Gaskell, Superstition and the Victorian Mind," *Nineteenth-Century Contexts* 24.3 (2002): 263-66.

（20）Ellen Moers, *Literary Women* (Garden City: Doubleday, 1976) 131-67

（21）Garside 74.

（22）Gaye Tuchman, *Edging Women Out: Victorian Novelists, Publishers, and Social Change* (New Haven: Yale UP, 1989) 52-53. 国勢調査の統計もこの書による。

（23）例えばマーシャル・ブラウンは「ゴシックは女性のジャンルではない」とし、女性の視点の偏重がゴシックの意義を限定する危険があると述べる。Marshall Brown, *The Gothic Text* (Stanford: Stanford UP, 2005) 6-7.

（24）Patrick R. O'Malley, *Catholicism, Sexual Deviance, and Victorian Gothic Culture* (Cambridge, Eng.: Cambridge UP, 2006) 3.

（25）Juliann E. Fleenor, ed., *The Female Gothic* (Montréal: Eden, 1983) 11-13.

（26）Ralph Tymms, *Doubles in Literary Psychology* (Cambridge, Eng.: Bowes, 1949) 1.

（27）Kate Ferguson Ellis, *The Contested Castle: Gothic Novels and the Subversion of Domestic Ideology* (Urbana: U of Illinois P, 1989) xiii.

（28）Julian Wolfreys, *Victorian Hauntings: Spectrality, Gothic, the Uncanny and Literature* (Basingstoke: Palgrave, 2002) 3-7.

（29）Vanessa D. Dickerson, *Victorian Ghosts in the Noontide: Women Writers and the Supernatural* (Columbia: U of Missouri P, 1996) 118.

（30）Chris Baldick, "The End of the Line: The Family Curse in Shorter Gothic Fiction," Tinkler-Villani et al., 151-53.

第二二章

恋愛小説

——牧師の娘たちの信仰告白——

大野　龍浩

アニー・スウィナートン『キューピッドとプシューケー』（1891年）

Chapter 22

Romance: Clergymen’s Daughters and Their Confessions of Faith

Tatsuhiro OHNO

本稿は、ヴィクトリア朝前期から中期にかけて活躍したギャスケルが描く恋愛の特徴を、キリスト教道徳の視点――「あなたは姦淫してはならない」という十戒の第七条（「出エジプト記」二〇章一四節）や、キリスト教が標榜する純潔や結婚の神聖さを作中の恋人たちがどうとらえているか、という視点――から、ヴィクトリア朝の他の恋愛小説と比較することによって、検討するものである。

まず、ヴィクトリア朝小説の恋愛においてキリスト教道徳がどう受け入れられてきたかを明らかにするために、この時代を便宜上、前期、中期、後期に分け[2]、それぞれの代表的恋愛小説――アン・ブロンテ『ワイルドフェル・ホールの住人』（一八四八年）、ディケンズ『二都物語』（一八五九年[3]）、そしてハーディ『日陰者ジュード』（一八九五年）――について、第一、二、三節で論じる。第四節では、オースティンの描く恋愛や二十世紀小説のそれと比較しながら、ギャスケルが描く恋愛の特徴を検証する。それは、キリスト教道徳が絶対的な価値基準だった時代を背景にして、オースティン、ブロンテ姉妹と続く牧師の娘たちの一人として、信仰に基づく道徳的潔癖性と慈愛を理想としていることを指摘して、本稿の締めくくりとする。

なお、本稿では、「姦淫（adultery）」を「法的に結婚していない男女の性的な交わり」（*OED* def. 1）という意味で用い、「慈愛／真実の愛（charity/true love）」は、使徒パウロによる定義「愛は寛容であり、愛は情け深い。また、ねたむことをしない。愛は高ぶらない、誇らない。不作法をしない、自分の利益を求めない、いらだたない、恨みをいだかない。不義を喜ばないで真理を喜ぶ。そして、すべてを忍び、すべてを信じ、すべてを望み、すべてを耐える。愛はいつまでも絶えることがない」（「コリント人への第一の手紙」一三章四～八節）によるものとする。

第一節　信仰

一八二七年一〇月以来、二四歳の自作農ギルバート・マーカムは、近所のワイルドフェル・ホールに引っ越してきた子連れの未亡人ヘレン・グラハム（二四歳）に好意を寄せる。翌一八二八年二月には、愛し始めていることを自覚する。しかし、ヘレンは、彼を憎からず思いながらも、執拗に心の壁を作り、一定以上近づけようとしない。彼とは結婚できない理由があったのだ。同年八月、その理由を問い糾すギルバートの誠意に心を動かされ、彼女は自身の日記を渡す。

そこには、アーサー・ハンティンドンとの出会いから結婚に至る経緯と、夫の浪費、飲酒、浮気をはじめとする自堕落な生活に耐えきれず、六年足らずの結婚生活のあと、彼から逃れてきたことが綴ってあった。

十八歳のヘレンは、一八二一年六月頃、ある舞踏会で、二八歳のハンティンドンと出会い、同年の一二月二〇日に結婚する。

おばや召し使いの忠告に加え、自らの観察でも、彼の反道徳性や悪魔性を認識していたはず。それなのに彼と結婚した理由は、彼を愛するがゆえに、正しい道徳観を身につけさせたいという純粋な思いであった。ヘレンは夫を諭して言う、「あなたが神様を愛すれば愛するほど、あなたのわたしへの愛は、深く、純粋で、真のものとなるのよ」（第二三章）、「あなたには考え方を改めてもらいたいの。自分を強くして誘惑に備え、悪を善と呼ばないように、善を悪と言わないように。もっと深く考えて欲しい。もっと遠くを見て、もっと高い目標を持って欲しいの」（第二三章）、と。

しかし、彼女の誠意は彼には通じない。ハンティンドンは夫のあるアナベラ・ロウバラ（二五歳くらい）とふしだらな関係を持つ。彼は、ヘレンの気高さを認めながらも、自分にはもっと寛容であることを求める。

所詮アナベラは地上の娘（daughter of earth）。君は天上の使い（angel of Heaven）だ。ただ、君の神々しい道徳基準をあまり厳しくしないで欲しい。覚えておいてくれ、僕は過ちから免れない普通の人間だということを。（第二七章）

とは、彼の弁明である。

一八二三年夏、結婚後二年も経たないうちに、ヘレンは自分のうぬぼれを後悔し始める。「愚かなこと、自分と一緒にあの人を救えるほどの力と純粋さがわたしにあると思っていたなんて！」（第三〇章）。そして、結婚二周年直後の一二月二五日には、彼の人間性について「自制心も高邁な野心もない、ただの快楽主義者」（第二九章）と分析するようになる。翌一八二四年一〇月、ハンティンドンとアナベラの密会を目撃したヘレンは、悔しさを次のように記す。

どれほど、愚かなほどに彼を愛してきたか、馬鹿正直に信じてきたか、そして、彼のためにと、どれほど絶えず働き、聖書を読み、祈り、奮闘してきたことか。それなのに、なんという冷酷な仕打ち。あの人はわたしの愛を踏みにじり、信頼を裏切り、悪から守るための祈りと涙と努力をあざけった。そんなことを考えると、「もう愛してなどいない」と言うだけでは不十分。「あの人が憎い！」（第三四章）

一八二四年一二月二〇日、三度目の結婚記念日に、ヘレンが提案したハンティンドンとの別居は、体面を重んじる本人から拒否される。結婚の神聖さについて不真面目な夫に対して、彼女は、「結婚前の感情は、真実の愛ではなく、情熱にすぎなかった」と認めざるを得なくなる（第三六章）。

その高い道徳観のゆえに、ヘレンはアナベラにふしだらな関係を止めるよう勧告し、不倫し返すことによりハンティンドンに復讐すればという友人ウォルター・ハーグレイヴの誘いを、自分への侮辱ととらえる。彼の度重なる求愛も毅然として拒否。彼女には神の掟を破ることなど考えられない。

この世で一人きりになっても、神様と信仰は捨てない。自分のためだろうと、他の人のためだろうと、数年間の偽りの幸福を得るために、自らに与えられた召しを汚し、神への信仰を破るくらいなら、死ぬほうがいい。そんな束の間の幸福なんか、現世のうちに悲惨な結末を迎えるに決まっているのだから。

（第三七章）

ヘレンの堅固な意志と信仰は、B氏の邪悪な情欲を突っぱね続けたパメラ、アンドリューズ（サミュエル・リチャードソン『パメラ、もしくは淑徳の報い』［一七四〇年］）や、法律上の妻のあるロチェスター氏への思いを理性で断ち切ったジェイン・エア（シャーロット・ブロンテ『ジェイン・エア』［一八四七年］）のそれと共通している。

一八二六年九月、ヘレンは息子への悪影響を思い、次第に脱出を考えるようになる（第三九章）。同時に、息子にキリスト教道徳を教え込む。「神がわたしたちを裁かれるのは、わたしたち自身の思いと行動によってであって、他人の評判によってではないのよ」（第三九章）。一八二七年一月、夫に計画を気づかれ、脱出の望みが潰えたときも、彼女は信仰と希望を捨てない。「神は、たとえ悲しみを与えられても、たくさんの慈悲によって憐れみをかけてくださる。なぜなら、神は故意に人の子らを苦しめたり、悲しませたりされることはないから」（第四〇章）。

一八二七年九月、ハンティンドンがロンドンから女家庭教師を連れ帰る。彼の情婦であることは明らか。これがきっかけとなって、ヘレンは脱出を決意し、実行に移す。以上が、彼女が未亡人と偽り、息子とともにワイルドフェル・ホールに越してきた経緯だった。

ヘレンの日記を読んだあとも、ギルバートの愛は変わらない。むしろ、敬愛するヘレンは自分が思っていたとおりの女だと嬉しくなる。彼はすぐにワイルドフェル・ホールを訪ねる。ヘレンは感情と理性との激しい葛藤に苦しんだあと、ギルバートに、すぐこの場を去り、二度と会いに来ないよう告げる。「二度とだって、ヘレン？　日記を読む前よりも愛しているというのに！」と訝る彼に、「だからこそ、会ってはいけないの。あなたの気持ちがほんとうにそうなら」（第四五章）と答える彼女の台詞は、強固な意志と信仰の堅さを内包したものだ。

ヘレンはギルバートを愛し始めている。しかし、いかに卑劣漢とはいえ、法律上正式に結婚した夫のいる身。ギルバートの愛を受け入れることは、すなわち神の掟を破ること。そのような不道徳行為はできない。「あなたは結婚すべきよ。いいえ、いつかはするでしょう。そんなことあり得ないと今は思うかもしれないけれど……。わたしのことを忘れて欲しいとは言えない。でも、わたしにはわかる、そうするのが正しいって。それが、あなた自身と将来の奥様の幸せのためよ。だから、わたしはそれを望まなくてはいけないし、望もうと思います」（第四五章）。

「あの道楽者の悪党が死ぬまで、待つ」というギルバートに対して、ヘレンは彼の愛の「不滅の持続性（unfailing constancy）」（第四五章）を疑って言う。「たとえあの人が五〇歳くらいまでしか生きないとしても、あなたは一五年も二〇年も待つでしょうか。わたしと結婚できる確証もないまま、青壮年の盛りの時期を過ごし、やっと結婚できることになったとしても、わたしはもう色あせて萎れたお婆さん。しかも、きょうからその日まで一度も会うことはないのよ。そんなことしないでしょう。……仮にする気があっても、すべきではないわ」（第四五章）。……「わたしの言葉を信じて、自分の感情じゃなくて。二、三年もすればわかるわ。それが正しかった、って。今は、先のことはわたしにもわからないけど。……でも、これ以上反論するのは止めてください。あなたの言うことはすべて心の中で自問したこと。そして、理性で反駁したことなの」（第四五章）。

別れ際、「二度と会ってはならないのか」と確かめるギルバートに、ヘレンは穏やかに言う、「天国で会いましょう」と。「霊の状態で会っても、何の慰めにもならない。たぶん、あなたの心は、僕のことなどすっかり忘れてしまっているから」と食い下がる彼に、ヘレンは「天国にも完全な愛はあるのよ」と諭す（第四五章）。「来世での再会に思いをはせることで慰めを得ることはほんとうにできないの？　そこでは、苦しみも悲しみもなく、罪との葛藤も、肉欲に対する霊魂の闘いもない。肉も霊も同じ真理を見て、光と善の泉から至福の水を飲むのよ。肉も霊も同じ熱誠で神を崇め、神の純粋無垢な子どもたちを同じ慈愛で愛すのよ」（第四五章）。この場面におけるヘレンの潔癖な信仰心は、愛するロチェスターの求愛を、法律上の妻がいるからという理由で拒絶するときに見せるジェイン・エアの道徳的気高さと、質的に同じである（『ジェイン・エア』第二七章）。ギルバートはついに納得し、二人は最後の抱擁を交わしたあと、別れる。

ふた月ほど経った一八二八年一一月、ヘレンは夫の元に戻る。誰も看護する者がいないまま病気で伏せっているという知らせが届いたのだ。ヘレンが自らの意志でそうした動機は、「妻としての義務感」以外に何もなかった。ハンティンドンに「キリストのような寛大さ（Christian magnanimity）」（第四七章）の理由を問われて、彼女は答えて言う。「義務を果たすことはわたしには善いことです。それがわたしにとって唯一の慰めなのです。そうすることによって得られる良心の満足、それこそがわたしが求める唯一の報いです」。

健康がますます衰えて行くハンティンドンは、悔い改めの言葉を吐くようになる（第四九章）。しかし、自分の罪が贖えるものではないと自覚している彼は、悔い改めることはできず、ただ死を恐れるのみ。「神とは何だ？　姿を見ることも、話しを聞くこともできない。ただの概念にすぎない」（第四九章）と、不可知論的考えを表明するハンティンドンに対して、ヘレンは強い信仰を示し、彼を悔い改めさせようとする。

神は無限の知恵、力、善、それに愛です。それが漠然すぎて理解できないのなら、……イエス・キリストのことを考えてください。へりくだって人間の姿をおとりになり、栄光を帯びた肉体のまま天に上げられ、神の完全がその中に輝いているお方のことを。（第四九章）（図①）

一八二八年一二月初めにハンティンドンが死ぬ。彼の遺産を受け継いだヘレンは、身分的には貴族となる。一年後の一八二九年一二月に、一人息子と一緒におばの屋敷に住むヘレンを、ギルバートが訪問する。天国での再会を約束した別れから一年四ヶ月ぶりの再会だった。身分違いと、彼女の心変わりを不安に思うギルバートだったが、彼女の気持ちは変わっていなかった。魂の一致で結ばれた二人は、一八三〇年八月の朝、結婚式をあげる。来世での再会を約した日からおよそ二年後のことである。

以上の考察から、ヘレンとギルバートとの恋愛が成就する背景には、ヘレンの堅い信仰とギルバートの忍耐があることがわかる。

図① カール・ブロック『山上の説教』（1877年）

第二節　永続

「人がその友のために自分の命を捨てること、これよりも大きな愛はありません」（「ヨハネによる福音書」一五章一三節）と、イエス・キリストは語った。ならば、法廷弁護士シドニー・カートンのルーシー・マネットへの愛ほど大きな愛はないことになる。彼は、彼女のために、夫チャールズ・ダーネイの身代わりになって、斬首されるのだから。

二人の出会いは、一七八〇年夏、ロンドンの中央刑事裁判所にて行われた、大逆罪で告訴されたフランス人ダーネイ（二五歳）の裁判で、証人として彼を弁護した美しいルーシー（二〇歳）に、弁護人のシドニー（三〇歳）が一目惚れしたときだ。彼の恋が叶う望みは薄かった。ルーシーとチャールズは互いに好意を寄せ合っていたし、シドニーは意志薄弱の飲んだくれだったからだ。

一七八一年六月、チャールズが、ソーホーに住むアレグザンドル・マネット医師を訪ね、彼の娘ルーシーを愛していると告白する。また、ルーシーが自分と同じ気持ちになったら、自分の誠意を証言してくれるよう依頼する。

同年八月、シドニーがソーホーを訪ね、ルーシーに愛を告白。しかし、自らの自堕落な生活を変えることはむずかしいと察知していたゆえに、それは報いを求めるものではなかった。「あなたはわたしの魂の最後の夢だった。あなたとあなたの大切な人のためなら、わたしは何でもする。もし人のために犠牲になるような善人となる機会がわたしの人生にあれば、あなたとあなたの大切な人のために、犠牲になる」（第二巻第一三章）。彼が彼女に唯一求めたことは、「この告白はあなたの胸中にのみ留めおき、他言しないで欲しい」（第二巻第一三章）ということだった。ルーシーはこの願いを聞き入れ、生涯約束を守る。

やがて、彼女はチャールズと結婚し、娘ルーシーを産む。「一七八九年七月半ば頃、娘が六歳」（第二巻第二一章）、「一七九二年八月頃、娘が九歳」（第二巻第二四章）とあるから、結婚式は一七八二年頃と推察できる。

一七八九年七月一四日、パリのバスティーユ監獄にてフランス革命が勃発すると、搾取階級である貴族が次々とギロチン刑に処されていく。フランス語教師としてロンドンで平穏な暮らしをしていたチャールズに、一七九二年八月一四日、昔の召し使いから救助を嘆願する手紙が届く。同年九月、彼を救うためパリに戻ったチャールズは、フランス貴族の末裔として、革命軍に逮捕され、裁判にかけられる。

一七九三年一二月釈放されると、パリに来ていた妻子と約一年四ヶ月ぶりに再会。喜びもつかの間、その日の夜には再逮捕され、獄に戻される。翌日の裁判で、マネット医師がバスティーユ監獄に幽閉されていたときに書いた日記が読まれ、チャールズの父と叔父の罪が明らかにされると、その血を継ぐ者として彼は死刑判決を受ける。

その翌日、彼と瓜二つの外見を持つシドニーは、策を練って監獄に入り、チャールズにエーテルを嗅がせ気絶させたあと、入れ替わる。処刑の二時間前にシドニーがチャールズに書き取らせた宛先のない手紙には、「もし、ずっと以前にわたしたちが交わした言葉を覚えていらっしゃれば、この手紙をお読みになるときに、事の次第がすぐにおわかりになるでしょう。覚えていらっしゃるはずと確信しています。忘れるような方ではありませんから。あのとき申しあげたことを証明できる日が来たことを感謝しています。こうすることに後悔や悲嘆の気持ちはありません」（第三巻一三章）とあった。ルーシーに宛てたものだった。

同じ日の午後三時、シドニーはチャールズの代わりにギロチンにかかる。処刑前に彼がつぶやく「わたしはよみがえりであり、命である。わたしを信じる者は、たとい死んでも生きる。また、生きていて、わたしを信じる者は、いつまでも死なない」（第三巻第一五章）というイエスの言葉（「ヨハネによる福音書」一一章二五～二六節）は、死後の復活を希望する信仰の表明である（図②）。

救い出されたチャールズは、妻子と共にパリを脱し、英国で幸せに暮らす。シドニーの名前は、新しく生まれた男児につけられ、また、その子に生まれた男児にもつけられ、ダーネイ家の幸福の礎として、いつまでも語り継がれる。

シドニーのルーシーへの思いは、現世では一一年半続いたことになる。おそらく来世でも続く。彼の愛は「［真実の］愛はいつまでも絶えることがない」（「コリント人への第一の手紙」一三章八節）というパウロのメッセージを具現している。

「永続的な愛」を実践した登場人物としては、ギャスケルの『シルヴィアの恋人たち』（一八六三年）に登場するフィリップ・ヘップバーンも忘れることはできない。ラケルと結婚するまで十四年待ったヤコブの愛（「創世記」二九章一八～三八節）を模範にして、彼は思いが叶わない苦しみを乗り越えてゆく覚悟を示す（第二二章）。奇しくも、フィリップのシルヴィアへの思いも、現世ではおよそ一一年続いている。[4] そして、来世でも続く。愛の永続性に関するシドニーとの違いは、シドニーは来世でもルーシーと夫婦になることはないが、フィリップは来世でもシルヴィアと夫婦になれるところだ。

図② ハリー・アンダーソン『マリアと復活したイエス』（制作年不詳）

第三節　疑念

十歳になるジュード・フォーリーは、両親を亡くし、母方の大おばの家で暮らしていた。労働者階級ではあるが、読書家で向学心の強い彼は、十六歳のとき、クライストミンスター大学で神学博士号を取り牧師になることを人生の目標に据える。

そのための資金稼ぎに、教会建築家のもとで石工見習いとして働いているとき、十九歳のジュードは、養豚家の娘で女給のアラベラ・ドンと知り合い、初心なゆえに彼女の誘惑に抗しきれず、関係を持つ。妊娠したと聞き、彼は責任を感じて彼女と結婚する。ところが、二、三週間後、それが偽りだったと告白される。軽率に結婚してしまったことを彼が悔い始め、自殺未遂までした日、彼女は家を出て、両親と共にオーストラリアに旅立つ。

三年後、二二歳になったジュードは、憧れのクライストミンスターに移り住み、石工として教会の建築や修復に携わりながら資金と知識を蓄え、大学入学の機会をうかがう。そこで、従妹のスー・ブライドヘッドと出会う。事実上関係が破綻しているとはいえ法律上の妻がいる自分が、血縁のある従妹に恋愛感情を抱くことは不道徳であると認識はしていたが、ジュードは惹かれる気持ちを抑えることはできなかった。「心の望みが試される度合いが七の七〇倍ほども強いときには、誘惑から解かれるよう求めることは、まったく不可能だった」（第二巻第四章）と、自己の意志薄弱性を認める。

入学の可能性について問い合わせた学寮長から、拒絶の返事が届く（第二巻第六章）。十一歳の時からの憧れであるクライストミンスター大学で学ぶための努力が報われないことを知ったジュードは、スーへの恋心だけでなく人生の野心も叶わないことを知り、極度の挫折を味わう。故郷メアリグリーンに戻った彼は、ある副牧師の助言により、長老派教会の有資格説教師をめざすことにする。

同年から翌年にかけての冬、彼と同郷で恩師のフィロットソンと、スーが婚約。ジュードがスーにアラベラとの過去を打ち明ける。「なぜもっと早く話してくれなかったのか」と彼女が問い糾したのは、彼を愛し始めていたからだった。その日から二週間ほどして、彼女はフィロットソンと結婚する。

それから一〇日経った月曜日、ジュードは立ち寄ったクライストミンスターのパブで偶然アラベラと出くわす。三ヶ月前にオーストラリアから戻ったあと、女給として六週間ほど働いていると言う。危篤の大おばに会いに来るスーを駅で出迎える約束をしていたジュードだったが、法律上の妻であるアラベラと再会したことは、結婚した従妹への思慕を禁じるための神の意図的な介入としか思えなかった。その晩、安宿で一夜を共にした翌朝、アラベラはジュードに重婚の事実を打ち明ける。「帰英するとは思わなかったので、請われるままシドニーで正式に結婚した」と。絶句するジュードに、アラベラは弁明する。「昨晩打ち明けなかったのは、あなたとよりを戻したかったから。重婚はそれほど大層な罪ではない。あちらでは誰もがしていること。あなたがそんなにわたしを責めるのなら、わたしは彼の元に戻る」（第三巻第九章）。彼女は良心の呵責が希薄な女。現世をたくましく生き抜くためには手段を選ばない女。ダニエル・デフォー『モル・フランダーズ』（一七二二年）の女主人公の系譜をひく女である。

アラベラと別れたあと、ジュードは彼女と関係を持ったことに言いようのない堕落感を抱き、自己の俗物性を恥ずかしく思う。彼の人間的弱さを語り手は次のように要約する。「スーへの情欲はジュードの魂を苦しめた。しかし、夫として半日間アラベラと過ごしたことは、（重婚の事実を知らなかったことを差し引いても）さらにひどい罪であるように思えた。……残念ながらはっきりしたことは、けっきょく、彼は情欲過多で、善い聖職者になれるはずはない、ということだ」（第三巻第一〇章）。

まもなくジュードのもとにアラベラから別れの手紙が届く。「自分を追ってオーストラリアから渡ってきた夫と、ロンドンのランベス地区で居酒屋を営む。正式の結婚をしているし、彼との生活があなたとの生活よりも長いので、自分は彼のものだと感じないではいられない」（第三巻第九章）。

春になって、大おばが亡くなり、葬儀に訪れたスーは、愛のない結婚をした自分の苦悩をジュードに吐露する（第四巻第二章）。その日の深夜、彼女は彼に「夫のある自分が不幸な結婚に関する個人的な悩みをあなたに打ち明けることは、あなたの宗教的信条からすると罪であることはわかっている」と語る。それに対してジュードは、「宗教的信条も信仰ももうどうでもいい。力になれるなら、ならせてくれ」と答える。すると、スーは次のように言い、離婚を罪と見なす時代の因襲を「残酷（barbarous）」となじる。「人は考えすぎとか潔癖すぎとか言って、わたしを責めるけど……わからずにしてしまったことをやり直すのは許されて当然だわ。結婚の失敗はおそらく多くの女性に起こることだから。ただ、たいていの女性は現状に甘んじるけど、わたしは抵抗するの」（第四巻第二章）。スーの言葉は結婚の神聖を謳うキリスト教道徳への挑戦である。

翌日の日曜日、ジュードがスーを駅まで送る途中で、二人はいとこ同士としての感情を超えた、別れの口づけを交わす。「このキスがジュードの人生の転換点となった」（第四巻第三章）。「責めるべきは人間が作り出した道徳体系ではないのか。その中では、自然な性衝動は、サタンによって体内に仕掛けられた罠となり、聖職者をめざす者の望みを砕く」と自問したあと、彼は自己矛盾を感じ、ついに、所有していた宗教書を処分する。「離れて別の夫と暮らす妻がいるうえ、結婚している従妹を愛するという常軌を逸した恋に落ちている。彼女は愛を感じない夫から離れたがっている、それも多分に自分が原因だ。

このような状況に置かれている自分は、道徳規範からすると、尊敬に値しない人間に堕してしまっている。これ以上考えても無駄だ。明白な事実に立ち向かうしかない。つまり、律法を遵守すべき聖職者としては、自分は詐欺師同然なのだ」。

同じ日、自宅に戻ったスーは、その夜、夫と寝室を共にしない。フィロットソンに「誰が悪いのか」と問われて、「宇宙、たぶん。いろんなこと。どれも残酷だから」と答える（第四巻第三章）。この言葉は、ハーディの根本思想とされる「宇宙の内在意志（Immanent Will）」、つまり、「宇宙には人間の力ではどうしようもできない意志があって、人間はそれに翻弄される存在にすぎない[5]」を表象している。

翌月曜日、スーは夫に別居を申し出る。その理由の中で述べる「姦淫」の定義は、十戒のものとは正反対の定義だ。

> わたしがあなたに抱いているような感情を抱いたまま、男と女が一緒に住むのは、いかなる状況においても、たとえ法律的には夫婦でも、姦淫を犯しているのと同じです。（第四巻第三章）

結局、フィロットソンは別居に同意。「スーのためなら死んだことだろう。でも、だからと言って、法律を楯に取って彼女を苦しめるようなことはしたくない。スーは、僕の理解では、恋人のもとに行く。二人がどうするつもりなのか言えない。どうでも好きにしていいと言ってある」（第四巻第四章）と友人に語る。彼の寛容さは、パウロによる「真実の愛」の定義に叶っている（およそ一ヶ月後、彼は同じ友人に語っている、「神の目からしても、率直な人間感情からしても、自分の行動は正しかったという確信が、日々強くなる」［第四巻第六章］と）。

互いに惹かれあいながらも、いとこ同士であることから、また、互いに配偶者のある身であることから、つまり、キリスト教道徳に忠実であろうとして、本当の気持ちを偽ってきた二人。しかし、逃避行に向かう列車の中で、聖職者への望みを砕いてしまうことをスーが謝ると、ジュードは宗教からの離脱を宣言する。「教会などもうどうでもいい。……至福の地があるとすれば、僕のそれは来世にはなく、現世にある」（第四巻第五章）。

二人はオールドブリッカムで所謂「同棲生活」を始める。約一年後の翌年二月、互いの離婚が法的に成立するも、スーはジュードと正式に結婚することをためらう。フォーリー家は結婚で成功する血筋ではないこと、結婚に失敗した者同士が再婚すれば失敗の可能性が二倍になること、結婚がもたらす名誉と社会的安定など必要としないこと、法律上の結婚は男を確保するための手段にすぎず無償であるべき愛の崇高性を汚す、二人の絆は契約書に署名などせずともじゅうぶん強い。ジュードはスーに同調する。しかし、そのような二人に世間はとてつもなく冷淡である。同年一〇月、スーはジュードに不満を吐露する。「我慢できない。自分たち独自の生き方を選んだ人間を、それだけの理由で、邪悪と考える人には。そういう見方をする人がいるから、善意の人間が自暴自棄になり、不道徳なことをしてしまうのよ」（第五巻第六章）。

同年三月以来、オーストラリア人の夫と法的な結婚をしたアラベラの依頼を受け、ジュードは彼女と自分との間にできたという子どもリトル・ファーザー・タイムを預かっている。スーは結婚を神聖と考えない女だったが、彼女の価値観を変える事件が三年後の六月、クライストミンスターで起こる。彼女が三人目の子を妊娠中のとき、貧しい両親の経済的負担になることを悲観したアラベラの子どもが、彼女の二人の子どもを道連れに、自らも首を吊って自殺するのだ。翌日、スーは死産。自分のすべての子を失うことになる。この悲劇が、神を恐れる人間へとスーを変える――「神と戦っても無駄ね」（第六巻第三章）、「わたしたちはこれまで自分勝手な幸福を求めて空しく生きてきた。自己を放棄する道の方が崇高だわ」、「アラベラの子がわたしの子を殺したのは裁きよ。正義による悪の根絶だわ」。

同年夏の夕方、子どもたちの墓参りに行く途中、スーはジュードに、フィロットソンの元に戻ると宣言したあと、アラベラを取り戻すよう勧める（第六巻第四章）。アラベラはロンドンで夫を亡くし、未亡人になっていた。「僕らは愛し合っている。君もわかっているはずだ。……彼を愛しているのか。そうでないことは自分でもわかってるはずだ！」と食い下がるジュードに、スーは、「愛してはいないが、愛するよう努力する。あの人に従う」と答える。そして、子どもたちの墓のそばで別れを告げる。

フィロットソンの元に戻ったスーは、自分の身に起こった悲劇を総括する。「子どもたちは死にました。それで正しかった。ありがたいくらいです。わたしの罪の子だから。あの子たちは自分を犠牲にして、ほんとうの生き方を教えてくれたの。子どもたちの死は、わたしが浄化するための第一段階です。だから、無駄に死んだのではないのです」（第六巻第五章）。

翌年のある日、すでにアラベラと再婚したジュードは、自分とスーとの関係が結局は破綻したことを、ヴィクトリア朝の因襲に破れたのだと分析する。「僕らの理想は、五〇年早すぎて、実現しなかった。抵抗勢力がスーに反動をもたらし、僕には自暴自棄と破滅をもたらしたのだ」（第六巻第一〇章）

同年夏、ジュードはクライストミンスターで病死。享年二九。こうして、結婚という法的な手続きをとらないまま愛し合おうとしたスーとジュードの恋愛は、キリスト教道徳（ヴィクトリア朝の因襲）の壁に阻まれ、成就しないまま終わる（図③）。「スーは、ジュードの元を去って以来、安らぎを得たことはない。その状態は死ぬまで続くだろう」（第六巻第一一章）というアラベラの予言は、物語を閉じるにあたり、二人の愛の強さを作者ハーディが刻印しているものだ。

十九世紀前半では、神によって定められた神聖な儀式としてその意味を疑われることのなかった「結婚」という制度が、同

図③ カール・ブロック『ゲッセマネのキリスト』（1875年）

世紀末に出版されたこの小説では、愛の崇高さを犯すものとして疑問視されている。ヴィクトリア朝の因襲にとらわれず、ジュードの理想を実践するコニー・チャタレイ（D・H・ロレンス『チャタレイ夫人の恋人』）が登場する一九二八年まで、英国小説は五〇年も必要としない。

第四節　ヴィクトリア朝小説の恋愛

前節までの検証が示しているのは、ヴィクトリア朝小説においては、前、中期には、キリスト教が確固たる道徳基盤とされ、後期になると、それに対する疑念や批判が現れる傾向にあるということである。本節では、そのような傾向の中で、ギャスケルは恋愛をどう描き、彼女の恋愛観はどう位置づけられるかについて考察する。

一　ギャスケル小説の恋愛

ギャスケルの小説に描かれる恋愛を、主要三篇を例に、キリスト教道徳の観点から整理してみる。恋人たちが善悪を判断する基準となっているのが、キリスト教道徳であり、信仰であることを、この三篇は明示している。ギャスケルの小説においては、キリスト教道徳の体現者、信仰篤い者が、肯定的に描かれる。

（一）『メアリ・バートン』

労働者階級の娘メアリ・バートンは、はじめ工場主ハリー・カーソンと交際するが、その動機は純粋な愛情からと言うより、中産階級の紳士と結婚することによって、貧乏暮らしから脱したい、そして、父親を楽にさせてやりたいという、世俗的な理由による。メアリを愛する機械工ジェム・ウィルソンは、彼女がハリーを愛していることを知ると、誠意を尽くすようにだけ迫り、嫉妬心を押し殺して、自分は身を引こうとする。これは、「愛は……嫉むことをしない」（「コリント人への第一の手紙」

一三章四節）というパウロの言葉に基づく行為である。やがて、過激化した労働者の一人にハリーが殺される。その下手人が彼女の父親であることを知ったジェムは、恋敵を殺したとして自分が犯人扱いされるのも厭わず、死を覚悟で裁判を受ける。こうして、「人がその友のために自分の命を捨てること、これよりも大きな愛はありません」（「ヨハネによる福音書」一五章一三節）というキリストの精神を具現する。ジェムの誠意はメアリに通じる。自分がほんとうに愛しているのは幼なじみのジェムであることを知った彼女は、ハリーとの交際を避けるようになる。ハリー殺しの真犯人が自分の父親であると察知してからは、ジェムを冤罪から救うため、東奔西走する。最後は、彼の冤罪が晴れ、真実が明かされ、父親は病死するものの、若い二人はカナダに移住し、幸せに暮らす。

（二）『ルース』（一八五三年）[6]

一八二八年五月、お針子で身寄りのないルース・ヒルトンは、中産階級のヘンリー・ベリンガムに誘われるまま、ロンドンで同棲生活を送る。同年七月、ウェールズに戻ったところで、世間体を重んずる彼の母親から仲を引き裂かれると、将来を悲観して入水自殺を試みる。通りかかった牧師のサースタン・ベンソンに救われ、彼の牧師館で暮らすことになる。ベンソン牧師の考えはこうだ。「ルースのように罪を犯したすべての女性には、贖いの機会が与えられるべきです。しかも、そのような機会は、軽蔑するような態度ではなく、聖なるキリストの精神で、与えられるべきです」（第一一章）。

自分の行為が神の目から見れば大罪であることを初めて認識した彼女は、以降、悔い改めと福音に基づいた信仰生活を送る。翌年二月に生まれた私生児レナードは、「不義の子」ではなく、母を浄化するために神から送られた使いとされる（第一一章）。

一八三六年一〇月、偶然再会したベリンガムの求婚を拒否したのは、魂の深さと生き方の真摯さにおいて、自分との大きな差を感じ、レナードの父親としてふさわしくないと判断したからだ。「わたしたちは、遠く隔たっています。熱い鉄の烙印のようにわたしの人生に刻印され、傷跡を残した時間は、あなたには何でもなかったのですね。あの時のことを、声を詰まらせることも、顔を曇らせることもなく、語るのですね。あの過去は、あなたの良心に何の罪の意識も残していないのですね。わたしにはつきまとって離れなかったというのに」（第二四章）。

求婚を受け入れれば、安定した生活が得られ、世間の非難もある程度かわせるはず（事実、『自負と偏見』［一八一三年］のリディア・ベネットや『エスタ・ウォーターズ』［一八九四年］のエスタは、相手と正式に結婚する道を選択する）。作者がルースをそのように設定しなかったのは、罪を犯した女の誇り、人格、そして信仰の高さを強調し、誘惑した男の軽薄さを弾劾するためでしかない[7]。

一八三七年八月、彼女の過去の罪が世間に漏れると、ルースは、娘への悪影響を恐れた教会の有力な信徒リチャード・ブラッドショーから、女家庭教師の職を解雇される。最後は、チフスにかかったベリンガムの看病をしたあげく、一八四二年一一月、自分がチフスにかかって、病死する。自分を捨てた男に死を顧みず奉仕するのは、彼への慈愛と彼がレナードの父親であるがゆえだ。俗世の基準によらず、キリスト教徒としての義務を選ぶ姿勢は、『ワイルドフェル・ホールの住人』のヘレンが、(いかに自堕落とは言え) 夫の元に戻り、看病した姿勢と共通している。

罪を犯した者は悔い改めることによって神に救われる。そして、彼らの周りには温かい同情と愛情を注ぐ者を用意する。キリスト者ギャスケルのこの創作理念は、メアリ・バートンの叔母エスタや、短篇「リジー・リー」(一八五〇年) の主人公リジーにも、踏襲されている。

(三)『シルヴィアの恋人たち』(8)

洋品店の店員フィリップ・ヘップバーンは酪農家の娘シルヴィア・ロブソンを愛するがあまり、彼女の婚約者で捕鯨船の銛打ちをしているチャーリー・キンレイドが一七九五年三月にプレス・ギャングに連れ去られたことを隠したまま、一七九六年七月四日、彼女と結婚する。娘ベラが生まれたあとの一七九八年四月、チャーリーが海軍士官になって戻ってくる。真実が明らかになったあと、シルヴィアは自分の人生を狂わせた夫を弾劾。良心の呵責を感じたフィリップは妻子の元を去る。

フィリップがモンクスヘイヴンに戻り、死の床でシルヴィアと再会する一八〇〇年六月までの二年二ヶ月は、二人が互いの信仰を深めるには不可欠な期間となる。チャーリーは一七九九年夏にシルヴィアよりも教養のある中産階級の女性と結婚。劇的な再会から一年あまりしか経っていないのに、彼が別の女性と結婚したことを知った彼女は、フィリップの「絶えることのない愛」の価値にあらためて思いを馳せる。また、フィリップの同僚ヘスタ・ローズが、一〇年以上にわたって彼を愛し続けていたことを知り、人生の不可思議さや愛の意味について深く考えるようになる。一方、フィリップは、自分のシルヴィアへの思いが、利己的で、神の目に叶ったものでなかったことに気づき、自分の罪を心からわびる気持ちになる。

物語のクライマックスで、二人が和解する場面では、互いに自分の傲慢さを赦し合い、天国での再会を約して、フィリップは死んでいく。キリスト教道徳の視点から見れば、この小説は、挫折や試練をとおして、神の掟を学び、信仰を強めてゆく若人の物語となる。

二　オースティン、ブロンテ、ギャスケル――結論にかえて

『ワイルドフェル・ホールの住人』のヘレン・ハンティンドンや『ルース』のルース・ヒルトンが、自分を不幸にした張本

人に対して、キリスト信者としての義務を優先し慈愛を示した背景には、強い信仰心があった。これには、オースティンのヒロインたちのキリスト教道徳受容と共通したものがある。たとえば、利己的な思いよりも義務を優先した登場人物に、『説得』（一八一八年）の主人公アン・エリオットがいる。

彼女は十九歳の夏、青年軍人フレデリック・ウェントワスと出会い、婚約した。しかし、幸福の時は二、三ヶ月しか続かなかった。身分違いを理由に、貴族である父の同意を得られず、亡き母の親友レディー・ラッセルからも反対された。

敬愛し信頼している夫人から、確信を持って穏やかに諭されると、抗することができなかった。アンは説得を受け入れ、この婚約は間違いだと信じた。最後の別れを切り出すときには、自分の気持ちを抑えるのは、何よりも彼のためだと考えた。そうでもしないと、彼を諦めきれなかった。ウェントワスはまったく納得せず、このような強引な断絶は自分への侮辱だと反駁した。そして、結果的にイギリスを去った。この別離に伴う、彼への未練と自ら下した決断に対する後悔の念が、長い間、アンの若き日のあらゆる楽しみを暗いものにした。

一八一四年一〇月、二人は約八年ぶりに再会する。それから約四ヶ月、互いを意識しつつも昔には戻れない状態が続いたあとの一八一五年二月、バースで互いの気持ちを確認する機会が訪れる。ウェントワスは告白する、「あれからあなた以外の誰も愛さなかった。あなたに代わる人はいなかった。忘れようとしたし、忘れられたと信じていたが、知らず知らずのうちにあなたへの想いが変わらないことに気づいた」（第二巻第一一章）。二八歳のアンは、幸福をかみしめながら、レディー・ラッセルの忠告に従ったことは正しかったと、彼に告げる。「おばさまに従ったことは正しかったと思います。忠告を聞き入れていなかったら、婚約を継続することで良心が痛み、婚約を解消する以上に苦しんだことでしょう。いまは、もしそういうふうに感じることが許されるなら、自分を責めなければならないようなことは何もありません。もしこう言うことが間違っていなければ、強い義務感というのは、女性が受け継ぐ遺産として悪くない性質です」（第二巻第一一章）。

海軍将校という地位と経済的基盤を有した大佐との結婚に、もはや父もレディー・ラッセルも、反対する理由がなかった。逆境に堪え忍ぶ「勇気（fortitude）」（第二巻第一一章）、自己を押さえて義務を果たそうとする善への指向性、「揺らがない生活原則（steadiness of principle）」（第二巻第一一章）など、八年半にわたる恋愛に示されたアンの高い道徳性は、神の子の特質そのものである。

『マンスフィールド・パーク』（一八一四年）のファニー・プライス（十八歳）も同様の特質を有する。不道徳な風俗劇を主人の留守中に屋敷内で敢行することに、彼女は一貫して反対する（第一巻第一四章、第二巻第二章）。また、従姉たちと戯れの愛に興じたことのある友人ヘンリー・クロフォードの求婚を、その道徳意識の低さゆえに、頑として拒む（第二巻第一三章、第三巻第五章）。この健全な道徳観は、彼女がキリストの教えを価値判断の基準にしている証左である。

オースティンが篤信の人であったことは、四兄ヘンリーによる小伝に記録されている。

> 彼女は徹底した篤信の人だった。神を怒らせることを恐れ、人に憤りを抱けない人だった。宗教的な問題については、読書と瞑想により、よく勉強しており、彼女の見解は英国国教会のそれと厳密に一致していた。(9)

『日陰者ジュード』のスー・ブライトヘッドに見られるように、ヴィクトリア朝後期小説の新しい女たちは、結婚に対してはまだ保守的な考えから抜け出せないでいる。ジョージ・ギッシングの『余った女たち』（一八九三年）において、女性の自立を謳う女性ローダ・ナン（三二歳）も例外ではなく、いざ結婚となると、自由恋愛を標榜するエヴェラード・バーフット（三四歳）に対して、正式な、法律に則った結婚を求める（第二五章）。また、彼の過去の女性関係に対して、釈明を求め、誠意を示すよう迫る（第二六章）。ところが、コニー・チャタレイは、「親しくなった結果、性交渉が避けられないのなら、受け入れればいい」（『チャタレイ夫人の恋人』第一章）と考え、制度としての結婚にこだわらず、性関係を持つ。グレアム・グリーン『情事の終わり』（一九五一年）のセアラ・マイルズは、姦淫相手を拘束しないし、嫉妬もしない（第二巻第二章、第三巻第二章）。つまり、ヴィクトリア朝後期においては、「結婚」の神聖さに異議を唱える男女が登場するが、キリスト教道徳の影響から完全には逃れられない。それに反駁して良心の痛みを感じないような男女が本格的に登場するのは、二十世紀に入ってからということになる。

図④ カール・ブロック『十字架』（1870年）

英国小説の伝統には二面性があり、それはキリスト教道徳の受容とそれへの反発の歴史であることは先に指摘したが、[10] 以上の検証からわかることは、ヴィクトリア朝前、中期の小説――とくに、シャーロット・ブロンテ、アン・ブロンテ、ギャスケルの作品[11]――においては、キリスト教道徳は主要人物の行動規範として描かれているということだ（図④）。恋愛においては、道徳的潔癖性、高い人格、信仰心を持つ人物は、最後には報われる。三作家のこの価値観は、オースティンの道徳観に通じるものである。[12] ギャスケルは、十九世紀前半に活躍したこの牧師の娘たち四人の一員として、[13] 英国小説の伝統の確たる一翼を担っている。

註

（1）「申命記」五章一八節、「箴言」六章三二節、「マタイによる福音書」五章二七～二八節、「ルカによる福音書」一六章一八節、「ローマ人への手紙」一三章九節、「エフェソ人への手紙」五章三～四節、などを参照。

（2）ヴィクトリア朝（一八三七年六月～一九〇一年一月）六四年間を便宜上三期に分け、初期（一八三七～五一年）、中期（一八五一～七〇年）、後期（一八七〇～一九〇一年）とする（Marion Wynne-Davies, ed., *The Bloomsbury Guide to English Literature* [New York: Prentice Hall, 1990] 996／村岡健次・木畑洋一編『イギリス史3――近現代』［世界歴史大系、山川出版社、一九九一年］序）。

（3）カートンのルーシーへの献身を支点に読めば、この小説は恋愛小説と呼べようが、それが「原作者の意図」であるかどうかは議論の余地がある。フランス革命における貴族と民衆の対立がプロット展開の軸になっていることを支点にすれば、歴史小説とも呼べるからである。

（4）シルヴィアが十二歳のときからフィリップの愛は続き、彼女が二三歳のとき、フィリップは亡くなる。拙稿 "The Revised Chronology for *Sylvia's Lovers*," *Kumamoto Studies in English Language and Literature* 48 (2005): 117-40、「『シルヴィアの恋人たち』における「波」」『シルヴィアの恋人たち』（彩流社、一九九七年）七〇一～二七、七一八、七三四頁を参照。

（5）たとえば、"Hardy, Thomas" (*Britannica*) を参照。

（6）以下の年号は独自の調査による。詳細は、拙論 *In Quest of Authorial Meaning: The Statistical Analysis of the Structure of the Fiction of Elizabeth Gaskell*, MLitt Diss., University of Bristol, 2007, Print, 345-62を参照。

（7）拙稿 "The Structure of *Ruth*: Is the Heroine's Martyrdom Inconsistent with the Plot?" *The Gaskell Society Journal* 18 (2004): 16-36を参照。

（8）拙訳『シルヴィアの恋人たち』の作品解説も参照のこと。年号については、拙稿 "The Revised Chronology for *Sylvia's Lovers*" を参照。

（9）Henry Austen, "Biographical Notice," *A Memoir of Jane Austen and Other Family Recollections*, ed. Kathryn Sutherland (Oxford: Oxford UP, 2008) 141.

（10）拙稿「〈姦淫〉に見る英国小説の伝統」『伝統・逸脱・創造 人

文科学への招待』（愛媛大学人文学会編、清文堂、一九九九年）二五三〜九二頁。

（11）ディケンズは、作中ではキリスト教社会主義やキリスト教道徳を掲げても、実生活ではエレン・ターナンと不倫するなど、言行不一致の側面があるので、オースティンの系譜に入れるのは躊躇われる。また、彼は牧師の娘でもない。

（12）「オースティンの道徳は、善い行い、洗練された作法、健全な理性、そして、優れた社会制度である結婚を推奨する」（Andrew Sanders, *The Short Oxford History of English Literature*, 2nd ed. [Oxford: Oxford UP, 2000] 371）。

（13）ギャスケルの父は、かつてユニテリアン派の牧師だった（Gérin 3）。

第二三章

歴史小説

――歴史の時代への反応――

矢次　綾

ジャン・ピエール・ウエル『バスティーユ監獄襲撃』(1789年)
中央部で逮捕されているのは、ベルナール・ルネ・ジュルダン、ロネ侯爵。

Chapter 23
Historical Novels: Reactions to the Historical Period

Aya YATSUGI

第一節　歴史の時代としての十九世紀

十九世紀はヨーロッパにおいて歴史の時代だった。前世紀のフランス革命（一七八九～九四年）とそれに続くフランス革命戦争（一七九二～一八〇二年）およびナポレオン戦争（一八〇三～一五年）というヨーロッパ中を巻き込む未曾有の大事件が起きたことにより、先祖代々変わらない人生を送るものと思い込んでいた人々が、歴史的な変化は実際に起きることを実感した。その結果として歴史意識が高まり、人々は自国の歴史に関心を抱くようになったのである。[1] それを裏づけるかのようにヨーロッパ各国で国史が編纂され、ヴィクトリア朝のイギリスだけを見ても、マコーリーの『ジェイムズ二世の戴冠以降のイングランド史』（一八四八～六一年）、ジェイムズ・アントニー・フルードの『ウルジーの失脚からスペイン無敵艦隊撃退に至るイングランド史』（一八五六～七〇年）、そして、エドワード・オーガスタス・フリーマンの『ノルマン征服の歴史』（一八六七～七九年）という国家的な危機に焦点を当てた三作の大著が相次いで出版された。当然の成り行きとして、歴史教育に対する関心も高まった。ギャスケルはナッツフォードのラム伯母さんの家で、オースティンの頃からよく読まれていたゴールドスミスの『イングランド史』（一七七一年）を使って歴史を学んだ（Uglow 28）が、当時としては、それよりもずっと平易な英文で書かれた子供向けの歴史の手引書で通称『マーカム夫人のイングランド史』（一八二三年）や『アーサー君のイングランド史』（一八三五年）も出版され、広く人気を博していた。

スコット（図①）の歴史小説がイギリス内外で流行したこともまた、人々の歴史意識を高めるのに大きな役割を果たしていた。もっとも、彼の小説がすべての人に受け容れられたわけではない。例えば、ケンブリッジ大学ガートン・カレッジ設立者のエミリ・デイヴィスの父親はスコットを読むことを家族に禁じ、ゴールドスミスの『イングランド史』と同様に家庭での歴史教育によく使用されていたシャルル・ロランの『古代史』（一七三〇～三八年）やミルトンの『失楽園』（一六六七年）を読ませたという逸話が残っている。それでも、スコットはイギリス内外に多くの読者を獲得し、文学史の流れに多大な影響を与えた。彼が『ウェイヴァリー』（一八一四年）に「約六〇年前の物語」という副題をつけると、後続の小説家がそれに敬意を表して六〇年以上前に起きたことを歴史上の事件として認定する条件の一つと見なし、歴史小説の中でそのような事件を扱った。[2]『シルヴィアの恋人たち』（一八六三年）もそのうちの一作である。この小説の中でギャスケルは執筆時から「約六〇年前」に起きたフランス革命戦争をプロットの中心に据え、ヨークシャーの小さな町に居住する平凡な人々に対するこの戦争の影響を描出している。その他の例として、ゴードン暴動（一七八〇年）を扱ったディケンズの『バーナビー・ラッジ』（一八四一年）がある。当時、新進気鋭の作家であったディケンズは、この小説を通して独自の歴史観を表明すると同時に、小説家としての自分の力量を世間に問おうとしたのだ(3)。十九世紀において歴史小説を書くことは、小説家としての威厳や名声を獲得する手段であり、イギリス国内だけを見ても、ほとんどの主要作家が歴史小説を執筆している。

　スコットに感化されたのは小説家だけではなく、歴史家のマコーリーも同様であった。彼は歴史記述に関する自分の信念を表明したエッセイ「歴史」（一八二八年）の中で、次のように述べている。

図① ヘンリー・レイバーン『ウォルター・スコット』（1822年）
レイバーンはこの肖像画を描いたことで後世に名を残している。

> いやしくもイギリスの歴史を書くのであれば、戦闘、暴動、政権の交代劇を省略するわけにはいかない。しかし、歴史家はそれらの間に、歴史ロマンスの魅力である細かな事実を差し挟むべきであろう。リンカーン大聖堂に美しいステンドグラスがあるが、それは親方が使用しなかった破片を使って弟子が作成したものである。その窓が教会内のどの窓よりも遥かに美しかったので、親方は屈辱感から自殺してしまったと伝えられている。その弟子と同様に、ウォルター・スコット卿は、歴史家が投げ捨ててしまった事実の欠片を、歴史家の嫉妬を買うであろう方法で用いている。スコット卿は歴史家の著作と同等の価値がある歴史を著述しているのだ。もっとも、真に偉大な歴史家であれば、小説家が評価するそういった題材を利用するであろう(4)。

この引用から、マコーリーが歴史記述において必須なのは「戦闘、暴動、政権の交代劇」といった、いわゆる歴史上の人物が活躍する事件であり、名もない個人の質素な日常における出来事ではないと認識していたと推測される。もっとも、それが彼だけの認識ではなく、小説として歴史を描く場合にも記述するべきはそのような事件だと広く認識されていたことは、王家ゆかりのサウス・コーバーク家の歴史を題材にしたロマンスを書いてはどうかと、摂政皇太子の司書にあたるジェイムズ・スタニエ・クラークに提案された際のオースティンの返答によっても裏づけられている。彼女は、「歴史ロマンスの方が、私が扱っていますような田舎の家庭生活の描写よりも遥かに得になり、人気が出るであろうことは重々承知しております。しかし、私は叙事詩を書けないようにロマンスを書くことはできないのです」と返答しているのである。[5] 以上の点を考慮するなら、マコーリーの言う「事実の欠片」とは、歴史上の事件や人物を、虚構を交えながら絵画的に語るための材料だということになる。そのような欠片を拾い集めるために、彼は「歴史」出版の約二〇年後、『ジェイムズ二世の戴冠以降のイングランド史』の中で自分の掲げた歴史記述の理想を形にすることになったとき、自分が記述しようとしている事件が生起した場所へ資料収集旅行に出向いている。[6]

マコーリーは過去を記述することに強い執着を持っていたわけだが、それは過去がイギリスの立憲君主制の最高到達点である現在をもたらしたと確信しているためであって、過去の方が現在よりも優れていると考えたためではない。その証拠に、サウジーの『トマス・モア――進歩と社会の展望に関する考察』（一八二九年）に反駁するために、彼が『エディンバラ・レヴュー』に寄稿した「社会に関するサウジーの考察」（一八三〇年）がある。すなわち、サウジーがエリザベス朝を「古きよき黄金時代」と見なし、十六世紀以降に発展した工場制手工業が後世の精神的な堕落を招いていると悲嘆したのに対して、[7] マコーリーはサウジーを「極度の超保守主義者[8]」と罵倒し、工業化を推進してきたホイッグ党の功績を称えながら、イギリス社会は堕落どころか進歩の一途を辿っていると主張した。結果的に、マコーリーのこの論考はホイッグ史観の信条を最も早い時期に表明したものとなり、後世の歴史意識の形成に強い影響を及ぼすことになった。

とはいえ、サウジーのような考え方が必ずしも少数派だったわけではない。産業革命が社会構造に大変革をもたらし、中でも鉄道網の急速な拡大によって、時間に関する感覚が大幅な修正を迫られた当時、人々は暮らしが豊かになることへの期待感を持つと同時に、その緊急性に戸惑った。そして、復古主義の諸要素――懐古趣味、保守性、情緒性――が新時代の熱狂的な気運を和らげ、啓発的な作用を施してくれるように感じられたために、彼らは過去に対してノスタルジア以上の感情を持つようになったのである。[9] ダグラス・ジェロルドが自分の主催する『イルミネーティッド・マガジン』創刊号の巻頭記事「エリザベスとヴィクトリア」（一八四三年）において、ヴィクトリア朝と比較すれば後進的で野蛮さが目立っていたはずのエリザベス朝を「古きよき黄金時代」として懐古する人々を揶揄嘲弄していることもまた、復古主義的傾向がその当時いかに根強かったかを逆照射している。

マコーリーが「必然的な進歩」の過程を辿る直線的なものと

して歴史を捉えた一方で、十九世紀のイギリスにおいて影響力のあったもう一人の歴史家であるカーライルは、時の流れの「無力な犠牲者である男女が踊っているような黙示録的かつ循環的な歴史観[10]」を『フランス革命』（一八三七年）の中で提示した。すなわち、前者が「必然的な進歩」の道程を語るのに相応しくない歴史の可能性を排除し、彼の考える偉人の功績のみを歴史として記述したのに対し、後者は「歴史について」（一八三〇年）の中で主張しているように、「ある一つの歴史上の出来事はその他すべての出来事と因果関係があり」、したがって歴史は類稀な活躍をする偉人だけによって構成されるものではなく、「数限りない人々の伝記の集積を抽出したもの[11]」だと主張したのである。カーライルの歴史観は十九世紀の半ば以降に、フィリップ・ハーウッドやヘンリー・バックルらによって受け継がれることになった。ユニテリアンの牧師でもあったハーウッドは「名もない人物の平凡な生活を形成する些細な事実の歴史的価値を、近代歴史学は理解してしかるべきだ」と述べ、バックルは前者の考えを一歩進めて、そのような「些細な」事実を互いに関連づける手法を、近代科学としての歴史学が必要としていると主張した（*Cambridge Companion* 75-76）。

第二節　ギャスケルの歴史への関心

前節で述べた社会的、思想的、文化的背景の中で、ギャスケルは小説に限らず様々な著作物を世に送り出した。『シルヴィアの恋人たち』はそのうちの一作で、『バーナビー・ラッジ』やサッカレーの『ヘンリー・エズモンド』（一八五二年）に質量共に匹敵する歴史小説と一般に見なされる。もっとも、フライシュマンによる歴史小説の定義——「人生が歴史という文脈の中で描かれている場合、それは小説で、小説の登場人物が歴史上の人物と同じ世界に共存している場合、それは歴史小説である[12]」という定義——に従うなら、『シルヴィアの恋人たち』は、歴史小説だとは言い難いだろう。なぜなら、時代を象徴する人物としてナポレオンが登場しているが、彼はヒロインの初恋の相手でアクレの戦い（一七九八年）に従軍したチャーリー・キンレイドによって、遥か遠くから「小柄な男」（第三八章）として垣間見られるに過ぎず、その他の登場人物の意識の中にはほとんど存在していないからである。しかし、前節の最後に述べたように、「名もない人物の平凡な生活」も歴史を形成する一要素であると十九世紀半ばにおいて既に指摘されていたことに加えて、フランス革命戦争の対応策として政府によって容認された強制徴募隊《プレス・ギャング》とそれによって翻弄される名もない人々の姿をギャスケルが意図して描いていることを根拠に挙げて、本稿ではこの小説を歴史小説と呼ぶことにする。サンダーズも、『シルヴィアの恋人たち』の人物が「自分たちの行動と歴史上の事件との関連を認識していないために、歴史の犠牲者であるという印象がエドワード・ウェイヴァリーたちよりも薄い[13]」と指摘しているものの、『シルヴィアの恋人たち』を歴史小説と見なし、『ヴィクトリア朝の歴史小説――一八四〇〜八〇年』の一章をこの小説を論じるのに充てている。その他の作品についても、時間と場所の限定された歴史上の事件がプロットの進行を左右する小説を歴史小説だと本稿では大まかに呼んでいる。

マリオン・ショーが「ギャスケルのフィクションは至るところで歴史に取り憑かれている[14]」と指摘しているように、ギャスケルは過去について描くことに強い関心を持っていた。小説を書きたいと最初に思ったとき、彼女は「時代は一世紀ほど前、場所はヨークシャーの境界辺り[15]」を舞台にした物語を実際に書き始めたほどだった。途中で気持ちを変えて『メアリ・バートン』（一八四八年）を完成させたわけだが、彼女は当初スコット風の歴史小説を描こうとしていたと推測される。執筆時から「六〇年以上」の時を経ていない「四〇年前の田舎町の生活[16]」を描いた準歴史小説『妻たちと娘たち』（一八六四〜六六年）において、ギャスケルはカトリック解放令（一八二九年）の招いた混乱や鉄道の敷設に人物たちを直接的に関わらせていないものの、その当時の社会の風潮を反映した行動を彼らに取らせている[17]。ギャスケルはヒロイン、モリー・ギブソンを自分とほぼ同世代の女性として描いていることから、自分自身を取り巻いていた過去の様相をこの小説に書き込んでいることが分かる。さらに、歴史的な背景とプロットとの絡みが希薄であるために歴史小説には分類し難い小説からも、歴史に対する彼女の関心の深さを推察することができる。その例として、時代背景の一つにアメリカ独立戦争（一七七五〜八三年）を持つ「婆やの話」（一八五二年）や、オーストリア継承戦争（一七四〇〜四八年）を持つ「貧しいクレア修道女」（一八五六年）がある。

これまでに述べた歴史とは、ある特定の過去に対して大多数の人間が抱く共通認識で歴史学研究の対象になり得るものを指すが、歴史の定義を拡大して、特定の個人や小集団だけが知っている過去の事物や事件の集積もその中に入れた場合、フィクションはもちろん彼女の著作物の多くが「歴史に取り憑かれている」と言える。なぜなら、ギャスケルは書物などを通して知識を得た過去の出来事だけではなく、自分が実際に見聞きしたもので、執筆時にはもはや存在していないか消滅しつつある過去の習慣や風俗についても著作の対象としているからである。実際、彼女の著述家としての出発点は彼女が個人的に見聞きした過去を記録することにあったとさえ考えられる。その証拠に、ギャスケルは『メアリ・バートン』出版の十年前に、彼女自身の子供時代の思い出を「チェシャーの慣習」（一八三八年）に書き留めている。幼い子供が乳母に初めて連れ出されるときに子供の両親の友人の家で鶏卵一個と塩をもらうことや、五月一日の朝にお互いの戸口に人々が潅木を掛け、枝の種類によって住人の性格を表現することなどについて述べたこのエッセイは、ギャスケルがウィリアム・ハウイットの『イングランドの田園生活』(一八三八年)に触発されて執筆したもので、彼の妻メアリに宛てた書簡(*Letters* 12)の中で当地の習慣について述べたものに端を発している。その約十年後に「チャシャーの慣習」は改訂され、「イングランドの一世代前の人々」(一八四九年)として『サーテインズ・ユニオン・マガジン』に掲載されたが、その中でギャスケルは、急激な進歩の影で忘れ去られつつある過去を記録したいという意識を自分が抱いていることを次のように表明している。

それ(サウジーが『イングランドの家庭生活史』を書こうとして頓挫したという雑誌記事)を読んでいて思ったのは、私自身が観察した田舎町の生活の詳しい様子や、年配の親戚たちから聞いたことなどを記録に残したい、ということだった。なぜなら、村といってもよいくらいの小さな町においてでさえ、社会の様相が急速に変化しているからである。また、私たちのほんのすぐ前の世代で起きたことでも、多くのものが風変わりに見え始めているからだ。

このように前置きした後で、ギャスケルはナッツフォード(図②)という地名を明示していないものの、かつて自分が住んでいたこの田舎町で見聞きしたこと——例えば、流行の服を着せた犬を馬車に満載してドライヴに行く老婦人のことなど——を思い出すままに書き留めている。

図② A・R・クウィントンが描いたナッツフォードのキング・ストリートの情景

過去を記録したいという意識を持っていたからといって、ギャスケルはサウジーとは異なり、産業の発達が精神的な堕落を招いたと必ずしも考えたわけではなかった。その証拠の一つとして、鉄道が敷設され始めた一八四〇年代の北イングランドの田園を舞台とする『従妹フィリス』（一八六三～六四年）の彼女が当初考えていた結末がある。[18] その結末でヒロインは失恋の相手である鉄道技師から学んだ最新技術を用いながら、古典文学を愛読する牧師の父が推奨していたウェルギリウスの『農耕詩』（紀元前二九年）に描かれた「地均、灌漑、排水」を実行している（*Further Letters* 259-60）。すなわち、ギャスケルは進歩がもたらす技術と懐古的な精神をうまく融合させることを理想と見なしていたと解釈できるのである。

　ギャスケルは、休暇で訪れた土地で地元の人々から聞いた過去の話をルポルタージュ風の作品として残すこともあった。そのうちの一つが、フランス旅行中に知識を得たとされる被差別民カゴに関する「呪われた種族」（一八五五年）である。彼女はまた、ナッツフォードの思い出と架空の物語とを混和させて『クランフォード』（一八五一～五三年）を執筆したように、旅先で見聞きした過去の風物や習慣と虚構とを織り交ぜて小説を書くこともあった。その好例が、湖水地方を内包するウェストモランドを舞台にした「一時代前の物語」（一八五五年）である。家族と共にしばしば湖水地方を訪れていたギャスケルは、敬愛するワーズワスの「白痴の少年」（一七九八年）に登場するベティー・フォイよろしく、ヒロインが恋人と別離して知的障害を持つ弟の面倒を見る姿をこの小説で描いた。その際に、時代を執筆時から見て約二五年から五〇年前に、そして、ヒロインのスーザン・ディクソンを女小地主《ステイツ・ウーマン》と設定することによって、当地の自作農――「過去においても現在においても、この国全体から姿を消そうとしている階級」――に特有の性質や生活様式を書き留めた。[19] しかも、ギャスケルはそのような特徴が背景として機能するだけではなく、人物の性格や行動に多大な影響を与える様子を書き込んでいる。例えば、スーザンは旅人を家に迎えるのを好まず、農作物から利益を引き出すことに満足感を覚えるが（第一章）、それらは弟の狂気の症状が世間に知られないようにするため、そして、彼の治療費を蓄える必要性に駆られていたためだけではなく、新参者を好まず守銭奴と呼ばれるほどの貯蓄癖を持つ当地の自作農の性質を反映している。彼女のかつての恋人マイケルは吹雪の夜に崖から転落し、それがもとで死亡する（第四章）が、スーザンがその第一発見者となったのは、「働き盛りの頃には、耕作よりも牧羊や牧牛にその抜け目なさを発揮した」（第一章）当地の自作農らしく牛や羊の世話をするために母屋から家畜小屋へ向かったときに、助けを求める彼の声を聞いたためである。

　『シルヴィアの恋人たち』でさえ、執筆の直接的なきっかけは、一八五九年十一月に休暇で訪れたヨークシャー東岸の町ウィットビーにおいて、ギャスケルが訪問先でいつも行っているように地元の老人の話に耳を傾け、当地の過去に対する興味を喚起されたことにあった。彼女のそのような歴史との関わり方は、マコーリーが『ジェイムズ二世の戴冠以降のイングランド史』執筆に際して、自分の記述しようとしている歴史上の事件の生起した場所へ資料収集旅行に出向いたのと対照的である。なぜなら、出向いた土地で収集した情報は、マコーリーにとって事件や人物を絵画的に描写するための材料に過ぎなかったのに対し、ギャスケルにとってそのような情報こそが記すべき歴史のむしろ中心にあったからだ。それで彼女は一七九〇年代の歴史を描くにあたって、時代を象徴する事件や人物を物語の後景へと退かせ、モンクスヘイヴン（すなわちウィットビー）の人々が話す方言、産業、地理的環境、特有の人柄を小説中に丹念に再構築しながら、中央政府の採用した政治的なプロセスがロンドンから遠く離れたこの地域共同体にいかなる影響を及ぼしたのかを検証した。このようなやり方で、彼女は歴史の時代に反応したのである。

第三節　名もない個人が受容した歴史

ウィットビーを訪れたギャスケルは悪天候に見舞われたことも相まって、行楽地ではなくかつての捕鯨地としての印象を当地に対して強く持つ。ウィリアム・アトキンソン中尉が強制徴募隊（図③）に反発して起こした暴動（一七九三年）の話をジ

図③ 1780年に描かれたプレス・ギャングの戯画（作者不詳）

ョン・コーニーという老人から聞くと、少女時代から知っているジョージ・クラッブの詩「ルース」（一八一九年）で展開される物語――若者が結婚式の前日にプレス・ギャングによって拉致され、花嫁が彼の恋敵で執念深い求婚者の餌食となるべく残される物語――とほぼ同じプロットを持つ小説の構想を練り始める。[20]そして、彼女はウィットビー訪問の翌月に、『銛打ち頭（*Specksioneer*）』というタイトルの小説を「遠からず書き上げる予定」（*Letters* 451）で、しかも三巻本の長篇小説にするつもりであることをスミス・エルダー社のジョージ・スミス宛ての書簡の中で表明し、コーニーから借りたジョージ・ヤングの『ウィットビーの歴史』（一八一七年）を読んだり、娘の友人の叔父にあたるペロネット・トムソン将軍からハルにおける反プレス・ギャング暴動の詳細について聞いたりする（Uglow 485）などして情報収集の範囲を拡大し、当時に関する理解を深めていった。もっとも、アメリカ南北戦争（一八六一～六五年）勃発により綿花の輸入が停止されてマンチェスターが木綿不況に陥り、彼女が娘たちと共に奉仕活動に奔走せざるを得なくなったことなどが災いして、小説執筆は当初に予定していたほど順調に進まなかった（Uglow 502）。それでも、反プレス・ギャング暴動の動因を作り絞首刑になった人物やプレス・ギャングに恋人を奪われた女、そして彼らを巡る人々の人生を描くことを通して一七九〇年代を浮き彫りにするという小説の方向性は揺るがなかった。

ギャスケルは一七九〇年代に対して個人的に興味を持っていた。なぜなら、スティーヴンソン家の二人の叔父がダンカークでフランス軍相手に戦って行方不明になっていた（一七九三年）のに加え、ユニテリアン派がフランス革命とトマス・ペインを支持することによって向けられた激しい敵意を、彼女の父親が実際に経験していたからである（Uglow 485）。フランス革命勃発の余波を受けてイギリス国内の政情も不安定だったこの時期、ペインとエドマンド・バークが国民の権利に関して論争し人々を興奮の渦に巻き込んでいた。この論争の発端は、ユニテリアン派の牧師リチャード・プライスが一七八九年十一月にイギリス名誉革命記念協会の夕食会で、フランス革命に対する祝賀メッセージを朗読したことにあった。同席していたバークはプライスに激怒してパリ在住の友人宛てに彼自身のフランス革命観を書き綴った書簡を送り、この書簡が翌一七九〇年に『フランス革命の省察』として出版されたのである。[21]その中でバークはそれまでの伝統、慣習、世襲制度などを破壊したとしてフランス革命を批判しただけではなく、名誉革命とフランス革命の相違を明確にして、「権利の章典」（一六八九年）で謳われているのは、プライスが祝賀メッセージの中で述べた「統治者を選び政府を組織する国民の権利」ではなく「国民が世襲的王位継承を選択したこと」[22]だと主張した。バークのこの主張に反論してペインは『人間の権利』（一七九一年）を著し、フランス革命の正当性を擁護すると同時に、体制に対して反発することを国民の権利と位置づけたのである。

　そのような当時の世相をギャスケルは『シルヴィアの恋人たち』に書き込んでいる。もっとも、彼女はそれがどのようなものだったかを公平な立場から読者に伝えようとしているのではなく、政治に関して十分な知識を持っているわけではないモンクスへイヴンの庶民が政治や国民の権利についてどのように語っていたかを描出している。彼女は、ヒロインの父親でもと漁師の農民ダニエル・ロブソンをして、次のように個人的な主張をさせる。

> わしはわしが一番いいと思うやり方でジョージ王や政府に治めて欲しいと頼んでいるだけじゃ。それが代議制ってもんじゃないかね。わしがチャムリ氏に投票するってことは、「当選したら、わし、つまりダニエル・ロブソンが正しいと思うことや、わし、つまりダニエル・ロブソンがやって欲しいと思うことを伝えてもらえんかね」と頼んだってことじゃ。（第四章）

代議制度を必ずしも理解していないロブソンに対し、彼の甥で常識屋のフィリップ・ヘップバーンは「法律は国家のために存在しているわけで、あなたや私のために存在しているわけではありませんよ」と指摘する。フィリップのこの指摘を通して、ギャスケルは「司法当局が公正であることを忘れ、フランスに対する警戒心と自国の利益保護という観点から、裁判官が冷静な裁定者ではなく、反フランスを掲げた獰猛な徒党に成り果てていた」（第一四章）当時の体制側のあり方を暗示すると共に、ロブソンがいかにそれを理解していないかを仄めかしている。理解していないからこそ、ロブソンは「わしは人間じゃし、おまえもそうじゃ。じゃが、国家なんてものはどこにもないぞ」と食い下がるわけだが、『人間の権利』第二部でペインがバークに対して発した皮肉――「バーク氏の主張する通り、政府が人間の権利に基づくものではなく、何らかの権利に基づくものであれば、政府は人間ではない何かの上に築かれているに違いない」（強調はペイン）[23]という皮肉――を髣髴させる言葉をロブソンに使わせることによって、ギャスケルはペインとロブソンの違いを浮き彫りにしている。なぜなら、ペインはバークを論破する雄弁術の一環としてこのように述べたのであり、実際には、当時のイギリスが「税金を支払う人間と税金を受け取ってそれを使う人間」の間で分断され、国民と国家の利害が一致していないことを憂えていたが、一方のロブソンは国家を実体として捉えることができないまま、フィリップの揚げ足を取っているに過ぎないからである。

　ロブソンが政情を理解していない様子を描くことによって、ギャスケルは、彼が反プレス・ギャング暴動を先導して絞首刑になる（第二三章、第二八章）、伏線を敷いている。「プレス・ギャングと沿岸警備隊がわしの仕事を邪魔して、欲しいものを取れなくしちょる」（第四章）ことに立腹するロブソンは、その背後に戦時下における国家の意向が作用していることを理解していないために、反プレス・ギャング暴動を先導するという刑罰や懲罰に値する行為を自分がしたとは、フィリップに諭される（第二四章）まで微塵も考えていない。換言すれば、フランス革命勃発によってもたらされた未曾有の激動期にありながら庶民がそれを把握せず、そのために予期せぬ悲劇に巻き込まれたことを、ギャスケルは彼女の考える歴史的な事実として『シルヴィアの恋人たち』に書き込んでいる。ちょうどこの小説に描かれている時期にヨーロッパの人々は歴史的な変化が実際に起き、自分たちの生活に影響を与えることを実感したと本稿冒頭で述べたが、厳密に言えば、庶民はそれが何なのかをはっきりと認識できないまま、自分たちが巨大な歴史のうねりの中に巻き込まれていることだけを感じ取ったのだ。ギャスケルは歴史に名を残す人物がそのうねりをどのように作り出し、そしてどう対処したかではなく、名もない個人がそのうねりをどう感じ、巻き込まれた結果どうなったのかを『シルヴィアの恋人たち』で再現しているのである。

政治談議に興ずることのできる男性ならまだしも、「広い世界」のことに興味を持たず、「ネルソンと北国軍の戦争よりも、知り合いのスカーボロ園のリンゴが数個盗まれたことの方に興味を引かれていた」（第八章）ヒロインのシルヴィアやその母親のベルは、ロブソンの処刑と国家の追及する利益との関連性を、ロブソンに増して理解していない。だからこそ、「自分たちには誇りとしか思えない行為が、ある人々には刑罰や懲罰に値する行為」（第二四章）にあたることを知らしめられても、そのような現状に国家が関与していることは理解できないまま、ベルは夫が処刑されたことに対する精神的な打撃から痴呆に陥り、シルヴィアは母親を庇護しながら生計を立てるためにフィリップと結婚せざるを得なくなる。彼女が結婚に追い込まれた背景として、プレス・ギャングに拉致されたキンレイドを死んだものとフィリップに思い込まされていたことも確かにあるが、そのような個人の恣意的な言動だけではなく、プレス・ギャングの徴募活動および父の処刑の背後にある国家の窮状が彼女の不幸の原因として大きかったはずである。それにも関わらず、シルヴィアが自分から幸せを奪ったとして、真実を隠蔽したフィリップだけを恨み続け、その点だけに焦点を当てて結婚後の彼女が描かれているような印象さえ受けるのは、国家の影響力を彼女が実体として把握していないからに他ならない。

第四節　歴史を伝えるストーリー・テラー

ギャスケルは、フィリップの死を悼むシルヴィア（図④）の言葉で『シルヴィアの恋人たち』本篇を締めくくった後に、その視点を十九世紀の半ばに移行させ、自分が語ってきたのとは異なる物語がシルヴィアとフィリップに関して存在する可能性を示唆している。

図④ 息を引き取ったフィリップに寄り添うシルヴィア
M・V・ウィールハウスによる『シルヴィアの恋人たち』第45章の挿絵。

人の記憶は薄れるものだ。このあたりのどこかの小屋で死んだ男の話を今でも語ることができるのは数人の老人だけである。男は彼の冷酷な妻が石を投げれば届くほど近くで暮らしていたにも関わらず飢え死にしたと伝えられているが、人々が真実を知らずに一方的に感情を募らせたために、真実の物語はこのように変えられてしまったのだ。（第四五章）

真実がいかに伝わりにくいかを指摘するこの引用の後で、それまで語られてきた物語は、モンクスヘイヴンを訪れたギャスケルの分身が公衆浴場の受付係の女性の語りを聞いて記録したものとする小説の設定が明かされる。そうすることによってギャスケルは、自分が庶民の歴史を語るにしても、広範な資料の中から真実に最も近いと判断されるものを選び取って語る歴史家としてではなく、過去の物語を未来の世代へと伝えるストーリー・テラーとして語ってきたこと、また、自分が『シルヴィアの恋人たち』の中に描いてきた人物たちの人生は一七九〇年代を生きた多くの人々の人生のほんの数例に過ぎないことを仄めかしている。同様の姿勢は、フランス革命勃発後の旧貴族の人生に焦点を当てた歴史小説と解釈できる「私のフランス語の先生」（一八五三年）と『ラドロウ卿の奥様』（一八五八年）における挿話（第四～九章）にも見られる。ギャスケルはこの二篇において、知識と経験が限定的で、しかも他人に対して容易に感情移入する人物を語り手として意図的に採用し、そうすることを通して、自分が公平無私の歴史家の立場から歴史を語っているわけでも、当時を生きた最も代表的な人物の人生を語っているわけでもないことを示唆しているのである。

「私のフランス語の先生」においてギャスケルは、フランスの架空の亡命貴族、ド・シャラブル氏の人生について語りながら、王政から共和制、帝政から再び王政へと目まぐるしく政治体制が変化した、十八世紀末から十九世紀初頭にかけてのフランスの歴史を読者に伝えている。その際にギャスケルは、マルタ島とジェノバを居住地とするイギリス人の老婦人に語り手の役割を託し、老婦人のフランス語の先生であったド・シャラブル氏との思い出を十九世紀半ばの時点から回想させている。ド・シャラブル氏を敬愛し、旧貴族としての彼の悲哀や無念さを懸命に共有しようとしている老婦人は、『シルヴィアの恋人たち』結末部でモンクスヘイヴンを訪れる女性がそうであるように、ギャスケルの分身だと解釈できる。その理由はギャスケルが、ナッツフォードでダンスとフランス語を教え、洗練された身なりが賞賛の的だった実在の亡命貴族ロジェ氏をモデルにド・シャラブル氏を造形しており、ギャスケル自身もまた老婦人と同様の感情をロジェ氏に対して抱いていたと想定されるからである。

『ラドロウ卿の奥様』は、一八〇〇年頃にラドロウ卿夫人に仕えていたマーガレット・ドーソンが老齢に達した十九世紀半ばの時点から夫人との思い出を語ったものと設定されており、そのうちの第四章から第九章までがフランスの恐怖時代の一側面を描き出す挿話になっている。この挿話部分においてマーガレットは聞き手に回り、ラドロウ卿夫人が語り手になる。「私のフランス語の先生」の語り手がド・シャラブル氏への個人的な感情を語りに表出させるように、ラドロウ卿夫人は、挿話の中心人物で共和主義者によって殺害される若いフランス貴族クレマン・ド・クレキーを夭逝した息子の身代わりと見なし、したがって彼に強く感情移入しながら恐怖時代について語っている。階級制度を肯定し革命を嫌悪する旧態依然とした人物であるラドロウ卿夫人は、死亡した夫の代わりにハンベリー・コート邸に君臨する「女性のパターナリスト」[24]として描かれているが、マーガレットはそのような夫人に畏敬の念だけではなく、十七歳の自分を引き取ってくれたことに対する恩義も感じているために、夫人に強く共感しながらその語りに耳を傾けているのである。「自由とフランス革命の賛同者」（第一章）である牧師の娘マーガレットは、「私のフランス語の先生」の語り手と同様にギャスケルの分身だと考えられる。ギャスケル自身もまた革命を支持するユニテリアンの牧師の娘だからである。しかも、ギャスケルにはマーガレットと同じように、フランスの旧制度《アンシャン・レジーム》期や恐怖時代の思い出話に、パリ在住のイギリス人でギャスケルの親友の一人でもあったマダム・モールのサロンで耳を傾けた経験があった。[25]『ラドロウ卿の奥様』における恐怖時代を扱った語りの着想を、彼女がそこで聞いた思い出話から得たであろうことは想像に難くない。

　前節および本節で論じてきたギャスケルの歴史小説は彼女がウィットビーで聞いた思い出話に、そしておそらくマダム・モールのサロンで聞いた思い出話に基づいている。この点を考慮するなら、歴史上の事件を扱う長篇および短篇小説を執筆する場合と、彼女が個人的に見聞きした事物や出来事をエッセイとして記録する場合とで、彼女の過去に対する態度には大差がなかったと言えるだろう。本稿の第二節で述べたように、ギャスケルは自分が過去の習慣や風俗を記録する理由として、「社会の様相が急速に変化」しつつあるために「私たちのほんのすぐ前の世代で起きたことでも、多くのものが風変わりに見え始めている」ことを挙げていたが、セーレムの魔女裁判（一六九二年）に関する短篇小説で、チャールズ・W・アパムの『魔女に関する講義——セーレムにおける妄想』（一八三一年）を基にして全知の視点から描かれた「魔女ロイス」（一八五九年）は別にするとして、『シルヴィアの恋人たち』、「私のフランス語の先生」、『ラドロウ卿の奥様』といった歴史小説においても、彼女は過去のある段階に関する思い出話が社会の変化に伴って忘れ去られ語られなくなることに対する憂いを表明している。その手段の一つとしてギャスケルは、小説に書き込んでいる過去と執筆現在である十九世紀半ばとの社会の様相の違いについて、これらの歴史小説の中で言及しているのである。例えば、『シルヴィアの恋人たち』の冒頭でギャスケルは一七九〇年代と十九世紀半ばとの間でのモンクスヘイヴンの人口の違いについて指摘し、その結末部では、モンクスヘイヴンが十九世紀半ばに「最新の海水浴場」（第四五章）になってしまったため、捕鯨の中心地としての雰囲気が失われつつあることを憂えている。ギャスケルは『ラドロウ卿の奥様』では、語り手のマーガレットに「私は年をとった女ですし、世の中の事情も若い頃とはずいぶん変わりました」（第一章）と開口一番に言わせ、「世の中の事情」が変わった証拠の一つとして、二日がかりだった道程が鉄道の敷設によって二時間の道程へと短縮されたことを指摘させている。このような指摘を通して、ラドロウ卿夫人のような旧態依然とした人々や、そのような人々の語る十八世紀の思い出話が消滅しつつあることをギャスケルは示唆しているのだ。要するに、変化の時代の真っ只中にあって、ギャスケルは歴史小説を描くことにおいても、失われつつある過去を記録するという彼女の心の底にある願望を実現させようとしたのである。

註

（1）Georg Lukács, *The Historical Novel*, trans. Hannah and Stanley Mitchell (1937; London: Merlin, 1989) 23.

（2）「スコットの正統な継承者」(Lukács 82) とルカーチによって見なされているバルザックが『ふくろう党』（一八二九年）において、「六〇年以上」の時を経ておらず執筆時に限りなく近い過去も歴史と考える見方を示しているなど、歴史小説もしくは歴史小説で扱うべき過去についての定義は十九世紀前半において既に流動的だったのも事実である。

（3）ディケンズは『バーナビー・ラッジ』において、『ミドロージアンの心臓』（一八一八年）と類似した設定や人物を意図的に用いることによって、歴史上の事実として伝わる出来事を正確に記述することに執心するスコットとは対照的に、歴史を語ることそのものを否定するという自分自身の立場を明らかにしている。この点について詳しくは、拙論「歴史のフィクション性と狂人——『ミドロージアンの心臓』と『バーナビー・ラッジ』」『ヴィクトリア朝文化研究』第五号（二〇〇七年）23-37を参照。

（4）Thomas Babington Macaulay, "History," *Lays of Ancient Rome and Miscellaneous Essays and Poems* (1828; London: Everyman, 1968) 36-37. この引用の中でスコットは歴史小説ではなく、歴史ロマンスという表現を用いている。小説とロマンス各々の定義として、彼は一八一八年出版の『ブリタニカ大百科事典』に「補遺」として寄稿した「ロマンス論」(Walter Scott, "An Essay on Romance," *Complete Works of Sir Walter Scott.* Vol. 8. [1818; Philadelphia: Carey and Hart, 1847] 27）の中で、「奇怪で尋常ならざる出来事」を描くのがロマンスで、「日常的な出来事」を描くのが小説だという見解を述べている。その一方で、一八二八年に自分の小説をまとめて出版した「マグナム版」の「巻頭言」と「序文」において、彼がロマンスと小説という用語をほとんど区別せずに使っていることを考慮するなら、歴史ロマンスと歴史小説の各々が指すものの間にそれほど大きな違いはなかったと考えられる。

（5）オースティンの返答は『ジェイン・オースティンの手紙』（R. W. Chapman, ed., *Jane Austen's Letters* [Oxford UP, 1952] 452）より。

（6）Hugh Trevor-Roper, introduction, *The History of England*, by Lord Macaulay (1968; Harmondsworth: Penguin, 1986) 23.

（7）サウジーは若い頃はジャコバン思想に共感した急進主義者で、ニューゲート監獄に投獄されていたバプティストの牧師で政治犯のウィリアム・ウィンターボザムのために戯曲的な詩『ワット・タイラー』を執筆した。もっとも、この作品は執筆から二三年間は出版されず、一八一七年になってサウジー本人の承諾を得ることなく出版された。サウジーはその頃までに政治的な立場を変更していたために、背信した共和主義者として急進主義者やホイッグ党員から激しく攻撃されることになった。

（8）Thomas Macaulay, "Southey's Colloquies on Society," *The Modern British Essayists*, vol. 1 (1830; Philadelphia: A. Hart, Late Carey and Hart, 1852) 101.

（9）Richard D. Altick, *Victorian People and Ideas: A Companion for the Modern Reader of Victorian Literature* (New York: Norton, 1973) 101.

（10）Robin Gilmour, *The Intellectual and Cultural Context of English Literature 1830-1890* (London: Longman, 1993) 32.

（11）Thomas Carlyle, "On History," *Thomas Carlyle: Selected Writings* (1830; Harmondsworth: Penguin, 1988) 53-55.

（12）Avrom Freishman, *The English Historical Novel: Walter Scott to Virginia Woolf* (Baltimore: Johns Hopkins UP, 1971) 4.

（13）Andrew Sanders, *The Victorian Historical Novel 1840-1880* (New York: Palgrave, 1978) 200.

（14）マリオン・ショーはこのように指摘している（*Cambridge Companion* 77）が、本稿で以降に論じているように、ギャスケルの場合、「歴史に取り憑かれている」のはフィクションに限ったことではない。

（15）Elizabeth Gaskell, preface, *Mary Barton* (1848; Oxford: Oxford UP, 1987) xxxv.

（16）ギャスケルはジョージ・スミス宛ての一八六四年五月三日の書簡の中で、自分が『妻たちと娘たち』執筆にあたり「四〇年前の田舎町の生活に関する物語を心の中で作り上げた」（*Letters* 550）と宣言している。また、本稿において、準歴史小説という用語は、オースビーによる「調査が必要なほど遠い過去ではなく、作者の幼少時代かそれよりももう少し古い時代で、主に記憶を通して捉えることのできる近い過去に設定された」小説という定義に準拠している。Ian Ousby, *Cambridge Companion to Fiction in England* (Cambridge, Eng.: Cambridge UP, 1998) 139.

（17）Angus Easson, introduction, *Wives and Daughters* (1987; Oxford: Oxford UP, 2008) xvi.

（18）この結末はジョージ・スミスに宛てた一八六三年十二月十日の書簡（*Further Letters* 259-60）の中でギャスケルが述べたものだが、『従妹フィリス』を掲載した『コーンヒル・マガジン』側の都合により実現しなかった。

（19）この短篇小説の原題 "Half a Life-time Ago" は小説冒頭の言葉であり、執筆時から二五年ほど前を直接的に指していると考えられるが、小説の大部分には、それよりもさらに二五年ほど前で、執筆時から見れば「五〇年か、五一年ほど昔」の出来事や当時の風俗が記述されている。この点を考慮するなら、"Half a Life-time Ago" という句は、厳密に「半生前」を指すのではなく、シャープスの指摘通り「過ぎ去ってしまったけれども、いまだに記憶の中にある時期、まだ歴史の一部にはなっていない時期」（Sharps 247）を漠然と指す表現だということになる。

（20）この点はユーグロウや（Uglow 482-83）やウォード（Ward xxi-iii）も指摘しているが、ギャスケルがクラッブの詩を愛読していたことについては、チャドウィック（Chadwick 257-58）が詳しい。

（21）H. N. Brailsford, *Shelly, Godwin, and Their Circle* (1913; Hamden, CT: Archon, 1969) 6-7.

（22）Edmund Burke, *Reflections on the Revolution of France* (1790; Harmondsworth: Penguin, 1999) 16-17.

（23）Thomas Paine, *Rights of Man* (1791-92; London: Dent, 1950) 194.

（24）Christine L. Krueger, "The 'Female Paternalist' as Historian: Elizabeth Gaskell's *My Lady Ludlow*," *Rewriting the Victorian: Theory, History, and the Politics of Gender* (New York: Routledge, 1992) 166-83.

（25）マダム・モールのサロンで十九世紀半ばになっても十八世紀の思い出話が語り継がれていたこと、また、ギャスケルがそこに頻繁に出入りし、恐怖時代や革命期の思い出話に耳を傾けた経験があることについては、ダシーを参照。Enid Duthie, "Echoes of the French Revolution in the Work of Elizabeth Gaskell," *The Gaskell Society Journal* 2 (1988): 34.

第二四章

推理小説

——群衆の悪魔——

梶山　秀雄

チャールズ・フェリックス『ノッティング・ヒルの怪事件』（1863年）の挿絵
この作品をセンセーション・ノヴェルから派生した世界最初の長篇探偵小説とする研究者もいる。

Chapter 24
Mystery: The Devil's Crowd
Hideo KAJIYAMA

後生に残るいわゆる優れた文学作品がそうであるように、ギャスケルの小説群もまた、一般には社会小説として認知されていると同時に、社会小説、家庭小説、恋愛小説、教養小説、といった様々なジャンルの言説が絡み合う多層的な構造を有している。構造主義、精神分析、ディコンストラクション、ニューヒストリシズム、あるいはポストコロニアリズムといった批評理論の推移にさらされていても、その度にギャスケルの作品に現代的なアクチュアリティを付与されてきたのは、こうした小説のポリフォニーに起因すると言っていいだろう。しかしながら、そうした言説の坩堝にあって、いまだ他の要素に押し潰され、語られることのない声が存在する。奇しくもギャスケルが生きた十九世紀に誕生した「近代の（についての）小説」であり、随所にその萌芽をはらみながらも、遂にギャスケルの作品の中では全面的に展開されることのなかった声、それが推理小説という言説である[1]。

推理小説（もしくは探偵小説）と呼ばれるジャンルの起源が、エドガー・アラン・ポーの「モルグ街の殺人」（一八四一年）にあるというのは、広く認知されているところである。その後、雲霞の如く生み出される探偵の祖先ともいえる名探偵オーギュスト・デュパンの造形、無色透明な友人である「私」による三人称の語り、密室における殺人に代表される、不可能な犯罪と科学的合理性に基づく名探偵の推理、そして非公式の立場で事件に取り組む探偵に対して、有能ではあるが愚直であるために事件の真相には決して到達できない警察組織、といった推理小説の定式のほとんど全てが、この作品で出揃っていると言っていいだろう。後にこの金型をシャーロック・ホームズものとして全世界に布教させたコナン・ドイルの言葉を借りれば、後に続くものはどこに自分の創意を発見したらよいのか分からないほどに、ポーは「探偵小説に関するあらゆる手法を案出した」のである[2]。

とはいえ、ポーの作品は幻想と怪奇を取り扱ったものが中心で、厳密な意味で推理小説の定義に該当するのは僅かに三つ（ないしは五つ）の短篇のみであり、それも発表された当時はそれほどのインパクトを持ち得なかった[3]。端的に言えば、あまり売れなかった。そのポーの短篇小説が再発見されたのは、アガサ・クリスティ、ヴァン・ダインといった作家が活躍し始め、ジャンルとしての成熟を見せる一九二〇年代になってからである。俗に推理小説の「黄金時代」と呼ばれるこの年代には、ポーの案出による「推理物語（stories of ratiocination）」は、より自己のルールに忠実で、過剰に演出された犯罪（主として殺人）を特徴とする「本格探偵小説（pure detective novel）」へ純化され、多数の探偵小説史、探偵小説論が発表され、過去の埋もれた傑作を紹介するアンソロジーが編まれるまでに至った。また、それまで大量生産、消費される通俗的な読み物として軽視されていた探偵小説に対して、エルンスト・ブロッホ、ヴァルター・ベンヤミン、ジークフリート・クラカウアーに代表される本格的な論考が行われ、ジャンルの画定が決定的になったのもこの時代である。探偵小説というジャンルが成熟し、改めて自己のアイデンティティを語ることが可能になるまで、実に八十年以上を要したことになる。

現在流通している推理小説論を俯瞰すれば、ニーチェの言う系譜学的な兆候に気づくだろう。すなわち、ポーによる三つの短篇を原初的で特権的な誕生の場として強調する一方で、同時代に発表された他のテクストを探偵小説の理念を完全に達成してはいないという理由で排除するという傾向である。ポーとほぼ同世代のギャスケル作品の推理小説的側面に言及している研究書は、筆者の知る限りではR・D・オールティックの『ヴィクトリア朝の緋色の研究』が数少ない一例である。「ところで、イングランド中部地方ではもうひとりの文学的才能に富む夫人が、二重の意味で殺人に関与していた」と書き出すオールティックは、『メアリ・バートン』（一八四八年）でジョン・バートンが起こす殺人エピソードと、ギャスケルがつき合っていたサークルで実際に起こった殺人事件について触れている(4)。確かにこれらは単なる小説内のエピソードの一つであり、推理小説の歴史に組み入れる価値のないものかも知れない。しかしながら、推理小説というジャンルの誕生の背後には、こうした殺人事件の日常化、更にはヴィクトリア朝時代の人々の殺人事件に関する異常なまでの関心と熱狂があり、『メアリ・バートン』もまた、そうした時代精神の顕現であったのだと言える。

ヴィクトリア朝前期（一八三七～五一年）のイギリスでは、街頭で売り出されるブロードサイドが殺人事件の残虐性を喧伝し、新聞は事件の発生から裁判の経過、犯罪者の処刑の様子までを詳細に報じ、話題の事件は直ちに脚色され演劇や小説となり、人々はそれらの媒体に貪るように飛びついた（本章の口絵参照）。本稿では、「殺人狂時代」とも言うべきヴィクトリア朝時代の大衆娯楽であった殺人事件に焦点を当て、ギャスケルの作品に散見される推理小説的要素を解読する試みである。確認しておかなければならないのは、ギャスケルの小説群は、いかなる意味においても純然たる推理小説ではない、ということである。推理小説の新たな始祖として、ポーの代わりにギャスケルを据えるような愚行は避けなければならないだろう。むしろ目指されるのは、推理小説という光を照射することで、ギャスケルの「物語」を問い直すことである。本来、小説が有していた訴求性を問い直すという意味でも、ギャスケルの小説群に推理小説のフレームをあてはめて考察することは無意味ではないと考える。推理小説とはいかなる形式なのか。そしてなぜギャスケルは最終的にそれを書かなかったのか。以下の作業は、これらの問いをめぐって展開される。

第一節　センセーション・ノヴェルにおける眠り

センセーション・ノヴェルは一八六〇年代に流行したジャンルで、舞台で演じられるメロドラマに近い内容――典型的なプロットは殺人、重婚、身元の偽り、精神病院、罪深い秘密、虫の知らせ、などによって構成されている。センセーション・ノヴェルはブラッドン夫人やヘンリー・ウッド夫人がそうであるように、女性作家が手がけることが多く、そのためか女の主人公が男の支配する世界に敢然と立ち向かうといった内容になることが多いのが特徴である。このジャンルはヴィクトアリア朝のモラルには全く反する内容であったが、読者人口の急増と共に爆発的な人気を得た。ウィルキー・コリンズの『白衣の女』（一八五九～六〇年）は、このジャンルの嚆矢とされ、特に『白衣の女』はその後、推理小説へとシフトチェンジする直前の、センセーション・ノヴェルの金字塔とされている（図①）。

『白衣の女』は、複数の人物による手記、議事文書、日記、もしくは語りから構成されており、それぞれがリレー方式で事件の顛末を物語る形式になっている。「法廷に出されていたら裁判官が聞いたであろうように、この物語を読者に聞いてもらうことにしよう」、あるいは「かくして、これから語られる物語は、ある犯罪の経緯が複数の証人の口から語られるように、複数の証人の筆によって記述されるだろう」といった具合に。推理小説が一人称、あるいは三人称の語りを使って、事件の真相の「正しさ」を保障するのに対して、ここでは事件の解決があくまでも相対的なものになっている。ここでは真実の場として「法廷」が想定されているということである。この方式は、語り手によれば、「一連の出来事を漏れなく跡づけるため、そ

図① エヴァ・ゴンザレス『白衣の女』（1879年）

れぞれの時点においてその出来事に最も深く関わる人物に、自らの経験を自らの言葉で逐一語らせる」（第一章）ことで、読者の共感神経システムに語りかけ、センセーション・ノヴェル特有のアドレナリン効果を生むのである。

神経過敏の状態は、作中の主要人物すべてに例外なく影響を及ぼし、彼らはいろんな風に驚き、おののき、怯え、震え上がり、動揺し、慌てふためく。みな遅かれ早かれ住み着くことになる「センセーショナルを感じる」身体では、血液は凝固し、心臓は早鐘のごとく打ち、息は切れて弾み、肌はざわざわし、顔は血の気を失う(5)。

マンチェスターの労働者階級の悲惨さを描いたギャスケルの『メアリ・バートン』は、社会（問題）小説という新たなジャンルを切り開く一方で、このようなシステムを内蔵するセンセーション・ノヴェルとして発表された。当初、構想されていたのは、メアリ・バートンの父親であるジョン・バートンを主人公とした憂鬱な物語であったが、ギャスケルは読者と出版社の要請に屈して、真に愛する人を勇敢にも絞首台から救う高潔な労働者の女性の物語に変えてしまった(6)。ジョン・バートンは紡績工場の織工で、失業中に息子を病気で失って以来、貧富の差の問題に怒り、金持ちに憎しみを抱くようになる。そして、最愛の妻を失ってからは穏やかさを失い、組合運動にのめり込んでいく。多くの労働者の署名した嘆願書が退けられてロンドンから帰ってきてからの彼は、職にもつけず、希望を失い、ストライキ、労使の交渉決裂の末、ついには殺人を犯すようになるが、残念なことに作品後半ではジョン・バートンの物語はサブプロットの地位に追いやられてしまう。

それでもなお、この物語にはセンセーション・ノヴェル的な要素がふんだんに盛り込まれていることは否定できない。謎の失踪、工場炎上、スト中の共同謀議、殺人事件、誤認逮捕、裁判、盲いた女性歌手の開眼、このようなプロットは共感神経システムとなり、読者に直に語りかける。この物語に登場する人物はみな常に何かに怯えており、その神経過敏が読者にも転移するのである。メアリが殺人事件をしきりに「夢」というキーワードで表現するように、読者は作者に導かれて、事件が解決するとともに目覚めが訪れる幸せな眠りの中に没入していく。

やがて、神は知らぬ間にメアリに恩寵を与えた。あれこれと取り留めのないことを考えているうちに、メアリは眠りへと落ちていった。堅く冷たい床の上で奇妙な姿勢ではあったが、眠りが与えられた。彼女は遠い昔の幸せな日々の夢を見ていた。母が自分のそばにやって来て、口づけをしてくれた。夢の中の幸せな世界では、亡くなった人々が再び生き返っていた。子供時代の全てが戻って来た。目覚めている時にはずっと忘れていた、昔の遊び相手だった大の仲良しの子猫さえも姿を現した。愛するもののみながそこにいた！（第二〇章）

神がメアリに与えた恩寵とは、幼なじみのジェムが工場主の息子ハリー・カーソン殺害の容疑で逮捕されたショックを和らげるための眠りであり、やがてその眠りは行方不明の叔母エスタとの再会、そして事件の真相に迫る「目覚め」へと導かれる。このように考えると、広義のミステリーあるいは推理小説の構造とは、外在的には最後の頁を読み終えた瞬間、内在的には事件の真相の解明、という夢と目覚めのセットになっていると言える。眠りから覚めたメアリは、殺人犯の父とその濡れ衣を着せられたジェム・ウィルソンのために奔走する。第二〇章のタイトル「メアリの夢――そして目覚め」は、まさしくそのような受動的なヒロインから、自ら行動を起こし恋人の嫌疑を晴らそうとするヒロインへの転換点となっている。それまで、「もうこれ以上は考えまいと自らを慰めていたが、興奮して、頻繁に夢を見、もやもやした気分でまた眠りに落ちた」（第一九章）という現実逃避のための夢が、やがてジェムに対する嫌疑を氷解する啓示となるのである。

登場人物が謎という眠りの中にいるように、推理小説を読む読者もまた深い眠りの中にいる。『パサージュ論』の中で、ベンヤミンはこのように述べている。「パサージュは外側のない家か廊下である、夢のように」。この夢は十九世紀の都市のモード、広告、建築物といったものに代表される「集団の夢」と読み替えることができる。すなわちモードと広告、建築物といった十九世紀の都市に起こったことを指していると言える。

十九世紀とは、個人的意識が反省的な態度を取りつつ、そういうものとして、ますます保持されるのに対して、集団的意識の方はますます深い眠りに落ちてゆくような時代［Zeitraum］（ないしは、時代が見る夢［Zeit-traum］である。ところで、眠っている人は、――狂人もまたそうなのだが――自分の体内での大宇宙旅行に出かけるのであり、しかもその際、彼の内部感覚は途方もなく研ぎ澄まされているので、目覚めている健康な人にとっては、健康な体の活動となっているようなおのれ自身の内部のざわめきや感じ、たとえば、血圧や内臓の動きや心臓の鼓動や筋感覚が妄想や夢や夢の形象を生み出し、鋭敏な内部感覚がそれらを解釈し説明することになるのだが、［十九世紀の］夢見ている集団にとっても事情は同じであって、この集団はパサージュにおいておのれの内面に沈潜して行くのである。われわれは、この集団をパサージュのうちに追跡し、十九世紀のモードと広告、建築物や政治を、そうした集団の夢の形象の帰結として解釈しなければならない(7)。

例によってベンヤミンの言葉は難渋だが、換言するならば、「個人にとって外的であるようなかなり多くのものが、集団にとっては内的なものである」という一節を加えると、この「集団の夢」が十九世紀近代の都市に起こった現象、すなわち群衆化、もっと言えば匿名化の問題だと考えることができる。

ベンヤミンの洞察によれば「探偵小説の根源的な社会内容は、

大都市の群衆のなかでは個人の痕跡が消えること」にある。当時のロンドンでは、都会の雑踏のなかに紛れ込んだ犯人は、犯罪の痕跡を群衆のなかで消去してしまい、自分自身も砂丘のような群衆のなかで一粒の砂に身を変じ、固有の名前・顔を消去し、匿名性を獲得することができる。推理小説が第一次世界大戦後に開花した理由の一端もここにある。群衆の中で砂粒に変身してしまう人間の存在形態とは、第一次世界大戦の大量死がもたらしたパズルチップのようなもので、そこへ神のごとき名探偵が召還され、事件の被害者の死に意味づけを行う、つまり無慈悲で匿名の死を人々の深い関心事に変化させるのである。そうした匿名化にいかに抵抗し、いかに自己のアイデンティティを獲得するかが、当時の人々の、そしてヴィクトリア朝小説の課題だったと言えるであろう。

第二節　〈群衆の人〉ジョン・バートン

ヴィクトリア朝は、比較的安定した社会であったという印象はあるものの、少なくともその前半期に生きた人々は、そのような認識とはほど遠いものであったと言える。政治的には「チャーティスト運動」と称する指導者の急進的な議会改革運動が起きて社会秩序を脅かしたように、言うなれば、当時のイギリスは全土が事実上の無法地帯だったのである。ロンドンの特定地区には、警察官の立ち入りが禁止されている地区があり、そこに逃げ込んだ犯罪者の追跡は、もっぱら一七七三年に作家のフィールディングが治安判事として創設した「ボウ・ストリート・ランナーズ」という警吏班の手に委ねられていた。一八二九年に首都警察法が制定され、ロンドン警視庁の機構が確立したものの、ボウ・ストリート・ランナーズは、その後なお十年間続き、一八四二年になってようやくロンドン警視庁の捜査局に吸収されるに至った。

『メアリ・バートン』の舞台となっているのは、このような警察機構の混迷期の時代であり、ポーが「群衆の人」（一八四

図② ハリー・クラーク「そこはロンドンでも最も喧噪な街角だった」（エドガー・アラン・ポー「群衆の人」挿絵）

○年、図②）の中で見出した都市化における固有性の喪失が顕著になった時代である。その固有性の喪失に対して、ベンヤミンは「遊民《フラヌール》」を探偵の祖型として設定した。「市場に足を踏みいれた作家は、パノラマを見るように周囲を見回した」[8]という一節が示すように、ベンヤミンにとっての探偵とは、必ずしも職業的な探偵を指すものではなく、資本主義の産物、ある種の時代精神を体現するような存在である。ベンヤミンのエッセイに点在する「都市」、「群衆」、「犯罪」、「家具」、「室内」、「痕跡」といった用語は、近代都市の物語、すなわち推理小説という点描画を成す。そうして「大都市の群衆の中で個人の痕跡が消えた」世界を描き出す上で、小説家もまた探偵の視線を有するようになる。

だが、遊歩者は群衆と単純に対立するのではなく、弁証法的にねじれた関係に立っている。遊歩者はいわば、その共犯者のように群衆と深く関わりながら、同時に、ある軽蔑のまなざしをもって群衆から距離を取っているからである。遊歩者は群衆の内部に混ざりこんでその身を隠しているが、なお自分の個性や独立心を保持しており、その目覚めの意識によって群衆の外部に立っている。遊歩者はこのように両義的な存在であり、その両義的な位相から、群衆を生み出した世界の表情とその奥行きを眺めている。重要なのは、この遊歩者の挙動に「探偵」の姿が重なって見えることである。なぜなら、遊歩者は一見したところ群衆と同じで、世界に対して無関心な様子を見せているが、その無関心さの背後には、犯罪から目を離さない監視者のような注意深い視線がひそんでいるからである。[9]

群衆の中に身を置きながら、都市の夢から覚醒する存在、それが遊歩者なのである。このポーの「群衆の人」が、ロンドンではじめて群衆に接したアメリカ人の特異な印象を記したものであることを考えれば、ギャスケルもまた、新たに誕生した群衆が、これまでの認識の枠組みによっては補足しがたいことを感じていたと思われる。階層という認識上の枠組みにおいては「大衆」であり「民衆」である人びとが、ひとたび路上にあふれ出ると、群衆として「経験的実体」となるのである。

『メアリ・バートン』において注目すべきは、遊歩者から見たそれではなく、労使交渉におけるストライキといった具体的かつダイナミックな形で群衆が表象されている点である。カーソンの工場で火事が発生すると、自然発生的に近所に住む工場労働者が集まって来て、「躍り上がって喜び、万歳を唱え……群衆に特有の移り気から、押したり、つまずいたり、呪ったり、誓ったりしながら」一体となって移動し、その姿、動きは「熱心な質問や、叫び声、うなり揺れ動く群衆の波のようなざわめき」（第十章）と描写される群衆の存在――ロンドンでは観察の対象に過ぎなかった一片の群衆が凝縮されたストライキ集団――は、やがて工場主の息子ハリー・カーソン殺害事件に発展する。[10] こうした群衆の比喩として用いられるのが『フランケンシュタイン』（一八一八年）のモンスターである。

教育のない人々の行動は、フランケンシュタインのそれに典型的に現れているようだ。人間の属性を多く持ちながら、魂を持ち合わせず、善悪の区別を知らないあのモンスターの行動に。民衆が身を起こして生命を得、我々をいらだたせ、恐怖させる。そして、我々は彼らの敵になるのだ。ついで、我々の力が勝利した悲しい瞬間には、彼らの目は、無言の非難を込めて我々を凝視する。我々は、なぜ彼らを今のようにしたのだろうか。力のある怪物ではあっても、平和と幸福を達成する内面の手段を持たない彼らに。（第一五章）

ここで示されている「我々」と「彼ら」の距離は絶望的なほど遠いものである。やがて「彼ら」はここで予言されているように「我々」の制御不能な存在となり、工場主たちのロックアウトに絶望した労働者たちは、工場主の中で最も陰惨ないじめの張本人である高慢な息子、ハリー・カーソンの暗殺を決める。そして、ガス灯の下でのくじ引きが行われ、ジョン・バートンが暗殺者に選ばれる。

それから、労働組合のメンバーに与えられた目的を守らせるための、ひどく恐ろしい誓いがたてられた。ぎらぎら輝くガス灯の光の下で、彼らはさらに相談するために集結した。その犯罪行為に不審を抱き、またそれぞれは隣人をうさんくさく思っていた。それぞれが他の誰かの裏切りを恐れていた。一枚の紙（まさにその朝、似顔絵が描かれたあの紙であった）が、幾重にも破られた。そして、その一つに印がつけられた。それから、また全部、同じように折りたたみ、帽子の中でごちゃ混ぜにされた。ガス灯が消され、一人一人が一枚引いた。ガス灯の火が再び点された。それから、それぞれは仲間からできるだけ離れ、石のように表情を変えることなく、冷静に、一言もしゃべらないで自分の引いた紙を開いた。（第一六章）

ここで行われているくじ引きのくじのように、それぞれが個性を失い、ごちゃ混ぜにされた群衆からすれば、殺人を実際に行う人物は誰でもよかったのであり、たまたまジョン・バートンが選ばれたに過ぎない。それゆえ、バートンの犯行は計画的な犯罪にはほど遠く、ジェムから銃を借り、犯行現場に銃と「——リ・バートン」という言葉が書かれた紙の「詰め物」を残す。この紙切れを見つけたのはメアリの叔母のエスタで、メアリはそれを見てカーソンを射殺したのは自分の父親に違いない、と確信する。この証拠となる紙切れのトリックはひどく単純で、ギャスケルが犯行の方法にそれほど関心がなかったことを示しているが、同時に、ジョン・バートンが自らの犯行を隠匿しようとしなかったことを意味している。

ベンヤミンの探偵小説論は、前述した記念碑的作品「モルグ街の殺人」ではなく、それに先立つ「群衆の人」をテクストに展開されている。この作品では、ロンドンをあてもなく遊歩する〈群衆の人〉と、それを追跡し観察する語り手〈私〉、という探偵小説的な対立が見てとれるのに加えて、新しい悪の誕生をいち早く察知している点に注目すべきであろう。通奏低音となっているのは、ロンドンの都市化、あるいは群衆化――共同社会で保たれていたような個人の差異が抹消され、匿名性が増すことによって、群衆の中に身を隠しながら、その内に邪悪な精神を宿した犯罪者が誕生したことに対する「興奮と驚きと魅惑」[11]である。語り手「私」は、目抜き通りの喫茶店に座って、外を歩く人々を観察しているうちに、ひとりの「老いぼれの男」の表情に魅入られてしまう。語り手は追跡を続けるうちに、この複雑な表情をたたえた老人が、群衆の中に巻き込まれることにのみ生き甲斐を感じていることに気づく。語り手の内に湧き出す否定的な感情は、単なる個人の集積体を超えた群衆という存在が引き起こすものであり、それらすべてを体現したのがこの老人、〈群衆の人〉なのである。語り手「私」は、なんとかこの老人の内面を理解しようとするが、その試みは頓挫せざるを得ない。「あの老人は一人でいるのに耐えられない。いわゆる〈群衆の人〉なのだ。尾行してなんになるだろう。彼自身についても、彼の行為についても、所詮知ることは出来ないのだ」。なぜなら、老人はそうした個人的な理解を超える「群衆」によって生み出された、そもそも理解すべき内面を持たないような悪魔的な人間としてそこにあるからである。「探偵小説の根源的な社会的内容は、大都市の群衆の中では個人の痕跡が消えることである」とベンヤミンが言うのは、まさしくこうした新しい犯人像＝〈群衆の人〉を尾行し、観察するために、推理小説という形式が誕生したことを意味している。そしてまた、ジョン・バートンもそうした内面を持たない犯人の一人なのである。

第三節　収集家と秘密の部屋

社会小説と呼ばれる小説には、インテリアを作品の重要な要素として描いているものが少なくない。インテリアとは生活空間であり、個人の部屋を描くことはそこに生活する人物を描くことになる。『メアリ・バートン』と『北と南』（一八五四～五五年）も、そうしたインテリアの描写が活用された作品で、そこでは部屋の数や広さ、内装や家具の素材、色、デザインなどが、様々な階層の人々の生活を雄弁に物語っている。また一般的に流通しているヴィクトリア朝の室内イメージ、「古くて、ごちゃごちゃとものにあふれていて」、「一つ一つは注意深く選ばれたはずなのに、一緒にすると調和しない」、「散らかり放題の部屋」が確立されたのもこの時代である。大都市が個人の痕跡を抹消し、匿名化する力に抗うように、個人は自らの部屋を飾り立てる。遊歩者が都市の中に身を置いて目覚める存在であるならば、一方の蒐集家は、都市の内部、自らの部屋に閉じこもって覚醒する存在である。

一八八〇年代の市民の部屋に足を踏み入れたとする。そこにはたぶん、〈くつろいだ気分〉というやつが部屋じゅういっぱいに発散されていることだろうが、それにもかかわらずそのときに最も強くうける印象は、「ここはお前なんかの来るところではない」というものである。ここはお前なんかの来るところではない――というのもここには、居住者が自分の痕跡を残していないところなど、これっぽっちもないのだ。(12)

個人の部屋は生活や存在の痕跡を蒐集した空間となり、そこでは「物」が商品としての性格や価値を剥奪され、「物」本来の意味が目覚める。例えば、『妻たちと娘たち』(一八六四～六六年)のハムリー家の「書斎」がそうである。

スクワイア・ハムリーが自分のコート、ブーツ、ゲートル、さまざまな杖やお気に入りの小ぐわ、銃、釣竿を置いている部屋のことを「書斎」と呼ぶのがこの家の習慣でした。ここには書き物机と、座部が三角の肘掛け椅子はありましたが、本は全く見当たりませんでした。本の大部分が置いてあるのは、広い、かび臭い部屋で、そこへは人の出入りはほとんどありません。あまりに人が入らないので、小間使いが窓のよろい戸を開けるのをよく怠っていましたが、このよろい戸は、見事に茂った灌木で覆い尽くされた敷地のある場所に面していました。実際、先代のスクワイア――大学で落第した先代――の時代には、窓税を払うのを避けるために書庫の窓を板でふさぐのが使用人部屋のしきたりになっていました。しかし「若さまたち」が家にいる時は、小間使いはそうするようにという指示は全くないのに、この部屋を規則正しく掃除しました。毎日窓を開け、暖炉に火をつけ、見事な装丁の書物のほこりを払いました。実際、これらの本は前世紀半ばの一流文学の非常に優れたコレクションでした。その後購入された本は全て、客間の窓二つおきに置いてある小さな本箱のなかと、二階のミセス・ハムリー用の客間に収められていました。(第六章)

ここに描かれている二つの書斎は、ハムリー家の歴史、あるいは内実を如実に物語っている。現当主のスクワイア・ハムリーが先代から十分な教育を受けさせてもらえなかったこと、その代償として息子達には十分な教育を与えようとしていること、さらにこの書斎の分裂が、将来のスクワイア・ハムリーと長男オズボーンとの確執を予見しているかのように思えるのである。このように、室内における「蒐集」、街路における「遊歩」は、十九世紀の近代的人間を規定する重要な存在形式で、室内は「私人」という存在の方法に、街路は「群衆」という存在の方法にそれぞれ対応していると言える。

そうした近代都市の有り様に対して、「権力」は、市民の監視という形でコントロールしようとする。例えば、エドウィン・チャドウィックの公衆衛生の改革、スコットランド・ヤードの誕生。こうした権力に共通するのが、都市を平面に見立てて展開する方法である。換言するならば、警察が「ローラー作戦」という言葉に代表されるように都市に対して平面的な展開をする。チューザレ・ロンブローゾの犯罪人類学が人間の身体的・精神的特徴と犯罪との相関性を見るように、フーコー的に言えば、警察は都市の住人をタブロー化し分類する。ディケンズの『荒涼館』（一八五二〜五三年）のバケット警部が、天然痘の病原菌であったジョーを追い払い、トム・オールズ・アローン通りを遮断するように。また、雑誌の取材で実在の警官フィールド警部に随行した際、ディケンズは警察官の巡回がスラム街にまで及んでいることに感銘を受けている。フィールド警部は、「その恐るべき夜のどんな隅、どんな闇にもまるで謎んかないように……どこへいっても落ち着いている[13]」というように。

ヴィクトリア朝小説はこうした都市の匿名化、あるいは権力に抗して、「秘密」という形でアイデンティティを主張する。センセーション・ノヴェルは、秘密を持つが故に、そこには単なるキャラクターでない、深みのある人物として自己が形成されるという側面を持っているのである。例えば、『妻たちと娘たち』では、二つの秘密の結婚が作品のテンションを維持する重要な要素となっている。オズボーンがフランス女性と秘密裏に結婚しており、その秘密を口外しないことで主人公モリー・ギブソンは人間的成長を遂げる。また、シンシア・カークパトリックからプレストン氏と十六歳の時に婚約していたことを打ち明けされるのもモリーである。

D・A・ミラーは、ジェンダー的な観点から、この秘密の背後にあるのが同性愛の欲望であると看破する。確かに『妻たちと娘たち』には、同性愛的な感情がいたるところに散見される。モリーとシンシアの義姉妹の愛情関係、ブラウニング姉妹がモリーに注ぐ母性愛、あるいは口さがない女性たちで構成されるサークル、といったように、作品名にも明らかなように女性のホモソーシャルな世界（図③）を描いてみせているのである。エルンスト・ブロッホのいうように、誰もが匿名性を帯びて存在する大衆化した社会状況においては、こうした同性愛的感情のために誰もが放逐されるべき「犯人」となるという状況が想起される[14]。しかしながら、こうした匿名の同性愛的感情は、探偵ならぬ「結婚」という手段によって解消される。モリーはロジャー・ハムリー、シンシアはロンドン滞在中に知り合った法廷弁護士ヘンダーソン氏と結婚する。犯人以外の容疑者は内面に殺意（＝同性愛的傾向）を持ちながらも、実際にはその欲望を実現しなかったという結末を迎えるのである。

精神分析の観点から推理小説を分析したジジェクによれば、

図③ ロバート・B・マーティノー『我が家の最後』（1861年）
ハムリー家の居間もこのようなものだったと考えられる。

探偵による解決とは、これらの読者をその欲望にまつわる罪悪感から解放することになる。探偵はそこでスケープゴートである犯人だけに罪があることを証明するからである。[15] 探偵の解決によってもたらされる大きな快感は、このリビドー的獲得、つまりそこから得られた一種の剰余利益に由来する。欲望は実現されたのに、われわれはその代価を支払う必要さえない。読者もまた、実はその欲望が実現されたにもかかわらず、自分が殺人犯、あるいは同性愛者でなかったことに安堵するのである。

第四節　〈新しい女〉の系譜

一八四〇年に、エドガー・アラン・ポーがロンドンの群衆に接して、その印象を短篇にまとめたとき、そのタイトルは「群衆の人」であって、その意味するところは「群衆の女」ではなかった。「じっさい、彼がそこに見たのは、ほとんどが貴族から労働者、はてはスリ、賭博師に至るさまざまな階層・職種の男たちであり、女は労働者と娼婦にすぎなかった。有産階級の女性が街路に出れば、彼女らは客体として、いわれのない解釈に身をさらされてしてしまう」[16]。ギャスケルの小説では、群衆は労使交渉を行うストライキという形でより目に見えるようになる。それでもなお、女性が群衆の中から排除されるのは、『北と南』のマーガレット・ヘイルを見ても明らかである。

男性しかいない組合の会合や労使の交渉、多くの病や死の場面、工場の火事、世界中の船が出入りするリヴァプールの港、法廷での裁判などを次々とパノラマのように繰り広げていくが、それらはかならずしも、女性であるギャスケルがすべて熟知している世界とはかぎらず、彼女は言葉に窮して、自分の表現力や知識の不足を嘆いたり弁解したりすることになる。「教養ある男の娘たち」というのは、ヴァージニア・ウルフが、自分自身の本来的なアイデンティティを持たなかったヴィクトリア朝の女たちにつけた名前であるが、ヴィクトリア朝中産階級の女たちは、なによりもまず家庭的な生活を送ることを期待されていた。生活を公的な領域と私的な領域に分けた場合、彼女たちの生活は後者であった。結婚して誰かの妻になるというのが女性に許される唯一の立場だったのである。

　推理小説は、大衆小説が一般的にそうであるように、社会の変化を同時的に反映するよりは、むしろ一歩遅れてそれについていく。このジャンルの保守性は、推理小説のそもそもの始まりから存在していたと言えるかも知れない。そこで描かれる女性は、あくまでも恐るべき犯罪におののき、運命に翻弄される存在である。換言するならば、中心となる探偵・推理のプロットと並行して、女性を女性にふさわしいとされる立場に描いている第二のプロットは、矛盾しないように進められる必要があったのである。こうした二重の言説の共存（あるいは矛盾）が最もよく現れているのが、まさに推理小説の前身となったセンセーション・ノヴェルである。女性作家の手になるセンセーション・ノヴェルは、体制転覆を目指す伝統の一部を構成していたと主張するのはエレイン・ショーウォルターである。女性作家たちは、このジャンルの人気を利用して、注意深い読者に「一夫一婦制、結婚市場、知的女性の行く手におかれた障害」を批判する、第二の全く異なった物語を語ったのである。[17]

　客体としての女性と（巧妙に迷彩された）主体としての女性、『北と南』においてもこうした二重の言説の構造は維持されて

図④「ああ、暴力は使わないで！この方は一人で、みんなは大勢なのよ」
A・A・ディクソンの挿絵。

いる。この小説では、労使問題が中心テーマとして扱われているが、社会小説の中でも最も有名な場面（図④）——暴徒と化した労働者の群れに立ちはだかり、身をもってソーントンをかばい、額に投げられた石が当たって傷つくマーガレットに明らかなように、〈新しい女〉の姿があからさまに描かれているのである。さらにマーガレットはソーントンを叱咤激励し、ソーントンがそれに従う逆転現象まで起こるのである。


「ソーントンさん」と彼女は高まる情熱で震えながら言った。「卑怯者でないならすぐ今、皆の前に降りてらっしゃい。降りていって、男らしく立ち向かいなさい。あなたがここへおびき寄せた可哀想な異国の労働者を救ってやりなさい。職工たちと人間らしく話し合いなさい。あの人たちに親切に話をするのである。兵隊など入れてはいけません。狂気のようになっている哀れな人々をなぎ倒さないようになさい。あそこにもう一人そういう人が見えます。あなたに勇気があるなら、あなたに高貴な心があるなら、降りていって、男と男で話し合いなさい！」

彼は振り向き、彼女が話している間、彼女を見ていた。聞いているうちに、彼の顔は暗い雲でおおわれてきた。彼女の言葉を聞きながら、彼は歯を食いしばった。

「行きましょう、僕についてきてくれますね……」（第二二章）

物語の最後では、両親を失って孤児になったマーガレットは、ロンドンの叔母の家に身を寄せるが、最後にはソーントンの仕事の協力者として、また生涯の伴侶としてマンチェスターに戻ってくる。こうした〈新しい女〉の有り様は、十九世紀の最後の三十年間に至って、女性の生活と役割に重大な変化をもたらした。有職の職につく機会は、中産階級の女性たちにも次第に広まっていった。キャリアを持つ見通しは結婚年齢を過ぎた独身女性だけのものであると一般的に考えられていた一方で、仕事というのは当然結婚と同時にやめるべきだったものにせよ、より広範囲の女性たちのための、それとは別個の可能性として広がっていったのである。イギリスの警察に女性が入ることが公式に認められる五十年以上も前に、フィクションの世界に初めて登場した女性の探偵はミス・グラッドンといい、アンドリュー・J・フォレスターによる『女探偵』という一人称の物語の主人公で、一八六四年五月のことであった。その後、推理小説の女性化、あるいは推理小説への女性参加はますます活発になり、一九二〇年代にはアガサ・クリスティという稀代の女性推理小説作家を生むことになる。しかしながら、ミス・マープルが優秀な安楽椅子探偵であると同時に、よき家庭婦人であり続けたように、真に行動する女性、「女には向かない職業」、職業としての女探偵の登場にはいましばらくの時間を必要としたのである。

＊　＊　＊　＊　＊

推理小説は遂にギャスケルの作品で全面的に展開されることはなかったが、その萌芽は随所に見られる。最も推理小説に接近しているのは、長篇小説ではなく、いくつかの短篇小説であるかも知れない。「婆やの話」（一八五二年）、「終わりよければ」（一八六〇年）、「灰色の女」（一八六一年）は、いずれも謎解きの要素を含んでおり、推理小説のアンソロジーに収録されてもおかしくない出来映えである。「婆やの話」は、ヴィクトリア朝に流行したいわゆる幽霊物語であるが、幽霊を罪悪感の顕在として描くことで客観的な推理物語として成立している。ここでいわゆる推理小説の名作と呼ばれるものには、短篇小説が多いことを想起してもよいかも知れない。ポーの聖典しかり、コナン・ドイルのシャーロック・ホームズ物語しかり、いずれも短篇が中心である。ポーが提唱する「構成の原理」に合致した、こうした短さこそが、ポーの言うトリックを全面に押し出した、推理小説の理想的な形なのである。およそ謎解き小説である限り、一つのアイデアを軸として、ストーリーが展開する。したがって、ストーリーが短くてこそ、そのアイデアが新奇で、ユニークなものであるかどうかを的確に判断できると言える。

ギャスケルは、推理小説を書かなかった。しかしながら、それは書けなかったのではなく、「終わりよければ」の元のタイトルが「父の罪」（一八五八年）だったように、犯罪物語をゴシップ的な興味ではなく、ましてや推理小説のような知的なパズルとして捉えなかった証左である。彼女がタイトルを変更したのは、そこに「正直は最善の策」という道徳的側面を強調したかったに他ならない。そこには、数々の社会問題に心を痛め、「罪と罰」の小説を書き続けた、ヴィクトリア朝に生きた一女性の誠実な姿が浮かび上がって来るのである。

註

（１）より厳密に言えば、ポーを先駆者とする小説のジャンルは「探偵小説」と呼ばれ、「推理小説」や「ミステリー」とは区別される。「推理小説」と呼ばれるジャンルは、現在あまりに多くの作品に適用され、しばしば「ミステリー」の範囲とも重なり合っている。日本では一般に推理小説という用語の定義が曖昧であるが、ここでは推理小説を広範な意味で捉え、謎の要素が少なくても犯罪を扱った小説、あるいは小説の骨格に推理小説の意匠を借りている小説、といったジャンル周辺の作品を含むものとして、「推理小説」という用語を用いる。より厳密に言えば、ポーを先駆者とする小説のジャンルは「探偵小説」と呼ばれるべきだが、ここでは必ずしも探偵が登場しないものの謎を中心に据えた小説として、「推理小説」という用語を用いることにする。

（２）Howard Haycraft, *Murder for Pleasure: The Life and Times of the Detective Story* (New York: Carroll & Graf, 1984) 24.

（３）正式に認定されているのは、「モルグ街の殺人」、「マリー・ロジェの秘密」（一八四三年）、「盗まれた手紙」（一八四五年）であるが、批評家によっては「黄金虫」（一八四三年）と「お前が犯人だ」（一八四四年）を含める場合もある。そもそも、「探偵小説(Detective Story)」は「探偵が登場する物語」だと考えると、デュパンが登場する三作品が該当するが、探偵の登場を単なる表面的な意匠として捉えるならば、detect する小説、「探偵する物語」として残りの二作品を含めることも可能であろう。

（4）『メアリ・バートン』が出版されてからこの抗議の手紙を受けとるまでの間に、ギャスケルがつき合っていた友達の間で殺人事件が起きたため、彼女の後悔の念もひとしおだったものと思われる。「——昨日、ここでたいへんな悲劇が起こりました。これから新聞でお読みになることと思います。私たちはノヴェリ夫人を知っています！　聖母のような人で、その顔には（おそらく人柄もそうでしょう）思いやりと優しい愛が満ちていました——」と、一八五〇年一月の手紙（*Letters* 101）に書いている。この聖母のような三十歳になる未亡人が、マンチェスターで商売をやっていた二歳年下の義弟アレグザンター・ノヴェリに殺されたのだ。ノヴェリは犯行後自殺した。ノヴェリの事務弁護士が審理中に証言したところによると、一年四ヶ月前に死んだ兄の残務整理をしていた時、ノヴェリは「帳簿を調べていると頭がおかしくなる、とこぼしていた」という。別の証人の話だと、ノヴェリの母親は気違いだったし、もうふたりの兄弟も自殺し、残るひとりの妹も狂人だった。これだけ条件がそろえば、殺人および自殺で、犯人は「犯行当時異常な精神状態にあった」という陪審員の評決は、まず文句のつけようがない」。

（5）D. A. Miller, *The Novel and the Police* (Berkeley: U of California P, 1988) 235.

（6）この作品のテーマの変更に関しては、ギャスケルが最初にこの小説を『マンチェスター恋物語』と呼んでいたことから、マンチェスターの生活と重ね合わせたメアリの恋物語が作者の構想の中心をなしていたという反論もある（Easson, *Elizabeth Gaskell* 73）。

（7）ヴァルター・ベンヤミン『都市の遊歩者』（今村仁司他訳、岩波書店、一九九四年）七頁。

（8）ヴァルター・ベンヤミン『ベンヤミン・コレクション2　エッセイの思想』（浅井健二郎訳、ちくま学芸文庫、一九九六年）三五頁。

（9）内田隆三『探偵小説の社会学』（岩波書店、二〇〇一年）二〇〇～〇一頁。

（10）昔のことを覚えていたマンチェスターの読者は、この話が、マンチェスターの木綿製造業者トマス・アシュトンの息子が一八三一年一月に殺された事件をもとにしていることにすぐ気づいた。懸賞金は総額二千ポンド、その半分は政府が出したものだが、その結果、三年後に二人の男が逮捕された。このふたりは、仲間のひとりが組合活動をしたという理由でアシュトン家から解雇されたことを怒った紡績工組合に雇われて、息子を襲撃したということが明らかになった。被告人のひとりは、「組合が、一人につき十ポンドくれるというなら、アシュトン家の人間を全員殺してやってもいいと思った」（第二〇章）といったという。当然ふたりとも死刑になった。『メアリ・バートン』を読んだ者の中には殺された男の妹もいた。十二歳のときに臨終の兄と最後の言葉をかわした彼女も、すでに結婚していた。殺人のくだりにくると彼女は気を失った。それで、義理の兄がギャスケルに手紙を書き、家族にしてみれば辛い思い出を故意に甦らせようとする行為としか思えないと、抗議した。一九五二年八月の手紙の中でギャスケルは、アシュトン事件を扱ったことで家族に辛い思いをさせたことを詫びた。

（11）ベンヤミン『ベンヤミン・コレクション２』四二頁。
（12）ベンヤミン『ベンヤミン・コレクション２』三八〇頁。
（13）Charles Dickens, "On Duty with Inspector Field," *Households Words* 3 (14 June 1851): 56.
（14）エルンスト・ブロッホ「探偵小説の哲学的考察」『異化』（船戸満之他訳、白水社、一九八六年）七八頁。
（15）Slavoj Zizek, *Looking Awry: An Introduction to Jacques Lacan through Popular Culture* (Cambridge: MIT, 1992) 193.
（16）要田圭治「群衆の内と外――ギャスケル、ハーディ、そしてモンスター」『ギャスケル小説の旅』（朝日千尺編、鳳書房、二〇〇二年）一三九頁。
（17）エレイン・ショーウォルター『心を病む女たち――狂気と英国文化』（山田晴子・園田美和子訳、朝日出版社、一九九〇年）一八五頁。

第二五章

演劇的要素

——メアリ・スミスは何を観たのか——

金山　亮太

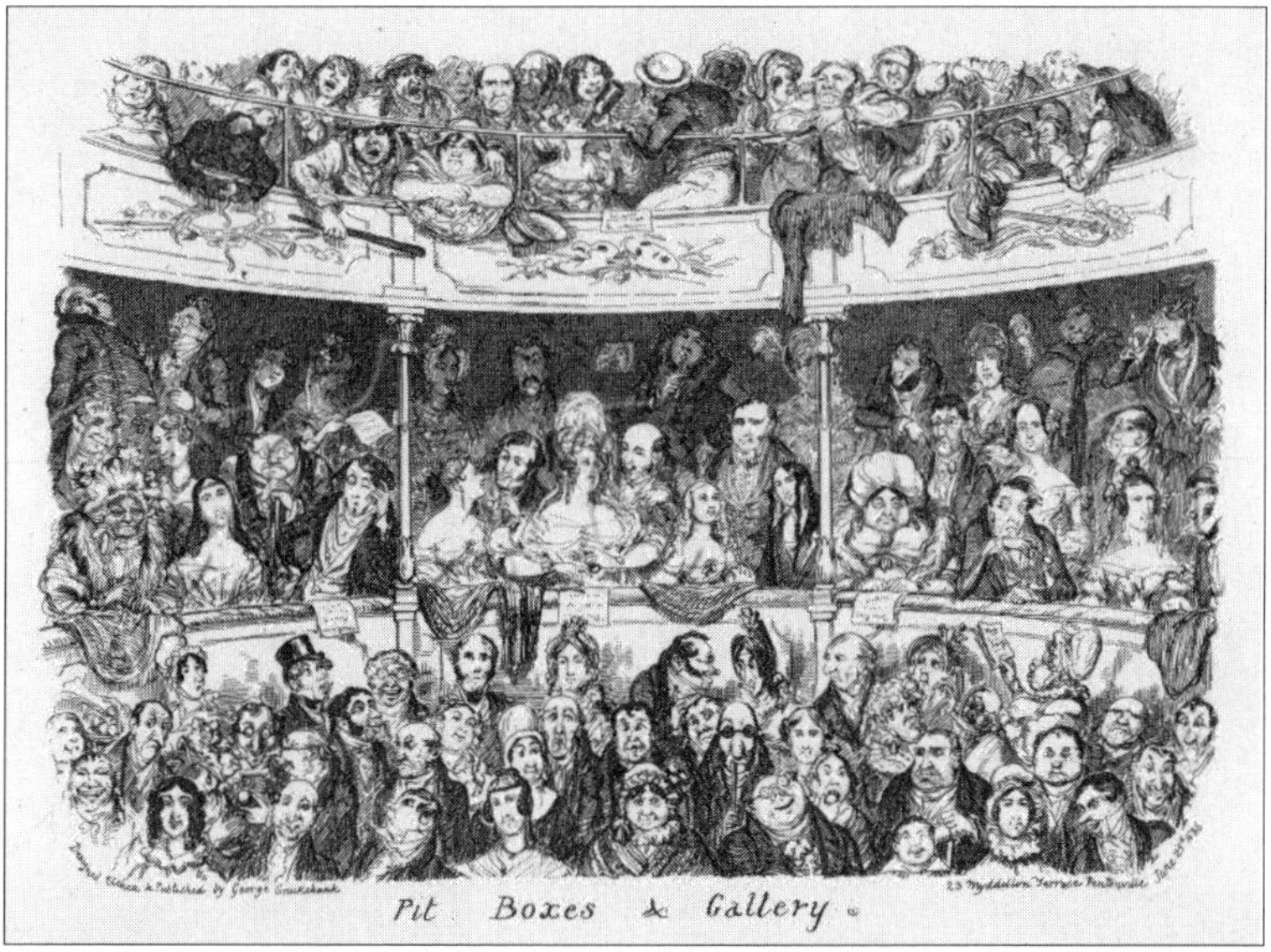

ジョージ・クルックシャンク「一階席と天井桟敷」
『私のスケッチ・ブック』(1836年6月25日号)

Chapter 25
Theatrical Elements: What Mary Smith Saw
Ryota KANAYAMA

ギャスケルの作品にはデビュー作以来、演劇的な部分が含まれていた。『メアリ・バートン』（一八四八年）ならば、工場での火事の場面やストライキの場面、恋人ジェム・ウィルソンが死刑判決を受ける直前に無罪が証明される場面など、演劇的な描写を含む箇所が数多くあるし、『ルース』（一八五三年）において主人公がヘンリー・ベリンガムに誘惑される場面、『北と南』（一八五四〜五五年）で主人公マーガレットが工場主ソーントンを暴徒からかばうために立ちふさがる場面、『シルヴィアの恋人たち』（一八六三年）の終幕で、主人公が瀕死の状態にあるフィリップ・ヘップバーンと最後に心を通わせる場面など、当時の読者向けに作者が提供した見せ場は少なくない。ただしそれらは抑制された描写にとどまっていることが多く、しみじみとした余韻を残すものの、たとえばディケンズやブロンテ姉妹の手にかかったならばもっと強烈な印象を残す描写になったであろうと思われるような箇所でも筆致は控えめであり、決して大げさな表現には陥らない。むしろ、そういう慎み深さが彼女の作品の特徴と言えるだろう。

『十九世紀演劇』の編者であるジョージ・ローウェルはヴィクトリア朝の演劇状況について論じた『ヴィクトリア朝の劇場、一七九二〜一九一四』において、十九世紀当初の観客層の細分化と、それに伴って生じた変化を指摘し、ヴィクトリア朝を通じてイギリス演劇ではメロドラマ的要素が増大したが、それは従来ならばあまり劇場に足を運ぶことがなかった層までもが劇場通いをするようになり、彼らの好みにあった脚本が求められた結果、センセーショナルな内容のものが増えたからであったと言う。また、観客好みの演出を可能にする各種の舞台装置や収容人員の増大などもあって、当時の演劇状況は（作品の芸術的完成度を別とすれば）活気を呈していた[1]。

もちろん、ギャスケルは当時流行の演出なども承知していたことであろうが、自作では芝居がかった描写を避けている。では、彼女は演劇性とは無縁なのだろうか。本稿は、ヴィクトリア朝前半の演劇状況を概観すると共に、当時の演劇の約束事とは一線を画していたギャスケル独自の演劇的要素について考察する。そのために登場してもらうのは、作者が自作の中で一番のお気に入りであるとラスキン宛の書簡で認めた[2]『クランフォード』（一八五一〜五三年）の語り手、メアリ・スミスである。ドラムブルに住む実業家の娘の目を通して描かれる、「女だけの町」で起こる出来事を検討しながら、作者がヴィクトリア朝社会に対して向けていたまなざしの一端を解明したい。

第一節　メロドラマの文法

十八世紀の産業革命やフランス革命の前後からメロドラマがもてはやされるようになったのは、「神の代理人」としての国王を排除してしまったために、自分たちの道徳観や倫理観を支えてくれる権威を失った当時の人々が、勧善懲悪という単純な図式を導入することで神の不在を埋め合わせしようとしたからだ、と『メロドラマ的想像力』の中でピーター・ブルックスは主張する。(3)実際、この時期のイギリス演劇の演目にはフランス演劇の「翻案もの」が少なからず存在し、(4)ギャスケルにとっては、芝居と言えばこういったフランス流メロドラマを意味していたとしても不思議はないが、彼女はそういった当時の演劇的流行には染まらなかった。

元牧師を父に持ちながらも幼くして実母を失ったせいで叔母に預けられ、長じては継母と異母妹たちとの関係に苦しむなど、実人生において有為転変を味わったギャスケルには、作り物めいたメロドラマ的人間関係が白々しく思えたのかも知れないし、あるいは厳格なユニテリアン派の牧師に嫁いだ者としての選択なのかも知れない。単に彼女自身の好みではなかった、ということで片付けることも可能であろう。そもそも、主人公は罪を着せられ、その恋人は誘拐され、秘密を暴こうとする者は命を落とし、悪漢はむなしく抵抗し、そして最後にはすべてが丸く収まり、主役の若い男女は結ばれる、という単純明快過ぎるメロドラマの文法の中に、当時の人々は失われかけた倫理や秩序の回復を見ようとした、というブルックスの論理がどこまで説得力を持つのかも判断に窮するところである。しかし、少なくとも当時の観客はこのような作為性を承知の上で、万事が予定調和的に終わるこの演劇形式を愛好し、かつそのマンネリズムを容認していた。『ジェイン・エア』（一八四八年）の終末部で読者に向かってロチェスターと結婚したことを報告するときのヒロインの語り口には、波瀾万丈の人生を送ってきたはずの孤児の物語をメロドラマ的な大団円に回収することへの作者自身の複雑な感情がにじみ出ているようだ。しかし、言い訳とも取れるその語り口には、同時に、どことなくほっとした雰囲気が漂っている。(5)

一方、ギャスケルの才能を見抜き、自分が編集することになった週刊誌『ハウスホールド・ワーズ』の創刊号（一八五〇年）に短篇小説の投稿（のちに「リジー・リー」として連載される）を依頼したディケンズは、彼自身も素人芝居の愛好者だったこともあってか、特にその初期の作品群においては演劇的特徴を相当程度に発揮している。デビュー作である『ボズのスケッチ集』（一八三六年）の中では、メロドラマ的な場面や素人芝居を含む演劇関係者の内幕もの、登場人物が観劇する場面などがふんだんに描かれる。その序文において、「この本が一般読者の関心を引くことを願う」、と書き記したディケンズにとって、当時流行していた大衆演劇のモードを作品内に持ち込むことで新しい読者層（ローウェルの分類に従うならば、新たに劇場通いをするようになった人々であり、メロドラマ隆盛の風潮を支えた人々と重なる）の想像力を刺激し、鑑賞の手引きとすることは、一種の顧客サービスだったのである。同書の「情景」の部、「セヴン・ダイアルズ」から、そのまま笑劇に転用できそうな女二人の口論の場面を引用してみよう。

「どうしたってのさ、あんた？」今しがたこの現場に駆けつけたらしい、また別の老婦人が尋ねると、「どうしただって！」と答えた相手は、自分の喧嘩相手の方を当てこするように語る。「どうしただって！　サリヴァンの奥さんったら気の毒にさあ、五人もの子持ちだっていうのに、ちょいと午後から用事で出かけたりすると、どこぞのあばずれがやってきちゃあ、ご亭主を誘惑するんだってよ。今度のイースターの月曜日で結婚して丸十二年だっていうのにさ。結婚証明書だってちゃあんとあるのを、あたしゃこの目で見たんだよ、こないだ一緒にお茶をいただいてる時にね、ちょうどこの前の水曜日のことさ。あたしったら、うっかり言っちゃったんだよね、『ねえサリヴァンさん、あたし……』」

「あばずれって、あんた、一体どういうつもり？」と口を挟むのは相手方の親分格の女である。さっきから、自分も騒ぎに加わるために、喧嘩をこちらに飛び火させたくてしょうがない、といった様子がありありと現れていたのであった。（「イヨッ、待ってました」とポット回収係のボーイが心の中で叫ぶ。「そんな女、やっつけちまえ、メアリ！」）「あばずれって、一体どういうつもりだって訊いてんだよ」と女親分は繰り返す。

「こっちの話さ」と聞こえよがしに相手は言う。「あんたにゃ関係ないってこと。あんたはさっさとうちに帰んな。で、酔いがさめたら靴下の穴でも繕ってなってことよ」

ディケンズがこのようなやり取りを記すときのような、まさしく〈現場の生の声〉と思しき空気を再現することにギャスケルはあまり意を用いない。比較のために『メアリ・バートン』におけるクライマックスである、ジェムが裁判を受けている場面でメアリが証言台に立つために法廷に入ってくる箇所を引用してみよう。その現場に語り手がいなかったと作者がわざわざ断っていることにも注意したい。

単なる美人を見たいと思っていた多くの人々は色めき立ち、そして落胆した。なぜならば、彼女の顔は死人のように真っ青で、表情もほとんど変わらなかったからである。優しげで深い色をたたえた灰色の瞳の奥底から、物憂げな、そして戸惑ったような魂が外を窺っているようだった。しかし、もっと上質な、そして異質な美しさをそこに見て取った人々もいた。長い年月がたっても見た者の記憶にいつまでも残るような美しさのことである。

私自身はそこにはいなかった。しかし、その場に居合わせた人が、彼女の様子や顔全体が、グイドの有名な「ビアトリーチェ・チェンチ」の絵を元に制作された版画に似ていた、と言った時、他にどのようなことを言われるよりもはっきりと私には理解できたのである。彼はまた、子供の頃に聞いた何か恐ろしくて悲しい歌のように、そのときの彼女の表情が脳裏から離れないのだと言った。無言で何かを苦しげに懇願しているような

表情がいつまでも繰り返し蘇ってくるのだ、と。（第三二章）[6]

ディケンズが事件現場の実況をするアナウンサーのように、目と耳とを駆使した描写によって、読む者にその場に漂う匂いや空気まで想像させてしまうのとは異なり、ギャスケルの描写はもっぱら「見る」ことに力が注がれていることが分かる。視覚的記憶に訴えかけるのが彼女の文体の特徴と言ってもいいかもしれない。ここで主人公の内面の煩悶を描き尽くすことに没入しないように、ギャスケルの語り手は敢えて自分を裁判の現場に置かず、あくまでも伝聞としてメアリとビアトリーチェの相似性を指摘するのであり、物語に過剰に介入するのを避けようとする語り手、ひいては作者自身の意図が窺える。このような距離感がギャスケルの作品にある種の折り目正しさを与えているのである。われわれはこれを「客観性がある」などと表現するが、具体的にはそれは一体どういうことを指しているのだろうか。ここで、当時の劇場形態の変化を元に、観客のまなざしの変化について考えてみたい。

マイケル・R・ブース『ヴィクトリア時代の劇場』とサイモン・トラスラー『英国の劇場』を参照しながら劇場の照明装置の変遷に注目してみよう[7]。エリザベス朝の頃の劇場（図①）は天井部分が一部空いた開放型の構造をしており、晴天の日にのみ公演が行われていた。清教徒革命期にいったん消滅した劇場が王政復古と共に大陸式の建物となって蘇ったとき、劇場形態

図① エリザベス朝の劇場

は今日われわれが知っているような閉鎖型のものが主流となる。ただし、天井から吊るされたシャンデリアや壁際に並べられたロウソクで室内を照らす形式のものであったために火事の危険と常に隣り合わせであったし、公演中も客席は完全に暗くならず、ある程度の明るさが舞台だけでなく劇場全体に確保されていた。これは安全上の理由（スリなどの犯罪を防ぎ、緊急時の避難路を確保するため）ということもあったが、幅広い階層の人々を集めていたエリザベス朝の劇場とは異なり、王政復古以降の劇場は主に有産階級の人々が集う場所となっており、単に芝居やオペラを鑑賞するためだけの場所ではなく、広い意味での社交場としての機能を期待されていたために、観客は劇場内の知人を見つけられる明るさを必要としていたからである。そして、社交場である以上、彼らの外見（服装や装飾品）もまた他の観客によって鑑賞されるべきものであった。つまり、劇場空間とは単に「演劇を観る」だけでなく、「演劇を観る観客を見る」という行為が同時進行する場であり、そこには一種の二重構造が存在していたことになる。舞台上で繰り広げられている芝居を観ている人々を、さらに他の人たちが見ているという自覚、言い換えるならば、劇場とはこのような非日常的な相互鑑賞のまなざしが飛び交う「ハレ」の場だったのである。

産業革命の副産物としてガスを使った照明が発明されると、街灯ばかりでなく劇場内の照明もまた十九世紀の前半にはガス灯によって行われるようになった(8)。ロウソクによる照明は点火に手間がかかったが、ガスは扱いが比較的容易で、栓の操作によって明るさを調整することが可能になったため、これが光を用いた新しい演出方法の案出につながり、ヴィクトリア朝半ばになると、舞台の上のみが照らされ、客席側は薄暗くなることが一般化する。さらに石灰光（ライムライト）を使用することによってスポットライトを当てることも可能になり、明暗を利用した演出方法がますます観客の視覚に訴えかけるようになる(9)。客席が完全に暗闇になることこそなかったものの、少なくともかつてのように観客が舞台以外の場所に視線を投げかけるような機会は奪われることになった。観客のまなざしは光のある部分へと吸い寄せられるようになり、ここにヴィクトリア朝の見世物的演劇《スペキュタキュラー》（視覚的演出効果に重点を置いた演劇）が誕生する素地が整ったのである(10)。

また、かつてはロウソクの光による薄暗い中で演じられていたために、舞台中央から客席の方にせり出したプロセニアム・アーチ（舞台前迫持）で台詞の掛け合いが行われていたのが、舞台上が十分に明るくなることでその役割を終え、今日一般的に見られるような額縁型の舞台が大多数を占めるようになる。エリザベス朝の劇場のように、舞台を観客が円形に近い状態で取り巻くといった構造の頃には、観客は舞台越しに向こう側の観客の反応をも感知することができた。それ以降の劇場においても、プロセニアム・アーチに役者が出てきて物語の進行に関わる重要なやり取りを観客に聞かせるまでは、その視線は対象を求めてさ迷い、時には客席の間を動き回るオレンジ売りに向けられていても構わなかったのである。しかし、照明方法や舞台構造の変化に伴い、観客は舞台以外の場所に目を向けることが困難になり、そのまなざしは統御され、舞台上のみに集中させられるようになったのであった。

このように、かつて劇場内に存在した、観る者同士の相互鑑賞のまなざしは行き場を失ったが、それは消滅したわけではなかった。劇場という閉ざされた空間を飛び出したこのまなざしは、むしろ社会全体を舞台に変えたのである。日常生活そのものが舞台と化した結果、誰しも自分が他人から見られる存在であることを意識せずにはいられない相互監視状況、パノプティコン的社会が現出していた。周囲からどう見られているのかという自意識過剰な精神構造に常に囚われ、内面はどうあれ外見を取り繕うことによって世間体を保つことに汲々としていたヴィクトリア朝の中流階級の人々が共有していた、「リスペクタビリティ」という名の自縄自縛装置の登場である。[11]

第二節　リスペクタブルとは何か

ヴィクトリア朝といえばリスペクタビリティとセットになっているかのような理解が一般的であるが、ここで今一度リスペクト（尊敬する）とは本来どういう意味だったのかを確認しておきたい。語源的には「振り返って見る」というこの単語の中にスペクト（見る）というラテン語動詞の一部が入っているのは当然のことのように思えるが、もともとこれはリスペクトの原義が「個々のものを見る」という意味だったことと関係がある。今日でもリスペクティヴ（個別の）という形容詞が存在することからも明らかなように、リスペクトとは、もともとは「全体をまとめて見るのではなく、一つ一つに留意しつつ見る」という意味であった。つまり、固まり《マス》として処理するのではなく、相手を一人の個人《インディヴィジュアル》として然るべき注意を払いながら見ること、そしてそれが敬意を込めて見るという意味へと変遷して行ったのである。相手を注視すること、と考えれば、少なくともそこには相手に対する関心があることが前提となる。ちょうど「無関心な（indifferent）」という単語の原義が「差がない（not different）」であり、そこから「月並みな、興味を引かない」と意味が転じていったことと似た関係であると言えよう。このようにリスペクタブルとは、人々が互いを値踏みするようなまなざしで見ることを前提としている社会において、〈見逃されずに済むこと〉だったのであり、これが「人前に出るにふさわしい」という意味へと発展したのであった。つまり、他人に見られても大丈夫なように体裁を取り繕うことができていればリスペクタブルなのであって、それは必ずしも実態を伴っていなくても構わなかったのである。

貧相な現実をせめて外見だけでもごまかすことで切り抜けようという態度を取り上げた「斜陽族（Shabby-genteel people）」

という作品が『ボズのスケッチ集』の「人物」の項にあるが、そこに登場するいじましい男たちを描くディケンズの筆は冷静であると同時に一抹の同情を含んでいる。ありのままに生きていられる労働者階級とは異なり、こういった人々の自己演出が、同等レヴェルの人々からのまなざしを意識し、やせ我慢をしながら生きていかなければならないと自覚している中流階級特有の病理であることを誰よりもディケンズは心得ていた。それは、何をおいても体裁を保つことを至上命令として植えつけられたために、本当の自分とは異なる人格を演じてでもその場にふさわしい振る舞いをしなければならない、という強迫観念であった。[12] 中流階級の人々にとって、リスペクタブルであることとは、文字通り「目を留めてもらうに値する」存在であることに他ならず、街並みの一部に溶け込んでしまうほど区別がつけ難いがゆえに人々の意識に痕跡を残さない、圧倒的多数の労働者階級と自らとを差別化することだったのである。E・M・フォースターが『ハワーズ・エンド』（一九一〇年）第六章の冒頭で「この物語はひどい貧乏人には用がない。こうした連中は想像もつかない存在で、彼らを相手にするのは統計学者か詩人くらいのものだろう」[13] と述べたのは、彼にとって労働者階級とは「リスペクト（個別に観察）」すべき存在として認識されていなかったからであり、人前に出るにふさわしい〈仮面〉をかぶって生きなければならない中流階級の人々にとって、そのようなものをつけなくても平気で表を歩ける人々のことなど「想像もつかない」からなのだ。貧民を表象しようにも、肝心の彼らの姿がフォースターの中では具体的な像を結ばなかったのである。

このように、自らが所属する階級の矜持に束縛され、実際は生活水準を落とさないことで精一杯だというのに、あくまでも中流階級にふさわしい生活を悠々と楽しんでいるふりをしなければならないというのは、ヴィクトリア朝の下層中流階級の男女に共通の悩みであった。『クランフォード』では、中流階級としての立場を崩すまいと苦心する女たちの健気さが繰り返し描かれる。たとえば、彼女たちがお互いの窮状を十二分に知りながら、あくまでもそれを気付かないことにして会話を楽しむ場面では、登場人物全員が役者となって出演者同士を監視しつつ、その場の空気を読みながら全体の雰囲気を壊さないようにしている様子が描写されている。

たとえばフォレスター夫人がお人形の家みたいにちっぽけな自宅でパーティーを開いた折に、小柄な女中さんがソファーに座っているご婦人方に向かって、その下からお茶用のお盆を取り出させていただけますかと言った時、この奇妙な行為を誰もが当たり前のこととして受け取って、家庭内での形式やしきたりについておしゃべりを続けたのでした。まるで、召使い専用の食堂や別の食卓や女中頭や執事がこの家には存在することを皆が信じているみたいに。ところが実はここには慈善学校を出ただけの小柄な女中がたった一人しかおらず、その短い赤い腕ではお茶用のお盆を二階まで運び上げることなどできそうにありません。ただし、奥様にこっそり手伝ってもらっていたというなら話は別ですが。当の奥様は今でこそ堂々と腰をおろして、どんなケーキが出されるのかなんてちっとも知らないというような顔をしていますが、実は彼女が午前中ずっとお茶用のカステラやスポンジケーキを作るのに大わらわだったことは彼女が知っていて、われわれも知っていて、われわれが知っていることを彼女も知っていて、われわれが知っていることを彼女も知っていることをわれわれも知っていたのです。（第一章）

この小説の語り手であるメアリ・スミスは、かつてはクランフォードに住んでいたが、今では鉄道で二十マイル離れたドラムブルという都会にいて、年に何度かかつて過ごしたこの町にやってくるという若い未婚女性であり、この町に住む女たちによって繰り広げられる中流階級ごっこの規則を熟知した、いわば高みの見物をすることのできる立場にある。彼女はこの田舎町を舞台にしたリスペクタビリティのお芝居の楽屋裏を実況中継していると言ってもいいだろう。当時の中流階級の女性に期待される程度の教養を備え、都会と田舎の両方を行き来することで両者に対する客観的な見方を獲得していた彼女は、自身マンチェスターに住んでいた作者の分身であると考えて差し支えない。牧歌的な部分の残るこの町に親しみと懐かしさを覚えながらも、語り手の生活の中心があくまでも都会にあることは明らかである。資本家の父を持つ彼女は、まさしく中流階級的価値観の中で育ってきたのであり、自分もまたリスペクタブルに振舞わなければならないという不文律を埋め込まれている。商業都市における対象物へのまなざしが、もっと容赦のない、そのものの本質的価値を真剣に値踏みしようとする経済的行為の様相を呈するのに比べ、クランフォードにおけるそれはまるで児戯に等しく、それゆえに語り手が滑稽さと愛おしさを感じていると思われる部分は随所に見られる。

　物語の冒頭から、クランフォードがいかに時代の流れに取り残された場所であるかを語り手は読者に印象づけようとするが、フランネルを着た雌牛や大きな絹製の傘（図②）などを引き合いに出しながら（第一章）、過去の記憶がこのような形で温存されていることを読者に告げる彼女の語りは嬉々としており、軽蔑的なニュアンスは乏しい。語り手がこの田舎町に定期的に戻ってくるのは、昔と変わらぬメリー・イングランド（古き良きイングランド）がそこにはあるからであり[14]、都会の人として生きる彼女にとって、この田舎町は懐郷の念を満たしてくれる骨董品の如き存在なのである。普段は、生き馬の目を抜くような競争社会である商業都市で日常を過ごすメアリ・スミスにとって、クランフォードは忘れかけた自分らしさを時おり思いださせてくれる非日常的空間《ユートピア》として美化されている。

　ギャスケルの中・長篇小説の中で『クランフォード』だけが

図② イヴリン・ポール「ロンドンには、赤い絹の傘がありますか？」（1910年版『クランフォード』の挿絵）

特異な位置を占めていることは早くから指摘されていた。ミリアム・アロットがこの作品には「ラヴェンダーとポプリの香りが漂っている」と評し、サッカレーの娘レディー・リッチーの「私たちはみな、私たちの生活の中にクランフォードを持っているのです」（Allott 21, 26）という発言を紹介していることを見ても、この田舎町の物語にイギリス人の永遠の心の故郷を見出そうとする人々が少なからず存在したであろうことは容易に想像がつくし、ギャスケルを社会小説家というカテゴリーで理解しようとしたルイ・カザミアンはこの作品を「英国の小さな町を美しく描いただけのもの」[15]として不満そうに退けている。しかし、時代の影響から超越し、たとえ疑問符つきではあるにせよリスペクタビリティを具現しているはずのこの町の秩序は、実は絶えず外部から揺さぶりをかけられているのである。

　たとえば、女ばかりで構成されていたこの町の社交界に娘二人を連れて参入してきた退役軍人のブラウン大尉が、新進作家ボズの『ピクウィック・クラブ』（一八三六〜三七年）に夢中になり、一時代前の教養を象徴するサミュエル・ジョンソンを支持するデボラ・ジェンキンズ嬢と対立した挙句、ふとしたことから鉄道事故で命を落とすという第二章のエピソード。もともと読みきりの形で意図されたこの小説の成立事情から察するに（Gérin 121-25）、物語を終えるためにご都合主義的に退場させられたように見えるブラウン大尉であるが、実はこの町の社交界に波紋を投げかける潜在的脅威であったことを忘れてはならない。退役軍人らしく大きな声で、しかも自分の経済的困窮ぶりまでも包み隠さず話してしまう彼は、社交界ごっこにふけるクランフォードの自称中流階級の女性たちにとっては、彼女たちのお芝居を無効にしてしまう甚だ迷惑な存在である。ただし、その男性的で率直な物言いにひそかに共感を覚える老嬢たちにとって、彼はようやくめぐってきた「老いらくの恋」の相手ともなりうる人物であった。しかし、ここに問題が生じる。

　もはや若くもなく、十分な資産も持たない彼女たちにとって、結婚相手にふさわしい同じ階級の男性がそもそも十分に存在しないことが自分たちの未婚状態を正当化する唯一の理由であり、語り手をしてこの町は「アマゾン族に占領されている」（第一章）と言わしめたのであることを思い出すならば、仮に一人の結婚可能な男性がここに登場したところで、彼は一人の女性しか相手にできず、選ばれなかった残りの女性たちの不幸な境遇が際立ってしまう、という事実である。彼の存在を容認してしまうと、男抜きだったからこそ辛うじて維持できていたこの似非社交界の背後にある真実が暴かれそうになるばかりか、無情な時の流れを忘れていたいと願う彼女たちの〈地上の楽園〉までもが存亡の危機を迎えてしまうことになるのである。

このように、『クランフォード』という作品は、語り手の目を通して語られる物語と、彼女自身をも含む登場人物たちには感知されえないメタ・レヴェルのもう一つの物語が共存している作品であるといえる。いわば、田舎町という舞台で繰り広げられる茶番劇を観ているメアリ・スミスを読者がさらに見ているのである。舞台上で発せられる台詞が二重の意味を持つことが観客にのみ伝わり、登場人物たちは知りえない状態をドラマティック・アイロニーと呼ぶが、さしずめここでは、読者という外部とクランフォードとを繋ぐ存在としてメアリ・スミスが見せる事情通の身振りが、彼女の演技に見えてくることがそれに相当するだろう。このようなメタ・シアター的空間としてこの町がはらんでいる問題について次に考えていきたい。

第三節　メタ・シアターとしての『クランフォード』

クランフォードを象徴する存在として、この物語の後半の中心人物になるのは牧師の娘マティー（マティルダ）・ジェンキンズである。父母を亡くし、唯一の身内だった姉デボラも物語の最初の方で失った彼女は、五十歳を越えていまだ未婚の寄る辺のない存在として描かれる。彼女の亡き父への尊敬と、教条主義的なところのあった姉とは違って穏やかな気性の持ち主である彼女への安心感からか、この物語の登場人物たちは概ねマティー嬢に好意的である。語り手も彼女のところに滞在し、その生きざまをつぶさに見ることになるのだが、ある日この老嬢が全財産を預けていたタウン・アンド・カウンティ銀行が倒産し、経済的に行き詰った彼女は、生活のためにお茶を売ることを選択する。ここにおいて、クランフォードの似非社交界の秩序は再び揺らぐことになる。

この田舎町の社交界が階級意識や職業差別に根ざした一種の位階制《ヒエラルキー》の上に成り立っている以上、商人に身を落としたマティーを従来通りに遇するわけにはいかないのだが、元来お人よしの彼女たちには対処法が分からず、語り手を呼び出し、自分たちが集めた募金を誰からなのか分からないようにして老嬢の元に届くようにして欲しいと懇願する。このあたり、牧師の娘を慈善活動の対象とすることに後ろめたさを感じる一方、商人を一段低く見るというクランフォードの淑女たちの俗物ぶりが暴かれてもいる(16)。しかし、語り手がいち早くマティーの兄ピーターの生存を信じて彼に帰国を促す手紙を書いていたため、まるでギリシャ悲劇における〈機械仕掛けの神《デウス・エクス・マキナ》〉（図③）のように、彼女が商売を始めて間もない頃に放蕩息子の帰還よろしくこの兄が帰ってくることによって、物語はまた新たな展開を迎える。

図③ H・M・ブロック「一瞬のうちに彼はテーブルを回って彼女を腕に抱きしめた」（1898年版『クランフォード』の挿絵）

軍隊に入った後、インドで行方不明になっていたピーターがメアリ・スミスの機転で帰国し、マティーの危機は一応去る。しかし、インド滞在中に手がけた藍の栽培を他人に譲って得た莫大な財産と共にクランフォードに戻ってきた彼は、この「女だけの町」の社交界にとってブラウン大尉以上に危険な存在となることに読者は気付かずにはいられない。なぜならば、彼こそ中流階級であることを保証する退役軍人としての肩書きと、十分すぎる資産と、そして未婚であるという好条件を備えた人物であり、オースティンが『自負と偏見』（一八一三年）の冒頭でいみじくも述べたように、「結婚相手を必要としていないはずがない」と見なされる存在だからである。さらに、この町で生まれ育った彼は、体面保持のための切ないお芝居の本質を承知しているために、彼女たちの自己欺瞞性や滑稽なまでの世間体へのこだわりに対しても、諧謔精神を発揮して柔軟に対応できる。故ブラウン大尉は最後までこの似非社交界の偽善性を理解しないままにこの世を去ったが、ピーターにはもはやクランフォードを去らなければならないような理由はなく、今後、結婚可能な数少ない男性として、未婚女性たちの悩ましさの元となることが明らかなのである。それだけに、マティーの生活が落ち着いた後、人々の関心の的は、一体彼は結婚する気があるのか、もしもあるとすれば誰なのか、という点にならざるを得ない。既に故グレンマイア男爵の夫人がレディーの肩書きを捨てて医者のホギンズ氏と結婚するなど、従来では考えられないようなカップルが誕生していたこともあり、結婚するのにふさわしい相手にめぐり合うこともなく年月を重ねていた彼女たちは色めき立つ。医者とはいえ平民でしかないホギンズ氏と男爵未亡人が婚約したことが知れただけで、独身女性たちがそわそわする様子を語り手は次のように描写する。

これが私の気のせいなのか、それとも事実なのかは分かりかねますが、こんなことに気がつきました。ある集団の中の誰かが婚約したということになると、その直後からその集団の中の独身女性たちが、いつも以上に陽気にはしゃいだり新しい服を着だしたりするのですが、それがまるで「私たちも独身なのよ」とでも言わんばかりで、暗黙のうちに、そして無意識に振舞うようになるのです。（第一二章）

この町の独身女性たちにとっては、ピーターはまさに希望の星なのである。そのような彼が、クランフォードの社交界の頂点に鎮座ましますジェイミソンの奥方と親しげに語り合う姿を見たミス・ポールは次のように嘆く。

「もしも万一ピーターが結婚でもすることになったら、かわいそうに、マティーさんはどうなってしまうでしょう！　それもお相手がよりによってジェイミソンの奥方だなんて！」（第一六章）

もちろん、未婚の自分こそピーターの相手としてふさわしいというミス・ポールの本音がここに表れていることを語り手と同様に読者も悟るのだが、実は語り手自身までもが、この親子ほども年の離れた男の結婚問題に並々ならぬ関心を抱いているらしいことが読者には知らされる。

マティーさんの家に戻ると、私まで、ピーターさんがジェイミソンの奥方と結婚するつもりではないか、と本当に考え始めてしまい、このことについてミス・ポール同様悲しくなってしまいました。（第一六章）

このように述べる語り手は、いつしかクランフォードの出来事を読者に紹介することから逸脱し、その社交界を舞台にした物語に取り込まれ、その象徴的中心人物であるマティーの行く末を心配する（そして、その兄ピーターの結婚相手について、いささか過剰なまでの関心を抱く）登場人物の一人になってしまっていることに読者は気付かずにはいられない。この物語の初め頃、読者に対して時折いたずらっぽい目配せを送りながらこの町の滑稽さや時代遅れの様子を知らせていたメアリ・スミスは、読者をいわば共犯者として巻き込み、彼女と同じ目線でこの町のリスペクタビリティごっこを鑑賞できるように解説する冷静な語り手であった。ところが、この町の人間関係に首を突っ込みすぎた彼女は、いつしか自分もまたその社交界の一部となり、この擬似ユートピアが今や破綻しようとしている様子をはらはらしながら見守っている。この町の秩序の崩壊は、彼女の避難場所が失われることを意味するからである。いわば、〈観客〉としての立場を忘れた彼女は、マティーに感情移入するあまり、みずからもまたこの物語の展開に積極的に介入するのであり、行方不明のピーターに手紙を書くという行為はその端的な現れである。

実はピーターがジェイミソンの奥方に近づいたのはホギンズ夫人との冷戦状態を解消させ、この町に再び平和を回復させるためだったことが分かり、物語は大団円を迎える。その日以来クランフォードの社交界は昔どおりとなり、皆仲よく和気藹々としている、と伝える語り手は「私たちはみなマティーさんを愛しています。彼女のそばにいるだけで、なんだか私たちみんながより良い人間になったような気がするのです」（第一六章）と言って物語を閉じる。大山鳴動鼠一匹の騒動に似つかわしい幕切れと言えようが、ここで読者は立ち止まらなければならない。一体、あの、物語の一部になっていたメアリ・スミスはどこへ行ったのだろうか。実況中継をする部外者の立場を忘れ、ピーターがジェイミソンの奥方と結婚することによってクランフォードにもたらされるであろう失望感とマティーの孤独、そしてこの田舎町の平和の終わりに思いをめぐらせる彼女は、この町の社交界のその他の女性同様、結婚したくともふさわしい相手が得られない女性たちに感情移入していたのだ。その悲痛な気持ちを忘れたかのように今、この物語を終えようとする彼女は、実は自分が開いてしまった秘密の箱の蓋をそ知らぬ顔をして閉めようとしているように見える。一体彼女はこの田舎町で起きた「コップの中の嵐」に何を観たのだろうか。

第四節　メアリ・スミスは何を観たのか

語り手を含む多くの独身女性たちが安堵したのは、取りあえずピーターに意中の人がいないという事実を確認できたからであり、この物語が終わってから、今度こそ本当の「女の戦い」が始まろうとすることは誰の目にも明らかである。それにも拘わらず、すべてが旧に復したかのような、この語り手の口ぶりは何を意味しているのだろうか。存命中はクランフォード的価値観を体現していた姉亡きあと、マティーこそがこの町の愛くるしさ、はかなさを具現化した存在として皆の敬愛の対象であった。肯定的な意味でも否定的な意味でも彼女はこの町の象徴であり、さればこそ誰もが彼女を傷つけることを恐れ、その行く末を心配するのである。しかし、現実の彼女はホルブルック氏との淡い初恋に破れ、遂に結婚することもなく生涯を終えようとしている老嬢であるという事実は動かしがたい。彼女を経済的・社会的危機から救出するために急遽導入された〈機械仕掛けの神〉であるピーターは確かに妹を救い、束の間の平和をこの町に取り戻すが、今度は結婚可能な男性として、その社交界の秩序を根底から揺さぶる存在としてとどまり続ける。

この小説は、ギャスケルには珍しい、いささか笑劇めいた終わり方をするが、実際はこの町に元のような平和など訪れないことを誰よりも分かっていたのは作者自身なのである。表面的には何も起こらなかったような時間がしばらくは流れるであろうが、実際にはこの町の社交界の人々の意識は取り返しがつかないほど変わっている。彼女たちは、自分たちが守ろうとしているものが外部からの影響を受けずにはいられない脆いものであることをすでに悟っており、孤独な老後という現実も間近に迫っている。この町の似非社交界のルールを熟知した上で、その閉鎖性と時代錯誤性を懐かしみつつもどこか距離を置いていたメアリ・スミスもまた、この小説の最後では、まるでクランフォードの住民に戻ったかのように、いつまでもこの町が変わらずにいて欲しいというはかない希望を口にせずにはいられない。

都会でのぎすぎすした生活によるストレスに倦み疲れ、ひとき自分らしさを回復するための手段として田舎町に滞在する彼女は、このような現実逃避の場所があることによって精神の安定を図ってきたのである。しかし、中年以上の女性たちばかりで構成されているこの社交界の中でただ一人、二十代の未婚女性として造形されている彼女は、本来ならばこのようなところで油を売る代わりに〈婚活〉に勤しんでいなければならない年頃のはずなのだ。中流階級の女性がリスペクタビリティを達成するためには、然るべき年齢に達したならば結婚相手を見つけ、そこで〈家庭の天使〉として君臨することがヴィクトリア朝の規範だったことを思い出す必要がある。それがかなわないことで引き起こされる悲喜劇を、彼女はいやというほどここで目撃してきたのではなかったか。第一一章で、ジェイミソンの奥方の騙されやすさを指摘するミス・ポールが、結婚すると人は物事をすぐに信じてしまうようになると主張し、安易な結婚をしなかった自分自身の幸運を口にするとき、読者はその発言の背後にある彼女の負け惜しみを感じずにはいられない。語り手もミス・ポールの発言に同意して、同様に未婚の自分は幸運なのかと考えようとするが、交際相手を見つけることもなく過ぎていく自分自身の二十代について彼女がどう思っていたのかは結局最後まで明かされないのである。

語り手の中に潜む、クランフォードの社交界におけるこの種の負け惜しみに対するささやかな優越感は、物語の終わりでは窺えなくなっている。この町で日常的に繰り広げられる中流ごっこの演技を彼女は観劇していたのであって、そこでは彼女は当事者としてではなく、あくまで傍観者として登場人物たちの悲哀を共感を込めて綴っていたはずであった。しかし、物語の終わりに際し、この町にかつての平和が戻ったなどという、文字通りメロドラマ的な結末を口にするメアリ・スミスの意識の変化は何を表しているのだろう。それは、まだどこか他人事だったリスペクタビリティへの同化圧力が彼女にも実感され始めたことを意味する。まだ若いとは言え、今の語り手にはこの町の未婚女性《アマゾネス》たちの悲哀がもはや他人事とは思えない。そして、メアリ・スミスというありふれたネーミングに込められた作者の意図はここにあるのだ。彼女はヴィクトリア朝版の『エヴリマン』なのである（正確には『エヴリウーマン』であろうか）。語り手は似非社交界の女性たちのお芝居を観ているうちに、自分もまたその中の一人として演技を始めてしまったのである。あくまでも〈観る〉側として高みの見物を決め込んでいたつもりの彼女は、いつの間にか自分もまたリスペクタビリティのお芝居の出演者として、結婚相手の見つからない自称中流階級の女性たちの歩んだ道を辿り始めるのではないか、という意識に密かに囚われ始めているのである。

ギャスケルはその作品にメロドラマ的な手法を採用しなかったが、それは、当時の中流階級女性にとって、現実の世界はもっと複雑な場所だったからである。ギャスケル自身、自分の四人の娘（図④）の行く末を心配していたことはアメリカの年下の友人チャールズ・エリオット・ノートンあての手紙（一八六〇年一月一九日付け）からも窺える。

> 娘たちは、本当に私にとって慰めです——本当に幸せなこと！　みんな良い子で健康で聡明で。あの子たちのうちの誰かが結婚するなんてことになったら、どうしたらよいか分かりません。でも、いつも不思議に思うのですが、誰一人としてあの子たちに求婚してくださらないの。どうやら、ここマンチェスターではユニテリアン派の青年というのは善良だけど粗野なままか、そうでなければ、お金持ちだけど、あの子たちが持っているような高尚な資質の値打ちが分からないか、どちらかなのでしょう。いわば「精神的な」資質というものは、あの子たちのことを思ってくださるような人ならば、きっと高く評価してくれるはずですのに。（Chapple, *Portrait in Letters* 79）

図④　ギャスケルの子供たち（C・A・ドゥーヴォールによるパステル画、1845年）
左からフロッシー、ミータ、メアリアン。

中流階級にふさわしい教養を持つ都会の人間として田舎町を郷愁の対象として客観視していると信じていたメアリ・スミス自身が、いつの間にか似非社交界の存続を願う役者の一人になってしまっているということ。観る側が演じる側にいつの間にかすり替わるというメタ・シアター的状況が当の本人には自覚されていないがゆえに、その不条理性は読者の心を衝く。そして、これこそがギャスケルが達成し得た彼女独自の演劇的要素なのである。

「演劇的な」という言葉は「ドラマティック（dramatic）」という、ギリシャ語の「行うこと」に由来する言葉に翻訳することもできるし、あるいは「シアトリカル（theatrical）」という、これもまたギリシャ語の「見ること」を語源とする「シアター」から派生した言葉に読み替えることができる。しかし、「ヒストリオニック（histrionic）」という言葉もここに付け加えたい。ギリシャ語で「役者」を意味する言葉から来ているこの単語は、文字通り〈ふさわしく見られるように演じること〉を半ば自動化していたヴィクトリア朝の人々に共通する一種の病理であると考えられるからである。(17) ニーナ・アウアーバックが指摘するように、演劇性《シアトリカリティ》とはヴィクトリア朝文化の精神であるだけでなく、文化的事実でもあった。(18) リスペクタビリティの仮面は彼らの肉体の一部となり、文字通り「演じる人」として彼らは互いの演技を観つつ、また自分の演技を見せながら生きていたのである。

註

（1）George Rowell, *The Victorian Theatre:1792~1914* (1956; Oxford: Oxford UP, 1978). 特に第一章と第三章を参照。

（2）A Letter from Gaskell to John Ruskin (24 February 1865), *Critical Heritage* 199. これはラスキンから寄せられた手紙への返事であるが、そこで彼は「こんなに読み終えるのが残念な本はなかった。どうして、あそこでやめてしまったのですか。あなたは、良い人を殺してしまうのがお好きなようだから、マティーさんを殺してしまって、今度はジェシーの子供たちを主人公にして話を続けてくれればよかったのに」などと言っていた。彼もまた、この擬似ユートピアの虜だったのである。

（3）ピーター・ブルックス『メロドラマ的想像力』（産業図書、二〇〇二年）第一章、特に三四～四五頁。

（4）Allardyce Nicoll, *A History of English Drama 1660-1900*, vol. 4: Early Nineteenth Century Drama 1800-1850 (Cambridge, Eng.: Cambridge UP, 1955) の特に第二章を参照。

（5）最終章はロチェスターとの結婚を使用人に告げる場面から始まり、ジェインのかつての友人たちとの交流や、彼女に求婚した牧師セント・ジョンのその後、そしてロチェスターの視力回復と長子誕生で終わる、文字通りの大団円となっている。

（6）シェリーの『チェンチ家』（一八一九年）の元となったチェンチ家の悲劇は十六世紀末にローマで実際に起こった事件である。自分に近親相姦を強いた暴虐な父を殺した罪で処刑されたビアトリーチェ・チェンチと、くじ引きによって殺人を実行した自分の父親と殺人の濡れ衣を着せられた恋人との板ばさみになって煩悶するメアリとを比べてみれば、確かにこの二人は似ていると言えなくもない。

（7）Michael R. Booth, *Theatre in the Victorian Age* (Cambridge, Eng.: Cambridge UP, 1991) 82-93. および Simon Trussler, *The Cambridge Illustrated History of British Theatre* (Cambridge, Eng.: Cambridge UP, 1994) 194-225 を参照。

（8）Booth 68-69.

（9）Booth 86.

（10）Trussler 246-59 および Michael R. Booth, *Victorian Spectacular Theatre 1850-1910* (London: Routledge & Kegan Paul, 1981) 1-30 を参照。

（11）これ以降のリスペクタビリティに関する分析は、フーコー『監獄の誕生』（一九七五年）にヒントを得たものである。

（12）ディケンズが抱いていた、自分の階級への自負心の強さについては、ジョン・フォースターによる彼の伝記『チャールズ・ディケンズの生涯』第一章第一節と第二節に詳しい。

（13）ここでフォースターが言及する統計学者とは、『人口論』（一七九八年）を著したマルサスのことであろう。人口の増加率は食料生産の増加率を上回るため食糧不足の発生は不可避である、と説いた彼は、犯罪防止のためには人口抑制が不可欠であり、疫病などによる人口減少もやむをえないとした。

（14）ウィリアム・ハズリットが『イギリスの喜劇作家について』（一八一九年）の中でロビン・フッドの活躍した時期をこう呼び、さらにウィリアム・コベットが『田園紀行』（一八二二～二六年）の中で産業革命以前の自給自足的な農村を理想化して描いたことから一般に共有されるようになった考え。フリードリッヒ・エンゲルスが『イングランドにおける労働者階級の状態』（一八四四年）で揶揄したこの現実逃避的な観念は、ステファニー・L・バーチェフスキー『大英帝国の伝説』（法政大学出版会、二〇〇五年）によってその成立背景が徹底的に検証されている。

（15）Louis Cazamian, *Le roman social en Angleterre 1830-1850* (Paris: Société nouvelle de librairie et d'édition, 1904) 384.

（16）小池滋「メアリ・スミスへの花束──あるいは、ドラムブル流の愛情」『ギャスケル文学に見る愛の諸相』（山脇百合子監修、北星堂書店、二〇〇二年）四七頁を参照。

（17）Nina Auerbach, *Private Theatricals: The Lives of the Victorians* (Cambridge: Harvard UP, 1990) 114.

（18）Auerbach 12.

第六部　【作家】

第二六章

自　己

――「自伝」とその虚構化をめぐって――

新野　緑

サミュエル・ロレンスが描いたギャスケルの肖像（1854年）

Chapter 26

Self: On "Autobiography" and Its Fictionalization

Midori NIINO

第一節　リアリズムと自伝

「私には経済学も組合の理念も分かりません。ただ、ありのままに書こうとしただけです」。ギャスケルが処女作『メアリ・バートン』（一八四八年）に付したこの「序文」は、リアリズム作家としての彼女の姿勢を端的に示している。政治的な主張や既存の理論の枠組みに拠らず、自分の目で見て実際に感じ取ったことを、事実に即して誠実に書く。もちろん、この「ありのままに（truthfully）」という言葉が何を意味するかは議論の余地があるし、ギャスケル自身、『メアリ・バートン』の意図を友人メアリ・ユーアトに説く書簡で、「私はその問題を、何人かの労働者が確かにこの通りだと思えるように描こうとしただけで、これが純粋完璧な真実だと言うつもりはありません」（*Letters* 67）と、「真実」の多様性、その究極的な捉え難さを十分に認めてもいる。しかし、少なくとも、身近な出来事を他者の心情を含めて正確に捉えるという、ある種の「リアリズム」を、彼女が自身の創作の軸として重視していたことは明らかだ。

じっさい、ギャスケルの小説には、彼女が幼少時を過ごしたナッツフォードの風物や、ユニテリアン派の牧師の妻として目にしたマンチェスターの労働争議など、彼女がその人生で体験した出来事や情景が、地域の方言に至るまで詳細に再現され、独自のリアリティを生み出している。しかし、それにもまして重要なのは、伝記的な要素だろう。とりわけ、最後の作品『妻たちと娘たち』（一八六四～六六年、以下、『妻たち』と略記）は、幼い時に母親を亡くしたヒロイン、モリーの人物造型をはじめ、父親ギブソン氏の再婚、継母ハイアシンスやその連れ子シンシアとの交わり、そして架空の田舎町ホリングフォードの描写など、主要な登場人物やプロットの展開をギャスケル自身の人生に負うところが多く、一種の自伝とみなすこともできる。

しかし、たとえば、ギャスケルを妻の姉（図①）に預けたまま、久しく会おうともしなかった父ウィリアム・スティーヴンソンとは異なり、ギブソン氏は、時に残酷とも見える冷やかしや冗談まじりの態度を取ってはいるが、娘と常に一緒にいたいと願う愛情深い父親で、二人は「最高に楽しい交わり――からかい半分、真面目半分ながら、何もかも打ち明けられる頼もしい友情関係」（第三章）を結んでいる。実父ウィリアムと重なりつつ、ある意味で対照的なこの彼の人物造型を、フェリシア・ボナパルトは作者による「あからさまな願望充足」（Bonaparte 57）の試みと見る。たしかに、ギブソン氏を含め、ギャスケルの作品には父娘の親密な愛情関係が頻繁に描かれており、そこに父親の愛を渇望した作者の思いを読み取ることができる。しかし、再婚後一年が経ち、妻の欠点に目覚めたギブソン氏を、

図① ナッツフォード在住の伯母、ハナ・ラム夫人
ギャスケルは1歳の時にこの伯母の許に送られた。

父親は妻の欠点に神経質なほど敏感になってしまった……言葉や態度は手厳しく、時に苦々しくもなった。父親は結婚して一年は盲目のまま過ごしたが、モリーは今や父があのまま盲目でいてくれたらと願うようになった。もっとも、家庭の平和が著しく侵害されることは何もなかった。ギブソン氏は「避け難いものを受け入れた」と言う人もいるだろう。彼自身は、もっとありふれた言い回しで「覆水盆に返らず」と自分に言い聞かせた。そして、自らの信念に従って、どんな場合でも妻とは実際に諍いは起こさず、むしろ、嫌みを言ったり、部屋を出て行ったりすることで、議論を切り上げようとした。（第三七章）

と描く文には、エレクトラ・コンプレックスを抱く作者の単なる「願望充足」でない、父親の心理に対するきわめて分析的で冷静な目が感じられはしないか。ギブソン氏の心中を覗き見る語り手のまなざしは、モリーのそれに重なっているが、父親が継母の欠点に「神経質なほど敏感」だと言い、かつては父親の盲目さに「ほとんど苛立っていた」（第三七章）のに、「今や父があのまま盲目でいてくれたらと願う」モリーには、父親の神経過敏や鷹揚さの欠如をやんわりと批判する心理的余裕がある。

さらに興味深いのは、こうした語りの冷静さが、継母キャサリン・トムソンをモデルとするハイアシンスの描写にも見られることだ。たしかに、世間の人々に継子いじめと誹られるのが嫌さに、生母の家具が据えられたモリーの部屋をシンシアと同じ形に模様替えしたり、母親の権威を蔑ろにされた腹いせに、死に瀕したハムリー夫人の看病にモリーを行かせなかったりと、世間体のみを気にして他者への思いやりを欠いた継母の浅薄な愚かさは、物語の至るところに遠慮なく描き込まれてはいる。しかし、たとえば、継母に対する父親の愛情が冷めたこと

をモリーがはっきりと認識する場面で、

> こうしてギブソン夫人は夫の好意を取り戻す方法を見つけ出そうと手探りを続け、結局は自分勝手な見方でしかなかったが、実に一所懸命努力したので、ついにモリーは我にもあらず、しかも継母こそが父親の辛辣な気質を増大させる原因だと知っていたのに、しばしば彼女を可哀想に思わずにはいられなくなった。というのも、じつは父親は、妻の欠点に過敏に反応しすぎていたのである……。（第三七章）

と、継母の欠点を十分に意識しながらも、モリーは、父親の「辛辣な気質」や妻の欠点に対する「過敏な」反応を同時に認めて、継母に思わず同情を寄せる。「我にもあらず」という言葉が示すように、一種の自己矛盾でもあるが、両親に対するこのモリーの、ひいては語り手の公平な姿勢、そしてモリー自身の複雑な感情の分析には、状況から一歩身を引いた冷静さが見て取れる。そのことは、医者である父親の辛辣な気質を「収斂性の（astringency）」という医学的な言葉で語るユーモアからも読み取れよう。

ギャスケルが描く多くの邪な継母の中で、ギブソン夫人は例外的に喜劇的な人物と言われる。[1] 継母の欠点を批判しながら、それを「笑い」で包み込む適切な距離感に加えて、ギブソン夫人が物語の最後に、「あなたも他人がどうしてほしいと思っているのか、分かるようにならないとね。でも、大体のところ、あなたは優しいいい子よ」（第六〇章）とモリーに言うように、両者の関係には鋭い皮肉の中にも微かな和解の気配がある。もちろんそれは、すでに五十代の半ばに達したギャスケルが、トラウマに満ちた父親や継母との関係を冷静に見直す心の余裕を得たためでもあろうが、こうしたユーモアは、『クランフォード』（一八五一～五三年）をはじめ、ナッツフォードを舞台としたギャスケル小説に特有の調子でもあるから、そこでの幸福な記憶が反映されているのかもしれない。いずれにしても、ギャスケルの中でもとりわけ自伝的な『妻たち』が、「日々のありふれた物語」という副題が示すように、作家の辛い過去を扱いながら、もっとも淡々とした落ち着きに満ちたものとなったとすれば、その理由を考えることは、ギャスケル小説の発展を考えるうえでも、また、作家の「自己」の有り様を考えるうえでも、まことに興味深い。

第二節　虚構化の試み

この『妻たち』を特徴づけるユーモア、あるいは登場人物や出来事に対する語り手の適度な距離感はどのようにして生み出されたのか。ギャスケルは、一八六四年に出版業者のジョージ・スミスに宛てた手紙で、『妻たち』の構想を以下のように説明している。

それは四十年前の田舎町の生活を描くものです。妻に先立たれた医者にはモリーという娘がおり、彼女が十六歳の時に父が再婚します。相手は未亡人でシンシアという娘がいます。二人の女の子は、対照的な性格で、姉妹ではないけれど、同じ家で姉妹のように生活し、一人の若者の愛を我知らず争うのです。若者はロジャー・ニュートンで、近くに住む地主というよりむしろ農場主の次男です。彼はシンシアに心を奪われますが、シンシアの方は気がなく、モリーは彼が好きです。彼の兄はケンブリッジで秘密の結婚をします。大学に行く前は賢いと思われていたのですが、道徳心が弱く、父親を失望させます……。(*Letters* 731-32)

この構想は、たとえば、父親の再婚時のモリーの年齢が十七歳で、彼女が愛する青年の姓がハムリーであり、彼の兄オズボーンの秘密の結婚がフランスで行われるなど、僅かな変更を加えながら、実際の作品にそのほとんどが生かされている。そして以後も、物語はほぼ構想の通りに、ロジャーとシンシアとの婚約、ハムリー家の跡継ぎオズボーンの急死、そしてシンシアの心変わりによる婚約の解消へと続き、最終的にモリーの恋愛の成就を示唆するところで、作家ギャスケルの死が作品を未完にさせた。

この『妻たち』の登場人物やプロットは、小説が舞台とする十九世紀初頭に出版された一つの作品を思い起こさせる。オースティンの『マンスフィールド・パーク』(一八一四年、以下、『パーク』と略記[2])。もちろん、『パーク』のヒロインのファニー・プライスが、口減らしのために親元を離れ、准男爵サー・トマス・バートラムの妻となった伯母の邸宅に身を寄せるのに対し、モリーは実家に留まり続ける。しかし、継母が入り込んだギブソン家は、モリーにはもはや本当の実家とは言えないから、親戚の家に寄宿するファニーと彼女は同じ立場にあるとも言える。十歳で愛する家族と離れ、マンスフィールド・パークにやって来たファニーは、豪華な屋敷と上品な親戚たちに圧倒されて心細い思いをする。その彼女の心境は、『妻たち』の冒頭、カムナー伯爵邸の園遊会(図②)に招かれたモリーが、屋敷に取り残されて経験する孤独感や居心地の悪さと同じだ。頭痛を起こしたモリーをベッドに休ませ、客が帰る時に起こしてあげると言った館のかつての女家庭教師が約束を忘れたのが原因だが、その人物がハイアシンスであるのは、カムナー邸と父親の再婚後のモリーの家とを結びつける効果がある。約束を忘れたばかりか、自分の失敗を奥方たちに隠してモリーに惨めな思いをさせるハイアシンスは、一見親切そうに見せながら、じつは虚栄心が強く利己的で計算高い浅薄な人間だ。この人物像は、ファニーをマンスフィールドに呼び寄せた恩人を気取りながら、養育に関わる一切の負担をバートラム家に押し付ける『パーク』のノリス夫人に通じる。ノリス夫人もハイアシンスも牧師の未亡人で、ノリス夫人は万事に鷹揚な妹バートラム夫

図② カムナー邸のモデルと言われるナッツフォードのタットン・パーク

人に代わってサー・トマスが不在の間のマンスフィールドを、またハイアシンスは後妻としてギブソン家を取り仕切ることにも注意しよう。

『妻たち』と『パーク』との類似は、モリーが十六歳の時に、病弱な夫人の話し相手に招かれたハムリー家との関わりにも見出される。ハムリー家には、オズボーンとロジャーという息子がおり、父親のスクワイアは、モリーがそのいずれかと恋に落ちるのを懸念するが（第七章）、それは、サー・トマスが二人の息子トムとエドマンドに抱く不安（『パーク』第一章）とも一致する。いずれの作品でも、跡継の長男は誘惑に弱く、借金を背負って父親を失望させ、挙げ句に二人ともが病に倒れ、それが次男の恋愛の進展に影響する。一方、次男は善良で心優しく有能で、ヒロインの「精神的指導者《メンター》」となるが[3]、彼女たちとは正反対の魅力的だが浮薄な娘に心を奪われてヒロインを苦悩させた末に、やっとその真価に目覚めて結婚に至る。

このように、ハムリー家をめぐるプロットと人物造型は、バートラム家のそれと酷似する。いわば、『パーク』におけるマンスフィールドの世界が、『妻たち』においては、カムナー家、ハムリー家、そしてギブソン家という三つの世界に分散されたかのようだ。深い思いやりの心を持ちながら、「知的な話題以外に何かを表現すること」（第三章）のないギブソン氏は、「心遣いの豊かな父親だが、表向きは愛想が悪く、感情を抑えたよそよそしい態度」（『パーク』第二章）を崩さないサー・トマスと人物像が重なる。サー・トマスの長男との確執は、「頑固で気性が激しく、近親者の間では独裁的だが、寛容で鋼のように真っ直ぐで、信義そのもの」（第四章）の、スクワイア・ハムリーに振り当てられているだろう。また、浮薄な心の持ち主だが、美貌と機知とでエドマンドを翻弄するメアリ・クロフォードは、ハイアシンスの連れ子で、会う人すべてを虜にする美貌のシンシアと重なる。そして、もちろん、ヒロインのファニーとモリー。思慮深く、善良で、自分の欲望を押さえて、正義を貫く二人の気質は相似する。「心の中でモリーに娘の地位を与えていた」（第一三章）ハムリー夫人の死んだ娘の名がファニーで、「母が時々君のことを『ファニー』と呼ぶのに、気づいていたかい？」（第一八章）とロジャーが言うのは、まさに両者の深い繋がりを示唆しよう。

このように、『パーク』と『妻たち』とは、主要な人物の造型とプロットが驚くほど似る。もっとも、ギャスケルが『妻たち』を執筆するにあたり、どれほど『パーク』を意識的に援用したかは定かではない。ギャスケルの書簡にはオースティンへの言及は見出されず、それを証明することは難しい[4]。しかし、父親が再婚した年に出版された『パーク』をギャスケルが読んでいたであろうことは、オースティンと同時代のマライア・エッジワスとの交流や、シャーロット・ブロンテやジョージ・エリオットにオースティン作品の講読を勧めたG・H・ルイスとの繋がりからも推察できる[5]。したがって、自分と同じく幼い時に母方の親戚に預けられ、孤独感に苛まれながら成長するファニーの物語に、ギャスケルが自身の履歴を重ね、それを自己の履歴を織り込んだ半自伝的小説に用いる可能性は極めて高い。ロレンス・ラーナーは、『妻たち』のユーモラスな語り口に、オースティンとの類似を見出しているが[6]、意識的か無意識的かは別にして、既存の物語の枠組みを用いることで、ギャスケルは、辛い過去の記憶に心理的な距離を置き、共感と笑いを持って描き出す手掛かりとしたのではないか。

第三節　「見る人」ファニー

もっとも、ここで真に重要なのは、『妻たち』が『パーク』を援用したかという淵源《ソース》の問題ではない。むしろ、両者の類似を基盤に置くことで、二人の作家の個性が浮かび上がってくることだ。じっさい、二つの作品には、当然ながら相違も見られ、それが個々の作家の特質を伝えてもいる。たとえば『パーク』における植民地や奴隷問題、屋敷の改良、そして宗教などへの言及が、『妻たち』ではアフリカの現地調査や農地の改良、そして解剖学や生物学の問題となるなど、両者の相違には作品執筆当時の文化的社会的問題に関するものもあるが、ここでは特に、作品の主題と深く関わるヒロインの「自己」のあり方について考えたい。

『パーク』の中心をなすテーマのひとつに、他者認識の問題がある。『パーク』は、准男爵家の貧しい縁者で、「小柄で顔色も悪く目立って美しくもなく」、「無学で臆病」なために、「その能力を低く見積もられていた」（第二章）ファニーが、「まさにサー・トマスが望んだとおりの娘」（第四八章）であったことを証明する物語である。もちろん、ファニーの評価が変化する背後には、彼女自身の成長もある。しかし、すでに物語の早い時期に、周囲の知らない彼女の長所が詳細に示されているから、物語の中心は、彼女の成長よりもその不当な評価が是正される過程にこそあるのだ。

じっさい、この物語は、様々な登場人物が他者の実体を見誤ることによって展開すると言ってよい。たとえば、大地主ラッシュワスの妻となったバートラム家の長女マライアが、メアリの兄でファニーに求婚していたヘンリーと駆け落ちに至る事件。エドマンドとファニーの恋の行方を大きく左右するこの事件は、結局のところ、サー・トマスが「娘たちの性格や気質を十分に理解しておらず」（第四八章）、その教育を誤ったことが原因とされる。サー・トマスは分別も愛情も十分に兼ね備えたマンスフィールドの秩序の要ともいうべき人物だ。その彼が、娘たちばかりかノリス夫人やヘンリー、ラッシュワス夫人などの本性を掴み損ね、二人の娘の駆け落ちによってはじめて自己の認識の過ちを知るという展開は、この物語における他者認識の難しさを読者に印象づけるだろう。しかも、サー・トマスが見逃したファニーの美点を、一家でいち早く認めたエドマンドの慧眼でさえ、彼女の自分への思いには一向に気づかず、クロフォード兄妹の本質を見誤って、ファニーを苦しめることになるのである。

このように、『パーク』においては、いかに分別があり思いやりのある正しい人間でも、他者の本質を捉えることは難しく、そうした誤謬に満ちた人間関係が引き起こす混乱が物語の推進力となる。その混沌とした世界の中で、ただ一人、誤りなく「見る」人物が、ヒロインのファニーなのだ。彼女は、皆が見逃したヘンリーの自分勝手で卑劣な本性を見抜いて、彼の求婚を頑として拒み続ける。さらに、エドマンドがメアリの欠点を漠然と意識しつつも、その魅力にずるずると引き込まれていくのを見て、「あの人は目が眩んでいる。その目が開かれることなど、決してないわ。どうしても無理よ。だって、こんなに長い間真実が目の前にあっても、役に立たなかったのですもの」（第四四章）と嘆くことも、「見る人」ファニーの存在を際立てる。

ファニーは、物語に登場した最初から内気で恥ずかしがりやで「人の目に留ることから尻込み」（第二章）する性質で、後に美しく成長し、「今までとは違って、人の注目を浴びたり、考えや気遣いの対象となったりせずにはいられなく」（第二一章）なっても、「自分が注目に値する美人だという考え」（第二一章）に脅える、徹底して「見られる」ことのない、あるいは「見られる」ことを拒む人物だ。しかし、人から注目されないからこそ彼女は他者の会話に注意深く耳を傾け、彼らが見ることのできないものを唯一人「見る」。ファニーが十八歳になり、サー・トマスがアンティグアに出かけた後にバートラム家にもたらされた変化の兆しを示しながら、語り手は幾分唐突に、「ところで、ファニーは、この間何をし、何を考えていたのだろう。新しくやってきた人々をどう評価していたのか」（第五章）と語る。そのことは、物語の視点人物としての彼女の役割を示すものに他ならない。じっさい、この物語において、語り手は、しばしばファニーの目に寄り添う形で物事を語る。「見られる」ことなく「見る」という彼女の特質は、語り手のそれに近い（図③）。

　ファニーよりもはるかに高い教育を受け、道徳心や思いやりの心も十分に備えたサー・トマスやエドマンドが、様々な認識の間違いを犯すのに、ファニーだけが正しく「見る」のはなぜか。「見る人」ファニーの特質を読者に強く印象づけるのが、サザートンにあるラッシュワスの屋敷を訪問する場面だ。庭園内の迷路状の森で一人取り残されたファニーはベンチに座って、そこを通り過ぎる人々を眺める。マライアが「束縛と辛苦」（第一〇章）の象徴と呼ぶ、森とパークとを隔てる鍵のかかった鉄の門を中心に、ヘンリーの誘いに乗って、危険を冒してそれを踏み越えていくマライアとジュリア、屋敷に鍵を取りに戻った間に置き去りになるラッシュワス、そして鍵のかかっていない脇門からファニーが憧れる並木道を訪れるエドマンドとメアリという構図が、以後の各人の恋愛の行方を見事に予兆する。「私は動かずにはいられない……じっとしていると疲れるの」（第九章）と言うメアリをはじめ、それぞれの思惑を抱えて激しく動き回る人々の中で、一点に静止してひたすら周囲の状況に目を凝らすファニーは、まさにカメラとして「見る」存在そのものだ。また、マンスフィールドでの素人芝居の計画に唯一人加わらなかった彼女は、芝居に興じる人々の間で完全な部外者となる。ここでも彼女は「傍観者」であるために、他の誰よ

図③ 姉のカサンドラが描いたというオースティンの肖像

りも「よく物が見える」（第三五章）。その結果、マライアとヘンリーの戯れの恋とジュリアやラッシュワスの嫉妬、さらにエドマンドとメアリの恋愛が、『恋人たちの誓い』という不穏な芝居を一種のカモフラージュとしながら、同時にそれに触発される形で密かに進展していくのを「観客」として「見る」ことになる。[7]

この二つの場面でファニーが「見る」他者の実体とは、恋愛や嫉妬、金銭欲や支配欲といった欲望と言えるだろう。様々な欲望に突き動かされる人々が、それを抑制すべき道徳観や義務感、あるいは慣習や礼儀との間で揺れ動きながら、その言動を選択し、そのことによって人格を決定づけられる。しかも、たとえば、マライアの結婚に不安を感じながらも、鋭敏なサー・トマスが娘の本心を見抜けなかった理由が、婚約破棄に伴う厄介ごとを避けたいという思いに加えて、「立派な社会的地位と威光とを自身にもたらす縁組みが首尾よく手に入って嬉しかった」（第二一章）からとされるように、「見る」側もまた、自己の欲望に囚われているのである。こうして、メアリを愛するエドマンドは、その兄のヘンリーを、「じつはそうではないのではないかと不安だったけれど、僕がそう信じたいとかねがね思っていたすべて」（第三五章）を備えた人物と見誤り、メアリに関しても、そのセクシュアルな魅力に翻弄された挙げ句に、「精神に関するかぎり、僕が何ヶ月もの間ずっと思い描いていたものは、単なる想像の産物で、本当のミス・クロフォードではなかった」（第四七章）と認めざるをえなくなるのだ。

たしかに、矛盾する側面を併せ持つクロフォード兄妹の正体は捉え難く、ファニーでさえ、ポーツマスの実家を訪れたヘンリーの慇懃な態度に「今まで思っていなかった数々の長所」（第四一章）を認めて、「クロフォードさんの愛情に答えることができたなら」（第四二章）と考えるに至る。このヘンリー観の変化を、語り手はポーツマスの粗野な「環境との対照による」（第四二章）と解説して、彼女にも僅かながら判断の狂いが生じると認めるが、それが妹スーザンへの気遣いを原因としたように、ファニーは結局のところ自分自身を満足させるための欲望をほとんど持たない。そして、それゆえにこそ、彼女は他の人物とは異なり、歪みなくものごとを「見る」。

グラント夫人の牧師館を訪れたファニーは、庭の灌木を眺めながら「人の本性で、何よりすばらしい（wonderful）のは、記憶力だと思います」（第二二章）と言う。これは、一義的には記憶の「不可解さ」を示すものだが、それに続いて、彼女が「常緑樹ってなんてすばらしい（wonderful）のでしょう」と、同じ形容詞を用いながら常に同じ姿を保つ常緑樹を讃えることを思えば、彼女のこの記憶へのこだわりは、衝動的な欲望の一切に左右されることのない持続的な「自己」の理想を象徴するとも言えるだろう。素人芝居の時にヘンリーから「決して忘れる事のできない印象を受けた」（第三五章）と言い、メアリの魅力を十分に認めながらも、「一緒にいると必ず何かしら同じ類のことに出くわして、例の欠点を思い出さずにはいられない」（第七章）と言うファニーは、そうした記憶のおかげで揺らぐことのない確かな「自己」を、ひいては他者を「見る」正しい視点を保ち続ける。そして、その彼女の視点、あるいは「自己」像の正しいことは、彼女への恋によって改心したかと見えたヘンリーが、再び彼本来の虚栄心や浮薄さから、マライアに戯れの恋を仕掛けて駆け落ちに至ることで、証明されよう。

ファニーの恋が成就し、彼女がマンスフィールドの精神的な後継者の地位を得る結末から見ても、この彼女のあり方をオースティンが肯定していたことは疑いがない。しかし、庭園の改良熱、地主階級の経済状態の悪化、植民地における奴隷問題、ナポレオン戦争など、国内外のさまざまな「変動」が示唆される『パーク』において、ファニーのような持続的な自己の有り様、その変わることのない視点が本当に有効かどうかは、じつは定かではない。なるほど彼女は最終的に愛するエドマンドと結ばれるが、「温かい妹のような心遣い」を示すファニーを「身近な特別の興味の対象」（第四八章）とするエドマンドの愛はあまりにも理性的で、メアリの時のような情熱は感じられない[8]。しかも、語り手は、ヘンリーが自制し、エドマンドとメアリとの婚約が成っていれば、ファニーがヘンリーを愛した可能性さえあったと言う（第四八章）。そこには、表向きの主張とは異なり、人間の本質は、じつはファニーが信じるような持続的、固定的なものではなく、むしろ刻々と変化しうる流動的なものだとする意識がのぞくように思われる。「ところで、ファニーは、この間何をし、何を考えていたのだろう」という彼女の視点を重視する引用に続いて、語り手は、彼女自身の意見ではなく、彼女の人柄をめぐるメアリとエドマンドの議論を引用する。そのことは、彼女の視点の重要さを強調しながらも、その視点を同時に相対化しようとする作者の意図を感じさせる。そこに、衝動に流されることのない持続的な「自己」を肯定しつつ、同時にそれに微妙な距離を置く作者の立場が自ずと明らかとなる。

第四節　ギャスケルにおける分裂する「自己」

オースティンの『パーク』が他者認識をめぐる物語であれば、ギャスケルの『妻たち』の中心をなすのは、物語を覆う「秘密」の感覚だろう。たとえば、オズボーンの秘密の結婚。一家の期待に反して大学を落第し、失意のうちに帰郷した彼が、ロンドンで知り合った貧しいフランス人の子守りエメと秘密結婚をしていた事実は、物語の終わり近く、彼が病で急死するまで、弟のロジャーとモリー以外の誰も知らない。この結婚が原因で、オズボーンは多額の借金をして父親の不興を買い、事実を打ち明けられないために和解できないし、彼を独身と考えるハイアシンスは、家督を継ぐ彼をシンシアの夫に望んで、彼女を愛するロジャーを遠ざけようとする。このように、オズボーンの秘密はプロットの展開に重い意味を持つが、いまひとつ物語に重要な役割を果たすのがシンシアの秘密である。彼女はまだ十六歳にならない時に、母親ともども親しくしていたカムナー家の土地管理人プレストンに二十ポンドを借り、言い寄られて結婚の約束をする。シンシアは、後に金を返して手切れをはかるが、恋文を枷に脅迫され、その不安から逃れるためにロジャーの求婚を受け入れる。そして、事実を打ち明けられたモリーは、プレストンとの交渉の代理に立つが、それを目撃した村人たちに彼との関係を誤解され、悪評される。

この二つの秘密こそ、我々がその類似を見てきた『パーク』と『妻たち』とを隔てる要素でもある。『パーク』において、バートラム家の長男のトムも借金を重ねて父親の不興を買うが、彼は物語の第一部では素人芝居の推進者として存在感を示すものの、サー・トマスがアンティグアから帰還した後はほとんど物語から姿を消して、オズボーンのような秘密を持つこともない。一方、オズボーンはこの秘密のために父親との断絶を深め、その間の両者の苦悩が詳細に語られる。また、『パーク』において、エドマンドが恋するメアリは、たしかに道徳観が欠如した女性ではあるが、シンシアのような過去の秘密は無く、複数の男性に心を移すわけでもない。むしろ、エドマンドとの決定的な別れを経験した後も、メアリの「頭からエドマンド・バートラムのことをすっかり消し去ってくれる」（第四八章）人物が見つからず、独身を通すことが暗示される。たしかにこれらの要素は、オズボーンやシンシアの人格を、トムやメアリとは異なるものと見せるし、プロットの展開にも大きな違いをもたらす。しかし、こうした人物造型の相違点は、たとえばシンシアの浮薄さをメアリの兄のヘンリーが、また、オズボーンの秘密の結婚をトムの妹で駆け落ちをするマライアやジュリアが表すとすれば、解決がつく。

むしろ重要なのは、その両方の秘密を知ることになるモリーが、ファニーとは異なり、決してそれを自分の力では見通せないことだ。たしかに、ファニーと同じく、モリーもこの物語において視点人物の役割を振り当てられてはいる。物語で描かれる出来事のほとんどは、彼女がその目で見ての体験だし、新婚旅行から帰った父親から継母を「お母さま」と呼ぶように促されて、

> モリーは真っ赤になった。あの人を「お母さま」と呼ぶの？——長い間心の中でそう呼んできたのは、別の人、亡くなった本当の母親なのに、そう呼ばないといけないの？　そんなことできない、という反抗的な気持ちが湧いてきたが、彼女は何も言わなかった。（第一五章）

とあるように、語り手は、時に自由間接話法を用いながら、モリーの視点、あるいは彼女の思考や感情の動きに内側から寄り添うような記述を繰り返す。しかも、彼女は他者の真実を他の

誰よりも数多く、また正しく「知る」人物なのである。

しかし、オズボーンの妻帯の事実を彼女が知るのは、彼女がいると気づかずロジャーがエメの手紙を兄に渡したためだし、死を予感したオズボーンが妻と息子の住所を密かにモリーに告げ、プレストンとの密会の場面を見られたシンシアが彼との関係を告白するように、モリーが知る他者の真実は、結局のところ、彼女が自らの力で読み取ったものではない。むしろ、それらは秘密を持つ本人の告白によってはじめて明らかにされる不可解な謎、他者が決して読み取ることのできない秘密として物語に置かれているのだ。そこに、「見る人」ファニーをヒロインとしたオースティンとは異なる、ギャスケルの「自己」の感覚がある。

弟子のコックスがモリーを恋していると知ったギブソン氏が、娘を恋愛沙汰から守るためにハムリー邸にやることを決めた時、「何も知らない」モリーは、父親に向かって「何か途方もない理由を頭の中に隠していらっしゃらない？　何か謎のようなものを」（第五章）と言って、その秘密を引き出そうとする。しかも、後に「自分には内緒の」その理由を父親が継母となるハイアシンスに語ったと知って、自分だけが「二人の打ち明け話／信頼（confidence）」から除外されたことにモリーは「嫉妬の激しい痛み」（第一一章）を感じるのである。このように、「見る人」ファニーにとっては感情を排した純粋に理性的な作業であるはずの「知る」という行為は、モリーにとっては、むしろ他者との愛情の証として情念の世界と深く関わっている。モリーの「知る人」としての本質を典型的に示すこの場面は、モリーにおける、ひいてはギャスケルにおける、「知る」ことの意義を明らかにするだろう。つまり、オースティンにおいては目の歪みの原因とされた嫉妬や愛などの情念が、ギャスケルにおいては、他者を「知る」本源とされているのだ。そしてそれは同時にギャスケルが描く「自己」の本質にも関わって来る。

『パーク』において、ファニーが「見る」他者の実体は、恋愛や嫉妬、金銭欲や支配欲といった欲望で、時には「見る」側の視点もまた自身の欲望に大きく歪められていた。『妻たち』でも、オズボーンやシンシアの秘密が示すように、隠された人間の実体とは、やはり恋愛や嫉妬、金銭欲といった欲望の世界に他ならない。しかし、この物語にはファニーのように、衝動に一切左右されることのない持続的な自己の持ち主は、「知る人」と定められたモリーをも含めて一人も存在しない。常に感情を抑え、理性的なギブソン氏でさえ、秘匿すべき患者の病状に関する話を盗み聞きした妻を問いつめる際には、その目から「純然たる炎が飛び出したかのよう」（第三五章）に、激しい情念を発散するし、善良で「抜群の英知と分別を持つ」（第一一章）ロジャーもまた、シンシアに「ほとんど抑えることのできない熱情」（第一八章）を抱く。そして思慮深く、思いやりに満ちた「母親の宝」（第八章）と呼ばれるモリーも、子ども時代は「いたずらで激しやすく」、大人になった今でも「自分がじつは激しい気質の持ち主であること」（第二六章）を認めずにはいない。このように、『妻たち』の登場人物は、いかに理性的に見えようと、そのいずれもが内面に激しい衝動を抱えており、そのために時として彼らは自分でも思いもかけない矛盾した行動を取る。そして、それこそが、『妻たち』の登場人物がその本質を決して捉えられない不可思議な謎とされる理由でもあるだろう。それは恰も、『パーク』の登場人物が、欲望に翻弄される不可解な存在と見えながら、最終的には一つの明確な人格の枠組みに収斂するのと対照的である。

ハムリー家をはじめて訪問した時、父親が再婚すると知って悲しむモリーに、ロジャーは「人はいつだって自分よりも他人のことを考えるようにしなければならないし、他人の悪い面を見ても、まずは頭から毛嫌いしないように」（第一〇章）と語って、自分の感情を抑制する大切さを教える。そして、「僕は自分の感情をうまく言い表せない。なぜか理屈をこねてしまう」（第一〇章）と言うロジャーのその「理性的な」教えを、モリーは以後の信条とし、「怒りも嫌悪も、苛立ちも悲しみも表に出さず」（第一一章）継母との対面を立派に耐え抜く。しかし、理性によって自己の欲望を抑制したはずの彼女が、

「いわば自分を殺して、他の人が好むように行動し、他の人が好むような人間になろうとするだけなら、人生なんてとてもつまらない。何の甲斐もありませんわ。それなら生きていなかったも同然です」（第一一章）

と、その意義を同時に否定することに注意する必要がある。語り手は、このモリーの告白に「無意識の深遠さ」を認め、ロジャーでさえ「答えに詰まった」（第一一章）と言うのだが、そこに、作者自身の意識が透けて見えないか。すなわち、ギャスケルは、自らの衝動に従って奔放に生きることを一方で否定しながらも、じつはそれが本当の意味での幸福、自己実現だと主張してもいるのである。

たしかに、衝動を抑制する生き方を選択したモリーは、そのために他者からの信頼を得て「知る人」として成功する。しかし、そのモリーを肯定しながらも、ギャスケルは、モリーが「殺した」いま一人の「自己」をシンシアに託して、その魅力を余すところなく書き込まずにはいない。[9]自分は「義務とか『ねばならない』とかいうものの埒外で育って来た」と言い、自分自身を「突発的に努力して、あとは息抜きというならいいけれど、こつこつと毎日変わらず善良でいることのできない……道徳的なカンガルー」（第一九章）と呼ぶシンシアは、本能に身を任せるその在り方が、まさにモリーと対照的である。しかし、「事実に即しているかどうかには頓着せず、頭に思い浮かんだことをそっくり口にする」シンシアを、モリーは「建前上は非難しても」（第一九章）、その魅力に惹きつけられずには

いない。

彼女はどんな男にも同じような印象を与えた。彼らはまず彼女の容姿に、そして次に許しを乞うような可愛い態度にはっとするが、それは、まるで「あなたは賢くて私はお馬鹿さんなの。だから悪いことをしても許してね」とでも言ったかのような効果があった。もっとも、これは彼女の癖で、じつは本心ではないし、本人はほとんど意識してもいないのだが、それでいて男の心をそそってやまなかった。（第二〇章）

とあるシンシアの描写には、なるほど、男性に媚びることで彼らを虜にする彼女の不実やセクシュアリティへの批判も感じられる。しかし、『パーク』において、その根本的な考え方、その道徳心は別にしても、現実に批判されるべき行動をした訳ではないメアリを、ファニーが常に鋭い批判の対象とするのに対して、「初対面の人にはいつも自分の魅力を試さずにはいられない」（第二一章）浮気なシンシアを、ロジャーをめぐる恋敵であるにもかかわらず、モリーは愛さずにはいられない。しかも、最終的にエドマンドに拒絶されて独身者への道を余儀なくされるメアリとは対照的に、シンシアは彼女に相応しい相手を自らの意志で選択して、望み通りの裕福で幸福な生活を約束されるのである。そこに、いわば理性による抑制や秩序よりも欲望や衝動をこそ人間の否定できない本質と見て、それを容認し

図④ ギャスケルの家、プリマス・グロウヴの客間（1897年）

ようとするギャスケルの「自己」の感覚を見ることができる。

ギャスケルは、家を手に入れた喜び（図④）を友人のイライザ・フォックスに宛てた手紙で、

私の中には沢山の「私（me）」がいて、困ってしまう。一つの「私」は、本当のキリスト教徒（もっとも、人はそれを社会主義者とか共産主義者とか呼ぶでしょうけど）だと信じているわ。別の「私」は、妻であり母である私で、他の家族が喜ぶのを見てとても嬉しくなるの。特にミータとウィリアム。二人は本当に大喜びなの。これは思うに「社会的な」私だわ。でももう一人の「私」がいて、それは美しいものや便利なものが大好きで、それ自体のために嬉しくなるの。この相争っている「自分」をどうしたら仲直りさせられるのかしら。自分自身（第一の私）をできるだけ抑えつけようとして、自分に言い聞かせたわ。一切を決めるのはウィリアムだし、あの人が正しいと感じることに従いましょうって。でもすっかり巧くはいかなかった。

(*Letters* 108)

と語って、自分の中に矛盾した様々な自己のあることを認めている。自分の中の複雑な気持ちを冷静に分析し、己れの欲望をできるかぎり抑えて他者の悦びのために尽くそうと決心しながら、それが「すっかり巧くはいかない」ことを告白するこの手紙は、先に引用したモリーの言葉にも似て、衝動に流されることを否定しながらも、欲望に身をまかせて奔放に生きることに魅了され続けるギャスケルの特質を示すものだ。そして、半自伝的な『妻たち』の物語は、ギャスケルがその分裂した自己像を、モリーとシンシアというある意味で対照的な二人のヒロインに託して語ったものと言えるのではないか。

＊＊＊＊

シャーロット・ブロンテの伝記を書いたギャスケルは、その一方で自分自身の伝記が書かれることには、強い嫌悪感を示し、自分が送った手紙でさえ、許可した一部を除いて、焼き捨てるよう相手に求めたという。[10] 自己の内なる矛盾を敏感に意識し続け、それゆえにこそ、その自己を抑制しようと努めたギャスケルのあり方を象徴する事象といえようが、そうした姿勢は、ある種の緊張を常に作家に強いたに違いない。じっさい、ギャスケル小説のヒロインは、その多くが自身の欲望の正体を把握できないまま、それに突き動かされて行動する不安定な人物で、その欲望する自己と、社会の掟や道徳を意識する理性的な自己とが激しくぶつかり合う様が物語の中心をなす。たとえば、『メアリ・バートン』のヒロイン、メアリが、ジェム・ウィルソンへの愛に気づくのは、皮肉なことに、彼女が工場主の息子ハリー・カーソンとの結婚を夢見てジェムの求婚を断ったまさにその時だ。その後ハリー殺しの容疑でジェムが逮捕され、真犯人が父親だと知った彼女は、父親への愛と恋人への情念に引

き裂かれながら、彼の無実を証明しようと奔走、最終的に無罪となったジェムと結ばれる。『北と南』（一八五四～五五年）においても、ヒロインのマーガレットは、軽蔑していたはずの工場主ソーントンに無意識の内に惹き付けられるが、彼女は自分の本心に気づかぬまま、国外逃亡中の兄の一時帰国とそれに伴う殺人疑惑、両親の相次ぐ死、そしてソーントンの破産などの危機を次々と経験し、最終的にソーントンの二度目のプロポーズによって自身の情念の在り処を自覚するに至るのである。

このように、ギャスケル小説のヒロインの多くは、他者の実体のみならず、自分自身の本心すら分からぬまま、社会との激しい軋轢の中でその情念を膨張させ、それが極限に達した時点で、殺人や自然災害といったさらに大きな事件によって、蓄積されたエネルギーが弾けるかのように、物語は幾分唐突に大団円を迎える。ギャスケル小説に特徴的なこの展開は、自分の目で見て経験した出来事を誠実に再現するという「リアリズム」にこだわり、現実の社会や歴史を詳細に書き込んだ彼女の作品を、作者の意図とは対照的な、現実離れのしたロマンスと見せる可能性を提示しよう。

『妻たち』のモリーもまた、じつはハムリー家を最初に訪れた時からロジャーを愛しながら、自らの思いを明確に意識することはなかった。彼女が彼への愛を真に認識するのは、物語の終わり、シンシアとロジャーの婚約が解消された後のことだ。その点で、エドマンドへの愛情を早くから意識して、恋敵のメアリを常に批判的に眺めるファニーの冷めたまなざしを、モリーは持つことがない。しかし、彼女が自分の情念の在り処に無自覚であることによって、ロジャーをめぐるシンシアとの三角関係を語りながらも、この物語は、たとえば『メアリ・バートン』や『シルヴィアの恋人たち』（一八六三年）に見られた恋人間の激しい葛藤から自由となる。もちろん、そうした展開は、労働者階級を扱ったそれらの作品とは異なり、『妻たち』が上層中産階級の女性の三角関係を語る物語であるから、つまり当時のデコーラムに則ってのことだろう。しかし、『妻たち』では、恋敵のシンシアとモリーの関係のみならず、社会との軋轢も継母との関係もあらゆる出来事において、従来のギャスケル小説に一般的な、ヒロインをめぐる大きな葛藤は見られない。

『妻たち』では、モリーが示すような、自己を抑えることの美しさが称揚されるとともに、それとは対照的に、衝動的に生きることの魅力が容認され、その中で、継母との関係も父親との交わりも、またスクワイア親子の対立も、本来激しく衝突していたはずのすべてが、ある種の落ち着きとユーモアに包み込まれて、淡々とした雰囲気を湛えている。それはおそらく、オースティンという相似しつつも対照的な作家の視点を介在させることによって、作家が自身の父親や継母との関係だけでなく、分裂する自分という存在そのものを一種の虚構の中の存在、つまりフィクションとして意識し、そのことによってそれらを冷静に見つめ直す距離を手に入れたからではないか。こうして、リアリズムを追求しながらも、内なる衝動に押されるように、それとは対照的なロマンスの世界へと大きく揺れ動いていたギャスケルは、虚構の物語の枠組みを通して自分の人生を提示するという一種の虚構化の試みによって、逆説的ながら真の意味で自己の人生を冷静に写し出す、リアリスティックな小説を書くことに成功したのだ。

註

（1）たとえば、ボナパルトは、「ハイアシンスを喜劇的な人物に貶めることで、ギャスケルはその皮肉の棘を取り除いた」(Bonaparte 60) と言う。

（2）『妻たち』と『パーク』の類似については、Amy K. Levin, "Elizabeth Gaskell: Embroidering the Pattern," *The Suppressed Sister: A Relationship in Novels by Nineteenth- and Twentieth-Century British Women* (London: Associated UP, 1992) 54-77 や Yoko Hatano, "Fanny Price and Molly Gibson: Bearers of the Country House Tradition," *The Gaskell Society Journal* 10 (1996): 92-101 など、多くの論があるが、作品全体の構造を論じるものではない。

（3）エドマンドは「その長所を覆い隠す内気な性格を克服するよう、ファニーに忠告し、慰め、励まし」、「彼女のよい趣味を育て、判断の誤りを正す」（『パーク』第二章）。ロジャーはモリーの「精神的指導者」（第一一章）と呼ばれている。

（4）『妻たち』には、たとえば Eva Ahsberg Borromeo, "Maria Edgeworth, Fredrika Bremer and Elizabeth Gaskell: Sources for *Wives and Daughters*," *The Gaskell Society Journal* 6 (1992): 73-76 が論じるように、他の出典もあろうし、オースティン自身、他の作品からヒントを得て『パーク』を書いた可能性はある。

（5）ギャスケルと親交のあったルイスは、オースティンを賞賛する記事（*Westminster Review*, 58 [July 1852] 134-35; *Blackwood's Edinburgh Magazine*, 86 [July 1859] 99-113）を書き、エリオットと一緒に作品を読んだという。Cf. John Charles Olmsted, ed., *A Victorian Art of Fiction: Essays on the Novel in British Periodicals 1851-1869* (New York: Garland, 1979) 44-45, 443-57. また、『シャーロット・ブロンテの生涯』で、ルイスからオースティンを読むよう勧められたブロンテが、彼に宛てたオースティン批判の手紙を、ギャスケルは引用している（第二巻　第二章）。

（6）Laurence Lerner, introduction, *Wives and Daughters*, by Elizabeth Gaskell (Harmondsworth: Penguin, 1969) 7-27.

（7）これら二つの場面が物語に持つ象徴的な意味と、静止の人、ファニーの意識の重要性については、Tony Tanner, *Jane Austen* (Cambridge, MA: Harvard UP, 1986) 159-69 が詳細に論じている。

（8）タナーは、「性的なものとは無縁の」この二人の結婚に、激しい変化の時代にあって、我欲を捨て道義に生きることを敢えて称揚する、オースティンの静かな主張を見出している (Tanner 173-74)。

（9）モリーを「自らを殺した者」と見るボナパルトも、自身の内に潜む「悪魔的な自己」を、作家が抑圧すると同時に発散する様を、ヒロインとその分身たるシンシアとに探っている (Bonaparte 55-76)。

（10）ギャスケルは、一八六五年の書簡で「今生きている人の『紹介』や『伝記』を書くなど、とんでもない」(*Letters* 762) と、自分に関する伝記執筆の申し出を断り、娘のメアリアンや、ジョン・フォースターには、手紙の焼却を命じている (*Letters* 271, 290)。

第二七章

言　語

——ギャスケルの方言使用とディケンズへの影響——

パトリシア・インガム／松岡 光治 訳

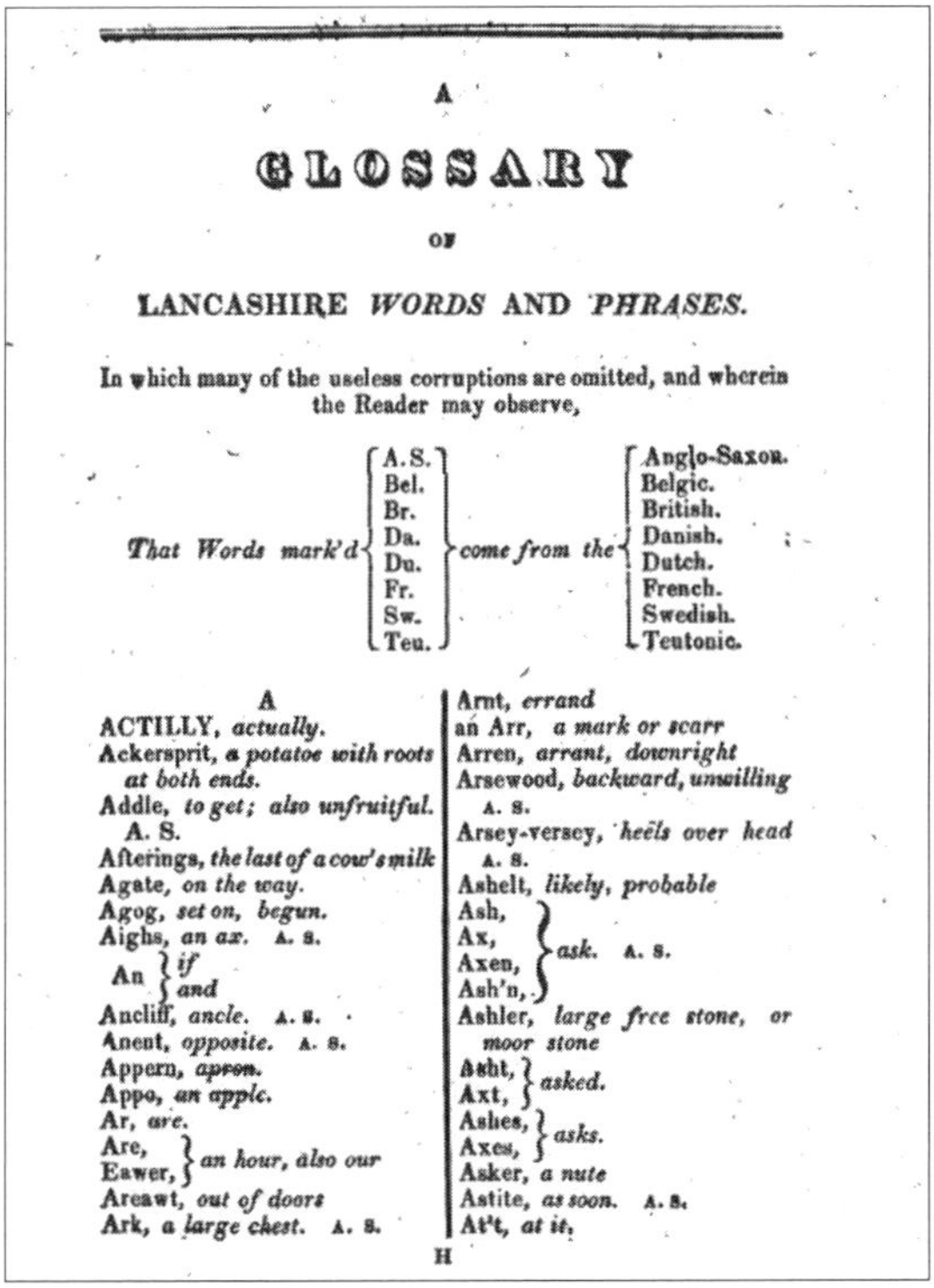

A

GLOSSARY

OF

LANCASHIRE *WORDS* AND *PHRASES*.

In which many of the useless corruptions are omitted, and wherein the Reader may observe,

That Words mark'd { A.S. / Bel. / Br. / Da. / Du. / Fr. / Sw. / Teu. } *come from the* { Anglo-Saxon. / Belgic. / British. / Danish. / Dutch. / French. / Swedish. / Teutonic. }

A

ACTILLY, *actually.*
Ackersprit, *a potatoe with roots at both ends.*
Addle, *to get; also unfruitful.* A. S.
Afterings, *the last of a cow's milk*
Agate, *on the way.*
Agog, *set on, begun.*
Aighs, *an ax.* A. S.
An { *if* / *and* }
Ancliff, *ancle.* A. S.
Anent, *opposite.* A. S.
Appern, *apron.*
Appo, *an apple.*
Ar, *are.*
Are, / Eawer, } *an hour, also our*
Areawt, *out of doors*
Ark, *a large chest.* A. S.
Arnt, *errand*
an Arr, *a mark or scarr*
Arren, *arrant, downright*
Arsewood, *backward, unwilling* A. S.
Arsey-versey, *heels over head* A. S.
Ashelt, *likely, probable*
Ash, / Ax, / Axen, / Ash'n, } *ask.* A. S.
Ashler, *large free stone, or moor stone*
Asht, / Axt, } *asked.*
Ashes, / Axes, } *asks.*
Asker, *a nute*
Astite, *as soon.* A. S.
At't, *at it,*

H

ジョン・コリア「用語解説」『ティム・ボビン——ランカシャー方言概要』（1819年）

Chapter 27

Language: Gaskell's Use of Dialects and Its Influence on Dickens

Patricia INGHAM, trans. Mitsuharu MATSUOKA

第一節　ギャスケル以前の産業小説

ディケンズは、『ニコラス・ニクルビー』（一八三八～三九年）と『デイヴィッド・コパフィールド』（一八四九～五〇年）において、社会階級と直接関係がない地域の方言を使って実験を試みた。[1]そして『ハード・タイムズ』（一八五四年）では、産業社会における不平等が中心となる作品で方言を扱うことの難しさに直面している。この小説の特徴は、とりわけ十九世紀の文学作品における方言の取り扱い方、つまり、方言以外の点でも事実に基づく正確さを競って求めた産業小説家たちの多くが、いかに地方の言葉を提示しているかにある。というのは、ディケンズが方言を利用した初期の二作品と『ハード・タイムズ』との違いを際だたせている特徴は、この物語の性質にあるからだ。その特徴とは、一つにはイングランドの産業地域、特に北部地方に対する当時の人々の関心から生まれたものである。このような関心は、ディケンズが『ハード・タイムズ』を書く前から、すでに他の作家たちの小説に現れていた。例えば、フランシス・トロロプの『マイケル・アームストロング――工場少年』（一八四〇年）[2]、シャーロット・エリザベス・トナの『ヘレン・フリートウッド』（一八四一年）[3]、エリザベス・ストーンの『ウィリアム・ラングショー――木綿王』（一八四二年）[4]などがある。

これらの小説はまた、木綿工業に見られる社会問題への関心によって、一つのグループに分類することができる。『マイケル・アームストロング』と『ヘレン・フリートウッド』は工場の醜悪な状況と労働者への搾取を特に強調している。『ウィリアム・ラングショー』の関心事はむしろ、産業労働者たちが不幸にもかかわらず慕わざるを得ない資本家たちとその人柄の方にある。すべての小説に共通する点は、ある産業地域の生活を描き出す基本原理として事実を記録していることにあるが、その忠実さの度合いはもちろん各作家の気質によって差がある。

こうした小説の伝統とディケンズとの結び付きは、一八五四年までに五つの版がすでに印刷されていたことを考えると、おそらく同種の物語で人気がもっとも高かったであろうギャスケルの『メアリ・バートン――マンチェスター生活の物語』（一八四八年）によってもたらされた。右に挙げた小説の作家たちのように、一八三二年からマンチェスターで生活を始めたギャスケルは産業地域を目の当たりにしていた。中産階級に対する容疑を晴らしたいという少々複雑な気持ちにもかかわらず、彼女はスラム街の住宅や工場の状態について、極めて詳しい記述を行っている。ディケンズが『ハード・タイムズ』を書いているとき、彼女は『北と南』という一八五四年九月以降に彼の『ハウスホールド・ワーズ』で連載される別の産業小説を執筆していた。ディケンズが彼女に手紙を書いて[5]、自分の物語にストライキを導入するつもりはないと言って安心させたとき、自分のことを彼女と同じ産業小説の分野における作家仲間と考えていたことは明らかである。

ギャスケルが従来の小説家の誰よりも事実の正確さに対して関心を寄せていたことは間違いないし、ディケンズにも影響を与えたと言って差し支えない。このことは特に彼女の新たな言語処理にはっきりと現れている。それまでの産業小説はどれも叙述の迫真性を狙っていたが、残念ながら労働者階級の話し言葉を多少なりとも本当らしい形で提示することへの関心は単発的にしか見られない。『マイケル・アームストロング』では、ダービシャー州のディープバレーという名の牢獄のような工場で働く極貧の子供たち（図①）が、「こがーなとこおったら（bide here）、ようけぇ鞭でぶちまわさるんじゃと[6]」といった非標準の表現を幾つか使っている。「北国なまりで、つまり南国の連中が正しく書き取るには困難と危険を伴うような、方言まるだしで」話している近隣の農夫への言及もある。『ヘレン・フリートウッド』にも同様に、労働者たちは上流階級のような話し方をしないことが数ヶ所で仄めかされている。そこではヘレンが貧しい労働者たちの話し方について「邪悪で汚い」と評している。アイルランド移民の孤児ケイティ・マロニーには、「さべる」（*spake* < ‘speak’）や「ふるしー」（*ould* < ‘old’）といった語形が幾つか、「おめ」（*yees* < ‘you’）についての異なった語形の痕跡や、「わ、アイルランド人だべ、ほがに、どったごど、さべれば、いが?」（what else would I spake and I an Irishman）といったアイルランド方言を意図した構文が一つ二つ与えられている。この教師志望の娘は、「来だ」（*comed* < ‘came’）という非標準的な文法の要素や関係代名詞として使われる「ごど」（*wot* < ‘what’）だけでなく、「つぼけ」（*warmint* < ‘vermin’）や「こっち」（*ere* < ‘here’）のような混交した発音においても、欠点をさらけ出している。

『ウィリアム・ラングショー』はこれら二つの小説とは著しく異なっている。この作品には方言についての意識が幾らか見

図① フランシス・トロロプ『マイケル・アームストロング』（1840年）で描かれた清掃小僧と糸継ぎ女工の挿絵

られるのだ。それは、特にウィリアム・ブレイドウという世捨て人について、彼は「洗練さに欠ける方言」を話したとか、彼の「方言と話し方で卑しい社会階級に属していることが即座にはっきりした」とか述べられているからである。工場労働者のナンスとジェムは方言的な言い回しを使い、ナンスの両親は「～せないかん」（*mun* ＜ 'must'）、「～せんめー」（*wunna* ＜ 'will not'）、「～にゃ」（*wi'* ＜ 'with'）、「もってっちゃる」（*tak* ＜ 'take'）といった語形、そして「おらぶ」（*greet* ＜ 'weep'）や「おおかた」（*mayhap* ＜ 'perhaps'）のような地域方言を使っている。しかし、もっとも目立つのは資本家の一人、ボルショーにとって方言の話し言葉を示すもので、彼は「正しか」（*reeght* ＜ 'right'）、「もってっちゃる」（*tak* ＜ 'take'）、「～ん」（*o'* ＜ 'of'）、そして再帰代名詞「おめえ自身」（*theysel'* ＜ 'thyself'）など、人目につく語形を用いている。重要な点は、ボルショーがラングショーと違って金持ちであるだけでなく、邪悪な放蕩者でもあることだ。まるで、この小説の方言が階級の標識であると同時に、（かなり非論理的なことだが）不品行を示すものとしても使用されているように思える。以上、一八四八年以前の産業小説で方言を巧みに用いようとした作家たちの試みの跡をたどってみた。

第二節　ギャスケルの方言使用における新リアリズム

ランカシャー方言を正確に再現することは、ある目的のために小説を書くギャスケルにとって非常に重要であった。マンチェスターの「賑やかな通りで毎日のように自分を押しのけていく人たちの生活」を見せたいという気持ちについて、彼女は『メアリ・バートン』の「序文」で次のように語っている。

> 雇い主と雇い人とはいつも共通の利益によって互いに結ばれるべきであるのに、このような両者間の不幸な状況について考えれば考えるほど、この声なき人々を時として身もだえさせている苦悩について、私は少しでも表現してやりたくなりました。

この「苦悩」を表現するために、彼女は工場労働者のジョン・バートン（図②）――もともとは小説のタイトルを彼の名前にちなんで付けるつもりだった――だけでなく、他の脇役たちをも使うことにした。彼らを総動員して方言使用によって生まれる迫真性を狙ったわけである。こうした願いは、彼女が一八四八年一二月五日に印刷上の「誤植」について語ったエドワード・チャップマン宛ての手紙の中で[7]、はっきりと示されている。さらに、『メアリ・バートン』は彼女の夫ウィリアム・ギャスケルによって方言の注釈が付けられた[8]。注釈というのは方言の問題に対して少し違った感じ方を読者に誘発するので、ギャスケル氏の責任を明示しておく必要がある。

しかし、正確を期したいというギャスケルの願いは、あからさまな表明ではなく作品中に結実したものによって、より顕著に示されている。G・メルチャズが明らかにしたように[9]、彼女は発音のみならず語形についても方言の信頼性を高めるという目的を達した。語形に関しては『メアリ・バートン』における二人称の呼称の扱いに実例が見られる。首尾一貫して方言を話しているジョウブ・リーが全員に「きさん（*ye*）」もしくは「おまやー（*yo*）」を使うのに対し、メアリの父のジョン・バートンは実の娘と義理の妹エスタに「おめえ（*thou*）」を用いているが、仲間の労働者には「おまやー」を使う。彼の妻のメアリとエスタは皆に対して「あんた（*you*）」を使うけれど、娘のメアリは特にエスタ叔母さんの声の中に「彼女の母親の調子、まさに南国出身者の発音」と同じものを見出している。別の（クエーカー教徒の）方言話者であるアリス・ウィルソンは全員に「おめえ」を用いるが、メアリに対してだけは例外で、おそらくメアリ自身の話し方のせいだろうが、この姪には「あんた」を使っている。メアリの恋人ジェムもまた彼女に話しかける時は「あんた」である。彼の母親のウィルソン夫人はいつも二人に対して「おめえ」を用いている。このような使用パターンは、方言話者がどのくらい「方言まる出しの（broad）」状況にいるかによって、そして話者とその相手との相対的な年齢や親疎の度合いによって決まってくる。確かに、ジェムの母親は彼を叱責する際には「あんた」を使い、「おめえは父ちゃんのごと立派な男じゃなか、ほんなこつ！」というふうに、作者の表現を借りれば「見下したような言葉にもかかわらず、愛情をたっぷり込めて」話す時には「おめえ」に逆戻りしている。

さらに、この例が示しているように、おそらく方言はギャスケルが慣れ親しんだものだったので、そこには押しつけがましさが感じられない。方言は小説の基本構造に織り込まれているのだ。また、スコットの作品におけるスコットランド方言のよ

図②「マンチェスターの職工」『イラストレイティッド・ロンドン・ニュース』（1842年8月20日号）

うに理想化されてもいない。ジョン・バートンのために主張されているのは「よくある類のランカシャー出身の荒くれた男の雄弁さ」（第一五章）だけで、そうした主張の正当性を示す具体例が作中にはある。『メアリ・バートン』において、すべての産業小説の中核となっている雇い主と雇い人との軋轢が頂点に達するのはストライキの決定的な場面であるが、ジョン・バートンの熱烈な嘆願が方言の色づけによって妨げを受けるようなことはない。そうした色づけは次の引用文で音韻や語形、そして時には「敷石（*flags*）」のような語彙の要素に現れているが、この一節は雇い主が述べる言葉のどれよりも雄弁で理路整然としている。

「切《せつ》なかどこじゃなか、腸《はらわた》ん煮えくりかえるごたー。真面目な連中ば笑いもんにすー奴らのおるったい。寒《さむ》うて震えとー婆《ばば》さんさ、石炭ばちょこっと、じめじめしとー敷石に寝転がって、お産ばせんといかん可哀想《かあいそ》な嫁さんさ、布団と温《ぬく》か着もんばちょこっと、腹の萎《な》えて大声で泣かれんぐれえ、細《こまか》か声がますます弱《よお》うなったチビ助どもさ、食いもんば求めて来んしゃった連中ば、笑いもんにすー者《もん》のおるったい。皆の衆、オレら、賃金ばもっと要求しとーばってん、そげなもんの欲しいけん、要求しとるっちゃないと？　オレら、バリ旨《うま》かもんが欲しいわけじゃなか、腹いっぱい食《く》いたいだけばい。オレら、金ぴかのコートとかチョッキの欲しかわけじゃなか、温《ぬく》か着もんの欲しいだけたい。それさえ手に入りゃあ、何でできとったっちゃ、せからしかこたー言わんばい。奴らんごたー太か屋敷の欲しいわけじゃなか。雨やら雪やら嵐から身ば守らるー屋根の欲しいだけたい。そげんくさ、オレらだけじゃないとばい。身ば切るごたー風ん中で、オレらにしがみついとー弱かチビ助どもば、この世でこげん苦しむとに、なしてまた産みんしゃったとって目できいてくー、そげなチビ助どもば守る屋根の欲しいだけたい」
（第一六章）

この発話文の構成と配列は、その他の言語的特徴とは違って、正規の標準的な話者のそれに近い。そのバランスのとれた対称性と修辞のパターンは、自分がはっきりと感得している議論を整然とまとめたような、そんな威厳のある知性を暗示している。このジョンソン博士風とも言える文の構造は、[10]ジョン・バートンの「ランカシャー出身の男の雄弁さ」を明らかに示す証拠になっており、彼の威信を高めるような激しい憤りを力強く伝えている。

第三節　『ハード・タイムズ』の方言へのギャスケルの影響

ディケンズは、『ハード・タイムズ』で方言を話す中心人物スティーヴン・ブラックプールを通して、ギャスケルがジョン・バートンで計画したことと明らかにパラレルをなすことを意図していた。しかし、ギャスケルにとってランカシャー方言の供給源が自分自身の観察にあったのに対し、ディケンズの場合はそうでなかった。「彼は一八三八年一一月から一八三九年一月にかけてランカシャー州で数週間を過ごした」とS・ガーソンは主張しているが、[11]これを裏付ける証拠となる手紙はない。手紙が示しているのは、ディケンズが一八三八年一一月一日にシュルーズベリー、一一月五日にリヴァプールに着いたばかりなのに、「マンチェスターでの短期滞在ののち」一一月九日にロンドンへ戻ったことである。[12]これまで言われてきたように、一八五四年一月、彼は短期間のうちにプレストンのストライキを調査した。このような北部地方への束の間の訪問が、研究の経験を積んでいない人間に方言の語彙と語形を真剣に収集する時間を与えたとは、とうてい思えない。

ここでやっと筆者は、これらの方言の出所が、『デイヴィッド・コパフィールド』におけるペゴティー一家の方言の場合と同じように、記録資料であることを示すことができる。ディケンズが死んだ時に彼の書斎にあった書物の目録に含まれていたものとして、『ティム・ボビン――用語解説付きランカシャー方言概要』がある。この有名な本はランカシャー州出身のジョン・コリアによって一七四六年に初めて出版されたが、その一八一八年版をディケンズはどうやら所有していたようだ。[13]この本そのものはディケンズにとってほとんど理解できなかったに違いないが、付録としての「用語解説」（本章の口絵参照）は非常に貴重だったはずである。

ここで特記に値するのは、この本には『ハード・タイムズ』に出てくる（標準的な英語の語形とは違った）単語のほとんどすべてが含まれている点であり、その全部にディケンズの使用したコンテクストとぴったり合う意味が注釈されている。例えば、「長《なが》か、しかともなか」（*dree* < 'long, tedious'）、「いたらんこと」（*fewtrils* < 'little things'）、「くらしあい」（*fratch* < 'a Quarrel'）、「けわしか、はじか犬《いん》のごとー、しゃあらしか」（*hetter* < 'keen, eager as a Bull-Dog'）、「ぼけんごとー」（*hey-go-mad* < 'like mad, shouting mad'）、「のぼせた／ぐらぐらこいた」（*hottering-mad* < 'very mad, or ill vexed'）、「だごバチ」（*hummobee* < 'the large round Bee'）、「おろたえた」（*moydert* < 'puzzl'd, nonp (lus) 'd'）など。これらはすべて『ハード・タイムズ』のテクストの初版から一貫して見られる単語である。その幾つかは非常に特徴的なもので、「注釈」が出典であることをはっきりと示している。

『ティム・ボビン』の「注釈」には標準英語の語形を持つ単語も多く見られ、ディケンズが『ハード・タイムズ』の初版で使った、まさにその語形が数多くの例として収められている。事実、この小説で使われたランカシャー方言が本物であることを示す特徴の多くは、『ティム・ボビン』の本文とは（あるいはディケンズ自身の調査とは）関係なく、「注釈」の方に見出すことができる。例えば、語の最後に来るエル（*l*）の消失、子音の前のエル（*l*）の消失、/sk/ に代わる長いエス（/ʃ/）、（*oo* と綴られる）/aʊ/ に代わる /u/、そして（*ow* と綴られる）開いたオウ（/ɔ/）に代わる /aʊ/ などがある。ディケンズは定冠詞（*th'* ＜ 'the'）や前置詞（*wi'* ＜ 'with'）の語形を「注釈」に見出すことはなかったであろうが、これらは彼がランカシャー州を短期訪問しただけで分かったはずだ。また、ディケンズはもんでえ」（*matther* ＜ 'matter'）も「注釈」に見つけたであろうが、すでに『ニコラス・ニクルビー』の第一三章でジョン・ブラウディを使って[14]、北部地方の話し言葉として類似した語形を使っていた。

さらに、『ハード・タイムズ』のテクストを校正する様々な段階で、方言を処理する際に相当な変更がなされた証拠がある。原稿で使用された語形が、ゲラ刷りの校正時に、『ティム・ボビン』の「注釈」に収められた語形と同じものに幾つか（例えば、*a'* → *aw, came* → *coom, afeerd* → *fearfo'*; *fra* → *fro, nought* → *nowt, of* → *o', thought* → *thowt*）変更されていたのである。校正されたゲラ刷りには見られないが、『ハウスホールド・ワーズ』版では見られる類似した幾つかの語形は、「注釈」の中の語形と全く同じである。これらの変更は、例外はさておき、「チャールズ・ディケンズ版」にも残されており、この後の段階でさえ、さらなる微細な変更が見られる。注目に値するのは、*aw* を *a'* にする珍しい変更においてのみ、いつも「注釈」の語形とは違う変化をしていることである。また、先に挙げた *comed* に代わる *came* のように標準的な語形へまれに戻ることがある。これらは偶然であるかも知れないし、『デイヴィッド・コパフィールド』に見られるように、いわゆる方言使用のちょっとした「差し控え（toning down）」かも知れない。

ディケンズはまた、時おり言われてきたように、彼自身も一冊持っていたウィリアム・ギャスケル（図③）の『ランカシャー方言に関する二つの講義』（一八五四年）を別の出典として

図③ ウィリアム・ギャスケル
半世紀以上もマンチェスターのクロス・ストリート・チャペルの牧師職を務め、労働者階級や女性の教育に尽力した。

使ったようである。[15] これはギャスケル氏が、主として語源を引用することによって、方言を言語の崩れとする従来の考えを打破しようと努めた限定版の本である。このギャスケル氏の目録とスティーヴン・ブラックプールの言語との間に目を引くような類似点はない。両者に共通しているのは、ディケンズが右に挙げた『ティム・ボビン』の「注釈」の中に、あるいは自分自身の観察によって見出したと思われる幾つかの語形にすぎない。しばしば考えられてきたことに反するのだが、[16] ギャスケル氏の『講義』はあまり役に立たなかったようである。

S・ガーソンが述べているように、ランカシャー方言の発音を示すためにディケンズの使った語形が「正確で、使用も一貫している」というのは、[17] 確かに注目に値する。しかしながら、この陳述は形態論的に正しいとは言えない。その「一貫性」のためには、例えば二人称の代名詞ならば、ギャスケルに見られる巧妙な特殊技能が必要である。そうしたものをディケンズは駆使することができなかった。自分の愛する女性に対して「おめえ (*thou*)」を使わせようとする試みがスティーヴン・ブラックプールに少し見られるのは確かだが、その他の箇所では「おまやー (*yo*)」と「あんた (*you*)」の間に不安定な揺らぎが見られるし、彼は忌まわしい妻に対して「おめえ (*thou*)」を使っているのに、妻は彼に対して「おまやー」や「われ (*thee*)」で呼びかけているからである。

第四節　『ハード・タイムズ』でのリアリズムの試み

ここで結論を導くならば、それはディケンズが『ハード・タイムズ』の方言のために——特にスティーヴン・ブラックプールの話し言葉のために——『ティム・ボビン』の「注釈」という記録資料にある証拠を使ったはずだということ、そして自分が信用できると思った参考書に、前の二つの小説で方言を利用した時よりも、さらに注意を払ったに違いないということだ。しかし、彼は以前にもまさる迫真性を『ハード・タイムズ』で狙っていたはずだと言えば、それはこの小説における方言使用に含まれる様々な意味を少ししか理解していないことになる。ディケンズのはっきりした姿勢は、「恵まれた者たちの同情も受けずに……この声なき人々を時として身もだえさせている苦悩」について、「少しでも表現して」やりたいというギャスケルの願いに近いものがあるように思える。それを表現するために選ばれた媒体が、この小説の図式においては、搾取された「働き手たち (Hands)」を代表するスティーヴン・ブラックプールなのだ。彼は明らかに働き手たちの道徳的優越性を立証すべく意図された人物である。こうして彼の物語は、(ジョンやジョージが候補に挙がって退けられたあとに選ばれた) スティーヴンという彼の名前が暗示しているかも知れない「殉教」で完結する。[18]

このような解釈を実証しているのが彼の死の扱い方ではあるまいか。窃盗の濡れ衣に敢然と立ち向かうべく、彼がコークタウンの町へ戻る際に落ちてしまう炭坑の立穴の呼び名は「古い地獄坑（Old Hell Shaft）」（第三巻第六章の章題）となっている。落下後に倒れて死を待っている間に見た星について彼が語るとき（図④）、明らかにキリスト教を意図した言葉が用いられている。

図④ フレッド・ウォーカー「古い地獄坑から救出されたスティーヴン・ブラックプール」（1868年）

「何回でん意識の戻ったばってん、穴ん下でくさ、苦しんどー俺ば照らしてくれとんしゃるこたー、分かっとったばい。そんたびに、ありゃー救世主様の家さ案内ばしてくれんしゃる星やなかねって、考えとったとですよ。ありゃー絶対、あん星に間違いなか！」（第三巻第六章）

語り手は、産業主義の害悪について教えを必要としている読者と向き合うために、聖人伝作者のような役割を担い、スティーヴンを殉教者として提示している。

そして、読者にコークタウンという町を見せる際に、語り手は皮肉な筆致によって安心感を与えている。

……「人工」によって「自然」が忘却の彼方にやられるなどと、心配性の皆さん、決してお思いになりませんように。神の作品と人間の作品とを、どこでもいいので、並べてごらんなさい。取るに足らない大勢の「働き手たち」が神の作られたものであるにせよ、人間の作ったものと比較すれば、その威厳は増すばかりでしょう。（第一巻第一一章）

こうした語り手の意見表明はスティーヴン・ブラックプールを通してなされることになるのだが、最初から語り手は主人公の威厳を直に傷つけるような形の言及をしている。つまり、この四十歳にすぎない男については、他の働き手たちに「老スティーヴン」というニックネームを使わせているのだ。

スティーヴンは実際より老けて見えたが、それはこれまで辛い生活を送ってきたからである。どんな人生にもバラの花とトゲがあると言われている。しかしながら、スティーヴンの場合は不運か手違いがあったように思えてならない。それによって、誰か別の男が彼のバラの花をもらい、彼の方は自分自身のトゲに加えて、その別の男のトゲまでいただく羽目になったのである。彼の言葉を借りれば、数々の面倒を背負い込んできたということだ。この事実にぞんざいな敬意を表して、普段みんなは彼のことを「老スティーヴン」と呼んでいた。（第一巻第一〇章）

「バラの花とトゲ」という決まり文句や、よく知られた「数々の面倒」という語句は、思考が凡庸な男を想起させる。「老スティーヴン」という呼び名を「ぞんざいな敬意」として解釈することも、それ自体、価値を減じさせる行為である。この呼び名は、のちにブラックプールが労働組合への加入を拒否したあとで、語り手が「老スティーヴンはすべての面倒を背負い込んで、その場から立ち去った」（第二巻第四章）と述べた時に、ひどく見下すような効果をはっきり提示することになる。この場面は、老スティーヴンが工場主のバウンダビーと話す際に、負け組としての自分自身の社会的地位を念頭に置くことで——向かっ腹が立ったけれども、「……自分が今どこにいるのか、きちんと思い出して声を荒げることさえしなかった」（第二巻第五章）ことで——語り手から是認を得る場面とパラレルをなしている。

また、語り手は大胆な筆づかいで戦略のアウトラインを示し、ディケンズ自身が職工会館（Mechanics' Institute）で会って激励した労働者たちと老スティーヴンとは違うことを明らかにしている。[19] この男は、有名な科学者たちに匹敵する実力を主張できるような、「そんな類のマンチェスターの労働者たち」（第五章）の一人として紹介される『メアリ・バートン』のジョウブ・リーとは違うのである。

……今の地位にあっても老スティーヴンは非常に知的な人間として通っていたかも知れないが、実際はそうではなかった。長年にわたって途切れ途切れの余暇をつなぎ合わせ、むずかしい諸学問を習得し、到底あり得ない事柄についての知識を獲得していた、そうした非凡な「働き手」とは思われていなかったのだ。演説ができて討論を続けることもできる「働き手」たちの間では居場所がなかった。何千という仲間たちは、いかなる時でも、彼よりずっと立派に話すことができたのである。（第一巻第一〇章）

しかし、傑出した知性をこのように否定することは、別の種類の賛辞へ道を開くことにもなる。

彼は動力織機の有能な織り手で、申し分のない高潔な男であった。彼がこれ以上のどんな人間であるのか、あるいは他にどんなものを内に秘めているのか（そんなものがあるとすればの話だが）、それは彼自身に示めしてもらうことにしよう。（第一巻第一〇章）

ここで、スティーヴンが「内に秘めている」もの、すなわち彼の道徳心は彼自身の行為によって、知的な価値と対立する形で、示されるだろうと読者は思うかも知れない。しかし実際には、彼の行動が独立独行の精神を暗に示すことすらない。飲んだくれの妻を死なせてしまいたいという誘惑に抗している時でさえ、彼は仕事仲間のレイチェルという女性に頼っているのである。超然とした気高い行為として意図された労働組合への加入の拒絶についても、それを彼に義務づけているのは彼女との約束なのだ。いとも簡単に彼は功利主義者の息子であるトム・グラッドグラインドの罠にかかり、銀行の周囲をぶらついていたという理由で、窃盗の容疑を受ける。彼の最後の肯定的な行動は逃亡であり、これによって彼の犯罪の容疑が固まっている。これはすべて、彼の内に蓄えられた力を仄めかすこともなく、彼に実務的な知性が欠けていることを強調するのに役立つだけである。

こうした内に秘めた力の欠如は、仕事仲間たちによる村八分へのスティーヴンの反応においても力説されている。

長年ずっと彼は無口で物静かな男だったし、他の労働者たちとはほとんど付き合わず、沈思黙考の生活に慣れてしまっていた。頷かれたり、視線を投げかけられたり、言葉をかけられたりして、時には自分の存在を認めてもらいたいといった、そんな心の中の欲求がどれほど強いものか、今まで一度も気づかずにいた。そうした些細なことを通して心の中に一滴ずつ注ぎ込まれる安堵の気持ちが、どれだけ大きなものになるか、彼には分かっていなかったのだ。仲間たち全員から見捨てられたことに対して、自分の良心の中で恥辱感や屈辱感を抱かないようにするのは、ほとんど不可能だと思えるほど困難なことだった。

（第二巻第四章）

この男について構築された理想像にとっては致命的なことであるが、右の引用文はある種の道徳的な混乱を暗示している。

実際、『ハード・タイムズ』におけるスティーヴンの力強さは彼の言葉による対決に――主として中産階級と雇い主を代表するバウンダビーとの対決に――左右されるようになる。労働組合への加入を拒んだ結果として仲間の労働者たちから村八分にされたのち、スティーヴンは離婚するためのアドヴァイスを求めにバウンダビーの所へ行き、自分の立場について彼と話し合うことになるが、結局は相手に言い負かされてしまう。その原因は、これが売り言葉に買い言葉という討論の場であるにもかかわらず、彼が不満を漏らしていることにある。さらに大きな原因は、語り手が自分には聞こえると主張する雄弁さ――ギャスケルのジョン・バートンには確かに備わっていた「無骨な（rugged）」（第二巻第五章）雄弁さ――をスティーヴンの言語が獲得していない点にある。

これがもっとも人目を引く形で現れているのは、本章第二節の最後に引用したバートンの話し言葉とコントラストをなす次の一節である。「雇い人と雇い主」と題された第二巻第五章で、スティーヴンは産業小説の核心問題として雇い人と雇い主の相対的な報酬について話しているが、バウンダビーは雇い主を代弁して「おまえたちは、大体、何が不満なんじゃ？」と尋ねる。その答えはおそらく極めて明確に、つまり雇い人のスティーヴンと彼の仲間たちのための弁明《アポロギア》になるように意図されている。

「旦那、オレは、そればうまか具合に言い表されんかったとですよ。オレもそれなりに同《おんな》し気持ちはあったちゃがね。ほんなこつ、旦那、オレら滅茶苦茶ばい。町ん中ば――けっこう潤いよっちゃが――見ちゃってんない。こげなとこ連れて来られ、織らされ、梳《す》かされ、ともかく揺籃《ゆりかご》から墓場まで、いっちょん変らん暮らしば、なんとか立てとー連中の多《おお》かとば、見ちゃってんない。オレら、どげな暮らしばしとーか、どげな場所に、どげな人数で、どげな見込みのあって、どげな変化のあって生活しとーか、見ちゃってんない。どげなふうに工場のいっつも動きよーか、工場で働いても働いても、遠くにある目的にゃ、いっちょん近づけんってことば――近づてくるたー、いっつもかっつも「死」だけたい――見ちゃってんない。旦那、オレらのこと、どげなふうに考えとーか、どげなふうに書いとーか、どげなふうに話しとーか、どげなふうに代理人と一緒に国務大臣のとこへ行っとーか、見ちゃってんない。旦那がいっつも正しかこと、オレらがいっつも間違っとって、それで生まれてこんかた、道理のあったことなんぞあるめーってことば、見ちゃってんない。旦那、こげなことの一年一年、一代一代、ますます増えて、だんだん太かもんに、どんどん広かもんに、ますます辛《つら》かもんになっとーとば、見ちゃってんない。旦那、こげなもんば見て、滅茶苦茶じゃなかなんて、堂々と言える人のおんしゃるとな？」（第二巻第五章）

この男にいつも見られる構文法の誤りが全部ここに現れている。彼は論理的な連結を十分に展開できない。その証拠は「旦那、オレらのこと、どげなふうに考えとーか」で始まる文にあり、「旦那がいっつも正しかこと」と前述の部分とがどんな点で関連しているのか、ここでは明らかになっていない。同様に、それに続く――「それで生まれてこんかた、道理のあったことなんぞあるめー」という――部分もはっきりしない。これは「あなたは私たちに理性の働きがないことを責めている」という意味なのか、それとも「私たちが間違っているとあなたに思わせるような原因は私たちの方にはなかった」という意味なのであろうか。この「それで」が要領を得ない一方で、間接的な抗議の表現として反復される命令文「見ちゃってんない」は、スティーヴンの議論の不明瞭性を増す以外に何の役にも立っていない。「ともかく（somehows）」とか、「一年一年（fro year to year）」とか、「一代一代（fro generation unto generation）」とかいった必要のない語句もある。これに加えて、右で述べたように何を指示しているのか（例えば、前方に照応するものがない遡及指示詞）が曖昧である。かなり曖昧な冒頭の代名詞「それば（'t）」は、おそらく「何が不満なのか」を指示しているのだろうが、この一節は「だんだん太かもんに、どんどん広かもんに、ますます辛かもんになっとー」という、より曖昧な「こげなもん（this）」の説明で最高潮に達している。似たようなジョン・バートンの不平不満は驚くほど明確な意味内容になっているが、それが『ハード・タイムズ』ではスティーヴンの不明瞭さの中で消失してしまっているのである。

『ハード・タイムズ』における方言の発音はまあまあ正確であり、その構成には口語体が使われている。結果的に語り手が聞くことになるのは、偏狭な、創意に欠けた、かなり頭が混乱した人物の話である。スティーヴンの標語となっている（いろいろな変種がある）「滅茶苦茶ばい（'Tis a muddle）」は、ただ単に社会の混乱のみならず、「申し分のない高潔な男」とは相容れないような内部の混乱をも反映しているように思える。このような矛盾は語り手の中にもある。つまり、語り手は高潔さが見えると主張しながらも、非標準の話し言葉は社会的劣等者の慣用である——非標準の話し言葉を使用する人間は道徳的にも知的にも貧弱な人間である——という考えに賛同するような態度を見せているのだ。そういうこともありそうだというのが偏見と結び付いているのは皮肉である。このように語り手自身の意識が混乱しまっているのは、たぶん、スティーヴンの乏しい知性に貧困と社会の不平等を押しつけた結果であろう。[20]

註

（1）ディケンズが劣悪な環境の寄宿学校（Dotheboys Hall）と校長（Squeers）を弾劾した『ニコラス・ニクルビー』では、その学校のあるヨークシャー州の方言が使われ、デイヴィッド・コパフィールドに深い愛情を抱き続ける忠実で頼もしい乳母ペゴティーの実家がある漁村（Yarmouth）では、ノーフォーク州の方言が用いられている。ディケンズはペゴティーの兄が話す方言にエドワード・ムアの『サフォーク州の言葉と語法』（一八二三年）を利用した。

（2）フランシス・トロロプはアントニー・トロロプの母で、月間連載で小説を出版したイギリス最初の女性。夫の生活力のなさゆえに息子三人とアメリカに渡り、帰国後そこでの経験をもとに辛辣な見聞記を数多く書き、それが長年イギリス人たちのアメリカ観の拠り所となった。アメリカの奴隷制を非難する小説なども書いたが、個人の慈善や博愛では産業問題を解決できないことを示唆したが、『マイケル・アームストロング』はイギリスで出版された最初の産業小説の一つ。「怪物のような紡績工場での骨の折れる仕事で何千もの幼い労働者たちがさらされている、見るも恐ろしい不当な仕打ちと苦しみ」（第三章）に読者の目を開かせようとしたプロパガンダ小説として、工場改革の主導者（特にチャーティストたち）の間でよく読まれ、一八四七年に十時間労働法が成立するのに寄与した。

（3）シャーロット・エリザベス（旧姓トナ）は、ノーフォーク州の主任牧師の娘として生まれ、連隊長との結婚後は福音主義のプロテスタント作家として様々な宗教団体のために小冊子を書いた。カトリック教会に敵対したので、彼女の出版物の何冊かは禁書目録（Index Expurgatorius）にリストアップされた。彼女は労働改革の唱道者でもあり、「工場物語」という副題を持つ代表作の『ヘレン・フリートウッド』では、イギリスの工場における悲惨な労働環境（特に女性に対する搾取）を調査して描いた。また、『マイケル・アームストロング』と同じように、工場の労働環境を非難して十時間労働の運動を支持した。

（4）エリザベス・ストーンは、十九世紀初期のマンチェスターにあったトーリー党の新聞『マンチェスター・クロニクル』の社主ジョン・ホイーラーの娘。代表作の『ウィリアム・ラングショー』は、マンチェスターの繊維業を欠点はあるものの利益をもたらす組織として捉えている。若い女性が社会に搾取されるというテーマはむしろ前述の『ヘレン・フリートウッド』の流れを汲むもので、そのテーマは彼女の後続作品『若き婦人帽子屋』（一八四三年）にも見られる。

（5）ディケンズがギャルケルへ宛てた一八五四年四月二一日付けの手紙。Graham Storey, Kathleen Tillotson and Angus Easson, eds., *The Letters of Charles Dickens*, vol. 7 (Oxford: Oxford UP, 1993) 320. ギャスケルは、四月二三日付けのジョン・フォースター宛ての手紙で、「ああ！　ディケンズ氏に手紙を書いたのですが、ストライキの問題を扱うつもりはないとおっしゃっています――総じて、この返事で私は気持ちが楽になりました」（*Letters* 281）と言っている。

（6）例えば『ハード・タイムズ』で工場労働者のブラックプールが登場するのは第一巻第一〇章「スティーヴン・ブラックプール」（分冊出版は四月二九日）だが、第二巻第四章「同志諸君」（分冊出版は六月一〇日）では「ストライキの問題」が扱われている。

（7）本章の翻訳では、ランカシャー方言は博多弁、ダービシャー方言は広島弁、アイルランド方言は津軽弁を採用した。

（8）一八四八年四月一七日付けのエドワード・チャップマン宛ての手紙（*Letters* 56）を参照。この手紙でギャスケルは、他の州に住んでいる人が理解できそうにないランカシャー方言の使用の難しさについて言及している。

（9）例えば getten となるべき箇所が gotten になっている誤植（*Letters* 64）。エドワード・チャップマンはロンドンの出版社チャップマン・アンド・ホール社の共同経営者で、主としてディケンズとサッカレーの小説を出版していた。ギャスケルも処女作の『メアリ・バートン』から『北と南』までをチャップマン・アンド・ホール社から出版した。

Gunnel Melchers, "Mrs Gaskell and Dialect," *Studies in English Philology, Linguistics and Literature: Presented to Alarik Rynell*, ed. Mats Ryden and Lennart A. Bjork (Stockholm: Almqvist & Wiksell

International, 1978) 112-24.

(10) ジョンソン博士は十八世紀イギリス文壇の大御所的存在で、その卓抜な知性と感受性、誠実を尊んで虚偽を憎む態度ゆえに、今日に至るまでイギリス国民の理想的人物として慕われている。キリスト教的道徳家の立場と古典主義的文学観から批評作品を書いたジョンソン博士の文体とは、ラテン系の語を多用し、荘重で筆力が雄勁であると同時に、大げさな言い回しや重苦しいところのある文体。

(11) Stanley Gerson, *Sound and Symbol in the Dialogue of the Works of Charles Dickens* (Stockholm: Almqvist & Wiksell, 1967) 367.

(12) これはフィズ（H・K・ブラウン）と一緒に行ったイングランド中部地方と北ウェールズのツアーで、リヴァプールではジョン・フォースターが加わり、最後は三人でマンチェスターを短期訪問している。*The Letters of Charles Dickens*, 1: 447.

(13) See J. H. Stonehouse, ed., *Reprints of the Catalogues of the Libraries of Charles Dickens and W. M. Thackeray* (London: Piccadilly Fountain, 1935) 111. 自称「ランカシャーのホガース」のジョン・コリアは「ティム・ボビン」という筆名で知られた諷刺家・詩人。処女作の『概説ランカシャー方言』（一七四六年）に続いて書いたランカシャー方言の詩集『人間の欲についての素描』（一七七三年）はイラスト付きで、上流階級と下層階級の両方が容赦なく諷刺されている。

(14) ジョン・ブラウディはヨークシャー州の寄宿学校の近くに住む食欲旺盛な、巨漢の、短気だが善良な穀物商人。

(15) ディケンズは一八五四年六月一七日にギャスケルに宛てた手紙の追伸として、『メアリ・バートン』の第五版と一緒に出版された『二つの講義』を非常に楽しんで読んだと記している。*The Letters of Charles Dickens*, 7: 357.

(16) 例えばノーマン・ペイジはディケンズがギャスケル氏の『二つの講義』（一八五四年）を利用した可能性に触れている。Norman Page, *Speech in the English Novel* (1973; London: Macmillan, 1988) 69.

(17) Gerson 338.

(18) George Ford and Sylvère Monod, eds., *Hard Times*, by Charles Dickens (New York: Norton, 1966) 234. 聖ステパノは原始キリスト教会最初の殉教者。イエスの復活後、使徒を補佐するためにエルサレムの教会で選出された七人の一人。彼はエルサレムのユダヤ法院で説教を行い、キリストを処刑した人々の頑迷を咎めたために石で打ち殺された（「使徒行伝」六～七章を参照）。記念日は一二月二六日。聖ステパノが石で打たれて殉教した後の弟子たちによる遺骸の埋葬の様子を描いた絵としては、ウジェーヌ・ドラクロワの『聖ステパノの遺骸を抱え起こす弟子たち』（一八六〇年）が有名。

(19) 一八五八年一二月三日にディケンズは、マンチェスターの自由貿易会館（Free Trade Hall）で開かれた「ランカシャー・チェシャー教育機関協会(Institutional Association of Lancashire and Cheshire)」の年次総会において、職工会館で賞や資格を得た職工たちを賞賛するスピーチを行った。K. J. Fielding, ed., *The Speeches of Charles Dickens: A Complete Edition* (Hemel Hempstead: Harvester-Wheatsheaf, 1988) 278-85. 職工会館は労働者たちに教育、特に技術系の教育を授けるための機関で、質の高い従業員を確保するために主として産業資本家によって設立された。一八二三年にはロンドンにバークベック・カレッジの前身となる職工会館が、翌年にはマンチェスターにＵＭＩＳＴ（University of Manchester Institute of Science and Technology）の前身となる（一八三六年にウィリアム・ギャスケルが夜間クラスを担当するようになる）職工会館ができた。

(20)『ハード・タイムズ』におけるジェンダーと階級の言語についての分析は、Patricia Ingham, *The Language of Gender and Class: Transformation in the Victorian Novel* (London: Routledge, 1996) 78-101を参照。

第二八章

出　版

――女性の職業作家としての人生――

ジョウアン・シャトック／小宮 彩加 訳

ディケンズの『オール・ザ・イヤー・ラウンド』に対抗して、ジョージ・スミスが1860年にW・M・サッカレーを編集者に創刊した価格1シリングの『コーンヒル・マガジン』の表紙

Chapter 28

Publishing: The Life of a Woman as a Professional Writer

Joanne SHATTOCK, trans. Ayaka KOMIYA

十九世紀に文筆活動をしていた女性の「職業作家としての人生」というのが本章のテーマである。もっと正確にいうならば、彼女たちは本（とりわけ小説）の執筆と定期刊行物への執筆を、どのようにして同時に行っていたかがテーマである。このようにより伝統的な形態で出版しながら、批評誌や雑誌に同時に書くという経験は、十九世紀のどの作家にも見られる典型的なものだった。『フレイザーズ・マガジン』の一八四七年三月号に載った記事「イングランド、ドイツ、フランスにおける作家の状況」（第三五巻、一八四七年三月）の中で、G・H・ルイスが書いているように、文学は今や職業になっていたのである。定期刊行物に執筆することで生計を立てることも、今では可能になっていた。それほどまでに、当時の文学雑誌は多数存在したというのである。男性作家も女性作家も、諸々の文学的作業——批評、編集、記事作成、文学史執筆、アンソロジー編纂——と併せて創造的文筆業を行っていた。

本章では三人の女流作家、マーガレット・オリファント、ジョージ・エリオット、エリザベス・ギャスケルを取り上げる。生前、そのように呼ばれることはなくても、彼女たちはそれぞれ当世的な意味での「文学女史（woman of letters）」であった。これらの女性をケース・スタディーとして、またある一人の場合はロール・モデルとして考察することにより、十九世紀ジャーナリズムにおけるジェンダーの問題点をいくつか明らかにしたいと思う。それは間違いなく、ヴィクトリア朝前半におけるジャーナリズムのステイタスについて、幾つかの興味深い問題を指摘することになるであろう。

第一節　ジャーナリズムの寵児、M・オリファント

［ルイス夫人は］雑誌や新聞に定期的に書く人は、誰でも皆、必ず台なしにされると考えています。誰かの作品が、同じ徒党の仲間だということで褒めそやされるような不誠実が、まかり通っているからです。[1]

この発言は、ジョージ・エリオットの家族の友人であったエミリ・デイヴィスが一八六九年に書き留めたものだが、十九世紀の女性職業作家のある型を強く表している。エリオット自身がそのよい例なのだが、ジャーナリズムを修業の場と捉え、経済的安定を獲得し、本格的な執筆を始められるようになった途端に、それを見捨てるという姿勢である。エリオットの成功譚は、執筆だけに打ち込めた点と、批評家からの称賛やその後の名声を得た点で、男性的ではないかと指摘する声もあるだろう。

マーガレット・オリファント（図①）にとって、ジョージ・エリオットは、彼女がブラックウッド社と関わりを持つようになった当初から、自分と比較する物差しだった。というのも、エリオットはブラックウッド社の最も価値ある資産だとはっき

りと言われていたからである。著名な同時代作家に対する複雑な気持ちを、オリファントはいじらしいまでに正直に表している。『エディンバラ・レヴュー』にJ・W・クロスが著したエリオットの伝記の書評を書いた直後の一八八五年二月に、彼女は二十年間ばらばらのまま手つかずになっていた自伝の執筆を再開した。「ジョージ・エリオットの伝記に刺激を受け、拭い去ることのできない自己憐憫の奇妙な感情を抱き、私は書きたい気持ちになった。彼女のことを少し嫉妬しているのだろうか」と彼女は率直に記している。さらに、次のようにも書いている。

図① フレデリック・オーガスタス・サンディーズによるマーガレット・オリファントの肖像画（1881年）

私は人生において何とハンディを負っていたことか。もし彼女のように、精神的温室の中にいて、誰か世話を焼いてくれる人がいたとしたら、もっとうまく書けたであろうか。結局のところ、私は本能に従っていたまでだ。というのも、たえず仕事に追われ、ときには大きな不安に駆られるという犠牲を払っても、流れに身を任せ、家庭を切り盛りし、家族のみんなを快適にする方が、偉大な芸術家が自らに課すような自制的生活を送るよりは実際には容易だったからだ。……私のことをジョージ・エリオットと並べていう人など誰もいないだろう。そしてそれは当然なことなのだ。(2)

エリザベス・ジェイは、伝記『オリファント夫人——彼女自身のフィクション』の中で、オリファントにとっては、フェイ・ウェルドン、アニタ・ブルックナー、ジュリアン・バーンズやマーティン・エイミスなどの現代作家の方が適当なお手本だったであろう、と述べている。彼らは、男性・女性を問わず、批評と創作の両方を同時に行い、またそうすることを、ジェイの言葉を借りるならば、「二流芸術家であるがために経済的理由から負わざるをえない刑罰」(3)とは思わない作家たちなのである。オリファントがブラックウッド社の批評家として筆を振るうようになったのは、小説家として、また短篇小説家としての腕を買われてのことだった。つまり、エリオットの場合の逆だったのである。オリファントにとって、批評を書くことは、創造力を枯渇させるよりは活気づけた、とジェイは指摘している。彼女は書評の依頼が多かったために、他の作家の作品を貪るように読んだが、それによって彼女自身の作品も豊かなものになったというのである。

また、十九世紀の女性作家たちの多くにとって、エリオットは真似たいと思うような模範でもなかった。オリファントと同時代の作家の中には、彼女と同等のキャリアを持ち、小説と詩を機械的に優位に置いてしまうことなく、さまざまなジャンルのものを書き、彼女自身もその作品をよく知っていた、エネルギーに溢れた女性がほかにもいた。ハリエット・マーティノーなどは、ヴィクトリア朝の女性ジャーナリストのモデルとしてもっとふさわしかったであろう。そのほかにも、アナ・ジェイムソン、ジェラルディン・ジューズベリー、メアリ・ハウイットやイライザ・リン・リントンなども候補としてあげられよう。

オリファントは間違いなく、よく仕事をすることが非難のもととなってしまった作家である。ヴァージニア・ウルフは、『三ギニー』（一九三八年）の中で、「オリファント夫人は、生計を立て、子供たちに教育を受けさせるお金を稼ぐため、彼女の脳、その見事な脳を売ってしまい、持っていた教養を安売りし、知的自由を奴隷にしてしまった」（第三章）ことを読者に非難するよう仕向けた。それは、オリファントが家族を支えなくてはならなかったために、あまりにも多くのものを、あまりにも速く書きすぎたことを告発したものである。伝記や文学史、それにウルフの言葉を借りるならば、「おびただしい数の精彩を欠いた記事、評論、文学雑誌に寄稿したさまざまな小品」（第三章）は、彼女の創造力を使い果たし、幾つかのよい小説が書かれるのを妨げた。彼女の同時代作家たちからは、いつも彼女の知的生産物があまりに多かったことで、とやかく言われてしまった。一八八三年一月に『ブラックウッズ・マガジン』に載った記事の中で、ジョン・スケルトンは『十八世紀終わりと十九世紀初めの英文学史』を誉めたたえた後で、「彼女の疲れを知らない軽妙な筆は、三十年以上も動き続けている」[4]と述べている。

敵意に満ちたコメントを投げかけられたのは、大抵、オリファントのノンフィクション、とりわけジャーナリズムだった。イーディス・シムコックスは、一八七八年にジョージ・エリオットと交わした会話のことを書いている。その会話は「翻訳や、出版されたものに見られる無知、オリファント夫人のような善人であっても、自分では何も知らないようなことでも執筆してしまう節操のなさ」[5]についてだった。ヘンリー・ジェイムズは、彼女の死亡記事の中で、彼女の論評の仕方について同情的な筆致でありながらも、次のように書いている。

オリファント夫人ほど、「当たり、外れ」式で、行き当たりばったりの方法で評論を書いた人はいない。……彼女は『ブラックウッズ』で匿名で何年間も、それも存分に、仕事をした。当時の作家で、彼女ほど手近なところに拡声器を持ち、それを意のままに、気兼ねなく使用した作家はいないだろう。実際、この半世紀の間に、彼女ほど公然と、無責任に、個人的発言力を行使した女性はいなかったといってよいだろう。(6)

ジェイムズのコメントは、よい意味にも悪い意味にも取れるところが面白い。彼は、彼女の評論の多さに注目しつつ、彼女の影響力についても述べている。その影響力をさらに証拠づけるものとしては、彼女の書いた『日陰者ジュード』(一八九五年)の書評(「反結婚同盟」『ブラックウッズ』第一五九巻、一八九六年一月)を読んだ憤懣やる方ないハーディが、「ブラックウッズの哀れな女のキーキー声の戯言」(『日陰者ジュード』の序文の後記、一九一二年四月)と書いたことを思い起こせばよい。作家として、評論家として、まったく至る所に顔をのぞかせたオリファントは、悪口を言いふらす人にとって格好の材料だったのである。

彼女の評論は、量が驚異的だっただけでなく、その影響力も無視できない。四十年以上続いた彼女の作家人生の間に、男性女性を問わず、また過去の作家もいうに及ばず、その作品が彼女の注意深い目から逃れた者はほとんどいなかった。この点においても、彼女は同時代の女性の作家／批評家の先駆けであっただけでなく、ジャーナリズムをその作家人生の中で持続的に追求したヴァージニア・ウルフやアリス・メイネルといった初期モダニズムの女性作家の先駆けでもあったのである。

オリファントは自分が男性社会に入ろうとしていることを間違いなく理解していた。定期刊行物に書くことで生計を立てるためには、男性に支配された出版社にうまく入り込む必要があると分かっていたのである。長く続いた付き合いが始まったのと同じ一八五五年、彼女はジョン・ブラックウッドに宛てた手紙の中で次のように述べ、自分の取り上げる題材についての幾ばくかの不安を打ち明けている。「あなたの最も男性的な、男性読者向けの雑誌に、私のような女性的な物語作家が書いたりして、読者をうんざりさせやしないかと時々思ってしまうのです」(7)。この自信喪失に対処すべく、彼女は評論のときに用いる中立的で無性別の文体を編みだしたのだが、それは、ジョージ・エリオットが『ウェストミンスター・レヴュー』(以下『ウェストミンスター』と略記)で、男性の同僚たちの文体に自分の文体を調和させようとしたときよりも、概してうまくいったようである。

オリファントが評論を書くようになったころは、匿名にするべきか署名記事にするべきかという論争がちょうど始まろうとしていたときだった。彼女は最後まで旧システムに執着し、一八八二年に出した『イングランド文学史』の中でも次のように論じている。

批評は、その内容が褒めるものであっても、非難するものであっても、匿名で書かれているときが最も自由だと信じています。また、十中八九、重大な出版物――昔ならば評論、今であれば新聞――の意見の方が、著者の名前が分かった途端に重要性が失われてしまう個人の意見よりも効果的で重みがあると考えます[8]。

「匿名は素晴らしい慣例です――私は今後、小説以外のすべてを匿名にしようと思います[9]」と彼女は一八七〇年にブラックウッドに伝え、この決断を貫いている。彼女が一八八〇年代に『マクミランズ・マガジン』に書いた評論はイニシャル入りであり、同じ時期に『コンテンポラリー・レヴュー』に書いた幾つかは署名記事だったが、四十年間に書いたそのほかの評論は匿名であった[10]。それはジャーナリズムの世界で、性の壁を乗り越えるための鍵となる要素だったのである。

彼女は評論するとき、概ね、自分の性別や自分自身の状況などを交えることがなかった。一八五〇年代から一八九六年の間に出た女性の問題《ウーマン・クエスチョン》に対する自身の考えを強く表現した幾つかの記事の中でさえも[11]、保守的立場を強く支持しながら、個人的なことを詳述することはほとんどなかった。ただ一度、女性の家長に選挙権を拡大するというジョン・スチュアート・ミルの提案について書いたときだけは別であった。未亡人であり、女性の家長の一人に数えられる彼女は、自身の考えをいくらか書いたのである。

彼が法律で認めようとしている集団は、女性の中でもあまり面白くない人たちです。女性の家長たちというのは、自分で家賃や税金を払う寂しい女性で、自分で自分のことをしなくてはならない、巷では「誰も面倒を見てくれる人がいない」と言われている人たちです。……紳士のみなさん、あなた方が相手にしなければならないのは、そんな私たちです。実を結ばずに終わってしまった、世間にもまれ苦しんでいる私たちです。見苦しくはないにせよ、もはや魅力的ではありません。髪の毛も白くなってきています[12]。

続けて、「この請願書は『小紙（Ourselves）』――女性である私のペンで、大胆にもこんな崇高な代名詞を使ってよろしければ――が署名するように送り届けられました[13]」と述べ、「私たち女性の中には、『ブラックウッズ』のような総合雑誌に意見を記す名誉を与えられている者もいるのです[14]」と、遠慮がちに自分のことをほのめかしている。

彼女は『エディンバラ・レヴュー』と『フォートナイトリー・レヴュー』、それから『コンテンポラリー・レヴュー』に、時折記事を書いていた。彼女の小説のうち二作は、『ロングマンズ・マガジン』に連載され、そのほかのものは『マクミランズ・マガジン』と『コーンヒル・マガジン』(以下『コーンヒル』と略記)で連載されたが、そのいずれの雑誌にも彼女は記事を寄稿していた。加えて、彼女は『スペクテイター』と『セント・ジェイムズ・ガゼット』でも書いていた。しかし、彼女の作家人生の間、意見を述べる中央演壇となったのは、『ブラックウッズ』だった。ジョン・ブラックウッドは彼女のよき助言者のような存在で、ハリエット・マーティノーが『マンスリー・リポジトリー』で評論を書きはじめたころのW・J・フォックスと同様の働きをしてくれたのである。ジョージ・エリオットやエリザベス・ギャスケルの場合とは違い、G・H・ルイスやウィリアム・ギャスケルのようにビジネス的なことを請け負ってくれる——ギャスケルの場合は手を貸してくれる——人もいなかったので、彼女はあらゆる交渉事を自分自身で、ときにはそれは控えめすぎることもあったが、執行した。しかし、そのような進取の気性や独立心のある彼女であっても、ジャーナリストとしての究極の褒賞は自分の手に入れられなかったと、ジェイは指摘している。彼女の野望は、トロロプ、ディケンズ、サッカレー、レズリー・スティーヴンなどのような男性の同僚たちと同じように、本格的な雑誌の編集主任になって、経済的安定だけでなく地位も獲得することだったのである。しかし、それが叶うことはなかった。彼女はブラックウッド社の小シリーズの編集には携わったが、『ブラックウッズ』と同等の権威のある定期刊行物の編集が彼女に任されることはなかった。

彼女が扱った一連の題材は、決して自分の性別を反映したものではなかった。彼女は、小説、詩、宗教、芸術、旅、歴史、伝記などについて書いた。当時盛んだった女性についての議論を除いて、政治的な話題は避けたが、政治家の伝記の書評は書いた。哲学についてはあまり書くことがなかったが、宗教や同じ話題の記事の中で部分的に触れることはあった。モンタランベールを翻訳するのに十分なフランス語を身につけていたし、フランス文学も立派に批評している。自分自身のことを「ブラックウッドの女性なんでも屋」と称していたのも、これだけのことをしていたからにほかならない。

裁縫やドレス・メーキングの上手な人は家庭でそれを仕事にしたが、オリファントにとってはジャーナリズムが家庭でできる仕事だった。経済的自立を必要とし——あるいは求め——同時に家庭における責任や役割を手放すことは望まない女性にとって、それは究極の解決法を与えてくれる仕事だったのである。それに、彼女はジャーナリズムを仕事として劣っているとは見ていなかった。オリファントにとってジャーナリズムは、より高位の成功が明確になったときに手放すべき見習仕事ではなかった、とジェイは述べているが、その通りである。さらにいえば、ウルフにとってそうだったであろうような、お決まりで面白味のない、金稼ぎのためだけに行う退屈仕事でもなかっただろう。オリファントにとっては、伝記や文学史、それから「おびただしい数の記事、評論、さまざまな小作品」を書くことは、自分の文筆生活全体と切り離すことのできないものだったのだ。そしてその文筆生活は、それを必要とする家庭環境とも切り離すことのできないものだった。彼女は自分の書いたさまざまなものに序列をつけることはしなかった。「ジャーナリストのマーガレット・オリファント」という肩書を、彼女ならば誇りに感じていたであろう。

第二節　エヴァンズから作家エリオットへ

ジョージ・エリオット（図②）――というよりむしろ、メアリアン・エヴァンズ――は、コヴェントリに住んでいた一八四〇年代後半、友人であり、よき師でもあったチャールズ・ブレイ所有の『コヴェントリ・ヘラルド・アンド・オブザーヴァー』紙に書いていたころに、論評活動を始めた。彼女の書いた主要な記事として最初のものは、R・W・マケイの『知の進歩』の書評で、一八五一年に『ウェストミンスター』に載ったものである。これが、『ウェストミンスター』と、それを所有するジョン・チャップマンとの付き合いの始まりであり、やがて一八五一年から五四年の間に、彼女は事実上の編集者になっていた。[15]彼女の書いた評論――その量は膨大だった――の多くは、その後の三年間、つまり一八五四年から五七年の間に集中的に書かれている。取り上げた題材は、全く性別を感じさせないものだった。それらは、フィクション（「女流作家の愚劣な小説」）、歴史的社会学（「ドイツ民族の自然史」）、神学（「福音主義の教え――カミング博士」）、古典文学、フランス文学、ドイツ文学など多岐に渡り、各号の「純文学」セクションにも寄稿していた。また、彼女はパートナーのG・H・ルイスが始めた『リーダー』にも書いている。『リーダー』に載った記事も、『ウェストミンスター』で書いた題材と似たようなもので、時々同じことについても書いていたが、いずれも彼女自身の知的関心と驚異的な読書量の結果を反映するものであった。[16]

図②　ジョン・エドウィン・メイオールが1858年2月に撮影したジョージ・エリオットの写真

ジョージ・エリオットの『日記』は、彼女がG・H・ルイスとの共同生活を開始した一八五四年七月に始まったが、彼女の執筆生活を解明するのに役に立つ。大陸への事実上の新婚旅行の最中も、彼女はジョン・チャップマンと常に連絡を取り、『ウェストミンスター』に載せる書評のために、ヴィクトール・クザンの書いたマダム・ド・サブレの伝記を注文したり、締め切りに間に合うように書評を送ったり、彼からの支払いの一五ポンドのチェックが来たりしたことなどを日記に書き留めている。特に初めの何年かは、日記にお金に関する記述が目立っている。彼らが共に行っていた評論が、家計の重要な要素だった。一八五四年から五五年の一回目の大陸旅行のときには、ルイスの仕事の方が重要であった。彼が書いていたゲーテの伝記のために、二人でワイマールを訪れてもいる。一八五七年には、そのバランスが変わってきていた。『ブラックウッズ』に『牧師たちの物語』を発表した折に、メアリアン・エヴァンズは自分自身を「ジョージ・エリオット」に変身させたのだった。『日記』の編者たちは、ある一冊のノートについて書いている。そのノートは、前の方からは日常的なことが書き込まれており、後ろの方からは、今ではよく知られている「いかにして小説に手を染めたか」や「アダム・ビードの物語」などの記述があり、彼女自身がメアリアン・エヴァンズと「ジョージ・エリオット」という新しい人物を意識して使い分けていたことを窺わせる。それはジャーナリストや翻訳家のメアリアン・エヴァンズと小説家のジョージ・エリオットを意識的に切り離そうとしていたかのようでもある。一八五七年以降は、意図的にジャーナリズムに背を向けるようになり、小説の執筆のみに焦点を絞るようになる。(17)

はじめに引用したエミリ・デイヴィスのことば以外にも、一八五七年に、友人であり彼女の崇拝者でもあったベッシー・レイナー・パークスに宛てた手紙にも、彼女のジャーナリズムに対する態度があらわれている。その手紙は、『イングリッシュ・ウーマンズ・ジャーナル』の前身であり、ベッシーが編集しようとしていた『ウェイヴァリー・ジャーナル』に関するものだった。その新聞の題字には、「女性により、女性のために運営されている（conducted by and for women）」と書かれているのだが、その言葉にエリオットは当然のことながら反対した。忠実なベッシーは、自分の計画についてメアリアンの承認を得たかったのだが、得られたのは親切な、しかしやや上位者ぶった忠告だった。

私は「女性により運営された」という題字に含まれる特質がまったく気に入りませんので、あなたがそれを削ると聞いてとても嬉しく思います。私自身の好みを申せば、雑誌にはビジネス的な内容、たとえば慈善運動や社会的な事実に関することをより多く入れて、文学はなるべく少なくする方がよいと思います。慈善活動が好きだからとか、文学が嫌いだからとかいう理由ではなく、慈善活動について知りたいと思っていて、二流の文学が好きではないからです。とはいっても、私は新聞がどういうものであるべきかを判断する立場にありません。ワインが嫌いな人がよい「テイスター」になれないのと同じことです。私は辛い任務としてしか、新聞を読んでいませんから。[18]

一八五八年一月には、三月に第一号が出版されることになっていた『イングリッシュ・ウーマンズ・ジャーナル』について知りたいといいながらも、寄稿することは丁重に、それでいてきっぱりと断っている。「どんな形でもいいからお手伝いできたら嬉しいと思っています。ただ、書くことだけはできません。今は有無を言わせぬ他のことがあって、自分の時間もなく、手もいっぱいなのです[19]」。

評論から手を引くことを可能にしたのは、日記に明らかにされているある重要要素、すなわち彼女が小説によって稼いだお金だった。彼女は、毎年ノートに計算をしているのだが、その数字を見れば一目瞭然である。一八五六年の彼女の収入は、主にその年書いた二八本の評論によるもので、その多くは『リーダー』に一本につき一ギニーで書いたのだが、合計二百ポンドになった（「エイモス・バートン師の悲運」で、五二ポンドの収入が加わった）。一八五七年に、「ギルフィル氏の恋物語」や「ジャネットの悔恨」を書いたときには、合計四四三ポンドだった。『アダム・ビード』を出した一八五八年には年収はうなぎ登りの千六百ポンドとなっており、『フロス河の水車小屋』を含む一八六〇年では、合計八千三百三十ポンドに膨れ上がっていた[20]。

ひとたび、「ジョージ・エリオット」の正体が世間に明らかになると、メアリアン・エヴァンズは、定期刊行物にはほとんど寄稿しなくなった。一八六五年、ルイスが最初の編集発行人になった『フォートナイトリー・レヴュー』にときどき記事を書いたり、同年の『ペル・メル・ガゼット』にいくつかの記事（「現代の家事」、「無駄な嘘」、「使用人の理屈」）を書いたりしたことはあったが、そのほかのエネルギーはすべて彼女の小説に注がれた。ヴィクトリア朝の他のどの女性も、小説を書くことに関して、彼女のような一途さはなかったし、またそれを可能にした素晴らしい労働環境もなかった。オリファントの適格な表現の通り、彼女はルイスによって「精神的温室」に入れられていたので、ただひたすら繁茂することが許されていたのである。ルイスだけでなく、彼女にはジョン・ブラックウッドという非常に同情的な出版者もいた。ブラックウッドは、もちろん、オリファントの出版者でもあった。彼がこの二人と交わした書簡を比べてみると面白い。どちらがその出版社にとって重要な作家だったか、誰の目にも明らかである。

ジョージ・エリオットは、生存中は多くの女性作家の手本となったが、歿後は嫉妬や憤りの的になった[21]。しかし、彼女のような執筆生活――その環境も成果も含めて――を特異なものでないと考えるのは間違っている。小説に集中するためにジャーナリズムを退けた彼女の決意は、男性作家、女性作家の如何に関わらず、一般的なことではなかった。マーガレット・オリファントのように、慌ただしくも評論、編集、翻訳を、小説や歴史書を書くのと同時に行うことは、ヴィクトリア朝中期の男性・女性の作家を問わず、世紀末においても繰り返されたパターンだったのだ。

第三節　初期のギャスケルと大衆的ジャーナリズム

処女作『メアリ・バートン』が何人かの批評家から酷評されたり、彼女の初期の物語「リビー・マーシュの三つの祭日」（一八四七年）が無断で再版されたり、ということで苛立っていたギャスケルは、一八五一年に友人のトティー・フォックスに対して次のような手紙を書いている。

かわいそうにメアリ・バートンは「軽い、短命の」作品だとされて、ひどく冷たく鼻であしらわれています。私は『クリティック』に執筆すると申し出ました。リヴァプールのマープルズとかいう男や、エドワード・チャップマンに対する怒りからそういう行動に出たのです。一行につき幾らの仕事をして、出版社とはもう関わらないと誓いました。そうしたら私の批評家《クリティック》たちは気前よく一コラムにつき七シリングと提示してきたのよ（実物は見たことないのだけれど、お上品《リスペクタブル》な低級誌だと聞いているわ）。それで計算してみたところ、一行三ペンスになるから、結構うまくやれると思うの。でもウィリアムはこの件でひどく怒っていて、私のことを大バカ者だとか、奥さんに対して使ったらあまりよくない言葉で悪口を言うのです。（*Letters* 172）

この手紙は二つの点において興味深い。一つには、それが彼女と夫との関係を示していて、実際にどの程度、彼女が夫の意見に耳を貸していたかが分かる。しかし、もっと重要なのは、彼女の定期刊行物に対する態度である。『文学、芸術、科学、劇のクリティック』という週刊の文学書評誌は、彼女のふざけた言葉からイメージされるようなくだらない雑誌ではなく、真面目で評判のよい出版物だったのだ。その評論を書いていたのは、W・M・ロセッティ、ジョージ・ギルフィラン、フランシス・エスピナスなどだった。たとえば、当時はすべて匿名で書かれていた主要なオピニオン誌の背後に、どういう人物がいるのかということについて、一八五〇年から五一年にかけて詳しい記事を載せるようなことをしている。ギャスケルは、『クリティック』に書くことが、小説を書くことの代わりになる、と冗談混じりに述べている。しかし、実際の彼女の行動は、それとはかけ離れていた。

ギャスケルの世に知られている作品を並べ、それらが最初どこで出版されたかを見ると、彼女が書き始めた当初から定期刊行物と近しい関係にあったことに気づかされる。『ブラックウッズ』（「貧しい人々のいる風景」一八三七年）、『ハウイッツ・ジャーナル』（「リビー・マーシュの三つの祭日」、「墓掘り男が見た英雄」一八四七年、「クリスマス、嵐のち晴れ」一八四八年、「エマソンの連続講演」一八四七年）、『サンデー・スクール・ペニー・マガジン』（「手と心」一八四九年、「ベッシーの家庭の苦労」一八五二年）、『サーティンズ・ユニオン・マガジン』（「イングランドの一世代前の人々」一八四九年と「マーサ・プレストン」一八五〇年）。それから一八五〇年には、ディケンズの『ハウスホールド・ワーズ』の創刊号に「リジー・リー」が載り、この雑誌との長い付き合いが始まった。キャリアの後半には、ギャスケルは『ハウスホールド・ワーズ』の後継誌『オール・ザ・イヤー・ラウンド』や、『コーンヒル』、『マクミランズ・マガジン』、『ハーパーズ・マンスリー・マガジン』などに書くようになった。また、『アシニーアム』やマクミランの週刊誌『読者』に書評を書いたこともある。

他の同時代作家たちと同様、ギャスケルはそれぞれの定期刊行物との関わりを、さまざまな人（大抵の場合は男性）との縁故で作った。クエーカー教徒作家のウィリアム・ハウイット（図③）と彼の妻のメアリとの付き合いは、一八三八年に女学生たちがウォリックシャーのクロプトン・ホールを訪れた時の様子を書いたものをウィリアム・ハウイットに送り、それを彼

HOWITT'S JOURNAL
OF
LITERATURE AND POPULAR PROGRESS.
EDITED BY
WILLIAM AND MARY HOWITT.
VOL. I.
LONDON:
PUBLISHED (FOR THE PROPRIETOR) BY WILLIAM LOVETT, 171, STRAND.
AND
SOLD BY ALL BOOKSELLERS.
1847.

図③（左）ウィリアム・ハウイット、（右）『ハウイッツ・ジャーナル』
ハウイット夫妻は1837年にサリー州の町エッシャーに移り住んでからギャスケル夫妻と交際を始め、1847〜49年に『ハウイッツ・ジャーナル』を編集した。

が『名所歴訪』（一八四〇年）に載せたことに始まっている。さらに、彼女が書いた手紙からの抜粋は、『イングランドの田園生活』第二版（一八四〇年）に載せられた。メアリ・ハウイットによると、ウィリアムはその若き作家に「公益のためにペンを用いるように」[22]奨励したという。彼らの関係は、ハウイット夫妻が『ハウイッツ・ジャーナル』を刊行した一八四七年に再び始まった。ギャスケルは初期の短篇の三点と、記事を少なくとも一点、この週刊誌で発表している。[23]メアリ・ハウイットにより、ギャスケルはジョン・サーテインに紹介された。彼はアメリカの絵入り月刊誌『サーテインズ・ユニオン・マガジン』の所有者であり、その雑誌にギャスケルはさらに二本の物語を発表している。

一八四八年出版の処女作『メアリ・バートン』に対する批評家たちからの反応は賛否両論だったが、またそれは広範囲にわたるものだった。その結果、ギャスケルは様々な雑誌の編集者や経営者などから引く手あまたとなった。イライザ・クックは一八四九年にまもなく登場する『イライザ・クックス・ジャーナル』に寄稿するよう彼女に依頼したが、それは叶えられなかった。チェインバーズ兄弟（ウィリアムとロバート）は、彼女に再び『チェインバーズ・エディンバラ・ジャーナル』に書いてくれるよう頼んだが、その願いも叶うことがなかった。最も重要なアプローチがディケンズからだったことは間違いない。最も彼女を喜ばせた招待のことばは有名である。「今生きているイギリス作家の中で、私が協力を得たいと思うのは、『メアリ・バートン』（この上なく私の心を揺さぶり、感銘を与えた本）の著者をおいてほかにいないというのが、私の正直な気持ちです」と一八五〇年一月に書いている。「あなたに短いお話を一つ、あるいは一つと言わず幾つでも、出版予定の誌面を飾るものとして書いていただきたいという望みを、少しでも叶えていただけはしないか、思い切ってお尋ねしてみることにしました」[24]。「リジー・リー」は創刊号（一八五〇年三月三〇日）の中で、ディケンズの序文に続く素晴らしい場所を与えられたのだった。ギャスケルは創刊間もない『ハウスホールド・ワーズ』に、幾つもの短篇小説を発表している。その中には「ペン・モーファの泉」や「ジョン・ミドルトンの心」、「婆やの話」、そして『クランフォード』（一八五一～五三年）にまとめられる一連の物語もあった。この編集長兼経営者と彼のお気に入りの寄稿家との関係は、一八五四年九月に『北と南』の週刊連載が始まると崩れはじめ、やがて取り返しのつかないほどに変化することになる。

ギャスケルは小説だけでなく、様々な随筆や記事を『ハウスホールド・ワーズ』に執筆している。その最初のものは、「失踪」（一八五一年六月七日）だった。それは不思議な状況で失踪した人々についての、当時登場した警察の力があれば解決したかもしれない事件を題材にした逸話集であり、そのうちのいくつかの逸話は実際にあった出来事をもとにしていた。そのほかには、「ペルシャ王に仕えた英国人庭師」（一八五二年六月一九日）という、彼女の友人であるキャロライン（レディー・ハザトン）の所有するテドズリ・パークの庭師頭が、かつてペルシャ王の下で仕事をしていたときの話や、「カンバーランドの羊毛刈り」（一八五三年一月二二日）という、家族とともに休暇で湖水地方の農場を訪れたときの思い出をもとに書いた、半ばフィクションで半ば紀行文のものなどもある。「ユグノーの特性と物語」（一八五三年一二月一〇日）は、フランス史についてのギャスケルの知識を示す何篇かのうちの一つであるが、随筆と物語を併せたものであり、その後『ラドロウ卿の奥様』に挿入された物語の一つに発展した。「現代ギリシャ民謡」（一八五四年二月二五日）は、クロード・フォウリエルの『現代ギリシャ民謡』の書評で、『ハウスホールド・ワーズ』の読者のために現代ギリシャの習慣についてのさまざまな話題を取り上げている。「おもてなしの仕方」（一八五四年五月二〇日）は、うわべはヴィクトール・クザンの新刊『マダム・ド・サブレ――十七世紀社交界の著名な女性たちについての一考』の書評だが、フランス上流階級の社交の伝統と、イギリス中流階級のディナー・パーティーに欠けるものを対比させた随筆として書かれている。(25)

ディケンズは、ギャスケルの書く短篇に大変興味を示したが、題名を提案したり、「リジー・リー」の場合のようにプロットの展開に口を差し挟んだりするようなこともあった。一方、ノンフィクションについては、無干渉の姿勢を示し、ときには出版の後になって、彼女に満足の意を伝えることもあった。彼は、一八五三年一一月に副編集長のW・H・ウィルズに宛てた手紙の中で、「ギャスケル夫人が寄稿してくれると聞いて嬉しい」（Dickens, *Letters* 7: 200）と述べており、彼女の書く物語や記事に対して相場以上の額を支払っていた。

ギャスケルは、自分の書いている定期刊行物の読者について正確に把握しており、書評の形式を取らずに、「現代ギリシャ民謡」や「おもてなしの仕方」のように分かりやすく取り留めのない随筆として書いている。「カンバーランドの羊毛刈り」におけるフィクションと自伝を混ぜる手法や、「ペルシャ王に仕えた英国人庭師」で個人的なインタビューを利用したところなどは、彼女の多才と読者の好みを判別する能力とを示す更なる証拠である。

彼女が『クリティック』に寄稿しようかしらと冗談交じりに書いていたのと同じ年に、彼女は実際に二本の書評を、教養と眼識のある読者に向けた歴史ある週刊誌『アシニーアム』に載せている。ギャスケルは一八四九年以降、『アシニーアム』を定期的に読んでおり、新刊の知らせや書評を追ったり、友人のトティー・フォックスやジェラルディン・ジューズベリーとこの雑誌を交換したりしていた。のちに、『シャーロット・ブロンテの生涯』（一八五七年）を書いていたころには、新しく彼女の出版者となったジョージ・スミスとの手紙のやりとりの中で、『アシニーアム』は常に判断基準として用いられていた。

アンガス・イーソンが、印のついた『アシニーアム』ファイルにより、彼女のものだと判定した一八五一年一二月一三日号に載った二つの書評は、当時の小説のリアリズムと自然に対する彼女の考えを理解する一助となっている。ロングフェローの詩劇『黄金の伝説』（一八五一年）の書評では、彼女は工業が進歩し、急速に変化が起こる時代に、中世的題材を取り上げることが適当かどうかを疑問視している。イーソンが指摘しているように、ロングフェローの詩のプロットとなっているラブ・ストーリーは、同じ時期に執筆していた『ルース』（一八五三年）で、のちに彼女が取り上げる問題の一つを予想させる内容である。彼女が評したもう一冊は、リヴァプールのユニテリアンの名家が出自のマーガレット・サンドバッチ(旧姓ロスコー)の二作目の小説で、一作目の成功のすぐ後で二作目の出版を急ぐことの危険を警告しているが、『メアリ・バートン』の約三年後に『ルース』を書いていたギャスケルも、おそらくドキッとしただろう。

一八五四年から五五年に『北と南』を書くまでの期間にギャスケルが執筆したノンフィクションのジャーナリズムからは、彼女がいかにたやすく記事や批評の執筆と短篇や長篇の執筆との間を行き来していたかが見て取れる。書いたものが多種多様な点において、ギャスケルの執筆方法は、ジョージ・エリオットよりもマーガレット・オリファントの方に近いといえる。しかし、オリファントと違う点は、ジャーナリズムで得られる稼ぎはギャスケルにとって家族を支えるために必要でなかったということだ。それでも、彼女は文学的名声が上がるとともに増えた、他人の作品の前書きや序文の執筆の依頼や、自分の書いた物語や記事を編集して本にする仕事を、驚くほど快く引き受け、それにより一家の収入を増やしたのだった。彼女の晩年の十年間には、チャップマン・アンド・ホール社と、その後はスミス・エルダー社から、物語やエッセイが次々と再版されたが、『リジー・リー——短篇集』（一八五五年）はその最初のものだった。ギャスケルは文学市場をよく理解し、自身の商業的価値をうまく把握しており、本を作る上での才能があることを示したのであった。

第四節　後期のギャスケルと中産階級向け文芸誌

ハウイット夫妻との関係の強かったギャスケルは、大都市で増加していた下層中産階級の読者を対象にした大衆雑誌に書く作家として見られるようになった。彼女を『ハウスホールド・ワーズ』に執筆するよう招いたディケンズは、目先がきいていたといえよう。本能的に、彼女は自分のものと見なしていた読者層を広げようと考えた。物語が、最初に出版された定期刊行物を手にする機会のない若い読者にも読まれるように、安価なパンフレットの形で自作の物語を再版するよう強く働きかけた。もっと若い読者の手に届くように、トラバース・マッジの『サンデー・スクール・ペニー・マガジン』を支持した。『ハウイッツ・ジャーナル』のために書かれた二篇の物語は、一ペニー週刊誌の『クリスチャン・ソーシャリスト』でも連載された。

『北と南』を連載する際に、週刊誌上での連載に求められる字数制限を守ることの難しさを感じたギャスケルは、憤慨して「もうH・W［『ハウスホールド・ワーズ』］には決して書かないわ」(*Further Letters* 123) と宣言したが、その言葉は数ヶ月以内に撤回された。その後『ハウスホールド・ワーズ』には、「父の罪」(一八五八年一一月二七日)――のちに「終わりよければ」と改題――「マンチェスターの結婚」(一八五八年一二月七日のクリスマス特集号)などの短篇が書かれ、中篇小説『ラドロウ卿の奥様』を含む物語群で絶頂に達したが、この物語群は枠となる物語で繋いで『ソファーを囲んで』(一八五九年)として二巻本で出版された。

成功して作品が人目に触れることが多くなっていくうちに、彼女には新たな伝手がたくさんできてきた。『シャーロット・ブロンテの生涯』を書きあげた直後の一八五七年の春にローマを訪れた際、何人かのアメリカ人と知り合いになった。その中にはチャールズ・エリオット・ノートンもいて、彼とは親しい友人になった。ノートンはティクノ・アンド・フィールズ社が出版している『アトランティック・マンスリー』を彼女の作品を発表する場として薦め、彼女も何度かやりとりしたものの、結局それは具体化することがなかった。彼女は作品をアメリカの読者のために改作した方がよいという編集者の提案を拒み、次のようにノートンに説明している。

> 自分の雑誌の読者を喜ばせたいという編集者の望みは十分理解できますが、それでも、読者のことを考えたり、自分がどんなふうに受け入れられているだろうかと考えたりすると、私は(書かないのではなく)書けないのです。ランカシャー地方の諺でいえば、「私のことが気に入らなくても、私は私(If they don't like me they must lump me.)」ということです。読者を見下しているとかそういうことではありません。そうでないことは確かです。ただ、書いている作品と私の間に、読者に対する考えとか意識とかが入ってきてしまうと、全く書けなくなるのです。(*Letters* 503)

実際には、この言葉は本当のところを表してはいない。彼女が執筆していた定期刊行物の幅は広がりを見せ、それに伴って、文学市場やそこで求められるものに対する彼女の感覚は磨かれていった。ギャスケルが、「新しいディケンズ的な雑誌」(*Letters* 538) と呼んだ『オール・ザ・イヤー・ラウンド』で物語を連載し、同時にジョージ・スミスの新しい一シリング月刊誌『コーンヒル』に書いていた、一八五九年から六四年の間のギャスケルについて、リンダ・ヒューズは「出版社や文学界の流儀の中で賢く動いた、抜け目ないプロ作家」[26]と評している。ヒューズは、その両方の雑誌に載った物語の中には、いつものリアリズムに加えてセンセーション・ノヴェルの手法が取り入れられていることを明らかにした。よりセンセーショナルでゴシック調の物語を『オール・ザ・イヤー・ラウンド』に送り、よりリアリスティックな物語を『コーンヒル』に送ったということではなかった。だが、ギャスケルの手紙には、「この物語はC・M［『コーンヒル・マガジン』］にはふさわしくないわ——私には一番よくわかるのです——でも、H・W［『ハウスホールド・ワーズ』］にはよいかもしれない」(*Letters* 595) とジョージ・スミスに、おそらく『暗い夜の事件』（一八六三年）であろう作品について書いたものがある。彼女は頭の中でそれぞれの雑誌に序列を与えていたようには思える。

『続・ギャスケル夫人書簡集』の編者ジョン・チャプルとアラン・シェルストンは、ギャスケルが『オール・ザ・イヤー・ラウンド』と距離をおくようになり、最後の小説『妻たちと娘たち』（一八六四〜六六年）を載せた『コーンヒル・マガジン』の方に徐々に近寄っていったことについては、社会問題小説から、今や自分がその中心にいると感じていた中産階級の読者向けの文学へと移ったという彼女の意識を示すと解釈している。(*Further Letters* xix) ヒューズが述べているほど、はっきりと彼女の頭の中で分けられていたかどうかはわからない。同時期に、なお多くの機会に恵まれ、彼女の出版の基盤はさらなる広がりを見せたのである。

一八五九年九月には、彼女は『マクミランズ・マガジン』を立ち上げたグループからの接触を受けた。中には、トマス・ヒューズやアレグザンダー・マクミラン当人もいた。その雑誌にかかわり合いたくはなかったギャスケルだが、アメリカ南北戦争の英雄、ロバート・グールド・ショーの死亡記事を一八六三年一二月号に書いている。マクミランは、一八六三年に出版が始まった『読者』の方に、彼女を誘うことに成功したようである。『読者』には、彼女は少なくとも書評を一つ、そしておそらくはもっとたくさんのものを執筆している。[27]

ジェイムズ・アントニー・フルード（図④）は、マンチェスターでギャスケルの友人の息子に家庭教師をしていたころに知り合った旧友だが、一八六〇年一一月に『フレイザーズ・マガジン』の編集者になると、彼女にも執筆を依頼するようになった。彼女が執筆したものすべてはまだ分かっていないが、一八六三年の二月号には「まがいもの」という記事を書いており、続いて「フランスの生活」（一八六四年四〜六月）の連載をしている。

一八四〇年代と五〇年代のギャスケルは、大衆的で一般向けの定期刊行物に書いていたが、六〇年代半ばまでには、月刊誌や文芸週刊誌の作家としての地位を確立していたようである。

図④ ジョージ・リードによるジェイムズ・アントニー・フルードの肖像画

彼女のノンフィクションのジャーナリズムの大半は署名されていないものだった。彼女の書いた記事の「まがいもの」にはイニシャルが付されており、ロバート・グールド・ショーの死亡記事には「ギャスケル夫人著」と書かれていた。

彼女がジャーナリズムで使用した「声」は、記事が載った定期刊行物に合わせて調節されていた。多くの場合は、女性の声――あるいは、せいぜい無性別の声――を使っていた。「お気づきになったことがあるかどうかわかりませんが」と「マーサ・プレストン」の語り手は言葉を差し挟んでくる。「非常に活発な母親からは、あまり活発な娘は生まれないというのが私の持つ印象です」と続く言葉は、ギャスケルの書いた手紙からの一節のようにも読める。「失踪」の冒頭、「私はあまり定期的に『ハウスホールド・ワーズ』を読む習慣がないのですが、近頃、私にバックナンバーを送ってくれた友人が、捜査と保護をする警察について書かれたところはすべて読むようにと勧めてくれました」と書かれた箇所は、もう少し公的で、正式なペルソナだと言える。ここの声は無性別である。『ハウスホールド・ワーズ』のノンフィクションのときの声は、首尾一貫して、いつも彼女と分かるものである。「私はユグノーについて幾らかでも教えてくれる人との会話には、いつも関心を持っています。そして、少しずつ、私は彼らについて断片的な情報をたくさん集めました」（「ユグノーの特徴と物語」）。「最近、私は大いに興味深いフランスの本に出会いました。今では絶版になっており、それほど広くは知られていなかったので、その本について少々書いたとしても『ハウスホールド・ワーズ』の読者の皆さんはそれほどお嫌ではないかと想像します」（「現代ギリシャ民謡」）。「以下に記される文章の内容は、スタフォードシャーのテドズリ・パークの庭師頭のバートン氏によって私に語られたものです。彼が教えてくれた話に大変興味を持ったので、私はたくさんメモを取りました。その時のメモのおかげで、以下の記述が可能になりました」（「ペルシャ王に仕えた英国人庭師」）。

「まがいもの」のような『フレイザーズ・マガジン』に載った短い記事や、『マクミランズ・マガジン』に載ったロバート・グールド・ショーについての署名入りの記事や、『フレイザーズ・マガジン』の「フランス日記」などは、中産階級の読者を微妙に意識した言語使用に変化している。「まがいもの」についての記事は、最初の何ページかで男性の声（「この世のほかの男性と同様、きれいな足首にはうっとりしてしまうもので」）の使用を不器用に試みている珍しい例の一つだ。その手法はほどなくして棄てられ、再び彼女のいつものリラックスした声に戻った。『アシニーアム』や『読者』の書評は同じような具合で、『ハウスホールド・ワーズ』に載った批評とは異なっており、より教養のある知識人読者を意識している。チャールズ・エリオット・ノートンに書いた「読者のことを考えたり、自分がどんなふうに受け入れられているだろうかと考えたりすると、私は（書かないのではなく）書けないのです」という宣言は、彼女のジャーナリズムの証拠の示すところでは、不正直だということがわかるだろう。

　オリファントもエリオットもギャスケルも、作品のほとんどを無記名で出版しており、作品が誰のものかを調べるという更なる問題を現代の読者に残している。オリファントの評論や記事の執筆の量はずば抜けて多いが、現代の研究者によって十分に調べられている[28]。ジョージ・エリオットの書いた評論の量は少なく、それは彼女が自分で選び、一八八〇年に亡くなる以前に改訂を施した『エッセイと覚え書き』（一八八四年）の中に集められている。『ウェストミンスター』の「純文学」セクションに彼女が寄稿した短い記事はまだすべては明らかにされていないが、新しい発見はもうそれほどあるとは思えない。

　反対に、ギャスケルが定期刊行物に寄稿したもののリストは不完全だ。誤って彼女のものとされたものが、いくつも訂正されている。彼女が『読者』に書いたものは、まだ完全に分かっていない。彼女の死亡記事の一つで、『マンチェスター・ガーディアン』（一八六五年一一月一四日）に載ったものによると、彼女は『デイリー・ニュース』にも寄稿したと書いてあるが、これらの記事は判別しにくい。J・A・フルードと交わした手紙によると、彼女はもっとたくさん『フレイザーズ・マガジン』に書いたようであるし、また、晩年には『ペル・メル・ガゼット』に一連の記事を寄稿したと示唆されている[29]。

　ヴァレンタイン・カニンガムは、『タイムズ文芸サプリメント』の記事の中で、十九世紀の作家の多くは、男性・女性を問わず、中産階級であったと述べている。「ヴィクトリア朝の作家たちはインテリ階級の子供たちだった。……父親が教区牧師や司祭でなかったとしたら、医者や弁護士、銀行家か外交官か公務員、陸軍や海軍の士官、インドの行政官、植民地職員、商人、工場主、税関吏だった」[30]。ギャスケルの生まれも結婚後の人生も、このパターンと一致する。カニンガムは中産階級の親に支えられて執筆活動ができた独身の女性のことにも触れている。たとえば、ブロンテ姉妹の父親の牧師館は裕福でなかったものの、このカテゴリーに彼女たちは入る。後の方でカニンガムは次のように付け加えている。「オリファント夫人のような未亡人で、経済的欠乏が原因で執筆する中産階級の女性もいた。しかし、このような例は単に統計学的に数のうちに入らない」。

さて、このことから結論が得られるとしたら、それはどういったものであろうか。多くの十九世紀女性作家の社会的な出自と、それによる比較的安定した経済状況とに関する、カニンガムの指摘には説得力がある。例外はエリオットとオリファントだった。また、一八五〇年の『ハウスホールド・ワーズ』における「リジー・リー」の出版から、六〇年の『コーンヒル』の創刊までの間に、定期刊行物が変化・発達したということもある、という点も付け加えておきたい。『マクミランズ・マガジン』と『コーンヒル』は連載出版の様相を変え、ヴィクトリア朝時代前半の作家たちの執筆機会を変えた。一八五〇年に、『クリティック』に書くことの可能性について、それを金のために三文文士街に身を落とすことのように考えたのは、ギャスケルだけではなかっただろう。彼女が一八六〇年になって『コーンヒル』や『フォートナイトリー・レヴュー』に関して同様のことを言ったとは思えない。

結びとして、エリザベス・ジェイの主張に戻りたい。彼女は、十九世紀にはジャーナリズムをマイナー作家であるがための経済的ペナルティーとして見る傾向があり、これは二十世紀作家が抱かない見方であると述べた。十九世紀半ば以降の作家は文学とジャーナリズムを当然のごとく同時に行っており、前者と切り離さずに後者の状況を心配し、そのいずれをも自分の生活の糧として見た。現代作家の多くは、ヴィクトリア朝の作家と同様に、定期刊行物によって世間に名が知れることを喜び、同時に経済的な報酬も歓迎している。われわれの時代にもジョージ・エリオットのように小説一途の作家ほとんどいないのである。

註

（1）Gordon S. Haight, ed., *The George Eliot Letters*, 9 vols. (New Haven: Yale UP, 1954-78) 8: 466.
（2）Mrs. Harry Coghill, ed., *Autobiography and Letters of Mrs. Oliphant*, introd. Q. D. Leavis (Leicester: Leicester UP, 1974) 5-7.
（3）Elisabeth Jay, *Mrs. Oliphant: A Fiction to Herself* (Oxford: Oxford UP, 1995) 4.
（4）John Skelton, "A Little Chat about Mrs. Oliphant," *Blackwood's Magazine* 133 (January 1883): 73, 76.
（5）*George Eliot Letters* 9: 228.
（6）Henry James, "London Notes" (August 1897), *Notes on Novelists* (London: Dent, 1914) 358.
（7）*Autobiography and Letters* 160.
（8）John Skelton, *Blackwood's Magazine*, vol. 159 (January 1883): 90.
（9）Jay 244.

（10）"The Anti-Marriage League," *Blackwood's Magazine*, vol. 159 (January 1896) という記事にはイニシャルが付されていた。

（11）定期刊行物に載ったオリファントの著作のリストについては、*The Wellesley Index to Victorian Periodicals*, vol. 5 (Toronto: U of Toronto P, 1989) を参照。

（12）"The Great Unrepresented," *Blackwood's*, vol. 100 (September 1866): 369-70.

（13）"The Great Unrepresented," 368.

（14）"The Great Unrepresented," 367.

（15）チャップマンと彼の周辺の人々については、Rosemary Ashton, *142 Strand: A Radical Address in Victorian London* (London: Chatto & Windus, 2006) を参照。

（16）重複しているエリオットの書評については、John Mullan, *Anonymity: A Secret History of English Literature* (London: Faber, 2007) 202 et seq. を参照。

（17）Margaret Harris and Judith Johnston, eds., *The Journals of George Eliot* (Cambridge: Cambridge UP, 1998) を参照。

（18）*George Eliot Letters*, 2: 379.

（19）*George Eliot Letters*, 1: 428.

（20）Harris and Johnston, 64, 72, 75, 88.

（21）Elaine Showalter, "The Greening of Sister George," *Nineteenth Century Fiction*, vol. 35 (1980-81) と、Joanne Shattock, "Victorian Women as Writers and Readers of (Auto)biography," *Mortal Pages, Literary Lives*, ed. Vincent Newey and Philip Shaw (Aldershot: Ashgate, 1996) 140-52 を参照。

（22）Margaret Howitt, ed., *Mary Howitt: An Autobiography*, 2 vols. (London: Isbister, 1889) 2: 28.

（23）「エマソンの連続講演」はギャスケルによって書かれたものと考えられていた。Joanne Shattock, ed., *The Works of Elizabeth Gaskell*, vol. 1 (London: Pickering & Chatto, 2005) 81 を参照。

（24）Graham Storey, Kathleen Tillotson, Nina Burgis, eds., *The Letters of Charles Dickens: The Pilgrim Edition*, vol. 6 (Oxford: Oxford UP, 1988) 22.

（25）メアリアン・エヴァンズは同じ本の書評を一八五四年一〇月の『ウェストミンスター・レヴュー』に載せている。Joanne Shattock, "Gaskell and Eliot on Women in France," *Victorian Turns, NeoVictorian Returns: Essays on Fiction and Culture*, ed. Penny Gay, Judith Johnston, and Catherine Waters (Newcastle-upon-Tyne: Cambridge Scholars, 2008) 59-67.

（26）Linda Hughes, introduction, "Novellas and Shorter Fiction," *The Works of Elizabeth Gaskell*, vol. 4 (London: Pickering & Chatto, 2006) xxiv.

（27）『読者』へのギャスケルの寄稿に関しては、*The Works of Elizabeth Gaskell*, 1: 411-12 を参照。

（28）John Stock Clarke, *Margaret Oliphant, 1828-1897: Non-Fictional Writings: A Biography* (University of Queensland, Austral.: Department of English, 1997) を参照。

（29）『フレイザーズ・マガジン』については、Anna Unsworth and A. Q. Morton, "Mrs Gaskell Anonymous: Some Unidentified Items in *Fraser's Magazine*," *Victorian Periodicals Review* 14 (Spring 1981): 24-

31; Sharps 531-38 を参照。

（30） Valentine Cunningham, "Unto Him (or Her) That Hath: How Victorian Writers Made Ends Meet," *Times Literary Supplement* 11 (September 1998): 12-13.

第二九章

ユーモア

——二つの系譜の継承と円熟——

大島　一彦

A・A・ディクソン「新しい絨毯に陽射しを当てないために新聞紙を敷くミス・マティーとメアリ・スミス」『クランフォード』（第2章、1907年コリンズ版）

Chapter 29

Humour: The Inheritance and Maturity of the Two Main Traditions

Kazuhiko OSHIMA

第一節　ギャスケル文学におけるユーモアの位置

イギリスの十八世紀から二十世紀二〇年代ぐらいまでのものや古典的と云ってよい小説家は、ユーモアがその代表的な作品の魅力の大きな要因になっている作家と、ユーモアが全然ない訳ではないが（ユーモアがまったくない作家と云うのは英文学では稀である）、それ以外の要因の方に魅力がある作家に大別出来る。前者には、スウィフト、フィールディング、スターン、スモレット、ゴールドスミス、オースティン、ピーコック、ディケンズ、サッカレー、トロロプ、メレディス、モーム、フォースター、ジョイスなどがおり、後者には、デフォー、リチャードソン、ラドクリフ夫人、スコット、ブロンテ姉妹、G・エリオット、ハーディ、ウルフ、ロレンスなどがいる。このような見方をするとき、はたと迷うのがギャスケルである。彼女には両者の要因が五分五分に認められるからで、それは彼女の作品が多様性に富んでいて、どれを代表作とするかによって大分イメージが異なって来るからである。

彼女の出世作である『メアリ・バートン』（一八四八年）は、彼女が結婚後に暮した工業都市マンチェスターを舞台に、小説史上初めて労働者階級に属する父娘を作品の中心に据えて資本家と労働者の対立闘争を扱った作品であり、次作の『ルース』（一八五三年）は、当時の社会問題の一つであった「堕ちた女」、つまり道を踏外して未婚の母となった一人の女の運命を辿った作品である。また、『クランフォード』（一八五一～五三年）は、彼女が結婚前の少女時代を過した町ナッツフォードをモデルにして、田舎の小さな町の女達の生活をユーモアとペーソスを交えて描いた連作短篇集の趣のある牧歌的な作品であり、『北と南』（一八五四～五五年）は、一方で労資の対立と和解と云う社会問題を描きつつ、イングランド北部の工業都市に見られる新興ブルジョアジーの文化と南部田園社会の農業を中心とする旧来の貴族主義的な文化の対照的な価値観の衝突と相互理解を背景に、北部で叩き上げた工場主の青年と南部出身の牧師の娘がさまざまな誤解と対立葛藤を経て和解と結婚に至る作品である。さらに、『シルヴィアの恋人たち』（一八六三年）は、時代を十八世紀末の対仏戦争時代に設定した半ば歴史小説で、当時の国策であった水兵の強制徴募隊のために運命を狂わせられた男女の悲劇をイングランド北東の小さな港町を舞台に描いた作品、もう一つの、結末の一、二章のみを残して絶筆となった、しかし内容的には完結していると云ってよい『妻たちと娘たち』（一八六四～六六年）は、再びナッツフォードをモデルにした田舎の小さな町とその近郷を舞台に、町医者の父娘を中心に伯爵一家や旧家の地主一家から町に住む中流階級の人びと、さらには庶民に至るまでの日常的な家庭生活を廻る話で、世代間に見られる物の考え方や価値観の相違から生ずる喜怒哀楽や悲喜劇を、ときにオースティンを想わせる皮肉やユーモアを交えて描いた作品である（図①）。

　この六作がギャスケルの長篇小説だが、このほかに友人シャーロット・ブロンテの悲劇的な生涯を描いた伝記『シャーロット・ブロンテの生涯』（一八五七年）があり、多種多様な題材を扱った数多くの中・短篇小説群がある。これらの中・短篇は、ゴシック風の怪奇小説もあれば、犯罪小説、社会問題小説、歴史や異国を題材にした小説、田園牧歌的な小説、家庭的な教訓話など、実に多岐にわたっている。その中では特に『従妹フィリス』（一八六三～六四年）が絶品と云ってよい中篇小説で、牧歌的な田園を舞台に、一人の少女の切ない恋心と失恋の痛手からの立直りを描いた、哀感と詩情に富んだ作品である。

図① ジョージ・デュ・モーリア「新しいママ」『妻たちと娘たち』（第15章、『コーンヒル・マガジン』1864年7月号）

　以上の概観からだけでもギャスケルの作風の多様性が推し測れると思うが、強いてこれらの作品をユーモアを強く印象づける作品と深刻な作品に二分すると、『クランフォード』と『妻たちと娘たち』が前者に、残りの作品が後者に属する。淡いペーソスをユーモアの一変種と考えれば『従妹フィリス』も前者に属すると云える。実際、数からすると、彼女の場合、ユーモアを全体的な基調とする作品はそう多くはないのであるが、何しろ長年のあいだほかの作品があまり顧みられないときでも、ギャスケルと云えば『クランフォード』と云うぐらいこの作品の人気が高かったので、極端な云い方をすると、『クランフォード』一作で彼女はオースティンに次ぐ女流ユーモア作家の地位を揺るぎないものにして来たのである。例えば、J・B・プリーストリーは名著『英国のユーモア』（一九七六年）で「女性のユーモア」と云う一章を設け、まずオースティンを採上げたあと、ギャスケルの『クランフォード』に話を移し、彼女独特のユーモアの性質を賞揚して、それは現代に是非とも必要なものだと論じている[1]。

　ギャスケルは『メアリ・バートン』、『北と南』、『ルース』などで、労働者の悲惨な生活や労資の対立、道を踏外した女の運命など時代の社会的な問題を扱ったことで、ルイ・カザミアンからは社会派の作家と目されていたが[2]、やがて社会の状況が変って彼女の採上げた問題自体に新鮮味がなくなって来ると、普遍的な人間の姿をより強く印象づける『クランフォード』や『妻たちと娘たち』、『従妹フィリス』などが高く評価されるようになり、とりわけイギリス人好みのユーモアとペーソスに富んだ『クランフォード』が彼女の代表作となった。一九〇四年にJ・M・デントがエヴリマンズ・ライブラリーを創刊したとき、最初期に収めたのがオースティンの六作とゴールドスミスの『ウェイクフィールドの牧師』（一七六六年）、チャールズ・ラムの『エリア随筆集』（一八二三年）、M・R・ミットフォードの『我が村』（一八三二年）、そしてこの『クランフォード』であったこと、そしてどれもその後版を重ねたことを思っても、その辺の経緯が推測出来るであろう。(3)

一九二〇年代から三〇年代にギャスケルを論じた批評家にA・T・クィラー＝クーチ、プリーストリー、デイヴィッド・セシルなどがいるが、概ね『クランフォード』と彼女の人柄の魅力が評価の要になっている。クィラー＝クーチは『チャールズ・ディケンズとその他のヴィクトリア朝作家たち』（一九二五年）で彼女の魅力を「冷静沈着で、自己献身的で、気高い彫像のような静けさと強さを持つ女性」と絶讃し、『クランフォード』と『シャーロット・ブロンテの生涯』と『従妹フィリス』を彼女の三大傑作としている。(4) またプリーストリーはその『英国の小説』（一九二七年）で次のようにギャスケルを捉えている。

ギャスケル夫人は本書に登場する作家達の中で最も優雅な人物であり、知性と感性が見事に調和した、本物の人間的な魅力の持主である。ジェイン・オースティンの完璧な技術とブロンテ姉妹の天才的な閃きには欠けるが、作品世界の領域が並外れて広く、もう少し純然たる創造力に恵まれていて作品に統一的な纏りを与えることが出来、人物の性格描写により一層の鋭さを加えることが出来たなら、おそらく我が国最大の女流作家になっていたであろう。（第五章より抜萃要約）(5)

プリーストリーは『ルース』以外のすべての作品を簡略に紹介しているが、『クランフォード』を最も有名な作品、『従妹フィリス』をギャスケル最高の作品と云っていることから、やはりこの時代の一般的なギャスケル評価に従っているようである。

そしてこのような評価の方向をほぼ決定づけたのがデイヴィッド・セシルである。セシルの『初期ヴィクトリア朝の作家たち』（一九三四年）はディケンズ、サッカレー、シャーロット・ブロンテ、エミリ・ブロンテ、ギャスケル、トロロプ、ジョージ・エリオットの七人を採上げ、どの作家に対してもその魅力と弱点を公平に指摘し、歯に衣着せぬ明快な論を展開している。セシルによると、ギャスケルはいかにも女らしい小型の藝術家の魅力を持つ作家で、その美点は文体、詩情、ユーモア、ペーソス、自然に対する感受性、人物に対する知識などにある。彼女の著した夥しい作品の中で重要な成果と云えるのは『クランフォード』と『シルヴィアの恋人たち』と『妻たちと娘たち』の三つの小説と『従妹フィリス』の中篇小説一篇だけだが、この四篇は英国の文学において不滅の価値を持つ作品であり、人物も事件も真の創造的想像力から生み出されており、彼女の美点が完全な形で作品に現れ、ほぼすべての言葉が発表当時と同じ瑞々しさを失っておらず、今朝開いた薔薇の花のように新鮮である。[6] セシルはそう云ってこの四作を絶讃するが、その一方で、『メアリ・バートン』、『ルース』、『北と南』の所謂社会問題小説の方はまったくと云ってよいほど評価しない。これらは社会学的パンフレットで、生きた文学になっておらず、藝術的には価値がないと云う。勿論、セシルにはセシル一流の審美的な小説美学があって、それに基づく理由づけを行った上でこの評価に至っているのである。

しかし二十世紀の後半に入ってギャスケルの再評価が行われ始めると、セシルの評価は見直されることになった。例えばウォルター・アレンは『英国の小説』（一九五四年）で、同情とユーモアと云う彼女の特質が最もよく現れているのは確かに『クランフォード』と『妻たちと娘たち』だが、それだけでは『我が村』のミス・ミットフォードと小説家としての重要度があまり違わないことになってしまう、と云って、或る意味で彼女が小説家としての自己の本分を弁えなかったことがその長所にもなったので、『メアリ・バートン』と『北と南』は非常に不完全な作ではあるが、彼女のもう一つの特質である旺盛な社会意識を見事に表現している、と云う。[7] これは明らかにセシルの評価からの軌道修正の始まりである。あとはもう一瀉千里、特に彼女がアカデミックな研究の対象になるにつれて、その評価はセシルとは正反対の方向に向かって今日に至っていると云ってよい。

この方向でギャスケルのすべての長篇小説を分析して見事な成果を収めた中村祥子氏はその『E・ギャスケルの長編小説』（一九九一年）の「はしがき」で次のように述べている。

> 一般にギャスケルの小説は、二つの系列のものに分けて論じられる。産業都市における社会問題を扱った『メアリ・バートン』の系譜に属するものと、『クランフォード』を代表とする……いわゆる田園牧歌的な作品とされるものとの二つである。しかし筆者にはこうした二分は不必要であるばかりか、むしろギャスケルの本質を把握する妨げになっているように思われる。ギャスケルの小説は……その創作姿勢においては一貫したものがある。……ギャスケルはどの長編小説においても、人間のドラマを通して社会の姿をリアルに描き出し、そのことによって感動的な作品にしている。……その点にこそこの作者の本質がある……。[8]

中村氏のこのような見方は特に歴史主義的な考え方をする人達に歓迎されるのではないかと思われるが、そこには一つの落し穴もあるような気がする。それは作品が、時代の社会的文化的現実の認識、階級構造や社会規範や慣習のありようや変化、価値観や結婚制度の問題と云った歴史的なコンテキストをテーマとして取出すための手段になりかねず、箇々の作品の藝術的達成、小説作品としての出来栄えが不問に附されかねないことである。仮に作品がセシルの云う社会学的パンフレットであってもそれらの問題を論ずるためには何の不都合もないからで、むしろ問題の契機が生に出ているだけに却って都合が好いと云うことにもなりかねない。そう考えると、セシルの文学に対する姿勢、作品の長所と短所に眼を向けてその作品が小説藝術としてどの程度の水準のものであるかを常に問おうとする批評的姿勢は決して乗越えられてはいないのである。敢えて云えば、そう云う能力に自信のない人達によって背を向けられているだけだとも云える。

ギャスケルの世界における社会的構造のリアリティはセシルも認めていて、『クランフォード』などでさえ微妙な社会的陰翳が明らかにされていると云う。ただ、社会的構造のリアリティゆえにギャスケルの世界が存立しているとは云えないので、他のすべての創作世界と同じく、彼女の世界も人物ゆえに生きているのだと云うのがセシルの譲らないところである。(9)

ギャスケル文学におけるユーモアの位置を探し求めているうちに話が大分あらぬ方向に逸れたような気もするが、要するに、創作世界の価値は歴史学や社会学の価値とは別種のものであって、その作品が優れているか否かは何をテーマにしているかによるのではなく、何がテーマであろうと、それが生きた人物を通して無理のない形でその作品の審美的な姿に調和しているか否かによるのである。例えばオースティンの『自負と偏見』（一八一三年）がドストエフスキーの『罪と罰』（一八六六年）とは較べものにならないような、見方によっては詰まらないテーマを扱っていても、ドストエフスキーの作品に決して引けを取らない優れた作品になり得ているのはそれゆえなのである。

ここで本節の冒頭の問掛け、ギャスケルはユーモアを機軸とする作家群に属するのか、それともどちらかと云うと非ユーモア系の作家群に属するのかと云う問掛けに戻ると、セシルの評価に従うなら前者に、中村氏の見方に従うなら後者に属することになる。『クランフォード』や『妻たちと娘たち』も含めてすべての作品を社会問題小説や時代認識小説として扱うと、ユーモアもペーソスも詩情もあまり重要な要素ではなくなって来る。ユーモアもペーソスも詩情もすべて人物に関わるものであって、社会構造や時代認識とは何の関係もないものだからである。

第二節　表に現れるユーモアと背後に潜むユーモア

以上のような考えから、筆者としては、以下、主としてセシルの手を借りながら『クランフォード』と『妻たちと娘たち』を読直してみようと思っているが、その前にギャスケルの中・短篇小説の中から特にユーモアとペーソスと詩情が印象的な「ハリソン氏の告白」（一八五一年）と『従妹フィリス』に触れておきたい。

「ハリソン氏の告白」は喜劇と云うよりも笑劇と云ってよい軽い感じのものだが、決してどたばた劇ではなく、ギャスケル一流の流麗な文体で品よく統一されており、全篇にユーモアの爽やかな風が吹いている作品である。分量的には『従妹フィリス』よりも少し短めで、短篇としては長い方だが、『従妹フィリス』ほど人物描写の深みはない。その替り深刻な重苦しさもなく、よく『クランフォード』の習作の位置にある作品と見做されるが、『クランフォード』よりも軽快である。

ダンカムと云うやはりナッツフォードをモデルにした小さな田舎町に、ロンドンで研修を終えたばかりのハリソンと云う青年医師が赴任して来る。父方の親戚で当地の開業医であるモーガン医師がいずれは自分の後任にと見込んで呼んでくれたのである。物語は、ハリソン氏がこの町にやって来たときから、やがて意中のひとになるハットン氏の長女、ソフィーを妻にするまでの紆余曲折を、本人が一人称で語る形になっている。ダンカムは、未亡人や老嬢、結婚適齢期の娘達などが社交界を牛耳る女だけの町で、礼儀作法にうるさく、下手な噂など立てられようものなら医者として命取りにもなりかねない。ハリソン氏はモーガン医師の忠告に従ってどの女性にも親切にギャラントリー精神を発揮するが、悉く裏目に出て、全然そんな気はないのに三人の女性にほぼ同時に結婚の申込をしたことになって、それが町の噂になってしまう。ソフィーには誤解され、往診の患者は減り、ハリソン氏は絶望的になる。しかし病に仆れて危篤に陥ったソフィーを何とか救ったあたりから事態は好転し始め、最後にはすべての誤解が解けて全員幸せな結末に至る。話が混乱して行く経緯も混乱が治まって行く次第も巧みに仕組まれ、ともに楽しくユーモラスに運ばれ、ちょっとシェリダンかゴールドスミスの風習喜劇を想わせるようなところもあって、ギャスケルにはこう云う才能もあるんだなと想わせる。

ソフィーの幼い弟で愛嬌者のウォルターが咽頭炎を拗らせて呆気なく死んでしまう挿話（図②）は、作者自身の幼い男の子を亡くした辛い体験を知っている読者には切ない想いをさせるが、この種の作品に必要な挿話かどうかには疑問が残る（この作品に限らず、ギャスケルには割合簡単に作中人物を死なせてしまうところがある）。それよりも庭師のジョンが手首に重症を負い、腕を切断するべきかどうかでハリソン氏とモーガン医師の診断が喰違う挿話は、深刻味とユーモアが上手く絡み合っていてこの作品の錘の役を果している。ハリソン氏は切断しなくても治ると診断するのだが、まわりからは手術に自信がないのでそう診断するのだろうと思われてしまうのである。因みに、このジョンとその細君はいかにも庶民らしい、気っ風のいい好

図② ジョージ・デュ・モーリア「ソフィーが弟にアルファベットを教える」「ハリソン氏の告白」(第3章)

人物の夫婦に描かれていて印象に残る。

このような笑劇風の作品の場合、あまり沁じみとした情景描写や風景描写が頻繁に出て来ると作品の喜劇味を損ねる惧れがあるのだが、そうかと云って全然出て来ないのも書割のない舞台を観ているようで味気ない。その点、この作品は風景や情景の描写が程よく効果的になされている。ハリソン氏がこの町にやって来た日の夕方、宿の張出窓に腰を下して小さな町の光景を眺めながらロンドンの街並との違いを思って感慨に耽る場面からは、この町の雰囲気が読者にも伝わって来る。十月の或る日、郊外の由緒ある屋敷へ主要人物全員がピクニックに出掛ける場面では、紅葉した樹木の繁みが秋の西陽を浴びて輝く風景が絵のように美しく、この日の日没の光景も忘れ難い。クリスマスの日、教会のミサのあとハリソン氏はソフィーやその妹達と常緑樹の雑木林を抜けて田舎道を散歩するが、地面には雪が残り、空は晴れて明るく、柊の葉が日光を受けてきらきらと光っているのも印象的である。

ところで話はちょっと脇道に逸れるが、ギャスケルのユーモアを考えるとき、彼女はオースティンのことをどう思っていたのだろうかと、長年オースティンに親しんで来た筆者としては思わずにいられない。しかし『シャーロット・ブロンテの生涯』の第一六章と第二六章に、オースティンに批判的な内容のシャーロットの手紙が紹介されているが、彼女自身の感想や意見は何も添えられていない。書翰集にもオースティンの名前は出て来ない。ところがこの「ハリソン氏の告白」に一ヶ所だけたいへんユーモラスな形でオースティンの名前が出て来るのである。モーガン医師はハリソン氏の住む家を自分の家の近くに借りてくれたのだが、書斎の本棚に並べる本まで貸してくれた。奥の部屋が診察室で、モーガン氏は「書斎」と呼ぶようにと云って、本棚の上に置く髑髏を一つ呉れた。本棚の目立つ棚には医学書がずらりと並び、ミス・オースティン、ディケンズ、サッカレーなどの小説は、モーガン氏自身の手でわざと無造作に置かれ、上下がさかさまになったり、背表紙が壁の方を向いた

りしていた。（第四章）

ここを読んで筆者が大笑いしたことは云うまでもない。何気ない一節だが、それだけに作者のオースティン評価が素直に出ていると云える。つまりオースティンはディケンズやサッカレーと肩を並べる存在だったのである。どうやら茶目っ気もあったらしいギャスケルのことである、オースティンの本は読みおえたあと背表紙を壁に向けてさかさまに置いていたのかも知れない。

『従妹フィリス』は初期の軽みを帯びた「ハリソン氏の告白」とは対照的に後期の円熟味を感じさせる作品で、繊細な乙女心の危機と云うかなり深刻な題材を扱っている。

物語は、今では結婚もして中年になったポール・マニングが、十七歳のとき初めて親許を離れて何年か鉄道技師の見習いをやっていた頃、遠縁のホウルマン一家と近附きになり、一人娘で二歳年下の従妹フィリスの初恋と失恋に関与した顚末を回想するものである。フィリスの父は独立教会派の牧師で、『聖書』とウェルギリウスの『農耕詩』を理想に二、三の農夫を使いながら、一日の労働のあと畑で讃美歌を歌うなど牧歌的な農場生活を営んでいる。男の子を幼い頃に亡くし、妻とともに娘のフィリスを掌中の珠のように可愛がるが、娘が年頃になっても子供扱いしか出来ず、やがて娘が恋をし失恋したことを知って大変な衝撃を受ける。フィリスは父親に似て学問の好きな、知的好奇心の旺盛な娘だが、田舎育ちの純朴な心を持ち、父親の生き方を信奉している。そう云うフィリスの前に、ホウルズワスと云うポールの上役で二四、五歳の有能な鉄道技師、知識も教養も外国体験もある当世風の魅力的な青年が現れる。

フィリスは心密かにホウルズワスに思いを寄せ始め、ホウルズワスの方も純情可憐なフィリスに心惹かれる。どちらも自分の思いをはっきりと言葉には出さないが、それぞれの振舞、表情などから互いの心は受止め合う。しかしやがてホウルズワスは有利な仕事を得てカナダへ行くことになり、フィリスへの思いはポールに打明けただけで慌しく発ってしまう。フィリスの打萎れた様子を憐れに思ったポールはホウルズワスが自分に語った言葉をフィリスに伝える。希望を持ったフィリスは元気を取戻し、表情も明るくなるが、十ヶ月近く経った頃、ホウルズワスがカナダで結婚したことを知り、必死に心の動揺を抑えようとするが抑え切れず、やがて体調に変化を来すようになる。

事情を知ったホウルマン牧師は、余計なことを云って娘の心を舞上らせた罪は重いと云ってポールを責めるが、フィリスはポールを庇い、ホウルズワスを愛したことを父に告白する。まだ子供だと思っていた娘の心の変化に父は動揺を隠せず、思わず親の愛情だけでは不足なのかと娘を激しく非難する。娘は父に取縋ろうとするが、発作を起して仆れ、重態に陥る。父は後悔し、娘の恢復を願って全力を尽す。やがてフィリスは危篤を脱するが、暫くは無気力な状態が続く。最後に喝を入れるのは女中のベティーである。お医者様も神様もお父さんもお母さんもまわりの人達もみな出来るだけのことはして下さったのだから、あとは自分の努力だけ、もし私があなただったら意地でも元気になってみせます――ベティーの言葉がフィリスの胸に届き、フィリスは立直る覚悟をポールに表明する。

この作品は、田園を舞台に自然の美を愛でつつ信仰と農事に勤しむホウルマンおよびフィリスの云わば反近代的な生き方と、鉄道敷設と云う産業資本主義の最尖端を行くホウルズワスの近代的な生き方を対照的に描きつつ、父と娘の所謂エレクトラ・コンプレックスも扱っている。父と娘は意図的に妻（母）を疎外することはないが、彼女は学がないため夫と娘の知的な関心事に加われず、ときどき娘に嫉妬心を覚えることが書込まれている。しかし勿論この作品の中心テーマは、近代的な恋人も反近代的な父親も乗越えて自立的な生き方を決意するに至るフィリスの健気な心であり、それを見届けた語り手の感慨である。

『従妹フィリス』は非常に澄んだ哀感と詩情が全篇に漂う作品で、一見するとユーモアとはあまり縁がないように思われるが、作品の大事なところに作者の強かなユーモア精神が窺える。一つは、第二部で、語り手のポールとヒロインが恋愛関係にならないようにするためにポールの父に皮肉な役廻りを与えているところである。父はポールに、フィリスが気に入ったからお前が嫁にしたらどうかと云う。それに対してポールは、フィリスは賢すぎて男みたいだ、自分の知らないラテン語もギリシャ語も知ってるんだ、それに自分より妻の方が背が高いのは嫌だと答える。父は、夫を大事にするかしないかは学問のあるなしには関係ない、家中が子供で一杯になればそんなものは忘れてしまうだろうとユーモラスに応ずるが、話は有耶無耶になり、そこへホウルズワスが顔を出してフィリスに関心を示す。この挿話があることで読者はポールがホウルズワスと恋敵になることなく観察者の立場に立つことを無理なく納得する。

もう一つは、先に見たように、第四部で、結末を救いようのない悲劇に終らせないために女中のベティーを巧みに使っているところである。ベティーは、心ない同僚の牧師から、この際病気の娘への執着を断って牧師のあるべき姿を見せるべきだと詰寄られて窮地に陥っている主人のホウルマン牧師をも、なに、あの同僚の牧師は食事を出してやれば、煩いことは云わなくなると云って、その機智に富んだ策略で救うのである。

この作品でユーモアを解するのはポールの父とベティーとホウルズワスで、ホウルマン一家の者はみな生真面目である。ホウルズワスの世慣れた冗談もフィリスには通じないし、ホウルマン牧師もホウルズワスにはそれなりの魅力は感じつつも多少戸惑い気味である。ベティーだけが、ホウルズワスのような男はフィリスに向かないことを初めから見抜いている。語り手のポールも真面目な人物に設定されている。

この作品の場合、「ハリソン氏の告白」とは対照的に、作者のユーモア精神は笑いとして表に直接現れることは少なく、云わば作品の背後にあって、乙女心の痛切な悲哀を描きながらも作品全体がセンチメンタリズムに陥らないようにするための制御機能として働いていると云える。これはかなり高度なユーモア精神の発揮で、事実この作品にはフィリスの涙はあっても、お涙頂戴の場面は一つもない。

第三節　善意のユーモアと共鳴の笑いと涙

ギャスケルは一八六五年の亡くなる年の二月下旬に、ジョン・ラスキンに宛てた手紙で、自分の作品で読返す気になれるのは『クランフォード』だけで、体調の良くないときはいつもこの作品を手にして、楽しむと云うよりも笑うのだ、と云っている（*Letters* 747）。この言葉は、この作品の持つ独特の価値を遺憾なく語っているように思われる。

『クランフォード』が作者ギャスケルの繊細なユーモア感覚が見事に発揮された作品であることは衆目の一致するところだが、さてこれを限られた紙幅でどう紹介したものかとなるとなかなか難しい。この作品の場合、『従妹フィリス』とは逆に、作者のユーモア精神は直接作品の表に出ていて、云わば語り手に乗移っていると云ってよい。従って我々読者は語り手の巧みな語り口（つまり作者の文体）に導かれて思わず笑ったりしんみりしたりすることになる。そう云うユーモアやペーソスを感じさせる箇所はこの作品の到る所にあって、一見すると、どこを選んで引用してもその雰囲気は簡単に紹介出来そうな気がするのだが、いざとなるとこれが案外厄介なのである。つまりユーモラスな場面にせよ、パセティックな場面にせよ、そこに関

図③ ヒュー・トムソン「よければ、あなた、私のことをマチルダと呼んで下さらない？」『クランフォード』（第3章、1891年マクミラン版）

わる登場人物の所属階級、家柄や職業や目下の財政状態、これまでの人生経歴、気質や性格や教養などと有機的に結び附いているため、そこだけを切離して引用してもどこまで可笑し味や哀感が伝わるか覚束ないのである。

　例えばミス・マティーと語り手のミス・メアリ・スミス（図③）が煖炉の火の明かりで古い手紙を読んでいる場面で、ミス・マティーの姉の今は亡きデボラ・ジェンキンズが赤ちゃんだったときのことを、当時の若い母親が祖母に宛てて書いた手紙が出て来る。

……「こんな可愛い赤ちゃんを見るのは初めてです。母上様にもほんと見て頂けたらと思います。決して親の引気目ではなく、この子は大きくなったらきっと大変な別品になるだろうと思います。」　私は、髪が白くなり、すっかりしぼんで、皺だらけになったミス・ジェンキンズの姿を思い浮べ、天国でお母さんに自分の娘だと判ってもらえただろうかと思った。（第五章、傍点は引用者）

この若い母親はよく字を間違える。「贔屓目（partiality）」が「引気目（parshality）」、「別嬪（beauty）」が「別品（bewty）」となっているだけでも思わず笑ってしまうが、その夫が学のある謹厳実直な牧師であることが判っている読者にはもっとユーモラスであろう。次の引用はミス・マティーの台詞である。

「母の葬式の日に、デボラは私にこう云ったの、自分は百人の男から求婚されてもお父様を残して結婚なんかしないって。姉さんにそんなに沢山の申込があろうとは思えなかったけれど――一つもなかったんじゃないかしら――でもそう云うことが云えると云うのはやっぱり立派なことよね。……」（第六章）

以上の二つの引用部分は、この作品の第一章と第二章で鮮やかに描かれるデボラ・ジェンキンズの、旧弊頑固で、決して美人ではなく、しかし根は善良な姿と響き合って初めて可笑し味が漂い出すのである。有名な、ミス・ベティー・バーカーとフランネルの胴衣を着けた牝牛の話（第一章）や、フォレスター夫人の飼猫が大切なレースの縁飾を牛乳とともに嚥込む話（第八章）も、それぞれの人物の人柄や生活背景が判ると、ただ単に滑稽なだけでなく、そぞろ哀れも催すように書かれている。短い部分引用による紹介が難しいのは、この作品の場合その魅力の要であるユーモアとペーソスが重層的で、しかも作品全体にわたって渾然一体となっていて、常に部分と部分、或いは部分と全体が呼応し合っているからである。

　そこで本節は、以下暫くセシルの『初期ヴィクトリア朝の作家たち』所収の「ギャスケル夫人論」の一部を要約、敷衍する形で話を進めたい。セシルによると、イギリス的ユーモアには二つの大きな伝統があって、その一つはオースティン流の諷刺的ユーモアである。これはこの作品ではジェイミソンの奥方の描き方に見られ、オースティンほど切れ味は鋭くないが、奥方の凡庸で鈍感な人柄、俗物根性を戯画化することなくありのままに正確に描いているため、奥方は決して退屈にならず、読んで楽しい人物になっている、とセシルは云う。[10] もう一つはゴールドスミスやウィリアム・クーパー流の諷刺で、これはオースティン流の諷刺よりも穏やかな弱いもので、この作品に見られるギャスケルの諷刺の多くはこちらに属する。ミス・ジェンキンズ、ミス・マティー、ミス・ポール、フォレスター夫人などはジェイミソンの奥方ほど諷刺的に描かれている訳ではなく、彼女達は笑わせもするが泣かせもする。それもみな共鳴の笑いであり涙であって、起源はオースティンよりもフィールディング、スターン、ゴールドスミスに由来する。

実際、ミス・マティーはイギリス十八世紀の小説家が描いたあの典型的な人物像を受継ぐ人物で——まるで子供のようにあどけなく、聖者のように清らかで、無害な弱点や愛すべき奇癖に溢れている。そしてまさにそれらの美徳ゆえに、日常生活の現実的な問題に直面すると、何とも滑稽な姿を曝すことになる。彼女はアダムズ牧師、プリムローズ博士、そしてトービー叔父の直系の子孫である。但し一つだけ違いがある——それは愛すべきお人好しが彼女において初めて女性の姿をとったと云うことである。彼女はスカートを穿いたトービー叔父であり、プリムローズ博士なのである。[11]

セシルのこの指摘は啓示的である。少なくとも筆者にはそうであった。それと云うのも、筆者は『クランフォード』のユーモアはオースティンのユーモアとはどうも少し違うような気がしていたのだが、それが自分では上手く分析出来ないでいたからである。筆者には姉のデボラの方が遥かに愉快で、彼女とブラウン大尉が作品の始めの方で死ななければこの作品はもっとオースティン風になっていたかも知れないと云う思いが拭い切れないでいた。しかしこの作品を一篇の長篇小説と見る以上、ヒロインはデボラの妹であるミス・マティーに違いなく、ミス・マティーがスカートを穿いたトービー叔父でありプリムローズ博士であるなら、この作品は喜劇の古典『ドン・キホーテ』のテーマを見事に隠し持っていることになり、銀行の倒産とそれに対する彼女の現実を無視した健気な態度は、彼女の持つドン・キホーテ精神の真骨頂を示すものだったのである。この場合、サンチョ・パンサの役割は語り手のミス・メアリ・スミスとその父スミス氏が果していると云えよう。

老嬢達や子供のない未亡人達から成るクランフォードの社交界にあって、語り手のメアリ・スミスは唯一人二十代の独身女性で、以前はクランフォードに住んでいたが、今は二〇マイルほど離れた都会ドラムブルで実業家の父と暮しており、ときおりクランフォードを訪ねてはミス・マティーやミス・ポールの家に長逗留する。功利主義と競争原理に支配された近代産業都市ドラムブルと、前世紀の遺物のような細ごまとした仕来りに囚われながらも人情に篤く、長閑で牧歌的なクランフォードの双方の生き方を知るメアリ・スミスは、双方を相対化出来る醒めたリアリストの眼の持主である。物質と金銭万能主義のドラムブルに対しては、人は麺麭《パン》（金銭）のみにて生くるには非ずの考え方を抱く一方で、武士は喰わねど高楊枝を決込んで「上品な倹約」を実践するクランフォードの「アマゾン族」の貴族精神に対しては、その精神を多としながらも、腹が減っては戦は出来ないし、背に腹は代えられないものだとの思いも抱いている。

メアリはこのような複眼の持主であるから、クランフォードの御婦人方に対して共感を寄せながらも一定の距離を保つことが出来る。そして生来の茶目っ気と相俟って、ともすると懐古的な理想主義に陥りがちな御婦人方の言動の裏に無意識に働く心理――負惜しみや見栄っ張りや臆病や利己心や俗物根性など――を目敏く見附け、当人達には内緒でさりげなく読者に示してくれる。そこに揶揄や諷刺や皮肉の笑いが醸し出される訳だが、何れも軽い穏やかなもので、その多くには憐憫の情が隠されているため、読者の反応は嘲笑や冷笑にはならず、哄笑も滅多になく、せいぜい微笑か苦笑止りである。セシルはこの作品の調べは大団円を除いて基本的には短調だと云っている[12]。

語り手は作品の最後で、自分達はみなミス・マティーが大好きで、彼女がそばにいてくれると一人残らず感化されてより善い人間になったような気がする、と云う。実利的な損得勘定や勝ち負けに囚われた低俗な精神が支配する世の中で、決して強くはない人間が気高く、高潔に生きて行くことの悲哀感、滑稽感、美しさ。ミス・マティーの体現するドン・キホーテ精神を現実的な眼を持つ語り手は穏やかに揶揄することで笑いを醸し、笑いのうちに温かく、ときに悲しく包み込んで受容れ、究極的には肯定する。一般に善意の美しさを嫌味なく肯定的に描くことはたいへん難しいが、この作品は成功している。こう云う文学の存在は永遠に貴重である。

第四節　円熟せるオースティン流のユーモア

ギャスケルは亡くなる前年イングランド南部の田舎に家を買う計画を立て、ハンプシャーのオールトンから一マイル半ほど離れたホリボーンに待望の家を見附けた。そこはオースティンが住んでいたチョートンからもさほど遠くない所であった（図④）。この頃既に書進められていた『妻たちと娘たち』に触れて、ジェニー・ユーグロウは、「彼女がやっと選んだ家は、うまい具合にオースティンが住んでいた州にあった。彼女［オースティン］がいろいろ案内の役をしてくれた様子が『妻たちと娘たち』からもうかがわれる[13]」と、何やら意味ありげな面白い云い方をしている。実際、『妻たちと娘たち』はオースティンを連想させるところが少なくないのである。どうやらギャスケルは、それまで背表紙を壁側に向けて上下さかさまにして本棚

図④（左）ハンプシャーのチョートンにあるオースティンの家「チョートン・コテージ」
（右）ハンプシャーのホリボーンにあるギャスケルの家「ザ・ローン」

に入れておいたオースティンの本を、ここに来てきちんと納め直したのかも知れない。

筆者にとってまず印象的なのはギブソン夫妻である。これは明らかに『自負と偏見』のベネット夫妻の変奏である。変奏だから勿論細部のニュアンスは異なるし、人物も別人であるが、どちらの夫も夫人の外面的な美貌と愛想のよさに眼が眩んで結婚はしたものの、夫人の軽薄で愚かな地金に気が附いたときはあとの祭、しかし男らしく悔恨を噛締めつつも泣言は云わず、せいぜい相手には通じない皮肉を云うぐらいで、なるべく夫人のそばを離れることにして、ベネット氏は書斎に引籠り、ギブソン医師は往診に出掛けて行く。どちらの場合も、夫はユーモアを解するが、夫人の方はユーモアを解さないところも共通である。

それにしてもギブソン夫人の人物造型は傑作である。この作品の喜劇性を一人で担っていると云っても過言ではないほどで、セシルもオースティン流諷刺の代表例として称えている。

> ギブソン夫人は……素晴しい。愚かさと感傷性がかつてこれほど痛烈に暴露されたことはなかった。……彼女にはやや色の褪せた気品と淑やかな愛想のよさがあって、そのために不注意な者の眼にはその軽薄な心が見えなかったのだが、この気品と愛想のよさは、軽薄な心とともに、絶えずはっきりと読者の前にその姿を見せている。ギブソン氏のような物の分かった男が彼

女と結婚することになっても、読者は決して不思議に思わないのである。(14)

それから、モリー・ギブソンとロジャー・ハムリーとシンシア・カークパトリックの関係は『マンスフィールド・パーク』（一八一四年）のファニー・プライスとエドマンド・バートラムとメアリ・クロフォードの関係によく似ている。モリーにとってのロジャー、ファニーにとってのエドマンドはそれぞれ最初は兄のような存在だが、やがて徐々に愛しい存在に変って行く。ところがロジャーはシンシアに、エドマンドはメアリに恋をするため、モリーもファニーも心密かに恋心を抑えなくてはならない。しかしシンシアもメアリもともに相手の男に誠意を尽すことの出来ない女であることが判り、結局ロジャーはモリーに、エドマンドはファニーに帰って来る。モリーとファニーは田舎育ちの、道徳心の堅固な、豊かな感受性を持つ娘であり、ロジャーとエドマンドは真面目で朴訥な男であり、シンシアとメアリは都会的な華やかさを持つ美人だが、志操に欠け、相手の男の職業に興味の持てない女であるところなど、三人の性格の型もよく似ている。

また、ギブソン夫人とモリーのやりとりにはノリス夫人とファニーのやりとりを、ギブソン夫人とシンシアのやりとりにはベネット夫人とエリザベスのやりとりを、ふと連想させるところもある。但し、ギブソン夫人は自己中心的ではあっても常に相手のためと云う論法で自己主張を通し、その点、当りは柔らかで、ノリス夫人ほど意地悪くはなく、ベネット夫人ほどお天気屋でもない。

もう一つ、作品全体に大きなアイロニーの見られるところも、オースティンを想わせる。例えば、第五章でギブソン医師の内弟子であるコックス氏がモリーへの恋文を書いたとき、ギブソン医師は娘への愛情告白は父親を通してやってもらわねば困ると云うが、最後の第六〇章でロジャーがモリーへの愛情をギブソン医師に告白するときは、自分は仲介役は御免だ、アフリカから帰ったら自分で告白せよと云う。第三章でギブソン医師は家庭教師のミス・エアに、娘のモリーにはあまり教え過ぎないように、せいぜい裁縫と読み書き計算ぐらいでいい、と云うが、それが皮肉にも娘の向学心を刺戟する結果になり、モリーは手に入るすべての本をまるでそれが禁断の書であるかのように夢中で読むようになる。また、ロジャーの父のスクワイア・ハムリーは、初めのうちは息子の嫁に外科医の娘では不足だと云っていたが、作品の最後ではロジャーがモリーと結ばれることを自ら望むようになる。これも、『マンスフィールド・パーク』でサー・トマスが、最初の方では自分の息子が養女のファニーと恋仲になることがあってはならないと云っていたのに、最後にはエドマンドとファニーの結婚を誰よりも喜ぶのに似ている。スクワイア・ハムリーはフランスとカトリック教徒が大嫌いであるのに、長男のオズボーンが密かに結婚していた相手がフランス人の子守女でカトリック教徒であり、しかもオズボーンに揺るぎない愛情を持つ誠実な女であったと云うのも大きなアイロニーである。

しかしこの作品が何よりもオースティンを連想させるのは、作者のユーモア精神が、作品で展開する世界から終始一定の距離を保ちつつその文体を制御することに成功している点である。それは何もこの作品がオースティンの亜流だと云う意味ではない。『クランフォード』がゴールドスミス流のユーモアの系譜にあるとするなら、この作品は基本的にオースティン流のユーモアの系譜に属すると云う意味である。この作品にはオースティンの作品以上に円熟せる大人の味わいがあり、話の運びにもオースティン以上に悠然とした独自の個性が発揮されている。室内を眺める眼、自然に対する感受性、人間を受止める心は、何れもオースティン以上に繊細で、情感に富み、寛大である。それだけにプロットの切れ味の鋭さや人間的な弱点に対する厳しさと云う点ではオースティンに劣るが、この作品を無心に読んでいると、オースティンはやはり一生独身で四十代早々に亡くなった頭脳明晰な作家であり、ギャスケルは信頼の出来る夫を持ち、六人の子供を産み、四人を無事に育て上げた体験を持つ、感情の豊かな、心の練れた、善意の女性であったことが嫌でも感じられる。セシルはこの作品の数少ない欠点の一つとして「長すぎる」と云っているが、(15) 多分それはオースティンの切れ味の鋭さが念頭にあって出て来た言葉であろう。しかしこの作品の個性的な色調に読者の心が馴染み、人間生活の日常を見詰める作者の円熟せる眼と心に共感出来るなら、長さは一種の風格となって、この作品は決して長すぎない。

この作品は作者の突然の死により形式的には未完に終ったが、内容的には完成していると云ってよく、アレンの云う旺盛な社会意識による、セシルの云う社会的構造のリアリティに対する洞察力と、やはりセシルの云う優れた人物創造によるギャスケルならではの世界の存立が見事に調和した一篇で、さらにギャスケルの大きな魅力であるユーモア精神が遺憾なく発揮され、彼女のもう一つの魅力である田園牧歌的な雰囲気にも事欠かない点で、彼女の一番の代表作と云ってよいであろう。

註

（1）J・B・プリーストリー『英国のユーモア』（小池滋・君島邦守共訳、秀文インターナショナル、一九七八年）三三三、三四一頁。

（2）ルイ・カザミアン『イギリスの社会小説　一八三〇～一八五〇』（石田憲次・臼田昭共訳、研究社、一九五八年）二七一～九六頁。

（3）Frank Swinnerton, introduction, *Cranford*, by Elizabeth Gaskell, Everyman's library ed. (London: Dent, 1954) vi-viii.

（4）A. T. Quiller-Couch, *Charles Dickens and Other Victorians* (Cambridge, Eng.: Cambridge UP, 1925) 179, 210, 214.

（5）J. B. Priestley, *The English Novel* (London: Ernest Benn, 1927) 85-87.

（6）David Cecil, *Early Victorian Novelists: Essays in Revaluation* (London: Constable, 1934) 201-02, 232, 239-41.

（7）Walter Allen, *The English Novel: A Short Critical History* (1954; Harmondsworth: Penguin, 1958) 183.

（8）中村祥子『E・ギャスケルの長編小説』（三友社、一九九一年）二頁。

（9）Cecil 210-13.

（10）Cecil 221, 219.

（11）Cecil 221, 219-20.

（12）Cecil 240.

（13）ジェニー・ユーグロウ『エリザベス・ギャスケル――その創作の秘密』（宮崎孝一訳、鳳書房、二〇〇七年）七七二頁。

（14）Cecil 219.

（15）Cecil 239.

第三〇章

同時代作家

――ギャスケルとの交流を通して――

長瀬　久子

（右上）41歳当時のギャスケル（リッチモンド画、1851年）
（右下）38歳当時のディケンズ（1850年撮影）
（左上）34歳当時のC・ブロンテ（リッチモンド画、1850年）
（左下）46歳当時のG・エリオット（レイソン画、1865年）

Chapter 30
Contemporary Writers: Gaskell and Her Peers

Hisako NAGASE

第一節　強き父なる編集長ディケンズ

アンガス・ウィルソンによれば、ディケンズは下積み時代の苦闘の経験から家族主義的、支配的になりがちで、人間性と赦しと慈悲とを信じながら、同時に狂暴で無慈悲なエホバ的要素も多分に持ち、そのために人と疎遠になることもしばしばであった。[1] ギャスケルも彼のエホバ的怒りに触れた一人だった。むしろ彼女はエホバと格闘し、ときに無視したというべきかもしれないが。

一八五〇年一月、週刊誌『ハウスホールド・ワーズ』創刊を前に、ディケンズはギャスケルに寄稿を依頼する手紙を送った。以後五年間、同誌は彼女の作品の主要な発表機関となり、この間が二人の交渉が最も頻繁な時期であった。当時ディケンズは三〇歳代から四〇歳代にかけての、創作、気力ともに絶頂期にあり、いっぽうギャスケルは、一八四八年に『メアリ・バートン』が大好評を博したことでロンドンの文学界に登場したばかりだった。まだ『メアリ・バートン』に注目が集まる前に、彼女は一部をディケンズに献呈したが、多忙な人気作家は無名の新人の献呈本を読む暇がなかったのか、返事はなかった（*Letters* 65）。しかし、半年足らずのうちに『メアリ・バートン』第三版が出る頃には、彼はこの新人に十分な注意と敬意を払うようになっていた。『ハウスホールド・ワーズ』の刊行が決まると、創刊の二ヶ月前に彼女の寄稿を懇望している。[2]

『ハウスホールド・ワーズ』の内容はディケンズや他の作家の創作、時事問題、読者の興味を引く話題、詩などだが、なかでも毎週労働者の住居、衛生、教育の改善などの問題を取り上げており、彼の社会的関心の高さが窺われる。「創刊の辞」によれば、同誌の主要な目的は「眼の回るような苦役の連続のうちに辛い労働に従事する者に、その試練が想像力から生まれる共感や恩恵とは無縁な、過酷な事実とは限らないことを教え、地位の重い者も軽い者もともに、広い野原に伴って、互いをよりよく知り、優しい相互理解にいたらせる」ことであった。現に「優しい相互理解」を欠く富者と貧者、つまり富と権力を持つ中産階級と労働階級の融和を目指すということである。この発言の背景には、三〇～四〇年代の工業化、都市化の過程で生じた階級間の隔絶と対立があった。「飢餓の四〇年代」の世相を背景にチャーティスト運動が盛り上っていたのはほんの数年前のことである。ただし労働者の選挙権を要求したチャーティストと異なり、ディケンズの意識に社会システムの改革による弱者の生活改善はない。「創刊の辞」の意味するものは、自らの文筆の力で富者の想像力を刺激して弱者への「共感」を喚起し、彼らへの「恩恵」を促進するという意図であり、その原理はパターナリズム（父親的温情主義／父権的干渉）だといえる。

「創刊の辞」に彼のパターナリズムがほの見えるように、『ハウスホールド・ワーズ』の編集はこの原理によって動いていた。創刊時、雑誌の所有権の半分をディケンズが所有し、編集から執筆まで全面的に指揮統括した。彼は若い寄稿者たちに寛大に接し、激励によって才能を引き出すいっぽうで、彼の見解に沿う記事を採択し、それらを自由に書きなおした。[3] 記事も作品も当時の習慣で無署名、固有名詞は表紙に大きく印刷された「チャールズ・ディケンズ」のみだった（図①）。煩雑な事務は編集補佐のW・H・ウィルズがすべて引き受けたが、ディケンズは最終的な決定権は決して手放さなかった（Wilson 199）。

この雑誌をめぐるディケンズとギャスケルの関係には終始強い父と成長する娘の関係を思わせるものがある。当初ギャスケルは父に従順な娘だった。ギャスケルが彼に宛てた手紙はほとんど残っていないので文面は不明だが、寄稿を求める彼の最初の要請に、彼女はいかにも三八歳まで主婦であった女性らしい気後れを見せたらしい。寄稿が家事の妨げにならないか、自分の物語は瑣末なこと（detail）ばかりで等々と躊躇したらしい彼女を励ますのが彼の最初の仕事だった。短篇なら家事の妨げにならない、細部《ディテール》は作品の芸術性と迫真性に不可欠、小説の障害にはならない、あなたの場合は絶対にそうだ、ぜひ原稿を送ってほしいと、彼のほうは励ましに躍起である（*Letters* 6: 29）。送られた「リジー・リー」（一八五〇年）の原稿が、「長い」（*Letters* 6: 50）とウィルズには洩らしたが、彼女にはそうと言わず、「すばらしい。ご懸念はまったく勘違い。私の見たところ全然それどころではない。読んだとたん興味を引かれました。泣きました」（*Letters* 6: 48）と激励している。

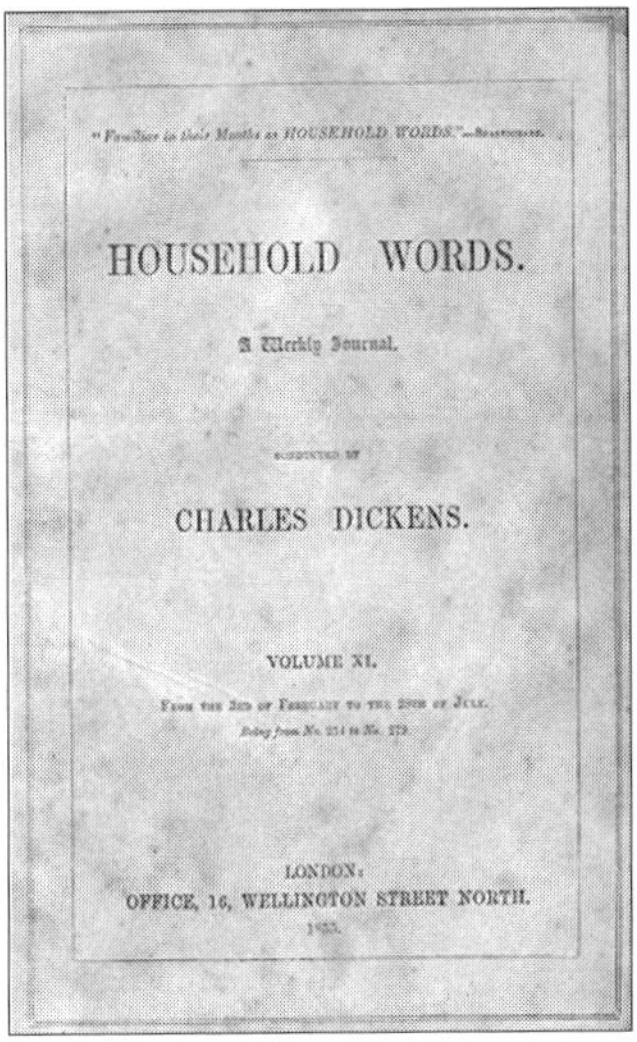

図①『ハウスホールド・ワーズ』の表紙
「チャールズ・ディケンズによって指揮された週刊雑誌」と謳われている。

「リジー・リー」は創刊号の巻頭を飾った。ディケンズに新たな活動場所を与えられたギャスケルは、最初の一年間に計三篇の中、短篇小説を彼に送っている。清新だが素人っぽいこれらの作品を彼は言葉をつくして褒め、冗長な文章を添削し、長い物語を誌面に合わせて区切った。命名のへたな彼女に代わって作品に題名を与えたが、これは父の立場を象徴するかのようだ。素人の手探りで書いてきたギャスケルに、細部が重要なこと、物語の長さは物語に決めさせるなど、小説の書き方の指導もしている。「リジー・リー」では小説の効果の面から、「ジョン・ミドルトンの心」（一八五〇年）では不必要な衝撃を読者に与えるという点で、具体的に書き直しを指示し、ギャスケルは素直に指示を受け入れた。約二年間は二人の間で文学的パターナリズムが潤滑に機能したらしい。ギャスケルが従順な間は、彼は彼女の意思を尊重した。「私がこう言ったからといって、既にお持ちの構想を変えないでください」（*Letters* 6: 48）、「物語の進行と結末についてあなたの構想はたしかに最高です。私が思うに、原作者の構想が生きなければなりません」（*Letters* 6: 55）とある。

しかし、この寛大さはギャスケルが彼の翼下で教えを遵守していた間のことで、彼女が小説家として急激に成長し自信を持つと二人の関係は変化する。五一年末に『ハウスホールド・ワーズ』に掲載された「クランフォードの社交界」（単行本『クランフォード』の第一章と第二章に相当）で、ギャスケルは突然の開花を見せた。ウィニフレッド・ジェランが「ずっと才能を勘違いしていて、突然自分はアルトではなく高々と舞い上がるソプラノだと分かった歌手の声の変化」（Gérin 119）に喩えたほど、作品世界も語りのトーンも一変し、彼女は自分の代表作となる物語を楽々と巧みに語り始めた。彼女の小説家としての急成長はむろんディケンズの影響のみによるわけではない[4]。しかし、「クランフォードの社交界」はディケンズへの讃歌とも読める作品であり、そのことはギャスケルの文学にとって彼の存在が大きかったことを語っている。クランフォードの町の新旧世代を対照的に描いたこの物語で、十八世紀文学を代表するジョンソン博士に対して十九世紀文学の代表としてボズが挙げられ、新世代の代表ブラウン大尉は『ピクウィック・クラブ』（一八三六〜三七年）を読み耽る。物語の結末ではテーブルの上の『クリスマス・キャロル』（一八四三年）が世代の交代を暗示している。

しかし、この原稿を受け取ったディケンズは、作品の価値もまた変更を加えれば作品の効果が消滅することも分かっていたはずだが、自分と自分の作品に関わる部分をすべて詩人のトマス・フッドとその詩集に書換えて印刷に回した。照れくささゆえとも取れる行為だが、事態を知った作者の抗議に対する彼の返事はあまりに決然としている。

> 大至急ご連絡、只今（四時）配達のご書面をウィルズ氏が仰天して持参しましたが、御作の撤回には遅すぎます。御作には欣喜致し（返信時までに私提案の修正に何ら反対のご連絡なきまま）真っ先に次号に入れ、次号は決定済み、印刷所にあります。御作を削除は多分できません――私の手を離れました。（*Letters* 6: 548-49）

同じ書面で彼は『ハウスホールド・ワーズ』のページごとに自分の名前が出ては無作法だからと弁解もしている。しかし、この雑誌は元来彼の存在を強く打ち出し、準備段階では『チャールズ・ディケンズ』という誌名を本気で考えたくらいで、そんな遠慮や照れとは無縁なはずある。書面の口調からは、ヒラリー・ショーが示唆する、自分の名の管理権を手放すまいとする家父長の傲然たる決意が見えるようだ（Schor 92-93）[5]。

ディケンズの干渉はギャスケルが小説家として自信をつけるにつれて高圧的になり、同時に彼女は干渉を拒否し始める。一八五二年クリスマス特別号に彼女が書いた優れたゴシック的短篇「婆やの話」の草稿を読んだ彼は、クライマックスを書き直して、一人の子供の目にだけ幽霊が見えるようにしたほうがよいと強く勧告し、自分で書き直さんばかりだった（*Letters* 6: 800, 812）。彼女がそれを無視したとき、彼は手厳しく彼女を決め付けたが、その言葉は個人を離れ、男性文化の優位性を踏まえた厳父が未熟な娘に己の劣等性を思い知らせようと説教しているかのようだ。「シェイクスピア以来のあらゆる芸術の法則に照らして、結末に全員が幽霊を見ることで、あなたが物語の恐怖を弱めてしまったことは疑問の余地がありません。最高の読者も必ずや同じ発見をすると確信します」（*Letters* 6: 815）。

二人の関係は『北と南』（一八五四～五五年）の連載をめぐって決裂する。『北と南』は優れた小説だが特に前半は重々しく、作者自身、執筆前から重苦しさの予想に悩むほどだった。連載開始前からディケンズは紙面に合わせた区切り方や題名の問題で手を焼いたが、特にヒロインの父である牧師が国教会への懐疑を語るという、当時の読者の反発が予想される連載第二回分を大幅に短縮するようにギャスケルに要求し、それが無視されたときには、語気鋭く即刻書き直しを迫った（*Letters* 7: 402）。彼女はそれも無視したが、その後小説の完成までの半年間、ディケンズ書簡集にギャスケル宛の書簡が見当たらないのは、彼が直接の連絡を拒否したのか彼女が書簡を破り捨てたのか分からない。『北と南』の脱稿後、ディケンズは彼女の健闘を讃える手紙を書き送ったし（*Letters* 7: 513）、彼女はその後もお金が入用になると彼の雑誌に短篇を送ったが、この連載を境に二人の交流はほぼ終わった。

第二節　C・ブロンテと挑戦するヒロイン

ギャスケルと最も関係の深かった同時代作家は言うまでもなくシャーロット・ブロンテである。ギャスケルの最初の長篇小説『メアリ・バートン』のちょうど一年前に出版された『ジェイン・エア』（一八四七年）はセンセーションを起こし、謎の著者カラー・ベルは国民的関心の的となった。『ジェイン・エア』と次作の『シャーリー』（一八四九年）を読んだギャスケルは作品以上に作者に関心を寄せ、知人を通じてブロンテに接近する。ブロンテの死で終わる二人の交際期間は四年半、ともに過ごした日数は合計しても二十日にもならなかったが、この交友から『シャーロット・ブロンテの生涯』（一八五七年、以下『生涯』と略記）が生まれた。

『生涯』はシャーロットを感動的に描いたギャスケルの傑作として、出版と同時に高い評価を受け、それは二十世紀半ばまで続いた。ところが、二十世紀後半には『生涯』はブロンテ像を歪曲した元凶として、作品の評価は転落し、作者はブロンテ研究者の非難の的となる。[6] このような評価の逆転現象は、ヴィクトリア朝から現代までのジェンダー意識の変化を反映してのことである。逆転したのは『生涯』の評価だけではない。作品にせよ、作品への評価にせよ、時代の価値観によって決定される部分は大きいが、特に女性が関係する場合は、十九世紀と現代のジェンダー意識の変化を反映して評価がほとんど逆転する場合がある。『ジェイン・エア』と『生涯』とはともに逆転の好例である。そこで本節では、小説家シャーロット・ブロンテが、次節では『生涯』に描かれたブロンテが、それぞれ当時の社会のジェンダー意識とどう係わっていたかを検討したい。

ではブロンテはどんな小説家だったか？　この点を、『ジェイン・エア』を取り上げて見ておこう。『ジェイン・エア』は、ゴシック趣味やサスペンスに富んだメロドラマ的な恋愛小説という大衆好みの要素もあり、貧しく不器量なジェインと、ハンサムではないがセクシーな中年紳士ロチェスターとの年齢も身分も超えた恋や、ジェイン自身の情熱的な内面告白といった新鮮で刺激的な要素もありで、出版早々抜群の人気を得た。作品は版を重ね、ドラマ化されて商業劇場で上演された。アメリカでも大流行し、ロチェスターはアメリカの寄宿学校の女学生や女性教師のヒーローとなり、若い男たちはロチェスターのように若い女性に威張り散らすことが流行したほどの大人気だった（『ノース・アメリカン・レビュー』一八四八年一〇月号）。

このような新奇で刺激的な恋愛小説として読まれていた『ジェイン・エア』人気は、十九世紀末には衰え、作品は流行おくれのロマンスとして忘れられかけるが、[7] フェミニズムの時代になると、この作品で女性の自我や性的感情が肯定され、女性自身の言葉で主張されていることなどが注目され、再評価につながる。ジェインの自己主張は、相愛の仲と信じていたロチェスターから、彼女を棄てて上流の令嬢と結婚すると告げられた次の場面で果敢に発揮されている。

> わたしが貧乏で、身分も低く、器量も悪く、ちっぽけだから、魂も心もないとお思いですか！　それはちがいます！——わたしにも、あなたと同じくらい魂と——豊かな心があります！もし神さまがわたしに多少の美貌とたくさんの財産をお恵みくださったなら、あなただって、今のわたしと同じように別れるのがつらいとお思いでしょう。今わたしは、習慣や因襲、いいえ、肉体を仲介として、あなたに語りかけているのでさえありません。あなたの魂に語りかけているのはわたしの魂なのです。二人がお墓を通り抜けて神さまの前に立ったときのように、対等な立場で——今も対等ですけれど。（第二三章）

女性から男性に愛を告白し、階級と性の平等を主張するジェインはブロンテの創造した新しいヒロインである。ジェインの挑戦的主張は個人を超えて社会のジェンダー意識を直接批判する場合すらある。右の場面より前のこと、家庭教師として住み込んだ屋敷での刺激のない生活に倦み、活気ある現実に接したくて心が痛むとき、ジェインは家庭に拘束されて、彼女以上の無活動を強いられ、その運命に無言で反逆している中流家庭の女性たちのために憤慨する。「女だって男と同じように感じている。能力を生かす必要がある。兄弟と同じく力を発揮する場が必要だ。女はプディングを作り、靴下を編み、ピアノを弾き、バッグの刺しゅうだけすればよろしいと言うのは、特権的な地位にある男の偏狭だ」(第一二章)。

ヒロインがこのように自分の性的感情を語り、階級と性の平等を主張し、社会を批判する小説は、十九世紀の保守層には容認しがたかった。小説の人気も彼らに警戒心を抱かせただろう。出版半年後には保守派のキリスト教系雑誌が『ジェイン・エア』批判の口火を切る。その論点の一つは作品と作者が「女らしくない(unfeminine)」、「はしたない(coarse)」ということだった。高教会派の雑誌『クリスチャン・リメンブランサー』(一八四八年四月)は、作者のカラー・ベルは女と断定した上で、「長所でも欠点でも、これほど女らしくない本を、女性作家の年代記のなかに見出すことは不可能だ。……ここには人間性の最悪の部分についての直の知識があり、隠れた腐敗は機敏に見出され、情け容赦のない厳しさで暴きだされる。これには脱帽のほかないが、それが女性だとするとほとんどぎょっとする」と、作者の女らしさの欠如を攻撃した。女らしさを女性作家の作品の評価基準とするのはこの時代の特徴で、ブロンテ姉妹が性不詳のペンネームを用いたのもこれを避ける目的だった。カトリック系の雑誌『ランブラー』(一八四八年九月)は、この小説は魅力も女らしさもないヒロインを巧みに描いているが、かつて読まれた最も「はしたない本」であると非難した。他の保守系雑誌も追随した。保守派の評論誌『クォータリー・レビュー』(一八四八年一二月)における批評で、評者のエリザベス・リグビーは神の定めた運命に不服従な不平不満の徒であるフランスの革命家やチャーティストの思想と『ジェイン・エア』の作者の思想は同一だと断罪し、上流女性の風俗への作者の無知をあげつらい、作者は長い間女性同士の交際を断られていたような素行の悪い女であろうと示唆して、カラー・ベルの品性を貶めた。

「女らしくない」「はしたない」が『ジェイン・エア』とその作者の批判に用いられた形容詞であった。「女らしくない」は、女性に課せられた性役割への違反を意味する。「はしたない」は「猥褻な」を意味する婉曲語であり、ともに女性にとって致命的な非難であった。「女らしさ」はヴィクトリア朝の中流階級の女性に課せられた重い規範である。産業革命の進行による労働形態の変化の結果、男女の活動領域が乖離し、女性の活動の場は家庭内に限定された。女性の社会的無力化に連動して、家庭の女性を理想化した「家庭の天使」像が形成される。産業社会で誘惑にさらされる男性と異なり、家庭以外を知らない女性は純潔な精神的存在であり、家族のために自己犠牲を厭わぬものという規範的女性像である。女性は家庭で夫を癒し、精神的に感化することを期待されたが、女性が社会に直接働きかけることは女らしくないことと考えられた。そのような社会のジェンダー意識にブロンテはヒロインを代弁者としてペンで果敢に挑戦したのである。

では、ブロンテ自身は女性の社会進出を実践したかと言えば、むしろ逆だった。その機会はまれな上、彼女は対人恐怖症に近い内気な性格で社会進出に不向きだったが、それ以上にハワース（図②）の小さな牧師館という根城を離れられなかった。さほど長くない寄宿学校生活をのぞくと、三八年の生涯に、短期間のガヴァネスの経験とブリュッセルに二年間の留学経験があるが、いずれも挫折して郷里に戻った。彼女は郷里のハワースに籠もって想像世界に沈潜することで、外部世界における野望の挫折を文学の素材に昇華させる類の人であった。ブリュッセルでは恩師のエジェ氏への恋愛体験があったが、それさえ牧師館に戻って片恋の孤独地獄をフランス語のラブレターに綴るときに最も強烈に体験する感情だったのかもしれない。家族の男性たちも彼女の願望充足を代行できなかった。一家の希望を担った弟は堕落し汚辱にまみれていた。仕事にも恋愛にも破れ、

図② ヨークシャー、ハワースの風景
19世紀のハワース周辺は小規模ながら繊維産業の活発な地域だったが、ブロンテは関心がなかった。村はずれに位置する父の牧師館とその後に広がる荒野が彼女のハワースだった。

半盲目の老父と牧師館に取り残されたとき『ジェイン・エア』は（妹たちの作品とともに）書かれたのである。

実生活では家庭に籠もったブロンテが、社会に挑戦し自己主張するヒロインを書いたことは奇異なようだが、そうではない。時代は多少遡るが、一八三〇年代にパリから来てロンドンに滞在した社会主義活動家のフローラ・トリスタンは、フランス女性のほうが一般に、より知的で洗練され、男性と対等の交際や政治的問題に慣れているのに、イギリスの女性作家のほうが影響力のある作品を多数出版しているという辻褄の合わない現象に注目し、これはイギリスの女性たちが社会活動から完全に排除されているために、全エネルギーが文学に注ぎ込まれた結果だと推論した(8)。ブロンテのエネルギーも、社会の厳しい束縛と挫折の結果父の牧師館に逼塞することで、奔流となって小説という唯一の水路に流れ込んだのであろう。有名な小説家となってからも彼女は短い旅行以外にはハワースの家を離れなかった。

ギャスケルは出版の半年後には『ジェイン・エア』を読んでいるが、彼女の反応は複雑だった。「『ジェイン・エア』を読んでみて。めったにない本よ。好きなのか嫌いなのか分からないの」（*Letters* 57）と友人のアン・シェインに書いている。彼女は分析的なたちではないので、せめぎ合う「好き」と「嫌い」の感情を整理しかねているが、その後の発言から推測すると、『ジェイン・エア』が「好き」とは、カラー・ベルという作者名の裏にいる女性の書き手のひたむきな姿勢への感嘆から出た言葉らしい。小説の官能的な表現やヒロインの激しい自己主張への忌避感が「嫌い」という表現になったらしい。同じ頃友人のイライザ・フォックスに宛てて、自分には人のためを思う社会的な自己（me）や、芸術家らしい自己完結的な自己や、多くの自己があり、ぶつかり合う自己を調和させられないという趣旨のことを語っている（*Letters* 108）ことからも窺われるように、彼女は社会との調和も「自己実現」の一部だとの自覚があった。そのために『ジェイン・エア』の、社会秩序を揺るがしかねない要素に違和感があったのであろう。ブロンテの次作『シャーリー』にも同様の反応を示している。プロットのかなりの部分が嫌い（*Letters* 116）だったが、この作品の後半、「死の影の谷」（この章以後の部分は作者の弟妹全員の死を挟む長い中断後に書かれた）前後を読んで、作者は孤独な女性に違いないと直感すると、未知のブロンテに同情心のこもった手紙を送って相手をほろりとさせている。彼女はブロンテの作品ではなく、作者の人物像を賞賛したのである。

第三節　描かれたC・ブロンテ

ギャスケルはブロンテを賞賛したが、その賞賛は、実は小説家ブロンテではなく、女性としてのシャーロットに向けられていた。小説の人気とともに、ハワースの荒野と、そこの牧師館の主である横暴なブロンテ師、この父に仕える娘、といったブロンテをめぐる噂が立ち、各方面からギャスケルの耳にも入って、彼女の同情心をさらに掻き立てた。二人の親交が進むにつれ、彼女はブロンテが反逆のヒロインを創造した小説家であることを忘れ、関心はブロンテの内気な人柄や、姉妹に先立たれた家庭での孤独に集中した。ブロンテの死の三ヵ月後にその伝記を依頼されたとき、彼女は、「友、娘、姉妹、妻としてのシャーロット・ブロンテが人に知られれば知られるほど、彼女は高く評価されるでしょう」（*Letters* 370）と伝記資料の提供者の一人に書いているが、この文面からも窺えるように、彼女はブロンテを家庭の女性として見てきたのであり、女らしくないと非難された彼女の家庭的な女らしさを伝記によって証明しようとしたのである。

こうして女らしさという規範にペンで挑戦したブロンテが、皮肉にも『生涯』では女らしい女として描かれることになった。『生涯』のシャーロットは、弟妹を慈しみ、その教育費援助のために家を出て働くやさしく義務感の強い姉、弟妹の死後は老父に寄り添って孝養をつくす娘とされている。孤独な中年のシャーロットが、気鬱から極度に衰弱し、回復後も体が受け付ける唯一の栄養が一日にカップ半分の流動食のみ、「それでも彼女は父親のために床にも着かず、孤独に耐えながら最悪の時間と闘った」（第二四章）という記述は痛ましい。

伝記執筆に際して工夫を要する点が幾つかあった。名高い小説家の伝記である以上、彼女の文筆に触れないわけにいかない。しかし「書く」という行為は本来自己本位な行為であり、男性社会では女らしくない行為とされてきた。シャーロットの女らしさの印象を傷つけないために、ギャスケルは女性の文筆は主体的な行為ではないと弁明する。女性の書く才能は「他の人々のために役立たせ奉仕させるようにという神意で授けられた「特別な責任」であり、それゆえ「謙虚で忠実な精神で成就するよう努力しなければならない」と、読者の信仰心に訴えている（第一六章）。また伝記全体でブロンテの執筆や作家活動についての記述は短く抑えられ、そうした記述の直後には、ことさら家庭的な挿話が置かれている。ある日霊感が「憑き物」のように取り憑くというブロンテの創作についての記述は、眼の悪い老女中のために彼女が「執筆の興味と滔々たる霊感の流れ」を中断して、ジャガイモの黒い瑕をそっと切り取っておいたという挿話で終わる（第一五章）。『ジェイン・エア』の成功と有名作家たちとの交流の挿話の後には、エミリとアンの相次ぐ死の長い挿話が続く。臨終のエミリに見せるために真冬の荒野の岩陰に枯れ残った一枝のヒースを探すシャーロット（第一六章）、妹アンの死の悲しみに耐えられず、臨終の病人に「勇気を出して」と励まされるシャーロット（第一七章）の像は小説家カラー・ベルの印象をかき消してしまう。

「女らしくない」、「はしたない」という、生前からブロンテにまつわる疑惑から彼女を救済するために、さらに幾つかの工夫が見られる。妻子あるエジェ氏への恋のように、同時代の容認し難い事実は隠蔽された。伝記中に多数引用されたブロンテの書簡から、彼女特有の鋭いユーモアや皮肉な観察は削られた。さらにギャスケルはブロンテ救済のためにあえて社会と妥協する方法を選んだ。『生涯』で彼女は、「はしたなさ」の嫌疑で告発された被告ブロンテの弁護を、読者陪審の前で開陳する弁護人として論述を進める。彼女の法廷戦術は、時代の道徳律に挑戦してブロンテとその作品を正当化することではなく、弁護人と読者陪審との価値観の共有を表明して信頼関係を確立した上で、被告に情状酌量を求めることである。そのため「彼女の作品のあちこちにはしたなさがあるのを、わたし自身としては否定しません」（二六章）と、すすんで作品に「はしたなさ」の存在を認め、その原因を辺鄙な土地の野蛮な人々の間での作者の生い立ちや、堕落した弟と狭い一家でたえず接触したために、「魂では嫌悪する悪徳が目に慣れて」しまった生活体験に帰するのである。

事情によっていわば瀝青《ピッチ》に触れざるを得ず、その結果手が一瞬汚れたからといって彼女を非難するより、彼女がそうであったすべてを、（神が生かしておいてくださったなら）彼女がなったであろうすべてを正当に評価してあげましょう。汚れは表面だけだったのです。彼女の人生の変化一つ一つが彼女を浄化しつつありました。（第二六章）

ブロンテが穢れていたという、現代なら彼女の愛読者を逆上させそうな記述もある『生涯』だが、当時の新聞雑誌は絶賛した。『スペクテイター』（一八五七年四月）付録の書評には「少女期の終わりから死にいたるまで、彼女「ブロンテ」の生は殉教だったという言葉でしか我々の印象を伝えられない……彼女の精神も肉体も休息の時はなく、人のために……身を棄てたのだ」とあり、『フレイザーズ・マガジン』（一八五七年五月）には、「この本の多くの箇所が、深く苦しいまでの感動なしには読むことができない。生涯に及ぶ病に彼女は……静かな勇気をもって耐えたが、ときには心臓から滴る血のような涙を流したくだりは、どんな物語より哀れを誘う。……読後感ずるのは、試練と苦痛に満ちているが、これはつねに女らしい人生だということだ」とある。『サタデー・レヴュー』（一八五七年四月）のように、恋愛経験のない独身女性にロチェスターが書けるのかと懐疑し、「このハワース牧師館の年代記に女性はいるが女性作家はいない」と不満を述べた批評は少数派であり、多くは『生涯』のシャーロットの女らしさと自己犠牲の悲劇的な生涯に手放しで感動した。

『生涯』が書かれたために、ブロンテの存在は伝説となった。出版後二ヶ月足らずで見物人がハワースに殺到し始めた。[9] 十年後の一八六七年にW・H・クックという人物が『セント・ジェイムズ・マガジン』にハワース訪問記を寄稿しているが、冬のさなかに彼を僻地に向かわせたものはブロンテの作品ではなく

図③ 現在はブロンテ記念館となっているハワース牧師館
新しい居住者がこの聖域の窓に近代的な大きなガラスをはめるという冒瀆行為を犯したのを見てクックは憤慨した。右側の棟は後年に増築された。

『生涯』だった。クックはそこでブロンテ家ゆかりの場所をあちこち訪れては、『生涯』に描かれたブロンテ姉妹を偲んでいる。牧師館の居間の窓を見上げ、「では、この部屋でシャーロットは、たびたび夜がふけるまで苦悩の涙にくれたのか、震えながら侘しい荒野から呻くように吹きつける風に耳を傾け、死んだ妹たちの声がドアの外で聞こえると信じたのか」[10]と『生涯』の一場面（第一九章）を思って感慨にふける。クックが書いているように、ハワース牧師館（図③）は「聖別された地」となってしまった。そして、二十世紀後半に伝説のヴェールが剝ぎ取られ、ブロンテの作品の再読とブロンテの人物像の再構築が始まると、前節の冒頭で述べたように『生涯』の評価は転落したのである。

第四節　G・エリオットの正体をめぐって

一八五七年に『ブラックウッズ・マガジン』誌に掲載された「エイモス・バートン師の悲運」をはじめとする三つの中篇小説は、好評裡に翌年『牧師たちの物語』としてジョージ・エリオットの名で出版されたが、さらに翌年、同じ著者の『アダム・ビード』が出版されると、完成された技量と成熟した思考力をもつ新人小説家に対する読書界の興味は高まり、この人物が何者かをめぐってかなりの騒動が起こった。ジョージ・エリオットとはウォリックシャーのナニートン（エリオットの故郷）

のリギンズ氏であると『タイムズ』に投書する牧師があり、さらにリギンズの筆跡の草稿を見たと証言する牧師が現れ、のちには、作品の題材を提供したのがリギンスだと主張するものが現れた。リギンズはパン屋の息子に生まれケンブリッジで学んだ変人の農場主だったというが、彼が思わせぶりに噂を否定しないままに噂は増殖を続け、当時ギャスケルやハリエット・マーティノーを含めかなりの著名人までが惑わされた[11]。

紛糾の原因はそもそもエリオット自身が著者であることを厳秘したことなのだが、ついに彼女は腹を立てて『タイムズ』編集長に投書し、リギンズは偽者であると舌鋒鋭く抗議した。この投書は掲載されれば注目を集めたかもしれないが、売れ行きのよい小説の著者の身元が明かされることを、著者に劣らず危惧した出版者ブラックウッドの説得によって撤回された（Karl 308-09）。

彼らが著者の身元を明かしたがらなかった理由はむろんジョージ・エリオット即ちメアリアン・エヴァンズが一八五四年七月以来続けてきたジョージ・ヘンリー・ルイスとの内縁関係だった。それはリスペクタビリティを信奉するヴィクトリア朝中流階級では許されない社会規範の逸脱だった。二人が出会う以前にルイスの結婚生活は破綻していたが、妻と彼の友人ソーントン・ハントとの不義の子を彼が認知したために、当時の法律では離婚が不可能だった。法的な意味でのみ妻帯者であるルイスとの事実婚に踏み切ったとき、メアリアンは自分の選択の道徳性を確信していた。「わたしたちの結婚は合法的ではない」が、「二人ともそれを神聖な絆と考えて」おり、「わたしは過去三年間彼の妻であり、彼の名を名乗ってきました」――後に事実を知らされて詰る兄に彼女は代理人を通じてこう明言している[12]。

この時代に事実婚という大胆な選択をしながら、その結婚を「神聖な絆」と考え、「彼の妻となり、彼の名を名乗る」というむしろ古風な習慣を残す彼女の結婚生活のあり方にも見られることだが、彼女は透徹した理性と情熱的感性、革新的な自由思想と保守的な心情とが複雑に絡みあった人物であったらしい。ウォリックシャーの田舎に生まれ育ちながら当時の女性には異例の高い教養を身につけ、ドイツ哲学者の難解な聖書批判書を翻訳し、ルイスを知った頃には進歩的な総合雑誌『ウェストミンスター・レビュー』誌の事実上の編集長であり、評論家であった。ハーバート・スペンサーのような当時最高の知識人と親交を結び、抽象的な主題を互角に論じ合える女性の知識人として既に出版界では知られていた。彼女にとってルイスは知的興味と自由思想を共有する同志であり、また彼女が生涯持ち続けた「愛し愛されたい」という情熱の対象でもあった。

結婚生活の開始に際し、二人がワイマールに旅立ったのは、ルイスの取材と新婚旅行とスキャンダルの回避を兼ねたのであろうが、実際にロンドンではスキャンダルになった。彫刻家で詩人のトマス・ウルナーが友人にこの噂を知らせる文面は、

「ルイスとソーントン・ハントという『二人の文学ゴロ』が一人の妻を共有したあげく、ごろつきのルイスは――と駆落ちして今はいっしょにドイツにいる」というものだった（*Letters* 2: 175-76）。妻子ある男性との生活を選んだメアリアンを指す――で伏せられた名詞は男性でも口にしにくいのである。彼女が小説家として不動の地位を築いた後も、ルイスと暮らす家に彼女を訪問する女性はほとんどなかった。フェミニストのベッシー・パークスやバーバラ・ボディションは少数の例外だった。

　結婚の二年後、ルイスの再三の勧めで小説を書き始めた一八五六年九月は「わたしの生涯の新時代の始まりだった」とエリオットは回想している[13]。彼女の小説は真剣さと高度な道徳性が特徴であり、それがヴィクトリア朝の中産階級の嗜好に合った。『牧師たちの物語』の評価も高かったが、『アダム・ビード』は絶賛された。『タイムズ』（一八五九年四月一〇日）はこの作品をもって著者は大家の仲間入りをしたと断定し、『ベントリーズ・クォータリー・レビュー』（一八五九年七月）は、教訓色が難点だが、それが簡潔で生命力に満ちているので万人が共感すると賞賛した。本は売れに売れ、その年のうちに第四版が出た時には三、一五〇部が増刷された（図④）。これは通常の小説の販売数が五〇〇から七五〇部の時代としては異常な売れ行きだった（Karl 309）。それだけにブラックウッドは、著者がルイスと同棲中の女性だと知られた場合の読者の反応を恐れたのであり、著者の身元が明かせない事情を背景に、エリオット＝リギンズ説が出現したのである。

　ギャスケルはこの説に固執した。エリオットとは「ミスタ・ルイスのミス・エヴァンズ」（*Letters* 559）であるとの情報を得ても信じようとしなかった。彼女は『ジェイン・エア』にはある反発を感じたが、エリオットの小説は、「エイモス・バートン師の悲運」が雑誌に連載された時から全面的に心酔していた。『アダム・ビード』や「ジャネットの悔恨」を読んだら、書くなどということに自信をなくしてしまう（*Letters* 903）と感じたほど、未知の新人小説家の偉大な才能に敬服しただけで

図④ ジョージ・ヘンリー・ルイスとパグ（J・C・ウォトキンス撮影、1859年）
パグは『アダム・ビード』の売れ行きを喜んだ出版者から著者への贈り物。ブラックウッドはパグに30ギニーを投じた。

なく、男であれ女であれ作者は気高い人にちがいないと、その人物の道徳性を確信してもいたので（*Further Letters* 200）、上京して『アダム・ビード』を書いたのはあなたではないかと疑われた時にはその誤解を「生涯最高の誉れ」（*Letters* 559）と感じたのだった。気高い人と信じていたエリオットが実は評判の悪いルイスと同棲する評判の悪い「男勝りの女（strong-minded woman）」であると認める気にはなれなかった。ギャスケルは当時としては決して保守的な女性ではなく、社会や家庭が女性に課す重圧を強く意識し、それについての抗議をこめて小説を書いたが、彼女の場合、社会も家庭も所与の条件であり、エリオットのようにそこから逸脱することは想定外だったのだろう。「だれが書いたにせよ、あれ［『アダム・ビード』］は気高い偉大な本です——でもミス・エヴァンズの生活はどんなに良く解釈してもこの美しい本に一致しないので、わたしは万が一に望みをかけずにはいられないのです。……どうかミス・エヴァンズが書いたのではないと言ってください」（*Letters* 566）と情報提供者であったと思われる友人で出版社長のジョージ・スミスに必死で食い下がっている。

三ヶ月後に否定できない証言を得たとき、彼女はもう一度二冊の小説を読み直した。作者の人格への信頼を回復させたものは、表現力と人格は不可分だという彼女の小説家としての識見だった。「今はわたしたちには見えないが、彼女自身の人格のどこかに偉大で善良になりうるものがあるのだろう。そうでなければ、ドラマを創る力量だけでは、あのように気高いことを考えたり言ったりはできない」（*Letters* 903）と考えたのである。彼女はエリオットに手紙を書いた。

> あなたが『牧師たちの物語』と『アダム・ビード』の著者であると確かな筋から聞きまして、両方を読み直しました。そしてどんなに真剣に、心から、謙虚にわたしがそれらに敬服しているかをもう一度申し上げずにはいられません。これまでの全生涯に、これほど完璧で美しいものを小説のなかに読んだことはありません。（*Letters* 592）

ギャスケルが作者の私生活を知っても作品への評価を変えず、作品の質から作者の人格を洞察したことは些細なことのようだが、エリオットの正体が知れたとき、雑誌の批評欄が彼女の小説の評価を下げた事実とは対照的である。[14] なかでもメソジスト系の雑誌『ロンドン・クォータリー・レビュー』（一八六一年七月）は、アーサー・ドニソーンによる誘惑の物語として作品を要約し、「半分不道徳で半分非国教的」な小説と攻撃した。

ギャスケルからの書簡にエリオットはその日のうちに返書をしたため、感性と判断力を具えた人からの承認という形で示される同胞愛こそ、現在の自分が必要とする援助であり、それが最も必要な時にギャスケルから与えられたと感謝した（*Letters*

3:10)。エリオットはジャーナリスト時代からギャスケルの小説を高く評価しており、小説を書き始める直前に『ウェストミンスター・レビュー』に書いた「女流作家の愚劣な小説」(一八五六年)では、知性も教養もない女流作家たちと、才能のない女流作家ほど男性の批評が甘いこととを揶揄的に批判し、批評家から男並みに手厳しく批評される女性作家としてハリエット・マーティノーとカラー・ベルとギャスケルとを上げている。[15] このように二人は芸術家として互いの作品を真摯に読み、相手の人格を理解したが、ギャスケルが正式なルイス夫人ではないエリオットと交友関係を結ぶことは不可能だったのか、二人は会うことは一度もなく、書簡集を見るかぎり、その後書簡を交わすこともなかったようである。

註

(1) Angus Wilson, *The World of Charles Dickens* (London: Secker & Warburg, 1970) 200.

(2) Madeline House, Graham Storey, and Kathleen Tillotson, eds., *The Letters of Charles Dickens*, 12 vols. (Oxford: Clarendon, 1965-2002) 6: 21.

(3) John Forster, *The Life of Charles Dickens*, 2 vols. (1872-74; Guildford, Surrey: Dent, 1980) 2: 383.

(4) ジョン・フォースターはギャスケルの 'mentor' だった。チャップマン・アンド・ホール社の有力な編集顧問だった彼が『メアリ・バートン』をエドワード・チャップマンに推薦したことによって出版の実現につながったことを彼女は知らなかったらしい。しかし、『エグザミナー』の編集者だったフォースターが『メアリ・バートン』に好意的な書評を書いたこともあり、ギャスケルは彼の批評には感謝して耳を傾けた。「あなたが我慢できるなら『メアリ・バートン』の欠点を列挙しよう」という彼の申し出を彼女は感謝して受け入れた (Uglow 183)。『北と南』の構想も執筆前にフォースターと話し合っている。しかし、ディケンズは、小説に精彩を与える微妙な技巧についてはフォースターをさほど信用しなかったらしい。ギャスケルのゴシック短篇「婆やの話」の結末がディケンズは不満で、「とても新鮮で恐ろしい」効果を出すために書き直しを望んだが、「フォースターならこのままでも欠点があると思うかどうかあやしいものです」(*Letters* 6: 799) とも書いている。

(5) 結局『ハウスホールド・ワーズ』にはディケンズの修正版が載り、ギャスケルは自分の原作どおりの形に戻すには、『クランフォード』の単行本出版まで待たなければならなかった。

(6)『生涯』とその作者を手厳しく批判する研究書の例としては Barbara Whitehead, *Charlotte Brontë and her 'dearest Nell'* (Otley: Smith Settle, 1993) と Juliet Barker, *The Brontës* (London: Weidenfeld and Nicolson, 1994) があげられる。

(7) 小説家のマーガレット・オリファントは、『ブラックウッド・エディンバラ・マガジン』(一八八三年六月)に「『ジェイン・エア』はもう読まれていない。流行遅れの貸本文庫以外ではお目にかからないし、せいぜい温泉か海岸保養地にたずさえて行って『ヴィクトリア時代の幸せな日々』をなつかしむのに向いている程度」と書いているが、これは十九世紀後半におけるシャーロット・ブロンテ作品への評価の低下を窺わせる。

（8）フローラ・トリスタン『ロンドン散策——イギリスの貴族階級とプロレタリア』（法政大学出版局、一九八七）二〇、（原書 Flora Tristan, *Promenades dans Londres: ou, L'aristocratie et les prolétaires anglais* [London: W.Joffs, 1840]）

（9）Barker 810.

（10）W. H. Cook, "A Winter's Day at Haworth," *The Brontë Sisters Critical Assessments*, ed. Eleanor McNees, 4 vols. (Mountfield: Helm Information, 1996) 1: 94.

（11）リギンズ事件については主として Frederick Karl, *George Eliot: A Biography* (London: Harper Collins, 1995) 298-322 を参照した。

（12）Gordon S. Haight, ed., *The George Eliot Letters*, 7 vols. (New Haven: Yale UP, 1954) 2: 349.

（13）George Eliot, "How I Came to Write Fiction," *The Journals of George Eliot*, ed. Margaret Harris and Judith Johnston (Cambridge: Cambridge UP, 1998) 289.

（14）David Carroll, ed., *George Eliot: The Critical Heritage* (London: Routledge and Kegan Paul, 1971) 2-3.

（15）Thomas Pinney, ed., *Essays of George Eliot* (London: Routledge and Kegan Paul, 1963) 322.

あとがき

ギャスケル生誕二百年を直前に控えた二〇〇九年の暮れ、新作映画『ヴィクトリア女王――世紀の愛』が封切られた。これは、原題（*The Young Victoria*）を見れば分かるように、若きヴィクトリア女王の半生を描いた伝記映画で、きらびやかなジュエリーと精緻な時代考証による衣装がヴィクトリア朝の宮殿での豪華絢爛たる生活を再現している。日本の世界史の教科書では晩年の喪服姿の暗いイメージの写真で有名なヴィクトリア女王であるが、この映画や本書のジャケットで使用した絵が示しているように、十八歳で新女王に即位した当時の彼女には、若草や新緑が萌える早春のように光輝燦爛の明るいイメージもある。そして、このロードショーに合わせるかのように、年が明けた正月二日から二月二一日まで、渋谷・Bunkamuraのザ・ミュージアムでは「愛のヴィクトリアン・ジュエリー展――華麗なる英国のライフスタイル」が開催された。当時の英国王室にまつわる宝飾品や著名なコレクションを見るために数多くの人が来場し、展覧会は東京のあとも山梨、福井、広島それぞれの県立美術館を巡回している。

日本人は幕末の頃から現在に至るまでヴィクトリア朝の英国に魅了されてきた。黒船来航で二百年以上も続いた鎖国を解かれた江戸幕府は、一八五八年の安政五ヶ国条約の締結後、六〇年に遣米使節団を送ったものの、南北戦争の内憂を抱えたアメリカが撤退したために、主たる外交上の相手国はイギリスとなった。六二年の遣欧使節団に参加した福澤諭吉たちが第二回ロンドン万国博覧会を訪れて驚愕した時の英国は、産業革命後の鉄道・汽船による交通革命を経て、〈世界の工場〉として経済と金融をグローバルに牛耳っていたヴィクトリア朝大好況期の真っ直中にあった。日本はイギリスから毛織物や綿織物も輸入していたが、それ以上に富国強兵に必要な科学技術、とりわけ軍事力拡大のための武器と艦船、そして文明開化の象徴とも言うべき鉄道と蒸気機関車の輸入に強い関心を示した。しかし、ヴィクトリア朝に対する日本の関心は、そういった科学技術の面だけでなく、七三年の岩倉使節団がイギリス視察で政治・経済・教育を学んだように、文化的な面にも端的に現れている。明治時代の日本は欧米の文化を積極的に導入することで急速に近代化していったが、その欧米文化の中ではイギリスの影響が極めて大きかったのである。

英国史上最長かつ最強の時代であったヴィクトリア朝は衣食住の生活面でも日本に大きな影響を及ぼした。洋服の代名詞である背広や銀座煉瓦街で有名なレンガ建築はその代表的な例である。また、イギリス料理は昔から醜名を流しているが、ティーケーキと呼ばれるアフタヌーン・ティー用の伝統的な茶菓子は日本でも有名だ。一八四一年から四七年までヴィクトリア女王付きの女官であった第七代ベッドフォード公爵夫人アナ・ラッセルが広めたアフタヌーン・ティーは、茶道具や茶室のインテリアとともに作法の心得やホストの心遣いを共通項として、茶道の伝統がある日本人には非常に理解しやすいものである。むろん、因襲の墨守、世間体の重視、道徳的威厳の繕いといった、ヴィクトリア朝の浅薄さに対して二十世紀初頭に反動として現れた侮辱や反感を持ち続けている人も少なくないが、経済的繁栄と文化的興隆を誇った時代の輝かしさに心を引かれる人は依然として多い。日本では、一九八〇年代後半から九〇年代初頭のバブル景気の時もそうだったが、バブル崩壊後に平成の大不況が続いている現在の方が、ヴィクトリア朝に対する憧憬の念はむしろ強いように思えてならない。

＊　＊　＊　＊　＊

ヴィクトリア朝の文化的な豊かさへの憧れは学問分野でも形を変えて現れている。例えば、研究開発支援総合ディレクトリ（ReaD）の研究者の検索でも、二〇一〇年版『英語年鑑』（研究社）の個人研究業績の索引でも、十九世紀と二十世紀は英文学研究の双璧であり、数量の面でも互いに拮抗している。世の常として新しいものが好まれることを考えるならば、こうしたヴィクトリア朝に対する学術的な人気の高さは注目に値する。

日本では、二〇〇一年にヴィクトリア女王の没後百年を記念して「日本ヴィクトリア朝文化研究学会」が発足し、大手前大学で結成記念大会が開催された。これは、一九五七年にインディアナ大学出版局で『ヴィクトリア朝研究』が創刊され、続いて六六年にレスター大学で「ヴィクトリア朝研究センター」が設立されたことを受け、七〇年代から日本のヴィクトリア朝研究における文化史的コンテクストを踏まえた総合的・学際的研究の必要性を痛感されていた松村昌家氏が、「遅蒔きでも豊かな実りを」求めて創設に尽力された学会である。我が国の文学研究は長い間、専門化・細分化された閉鎖的な体系の中で行われ、学会活動も特定の作家を中心としたものに偏っていた。そのように狭く深く掘り下げる研究が学問の発展に不可欠であることは否定できないが、文学が人間や人間の生きている世界を作者の経験や思考によって言語表現したものであるならば、必然的に文学研究は人間の生を規定する社会的・文化的な条件全般を対象領域とすることになる。従って、人文科学や社会科学の各分野の研究を視野に入れた学際的、学融合的な研究が必要であることは言を俟たない。また、昨今の文学研究には現代の実社会が抱える問題を解決する責任もあり、研究成果を踏まえての社会への提言や文学以外の学問分野へのフィードバックも積極的に行わなければならない。その意味でも、特定の作家を研究する学会とは別に、それぞれの作家研究を包括的に連携させ、さらには文化史を中心とした歴史学やその他の学問分野の研究者にも参加を呼びかけて設立された、日本ヴィクトリア朝文化研究学会の存在意義は大きい。この学会は、発起人代表で初代会長の松村氏のもと順調に発展を遂げ、二〇〇七年からは荻野昌利氏が会長の衣鉢を継がれ、創立十周年を迎えた二〇一〇年の三月末現在、会員数は三三〇名に達している。本書の企画に参加してもらった日本人研究者はほとんど、この日本ヴィクトリア朝文化研究学会の会員である。

＊＊＊＊＊

編者は二〇〇一年に日本ギャスケル協会の会員八名に呼びかけて『ギャスケルの文学——ヴィクトリア朝社会を多面的に照射する』（英宝社）を出版したが、今回の企画はギャスケル生誕二百年の記念事業ということもあり、海外の研究者四名を含めて、総勢三四名という大規模なものとなった。今度も、専用のメーリング・リストを開設して様々な依頼で参加者に煩累を及ぼし、専用のウェブ・サイトに完成した各章の原稿をアップして同じグループの担当者同士に形式面・内容面の相互チェックをしてもらった。表記の統一に関しては、編者が索引のチェックを兼ねて——できるだけ了解をとるように努力はしたものの——最後は独断で行なったので、問題が残っているとすれば、すべて編者の責任である。本書を編集するにあたり、メールを通して参加者の多くから貴重な情報やコメントを受けることができたことは、また、編者が行き詰まった時に叱咤激励し、時間を割いて精神的な力になってくれた人たちがいたことは、本当にありがたかった。このような協力がなかったならば、本書の企画は間違いなく頓挫していたことであろう。

本書は国内外のヴィクトリア朝研究者のコラボレーションとなっている。まずは、巻頭言の執筆を快諾してくださったJ・ヒリス・ミラー氏に深甚の謝意を表したい。一九二八年生まれの氏は、ジャック・デリダの思想を応用して独自に形成したディコンストラクション批評でつとに有名なアメリカの批評家・理論家であるが、昨年も四十年に及ぶ友情の集大成として『デリダのために』（フォーダム大学出版局）を上梓され、八十歳を過ぎた今なお健筆をふるっておられる。巻頭言の中でミラー氏は、「ある文学作品の歴史的・社会的コンテクストを知ることが、その作品だけが持つ真理の理解に絶対必要だ」という考えから、カルチュラル・スタディーズに重心を置いて編まれた本書の存在意義を認めてくださったが、これは編者にとって何よりも嬉しいことであった。とはいえ、大学内の部局評価や教員の個人評価が営利企業のように効率性と収益性だけでなされるようになった昨今、「ヴィクトリア朝前半の社会と文化」についての真理を発見しようとする本書に、人文科学に関心のない人間が効用を見出すことは残念ながら期待できそうにない。半世紀ほど前は、アメリカの大学生の四人に一人が人文科学を専門に選んでいたそうだが、不況の現在では、両親が子供の大学教育において投資の見返りの少ない学問分野を敬遠するあまり、その割合が十六人に一人となっている。人文科学に対する興味が薄れ、予算が削減されているのはアメリカだけではない。不況に加えて少子化に苦しむ日本の状況はさらに悲惨である。しかし、ミラー氏が言われるように、文学作品の中で「将来における様々な読みを決定するようなプログラム化や記号化」が行われていることに気づくならば、そのような「文学作品によって未来がどのように写し出されているかを突き止めようとする作業」は、時代を超越した営為として我々に新しい光を発見させるはずだし、あるべき未来の創造に役立つに違いない。

さらに、ギャスケルが活躍した時代の社会史と文化史を射程に収めようとする本書のために、イギリス近代史研究の第一人者である村岡健次氏が序章を引き受けてくださったことも、編者にとって望外の幸せであった。政治・宗教・教育・科学・軍事・医療といった分野を包括した、いわゆるバランス感覚に富む氏の社会史・文化史研究には、主婦・母親・作家の三役を務めながら、多くのジャンルの小説を書き続けたギャスケルの創作活動に一脈通じるものがある。

編者が特別寄稿を依頼した海外の研究者は、アラン・シェルストン氏、ジョウアン・シャトック氏、パトリシア・インガム氏の三人である。ギャスケル協会の現会長で、生誕二百年に合わせて今年の夏に『小伝――エリザベス・ギャスケル』(ヘスペラス社)を出版されたばかりのシェルストン氏は、編者のマンチェスター大学時代の恩師である。その当時も相当に迷惑をかけたが、今回はギャスケルの生き字引である先生にずっと頼りっぱなしであった。「ギャスケルの生涯と作品について少しでも疑問があれば、何でも気軽に尋ねてくれ」と言われたのを真に受けて、幾たび迷惑メールを書き送ったことだろうか。逆鱗に触れなかったのが不思議なくらいだ。すべての質問に先生は懇切丁寧に回答してくださったばかりか、ギャスケルと教育に関する論文まで書き下ろしてくださった。本書が先生から受けた重恩に報いるものになっていれば幸いである。

シャトック氏はレスター大学の伝統ある「ヴィクトリア朝研究センター」の所長を昨年まで務められていた。ここで氏の薫陶を受けた日本人研究者は少なくない。二〇〇八年に奈良女子大学創立百周年記念事業の一環として招聘された氏は、早稲田大学やその他の大学で講演され、日本ヴィクトリア朝文化研究学会の全国大会でも挨拶をされた。現在、ギャスケル研究で使用される一次資料の校訂版は全十巻のピカリング&チャトー版であるが、編集責任者であるシャトック氏に、得意分野の「出版」を担当してもらえたことに対しては感謝の言葉もない。また、オックスフォード大学セント・アンズ・カレッジを定年退官されたマンチェスター生まれのインガム氏は、ギャスケルに加えてディケンズ、ハーディ、ギッシングの作品の編集で名高い。本書の企画にあたって、編者はヴィクトリア朝前半の文化的側面のみならず、言語的側面(特にリアリズム作家・ギャスケルが使用した方言)も取り上げたかったので、ヴィクトリア朝のジェンダーと階級の言語に関する著作や論文が多い氏の参加によって、百人力を得た思いがする。

＊ ＊ ＊ ＊ ＊

今年はギャスケル生誕二百年を祝うために多種多様な事業が企画されている。英国では、ギャスケルの原稿や手紙を所蔵するマンチェスター大学のジョン・ライランズ大学図書館において、七月一五日から一一月二八日にかけて展示会が催され、日本ギャスケル協会監修の『ギャスケル全集別巻Ⅰ&Ⅱ』が出陳の栄に浴すことになっている。日本のギャスケル研究のパイオニア的な存在である山脇百合子氏を初代会長として、世界に六百人の会員を擁する英国のギャスケル協会より三年遅れて創設された日本ギャスケル協会は、第二代会長・鈴江璋子氏の指導力と企画力によって順調に発展してきたが、今年も九月二七日から一〇月三日まで実践女子大学の香雪記念資料館において「エリザベス・ギャスケル生誕二百年記念展」を開催する。ここでは、大野龍浩氏制作のDVD「エリザベス・ギャスケルの生涯」が上映され、ギャスケル関連の著書・翻訳・稀覯本だけでなく、文化学園服飾博物館の協力を得てギャスケルの時代のドレスや帽子なども展示される。また、本書とは別に、会員を中心とした記念論文集『エリザベス・ギャスケルとイギリス文学の伝統』（大阪教育図書）が準備されている。そして、日本と同じようにギャスケル研究が盛んなイタリアでは、ギャスケル協会副会長のフランチェスコ・マローニ氏が、勤務先のペスカラ大学で九月三〇日と一〇月一日の両日、「エリザベス・ギャスケルの短篇小説――創意と革新」というテーマの国際大会を開かれる。さらには、ベルギーのゲント大学英文科教授のサンドロ・ユング氏が、本書にも寄稿されたシェルストン氏とシャトック氏の論考を含めた一四章からなる生誕二百年記念論文集として、『エリザベス・ギャスケル、ヴィクトリア朝文化、小説の技法』を母国のアカデミア社から出版される。

しかし、何といっても、ギャスケル生誕二百年のハイライトは誕生日の四日前（九月二五日）、ロンドンのウェストミンスター寺院で文字通り一堂に会した研究者や愛好者たちに、ポエッツ・コーナーを見下ろすステンド・グラスの窓に新しく刻まれたギャスケルの名前が披露される除幕式であろう。このような記念物がポエッツ・コーナーに設置されるに至った理由としては、過去三十年のギャスケル文学に対するフェミニスト批評の興隆と研究成果の激増といった学術的な人気もさることながら、BBCのテレビドラマとして『妻たちと娘たち』と『北と南』に続いて代表作『クランフォード』が――ミス・マティー役に名優ジュディ・デンチを配して――二〇〇七年に放映されて大衆的な人気を博したことが考えられる。ギャスケルは、イギリス風俗小説の元祖・オースティンの娘としてシャーロット・ブロンテやジョージ・エリオットと姉妹関係にありながら、これまで知名度では妹たちの後塵を拝してきたが、今後はポエッツ・コーナーの先輩である二人のように一流作家としての地歩を固めることになるかも知れない。

ギャスケルの場合、二〇一〇年の生誕二百年が終わっても、すぐ五年後に今度は没後百五十年を迎える。それまでは、ギャスケル人気が高まり続けることはあっても、下火になることは絶対にあるまい。それ以降、ギャスケルの名声が維持されていくかどうかは国内外のギャスケル研究、ひいてはヴィクトリア朝研究に携わる者たちの常住不断の努力にかかっている。その意味においても、研究仲間の絆を通して、全員の想像力と創造性を結集して完成させた本書が、ギャスケル研究とヴィクトリア朝研究の益々の発展に寄与することを心から願わずにはおれない。

＊＊＊＊＊

最後になって申し訳ないが、ギャスケル生誕二百年の記念事業として、文学研究の立場からヴィクトリア朝前半の時代精神と社会風潮を複合的に考察しようとする本書に深い理解を示され、出版にあたっては本書の全体に目を通して適切かつ貴重なコメントをくださった溪水社の木村逸司社長、そして図版の処理や校正のチェックをはじめとする編集全般にわたって尽力してくださった木村斉子氏に対し、この場を借りて御礼を申し上げたい。

なお、本書は独立行政法人・日本学術振興会から平成二二年度科学研究費補助金（研究成果公開促進費、課題番号・二二五〇五九）の交付を受けた。末筆ながら、ここに記して深謝の意を表する。

二〇一〇年四月一五日

編　者

Society and Culture in the Times of Elizabeth Gaskell:
A Bicentennial Commemorative Volume

Edited by Mitsuharu MATSUOKA

Table of Contents

Part Three: Life

Part Four: Gender

Part Five: Genre

Part Six: The Author

索　引

（作品と人物）

ギャスケルの主要作品の略号

MB	*Mary Barton*
MC	*The Moorland Cottage*
RU	*Ruth*
CD	*Cranford*
NS	*North and South*
LCB	*The Life of Charlotte Brontë*
MLL	*My Lady Ludlow*
ADNW	*A Dark Night's Work*
SL	*Sylvia's Lovers*
CP	*Cousin Phillis*
WD	*Wives and Daughters*

（あ）

アーサー王（King Arthur, fl. 6th century）377, 408, 610
アーチ、ジョゼフ（Joseph Arch, politician, 1826-1919）34-35
アーノルド、トマス（Thomas Arnold, 1795-1842）27, 39, 40, 45, 48, 387, 612
アーノルド、マシュー（Matthew Arnold, 1822-88）xvi, 11, 33, 102, 601-02, 607
『愛顧』（Edgeworth, *Patronage*, 1814）344
『アエネイス』（Vergilius, *Aeneis*, 29-19 BC）50
アクトン、イライザ（Eliza Acton, poet & cook, 1799-1859）247
アクトン、ウィリアム（William Acton, doctor, 1813-75）349-51
「悪魔の尼僧ジェラルダ」（"Geralda the Demon Nun," *The Calendar of Horrors*, ed. Thomas Prest）312
『アシニーアム』（*The Athenaeum*, literary magazine, 1828-1921）546, 548-49, 553, 608
『アダム・ビード』（G. Eliot, *Adam Bede*, 1859）109, 155, 543-44, 586, 588-89, 604, 639
『アトランティック・マンスリー』（*The Atlantic Monthly*, 1857-）550
『アヘン常用者の告白』（De Quincey, *Confessions of an English Opium-Eater*, 1822）303, 613
『余った女たち』（Gissing, *The Odd Women*, 1893）437
アマントゥ（Amante, "The Grey Woman"）325-26
『嵐が丘』（E. Brontë, *Wuthering Heights*, 1847）102, 245, 294, 343, 415, 609, 644
アラベラ・ドン（Arabella Donn, *Jude the Obscure*）429-30, 432-33
アリエス、フィリップ（Philippe Ariès, French medievalist & historian, 1914-84）178
「あるイタリアの組織」（Gaskell, "An Italian Institution," 1863）204, 603, 621
アルバート公（Francis Albert Augustus Charles Emmanuel, 1819-61）xix, 246, 257, 268, 296, 603, 605-06, 611
『アンクル・トムの小屋』（Mrs Stow, *Uncle Tom's Cabin*, 1852）xxxiv, 607
アンダーソン、ベネディクト（Benedict Anderson, political scientist, 1936-）96
アンデルセン（Hans Andersen, 1805-75）180
『アンドロメダに扮するケイト・テリー』（Dodgson, *Kate Terry as Andromeda*, 1865）327

（い）

『イースト・リン』（Wood, *East Lynne*, 1861）176
イーストレイク、チャールズ（Charles Eastlake, museum keeper, 1833-1906）126, 265
イーディス・ショー（Edith Shaw, *NS*）148
『イギリス・ノート抄』（Hawthorne, *The English Note-Books*, 1870）248
『イギリスの喜劇作家について』（Hazlitt, *Lectures on the English Comic Writers*, 1819）494
「イギリス蜜蜂の巣」（Cruikshank, "The British Beehive," 1867）197-98, 212
「一時代前の物語」（Gaskell, "Half a Life-Time Ago," 1855）xxxvi, 116, 323-25, 448, 606, 622
『従妹フィリス』（Gaskell, *Cousin Phillis*, 1863-64）xviii, xxvii, 36-37, 39, 93, 110, 115, 164, 187, 214, 226, 230, 286, 448, 457, 559-61, 563, 565-67, 602-03, 617, 621
『田舎の住宅』（Davis, *Rural Residences, Etc.*, 1837）253, 263
「異父兄弟」（Gaskell, "The Half-Brothers," 1859）102, 116, 194, 604, 622
『イライザ・クックス・ジャーナル』（*Eliza Cook's Journal*, 1849-54）547
『イラストレイティッド・ロンドン・ニュース』（*The Illustrated London News*, 1847-1971）175, 521, 610, 639
『イングランド史』（Callcott, *Little Arthur's History of England*, 1835）422
『イングランド史』（Froude, *The History of England*,

1856-70）442, 444, 449
『イングランド史』（Goldsmith, *The History of England*, 1771）25, 422
『イングランド史』（Macaulay, *The History of England*, 1848-61）422, 609
『イングランド史』（Markham, *A History of England*, 1823）442
『イングランドにおける労働者階級の状態』（Engels, *The Condition of the Working Class in England in 1844*, 1845）9, 52, 59, 64, 145-46, 198, 254, 290, 351, 494, 610
「イングランドの一世代前の人々」（Gaskell, "The Last Generation in England," 1849）xxix, 66, 105, 447, 546, 609, 623
『イングランドの工業人口』（P. Gaskell, *The Manufacturing Population of England*, 1833）352
『イングランドの社会小説』（Cazamian, *The Social Novel in England 1830-1850*, 1903）4, 212, 494, 573, 620
『イングランドの田園生活』（Howitt, *The Rural Life of England*, 1838）108, 446-47, 547, 611
『イングランドの百年前のお祭り騒ぎ』（Frith, *An English Merry-Making, a Hundred Years Ago*, 1847）271
『イングランド文学史』（Oliphant, *A Literary History of England from 1760 to 1825,* 1882）539
『イングリッシュ・ウーマンズ・ジャーナル』（*The English Woman's Journal*, 1858-64）543-44
『イングリッシュ・ハウスキーパー』（Cobbett, *The English Housekeeper*, 1835）388
『インドの歴史』（J. Mill, *The History of British India,* 1818）86
『イン・メモリアム』（Tennyson, *In Memoriam*, 1849）133, 608

（う）
『ヴァルシャヴァのサディウス』（Porter, *Thaddeus of Warsaw*, 1803）342, 344
ヴィクトリア女王（Queen Victoria, 1819-1901 [r. 1837-1901]）xv, xviii-xix, xxiv, 4, 108, 121, 198, 259, 268, 296, 593-94, 605-06, 608, 611, 639
『ヴィクトリア・マガジン』（*The Victoria Magazine*, 1863-80）312, 314
ウィクリフ、ジョン（John Wycliffe, c. 1324-84）96
『ウィットビーの歴史』（Young, *A History of Whitby*, 1817）xxxii, 450, 613
ウィトリー、フランシス（Francis Wheatley, painter, 1747-1801）228-29
「ウィリアム・ウィルソン」（Poe, "William Wilson," 1839）413
ウィリアム三世（William III = William of Orange, 1650-1702［r. 1689-1702］）335, 611
ウィリアム・フレデリック王子（Prince William, later Duke of Gloucester and Edinburgh, 1776-1834）336
『ウィリアム・ラングショー』（Stone, *William Langshaw*, 1842）518-19, 531, 610
ウィルズ、W・H（William Henry Wills, 1810-80）82, 116, 163, 175, 548, 577-78
ウィルソン、アリス（Alice Wilson, *MB*）111-12, 167, 181, 255, 262, 521
ウィルソン、ウィル（Will Willson, *MB*）69, 91-92, 98, 165, 169, 284-85
ウィルソン（夫人）、ジェイン（[Mrs] Jane Wilson, *MB*）xxx, 70, 279, 283, 521
ウィルソン、ジェム（Jem Wilson, *MB*）31, 39, 59, 73, 93, 98, 131, 142, 144, 165-66, 169, 171, 233, 283-84, 353-54, 359, 433-34, 464, 467, 478, 480, 512, 521
ウィルソン、ジョージ（George Wilson, *MB*）50-51, 54, 58-59, 70, 72, 130-31, 142, 167, 256, 258, 279, 294, 296-97, 306
ウィルバフォース、サミュエル（Samuel Wilberforce, bishop, 1805-73）127
『ヴィレット』（C. Brontë, *Villette*, 1853）102, 376, 417, 607
ウィンクワス、エミリ／キャサリン（Emily Winkworth, later Mrs Shaen, 1822-87; Catherine Winkworth, 1827-78）xix, 81, 211, 249, 605-06, 608-10, 612
『ウィンザーの森』（Pope, *Windsor Forest*, 1713）115
『ウェイヴァリー』（Scott, *Waverley*, 1814）442, 445, 614
ウェイクフィールド、E・G（Edward Gibbon Wakefield, politician, 1796-1862）93
『ウェイクフィールドの牧師』（Goldsmith, *The Vicar of Wakefield*, 1766）560
ウェスト、ジェイン（Jane West, author, 1758-1852）342-43
『ウェストミンスター・レヴュー』（*The Westminster Review*, 1824-1914）59, 366, 376, 539, 555
「ヴェッキ大佐『カプレーラでのガルバルディ』序文」（Gaskell, "Preface to Colenel Vecchi, *Garibaldi at Caprera*, trans. Lucy and Mary Ellis," 1862）603, 621
ウェッジウッド、ジョサイア（Josiah Wedgwood, 1730-95）245, 397, 608, 614
ウェッジウッド、ヘンズリー（Hensleigh Wedgwood, philologist, 1803-91）241
ウェッブ、シドニー（Sidney Webb, 1859-1947）15, 124
ウェッブ、ビアトリス（Martha Beatrice Webb, *née* Potter, 1858-1943）124
『ヴェニスの石』（Ruskin, *The Stones of Venice*,1851-53）265, 608
『ヴェニスの商人』（Shakespeare, *The Merchant of Venice*, 1596）208

ウェルギリウス（Publius Vergilius Maro = Vergil, 70-19 BC）37, 50, 111, 115, 448, 565
ウェルズ、H・G（Herbert George Wells, 1866-1946）124, 601
ウェントワス、フレデリック（Frederick Wentworth, *Persuasion*）436
ウォーカー、フレッド（Frederick Walker, illustrator, 1840-75）526
ウォーターズ、エスタ（Esther Waters, *Esther Waters*）434, 638
ウォッツ、アイザック（Isaac Watts, hymnwriter, 1674-1748）178, 182
ウォッツ、ジョージ・F（George F. Watts, 1817-1904）207, 608
ウォルター（Walter Hutton, "Mr Harrison's Confessions"）563
ヴォルテール（François-Marie Arouet Voltaire, 1694-1778）406
ウォルポール、ホレス（Horace Walpole, 1717-97）405-06, 410
ウッド、エレン（Ellen Wood, 1814-87）176, 462
ウルストンクラフト、メアリ（Mary Wollstonecraft, 1759-97）xxvii, 324, 330, 335, 340, 397, 614
ウルフ、ヴァージニア（Virginia Woolf, 1882-1941）317, 472, 538-39, 541, 558

（え）

エア、ミス（Miss Eyre, *WD*）572
『英国の労働者の衛生状態に関する報告書』（Chadwick, *Report on the Sanitary Condition of the Labouring Population of Great Britain*, 1842）9, 257, 274, 290, 292, 302, 610
『英文法』（Murray, *English Grammar*, 1795）44
「エイモス・バートン師の悲運」（G. Eliot, "The Sad Fortunes of the Rev. Amos Barton," *Scenes from Clerical Life*, 1857）544, 586, 588
エインズワス、W・H（William Harrison Ainsworth, 1805-82）xxxi
エヴァンズ、メアリアン ⇒ エリオット、ジョージ
『エヴリマン』（*The Somonyng of Everyman*, late 15th-century English morality play）492
『エグザミナー』（*The Examiner*, 1808-86）590
エジェ、コンスタンタン（Constantin Heger,1809-96）582, 585, 606
エスタ（Esther, Mrs Barton's sister, *MB*）xxviii, xxx, 59, 73, 104, 169, 230-33, 303, 353-54, 359, 435, 464, 467, 521
『エスタ・ウォーターズ』（Moore, *Esther Waters*, 1894）434
エッジワス、マライア（Maria Edgeworth, 1767-1849）330, 333, 335, 343-44, 503, 609, 612, 614
『エッセイと覚え書き』（G. Eliot, *Essays and Leaves from a Notebook,* 1884）553
『エディンバラ・レヴュー』（*The Edinburgh Review,* 1802-1929）55, 395, 444, 537, 540
『エドウィン・ドルードの謎』（Dickens, *The Mystery of Edwin Drood*, 1870）303-04, 601, 642
「エフェソ人への手紙」（"The Epistle of Paul the Apostle to the Ephesians," NT）438
「エマソンの連続講演」（Gaskell, "Emerson's Lecture: A Contribution," 1847）546, 555, 609, 624
『エミール』（Rousseau, *Emile*, 1762）179, 338, 340
『エリア随筆集』（Lamb, *Essays of Elia*, 1823）560
エリオット、アン（Anne Elliot, *Persuasion*）436
エリオット、エベニーザ（Ebenezer Elliott, poet, 1781-1849）97, 111, 115
エリオット、ジョージ（George Eliot = Mary Ann Evans, 1819-80）xxiii, xxix, xxxii, xxxvi, 26-27, 42, 44, 108-09, 115-16, 140, 151, 155, 326, 503, 514, 536-39, 541-45, 549, 553-55, 558, 560, 575, 586-90, 597, 600-01, 603-05, 613, 642
エルトン卿、C・A（Charles Abraham Elton, 6th Baronet, 1778-1853）241
『園芸百科事典』（Loudon, *The Encyclopaedia of Gardening,* 1822）258
エンゲルス（Friedrich Engels, 1820-95）9, 52, 59, 64, 88, 145, 198, 254, 273, 290, 293, 297, 302, 304-06, 351, 494, 609-10, 613

（お）

『オイディプス王』（Sophocles, *Oedipus Rex*, performed c. 429 BC）409
『黄金の河の王さま』（Ruskin, *The King of the Golden River*, 1851）180
『黄金の伝説』（Longfellow, *The Golden Legend,* 1851）549
『王党員』（West, *The Loyalists*, 1812）342-43
『大いなる遺産』（Dickens, *Great Expectations*, 1860-61）x, 27, 155, 186, 604
オーウェル、ジョージ（George Orwell, 1903-50）213
オーウェン、ロバート（Robert Owen, 1771-1858）6, 10, 202, 605, 614
オーエンソン、シドニー（Sydney Owenson, 1776?-1859）333, 341-43, 640
オースティン、ジェイン（Jane Austen, 1775-1817）xxxiv, 68, 78, 102, 105, 161, 163, 385, 407, 422, 435-39, 442, 444, 456, 488, 501, 503, 505, 507, 509, 513-14, 558-60, 562, 564-65, 568-73, 597, 613-14, 640, 642-44
オースティン、ヘンリー（Henry Austen, 1771-1850）437
オーストラー、リチャード（Richard Oastler, labour reformer, 1789-1861）387
オーデン、W・H（Wystan Hugh Auden, 1907-73）175

『オール・ザ・イヤー・ラウンド』（*All the Year Round*, 1859-95） xxxii, 404, 535, 546, 550-51, 602-04
「オールダムの織工」（Bamford, "Th' Owdham Weaver," 1815） 111
『オールトン・ロック』（Kingsley, *Alton Locke*, 1850） 388, 608
『オーロラ・リー』（E. Browning, *Aurora Leigh*, 1857） 349, 605
オコーナー、ファーガス（Feargus O'Connor, 1794-1855） 204, 611
『オトラント城』（Walpole, *The Castle of Otranto*, 1764） 405-06, 409
『オドンネル』（Owenson, *O'Donnel*, 1814） 342
『オブライエン家とオフレアティ家』（Owenson, *The O'Breins and the O'Flahertys*, 1827） 341-43
『オムパロス』（Gosse, *Omphalos*, 1857） 135
「おもてなしの仕方」（Gaskell, "Company Manners," 1854） 548, 606, 622
「親指トム」（"Tom Thumb," English folklore） 180
『オリヴァー・トゥイスト』（Dickens, *Oliver Twist*, 1837-39） xxv, xxviii, 108, 179, 294, 611
オリファント、マーガレット（Margaret Oliphant,1828-97） 536-39, 541-42, 544-45, 549, 553-55, 590, 609
「終わりよければ」（Gaskell, "Right at Last," 1860） xxxi, 474, 550, 604, 621-22
『女キホーテ』（Lennox, *Female Quixote*, 1752） 339
『女探偵』（Forrester Jr, *The Female Detective*, 1864） 473

（か）
カー、アリス（Alice Carr, "Morton Hall"） 331-36, 338, 341, 345
カー、マーマデューク（Marmaduke Carr, "Morton Hall"） 341-42
カー、ロバート（Robert Kerr, architect, 1823-1904） 284
カークパトリック、シンシア（Cynthia Kirkpatrick, *WD*） 80, 82, 98, 266, 470, 498-99, 501, 503, 507-14, 572
カークパトリック夫人（Mrs [Hyacinth Clare] Kirkpatrick, later Mrs Gibson, *WD*） 77-79, 82, 260, 266-67, 498-503, 507, 509, 514, 571-72
カーソン、ジョン（John Carson, *MB*） 54, 56-57, 77, 130-31, 142, 200-02, 206, 209, 211, 258, 276, 297, 466
カーソン、ハリー［ヘンリー］（Harry [Henry] Carson, *MB*） xxxi, 59, 72-73, 91, 144, 152, 169, 209, 232-33, 297, 354, 433, 464, 467, 512
「ガーデン・ルームの幽霊」（Gaskell, "The Ghost in the Garden Room," 1859） 604, 621
ガードウッド、G・F（Gilbert Finlay Girdwood, medical doctor, 1800?-69） 351
カートン、シドニー（Sydney Carton, *A Tale of Two Cities*） 426-28, 438
カーペンター、メアリ（Mary Carpenter, educational & social reformer, 1807-77） xxiii, 16, 18, 363
カーライル、トマス（Thomas Carlyle, 1795-1881） xxviii, xxxi, 50, 107, 123, 130, 141, 198, 201, 241-42, 356, 370, 387, 445, 609-12
「怪談の断章二篇」（Gaskell, "Two Fragments of Ghost Stories," n.d.） 621
『解剖学および生理学原理』（Walker, *Anatomical and Physiological Principles*, 1845） 219
『過去と現在』（Carlyle, *Past and Present*, 1843） 130, 201, 387, 610
カサト、メアリ（Mary Cassatt, painter, 1844-1926） 415
カザミアン、ルイ（Louis François Cazamian, French literary critic, 1877-1965） 4, 201, 486, 559, 573
カスバートソン、キャサリン（Catherine Cuthbertson, novelist of the early nineteenth century） 340
『家政書』 ⇒ 『ビートン夫人の家政書』
カソーボン、エドワード（Edward Casaubon, *Middlemarch*） 42
『課題』（Cowper, *The Task*, 1785） 116
『家庭経済マニュアル』（Walsh, *A Manual of Domestic Economy*, 1877） 248
『家庭の医学』（Buchan, *Domestic Medicine*, 1769） 298, 306
『家庭の趣味についての手引書』（Eastlake, *Hints on Household Taste*, 1868） 265
『家庭の天使』（Patmore, *The Angel in the House*, 1854-63） 349, 606
「角の席に座った女」（Colmore, "The Woman in the Corner," 1913） 349
カムナー伯爵（Lord Cumnor, *WD*） 78-79, 212, 258, 501-02, 508
ガリンドウ、ミス（Miss Galindo, *MLL*） xxx, 116, 324-25
ガル、ウィリアム（William Withey Gull, governor of Guy's Hospital, 1816-90） 296
ガルト、ジョン（John Galt, Scottish novelist, 1779-1839） 94
ガレン（Aelius/Claudius Galenus, 129-99?） 298
『監禁されている女性』（Stothard, *A Seated Woman, with a Gaoler*, c. 1789） 329
『監獄の誕生』（Foucault, *Surveiller et punir, naissance de la prison*, 1975） 494
『観相学新体系』（Wells, *The New System of Physiognomy*, 1866） 218-19
『観相学断片』（Lavater, *Physiognomische Fragmente*, 1775-78） 218
『観相学と表情』（Mantegazza, *Physiognomy and Expression*, 1889） 218

『カンタベリー物語』（Chaucer, *The Canterbury Tales*, 1387-1400）97
『カントリー・ハウス建築』（Downing, *The Architecture of Country Houses*, 1850）263
「カンバーランドの羊毛刈り」（Gaskell, "Cumberland Sheep Shearers," 1853）548, 607, 623
『カンバーランドの老乞食』（Wordsworth, *The Old Cumberland Beggar*, 1800）111

（き）
キーツ（John Keats, 1795-1821）106, 302, 613
「飢餓とファッション」（Lemon, "Famine and Fashion," 1843）60-61
『技師たちの生涯』（Smiles, *Lives of the Engineers*, 1862）31
『北と南』（Gaskell, *North and South*, 1854-55）x, xii, xxv, xxxi-xxxii, xxxvi, 13, 31-32, 35, 72, 80, 89, 95, 112, 140-41, 145-50, 152, 166, 168-69, 172, 175-76, 185, 201, 204-05, 209-10, 213, 254, 260, 262, 264-65, 270, 289-91, 297-301, 303, 343-44, 352, 377, 384, 388, 391-92, 397-98, 468, 471-72, 478, 512, 518, 531, 547, 549-50, 558-59, 561, 579, 590, 597, 606, 616, 622, 639, 641
ギッシング、ジョージ（George Gissing, 1857-1903）437, 596, 605, 636-39, 641-42, 644
ギブソン、モリー（Molly Gibson, *WD*）xxvi, 42, 78, 80, 82, 258, 260, 262, 265-66, 322, 446, 470, 498-503, 507-14, 572
ギブソン氏／医師（Mr/Dr Gibson, *WD*）41, 68, 78-80, 82, 266-68, 498-99, 501-02, 509, 571-72
ギブソン夫人（Mrs [Hyacinth Clare] Gibson, *WD*）77, 79, 266-68, 322, 500, 571-72
キプリング、ラドヤード（Joseph Rudyard Kipling, 1865-1936）180, 213, 602
ギャスケル、ウィリアム（William Gaskell, husband, 1805-84）xxii, xxiv, 27, 34, 86, 97, 111, 139, 213, 255, 268, 520-21, 524-25, 532-33, 541, 612-14
ギャスケル、ジュリア（Julia Bradford Gaskell, daughter, 1846-1908）xxiii, xxxv, 26, 239, 603-04, 610
ギャスケル、ピーター（Peter Gaskell, surgeon, 1806?-40）352
ギャスケル、ミータ［マーガレット・エミリ］（Meta [Margaret Emily] Gaskell, daughter, 1837-1913）xxiii, xxvi, xxxv, 26, 86, 193, 236, 241, 259, 378, 492, 512, 602-06, 611
ギャスケル、メアリアン（Marianne Gaskell, daughter, 1834-1920）xxiii, xxvii, xxxii, 25-26, 193, 240-43, 250-51, 259, 367, 492, 515, 601-05, 607, 610, 612, 624
キャロル、ルイス（Lewis Carroll = Charles Lutwidge Dodgson, 1832-98）180, 327, 602, 612
『キューピッドとプシューケー』（Swynnerton, *Cupid and Psyche*, 1891）421
『共産党宣言』（Marx & Engels, *The Communist Manifesto*, 1848）88, 144, 609
『教養と無秩序』（M. Arnold, *Culture and Anarchy*, 1869）xvi, 11, 33, 601
『虚栄の市』（Thackeray, *Vanity Fair*, 1848）12, 609
『キリストの磔刑』（Pécheux, *Crucifixion*, c. 1800）xxix
「ギルフィル氏の恋物語」（G. Eliot, "Mr Gilfil's Love Story," *Scenes of Clerical Life*, 1857）544
キングストン、W・H・G（W. H. G. Kingston, novelist, 1814-1880）91
キングズリー、チャールズ（Charles Kingsley, 1819-75）xxiii, 64, 135, 180, 185-86, 388, 603, 608-09
キンレイド、チャーリー（Charley Kinraid, *SL*）91, 170, 435, 445, 452

（く）
クィラー＝クーチ、A（Arthur Thomas Quiller-Couch, 1863-1944）560
クインシー、トマス・ド（Thomas de Quincey, 1785-1859）303, 604, 613
グウィン、ネスト（Nest Gwynn, "The Well of Pen-Morfa"）xxix, 323
『クォータリー・レビュー』（*The Quarterly Review*, Tory periodical, 1809-1967）581
クザン、ヴィクトール（Victor Cousin, French philosopher, 1792-1867）543, 548
「唇のねじれた男」（Doyle, "The Man with the Twisted Lip," 1891）303
クック、イライザ（Eliza Cook, 1812-89）547
クック、トマス（Thomas Cook, 1808-92）283, 604, 611
『暗い夜の事件』（Gaskell, *A Dark Night's Work*, 1863）xxvii, 176, 551, 603, 621
グラス、ハナ（Hannah Glasse, cookery writer, 1708-70）247
グラッドストン、ウィリアム（William Ewart Gladstone, 1809-98）xxi, 387, 601
グラッドン、ミス（Miss Gladden, *The Female Detective*）473
クラッブ、ジョージ（George Crabbe, 1754-1832）111, 117, 450, 457
グラハム、ヘレン（Helen Graham, *The Tenant of Wildfell Hall*）422
『クランフォード』（Gaskell, *Cranford*, 1851-53）vii, ix, xxiv, xxvii, xxxi-xxxii, xxxiv, 13, 27, 44, 67, 74, 76-77, 91, 105, 140, 145, 147, 154-55, 164, 166, 168-69, 172, 176, 211, 226, 229, 286, 299, 317, 320-21, 323, 326, 344, 448, 478, 484-90, 500, 547, 557-563, 567, 569, 573, 578, 590, 597, 607, 616, 622
「クランフォードの社交界」（Gaskell, "Our Society at Cranford," 1851）578, 608, 623

グリーン、グレアム（Graham Greene, 1904-91）437
グリーン、ヘンリー（Henry Green, Unitarian minister, 1801-73）26
『クリスチャン・リメンブランサー』（*The Christian Remembrancer*, 1819-68）581
『クリスチャン・レディーズ・マガジン』（*The Christian Lady's Magazine*, 1834-49）372, 380
クリスティ、アガサ（Agatha Christie, 1890-1976）460, 473
「クリスマス、嵐のち晴れ」（Gaskell, "Christmas Storms and Sunshine," 1848）xxx, 546, 609, 624
『クリスマス・キャロル』（Dickens, *A Christmas Carol*, 1843）xxiv, 140, 199, 416, 578, 610
『クリティック』（*The Critic*, 1843-63）545, 548, 554
「グリフィス一族の運命」（Gaskell, "The Doom of the Griffiths," 1858）xxx, 408-10, 415, 605, 622
『グリム童話』（Grimm, *Children's and Household Tales*, 1812-22）180
クルックシャンク、ジョージ（George Cruikshank, 1792-1878）xxxi, 12, 197-98, 272, 477
クレア、ジョン（John Clare, poet, 1793-1864）111
『グレアム家の子供たち』（Hogarth, *The Graham Children*, 1742）193
グレイ牧師（Mr Gray, *MLL*）179
クレキー、クレマン・ド（Clément de Créquy, *MLL*）454
グレッグ、ウィリアム（William Rathbone Greg, essayist, 1809-81）55-59, 63, 210, 316, 349, 359
グレッグ、サミュエル（Samuel Greg, founder of Quarry Bank Mill, 1758-1834）55
グレンダウアー、オーウェン（Owen Glendower, Welsh ruler, 1359?-1416）408-09, 418
グレンマイア、レディー（Lady Glenmire, *CD*）xxiv, 318, 488
クロウ、エア（Eyre Crowe, painter, 1824-1910）227-30
「クロウリー城」（Gaskell, "How the First Floor Went to Crowley Castle," 1863）xxxi, 330, 602, 621
クロフォード、ヘンリー（Henry Crawford, *Mansfield Park*）436, 504, 506-07
クロフォード、メアリ（Mary Crawford, *Mansfield Park*）503-04, 506, 572
「クロプトン・ホール」（Gaskell, "Clopton Hall," 1840）546, 611, 624
クロポトキン、ピョートル（Pjotr Kropotkin, 1842-1921）202
クロムウェル、オリヴァー（Oliver Cromwell, 1614-58）191, 332-33, 338, 344
クロンプトン、チャールズ（Charles Crompton, barrister & politician, 1833-90）39
「群衆の人」（Poe, "The Man of the Crowd," 1840）465-68, 471

（け）
ケイ＝シャトルワス、ジェイムズ（James Phillips Kay-Shuttleworth, 1804-77）57, 107, 242, 254-55, 264, 268-69, 290, 292, 606
『ケイレブ・ウィリアムズ』（Godwin, *Caleb Williams*, 1794）343
ゲインズバラ、トマス（Thomas Gainsborough, 1727-88）192
ゲーテ（Johann Wolfgang von Goethe, 1749-1832）378, 543
ケスター（Kester, Sylvia's old friend, *SL*）77
『ゲッセマネのキリスト』（Bloch, *Jesus in Gethsemane*, exh. 1879）433
ゲラード、W・W（William Wood Gerhard, American physician, 1809-72）296
『現在の苦境に対してキリスト教は何を語りうるか』（Solly, *What Says Christianity to the Present Distress?* 1842）143
『現代家庭医学』（Graham, *Modern Domestic Medicine*, 1827）293, 296
「現代ギリシャ民謡」（Gaskell, "Modern Greek Songs," 1854）548, 552, 607, 622
『建築の七燈』（Ruskin, *The Seven Lamps of Architecture*, 1849）265, 609

（こ）
コウウェル、ジョージ（George Cowell, leader of the Preston Strike, 1853-54）175
「構成の原理」（Poe, "The Philosophy of Composition," 1846）474
『幸福な王子』（Wilde, *The Happy Prince*, 1888）180
『荒野の家』（Gaskell, *The Moorland Cottage*, 1850）27, 608, 623
『荒涼館』（Dickens, *Bleak House*, 1852-53）x, xii, xxxi, 300, 366, 388, 470, 607, 637, 639, 642
コーディリア・マニスティー（Cordelia Mannisty [later Carr], "Morton Hall"）331, 341
コーラム、トマス（Thomas Coram, philanthropist, 1668-1751）191-92, 195
コール、ヘンリー（Henry Cole, civil servant, 1808-82）265
ゴールドスミス、オリヴァー（Oliver Goldsmith, 1728-74）25, 442, 558, 560, 563, 569, 573
コールリッジ、J・D（John Duke Coleridge, lawyer, 1820-94）312
コールリッジ、S・T（Samuel Taylor Coleridge, 1772-1834）241, 245, 386, 388, 405, 611-14
『コーンヒル・マガジン』（*The Cornhill Magazine*, 1860-1975）115, 457, 535, 541, 551, 559, 604-11
『個人的回想』（C. Elizabeth, *Personal Recollections*, 1841）371
『個人の家庭のための現代料理』（E. Acton, *Modern Cookery for Private Families*, 1845）247

ゴス、フィリップ（Philip Henry Gosse, naturalist, 1810-88）135
『古代史』（Rollin, *The Ancient History*, 1730-38）25, 442
コックス氏（Mr Coxe, *WD*）572
コッブ、フランシス（Frances Power Cobbe, 1822-1904）316
コッホ、ロベルト（Heinrich Herman Robert Koch, 1843-1910）249, 306
『コテージ、農場、ヴィラ建築と家具百科事典』（Loudon, *An Encyclopaedia of Cottage, Farm, and Villa Architecture and Furniture*, 1833）257-58, 266
ゴドウィン、ウィリアム（William Godwin, 1756-1836）343
「子供たちの泣き声」（E. Browning, "The Cry of the Children," 1842）122
『子供のための聖歌』（Watts, *Divine Songs for Children*, 1715）178, 182
『子供の誕生』（Ariès, *L'enfant et la vie familiale sous l'Ancien Régime*, 1960）178
『コニングズビー』（Disraeli, *Coningsby,* 1844）387, 610
コベット、ウィリアム（William Cobbett, 1763-1835）494
『胡麻と百合』（Ruskin, *Sesame and Lilies*, 1864-65）xxxvi, 602
コリア、ジョン（John Collier = Tim Bobbin, 1708-86）517, 523, 532
コリア、メアリ（Mary Collier, poet, c. 1688-1762）112
コリンズ、ウィルキー（Wilkie Collins, 1824-89）404, 407, 462, 601-04, 607, 613
「コリント人への第一の手紙」（"The First Epistle of Paul the Apostle to the Corinthians," NT）422, 428, 433
コルモア、ガートルード（Gertrude Colmore, author & suffragette, 1855-1926）349
ゴンザレス、エヴァ（Eva Gonzalès, French painter, 1849-83）462
『コンテンポラリー・レヴュー』（*The Contemporary Review,* 1866-1988）540
コント、オーギュスト（Auguste Comte, 1798-1857）xxxii
コンラッド、ジョゼフ（Joseph Conrad, 1857-1924）x

（さ）

『サーテインズ・ユニオン・マガジン』（*Sartain's Union Magazine,* middle-class American women's journal, 1849-52）66, 447, 546-47, 609
サイード、エドワード（Edward W. Said, 1935-2003）87, 98-99, 636
「最後の羊」（Wordsworth, "The Last of the Flock," *Lyrical Ballads*, 1798）111
「サイモン・リー、老いた猟犬係」（Wordsworth, "Simon Lee the Old Huntsman," *Lyrical Ballads*, 1798）111
『サイラス・マーナー』（G. Eliot, *Silas Marner*, 1861）109, 603
サウジー、ロバート（Robert Southey, 1774-1843）245, 368-70, 386, 388, 444, 447-48, 456
『サタデー・レヴュー』（*The Saturday Review*, 1855-1938）312, 314, 585
サッカレー、ウィリアム（William Makepeace Thackeray, 1811-63）12, 180, 236, 246, 445, 486, 531, 535, 541, 558, 560, 564-65, 603-10, 614
サブレ、マダム・ド（Madame de Sablé, French writer, 1599-1678）543, 548
サマソン、エスタ（Esther Summerson, *Bleak House*）366
サリー（Sally, the Bensons' servant, *RU*）77
サリー（Sally Leadbitter, *MB*）233
『三ギニー』（Woolf, *Three Guineas,* 1938）538
『山上の説教』（Block, *Sermon on the Mount*, 1877）426
サンチョ・パンサ（Sancho Panza, *Don Quixote*）569
『サンデー・スクール・ペニー・マガジン』（*The Sunday School Penny Magazine,* ed. Travers Madge, 1848-71?）182, 546, 550, 608-09
『サント・セバスティアーノ』（Cuthbertson, *Santo Sebastiano*, 1806）340
サンドバッチ、マーガレット（Margaret Sandbach, *née* Roscoe, poet & novelist, 1812-52）549

（し）

シーザー、ジュリアス（Julius Caesar, 100-44 BC）37
『シールド』（*The Shield*, periodical, 1870-86）356
シェイクスピア（William Shakespeare, 1564-1616）xxiii, 96, 192, 406, 416, 579
ジェイミソンの奥方（The Honourable Mrs Jamieson, *CD*）299, 318, 489-91, 568-69
ジェイムズ、ヘンリー（Henry James, 1843-1916）x, 36, 408, 538-39, 601, 642
ジェイムソン、アナ（Anna Brownell Jameson, 1794-1860）538
『ジェイン・エア』（C. Brontë, *Jane Eyre*, 1847）147, 154, 246, 367-69, 379, 417, 424-25, 479, 579-81, 583-84, 588, 590, 610, 643
ジェニングズ、マーガレット（Margaret Jennings, *MB*）31, 116, 142
ジェネラル夫人（Mrs General, *Little Dorrit*）108
シェヘラザード（Scheherazade, storyteller of *One Thousand and One Nights*）xxviii, xxx, 403-19
シェリー、P・B（Percy Bysshe Shelley, 1792-1822）xi-xii, 493, 613

シェリー、メアリ（Mary Shelley, 1797-1851）140, 608, 613, 641
ジェリビー氏／夫人（Mr & Mrs Jellyby, *Bleak House*）366-67, 379
ジェロルド、ダグラス（Douglas William Jerrold, 1803-57）444
ジェンキンズ、デボラ（Deborah Jenkyns, *CD*）xxxii, 176, 286, 317, 486-87, 568-69
ジェンキンズ、ピーター（Peter Jenkyns, *CD*）27, 86, 91, 98
ジェンキンズ、マティー（マティルダ）⇒マティー、ミス
『四季』（Thomson, *The Seasons*, 1730）115
『ジキル博士とハイド氏』（Stevenson, *Dr Jekyll and Mr Hyde*, 1886）413
「死産した娘の墓参りをして」（Gaskell, "On Visiting the Grave of My Stillborn Little Girl," 1836）193, 611-12, 624
『詩集』（Currer, Ellis and Acton Bell, *Poems*, 1846）379, 610
『自助論』（Smiles, *Self-Help*, 1859）97, 202, 604
「失踪」（Gaskell, "Disappearances," 1851）547, 552, 604, 608, 623
『自伝』（Darwin, *Autobiography*, 1887）41
『自伝』（Galt, *Autobiography*, 1833）94
『児童雇用委員会の報告と補遺』（*Report and Appendices of the Children's Employment*, 1843）62
「使徒行伝」（"The Acts of the Apostles," NT）532
「地主の物語」（Gaskell, "The Squire's Story," 1853）607, 622
「死の影の谷」（C. Brontë, "The Valley of the Shadow of Death," *Shirley*）583
『詩の擁護』（Shelley, *A Defence of Poetry*, 1821）xi
『シビル』（Disraeli, *Sybil, or The Two Nations*, 1845）50, 90, 95, 130, 142, 198, 278, 387, 610
『自負と偏見』（Austen, *Pride and Prejudice*, 1813）434, 488, 562, 571, 614, 644
『自分だけの部屋』（Woolf, *A Room of One's Own*, 1929）317
シャーウッド、メアリ（Mary Sherwood, *née* Butt, 1775-1851）178
『シャーリー』（C. Brontë, *Shirley*, 1849）317, 376, 388, 397, 579, 583, 609
『シャーロック・ホームズの冒険』（Doyle, *The Adventures of Sherlock Holmes*, 1892）180
シャーロット・エリザベス⇒トナ、C・E
『シャーロット・ブロンテの生涯』（Gaskell, *The Life of Charlotte Brontë*, 1857）xxv, 105, 140, 172, 174, 317, 356, 368-69, 379, 404, 514, 548, 550, 559-60, 564, 579-80, 584-86, 590, 605-06, 616-17, 622, 641, 643
シャイロック（Shylock, *The Merchant of Venice*）208
「社会に関するサウジーの考察」（Macaulay, "Southey's Colloquies on Society," 1830）444
『ジャック・シェパード』（Ainsworth, *Jack Sheppard*, 1839-40）xxxi
「シャツの歌」（Hood, "Song of the Shirt," 1843）61-62, 103, 352, 610
「ジャネットの悔恨」（G. Eliot, "Janet's Repentance," *Scenes of Clerical Life*, 1857）544, 588
シャラブル氏（Monsieur de Chalabre, "My French Master"）454
『ジャングル・ブック』（Kipling, *The Jungle Book*, 1894）180
『十字架』（Bloch, *The Crucifixion*, 1870）437
ジューズベリー、ジェラルディン（Geraldine Jewsbury, 1812-80）xxiii, 538, 548, 609
ジュード・フォーリー（Jude Fawley, *Jude the Obscure*）108, 429-33, 437
『修道士』（Lewis, *The Monk*, 1796）405
『自由論』（Mill, *On Liberty*, 1859）xvi, 604
「出エジプト記」（"The Second Book of Moses, called Exodus," OT）419, 422
『種の起源』（Darwin, *The Origin of Species*, 1859）xvi, 86, 133, 135-36, 202, 604
ジョイス、ジェイムズ（James Joyce, 1882-1941）558
『情事の終わり』（Greene, *The End of the Affair*, 1951）437
『少女に本を読む乳母』（Cassatt, *Reading to a Little Girl*, 1895）415
『逍遥』（Wordsworth, *The Excursion*, 1814）111, 614
『上流階級の習慣』（Hogg, *The Habits of Good Society*, 1859）219-20, 230
ジョー（Jo, juvenile crossing-sweeper, *Bleak House*）470
ショー、ロバート・グールド（Robert Gould Shaw, colonel, 1837-63）551-53
ジョージ三世（George III, 1738-1820［r. 1760-1820］）331, 336, 613-14
ジョーンズ、オーエン（Owen Jones, architect, 1809-74）265
『諸国民の富（国富論）』（Smith, *The Wealth of Nations*, 1776）xx, 198
『女子教育批判』（More, *Strictures on the Modern System of Female Education*, 1799）371
『女性についてのある一女性の考察』（Mulock, *A Woman's Thoughts about Women*, 1858）314
『女性のイエズス会士』（Luke, *The Female Jesuit*, 1851）331
『女性の義務に関する一考察』（Gisborne, *An Enquiry into the Duties of the Female Sex*, 1797）339
『女性の虐待』（Wollstonecraft, *The Wrongs of Woman*, 1798）xxvii, 330, 335
『女性の権利の擁護』（Wollstonecraft, *A Vindication of the Rights of Woman*, 1792）324, 340

『女性の使命』（Burdett-Coutts, *Woman's Mission*, 1893）366
『女性の使命』（Hicks, *Woman's Mission*, 1863）313, 321, 365
『女性の使命』（S. Lewis, *Woman's Mission*, 1839）366-67
『女性のチャーティスト、教区教会をたずねる』（Close, *The Female Chartists' Visit to the Parish Church*, 1839）143
『女性の労働』（M. Collier, *The Woman's Labour*, 1739）112
『ジョゼフ・アーチ』（Arch, *Joseph Arch*, 1898）34
ショパン（Frédéric François Chopin, 1810-49）302
「書評――ロングフェロー「黄金伝説」、匿名『精神の錬金術』」（Gaskell, "Reviews: H. W. Longfellow, 'The Golden Legend' and anon., *Spiritual Alchemy*," 1851）549, 608, 623
「女流作家の愚劣な小説」（G. Eliot, "Silly Novels by Lady Novelists," 1856）542, 590
「ジョン・ミドルトンの心」（Gaskell, "The Heart of John Middleton," 1850）324, 547, 577-78, 608, 623
ジョンソン、サミュエル（Samuel Johnson, 1709-84）xxxii, 317, 405, 486, 522, 532, 578
シルヴィア ⇒ ヘップバーン、シルヴィア
『シルヴィアの恋人たち』（Gaskell, *Sylvia's Lovers*, 1863）xxvii, xxxii, 71, 77, 91, 166-67, 169, 208, 343, 372, 428, 435, 438, 442, 445-46, 448, 451-55, 478, 513, 558, 561, 603-04, 616-17, 621, 642
「箴言」（"Proverbs," OT）438
『人口論』（Malthus, *An Essay on the Principle of Population*, 1798）5, 93, 198, 494, 614
シンシア ⇒ カークパトリック、シンシア
『紳士の住宅』（Kerr, *The Gentleman's House*,1864）264
『シンプル・スーザン』（Edgeworth, *Simple Susan*, 1795）344
「申命記」（"The Fifth Book of Moses, called Deuteronomy," OT）419, 438
「ジン横町」（Hogarth, "Gin Lane," 1751）249

（す）
スー・ブライドヘッド（Sue Bridehead, *Jude the Obscure*）429-32, 437
スウィナートン、アニー（Annie Swynnerton, painter, 1844-1933）421
スウィフト、ジョナサン（Jonathan Swift, 1667-1745）558
スウェイン、ジョゼフ（Joseph Swain, engraver, 1820-1909）25
スクルージ（Ebenezer Scrooge, *A Christmas Carol*）199, 212, 388
スコット、ウォルター（Walter Scott, 1771-1832）xxxi, 81, 343-44, 442-43, 446, 455-56, 521, 558, 612-14
スターク夫人（Mrs Stark, "The Old Nurse's Story"）76
スターン、ローレンス（Laurence Sterne, 1713-68）558, 569
スティーヴン、レズリー（Leslie Stephen, 1832-1904）541
スティーヴンズ、ジョゼフ（Joseph R. Stephens, agitator, 1805-79）142
スティーヴンソン、ウィリアム（William Stevenson, Gaskell's father, 1770-1829）xxii, 498, 614
スティーヴンソン、エリザベス（Elizabeth Stevenson, Gaskell's maiden name, 1810-65）xxii, 24, 26, 614
スティーヴンソン、ジョージ（George Stephenson, engineer, 1781-1848）160, 614
スティーヴンソン、ジョン（John Stevenson, Gaskell's brother, 1798-1828?）xxii, 86
スティーヴンソン、R・L（Robert Louis Stevenson, 1850-94）180, 407, 413, 608
ステパノ、聖（Saint Stephen, protomartyr of Christianity）532
ストウ夫人（Mrs [Harriet Beecher] Stowe, 1811-96）xxxiv, 380, 605, 607
ストーン、エリザベス（Elizabeth Stone, *née* Wheeler, 1803-81?）61, 518, 531, 610
ストザード、トマス（Thomas Stothard, painter & engraver, 1755-1834）329
『スペクテイター』（*The Spectator*, 1828-）541, 585, 638
スペンサー、エドマンド（Edmund Spenser, 1552?-99）406
スペンサー、ハーバート（Herbert Spencer, 1820-1903）587, 603, 606
スマイルズ、サミュエル（Samuel Smiles, 1812-1904）31-32, 97, 202, 604, 614
スミス、アダム（Adam Smith, 1723-90）xx, 30, 198, 206
スミス、シャーロット（Charlotte Turner Smith, poet, 1749-1806）338, 343
スミス、ジョージ（George Smith, publisher, 1824-1901）41, 45, 86, 239, 243, 249, 367, 376, 450, 457, 500, 535, 548, 550-51, 589, 602, 604-05
スモレット、トバイアス（Tobias George Smollett, 1721-71）558

（せ）
「聖クレアと修道女たち」（"Saint Clare and Sisters of her Order," San Damiano, Assisi）413
『政治的な説教者』（Stephens, *The Political Preacher*, 1839）142
聖母マリア（Virgin Mary = Saint Mary, mother of Jesus）xxix

『世間体』（*Keeping Up Appearances*, sitcom, 1990-95） 82
セシル、デイヴィッド（David Cecil, literary scholar, 1902-86） xxix, xxxvi, 560-62, 568-71, 573
『説得』（Austen, *Persuasion*, 1817） 102, 436, 613, 643
『千一夜物語』（*One Thousand and One Nights = The Arabian Nights' Entertainment*） 404
『セント・クレア学園の双子』（Blyton, *The Twins at St Clare's*, 1941） 183
『セント・ジェイムズ・ガゼット』（*St James's Gazette*, 1880-1905） 541
『セント・ジェイムズ・マガジン』（*St James's Magazine*, 1861-82） 585
セント・ジョン（St John Eyre Rivers, *Jane Eyre*） 493

（そ）
『相互扶助論』（Kropotkin, *Mutual Aid*, 1902） 202
『装飾の文法』（Jones, *Grammar of Ornament*, 1856） 265
「創世記」（"The First Book of Moses, called Genesis," OT） viii, 428
『創造の自然史の痕跡』（Chambers, *Vestiges of the Natural History of Creation*, 1844） 134
ソールト、タイタス（Titus Salt, manufacturer, 1803-76） 399
『ソーン医師』（Trollope, *Doctor Thorne*, 1858） 385, 604
ソーントン、ジョン（John Thornton, *NS*） xv, 13, 32-34, 72, 89, 96, 113, 146-47, 149, 201-02, 206, 210-11, 213, 254, 260-61, 264-65, 300-01, 393-97, 399, 473, 478, 513
ソーントン、ファニー（Fanny Thornton, John's sister, *NS*） 261
『俗物記』（Thackeray, *The Book of Snobs*, 1848） 12
『ソファーを囲んで』（Gaskell, *Round the Sofa*, 1859） 550, 604, 622
ソフィー（Sophy Hutton, "Mr Harrison's Confessions"） 110, 563-64
ソフォクレス（Sophocles, 496?-06 BC） 409
ソリー、ヘンリー（Henry Solly, social reformer, 1813-1903） 143
『ソロモン王の秘宝』（Haggard, *King Solomon's Mines*, 1885） 180
ソワイエ、アレクシス（Alexis Soyer, French cook, 1810-58） 237, 246-47, 643
ソワイエ、エマ（Emma Soyer, portrait & figure painter, 1813-42） 247

（た）
ダーウィン、エラズマス（Erasmus Darwin, 1731-1802） 22, 125
ダーウィン、チャールズ（Charles Darwin, 1809-82） xvi, xviii, 41-42, 45, 86, 92, 98, 125, 127, 133, 135-37, 201-02, 259, 397, 601, 604, 608, 611, 638
ターナー師、ウィリアム（William Turner, Unitarian minister, 1761-1859） xviii, 141, 604, 611-14
ターナン、エレン（Ellen Ternan, Dickens's mistress, 1839-1914） 439, 605
ダーネイ、チャールズ（Charles Darnay, *A Tale of Two Cities*） 427-28
『タイムズ』（*The Times*, founded in 1785） 60, 167, 258-59, 269, 587-88, 604, 637
『タイムズ文芸サプリメント』（*The Times Literary Supplement*, 1902-） 553
ダイン、ヴァン（S. S. Van Dine, 1888-1939） 460
ダウニング、A・J（Andrew Jackson Downing, architect, 1815-52） 263
ダヴンポート、ベン（Ben Davenport, *MB*） xxv, 31, 50-52, 58, 256, 258, 293, 295-97
『互いの友』（Dickens, *Our Mutual Friend*, 1864-65） 29, 108, 602
『宝島』（Stevenson, *Treasure Island*, 1883） 180
ダック、スティーヴン（Stephen Duck, poet, 1705?-56） 112, 114
「脱穀夫の労働」（Duck, "The Thresher's Labour," 1730） 114
タリバー、トム（Tom Tulliver, *The Mill on the Floss*） 27
『タンクリッド』（Disraeli, *Tancred*, 1847） 134
ダンテ（Dante Alighieri, 1265-1321） 38

（ち）
チェインバーズ、ウィリアム（William Chambers, publisher, 1800-83） 547
チェインバーズ、ロバート（Robert Chambers, journalist, 1802-71） 134-35, 547
『チェインバーズ・エディンバラ・ジャーナル』（*Chambers's Edinburgh Journal*, 1832-1956） 547
『チェインバーズ百科事典』（*Chambers's Encyclopaedia*, 1860-68） 134
「チェシャーの慣習」（Gaskell, "Cheshire Customs," 1840） 446, 611, 624
チェスタトン、G・K（Gilbert Keith Chesterton, 1874-1936） 122
チェンチ、ビアトリーチェ（Beatrice Cenci, Italian noblewoman, 1577-99） 480-81, 493
『チェンチ家』（Shelley, *The Cenci*, 1819） 493
『地質学原理』（Lyell, *Principles of Geology*, 1830-33） 133
『父から娘たちへの贈り物』（Gregory, *Father's Legacy to His Daughters*, 1761） 338-39
「父の罪」（Gaskell, "The Sin of a Father," 1858） ⇒ 「終わりよければ」
『チャーティズム』（Carlyle, *Chartism*, 1839） 50, 201, 370, 387, 611
チャールズ一世（Charles I, 1613-49［r. 1634-49］）

236, 334, 344
チャールズ二世（Charles II, 1629-85［r. 1660-85］）333-34, 344
『チャタレイ夫人の恋人』（Lawrence, *Lady Chatterley's Lover*, 1928）433, 437
チャップマン、エドワード（Edward Chapman, publisher, 1804-80）520, 531, 545, 590
チャップマン、ジョン（John Chapman, publisher, 1821-94）542-43, 555
チャドウィック、エドウィン（Edwin Chadwick, social reformer, 1800-90）9, 257, 274, 278, 290, 292-94, 296, 302, 304-05, 457, 470, 610
チャンス、ルーカス（Lucas Chance, glass manufacturer, 1782-1865）258
チョーサー（Geoffrey Chaucer, c. 1343-1400）xxiii, 96-97

（つ）

『妻たちと娘たち』（Gasekell, *Wives and Daughters*, 1864-66）xv, xviii, xxvi, xxxi, 27, 40-41, 45, 68, 76-78, 80, 92, 97, 104, 140, 212, 236, 239, 258, 260, 262, 265-68, 286, 322, 343-44, 346, 457, 469-70, 498, 551, 558-63, 570, 597, 601-02, 616, 621, 643
『罪と罰』（Dostoyevsky, *Crime and Punishment*, 1866）474, 562

（て）

デイヴィス、A・J（Alexander Jackson Davis, American architect, 1803-92）263
『デイヴィッド・コパフィールド』（Dickens, *David Copperfield*, 1849-50）178, 417, 518, 523-24, 530, 609, 644
ティキット夫人（Mrs Tickit, *Little Dorrit*）306
ディクソン（Dixon, Mrs Hale's maid, *NS*）115, 149
ディクソン、A・A（Arthur A. Dixon, illustrator, fl. 1893-1920）154, 472, 557
ディクソン、スーザン（Susan Dixon, "Half a Life-Time Ago"）xxix, 323-24, 448
ディグビー、ケネルム（Kenelm Henry Digby, Catholic writer, 1800-80）386
ディケンズ（Charles Dickens, 1812-70）xxviii, xxx-xxxiv, xxxvi, 16, 24, 27, 29-30, 34, 49-50, 60, 64, 67, 82, 107-09, 115-16, 140-42, 144, 154-55, 163-64, 166, 175, 179-80, 186, 190, 193, 198-99, 201, 204, 212, 236, 241-42, 274, 294, 300, 303, 306, 350-51, 366, 377, 379, 388, 399, 404, 407, 417-18, 422, 439, 442-43, 456, 470, 478-81, 484, 494, 517-19, 522-30, 535, 541, 546-50, 558, 560, 564-65, 575-79, 590, 596, 601-11, 614, 636-37, 639, 641-42
『貞淑と悪徳』（Millais, *Virtue and Vice*, 1853）63
ディズレイリ、ベンジャミン（Benjamin Disraeli, 1804-81）xxi, 50, 58, 90, 95, 109, 130, 134-35, 142, 198, 278, 387-88, 600-01, 609-10, 613
テイラー、ウィリアム（William Cooke Taylor, historian & journalist, 1800-49）264, 274
『デイリー・ニュース』（*The Daily News*, 1846-1930）355, 553, 610
『テス』（Hardy, *Tess of the d'Urbervilles*, 1891）359
「手と心」（Gaskell, "Hand and Heart," 1849）xxviii, 182-83, 185, 546, 609, 623
テニスン、アルフレッド（Alfred Tennyson, 1809-92）122, 133, 149, 384, 602, 604, 606, 608-10
デフォー、ダニエル（Daniel Defoe, c. 1659-1731）430, 558
デュ・モーリア、ジョージ（George du Maurier, illustrator, 1834-96）25, 146, 559, 564, 601
デュパン、オーギュスト（Auguste Dupin, fictional detective）460, 475
デリダ、ジャック（Jacques Derrida, 1930-2004）xi, 595
テレサ、マザー（Mother Teresa, 1910-97）206
『田園紀行』（Cobbett, *Rural Rides*, 1822-26）494

（と）

「ドイツ民族の自然史」（G. Eliot, "The Natural History of German Life," 1856）542
ドイル、コナン（Arthur Conan Doyle, 1859-1930）180, 303, 460, 474, 604
「当世娘」（Linton, "The Girl of the Period," 1868）312
『動物農場』（Orwell, *Animal Farm*, 1945）213
ドーソン、マーガレット（Margaret Dawson, *MLL*）xvii, 454
トービー叔父（Uncle Toby, *The Vicar of Wakefield*）569
トマス、サー（Sir Thomas, *Mansfield Park*）572
ドールトン、ジョン（John Dalton, chemist, 1766-1844）125
『時の旅人』（Uttley, *A Traveller in Time*, 1939）182
トクヴィル、アレクシス・ド（Alexis de Tocqueville, French historian, 1805-59）49, 605
『読者』（*The Reader*, 1863-67）546, 551, 553, 555
ドジソン、チャールズ ⇒ キャロル、ルイス
ドストエフスキー（Fyodor Mikhaylovich Dostoyevsky, 1821-81）562
トナ、シャーロット・エリザベス（Charlotte Elizabeth Tonna, 1790-1846）380, 518, 531
ドニソーン、アーサー（Arthur Donnithorne, *Adam Bede*）589
トマス老人（Old Thomas, *RU*）103
『トム・ブラウンのオックスフォード生活』（Hughes, *Tom Brown at Oxford*, 1861）27
『トム・ブラウンの学校生活』（Hughes, *Tom Brown's School Days*, 1857）27, 40, 180, 605
トムソン、キャサリン（Catherine Thomson, Gaskell's mother-in-law, 1775-?）499, 614
トムソン、ジェイムズ（James Thomson, Scottish

poet, 1700-48）115
トムソン、ヒュー（Hugh Thomson, illustrator, 1860-1920）567
『トムは真夜中の庭で』（Pearce, *Tom's Midnight Garden*, 1958）182
ドラクロワ、ウジェーヌ（Eugéne Delacroix, 1798-1863）532
『囚われの尼僧アグネス』（*Sister Agnes*, by a clergyman's widow, 1854）312
トリスタン、フローラ（Flora Tristan, socialist writer & activist, 1803-44）583, 591
トロロプ、アントニー（Anthony Trollope, 1815-82）x, 163, 385, 530, 541, 558, 560, 601-06
トロロプ、フランシス（Frances Trollope, 1780-1863）31, 387-88, 518-19, 530, 611, 637
『ドン・キホーテ』（Cervantes, *Don Quixote*, 1608-15）569-70
『ドン・セバスチャン』（Porter, *Don Sebastian*, 1809）344
『ドンビー父子』（Dickens, *Dombey and Son*, 1846-48）164, 610

（な）
「ナイアガラの滝での出来事」（Gaskell, "An Incident at Niagara Falls," 1858）605, 622
ナイチンゲール、パーセノピ（Parthenope Nightingale, Florence's sister, 1819-90）247
ナイチンゲール、フローレンス（Florence Nightingale, 1820-1910）xxiii, 86, 141, 247, 249, 363, 367, 604, 606, 643
「嘆きの橋」（Hood, "The Bridge of Sighs," 1844）61
「なぜ女性が余っているのか？」（Greg, "Why Are Women Redundant?" 1862）316
ナン、ローダ（Rhoda Nunn, *The Odd Women*）437

（に）
ニーチェ（Friedrich Wilhelm Nietzsche, 1844-1900）461
『ニコラス・ニクルビー』（Dickens, *Nicholas Nickleby*, 1838-39）518, 524, 530, 611
「日記」（Gaskell, "The Diary," 1835-38）xxx, 611
『二都物語』（Dickens, *A Tale of Two Cities*, 1859）422, 604, 635
ニュートン（Isaac Newton, 1637-1727）132, 276
ニューベリー、ジョン（John Newberry, publisher, 1713-67）180
ニューマン、J・H（John Henry Newman, 1801-90）147, 602, 610, 612
『人間の権利』（Paine, *Rights of Man*, 1791）450-51
『人間の殉教』（Reade, *The Martyrdom of Man*, 1872）124
『人間の欲についての素描』（J. Collier, *Human Passions Delineated*, 1773）532

（ね）
ネイスミス、ジェイムズ（James Hall Nasmyth, inventor, 1808-90）38
ネヴィル、ドロシー（Dorothy Fanny Nevill, 1826-1913）229-30
『ねじの回転』（James, *The Turn of the Screw*, 1898）408

（の）
『農耕詩』（Virgil, *The Georgics*, 29 BC?）xxxiii, 101, 111-17, 448, 565
『ノーサンガー・アベイ』（Austen, *Northanger Abbey*, 1818）407, 613
ノートン、チャールズ・E（Charles Eliot Norton, 1827-1908）xvi, 45, 116, 238, 242, 268, 492, 550, 553, 602, 605, 608, 612
ノリス夫人（Mrs Norris, *Mansfield Park*）501, 504, 572
「呪われた種族」（Gaskell, "An Accursed Race," 1855）xxxvi, 448, 606, 622

（は）
ハーヴェイ、ウィリアム（William Harvey, physician, 1578-1657）236
バーカー、ベティー（Betty Barker, *CD*）568
バーク、エドマンド（Edmund Burke, 1729-97）407, 450 51
ハーグレイヴ、ウォルター（Walter Hargrave, *The Tenant of Wildfell Hall*）423
バーゴイン将軍（General John Burgoyne, army officer, 1722-92）153
ハーディ（Thomas Hardy, 1840-1928）viii, x, 43, 108, 359, 422, 431-32, 476, 539, 558, 596, 600, 611
バーデット=クーツ、アンジェラ（Angela Burdett-Coutts, philanthropist, 1814-1906）15-16, 64, 350-51, 358, 366-67, 379, 399, 609
『ハード・タイムズ』（Dickens, *Hard Times*, 1854）xxxvi, 29, 34, 50, 181, 201, 518, 522-31, 533, 606, 639
バートラム、エドマンド／トマス／トム（Bertram, Edmund/Sir Thomas/Tom, *Mansfield Park*）385, 501-02, 504-05, 508, 572
バートン、ジョン（John Barton, *MB*）9-10, 31, 50-53, 59, 69, 71-72, 77, 89-91, 95-96, 130, 144, 151, 202, 231-32, 256, 262, 276-79, 284, 294, 303, 352, 374-75, 461, 463, 465-68, 520-23, 529-30
バートン、メアリ（Mary Barton, *MB*）xxviii, xxx, 59-60, 69-71, 73, 84, 93, 98, 111, 142, 144-45, 164-66, 169, 203, 212, 218, 225, 230-33, 254, 256, 263, 276, 283-84, 294, 297, 303, 352-54, 375, 433-35, 463-64, 467, 475, 480-81, 494, 512, 521, 545
バートン夫人（Mrs Barton, *MB*）70, 294-96
『バーナビー・ラッジ』（Dickens, *Barnaby Rudge*,

1841）442, 445, 456, 611, 635
バーニー、フランシス（Frances Burney, 1752-1840）343-44
バーフット、エヴェラード（Everard Barfoot, *The Odd Women*）437
「婆やの話」（Gaskell, "The Old Nurse's Story," 1852）xxxi, 76, 208, 330, 414, 416, 446, 474, 547, 579, 590, 607, 623
ハーン、アン（Ann Hearn, Gaskell's nurse & servant）xxiv, 77, 244, 611
「灰色の女」（Gaskell, "The Grey Woman," 1861）xxvii, 325, 330, 414, 474, 602, 604, 621
「売春」（Greg, "Prostitution," 1850）59, 63, 359
『ハウイッツ・ジャーナル』（*Howitt's Journal,* magazine of popular progress, 1847-48）48, 280, 546-47, 550, 609-10
ハウイット、ウィリアム／メアリ（Howitt, William/Mary, 1792-1879/1799-1888）108, 241, 446, 538, 546-47, 549, 609-11
『ハウスホールド・ワーズ』（*Household Words*, 1850-59）xxviii, 29, 60, 67, 76, 116, 193, 377, 416, 479, 518, 524, 546-54, 576-78, 590, 604-09
バウチャ、ジョン（John Boucher, *NS*）xxv, 113, 204-05, 392, 395
バウンダビー、ジョサイア／ルイーザ（Bounderby, Josiah/Louisa, *Hard Times*）181, 527-29
ハガード、H・R（Henry Rider Haggard, 1856-1935）180
「墓掘り男が見た英雄」（Gaskell, "The Sexton's Hero," 1847）102, 116, 546, 609, 624
バカン、ウィリアム（William Buchan, Scottish physician, 1729-1805）298
「白人の責務」（Kipling, "The White Man's Burden," 1899）213
パクストン、ジョゼフ（Johseph Paxton, gardener & architect, 1803-65）3, 258-59
「白痴の少年」（Wordsworth, "The Idiot Boy," 1798）448
バケット警部（Inspector Bucket, *Bleak House*）xxxi, 470
『パサージュ論』（Benjamin, *Passagenwerk*）464
パスリ（Pasley, Gaskell's poor girl）xxviii, xxx, 59-61, 399, 609
ハズリット、ウィリアム（William Hazlitt, 1778-1830）494
ハックスリー、トマス（Thomas Huxley, biologist, 1825-95）127, 201, 613
パットモア、コヴェントリ（Coventry Patmore, 1823-96）xxxv, 349, 607
ハットン氏（Mr Hutton, "Mr Harrison's Confessions"）563
ハドフィールド、エレナ（Eleanor Hadfield, "The Heart of John Middleton"）324
バトラー、サミュエル（Samuel Butler, Bishop of Lichfield, 1774-1839）41
バトラー、ジョゼフィン（Josephine Elizabeth Butler, feminist, 1828-1906）xxxiii, 348, 350, 355-59, 362-63
バムフォード、サミュエル（Samuel Bamford, labouring poet, 1788-1872）31, 34, 97, 111, 209, 213, 609
ハムリー、オズボーン（Osborne Hamley, *WD*）27, 40-42, 45, 80, 97-98, 469-70, 502, 507-09, 572-73
ハムリー、ロジャー（Roger Hamley, *WD*）xviii, 27, 40-42, 45, 80, 92, 97-98, 470, 501-03, 507-11, 513-14, 572
ハムリー、スクワイア（Squire Hamley, *WD*）78, 80, 265, 469, 471, 501-03, 509-10, 513, 572
ハムリー夫人（Mrs Hamley, *WD*）80, 262, 469, 499, 503
『ハムレット』（Shakespeare, *Hamlet*, 1613）406
『パメラ』（Richardson, *Pamela*, 1740）424
『薔薇と指環』（Thackeray, *The Rose and the Ring*, 1855）180, 606
バリ、ジェイムズ（James Barrie, 1860-1937）180-81, 604
『針仕事の技術』（Stone, *The Art of Needle-Work*, 1840）61
ハリソン、フレデリック（Frederick Harrison, jurist & historian, 1831-1923）348
「ハリソン氏の告白」（Gaskell, "Mr Harrison's Confessions," 1851）110, 194, 563-66, 608, 623
「パリのゴシップ欄」（Gaskell, "Columns of Gossip from Paris," 1865）602, 621
バルザック（Honoré de Balzac, 1799-1850）455
ハレ、チャールズ（Charles Hallé, Anglo-German pianist & conductor, 1819-95）xxvii, 25, 605
『ハワーズ・エンド』（Forster, *Howards End*, 1910）484
ハンウェイ、ジョーナス（Jonas Hanway, philanthropist, 1712-86）188
『ハンガリーの兄弟』（Porter, *The Hungarian Brothers*, 1807）344
『パンチ』（*Punch, or the London Charivari*, 1841-1992, 1996-2002）60-61, 67, 73, 79, 94, 129, 203, 210-11, 291, 315, 611
ハンティンドン、アーサー／ヘレン（Arthur/Helen Huntingdon, *The Tenant of Wildfell Hall*）422-26, 435

（ひ）

ピーコック、トマス（Thomas Love Peacock, 1785-1866）558
『ピーター・パン』（Barrie, *Peter Pan*, 1904）180-81
『ピーター・ラビット』（Potter, *The Tale of Peter Rabbit*, 1900）180, 182

ピーチャ女史（Miss Peecher, *Our Mutual Friend*）29
ビートン夫人（Mrs [Isabella Mary] Beeton, cookery writer, 1836-65）xxiv, 75-76, 81, 602, 604
『ビートン夫人園芸読本』（S. O. Beeton, *Mrs Beeton's Book of Garden Management,* 1862）258
『ビートン夫人の家政書』（Beeton, *Mrs Beeton's Book of Household Management*, 1861）xxiv, 75-76, 243-45, 604
ピール、ロバート（Robert Peel, 1788-1850）xxxvi, 87, 610-12
『日陰者ジュード』（Hardy, *Jude the Obscure,* 1895）108, 422, 437, 539
ヒギンズ、ニコラス（Nicholas Higgins, *NS*）xxv, 72, 95-96, 113, 152, 204-06, 209, 391, 393-97
ヒギンズ、ベッシー（Bessy Higgins, *NS*）xxvi, 72, 185, 289, 301, 393
『ピクウィック・クラブ』（Dickens, *The Pickwick Club*, 1836-37）286, 486, 578, 611
ヒックス、ジョージ（George E. Hicks, painter, 1824-1914）177, 193, 313, 321, 365
『ピッパが通る』（R. Browning, *Pippa Passes*, 1841）122, 611
『人と動物のキャラクターに見るもの』（Rogerson, *What the Eye Can See in Human and Animal Character*, 1892）219
『緋文字』（Hawthorne, *The Scarlet Letter*, 1850）104
『白衣の女』（Collins, *The Woman in White*, 1859-60）462, 604
ピュージイ、E・B（Edward B. Pusey, theologian, 1800-82）147
ヒューズ、アーサー（Arthur Hughes, painter, 1832-1915）40
ヒューズ、トマス（Thomas Hughes, 1822-96）27, 40, 180, 551, 605
ヒル、オクタヴィア（Octavia Hill, social reformer, 1838-1912）17
ヒル、ミランダ（Miranda Hill, social reformer, 1836-1910）17
ヒル、ロウランド（Rowland Hill, postal reformer, 1795-1879）161
『ビルダー』（*The Builder*, published in 1843）52
ヒル大尉（Captain Charles Hill, Meta's fiance）xxvi, 86, 604-05
ヒルトン、ルース（Ruth Hilton = Mrs Denbigh, *RU*）xxvii-xxxi, 14, 48, 60, 62-64, 73, 77, 102-04, 176, 191, 206-08, 223, 299, 359-62, 397, 399, 434-35
「貧者に神の助けがあらんことを」（Bamford, "God Help the Poor," 1843）111

（ふ）
ファーニヴァル、ミス（Miss Furnivall, "The Old Nurse's Story"）76, 414, 416
ファラデー、マイケル（Michael Faraday, chemist & physicist, 1791-1867）125
フィールディング、ヘンリー（Henry Fielding, 1707-54）411, 465, 558, 569
『フィガロの結婚』（Beaumarchais, *La Folle Journée, ou le Mariage de Figaro*, 1778）76
フィズ（Phiz = Hablot Knight Browne, illustrator, 1815-82）282, 532
フィリス ⇒ ホウルマン、フィリス
フィロットソン、リチャード（Richard Phillotson, *Jude the Obscure*）429, 431-32
『プークが丘の妖精パック』（Kipling, *Puck's Pook's Hill*, 1906）182
フーコー（Michel Foucault, 1926-84）350, 470, 494
『フェアチャイルド家物語』（Sherwood, *The History of the Fairchild Family*, 1818, 1842, 1847）178, 184
フォイ、ベティー（Betty Foy, "The Idiot Boy"）448
フォースター、E・M（Edward Morgan Forster, 1879-1970）484, 494, 558
フォースター、ジョン（John Forster, biographer, 1812-76）xxiii, 494, 515, 531-32, 590, 609-10
フォーダイス、ジェイムズ（James Fordyce, clergyman, 1720-96）338
『フォートナイトリー・レヴュー』（*The Fortnightly Review*, 1865-1954）540, 544, 554
フォックス、イライザ［トティー］（Eliza [Tottie] Fox, Gaskell's friend, 1823/4-1903）xx, xxiii, 171-72, 207, 238, 370, 377, 512, 545, 548, 583, 606, 609
フォレスター夫人（Mrs Forrester, *CD*）xxiv, 73, 153, 318, 484, 568-69
「福音主義の教え」（G. Eliot, "Evangelical Teaching," 1855）542
『ふくろう党』（Balzac, *Les Chouans*, 1829）455
『不在地主』（Edgeworth, *The Absentee*, 1812）333
『不思議の国のアリス』（Carroll, *Alice's Adventures in Wonderland*, 1865）180, 602
『二人の女の物語』（Bennett, *The Old Wives' Tale*, 1908）69
フッド、トマス（Thomas Hood, 1799-1845）61, 352, 578, 610
フッド、ロビン（Robin Hood, 1160-1247?）494
プライス、ファニー（Fanny Price, *Mansfield Park*）161, 436, 501, 572
ブライトン、イーニド（Enid Blyton, children's writer, 1897-1968）183
ブラウニング、エリザベス・バレット（Elizabeth Barrett Browning, 1806-61）xxiii, 122, 349, 377, 604-05
ブラウニング、ロバート（Robert Browning, 1812-89）122, 601, 606
ブラウニング姉妹（Miss Brownings, *WD*）267, 470
ブラウン大尉（Captain Brown, *CD*）xxxii, 164, 277, 286, 319, 322, 486, 488, 569, 578
『ブラックウッズ・マガジン』（*Blackwood's*

Magazine, 1817-1980）538-41, 543, 546, 586, 611, 613
ブラックプール、スティーヴン（Stephen Blackpool, *Hard Times*）522, 525-27, 531
ブラッドショー、リチャード（Richard Bradshaw, *RU*）62, 361, 435
ブラッドン、メアリ（Mary Braddon, 1837-1915）462
『フラムリー牧師館』（Trollope, *Framley Parsonage*, 1861）385, 604
フランキー（Franky Hall, "Libbie Marsh's Three Eras"）xxiii, 106-07, 279, 281-82, 323
『フランケンシュタイン』（M. Shelley, *Frankenstein*, 1818）xxxi, 144, 467, 613, 641
『フランス革命』（Carlyle, *The French Revolution*, 1837）445
『フランス革命の省察』（Burke, *Reflections on the Revolution in France*, 1790）450
「フランスの生活」（Gaskell, "French Life," 1864）xxx, 551, 602, 621
プリーストリー、J・B（John Boynton Priestley, 1894-1984）559-60, 573
プリーストリー、ジョゼフ（Joseph Priestley, theologian, 1733-1804）xviii, 22-23, 27-28, 125, 131
ブリジェット（Bridget Sidebotham, "Morton Hall"）330-32, 334, 336-37
フリス、W・P（William Powell Frith, painter, 1819-1909）271
「ブリテン王」（Gaskell, "Bran," 1853）607, 622
プリムローズ博士（Dr Primrose, *The Vicar of Wakefield*）569
『プリンキピア』（Newton, *Principia*, 1687）132, 276
ブリンドリー、ジェイムズ（James Brindley, engineer, 1716-72）31-32
フルード、J・A（James Anthony Froude, editor & historian, 1818-94）141, 149, 442, 551-53
『古き荘園地主の屋敷』（Smith, *The Old Manor House*, 1793）338, 343
ブレイク、ウィリアム（William Blake, 1757-1827）179, 189, 612
『フレイザーズ・マガジン』（*Fraser's Magazine*, 1830-82）54, 370, 536, 551, 553, 555, 585, 602-03
プレストン氏（Mr Preston, *WD*）470, 508-09
フロイト（Sigmund Freud, 1856-1939）xi, 204, 409
『フロス河の水車小屋』（G. Eliot, *The Mill on the Floss*, 1860）26-27, 544, 604
ブロック、カール（Carl Bloch, painter, 1834-90）426, 433, 437, 488
ブロッホ、エルンスト（Ernst Bloch, Marxist philosopher, 1885-1977）460, 470, 476
ブロンテ、アン（Anne Brontë, 1820-49）249, 422, 435, 438, 584, 609, 613, 642
ブロンテ、エミリ（Emily Brontë, 1818-48）26, 102, 245, 294, 343, 560, 584, 609, 613
ブロンテ、シャーロット（Charlotte Brontë, 1816-55）xxiii, xxxi, xxxiv, xxxvi, 26, 102, 109, 140-41, 172-74, 242, 246, 316-17, 319, 326, 366-70, 376, 379, 388, 399, 404, 408, 417, 424, 438, 503, 512, 514, 559-60, 564, 575, 579-86, 590-91, 597, 604-10, 614, 616-17, 622, 641, 643
ブロンテ、パトリック（Patrick Brontë, 1777-1861）22, 293, 584, 604, 606, 638
ブロンテ姉妹（Brontë Sisters）102, 293, 302, 407, 422, 478, 554, 558, 560, 581, 586

（へ）

「ベイコン卿」（Macaulay, "Lord Bacon," 1837）123
ヘイル、マーガレット（Margaret Hale, *NS*）xxv, 13, 33-34, 72, 112-14, 148, 152, 166, 168, 172, 175-76, 201, 205-06, 209-11, 254, 260-62, 265, 297-99, 301, 305, 352, 391-97, 399, 471, 473, 478, 513
ヘイル、リチャード（Richard Hale, *NS*）32-34, 95-96, 147, 150, 152, 205, 260-62, 265, 297-301, 392-94
ヘイル夫人（Mrs [Maria] Hale, *NS*）xxvi, 262, 299-301
ペイン、トマス（Thomas Paine, 1737-1809）450-51
ペゴティー（Peggotty, *David Copperfield*）523, 530
ベッカー、リディア（Lydia Becker, suffragette, 1827-90）363
「ベッシーの家庭の苦労」（Gaskell, "Bessy's Troubles at Home," 1852）xxv, 182-85, 204, 546, 608, 623
ヘッドストン、ブラッドリー（Bradley Headstone, *Our Mutual Friend*）29
ベッドフォード公爵夫人［アドリーン］（Duchess of Bedford, Adeline Mary Russell, 1852-1920）350
ベッドフォード公爵夫人［アナ］（Duchess of Bedford, Anna Maria Russell, 1783-1857）80, 246, 593-94
ヘップバーン、シルヴィア（Sylvia Robson, later Sylvia Hepburn, *SL*）xxvii, xxxii, 77, 169-70, 428, 435, 438, 452-53
ヘップバーン、フィリップ（Philip Hepburn, *SL*）xxxii, 167, 169-70, 428, 435, 438, 451-53, 478
「ヘッペンハイムの六週間」（Gaskell, "Six Weeks at Heppenheim," 1862）603, 621
ベティー（Betty, Holman's servant, *CP*）566
「ペテロの第一の手紙」（"The First Epistle of Peter," NT）201
ベネット、アーノルド（Arnold Bennett, 1867-1931）68
ベネット、リディア（Lydia Bennet, *Pride and Prejudice*）434
ベネット夫妻（Mr & Mrs Bennet, *Pride and Prejudice*）571
ベリンガム、ヘンリー（Henry Bellingham = Mr Donne, *RU*）xxxi, 62-63, 103, 167, 176, 206-07, 223,

359-62, 434-35, 478
ベル、アダム（Adam Bell, *NS*）33-34, 148, 168, 394, 396-97
ベル、カラー ⇒ ブロンテ、シャーロット
『ペル・メル・ガゼット』（*The Pall Mall Gazette*, 1865-1923）544, 553, 602
「ペルシャ王に仕えた英国人庭師」（Gaskell, "The Shah's English Gardener," 1852）548, 552, 607, 623
ヘルストン、キャロライン（Caroline Helstone, *Shirley*）317
ヘルプス、アーサー（Arthur Helps, writer & dean, 1813-75）386-87
『ヘレン・フリートウッド』（Tonna, *Helen Fleetwood*, 1841）372-75, 380, 518-19, 531, 611
ペロー、シャルル（Charles Perrault, 1631-1703）xxvii, 180, 182
「ペン・モーファの泉」（Gaskell, "The Well of Pen-Morfa," 1850）xxix, 116, 323, 547, 608, 623
ベンサム、ジェレミー（Jeremy Bentham, 1748-1832）125, 612-13
ベンソン、サースタン（Thurstan Benson, *RU*）104, 141, 208, 223, 360, 434
ヘンダーソン氏（Mr Henderson, *WD*）470
ヘンデル（George F. Handel, 1685-1759）192
『ベントリーズ・クォータリー・レビュー』（*Bentley's Quarterly Review*, 1859-60）588
ベンヤミン、ヴァルター（Walter Benjamin, 1892-1940）xii, 460, 464, 466, 468, 475-76
『ヘンリー・エズモンド』（Thackeray, *The History of Henry Esmond*, 1852）x, 445, 607

（ほ）
ホウルズワス、エドワード（Edward Holdsworth, *CP*）xviii, 36-39, 93, 115, 214, 230, 286, 565-66
ホウルマン、エビニーザ（Ebenezer Holman, *CP*）36, 38, 565-66
ホウルマン、フィリス（Phillis Holman, *CP*）xxvi-xxvii, 36-39, 45, 115-16, 187, 226, 230, 286, 565-67
ポー、エドガー・アラン（Edgar Allan Poe, 1809-49）413, 460, 465, 471
ポーシャ（Portia, *The Merchant of Venice*）208
ホーソーン、ナサニエル（Nathaniel Hawthorne, 1804-64）104, 248
ポーター、アナ（Anna Maria Porter, poet, 1780-1832）344
ポーター、ジェイン（Jane Porter, novelist, 1776-1850）342, 344
ボーマルシェ、ピエール（Pierre Beaumarchais, musician, 1732-99）76
ホームズ、シャーロック（Sherlock Holmes, fictional detective）180, 460, 474, 644
ホール、マーガレット／フランキー（Hall, Margaret/Franky, "Libbie Marsh's Three Eras"）xxiii, 106-07, 112, 279, 281-82, 323
ホガース、ウィリアム（William Hogarth, 1697-1764）181, 192-93, 249, 532
『牧師たちの物語』（G. Eliot, *Scenes of Clerical Life*, 1858）109, 155, 543, 586, 588-89, 605
「牧師の休日」（Gaskell, "A Parson's Holiday," 1865）602, 621
ボズ（Boz）⇒ ディケンズ
ポズナップ、ジョン（John Podsnap, *Our Mutual Friend*）108
『ボズのスケッチ集』（Dickens, *Sketches by Boz*, 1833-36）190, 479, 484, 486, 578, 611, 641
ポッター、ベアトリクス（Beatrix Potter, 1866-1943）180
ホプキンズ、エリス（Ellice Hopkins, social purity campaigner, 1836-1904）362
ホランド、ヘンリー（Henry Holland, physician, 1788-1873）249, 344, 603
『ホリデー・ロマンス』（Dickens, *A Holiday Romance*, 1863）180
「本当なら奇妙」（Gaskell, "Curious if True," 1860）xxxii, 176, 180, 182, 604, 621
『奔放なアイルランド娘』（Owenson, *The Wild Irish Girl*, 1806）333, 344, 640

（ま）
マーカム、ギルバート（Gilbert Markham, *The Tenant of Wildfell Hall*）422
マーガレット ⇒ ヘイル、マーガレット
マーサ（Martha, Miss Matty's maid, *CD*）xxxiv, 77, 318, 323
「マーサ・プレストン」（Gaskell, "Martha Preston," 1850）116, 546, 552, 609, 623
マーティノー、ハリエット（Harriet Martineau, 1802-76）xxiii, 102-03, 140, 149, 355, 363, 538, 541, 587, 590, 613
マーティノー、ロバート（Robert B. Martineau, painter, 1826-69）471
『マーティン・チャズルウィット』（Dickens, *Martin Chuzzlewit*, 1843-44）379, 610
マードル氏（Mr Merdle, *Little Dorrit*）xii
マープル、ミス（Miss Marple, fictional amateur detective）473
『マイケル・アームストロング』（F. Trollope, *Michael Armstrong*, 1840）31, 387, 518-19, 530-31, 611
「まがいもの」（Gaskell, "Shams," 1863）176, 551-53, 603, 621
「曲がった枝」（Gaskell, "The Crooked Branch," 1859）27, 167, 604, 621
マグダラのマリア（Mary Magdalene, fallen woman）xxix, 355, 358
「マグビー・ジャンクション」（Dickens, "Mugby

Junction," 1866) 164, 166
『マクベス』(Shakespeare, *Macbeth*, 1608) 208, 403, 406, 416
マクミラン、アレグザンダー (Alexander Macmillan, publisher, 1818-96) 546, 551
『マクミランズ・マガジン』(*Macmillan's Magazine*, 1859-1907) 540-41, 546, 551, 553-54, 602
マコーリー、トマス (Thomas Macaulay, historian, 1800-59) xxxi, 123-24, 242, 442-44, 449, 604, 609
『魔女に関する講義』(Upham, *Lectures on Witchcraft*, 1831) 455
「魔女ロイス」(Gaskell, "Lois the Witch," 1859) xxviii, xxxvi, 372, 455, 603-04, 621
「貧しいクレア修道女」(Gaskell, "The Poor Clare," 1856) xxx, 412, 414, 446, 605, 622
「貧しい人々のいる風景」(Gaskell, "Sketches among the Poor, No. 1," 1837) xv, 111, 546, 611, 624
「マタイによる福音書」("The Gospel according to St Matthew," NT) 380, 438
『マダム・ド・サブレ』(Cousin, *Madame de Sablé,* 1854) 543, 548
マティー、ミス (Miss Matty [Jenkyns], *CD*) xxiv, xxxiv, 13, 77, 176, 230, 318-19, 321-23, 487-90, 493, 557, 568-70, 597
マニング、ポール (Paul Manning, *CP*) xviii, 37, 164, 565
マネット、ルーシー (Lucie Manette, *A Tale of Two Cities*) 427
マライア・ヴィーナブルズ (Maria Venables, *The Wrongs of Woman*) 335
マリアット、フレデリック (Frederick Marryat, novelist, 1792-1848) 91
マイルズ、セアラ (Sarah Miles, *The End of the Affair*) 437
マルクス (Karl Marx, 1818-83) xi, 88, 601, 604, 609-10, 613
マルサス (Thomas Robert Malthus, 1766-1834) 5, 93, 198, 494, 612-14
マレー、リンドリー (Lindley Murray, grammarian, 1745-1826) 25, 44
マロック、ダイナ (Dinah Mulock, later Mrs Craik, 1826-87) 314
マンク将軍 (General Monk, 1st Duke of Albemarle, 1605-70) 333, 344
『マンスフィールド・パーク』(Austen, *Mansfield Park*, 1814) 161, 385, 436, 501, 572, 614, 640, 643
『マンチェスター・ガーディアン』(*The Manchester Guardian,* 1821-1959) 169, 275, 280-81, 287, 553, 613
『マンチェスター・クロニクル』(*The Manchester Chronicle*, Tory newspaper, 1781-1842) 531
『マンチェスター国内ミッショナリー協会年次報告書』(*The Annual Reports of the Manchester Domestic Missionary Society, 1833-1908*) xxiv, 255-56, 606, 612
「マンチェスターの結婚」(Gaskell, "The Manchester Marriage," 1858) xxxi, 550, 604, 617, 622
『マンチェスターの綿工業に従事する労働者階級の精神的・身体的状態』(Kay-Shuttleworth, *The Moral and Physical Condition of the Working Classes Employed in the Cotton Manufacture in Manchester,* 1832) 254, 290

(み)

ミータ ⇒ ギャスケル、ミータ
ミシュレ、ジュール (Jules Michelet, French historian, 1798-1874) xi
『水の子』(Kingsley, *The Water-Babies*, 1863) 180, 185, 190, 603
ミットフォード、M・R (Mary Russell Mitford, essayist, 1787-1865) 560-61
『ミドルマーチ』(G. Eliot, *Middlemarch*, 1871-72) ix-x, 42, 44, 108-09, 116, 600
『ミドロージァンの心臓』(Scott, *The Heart of Midlothian*, 1818) 456, 613, 635
ミラー、ヒュー (Hugh Miller, Scottish geologist, 1802-56) 276
ミル、ジェイムズ (James Mill, 1773-1836) 86, 125, 613
ミル、J・S (John Stuart Mill, 1806-73) xvi, xxiii, 125, 540, 600-01, 603-04, 609-10
ミルズ、コットン・マザー (Cotton Mather Mills, pseudonym of Elizabeth Gaskell) 48, 609
ミレイ、J・E (John Everett Millais, 1829-96) 63, 609

(む)

『無垢の歌』(Blake, *Songs of Innocence*, 1789) 189
『息子と恋人』(Lawrence, *Sons and Lovers*, 1913) 27, 146
『息子への書簡集』(Chesterfield, *Letters to His Son*, 1774) 338

(め)

メアリ・スミス (Mary Smith, *CD*) xxxiv, 286, 319, 477-94, 557, 568-70
『メアリ・バートン』(Gaskell, *Mary Barton*, 1848) vii, xviii, xxiii-xxv, xxviii, xxx-xxxi, 9, 13, 31-32, 39, 48, 50-51, 54-59, 64, 69, 71-73, 80, 84, 88-93, 95-96, 104, 107, 109, 111-12, 116, 129-32, 140-45, 150, 152, 164, 166-67, 169, 171, 174, 181, 194, 199, 201-02, 204, 209-13, 218, 225-27, 240-41, 254-57, 262-63, 276, 278-81, 283-85, 290-91, 293-94, 296-97, 301, 303, 305, 330, 352-53, 359, 372, 374-75, 381, 388, 392, 397, 404, 433-34, 446, 461, 463, 465-66, 468, 475, 478, 480, 498, 512-13, 520-22, 527, 531-32, 545,

547, 549, 558-59, 561, 576, 579, 590, 606, 609-10, 616-17, 624
『名所歴訪』（Howitt, *Visits to Remarkable Places*, 1840）108, 547, 611
メイソン夫人（Mrs Mason, *RU*）xxv, 61-62, 102, 207
メイヒュー、ヘンリー（Henry Mayhew, 1812-87）xxvii, xxxvi, 60, 96, 222-24, 232, 272-73, 352-54, 609, 636
「『メイブル・ヴォーン』への序文」（Gaskell, "Preface to Maria Susanna Cummins, *Mabel Vaughan*," 1857）605, 622
メルボーン卿（2nd Viscount Melbourne, William Lamb, 1779-1848）90, 108
メレディス、ジョージ（George Meredith, 1828-1909）558, 603-05

（も）
モア、ハナ（Hannah More, religious writer & philanthropist, 1745-1833）178, 371, 391
モーガン医師（Mr Morgan, "Mr Harrison's Confessions"）563-64
モーゼ（Moses, biblical prophet & lawgiver）184, 192
モートン、アナベラ／ジョン／フィリス（Annabella/John/ Phillis Morton, "Morton Hall"）323, 331-32, 336, 338
「モートン・ホール」（Gaskell, "Morton Hall," 1853）xxiii, xxxvi, 323, 330-31, 334, 339, 342-43, 345, 607, 622
『モーニング・クロニクル』（*The Morning Chronicle*, 1769-1862）60, 90, 609
モーム、W・S（William Somerset Maugham, 1874-1965）558
モーランド、ジョージ（George Morland, painter, 1763-1804）228
モール、マダム（Madame [Mary] Mohl, wife of German Orientalist Julius von Mohl, 1793-1883）xxiii, 454-55, 457, 602-03, 605-07, 609
モリー ⇒ ギブソン、モリー
モリス、ウィリアム（William Morris, 1834-1896）128, 265, 268, 270
『モル・フランダーズ』（Defoe, *Moll Flanders*, 1722）430
「モルグ街の殺人」（Poe, "The Murders in the Rue Morgue," 1841）460, 468, 474
モンタギュー、ミセス（Elizabeth R. Montagu, social reformer, 1718-1800）189
モンタランベール（Charles de Montalembert, French historian, 1810-70）541

（や）
「夜行郵便列車」（W. H. Auden, "Night Train," 1935）175
ヤコブ（Jacob, eponymous ancestor of the Israelites, "Genesis"）206, 428
「ヤコブの手紙」（"The General Epistle of James," NT）206
ヤハウェ［エホバ］（Yahweh = Jehovah）viii, 576
ヤング、シャーロット（Charlotte Yonge, novelist, 1823-1901）371
ヤング、ジョージ（George Young, Presbyterian minister, 1777-1848）xxxii, 450, 613

（ゆ）
「ユグノーの特性と物語」（Gaskell, "Traits and Stories of the Huguenots," 1853）548, 607, 622
ユダ（Judas Iscariot, original apostle of Jesus）205
ユング（Carl Gustav Jung, 1875-1961）407

（よ）
『「夜明け」フレディ・ヒックス』（Hicks, *"The Peep of Day," Freddy Hicks*, 1855）177, 193
『妖精女王』（Spenser, *The Faerie Queene*, 1590, 1596）406
『善きサマリア人』（Watts, *The Good Samaritan*, 1850）207, 608
「ヨハネによる福音書」（"The Gospel according to St John," NT）viii, 426, 428, 434

（ら）
ライエル、チャールズ（Charles Lyell, geologist, 1797-1875）133-34
ライト、トマス（Thomas Wright, prison philanthropist, 1789-1875）xxviii, 59, 207, 209, 608
ラヴァター、ヨハン・K（Johann Kasper Lavater, Swiss physiognomist, 1741-1801）218
ラヴェット、ウィリアム（William Lovett, Chartism leader, 1800-77）202
ラウドン、ジョン（John Loudon, horticultural writer, 1783-1843）257-58, 266-67
「ラグビー校の少年たち」（Hughes, "Boys at Rugby School," 1857）40
ラスキン、ジョン（John Ruskin, 1819-1900）xxiii, xxxv, 11, 17, 123, 128, 132, 180, 265, 317, 478, 493, 567, 602, 609-10
『ラックレント城』（Edgeworth, *Castle Rackrent*, 1800）330-31, 334-35, 337, 343
ラッシュワス氏（Mr Rushworth, *Mansfield Park*）504-06
ラッセル、レディー（Lady Russell, *Persuasion*）436
ラドクリフ、アン（Ann Radcliffe, 1764-1823）411, 558
『ラドロウ卿の奥様』（Gaskell, *My Lady Ludlow*, 1858）xvii, xxx, 30, 35, 116, 156, 168, 179, 213, 324-26, 453-55, 548, 550, 604-05, 622
『ラドロウ卿の奥様――短篇集』（Gaskell, *My Lady Ludlow & Other Tales*, 1861）603, 621

ラマルク、ジャン＝バティスト（Jean-Baptiste Lamarck, French naturalist, 1744-1829）xviii, 134
ラム、チャールズ（Charles Lamb, 1775-1834）560, 612-13
ラム、ハナ（Hannah Lumb, Gaskell's aunt, 1768-1837）xxii, xxx, 24, 236, 240, 442, 499, 611-12, 614
ラム、メアリアン（Marianne Lumb, Gaskell's cousin, 1791-1812）
『ランカシャー方言概要』（Bobbin, *A View of the Lancashire Dialect*, 1746）517, 523
『ランカシャー工業地方旅行の覚書』（Taylor, *Notes on a Tour in the Manufacturing Districts of Lancashire*, 1842）264
「「ランカシャーの教訓」書評――W・T・M・トレンス」（Gaskell, "Review of W. T. M. Torrens, 'Lancashire's Lesson,'" 1865）xxx, 621
『ランカシャー方言に関する二つの講義』（W. Gaskell, *Two Lectures on the Lancashire Dialect*, 1854）524
『ランセット』（*The Lancet*, medical journal, 1823-）349-50
『ランブラー』（*The Rambler*, Dr Johnson's periodical, 1750-52）405, 581

（り）
リー、ジョウブ（Job Legh, *MB*）xviii, 31, 92, 132, 142, 166, 171-72, 200-01, 276-77, 279, 285-87, 521, 527
リーアック、アンガス（Angus Reach, journalist, 1821-56）30-31, 90
『リーダー』（*The Leader*, six pence weekly, 1850-60）542, 544
リーチ、ジョン（John Leech, caricaturist, 1817-64）203, 210-11
リード、ウィンウッド（Winwood Reade, Scottish historian, 1838-75）124
リード、キャプテン（Captain Reid = Thomas Mayne Reid, Irish-American novelist, 1818-83）91
リービッヒ、ユストゥス・フォン（Justus von Liebig, German chemist, 1803-73）248
リグビー、エリザベス（Elizabeth Rigby, later Lady Eastlake, critic, 1809-93）379, 581
「リジー・リー」（Gaskell, "Lizzie Leigh," 1850）xxviii, 28-29, 60, 75, 194, 435, 479, 546-49, 554, 577, 606, 608, 622-23
『リチャード・フェヴァレルの試練』（Meredith, *The Ordeal of Richard Feverel*, 1859）x, 604
リチャードソン、サミュエル（Samuel Richardson, 1689-1761）407, 411, 424, 558
リッチー、レディー（Lady Ritchie, *née* Thackeray, 1837-1919）486
リドゲイト、ターシャス（Tertius Lydgate, *Middlemarch*）42
『リトル・ドリット』（Dickens, *Little Dorrit*, 1855-57）xii, 108, 193, 306, 606
「リビー・マーシュの三つの祭日」（Gaskell, "Libbie Marsh's Three Eras," 1847）xxiii, xxvii, 48, 106-07, 112, 116, 279-81, 323, 545-46, 609-10, 624
「リフォーム・クラブ厨房」（Tarring, "The Kitchen Department at the Reform Club," 1842）237
「旅行者たちの朝食」（Rippingille, "The Travellers' Breakfast," 1824）240-41, 245
リントン、E・L（Eliza Lynn Linton, journalist, 1822-98）312, 538

（る）
ルイス、ピエール（Pierre Louis, French physician, 1787-1872）296
ルイス、サラ（Sarah Lewis, author of *Woman's Mission*）366-67
ルイス、G・H（George Henry Lewes, 1817-78）370, 376, 503, 514, 536, 541-44, 587-89
ルイス、マシュー（Matthew Lewis = "Monk" Lewis, 1775-1818）405
ルヴェルチュール、トゥサン（Toussaint Louverture, leader of the Haitian Revolution, ?-1803）140
ルーク、ジェマイマ（Jemima Luke, hymnwriter, 1813-1906）331
「ルース」（Crabbe, "Ruth," 1819）450
『ルース』（Gaskell, *Ruth*, 1853）vii, xxiv-xxv, xxvii, 14, 16, 60-63, 71, 73, 77, 80, 102, 140-41, 167, 176, 206, 208, 223, 292, 299, 330, 359, 362, 364, 376, 414, 434-35, 478, 549, 558-61, 607, 616, 623, 637, 641
ルース ⇒ ヒルトン、ルース
「ルカによる福音書」（"The Gospel according to St Luke," NT）354, 438
ルソー（Jean-Jacques Rousseau, 1712-78）179, 338-41, 640
ルフトン、レディー（Lady Lufton, *Framley Parsonage*）385

（れ）
レイクス、ロバート（Robert Raikes, philanthropist, 1736-1811）xxiv, 23, 178
レイチェル（Rachael, Blackpool's co-worker, *Hard Times*）528
レナード（Leonard, Ruth's son, *RU*）361, 434-35
レーニ、グイド（Guido Reni, Italian painter, 1575-1637）480
レノックス大佐（Captain Lennox, *NS*）148
レノルズ、ジョシュア（Joshua Reynolds, painter, 1723-92）192
レモンド、サラ（Sarah Remond, American emancipationist, 1826-94）xxxiv

（ろ）

『ろうそくの科学』（Faraday, *The Chemical History of a Candle*, 1861）125

『労働』（Ford, *Work*, 1852-65）65

『労働者階級のための嘆願』（Slaney, *A Plea to Power and Parliament for the Working Classes*, 1847）274

ロウバラ、アナベラ（Annabella Lowborough, *The Tenant of Wildfell Hall*）423

ローズ、ヘスタ（Hester Rose, *SL*）397, 435

「ローマ人への手紙」（"The Epistle of Paul the Apostle to the Romans," NT）438

「六十年後のロックスリー・ホール」（Tennyson, "Locksley Hall Sixty Years After," 1886）123

ロジャーズ、サミュエル（Samuel Rogers, poet, 1763-1855）241-42

ロセッティ、ダンテ・ゲイブリエル（Dante Gabriel Rossetti, 1828-82）347, 360

ロセッティ、W・M（William Michael Rossetti, writer and critic, 1829-1919）545, 609, 612

ロチェスター、エドワード（Edward Rochester, *Jane Eyre*）147, 424-25, 479, 493, 580, 585

「ロックスリー・ホール」（Tennyson, "Locksley Hall," 1835）122

「ロバート・グールド・ショー」（Gaskell, "Robert Gould Shaw," 1863）551-53, 602, 621, 636

ロブソン、ダニエル（Daniel Robson, *SL*）91, 208, 451-52

ロブソン、シルヴィア ⇒ ヘップバーン、シルヴィア

ロラン、シャルル（Charles Rollin, French historian & educator, 1661-1741）25, 442

ロレンス、D・H（D. H. Lawrence, 1885-1930）27, 146, 433, 558, 641, 643

『ロングマンズ・マガジン』（*Longman's Magazine*, 1882-1905）540-41

『ロンドン・クォータリー・レビュー』（*The London Quarterly Review*, 1853-58, 1862-1932）589

『ロンドン散策』（Tristan, *Promenades dans Londres*, 1840）591

『ロンドンの労働とロンドンの貧民』（Mayhew, *London Labour and the London Poor*, compiled in 1851）96, 222, 352, 609

「ロンドン橋終着駅コーヒー・ルーム」（Dudley, "The London Bridge Terminous Coffee Room," c. 1862）250

ロンブローゾ、チューザレ（Cesare Lombroso, Italian criminologist, 1835-1909）470

（わ）

ワーズワス（William Wordsworth, 1770-1850）111, 117, 141, 179, 240-41, 245, 386, 448, 608-11, 614

ワイルド、オスカー（Oscar Wilde, 1854-1900）180, 606

『ワイルドフェル・ホールの住人』（A. Brontë, *The Tenant of Wildfell Hall*, 1848）249, 422-26, 435, 609, 644

『若い女性のための説教集』（Fordyce, *Sermons to Young Women*, 1766）338

『若き婦人帽子屋』（Stone, *The Young Milliner*, 1843）61, 531

『我が村』（Mitford, *Our Village*, 1853）560-61

『我が家の最後』（Martineau, *The Last Day in the Old Home*, 1861）471

「私のフランス語の先生」（Gaskell, "My French Master," 1853）24-25, 453-55, 607, 622

(地名・その他)

(あ)
アーク川 (River Irk, Manchester) 51, 53, 59
愛他主義 (altruism) xxxii
アイデンティティ (identity) 95-98, 198, 360, 415, 461, 465, 470, 472, 635
アイルランド (Ireland) 5, 9, 22, 31, 51, 59, 89, 149, 239-40, 254, 283, 331, 335, 342-44, 412, 519, 531, 601, 605, 609-11, 613, 640
アガペー [無償の愛] (agape) xxxii, 14, 214
悪臭説 (miasma theory) 292-93
アシニーアム (Athenaeum, now part of the Manchester Art Gallery, 1836-) 58, 274, 546, 548-49, 553, 607-09
新しい女 (new woman) 437, 471-73
アッサム種 (Assam species) 246
アッパー・カナダ (Upper Canada, British colony, 1791-1841) 93
アッパー・クラス ⇒ 上流階級
アッパー・サーヴァント (upper servant) 74, 76-77
アッパー・ミドル・クラス (upper middle class) 67-70, 72, 77-78, 80, 513
アッパー・ラムフォード・ストリート (Upper Rumford Street, Manchester) xix, 105, 611
アデルフィ劇場 (Adelphi Theatre, Strand, founded in 1806) xxxi
アビシニア (Abyssinia = Ethiopian Empire) 92, 98
アフタヌーン・ティー (afternoon tea) xxv, 80, 246, 593-94, 602
アフリカ (Africa) 42, 92, 98, 188, 366, 503, 572, 608
アヘン (opium) 71, 84, 89-91, 303-06, 613
アヘン戦争 (First Opium War, 1839-42; Second Opium War, 1856-60) 90, 605, 611
アマゾン (Amazons, *CD*) 155, 317, 487, 570
余った女 (odd women) xxix-xxx, xxxvi, 313-14, 437
アメリカ (America) vii-viii, xv-xvi, xxv, xxx, xxxiv, 16, 49, 66, 89, 92, 191, 212, 240, 248, 253, 263-64, 372, 380, 466, 492, 530, 547, 550, 580, 593, 595, 601, 603-10
アメリカ独立戦争 (American Revolutionary War, 1775-83) 153, 343, 446
アメリカ南北戦争 (American Civil War, 1861-65) 14, 450, 551, 604
安価な政府 (cheap government) 14
アンコーツ (Ancoats, the world's first industrial suburb, Manchester) 51
アンシャン・レジーム (*ancien régime*) xvii, 454
安息の家 (House of Rest, Liverpool, 1867-82) 350, 358
アンビヴァレンス [両価感情] (ambivalence) xviii-xix, 212

(い)
衣 [衣装] (clothing; clothes; dress) vii, ix, xxiv-xxv, xxxi, xxxiii, 60, 64, 86, 112, 193, 256, 217-34, 301, 305, 331, 336, 339-40, 389, 391, 462, 568, 593, 604, 612, 640-41
位階制 ⇒ ヒエラルキー
異教徒 (pagan) 61, 154-55, 205
異性愛 (heterosexuality) 314, 642
異性装 (transvestism) 104, 322, 325
依存症 (addiction) 302-04
一シリング月刊誌 (shilling monthly) 550-51
一ペニー週刊誌 (penny weekly) 550
イデオロギー (ideology) ix-x, xx, xxix, xxxiii, 11, 199, 211, 256, 313, 316, 348-51, 367-68, 389-90, 395, 397, 411
遺伝学 (genetics) 410
田舎 [田園] (country) ix, xx, xxii, 11-12, 32-37, 48, 50, 54, 66-68, 71, 74, 78, 102, 104-06, 108-11, 113-15, 117, 132, 167, 181, 186, 209-10, 224, 245, 253, 260, 262-63, 284, 286-88, 292, 298, 301, 352, 373, 385-87, 390-93, 395-96, 444, 446-48, 457, 485-87, 490-91, 493-94, 498, 501, 547, 558-59, 561, 563-66, 570, 572-73, 587, 611, 617
衣服 ⇒ 衣
移民 [移住] (emigrant; immigrant [emigration; immigration]) xxx, xxxvi, 16, 25, 51, 84, 86, 91, 93-95, 98, 141, 145, 165, 167, 212, 240, 254, 263, 283-84, 312, 316, 363, 366, 434, 519, 609
院外扶助 (outdoor relief) xxviii, 213
イングランド国教会 ⇒ 国教会
イングランドの現状問題 ("Condition of England" Question) 50, 198, 212
飲酒 (drinking) xxx, xxxv, 249, 272-73, 283, 288, 422
インテリア [室内 (装飾)] (interior) 110, 250, 260-62, 265-68, 270, 279, 466, 468-69, 482, 573, 594
インド (India) xxii, 16, 84-86, 90-92, 154, 229, 244-46, 303, 319, 321-22, 338, 356, 488, 553, 605, 610, 612-14
インド大反乱〔セポイの乱〕(Indian Rebellion [Sepoy Mutiny], 1857-58) 85, 605

(う)
ウィガン (Wigan, Greater Manchester) 227-28

ヴィクトリアン・ゴシック ⇒ ゴシック・リヴァイヴァイル
ヴィクトリア朝大好況期（Great Victorian Boom, 1850-73）xv, xxxv, 210, 593
ウィットビー（Whitby, North Yorkshire）xxxii, 448-50, 455, 604, 613
ウィルトシャー（Wiltshire, South West England）288
ウーマン・クエスチョン［女性の問題］（Woman Question）xxxvi, 372, 540
ウール（wool）220, 227, 231
飢え［飢餓］（hunger）xxi, xxv, xxxv, 5, 60-61, 89, 114, 122, 129-30, 179, 194, 202, 204, 210, 238-41, 244, 249, 294, 297, 304, 337-38, 384, 387, 453, 576
ウェールズ（Wales）xix, xxviii, xxx, xxxv, 10, 63, 105, 167, 238, 290, 359, 361, 408-09, 416, 434, 532, 609-13
ヴィクトリア・アンド・アルバート博物館（Victoria and Albert Museum）265, 608
ヴェスト［チョッキ］（vest; waistcoat）61, 105, 218, 220, 522
ウェストモランド（Westmorland, Cumbria）448
ウェッジウッド社／家（Wedgwood, founded in 1759）241, 245, 397, 608, 614
ウォリック（シャー）（Warwick, Warwickshire, West Midlands）26, 546, 586-87, 608, 613
ウォリントン（Warrington, Cheshire）23, 28, 610, 614
宇宙の内在意志（Immanent Will）431
乳母（dry/wet nurse）74, 76, 192, 335, 414-15, 446, 530, 612, 638
運命論（fatalism）xxiii

（え）

映画（film）xxxi, 175, 593, 644
英国学術協会（British Association for the Advancement of Science, founded in 1831）xviii, 124-25, 603, 612
衛生（sanitation）xx, xxxiii, 9, 14, 17, 53, 76, 213, 251, 256-57, 273-75, 280, 290-94, 296-97, 302, 304, 470, 576, 609-10
栄養失調（malnutrition）223, 294, 302
エチケット・ブック（etiquette book）218-19
エディンバラ（Edinburgh, Scotland）41, 55, 105, 123, 210, 294, 357, 395, 444, 537, 540, 547, 590, 602, 609, 612, 614, 639
エプロン服（pinafore）226
エリザベス救貧法（Elizabethan Poor Law, 1612）14
エリザベス朝（Elizabethan Age, 1558-1610）266, 444, 481-82
ＬＮＡ［性病予防法廃止運動女性協会］（Ladies National Association for the Repeal of the Contagious Diseases Acts, established in 1869）355-56, 363
エレクトラ・コンプレックス（Electra complex）499, 566
エロス［性愛］（eros; sexual love）xxxii, 104, 351
園芸（gardening）258, 275-79, 287
演劇（play）ix, xxxiv, 66, 76, 353, 461, 477-94, 607
演劇的要素（theatrical elements）ix, xxx-xxxi, xxxiv, 477-94
煙突掃除（人）（chimney sweeper）xxviii, 96, 186-90, 195
煙突掃除の少年（climbing boy）96, 185

（お）

オイディプス・コンプレックス（Oedipus complex）409
王政復古（Restoration,1660）xvi, 331-34, 341, 344, 481-82
オーストラリア（Australia）xxx, 98, 284, 429-30, 432, 608-09
オーストリア継承戦争（War of the Austrian Succession, 1740-48）446
オープン・スペース（open space）273, 280
オールダム（Oldham, Greater Manchester）7, 111, 132, 609
オールド・メイド（old maid）315-17, 323
オールトン（Alton, Hampshire）251, 570, 602
堕ちた女（fallen woman）xxvii-xxx, xxxiii, 14, 59-61, 103-04, 206-07, 222, 230-31, 279, 330, 348, 354-55, 359-60, 362, 392, 395, 412, 414, 558, 609
オックスフォード（Oxford）22, 24, 27, 33, 39-40, 44-45, 125-27, 147, 149, 168, 224-25, 258, 315, 359, 384-85, 596, 603-06
オックスフォード運動（Oxford Movement, aka Tractarianism, 1833-41）147, 384, 387, 612
オックスフォード大学科学博物館（Oxford University Museum, established in 1850）126
オックスフォード大学法（Oxford University Act, 1854）13, 606
オックスブリッジ（Oxbridge）xviii, 11-13, 40, 126-27
男勝りの女（strong-minded woman）317, 589
オペラ（opera）482, 641
オリーヴ・マウント（Olive Mount, Liverpool）165
温室（conservatory; green house; hothouse）3, 247, 257-59, 269, 537, 544
女家庭教師 ⇒ ガヴァネス
女主人つきのメイド（lady's maid）74
女同士の絆（female bond）vii, xxiii, xxviii-xxix, xxxiii, 311-28
女同士の友情（female friendship）312, 314

（か）

カール協会（Kyrle Society, founded in 1876）17
怪奇小説 ⇒ ゴシック小説
階級（social classes）ix, xx, xxiv, xxvi, xxxii-xxxiii, 6-

11, 23-26, 28, 40, 43-44, 54, 65-82, 95, 105, 146, 152, 164, 166, 179, 198, 201, 203, 205-06, 208-09, 211-12, 214, 218-19, 222-25, 227, 229-32, 264, 274, 293-98, 305, 318, 323, 325, 332-33, 341, 351, 357, 361, 373, 384, 386, 389, 393-94, 397, 399, 448, 454, 484, 486-87, 494, 518, 520, 533, 562, 568, 576, 581, 596, 610, 644
階級格差（class divide）24
会衆派（Congregationist）22
快適さ（comfort）261-65, 351
解剖学（anatomy）219, 236, 503
ガヴァネス［女家庭教師］（governess）26, 316, 360, 424, 435, 501, 582
ガヴァネス互恵協会（Governesses' Benevolent Institution, established in 1843）316
科学（science）xviii, xxxi-xxxiii, xxxv, 22-23, 41-43, 58, 92-94, 98, 121-37, 142, 172, 190, 200, 248-51, 445, 460, 527, 545, 596, 598, 612
（英国）化学会（Royal Society of Chemistry, founded in 1841）125
科学技術 ⇒ テクノロジー
鏡［姿見］（mirror; looking glass）xi, 136, 171, 186, 248, 260-61, 265-66, 305
家具の備え付け（furnishing）265, 267
カゴ（Cagot, minority found in west France and northern Spain）xxxvi, 448
傘（umbrella）226, 485-86
賢い専制（wise despotism）201, 393
家事使用人 ⇒ メイド
下層中産階級（lower-middle class）69, 73-74, 76, 81-82, 549
家庭崇拝主義 ⇒ ドメスティック・イデオロギー
家庭の外の天使（angel out of the house）367
家庭の天使（angel in the house）xxv, xxvii, xxix, xxxv, 227, 316, 349, 351, 412, 491, 582
カトリシズム（Catholicism）312, 412
カトリック解放令（Catholic Relief Act, 1829）244, 446, 612
カナダ（Canada）xxx, 83, 91-94, 109, 141-142, 144-145, 212, 251, 263, 286, 434, 565, 601, 605
家父長（制）（patriarch; patriarchy; patriarchalism）xxv-xxvii, xxix-xxx, xxxiii, 55, 200-01, 208-09, 313, 315, 317, 320, 325-26, 330, 334-36, 338, 340, 354-58, 390, 398, 413-14, 416-17, 576, 579
神の見えざる手（invisible hand）xx, 200
ガラス（glass）3, 10, 70, 127-28, 137, 183, 256, 258-61, 265, 295, 527, 586
カルチュラル・スタディーズ（cultural studies）vii, ix, 595
家令（steward）66, 74, 81
姦淫（adultery）104, 206, 422, 431, 437-38
観客（audience）478-79, 481-83, 490, 506
環境改善（environment improvement）292
看護（学校）（nursing [school]）xxiii, xxix, 86, 176, 249, 299, 305, 316, 361, 367, 397, 425, 604, 606, 638, 643
感情移入（empathy）352, 453-54, 490
干渉主義（interventionism）201, 207-08, 212, 387, 396-97
勧善懲悪（poetic justice）164, 478
カントリー・ジェントルマン（country gentleman）11-12
カントリー・ハウス（country house）74, 76, 258, 263, 390-91
願望充足（wish fulfillment）498-99, 582
官僚制度（bureaucracy）13

（き）

機械仕掛けの神（*deus ex machina*）490
機械的反復学習法（rote learning）29
議会列車（Parliamentary train = ghost train）275, 288
戯画化（caricature）xxxvi, 109, 211, 569
飢餓の四〇年代（Hungry Forties）xxi, 129, 202, 210, 239, 384, 387, 576
喜劇的息抜き（comic relief）xxiii
紀行文（travel writing）xxx, 548
既婚女性財産法（Married Women's Property Acts, 1870, 1882）345, 601
寄宿学校（boarding school）26-27, 35, 183, 530, 532, 580, 582, 613-14
規制緩和（deregulation）xx-xxi, 9
偽善性（hypocrisy）488
貴族（aristocracy）6-7, 11, 13, 15, 35, 58-59, 67-68, 78, 92, 97, 179, 191, 220, 246, 318, 333, 385-86, 388, 426-27, 436, 438, 453-54, 471, 558, 570, 591
キャッシュ・ネクサス〔金銭的結び付き〕（cash nexus）201, 387, 395
救貧院（poor house）xxviii, 15, 55, 60, 108, 186, 188, 191, 193, 198-99, 213, 226
救貧税（poor rate）xxviii, 14
救貧法改正法［条例］⇒ 新救貧法
教育（education）ix-xi, xvi, xxiv, xxxiii-xxxiv, 9, 11-12, 15-17, 21-45, 57-58, 67, 69, 73, 78, 81, 84, 122-27, 139, 144, 152, 178-79, 181, 185, 189, 193, 209, 223, 265, 290, 324, 338-42, 350, 358, 360, 363, 366, 371, 391, 397, 410, 442, 467, 469, 504-05, 524, 532, 538, 576, 584, 593, 595-96, 603, 613
狂気（madness）330, 332-36, 361-62, 408, 448, 473, 476
教皇の侵略（Papal Aggression, 1850）312
教条主義（dogmatism）487
強制徴募隊（press gang）xxxii, 208, 435, 445, 449-52, 558
恐怖時代（Reign of Terror, 1793-94）454, 457
教養（culture; literacy）x, xvi, xxx, xxxvi, 11, 28, 33, 56, 78, 145, 218, 231, 357, 360-61, 435, 460, 472,

485-86, 493, 538, 548, 553, 565, 568, 587, 590, 601
教養小説（*Bildungsroman*）x, 145, 460
虚栄心（vanity）222-23, 231-33, 351-52, 501, 507
虚構［フィクション］（fiction）ix, 91, 114, 142, 148, 240, 246, 294, 312, 318-19, 381, 405, 444, 446, 448, 456-57, 473, 497-515, 537, 542, 548, 635
ギリシャ悲劇（Greek tragedy）488
キリスト教（Christianity）xviii, xx, xxiii, xxvii, xxix, xxxii, xxxiv, 14-15, 61, 135, 143, 152, 178-80, 183, 185, 187-88, 190, 192, 200-01, 205-06, 208-09, 212, 214, 354, 356, 381, 387, 417, 422, 424, 430-31, 433, 435-39, 512, 526, 532, 581, 602, 610-11, 636
均衡の時代（Age of Equipoise）85
禁酒運動（temperance movement）15, 283
近代化（modernization）108, 397, 593
近代都市（modern city）466, 470
勤労者学校（Working Men's College, founded in 1854）97

（く）
クエーカー（Quaker）xxxv, 521, 546
クォリ・バンク綿紡績工場（Quarry Bank Mill factory, Cheshire, founded in 1784）55
組合 ⇒ 労働組合
グラスゴー（Glasgow, Scotland）28, 32, 124, 357, 613
グラッドストン鉄道統制法（Gladstone's Act; Railway Regulation Act, 1844）288
グラマー・スクール（grammar school）22, 27
グリーン・ヘイズ・フィールズ（Green Heys Fields, near Manchester）279-80
クリスタル・パレス［水晶宮］（Crystal Palace, Hyde Park）3, 85, 121, 127-29, 131, 137, 252, 259, 265, 269, 600, 608, 637
クリミア戦争（Crimean War, 1854-56）xviii, 85-86, 247, 350, 606-07
クロス・ストリート・チャペル（Cross Street Chapel, Unitarian church, Manchester）xxiv-xxv, 139, 141, 524, 601, 610, 612
グローバル化［グローバリズム］（globalization; globalism）viii, xx, 84
グロスター（シャー）（Gloucester, Gloucestershire, South West England）23, 336
クロプトン・ホール（Clopton Hall, Warwickshire）546, 611, 624
群衆〔群集〕（crowd）49, 278, 305, 395, 459-76

（け）
経済学（political economy）4, 200, 206, 261, 498, 604, 609, 613
警察（police force）xxxvi, 104, 169, 350, 355-56, 362, 460, 465, 470, 473, 547, 552, 612
競馬（horse racing）280-81, 340
系譜学（genealogy）461
啓蒙主義（Enlightenment）23
劇場（theatre）xxxi, 260, 272, 478-79, 481-83, 580
ゲゼルシャフト［利益社会］（*Gesellschaft*）xxviii, 204
下男（footman）74-75, 395
ゲマインシャフト〔共同社会〕（*Gemeinschaft*）202
現象学（phenomenology）ix
顕微鏡学会（Microscopical Society of London, 1839）125
ケンブリッジ（Cambridge）22, 24, 27, 39-42, 44, 125-26, 385, 442, 501, 587
ケンブリッジ大学法（Cambridge University Act, 1856）13, 605
権力（power）7, 35, 200, 320, 323, 357, 359, 361, 391, 409, 412, 470, 576
（市民）公園（[pubic] park; garden）106, 273, 280-81, 610

（こ）
航海法（Navigation Acts, 1651-1849）xxxv, 9, 609
高教会派（High Church）316, 385, 581
工業都市（industrial city）7, 10, 72-73, 89-90, 105, 107-09, 113-14, 164, 166, 226, 239-40, 254, 264, 288-307, 352, 373, 384, 392, 404, 558
鉱山法（Mines Act, 1842）14, 611
公衆衛生（public health）251, 273, 290, 292-93, 470
公衆衛生法（Public Health Act, 1848）14, 609
工場学校（factory school）30
工場法（Factory Acts, 1802, 1833, 1844, 1847, 1850, 1874）14-15, 28-29, 244, 300, 373, 380, 609-10, 612
工場労働者（factory worker）xxxv, 9-10, 51, 55, 95, 113-14, 141, 202, 225, 227, 231-32, 256, 273, 276, 279, 290, 293, 301-02, 352, 372-74, 393, 466, 520, 531
公的領域（public sphere）xxxiv, 210, 320, 324, 367-68, 378, 394-95, 397
公務員試験制度（civil service examination）12-13
功利主義（utilitarianism）34, 125, 179, 181, 528, 569, 603
合理主義（rationalism）xxiv, xxx, 122, 200
合理的娯楽（rational recreation）274
コーヒー・ハウス（coffee house）245
国民学校（national school）44
国民像（national identity）95-100, 351, 355-56, 358
穀物法（撤廃）（Corn Law, 1815-46）xxxv, 9-10, 85, 87-90, 239, 244, 264, 274, 331, 387, 397, 610-11, 614
孤児（orphan）xxiv, xxviii, xxx, 48, 61, 115, 147, 149, 182, 189-91, 206-07, 213, 392, 473, 479, 519
ゴシック（Gothic）xxvii, xxx-xxxi, 126-27, 144, 155, 166, 265-66, 403-19, 551, 559, 580, 641
ゴシック・リヴァイヴァル（Gothic Revival, aka Victorian Gothic or Neo-Gothic）127, 384, 407-11,

414, 416
ゴシック小説（Gothic novel）ix, xxx-xxxi, xxxiv, 102, 104, 140, 330, 403-19, 559
ゴシック様式（Gothic style）265-66, 406
個人主義（individualism）39, 388, 399
個人的接触（personal contact）209, 211, 384
湖水地方（Lake District, North West England）105, 269, 448, 548, 608-09
コスチューム・ドラマ〔時代劇〕（costume drama）xxxi
古生物学（paleontology）132-33, 276
国家（nation）xxxiii-xxxiv, 7, 11, 14-15, 24, 44, 83-100, 115, 128, 130, 173, 188, 200, 208, 211, 292, 349-50, 355-57, 373, 392, 442, 451-52, 601
国家アイデンティティ ⇒ 国民像
国会議員特権（parliamentary privilege）161-62
国教会（Church of England; Anglican Church）xxxv, 11-14, 16, 23, 32, 126, 135, 147-53, 178, 191, 205-06, 262, 297, 316, 328, 333, 350, 385-86, 390, 392-93, 437, 579, 611
国教徒（Anglican; Conformist）xviii, xxiii, 12-13, 23, 126, 148, 154-55, 200, 205, 324, 334-35, 341-42, 399, 417
コットノポリス（Cottonopolis = Manchester）7, 48
コテージ（cottage）16, 60, 253, 257-58, 262-64, 266, 350, 358, 399, 571
古典（主義）（classics; classicism）11, 22, 24, 27, 32-34, 37-38, 40-42, 44, 406-07, 411, 448, 532, 542, 558, 569
ゴドフリーの強心剤（Godfrey's Cordial, mixture of opium and treacle）306
子供時代（childhood）xxii, xxvi, xxxiii, 177-95, 365, 446, 463
娯楽（recreation; leisure; entertainment）ix, xx, xxiv, xxvii, xxxi, xxxiii, 239, 246-48, 251, 271-88, 371, 405, 412, 461
コレラ（cholera）45, 85, 249, 291, 296, 601, 606, 612
コンダクト・ブック（conduct book）366
昆虫学（会）（Royal Entomological Society, 1833）125, 132, 142, 276, 279

（さ）
細部描写（detailed description）xxv
サスペンス（suspense）xxxi, 404, 580
殺人（狂）（murder; homicidal mania）xxxi, xxxiv, 55, 111, 142, 151, 169, 174, 230, 283-84, 304-05, 354, 375, 410, 460-64, 467-68, 471, 474-75, 493, 513, 639
サティ（Sati, Indian funeral practice）356
三角関係（love triangle）513
三角貿易（triangular trade）166-67
産科（obstetrics）58, 294
産業革命（Industrial Revolution）xvi-xvii, xx, xxiii, 4, 6-7, 10, 22, 31, 48, 84, 125-30, 179, 181, 186, 190, 198, 202, 253-72, 349, 384, 388, 407, 411, 444, 478, 482, 494, 581, 593
産業小説（industrial novel）xxvi, xxviii, 28-34, 112, 202, 204, 518-20, 522, 529, 531
参政権（suffrage）7, 10, 16, 56, 363
サンデー・スクール ⇒ 日曜学校
散歩（walk）106, 273, 275, 279-83, 287, 564
三文文士街（Grub Street）554

（し）
慈愛 ⇒ 慈善
シェフィールド（Sheffield, South Yorkshire）7, 273, 281
ジェンダー（gender）vii, ix, xxvii-xxx, xxxiii, 23, 43, 104, 107, 214, 218-19, 309, 322, 324-26, 332, 355, 361, 399, 411-12, 470, 533, 536, 580-82, 596, 639
ジェントリー（gentry）6, 11, 385-86, 391
ジェントルウーマン（gentlewoman）13, 15
視学官（制度）（school inspector system）34-35
識字（率）（literacy rate）23, 163, 169-70, 174
自己（self; me）x, xx, xxiii-xxiv, xxxii-xxxiii, xxxv, 37, 78, 80, 107, 199, 201, 203-04, 206, 212, 233, 251, 295, 305, 323, 330, 334-38, 342, 351, 354-55, 357-59, 361-62, 378-79, 386, 390, 395, 405, 407-08, 413, 417, 430, 432, 436, 461, 465, 470, 484, 497-515, 537, 572, 580, 583-84, 637, 643
自己犠牲（self-sacrifice）xxix, 116, 206, 230, 313, 321-22, 324, 334, 336-38, 362, 412, 414, 582, 585
自己欺瞞（self-deception）xxvii, 199-200, 319, 488
自己実現（self-realization）107, 390, 397, 510, 583
仕事への使命感（vocation）370
自己表象（self-representation）355, 358
自己矛盾［自己撞着］（self-contradiction）xxxii-xxxiii, 430, 500
自己滅却（self-abnegation）323
死産（stillbirth）xxii, 116, 193, 432, 611-12, 624
自助の精神（self-help）xx-xxi, xxiv, 11, 13, 17, 198-202, 208, 211
自然（nature）70, 86, 92-93, 95, 98, 101-18, 124, 132-34, 149, 179, 181, 190, 200, 209, 239-40, 258-59, 262, 277, 280-83, 290, 298, 316, 359, 513, 526, 542, 549, 560, 566, 573
慈善［慈愛、博愛］（charity; philanthropy）xx, xxiii-xxv, xxviii, xxxv, 14-17, 30, 40, 58-59, 64, 74, 89, 142, 201, 207-09, 225, 240, 246, 255, 262, 275, 312, 349-50, 366-67, 374-75, 378-79, 387-92, 393-95, 422, 425, 435-36, 484, 488, 530, 543-44, 608
慈善学校（charity school）17, 74, 246, 484
自然科学（natural science）viii, xvi, xviii, xix, 41, 92, 124
慈善組織協会（Charity Organization Society, led by Octavia Hill, founded in 1869）208
自然哲学（natural philosophy）124

自然淘汰（natural selection）133, 135-36
自然の風景（natural landscape）102
仕立屋［仕立業］（tailor）60, 73, 148, 220
シチュエーション・コメディー〔状況喜劇〕（situation commedy）82
室内（装飾）⇒ インテリア
私的領域（private sphere）xxvii, 210, 392, 394-95, 397
自伝（autobiography）xxxiv, 23, 25, 34, 41, 94, 352, 371, 380, 416, 497-515, 537, 548, 636
視点人物（point of view character）505, 508
地主階級（landed gentry）7-9, 40, 78, 87, 141, 384, 386, 389-92, 395, 398, 414, 507
慈悲の聖母童貞会（Religious Order of the Sisters of Mercy, founded in 1831）312
ジフテリア（diphtheria）295
死亡記事（obituary）538, 551-53, 602
死亡率（death rate）116, 178, 191, 193, 290-91, 298, 312
（産業）資本家（industrialist; capitalist）xii, xviii, xxxv, 6-8, 10, 200-04, 206, 210, 239, 384, 387-88, 396-97, 399, 485, 518, 520, 533, 558
資本主義（capitalism）x, xxi, 14, 198, 208, 385, 412, 466, 566
事務弁護士（attorney）66, 68-69, 78, 81, 475
使命 ⇒ ミッション
紗（gauze）220, 231, 319
ジャーナリズム（journalism）xxxiv, 134, 312, 316, 353, 536, 538-41, 543, 545, 549, 552-54
社会史（social history）xv, xxi, 4, 596
社会主義（socialism）xxi, 124, 387, 396, 439, 512, 583
社会小説（social novel）⇒ 社会問題小説
社会的地位（social status）10, 67-68, 78, 209, 219-20, 299, 318, 338, 392, 506, 527
ジャガイモ飢饉（Irish Potato Famine, 1845-49）239-40, 246, 610
社会問題小説（social-problem novel, aka social novel /realist fiction）xviii, xxv, xxxii, xxxvi, 4, 55, 89, 91, 111, 142, 145, 173, 199, 373, 375-76, 460, 468, 473, 486, 551, 559, 561-62, 573
ジャケット（jacket; coat）220-21, 593
社交界（society）41, 98, 336, 486-93, 548, 563, 569, 578, 608, 623
ジャック・イン・ザ・グリーン（Jack-in-the-Green, May Day）187
ジャマイカ事件（Jamaica Rebellion; Morant Bay Rebellion, 1865）85, 602
ジャンル（genre）ix, xxx-xxxiv, 37, 102, 111, 117, 166, 172-73, 342, 375, 401, 407, 411-12, 419, 460-63, 472, 474, 538, 596, 636, 639
住［住宅、住居、住まい、住環境］（living [environment]）vii, ix, xxiv-xxv, xxxiii, 15, 17, 27, 50-54, 70, 75, 77, 93-94, 105, 253-70, 272-73, 275, 277-79, 290, 292, 297, 301, 312, 351, 518, 576, 593
宗教（religion）x, xvi, xxiii, xxxiii, xxxv, 11, 13, 16, 22, 28, 38, 63-64, 88, 126, 131-32, 135, 139-57, 178, 180, 183, 201, 205, 325, 331-35, 341-43, 356, 370-80, 384, 386, 390-91, 430-31, 437, 503, 531, 541, 596, 635
重婚（bigamy）429-30, 462
十時間労働法（Ten Hour Act, 1847）14, 387, 531, 610
収集家（collector）468-71
集団心理（group psychology）204
自由党（Liberal Party, founded in 1859）xxi, 14, 601-02, 604
自由貿易（free trade）xxxiii, 8-9, 83-100, 276, 532, 610
自由貿易会館（Free Trade Hall, Manchester, built in 1853-56）532, 605-09
自由放任主義 ⇒ レッセ・フェール
終末論（eschatology）xxiii
熟練工（skilled worker）xxxv, 97, 112, 204, 209, 223
守護天使（guardian angel）354
十戒（Ten Commandments; Decalogue）184, 422, 431
出産（childbirth）102, 225, 244, 256, 294, 303, 322, 351
出世第一主義（careerism）39
首都警察法（Metropolitan Police Act, 1829）465
シュルーズベリー（校）（Shrewsbury [School], Shropshire）27, 41, 523
巡回図書館（circulating library）407
準歴史小説（quasi-historical fiction）446, 457
蒸気機関（steam engine）xvii, 31, 48, 160, 166, 190, 593, 603, 614
猩紅熱（scarlet fever）xxiii, xxvi, 71, 193-94, 203, 295, 603, 610
正直な服（honest dress）221-22, 224-26, 230-33
上層階級（higher classes）6
上層中産階級（upper middle class）⇒ アッパー・ミドル・クラス
衝動（impulse）102, 324, 351, 354, 362, 378-79, 430, 506-07, 509-13
使用人 ⇒ 召使
上品な節約（elegant economy, *CD*）xxvii
娼婦 ⇒ 売春婦
上流階級（upper class）xxiii, 6-7, 10-11, 24, 58, 66-70, 72, 74, 76-78, 80, 107-08, 183, 191, 219-21, 225, 230, 357, 384-85, 387, 389, 519, 532, 548
ショール（shawl）84, 107, 217, 224, 226-33, 236
助教生制度（monitorial system, aka mutual instruction）29
食〔食事〕（eating）vii, ix, xxiv-xxviii, 36, 62, 68, 70, 74-75, 77-78, 80, 132, 184, 189, 227-28, 235-52, 256, 260, 265, 287, 294, 296, 298, 301, 304-05, 340, 391,

450, 566, 607, 609, 640, 643
職業作家（professional writer）368, 535-56
植物園（botanical garden）274, 281
植物学（会）（Botanical Society of London, founded in 1836）92, 125, 132, 142, 276
食文化（food culture）vii
植民地（主義）（colony, colonialism）xxx, 16, 84-87, 91, 93-94, 98-99, 191, 213, 312, 316, 333, 342, 351, 503, 507, 553, 606, 611
食欲（appetite）238-39, 262, 297, 532
女子教育（female education）24, 26, 329, 338-42, 363, 371
女子修道会（sisterhood）316, 328
女性解放（women's liberation）xviii
女性虐待（wrongs of woman）vii, 329-45
女性嫌悪（misogyny）312
女性作家（female author; female novelist; woman of letters）xxxiii, 61, 109, 140, 316, 320, 342-43, 365-81, 411-12, 462, 472, 536, 538-39, 544-45, 554, 581, 583, 585, 590, 640
女性性（femininity）xxvi, 318, 322, 327, 362, 411
女性の影響力（women's influence）357, 367
女性の義務（women's duty）339, 369
女性のゴシック（female Gothic）xxvii, xxxiv, 411-14
女性の連帯（female solidarity/communality）314, 323, 326
職工会館（Mechanics' Institute）xxiv, xxxv, 276, 279, 527, 532-33, 609, 613
初等教育法 ⇒ フォースター教育法
書評（review）xxx, 54-55, 64, 210, 366, 376, 537-39, 541-43, 545-46, 548-49, 551, 553, 555, 585, 590, 601, 608-09, 621, 623
シルヴァデイル（Shilverdale, Lancashire）238, 603, 606-08, 610
シルク（silk）220, 225-26, 231, 233, 265
素人芝居（amateur theatrical）479, 505-06, 508
神学（theology）22, 135, 429, 542
進化論（theory of evolution）xviii, xxxi, 125, 127, 133-37, 186, 190, 200-01, 410
新救貧法（Poor Law Amendment Act 1834, aka New Poor Law）xxviii, 143, 198-99, 292, 380, 387, 612
信仰（faith）33, 38, 58, 114, 122-28, 132-36, 147, 149-51, 153, 156, 350, 356, 358, 360, 371, 385-87, 392, 413, 421-39, 566, 584
新興ブルジョアジー（rising bourgeoisie）xx, xxvi, 198, 202, 558
新古典主義（neoclassicism）407
心臓病（heart disease）236, 251
新帝国主義（New Imperialism）84, 99
人道主義（humanitarianism）xxx, 179, 188, 200-01, 376, 388, 394, 417
人物造型（characterization）31, 498, 502, 508, 571
新聞（press; newspaper）ix, 94, 142, 169, 171, 174, 239, 276, 281, 461, 475, 531, 536, 540, 543-44, 557, 585, 606
人文科学（humanities）viii, x-xi, 126, 594-95
進歩（progress）xviii, xxxi-xxxiii, 30, 35, 39, 68, 90, 94, 109, 115, 122-25, 130, 132-36, 168, 397, 444-45, 447-48, 542, 549, 587, 612
人民憲章（People's Charter, 1838）10, 56, 202, 611

（す）

水晶宮 ⇒ クリスタル・パレス
推理小説（mystery）ix, xxxi, xxxiv, 464, 459-76
スカーフ（scarf）233
姿見 ⇒ 鏡
スコットランド（Scotland）xxxi, 32-33, 40, 42, 90, 94, 148, 168, 227, 249, 276, 333, 344, 399, 521, 604-10
スコットランド・ヤード［ロンドン警視庁］（Scotland Yard, Whitehall）xxxvi, 465, 470, 612
スタイアル（Styal, Wilmslow, Cheshire）55, 57
スティグマ〔汚名〕（stigma）223
捨て子（foundling）xxviii, 190-92, 213
捨て子養育院（foundling hospital）188, 190-92, 195
ストックトン（Stockton, Norfolk）xvii, 160, 613
ストックポート（Stockport, Greater Manchester）159
ストライキ（strike）xxxvi, 10, 13, 55, 107, 113, 145-46, 149, 175, 202, 463, 466, 471, 478, 518, 522-23, 531, 611
ストラトフォード・アポン・エイボン（Stratford-upon-Avon, Warwickshire）26
ストレス（stress）xx, xxv-xxvi, 105, 250-51, 491
スノッブ［スノバリー、スノビズム］（snob; snobbery; snobbism）12-13, 78
スピンスター〔未婚女性〕（spinster）ix, xxv, xxix, xxxiii, 311-28, 330, 343, 390, 485, 488, 491
スペイン（Spain）xxxvi, 147, 149, 153, 227, 442
スポーツ（sports）11, 272-73
スミス・エルダー社（Smith, Elder & Co., London, established in 1816）146, 450, 549, 601-03, 605
スラム（slum）xxiv, 17, 51, 59, 105, 122, 198, 209, 254, 256, 268, 275, 293, 387, 391-93, 470, 518

（せ）

清教徒革命（English Civil War; Puritan Revolution, 1637-49）xxxvi, 332-33, 341-42, 481
性差別（sex discrimination）348, 351, 354
政治（politics）xii, xvi-xvii, xix, xxi, 7-9, 11, 13-14, 36, 39, 49, 56, 86-89, 97, 134, 142, 160, 179, 198, 202, 211, 213, 244, 270, 279, 330-35, 341-44, 348, 354-59, 362, 384, 389, 405, 449, 451-52, 454, 456, 464-65, 498, 541, 583, 593, 596, 612, 614, 635
精神病院（bedlam）330, 334-35, 462
精神分析批評（psychoanalytic criticism）405
聖性（sacredness）358-59, 361-62

性的逸脱（sexual deviance）352, 412
性的放縦（licentiousness）303, 352, 355, 395
性病（venereal disease）349-50, 355, 358
性病予防法（Contagious Diseases Acts, 1864, 1866, 1869）348-50, 355, 357-59
生物学（biology）viii, 201, 351, 503
聖霊降臨節（Whitsuntide）275, 280, 288
セーレム（Salem, Massachusetts）xxxvi, 455
世界の工場（Factory of the World）xxxv, 4, 84, 593
セクシュアリティ（sexuality）xxx-xxxi, 62-63, 104, 351, 358-62, 364, 411, 413, 416-17, 511, 638-39
セツルメント運動（settlement movement）xxiv
セルフメイド・マン（self-made man）11, 200-02
選挙法改正 ⇒ 第一次選挙法改正、第二次選挙法改正
前工業化時代（Pre-Industrial Age）6-7, 15
全国労働組合大連合（Grand National Consolidated Trade Union, 1834）10, 202
センセーション・ノヴェル（sensation novel）408, 459, 462-65, 470, 472, 551
洗濯女（washerwoman）xxxii, 112, 229, 255
センチメンタリズム（sentimentalism）416, 567
セント・ジョンズ教区教会（St John's Parish Church, Knutsford）xxii

（そ）
相互依存（mutual dependence）xxi, 201-02
相互扶助（mutual aid）xxi, 198-202, 214, 318, 322, 327
想像の共同体（imagined community, Anderson's concept）96
ソルテア（Saltaire, model village, Bradford）399
ソルフォード（Salford, Greater Manchester）59
存在論（ontology）xxxiii, 122

（た）
ダービシャー（Derbyshire, East Midlands）519, 531, 606, 609
ダーリントン（Darlington, County Durham）xvii, 160, 613
第一次選挙法改正（First Reform Act, aka Reform Act 1832）xvi, xxi, 612
大英博（覧会）⇒ 万国博覧会
大学審査法（University Tests Act, 1871）13, 601
大気汚染（air pollution）297-302
大飢饉（Great Famine, 1845-52）9, 610
大衆演劇（popular play）479
大衆娯楽（popular entertainment）461
大衆文化（popular culture）405
対人恐怖症（social phobia）582
第二級市民（second class citizen）xxvii
第二次選挙法改正（Second Reform Act, 1867）xvi, 14, 198, 601
大不況（Great Victorian Depression, 1873-96）xv-xvi, 594, 600
他者認識（perception of others）503-04, 507
ダナム公園（Dunham Massey Park, Cheshire）106, 280-81
タブラ・ラサ（*tabula rasa*, L. blank slate）179
ダブリン（Dublin, Ireland）59, 246, 264
ダブル・スタンダード ⇒ 二重規範
ダラム大学（University of Durham, founded in 1832）40, 612
タラントンのたとえ（Parable of the talents or minas, "Matthew"）379-80
ダンカム（Duncombe = Knutsford, "Mr Harrison's Confessions"）563
団結禁止法（Combination Acts , 1799, 1800, 1825）10, 202, 613
男性性（masculinity）322, 325
探偵（小説）（detective [story]）xxxi, xxxvi, 459-76, 642
短篇小説（short story）ix, xxx, xxxii-xxxiv, 71, 76, 108, 330, 343, 455, 457, 460, 474, 479, 537, 547, 559, 563, 577, 597, 624, 635, 643

（ち）
チェシャー（Cheshire, North West England）30, 55, 57, 67, 532, 611, 614, 624
チェルシー（Chelsea, London）xxii, 241, 614
チェルトナム（Cheltenham, spa town, Gloucestershire）143, 299
地下室（cellar）xxv, 50-54, 255-56, 262, 295-96
地質学会（Geological Society of London, founded in 1807）92
父親的温情主義（paternalism）vii, xxviii, xxxiv, 15, 72, 201, 209-10, 212-13, 375, 383-400, 576, 578
チャーティスト（運動）［チャーティズム］（Chartist; Chartism, 1838-48）xxi, xxxv, 8-10, 13, 56-57, 59, 88-89, 131, 143-44, 149, 151, 174, 194, 198, 202-04, 210, 244, 274, 276, 284, 384, 465, 531, 576, 581, 609, 611
チャッツワス（Chatsworth, Derbyshire）258-59
チャップブック［呼び売り本］（chapbook）179
チャップマン・アンド・ホール社（Chapman and Hall, London, founded in the first half of the 19th century）xxiii, 549, 590, 606-10
茶番劇［笑劇］（farce）xxxii, 479, 487, 491, 563-64
チャリティー ⇒ 慈善
中国（China）86, 90, 244, 612
中産階級［中流階級］（middle class）xix, xxi, xxiii-xxv, xxvii, xxix-xxx, xxxii-xxxiii, xxxv, 6-15, 24, 27, 53, 59, 66-68, 72, 74-78, 80-81, 84-85, 88-89, 95-97, 107, 126, 130, 173, 180-81, 185, 198, 203-04, 207, 209, 212, 219-20, 222, 224-26, 229, 248, 254-55, 257-58, 261, 264, 268, 275, 277, 283, 290, 294, 303, 305,

312-13, 337, 348-52, 354-57, 360, 363, 370, 384, 386, 388-92, 394-95, 405, 407, 410-12, 415, 433-35, 472-73, 483-86, 488, 491-93, 513, 518, 528, 548-54, 558, 576, 581, 587-88, 644
中産階級女子移民協会（Middle-Class Emigration Society, 1862）316
中世（Middle Ages）xxviii, xxxvi, 22, 97, 178, 190, 201-02, 212-13, 248-49, 261, 384, 386-87, 389, 398, 405-07, 549
中世復古主義（medievalism）384
中流階級 ⇒ 中産階級
超自然（supernaturalism）xxxi, 104, 404, 406-07, 410, 417
長子相続制（primogeniture）67, 385, 389
腸チフス（typhoid）295-96, 603
チョートン（Chawton, Alton, Hampshire）570-71

（つ）
通学学校（day school）27

（て）
ティー（tea）xxv, 70, 79-80, 240, 243, 245-46, 279, 593, 602
ディエップ（Dieppe, Seine-Maritime, France）238, 602
定期刊行物（periodical）316, 536, 539, 541, 544-46, 548-55
帝国（主義）（empire; imperialism）xv, xxx, xxxiii, 83-100, 213, 322, 342, 357, 363, 494, 601, 605, 612, 638, 643-44
ディナー（dinner）68, 70, 77, 79-80, 238-39, 241-42, 244, 548
デイム・スクール［女教師学校］（dame school）30, 178
手紙［書簡］（letter; epistle）ix, xvii-xx, xxiii-xxiv, xxvi, xxviii, xxxiii, xxxv, 26, 32, 45, 49-50, 60, 68, 77, 81-82, 85-87, 92, 98, 108, 112, 115-16, 135, 140, 147, 159-76, 185, 201, 206-07, 211, 227, 235-52, 259, 264, 268-69, 288, 316-17, 319-20, 338-39, 344, 348, 355, 357-59, 363, 366-68, 370, 376-78, 399, 404, 408, 417, 422, 427-28, 430, 433, 438, 447, 450, 456-57, 474-76, 478, 488, 490, 492-93, 498, 500, 503, 509, 512, 514-15, 518, 520, 523, 531-32, 539, 543-45, 547-48, 551-53, 564, 567-68, 576-77, 579, 583, 585, 589-90, 597, 606, 609, 611, 613, 624, 638, 644
適者生存（survival of the fittest）xviii
テクノロジー〔科学技術〕（technology）viii, xvii-xix, xxiv, xxxii-xxxiii, 38, 115, 125, 127-31, 137, 213, 593, 613
鉄道（railway）xvii-xviii, xxxiii, 35, 37-38, 48, 51, 93, 108-09, 128, 131, 159-76, 190, 250, 275, 281, 288, 315, 322, 444, 446, 448, 455, 485-86, 565-66, 593, 601, 603, 609-13
鉄道建設ブーム［鉄道狂時代］（Railway Mania, 1840s）10
鉄道旅行（rail excursion）xviii, 275, 283-87, 611
テドズリ・パーク（Teddesley Park, Staffordshire）548, 552
手袋（gloves）224-25
田園 ⇒ 田舎
田園詩（idyll）37, 117
伝記（biography）xxiii, 34, 39-40, 86, 172-73, 367, 417, 445, 494, 498, 512, 514-15, 537-38, 541, 543, 559, 584-85, 593, 606, 638
伝染病（infectious disease）116, 249, 290-92, 294-96, 298, 302, 306, 349, 602
電報（telegraph）163, 175-76

（と）
ドイツ（Germany）xv, xviii, xxvii, 16, 22, 25-26, 87, 105, 141, 175, 248-49, 254, 281, 536, 542, 587-88, 601
同害報復法（*lex talionis*）211
闘犬（dog fight）273
同時代作家（contemporary writers）xxiii, xxxiv, 537-38, 546, 575-91
同性愛（homosexuality）470-71
道徳性 ⇒ モラリティー
動物いじめ（animal baiting）272, 288
動物園（zoological garden）274
動物学会（Zoological Society of London, founded in 1826）92
動脈硬化（arteriosclerosis）251
ドーヴァー・ストリート（Dover Street, Manchester）xix-xx, 105, 612
トーリー（党）（Tories, from the 17th to the early 19th centuries）8, 90, 385-86, 388, 397, 399, 531, 605, 612-14
都会［都市］（city）xviii, xx, xxiv, xxxiii, 6-10, 15, 24-25, 40, 43, 48-50, 57-58, 60, 72-73, 84, 89-90, 105-09, 113-14, 124-25, 129, 149, 160, 164-66, 178, 181, 186-87, 193, 198, 202, 208-10, 223-27, 232, 239-40, 246, 254, 256-57, 264, 268, 272-76, 278, 280-81, 288-307, 319, 349-54, 373, 384, 387-89, 391-93, 395- 404, 408, 414, 464-66, 468-70, 475, 485, 491, 493, 549, 558, 561, 569, 572, 576, 612, 639, 644
都市化（urbanization）4, 7, 14, 89, 108, 275, 290, 466, 468, 576
匿名（anonymity）200, 376, 379, 417, 464-65, 468, 470, 539-40, 545, 602, 604, 608-09, 623
独立独行の精神（self-reliance）200, 528
図書館（library）vii, xxvii, xxxv, 30, 57, 273, 407, 597, 607, 609
徒弟の健康と風紀に関する法（Health and Morals of Apprentices Act, aka Factory Act 1802）300
徒弟の家（apprentice house）55

賭博［賭事］（gamble）xxxv, 272, 288, 336, 471
ドメスティック・イデオロギー［家庭崇拝主義］（domestic ideology）xxix, 313, 316, 348-52, 355, 362, 367-68, 389-90, 395, 397
トラウザーズ（trousers）220
トラウマ（trauma）xi, 500
ドラマティック・アイロニー（dramatic irony）487
ドラムブル（Drumble = Knutsford, *CD* & "Morton Hall"）319, 335, 341, 478, 485, 494, 569-70
トリミング（trimming）220
奴隷（制）（slave; slavery）xxvii, xxxiv, 61, 85, 130, 142, 186-88, 373-74, 503, 507, 530, 538, 612
奴隷制廃止［奴隷問題］（abolition; abolitionism）373-74, 503, 507
奴隷制反対（antislavery）xviii, xxxiv
ドレスコード（dress code）221-26

（な）
ナショナル・ギャラリー（National Gallery, London, founded in 1824）265
ナショナル・トラスト（National Trust, formed in 1895）17, 55
ナッツフォード（Knutsford, Cheshire）xxii, xxvi, xxx, 26, 67, 105, 116, 442, 447-48, 454, 498-500, 502, 558, 563, 601, 603-04, 611-12, 614
ナポレオン戦争（Napoleonic Wars, 1796-1815）xxxii, 9, 86, 342, 442, 507, 614
成り上がり者（parvenu）12

（に）
二月革命（February Revolution, 1848）210, 609
二重規範（double standard）xxvii, xxxiii, 62-63, 207, 348-49, 354-55, 358-59, 362
日曜学校（Sunday school）xxiv, 23, 28, 57, 69, 81, 142, 178-79, 182, 185, 189, 193, 209, 280-81, 546, 550, 608-09
日記（diary; journal）ix, xviii, xxx, 170-71, 422, 424, 427, 462, 543-44, 551, 553, 612-13, 624, 643-44
二ペニー・ブルー（Two Penny Blue, postage stamp, 1840）162
ニュー・ベイリー監獄（New Bailey Prison, Salford, founded in 1787）59, 61, 143
ニューゲート・ノヴェル（Newgate novel）xxxi
ニューヘイヴン（Newhaven, East Sussex）238

（ね）
ネオ・ゴシック ⇒ ゴシック・リヴァイヴァル

（の）
農業の黄金時代（Golden Age of Agriculture, 1850-75）6
農耕詩（georgic）xxxiii, 101-18, 448, 565
農村共同体（rural community）36, 107-08
農村生活（rural life）108
脳熱（brain fever）xxvi
農民〔農業労働者〕（farm labourer）9, 34, 72, 108-09, 113-14, 130, 141, 212, 226, 239, 451
ノーフォーク（Norfolk, East England）530-31
ノブレス・オブリージュ（*noblesse oblige*）72, 77, 81, 201, 384-85, 393
呪い（curse）220, 405, 408-12, 414
ノンフィクション（nonfiction）xxx, xxxiii, 172, 538, 548-49, 552, 624, 643

（は）
パーク・ヴィレッジ修道女会（Park Village Sisterhood, established in 1845）316
バーフォード（Barford, Warwickshire）26, 613
バーミンガム（Birmingham, West Midlands）7-8, 124, 129, 258, 281, 398, 612
ハイ・ティー（high tea, aka meat tea, early evening meal）70, 80
ハイアム兄弟商会（Hyam Brothers, based in Manchester, 1832）60
煤煙（smoke）278, 283, 288, 290, 298, 300-01
廃墟（ruins）408, 411
肺結核（pulmonary tuberculosis）114, 298, 301-02, 305
売春（prostitution）ix, xxviii, 59, 61, 63, 223, 330, 347-64
売春婦〔娼婦、街娼〕（prostitute; whore）xxvii-xxviii, 14-16, 59-60, 62, 64, 104, 207, 221-24, 229-32, 303, 313, 348-52, 355-59, 362, 395, 409, 471
ハイデルベルク（Heidelberg, Germany）xxvi, 611, 605-09
ハイド・パーク（Hyde Park, London）xv-xvi, 3, 85, 127-28, 247, 257
ハウスキーパー［女中頭］（housekeeper）66, 74-75, 388, 484
博愛 ⇒ 慈善
博物館（museum）92, 126-27, 265, 273-74, 277, 597, 605, 608
馬車（carriage）xi, xvii-xviii, 12, 30, 49, 54, 71, 77, 149, 160, 163, 167, 176, 194, 239, 245-46, 250, 258-59, 395, 447, 613
バスティーユ監獄（Bastille, Paris）427, 441
パストラル ⇒ 牧歌
パターナリズム ⇒ 父親的温情主義
バチェラー［独身男性］（bachelor）315
発疹チフス（typhus）264, 291-93, 296, 299, 305
派手な服（finery）221-25, 230-32, 353
パノプティコン（Panopticon, designed by Bentham in 1785）483
パブリック・ウォーク［公共遊歩道］（public walk）273, 280
パブリック・スクール（public school）11, 24, 27, 40,

42, 44, 154, 189, 601
パブリック・フットパス［公共自然歩道］(public footpath) 280
パラドックス〔逆説〕(paradox) ix, xix, xxxiv, 62, 362, 375, 514
針子 (seamstress) xxvii-xxviii, 48, 59-62, 73, 84, 102-03, 106, 223-25, 229, 232-33, 281, 349, 352, 434
バレージュ (*barège*, light silk and wool fabric) 231
ハレ管弦楽団 (Hallé, Manchester, founded in 1858) xxvii, 25, 605
晴れ着 (Sunday best) 187, 223-25, 233, 280
ハワース (Haworth, West Yorkshire) 26, 582-83, 585-86, 606-08
万国博覧会 (Great Exhibition of the Works of Industry of All Nations, aka Crystal Palace Exhibition, 1851) xv, 3, 10, 85, 127-28, 137, 246-48, 257, 259, 265, 269, 366, 593, 600-01, 603, 605, 608, 636-37, 643
万国美食の饗宴 (Gastronomic Symposium of All Nations, 1851) 247
反穀物法同盟 (Anti-Corn Law League, founded in 1838) 9, 87-90, 264, 397, 611
犯罪小説 (crime novel) 559
犯罪人類学 (criminal anthropology) 470
反女子修道院フィクション (anti-conventual fiction) 312
ハンプシャー (Hampshire, Southern England) 72, 105, 114, 250, 268, 570-71
反牧歌 (anti-pastoral) 111, 115, 117

(ひ)

ビア・ショップ (beer shop) 272
ピアノ (piano) 261, 581
ヒエラルキー (hierarchy) 198, 487
東インド会社 (East India Company) 85, 244-45, 605, 612, 614
ピカレスク (picaresque) xxx
ピクチャレスク (picturesque) 262-64
ピクニック (picnic) 244, 275, 279-283, 564
非公式の植民地 (informal colony) 87, 93
非国教徒 (Nonconformist; Dissenter) xviii, 12-13, 23, 126, 148, 154-55, 200, 205, 324, 334-35, 341-42, 399, 417
ヒステリー (hysteria) xxvi, 351, 602
ビッグ・ベン (Big Ben, 1859) xvi, 604
ビデル事件 (Mrs Biddell's Case, 1843) 60
肥満 (obesity) 236, 248, 251
秘密集会禁止法 (Conventicle Acts, 1664, 1670) 334
ピューリタン［ピューリタニズム］(Puritan; Puritanism) xx, 11, 178, 193, 198, 343, 370
病気 ⇒ 病
貧困 (poverty) xx-xxi, xxiv, xxxiii, 14-15, 17, 31, 35, 48-50, 53-64, 95, 112, 178, 181, 185, 190-91, 198-200, 208, 212, 232, 240, 263, 290-97, 301-05, 352, 374, 387-88, 530, 610, 644
貧困の文化 (culture of poverty) xxi
貧富 (rich and poor) ix, xxxiii, 47-64, 90, 131, 186, 198, 206, 463
貧民学校（連盟）(Ragged School Union, estableished in 1844) 16-17, 29

(ふ)

ファッション・コンシャス (fashion-conscious) 232
ファンタジー (fantasy) xxx, xxxii, 180-82, 185-86
フィクション ⇒ 虚構
フェア (fair) 272
フェビアン主義 (Fabianism) 15
フェミニスト (feminist) xxix, xxxv-xxxvi, 111, 316, 350, 355, 411, 588, 597
フェミニズム (feminism) xxvii, xxix, xxxv-xxxvi, 317, 322, 324, 330, 397, 411, 580, 597
フェミニン段階 (feminine stage) 326
フォースター教育法［初等教育法］(Forster's Education Act, aka Elementary Education Act 1870) xvi, xxxiv, 22, 601
福音主義 (Evangelicalism) xxiv, 18, 179, 208, 350, 367, 371, 375, 380, 387, 390-91, 531, 542, 637-38
福音派 (Evangelical) 386-87, 392
父権（制）⇒ 家父長（制）
不作為の罪 (sins of omission) xxviii, 199, 206-08
不条理性 (absurdity) 493
婦人雇用促進協会 (Society for the Promotion of the Employment of Women, 1859) 316
婦人帽子屋 (milliner) 61, 224, 531
二つの国民 (Two Nations) xx, xxxiii, 47-64, 95, 109, 198-99, 210, 387
舞踏場 (dance hall) 272
ブラウトン (Broughton, Greater Manchester) 290, 302-03
フラウンス［裾飾り］(flounce) 219, 226
ブラスバンド (brass band) 192, 280
ブラックウッド社 (House of Blackwood, Scottish publisher, 1804-1954) 536, 541
ブラックバーン (Blackburn, Lancashire) 7
プラトニズム (Platonism) 132
フラヌール〔遊民、遊歩者〕(*flâneur*) 466
フランス (France) xviii, xxx, xxxii, xxxvi, 22, 24-26, 42, 49, 85, 105, 153, 179, 210, 222, 238, 246-47, 261, 266, 339, 427, 448, 450-51, 453-55, 470, 479, 501, 507, 536, 541-42, 548, 551-53, 572-73, 581-83, 602-03, 606-07, 609, 612-13, 621-22, 643
フランス革命 (French Revolution, 1789-99) xvii, xxi, 25, 36, 156, 204, 213, 266, 342-43, 386, 427, 438, 442, 445, 450, 452-54, 478, 611
フランス革命戦争 (French Revolutionary Wars, 1792-1802) 8, 442, 445
ブリストル (Bristol, South West England) 8, 18, 241

プリマス・グロウヴ（Plymouth Grove, Manchester） xix, xxv, xxxv, 26, 105, 242, 250, 511, 602, 606-08
ブルジョアジー［ブルジョア階級、有産階級］（bourgeoisie） xx, 6-9, 11-13, 122, 198, 357, 471, 482
ブルック・ストリート・チャペル（Brook Street Chapel, Knutsford） xxvi, 601, 603, 612, 614
プレス・ギャング ⇒ 強制徴募隊
プレストン（Preston, Lancashire） 7, 175, 523
ブロードサイド（broadside） 461
プロセニアム・アーチ〔舞台前迫持〕（proscenium arch） 482
プロテスタント［プロテスタンティズム］（Protestant; Protestantism） 131, 316, 407, 531
プロレタリアート［プロレタリア階級、無産階級］（proletariat） xx, 198
文学市場（literary marketplace） 549-50
文学女史（woman of letters） 536
分冊（installment） xxxii, 286, 531
分身（double） 62, 212, 412-13, 416, 453-54, 485, 514
文体（style） xxxii, 176, 317, 481, 532, 539, 560, 563, 567, 573
文明化する使命（civilizing mission） 94, 98

（へ）
ペーソス（pathos） xxiii, 558-60, 562-63, 567-68
ヘゲモニー（hegemony） 213, 325
ペチコート（petticoat） 81, 227-28, 385
別々の領域（separate spheres） 379
ペニー・ブラック（Penny Black, postage stamp, 1840） 162
ベリー（Bury, Greater Manchester） 30, 55, 57-58
ヘルストン（Helstone, Hampshire, *NS*） 34-35, 72, 113-14, 148-49, 166, 209-10, 260, 298-99, 301, 392-96

（ほ）
ホイッグ（党）（Whigs, founded in 1678 and dissolved in 1868） 8, 90, 123, 342, 456, 605-06, 610, 612
ホイッグ史観（Whig history） 444
方言（dialect） xxxii, xxxiv, 96, 213, 331, 449, 498, 517-33, 596, 606
冒険物語（adventure story） 91-92
法廷弁護士（barrister） 11, 68-69, 81, 426, 470
放蕩息子（prodigal son） 354, 488
ボー・イデアール［理想］（beau ideal） 122
ボーア戦争（Boer Wars, 1899-1902） xv
ポーティコ図書館（Portico Library, Manchester, established in 1803） xxvii, 609
ホーム・ドーター（home daughter） 313
ボウルトン（Bolton, Greater Manchester） 7, 288
牧師学校［教会学校］（parsons' school; church school） 35
ボクシング（boxing） 273
保守党（Conservative Party, founded during the early 19th century） xxi, 600-01, 605, 608-09, 611-12
ポスト（post box） 163, 607
ポストモダン（postmodern） xx, xxxv, 140, 154, 405
母性（maternity; motherhood） 178, 321, 353, 355
母性愛（maternal love） 321-24, 470
母性本能（maternal instinct） 352-54, 359
牧歌［パストラル］（pastoral） xxx, xxxiii, 37-39, 48, 91, 101-18, 167, 187, 209, 214, 229, 279, 384, 396, 485, 558-59, 561, 565, 570, 573, 604
ホモソーシャル（homosocial） xxvi, 470
ポリティカル・エコノミー〔経済学〕（political economy） 4, 200, 206, 261, 498, 604, 609, 613
ホリボーン（Holybourne, Alton, Hampshire） xxv, 236, 251, 570-71, 602
ホリングフォード（Hollingford = Knutsford, *WD*） 77-79, 498
ホワイト・スレイバリー（white slavery） 349
ホワイトチャペル（Whitechapel, London） 29
ボンネット（bonnet） 224, 229, 231-32, 339-40

（ま）
魔女（裁判）（witch [trial]） xxviii, xxxvi, 324, 326, 372, 406, 412-14, 455, 603-04, 621, 638
継母（stepmother） 78, 260, 409, 417, 479, 498-501, 508-10, 513, 613
マルレディ便箋（Mulready envelope, 1840） 162
マンチェスター（Manchester） xvii-xviii, xix-xxii, xxiv-xxv, xxviii, xxxiii, xxxv, 7, 9-10, 13-14, 25, 28, 30, 32, 47-64, 69, 72, 84, 87-88, 90, 105-08, 124-25, 129, 132, 139, 141-43, 149, 156, 160-61, 163-66, 185, 193-94, 202, 207-10, 212-13, 226-28, 240, 242, 250, 254-56, 264, 273-75, 277, 280-81, 283-98, 300-05, 351, 372, 379, 381, 397, 404, 450, 463, 473, 475, 485, 492, 498, 518, 520-21, 523-24, 527, 531-33, 550-51, 553, 558, 596-97, 601-13, 616-17, 622, 624, 641, 643
マンチェスター・シェフィールド・リンカンシャー鉄道（Manchester, Sheffield, and Lincolnshire Railway, formed in 1847） 281
マンチェスター国内ミッショナリー協会（Manchester Domestic Missionary Society, 1833-1933） xxiv, 255-56, 612
マンチェスター統計協会（Manchester Statistical Society, founded in 1833） 57-58, 290, 302
マンチェスター派（Manchester School） 8-9
マンチェスター煤煙防止協会（Manchester Association for the Prevention of Smoke, founded in 1842） 298
マンチェスター美術名宝博覧会〔至宝美術展〕（Art Treasures Exhibition, Manchester, 1857） 58, 605
マンチェスター貧民宅派遣牧師連（Manchester Ministry to the Poor） 255

(み)
ミート・ティー ⇒ ハイ・ティー
未婚女性 ⇒ スピンスター
未婚のおば（maiden aunt）313
ミステリー ⇒ 推理小説
ミッション〔使命〕（mission）xxiv-xxv, xxix, xxxiv, 94, 98, 154, 284, 313, 321, 323, 361, 365-81, 636, 639
ミドル・クラス ⇒ 中産階級
ミドル・ミドル・クラス（middle middle class）69, 78, 219
ミルトン（Milton = Manchester, *NS*）32-34, 89, 113, 145, 147-49, 192, 209-10, 254, 262, 298-301, 352, 392-96
ミルンソープ（Milnthorpe, Lancashire）238
民族学会（Ethnological Society of London, founded in 1843）125

(む)
無意識（unconsciousness; the unconscious）xxxi, 104, 207, 314, 360, 397, 405, 409, 411, 413, 417, 489, 503, 510, 513, 570
無関心（indifference）xxviii, 84, 125, 129, 179, 206-08, 297-98, 373, 466, 483
無産階級 ⇒ プロレタリアート

(め)
メイ・デー（May Day）186-89
迷信（superstition）108, 115, 407, 410
メイド（maid）67, 73-76, 81, 112, 118, 221, 224-25, 244, 315-17, 323
名誉革命（Glorious Revolution, 1688）7, 450
召使［使用人］（servant）xxiv, 9, 12, 69, 73-78, 81, 103, 115-16, 145, 148-49, 191, 225, 240, 244, 297, 300, 318, 324, 330, 335, 338, 343, 380, 412, 414, 416, 469, 484, 493, 544, 611
メソジスト［メソジズム］（Methodist; Methodism）22, 58, 148, 151, 281, 323, 386, 589
メタ・シアター（meta theatre）xxxiv, 487-90, 493
メドロック川（River Medlock, Manchester）51
メリノ（merino, finest and softest wool）232-33
メロドラマ（melodrama）354, 462, 478-83, 491-93, 580
メンター（mentor）502

(も)
モーゼズ父子商会（E. Moses and Son, London, 1832）60
目的を持った小説（novel with a purpose）375-76
モスリン（muslin）220, 231
モダン（modern）xix, 128
物語論（narratology）ix
喪服（mourning）xxiv, 331, 334, 593
木綿不況（Cotton Famine, 1861-65）450
モラリティー［道徳性］（morality）185, 218-21, 255, 350, 357, 376, 405, 412, 423, 436, 587-89
モリス・マーシャル・フォークナー商会（Morris, Marshall, Faulkner & Co., 1861-75）265
モンクスヘイヴン（Monkshaven = Whitby, *SL*）435, 449, 451, 453-55

(や)
病［病気、病人、病院］（disease）ix, xxiv-xxvi, xxix, xxxiii, 15-16, 45, 50-51, 58-59, 72, 76, 78, 80, 90-91, 93, 103-04, 110, 114, 116, 123-24, 126, 147, 182, 185, 190-91, 194, 207, 219, 223, 236-37, 240, 243, 249, 251, 256, 279, 281-82, 286, 289-307, 313, 322, 324, 330-35, 348-51, 355, 357-59, 361-62, 364, 373-74, 379, 392, 395, 397, 403, 410, 416, 425, 433-35, 462-63, 470-71, 476, 484, 493-94, 499, 502, 507, 509, 563, 566, 584-85, 602, 604, 612, 614
ヤング・イングランド（Young England, political group）384, 388

(ゆ)
有産階級 ⇒ ブルジョアジー
ユートピア（utopia）355, 485, 490, 493, 641
郵便（mail system）xvii, xxxiii, 159-76, 607, 611
郵便改革（postal reform）xxxiii, 160-61, 168
ユーモア（humour）xxiii, xxxiv, 140, 153-55, 326, 500, 513, 557-74, 585, 638
幽霊（物語）（ghost [story]）xxiv, xxx-xxxi, 102, 183, 323, 404-05, 414-18, 474, 579, 604, 621
ユグノー（Huguenot, French Calvinist）548, 552, 607, 622
ユダヤ教徒［人］（Jew）xxxv, 60, 142, 208, 335
ユニヴァーシティ・カレッジ（University College, London）126, 613
ユニテリアン（Unitarian）xviii, xxii-xxvi, xxx, xxxv, 14, 16, 22-23, 26, 28, 89, 105, 125, 131, 139, 141, 147, 150-51, 153, 185, 200-01, 209, 211, 255, 280, 342-43, 370, 397, 410, 417, 439, 445, 450, 454, 479, 492, 498, 549, 604, 606, 608, 614
ユレイニア・コテージ（Urania Cottage, London, established in 1847）16, 60, 350, 358, 399

(よ)
ヨーク（シャー）（York, Yorkshire, northern England）xviii, 22, 28, 124, 189, 245-46, 258, 284, 442, 446, 448, 530, 532, 582, 611-13
善きサマリア人（Good Samaritan, "Luke"）xxviii, 206-07, 209, 608
欲望（desire）xxxii, 102-03, 349, 351-52, 354-62, 408-10, 470-71, 503, 506, 509-12
予定調和（preestablished harmony）417, 479

（ら）
ライシーアム（Lyceum, educational institution）30, 34, 276
楽天主義 ⇒ 楽観主義
ラグビー校（Rugby School, Warwickshire）27, 39-40, 45, 182, 612
楽観主義［楽天主義］（optimism）xxxiii, 122, 197-214
ラファエロ前派（Pre-Raphaelites）384, 609
ランカシャー（Lancashire, North West England）xxx, 7-10, 30, 57, 96, 117, 213, 228, 264, 274, 276, 284, 517, 520, 522-25, 531-32, 550, 606, 609, 621

（り）
リアリズム［リアリスト］（realism; realist）xxxii, xxxiv, xxxvi, 37, 182-83, 404-05, 407-08, 411, 417, 498-500, 513, 520-22, 525-30, 549, 551, 570, 596, 642
リーズ（Leeds, West Yorkshire）7, 51, 90, 288, 290
リヴァプール（Liverpool, Merseyside）xvii, 26, 48, 51, 55, 57, 84-85, 88, 105, 142, 160, 164-66, 228, 233, 240, 254, 275, 283-85, 288, 290, 357-58, 472, 523, 532, 545, 549, 610, 612
リヴァプール・アンド・マンチェスター鉄道（Liverpool and Manchester Railway, opened in 1830）160, 165, 275
利己主義（egoism; selfishness）xviii, xxviii, xxxii, 355, 378
離婚（divorce）430-31, 528, 587
リスペクタビリティ（respectability）207, 483-87, 489, 491-94, 587
理性（主義）（reason; rationalism）22, 63-64, 104, 122, 164, 179, 188, 211, 213, 288, 339, 361, 405, 407, 410-11, 424-25, 439, 507, 509-12, 529, 587
利他心（altruism）324
リトル・アイルランド（Little Ireland, slum in the Ancoats area, Manchester）51-52, 59
リネン（linen）220
リビドー（libido）471
リブ＝ラブ主義（Lib-Labism, in the 1870s and 1880s）14
リフォーム・クラブ（Reform Club, Pall Mall, built in 1836）237, 246
両性具有（androgyny）325
旅行（travel）xviii-xx, xxiii, xxvi, xxxiii, 105, 108, 141, 167, 182, 238, 240-41, 245, 250, 254, 264, 275, 281, 283-87, 444, 448-49, 464, 508, 543, 583, 587, 602-03, 605-07, 609, 611-12
隣人愛（neighbourly love）205-06
リンズィ・ロウ（Lindsay Row, Chelsea）xxii, 614

（る）
ルイ十四世様式（Louis XIV style）266
ルーナー協会（Lunar Society, Birmingham, 1765-1813）397-98

（れ）
レース（lace）xxiv, 187, 220-21, 568
歴史（history）viii-x, xv-xvi, xxi, xxx-xxxiv, 3-18, 40, 48-49, 55, 84, 86, 109, 127-29, 132-37, 142, 146, 149, 154, 173-74, 194, 213, 228, 247-48, 251, 291-92, 305, 324, 330-32, 340-43, 356, 407-08, 438, 441-57, 461, 469, 513, 541-42, 545, 548, 559, 561-62, 594-95, 610, 613, 635, 638, 642
歴史小説（historical novel）ix, xxxi-xxxii, 140, 330, 332-33, 338, 341-44, 438, 441-57, 558
歴史ロマンス（historical romance）443-44, 456
レズビアニズム（lesbianism）325
レッセ・フェール［自由放任主義］（*laissez faire*）xviii, xx-xxi, xxvii-xxviii, xxxiii, 10, 15, 17, 197-214, 300, 393-94
劣等処遇の原則（less eligibility principle）15
レディー・バウンティフル［慈悲深い貴婦人］（Lady Bountiful）389-91, 395
レディー・パターナリスト（lady-paternalist）383-400
恋愛小説（love story; romance）ix, xxxii, xxxiv, 421-39, 460, 580
連合法（Act of Union, 1800）342

（ろ）
ロイヤル・アルバート・ホール（Royal Albert Hall, London, 1871）247
労使（men and masters）xxi, xxviii, xxxiv, 9, 13-14, 107, 146, 174, 194, 198, 201, 203, 209-11, 214, 278, 384, 387-88, 392, 394, 396-97, 463, 466, 471, 473
労働貴族（labour aristocracy）13
労働組合［労組］（trade union）xxiv, 9-10, 13-14, 30, 56, 59, 90, 131, 152, 200, 202-06, 213, 276, 375, 463, 467, 471, 475, 498, 527-28, 601
労働組合法（Trade Union Act, 1871）14, 601
労働者階級（working class）xvi, xxiii-xxiv, xxvi-xxvii, xxxi, xxxiii, xxxv, 6-10, 13-14, 24, 28-32, 34, 52-53, 57, 59-60, 64, 66, 69-75, 78, 80-81, 84, 88-89, 95-98, 116, 145, 164, 166-67, 181, 185, 194, 198, 202-05, 207, 209-10, 212-13, 217-34, 254-57, 264, 268, 272-78, 282-84, 286-87, 290, 292-97, 304-05, 330, 351-52, 355, 357, 362, 388, 393, 395, 397, 429, 433, 463, 484, 494, 513, 519, 524, 558, 610, 636
労働者詩人（working-class poet）xxxiii, 112, 116-17, 209, 609
労働党（Labour Party, founded in 1900）7
ロウワー・ミドル・クラス ⇒ 下層中産階級
ローマ（Rome, Italy）xxvi, xxix, 34, 115, 493, 550, 602, 605, 612
ロケット号（Stephenson's Rocket, built in 1829）160
ロココ・リヴァイバル（Rococo Revival, 1840s-70s）

265-66
ロッチデール（Rochdale, Greater Manchester）7, 610
ロマン主義［ロマンティシズム］（romanticism）
xxxiii, 54, 102-08, 117, 330, 333, 342-44, 413
ロマンス（romance）xxxii, 48, 102-03, 122, 167, 180, 229, 405-07, 410, 421-39, 443-44, 456, 513, 580, 642
ロマン派（Romantic）102, 104, 179, 240, 250, 407, 416
ロンドン（London）xviii, xxi-xxii, xxxvi, 3, 10, 15, 17, 26, 40, 49, 55, 60, 62, 64, 68, 83, 105, 127, 129, 145, 147-49, 161-62, 167-68, 186-87, 191, 195, 202, 208, 222-24, 229, 241-42, 245-46, 250, 254, 257, 264, 272, 284, 290, 292, 300, 303, 334-35, 344, 349, 392, 395-96, 424, 427, 430, 432, 434, 449, 463, 465-66, 468, 470-71, 473, 486, 507, 523, 531, 533, 563-64, 576, 583, 587, 597, 601-04, 606-14, 640
ロンドン・ロード（London Road, Manchester）51-53
ロンドン・アンド・ノースウェスタン鉄道
（London and North Western Railway, 1846-1922）
159
ロンドン警視庁 ⇒ スコットランド・ヤード
ロンドン大学（University of London）126, 614
ロンドン万博 ⇒ 万国博覧会

（わ）

ワーキング・クラス ⇒ 労働者階級

執筆者一覧

新井潤美（あらい めぐみ）　東京都出身，東京大学大学院総合文化研究科博士課程満期退学，中央大学法学部教授　【主な著訳書論文】『自負と偏見のイギリス文化――J・オースティンの世界』（岩波新書，2008年）／『へそ曲がりの大英帝国』（平凡社新書，2008年）／『不機嫌なメアリー・ポピンズ――イギリス小説と映画から読む「階級」』（平凡社新書，2005）／『ジェイン・オースティンの手紙』（編訳，岩波文庫，2004）／『階級にとりつかれた人びと――英国ミドル・クラスの生活と意見』（中公新書，2001）。

猪熊恵子（いのくま けいこ）　愛知県出身，東京大学大学院人文社会系研究科博士課程満期退学，立教大学文学部助教　【主な著訳書論文】「揺れる時間と空間：*Cranford* と *Cousin Phillis* にみる中間的領域」（『ギャスケル論集』17，2007）／「終わらない日記，再生され続ける物語：『ワイルドフェル・ホールの住人』における語りの構造」『ザルツブルグの小枝』（大阪教育図書，2007）／"The Authorial Dominance and Anxiety: A Reading of *Martin Chuzzlewit*"（『リーディング』27，2006）／「ネリーとは誰か――『嵐が丘』における名の研究」（『ブロンテ・スタディーズ』4.3，2005）／"The Epistolary Discourse in 19th Century Novels: *Bleak House, Jane Eyre* and *Cranford*"（『リーディング』26，2005）。

石塚裕子（いしづか ひろこ）　北海道出身，東京都立大学大学院人文科学研究科博士課程満期退学，神戸大学大学院国際文化学研究科教授　【主な著訳書論文】「スパイと後期ヴィクトリア朝の都市――スパイ小説とホームズ」（*Kobe Miscellany* 31，2008）／「世紀転換期のイギリス人と地中海――ノーマン・ダグラスとカプリ」（*Kobe Miscellany* 29，2006）／「貧困――貧民とその救済」『ギッシングを通して見る後期ヴィクトリア朝の社会と文化』（共著，溪水社，2007）／『ヴィクトリアンの地中海』（開文社，2004）／『デイヴィッド・コパフィールド』（全5巻，岩波文庫，2002-03）。

市川千恵子（いちかわ ちえこ）　東京都出身，お茶の水女子大学・博士（人文科学），釧路公立大学経済学部准教授　【主な著訳書論文】"Writing as Female National and Imperial Responsibility: Florence Nightingale's Scheme for Social and Cultural Reforms in England and India," *Victorian Literature and*

Culture 39.1（forthcoming）／「フランス日記」『ギャスケル全集別巻II』（大阪教育図書，2009）／「帝国を『看護』する――フローレンス･ナイティンゲールの *Notes on Nursing* と *Life or Death in India*」（『英文学研究』83，2006)／「『女らしさ』のレトリック――エリザベス・ギャスケルの『シャーロット・ブロンテの生涯』」（『ヴィクトリア朝文化研究』1，2003）／「『妻たちと娘たち』――自己形成への道程」『ギャスケルの文学』（英宝社，2001）。

インガム，パトリシア（Patricia Ingham）　マンチェスター出身，DLitt (St Anne's College Oxford), Senior Research Fellow and Reader at St Anne's College Oxford　【主な著訳書論文】*The Brontës*, Authors in Context ser. (Oxford: Oxford UP, 2002)／*Invisible Writing and the Victorian Novel: Readings in Language and Ideology* (Manchester: Manchester UP, 2000)／*The Language of Gender and Class: Transformation in the Victorian Novel* (London: Routledge, 1996)／*Dickens, Women and Language* (Toronto: U of Toronto P, 1992)／*Thomas Hardy*, Feminist Readings ser. (London: Harvester Wheatsheaf, 1989).

宇田和子（うだ かずこ）　新潟県出身，東京大学大学院人文科学研究科博士課程満期退学，埼玉大学教育学部教授　【主な著訳書論文】「食から探る『親愛な，おとなしいアン』」『英語・英米文学のフォームとエッセンス』（共著，大阪教育図書，2008）／「英語能力向上のために――産学共同研究の結果から」（『埼玉大学紀要教育学部』57.2，2008）／「シャーロットと大英博とソワイエと」『ザルツブルグの小枝』（共著，大阪教育図書，2007）／『私のネパール菓子』（開文社，2004）／『食生活史「ジェイン・エア」』（開文社，1997）。

大島一彦（おおしま かずひこ）　茨城県出身，早稲田大学大学院文学研究科博士課程満期退学，早稲田大学文学学術院教授　【主な著訳書論文】『説得』（ジェイン・オースティン，中公文庫，2008）／『小沼丹の藝　その他』（慧文社，2005）／『マンスフィールド・パーク』（ジェイン・オースティン，中公文庫，2005）／『ジェイン・オースティン――「世界一平凡な大作家」の肖像』（中公新書，1997）／『ジエイムズ・ジョイスとD・H・ロレンス』（旺史社，1988）。

大田美和（おおた みわ）　東京都出身，東京大学大学院人文科学研究科博士課程満期退学，中央大学文学部教授　【主な著訳書論文】「『ダニエル・デロ

ンダ』の断念されたクィアな異性愛物語と偽装されたクィアな物語」（『ジョージ・エリオット研究』10, 2008）／『アン・ブロンテ――二十一世紀の再評価』（中央大学出版部，2007）／「ニュー・ロマンス対ゴシック・ロマンスと些事へのこだわり」『ジェイン・オースティンを学ぶ人のために』（共著，世界思想社，2007）／「アルカリシをジョージ・エリオットのプロットからいかに救い出すか？――21世紀に読む『ダニエル・デロンダ』」（『英国小説研究』22，英潮社，2006）／「序章のヴァリアントに見る『教授』の未完の可能性」（『ブロンテ・スタディーズ』4.2, 2004）。

大野龍浩（おおの たつひろ）　熊本県出身，MLitt（University of Bristol），熊本大学文学部教授　【主な著訳書論文】“Statistical Analysis of the Structure of *North and South*: In the Quest for the Standard Interpretation,” *The Gaskell Journal* 22 (2008)／“Dramatic Irony in *Ruth*,” *The Gaskell Society Journal* 21 (2007)／“Chronology and Statistics: Objective Understanding of Authorial Meaning,” *English Studies: A Journal of English Language and Literature* 87 (2006)／“The Structure of *Ruth*: Is the Heroine’s Martyrdom Inconsistent with the Plot?” *The Gaskell Society Journal* 18 (2004)／『シルヴィアの恋人たち』（エリザベス・ギャスケル，彩流社，1997）。

荻野昌利（おぎの まさとし）　神奈川県出身，名古屋大学・博士（文学），南山大学名誉教授　【主な著訳書論文】『小説空間を〈読む〉――ジョージ・エリオットとヘンリー・ジェイムズ』（英宝社，2009）／『歴史を〈読む〉――ヴィクトリア朝の思想と文化』（英宝社，2005）／『視線の歴史――〈窓〉と西洋文明』（世界思想社，2004）／『さまよえる旅人たち――英米文学に見る近代自我〈彷徨〉の軌跡』（研究社，1996）／『暗黒への旅立ち――西洋近代自我とその図像1750－1920』（名古屋大学出版会，1987）。

梶山秀雄（かじやま ひでお）　大分県出身，広島大学・博士（文学），島根大学外国語教育センター准教授　【主な著訳書論文】「見る／診る――『荒涼館』におけるまなざし」『英文学の地平』（共著，鶴見書店音羽書房，2009）／「リアリズム――自然主義であることの不自然さ」『ギッシングを通して見る後期ヴィクトリア朝の社会と文化』（共著，溪水社，2007）／「『エドウィン・ドルードの謎』」『ディケンズ鑑賞大事典』（共著，南雲堂，2007）／「誰がエドウィン・ドルードを殺そうとかまうものか――探偵小説『エドウィン・ドルードの謎』試論」（『ディケンズ・フェロウシップ日本支部年報』24，2001）。

金山亮太（かなやま りょうた） 兵庫県出身，東京都立大学大学院人文科学研究科博士課程満期退学，新潟大学人文学部准教授 【主な著訳書論文】「なぜイギリス人はサヴォイ・オペラが好きなのか？」『イギリス文化史』（共著，昭和堂，2010）／「ディケンズの公開朗読における〈声〉」『〈声〉とテクストの射程』（共著，知泉書館，2010）／「『ボズのスケッチ集』」『ディケンズ鑑賞大事典』（共著，南雲堂，2007）／「ユートピアとしての『ミカド』」（『英語青年』2004年6月号）／「『流謫の地に生まれて』――汝再び故郷に帰れず」『ギッシングの世界』（共著，英宝社，2003）。

木村晶子（きむら あきこ） 東京都出身，お茶の水女子大学大学院人間文化研究科博士課程満期退学，早稲田大学教育・総合科学学術院教授 【主な著訳書論文】『メアリー・シェリー研究――『フランケンシュタイン』作家の全体像』（編著，鳳書房，2009）／「結婚――結婚という矛盾に満ちた関係」『ギッシングを通して見る後期ヴィクトリア朝の社会と文化』（共著，溪水社，2007）／「二つの『転落した女』の物語――『ルース』とD・H・ロレンス『ロスト・ガール』」『ギャスケル小説の旅』（共著，鳳書房，2002）／「『北と南』――ヒロインが語ること，語らないこと」『ギャスケル文学にみる愛の諸相』（共著，北星堂，2002）／「『シャーロット・ブロンテの生涯』――女性の務めと作家の務め」『ギャスケルの文学』（共著，英宝社，2001）。

小宮彩加（こみや あやか） 埼玉県出身，慶應義塾大学大学院文学研究科博士課程満期退学，明治大学商学部准教授 【主な著訳書論文】「ヴィクトリア朝のヴェジタリアニズム――ロースト・ビーフの国の菜食主義者たち」『危ない食卓』（新人物往来社，2008）／"Gissing, Tolstoi and the Victorian Vegetarian Movement"（*The Gissing Journal* 41.2，2005）／「吸血鬼の食餌：ブラム・ストーカーの『ドラキュラ』に見るヴィクトリア朝の食の問題」『身体医文化論IV』（共著，慶應義塾大学出版会，2005）／「"Carpe Diem!"――『埋火』の選択」『ギッシングの世界』（共著，英宝社，2003）／「ヴィクトリア朝マンチェスターにおける文学の栄枯盛衰」（『ヴィクトリア朝文化研究』１，2003）。

坂井妙子（さかい たえこ） 青森県出身，MPhil（Goldsmith College London），日本女子大学人間社会学部教授 【主な著訳書論文】『アリスの服が着たい』（勁草書房，2007）／「子ども服の誕生」『〈衣装〉で読むイギリス小説』（共著，ミネルヴァ書房，2004）／「ピーターラビット：青い上着の

魅力」『絵本が語りかけるもの』（共著，松柏社，2004年）／『おとぎの国のモード』（勁草書房，2002）／『ウェディングドレスはなぜ白いのか』（勁草書房，1997）。

シェルストン，アラン（Alan Shelston）　ロンドン（旧ミドルセックス州）出身，MA (King's College London), President of the Gaskell Society & Honorary Fellow, John Rylands University Library of Manchester University　【主な著訳書論文】*Brief Lives: Elizabeth Gaskell* (London: Hesperus, 2010)／*Further Letters of Mrs Gaskell*, ed. with John Chapple (Manchester: Manchester UP, 2000)／*The Industrial City, 1820-1870*, Context and Commentary ser., with Dorothy Shelston (Basingstoke: Macmillan Education, 1990)／*Biography* (London: Methuen, 1977)／*Thomas Carlyle: Selected Writings*, ed. and introd. (Harmondsworth: Penguin, 1971).

シャトック，ジョウアン（Joanne Shattock）　ニュー・ブランズウィック州出身，PhD (University College London)，Professor of English & ex-director of the Victorian Studies Centre at the University of Leicester　【主な著訳書論文】*The Cambridge Companion to English Literature 1830-1914* (Cambridge, Eng.: Cambridge UP, 2009)／General Editor, *The Works of Elizabeth Gaskell*, 10 vols. (London: Pickering & Chatto, 2005-06)／Editor, *Women and Literature in Britain 1800-1900* (Cambridge, Eng.: Cambridge UP, 2001)／*The Oxford Guide to British Women Writers* (Oxford: Oxford UP, 1993)／*Politics and Reviewers: The Edinburgh and the Quarterly in the Early Victorian Age* (London: Leicester UP, 1989).

鈴木美津子（すずき みつこ）　秋田県出身，東北大学・博士（文学），東北大学大学院国際文化研究科教授　【主な著訳書論文】「イングランドの出版業者と読者が果たした役割――国民小説『奔放なアイルランド娘』の誕生をめぐって」『読者の台頭と文学者』(共著，世界思想社，2008)／「「異文化体験の旅」と「結婚による融合」――シドニー・オーエンソンの構築した国民小説，地域小説の枠組み」『女性作家の小説ジャンルへの貢献と挑戦』（共著，英宝社，2008）／「ガチョウの雛鳥，キジ，七面鳥そしてレベッカのプディング――『マンスフィールド・パーク』における〈食〉の表象」『〈食〉で読むイギリス小説』(共著，ミネルヴァ書房，2004)／『ルソーを読む英国作家たち』（国書刊行会，2002）／『ジェイン・オースティンとその時代』（成美堂，1995）。

武井暁子（たけい あきこ）　茨城県出身，PhD (University of Aberdeen)，中京大学国際教養学部教授　【主な著訳書論文】「チャールズ・ディケンズ――エディンバラの二人の「父」」『文学都市エディンバラ』（共著，あるば書房，2009）／「食べてはいけない，食べない，食べられない――ジェイン・オースティンの拒食症患者を診断する」『危ない食卓』（共著，新人物往来社, 2008）／"'Mr. Cole is Very Bilious': The Art of Lay Medicine in Jane Austen's Characters," *Persuasions On-Line* 30.1 (2009)／"Benevolence or Manipulation? The Treatment of Mr Dick," *The Dickensian* 101.2（2005）／"'Your Complexion Is So Improved!': A Diagnosis of Fanny Price's 'Dis-ease,'" *Eighteenth-Century Fiction* 17.4（2005）。

田中孝信（たなか たかのぶ）　大阪府出身，広島大学・博士（文学），大阪市立大学大学院文学研究科教授　【主な著訳書論文】『ディケンズのジェンダー観の変遷――中心と周縁とのせめぎ合い』（音羽書房鶴見書店，2006）／「胎動するセクシュアリティ――『北と南』とディケンズ『ハード・タイムズ』」『ギャスケル小説の旅』（共著，鳳書房，2002）／「淑女の殺人――レディー・デッドロックからレディー・オードリーへ」『ヴィクトリア朝小説と犯罪』（共著，音羽書房鶴見書店，2002）／『ハード・タイムズ』（チャールズ・ディケンズ，共訳，英宝社，2000）／『ヴィクトリア朝の人と思想』（リチャード・オールティック，共訳，音羽書房鶴見書店，1998）。

玉井史絵（たまい ふみえ）　奈良県出身，PhD (University of Leeds)，同志社大学言語文化教育研究センター教授　【主な著訳書論文】「国家を〈見る〉快楽――『イラストレイティッド・ロンドン・ニュース』におけるヴィクトリア女王のジュビリーの表象」（『言語文化』11，同志社大学，2008）／「越境する犯罪と暴力」『ギッシングを通して見る後期ヴィクトリア朝の社会と文化』（共著，溪水社，2007）／「小説出版と挿絵」『ディケンズ鑑賞大事典』（共著，南雲堂，2007）／「『荒涼館』――自由と監視の間で」『表象と生の間で』（共著，南雲堂，2004）／*The Representation of Empire and Class in Dickens's Novels*（PhD thesis，University of Leeds，2004）。

田村真奈美（たむら まなみ）　神奈川県出身，早稲田大学大学院文学研究科博士課程満期退学，豊橋技術科学大学国際交流センター准教授　【主な著訳書論文】「『アダム・ビード』試論」『英語・英米文学のフォームとエッセンス』（共著，大阪教育図書，2009）／「19世紀英国における女性とミッ

ション――海外宣教師 Charlotte Tucker の場合」(『雲雀野』30，豊橋技術科学大学，2008) ／「パトリック・ブロンテと福音主義」『ザルツブルクの小枝』(共著，大阪教育図書，2007) ／『ブロンテ家の人々』(ジュリエット・バーカー，共訳，彩流社，2006) ／「*Jane Eyre* と ‘female mission’」(『ヴィクトリア朝文化研究』3，2005)。

富山太佳夫（とみやま たかお）　鳥取県出身，東京大学大学院人文科学研究科修士課程修了，青山学院大学文学部教授　【主な著訳書論文】『英文学への挑戦』(岩波書店，2008) ／『笑う大英帝国――文化としてのユーモア』(岩波新書，2006) ／『文化と精読――新しい文学入門』(名古屋大学出版会，2003) ／『ポパイの影に――漱石・フォークナー・文化史』(みすず書房，1996) ／『ダーウィンの世紀末』(青土社，1995)。

長瀬久子（ながせ ひさこ）　東京都出身，筑波大学大学院文芸・言語研究科博士課程満期退学，静岡県立大学国際関係学部准教授　【主な著訳書論文】「おしゃべり女を黙らせる――ジェニー・ディスタッフを造形するスティールとアディソン」『十八世紀イギリス文学研究』(共著，開拓社，2006) ／「Gaskell と Brontë の「友情」を読む――二人の書簡から」(『ギャスケル論集』15，2005) ／「『スペクテイター』の女たち――アディソンとスティールの女性観の共通性と相違」『十八世紀イギリス文学研究』(共著，開拓社，2002) ／「*The Life of Charlotte Brontë* という小説――伝記の中の小説的手法をめぐって」(『ギャスケル論集』11，2001) ／『魔女・産婆・看護婦――女性医療家の歴史』(バーバラ・エーレンライク／ディアドリー・イングリシュ，法政大学出版局，1996)。

中田元子（なかだ もとこ）　静岡県出身，筑波大学・博士（文学)，筑波大学大学院人文社会科学研究科准教授　【主な著訳書論文】「「ベガー・マイ・ネイバー」の文脈をさぐる」(『論叢現代語・現代文化』4，筑波大学，2010) ／「セクシュアリティ――『性のアナーキー』の時代に」『ギッシングを通して見る後期ヴィクトリア朝の社会と文化』(共著，溪水社，2007) ／「三つの『エスター・ウォーターズ』――ジョージ・ムアの改作に関する一考察」(『筑波英学展望』24，2006) ／“The Borrowed Breast: A Representation of Wet Nurses in Victorian England” (『論叢現代文化・公共政策』1，筑波大学，2005) ／「『タイムズ』の求人・求職広告にみる乳母雇用の実態」(『筑波大学言語文化論集』65，2004)。

新野　緑（にいの みどり）　兵庫県出身，大阪大学・博士（文学），神戸市外国語大学外国語学部教授　【主な著訳書論文】「「笑う」ヒロイン——『エマ』における言葉・マナー・認識」（『英国小説研究』23，2008）／「ディケンズ『荒涼館』」『名作はこのように始まるⅠ』（共著，ミネルヴァ書房，2008）／「自己——書く『自己』／読む『自己』」『ギッシングを通して見る後期ヴィクトリア朝の社会と文化』（共著，溪水社，2007）／『〈異界〉を創造する——英米文学におけるジャンルの変奏』（共編，英宝社，2006）／『小説の迷宮——ディケンズ後期小説を読む』（研究社，2002）。

波多野葉子（はたの ようこ）　神奈川県出身，PhD (University of Texas at Dallas)，筑波学院大学経営情報学部教授　【主な著訳書論文】『ギャスケル全集別巻I&II』（大阪教育図書，2008-09）／「ブラッドからブレインへ——*My Lady Ludlow* に見るギャスケルの革新性」（『ギャスケル論集』18，2008）／「*The Eustace Diamonds*: トロロープ版ヒーロー不在の小説」『藤原保明博士還暦記念論文集』（共著，大修館，2006）／「『ルース』——マグダレニズムと福音主義」『ギャスケルの文学』（共著，英宝社，2001）／“Evangelicalism in *Ruth*,” *The Modern Language Review* 95.3 (2000)／“Trollope’s Admirable Women and their Literary Sisters: A Continuing Quest for the Bearer of the Country House Tradition,” *The Victorian Newsletter* 91 (1997)。

松岡光治（まつおか みつはる）　福岡県出身，MPhil (University of Manchester)，名古屋大学大学院国際言語文化研究科教授　【主な著訳書論文】『ギッシングを通して見る後期ヴィクトリア朝の社会と文化』（編著，溪水社，2007）／『ディケンズ鑑賞大事典』（共編，南雲堂，2007）／“Gaskell’s Strategies of Silence in ‘The Half-Brothers,’” *The Gaskell Society Journal* 17 (2003)／『ギャスケルの文学——ヴィクトリア朝社会を多面的に照射する』（編著，英宝社，2001）／『ギャスケル短篇集』（編訳，岩波文庫，2000）。

松村昌家（まつむら まさいえ）　奈良県出身，大阪市立大学大学院文学研究科修士課程修了，大手前大学名誉教授　【主な著訳書論文】『幕末維新使節団のイギリス往還記——ヴィクトリアン・インパクト』（柏書房，2009）／『水晶宮物語——万国博覧会1851』（筑摩書房，2000）／『《パンチ》素描集』（岩波書店，1994）／『ヴィクトリア朝文学と絵画』（世界思想社，1993）／『ディケンズの小説とその時代』（研究社，1989）。

三宅敦子（みやけ あつこ）　兵庫県出身，大阪市立大学大学院文学研究科博士課程満期退学，西南学院大学文学部准教授　【主な著訳書論文】「*Bleak House* における家具とロンドン万博のインターアクティブな関係」（『西南学院大学英語英文学論集』49，2009）／『人文学と批評の使命——デモクラシーのために』（E・W・サイード，共訳，岩波書店，2006）／「ロンドン万国博覧会と趣味の教化（2）——労働者階級とロンドン万博の教育的意図について」（『西南学院大学英語英文学論集』46，2006）／「ロンドン万国博覧会と趣味の教化（1）*1851: or the Adventure of Mr. and Mrs. Sandoboys and Family, Who Came up to London to "Enjoy Themselves," and to See the Great Exhibition* におけるヘンリー・メイヒューの万博観」（『西南学院大学英語英文学論集』46，2005）／『快楽戦争——ブルジョワジーの経験』（ピーター・ゲイ，共訳，青土社，2001）。

宮丸裕二（みやまる ゆうじ）　神奈川県出身，慶應義塾大学・博士（文学），中央大学法学部准教授　【主な著訳書論文】「ロバート・グールド・ショー」『ギャスケル全集別巻Ⅱ』（共訳，大阪教育図書，2009）／「自伝的要素——分裂する書く自分と書かれる自分」『ギッシングを通して見る後期ヴィクトリア朝の社会と文化』（共著，溪水社，2007）／『ディケンズ鑑賞大事典』（共著，南雲堂，2007）／"Art for Life's Sake: Victorian Biography and Literary Artists"（博士論文，慶應義塾大学，2005）／"The Grotesque in Transition: Two Kinds of Laughter in *The Pickwick Papers*"（『藝文研究』82，慶應義塾大学，2002）。

ミラー，J・ヒリス（J. Hillis Miller）　ヴァージニア州出身，PhD（Harvard University），カリフォルニア大学アーヴァイン校特別研究教授　【主な著訳書論文】*The Medium is the Maker: Browning, Freud, Derrida, and the New Telepathic Ecotechnologies* (Eastbourne, Eng.: Sussex Academic P, 2009)／*For Derrida* (New York: Fordham UP, 2009)／*The Ethics of Reading: Kant, De Man, Eliot, Trollope, James, and Benjamin* (New York: Columbia UP, 1986)／*The Disappearance of God: Five Nineteenth-Century Writers* (Cambridge, MA: Harvard UP, 1963)／*Charles Dickens: The World of His Novels* (Cambridge, MA: Harvard UP, 1958)。

村岡健次（むらおか けんじ）　神奈川県出身，京都大学大学院文学研究科博士課程満期退学，和歌山大学・甲南大学名誉教授　【主な著訳書論文】『イギリスの近代・日本の近代——異文化交流とキリスト教』（ミネルヴァ書

房，2009）／『近現代（世界歴史大系，イギリス史 3)』（共編，山川出版社，1991）／『ジェントルマン——その周辺とイギリス近代』（共編，ミネルヴァ書房，1987）／『イギリス近代史——宗教改革から現代まで』（共編，ミネルヴァ書房，1986, 2003）／『ヴィクトリア時代の政治と社会』（ミネルヴァ書房，1980）。

矢次　綾（やつぎ あや）　福岡県出身，名古屋大学・博士（文学），宇部工業高等専門学校准教授　【主な著訳書論文】“Gaskell's Reactions to the Age of History,” *The Gaskell Journal* 24 (2010)／「歴史記述のフィクション性と狂人——『ミドロージァンの心臓』と『バーナビー・ラッジ』」（『ヴィクトリア朝文化研究』5，2007）／「『二都物語』における歴史編纂——過去の暴露と現在の再構築」（『中国四国英文学研究』4，2007）／「過去の復元とアイデンティティー——A・S・バイアット『抱擁』」『ブッカー・リーダー』（共著，開文社，2005）／「女性の同胞意識——ギャスケルが短編小説に描いた独身の女性たち」（『ギャスケル論集』13，2003）。

図版一覧

Foreword

Figure One: 27 September 1825: The opening of the Stockton and Darlington Railway, the world's first public railway. Photo by Rischgitz/Getty Images.

Figure Two: 84 Plymouth Grove, Manchester: Home to the Gaskell family between 1850 and 1913.

Figure Three: "Old Lindsey Row." From a drawing by W. W. Burgess, in the Chelsea Public Library.

Figure Four: Brook Street Unitarian Chapel, Knutsford and the Gaskell Grave.

Figure Five: Lorenzo Pécheux, "Crucifixion with the Virgin and Mary Magdalene" (c. 1800, Galleria Civica, Torino).

Introduction

Frontispiece: The Crystal Palace from the northeast from Dickinson's *Comprehensive Pictures of the Great Exhibition of 1851* (1854).

Figure One: *British Economic Growth, 1688-1959: Trends and Structure*, by Phyllis Deane and W. A. Cole (University of Cambridge, Department of Applied Economics, Monographs 8, 1962).

Figure Two: "Power-loom Weaving in 1835," *History of the Cotton Manufacture in Great Britain*, by Edward Baines (H. Fisher, 1835).

Figure Three: George Cruikshank, "Two Perennial Subjects for Middle Class Humour: Servants and the Irish," *The Greatest Plague of Life: Or the Adventures of a Lady in Search of a Good Servant* (1864), ed. Augustus Mayhew and Henry Mayhew (London: David Bogue, n.d.).

Figure Four: Portrait photograph of Mary Carpenter in later life - an English educational and social reformer.

Chapter 1

Frontispiece: The Misses Byerleys' School, which Elizabeth Gaskell attended in the early 1820s.

Figure One: "My French Master": Illustration by George Du Maurier, engraved by Joseph Swain.

Figure Two: The monitorial system in operation at the Ragged School, George Yard; St Jude's, Whitechapel.

Figure Three: A Victorian village school. Note the teacher holding a cane and the children looking bored and anxious.

Figure Four: The jacket of *Tom Brown's Schooldays* (Puffin Books) by Thomas Hughes.

Chapter 2

Frontispiece: "Manchester Getting up the Steam," *The Builder* (1853).

Figure One: Shigeo Oka, trans., *Die Lage der Arbeitenden Klasen in England*, by Friedrich Engels (Otsuki Shoten, 1971).

Figure Two: "Cellar Dwellings in Manchester," *The Builder* (1862).

Figure Three: "The Chartist Meeting on Kennington Common," *The Illustrated London News* (15 April 1848).

Figure Four: J. G. Millais, "Virtue and Vice," *Life and Letters of Sir John Everett Millais,* vol. 1 (1899).

Chapter 3

Frontispiece: Ford Madox Ford, *Work* (1852-65). Representing the different classes of the time.

Figure One: "Pin money." One of a pair of cartoons published in *Punch* (22 December 1849). A young lady having her hair brushed by her maid.

Figure Two: "Needle money." The other part of the pair of cartoons published in *Punch* (22 December 1849). Shows a young working class woman working as a seasmtress.

Figure Three: Cover and frontispiece of the first edition of Mrs Beeton's *Book of Household Management* (1861).

Figure Four: "Serve Him Right," *Punch* (15 January 1859).

Swell (who, when he is asked to dine at half-past six, thinks it fine to come at half-past eight). "Haw! I'm afraid you've been waiting Dinnaw for me!"

Lady of the House. "Oh dear, No! We have Dined some time; will you take some Tea?"

Chapter 4

Frontispiece: British America, drawn and engraved by John Rapkin, published by John Tallis & Company, about 1850.

Figure One: James Campbell, *News from my Lad* (1859), © National Museum of Liverpool.

Figure Two: Anti-Corn Law League Membership Card, © Mrs Norma Buckingham.

Figure Three: "Here and There; or, Emigration a Remedy," *Punch* (15 July 1848).

Figure Four: "The Sweep's Home," Illustration from Henry Mayhew, *London Labour and the London Poor* (1851).

Chapter 5

Frontispiece: Peter De Wint, *Village by a River* (c. 1824).

Figure One: Anna Elizabeth Blunden (Mrs Martino), *The Seamstress* (A Song of the Shirt) (1854).

Figure Two: Dunham Massey Deer Park.

Figure Three: Arthur Boyd Houghton, *Mother and Children Reading* (c. 1860).

Figure Four: Albert Rutherston, *Laundry Girls* (1906).

Chapter 6

Frontispiece: Queen Victoria opens the Great Exhibition in the Crystal Palace in Hyde Park, London, in 1851.

Figure One: The Oxford Museum. Architects: Benjamin Woodward and T. N. Deane. 1858. Woodcut by O. Jewitt from Charles L. Eastlake, *A History of the Gothic Revival* (London: Longmans, 1872).

Figure Two: Interior view of the Crystal Palace in Hyde Park, London during the Great Exhibition of 1851.

Figure Three: "British Indifference to the Horrors of City Life," *Punch* (1849). Britannia sleeps on surrounded by scenes of death and desolation, oblivious to the miseries of the city poor and the threats to the health of the population.

Figure Four: Faustin Betbeder, "Rt. Hon. Benjamin Disraeli, M.P. and Professor Darwin (with ape)," *London Sketch-Book*, vol. 1 (1874). Charles Darwin as an ape is holding up a hand mirror for another ape.

Chapter 7

Frontispiece: Cross Street Chapel, Manchester.

Figure One: Rev. William Turner, M.A.

Figure Two: Rev. F. Close, *The Female Chartists' Visit to the Parish Church: A Sermon, Addressed to the Female Chartists of Cheltenham* (25 August 1839).

Figure Three: Front cover of *North and South*, by George du Maurier (Smith, Elder, 1867).

Figure Four: A. A. Dixon, "We used to make a regular expedition," *Cranford* (Chap. 10, Collins' Clear-Type, n.d.).

Chapter 8

Frontispiece: Stockport Bridge, London and North Western Railway (?1850).

Figure One: The Mulready envelope (1840).

Figure Two: Olive Mount cutting, Liverpool and Manchester Railway, Smiles' *Stephensons*.

Figure Three: A Letter of Elizabeth Gaskell to Eliza Fox, ? Summer 1854.

Figure Four: "The Preston Strike" - Mr Cowell Addressing the Factory Operatives in the Orchard, from *The Illustrated London News* (12 November 1853).

Chapter 9

Frontispiece: George Elgar Hicks, *"The Peep of Day," Freddy Hicks (1850-55)* (1855, Southampton Art Gallery).

Figure One: William Hogarth, *The Graham Children* (1742), National Gallery, London.

Figure Two: Isaac Watts, "A General Song of Praise to God" and "Against Evil Company," *Divine Songs for Children* (1715).

Figure Three: The Chimney-Sweeps' May Day "Jack in the Green" in London during the 18th century.

Figure Four: Emma Brownlow, *The Christening* (1863), The Foundling Museum, London.

Chapter 10

Frontispiece: George Cruikshank, "The British Bee Hive" (1867). This Cruikshank cartoon is a re-working of one he produced in 1840.

Figure One: Anti-Poor Law poster, drawn in 1837 when the new Poor Law was first introduced in the north of England. The handwritten heading is: "The New Poor Law, with a description of the new workhouses. Look at the picture. See." Mike Scott-Baumann, *The Condition of England 1815-53* (London: Hodder Education, 2008) 88.

Figure Two: John Leech, "The Great Chartist Demonstration: No. 9 - The Beginning and the End," *Punch* (18 March 1848). (Left) Leader: "Hooray! Veeve ler Liberty!! Harm yourselves!! To the palis!! Down with Heaverythink!!!!" (Right) Leader: "Oh, sir - Please, sir - It aint me, sir - I'm for 'God save the king' and 'Rule Brittannier,' Boo - Hoo - Oh dear! Oh dear!!" (*Bursts into tears*)

Figure Three: George F. Watts, *The Good Samaritan*, (exhibited at the Royal Academy in 1850 and presented to the Royal Manchester Institution in honour of Thomas Wright in 1852). See *Letters* 101.

Figure Four: Robert Jacob Hamerton, "No. V. Capital and Labour," Classic Cartoon showing the divide between the rich (capital) and the poor (labour), *Punch* (29 July 1843).

Chapter 11

Frontispiece: "Fashionable mantle," *The Englishwoman's Domestic Magazine* (1853).

Figure One: "Small secretiveness type," *The New System of Physiognomy*, by S. R. Wells (1866).

Figure Two: "Lace jacket with quillings of ribbon." C. Willette Cunnington, *English Women's Clothings in the Nineteenth Century* (1991).

Figure Three: "The Haymarket at Midnight," from Henry Mayhew, *London Labour and the London Poor* (London: Griffin, Bohn, 1862).

Figure Four: Eyre Crow, "The Dinner Hour, Wigan." Diana de Marly, *Working Dress* (1986).

Chapter 12

Frontispiece: Mrs Gaskell, a photograph taken in c. 1864. © John Rylands University Library of Manchester.

Figure One: John Tarring, "The Kitchen Department at the Reform Club" (1842). This sectional view of the Reform Club kitchen shows all the elements of the kitchen department, including the larders and scullery. Soyer had his own spacious office to the left of the principal kitchen.

Figure Two: Edward Villiers Rippingille, "The Travellers' Breakfast" (1824). There are various famous figures of the day, such as William and Dorothy Wordsworth and Samuel Taylor Coleridge. The Elton Collection.

Figure Three: Mrs Beeton, "General Observations on Puddings and Pastry," *Mrs Beeton's Book of Household Management* (1861).

Figure Four: Robert Dudley, "The London Bridge Terminus Coffee Room" (c. 1862). The London Bridge Railway Terminus Hotel opened in 1862. This was the principal coffee room. A smaller one, decorated in the same style, was available for the use of ladies only.

Chapter 13

Frontispiece: "American Cottage No.1," *Rural Residences*, by Alexander Jackson Davis and other architects (1837).

Figure One: "Prince Albert's Model Lodging-House," Exhibition Supplement to *The*

Illustrated London News (14 June 1851).
Figure Two: "The Great Chatsworth Conservatory: The Interior, from the Central Walk," *The Illustrated London News* (31 August 1844).
Figure Three: "Design 1 Laborer's Cottage," *The Architecture of Country Houses*, by Andrew Jackson Downing (1851).
Figure Four: "French Bedstead," *An Encyclopaedia of Cottage, Farm, and Villa Architecture and Furniture*, by J. C. Loudon (1842).

Chapter 14

Frontispiece: William Powell Frith, *An English Merry-Making, a Hundred Years Ago* (1847).
Figure One: George Cruikshank, "A Drunken Scene in a Beer Shop with a Young Thief Gambling," *The Drunkard's Children,* Plate 2 (1848).
Figure Two: Engraving by Robert Scott after Thomas Brown, "A Table with 18 Different Arachnides and Myrapoda" (n.d., Wellcome Library).
Figure Three: Phiz (Hablot K. Browne), "A Pic-nic," *Punch* (24 June 1848).
Figure Four: "Second Class Passengers," *The Illustrated London News* (7 December 1844).

Chapter 15

Frontispiece: Mill Girls Working with Spinning Frames in a Manchester Cotton Mill, 1851 (Manchester Archives & Local Studies).
Figure One: John Leech, "A Court for King Cholera," *Punch* (5 September 1852).
Figure Two: Hedley Fitton, *A Slum District, Long Millgate, Manchester* (1894).
Figure Three: Harwood and Mcgahey, *Mills, Twist Factory, Oxford Street, Manchester* (1860).
Figure Four: Gustave Doré, *Opium Smoking: The Lascar's Room in* "Edwin Drood" (1872).

Chapter 16

Frontispiece: Lady Clementina Hawarden, *Sisters at a Window: Isabella looking out, Clementina looking in*, photograph (c. 1860).
Figure One: George Elgar Hicks, study for *Woman's Mission: Comfort of Old Age* (1863).
Figure Two: "Railway Morals," *Punch* (17 September 1864).
Figure Three: George Elgar Hicks, study for *Woman's Mission: Guide to Childhood*

(1863).

Figure Four: Charles Dodgson, *Kate Terry as Andromeda*, photograph (1865).

Chapter 17

Frontispiece: Thomas Stothard, *A Seated Woman, with a Gaoler* (c. 1789, Tate Britain).

Figure One: Christine E. Demain Hammond, Illustration to Maria Edgeworth's *Castle Rackrent* (London: Macmillan, 1895).

Figure Two: Unknown Artist, *The Royall Oake of Brittayne*. Cromwell cutting down the Royal Oak (c. 1649) © National Portrait Gallery.

Figure Three: Thomas Rowlandson, *Two Women Sewing by Candlelight* (n.d., Tate Britain).

Figure Four: Unknown Artist, *Philip Dormer Stanhope, 4th Earl of Chesterfield* (late 18th century) © National Portrait Gallery.

Chapter 18

Frontispiece: Dante Gabriel Rossetti, *Found* (1869-70).

Figure One: George Richmond, *Josephine Elizabeth Butler* (1851), © National Portrait Gallery.

Figure Two: Henry Mayhew (c. 1865), from the engraving after a daguerreotype by Beard.

Figure Three: "Josephine Butler addressing a public meeting," *Eminent Victorian Women*, by Elizabeth Longford (London: Weidenfeld & Nicolson, 1981).

Figure Four: Dante Gabriel Rossetti, "The Annunciation" (1850).

Chapter 19

Frontispiece: George Elgar Hicks, *Woman's Mission: Companion of Manhood* (1863). © Tate, London.

Figure One: Unknown artist, *Angela Georgina Burdett-Coutts, Baroness Burdett-Coutts* (c. 1840). © National Portrait Gallery, London.

Figure Two: The Dining Room in Haworth Parsonage.

Figure Three: T. Bonar, *Charlotte Elizabeth*. Frontispiece of *The Works of Charlotte Elizabeth* (New York: Dodd, 1844).

Figure Four: Eliza Fox, *Elizabeth Barrett Browning* (1859).

Chapter 20

Frontispiece: Henry John Boddington, *A Squire with His Tenants* (1849).

Figure One: Attributed to James Lobley, *The Squire and the Gamekeeper or The Demurrer* (1873).

Figure Two: Richard Redgrave, *Young Lady Bountiful* (1860).

Figure Three: James Hardy Jr, *The Fledglings* (1861).

Figure Four: Unattributed, *Meeting of the Lunar Society of Birmingham* (late 18th century). © Science Museum.

Chapter 21

Frontispiece: Johann Heinrich Fuseli, "Lady Macbeth Sleepwalking" (1783, Louvre National Gallery).

Figure One: Eighteenth century engraving of Horace Walpole's gothic mansion at Strawberry Hill. Walpole bought Strawberry Hill, a small house overlooking the Thames River in Twickenham, in 1748.

Figure Two: Sculpture of Owain Glyndŵr by Alfred Turner at City Hall, Cardiff.

Figure Three: Fresco of Saint Clare and sisters of her order, church of San Damiano, Assisi.

Figure Four: Mary Cassatt, *Nurse Reading to a Little Girl* (1895).

Chapter 22

Frontispiece: Annie Swynnerton, *Cupid and Psyche* (1891).

Figure One: Carl Heinrich Block, *Sermon on the Mount* (1877).

Figure Two: Harry Anderson, *Mary and the Resurrected Lord* (n.d.).

Figure Three: Carl Heinrich Bloch, *Jesus in Gethsemane* (1875).

Figure Four: Carl Heinrich Bloch, *The Crucifixion* (1870).

Chapter 23

Frontispiece: Jean-Pierre Houël, *The Storming of the Bastille* (1789). Visible in the center is the arrest of Bernard René Jourdan, marquis de Launay.

Figure One: Sir Henry Raeburn, *Sir Walter Scott* (1822).

Figure Two: A. R. Quinton, *King Street, Knutsford* (n.d.).

Figure Three: Unspecified, "1780 Caricature of a Press Gang" (1780).

Figure Four: A *Sylvia's Lovers* illustration by M. V. Wheelhouse (London: Bell, 1910).

Chapter 24

Frontispiece: Illustration from Charles Felix, *The Notting Hill Mystery* (1863).

Figure One: Eva Gonzalès, *Woman in White* (1879), National Museum of Women in the Arts.

Figure Two: "It was the most noisome quarter of London." Harry Clarke's illustration (1923) of Edgar Allan Poe, "The Man of the Crowd."

Figure Three: Robert B. Martineau, *The Last Day in the Old Home* (1861).

Figure Four: "Oh, do not use violence! He is one man, and you are many." A *North and South* illustration by A. A. Dixon.

Chapter 25

Frontispiece: George Cruickshank, "Pit Boxes and Gallery," *My Sketch Book* (25 June 1836).

Figure One: "Swan Theatre sketch," image from Robert Chambers, *The Book of Days* (1832).

Figure Two: "Have you any red silk umbrellas in London?" A *Cranford* illustration by Evelyn Paul (1910).

Figure Three: "In a moment he was round the table and had her in his arms." A *Cranford* illustration by H. M. Brock (1898).

Figure Four: "Flossy, Meta, and Marianne Gaskell," pastel by C. A. Duval (1845).

Chapter 26

Frontispiece: Elizabeth Gaskell, Pastel by Samuel Laurence (1854).

Figure One: Mrs Hannah Lumb, with whom young Elizabeth was sent away to live in Knutsford, Cheshire after her mother died.

Figure Two: Tatton Park, Knutsford. It appears as Cumnor Towers, the home of the Cumnor family in *Wives and Daughters*.

Figure Three: Jane Austen painted by her sister Cassandra in 1811.

Figure Four: The Drawing Room of Gaskell's home, 42 Prymouth Grove, Manchester, 1897. *Manchester Central Library.*

Chapter 27

Frontispiece: John Collier, "A Glossary on Lancashire Words and Phrases," *Tim Bobbin: View of the Lancashire Dialect, with Glossary* (1865).

Figure One: Illustration of scavengers and piecers at work that appeared in Frances Trollope's *Michael Armstrong: Factory Boy* (1840).

Figure Two: "Manchester Operative," *The Illustrated London News* (20 August 1842).

Figure Three: The portrait of William Gaskell by Miss Annie Louisa Robinson (later Mrs Swynnerton) presented by the Portico Library to the Gaskell family in 1878.

Figure Four: Fred Walker's 1868 wood engraving, "Stephen Blackpool recovered from

the Old Hell Shaft," *Hard Times* (1854).

Chapter 28

Frontispiece: Front Cover of *The Cornhill Magazine*, founded by George Murray Smith with W. M. Thackeray as editor in 1860.

Figure One: Margaret Oliphant portrayed in 1881 by Frederick Augustus Sandys.

Figure Two: Photo of George Eliot, taken by John Edwin Mayall at the London Stereoscopic Company in February 1858. © Mansell Collection.

Figure Three: William Howitte and *Howitt's Journal*. Picture from BritishLibrary.co.uk.. He and his wife moved to Esher in 1837 and became friends with Elizabeth Gaskell. He edited *Howitt's Journal of Literature and Popular Progress* (3 vols., 1847-49).

Figure Four: James Anthony Froude, editor of *Fraser*'s *Magazine* (1860-1874), by Sir George Reid.

Chapter 29

Frontispiece: A. A. Dixon, "We spread newspapers over the places," *Cranford* (Chap. 2, Collins' Clear-Type P, 1907).

Figure One: George du Maurier, "The New Mama," *Wives and Daughters* (Chap. 15, *The Cornhill Magazine*, 1864).

Figure Two: George du Maurier, "A little sturdy round-eyed brother kneeling by her, to whom she was teaching the alphabet," "Mr Harrison's Confession," (Chap. 3, Chapman and Hall, 1855).

Figure Three: Hugh Thomson, "If you please, my love, will you call me Matilda?" *Cranford* (Chap. 3, Macmillan, 1891).

Figure Four: Left: Chawton Cottage (Jane Austen's House), Chawton, Hampshire. Right: The Lawn (Gaskell's House), Holybourne, Hampshire.

Chapter 30

Frontispiece: Collage - Gaskell by George Richmond (1851), Charlotte Brontë by George Richmond (1850), George Eliot by P. A. Raion (1865), and Charles Dickens by J. E. Mayall (1852).

Figure One: Front Cover of *Household Words*.

Figure Two: Haworth moor.

Figure Three: Haworth Parsonage, now the Brontë Parsonage Museum.

Figure Four: Photo of George Henry Lewes with a pug, taken by J. C. Watkins in 1859.

文献一覧

【一次資料】

ここではギャスケルの作品を年代順に並べる。単独の作品の場合は、その出版形式のいかんを問わず、イタリック体で表記する。

ギャスケルの作品の引用と言及は、*The Works of Elizabeth Gaskell*, 10 vols., ed. Joanne Shattock, et al. (London: Pickering & Chatto, 2005-06) に基づく。本書の各章で扱われる作品の引用と言及は、当該箇所に続いて章数だけを括弧に入れて示す(章のない短篇小説とノンフィクションの場合は何も示さない)。

ギャスケルの書簡は次の二冊に依拠し、本書での引用および言及には次の略語を使い、略語に続けて頁数を括弧に入れて示す。

Chapple, John A. V. and Arthur Pollard, eds. *The Letters of Mrs Gaskell*. 1966; Manchester: Manchester UP-Mandolin, 1997. *Letters*

Chapple, John A. V. and Alan Shelston, eds. *Further Letters of Mrs Gaskell*. Manchester: Manchester UP, 2000. *Further Letters*

* * * * *

1835.03-38.10「日記——娘メアリアンの幼年時代」"The Diary: The Early Years of My Daughter Marianne" (Privately printed by Clement Shorter, 1923)

1836.07「死産した娘の墓参りをして」"On Visiting the Grave of My Stillborn Little Girl"

1837.01「貧しい人々のいる風景」"Sketches among the Poor, No. 1"(*Blackwood's Edinburgh Magazine* 41)

1839.12「クロプトン・ホール」"Clopton Hall"(William Howitt, *Visits to Remarkable Places* [London: Manning and Mason])

1840.04「チェシャーの慣習」"Cheshire Customs"(William Howitt, *The Rural Life of England* [London: Longman], 2nd ed.)

1847.06「リビー・マーシュの三つの祭日」"Life in Manchester: Libbie Marsh's Three Eras"(*Howitt's Journal of Literature and Popular Progress* 1)

1847.09「墓掘り男が見た英雄」"The Sexton's Hero"(*Howitt's Journal* 2)

1847.12「エマソンの連続講演」"Emerson's Lecture: A Contribution"(*Howitt's Journal* 2)

1848.01「クリスマス、嵐のち晴れ」"Christmas Storms and Sunshine"(*Howitt's Journal* 3)

1848.10『メアリ・バートン——マンチェスター生活の物語』*Mary Barton: A Tale*

of Manchester Life（Chapman and Hall）
1849.07-12「手と心」“Hand and Heart”（*Sunday School Penny Magazine* 2）
1849.07「イングランドの一世代前の人々」“The Last Generation in England”（*Sartain's Union Magazine* 5）
1850.02「マーサ・プレストン」“Martha Preston”（*Sartain's Union Magazine* 6）
1850.03-05「リジー・リー」“Lizzie Leigh”（*Household Words* 1）
1850.11「ペン・モーファの泉」“The Well of Pen-Morfa”（*Household Words* 2）
1850.12『荒野の家』*The Moorland Cottage*（Chapman and Hall）
1850.12「ジョン・ミドルトンの心」“The Heart of John Middleton”（*Household Words* 2）
1851.02-04「ハリソン氏の告白」“Mr Harrison's Confessions”（*Ladies' Companion and Monthly Magazine* 3）
1851.06「失踪」“Disappearances”（*Household Words* 3）
1851.12「クランフォードの社交界」“Our Society at Cranford”（*Household Words* 4）
1851.12「書評――ロングフェロー「黄金伝説」、匿名『精神の錬金術』」“Reviews: H. W. Longfellow, ‘The Golden Legend’ and anon., *Spiritual Alchemy: Or, Trials Turned to Gold*” (*Athenaeum* 1)
1852.01「クランフォードの恋物語」“A Love Affair at Cranford”（*Household Words* 4）
1852.01-04「ベッシーの家庭の苦労」“Bessy's Troubles at Home”（*Sunday School Penny Magazine* n.s. 2）
1852.03「クランフォードの追憶」“Memory at Cranford”（*Household Words* 4）
1852.04「クランフォードの訪問」“Visiting at Cranford”（*Household Words* 5）
1852.06「ペルシャ王に仕えた英国人庭師」“The Shah's English Gardener”（*Household Words* 5）
1852.12「婆やの話」“The Old Nurse's Story”（*Household Words*, Extra Christmas Number）
1853.01「クランフォードの大パニック」“The Great Cranford Panic”（*Household Words* 6-7）
1853.01 『ルース』*Ruth*（3 vols., Chapman and Hall）
1853.01「カンバーランドの羊毛刈り」“Cumberland Sheep Shearers”（*Household Words* 6）
1853.04「クランフォードの支払い停止」“Stopped Payment at Cranford”（*Household Words* 7）
1853.05「クランフォードの困った時の友」“Friends in Need at Cranford”（*House-*

hold Words 7）

1853.05「クランフォードにめでたく帰る」"A Happy Return to Cranford"（*Household Words* 7）

1853.06『クランフォード』*Cranford*（Chapman and Hall）

1853.10「ブリテン王」"Bran"（*Household Words* 8）

1853.11「モートン・ホール」"Morton Hall"（*Household Words* 8）

1853.12「ユグノーの特性と物語」"Traits and Stories of the Huguenots"（*Household Words* 8）

1853.12「私のフランス語の先生」"My French Master"（*Household Words* 8）

1853.12「地主の物語」"The Squire's Story"（*Household Words*, Extra Christmas Number）

1854.02「現代ギリシャ民謡」"Modern Greek Songs"（*Household Words* 9）

1854.05「おもてなしの仕方」"Company Manners"（*Household Words* 9）

1854.09-55.01『北と南』*North and South*（*Household Words* 10）

1855.08「呪われた種族」"An Accursed Race"（*Household Words* 12）

1855.09『リジー・リー——短篇集』*Lizzie Leigh and Other Tales* (Chapman and Hall)

1855.10「一時代前の物語」"Half a Life-Time Ago"（*Household Words* 12）

1856.12「貧しいクレア修道女」"The Poor Clare"（*Household Words* 14）

1857.03『シャーロット・ブロンテの生涯』*The Life of Charlotte Brontë*（3 vols., Smith, Elder）

1857.09「『メイブル・ヴォーン』への序文」"Preface to Maria Susanna Cummins, *Mabel Vaughan*"（Sampson Low）

1858.01「グリフィス一族の運命」"The Doom of the Griffiths"（*Harper's Monthly Magazine* 16）

1858.06「ナイアガラの滝での出来事」"An Incident at Niagara Falls"（*Harper's Monthly Magazine* 17）

1858.06-09『ラドロウ卿の奥様』*My Lady Ludlow*（*Household Words* 18）

1858.11「父の罪」"The Sin of a Father"（*Household Words* 18）：改題「終わりよければ」"Right at Last"（1860年にサムプソン・ロウ社から『終わりよければ——短篇集』として出版）

1858.12「マンチェスターの結婚」"The Manchester Marriage"（*Household Words*, Extra Christmas Number）

1859.03『ソファーを囲んで』*Round the Sofa*（収録作品は *My Lady Ludlow*, "An Accursed Race," "The Doom of the Griffiths," "Half a Life-Time Ago," "The Poor Clare,"「異父兄弟」"The Half-Brothers"）

1859.10「魔女ロイス」"Lois the Witch"（*All the Year Round* 1）
1859.12「ガーデン・ルームの幽霊」"The Ghost in the Garden Room"（*All the Year Round*, Extra Christmas Number）：改題「曲がった枝」"The Crooked Branch"（1860年に『終わりよければ――短篇集』として出版）
1860.02「本当なら奇妙」"Curious if True"（*Cornhill Magazine* 1）
1861.01「灰色の女」"The Grey Woman"（*All the Year Round* 4）
1861.07『ラドロウ卿の奥様――短篇集』*My Lady Ludlow & Other Tales*（Sampson Low）
1862.03「ヴェッキ大佐『カプレーラでのガルバルディ』序文」"Preface to Colonel Vecchi, *Garibaldi at Caprera*, trans. Lucy and Mary Ellis"（Macmillan）
1862.05「ヘッペンハイムの六週間」"Six Weeks at Heppenheim"（*Cornhill Magazine* 5）
1863.01-03『暗い夜の事件』*A Dark Night's Work*（*All the Year Round* 8-9）
1863.02『シルヴィアの恋人たち』*Sylvia's Lovers*（3 vols., Smith, Elder）
1863.02「まがいもの」"Shams"（*Fraser's Magazine* 67）
1863.03「あるイタリアの組織」"An Italian Institution"（*All the Year Round* 9）
1863.11-64.02『従妹フィリス』*Cousin Phillis*（*Cornhill Magazine* 8-9）
1863.11「クランフォードの鳥籠」"The Cage at Cranford"（*All the Year Round* 10）
1863.12「ロバート・グールド・ショー」"Robert Gould Shaw"（*Macmillan's Magazine* 9）
1863.12「クロウリー城」"How the First Floor Went to Crowley Castle"（*All the Year Round*, Extra Christmas Number）
1864.04-06「フランスの生活」"French Life"（*Fraser's Magazine* 69）
1864.08-66.01『妻たちと娘たち――日々の生活の物語』*Wives and Daughters: An Every-Day Story*（*Cornhill Magazine* 10-13）
1865.03「パリのゴシップ欄」"Columns of Gossip from Paris"（*Pall Mall Gazette* 1）
1865.08-09「牧師の休日」"A Parson's Holiday"（*Pall Mall Gazette* 2）
1865「W・T・M・トレンス『ランカシャーの教訓』書評」"Review of W. T. M. Torrens, 'Lancashire's Lesson'"（*The Reader* 5）
n.d.「怪談の断章二篇」"Two Fragments of Ghost Stories"

【二次資料】

本書におけるギャスケル関連の二次資料の引用と言及は、原則的に Joseph Gibaldi, *MLA Handbook for Writers of Research Papers*, 7th ed. (New York: MLA, 2009) に従って、著者名と頁数を括弧に入れて示す。

Allott, Miriam. *Elizabeth Gaskell.* 1899; Burnt Mill: Longman, 1960.

Payne, George A. *Mrs Gaskell and Knutsford.* Manchester: Clarkson & Griffiths, 1900.

Cazamian, Louis François. *The Social Novel in England 1830-1850: Dickens, Disraeli, Mrs Gaskell, Kingsley.* Trans. Martin Fido. 1904; London: Routledge and Kegan Paul, 1973.

Chadwick, Ellis H. *Mrs Gaskell: Haunts, Homes, and Stories.* London: Sir Isaac Pitman, 1910.

Dullemen, J. A. V. *Elizabeth Gaskell: Novelist and Biographer.* Amsterdam: H. J. Paris, 1924.

Payne, G. A. *Mrs Gaskell: A Brief Biography.* Manchester: Sherratt & Hughes, 1929.

Sanders, Gerald DeWitt. *Elizabeth Gaskell.* 1929; New York: Russell & Russell, 1971.

Whitfield, A. Stanton. *Mrs Gaskell: Her Life and Work.* London: George Routledge, 1929.

Haldane, Elizabeth. *Mrs Gaskell and Her Friends.* London: Hodderand Stoughton, 1930.

Jane Whitehill, ed. *Letters of Mrs Gaskell and Charles Eliot Norton: 1855-1865.* 1932; Folcroft: Folcroft Library, 1973.

Ffrench, Yvonne. *Mrs Caskell.* London: Home & Van Thal, 1949.

Rubenius, Aina. *The Woman Question in Mrs Gaskell's Life and Works.* Upsala: Almqvist & Wiksells Boktryckeri AB, 1950.

Hopkins, Annette Brown. *Elizabeth Gaskell: Her Life and Work.* New York: Octagon, 1952.

Pollard, Arthur. *Mrs Gaskell: Novelist and Biographer.* Cambridge, MA: Harvard UP, 1965.

Wright, Edgar. *Mrs Gaskell: The Basis for Reassessment.* London: Oxford UP, 1965.

Pollard, Arthur and J. A. V. Chapple, eds. *The Letters of Mrs Gaskell.* Cambridge, MA: Harvard UP, 1967.

Ganz, Margaret. *Elizabeth Caskell: The Artist in Conflict.* New York: Twayne, 1969.

McVeagh, John. *Elizabeth Gaskell.* New York: Humanities, 1970.

Sharps, John Geoffrey. *Mrs Gaskell's Observation and Invention: A Study of Her Non-Biographic Works.* London: Linden, 1970.

Lansbury, Coral. *Elizabeth Gaskell: The Novel of Social Crisis.* New York: Barnes & Noble, 1975.

Craik, W. A. *Elizabeth Gaskell and the English Provincial Novel.* London: Methuen, 1975.

Gérin, Winifred. *Elizabeth Gaskell: A Biography.* Oxford: Clarendon, 1976.

Selig, Robert L. *Elizabeth Gaskell: A Reference Guide.* Boston: G. K. Hall, 1977.

Welch, Jeffrey. *Elizabeth Gaskell: An Annotated Bibliography: 1929-1975*. New York: Garland, 1977.

Shrivastava, K. C. *Mrs Gaskell as a Novelist*. New York: Edwin Mellen, 1977.

Easson, Angus. *Elizabeth Gaskell*. London: Routledge and Kegan Paul, 1979.

Duthie, Enid L. *The Themes of Elizabeth Gaskell*. London: Routledge and Kegan Paul, 1979.

Davoudzadeh, Morteza. *The Novels of Elizabeth Gaskell in Perspective*. Zurich: Juris Druck, 1979.

Chapple, John A. V. *Elizabeth Gaskell: A Portrait in Letters*. Manchester: Manchester UP, 1980.

Fryckstedt, Monica Correa. *Elizabeth Gaskell's "Mary Barton" and "Ruth": A Challenge to Christian England.* Stockholm: Almquist and Wiksell, 1982.

Scott-Kilvert, Ian, ed. *Elizabeth Gaskell to Francis Thompson*. New York: Scribner, 1982.

Brill, Barbara. *William Gaskell 1805-84: A Portrait*. Manchester: Manchester Lit. & Phil., 1984.

Lansbury, Coral. *Elizabeth Gaskell*. Boston: Twayne, 1984.

Easson, Angus. *Elizabeth Gaskell and the Novel of Local Pride*. Manchester: John Rylands University Library of Manchester, 1985.

Nestor, Pauline. *Female Friendships and Communities: Charlotte Brontë, George Eliot, Elizabeth Gaskell*. New York: Oxford UP, 1985.

Brodetsky, Tessa. *Elizabeth Gaskell*. Dover: Berg, 1986.

Stoneman, Patsy. *Elizabeth Gaskell*. Brighton, Sussex: Harvester, 1987.

Quinn, Mary, ed. *Elizabeth Gaskell and Nineteenth Century Literature: Manuscripts from the John Rylands University Library*. Woodbridge: Research Pub., 1989.

Prasad, Nityanand. *Fission and Fusion: A Thematic Study of Mrs Gaskell's Novels*. Somerville, MA: Wisdom, 1989.

Easson, Angus, ed. *Elizabeth Gaskell: The Critical Heritage*. London: Routledge and Kegan Paul, 1991.

Schor, Hilary M. *Scheherezade in the Marketplace: Elizabeth Gaskell and the Victorian Novel*. Oxford: Oxford UP, 1992.

Bonaparte, Felicia. *The Gypsy-Bachelor of Manchester: The Life of Mrs Gaskell's Demon*. Charlottesville: UP of Virginia, 1992.

Spencer, Jane. *Elizabeth Gaskell*. London: Macmillan, 1993.

Uglow, Jenny, *Elizabeth Gaskell: A Habit of Stories*. London: Faber and Faber, 1993.

Weyant, Nancy S. *Elizabeth Gaskell: An Annotated Bibliography of English-Language*

Sources 1976-1991. Metuchen, NJ: Scarecrow, 1994.

Wright, Terence. *Elizabeth Gaskell: 'We are Not Angels': Realism, Gender, Values*. New York: St Martin's, 1995.

Colby, Robin B. *"Some Appointed Work to Do": Women and Vocation in the Fiction of Elizabeth Gaskell.* Westport, CT: Greenwood, 1995.

Pike, E. Holly. *Family and Society in the Works of Elizabeth Gaskell.* New York: Peter Lang, 1995.

Flint, Kate. *Elizabeth Gaskell*. London: Northcote, 1995.

Wilson, Anita C. and John A. V. Chapple, eds. *Private Voices: The Diaries of Elizabeth Cleghorn Gaskell and Sophia Isaac Holland*. Keele, Staffordshire: Keele UP, 1996.

Unsworth, Anna. *Elizabeth Gaskell: An Independent Woman*. New York: Minerva, 1996.

Chapple, John A. V. and Arthur Pollard, eds. *The Letters of Mrs Gaskell*. Manchester: Manchester UP-Mandolin, 1997.

Chapple, John A. V. *Elizabeth Gaskell: The Early Years*. Manchester: Manchester UP, 1997.

D'Albertis, Deirdre. *Dissembling Fictions: Elizabeth Gaskell and the Victorian Social Text*. London: Macmillan, 1997.

Smith, Walter E. *Elizabeth C. Gaskell: A Bibliographical Catalogue of First and Early Editions 1848-1866*. Los Angels: Heritage Book Shop, 1998.

Stitt, Megan Perigoe. *Metaphors of Change in the Language of Nineteenth-Century Fiction: Scott, Gaskell, and Kingsley*. New York: Oxford UP, 1998.

Hughes, Linda K. and Michael Lund. *Victorian Publishing and Mrs Gaskell's Works.* Charlottesville: UP of Virginia, 1999.

Wildt, Katherine Ann. *Elizabeth Gaskell's Use of Color in Her Industrial Novels and Short Stories*. Lanham, MD: UP of America, 1999.

Lenard, Mary Kathleen. *Preaching Pity: Dickens, Gaskell and Sentimentalism in Victorian Culture*. New York: Peter Lang, 1999.

Marroni, Francesco and Alan Shelston, eds. *Elizabeth Gaskell: Text and Context.* Pescara: Tracce, 1999.

Brill, Barbara. *At Home with Elizabeth Gaskell*. Nettlebed: Teamband, 2000.

Chapple, John A. V. and Alan Shelston, eds. *Further Letters of Mrs Gaskell*. Manchester: Manchester UP, 2000.

Foster, Shirley. *Elizabeth Gaskell: A Literary Life*. Basingstoke: Palgrave Macmillan, 2002.

Weyant, Nancy S. *Elizabeth Gaskell: An Annotated Guide to English Language Sources.*

Lanham, MD: Scarecrow, 2004.
Handley, Graham. *An Elizabeth Gaskell Chronology*. Basingstoke: Palgrave Macmillan, 2005.
Nash, Julie. *Servants and Paternalism in the Works of Maria Edgeworth and Elizabeth Gaskell*. Aldershot, Hampshire: Ashgate, 2007.
Stoneman, Patsy. *Elizabeth Gaskell: Second Edition*. Manchester: Manchester UP, 2007.
Colon, Susan E. *The Professional Ideal in the Victorian Novel: The Works of Disraeli, Trollope, Gaskell, and Eliot*. Basingstoke: Palgrave Macmillan, 2007.
Matus, Jill L., ed. *The Cambridge Companion to Elizabeth Gaskell*. Cambridge, Eng.: Cambridge UP, 2007.
Recchio, Thomas. *Elizabeth Gaskell's* Cranford*: A Publishing History.* Farnham, Surrey: Ashgate, 2009.
Shelston, Alan. *Brief Lives: Elizabeth Gaskell*. London: Hesperus, 2010.
Jung, Sandro, ed. *Elizabeth Gaskell, Victorian Culture, and the Art of Fiction: Essays for the Bicentenary*. Gent, Belg.: Academia, 2010.

【翻訳】

田部重治（訳）『ギャスケル夫人短篇集――マンチェスターの結婚、他四篇』（改造社、1942）
網野菊（抄訳）『シャーロット・ブロンテ傳』（實業之日本社、1942）
秋澤三郎（訳）『女の町』（新展社、1947）
海老池俊治（訳）『田園抒情歌（従妹フィリス）』（英米名著叢書、新月社、1948）
北澤孝一（訳）『メアリ・バートン』（日本評論社、1948-49）
小倉多加志（訳）『対訳ギャスケル』（南雲堂、1952）
川原信（訳）『女だけの町――クランフォード』（角川文庫、1953）
小池滋（訳）『女だけの町』（1986；岩波文庫、2000）
和知誠之助（訳）『シャーロット・ブロンテの生涯』（山口書店、1980）
伊達安子・足立万寿子・杉山直之『呪われた人々の物語――E・ギャスケル短篇集』（近代文芸社、1994）
中岡洋（訳）『シャーロット・ブロンテの生涯』（『ブロンテ全集』第12巻、みすず書房、1995）
大野龍浩（訳）『シルヴィアの恋人たち』（彩流社、1997）
松原恭子・林芳子（訳）『メアリ・バートン――マンチェスター物語』（彩流社、1998）
相川暁子・朝川真紀・阿部美恵・金子史江・多比羅眞理子・中村美絵・中山惠美子（訳）『メアリー・バートン――マンチェスター物語』（近代文芸社、

1999）
松岡光治（訳）『ギャスケル短篇集』（岩波文庫、2000）
小池滋・他（訳）『クランフォード・短篇』（『ギャスケル全集』第1巻、大阪教育図書、2000）
直野裕子（訳）『メアリ・バートン——マンチェスター物語』（『ギャスケル全集』第2巻、大阪教育図書、2001）
巽豊彦（訳）『ルース』（『ギャスケル全集』第3巻、大阪教育図書、2001）
朝川真紀・中村美絵（訳）『悪夢の一夜』（近代文藝社、2003）
鈴江璋子（訳）『シルヴィアの恋人たち』（『ギャスケル全集』第5巻、大阪教育図書、2003）
朝日千尺（訳）『北と南』（『ギャスケル全集』第6巻、大阪教育図書、2004）
山脇百合子（訳）『シャーロット・ブロンテの生涯』（『ギャスケル全集』第7巻、大阪教育図書、2005）
宮崎孝一（訳）フェリシア・ボナパルト（著）『ひき裂かれた自我——ギャスケルの内なる世界』（鳳書房、2006）
東郷秀光・足立万寿子（訳）『妻たちと娘たち——日々の生活の物語』（『ギャスケル全集』第6巻、大阪教育図書、2006）
宮崎孝一（訳）ジェニー・ユーグロウ（著）『エリザベス・ギャスケル——その創作の秘密』（鳳書房、2007）
阿部幸子・角田米子・宮園衣子・脇山靖恵（訳）『ルース』（近代文芸社、2009）

【研究書】

山脇百合子（著）『エリザベス・ギャスケル研究』（1776；北星堂、1982）
中村祥子（著）『E・ギャスケルの長編小説』（三修社、1991）
足立万寿子（著）『エリザベス・ギャスケル——その生涯と作品』（音羽書房鶴見書店、2001）
松岡光治（編）『ギャスケルの文学——ヴィクトリア朝社会を多面的に照射する』（2001; 英宝社、2010）
朝日千尺（編）『ギャスケル小説の旅』（鳳書房、2002）
飯島朋子（編）『ギャスケル文学の栞——邦文文献目録』（日本図書刊行会、2002）
山脇百合子（監修）『ギャスケル文学にみる愛の諸相』（北星堂書店、2002）
多比羅眞理子（著）『ギャスケルのまなざし』（鳳書房、2004）
飯島朋子（編）『ギャスケル文学の文献目録』（近代文芸社、2006）
阿部美恵・多比羅眞理子（編）『エリザベス・ギャスケル——孤独と共感』（開文社、2009）

日本ギャスケル協会（編）『生誕二〇〇年記念——エリザベス・ギャスケルとイギリス文学の伝統』（大阪教育図書、2010）
松岡光治（編）『ギャスケルで読むヴィクトリア朝前半の社会と文化——生誕二百年記念』（溪水社、2010）

【インターネット】

① The Gaskell Society
<http://www.gaskellsociety.co.uk/>
② Mailing List: gaskell-l
<http://lists.creighton.edu/mailman/listinfo/gaskell-l/>
③ *The Gaskell Journal*
<http://www.lang.nagoya-u.ac.jp/~matsuoka/gaskell/journal.html>
④ 日本ギャスケル協会
<http://wwwsoc.nii.ac.jp/gaskell/>
⑤ The Gaskell Web
<http://www.lang.nagoya-u.ac.jp/~matsuoka/gaskell/>
⑥ Wikipedia: Elizabeth Gaskell
<http://en.wikipedia.org/wiki/Elizabeth_Gaskell>
⑦ The Victorian Web: Elizabeth Gaskell
<http://victorian.lang.nagoya-u.ac.jp/victorianweb/authors/gaskell/>
⑧ A Hyper-Concordance to the Works of Elizabeth Gaskell
<http://victorian.lang.nagoya-u.ac.jp/concordance/gaskell/>
⑨ The Visual Life of Elizabeth Gaskell
<http://dist.dc.kumamoto-u.ac.jp/web/kouza.php?next_KamokuTantouCD=69>
⑩ Gaskell E-texts
<http://www.lang.nagoya-u.ac.jp/~matsuoka/gaskell/e-texts.html>
⑪ Nancy S. Weyant, Elizabeth Gaskell Bibliographer
<http://www.nancyweyant.com/>
⑫ The Internet Movie Database: Elizabeth Gaskell
<http://us.imdb.com/name/nm0309121/>
⑬ BBC - History - Elizabeth Gaskell
<http://www.bbc.co.uk/history/historic_figures/gaskell_elizabeth.shtml>
⑭ Elizabeth Gaskell House: 84 Prymouth Grove
<http://www.elizabethgaskellhouse.org/>
⑮ Brook Street Chapel: Elizabeth Gaskell
<http://www.brookstreetchapel.org/gaskell.html>

年 表

西暦	ギャスケル関連	政治･経済／社会･文化／文学･思想
1797	12月1日、ウィリアム・スティーヴンソン（父）がナッツフォード近郊サンドルブリッジのサミュエル・ホランドの四女エリザベス（母）と結婚。	メアリ・ウルストンクラフト没
1798	11月27日、第一子（長男の兄）ジョンが誕生。	マルサス『人口論』 ワーズワス／コールリッジ『抒情民謡集』 ワーズワス『序曲』 コールリッジ『老水夫の歌』
1801	父がエディンバラで学生寮を開き、個人授業をする。	アミアンの和約
1805	7月24日、ウィリアム・ギャスケル（将来の夫）がチェシャー州ウォリントンで誕生。	ナポレオン戦争（〜15） 第3回対仏大同盟結成 トラファルガーの海戦
1806	5月20日、ロンドンで父が大蔵省記録保管係に採用。	喜望峰の接収
1810	9月29日、エリザベス・クレグホーン・スティーヴンソン（のちのエリザベス・ギャスケル）がチェルシー地区のリンズィ・ロウで第8子として誕生（ジョン以外はすべて夭逝）。	ラッダイト運動（〜12） ジョージ3世の病状悪化 スコット『湖上の美人』
1811	10月29（?）日、母エリザベス（40歳）が死去。 11月初旬、母方の伯母ハナ・ラムが一人娘メアリアンの提案を受け、エリザベスをナッツフォードの自宅（ザ・ヒース）に引き取る。 母方の親類ホランド一家（ピーター、サミュエル、スウィントンの伯父たち）の支援を受けて育つ。 ユニテリアン派のブルック・ストリート・チャペルに通う。	摂政時代（〜20） サッカレー生 オースティン『分別と多感』
1812	3月31日、メアリアン・ラム（21歳）がハリファックスで死去（結核）。 4月、小説家マライア・エッジワスがP・ホランド家を訪問（息子ヘンリー、娘メアリとの親交あり）。	リヴァプール・トーリー党内閣（〜27） 合衆国と1812年戦争（〜14） ディケンズ生、スマイルズ生 バイロン『チャイルド・ハロルドの遍歴』（〜18）
1813		東インド会社のインドにおける独占貿易廃止 オーウェン『新社会観』 オースティン『自負と偏見』
1814	4月11日、ロンドンの父がキャサリン・トムソンと再婚（この義母の兄はのちにロンドン大学教授となる医者のアントニー・トムソンで、彼の再婚相手のキャサリン・バイアリーと姉たちの寄宿学校に、エリザベスはやがて通うことになる）。	ナポレオン戦争終結、ウィーン会議（〜15） スティーヴンソン、蒸気機関車発明 オースティン『マンスフィールド・パーク』 スコット『ウェイヴァリー』 ワーズワス『逍遥』
1815	6月12日、異母弟ウィリアムが誕生、ニューカッスル・アポン・タインのユニテリアン派牧師ウィリアム・ターナーから洗礼を受ける。	穀物法制定 ワーテルローの戦い オースティン『エマ』
1816	5月、祖父S・ホランドが死去。 12月7日、異母妹キャサリンが誕生。	戦後の経済恐慌（〜17） シェリダン没 シャーロット・ブロンテ生 コールリッジ『クリスタベル』
1817	7月、バイアリー姉妹（父は1759年に陶磁器会社を設立したジョサイア・ウェッジウッドの共同経	人身保護法停止 集会禁止法制定

1817	営者）の女子寄宿学校がウォリックからバーフォードへ移転。	ウィリアム・ブラックウッド、『ブラックウッズ・エディンバラ・マガジン』を創刊 リカード『経済学原理』 オースティン没、『ノーサンガー・アベイ』と『説得』が死後出版 バイロン『マンフレッド』 コールリッジ『文学評伝』 ジョージ・ヤング『ウィットビーの歴史』
1818	サンドルブリッジのホランド家で多くの本に触れる。	マルクス生、エミリ・ブロンテ生 メアリ・シェリー『フランケンシュタイン』 キーツ『エンディミオン』 スコット『ミドロージァンの心臓』
1819	3月15日、W・ギャスケルの父が死去。	ピータールーの虐殺（死者11名、負傷者約400名） メアリアン・エヴァンズ（ジョージ・エリオット）生 バイロン『ドン・ジュアン』(～24) キーツ『ナイチンゲールに寄せて』 スコット『アイヴァンホー』
1820	W・ギャスケル、グラスゴー大学に入学。 2月1日、アントニー・トムソン（42歳）がキャサリン・バイアリー（22歳）と再婚。 6月12日、船乗りになった兄ジョンがカルカッタに発つ前にポーツマスから手紙を寄越す。	ジョージ3世没、ジョージ4世即位 エンゲルス生 アン・ブロンテ生 シェリー『鎖を解かれたプロメテウス』 マルサス『経済学原理』
1821	9月、バーフォードのバイアリー姉妹の女子寄宿学校で正規の教育を受け始める。	ナポレオン、セント・ヘレナで死去 パーマーが馬力によるモノレール考案 『マンチェスター・ガーディアン』創刊 キーツ没 バイロン『カイン』 スコット『ケニルワース』
1822	兄を見送りにロンドンへ行くが、継母や異母弟妹を好きになれない。	シェリー没 ド・クインシー『アヘン常用者の告白』
1823	9月20日、ホランド家の従姉妹たち（メアリ、ベッシー、ルーシー）がウェールズに滞在。	オコンネル、アイルランド同盟創設 ベンサム／ジェイムズ・ミル、『ウェストミンスター・レビュー』創刊 ラム『エリア随筆』
1824	4月7日、職工会館（のちのマンチェスター科学技術大学）のクーパー・ストリートにおける設立が決定。 バイアリー姉妹の寄宿学校がストラットフォード・アポン・エイヴォンのエイヴォンバンクへ移る。	団結禁止法（1799，1800）廃止 第一次イギリス・ビルマ戦争（～26） バイロン没 W・コリンズ生
1825	兄がインドからの手紙で妹に日記をつけるように要請。 W・ギャスケル、グラスゴー大学で修士号を授与され、当時ヨークにあったマンチェスター・ニュー・カレッジで聖職の勉強を始める（先生にターナー師、友人にハリエット・マーティノーの弟ジェイムズ）。	ストックトン・ダーリントン間に世界初の商用鉄道開通 ロンドンで初の乗合馬車 木綿工場規制法制定（16歳以下の子供の労働時間は1日12時間まで） T・ハックスリー生
1826	6月、エイヴォンバンクの寄宿学校を卒業。 冬、ロンドンの父と一緒に過ごし、ラテン語、イタリア語、フランス語を習う。	ユニヴァーシティ・カレッジ（ロンドン）創立 カニング・トーリー党内閣 ディズレイリ『ヴィヴィアン・グレイ』

1827	夏、S・ホランド伯父が家を買ったウェールズのポートマドックに滞在（6週間の旅行）。 9月13日、のちに親友となるキャサリン・ウィンクワスが誕生。 11月16日、チャールズ・E・ノートンが誕生（1857年にローマで会ってからの親友）。	ゴウドリッチ・トーリー党内閣（～28） ジョン・ウォーカーの摩擦マッチ販売開始 ブレイク没
1828	8月3日、W・ギャスケルがマンチェスターのクロス・ストリート・チャペルでジョン・グーチ・ロバーズの牧師補になる。 秋（?)、兄がインドで行方不明（30歳）。 冬、父が病気になったので上京。	第一次ウェリントン・トーリー党内閣(～30) 審査法廃止 キングズ・カレッジ（ロンドン）創立 T・アーノルド、ラグビー校の校長に就任 G・ロセッティ生
1829	3月20日、父が脳卒中で倒れ、2日後に死去（その後3ヶ月ロンドンに逗留）。 晩秋～翌年晩冬、ニューカッスルのターナー師の家に滞在。	カトリック解放令制定 ホワイトホールのグレート・スコットランド・ヤードに首都警察（ピーラーズ）創設
1830	晩秋～翌年晩冬、前年同様にニューカッスルに滞在後、コレラを避けるためにターナー師の娘アンとエディンバラへ逃れる。	リヴァプール・マンチェスター間に鉄道開通 グレイ・ホイッグ党内閣（～34） ジョージ4世没、ウィリアム4世即位 バーミンガム政治連合結成 フランスで七月革命
1831	秋、アンと一緒に彼女の姉メアリの嫁ぎ先、マンチェスターのロバーズ家に滞在中、W・ギャスケルと出会う。	科学の進歩・発展を目的とする英国学術協会結成（ヨークでの第1回大会にターナー師が参加） ウィリアム4世の戴冠式
1832	W・ギャスケルの弟、サミュエルがマンチェスターで医者になる。 3月中旬、W・ギャスケルと婚約し、ラム伯母に歓迎される。 6月、エディンバラで義母の兄ウィリアム・トムソンに細密画を描いてもらう。 8月30日、ナッツフォードの聖ヨハネ教区教会でW・ギャスケルと結婚、ウェールズへ1ヶ月の新婚旅行。 9月29日、22回目の誕生日にマンチェスターのドーヴァー・ストリートで新婚生活を始める。	ロンドンでコレラ流行（死者3千人） 第一次選挙法改正成立 総選挙でホイッグ党の大勝利 ダラム大学創立 ベンサム没、スコット没 ルイス・キャロル生 カーライル『衣装哲学』
1833	7月4日、長女を死産（のちに「死産した娘の墓参りをして」の題材となる）。	東インド会社の中国における独占貿易廃止 イギリス帝国内の奴隷制禁止 工場法制定（9歳以下の労働禁止、13歳以下は週48時間以内） オックスフォード運動（～45） マンチェスター国内ミッショナリー創立 ニューマン『時局小冊子』（～41）
1834	9月12日、長女メアリアンが誕生。 11月26日、メアリアンがブルック・ストリート・チャペルでヘリック・グリーン師から洗礼を受ける。 12月29日、ラム伯母、遺言書を作成。	第一次メルボン・ホイッグ党内閣 第二次ウェリントン・トーリー党内閣 第一次ピール・保守党内閣（～35） 英連邦内の奴隷解放 救貧法改正法（新救貧法）制定 コールリッジ没、マルサス没、ラム没 エッジワス『ヘレン』
1835	3月10日、娘（乳母はベッツィー）の成長を記すために「日記」を書き始める（～38年10月28日）。	ニューカッスル・カーライル間に鉄道開通 第二次メルボン・ホイッグ党内閣（～41） 都市自治体法制定 動物虐待法制定

1836	5月、娘やラム伯母と一緒にサンドルブリッジに滞在して読書（特にコールリッジとワーズワス）に耽り、詩作を始める。 7月4日、ソネット「死産した娘の墓参りをして」を執筆。 夏、詩「貧しい人々のいる風景」を夫と合作（翌年1月、『ブラックウッズ・エディンバラ・マガジン』に掲載）。	恐慌（～39） 出生・死去・婚姻登録法制定 非国教会での結婚を認める婚姻法制定 ロンドン労働者協会設立 ディケンズ『ボズのスケッチ集』 ディケンズ『ピクウィック・クラブ』（～37）
1837	2月5日、次女マーガレット・エミリ（ミータ）が誕生。 3月8日、ラム伯母が脳卒中で倒れ、5月1日に死去（エリザベスに年80ポンドの遺産を残す）。 9月、夫と一緒にウェールズで3週間の傷心旅行。 9月28日、ミータがターナー師から洗礼を受ける。	ウィリアム3世没、ヴィクトリア女王即位 デビッドソンが電気機関車を製作 オコーナー、『ノーザン・スター』創刊 カーライル『フランス革命史』 ディケンズ『オリヴァー・トゥイスト』（～38）
1838	5月、ウィリアム・ハウイットの『イングランドの田園生活』を読み、ナッツフォード近郊の古い屋敷の思い出を記した手紙をハウイット夫妻に送る。 8月、ハウイット夫人に手紙で語った話が翌年「チェシャーの慣習」として掲載。 夏、従兄チャールズ・ホランドが夫の妹エリザベス（愛称リジー）と恋に落ちる。 11月15日、従兄チャールズと義妹エリザベスが結婚。	コブデン／ブライトによる反穀物法同盟の結成 人民憲章決議 アフガン戦争（～42） ヴィクトリア女王の戴冠式 チャーティスト運動（～48） ディケンズ『ニコラス・ニクルビー』（～39）
1839	秋、夫が10週間の休暇で友人とスイス、フローレンス、ヴェニスを訪ねる。 12月、「クロプトン・ホール」をW・ハウイットの『名所歴訪』に掲載。	トルコ・エジプト紛争（～40） 第1回チャーティスト請願否決 ダーウィン『ビーグル号航海記』 カーライル『チャーティズム』
1840	夫がヨークからマンチェスターに移ったマンチェスター・ニュー・カレッジの幹事になる。 4月、「チェシャーの慣習」をW・ハウイットの『イングランドの田園生活』第2版に掲載。	ニュージーランド植民地成立 1ペニー郵便制開始 ヴィクトリア女王とアルバート公の結婚 マンチェスターで全面的な不況 アヘン戦争（～42） ハーディ生 ディケンズ『骨董屋』（～41） フランシス・トロロプ『マイケル・アームストロング』
1841	ターナー師が引退してマンチェスターに引越す。 7月、初めての海外旅行でハイデルベルクを訪れ、ハウイット夫妻と会う。	第二次ピール・保守党内閣（～46） 香港占領 ニュージーランドの植民地化 『パンチ』創刊 トマス・クック、初の鉄道旅行を企画 カーライル『英雄崇拝論』 ディケンズ『バーナビー・ラッジ』 R・ブラウニング『ピッパが通る』 トナ『ヘレン・フリートウッド』
1842	アン・ハーンが女中としてギャスケル家で働き始める。 8月9日、マンチェスターでストライキ。 10月7日、三女フローレンス・エリザベス（フロッシー）が誕生。 晩秋、アッパー・ラムフォード・ストリート121番地へ3人の召使とともに引越す。	第2回チャーティスト請願否決 ジョン・フランシスによるヴィクトリア女王暗殺未遂事件 鉱山法制定 第一次アフガン戦争終結 アヘン戦争終結（南京条約締結） 食糧難からアイルランドで暴動

1842		エンゲルス、マンチェスターで生活開始 チャドウィック『英国の労働者の衛生状態に関する報告書』 『イラストレイティッド・ロンドン・ニュース』創刊 ミューディーが貸本業を開始 テニスン『アーサー王の死』 ストーン『ウィリアム・ラングショー』
1843	1月11日、フローレンスがクロス・ストリート・チャペルでロバーズ師から洗礼を受ける。 7月、モアカム湾岸のシルヴァデイルのジブラルタル・ファームで夏季休暇、ウィンクワス家を訪問。	テムズ・トンネル開通 ワーズワス、桂冠詩人に任命 トラファルガー広場にネルソン提督像建立 『エコノミスト』創刊 カーライル『過去と現在』 J・S・ミル『論理学体系』 ラスキン『近代画家論』(～60) ディケンズ『マーティン・チャズルウィット』(～44) ディケンズ『クリスマス・キャロル』 T・フッド「シャツの歌」
1844	10月23日、長男ウィリアム(ウィリー)が誕生。	工場法制定(女性は1日12時間、子供は6時間) ロッチデール協同組合設立 ロンドンでキリスト教青年会設立 リヴァプールに最初の公共浴場建設 ターナー『雨と蒸気と速力』 ディズレイリ『コニングズビー』 サッカレー『バリー・リンドン』
1845	娘たちの家庭教師としてバーバラ・ファーガソン(愛称ダディー)を雇う。 7～8月、ウェールズで夏季休暇、メアリアンは猩紅熱にかかるが回復。 8月10日、ウィリー(10ヶ月)が猩紅熱で死去、ウォリントンに埋葬。 11月下旬、息子の死による悲しみを和らげるべく、夫の勧めで『メアリ・バートン』を書き始める。	アイルランド大飢饉(ジャガイモ飢饉、～49) 自由貿易をめぐってピール首相辞任 インドでシク戦争勃発 ディズレイリ『シビル』 エンゲルス『イングランドにおける労働者階級の状態』 マルクス/エンゲルス『聖家族』 ニューマン『キリスト教教義発展論』
1846	8月、シャーロット・ブロンテ、父の白内障の手術によるマンチェスター滞在中に、『ジェイン・エア』を書き始める。 9月3日、四女ジュリア・ブラッドフォードが誕生。 10月、夫がマンチェスター・ニュー・カレッジの英文学・歴史の教授に任命される。	ピール首相辞任、第一次ラッセル・ホイッグ党内閣(～52) 穀物法廃止 鉄道狂時代のピーク シク戦争終結、ラホール条約締結 アメリカ・メキシコ戦争(～48) 『デイリー・ニュース』創刊(ディケンズが編集長) ディケンズ『ドンビー父子』(～48) サッカレー『俗物の書』 カラー/エリス/アクトン・ベル『詩集』
1847	この年に『メアリ・バートン』はほぼ完成しており、W・ハウイットがチャップマン・アンド・ホール社の出版顧問ジョン・フォースターに原稿を送っていた。 1月1日、ハウイット夫妻が『ハウイッツ・ジャーナル』を創刊。 6月5日、12日、19日、コトン・マザー・ミルズ(CMM)という筆名で「リビー・マーシュの三	工場法(女性と18歳以下の子供に対する10時間労働法)制定 世界初の市民公園(リヴァプール対岸のバーケンヘッド公園)開園 菜食主義協会設立 カリフォルニアで第一次ゴールドラッシュ マルクス『哲学の貧困』 C・ブロンテ『ジェイン・エア』

1847	つの祭日」を『ハウイッツ・ジャーナル』に掲載。 8月11日、メアリ・クラークが東洋学者ジュリアス・モールと結婚（のちにマダム・モールのパリの家にたびたび滞在する）。 9月4日、「墓掘り男が見た英雄」『ハウイッツ・ジャーナル』（筆名CMM）。 10月20日、エマソンがアシニーアムと職工会館で連続講演をする。 11～12月上旬、エセックスのシェイン家に滞在。 12月11日、「エマソンの連続講演」『ハウイッツ・ジャーナル』。 年末、夫の生徒ウィンクワス姉妹と知り合う。	E・ブロンテ『嵐が丘』 A・ブロンテ『アグネス・グレイ』 サッカレー『虚栄の市』（～48） テニスン『プリンセス』
1848	1月1日、「クリスマス、嵐のち晴れ」『ハウイッツ・ジャーナル』（筆名CMM）。 『ハウイッツ・ジャーナル』の廃刊、ハウイット夫妻の破産。 1月9日、『メアリ・バートン』の原稿をチャップマン・アンド・ホール社に送るが、なかなか出版されず、春と夏に催促の手紙を書く。 7月、ダービシャーへ行き、湖水地方に短期滞在。 10月18日、『メアリ・バートン』を2巻本でチャップマン・アンド・ホール社から匿名で出版。 11月3日、処女作の批評から逃れるためにウェールズ旅行（エミリ・ウィンクワスが同伴）。 11月中旬、カーライルから好意的な書評の手紙を受け取る。 12月1日、『メアリ・バートン』のアメリカ版を単行本でハーパー社から出版。	第3回チャーティスト請願頓挫 フランスで二月革命、ルイ・フィリップ王退位、ルイ・ナポレオンが第二共和制大統領に就任 青年アイルランド党蜂起 ロンドン・エディンバラ間に鉄道開通 公衆衛生法制定 ハント、ロセッティ、ミレイによるラファエロ前派の創設 E・ブロンテ没 マルクス／エンゲルス『共産党宣言』 J・S・ミル『経済学原理』 マコーリー『イングランド史』（～61） キングズリー『イースト』 ジューズベリー『異父姉妹』 A・ブロンテ『ワイルドフェル・ホールの住人』
1849	夫がポーティコ図書館の責任者に任命される。 4月中旬、従姉アン・ホランドとロンドンに行き、新人作家として持てはやされ、ディケンズを知る。オールダム選出の国会議員フォックスの家で娘イライザ（愛称トティー、肖像画家）と仲よくなる。 4月27日、カーライル家訪問（本人には会えず）。 5月12日、ディケンズ家でJ・フォースター、サッカレー、カーライルなどと夕食。 7～12月、「手と心」をトラヴァース・マッジの『サンデー・スクール・ペニー・マガジン』に連載。 7月、「イングランドの一世代前の人々」をアメリカの『サーテインズ・ユニオン・マガジン』に掲載。 7月20日、湖水地方での休暇でワーズワスに会う。 12月7日、ランカシャーの労働者詩人サミュエル・バムフォードを訪問。	ディズレイリ、保守党党首になる 航海法廃止 パンジャーブ併合 エッジワス没 A・ブロンテ、スカーバラで死去 メイヒュー『ロンドンの労働とロンドンの貧民』（～50、『モーニング・クロニクル』で連載、51年に3巻本で出版） C・ブロンテ『シャーリー』 ラスキン『建築の七燈』 オリファント『マーガレット・メイトランドの生涯』 ディケンズ『デイヴィッド・コパフィールド』（～50）
1850	1月8日、16歳の堕ちた女パスリをクーツ女史のオーストラリア移住計画に加えてもらえないかとディケンズに打診。 1月31日、ディケンズから寄稿の依頼を受ける。 2月、「マーサ・プレストン」『サーテインズ・ユニオン・マガジン』。 3月30日、ディケンズ、『ハウスホールド・ワーズ』	工場法制定（婦人・年少労働者の昼夜交代勤務を禁止） オーエンズ・カレッジ創立（のちのマンチェスター大学） 公共図書館法制定 メナイ海峡のブリタニア橋開通 英仏海峡に電信線敷設

1850	を創刊。 3月30日、4月6日、13日、「リジー・リー」『ハウスホールド・ワーズ』。 6月、マンチェスターのプリマス・グロウヴ42番地の家（年150ポンド）へ転居。 ボストンのユニテリアン、C・E・ノートン（のちにハーヴァード大学の美学教授）とバリー・コーンウォルの家で会う。 6〜7月、シルヴァデイルで夏季休暇。 8月、キングズリーの訪問を受ける。 8月20日、レディー・ケイ=シャトルワスに招待されて湖水地方のブライアリ・クロースへ行き、C・ブロンテに会って3日間を過ごす。 8月25日、コニストンのテニスン家を訪問するが、雨のために引き返す。 11月12日、ウォリックで2ヶ月の転地療養。 11月16日、23日、「ペン・モーファの泉」『ハウスホールド・ワーズ』。 12月14日、『荒野の家』をチャップマン・アンド・ホール社から出版。 12月28日、「ジョン・ミドルトンの心」『ハウスホールド・ワーズ』。	英米間でクレイトン=バルワー条約締結 ニュー・サウス・ウェールズ、サウス・オーストラリア、タスマニア、ヴィクトリアにそれぞれ政府樹立 ワーズワス没、テニスンが桂冠詩人 スティーヴンソン生 サッカレー『ペンデニス』 テニスン『イン・メモリアム』 キングズリー『オールトン・ロック』
1851	2〜4月、「ハリソン氏の告白」を『レディーズ・コンパニオン・アンド・マンスリー・マガジン』に連載。 2月6日、ジョージ・リッチモンドによる肖像画（£31.10）の制作。 5月、単身でロンドンに1ヶ月以上滞在。 6月7月、「失踪」『ハウスホールド・ワーズ』。 6月27〜30日、C・ブロンテがロンドンからハワースへ戻る途中に立ち寄る。 6月30日、ロンドンへ行き、クリスタル・パレスを3度訪れる。 7月、ウェッジウッド家で遠縁のチャールズ・ダーウィンに会う。 9月2日、E・ウィンクワスがウィリアム・シェインと結婚。 10月10〜11日、ヴィクトリア女王のマンチェスター訪問。 12月13日、「クランフォードの社交界」『ハウスホールド・ワーズ』。 12月13日、ロングフェローの詩「黄金伝説」と匿名の小説『精神の錬金術』の書評を『アシニーアム』に掲載。	クリスタル・パレスで第1回ロンドン万国博覧会開催 窓税廃止 ワイト島で百ギニー・カップ（のちのアメリカズ・カップ）開催 太平天国の乱（〜64） M・シェリー没 ターナー（画家）没 『ニューヨーク・タイムズ』創刊 ラスキン『ヴェニスの石』
1852	ジョージ・F・ウォッツが慈善家トマス・ライトを記念して『善きサマリア人』を描き、マンチェスターに寄贈。 1月3日、「クランフォードの恋物語」『ハウスホールド・ワーズ』。 1〜4月、「ベッシーの家庭の苦労」『サンデー・スクール・ペニー・マガジン』。 2月6日、右の脇腹と胸に激痛を感じる。 2月11日、ディケンズ、マンチェスターの旧フリ	第一次ダービー・保守党内閣 アバディーン伯の連立内閣成立（〜55）。 南アフリカ・トフンスヴァール共和国の独立承認。 第二次イギリス・ビルマ戦争（〜53） ルイ・ナポレオンがナポレオン3世として皇帝に即位 ヴィクトリア・アンド・アルバート博物館開館

1852	ー・トレード・ホールで素人演劇。 3月13日、「クランフォードの追憶」『ハウスホールド・ワーズ』。 4月3日、「クランフォードの訪問」『ハウスホールド・ワーズ』。 6月19日、「ペルシャ王に仕えた英国人庭師」『ハウスホールド・ワーズ』。 7〜8月、シルヴァデイルのリンデス・タワーで6週間の夏季休暇、『ルース』の執筆に没頭。 8月31日、アシニーアムでの晩餐会にディケンズやサッカレーが招待される。 9月1日、ディケンズ夫妻の訪問。 9月2日、ディケンズがマンチェスター公立図書館の開館式でスピーチをする。 9月30日、サッカレーと食事をし、彼の講演を聴く。 12月、「婆やの話」『ハウスホールド・ワーズ』クリスマス特集号。	キングズ・クロス駅開業 トインビー生 ロジェ『シソーラス』 サッカレー『ヘンリー・エズモンド』 ディケンズ『荒涼館』(〜53) ストウ夫人『アンクル・トムの小屋』 コリンズ『バジル』
1853	1月8日、15日「クランフォードの大パニック」『ハウスホールド・ワーズ』。 1月10日、『ルース』を3巻本でチャップマン・アンド・ホール社から出版。 1月22日、「カンバーランドの羊毛刈り」『ハウスホールド・ワーズ』。 4月2日、「クランフォードの支払い停止」『ハウスホールド・ワーズ』。 4月21〜28日、C・ブロンテがプリマス・グロウヴに滞在(2度目)。 5月7日、「クランフォードの困った時の友」『ハウスホールド・ワーズ』。 5月13〜23日、夫婦でパリ旅行、マダム・モールと親交を結ぶ。 5月21日、「クランフォードにめでたく帰る」『ハウスホールド・ワーズ』。 5月26日〜6月中旬、ロンドンに滞在。 6月18日、『クランフォード』をチャップマン・アンド・ホール社から出版。 6月19日、ストウ夫人を自宅に招く。 8月5日、『クランフォード』のアメリカ版をハーパー社から出版。 9月19〜23日、ハワースのブロンテ家を訪問。 10月22日、「ブリテン王」(おそらく夫の執筆)『ハウスホールド・ワーズ』。 11月19日、26日、「モートン・ホール」『ハウスホール・ワーズ』。 12月10日、「ユグノーの特性と物語」『ハウスホールド・ワーズ』。 12月17日、24日、「私のフランス語の先生」『ハウスホールド・ワーズ』。 12月24日、「地主の物語」『ハウスホールド・ワーズ』クリスマス特集号。	天然痘予防接種の義務化 クリミア戦争勃発(〜56) 英米間で国際版権に関する調印 赤い円柱形の郵便ポスト導入 C・ブロンテ『ヴィレット』 M・アーノルド「学者ジプシー」 サッカレー『ニューカム家の人々』(〜55)
1854	1月中旬、メアリアンと一緒にパリ旅行(2度目)。 2月25日、「現代ギリシャ民謡」『ハウスホール	フランスとともにロシアに宣戦布告、クリミア戦争参戦

1854	ド・ワーズ』。 2月末、『北と南』の執筆開始。 5月1～4日、アーサー・ベル・ニコルズとの結婚を翌月に控えたC・ブロンテがプリマス・グロウヴに滞在（3度目）。 5月3日、『メアリ・バートン』第5版に夫の「ランカシャー方言に関する二講義」を収録。 5月20日、「おもてなしの仕方」『ハウスホールド・ワーズ』。 5月31日、夫がユニテリアン国内ミッショナリー委員会設立に関わる。 6月1～13日、夫妻でロンドンのシェイン家に滞在。 6月29日、C・ブロンテがニコルズ氏と結婚。 夏、E・フォックスへの手紙で「私は生まれつき独身のジプシー男だ」と述べる。 8月下旬、ロンドンでナイチンゲールと会う。 8月下旬～9月13日、マン島で執筆に専念。 9月2日、『ハウスホールド・ワーズ』での『北と南』の連載開始（1855年1月27日号まで）。 10月11日～下旬、ナイチンゲール家の夏の別荘、ダービシャーのリー・ハーストに滞在。 10月21日、ナイチンゲールが38名の看護婦とともにクリミア半島に向けてロンドンを発つ。	ケープ植民地辺境のボーア人によるオレンジ自由国独立承認 オックスフォード大学法制定 ロンドンでコレラの流行（死者1万人） ワイルド生 ブール『思考の法則』 テニスン『軽騎兵隊の進撃』 ディケンズ『ハード・タイムズ』 パットモア『家庭の天使』（～63）
1855	ギャスケルの名声がアメリカとフランスで高まる。 晩夏から翌年にかけ、『シャーロット・ブロンテの生涯』（以下『生涯』）のための資料収集、整理、取材と並行して執筆。 1月11日、P・ホランド伯父（89歳）が死去。 2月14日、『北と南』を2巻本でアメリカのハーパー社から出版。 2月20日～4月3日、『北と南』の批評を避けるためにミータと一緒にパリのマダム・モール宅に滞在。 3月26日、『北と南』を2巻本でチャップマン・アンド・ホール社から出版。 3月31日、C・ブロンテが死去（38歳）。 6月16日、パトリック・ブロンテ師からシャーロットの短い伝記執筆を依頼される。 7月23～24日、C・ウィンクワスとハワース訪問。 8月、J・ケイ=シャトルワスとハワース訪問。 8月3日～9月初旬、シルヴァデイルのリンデス・タワーで執筆に専念。 8月25日、「呪われた種族」『ハウスホールド・ワーズ』。 9月、『リジー・リー――短篇集』をチャップマン・アンド・ホール社から出版。 10月6日、13日、20日、「一時代前の物語」『ハウスホールド・ワーズ』。	第一次パーマストン・ホイッグ党内閣（～58） リヴィングストン、ヴィクトリア瀑布発見 ヴィクトリア女王とアルバート公、フランス訪問 新聞印紙税廃止 『デイリー・テレグラフ』（1ペニーの日刊紙）創刊 H・スペンサー『心理学原理』 R・ブラウニング『男と女』 サッカレー『ニューカム家の人々』、『薔薇と指環』 トロロプ『養老院長』 ディケンズ『リトル・ドリット』（～57）
1856	5月6日、ロンドンからブリュッセルへ『生涯』のための調査旅行、マダム・エジェから面会を拒絶されるが、エジェ氏からは資料を得る。 7月23日、ハワース訪問。	マンチェスターの新フリー・トレード・ホール完成 ヴィクトリア十字勲章制定 クリミア戦争終結、パリ条約締結

1856	9月末、疲労で倒れる。 12月13日、20日、27日、「貧しいクレア修道女」『ハウスホールド・ワーズ』。	アロー戦争［第二次アヘン戦争］（～60） ケンブリッジ大学法制定 G・B・ショー生 トクヴィル『旧制度と革命』 メレディス『シャグパットの毛剃り』
1857	1月、エレン・ナッシーが来て原稿を読む。 2月7日、『生涯』執筆完了。 2月13日、『生涯』の批評を避けるためにメアリアン、ミータ、C・ウィンクワスと一緒に大陸へ発ち、パリとマルセイユ経由で23日にローマに到着し、ストーリー夫妻（エメリンとウィリアム）の家に宿泊する。 2月21日、旅の途中でミータがヒル大尉（二人の子持ち）と仲よくなる。 2月24日、C・E・ノートンとストウ夫人に再会。 3月25日、『生涯』をスミス・エルダー社から2巻本で出版。 4月15日～5月10日、ヴェニスに滞在。 5月5日、アルバート公の除幕でマンチェスター至宝美術展が始まる。 5月10日、『生涯』のアメリカ版が出る。 5月中旬、『生涯』でブランウェル・ブロンテの誘惑者として非難されたロビンソン夫人（再婚してレディー・スコット）の代理人から、法的処置をとると脅される。 5月26日、シェイン弁護士による謝罪文が『タイムズ』に掲載される。 5月28日、マンチェスターの自宅に戻る。 夏、他にも『生涯』の記述が不正確との抗議が関係者から殺到。 7月、E・ナッシー、C・E・ノートン、ジョージ・スミス、マダム・モールがそれぞれ来訪。 8月12～23日、ミータの婚約者ヒル大佐が滞在。 8月21～22日、24日、ディケンズがエレン・ターナンを加えた劇『凍った海』をフリー・トレード・ホールで公演。 9月19日、マライア・S・カミンズ『メイブル・ヴォーン』の英国版に「序文」を付してサムプソン・ロウ社から出版。 9月28～30日、至宝美術展へ案内する訪問客の接待で忙殺される。 11月10日、オックスフォードを初訪問。	総選挙でホイッグ党大勝 大英博物館図書室建設 婚姻事件法制定 セポイの乱（～58） 世界初のサッカー・クラブ、シェフィールドFC創設 ヴィクトリア女王、カナダの首都にオタワを選定 大英帝国によってムガール帝国滅亡 ギッシング生 C・ブロンテ『教授』 サッカレー『バージニアの人々』（～59） E・ブラウニング『オーロラ・リー』 ヒューズ『トム・ブラウンの学校生活』 トロロプ『バーチェスター・タワーズ』
1858	1月、6月、「グリフィス一族の運命」と「ナイアガラ滝での出来事」を『ハーパーズ・ニュー・マンスリー・マガジン』に掲載。 6月12日、ディケンズが妻との別居を公表。 6月17日、リンデス・タワーに6週間滞在。 6月19日～9月25日、『ラドロウ卿の奥様』を『ハウスホールド・ワーズ』で連載。 10月1日～12月6日、ミータとフロッシーを連れてハイデルベルクを旅行。 10月14日、『ラドロウ卿の奥様』をハーパー社から出版。	インド法制定、英国のインド統治（～1947）、東インド会社解散 第二次ダービー・保守党内閣（～59） テムズ河の汚染悪化 天津条約締結 日英修交通商条約締結 アイルランド共和主義同盟（IRB）創設 マンチェスターにハレ管弦楽団創設 ディケンズ、公開朗読を開始 オーウェン没 G・エリオット『牧師たちの物語』

1858	10月19日、ミータがヒル大尉との婚約解消。 11月27日、「父の罪」(のちに「終わりよければ」に改題)『ハウスホールド・ワーズ』。 12月7日、「マンチェスターの結婚」『ハウスホールド・ワーズ』クリスマス特集号。	トロロプ『ソーン医師』
1859	1月、フロッシーがナッツフォードのグリーン姉妹経営の学校に入る。 1月8日、「失踪」からの剽窃と別居でディケンズとの出版関係を断つ気になる。 3月19日、『ソファーを囲んで——短篇集』(第1巻は『ラドロウ卿の奥様』、第2巻は「異父兄弟」を含む)をサムプソン・ロウ社から出版。 3月24日、ターナー師が死去。 4月30日、ディケンズ、『オール・ザ・イヤー・ラウンド』創刊。 6月2〜27日、ロンドンに滞在。 8月、スコットランドのオーケンケアンに滞在。 10月8日、15日、22日、「魔女ロイス」(匿名)『オール・ザ・イヤー・ラウンド』。 11月2〜12日、ミータとジュリアを連れてウィットビーへ行き、『シルヴィアの恋人たち』の舞台を調査。 12月30日、「ガーデン・ルームの幽霊」(のちに「曲がった枝」に改題)『オール・ザ・イヤー・ラウンド』クリスマス特集号。	第二次パーマストン・自由党内閣(〜65) ナショナル・ポートレイト・ギャラリー開館 スエズ運河建設開始(〜69) ビッグ・ベン完成 ド・クインシー没 マコーリー没 コナン・ドイル生 ダーウィン『種の起源』 J・S・ミル『自由論』 スマイルズ『自助論』 マルクス『経済学批判』 ディケンズ『二都物語』 コリンズ『白衣の女』(〜60) G・エリオット『アダム・ビード』 メレディス『リチャード・フェヴァレルの試練』 テニスン『国王牧歌』(〜64) C・ロセッティ「ゴブリン・マーケット」
1860	1月1日、G・スミスがサッカレーを編集者として『コーンヒル・マガジン』創刊(創刊号にはC・ブロンテの『エマ』の断章とトロロプ『フラムリー牧師館』を収録)。 2月、「本当なら奇妙」『コーンヒル・マガジン』。 2月3日〜3月6日、メアリアンとミータを連れてオックスフォードとロンドンに滞在。 2〜3月、気管支炎で6週間ほど床に伏す。 3月7〜29日、ウィンチェスターに滞在。 4月8日、『シルヴィアの恋人たち』(当初の題は『銛打ち』)執筆開始。 5月5日、『終わりよければ——短篇集』をサムプソン・ロウ社から出版。 5月26日、犬のライオンが吠えず、泥棒に入られる。 6月6日、メアリアンの看病のためにロンドンへ行く。 6月中旬、オックスフォード訪問。 7月中旬〜8月、フロッシーとジュリアと一緒にハイデルベルクに滞在。 7月22日、『終わりよければ——短篇集』のアメリカ版をハーパー社から出版。 11月2日、ミータを連れてブロンテ師を訪問。	北京条約 英仏通商条約調印 ガリバルディ、赤シャツ隊を率いてシチリア蜂起の応援 リンカーン、合衆国第18代大統領就任 ナイチンゲール、聖トマス病院で看護婦訓練学校を開設 第1回イギリス・オープン・ゴルフ・トーナメント(全英オープン)開催 バリ生 G・エリオット『フロス河の水車小屋』 ディケンズ『無商旅人』 ディケンズ『大いなる遺産』(〜61) トロロプ『フラムリー牧師館』(〜61)
1861	夫がJ・R・ビアドと『ユニテリアン・ヘラルド・マンチェスター』を創刊。 1月5日、12日、19日、「灰色の女」『オール・ザ・イヤー・ラウンド』。 2〜3月、ウィンチェスターとロンドンを訪問。	アメリカ南北戦争(〜65) トマス・クック、ロンドンからパリへのパッケージ・ツアー開始 E・ブラウニング没 ビートン夫人『家政書』

1861	3月14日、『魔女ロイス——短篇集』をライプツィヒのタウクニッツ社から出版。 3月17日〜6月3日、フランス旅行で、セヴィニエ侯爵夫人関連の場所を訪れる。 6月下旬〜7月下旬、ミータ、フローレンス、ジュリアと一緒にシルヴァデイル滞在。 7月6日、『ラドロウ卿の奥様——短篇集』をサンプソン・ロウ社から出版。 8月、娘たちとスコットランドを旅行。 9月4〜10日、英国学術協会のマンチェスター大会で訪問客の接待に忙殺される。 12月14日、ディケンズがマンチェスターで公開朗読。 12月14日、H・ホランドが侍医をしていたアルバート公が腸チフスで死去。	H・スペンサー『教育論』 J・S・ミル『功利主義』『代議制統治論』 G・エリオット『サイラス・マーナー』 パルグレイヴ『黄金詞華集』 トロロプ『オーリー農園』(〜62)
1862	1月、南北戦争による綿花不足でマンチェスターが不況に陥る。 3月1日、「ヴェッキ大佐『カプレーラでのガルバルディ』序文」をマクミラン社から出版。 3月6日、サッカレーが『コーンヒル・マガジン』の編集長を辞任。 4月、メアリアンのローマ・カトリック改宗の可能性を知って寝込む。 4月30日〜5月初旬、オックスフォード滞在。 5月、「ヘッペンハイムの六週間」『コーンヒル・マガジン』。 5月12日、ナッツフォードに鉄道開通。 5月17日〜6月3日、パリ滞在。 6月3日〜7月20日、ロンドン滞在。 9月、イーストボーンに滞在し、執筆に専念。 秋〜冬、裁縫教室や救貧活動で疲労困憊。 12月下旬、『シルヴィアの恋人たち』の版権を千ポンドでスミス・エルダー社に売る。	第2回ロンドン万国博覧会開催 生麦事件 H・スペンサー『第一原理』 G・エリオット『ロモラ』(〜63) トロロプ『アリントンの小さな館』(〜64) メレディス『現代の恋』 コリンズ『ノー・ネーム』
1863	1月24日〜3月21日、『暗い夜の事件』を『オール・ザ・イヤー・ラウンド』で連載。 2月、「まがいもの」『フレイザーズ・マガジン』。 2月20日、『シルヴィアの恋人たち』を3巻本でスミス・エルダー社から出版。 3月初旬、ジュリアと一緒にパリのマダム・モール家に滞在、フロッシーと弁護士チャールズ・クロプトン(30歳)の婚約を知る。 3月16日、ミータとフロッシーが加わって10週間のイタリア旅行。 3月17日、『シルヴィアの恋人たち』のアメリカ版をダットン社から出版。 3月17日、「あるイタリアの組織」『オール・ザ・イヤー・ラウンド』。 4月14日、『暗い夜の事件』のアメリカ版を単行本でハーパー社から、24日にイギリス版をスミス・エルダー社から出版。 9月8日、フロッシーとC・クロプトンがブルック・ストリート・チャペルで結婚。 11月4日〜翌年2月、『従妹フィリス』を『コーン	ロンドンで世界初の地下鉄(蒸気機関車)開通 エドワード皇太子、デンマーク王女アレクサンドラと結婚 フットボール協会設立 猩紅熱で3万人以上死亡 サッカレー没 キングズリー『水の子』

1863	ヒル・マガジン』に連載。 11月28日、「クランフォードの鳥籠」『オール・ザ・イヤー・ラウンド』。 12月、「ロバート・グールド・ショー」の死亡記事を『マクミランズ・マガジン』に掲載。 12月24日、「クロウリー城」『オール・ザ・イヤー・ラウンド』クリスマス特集号。	
1864	2月22日〜7月4日、夫のローマ休暇旅行。 3月中旬〜6月中旬、エディンバラ旅行、『妻たちと娘たち』執筆開始。 4〜6月、「フランスの生活」を『フレイザーズ・マガジン』に匿名で連載。 6月11日、『従妹フィリス』を単行本でハーパー社から出版。 7月25日、夫がメアリアンとサースタン・ホランドの婚約に反対であることをG・スミスに告げる。 8月、『妻たちと娘たち』を『コーンヒル・マガジン』で連載開始、娘たちとスイス旅行。 秋、3ヶ月ほど体調を崩す。 12月、マンチェスターの悪天候と夫の定年後のために、南イングランドに家を購入することをG・スミスに相談。	リンカーン大統領再選 チャリング・クロス駅開業 北軍司令官シャーマン将軍、アトランタ占領 マックスウェル、マイクロ波発見 接触伝染病法制立 ロンドンで国際労働者協会（第一インターナショナル）結成 テニスン『イーノック・アーデン』 ニューマン『アポロギア』 トロロプ『彼女を赦せますか』（〜65） ディケンズ『互いの友』（〜65）
1865	1月2日、ミータがヒステリーを起こす。 2月7日、G・スミス、『ペル・メル・ガゼット』創刊。 3月12日〜4月20日、パリのマダム・モール家に滞在し、『妻たちと娘たち』の執筆に専念。 3月25日〜4月25日、「パリのゴシップ欄」を『ペル・メル・ガゼット』に連載。 4月前半、体調を崩して寝込む。 8月11日〜9月5日、「牧師の休日」を『ペル・メル・ガゼット』に連載。 8月23日、ハムプシャー州オールトンに近いホリボーン村の家「ザ・ローン」の購入のためにG・スミスから借金。 8月31日、ザ・ローンを未婚の娘たちに残す取り決めを娘婿のホランド弁護士に依頼。 9月2日、自分の病気の原因をプリマス・グロウヴの配水管のせいだと思う。 9月8日、家を買った秘密をC・E・ノートンに打ち明ける。 10月初旬、フランス北部の港町ディエップへ3週間の旅行。 10月21日、『灰色の女——短篇集』をスミス・エルダー社から出版。 10月28日、ロンドン到着後、娘二人とオールトンへ向かう。 11月11日、フロッシーが夫と一緒にザ・ローンに来る。 11月12日、ザ・ローンで3人の娘たちとアフタヌーン・ティーの最中に急死（5時45分、死に際の言葉は「ローマ」）、マンチェスターにいた夫とメ	第三次パーマストン・自由党内閣 パーマストン首相死去 第二次ラッセル・自由党内閣（〜66） 対ブータンのドゥアール戦争に勝利、シンチュラ条約締結 リンカーン大統領暗殺 キリスト教伝道会（救世軍）創立 英国初の女性博士（エリザベス・G・アンダーソン）誕生 ジャマイカ事件勃発 キプリング生 ビートン夫人没 キャロル『不思議の国のアリス』 ラスキン『胡麻と百合』 M・アーノルド『文芸批評』 コリンズ『アーマデイル』（〜66）

1865	アリアンは翌日かけつける。 11月16日、T・ホランドが棺をナッツフォードへ運ぶ。 11月17日、ブルック・ストリート・チャペルで埋葬式（娘たちは家で待機）。 11月19日、クロス・ストリート・チャペルで葬儀。 12月2日、デュ・モーリアの挿絵版『従妹フィリス――短篇集』をスミス・エルダー社から出版。	
1866	2月2日、スミス・エルダー社から（編集者フレデリック・グリーンウッドによる結びの言葉とデュ・モーリアの挿絵を入れた）『妻たちと娘たち』のアメリカ版を上梓、2巻本のイギリス版は2月12日に出る。 2月22日、ヘンリー・ジェイムズが『妻たちと娘たち』の書評を『ネイション』誌に掲載。 8月14日、メアリアンがT・ホランドと結婚。	第三次ダービー・保守党内閣（～68） 大西洋横断海底電線による通信開始 金融恐慌激化 ロンドンでコレラの死者5千人 ノーベル、ダイナマイト発明 H・G・ウェルズ生 G・エリオット『フィーリクス・ホルト』
1867		第二次選挙法改正案成立 ロシア、アラスカをアメリカに売却 フィニアン党、アイルランドで蜂起 パリ万国博覧会開催 エチオピア侵攻（～68） カナダ自治領成立 マルクス『資本論』（第1巻） バジョット『イギリス国政論』 トロロプ『最後のバーセット年代記』
1868		第一次ディズレイリ・保守党内閣 パブリック・スクール法制定 労働組合会議結成 強制的教会税廃止 第一次グラッドストン・自由党内閣（～74） マンチェスターで第1回労働組合会議開催 明治維新 コリンズ『月長石』
1869		スエズ運河開通 アメリカ大陸横断鉄道完成 M・アーノルド『教養と無秩序』 J・S・ミル『女性の隷属』 R・ブラウニング『指輪と本』
1870		普仏戦争（～71） 公務員法制定 アイルランド土地法制定 イタリア統一 初等教育法（フォースター教育法）制定 既婚女性財産法制定 ディケンズ没 ディケンズ『エドウィン・ドルードの謎』（死後出版） コリンズ『夫と妻』
1871		ドイツ帝国成立 パリ民衆蜂起、パリ=コミューン成立 大学審査法制定 労働組合法制定 ダーウィン『人間の発生』

1871		G・エリオット『ミドルマーチ』(～72) ハーディ『エセルバータの手』
1872		ディズレイリ、水晶宮演説で保守党三原則を表明 無記名投票法制定 バトラー『エレフォン』 ハーディ『緑の木陰』
1873		ウィーン万国博覧会開催 大不況（～96) J・S・ミル『自叙伝』 J・S・ミル没

ギャスケルで読む

ヴィクトリア朝前半の社会と文化

生誕二百年記念

平成22年9月29日　発　行

編　者　松　岡　光　治

発行所　株式会社　溪水社
広島市中区小町1－4（〒730-0041）
電話（082）246－7909
FAX（082）246－7876
E-mail：info@keisui.co.jp

ISBN978-4-86327-109-8 C3098